【誤植のお詫びと訂正】

本書図版頁の柱に誤植がありました。
お詫び申し上げますとともに、下記の通り訂正いたします。

記

該当頁：179,181,183,185,187,189,191,193,195,197,199,201,203,205,207,209

誤：雪（裏面）
↓
正：花（裏面）

八木書店古書出版部

誹諧短冊手鑑

永井一彰編【原本所蔵・解説】

八木書店

目次

【短冊図版　凡例】

一、以下は、『誹諧短冊手鑑』雪・月・花三帖収録短冊八〇四枚の図版とその読みである。

一、図版頭部に仮の通し番号と染筆者の署名を入れた。

一、句および署名の読みは、旧字体・略字を現行の字体に改めることを基本としたが、一部は原典のままとしたものもある。なお、句・署名とも読みは完璧ではない。誤りは図版に拠って訂正されたい。

一、短冊下部の（　）内は短冊が貼られている箇所の表示である。（1オ右）とあれば、「一の折の表右側」を意味する。

一、短冊図版の縮小率は概ね原寸の61～63％の範囲であるが、図版の寸法を揃えることを優先したため、必ずしも一定していない。

一、短冊の原寸（天地×左右）を最下欄に単位粍で示した。

一、頁の柱「公家1～4」などの分類については、解説「第一章　三『誹諧短冊手鑑』の編成」及び表2「『誹諧短冊手鑑』作者一覧」を参照されたい。分類として示しにくいところ、たとえば短冊の貼り替えに伴い元の分類が乱れてしまっているところなどについては、「□□」と表示してある。

雪

１　杉

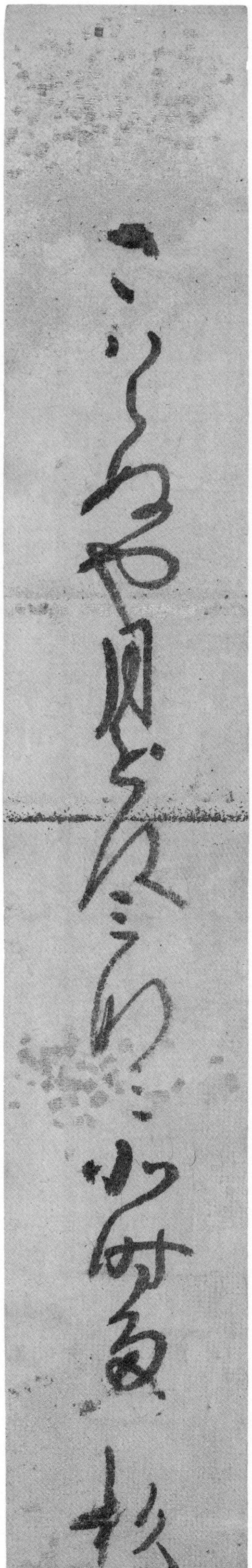

さはらぬや月をはみなみ北時雨　杉

（１オ右）
372 × 56

２　梧

ふりたてゝあは雪よりも白茶哉　梧

（１オ左）
353 × 52

３　東

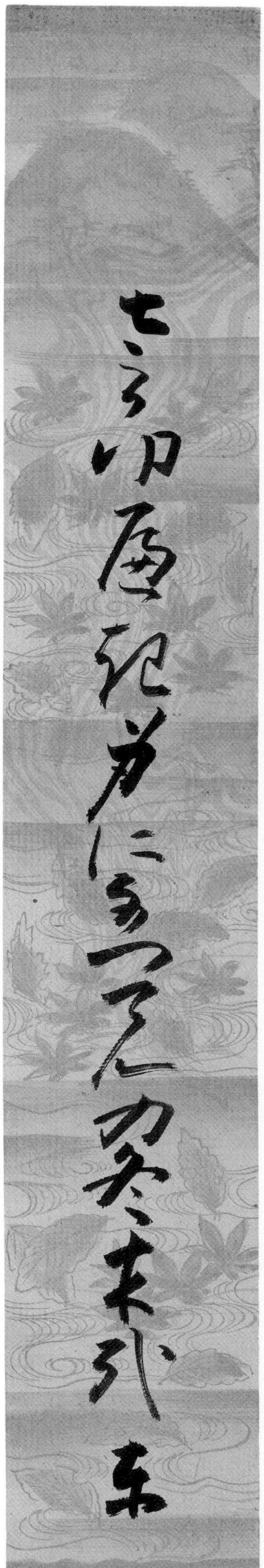

さかゆへき身になつてんの冬木哉　東

（１ウ右）
362 × 57

４　我

門礼のあとの大夫か松の声　我

（１ウ左）
365 × 59

５　花

瀑の糸をま結ひにする氷かな　花

（２オ右）
363 × 58

６　佳

つほみ茸色なふて残る匂ひかな　佳

（２オ左）
360 × 60

７　人

ところてんや清水流る丶柳陰　人

（２ウ右）
362 × 60

８　檀誉

風禦御用に立つや紙衣　檀誉

（２ウ左）
365 × 60

9　数

灶絶る蚊ふすへさひし今朝の秋　数

（3オ右）
366 × 60

10　熙

発句　明て春雪間の草か人心　熙

（3オ左）
358 × 56

11　言

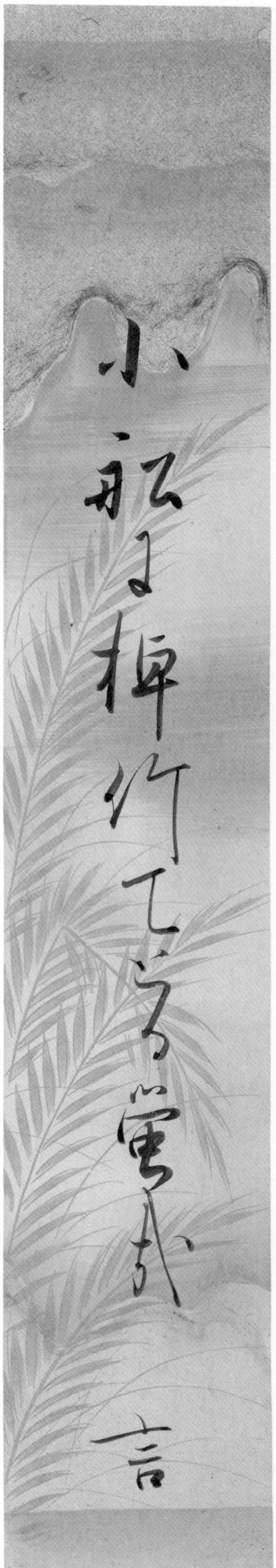

小船に棹竹てとる蛍哉　言

（3ウ右）
364 × 60

12　竹

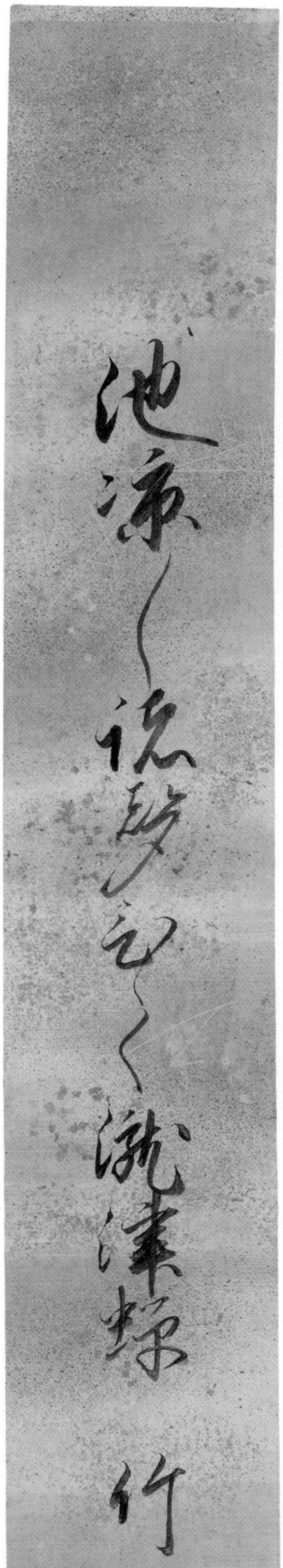

池涼し諸声ひゝく瀧津蟬　竹

（3ウ左）
360 × 60

13　述

（4 オ右）
363 × 60

木枕にならすあふきや秋のくれ　述

14　禾

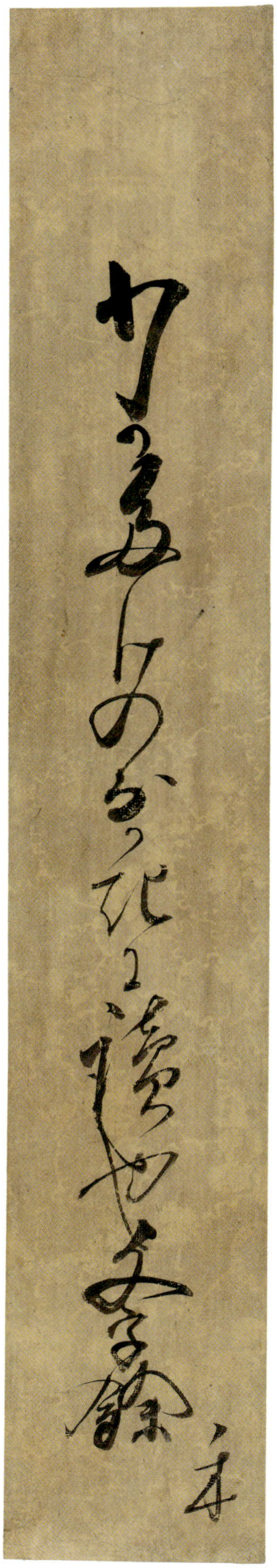

（4 オ左）
362 × 60

わかたけのなかきに読や文字余　禾

15　親

（4 ウ右）
363 × 60

松と竹のけちめおかしき大かさり　親

16　季輔

（4 ウ左）
367 × 59

あせたら〳〵うつ双六や五六月　季輔

17　代

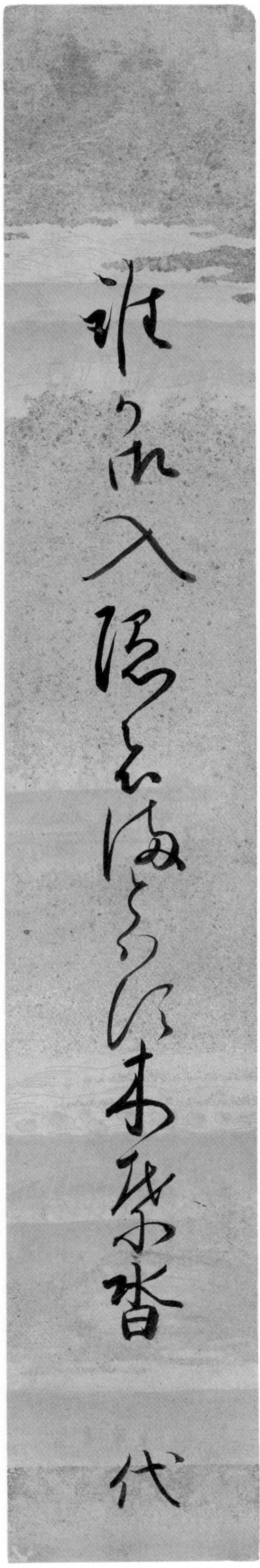

誰か御入隠者まとはす木葉沓　代

（5オ右）
363 × 57

18　陰

蓮の実もともにもぬけや蝉のから　陰

（5オ左）
363 × 60

19　頴

瀧の糸を時雨や染てにこり川　頴

（5ウ右）
362 × 60

20　一止

五月雨のなかなる文字の晴もかな　一止

（5ウ左）
365 × 59

21　杉

引まはす霞は山のこし屏風　杉

（6 オ右）
366 × 60

22　基

雪蛍清光いつれ窓の月　基

（6 オ左）
364 × 60

23　兼茂

寺〳〵や衣手毎につこに鐘　兼茂

（6 ウ右）
365 × 61

24　忠

光明や遍照十方せかいの月　忠

（6 ウ左）
365 × 59

25　山

花の下屋人いつくむそかくし芸　山

（7 オ右）
367 × 59

26　政

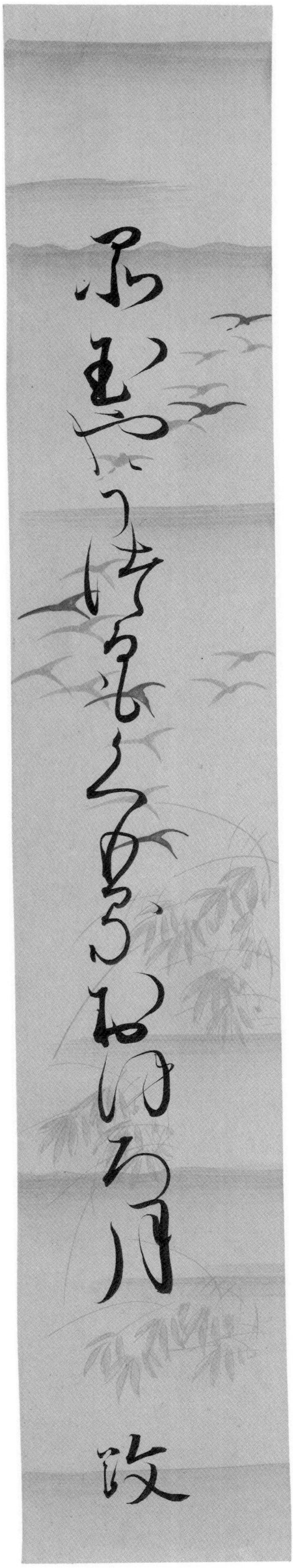

品玉やうつるもくもるおほろ月　政

（7 オ左）
363 × 60

27　奥

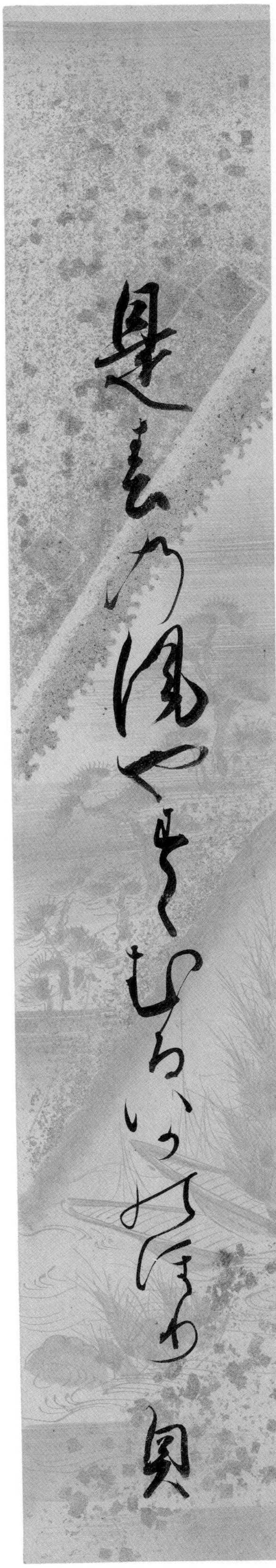

是春の風やすゝむるいかのほり　奥

（7 ウ右）
363 × 61

28　央

古歌に曰ヶ草てそ松は君か春　央

（7 ウ左）
364 × 60

29　榎

杜若三河のほかはすみれ哉　榎

（8 オ右）
366 × 60

30　有

うつはりと帰る越路の空み哉　有

（8 オ左）
364 × 57

31　也

袖かへて花のかもなし丹波布　也

（8 ウ右）
340 × 60

32　為之

地やあふき見てかふほねの花の露　為之

（8 ウ左）
363 × 59

33　好

独下女なか〳〵し夜やうつ碪　好

（9オ右）
366 × 60

34　尺水

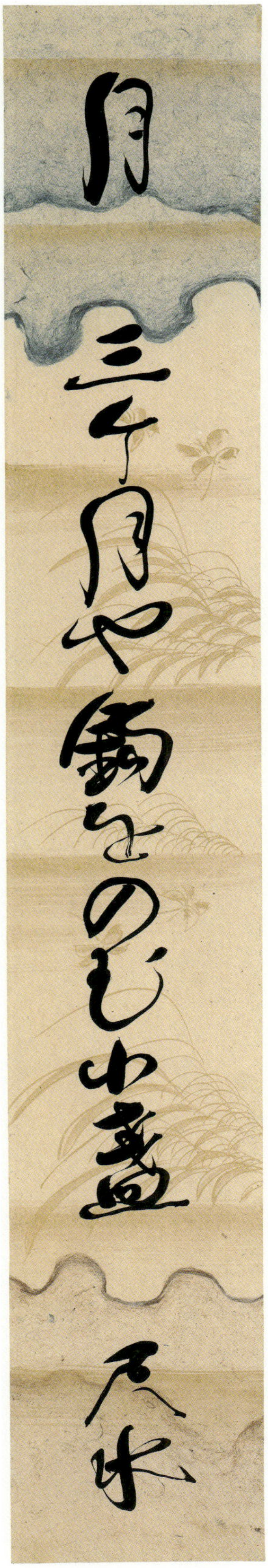

月　三ヶ月や鈎をのむ小盞　尺水

（9オ左）
362 × 59

35　従

露紐や糸よりかくる場柳　従

（9ウ右）
363 × 60

36　意

ふみ月やすなはち承知せしめ候　意

（9ウ左）
362 × 57

37　保

（10 オ右）
363 × 60

寝起声荻のうは風床さむし　保

38　佳

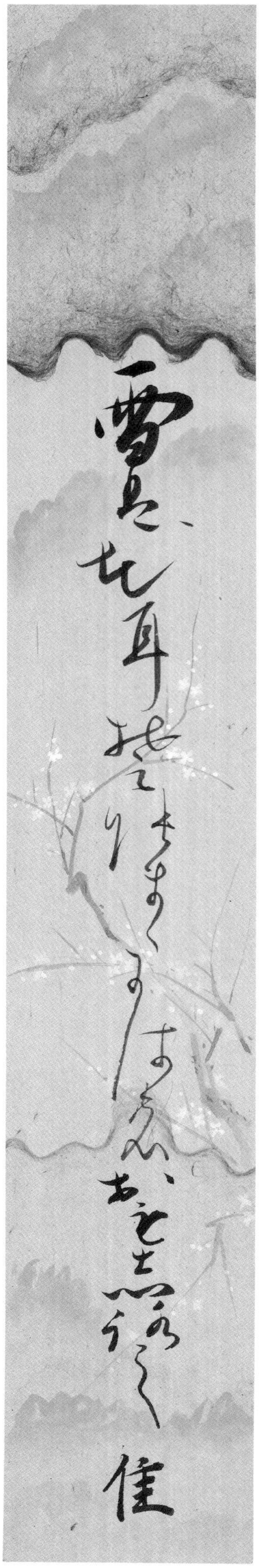

（10 オ左）
365 × 58

雪は花にそ候ま、にはのおもしろし　佳

39　條

（10 ウ右）
364 × 60

山姫や手染手さらし瀧紅葉　條

40　宣慶

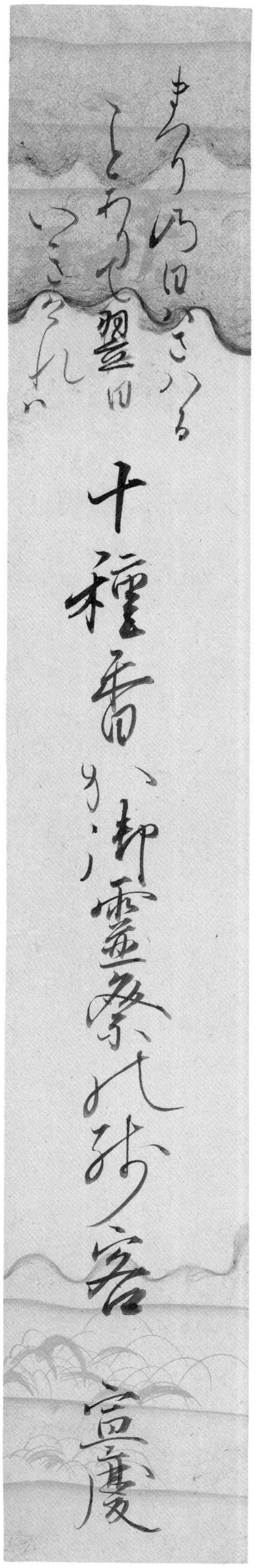

（10 ウ左）
363 × 55

まつりの日はさはることありて翌日いきけれは　十種香か御霊祭の残客　宣慶

41　花

鷹の爪や雁の柱にあはすらむ　花

（11 オ右）
364 × 60

42　誠

ほの〳〵とはるこそ空にいかのほり　誠

（11 オ左）
363 × 60

43　牧

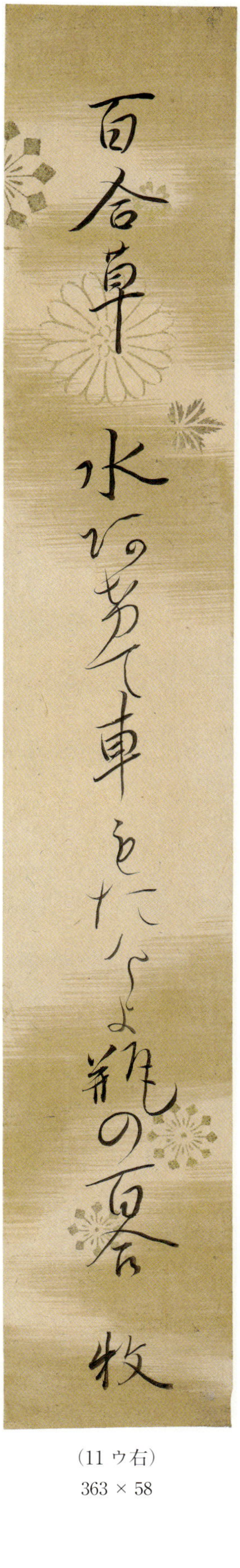

百合草　水あけて車もおけよ瓶の百合　牧

（11 ウ右）
363 × 58

44　曐

かせは腰に吹扱そ扇の有所　曐

（11 ウ左）
361 × 59

45　為致

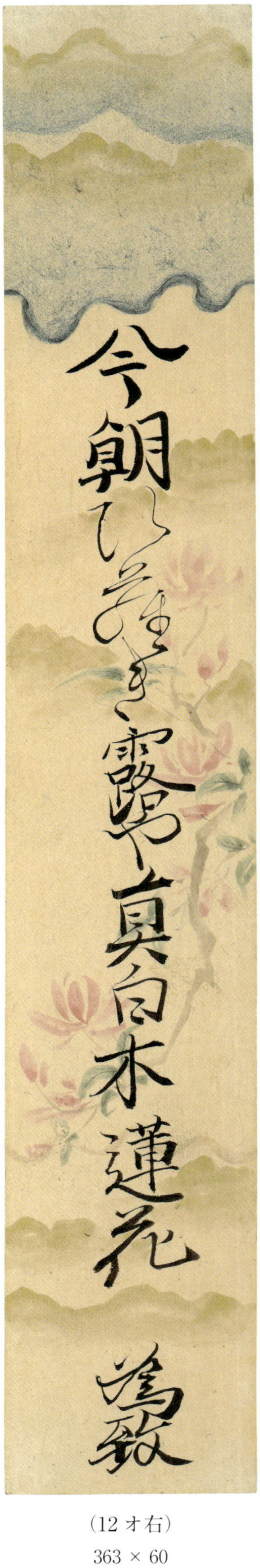

今朝ひらき露や真白木蓮花　為致

（12 オ右）
363 × 60

46　全

一かたまりわれて岩間の蛍哉　全

（12 オ左）
364 × 59

47　右

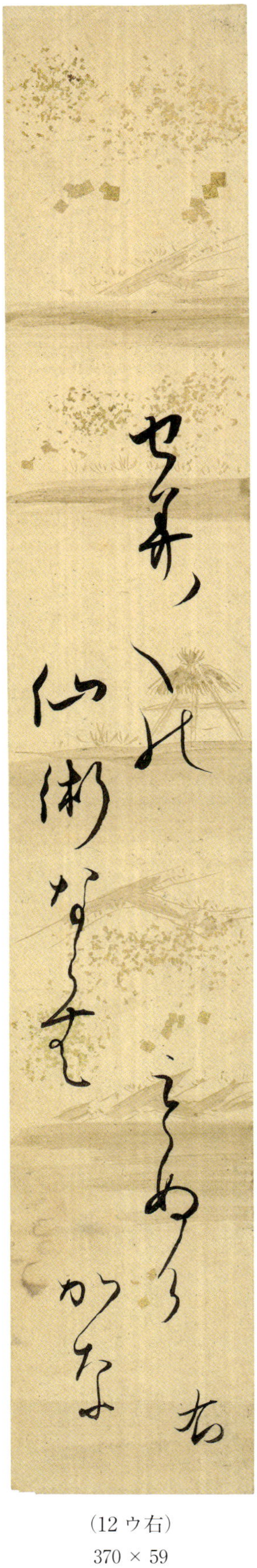

せみ〳〵の仙術ならむもぬけかな　右

（12 ウ右）
370 × 59

48　雪

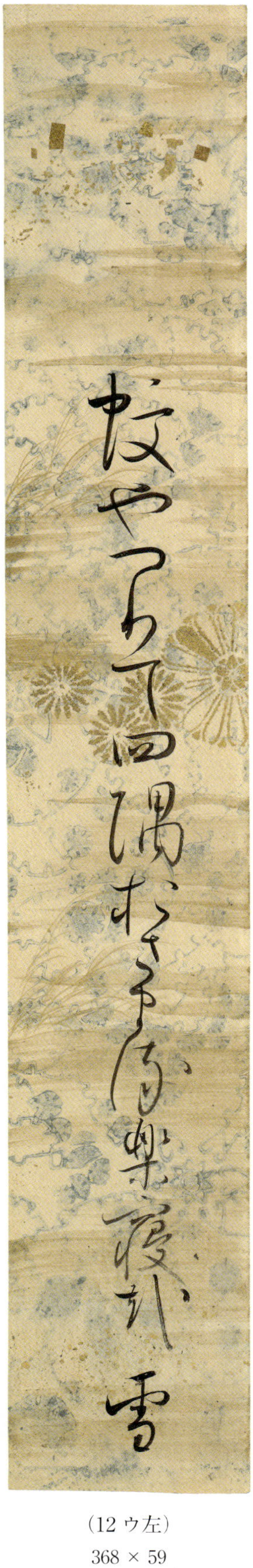

蚊やつりて四隅おさまる楽寝哉　雪

（12 ウ左）
368 × 59

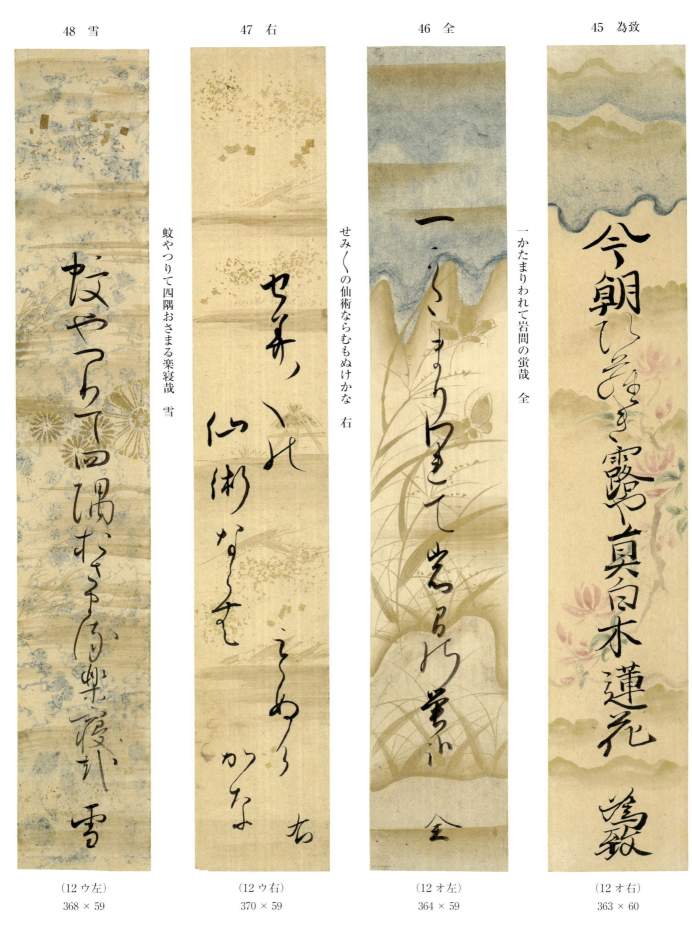

49　泰

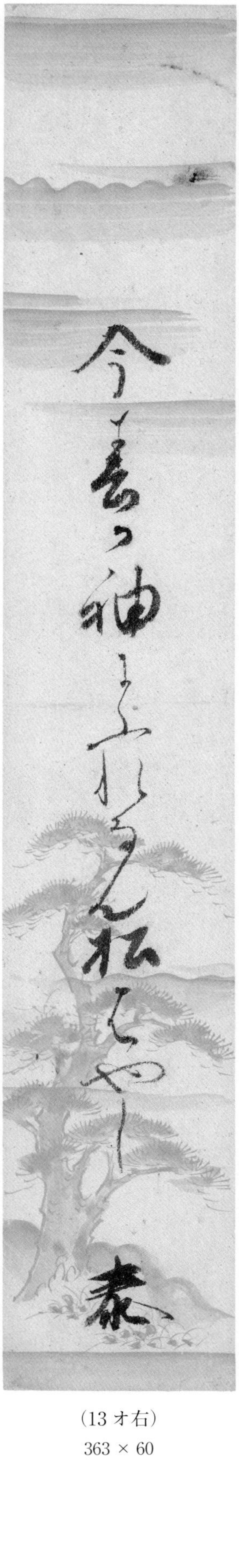

今春か袖にふれなん松はやし　泰

（13 オ右）
363 × 60

50　倉

鞠ならて色をかゆるや藤はかま　倉

（13 オ左）
363 × 55

51　戒雲

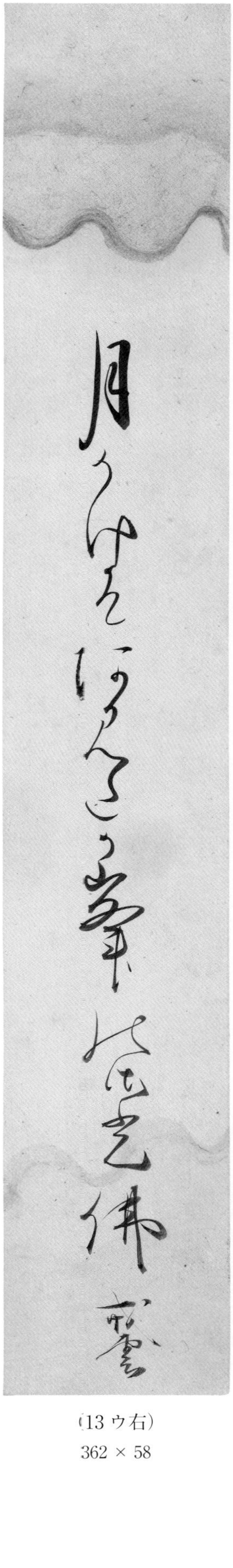

月かけはあみたか峯の御光仏　戒雲

（13 ウ右）
362 × 58

52　公

引まけすかすみは山のこし屏風　公

（13 ウ左）
364 × 54

53　文

いへはえにしつゝも清し玉きちやう　文

（14 オ右）
365 × 61

54　保春

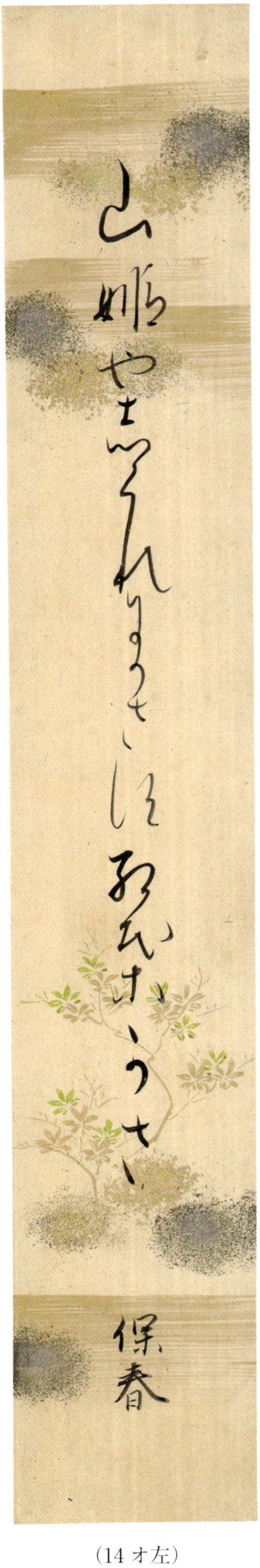

山姫やしくれにかさす紅葉かさ　保春

（14 オ左）
364 × 59

55　宗関

木々の色も秋のしるしや有馬山　宗関

（14 ウ右）
370 × 55

56　斐

ことの葉に秋とおほゑて夏菊かな　斐

（14 ウ左）
365 × 57

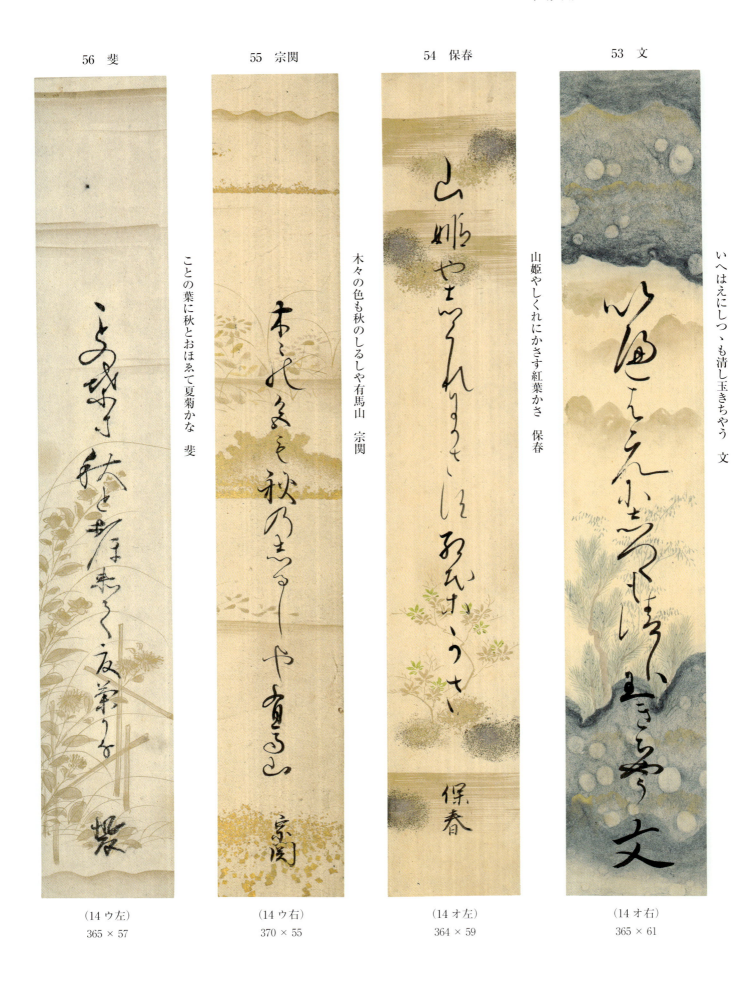

57　遊流

書初やしん有筆とかみの春　遊流

（15 オ右）
362 × 59

58　和松文

天地開百《王》よりや御代の春　和松文

（15 オ左）
363 × 58

59　露沾

花　世花さく去年の蜜柑を山路哉　露沾

（15 ウ右）
366 × 60

60　盲月

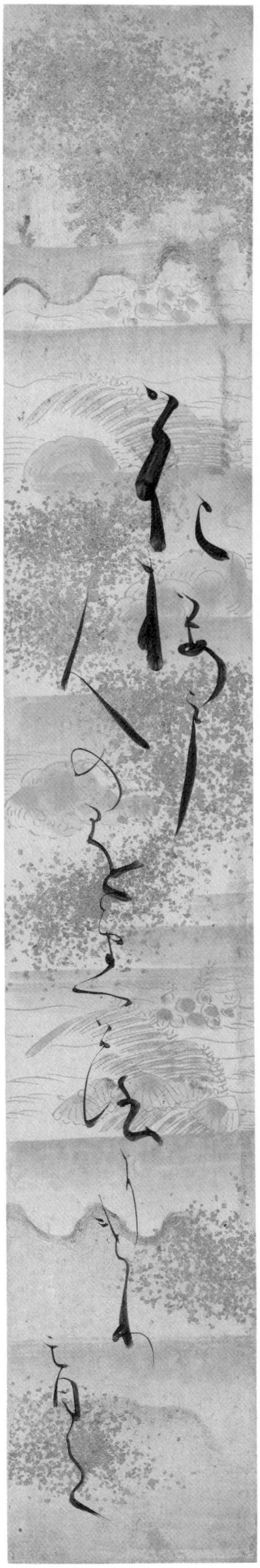

花桜戸人の園生へ落にけり　盲月

（15 ウ左）
360 × 57

61　文献

やひとをやすゑの、原のつほすみれ　文献

（16 オ右）
363 × 59

62　一風

初秋　耳よりや秋は来ぬらん風の音　一風

（16 オ左）
364 × 57

63　立端子

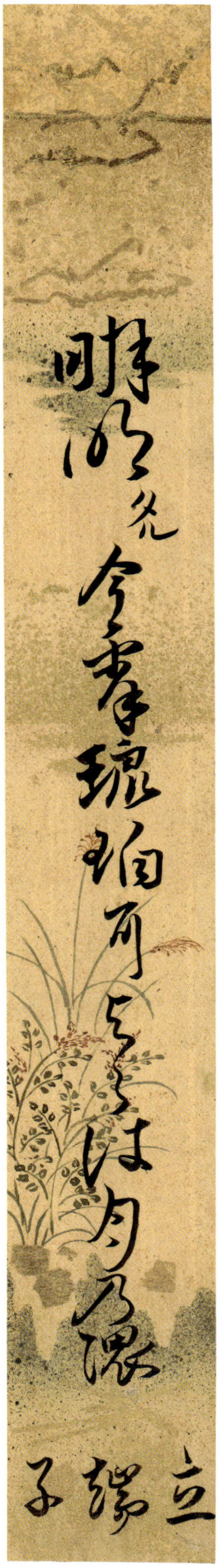

明明タル今宵琥珀によらは月の隈　立端子

（16 ウ右）
365 × 48

64　宗甫

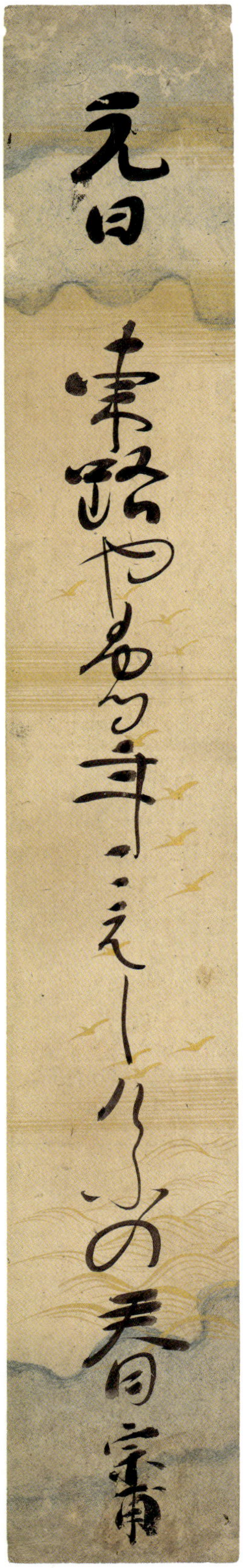

元日　東路やふる年こえしけふの春　宗甫

（16 ウ左）
363 × 52

65　正信

誰筆を此野に拭し村すゝき　正信

（17 オ右）
361 × 59

66　玉峯

貫之もはゝきうら見む花のかけ　玉峯

（17 オ左）
364 × 57

67　朝倣子

ちきるをやかすによみをくわか餅　朝倣子

（17 ウ右）
375 × 57

68　孤雲

三色花給時　栗さかりかるかやきくの女郎花　孤雲

（17 ウ左）
365 × 58

69　三峯

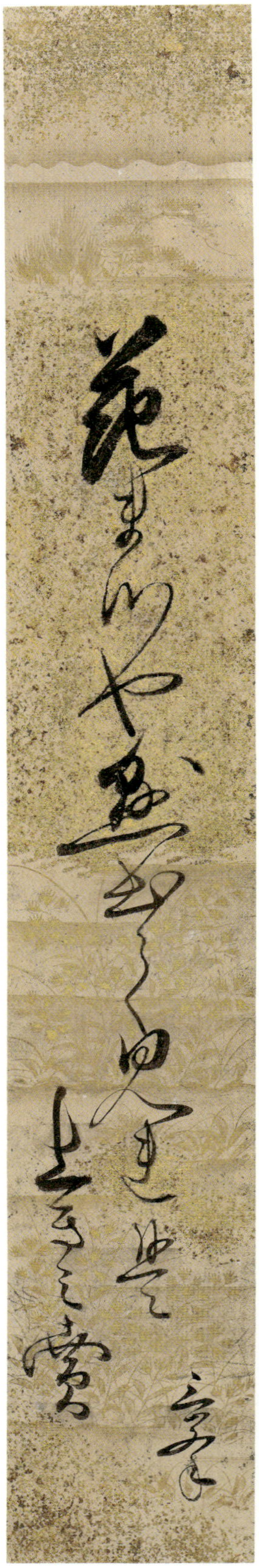

花まつや懸出て見れはしきみ売　三峯

（18 オ右）
364 × 56

70　夢橋

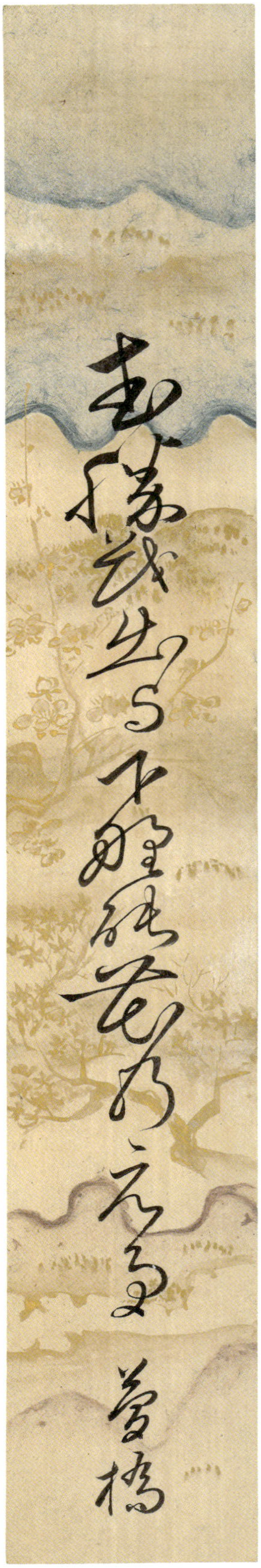

直勝も出よ下野の花のえた　夢橋

（18 オ左）
372 × 59

71　玄々子

元日雪降けれは
かとまつも老松となるやしらかの雪　玄々子

（18 ウ右）
364 × 56

72　調管子

白妙や明ほの謡ふ花筐　調管子

（18 ウ左）
364 × 57

73　東水

天神にもうて、　吐出す発句やいまも花柘榴　東水

（19 オ右）
365 × 58

74　枕流

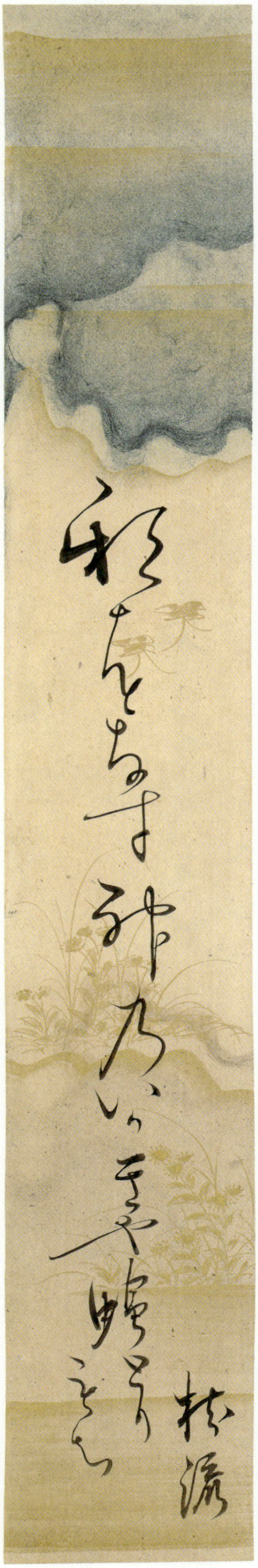

軒をなす神のいかきや蝿とりもち　枕流

（19 オ左）
365 × 57

75　調丸子

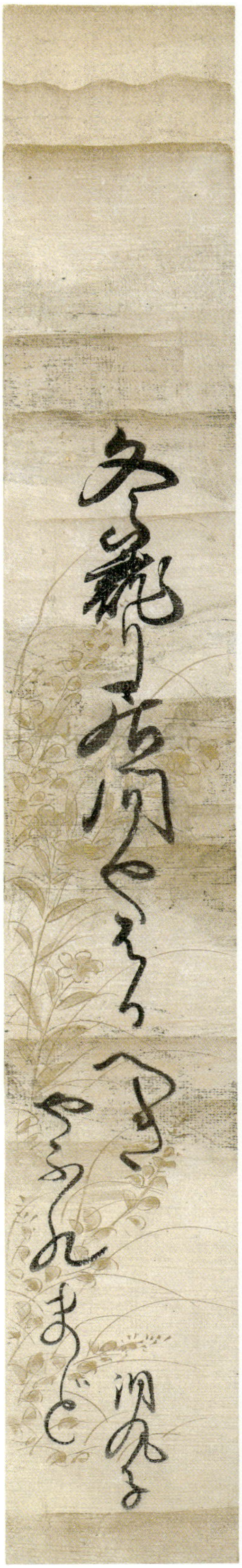

冬籠り居間やはるへきやふれまど　調丸子

（19 ウ右）
365 × 54

76　雨椿子

糸とれる姥のむしの音を古郷哉　雨椿子

（19 ウ左）
362 × 56

77　嘉隆

扇さへ箱にいれたや花盛　嘉隆

（20 オ右）
364 × 57

78　忠高

竹馬やあけて三歳四歳五歳　忠高

（20 オ左）
358 × 56

79　紫苑

そのかみのゆかりへ　にし木、やなしみ色ある高気草　紫苑

（20 ウ右）
365 × 62

80　調梔子

長茄子雨露の恵みをなつき夜　調梔子

（20 ウ左）
369 × 53

81　藤匂

田舎わたらひに　枸杞莚幾日干けん時鳥　藤匂

（21 オ右）
363 × 60

82　其雀

光陰の矢種や尽む霜の楯　其雀

（21 オ左）
366 × 59

83　調由子

さみたれや庭の捨草座鋪鞠　調由子

（21 ウ右）
361 × 58

84　松翁

小松内大臣むかしや今も高灯篭　松翁

（21 ウ左）
362 × 61

85　萩夕

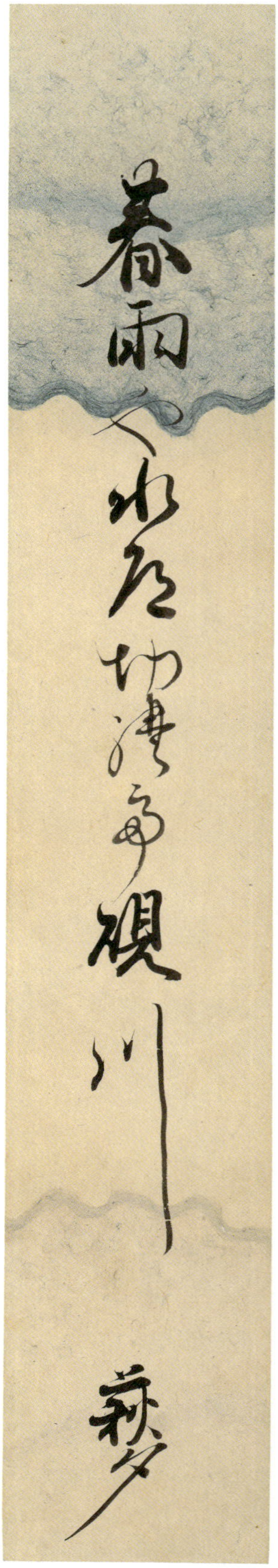

春雨や水道切れて硯川　萩夕

（22オ右）
363×61

86　秋水

継飛脚淀のわたりや子規　秋水

（22オ左）
363×59

87　口慰

暮行年いそかし紛に忘けり　口慰

（22ウ右）
365×60

88　丁我

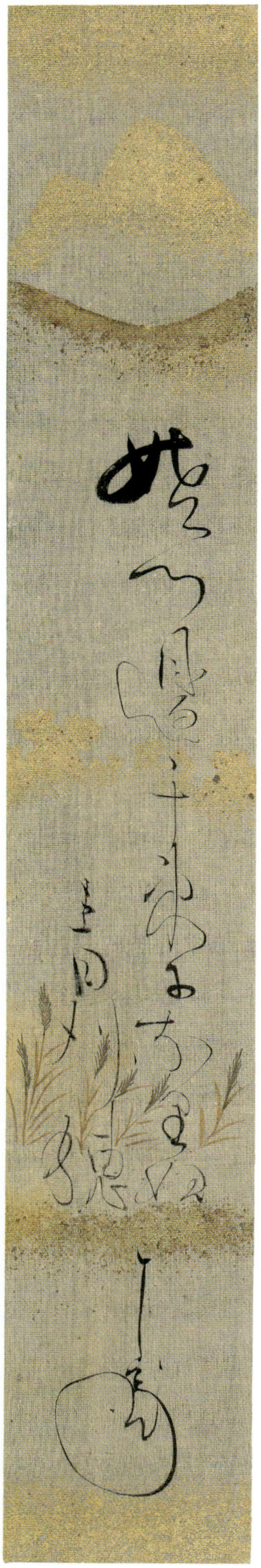

姥門辺千束になりぬ青刈穂　丁我

（22ウ左）
362×57

89　桃李

喰てんけり馬一口に鬼百合を　桃李

（23 オ右）
364 × 57

90　調賦子

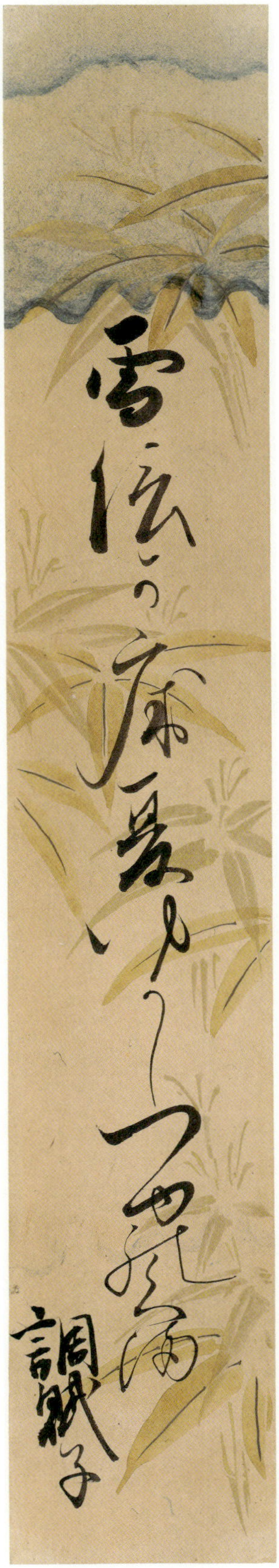

雪信か床夏ゆかしつゆのくま　調賦子

（23 オ左）
364 × 60

91　残月

盃前をきし扇も又、哉　残月

（23 ウ右）
362 × 57

92　露鶴

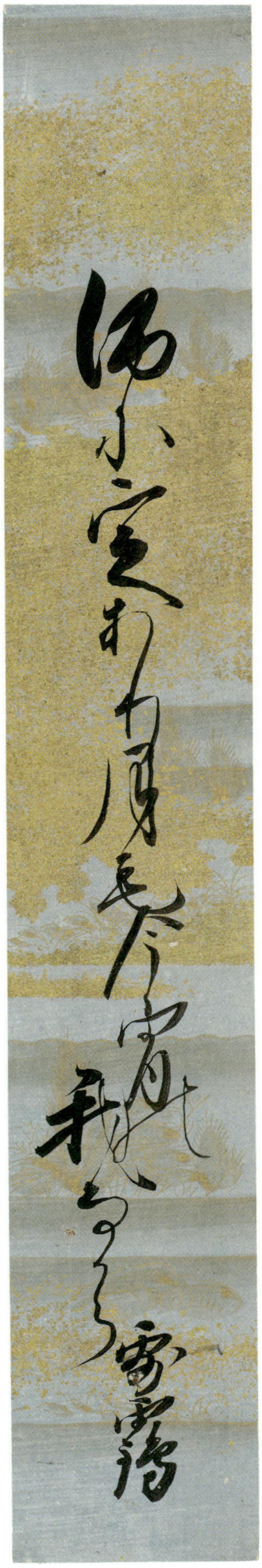

酒に定あり月も今宵の我なから　露鶴

（23 ウ左）
361 × 56

93　惟閑

風と申物とはなしに花盛　惟閑

（24 オ右）
364 × 58

94　亀袖

谷中にて
参りの袖目星や下る寺中の花　亀袖

（24 オ左）
363 × 57

95　調盞子

町なみや犬のもろ声水あひせ　調盞子

（24 ウ右）
364 × 59

96　言集

おもひ出や地主の桜に上野の景　言集

（24 ウ左）
364 × 60

97　巳哉

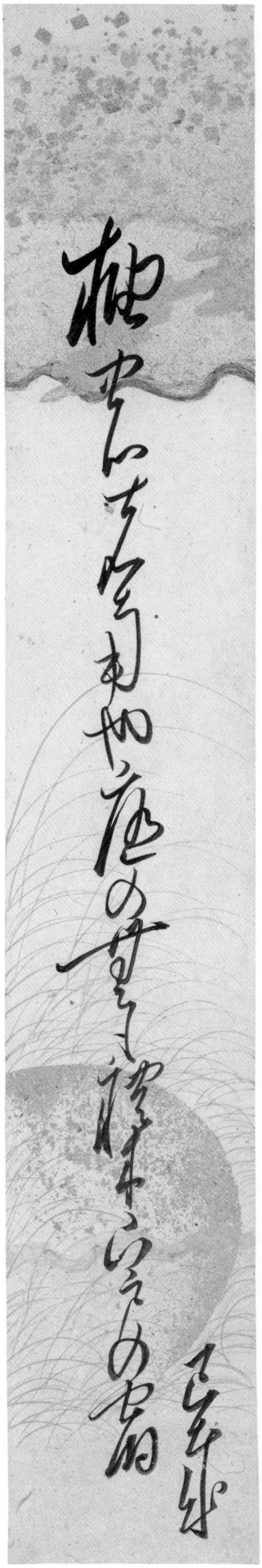

柚のはなや庭のむもれ木下戸の宿　巳哉

（25 オ右）
365 × 57

98　濯心子

勧酔春風といふことを　五百生風やうらみん枕の華　濯心子

（25 オ左）
364 × 58

99　定長

松かせにひかる、藤や琴の糸　定長

（25 ウ右）
368 × 57

100　貞弘

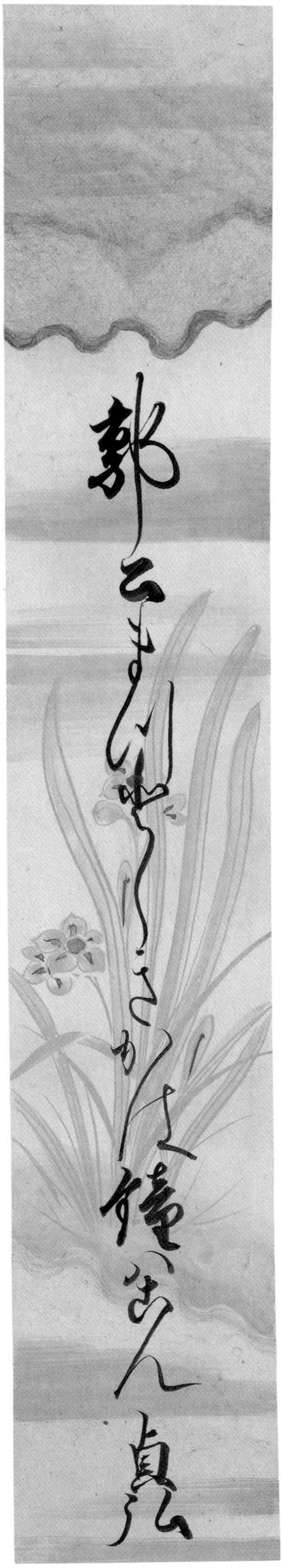

郭公まつとしきかは鐘はこん　貞弘

（25 ウ左）
366 × 62

101　定清

花の山往来の袖は酒の香そ　定清

（26 オ右）
365 × 58

102　喝石

寄雪恋　色はしろしふらせられたしや雪女　喝石

（26 オ左）
365 × 56

103　清信

ひち、かに育もさす賀小姫百合　清信

（26 ウ右）
366 × 52

104　清高

風の神のふくとくこむる扇かな　清高

（26 ウ左）
364 × 60

105　家次

松梅や神の御前のすゆの物　家次

（27 オ右）
363 × 57

106　斯祐

歌人や夢に見よし野ね入花　斯祐

（27 オ左）
361 × 54

107　菊溢

木枯もこゝろありけり酒のかん　菊溢

（27 ウ右）
364 × 61

108　季高

空見には二品やあるけふの月　季高

（27 ウ左）
363 × 60

109　久治

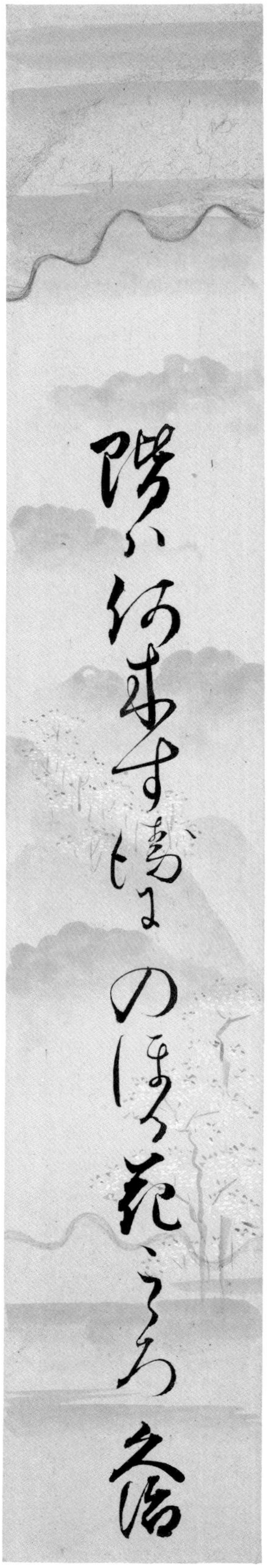

階は何木すゑにのほる花こゝろ　久治

（28 オ右）
364 × 59

110　行富

盆の燈籠ひよそく迄も火銭哉　行富

（28 オ左）
359 × 56

111　公建

三笠山かへりみやけやさ賀り藤　公建

（28 ウ右）
362 × 59

112　弘光

消て水も女来肌也雪ほとけ　弘光

（28 ウ左）
361 × 59

113　友昌

咲かはる継木の花よ前句付　友昌

（29 オ右）
365 × 61

114　永栄

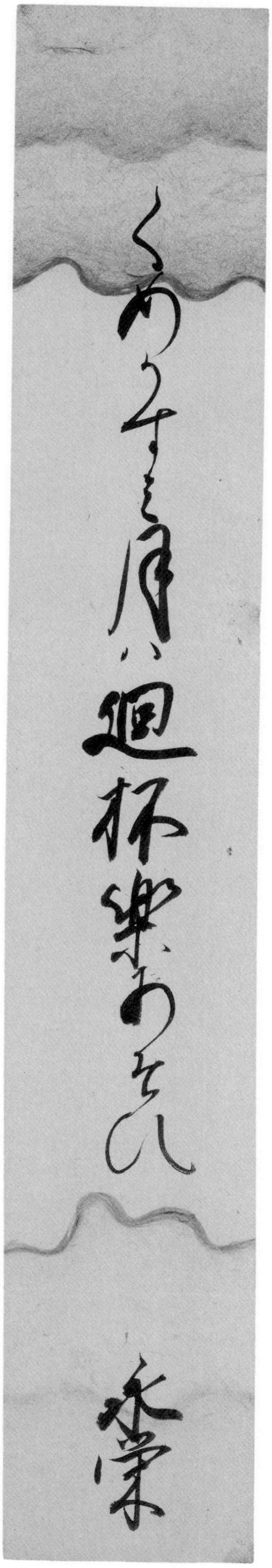

くめかすみ月は廻杯楽あそひ　永栄

（29 オ左）
362 × 57

115　松叟

何よけん来ませる春に二種肴　松叟

（29 ウ右）
363 × 57

116　常和

年のをはくりかへしかへしても面白や　常和

（29 ウ左）
363 × 59

117　因彦

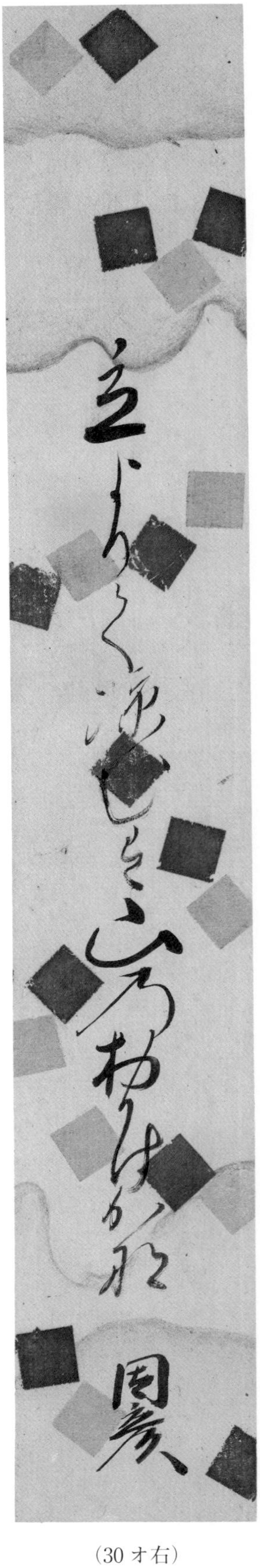

立よりて涼むは山のおかけかな　因彦

（30 オ右）
364 × 57

118　常有

雨夜には神鳴そへそ不如帰　常有

（30 オ左）
363 × 57

119　継彦

いつ寐るときかぬ千代あり松の門　継彦

（30 ウ右）
367 × 57

120　常方

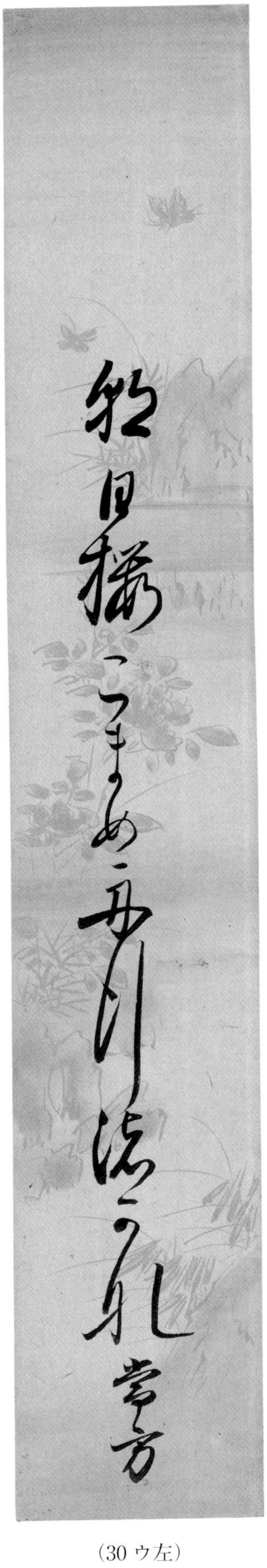

朝日桜こまめ舟行渚かな　常方

（30 ウ左）
360 × 57

121　末彦

神風や伊勢海老汁のゆふ涼み　末彦

（31 オ右）
364 × 58

122　親彦

屠蘇の波ほうらひの峯亀か越　親彦

（31 オ左）
365 × 60

123　常倶

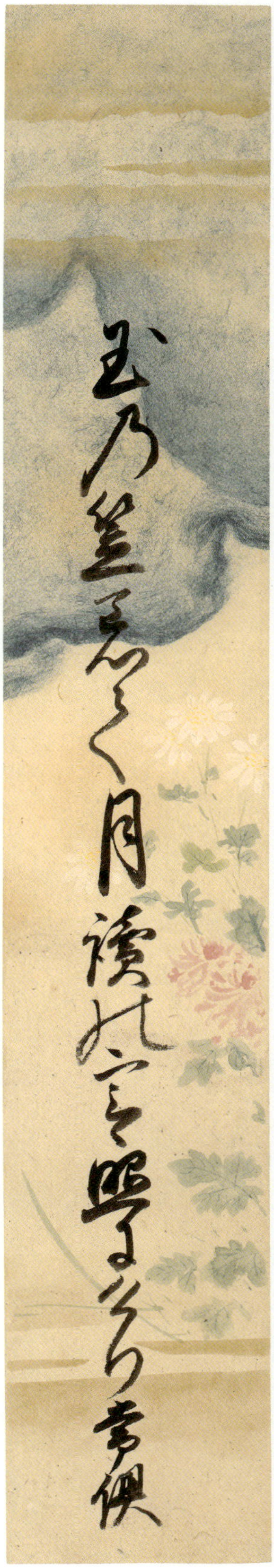

玉の笠着て月読の宮照にけり　常倶

（31 ウ右）
364 × 60

124　貞彦

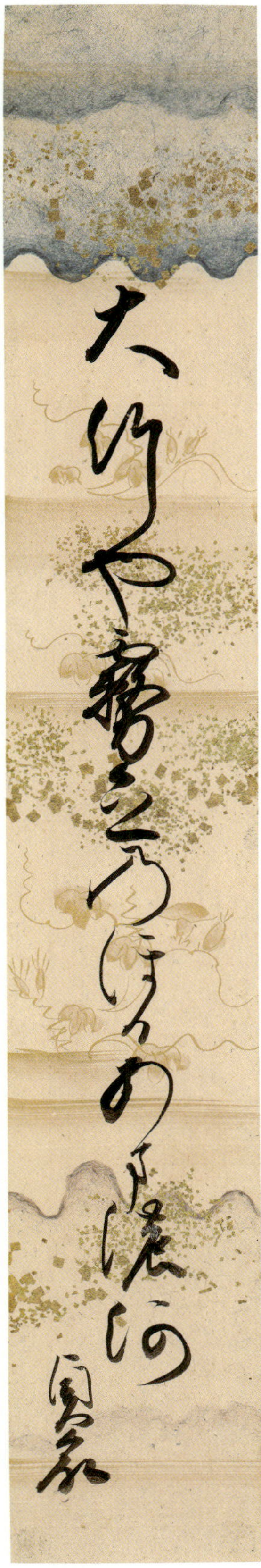

大竹や霧立のほるあまの河　貞彦

（31 ウ左）
363 × 58

125　武珍

万代もかはらの池や筆始　武珍

（32 オ右）
363 × 56

126　武辰

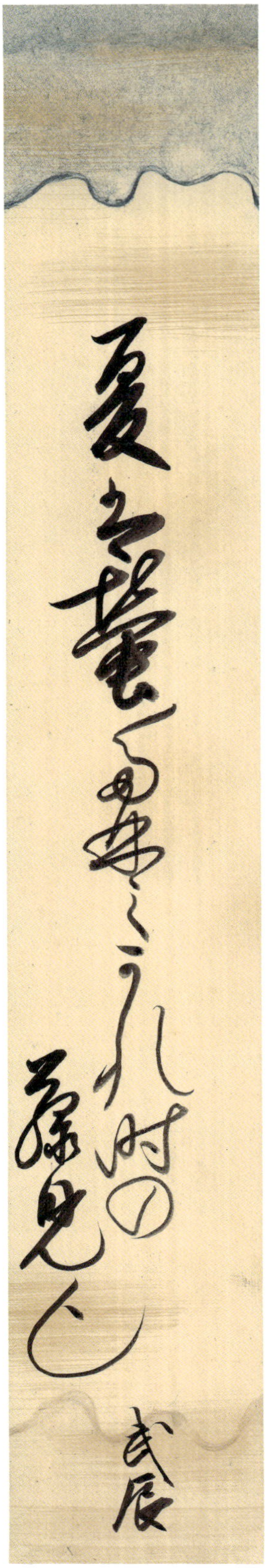

夏は蛍たそかれ時の藤見也　武辰

（32 オ左）
364 × 59

127　武有

茶巾ほと残るも雪に朝数寄也　武有

（32 ウ右）
361 × 58

128　武月

梅
三助になきなおほする鶯哉　武月

（32 ウ左）
359 × 57

129　弘氏

置所無分別なり荻の露　弘氏

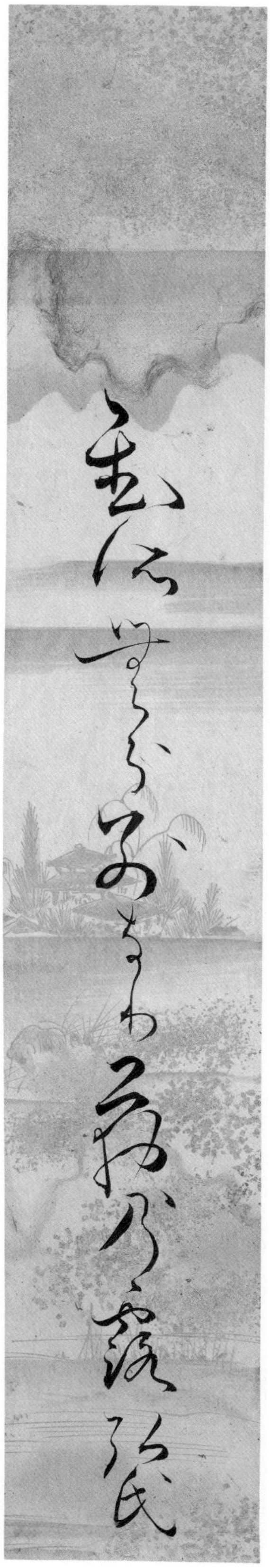

（33 オ右）
364 × 59

130　弘員

時しらぬ山は蕎畑いつとてか　弘員

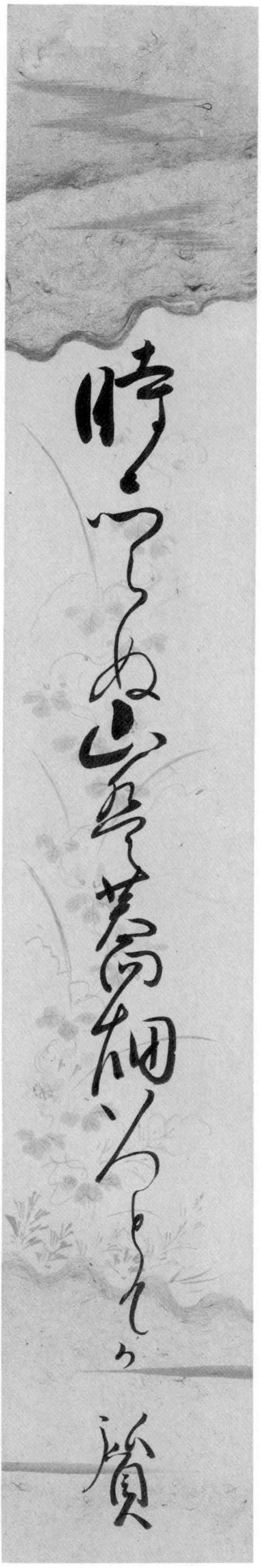

（33 オ左）
364 × 57

131　光如

大事の華近所に山寺もなかりけり　光如

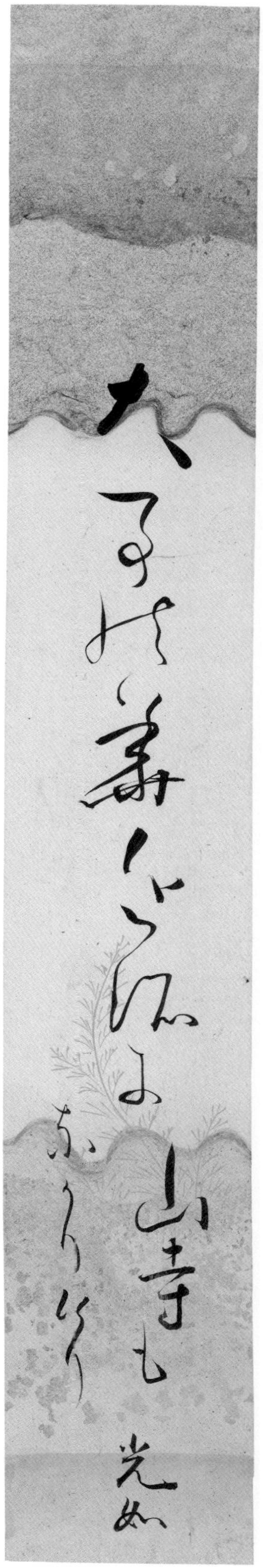

（33 ウ右）
362 × 57

132　盛尹

立待の夜　月まではこしにおほゆる碪かな　盛尹

（33 ウ左）
363 × 57

133　貞並

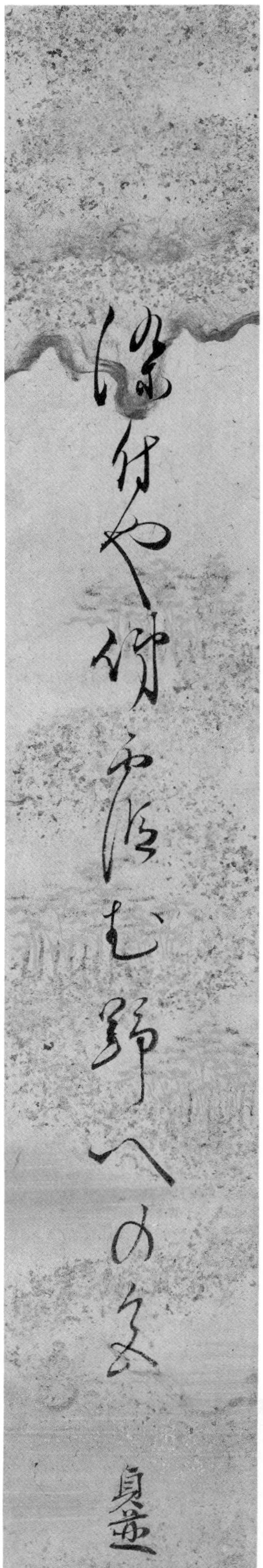

染付や俤霞む野への色　貞並

（34 オ右）
364 × 57

134　文任

おとかひにあらしやよはるみねの雪　文任

（34 オ左）
364 × 57

135　貞俱

素紙子や心あるへき初しくれ　貞俱

（34 ウ右）
364 × 58

136　文幸

ほこ杉のあらしやおさき神の旅　文幸

（34 ウ左）
365 × 59

137　貞富

月と花と一荷にくまん樽の前　貞富

（35 オ右）
360 × 57

138　永晴

蛍　ほたる火のか、やく神や包み紙　度会永晴

（35 オ左）
364 × 57

139　重清

神その中にあれます御名や若ゑひす　重清

（35 ウ右）
362 × 58

140　忠貞

行年やふくへむなしき飛鳥川　忠貞

（35 ウ左）
361 × 59

141 弘孝

結ふ手の雫や茶巾ひとしくれ 弘孝

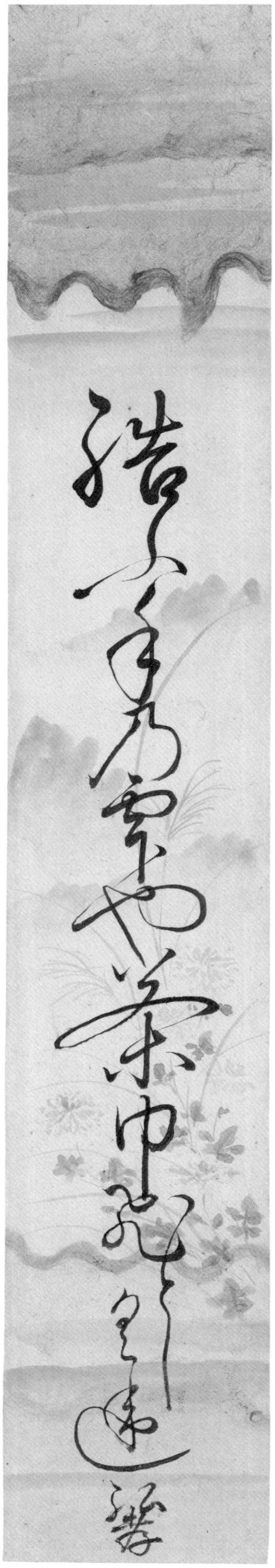

（36 オ右）
365 × 61

142 武在

落花えたに帰と見れは小蝶かな 武在

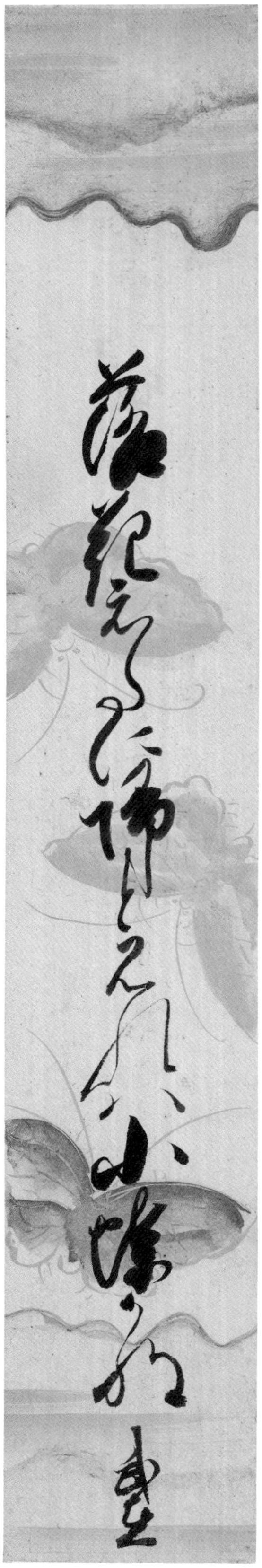

（36 オ左）
364 × 58

143 守武

月花やみなから野分朝ほらけ 守武

（1 オ右）
347 × 58

144 西順

元日 とその酒のみこむやのとけさの春 西順

（1 オ左）
364 × 59

145　卜宥

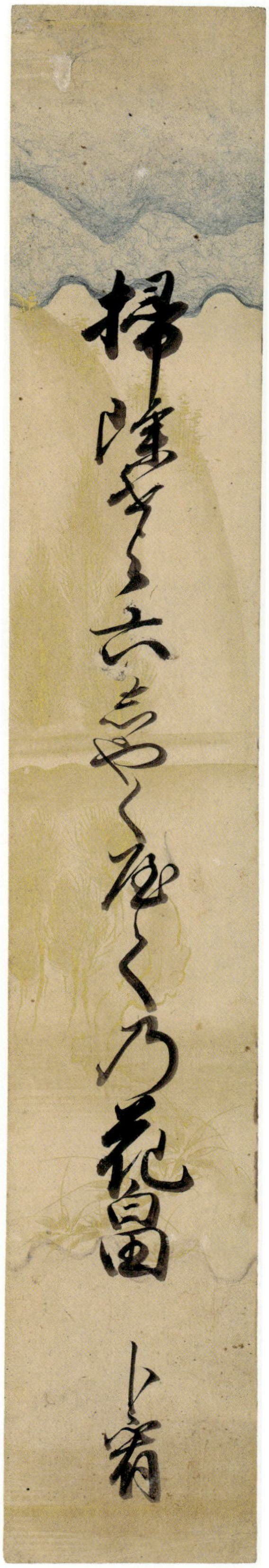

掃除せよ六しやくやくの花畠　卜宥

（1ウ右）
362 × 58

146　為誰

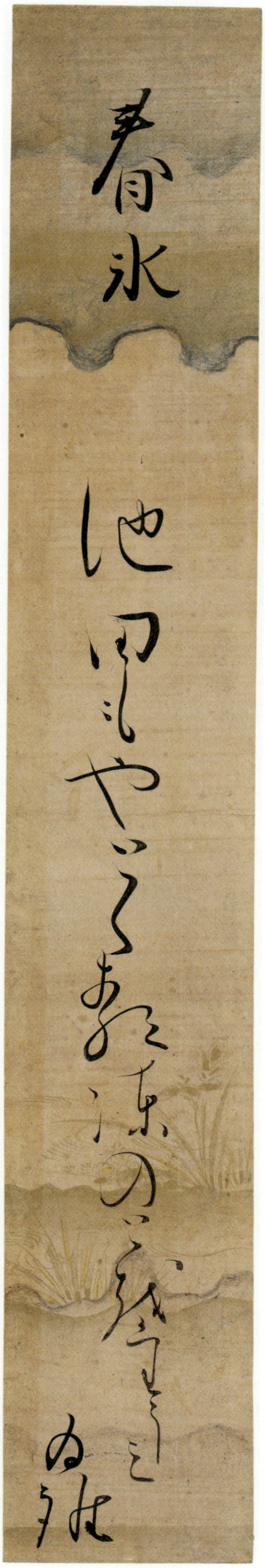

春氷
池田もやとくる凍のとをたうみ　為誰

（1ウ左）
362 × 57

147　隈光

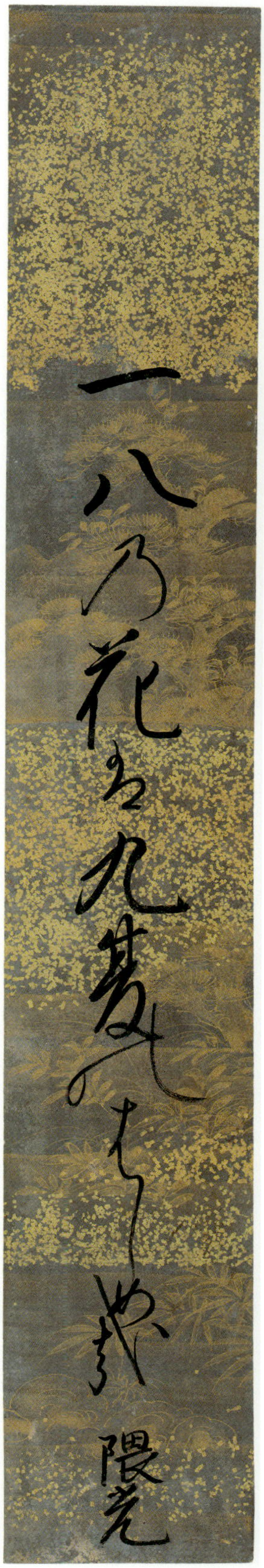

一八の花は九夏のはしめ哉　隈光

（2オ右）
364 × 58

148　正伯

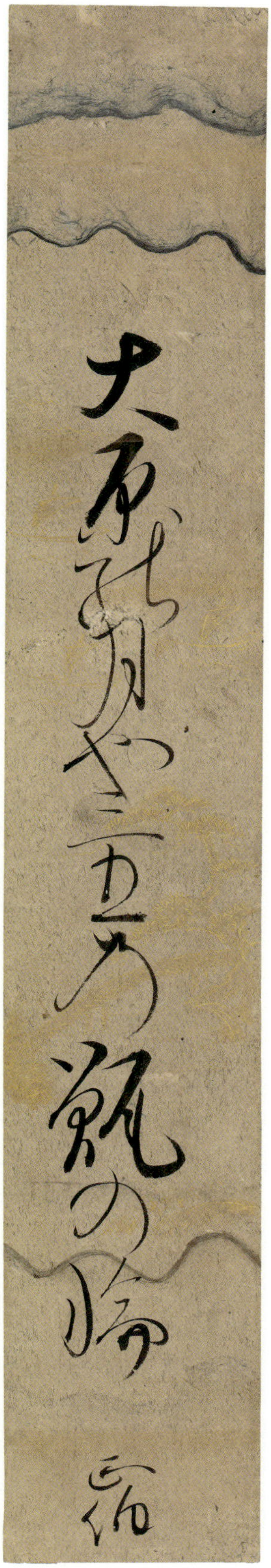

大原の月や三五の瓶の輪　正伯

（2オ左）
363 × 59

149　知春

祇園会　児は花鉾をひかはや車ゆり　知春

（2ウ右）

363 × 58

150　光林

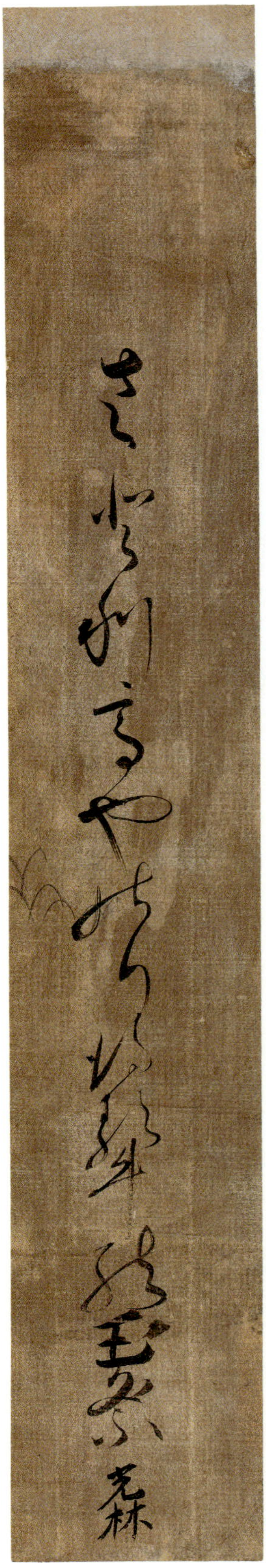

さとりてやのり得る牛の玉祭　光林

（2ウ左）

363 × 57

151　友仙

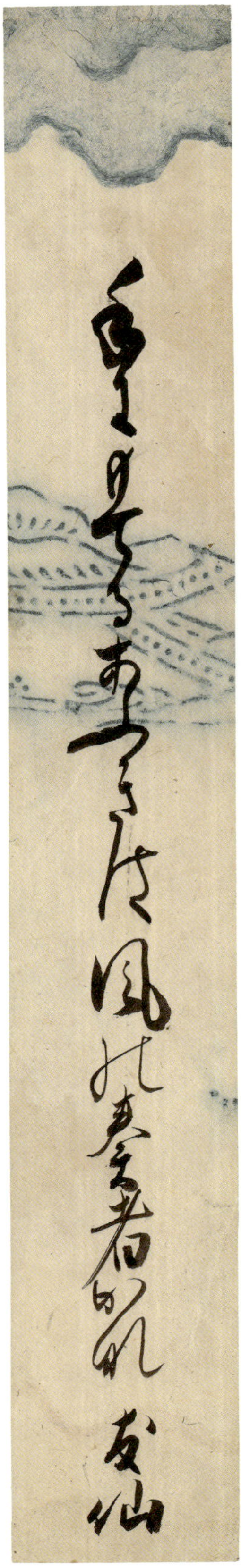

手にもてるあふきは風の奏者かな　友仙

（3オ右）

363 × 52

152　正次

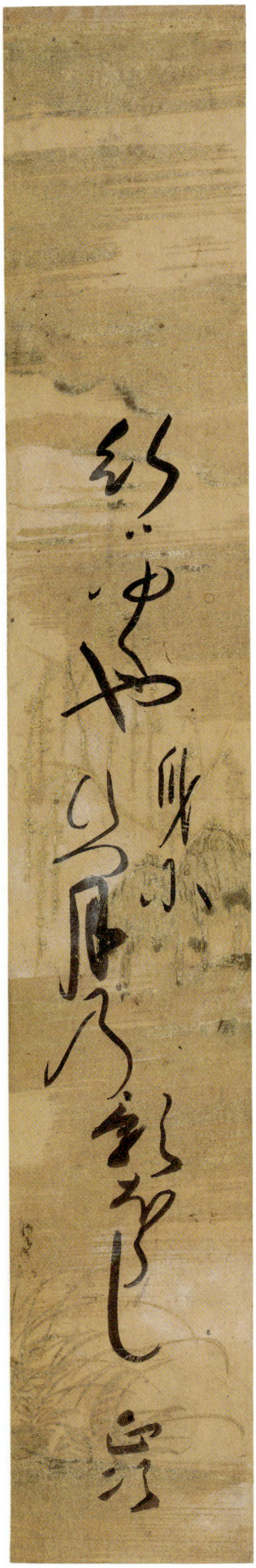

行はゆくや身にひつ月の影ほうし　正次

（3オ左）

364 × 55

153　言聴

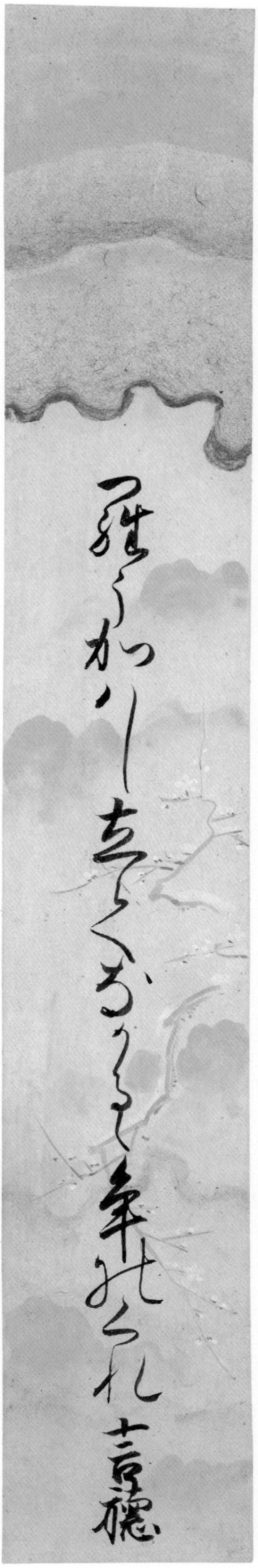

らうかはし立てなかる丶年のくれ　言聴

（3ウ右）
364 × 57

154　可頼

園城寺にて　郭公あやかれ三ゐの泣不動　可頼

（3ウ左）
365 × 59

155　政信

名月やつき中なから月かしら　政信

（4オ右）
361 × 56

156　素行

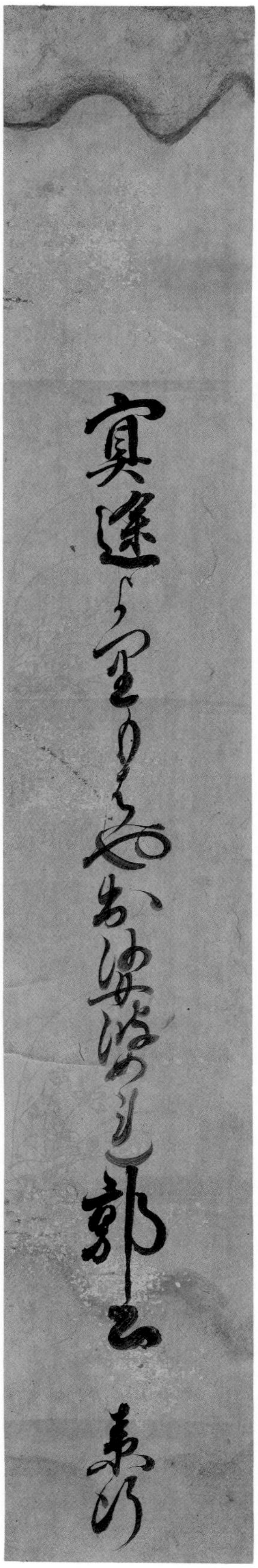

冥途よりもはや出娑婆れ郭公　素行

（4オ左）
362 × 57

157　正重

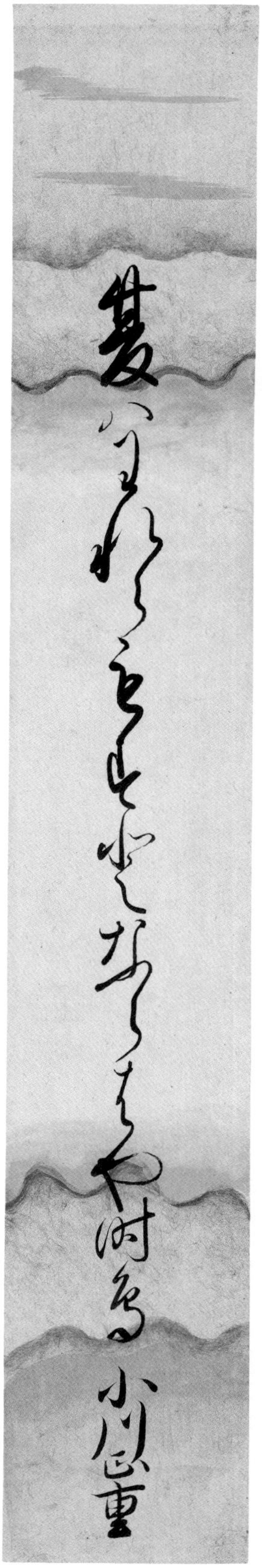

夏はわれらもすとならはや時鳥　小川正重

（4ウ右）
362 × 56

158　祐上

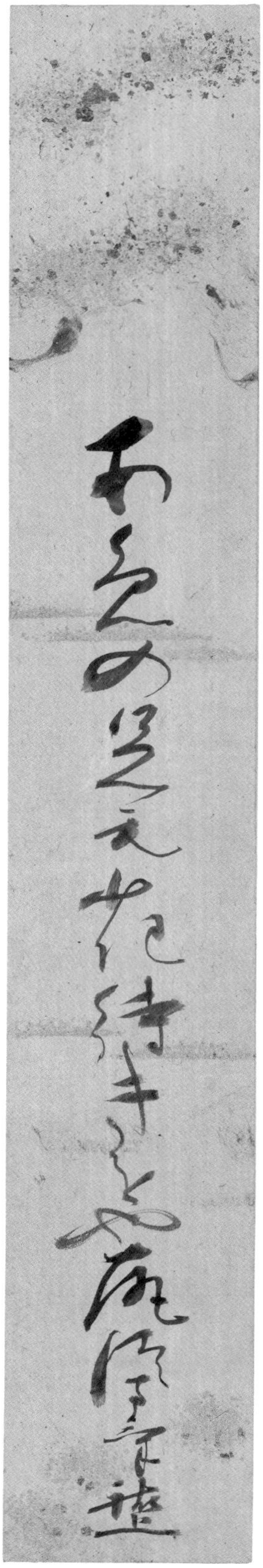

あめの足も花待きをや尻つまけ　祐上

（4ウ左）
359 × 56

159　一好

明ぬるや天の戸こよの鳥のとし　一好

（5オ右）
365 × 60

160　善入

芳野山にて　華はよしの盛りにそ雪の山と哉　善入

（5オ左）
363 × 54

161　可竹

秋風ても、草になる千種哉　可竹

（5ウ右）
364 × 57

162　銀竹

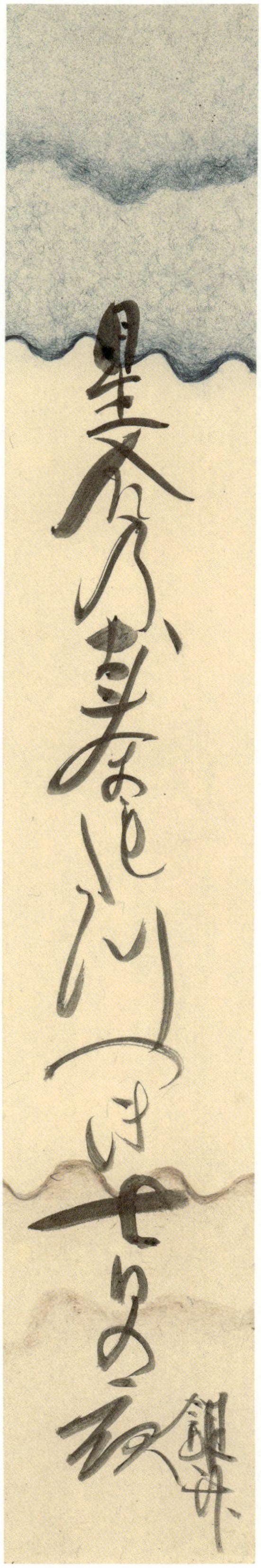

星合のお茶もたつへき七日の夜　銀竹

（5ウ左）
364 × 58

163　正伯

もし一日若二日も十夜かな　正伯

（6オ右）
363 × 57

164　可雪

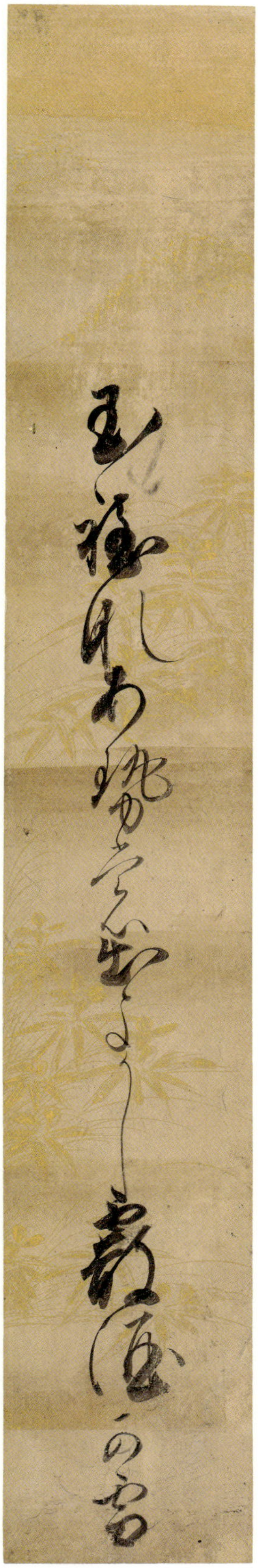

玉程なあせも出よかし霰酒　可雪

（6オ左）
361 × 56

165　道可

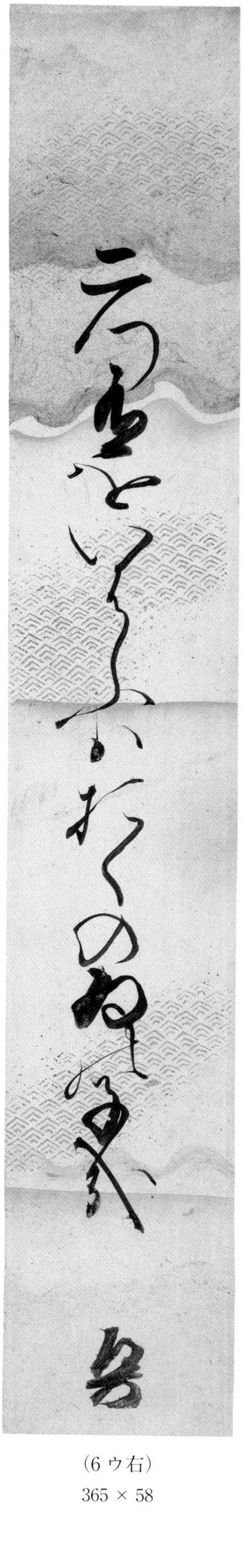

二つ有をいはふかおくのゐの子哉　道可

（6ウ右）
365 × 58

166　直興

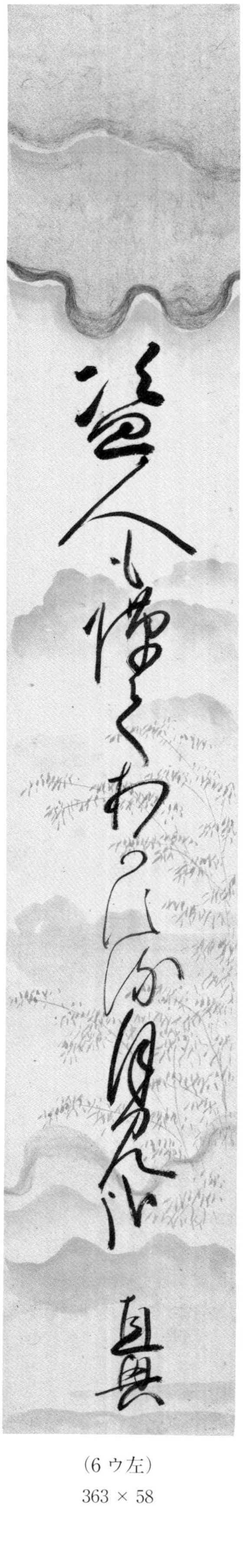

盗人も隙てあかする月見哉　直興

（6ウ左）
363 × 58

167　元知

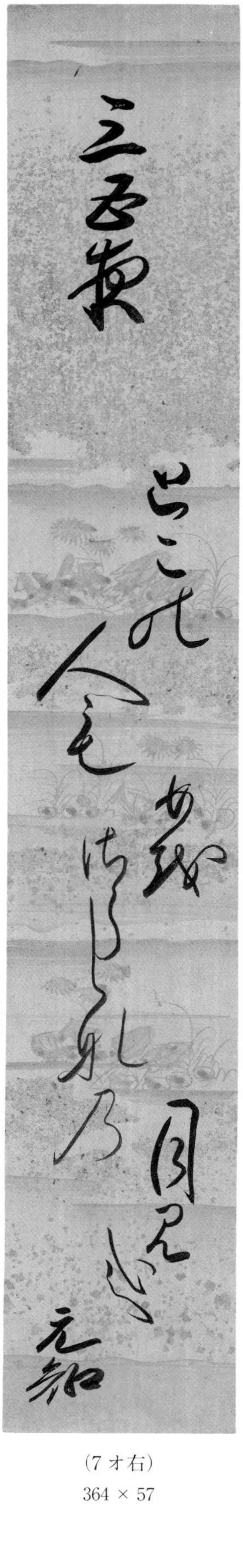

三五夜　とこの人もめをさらしなの月見哉　元知

（7オ右）
364 × 57

168　正量

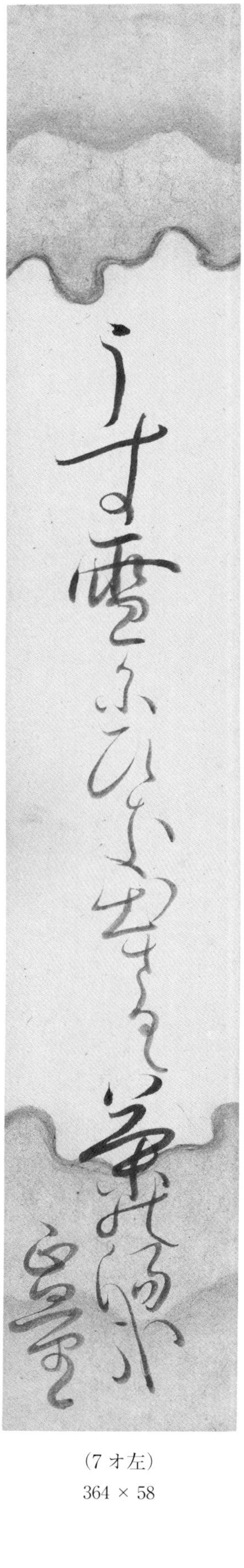

うす雪にひき出さる、茶の湯哉　正量

（7オ左）
364 × 58

169　秀朝

水のあやとつる氷の針目哉　秀朝

（7ウ右）
364 × 59

170　元隣

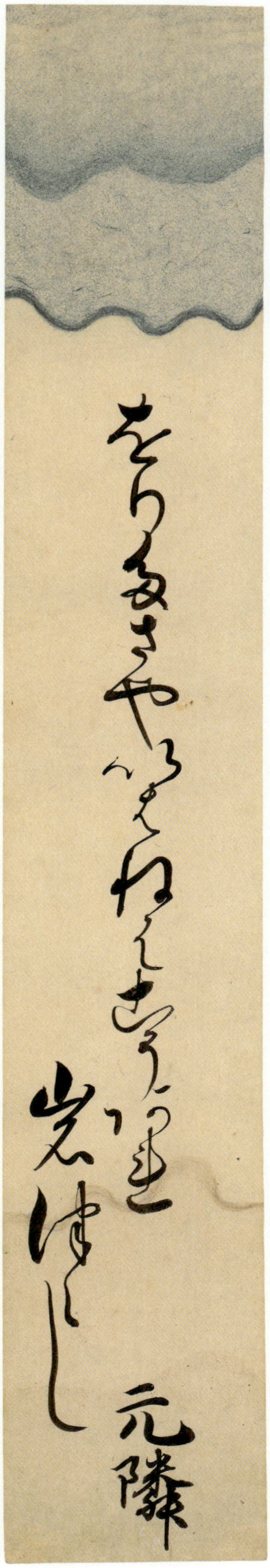

をりたさやいはねはこそあれ岩つゝし　元隣

（7ウ左）
365 × 59

171　可全

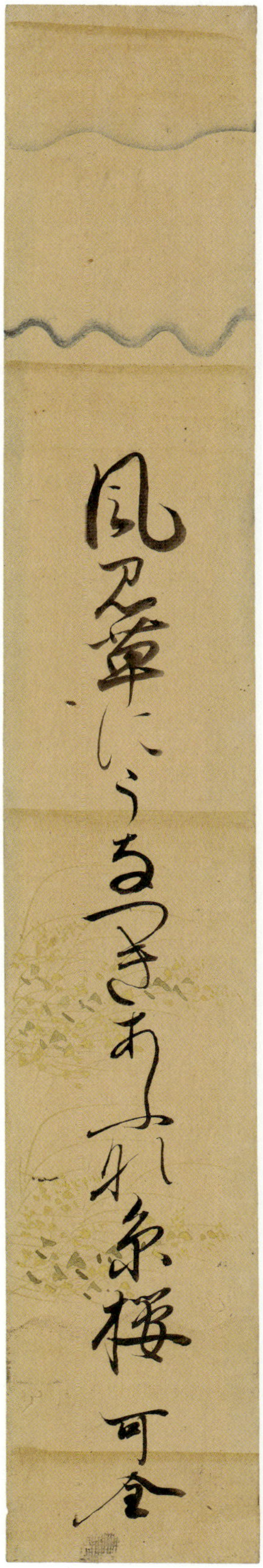

風見草にうなつきあふな糸桜　可全

（8オ右）
364 × 57

172　康吉

いはへ桃の酒にあまたの徳利あり　康吉

（8オ左）
363 × 58

173　則常

東山の花見にまかりて　花をみにこぬ人やひか〱し山　則常

（8ウ右）
365 × 58

174　永利

つれたつやならひの岡の雲霞　永利

（8ウ左）
363 × 59

175　一敬

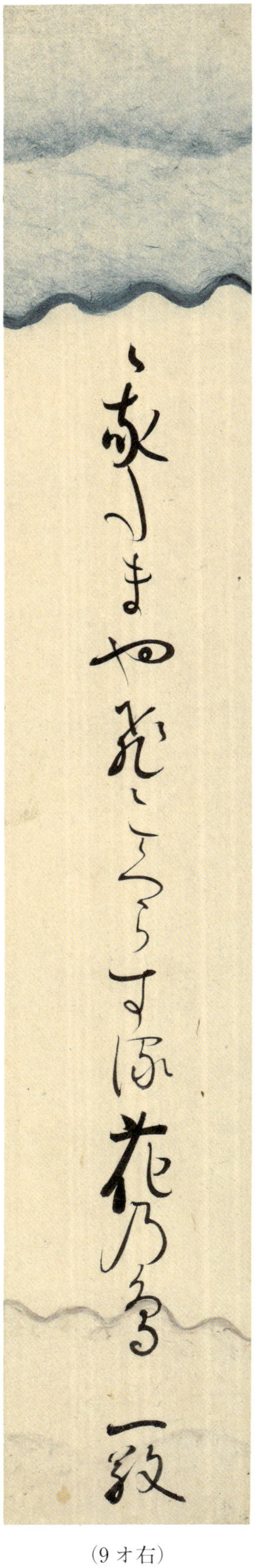

我たまや飛こくらする花の鳥　一敬

（9オ右）
364 × 59

176　俊之

はゝ木ゝか面影にのみ花の皃　俊之

（9オ左）
364 × 58

177　雪竹

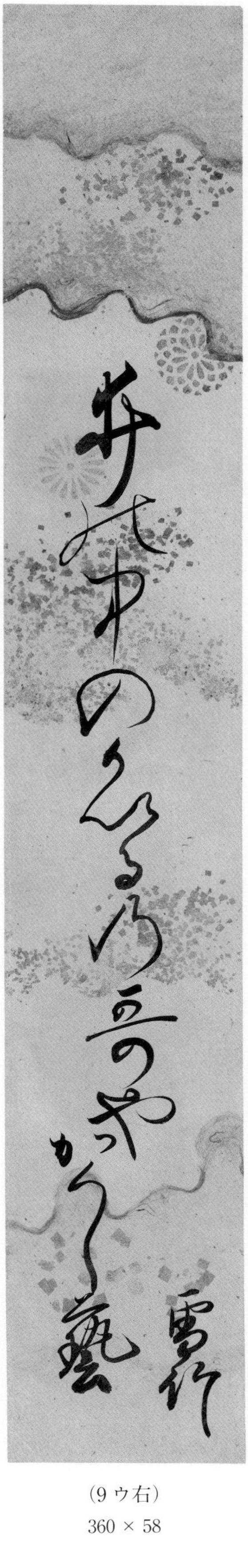

井の中のかいるの歌やかくし芸　雪竹

（9ウ右）
360 × 58

178　平吉

朝顔の花盗人や目すりく　平吉

（9ウ左）
362 × 55

179　順也

蓬莱の木具に実のるや花の春　順也

（10オ右）
364 × 56

180　信徳

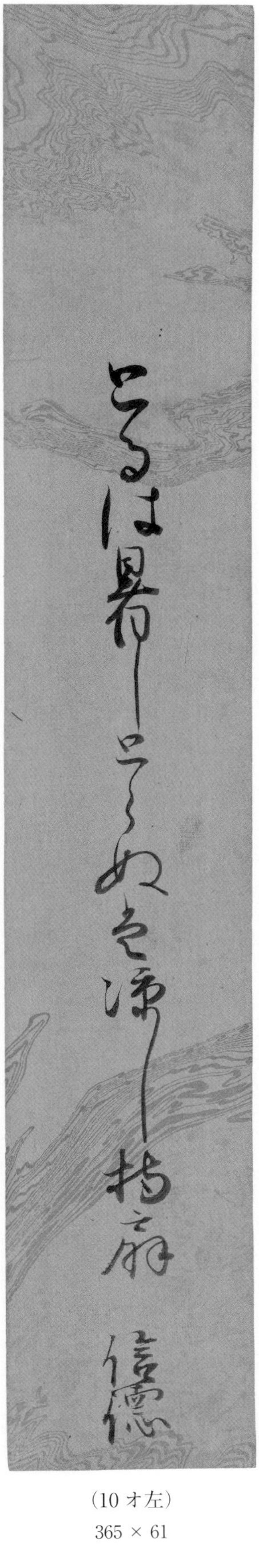

とるは暑しとらぬは涼し持扇　信徳

（10オ左）
365 × 61

181　重隆

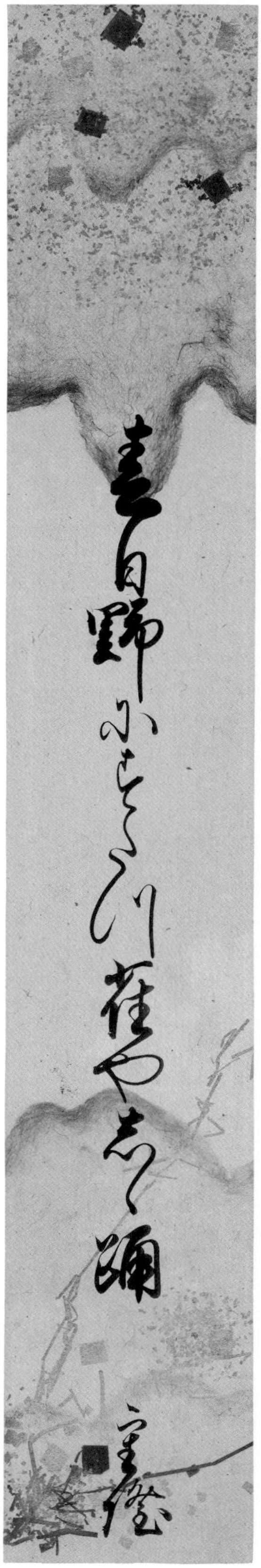

春日野にすたつ雀やしゝ踊　重隆

（10 ウ右）
362 × 57

182　似船

花の香を衣桁に残すゆふへかな　似船

（10 ウ左）
365 × 58

183　立静

天河や渡るに絶ぬ星の縁　立静

（11 オ右）
362 × 57

184　重晴

龍頭の船は蛇柳の一葉哉　重晴

（11 オ左）
363 × 55

185　忠直

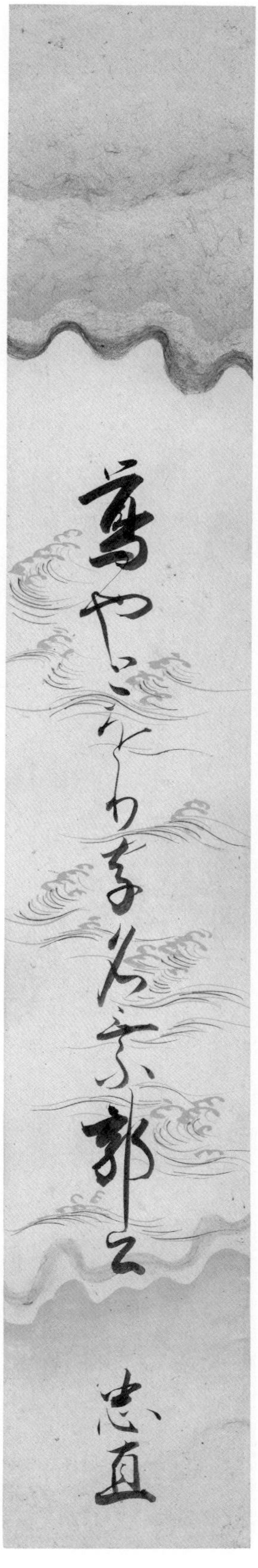

鴬やとをりな名乗郭公　忠直

（11 ウ右）
363 × 57

186　三秋

嵯峨て消る雪の流は仏哉　三秋

（11 ウ左）
365 × 58

187　友吉

更科の月四角にもなかりけり　友吉

（12 オ右）
363 × 57

188　越人

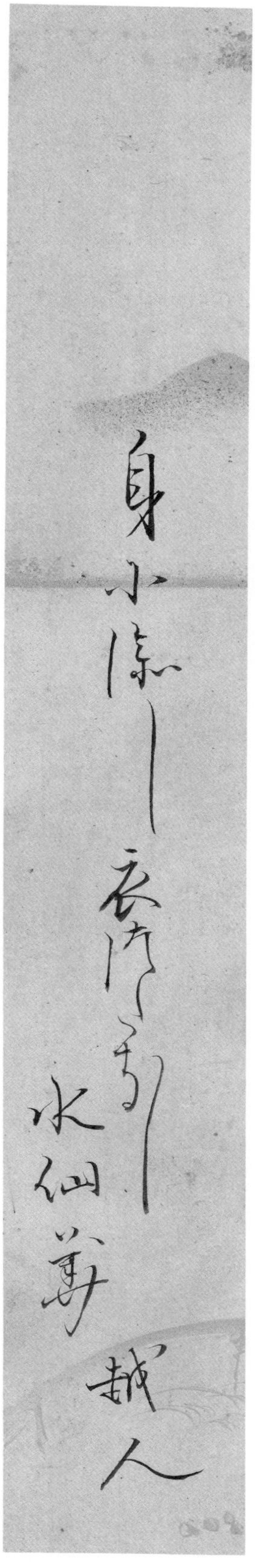

身に添し衣つたなし水仙華　越人

（12 オ左）
361 × 55

189　忠幸

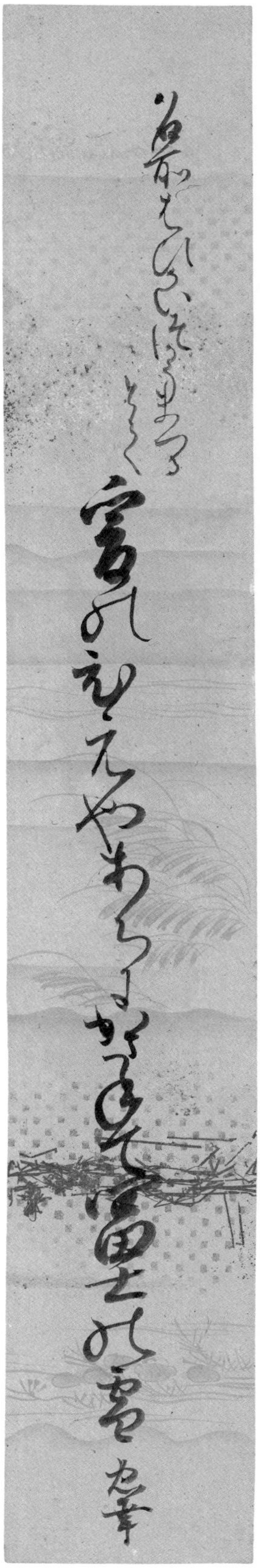

名所はひかいつかうまつるとて　爰のひえやあちにかさねて富士の雪　忠幸

（12 ウ右）
363 × 57

190　任口

はやきへたそれを誰とへは草の露　任口

（12 ウ左）
363 × 58

191　清光

神の七代竹子の世やのひ次第　清光

（13 オ右）
363 × 57

192　正房

道をみちに立松かされ親子草　正房

（13 オ左）
362 × 57

193　是友

よはねとも参るや曬嚌多郎月　是友

（13 ウ右）
363 × 58

194　古拙

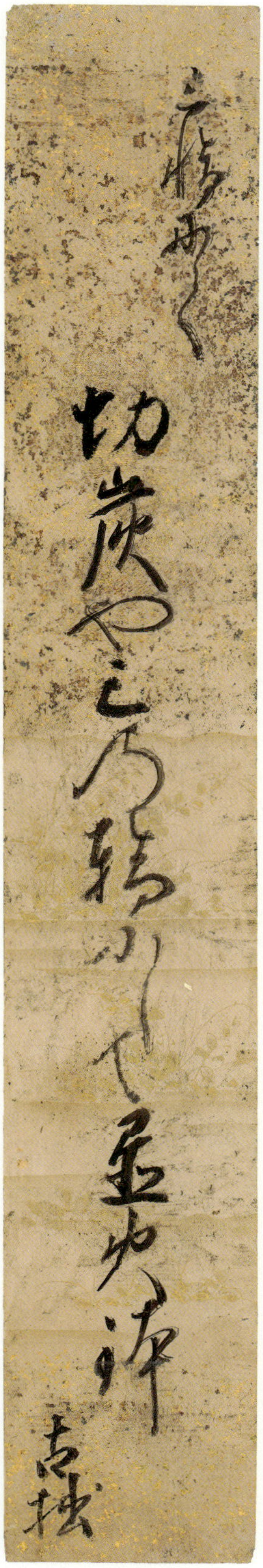

三輪にて
切炭や三の輪にして置火鉢　古拙

（13 ウ左）
362 × 58

195　意計

桜貝は口のひらくをさかりかな　意計

（14 オ右）
365 × 58

196　元直

打見るに月は太鼓かてんてれり　元直

（14 オ左）
365 × 58

197　日立

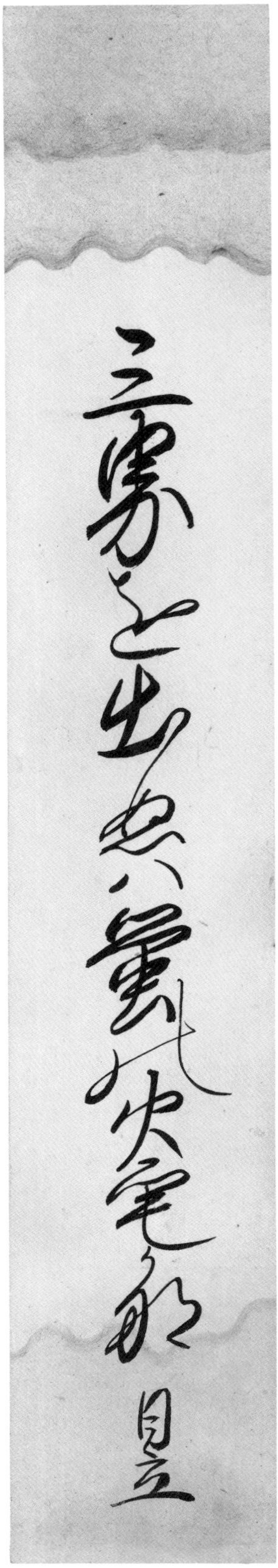

三界を出ぬは蛍の火宅かな　日立

（14 ウ右）

363 × 60

198　正利

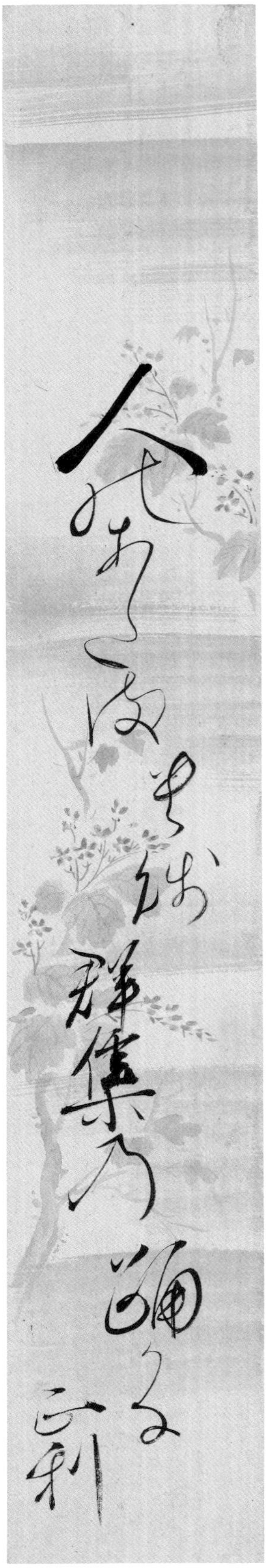

人のあたま貴賤群集の踊かな　正利

（14 ウ左）

364 × 58

199　行恵

去年の雪あらたまつたることし哉　行恵

（15 オ右）

362 × 58

200　嶺松

波のうねや是水草の花畠　嶺松

（15 オ左）

360 × 55

201　正式

北野万句に　梅は星人はたんたくる北野かな　正式

（15ウ右）
363 × 56

202　宗甫

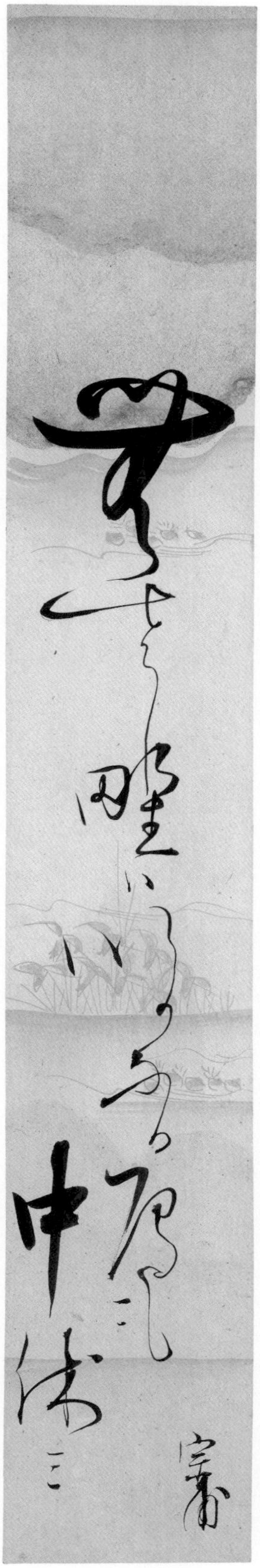

むさし野はいかなる鳫も中休み　宗甫

（15ウ左）
365 × 57

203　遠川

雪や匂ふ今こそふしん春の梅　遠川

（16オ右）
362 × 58

204　成方

水鳥のはく羽箒やをのか床　成方

（16オ左）
363 × 54

205　正盛

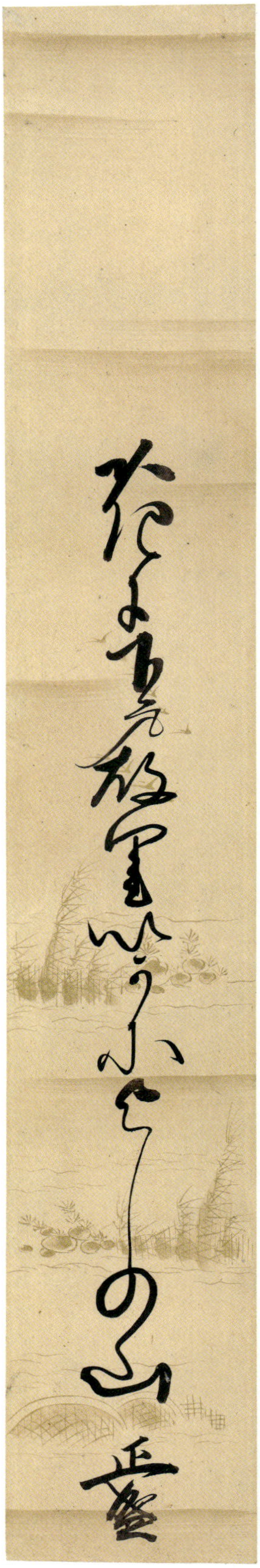

花に下戸故里いかによしの山　正盛

（16 ウ右）
362 × 58

206　春宵

みすは夜にもかしらかきなん樱㯯の花　春宵

（16 ウ左）
363 × 58

207　浄久

高津にて　祝とかや声も高津の郭公　浄久

（17 オ右）
364 × 57

208　一之

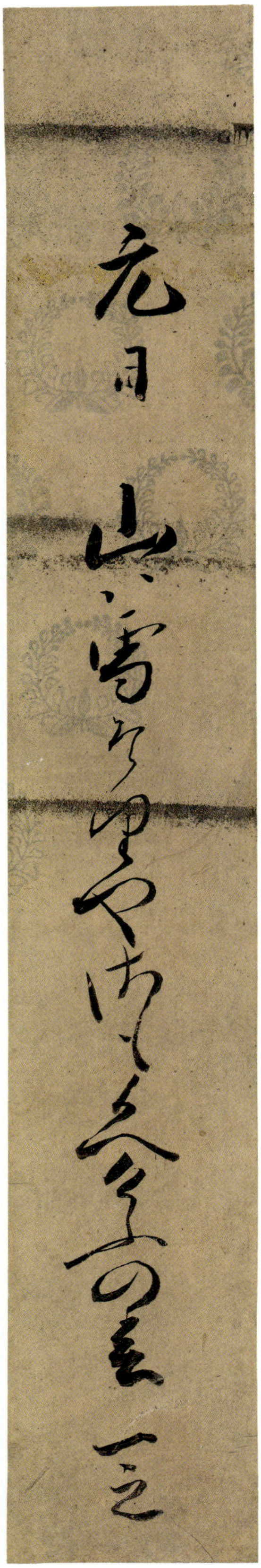

元日　山は雪そりやさも候へけふの春　一之

（17 オ左）
364 × 57

209　宗牟

誰にかもの汁ふるまはん友もかな　宗牟

（17ウ右）
357 × 57

210　一正

昔〱時雨やそめし猿尻　一正

（17ウ左）
363 × 57

211　慶友

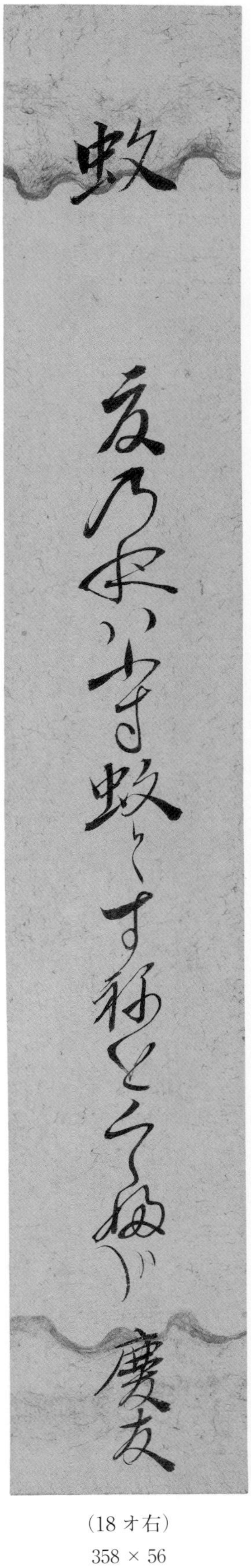

蚊　夏の夜はふす蚊とすねをくらふ哉　慶友

（18オ右）
358 × 56

212　成安

流さへこほるうは川たるみかな　成安

（18オ左）
363 × 59

213　盛之

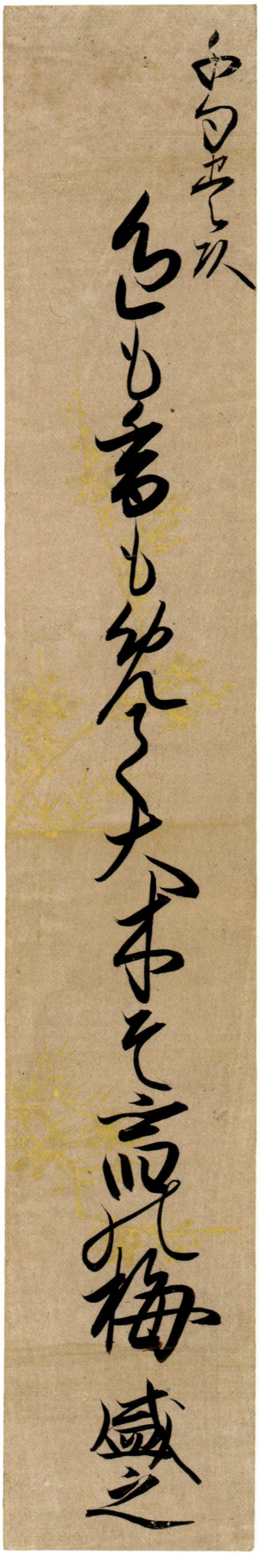

千句巻頭　色も香もめて大木そ宿の梅　盛之

(18 ウ右)
365 × 59

214　牧童

初秋三日の日言水江東に帰り給ふ名残に　盃にむちうつ秋の情《コヽロ》哉　牧童

(18 ウ左)
366 × 61

215　宗硯

しなさため其節はさそ郭公　宗硯

(19 オ右)
367 × 57

216　以春

在飛何山万句　西に在すかさむ月の木間哉　以春

(19 オ左)
363 × 58

217　尓云

重頼興行　色ならぬ言のはもしや都人　尓云

（19ウ右）
356 × 57

218　貞盛

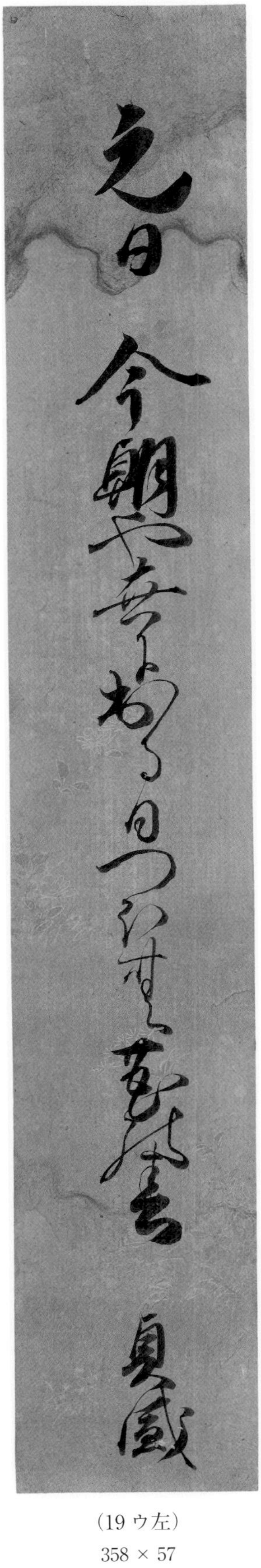

元日　今朝や世に出る日つほむ花の春　貞盛

（19ウ左）
358 × 57

219　信勝

今年より春しり染る小猿哉　信勝

（20オ右）
362 × 60

220　長重

鞍馬花見に　花見にといそくや馬のくらまきれ　長重

（20オ左）
364 × 58

221　乙州

鉢た、きあはれは顔に似ぬ物か　乙州

（20ウ右）

360×59

222　正甫

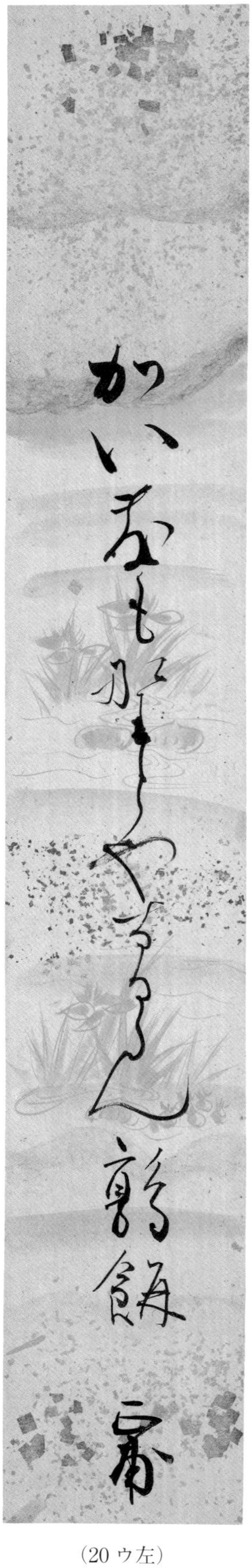

かい敷もなにとやなるらん鶉餌　正甫

（20ウ左）

361×57

223　宗尓

世にいは、月の名のりや光明　宗尓

（21オ右）

361×60

224　成政

嶋台や盃もとふ千鳥かけ　成政

（21オ左）

363×51

225　貞伸

折はかりふかせてしかな綿の枝　貞伸

（21 ウ右）
363 × 59

226　長治

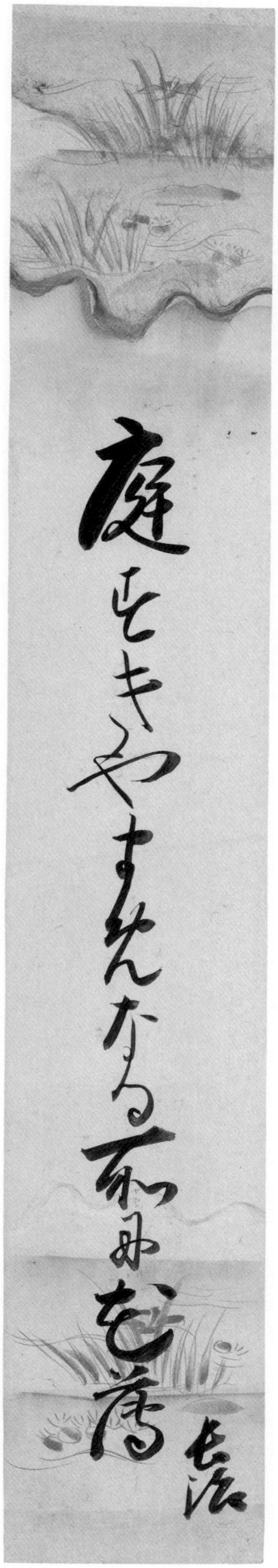

庭すきやまめなる所に花薄　長治

（21 ウ左）
363 × 60

227　貞成

本歌なをし　行鹿も山の端にけている矢哉　貞成

（22 オ右）
364 × 58

228　宗珠

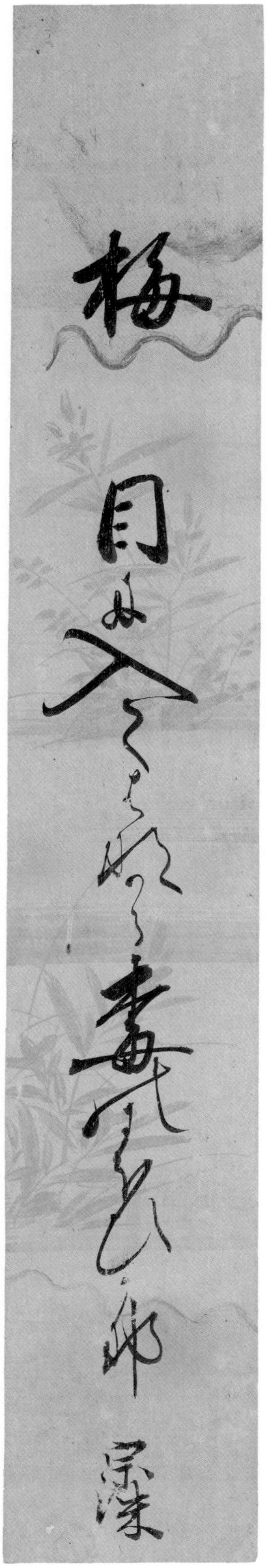

梅　目に入てはなから梅のにほひかな　宗珠

（22 オ左）
362 × 57

229　広次

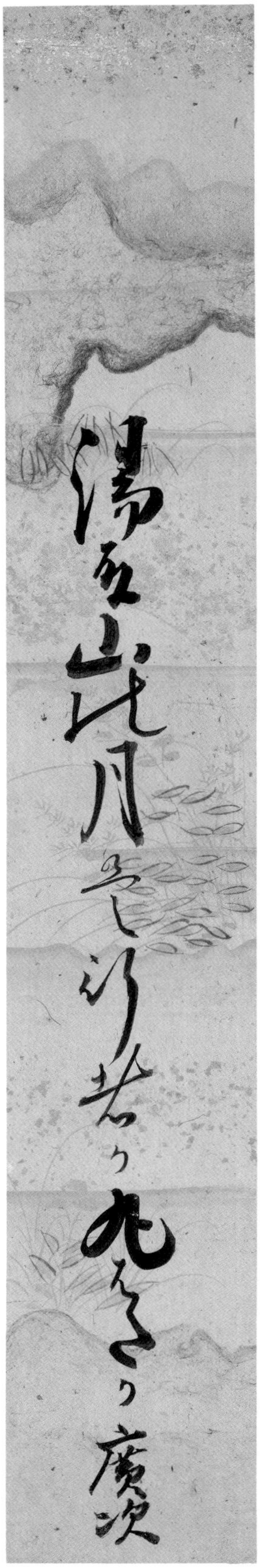

湯殿山の月は行者か丸はたか　広次

（22 ウ右）
363 × 58

230　安之

千句の題に　力をも入すして引小綱哉　安之

（22 ウ左）
362 × 57

231　玄〓

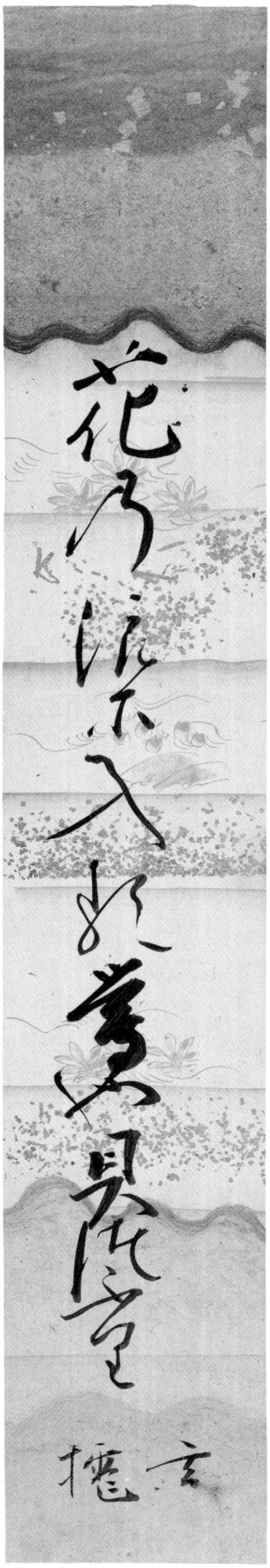

花の浪に入る鴬や貝つふり　玄〓

（23 オ右）
362 × 60

232　玄悦

徳風に緇や櫛とく庭桜　玄悦

（23 オ左）
363 × 58

233　一円

花に風の遺恨は晴じ月の雲　一円

（23 ウ右）
362 × 60

234　顕成

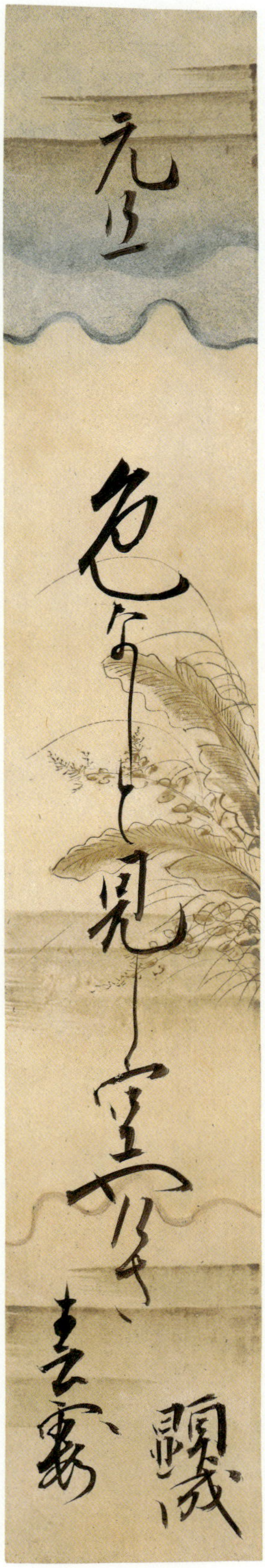

元旦　色なしと見し空やけさ春霞　顕成

（23 ウ左）
361 × 57

235　勝明

花の咲や匂ふさふらふたち葵　勝明

（24 オ右）
364 × 57

236　頼広

いつのまに花やさくさめよめか萩　頼広

（24 オ左）
363 × 58

237　一武

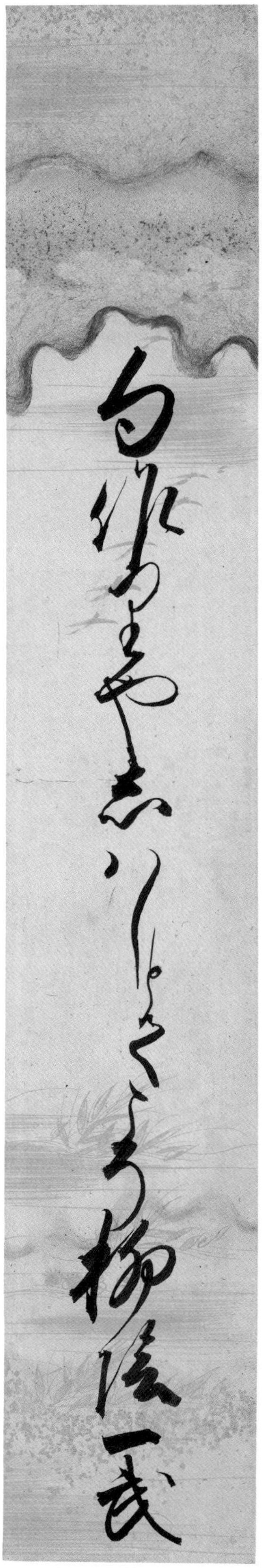

句作りやしはしとてこそ柳陰　一武

（24ウ右）
363×58

238　正村

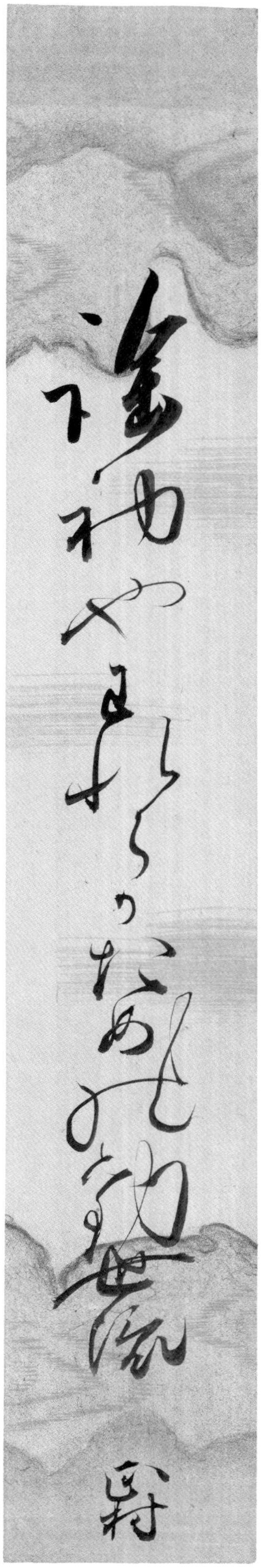

謡初やわれらかための勧世流　正村

（24ウ左）
365×58

239　勝安

紀州ニテ　五月雨や紀の海かけて南海道　勝安

（25オ右）
363×57

240　一守

露の玉あるは孔雀の尾花哉　一守

（25オ左）
363×58

241　嘉雅

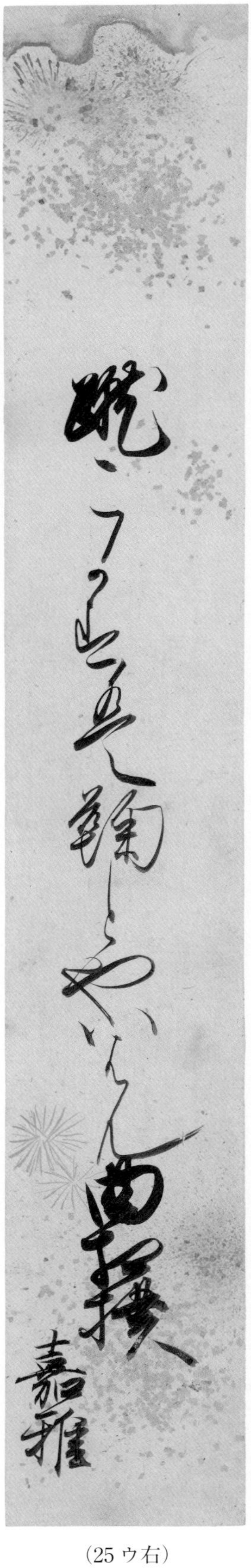

蹴こかすは鞠とやいはん曲相撲　嘉雅

（25 ウ右）
364 × 57

242　我黒

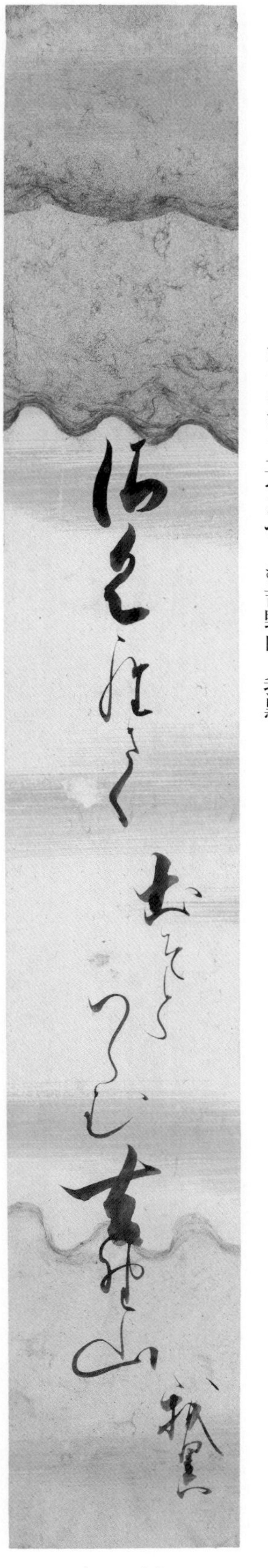

さくらさく土そとつゝむ吉野山　我黒

（25 ウ左）
366 × 54

243　涼菟

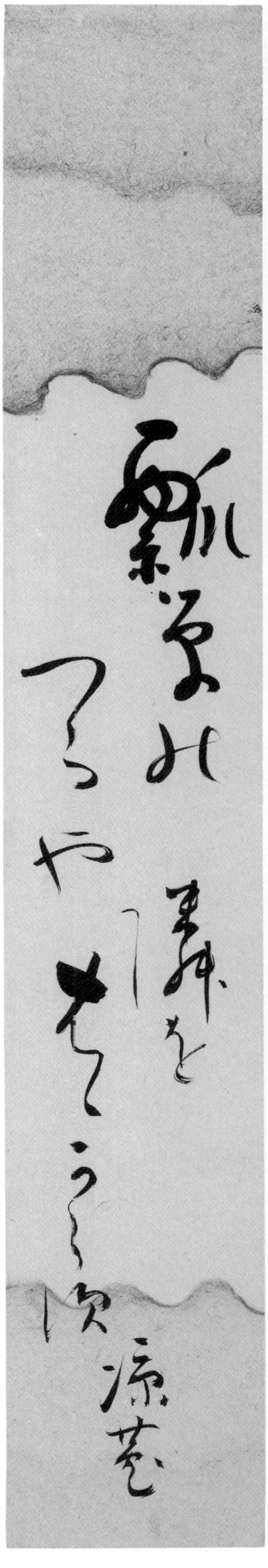

瓢単のつるや隣をはゝからす　涼菟

（26 オ右）
359 × 59

244　休甫

淀鯉のあつものくふや柳髪　休甫

（26 オ左）
361 × 56

245　きうほ

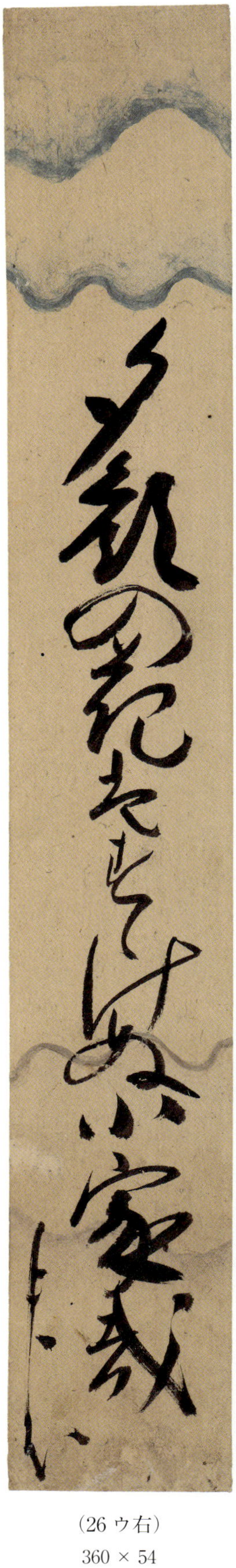

夕顔の花はすゝけぬ小家哉　きうほ

（26ウ右）
360 × 54

246　安明

秋風にすねをしするや萩の花　安明

（26ウ左）
363 × 55

247　静寿

罷出るは此あたりにすむ月夜かな　静寿

（27オ右）
362 × 55

248　玄康

岑に生るそれは稲葉の山田哉　玄康

（27オ左）
367 × 60

249　空存

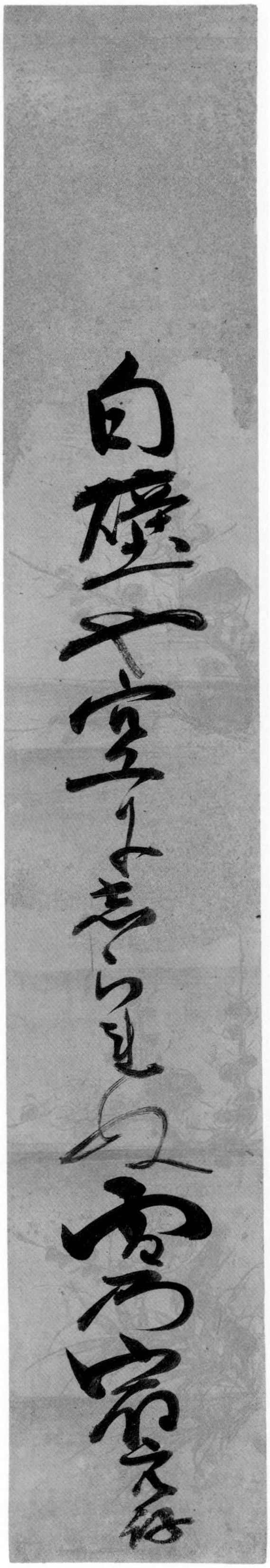

白壁や空にしられぬ雪の宿　空存

（27 ウ右）
364 × 58

250　利貞

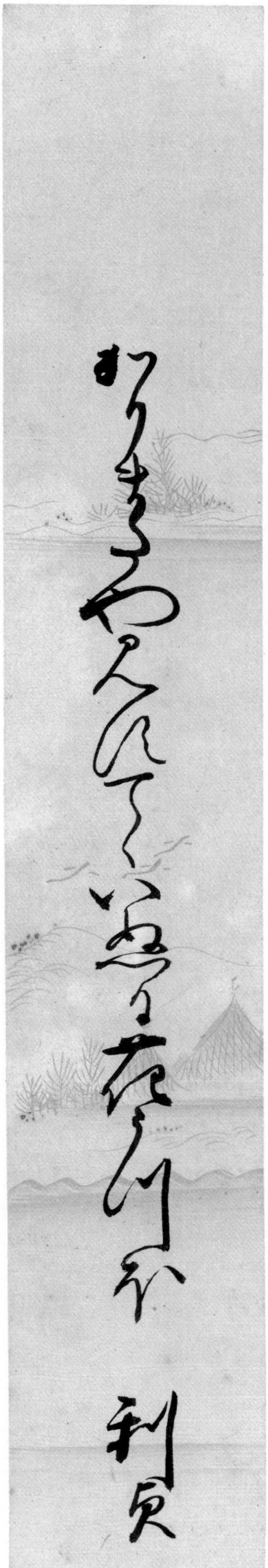

かりまたや見すて、いぬる花うつほ　利貞

（27 ウ左）
360 × 58

251　正信

蛙なら雨に飛出ん月もかな　正信

（28 オ右）
363 × 56

252　元風

優曇花や海中にしも桜鯛　元風

（28 オ左）
363 × 60

253　貞因

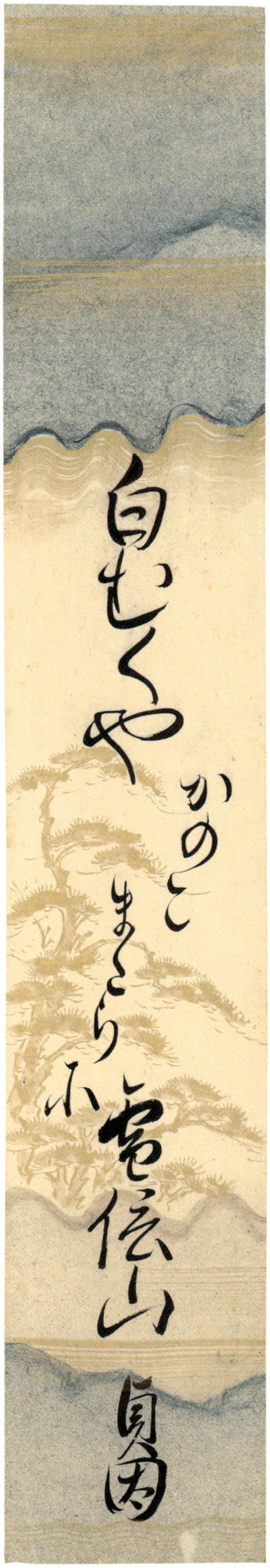

白むくやかのこまたらに雪信山　貞因

（28 ウ右）
363 × 60

254　貞富

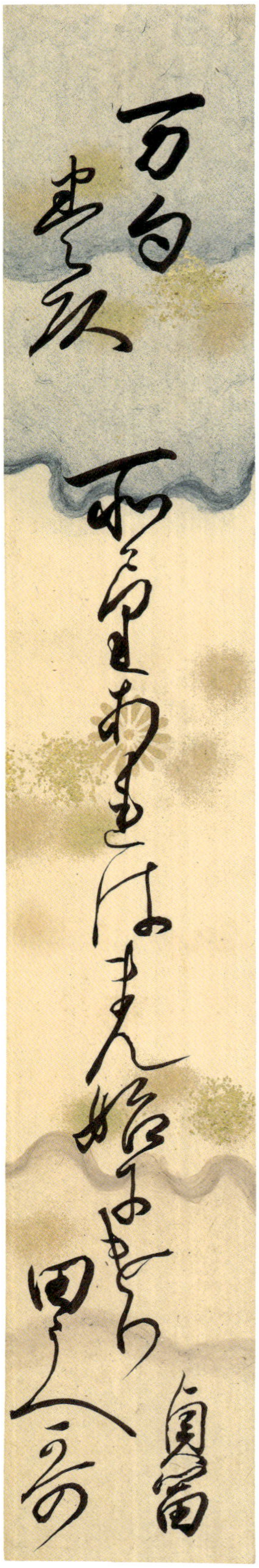

万句巻頭　所望あれはまん始にけり田うへ歌　貞富

（28 ウ左）
365 × 58

255　往房

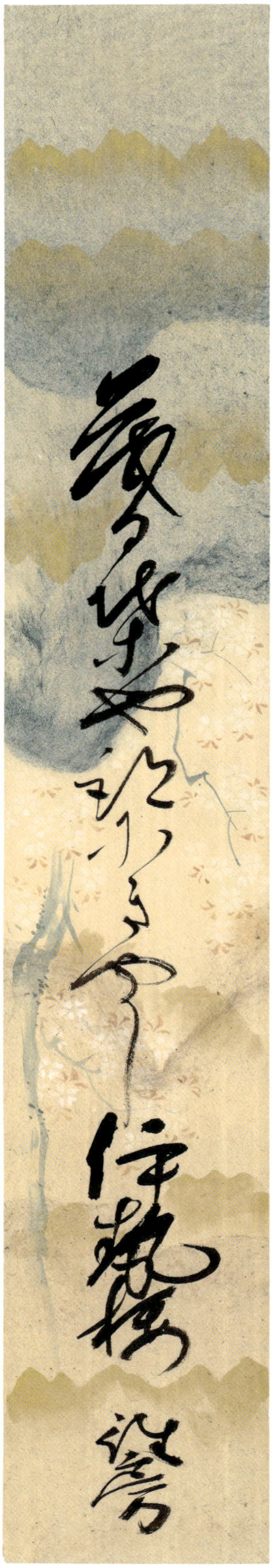

茂る葉や跡にきやかし伊勢桜　往房

（29 オ右）
364 × 60

256　友直

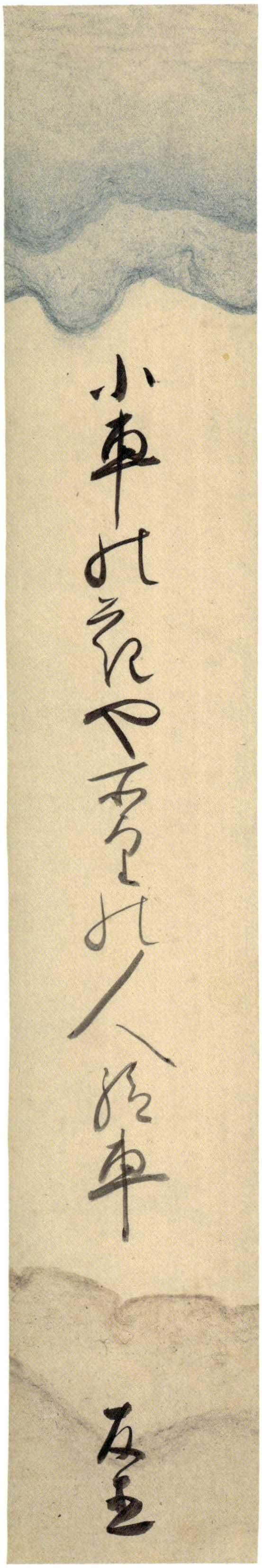

小車の花や所望の人給車　友直

（29 オ左）
364 × 58

257　宗立

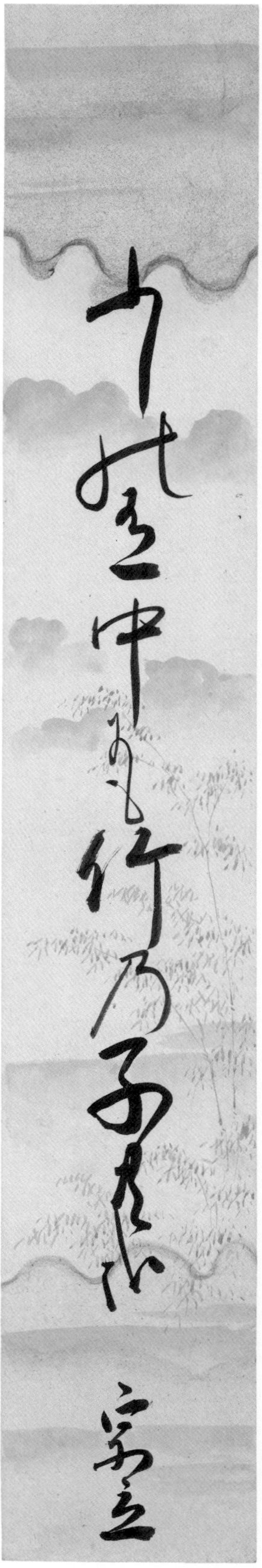

ふしの有中にも竹の子共哉　宗立

（29ウ右）
365 × 58

258　宗清

か丶れともかひなき物やまけ相撲　宗清

（29ウ左）
364 × 58

259　保友

花咲やわるうはほれぬ姥さくら　保友

（30オ右）
363 × 58

260　立以

むしの音に来てみそ萩の花野かな　立以

（30オ左）
363 × 58

261　満成

初しほや難波つんふりたつの浜　満成

（30 ウ右）
363 × 56

262　意朔

牽牛をわたいたりやかささきの橋　意朔

（30 ウ左）
361 × 58

263　宗吾

つゐに行道をかへてよふくもとき　宗吾

（31 オ右）
365 × 57

264　玖也

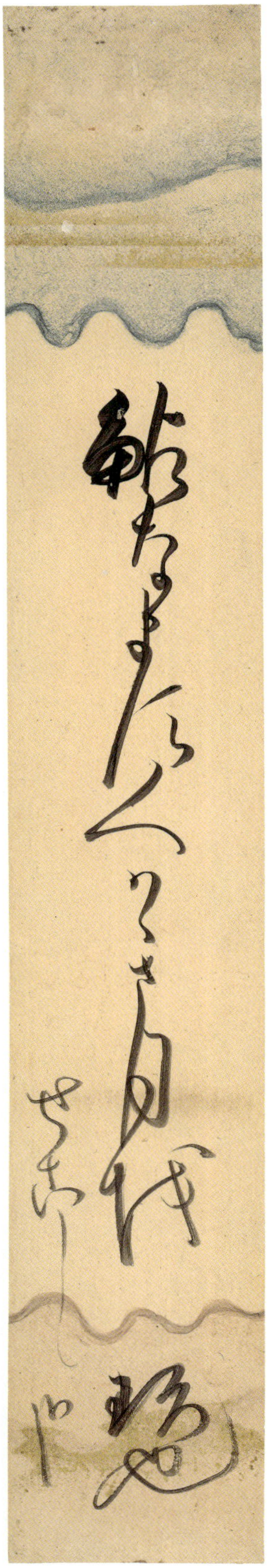

鮎なます人かき月をせこし哉　玖也

（31 オ左）
365 × 59

265　きうや

花ちらす鐘や春滅めつたつき　きうや

（31ウ右）
363×57

266　盛庸

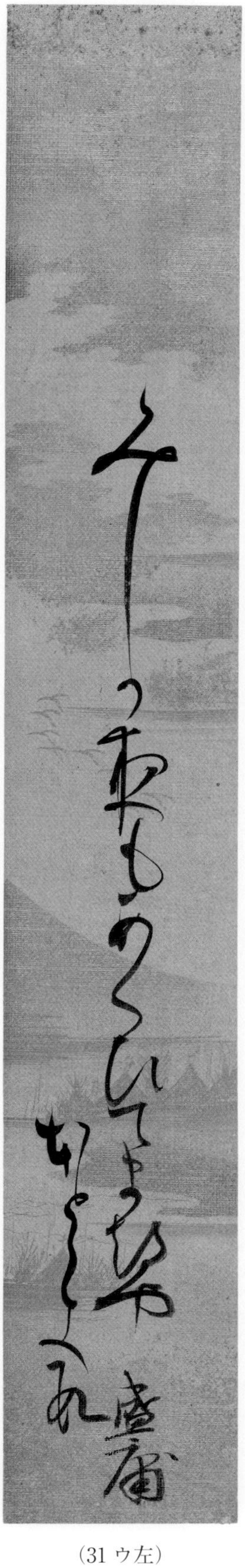

みしか夜もあくひてまつやほと、きす　盛庸

（31ウ左）
363×55

267　元与

顔の皮はけしく寒き雪吹哉　元与

（32オ右）
363×56

268　方孝

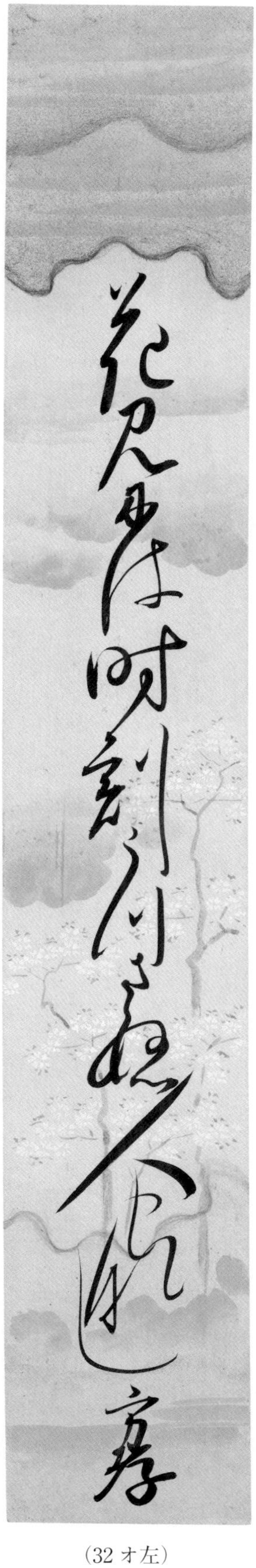

花見には時刻うつさぬ人もなし　方孝

（32オ左）
367×58

269　定房

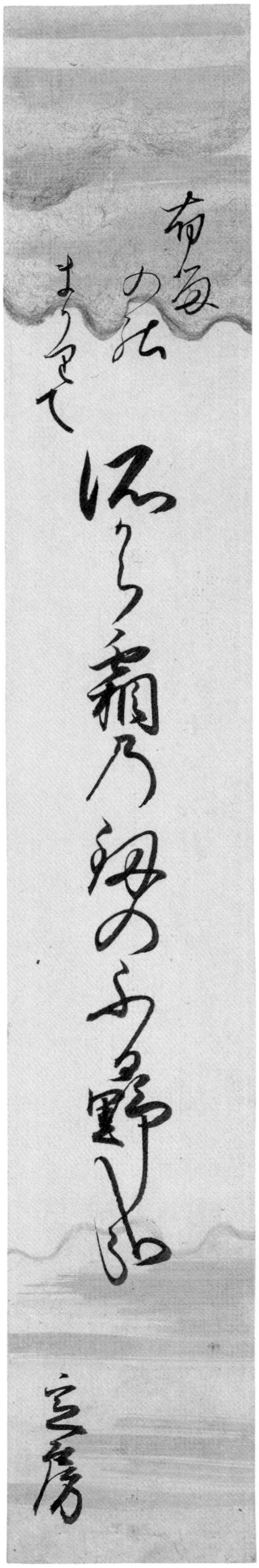

布留の社まかりて　所から霜の釼のふる野哉　定房

（32 ウ右）
362 × 57

270　夕翁

七夕は一六さいのこひ妻かな　夕翁

（32 ウ左）
362 × 57

271　悦春

住よしのしゃむ〳〵や松の蝉　悦春

（33 オ右）
364 × 56

272　次良

のひかゝむえたもや膝のふし柳　次良

（33 オ左）
366 × 57

273　宗成

十八のさかりか是もおにあさみ　宗成

（33 ウ右）
365 × 58

274　定親

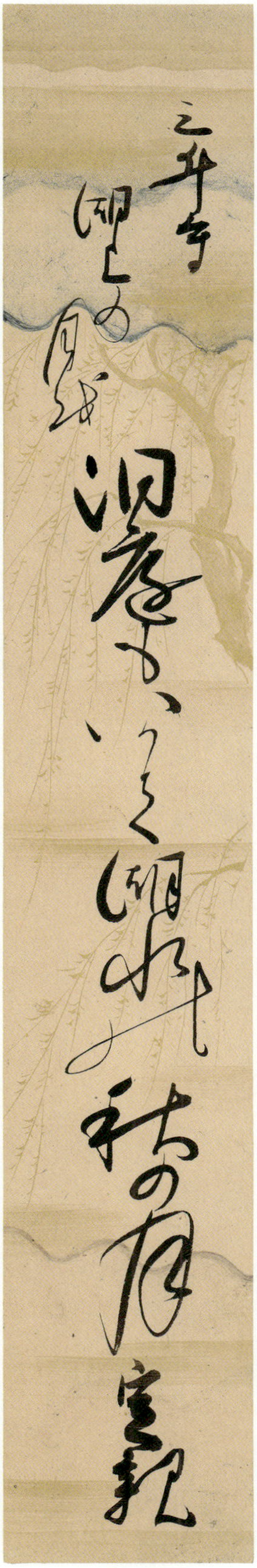

三井寺湖上の月を　洞庭もいかて湖水の秋の月　定親

（33 ウ左）
362 × 57

275　如貞

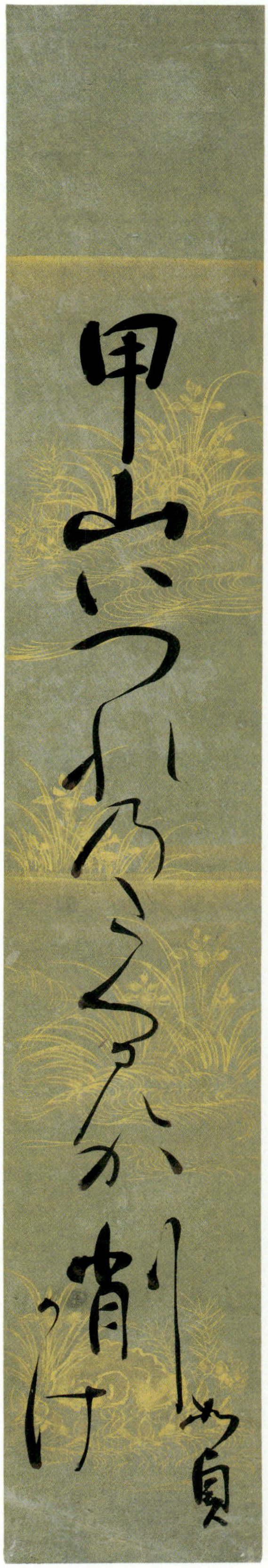

甲山いつれのたくみか削かけ　如貞

（34 オ右）
360 × 59

276　近吉

千ゝの秋一つの春や大柑子　近吉

（34 オ左）
360 × 57

277　久任

（34ウ右）
363 × 56

枝すりやみてみを責て落くるみ　久任

278　良知

（34ウ左）
365 × 58

ある庭前に蘭一もとさきけるをみて　ひともとに咲は一心不らむ哉　良知

279　方救

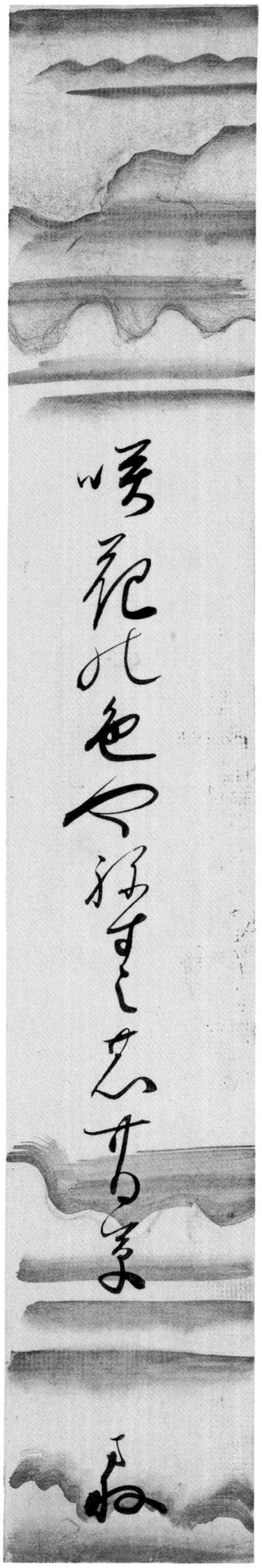

（35オ右）
362 × 57

咲花の色やねすみの廿日草　方救

280　好道

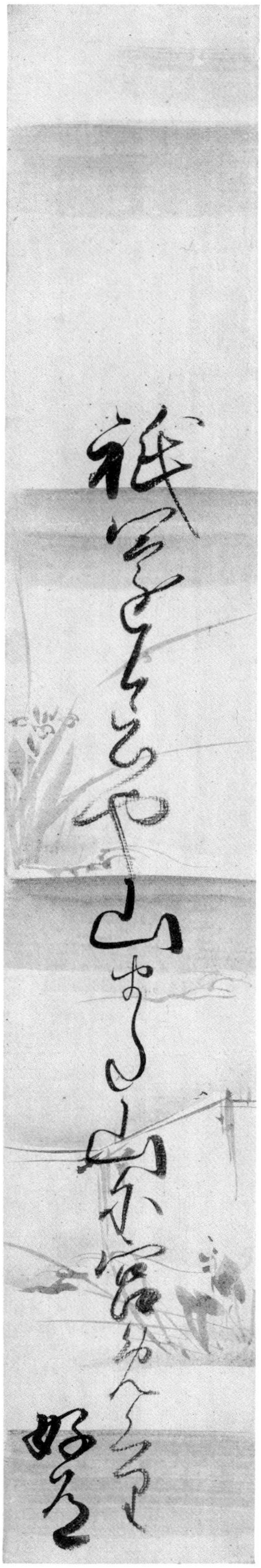

（35オ左）
364 × 58

祇園会や山また山に宮めくり　好道

281　賢之

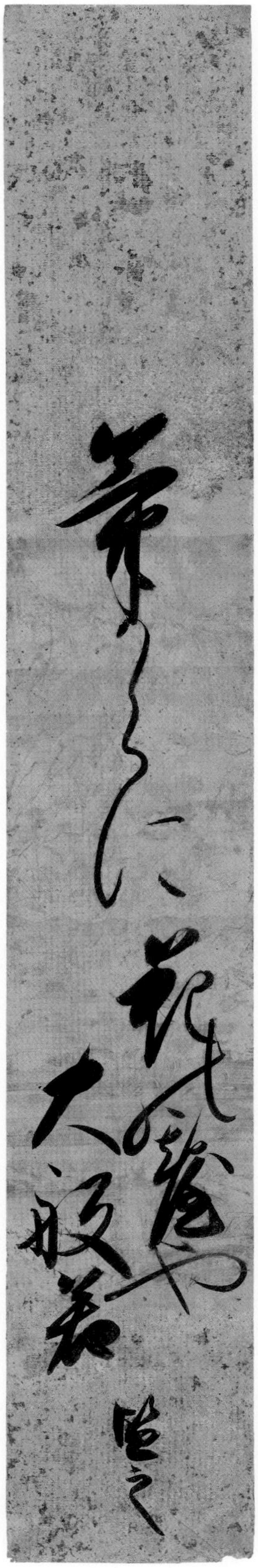

筆かくに花の台や大般若　賢之

（35ウ右）
364×57

282　利当

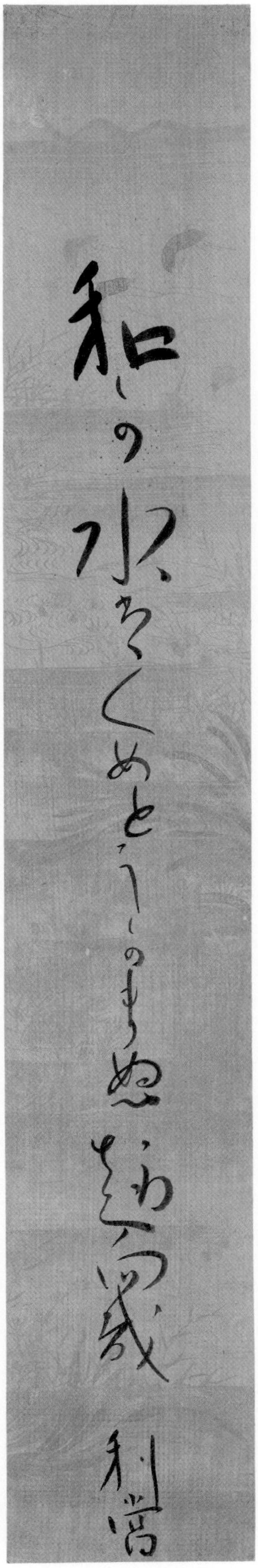

わか水はくめとうかまぬ趣向哉　利当

（35ウ左）
362×56

283　保俊

妻乞やとしにおとらぬ遊君も　保俊

（36オ右）
364×59

284　俊佐

拱や星は北野の梅の陰　俊佐

（36オ左）
365×59

月

285　重雅

尺八か一よはかりに歳の暮　重雅

（1オ右）
364 × 61

286　相有

さひ壁や是は遠州の筆津虫　相有

（1オ左）
364 × 58

287　古益

穴蔵やけに恙かなき土用干　古益

（1ウ右）
362 × 58

288　爰枚

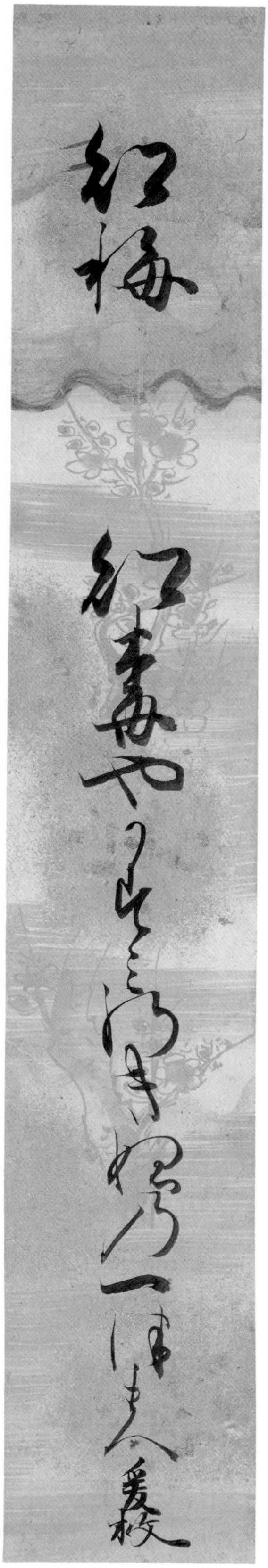

紅梅　紅梅やかすみのきぬの一つまへ　爰枚

（1ウ左）
365 × 58

289　連盛

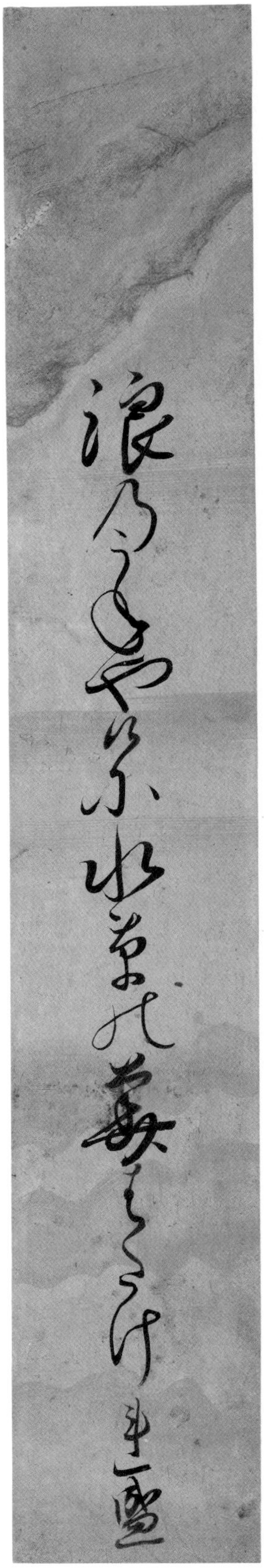

浪のうねやけに水草の華はたけ　連盛

（2オ右）
363 × 57

290　策伝

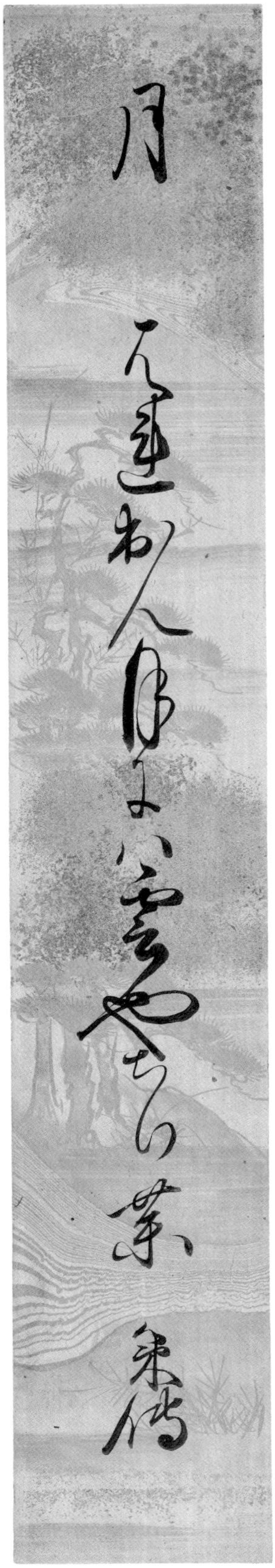

月
はれ出ん月には雲やちり楽　策伝

（2オ左）
366 × 60

291　仙空

春たゝぬほとはたまこか酉のとし　仙空

（2ウ右）
365 × 54

292　愚鈍

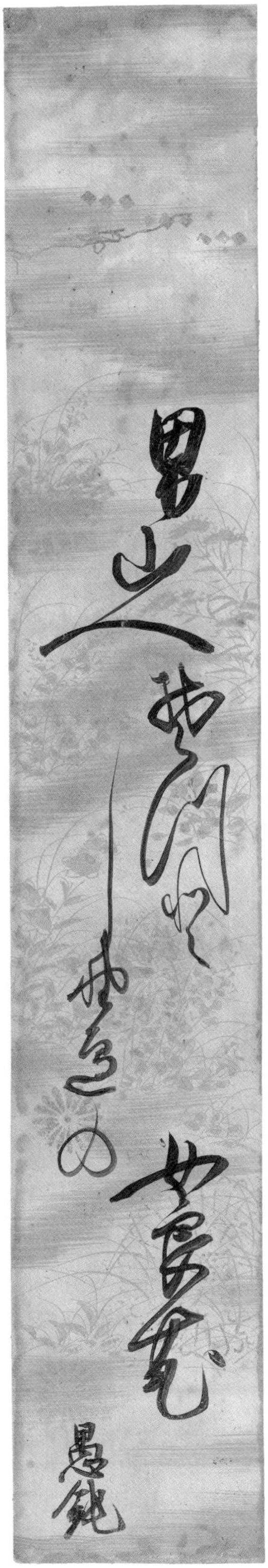

男山へそつとし野辺の女良花　愚鈍

（2ウ左）
365 × 59

293　風琴

露や掃ふねくらに帰る鳥箒　風琴

（3オ右）
365 × 58

294　慶従

誹諧やよせて此秋そうかん定　慶従

（3オ左）
363 × 60

295　周盛

さしよりて時雨をしのけもみち笠　周盛

（3ウ右）
363 × 58

296　秀海

瀧とんて音羽に響けほと、きす　秀海

（3ウ左）
365 × 58

297　紀子

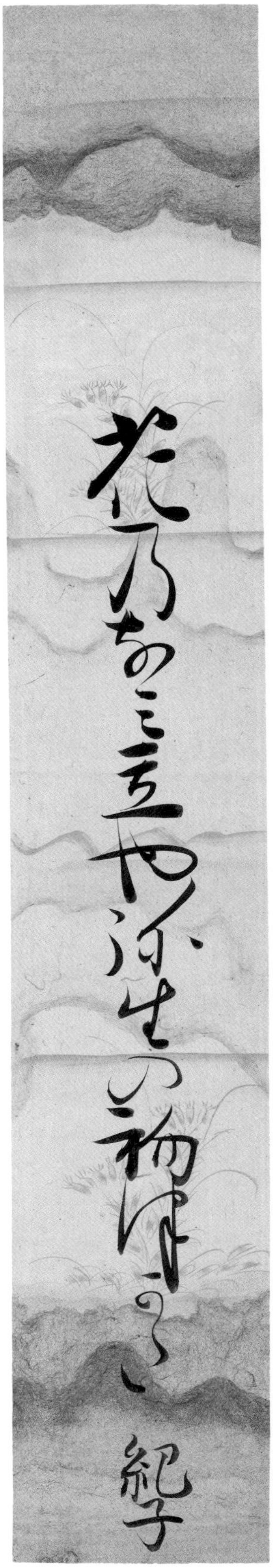

花のなみ立や弥生の初つかた　紀子

（4 オ右）
362 × 59

298　松苔軒

春の雪や空さへかへるかへり華　松苔軒

（4 オ左）
363 × 57

299　山月

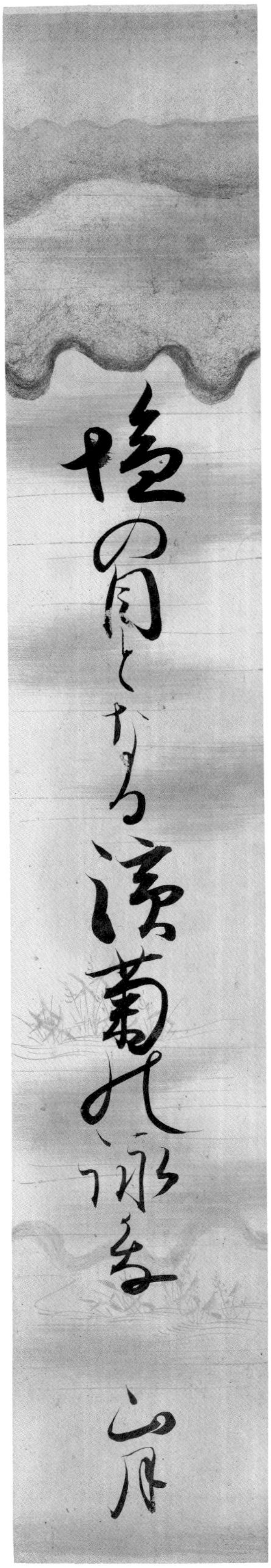

塩の目となる浜菊の詠かな　山月

（4 ウ右）
364 × 58

300　可竹

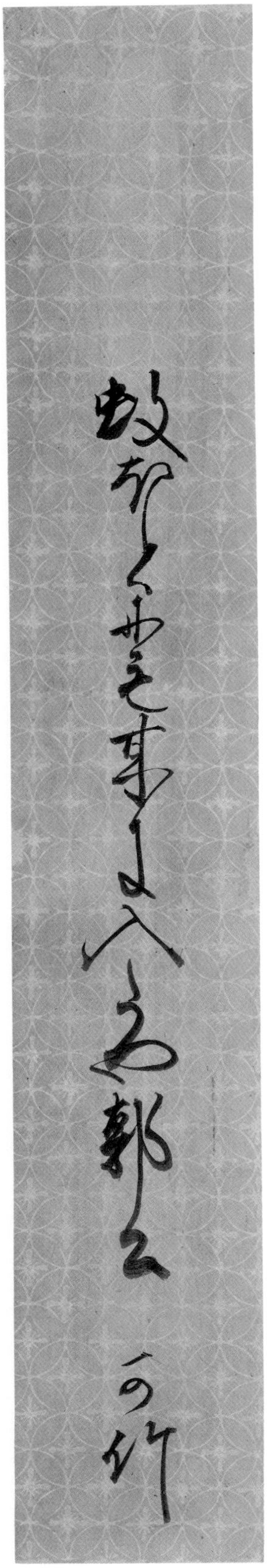

蚊ほとにも耳に入たや郭公　可竹

（4 ウ左）
364 × 57

301　月山

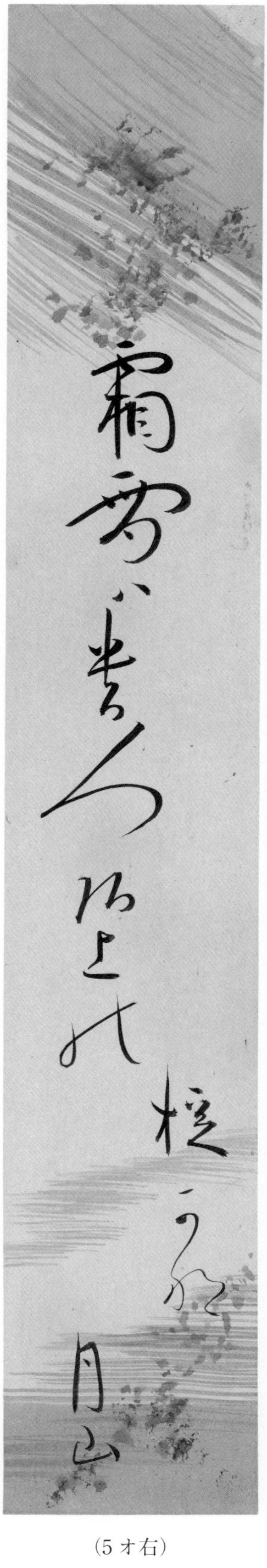

霜雪は貴人頭上の掟かな　月山

（5オ右）
364 × 60

302　如水

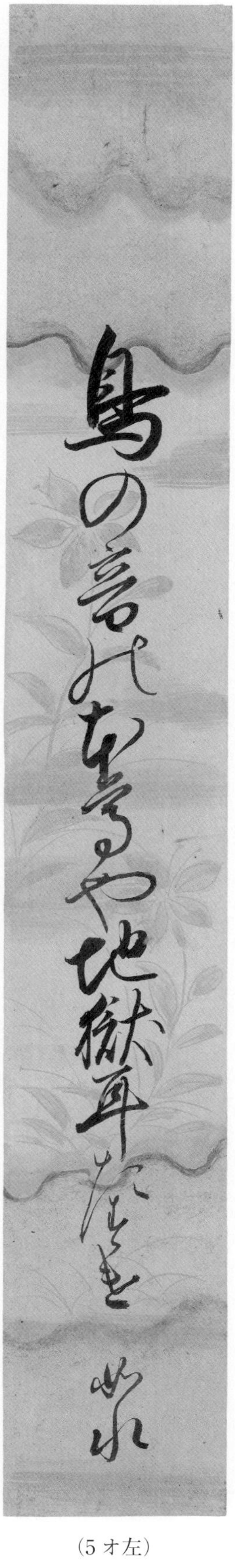

鳥の音の本尊や地獄耳たすけ　如水

（5オ左）
362 × 52

303　信海

霜
颪の手にた、けは声の霜句哉　信海

（5ウ右）
362 × 60

304　問加

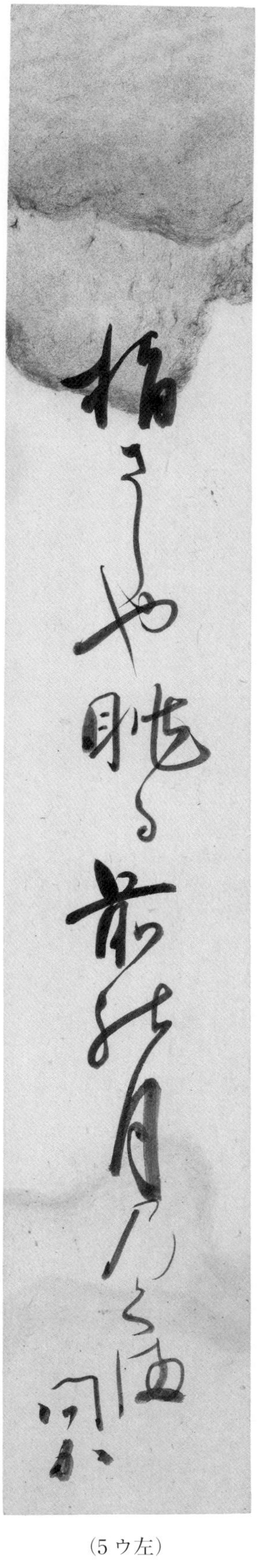

指さしや眺る前の月のくま　問加

（5ウ左）
362 × 57

305　鎮盛

若衆のはなのすかたやされ甲部　鎮盛

（6オ右）
359×57

306　秀延

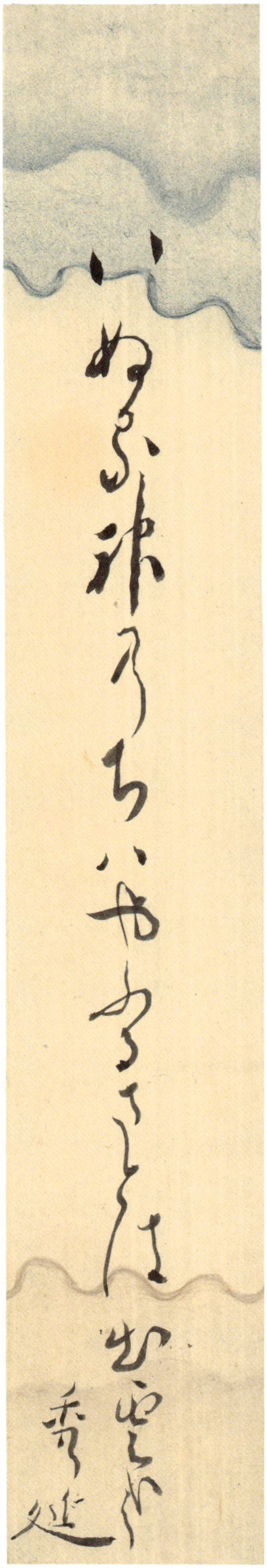

いぬる神のちはやふるさとは出雲哉　秀延

（6オ左）
364×59

307　山石

氷霜の劔は寒しやうはくや哉　山石

（6ウ右）
363×55

308　一幸

葭原雀いさことゝはむ長曽我部　一幸

（6ウ左）
362×59

309　友閑

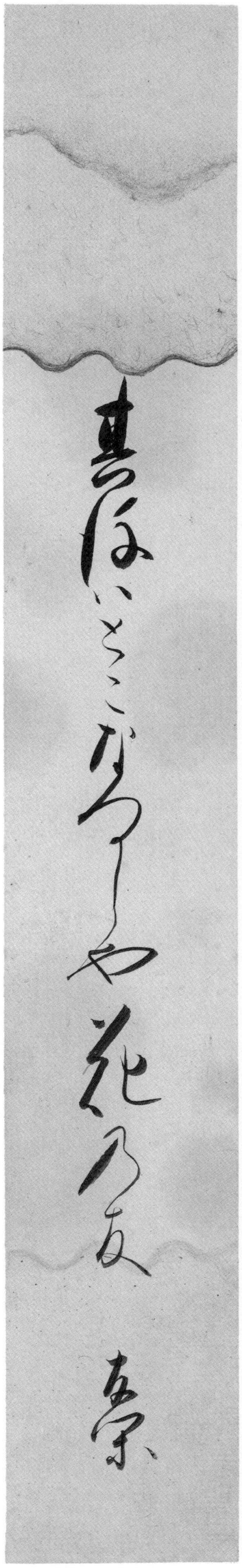

其後はとこなつかしや花の友　友閑

（7 オ右）
363 × 53

310　日梵

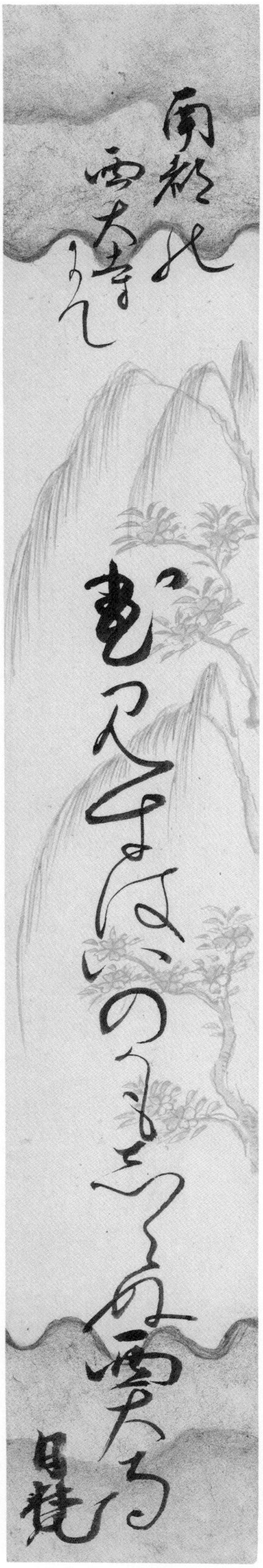

南都の西大寺にて　花見すはいのかもしらぬ西大寺　日梵

（7 オ左）
363 × 59

311　半月軒

霰こそ霜の劔の玉やきは　半月軒

（7 ウ右）
365 × 58

312　土牛

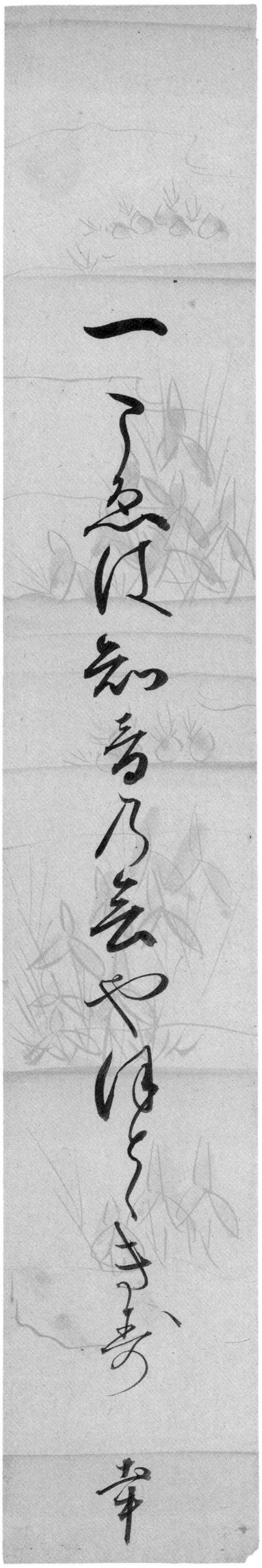

一こゑは知音の言やほとゝきす　土牛

（7 ウ左）
365 × 58

313　土也

君は船〻そせんの字千〻の春　土也

（8オ右）
362 × 56

314　素桂

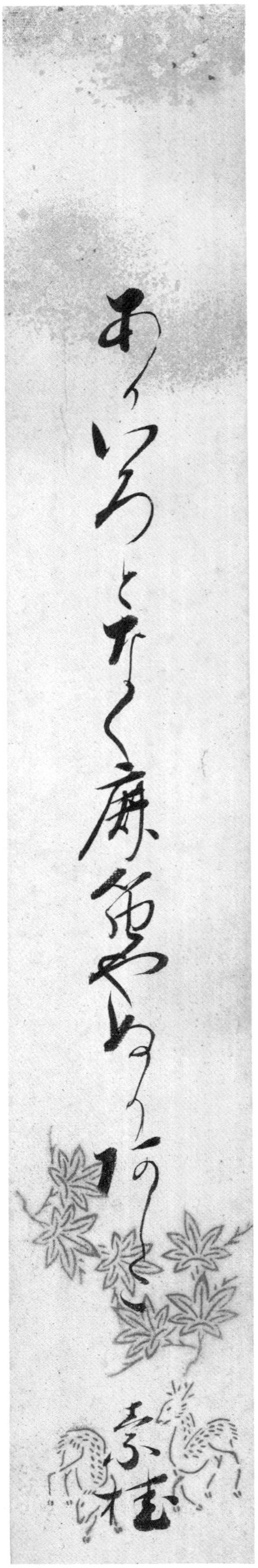

あかいろとなく鹿笛やぬりあした　素桂

（8オ左）
363 × 56

315　古元

鴟かたりよ親に杉なのつく〳〵し　古元

（8ウ右）
362 × 55

316　半雪

秋の野や入子枕に鹿の声　半雪

（8ウ左）
362 × 58

317　未及

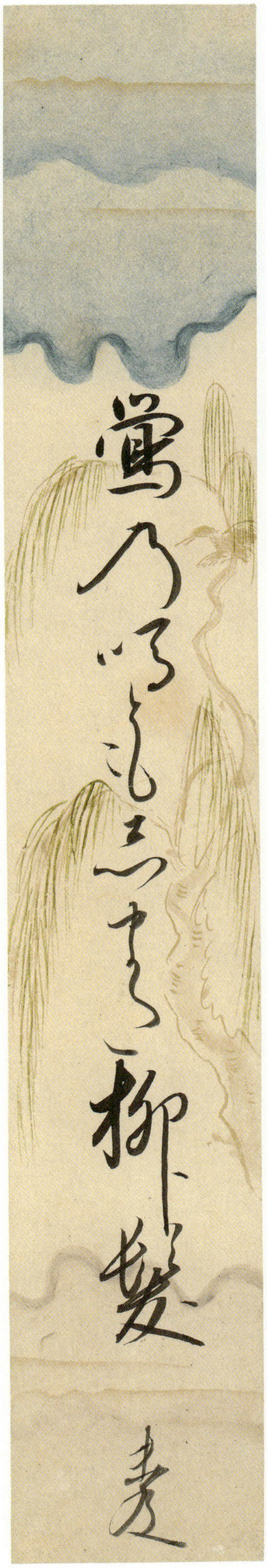

鶯の鳴ともしまた柳髪　未及

（9オ右）
362 × 57

318　素隠

正法寺にて則興　霊山や仏のときし納豆汁　素隠

（9オ左）
361 × 58

319　以専

鏡餅にそひしは内侍野老哉　以専

（9ウ右）
360 × 58

320　浪化

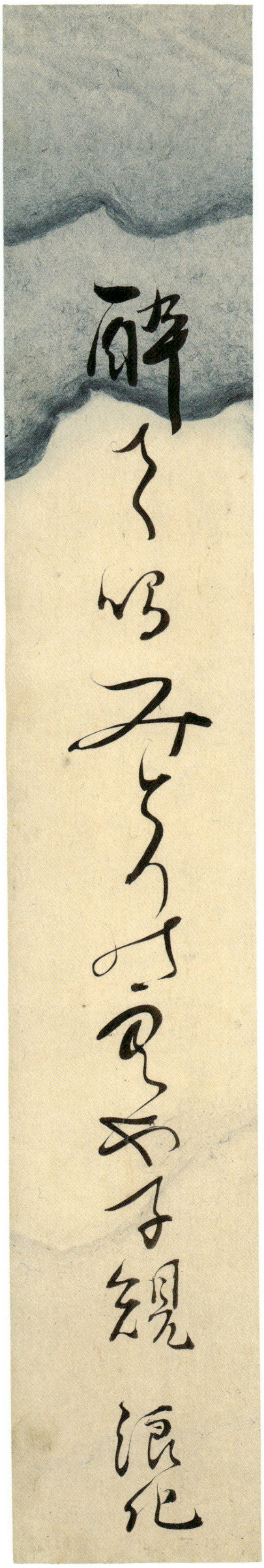

酔て鳴みとりの空や子規　浪化

（9ウ左）
363 × 57

321　智詮

万灯の影をうはふや盆の月　智詮

（10 オ右）
365 × 59

322　皆虚

流行年の矢さきや西の方　皆虚

（10 オ左）
362 × 55

323　素白

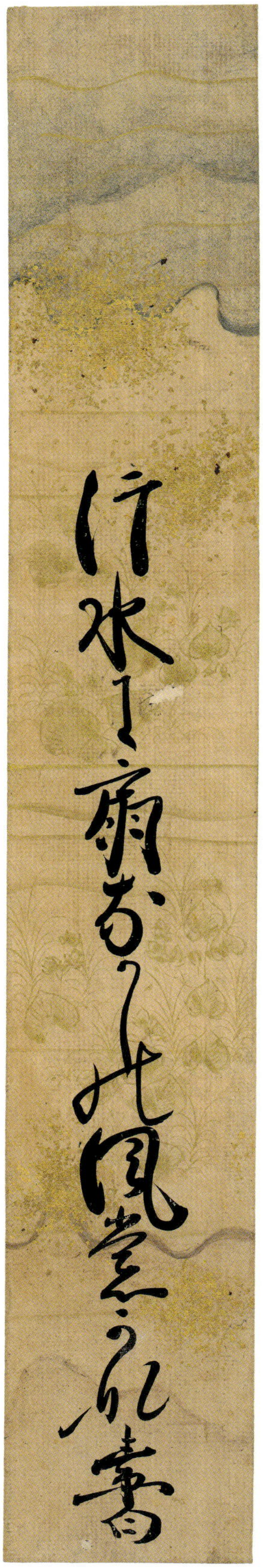

汗水に扇なかしの風もかな　素白

（10 ウ右）
364 × 57

324　光正

酉のとしなりけれは　千ゝをひとつ数とりにせむけふの春　光正

（10 ウ左）
365 × 58

325　一有

幸はまつにあやかれ初子日　一有

（11 オ右）
364 × 57

326　源阿

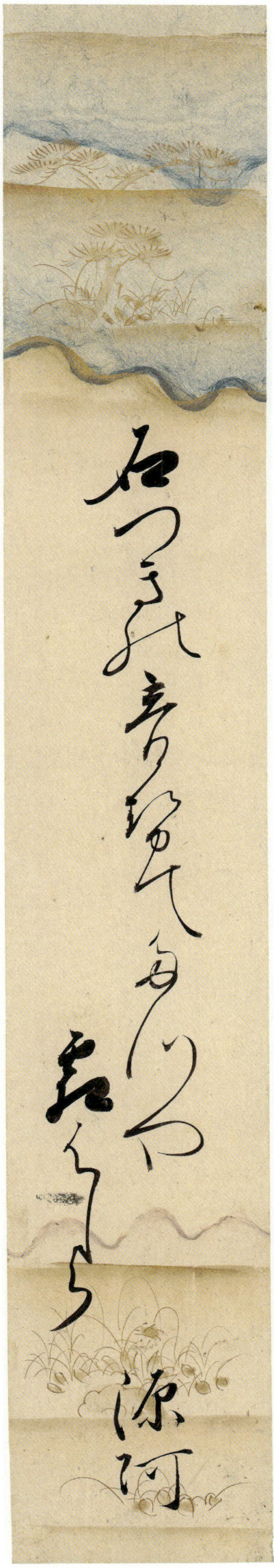

石つきの音せてたつや霜はしら　源阿

（11 オ左）
363 × 60

327　信水

すな水や時雨のかよふむらすゝめ　信水

（11 ウ右）
365 × 60

328　丈草

菜種殻たくや野風のほとゝきす　丈草

（11 ウ左）
353 × 60

329　正察

しくれ哉我からぬらす袖かつは　正察

（12 オ右）

363 × 59

330　土梗法師

呉服やか荻の初声しらせけり　土梗法師

（12 オ左）

359 × 57

331　宗鑑

人をめはふり袖ならん雪女　宗鑑

（12 ウ右）

362 × 56

332　梵益

鶯かうむたともいはし子規　梵益

（12 ウ左）

363 × 57

333　慈敬

月影や一輪もくたらぬまの水　慈敬

（13オ右）
365 × 56

334　離雲

初雪は他国こそふれ富士の嵩　離雲

（13オ左）
363 × 58

335　一滴子

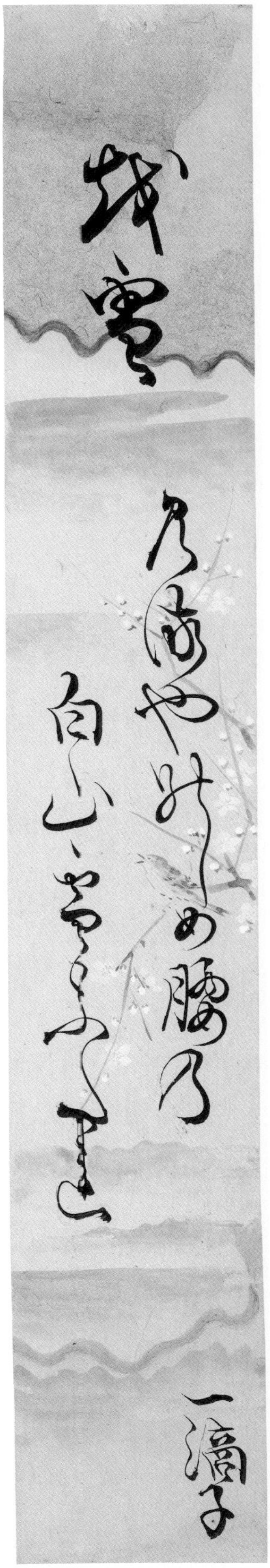

越雪　見るやのしめ腰の白山雪もふたれ　一滴子

（13ウ右）
364 × 57

336　素安

花の香の酔さめならし夏山は　素安

（13ウ左）
365 × 57

337　芳心

こきませそ柳桜に鳥の糞　芳心

（14オ右）
363 × 58

338　支考

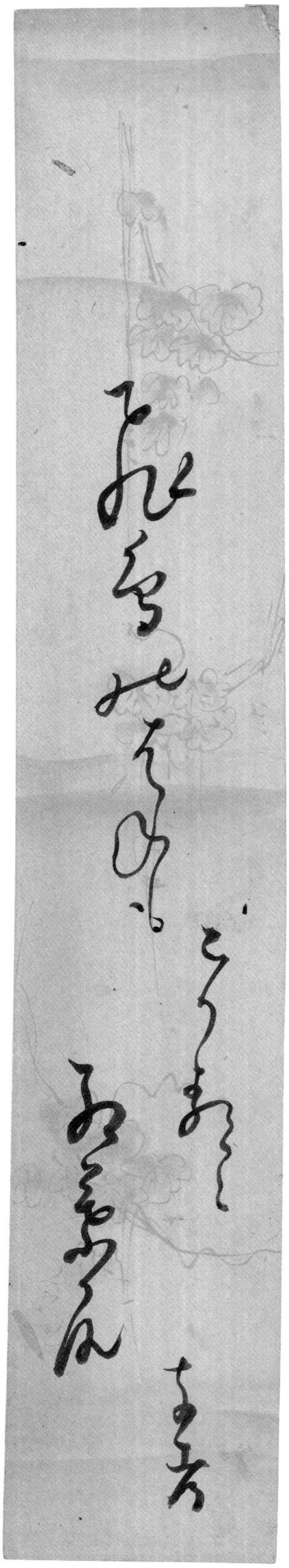

飛鳥のはねもこかるゝ紅葉かな　支考

（14オ左）
362 × 60

339　木王

枕にて華見るらくの都哉　木王

（14ウ右）
364 × 58

340　淵浅

月影や山川万里はへたつるとも　淵浅

（14ウ左）
360 × 59

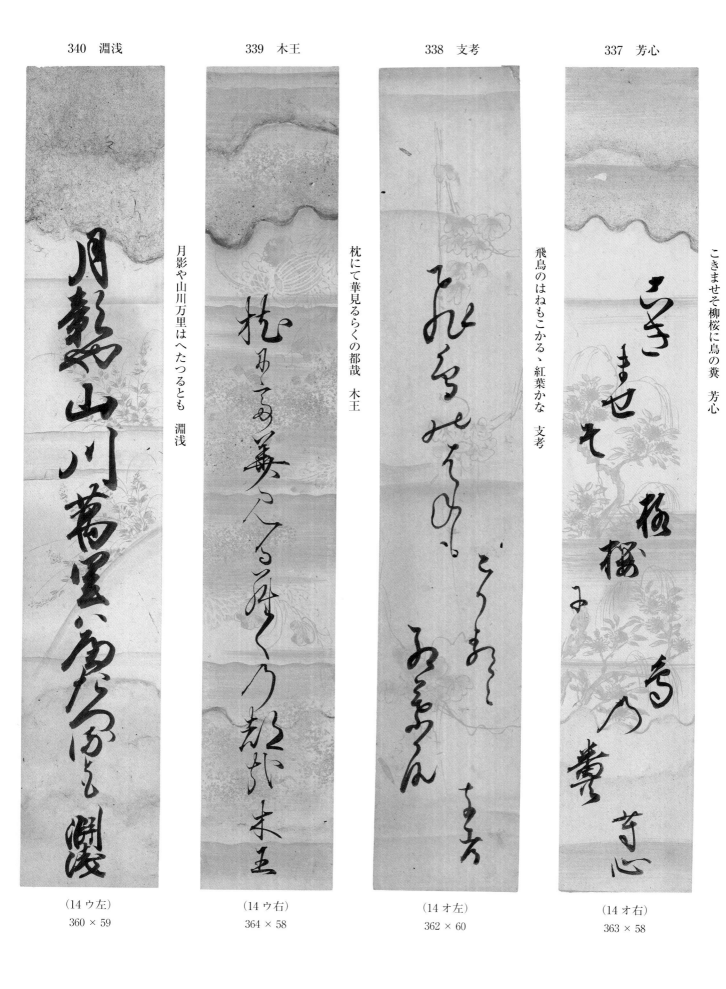

341　宗岷

友也けり旅ねかたらふ阿蘇の月　宗岷

（15 オ右）
364 × 58

342　元好

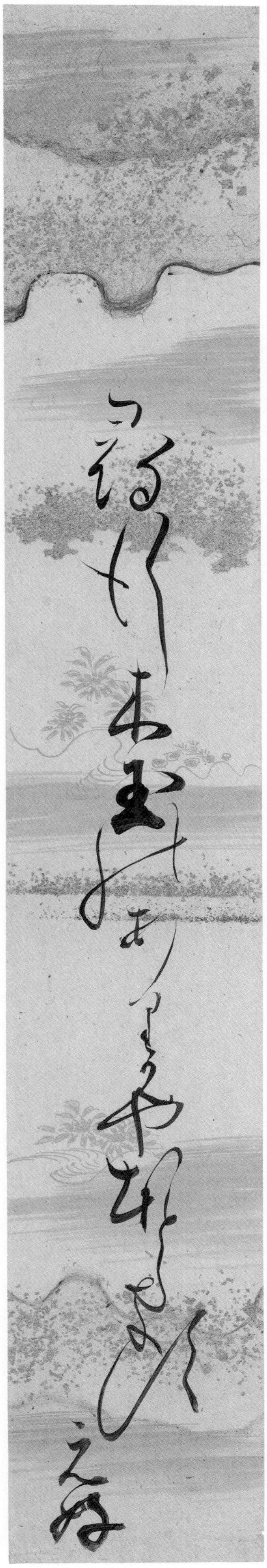

尋行木玉のありかやほとゝきす　元好

（15 オ左）
361 × 58

343　朝雲

やま鳥の尾についてなけ時鳥　朝雲

（15 ウ右）
364 × 57

344　宗旦

能登にて　今の翁まさに鰍や釣の舟　宗旦

（15 ウ左）
365 × 57

345　春澄

五月雨は木履の音を晴間哉　春澄

（16 オ右）
363 × 57

346　重知

其比は木のありのみや玉祭　重知

（16 オ左）
363 × 58

347　常辰

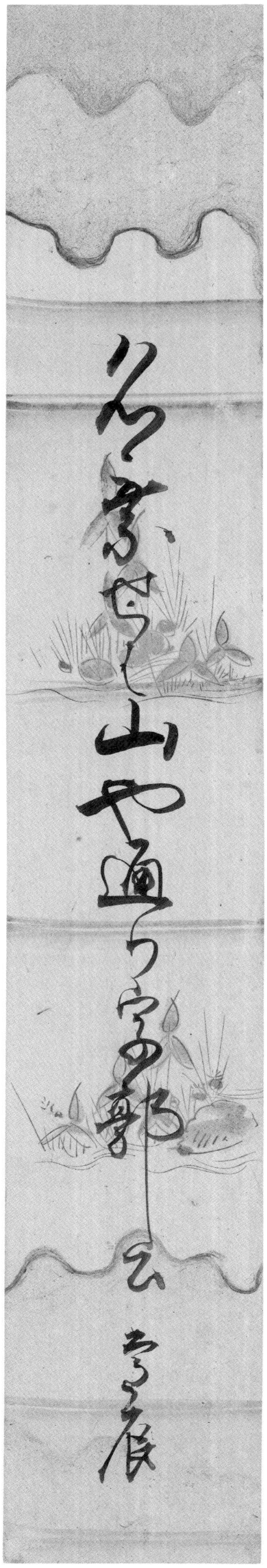

名乗せは山や通り字郭公　常辰

（16 ウ右）
362 × 58

348　友貞

人〲花の下にて句をせしに　花〲にうつり気ならぬ人もなし　友貞

（16 ウ左）
365 × 59

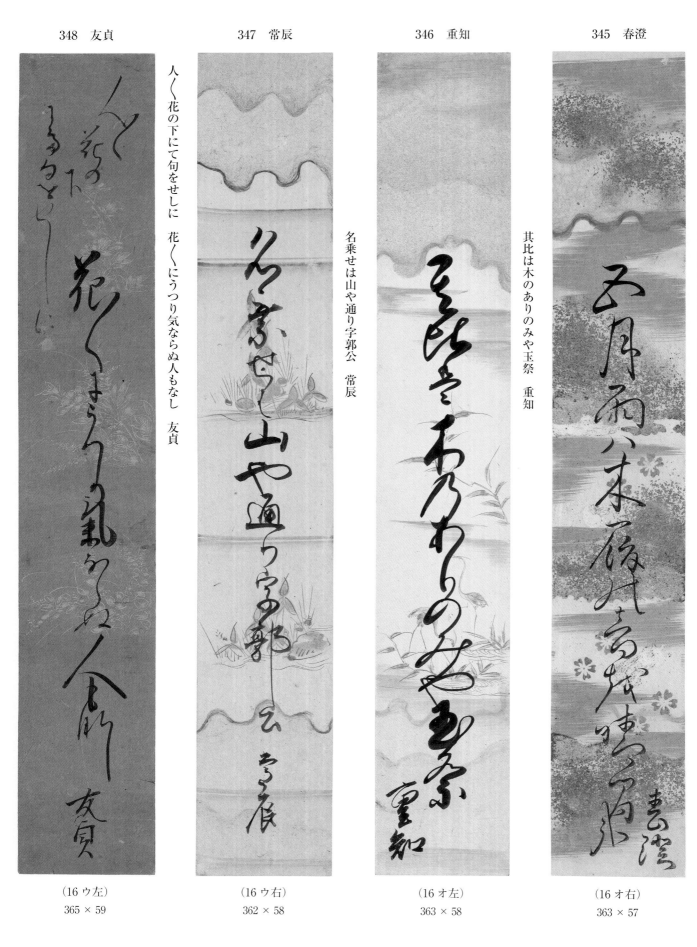

349　資方

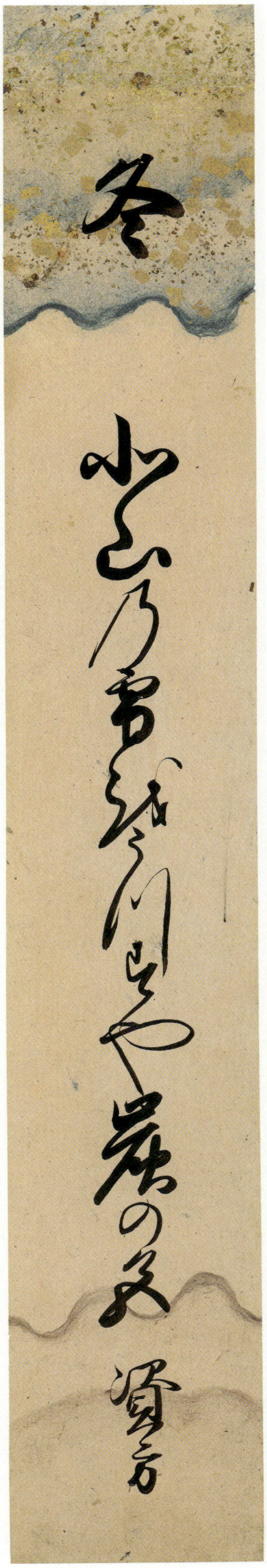

冬

北山の雪をうつすや炭の色　資方

（17 オ右）

364 × 57

350　好直

雲井まで穂たけや延て稲ひかり　好直

（17 オ左）

362 × 56

351　昌房

夏菊やをのか類ひの花の兄　昌房

（17 ウ右）

362 × 57

352　卜圃

雁かねも春は遠浦帰帆哉　卜圃

（17 ウ左）

364 × 57

353　好与

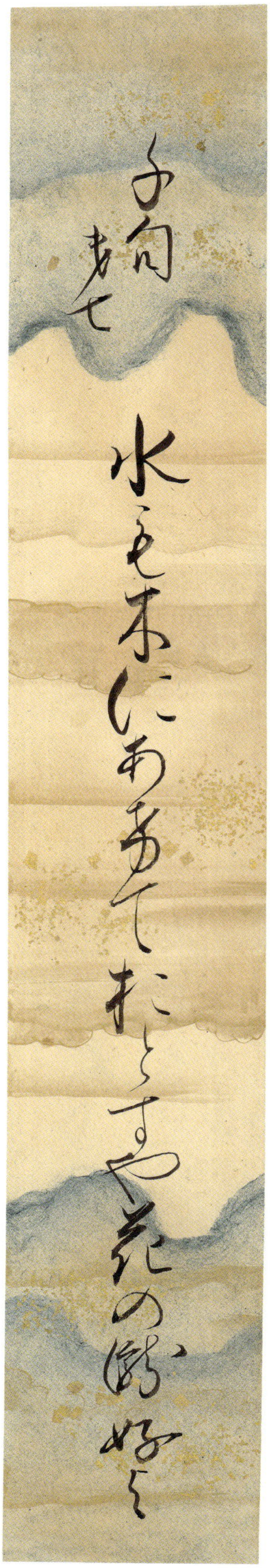

千句第七　水も木にあけておとすや花の瀧　好与

（18 オ右）
365 × 59

354　来安

落鳫のあしかたやむへ文字くさり　来安

（18 オ左）
362 × 56

355　流味

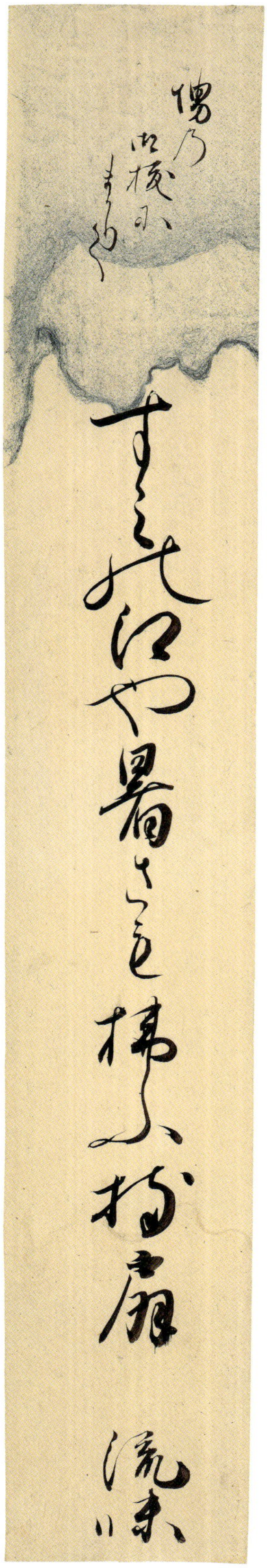

堺の御祓にまかりて　すみの江や暑さも払ふ持扇　流味

（18 ウ右）
362 × 58

356　賀近

たのしむて婬せす爰にまかきの女郎花　賀近

（18 ウ左）
364 × 61

357　和年

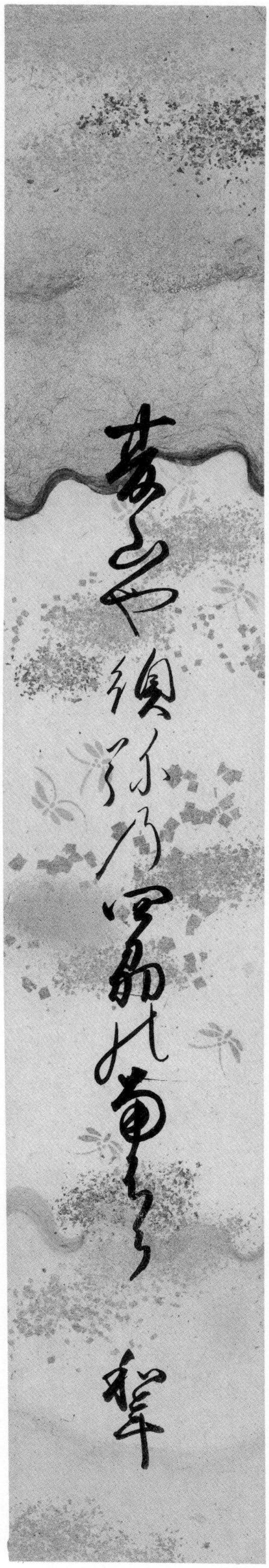

夏山や須弥の四州の南はら　和年

（19 オ右）
364 × 60

358　政之

名月はけふあら玉の扇哉　政之

（19 オ左）
362 × 60

359　常元

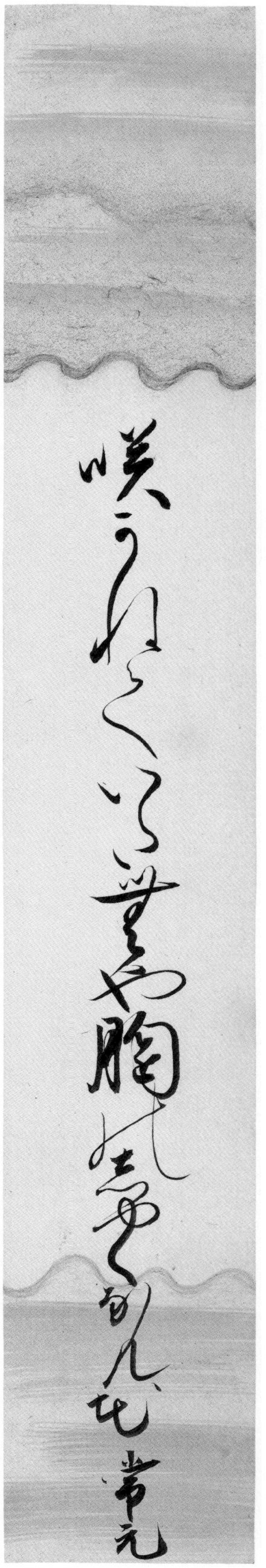

咲かねていたむや胸のしゃくなん花　常元

（19 ウ右）
358 × 57

360　可玖

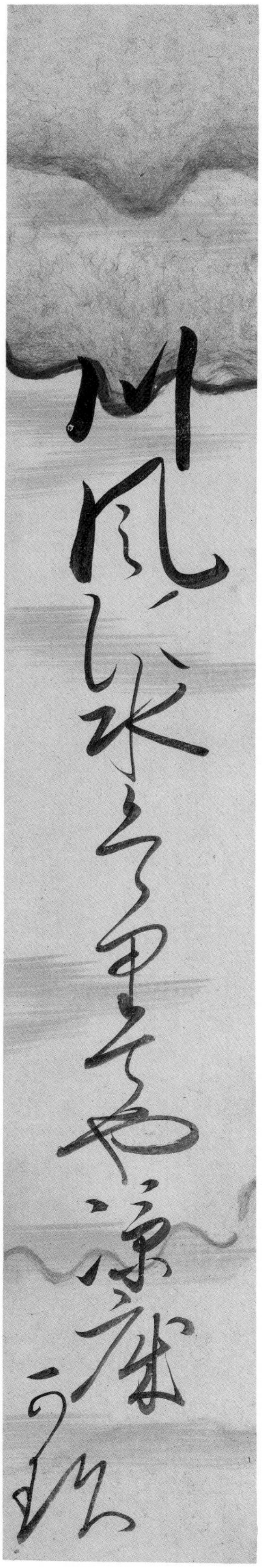

川風に水くゝりてや涼床　可玖

（19 ウ左）
361 × 57

361　竜之

ぬるゝとも陰や花笠花の雨　竜之

（20オ右）
362 × 57

362　憑富

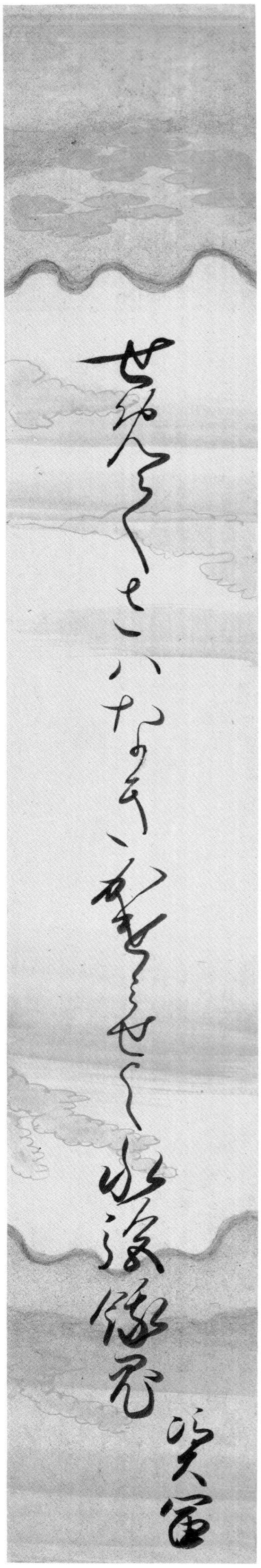

せめてさはなきかけみせよ水施餓鬼　憑富

（20オ左）
363 × 58

363　玄隆

夕立や天地一瀬の川の水　玄隆

（20ウ右）
363 × 57

364　種寛

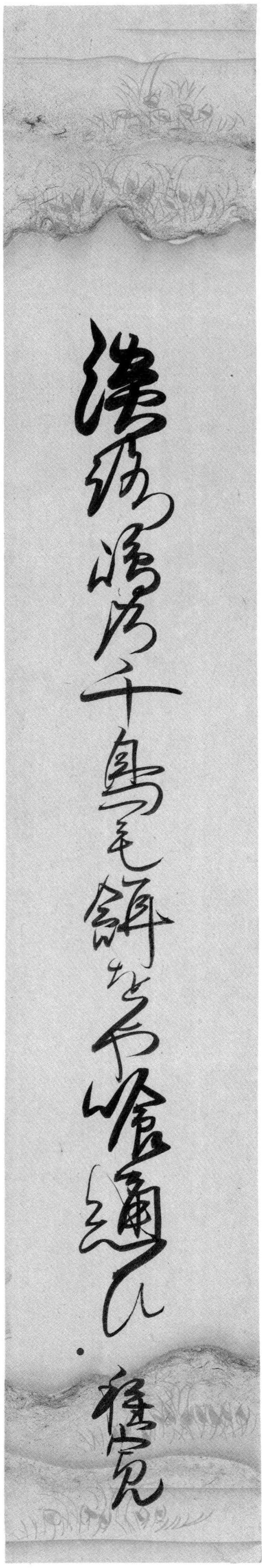

淡路嶋の千鳥も餌をや喰通ひ　種寛

（20ウ左）
361 × 57

365　友昔

つめたさをしるはかみより霜夜かな　友昔

（21 オ右）
365 × 59

366　長式

あさ露にまた片かなの色葉哉　長式

（21 オ左）
364 × 58

367　可申

瓢箪の駒よりかろし花に人　可申

（21 ウ右）
361 × 57

368　宗賢

四十の年の元日に　くるとしや今朝は千句の華の春　宗賢

（21 ウ左）
364 × 56

369　瑞竿

しゆ〱さつた頼め地蔵の玉祭　瑞竿

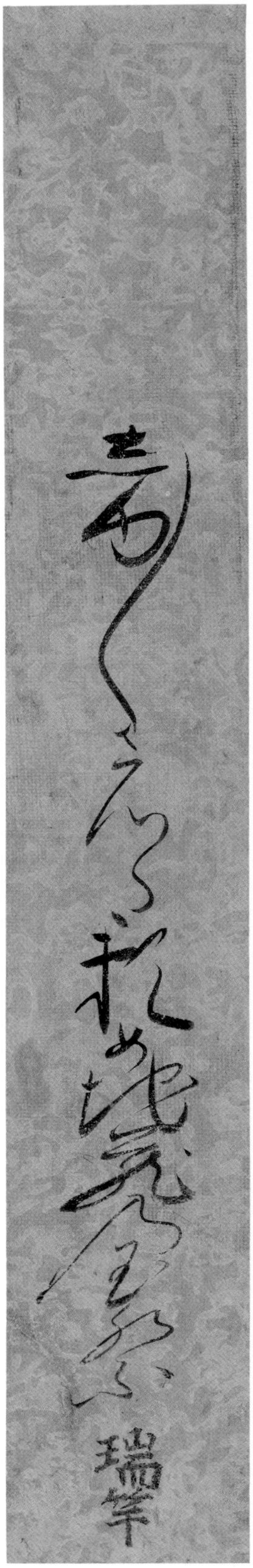

（22 オ右）
363 × 55

370　谷風

玉川にをよき野たりて千鳥足　谷風

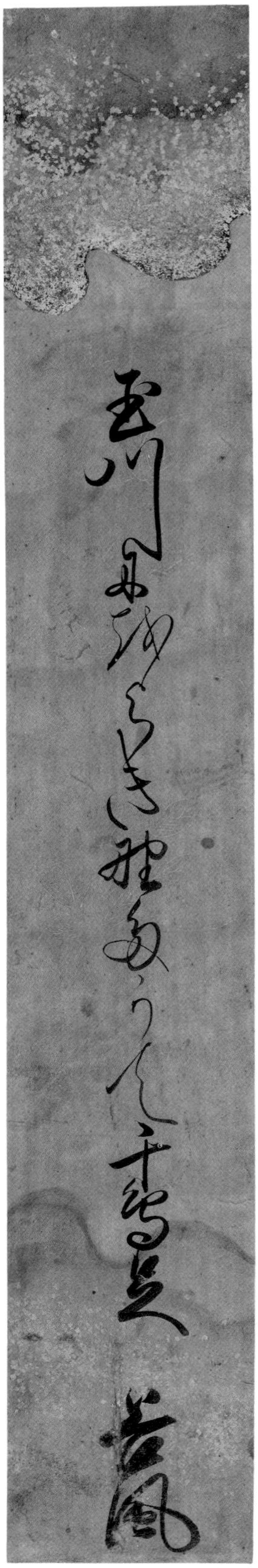

（22 オ左）
362 × 56

371　令風

いまた雪も消やらねは今幾日ありてか草のもえ出へきなとつふやき侍りて　日をもつて生んやかそふ土筆　令風

（22 ウ右）
363 × 58

372　光永

空色か浅き桜の花の雲　光永

（22 ウ左）
363 × 56

373　随流

棚経や四方の門辺の玉まつり　随流

（23 オ右）
363 × 58

374　一雪

池のはたのたて石や雪にすくみ鷺　一雪

（23 オ左）
360 × 54

375　正由

人に酒しゐるとて　何かくるしかるうはもるな菊の酒　正由

（23 ウ右）
361 × 56

376　梅盛

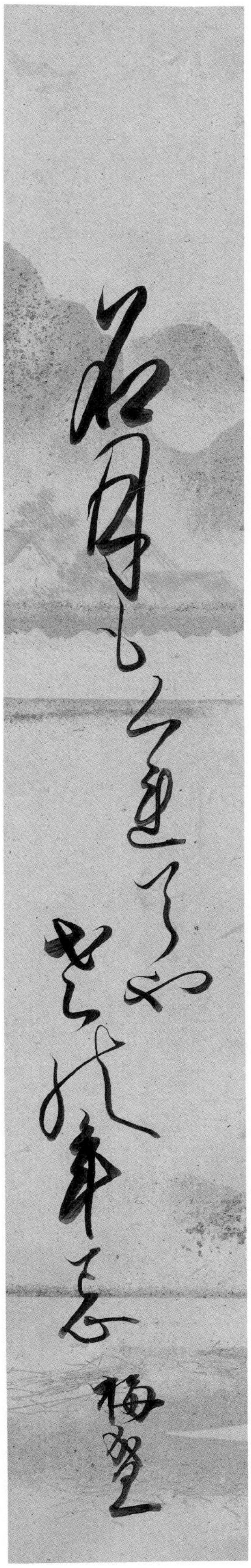

名月もくれてや老の年忘　梅盛

（23 ウ左）
369 × 56

377　良元

半弓かかうらいはしの三ヶの月　良元

（24 オ右）
362 × 56

378　季吟

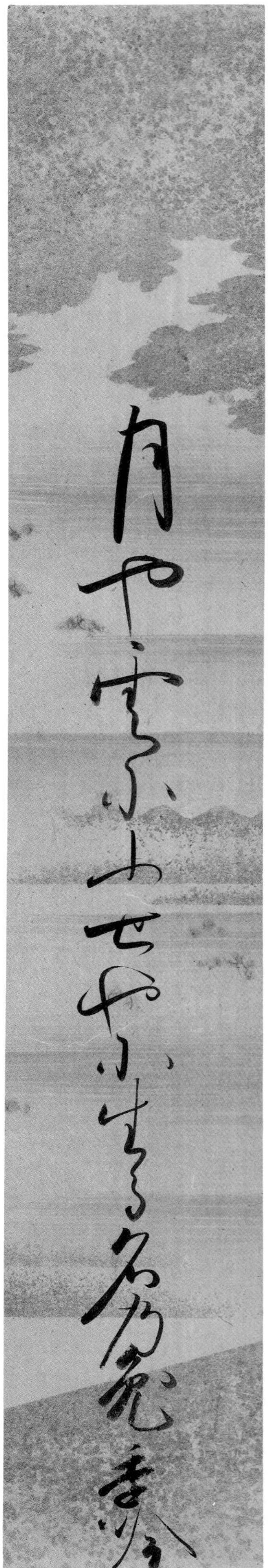

月や雲にふせやに生る名の兎　季吟

（24 オ左）
360 × 57

379　湖春

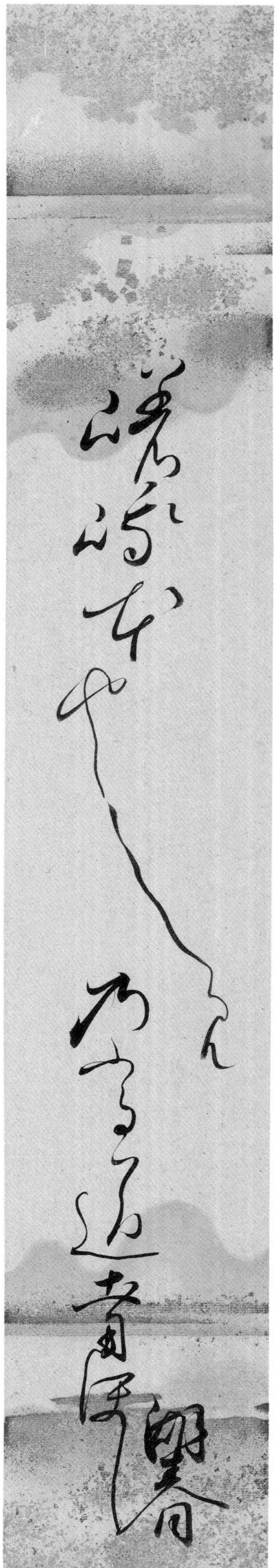

嵯峨本やしみのふる道土用ほし　湖春

（24 ウ右）
361 × 60

380　正立

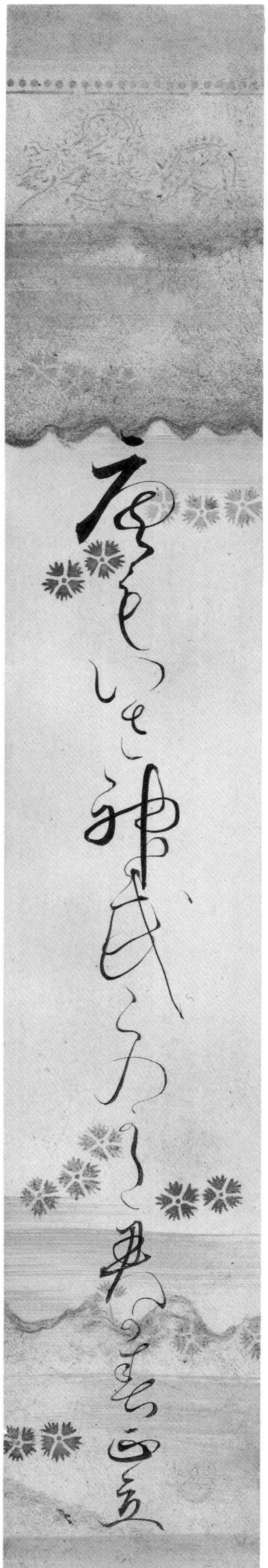

唐もいさ神武このかた君か春　正立

（24 ウ左）
364 × 58

381　常有

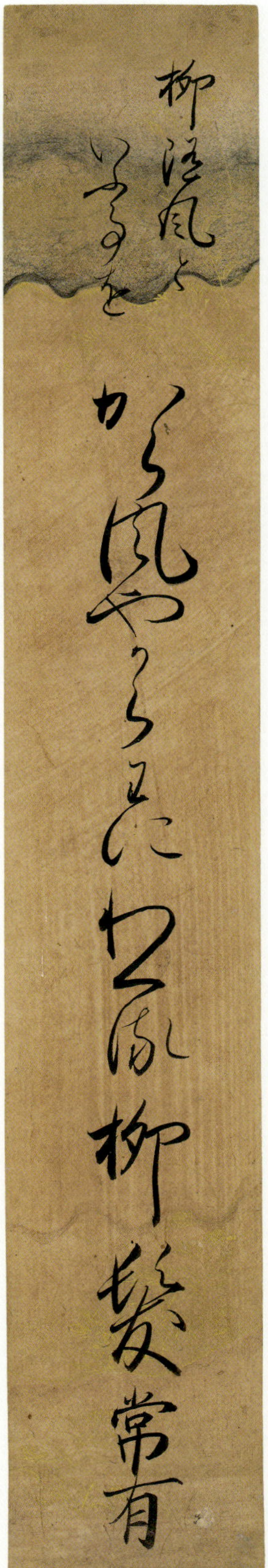

柳随風といふ事を　から風やからわにわくる柳髪　常有

（25 オ右）
362 × 57

382　春丸

声なふて人よふ勢田の蛍哉　春丸

（25 オ左）
365 × 58

383　友静

山家眺望　月暮雪鹿囀りて丹葉咲ク　友静

（25 ウ右）
365 × 62

384　常侚

一葉の舟は岡やる嵐哉　常侚

（25 ウ左）
362 × 56

385　元恕

歌なるを蛙やていとしらすよみ　元恕

（26 オ右）
364 × 58

386　永従

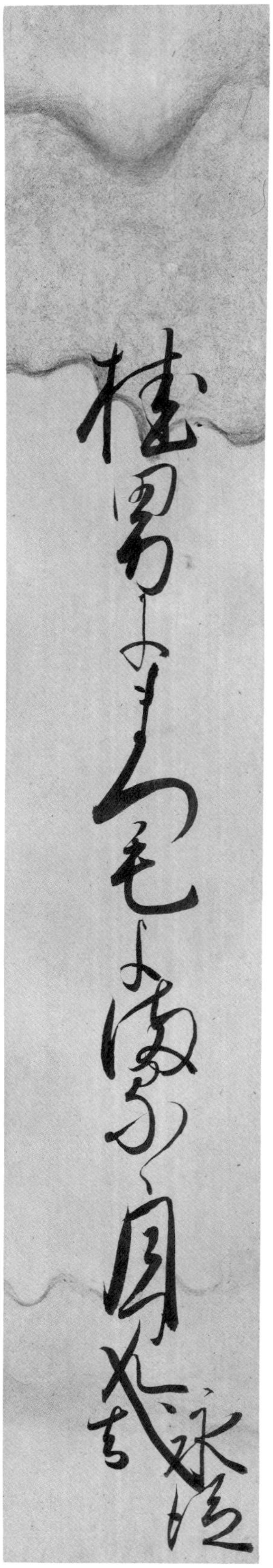

桂男にまつ毛よまるゝ月見哉　永従

（26 オ左）
361 × 60

387　朝三

亀山にさけるさくらは立花哉　朝三

（26 ウ右）
362 × 60

388　素雲

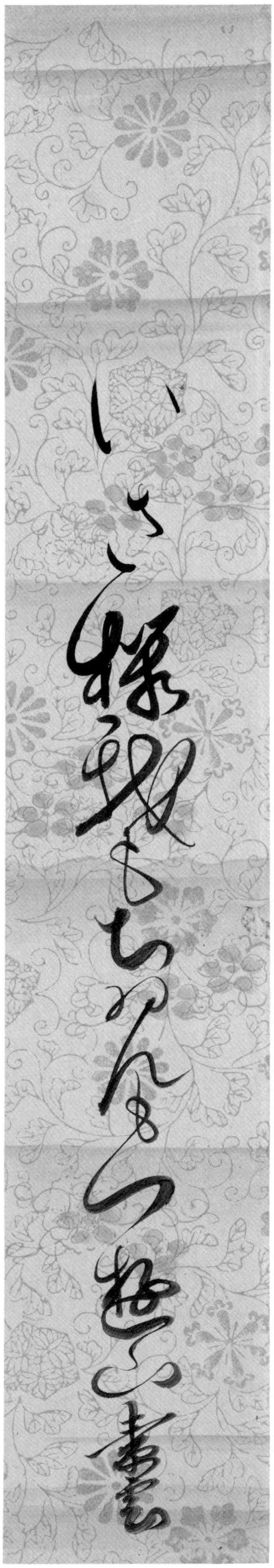

いさ桜我もちゐんも一遊山　素雲

（26 ウ左）
364 × 61

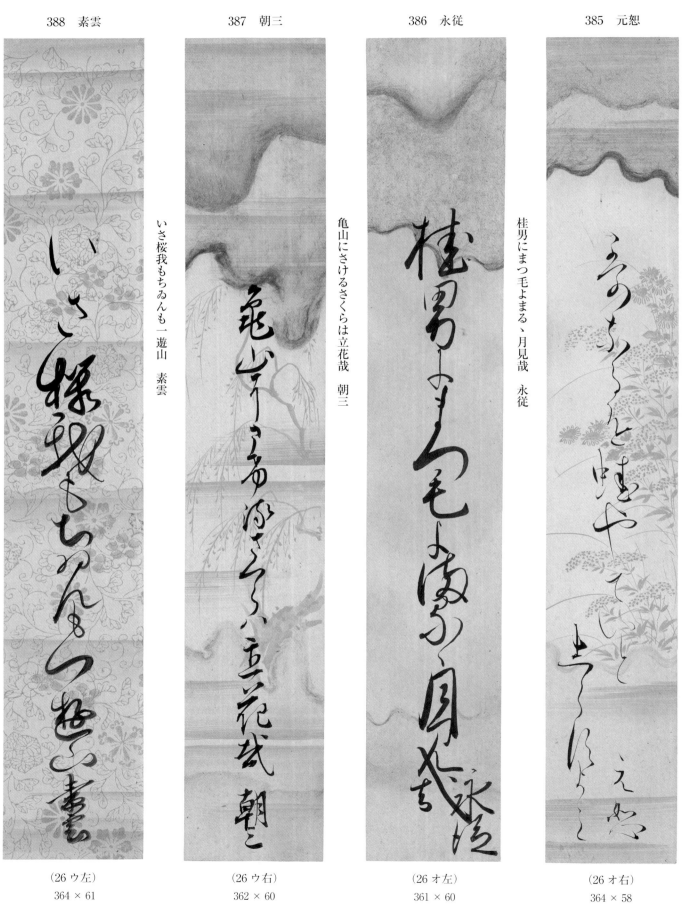

389　愚情

昼ねしてひるねやかくす夜こし鳥　愚情

（27 オ右）
360 × 53

390　卜全

江戸にて　又新橋水のかけたる氷哉　卜全

（27 オ左）
361 × 56

391　雅次

仙台の人につかはしける　おくゆかしすいせん台の花の歌　雅次

（27 ウ右）
361 × 52

392　則重

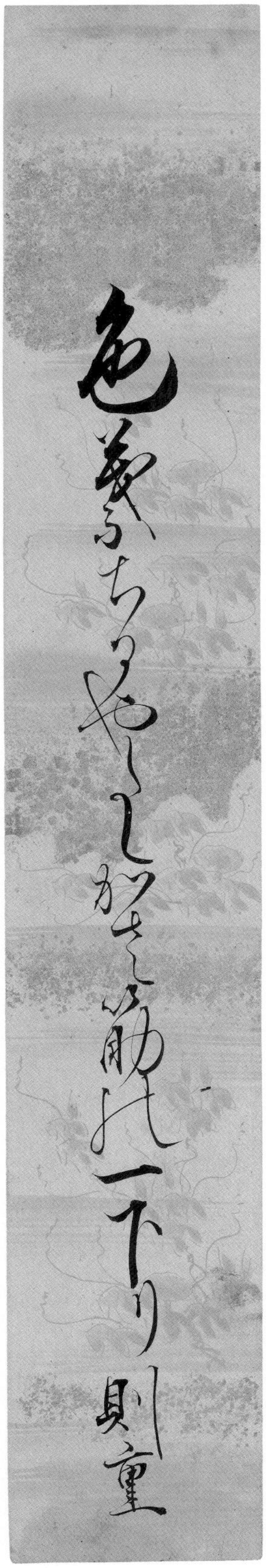

色葉ちるやたゝかさ筋の一下り　則重

（27 ウ左）
360 × 58

393　林可

籠花も西こそ秋の真はしめ　林可

（28オ右）
362×58

394　尚光

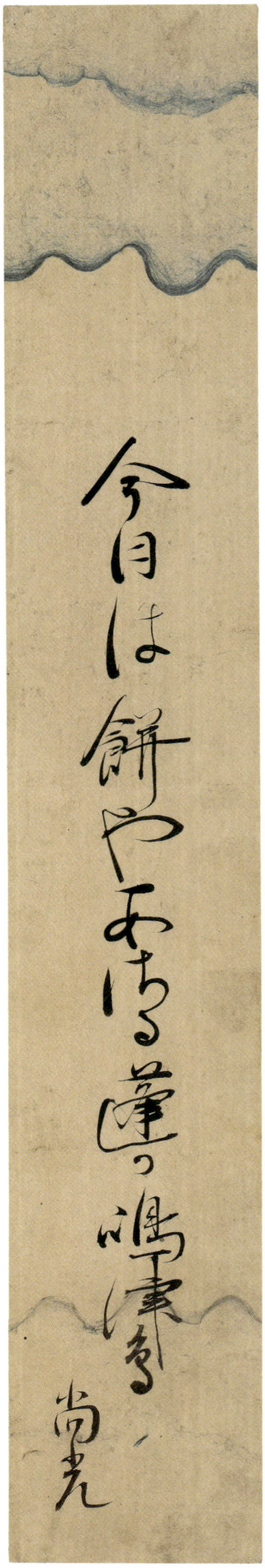

今日は餅やあさる蓬か嶋津鳥　尚光

（28オ左）
361×58

395　甘万

口きりや茶かふきをする鉦の音　甘万

（28ウ右）
368×57

396　倫員

納涼

ふけよ凬の神ならは神夕すゝみ　倫員

（28ウ左）
365×61

397　仲之

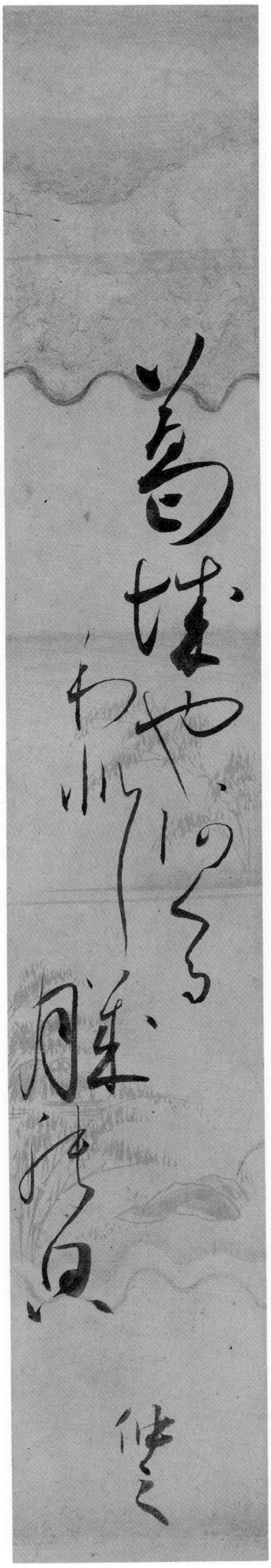

葛城やあくるわひしき月の皃　仲之

（29オ右）
363 × 59

398　道繁

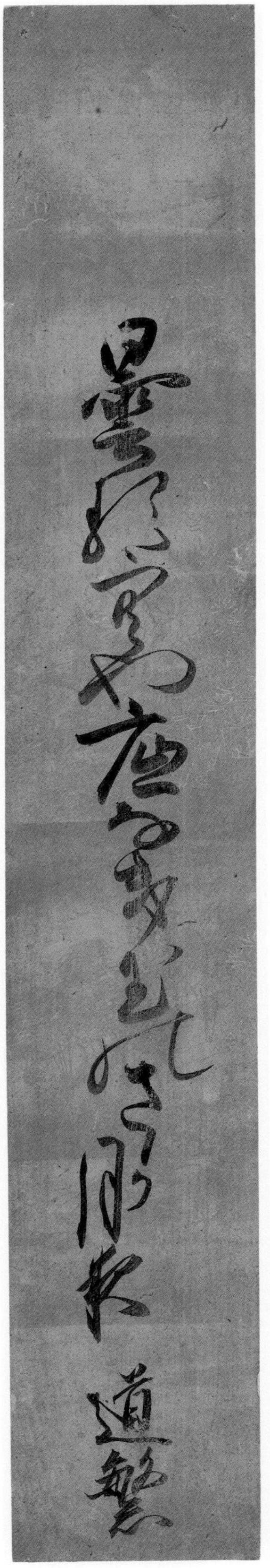

曇る空や底なき玉のさか月夜　道繁

（29オ左）
360 × 57

399　政時

布引の幕より見るや花の瀧　政時

（29ウ右）
364 × 58

400　重尚

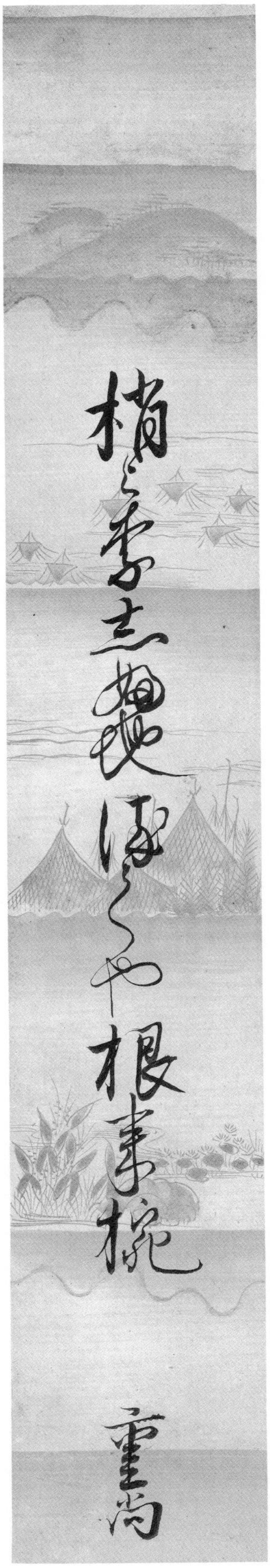

梢よりしふ地染てや根来椀　重尚

（29ウ左）
362 × 58

401　重徳

絃瓜の妹背枕を定めてや　重徳

（30 オ右）
360 × 57

402　仙菴

風蘭や橘の軒もふるかりき　仙菴

（30 オ左）
365 × 56

403　常矩

ねちふくさ露そこほるゝ杜若　常矩

（30 ウ右）
363 × 58

404　常牧

花簑荷風の曙露の暮　常牧

（30 ウ左）
364 × 60

405　如雲

端午　我は野に出て百病の根をかりにけり　如雲

（31 オ右）
360 × 59

406　如川

擣をとや耳にきせたる小夜衣　如川

（31 オ左）
362 × 58

407　吉氏

咲ませて祇園林やむらかうし　吉氏

（31 ウ右）
365 × 60

408　正春

学窓の花といふ題にて　嬉しかなし書の窓くらき花くもり　正春

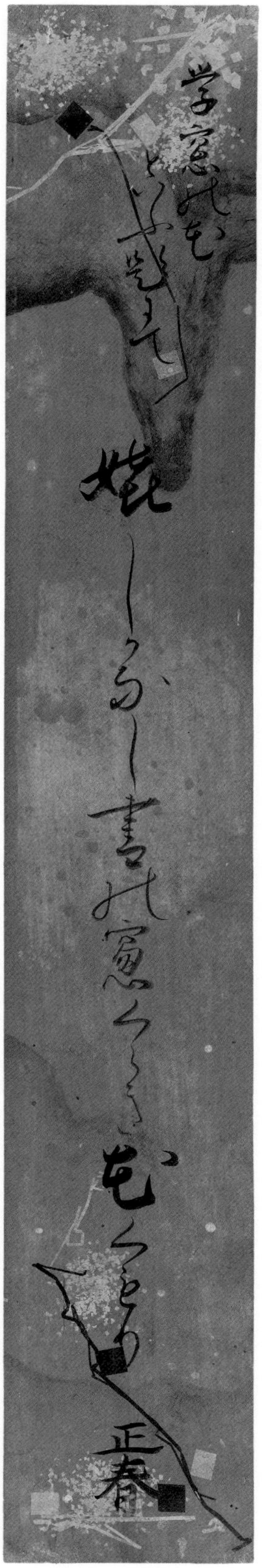

（31 ウ左）
361 × 58

409　直昌

門松や立た木のめの春の宿　直昌

（32 オ右）
363 × 57

410　友作

花は陰を一といひてや荷茶屋　友作

（32 オ左）
363 × 58

411　夏半

蜑人か乳の下に出る玉の汗　夏半

（32 ウ右）
364 × 55

412　宗英

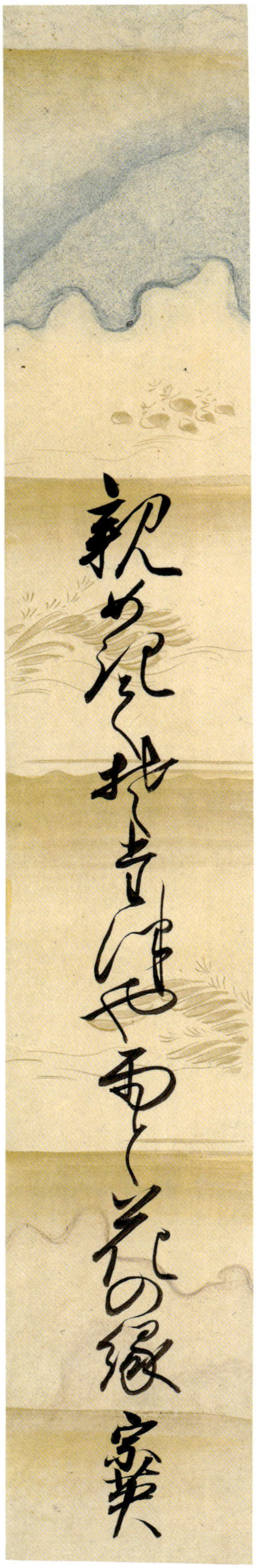

親めきてそたつや雨と花の縁　宗英

（32 ウ左）
361 × 56

413　柳燕

鶯や春統院の沙汰の外　柳燕

（33 オ右）
366 × 60

414　一品

曙や穂俵みとり蝦くれなゐ　一品

（33 オ左）
364 × 58

415　一幽

改元のはしめ　明暦や梅の新にひらくる日　一幽

（1 オ右）
362 × 58

416　元順

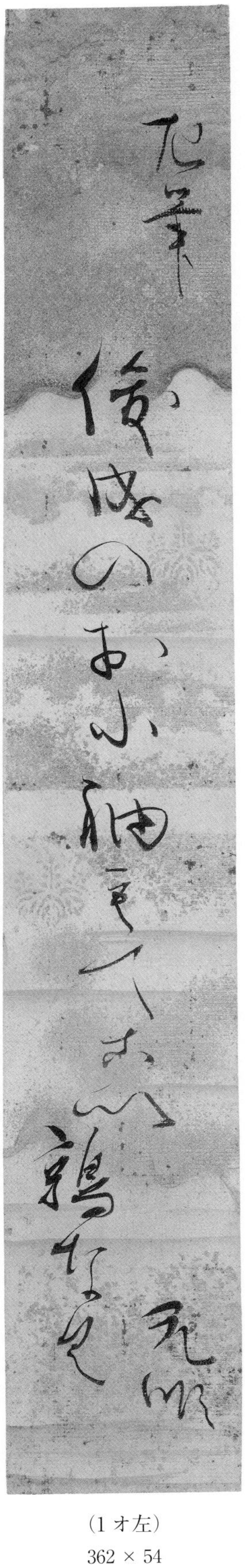

左筆　俊成のお小袖もてこい鶏なく　元順

（1 オ左）
362 × 54

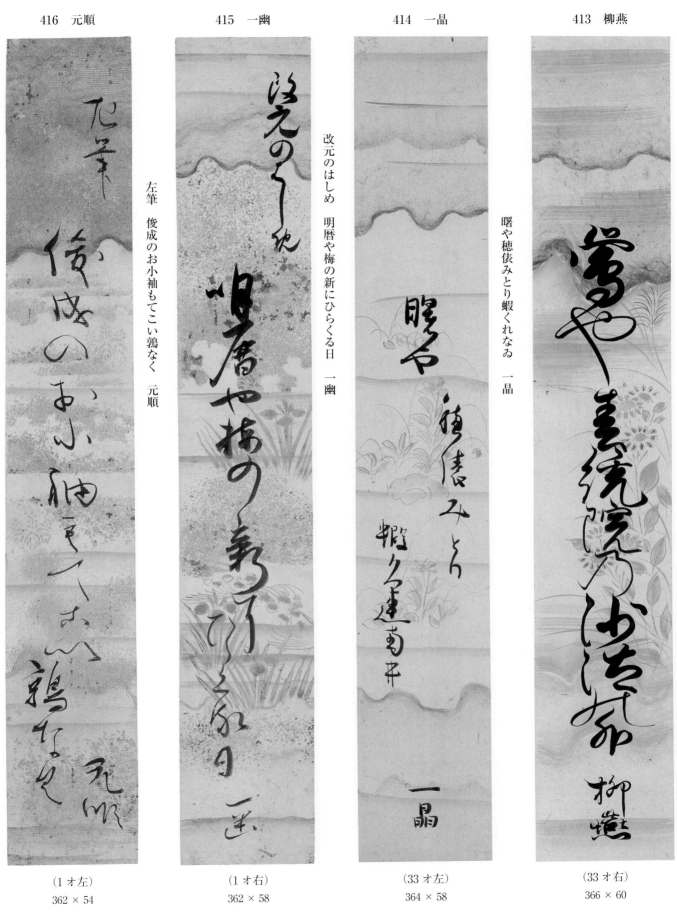

417　道宇

わかやくやことしえ方にむかふ髪　道宇

（1 ウ右）
362 × 54

418　武宗

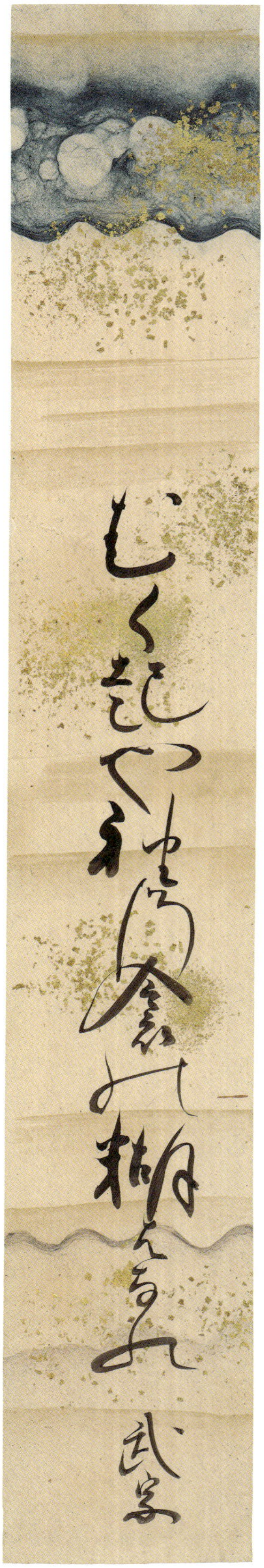

むく起や袖の衾の糊はなれ　武宗

（1 ウ左）
361 × 57

419　友世

水のおもにてる月な見そ田夫もの　友世

（2 オ右）
363 × 56

420　包元

梅　風に散花や槖籥の窓の梅　包元

（2 オ左）
364 × 59

421　雪岩

くろ雲や永日鼠の皮衣　雪岩

（2ウ右）
363 × 55

422　祐忍

皃よ花名にしおひたるお沢哉　祐忍

（2ウ左）
362 × 56

423　宜水

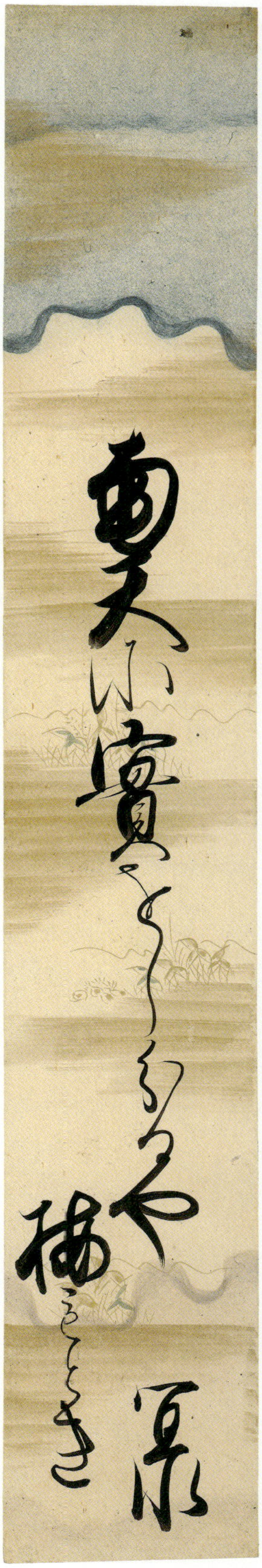

南天に実をし分るや梅もとき　宜水

（3オ右）
361 × 57

424　恒行

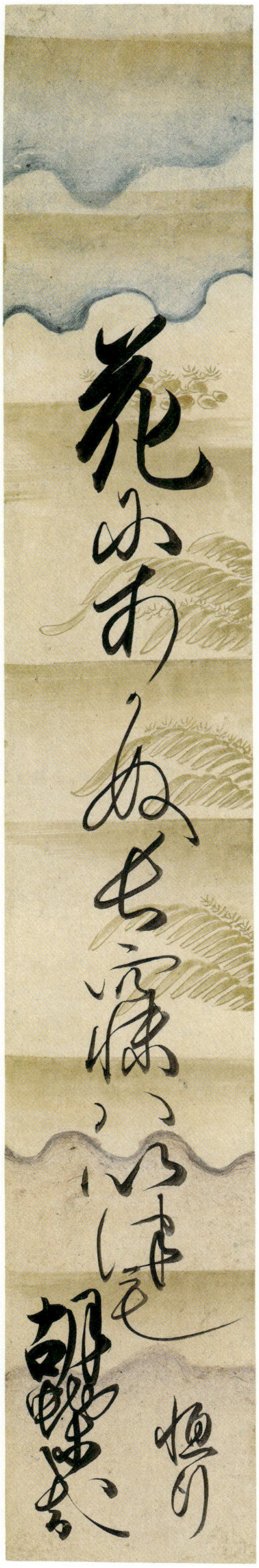

花にあかぬ長寐はいつも胡蝶哉　恒行

（3オ左）
362 × 57

425　無端

田の中におりくる雁や十文字　無端

（3ウ右）
364 × 56

426　蛙枕

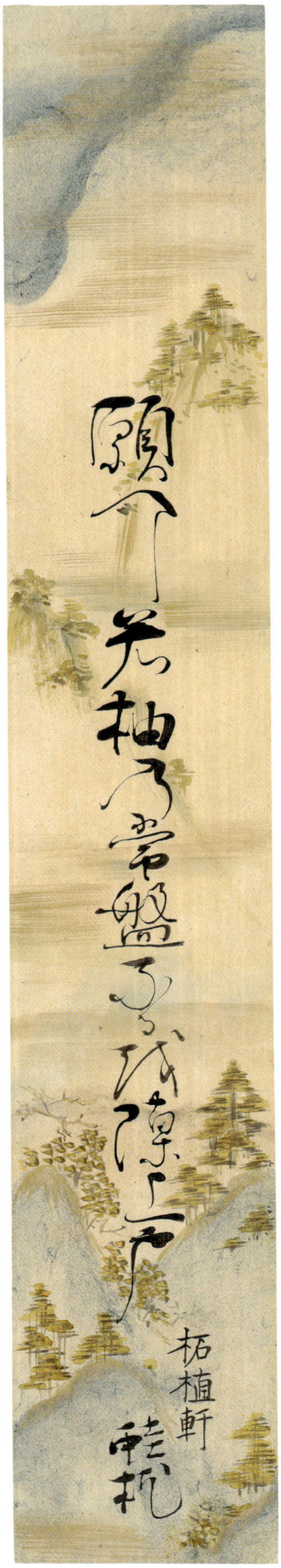

願へし若柚の常盤なるを隙上戸　柘植軒　蛙枕

（3ウ左）
364 × 60

427　松笑

打かけや袖にたまらぬ蚊の泪　松笑

（4オ右）
364 × 57

428　閑節

木仏は御法の花のすかた哉　閑節

（4オ左）
362 × 58

429　仙化

鎌倉のはまにまかりて　名月や沖も静にわたり鳥　仙化

（4ウ右）
360 × 58

430　挙白

里土産や柚か娘の木の目あえ　挙白

（4ウ左）
364 × 59

431　琴風

まかれる秋　むら紅葉さてそ時雨かえこひいき　琴風

（5オ右）
365 × 58

432　嵐蘭

桜かり遠山辛夷うかれ来ぬ　嵐蘭

（5オ左）
364 × 60

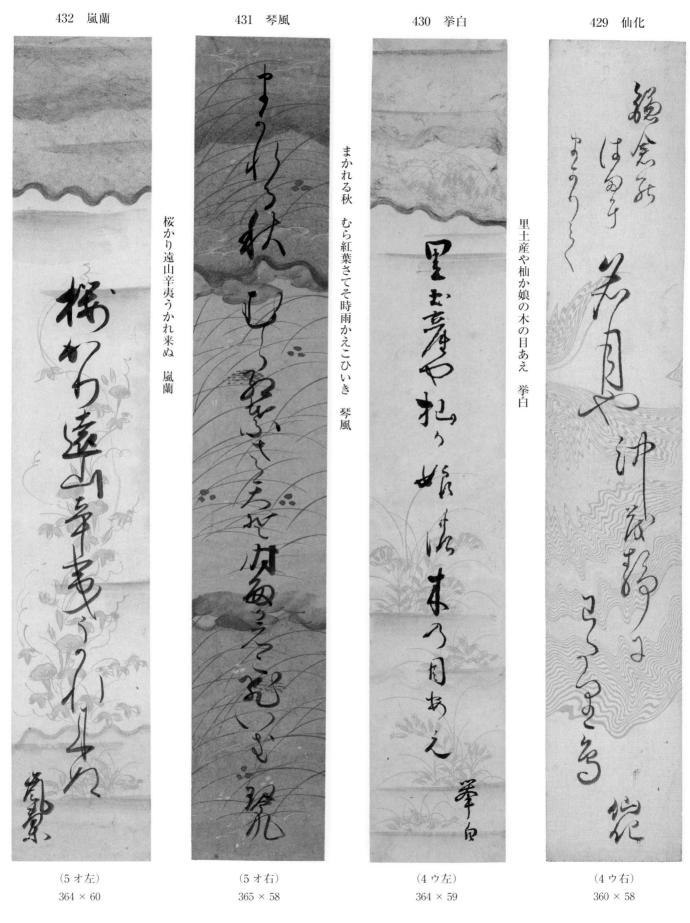

433　百堂

華菖蒲何と踏出す鷺の足　百堂

（5ウ右）

365 × 60

434　重興

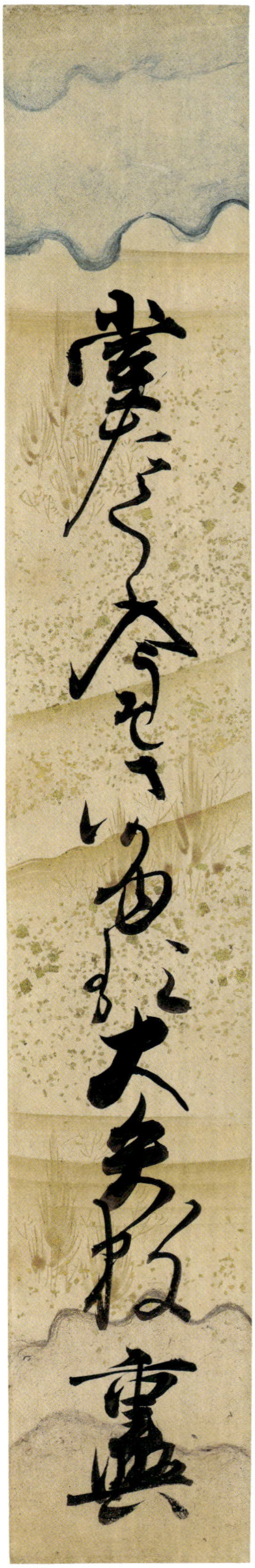

堂たて、今そさかゆる大矢数　重興

（5ウ左）

363 × 56

435　成元

元旦　書初や今はむかしの歌のくす　成元

（6オ右）

362 × 57

436　松安

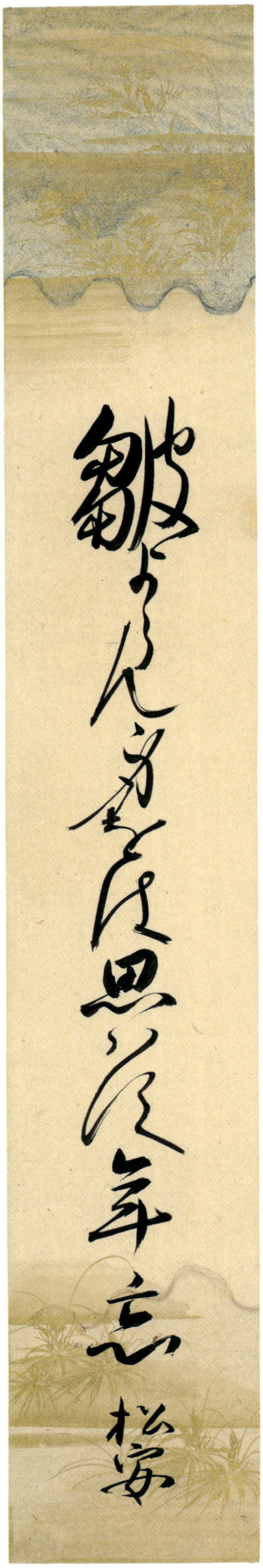

皺よらん身をは思はす年忘　松安

（6オ左）

363 × 57

437　成之

和州多武嶺より所望に　鶯や花の中宿はね休め　成之

（6 ウ右）
362 × 54

438　元順

筑前はかたにて　夕立はた丶かた袖の湊かな　元順

（6 ウ左）
363 × 57

439　可広

絵扇は花もいくへの折目哉　可広

（7 オ右）
363 × 58

440　成方

葛城になく鶯や和歌所　成方

（7 オ左）
362 × 60

441　行風

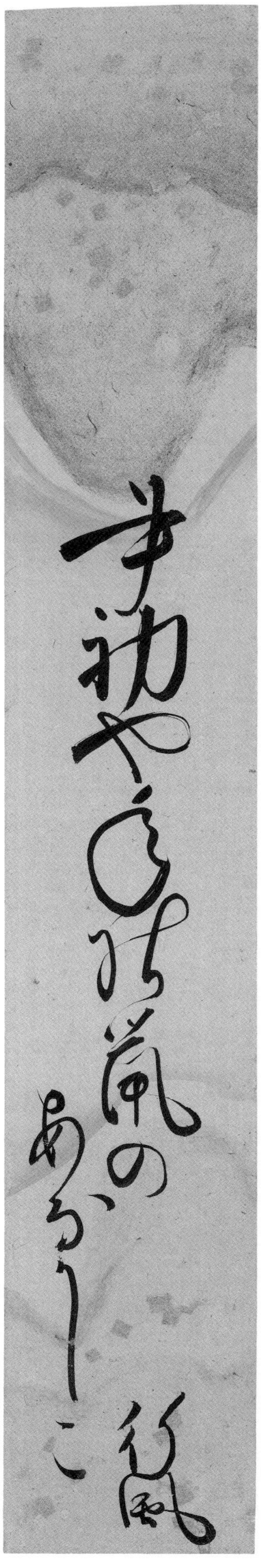

書初や年の鼠のあなかしこ　行風

（7 ウ右）
358 × 58

442　藤昌

みやま木の其香くれなき梅花哉　藤昌

（7 ウ左）
357 × 58

443　所知

あの笠て早苗取しか鳥おとし　所知

（8 オ右）
363 × 58

444　幾音

鹿をさして山むまといふ革や哉　幾音

（8 オ左）
363 × 57

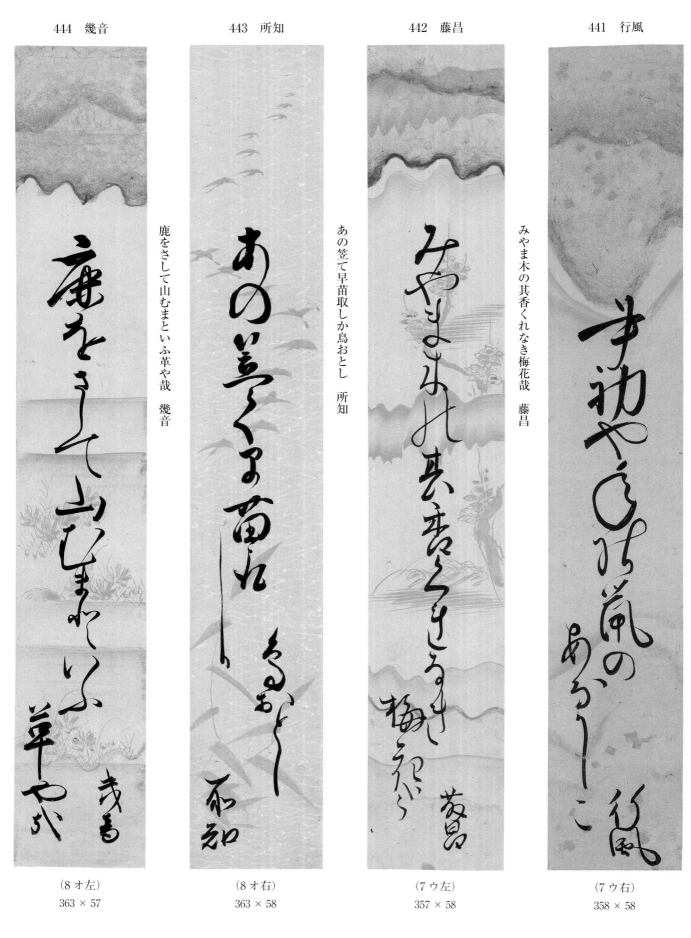

445　重寛

元旦　かき初の文車ひくか丑の年　重寛

（8ウ右）
363 × 57

446　智徳

すかりたや竹の子のよは本忍ひ　智徳

（8ウ左）
364 × 58

447　春倫

川風の涼しくもある蚊声もなし　春倫

（9オ右）
362 × 57

448　春良

本金やつかふ扇の絵やうもの　春良

（9オ左）
364 × 57

449　無睦

おにするといふは誠か御薬子　無睦

（9ウ右）
364 × 57

450　由平

餅つきの其夜ふりけり白砂糖　由平

（9ウ左）
364 × 58

451　董信

水に影星もこよひをあひ碁哉　董信

（10オ右）
363 × 56

452　柳翠

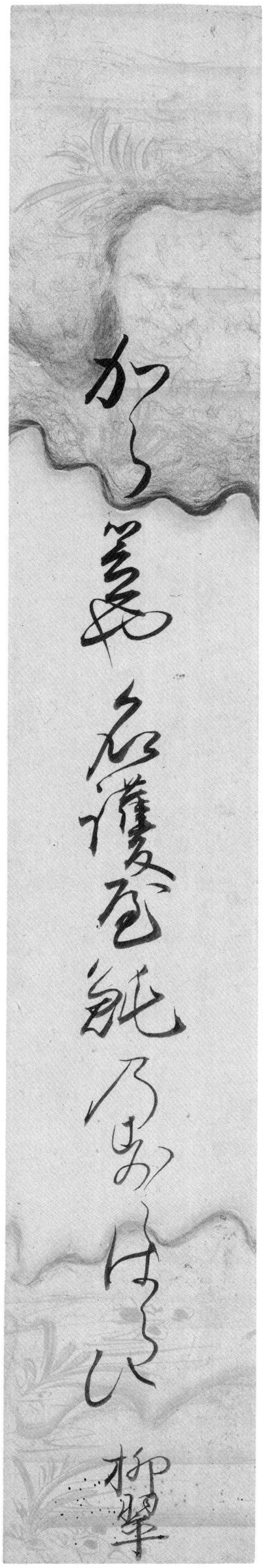

から笠や名護屋鈍のすゝはらひ　柳翠

（10オ左）
362 × 57

453　羅人

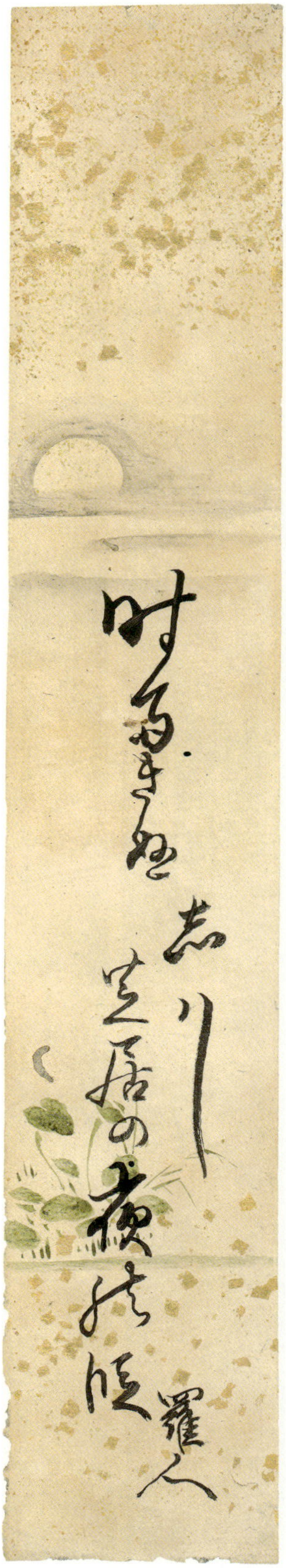

時雨きぬしはし芝居の夜の段　羅人

（10 ウ右）
355 × 60

454　酔鴬

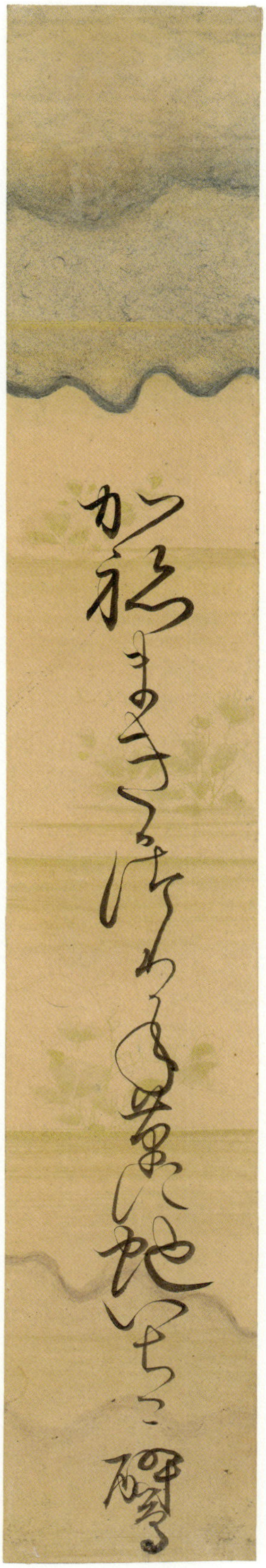

かねまきかつりかね草に蛇いちこ　酔鴬

（10 ウ左）
364 × 58

455　猶白

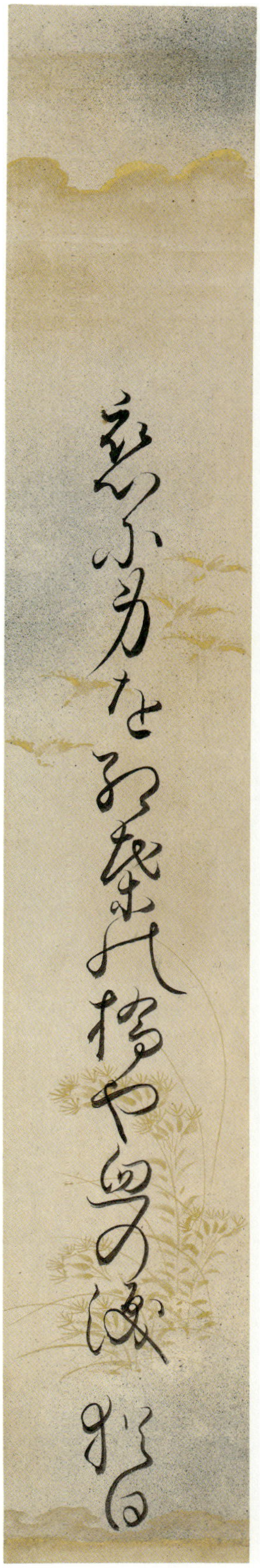

恋に身を紅葉の橋や血の涙　猶白

（11 オ右）
363 × 57

456　休安

風にみのいりしや六の花の種　休安

（11 オ左）
365 × 56

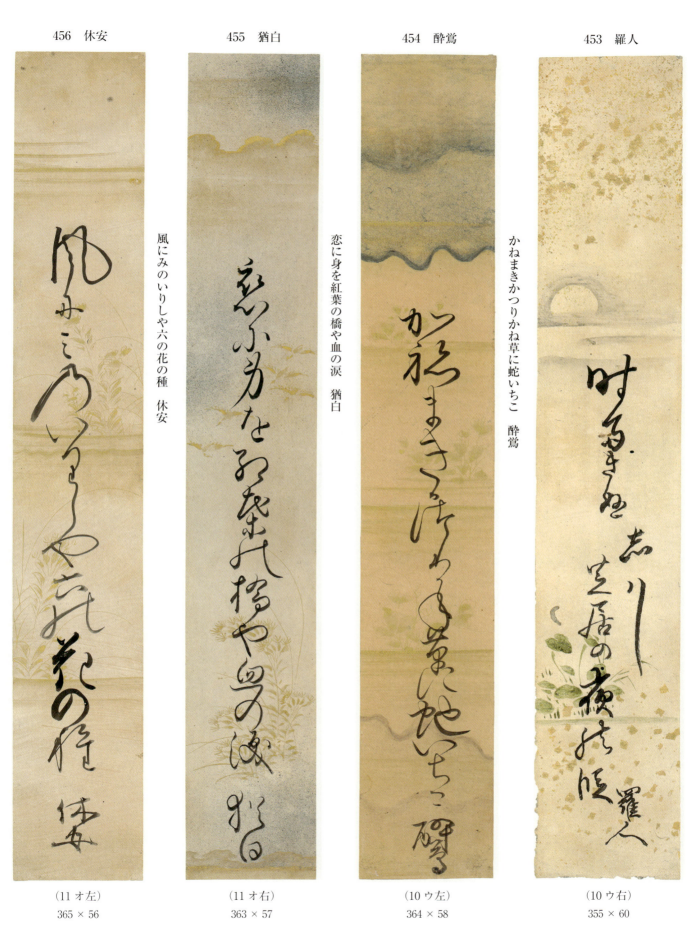

457　一礼

此戒釈迦悔まれけり花の時　一礼

（11 ウ右）
368 × 60

458　禾刀

端午　竹のさきにのほりすけしろもめん哉　禾刀

（11 ウ左）
362 × 57

459　重安

焙やかね渡しする小松茸　重安

（12 オ右）
360 × 55

460　宗貞

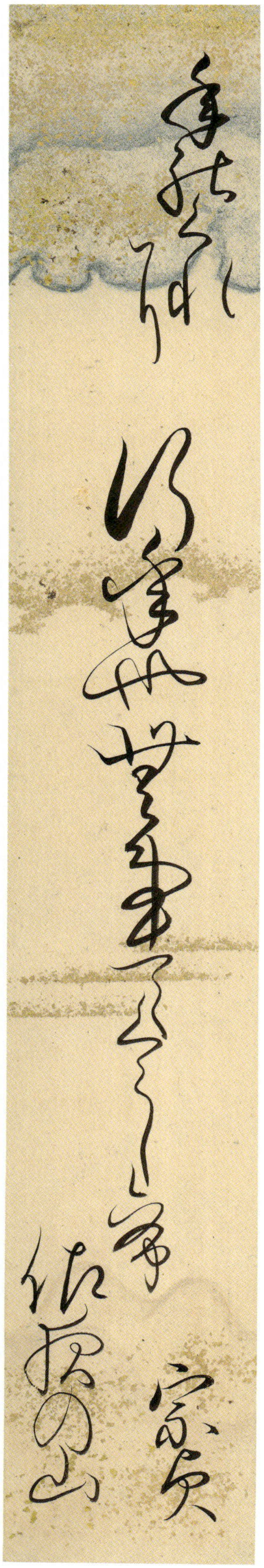

年のくれに　行年や無事てくらして佐夜の山　宗貞

（12 オ左）
363 × 57

461　立敷

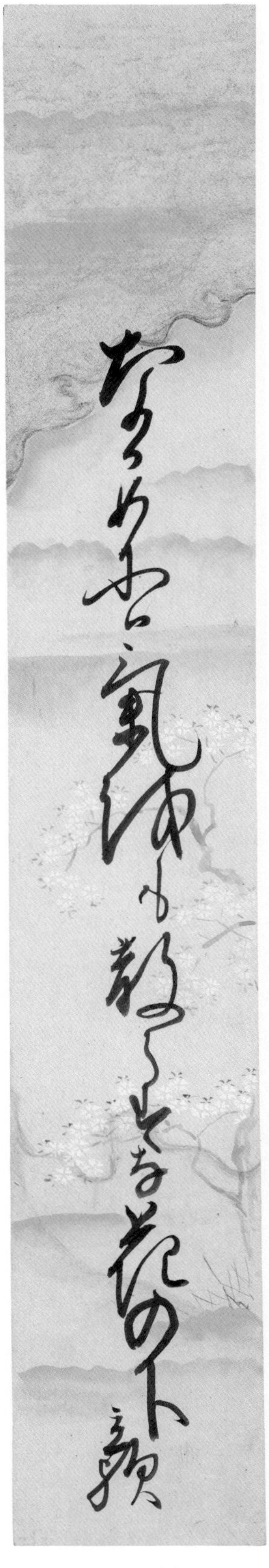

なかめには気をも散らすな花の下　立敷

（12 ウ右）
365 × 58

462　由貞

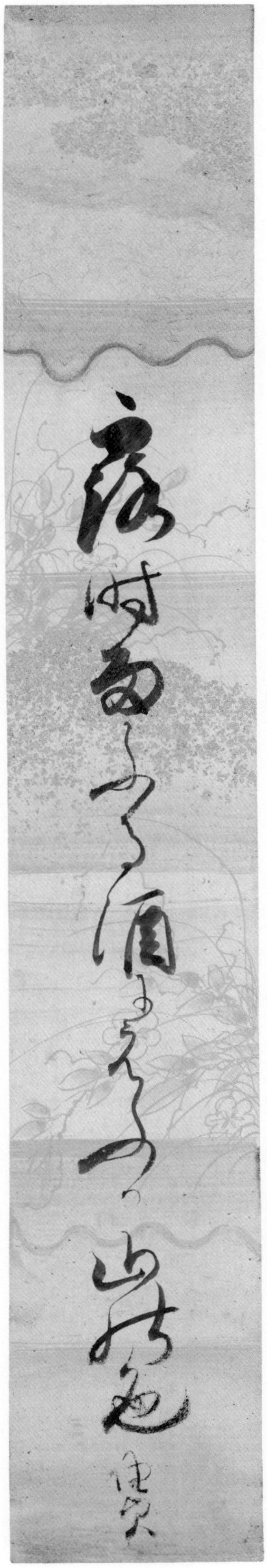

露時雨ふる酒にえふか山の色　由貞

（12 ウ左）
362 × 57

463　親十

咲花に方角しるし影日なた　親十

（13 オ右）
361 × 56

464　親太

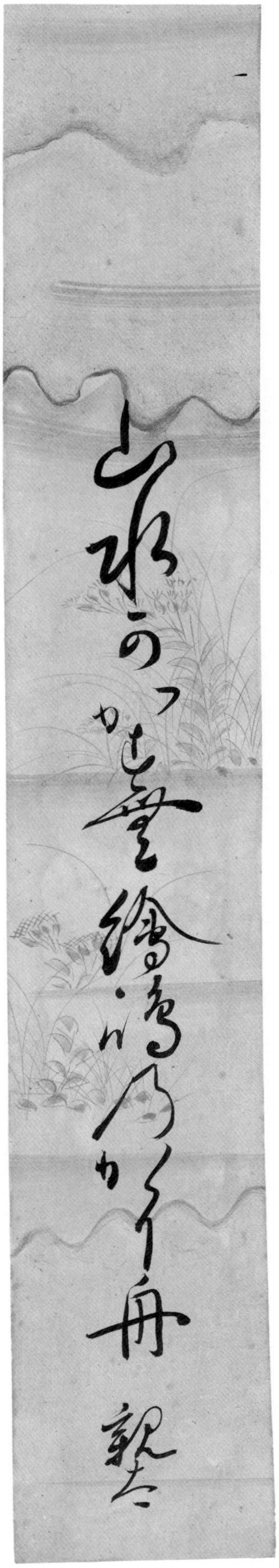

山水かかすむ絵嶋のかゝり舟　親太

（13 オ左）
363 × 59

465　一六

（13ウ右）
365 × 60

上声の文字とやいはん天津雁　一六

466　三政

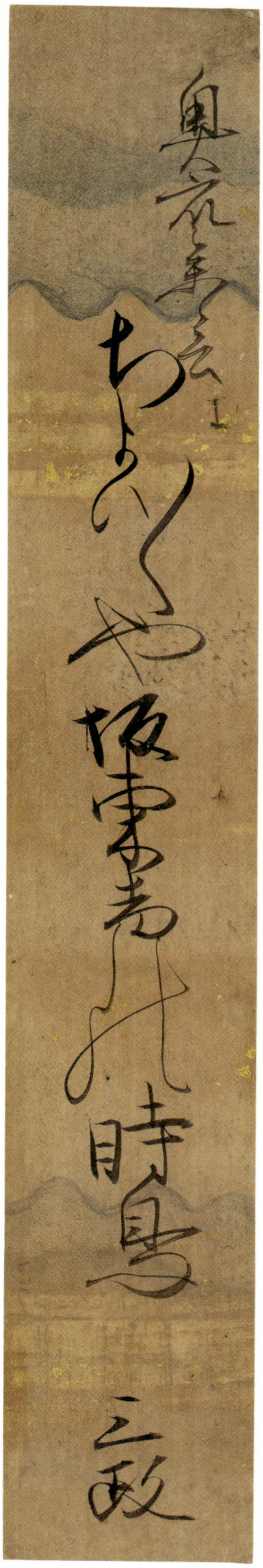

（13ウ左）
360 × 56

奥衆参会に　ちょい〳〵や坂東声の時鳥　三政

467　但重

（14オ右）
361 × 58

本歌なをしに　ちきれてはうち歎かる、碪かな　但重

468　友雪

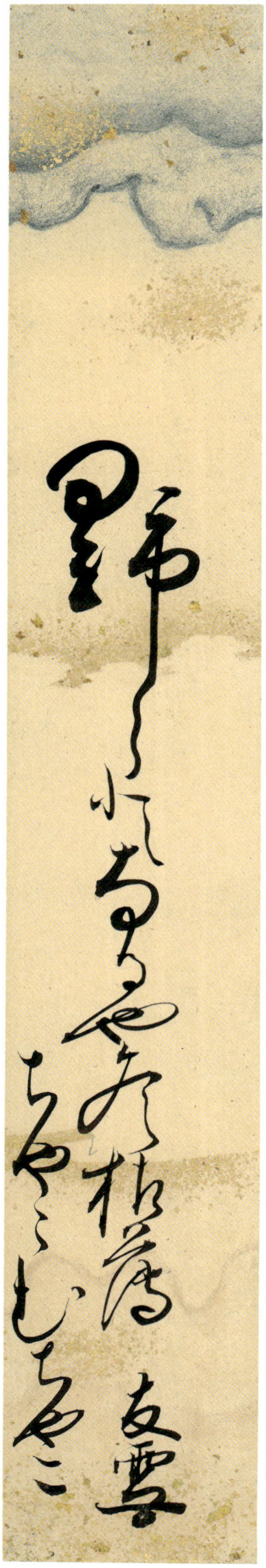

（14オ左）
361 × 58

野らとなるや冬枯薄ちやさむちやこ　友雪

469　旨恕

たのしみや菊を徳利のもとにめて　旨恕

（14 ウ右）
365 × 58

470　素玄

船遊ひにまかりて　沖鱠かれをころせといひあへり　素玄

（14 ウ左）
362 × 55

471　ケ庵

源氏花ちる里思ひつゝけて京より見廻の方ゝへ送る朔日朝当座　ゆりへきて花ちる里は出るみ哉　ケ庵

（15 オ右）
364 × 52

472　重当

露を玉と朝むく起の蓮哉　重当

（15 オ左）
363 × 57

473　不琢

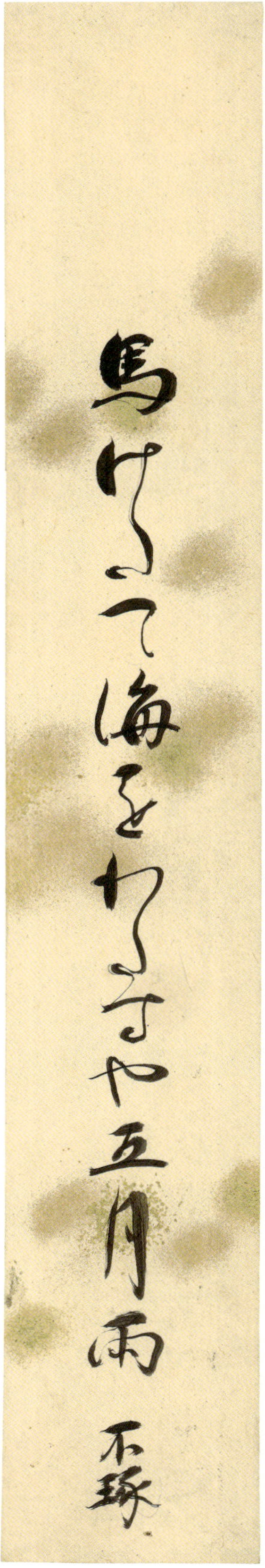

馬けたて海をわたすや五月雨　不琢

（15ウ右）
365 × 60

474　西鬼

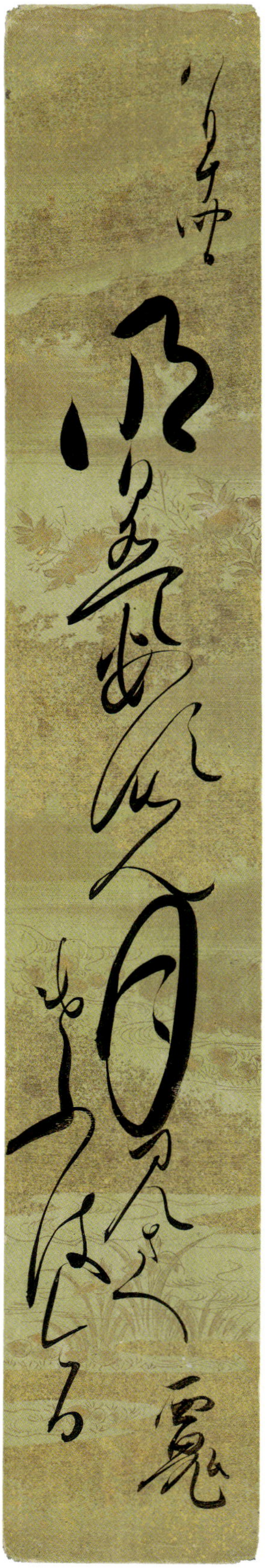

八月十四日　明日はあす先月見さへけふは今日　西鬼

（15ウ左）
361 × 58

475　西鶴

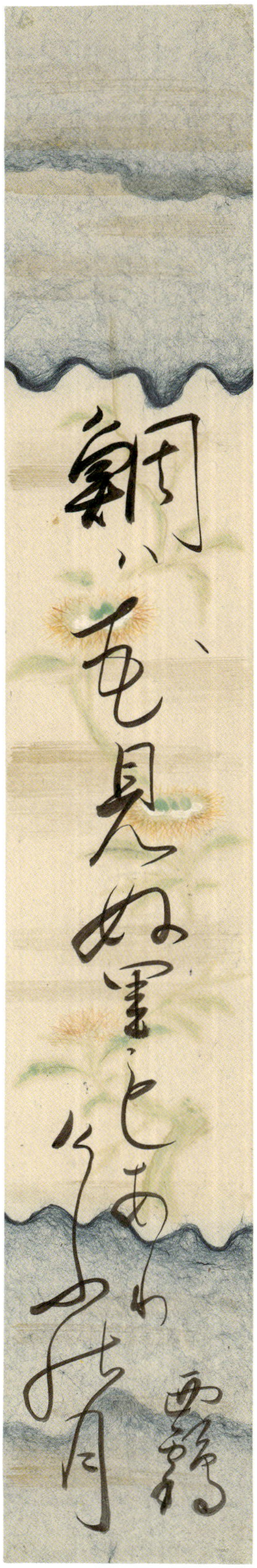

鯛は花見ぬ里もありけふの月　西鶴

（16オ右）
365 × 57

476　宜休

さすりめの淡もや化して美人草　宜休

（16オ左）
363 × 60

477　清勝

気にか、る山のは計郭公　清勝

（16ウ右）
364 × 59

478　忠由

川よけの水鶏や浪のた、き土井　忠由

（16ウ左）
363 × 56

479　松意

残菊の淵や瀬となる花畠　松意

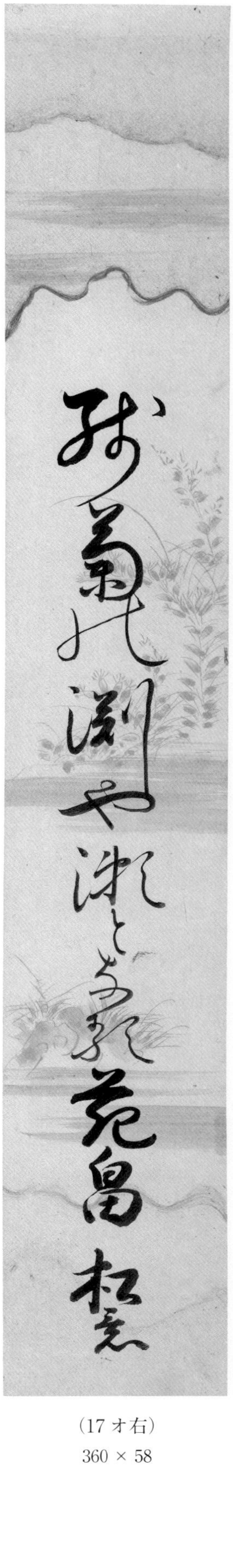

（17オ右）
360 × 58

480　来山

入とても水火は古し鰒定　来山

（17オ左）
362 × 60

481　益翁

小歌酒ところ〳〵の花見哉　益翁

（17 ウ右）
362 × 58

482　益友

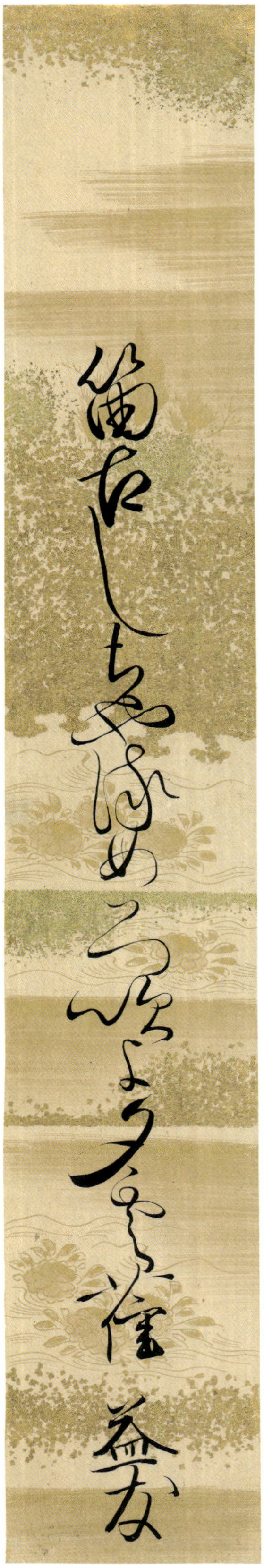

笛古しちやるめろ吹よ夕雲雀　益友

（17 ウ左）
361 × 58

483　均朋

ほゝ蛍とゝと飛火のともり哉　均朋

（18 オ右）
363 × 58

484　夕烏

ふと股に紅ふかし蚊の時雨　夕烏

（18 オ左）
363 × 57

485　東枝

秋ね覚たり蚊屋の釣手の残たる　東枝

（18ウ右）
367 × 61

486　鬼貫

谷水や石も歌よむ山さくら　鬼貫

（18ウ左）
362 × 59

487　野坡

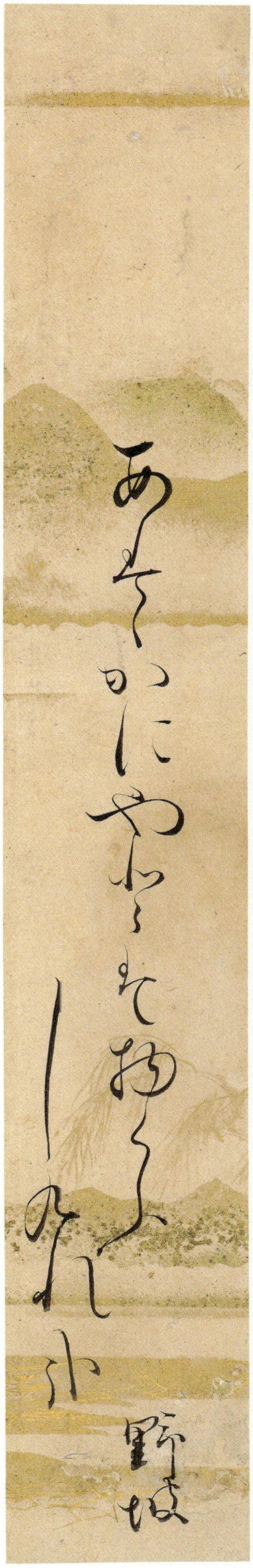

あた丶かにやとは物くふしくれ哉　野坡

（19オ右）
361 × 56

488　丸鏡

白馬や声なかりせは雪の暮　丸鏡

（19オ左）
363 × 60

489　宗静

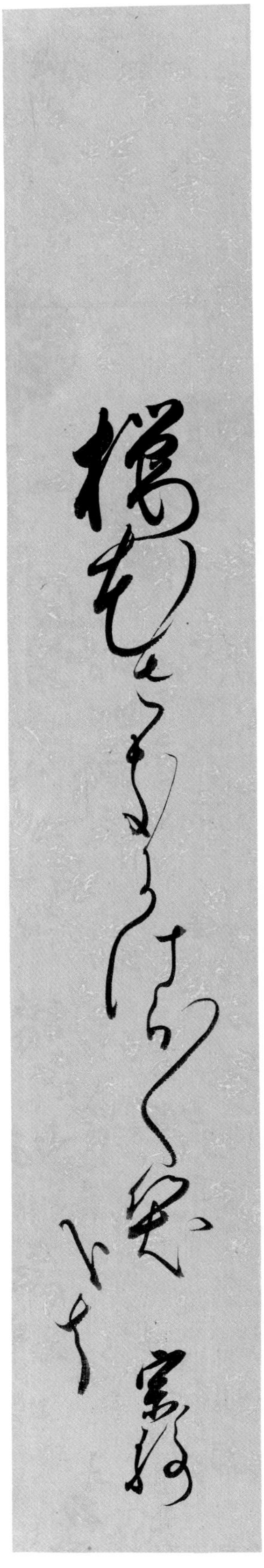

桜花さきにけらし〳〵笑哉　宗静

（19 ウ右）
362 × 57

490　重定

春は茶を我煮てしりぬ福わかし　重定

（19 ウ左）
366 × 60

491　厚成

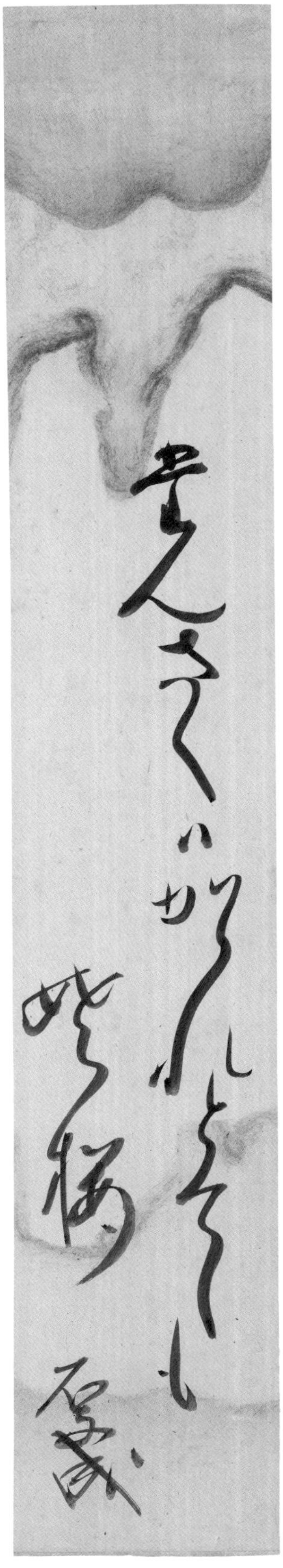

たんさくはかゝれとてしも姥桜　厚成

（20 オ右）
360 × 61

492　西吟

富はこれ一生くちぬ岩本坊　西吟

（20 オ左）
362 × 60

493　雅伸

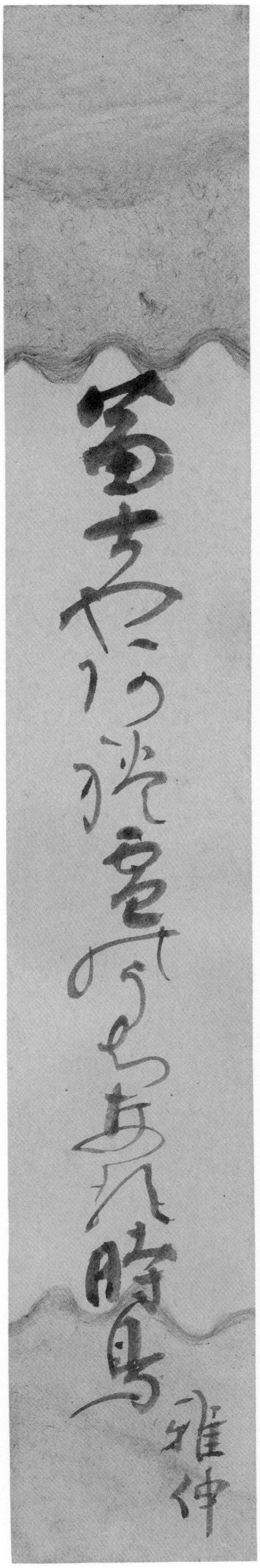

富士やあれ雪のうちなる時鳥　雅伸

（20ウ右）
364 × 56

494　不必

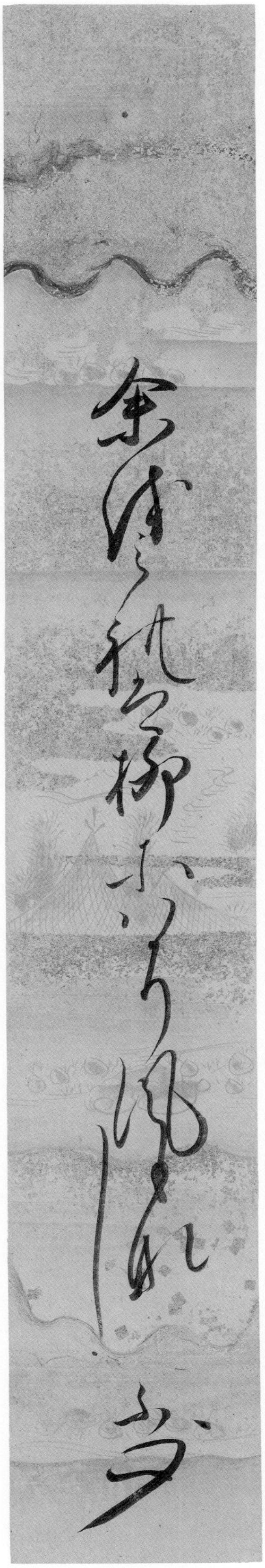

余をみれは柳にはかり凮もなし　不必

（20ウ左）
363 × 58

495　重山

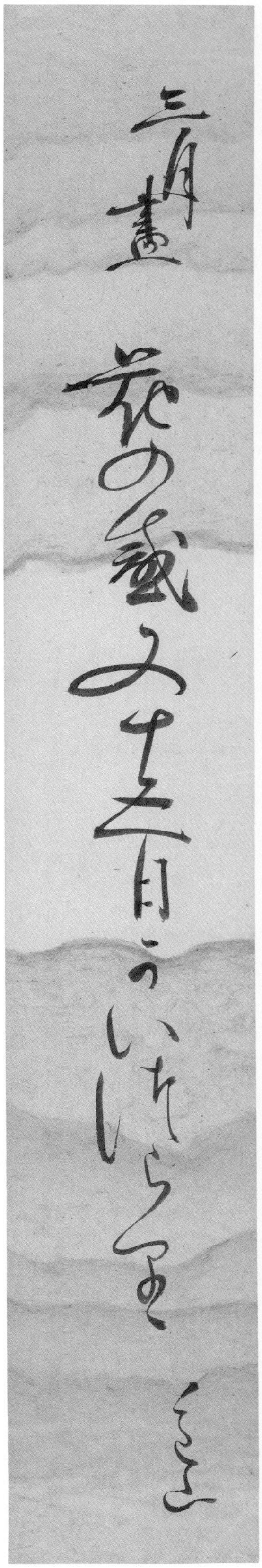

三月尽　花の盛又十二月かいつらり　重山

（21オ右）
363 × 58

496　野也

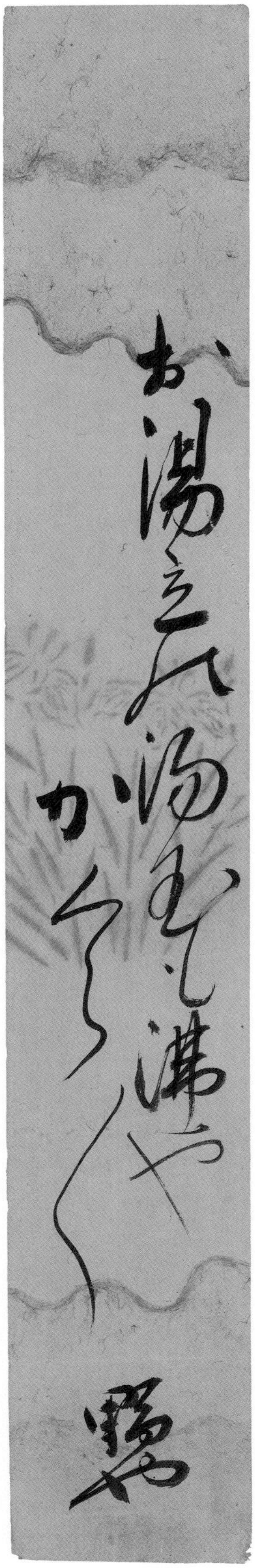

お湯立の湯玉も沸やかくら〱　野也

（21オ左）
358 × 56

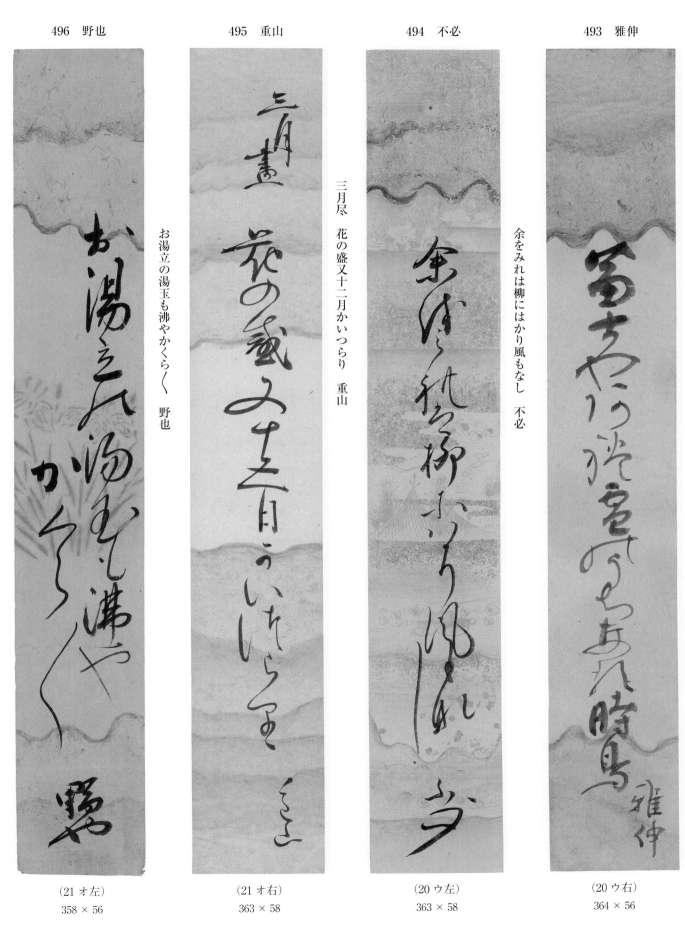

497　及加

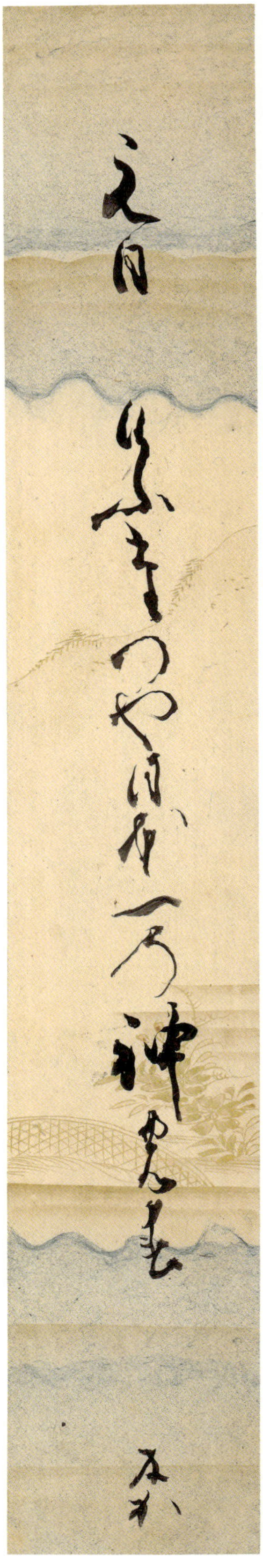

元日　けふたつや日本一の神の春　及加

（21 ウ右）
362 × 58

498　玄札

茶入ならて茄子に露のなたれかな　玄札

（21 ウ左）
363 × 58

499　乙由

兄といふ名にはかしこし梅の花　乙由

（22 オ右）
349 × 61

500　茅心

帷子や奈良の都を立出て　茅心

（22 オ左）
364 × 58

501　光敬

歌ならへ鴬数〻飛ことく　光敬

（22 ウ右）
363 × 57

502　二休

榾なりの杯になけ時鳥　二休

（22 ウ左）
360 × 58

503　口今

大津とまり夏の夜長し都入　口今

（23 オ右）
363 × 55

504　竹犬

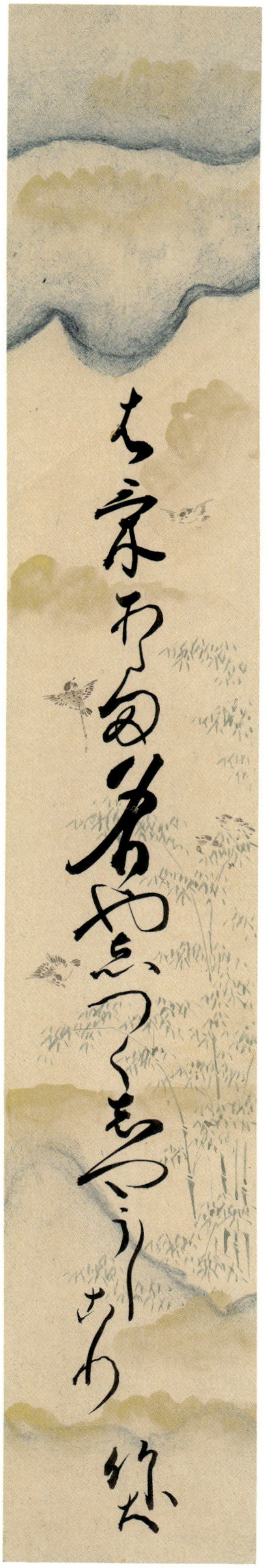

はけあたま夕日やゑつくしやう〳〵こり　竹犬

（23 オ左）
363 × 58

505　熙近

競馬　見たかるや馬より人のせいくらへ　熙近

（23 ウ右）
362 × 57

506　道旦

絵の事は素てなき雪の芭蕉哉　道旦

（23 ウ左）
363 × 58

507　熙快

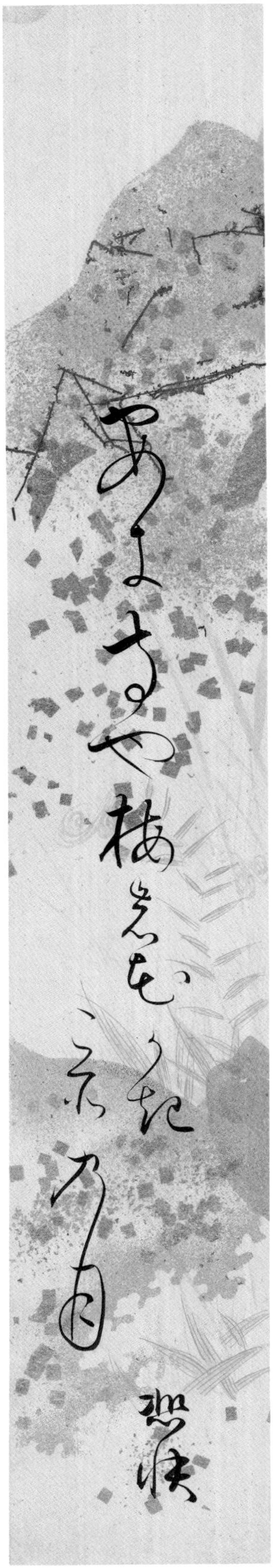

あき寺や梅の花かきこその月　熙快

（24 オ右）
363 × 60

508　一笑

風をおちてひそかにひらくやはつ桜　一笑

（24 オ左）
364 × 61

509　元茂

よまさるやことの葉ぬけの姥桜　元茂

（24 ウ右）
365 × 60

510　久好

すり鉢や膳棚寒る不二嵐　久好

（24 ウ左）
360 × 58

511　弘里

白〳〵ししらけたる此霜柱　弘里

（25 オ右）
364 × 60

512　伊直

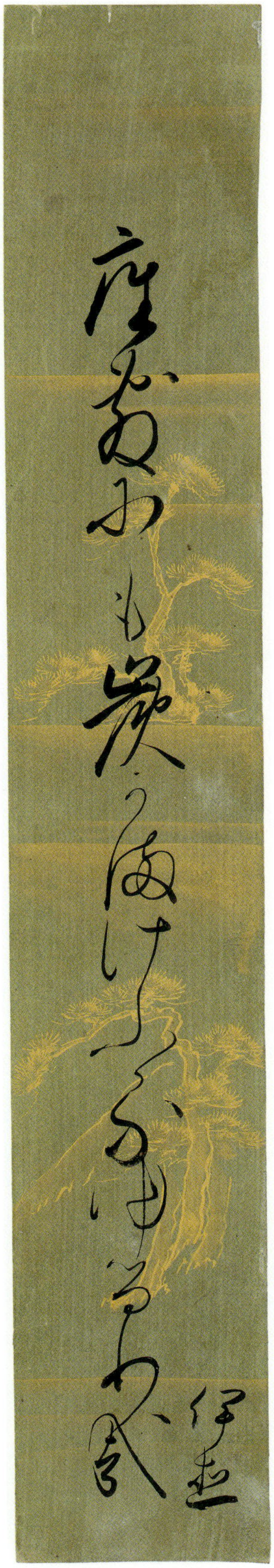

座敷にも炭かまけふるゆるり哉　伊直

（25 オ左）
361 × 59

513　末守

梅　花の色はうつしにけりな市之梅　末守

（25 ウ右）
364 × 58

514　心友

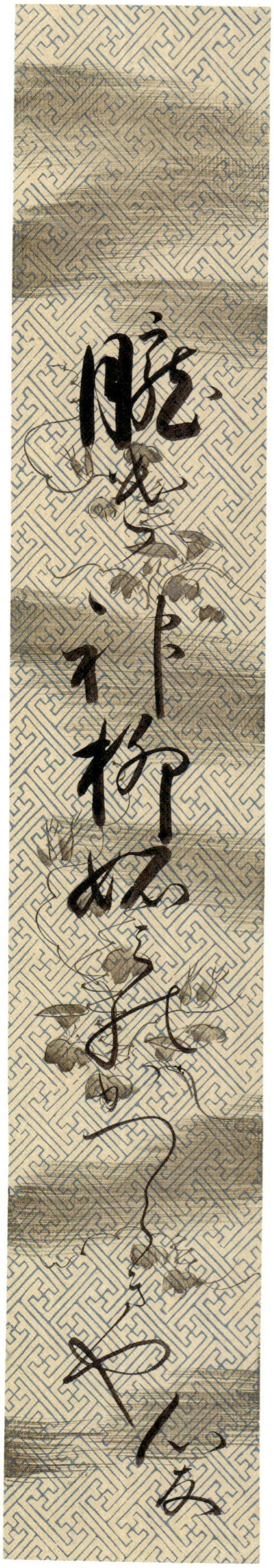

朧け神柳姤みのかつらきや　心友

（25 ウ左）
361 × 58

515　友古

摺鉢にこの木なからましかは時鳥　友古

（26 オ右）
365 × 61

516　不口

こきたれてなけわせ麦のほとゝきす　不口

（26 オ左）
359 × 58

517　雷枝

滝柳ゆきかふ女たほやか也　雷枝

（26ウ右）
365×60

518　良以

髪置に齢はゆつれ松の霜　良以

（26ウ左）
365×61

519　政安

世中は何して物して年の暮　政安

（27オ右）
364×59

520　忠江

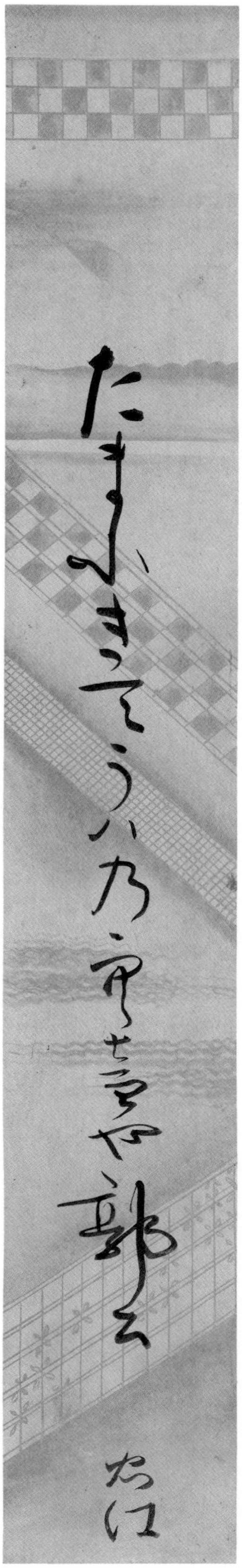

たまにきてうはの空音や郭公　忠江

（27オ左）
363×54

521　正利

（27 ウ右）
362 × 59

水晶は草にもなるか露の玉　正利

522　一信

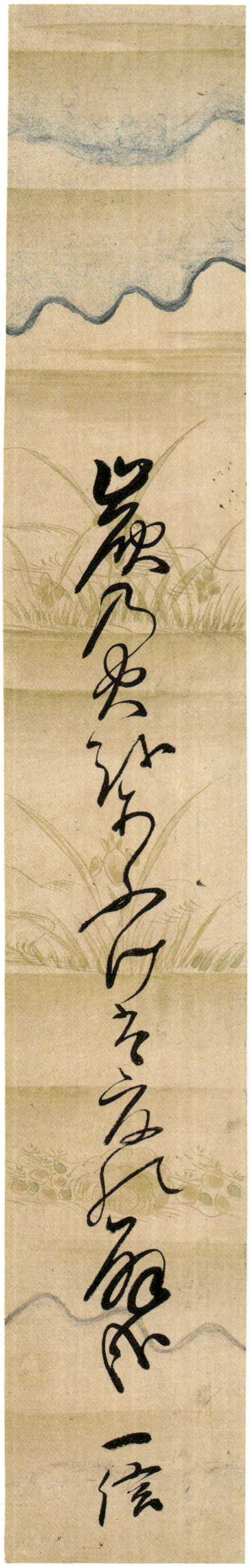

（27 ウ左）
365 × 55

炭の火をあふけは夏の扇哉　一信

523　皆酔

（28 オ右）
365 × 57

月になけしよくをおもは、郭公　皆酔

524　虎竹

（28 オ左）
361 × 58

あまの戸に青貝まくや星月夜　虎竹

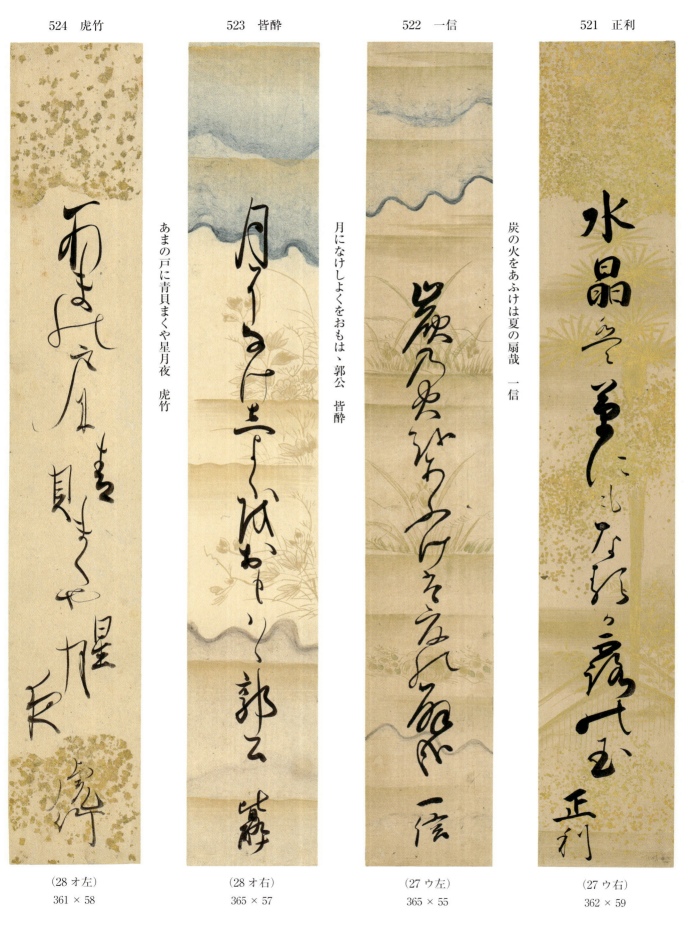

525　立心

元日　書初やつくともつきし此の、字　立心

（28 ウ右）
363 × 57

526　友意

夜寒さやこれ人間の八九月　友意

（28 ウ左）
363 × 57

527　龍子

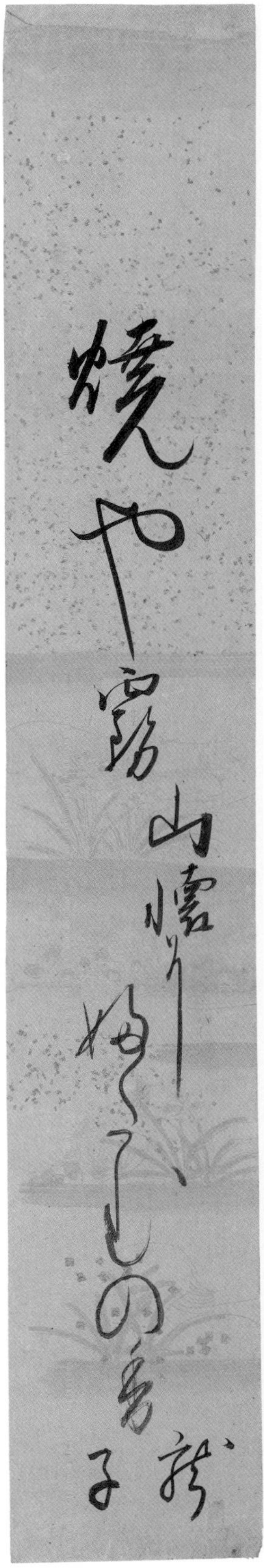

焼や霧山懐にふたむの香　龍子

（29 オ右）
360 × 57

528　蘭秀

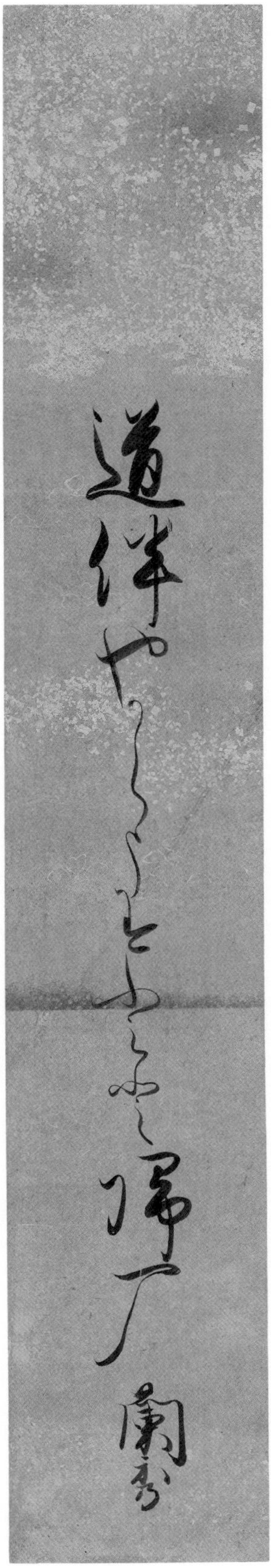

道伴やからうすふみと帰雁　蘭秀

（29 オ左）
365 × 60

529　惟然

水さつと鳥よふは〱ふうはふは　惟然

（29ウ右）
364 × 60

530　愚侍

月の夜や明ゆくあとの山斗　愚侍

（29ウ左）
363 × 57

531　重正

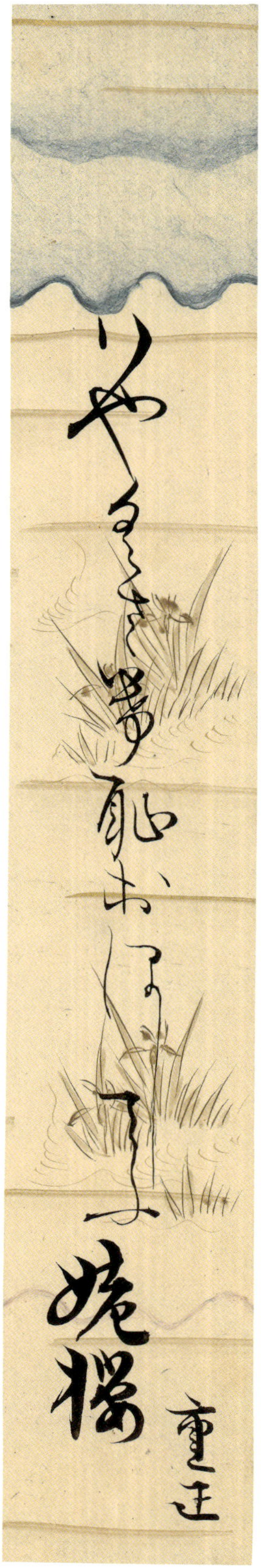

はやくさけ恥おほしてふ姥桜　重正

（30オ右）
362 × 56

532　麋塒翁

人消て馿馬雪を啼山路哉　麋塒翁

（30オ左）
365 × 60

533　友正

豊さやされは歌にも君か春　友正

（30 ウ右）
363 × 57

534　宗利

名をとへはへちまといふやすねこすり　宗利

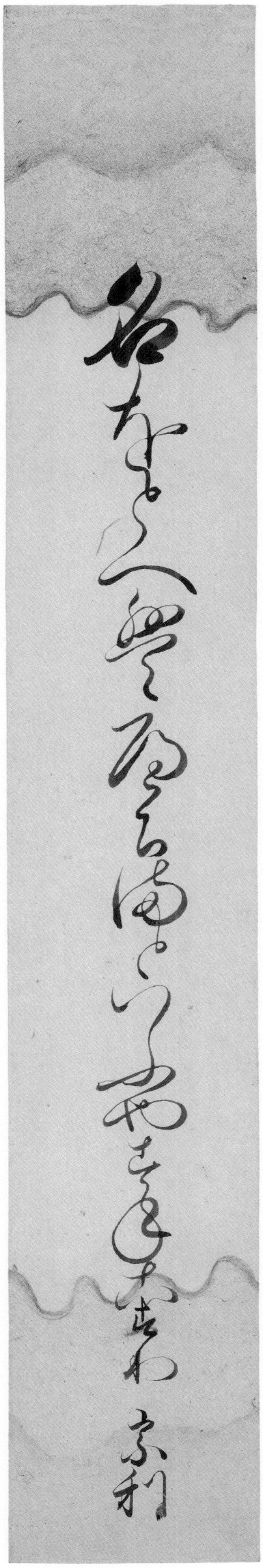

（30 ウ左）
361 × 57

535　嶺利

露の玉や宝くらへの金草　嶺利

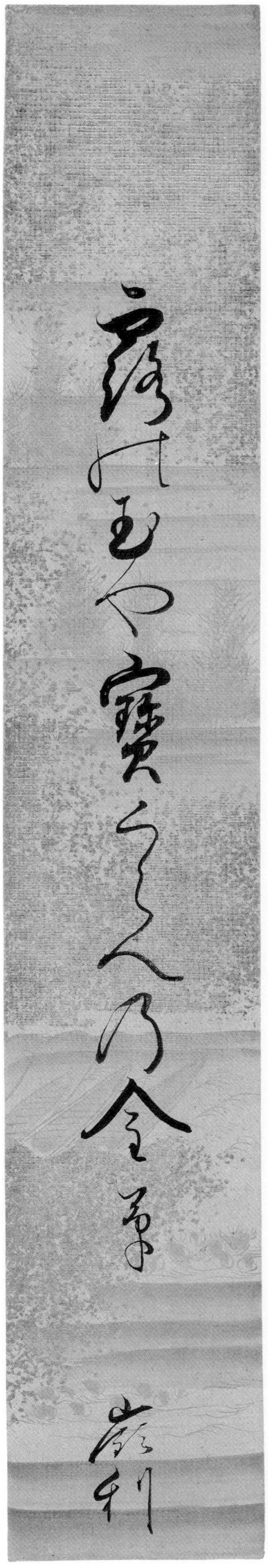

（31 オ右）
363 × 58

536　親信

しほ田子にひとかたまりやふしの雪　親信

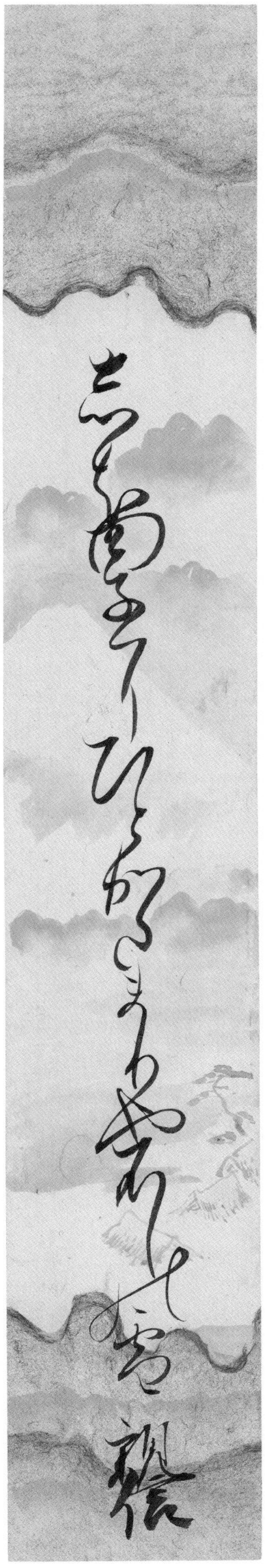

（31 オ左）
364 × 58

537　重因

山鳥の尾に似てしたり柳かな　重因

（31 ウ右）
363 × 57

538　信世

散あとや木男となる児桜　信世

（31 ウ左）
364 × 57

539　立和

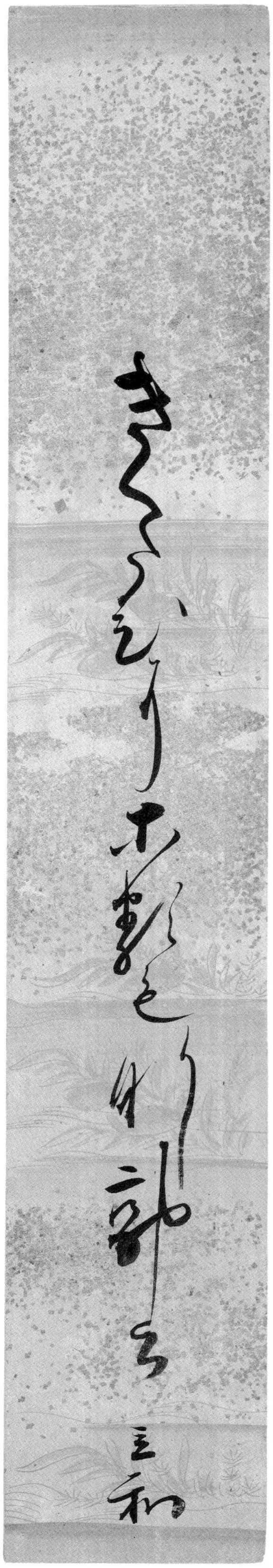

きくたひに等類もなし郭公　立和

（32 オ右）
360 × 59

540　有次

落ゆくはかはらけなけか峯の月　有次

（32 オ左）
361 × 58

541　誉文

雨にいさあいえんきえん花の陰　誉文

（32 ウ右）
365 × 57

542　乗言

若竹のそたつ一夜や七ふしき　乗言

（32 ウ左）
362 × 54

543　立志

矢になれと鳥とる物よ鷹のはね　立志

（33 オ右）
364 × 57

544　紅圃

鳥をとるもすそへ鷹の爪のはし　紅圃

（33 オ左）
365 × 60

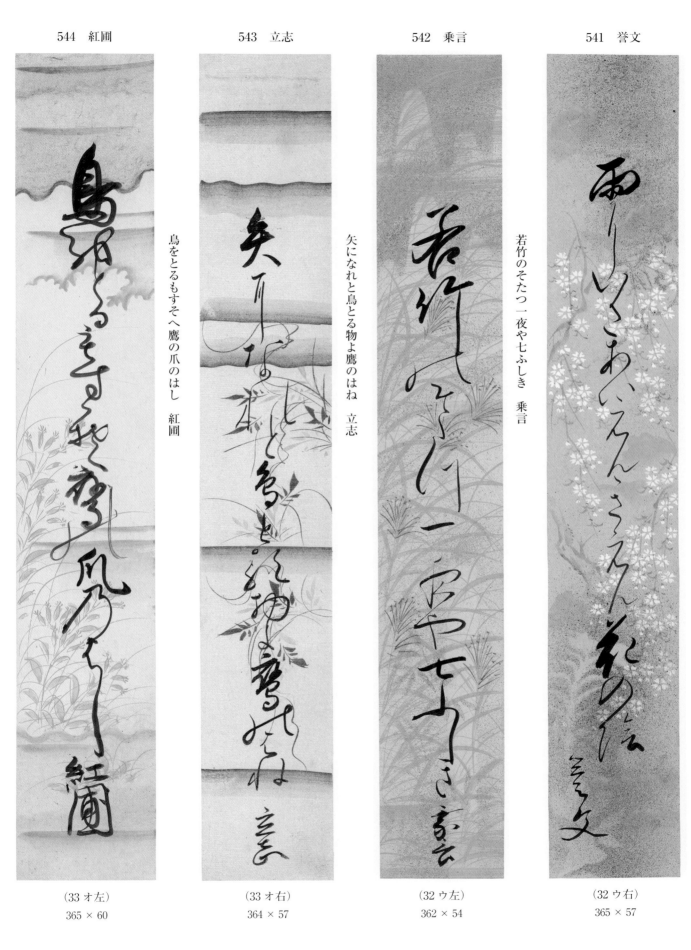

花

545　昌隠

（1オ右）
363 × 56

あひほれの景やいもせの山の秋　昌隠

546　玉純

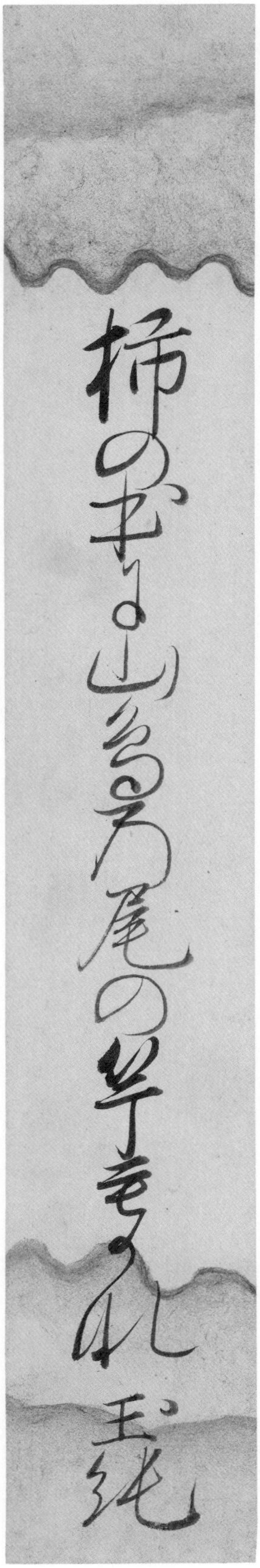

（1オ左）
366 × 58

柿の本に山鳥の尾の竿もかな　玉純

547　玄陳

（1ウ右）
360 × 58

子日　老らくや去年から今朝へ長子日　玄陳

548　二道

（1ウ左）
363 × 58

つくはねのかすく〴〵読やひたち歌　二道

549　江雲

鴈かねにやるそ白紙ふみとよめ　江雲

（2オ右）
363 × 57

550　方寸

歌の題さはとれいもの月見哉　方寸

（2オ左）
357 × 58

551　自楽

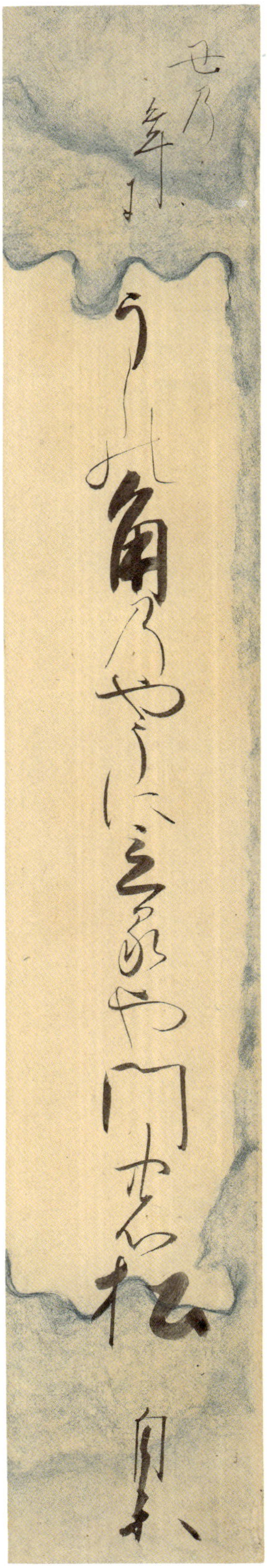

丑の年に　うしの角のやうに立るや門の松　自楽

（2ウ右）
363 × 59

552　了閑

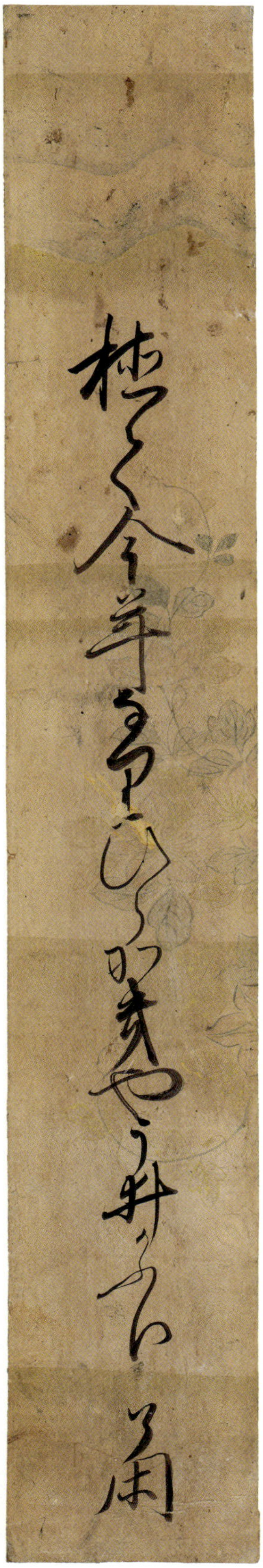

植て今年なりひらかきやうゐかふり　了閑

（2ウ左）
366 × 58

553　利長

かき分てみるせんさいのわか葉哉　利長

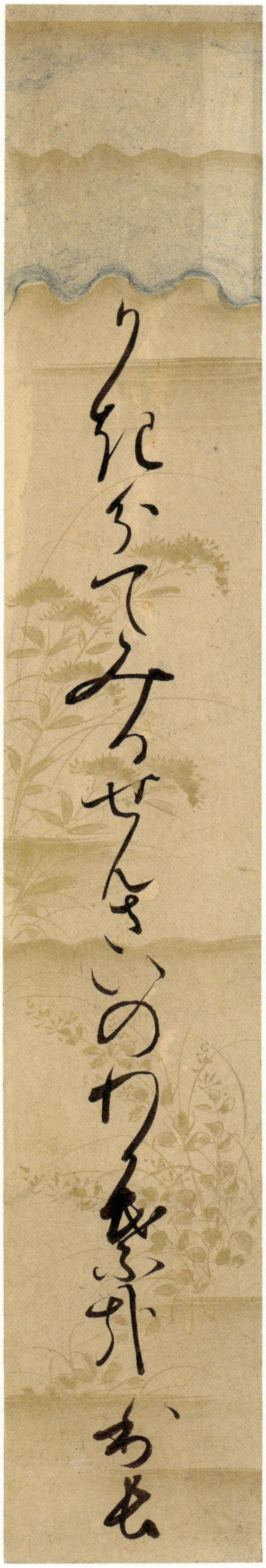

（3オ右）
363 × 59

554　野水

麦喰ひし鳫とおもえと別れかな　野水

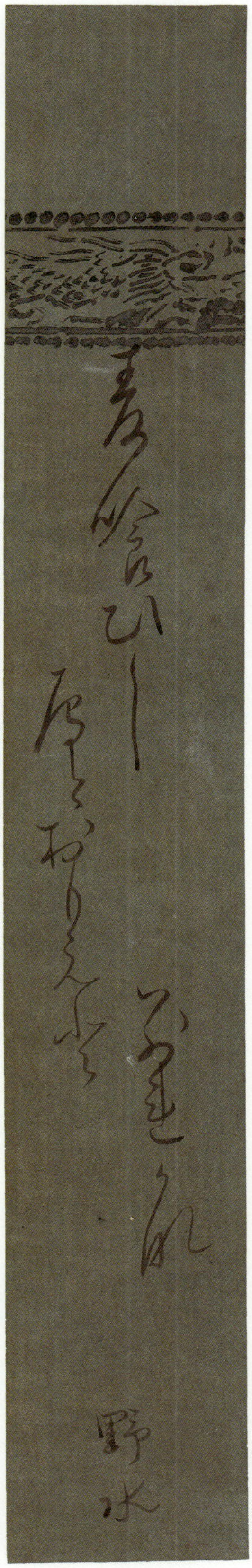

（3オ左）
360 × 55

555　西翁

いかな〳〵花もこよひの月一輪　西翁

（3ウ右）
360 × 55

556　梅翁

たつあとや与七かさゝんさ花の陰　梅翁

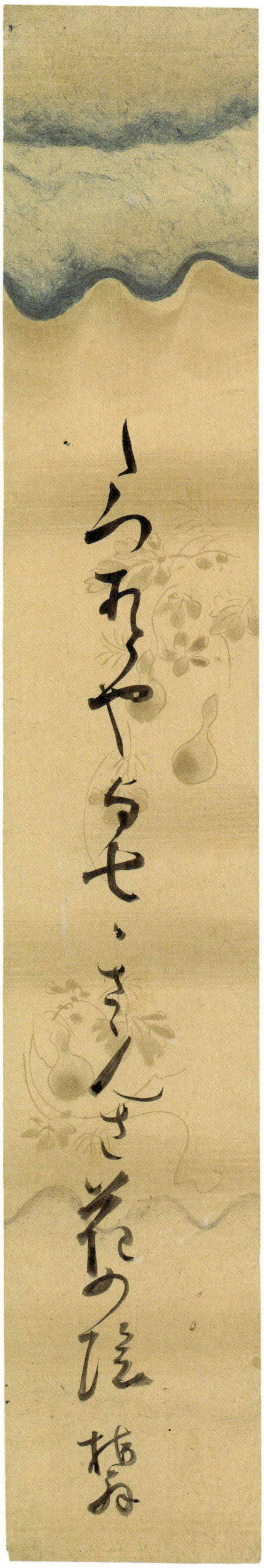

（3ウ左）
360 × 58

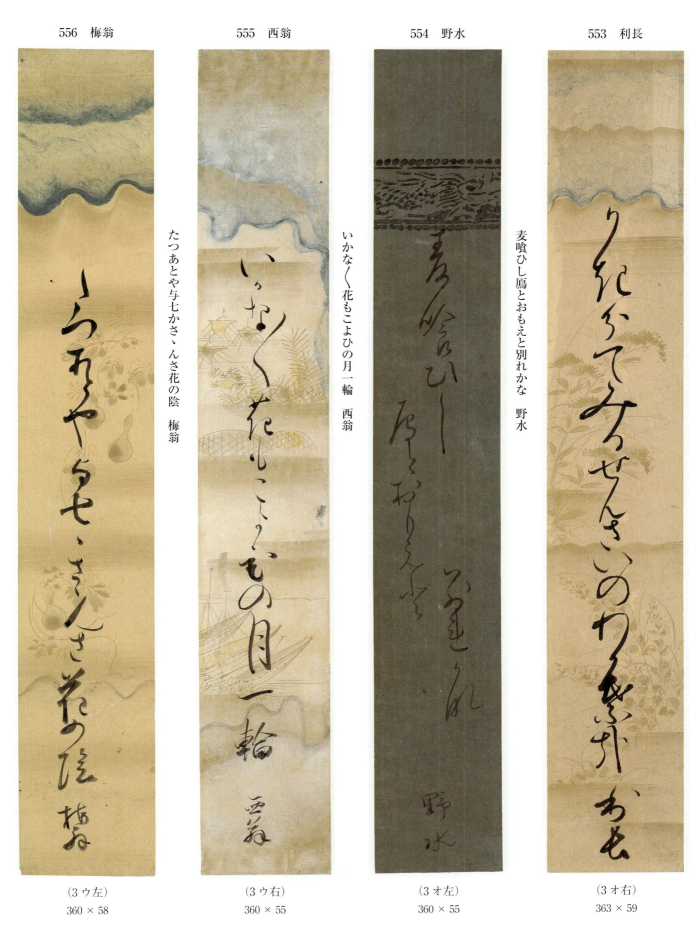

557　宗斎

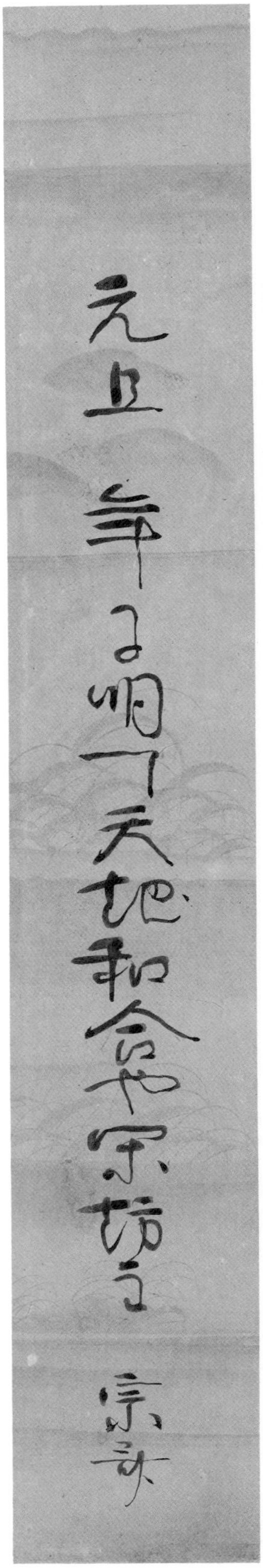

元旦　年に明て天地和合や閑坊主　宗斎

（4 オ右）
360 × 56

558　寸計

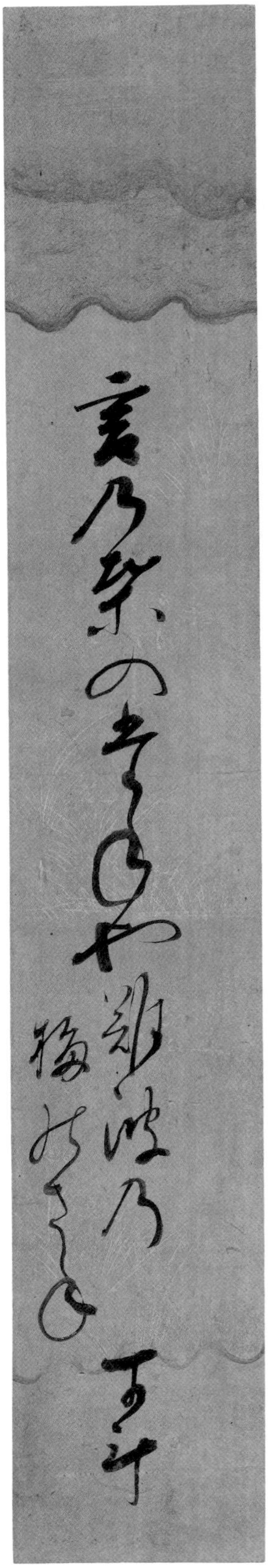

言の葉のたねや難波の梅のさね　寸計

（4 オ左）
362 × 58

559　貞直

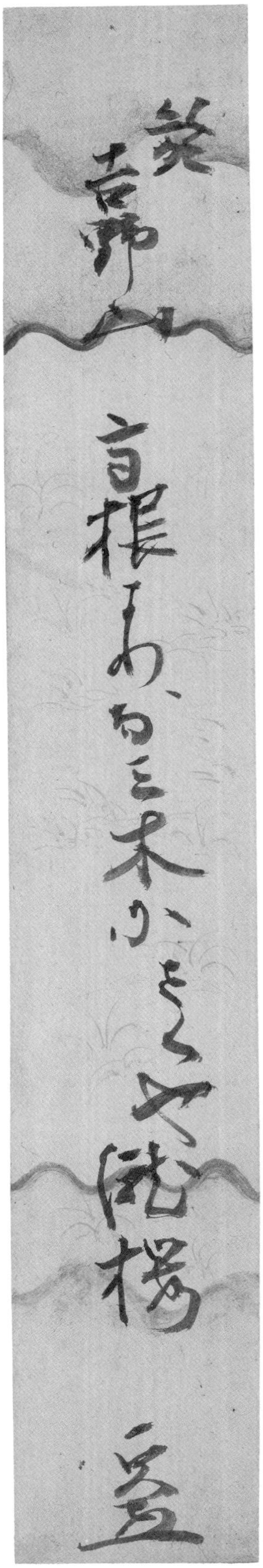

罷吉野山　高根よりなみ木にさくや瀧桜　貞直

（4 ウ右）
362 × 55

560　以円

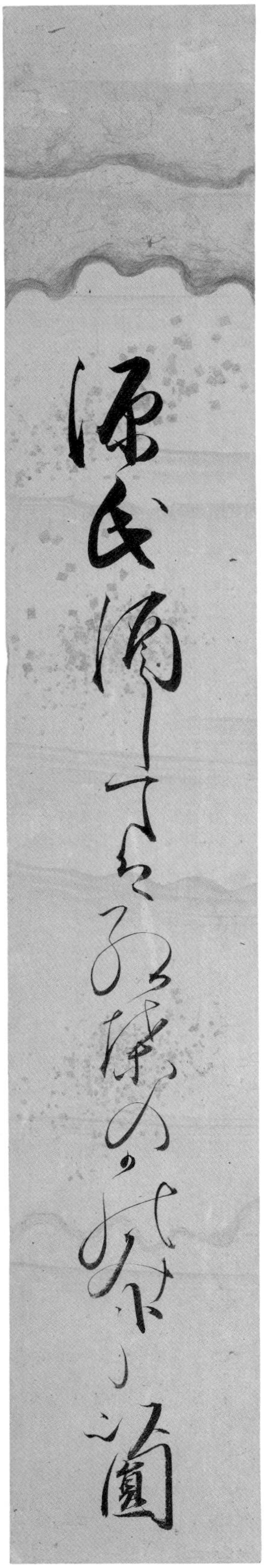

源氏酒しては紅葉のかのみ哉　以円

（4 ウ左）
361 × 58

561　惟白

人間の種てはないそ菊の花　惟白

（5 オ右）
361 × 58

562　蝶々子

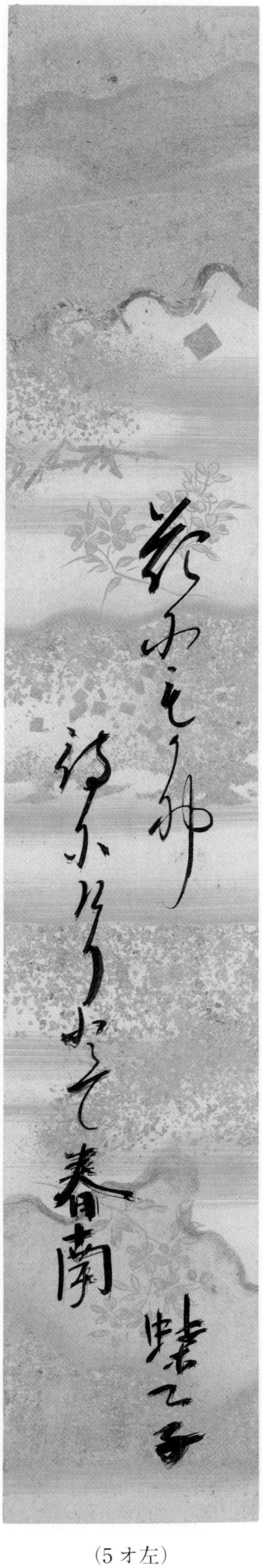

花にもかな待にけりとて春南　蝶々子

（5 オ左）
360 × 59

563　妙三

野は菜たね山は桜の盛かな　妙三

（5 ウ右）
365 × 58

564　ひさ

ふてとりてけさやかきこしのむまのとし　ひさ

（5 ウ左）
360 × 58

565　貞心

きりしまも色なくふるや五月雨　貞心

（6 オ右）
364 × 56

566　蝶女

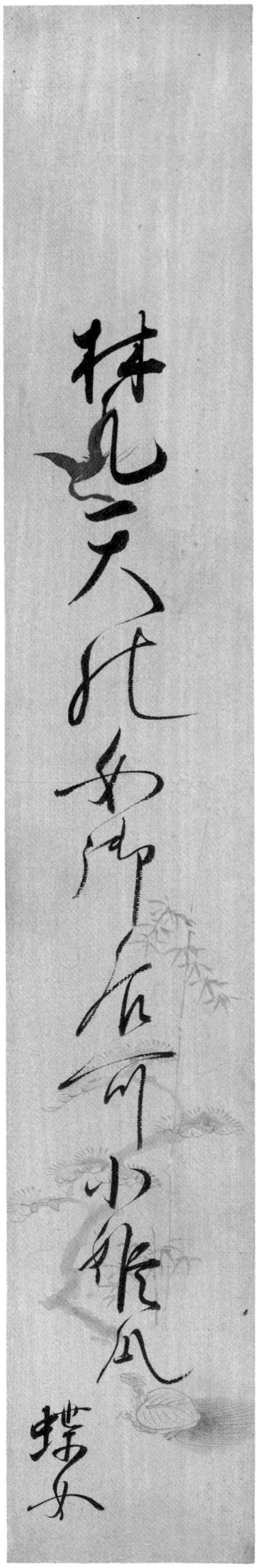

梵天の女御后か小姫瓜　蝶女

（6 オ左）
362 × 57

567　智月

鶯にいちのわろきもなをりけり　智月

（6 ウ右）
357 × 58

568　山人

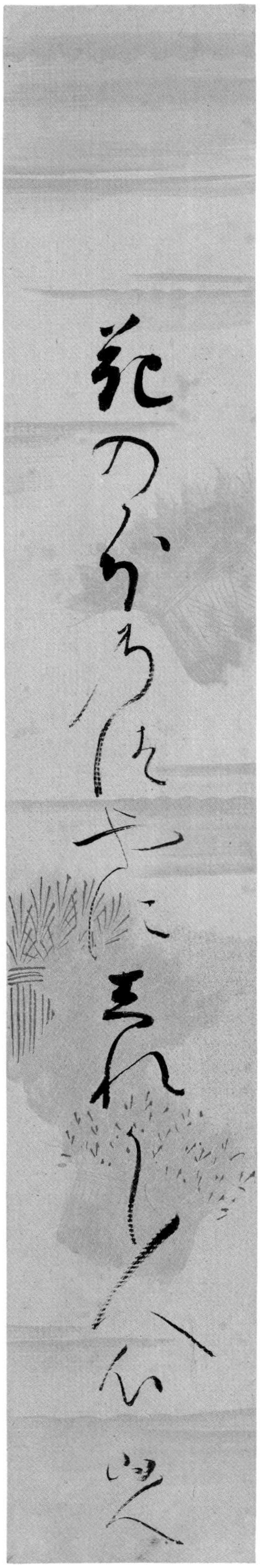

花のかほのつやにしれかし人心　山人

（6 ウ左）
360 × 57

569　やちよ

かつらおとこほゝへはいるやねやの月　やちよ

（7オ右）
363 × 55

570　よし野

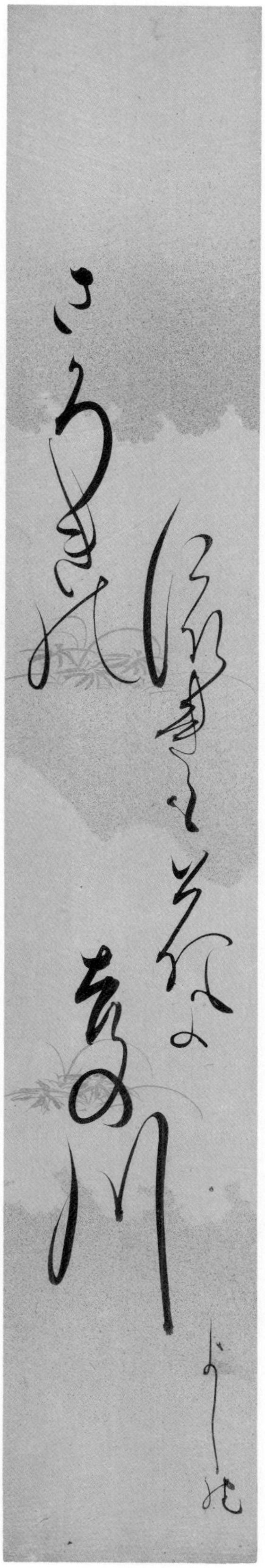

さかつきの流れも花の吉の川　よし野

（7オ左）
357 × 57

571　唐

文月や御けん〳〵とのこし候　唐

（7ウ右）
363 × 59

572　小紫

有人のむまのはなむけに　おもへかし京にてふちさくとき成とも　小紫

（7ウ左）
362 × 58

573　花紫

色にめて、我もゆかりのかほよ花　花紫

（8オ右）
362 × 58

574　好女

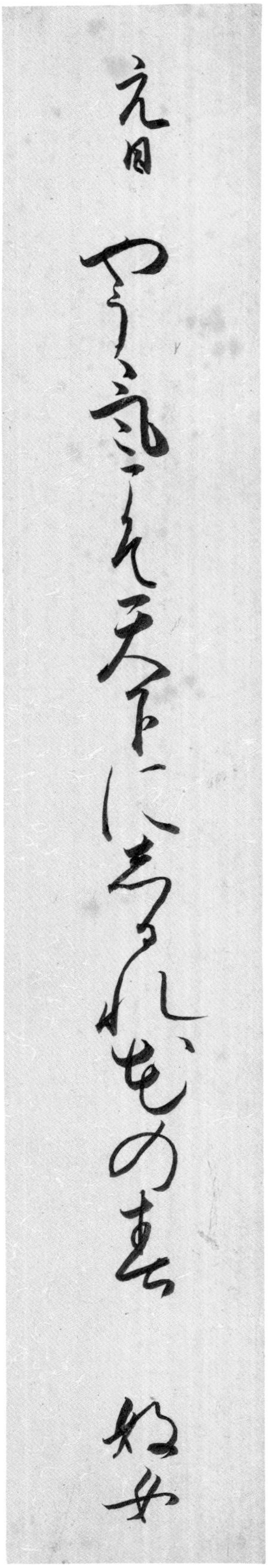

元日　やう気こそ天下にしるれ花の春　好女

（8オ左）
363 × 60

575　秋色

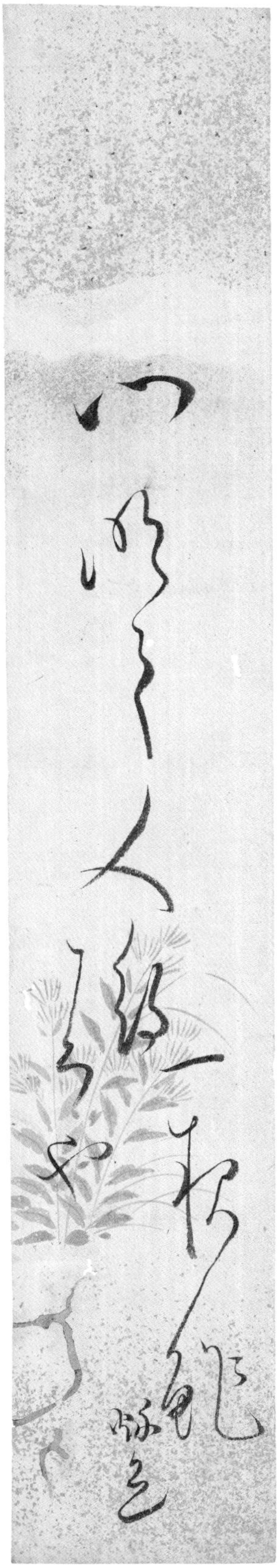

門明て人待ころや一夜鮓　秋色

（8ウ右）
366 × 62

576　長女

春の夜もこれにはかへしこかね葛　長女

（8ウ左）
363 × 58

577　貫

妻琴か音はあらしか瀧をとし　貫

（9オ右）
365 × 56

578　ステ

かゐ出し月や七夕のむかひ舟　ステ

（9オ左）
364 × 58

579　孝女

おとこやまのさくら　花のゐんみるや木性のおとこ山　孝女

（9ウ右）
361 × 53

580　富女

紅に匂ふ白地の扇かな　十二歳　富女

（9ウ左）
362 × 58

581　ちよ

百生やつるひとすしの心より　ちよ

（10オ右）
367 × 57

582　そのめ

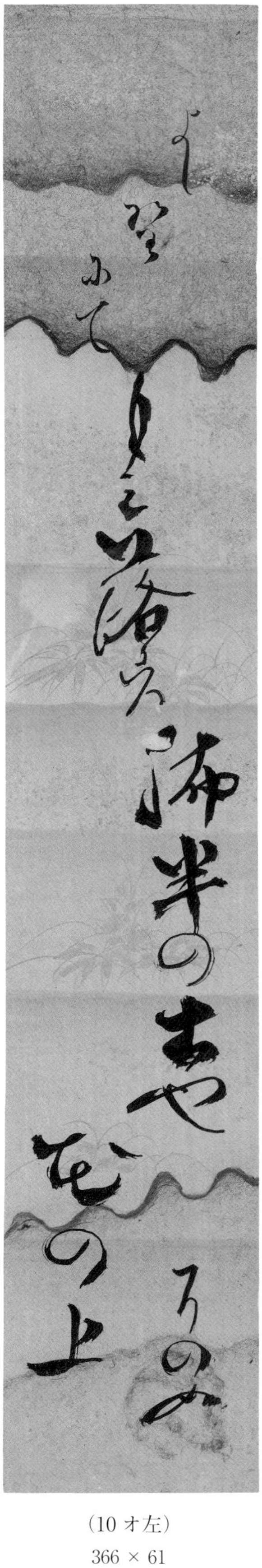

よし野にて　もみ落す脚半の土や花の上　そのめ

（10オ左）
366 × 61

583　義永

千句第三　花笠を花にきせはや雨の空　義永

（10ウ右）
366 × 57

584　昭乗

試毫　あらたまる心を種や今日の春　昭乗

（10ウ左）
358 × 54

585　彩雲

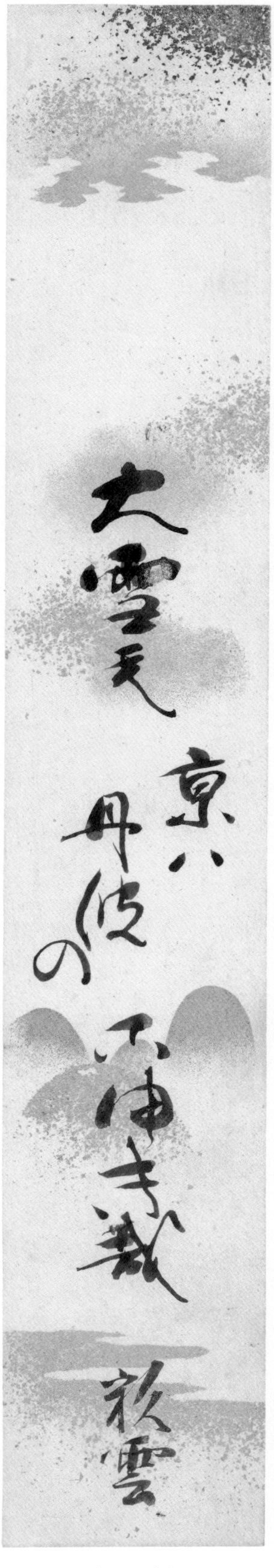

大雪も京は丹波のこゆき哉　彩雲

（11 オ右）
366 × 61

586　仲安

平砂ふむわらくつしるし夜の霜　仲安

（11 オ左）
363 × 55

587　円常

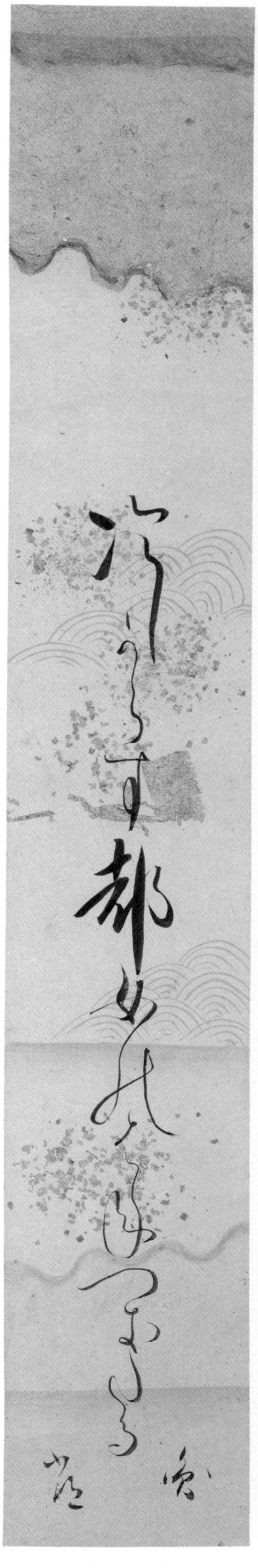

冷しからす都女のはねつきたる　円常

（11 ウ右）
364 × 57

588　道頼

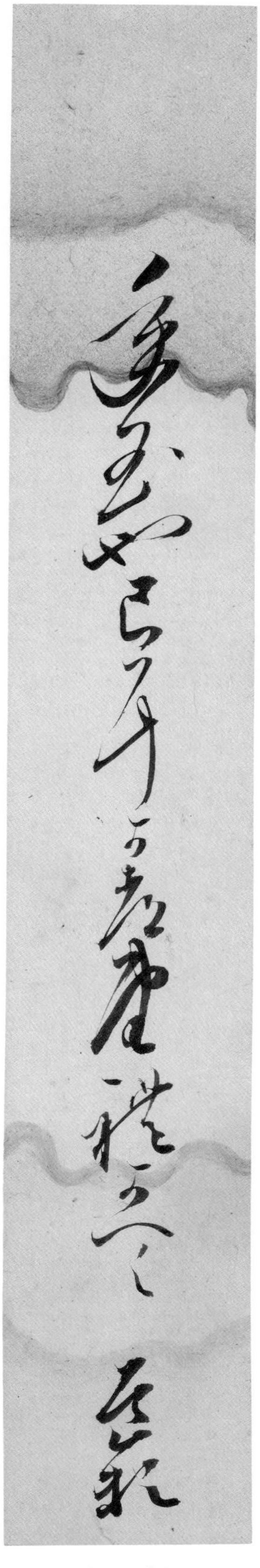

年玉や己にかつた礼かへし　道頼

（11 ウ左）
365 × 57

589　光悦

山路まて今一声の郭公　光悦

（12 オ右）
351 × 57

590　木屑

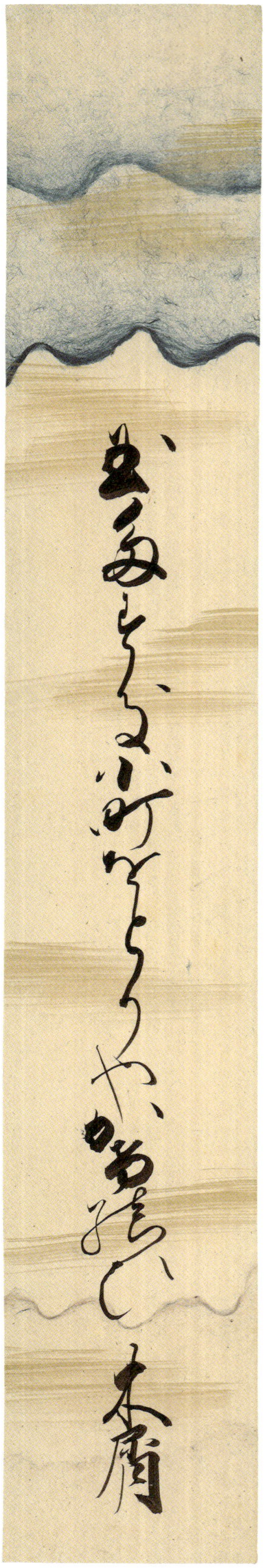

玉たすき小町をとりやかけ結ひ　木屑

（12 オ左）
360 × 58

591　元隅

月よ花よ名物そろへひかし山　元隅

（12 ウ右）
363 × 60

592　行尚

夏来ぬる鳥は子飼か郭公　行尚

（12 ウ左）
362 × 58

593　言已

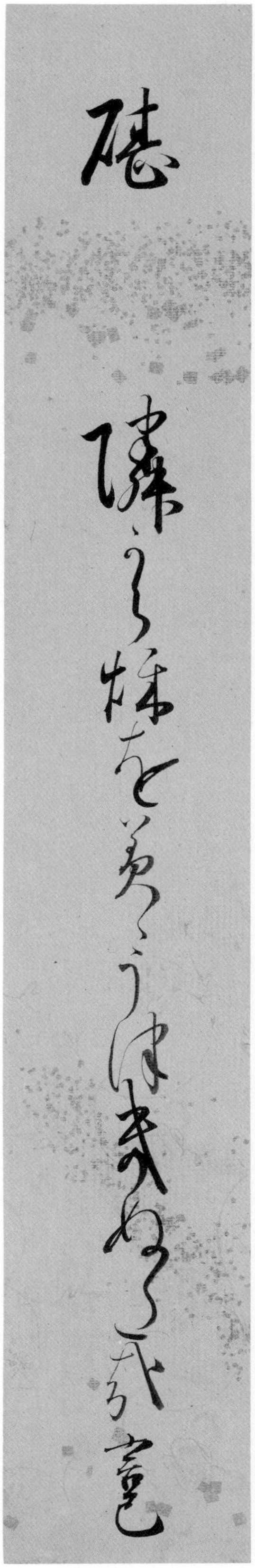

碪　隣から秋をみゝうつきぬた哉　言己

（13 オ右）
363 × 56

594　国信

水上や花の雪汁花の瀧　国信

（13 オ左）
360 × 59

595　橘泉

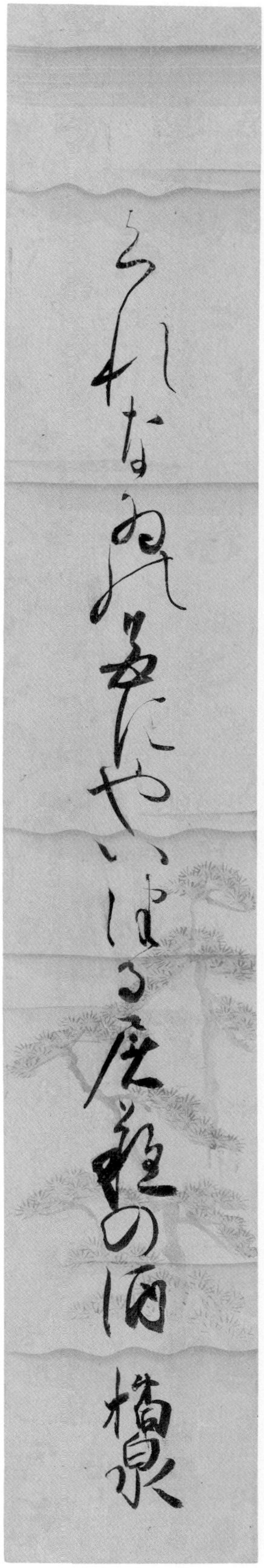

くれなゐの色にやいつる屠蘇の酒　橘泉

（13 ウ右）
363 × 58

596　方円

愚老も又水をこのまむ暑さ哉　方円

（13 ウ左）
363 × 53

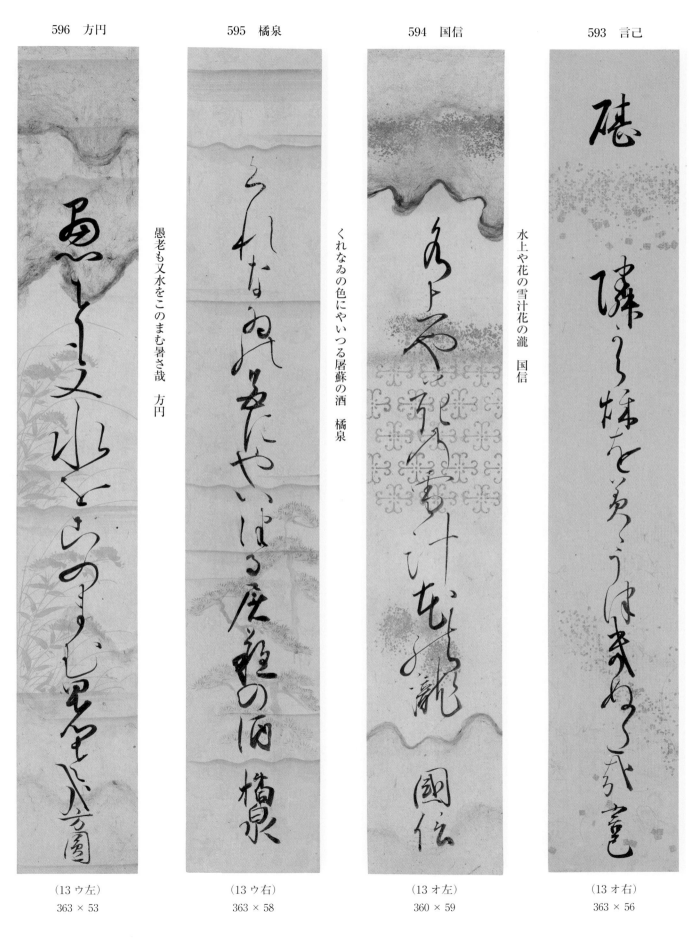

597　北枝

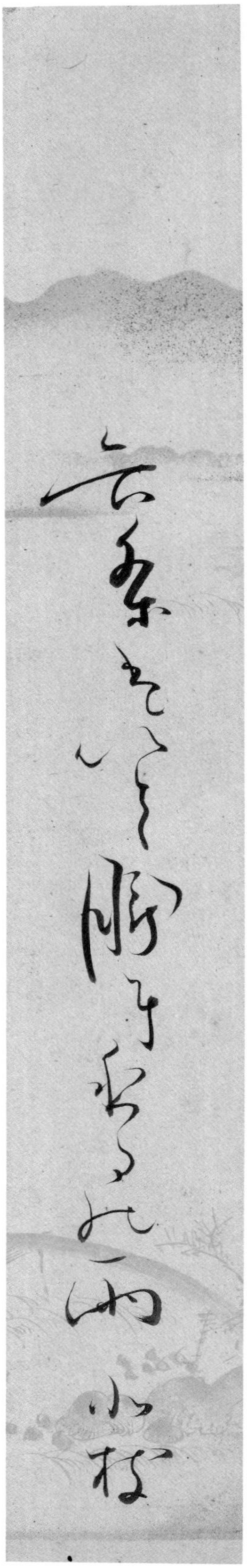

六条はいと、朧に夜るの雨　北枝

（14オ右）
370 × 56

598　自斎

袖縫や尾花かもとの糸薄　自斎

（14オ左）
363 × 56

599　谷遊

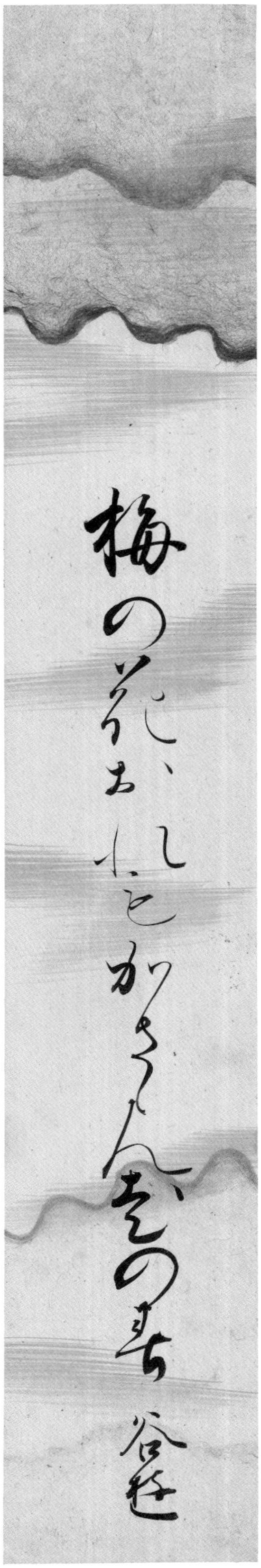

梅の花おれもかさゝん老の春　谷遊

（14ウ右）
363 × 58

600　高政

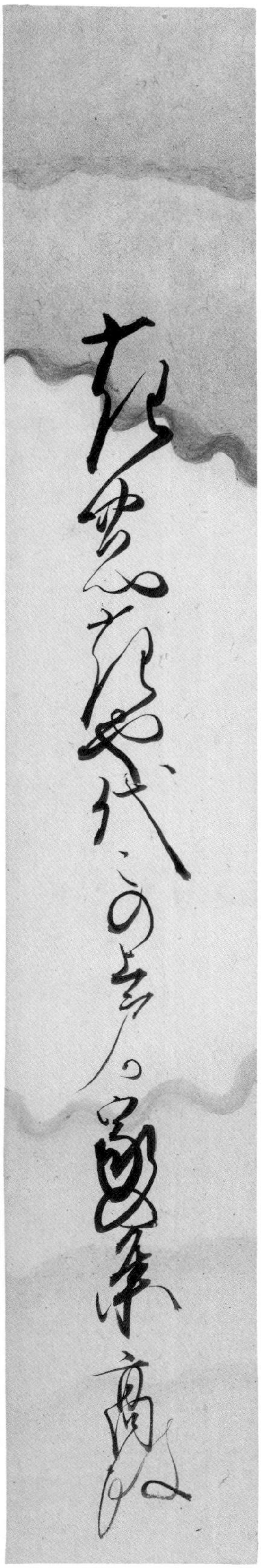

花の花や代々の上戸か家の集　高政

（14ウ左）
362 × 58

601　元長

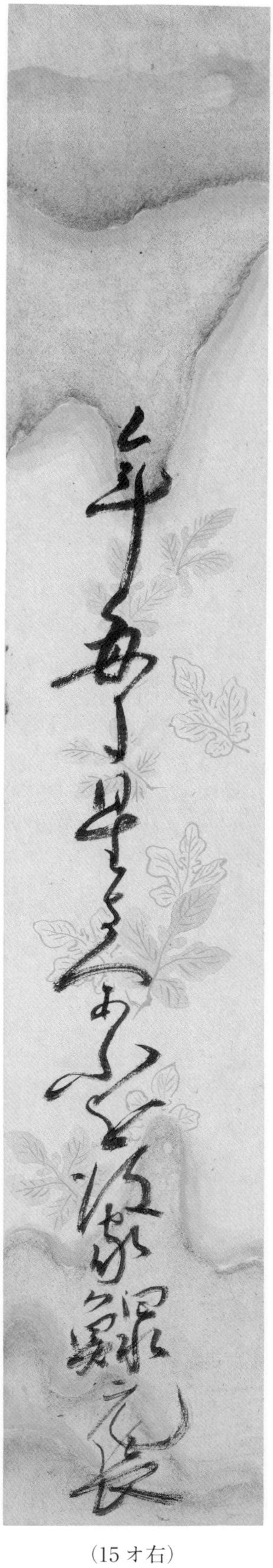

年毎に星さへあふを後家鰥　元長

（15 オ右）
361 × 61

602　道章

若楓椴は常盤を諍ひけり　道章

（15 オ左）
363 × 61

603　如泉

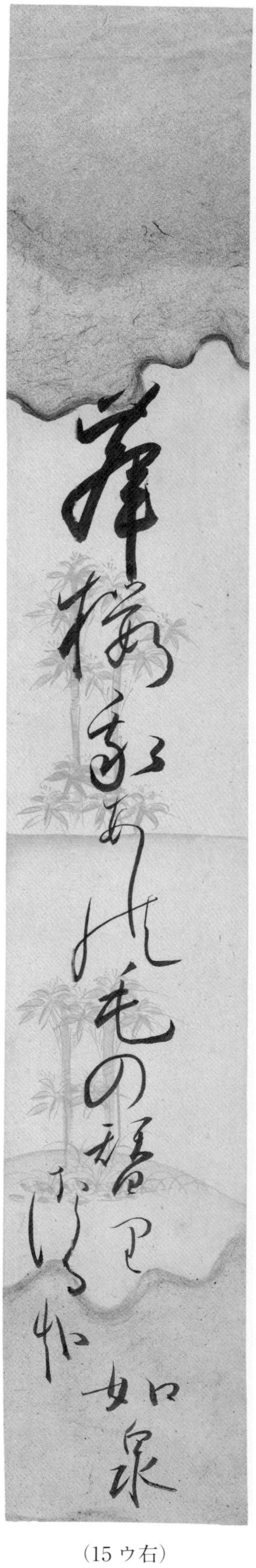

峯桜我あしの毛の替りつる哉　如泉

（15 ウ右）
362 × 57

604　雅克

十月の空はさたまつて時雨哉　雅克

（15 ウ左）
361 × 57

605　自悦

歳旦　塵劫記よむともつきし御代の春　自悦

（16オ右）
363×58

606　諺世

水落て黒き筋なし子灯心　諺世

（16オ左）
359×59

607　伊安

空の海とふ程はやし雁の舟　伊安

（16ウ右）
362×59

608　去来

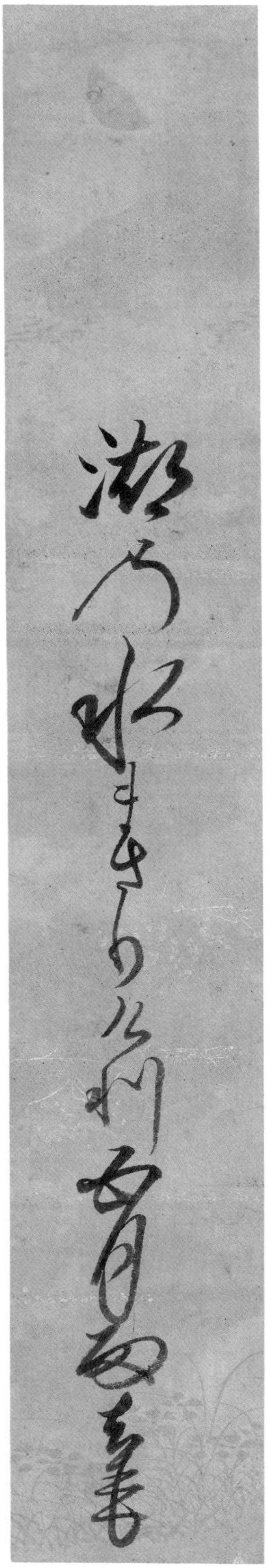

湖の水まさりけり五月雨　去来

（16ウ左）
367×59

609　昌知

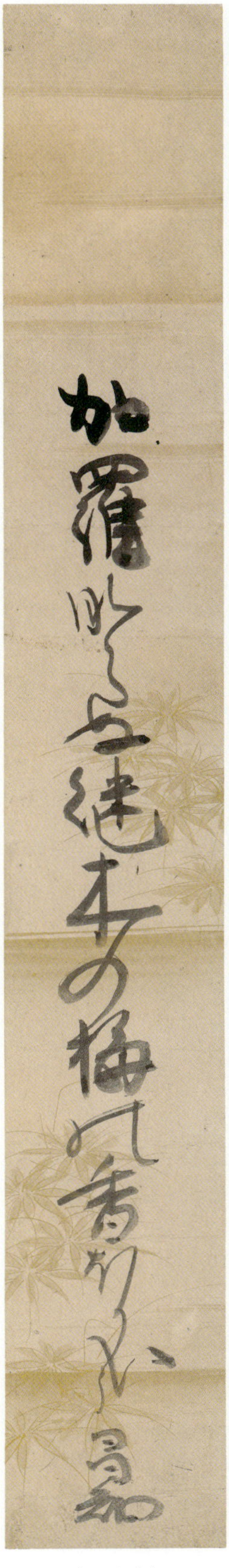

加羅ならぬ継木の梅の香ほり哉　昌知

（17オ右）
362 × 50

610　了佐

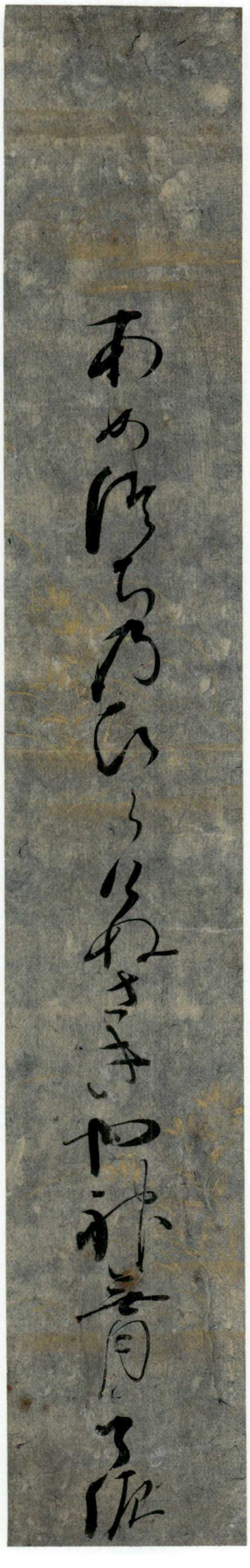

あめつちのひらけぬさきや神無月　了佐

（17オ左）
355 × 54

611　英門

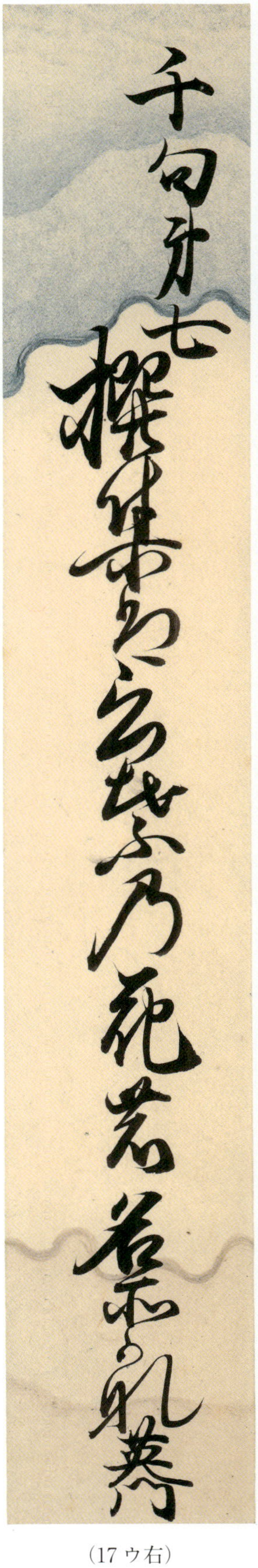

千句第七
撰集は言葉の花の名所かな　英門

（17ウ右）
363 × 59

612　了祐

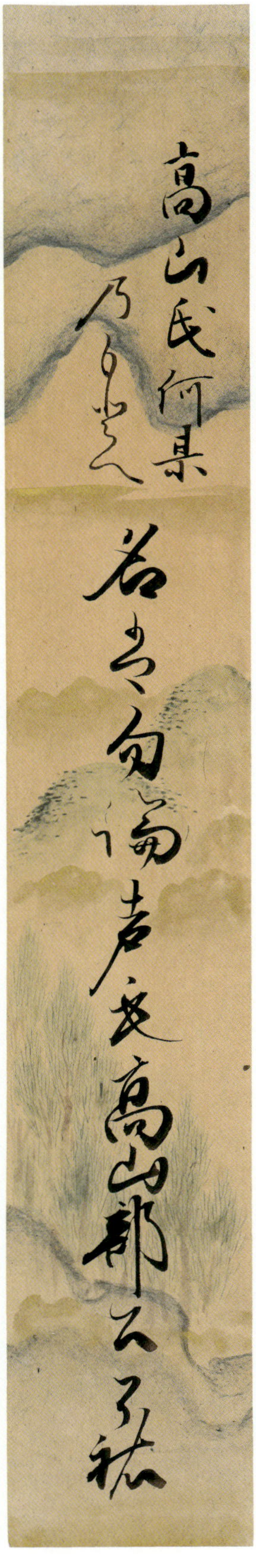

高山氏何某のもとへ
名は勿論声も高山郭公　了祐

（17ウ左）
363 × 57

613　守村

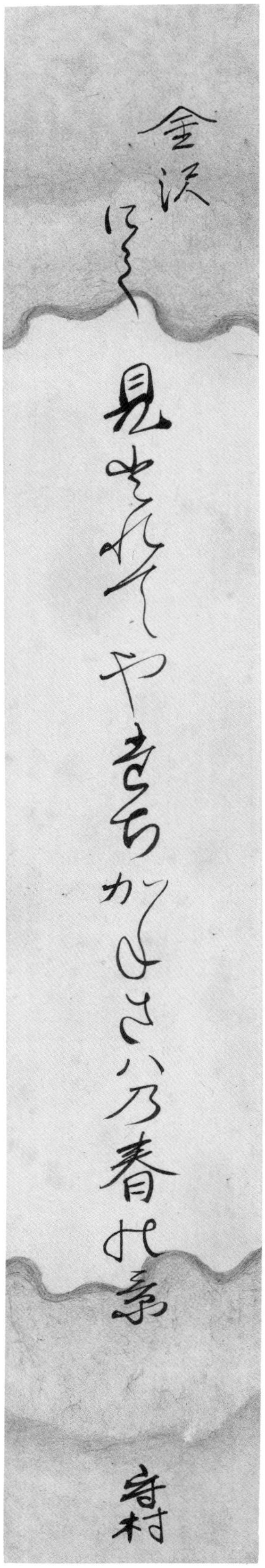

金沢にて　見とれてやたちかねさはの春の景　守村

（18オ右）
363 × 58

614　守直

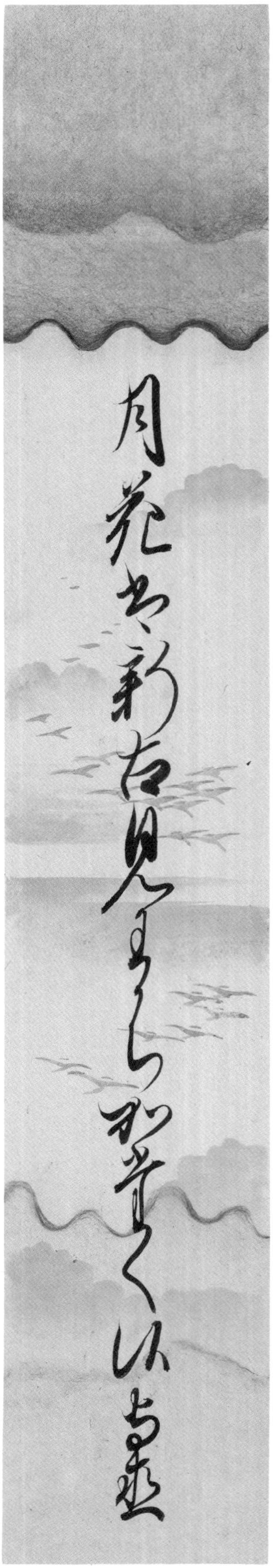

月花は新古見わかちかたく候　守直

（18オ左）
364 × 61

615　明鏡

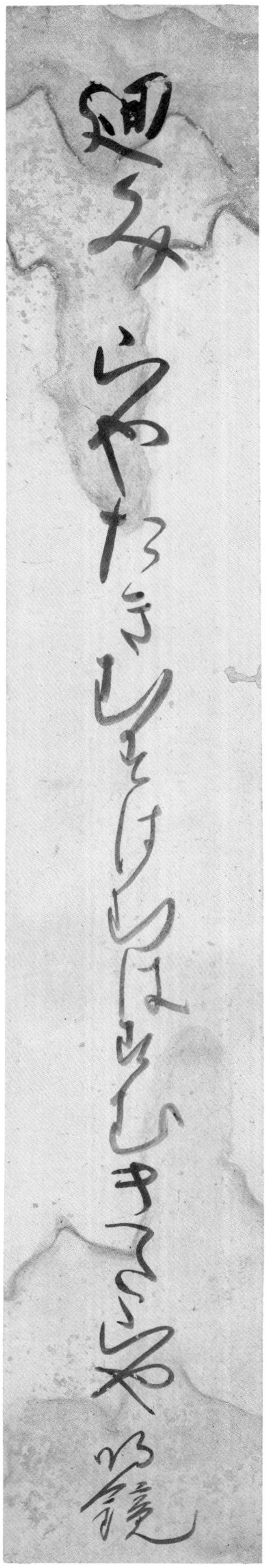

廻文　山やたきむすはむはすむきた山や　明鏡

（18ウ右）
362 × 57

616　曲翠

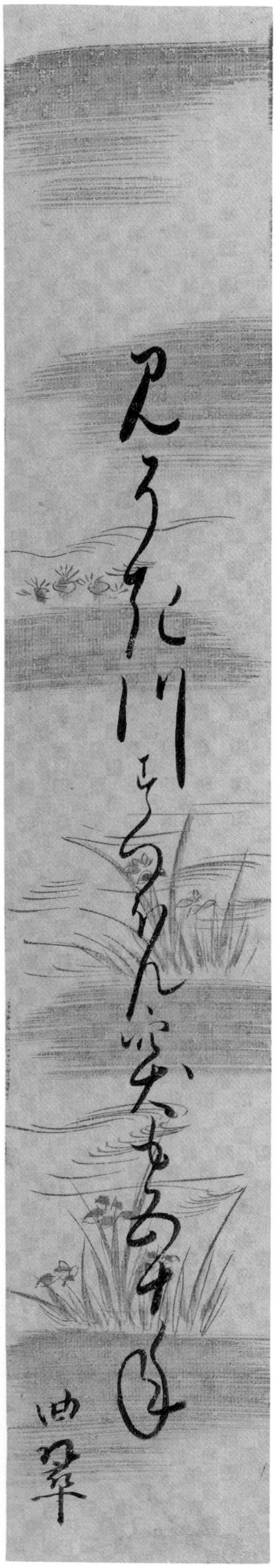

みそき川すつほん突も五十年　曲翠

（18ウ左）
361 × 61

617　洒堂

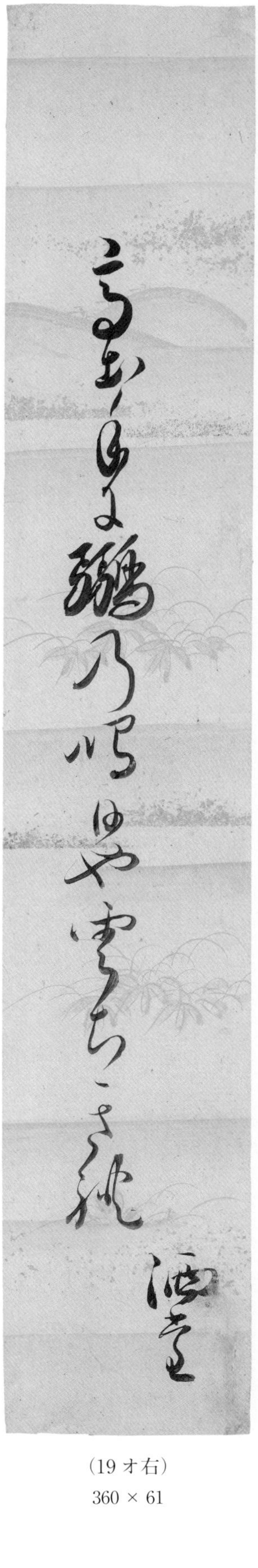

高土手に鶲の鳴日や雲ちきれ　洒堂

（19オ右）
360 × 61

618　忠知

青海やはしろ黒鴨赤かしら　忠知

（19オ左）
365 × 57

619　卜入

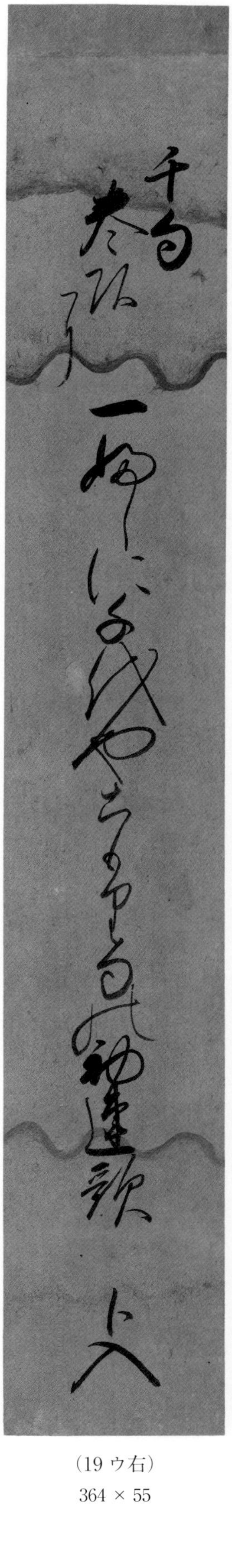

千句巻頭に　一ふしに千代やこもり句の初連歌　卜入

（19ウ右）
364 × 55

620　調和

三月尽　春つなかす花山の牧と暮にけり　調和

（19ウ左）
362 × 57

621　兼豊

花売やかたにかけゆくみねの雲　兼豊

（20 オ右）
360 × 58

622　子葉

渋粕や小海老をはちく長柄川　子葉

（20 オ左）
366 × 58

623　幽山

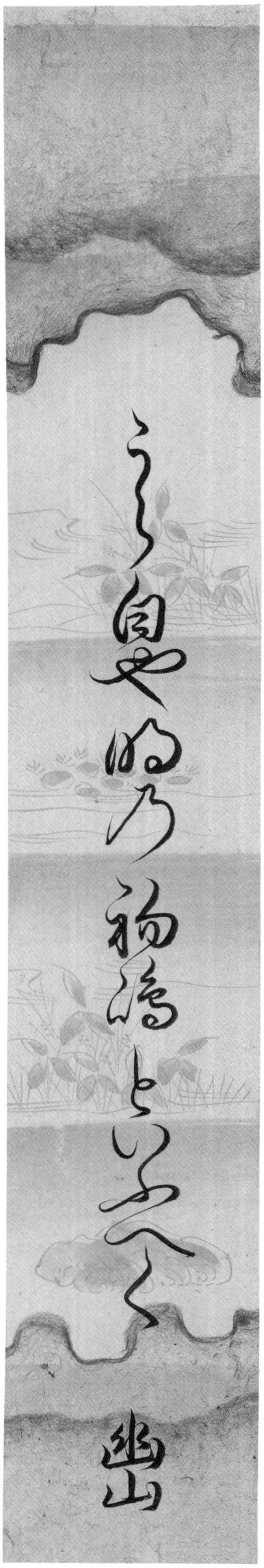

うら白や明の初嶋といふへく　幽山

（20 ウ右）
362 × 58

624　素堂

閑居元旦　宿はきのふも炉山の春をふもと也　素堂

（20 ウ左）
363 × 60

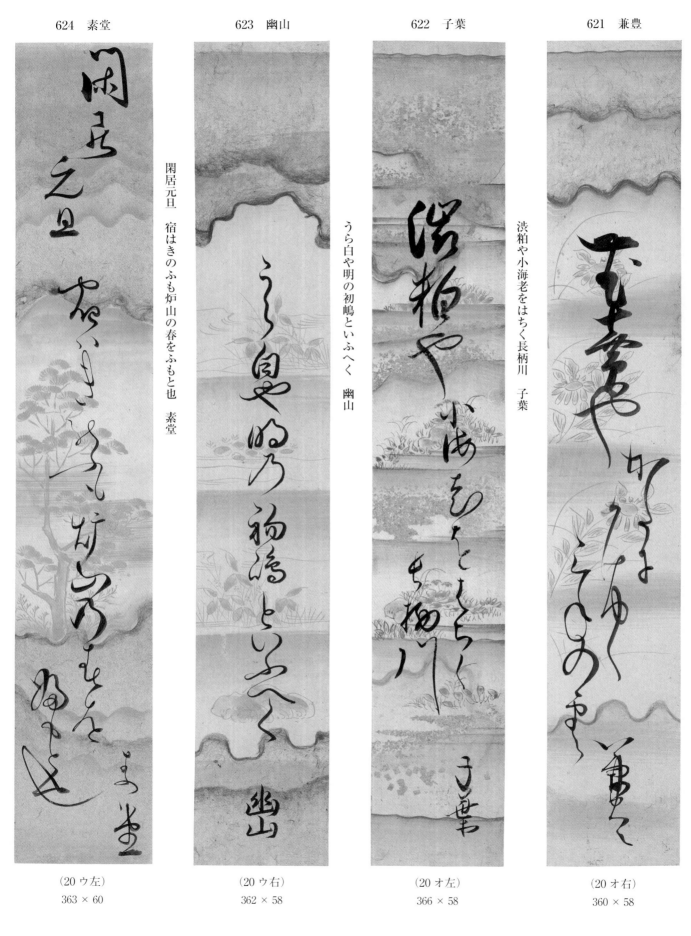

625　言水

煎さけや孔子の泪はなの瀧　言水

（21 オ右）
364 × 60

626　才麿

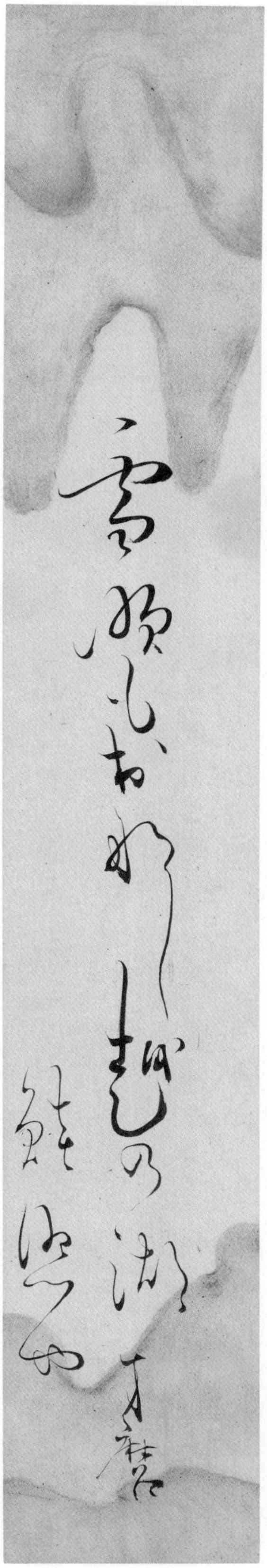

雪吹もおなし越の湖鮭照也　才麿

（21 オ左）
362 × 59

627　未得

こと草はまへきりせよやおとり花　未得

（21 ウ右）
358 × 59

628　未琢

きれぬやうにはをひく菖蒲刀哉　未琢

（21 ウ左）
363 × 59

629　素朴

梢より人をさかせけり上野の花　中村氏素朴

（22 オ右）
361 × 57

630　不卜

穴蔵や佐野の舟橋猫の妻　不卜

（22 オ左）
363 × 58

631　一口

あかい色雪とけな、ん源氏の春　一口

（22 ウ右）
363 × 58

632　似春

春日野や菜摘水くむ二月堂　似春

（22 ウ左）
361 × 57

633　山夕

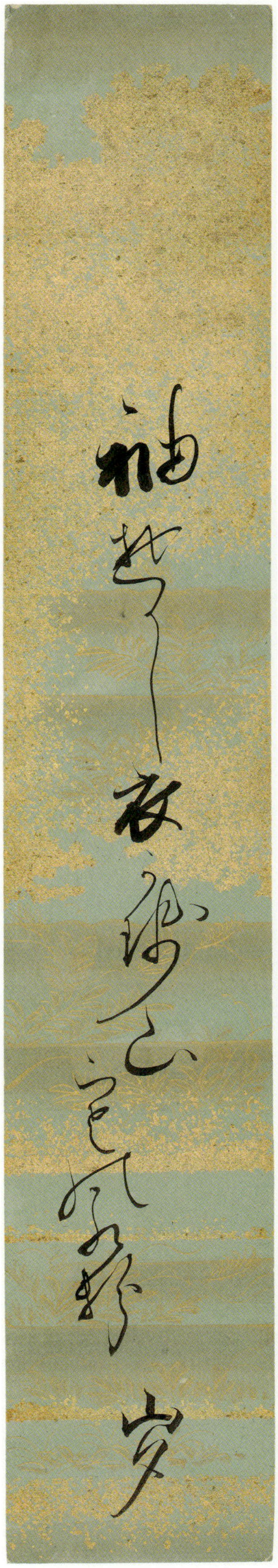

袖ゆかし衣かせ山寒の紅粉　山夕

（23オ右）
362 × 60

634　泰徳

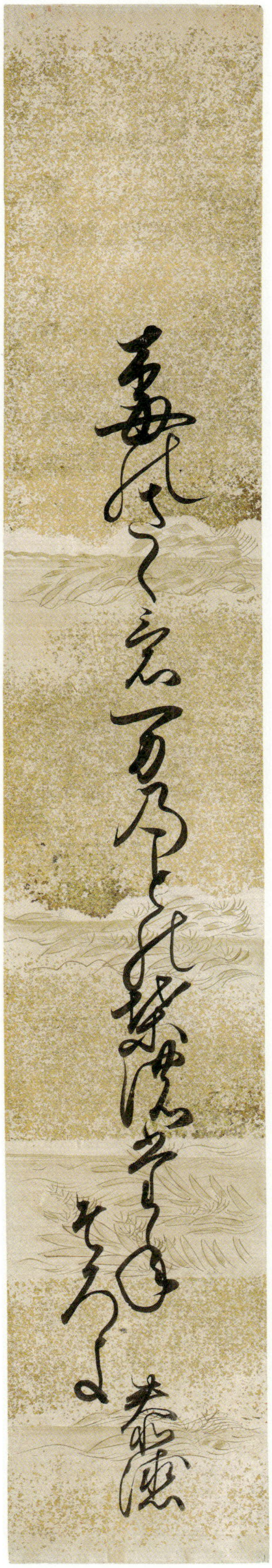

梅のさくも万のことの葉のたねそろよ　泰徳

（23オ左）
362 × 59

635　輿之

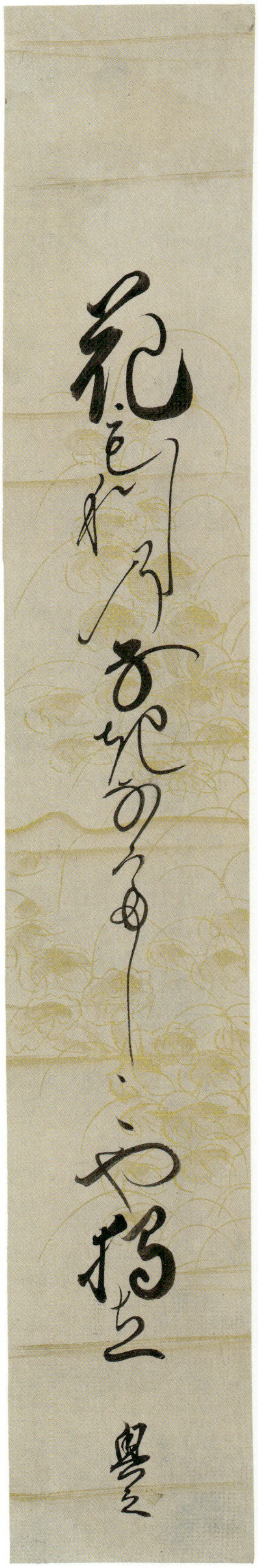

花もりのなきなてしこや独立　輿之

（23ウ右）
362 × 57

636　洗口

さゝ浪をたゝむ四ッ手の蚊帳哉　洗口

（23ウ左）
363 × 60

637　寿信

畳をくや身にうすもの、袖扇　寿信

（24 オ右）
361 × 55

638　加友

ならへしや水鳥小池に波まくら　江戸法橋　加友

（24 オ左）
364 × 61

639　一松

けふ出るはへうたんからの春日哉　一松

（24 ウ右）
365 × 58

640　良斎

又候や夏のおもはん古袷　良斎

（24 ウ左）
362 × 60

641　幸入

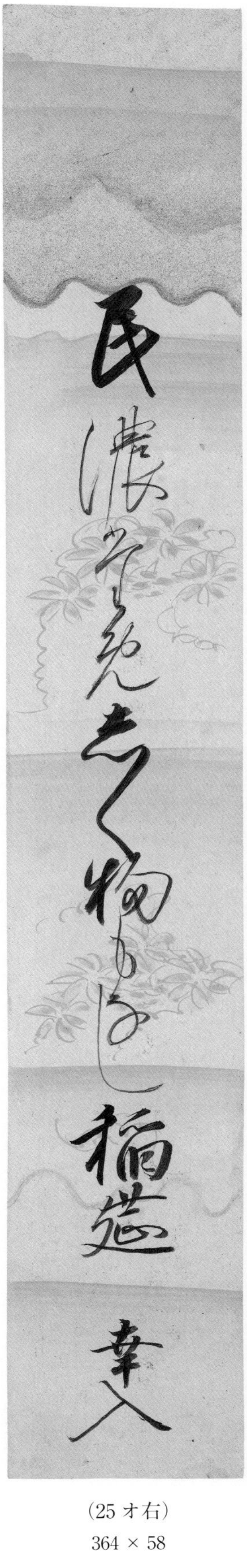

民のためしく物もなし稲莚　幸入

（25 オ右）
364 × 58

642　俊継

久しう問さりし方へ　音つれよせめて時雨の通りかけ　俊継

（25 オ左）
362 × 59

643　露言

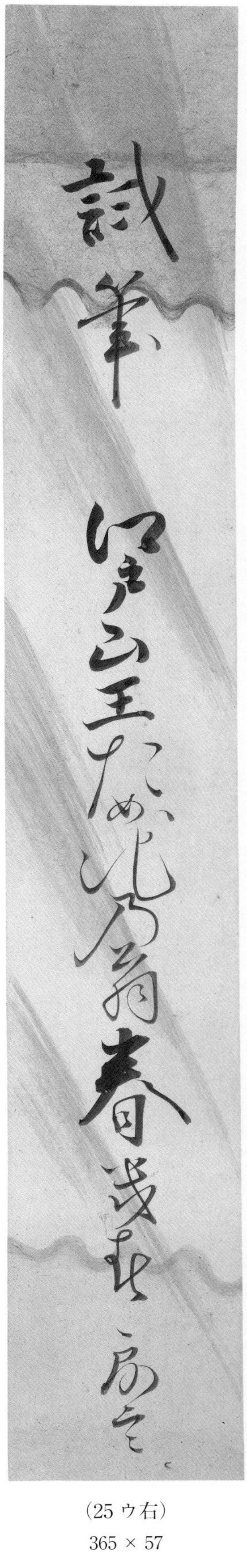

試筆　江戸山王ため池の翁春幾春　露言

（25 ウ右）
365 × 57

644　安昌

すみた川田螺も土にあはれ也　安昌

（25 ウ左）
364 × 58

645　青雲

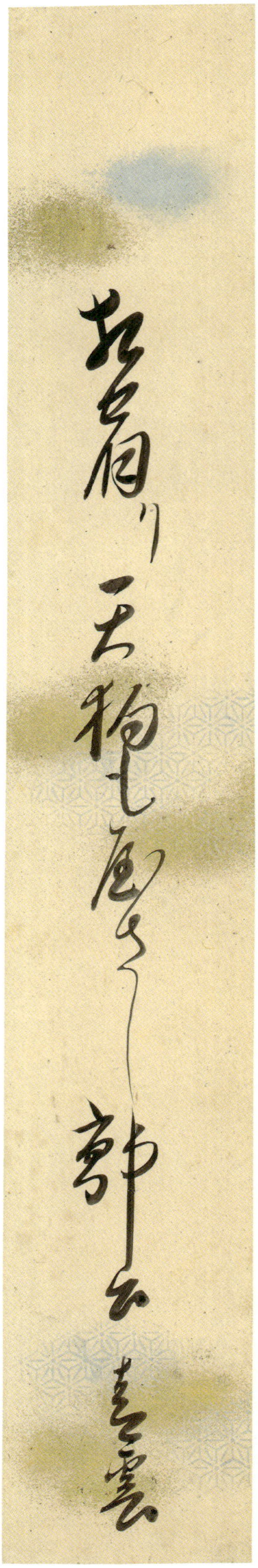

相宿リ天狗もやさし郭公　青雲

（26 オ右）
363 × 56

646　鳥跡

こしはりや牸の時雨松葉紙　鳥跡

（26 オ左）
365 × 57

647　雪柴

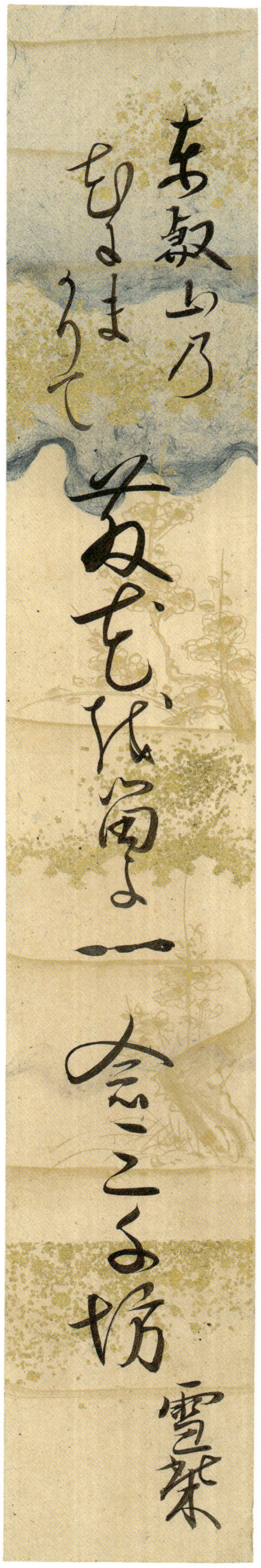

東叡山の花にまかりて　散花を留よ一念三千坊　雪柴

（26 ウ右）
364 × 58

648　在色子

栗売め月もれとてや舛の隅　在色子

（26 ウ左）
362 × 60

649　正友

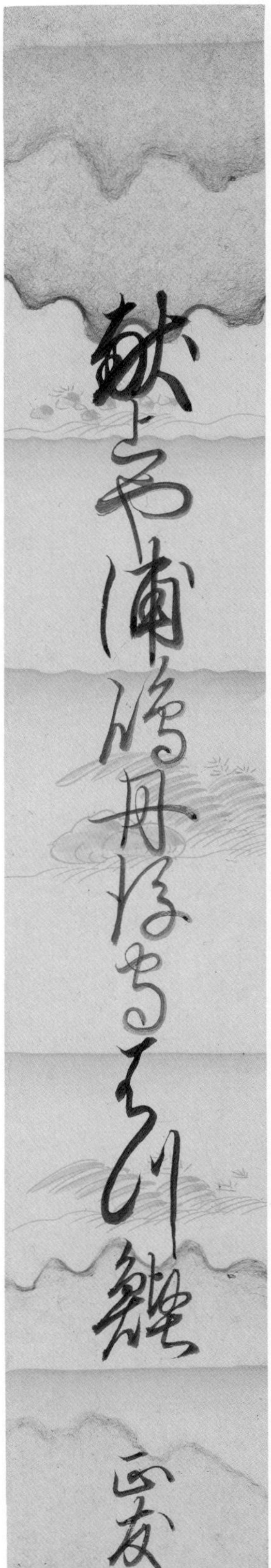

献上や浦嶋丹後守はつ鰹　正友

（27 オ右）
362 × 58

650　一鉄

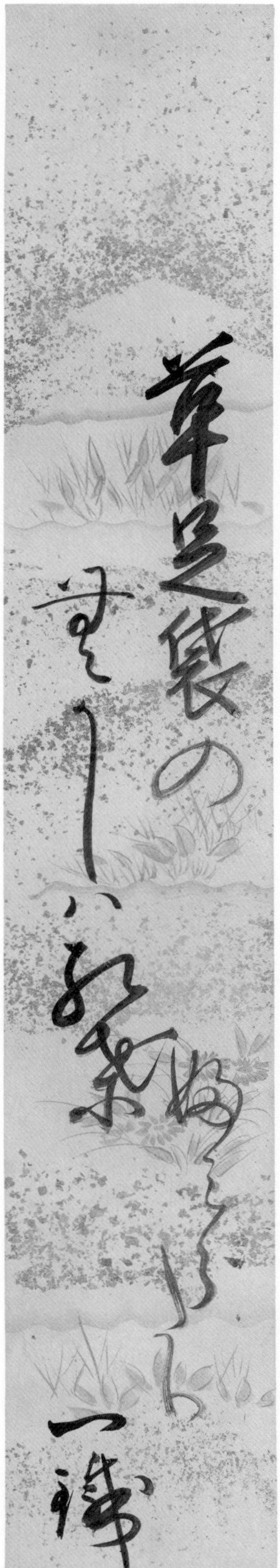

革足袋のむかしは紅葉ふみ分たり　一鉄

（27 オ左）
365 × 60

651　松意

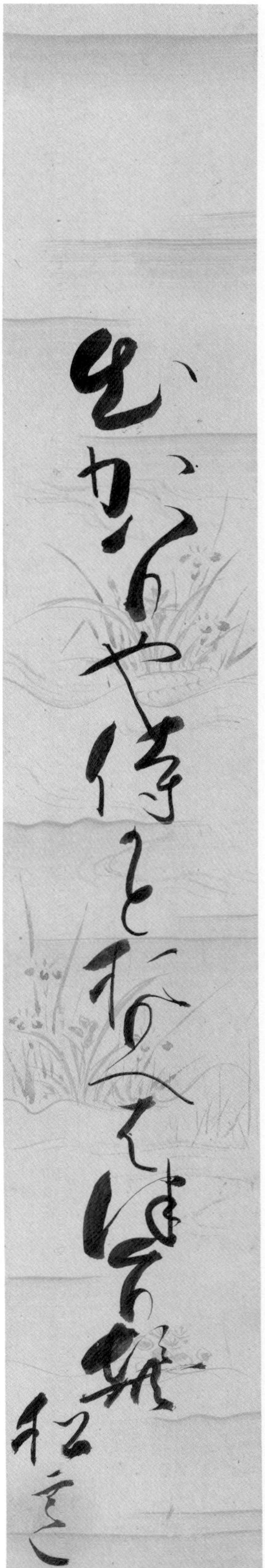

出かはりや侍かとおもへはつくり髭　松意

（27 ウ右）
363 × 58

652　志計

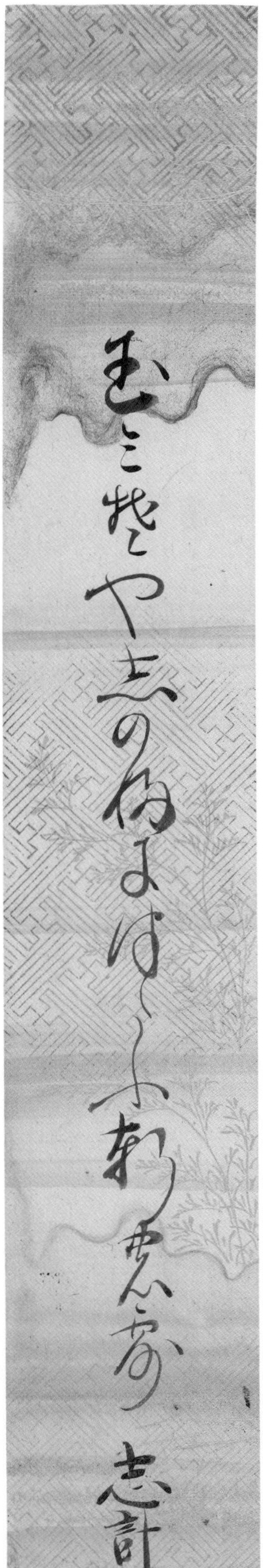

玉みそやしのふにつたふ軒の露　志計

（27 ウ左）
364 × 57

653　卜尺

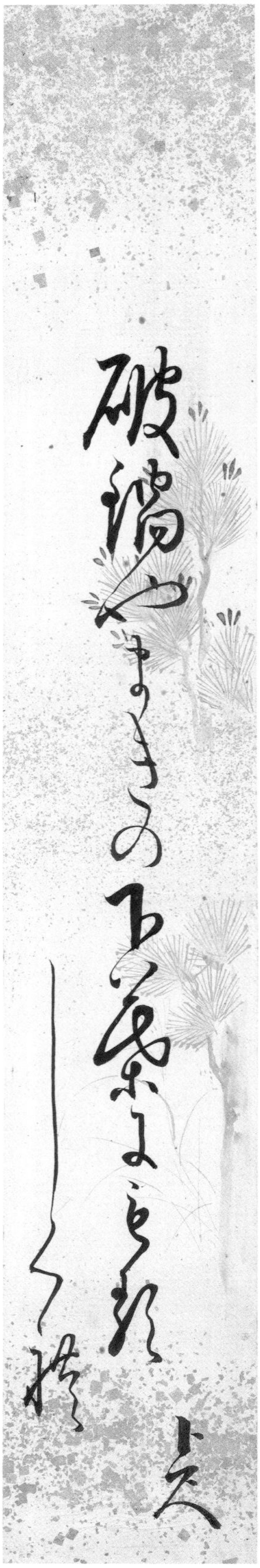

破鍋やまきの下葉にもるしくれ　卜尺

（28 オ右）
363 × 58

654　言求

薪の夜今や飛火の野守留　言求

（28 オ左）
363 × 58

655　芭蕉

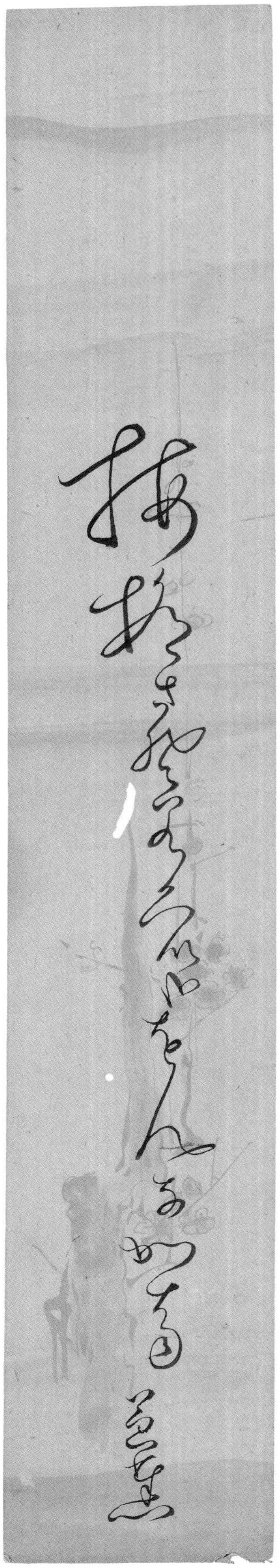

梅柳さそ若衆哉をんなかな　芭蕉

（28 ウ右）
361 × 60

656　桃青

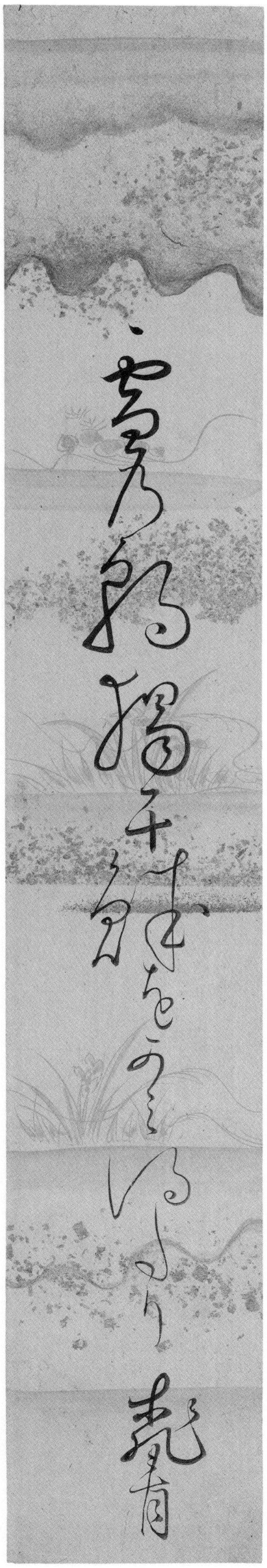

雪の朝独干鮭をかみ得たり　桃青

（28 ウ左）
362 × 60

657　暁雲

しとろの里蕎麦かるおのこ事とはん　一峰閑人　暁雲

（29 オ右）
364 × 60

658　嵐雪

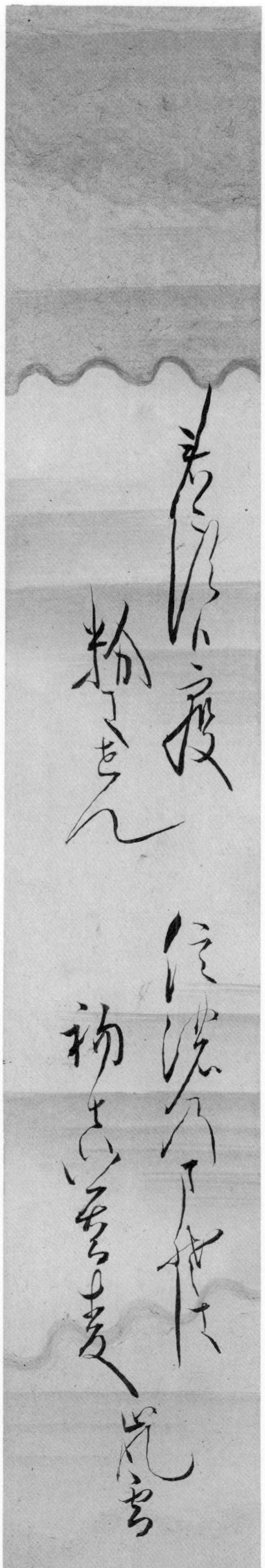

君こすは寝粉にせん信濃のまそは初真蕎麦　嵐雪

（29 オ左）
361 × 57

659　巌翁

いさ富士へ走りのほつて四方の華　巌翁

（29 ウ右）
363 × 59

660　嵐竹

横雲哉義之かひきすて五月闇　嵐竹

（29 ウ左）
365 × 57

661　其角

重陽　菊に経て栗つく臼の声老タリ　其角

（30 オ右）
361 × 58

662　キ角

雹のやとり木なりし桜かな　キ角

（30 オ左）
349 × 58

663　一山

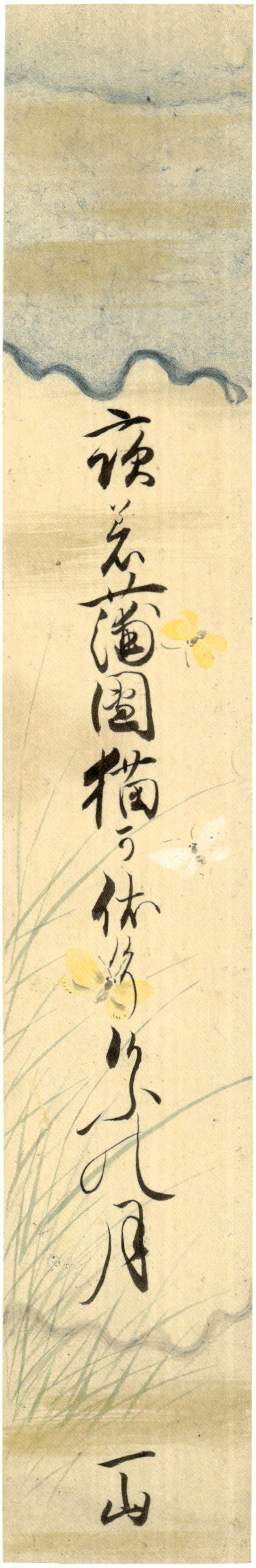

夜着蒲団猫か伏けりけふの月　一山

（30 ウ右）
358 × 57

664　揚水之

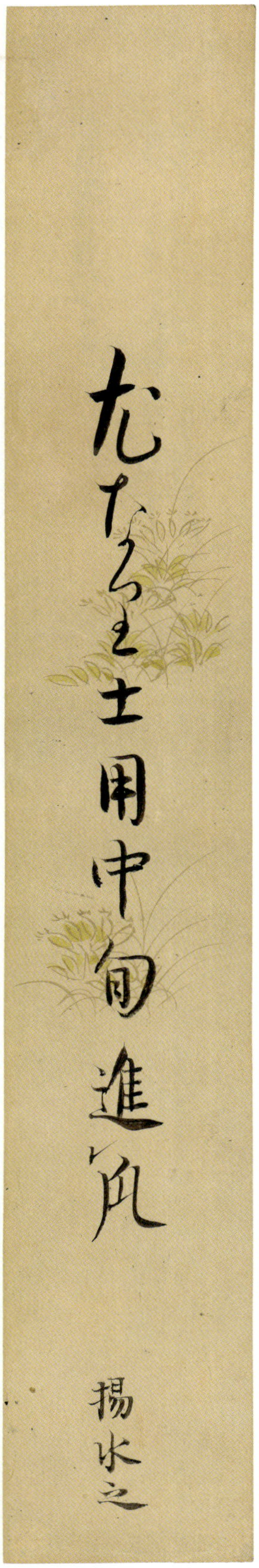

尤なり土用中旬進」瓜　揚水之

（30 ウ左）
364 × 57

665　立詠

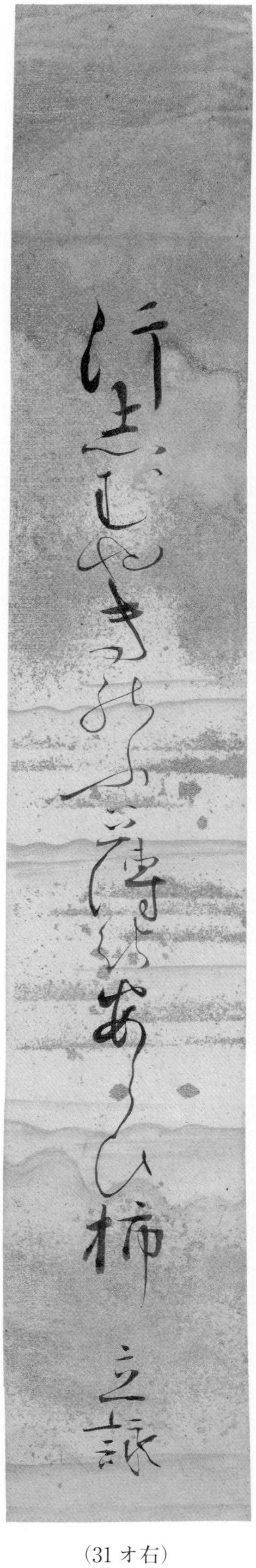

汗しむやきのふは薄きあらひ柿　立詠

（31 オ右）
362 × 55

666　二葉子

あか丶りや夕部の則飯けさの雪　二葉子

（31 オ左）
364 × 60

667　利重

桃井長州床に達磨をかけて花あれは　問ていはく東風吹梅に西来意　利重

（31 ウ右）
365 × 60

668　政義

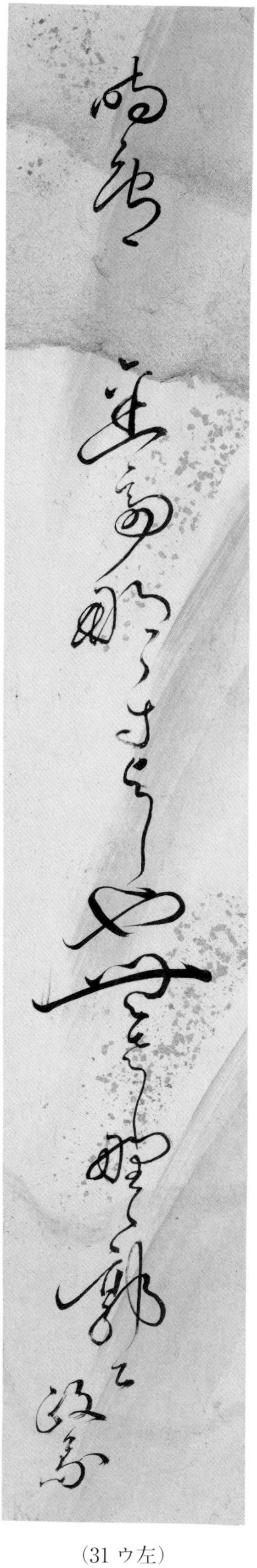

時鳥　遅てなかすよしやむさし野丶郭公　政義

（31 ウ左）
364 × 58

669　昨今非

朝かほは花の短気なるもの也　昨今非

（32 オ右）
364 × 60

670　杉風

春日野、雪のひまなり八百屋棚　杉風

（32 オ左）
361 × 60

671　樵花

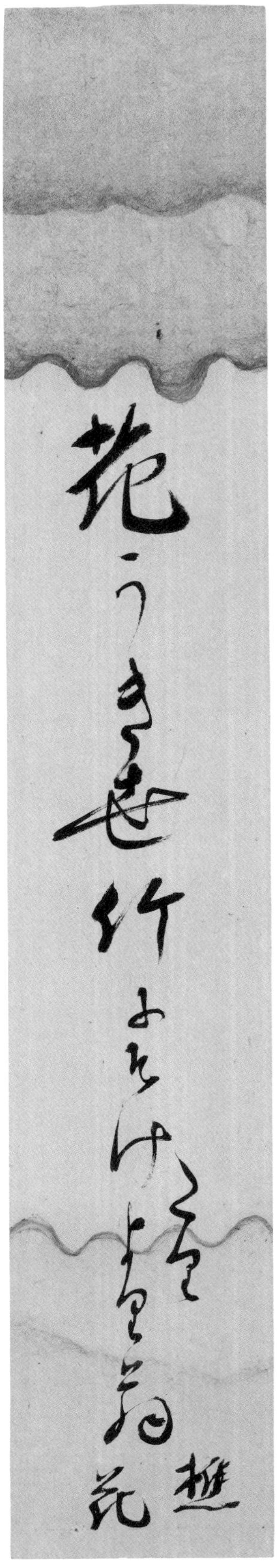

花うき世竹にそけたりより翁　樵花

（32 ウ右）
366 × 60

672　常信

二千里の外の月見や二万の里　常信

（32 ウ左）
363 × 56

673　資仲

見たい物を何をかくさふ月の雲　資仲

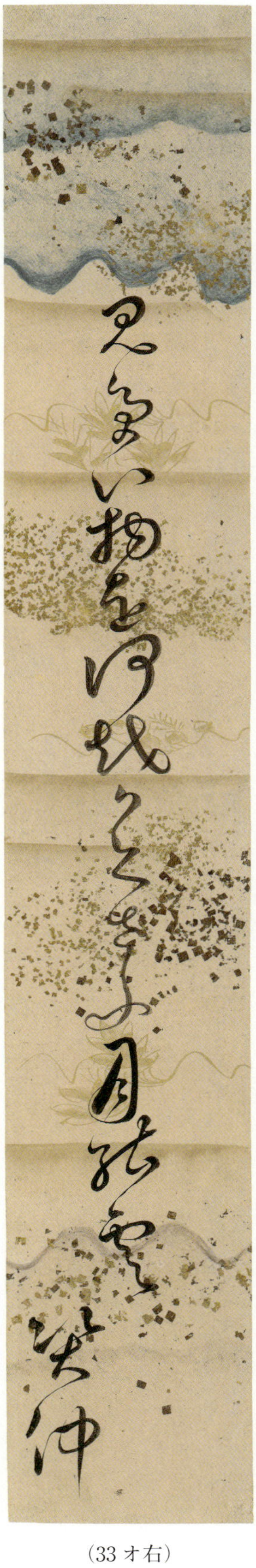

（33 オ右）
363 × 58

674　葎宿子

山ひこや荅て日時鳥　葎宿子

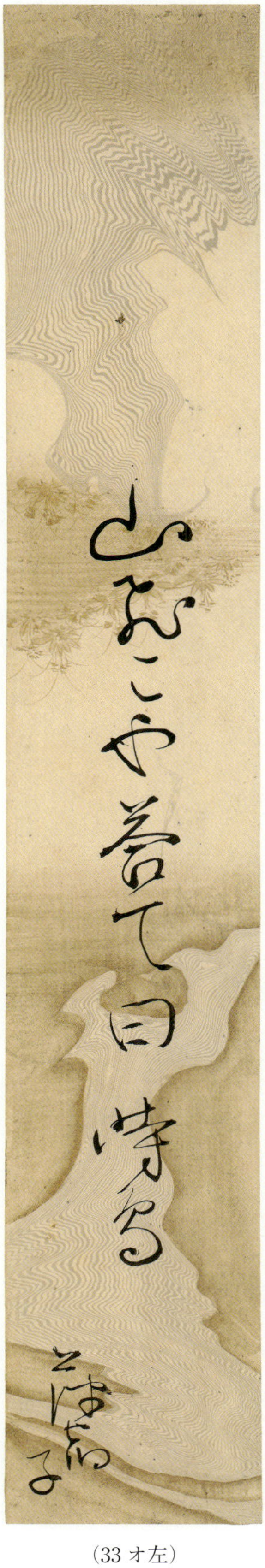

（33 オ左）
358 × 60

675　崇音

目出度事歳旦之句に思ひけん　崇音

（1 オ右）
364 × 59

676　盛政

天のはらのやいとかあつき日の御影　盛政

（1 オ左）
363 × 52

677　不言

かさり竹海老餌かさしつ若ゑひす　不言

（1ウ右）
362 × 56

678　調恵

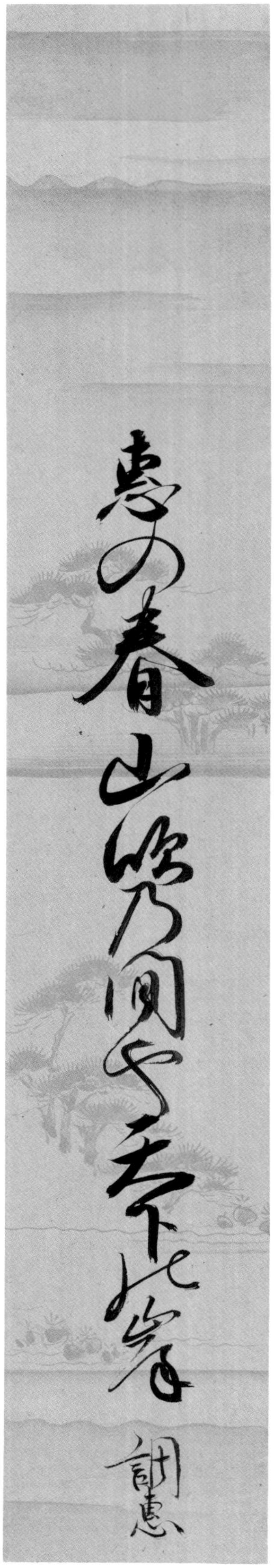

恵の春山吹の間や天下の岸　調恵

（1ウ左）
363 × 60

679　調皷子

今日そ酔菊入まくら諸ねふり　調皷子

（2オ右）
363 × 60

680　出思

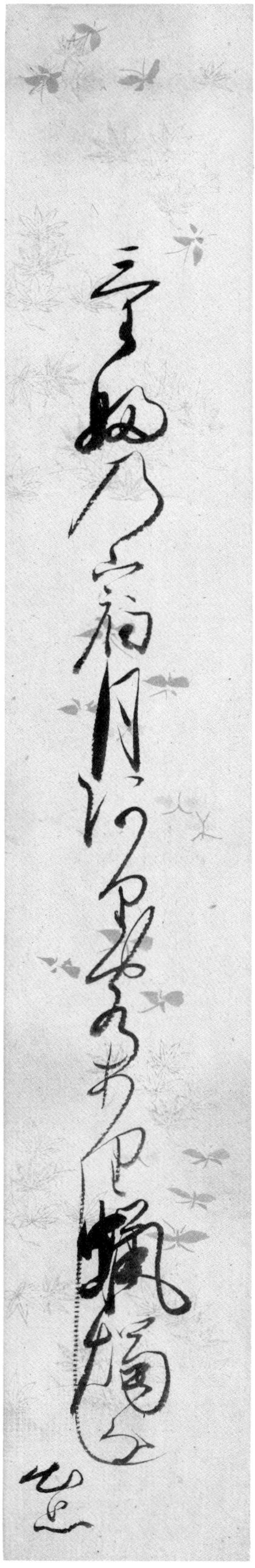

けふの宿月あり客あり蝋燭なし　出思

（2オ左）
364 × 57

681　花散子

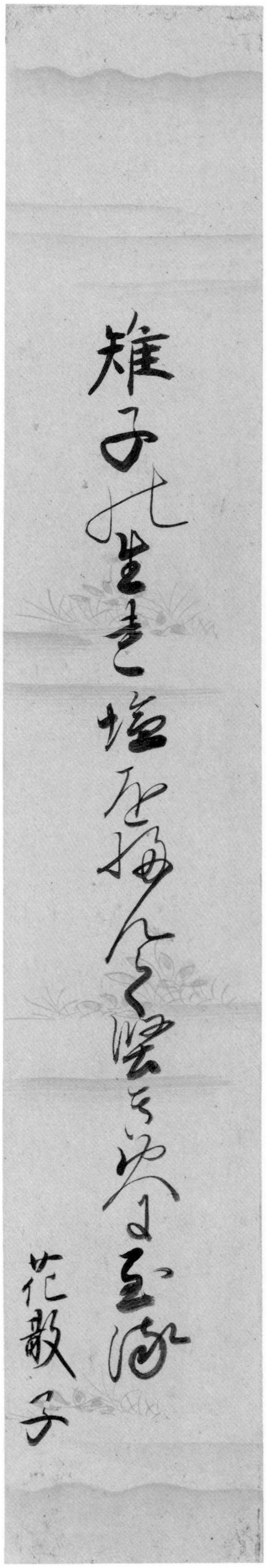

雛子の生れ塩をふんて堅き火に至る　花散子

（2 ウ右）
364 × 59

682　豊広

とし徳や宮も我家そえ方棚　豊広

（2 ウ左）
363 × 58

683　未及

吹風に戸もかなたてん家桜　未及

（3 オ右）
363 × 57

684　泊船子

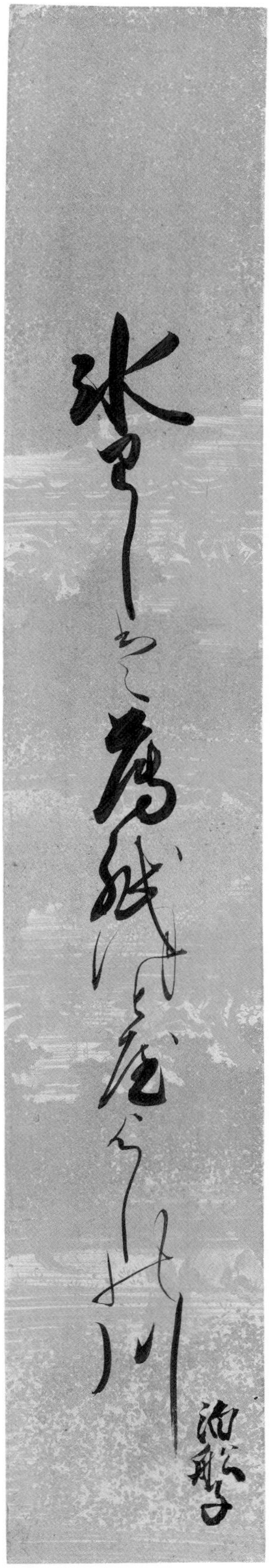

氷りしは薄紙ほとやよしの川　泊船子

（3 オ左）
364 × 59

685　自笑

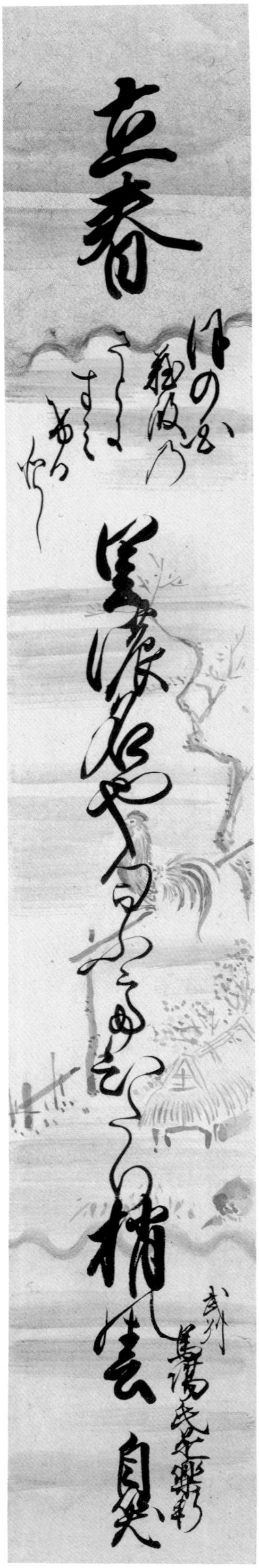

立春　津の国難波のさとにすみけるとし　里の名や匂ふて飛たり梢の春　武州　馬場氏是楽軒　自笑

（3ウ右）
363 × 57

686　申笑

腰帯や小つまに匂ふ杜若　申笑

（3ウ左）
364 × 58

687　捻少

なつ痩や三符にねころふ管の床　捻少

（4オ右）
365 × 57

688　言菅子

泣上戸さめ間の森やよふこ鳥　言菅子

（4オ左）
365 × 60

689　忠栄

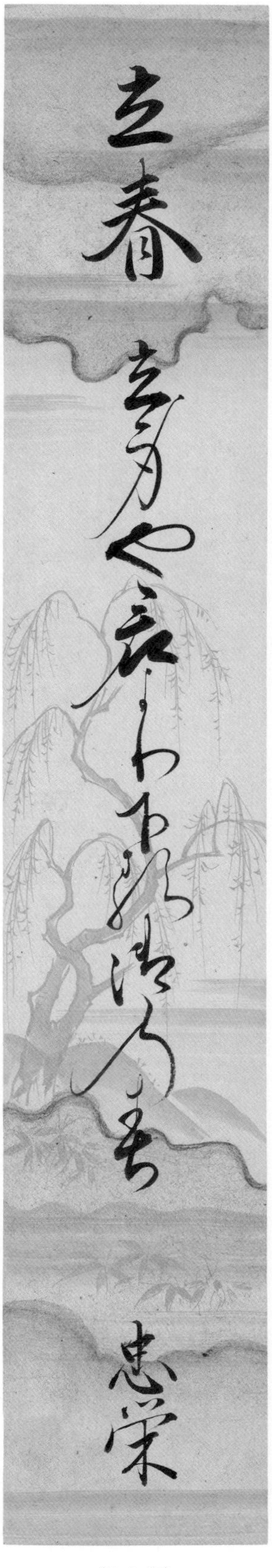

立春　立身や君より下る御の春　忠栄

（4ウ右）
362 × 60

690　青葉子

花外郎柳か枝に包ひけり　青葉子

（4ウ左）
364 × 59

691　露関子

蝋燭箱華に尋ん宿げしき　露関子

（5オ右）
364 × 58

692　翠紅

落花狼籍　ほんさまの長羽織此桜にくし　翠紅

（5オ左）
364 × 60

693　松友

柳老ぬ石筆けつるあすた川　松友

（5ウ右）
357 × 57

694　青河子

珠数房や海松和布かもとの空セ貝　青河子

（5ウ左）
361 × 59

695　笑水

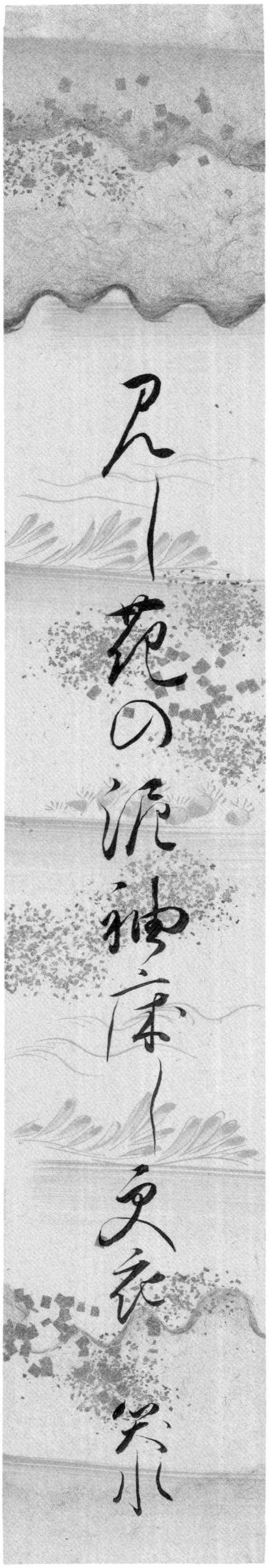

見し花の泥袖床し更衣　笑水

（6オ右）
355 × 57

696　露管子

世はしらうをな畑は秋のけしきかな　露管子

（6オ左）
362 × 57

697　露章

浜ひさし海雲や波の青簾　露章

（6 ウ右）
365 × 58

698　忠勝

をとさゆる霜やとけいのみかき砂　忠勝

（6 ウ左）
364 × 57

699　愚候

もし杖をかさにさいたか五月雨　愚候

（7 オ右）
363 × 60

700　露柳

たんさくや風に清光みや桜　露柳

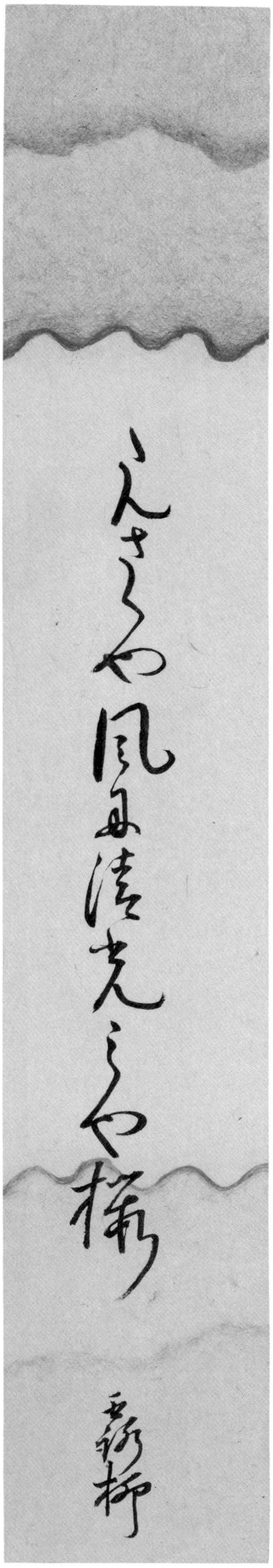

（7 オ左）
362 × 60

701　調百

（7 ウ右）
360 × 57

付かへたり金持の山上野ゝ花　調百

702　言世

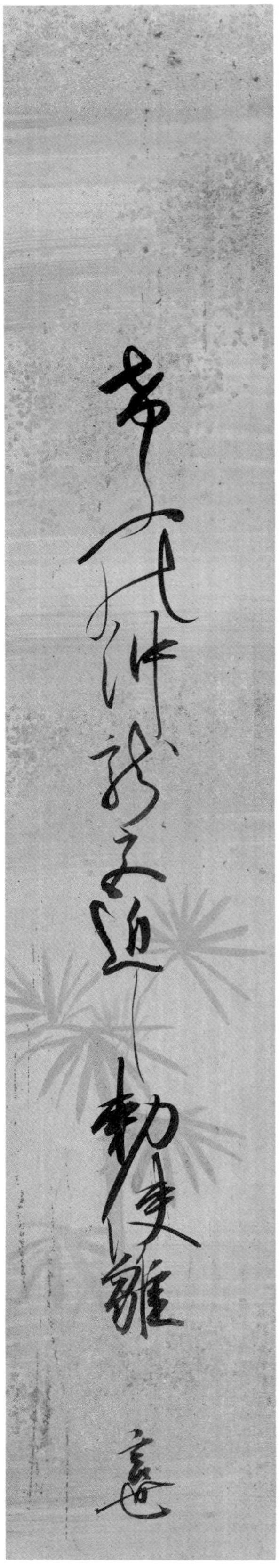

（7 ウ左）
363 × 62

けふの沖龍宮近し勅使雛　言世

703　親時

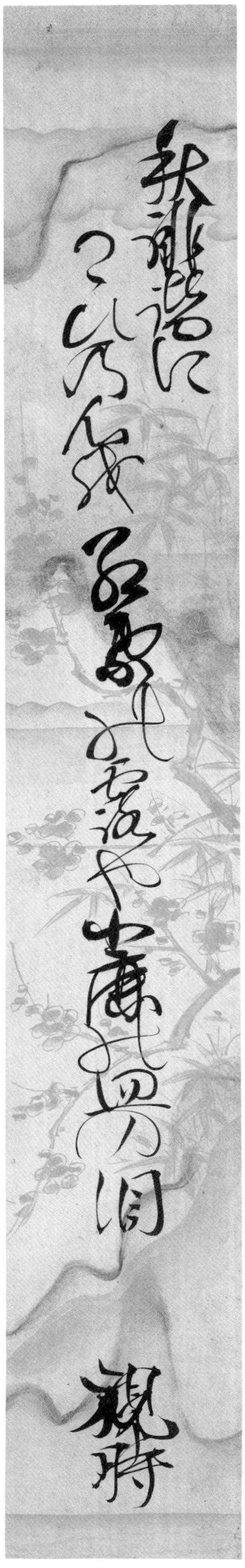

（8 オ右）
362 × 53

秋誹諧にこひの心を　紅葉の露や小鹿の血の泪　親時

704　調川子

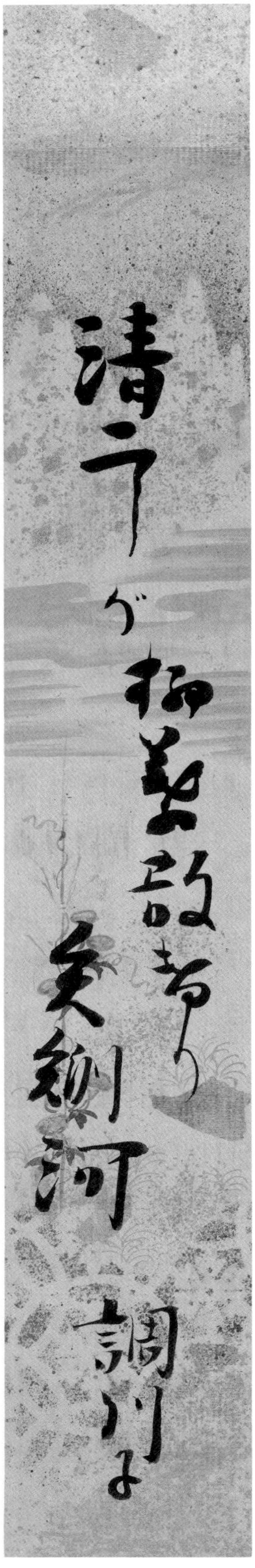

（8 オ左）
364 × 57

清二郎が柳葉散けり矢矧河　調川子

705　露深

みのむしの用意はしめやけさの秋　露深

（8ウ右）
364 × 58

706　松春

霧の明石人丸目薬さゝれけん　松春

（8ウ左）
363 × 58

707　正立子

五月雨や猫の手よはる杜宇　正立子

（9オ右）
363 × 62

708　松滴

気力としく／＼おとりぬるに　花と酒老にくむてふ恋の隙　松滴

（9オ左）
364 × 62

709　順忠

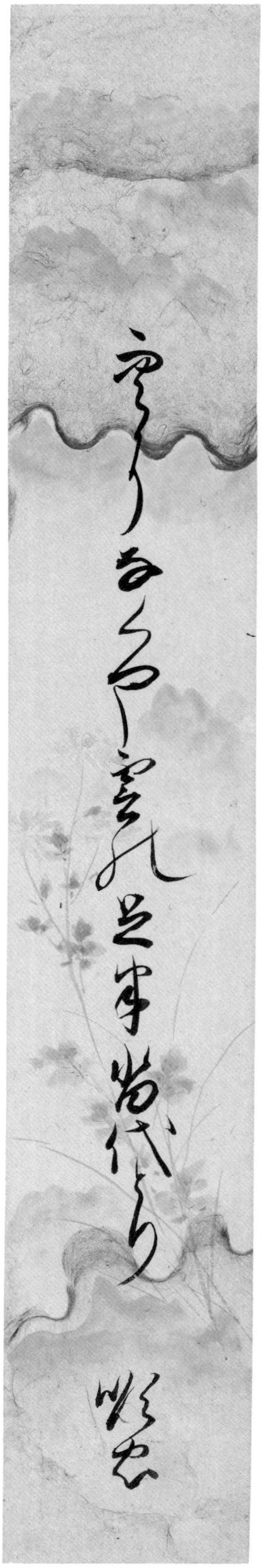

空になくや雲の足半沓代とり　順忠

（9 ウ右）
362 × 57

710　重軌

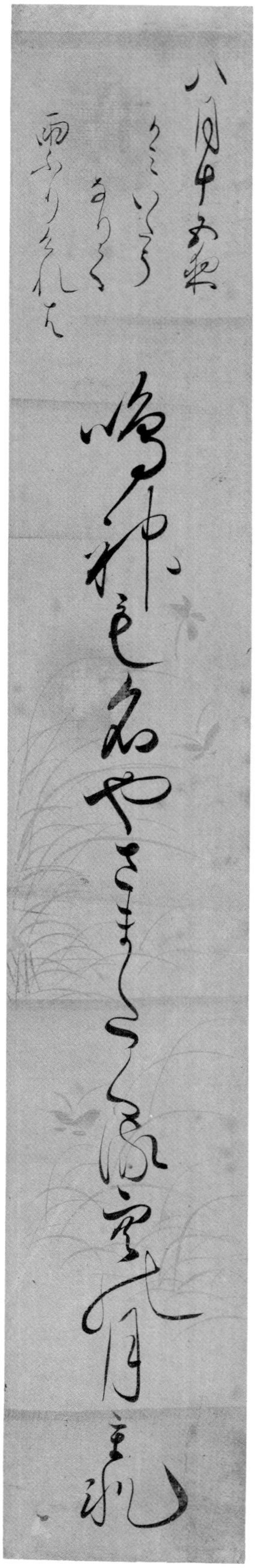

八月十五夜かみいたうなりて雨ふりけれは　鳴神も名やさまたくる空の月　重軌

（9 ウ左）
365 × 56

711　不卜

五月雨にむくらの宿やひしけ物　不卜

（10 オ右）
363 × 53

712　昌俊

風に波音なき池の花の瀧　昌俊

（10 オ左）
357 × 58

713　定共

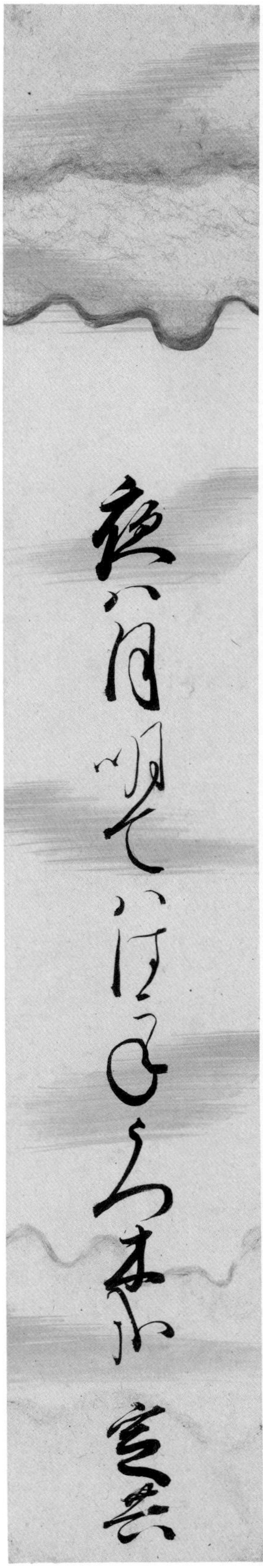

夜は月明てははこねうつ木哉　定共

（10 ウ右）
360 × 68

714　宜親

春やむねとたてん家内の松かさり　宜親

（10 ウ左）
363 × 57

715　宜為

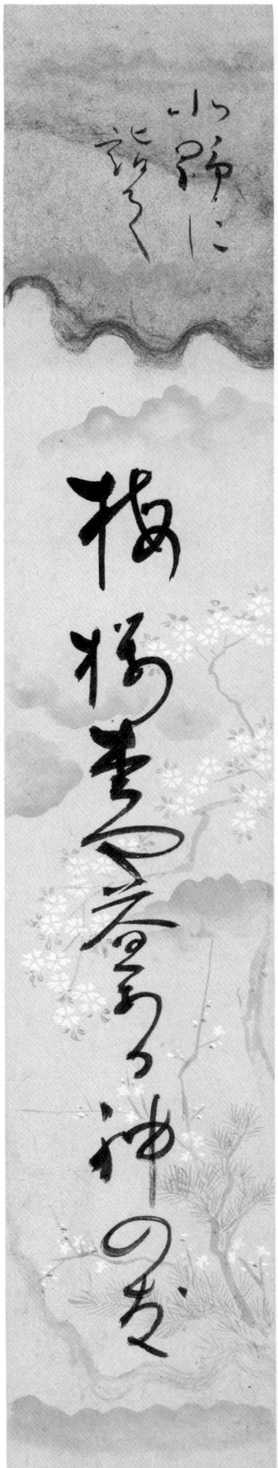

北野に詣て　梅桜松や益ある神の友　宜為

（11 オ右）
364 × 58

716　長尚

花見衆留守居に事かく都かな　長尚

（11 オ左）
365 × 58

717　木因

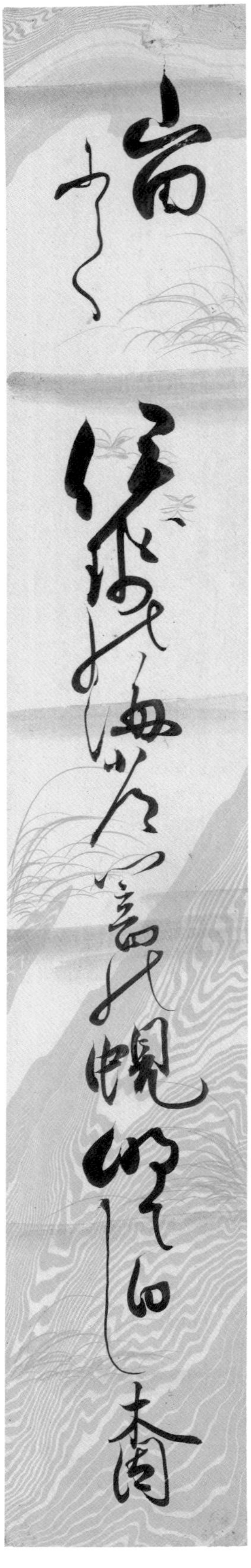

山田にて　伊勢の海常闇の蜆明て白し　木因

（11 ウ右）
362 × 56

718　松滴子

双方に景あるきくの雪見かな　松滴子

（11 ウ左）
365 × 59

719　塵言

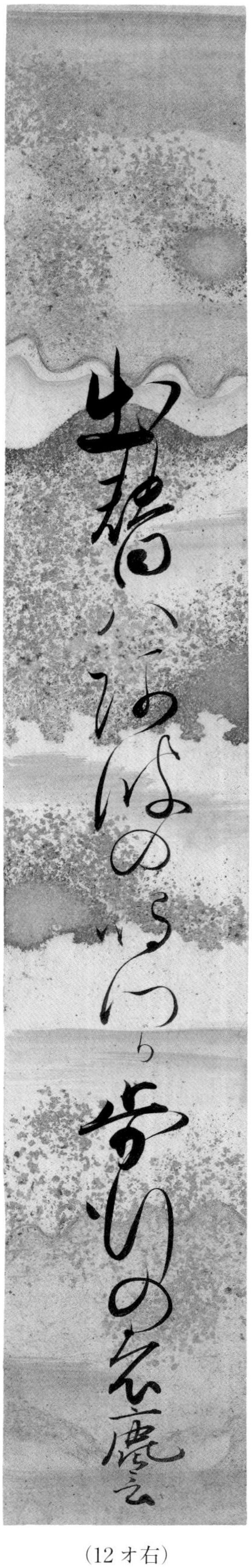

出替は阿波の鳴門か歩行の者　塵言

（12 オ右）
363 × 56

720　衆下

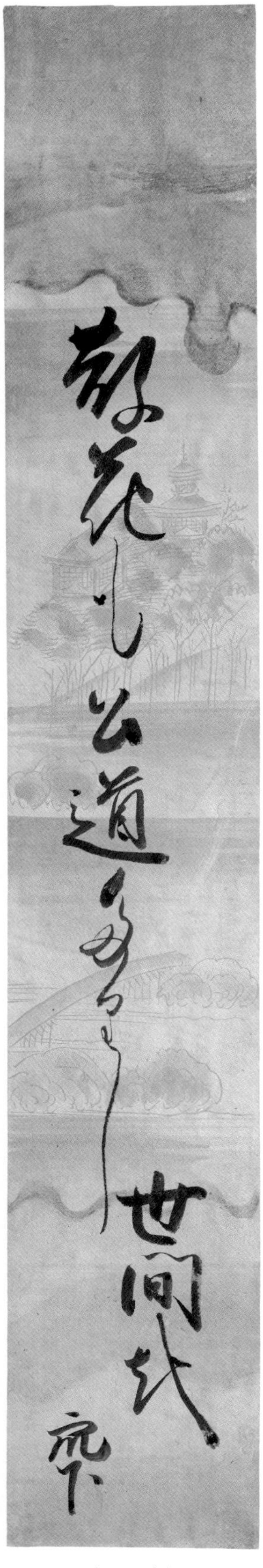

散花も公道たりし世間哉　衆下

（12 オ左）
363 × 58

721　道高

あつき氷は有難かりける操哉　道高

（12 ウ右）
363 × 56

722　好元

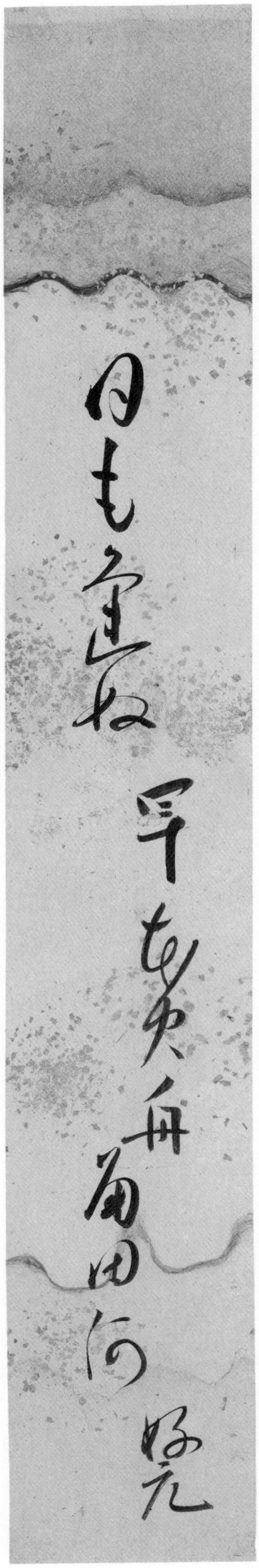

日もくれぬ早本火舟角田河　好元

（12 ウ左）
363 × 57

723　相興

かせのちから秋はぬけからのあふき哉　相興

（13 オ右）
362 × 58

724　林元

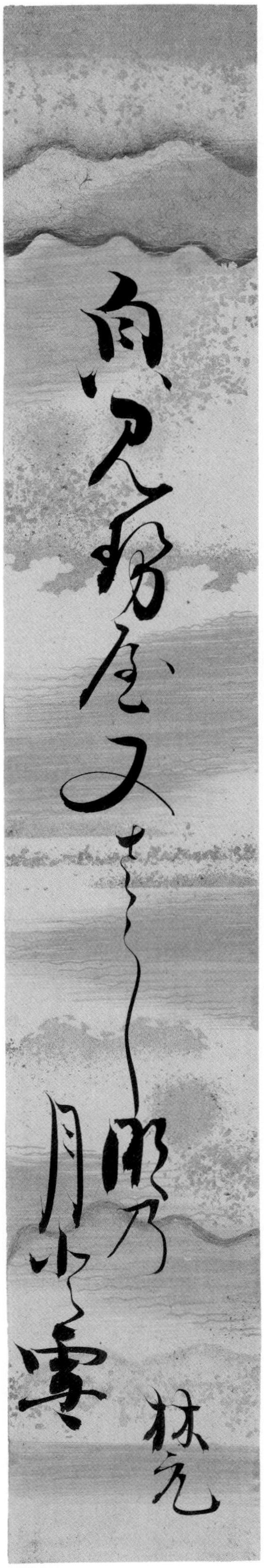

皃見せや又さらしなの月と雪　林元

（13 オ左）
361 × 58

725　守常

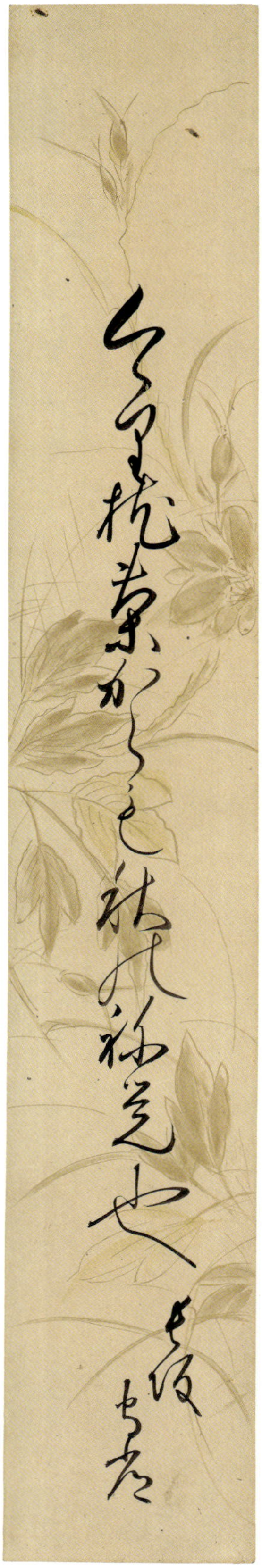

くゝり枕茶からも秋のね覚也　長坂守常

（13 ウ右）
364 × 57

726　三千風

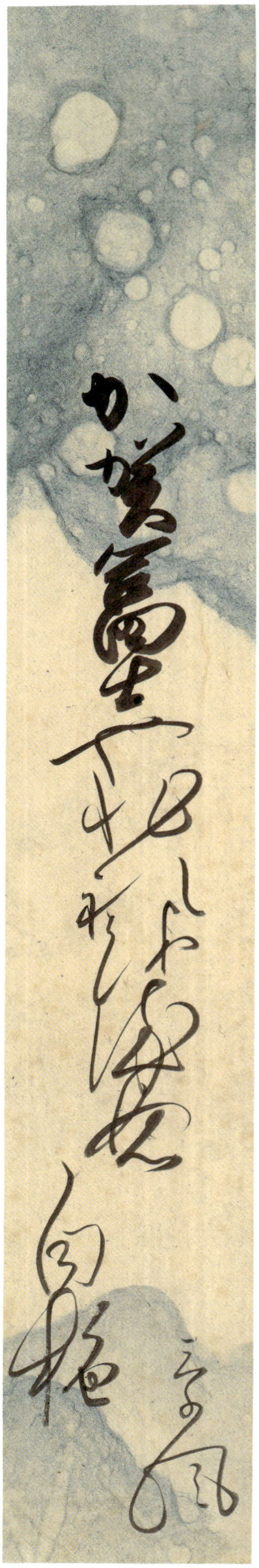

加賀富士や非礼を染ぬ白栬　三千風

（13 ウ左）
366 × 57

727　清風

鼻の先ひかるや星の仮枕　清風

（14 オ右）
364 × 57

728　少蝶

霞敷やけさ東君の八重畳　少蝶

（14 オ左）
363 × 58

729　卜琴

うけもせてみたらし川の御祓哉　卜琴

（14 ウ右）
365 × 58

730　是等

立浪を無紋に氷の衣哉　是等

（14 ウ左）
361 × 58

731　古玄

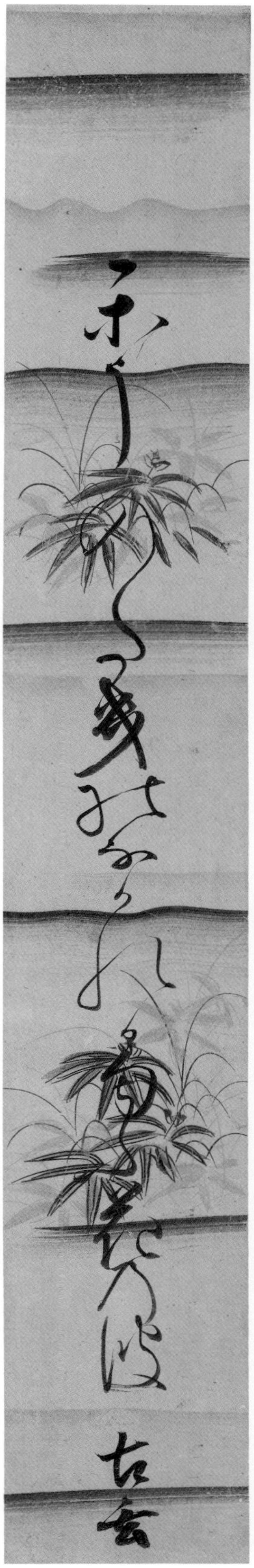

かうの瀧のなかれか匂ふ花の波　古玄

（15 オ右）
363 × 56

732　友琴

かけ置は塵とりの巣かわら箒　友琴

（15 オ左）
363 × 55

733　頼元

花と花や大よせの有名取草　加州金沢　頼元

（15 ウ右）
364 × 55

734　一烟

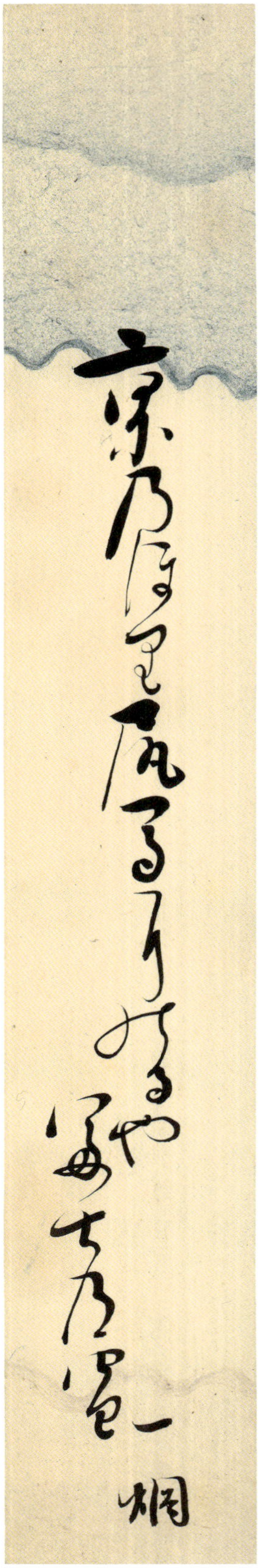

京のほり尻馬にのるや富士の雪　一烟

（15 ウ左）
365 × 58

735　野水

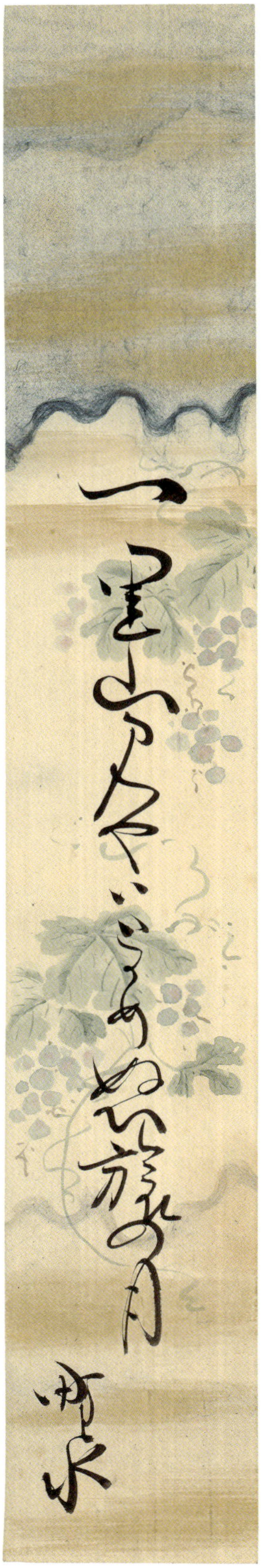

一里山見やはとかめぬ旅の月　野水

（16 オ右）
365 × 57

736　一夢

すね木にも笑皃とや梅の花　一夢

（16 オ左）
362 × 58

737　泰重

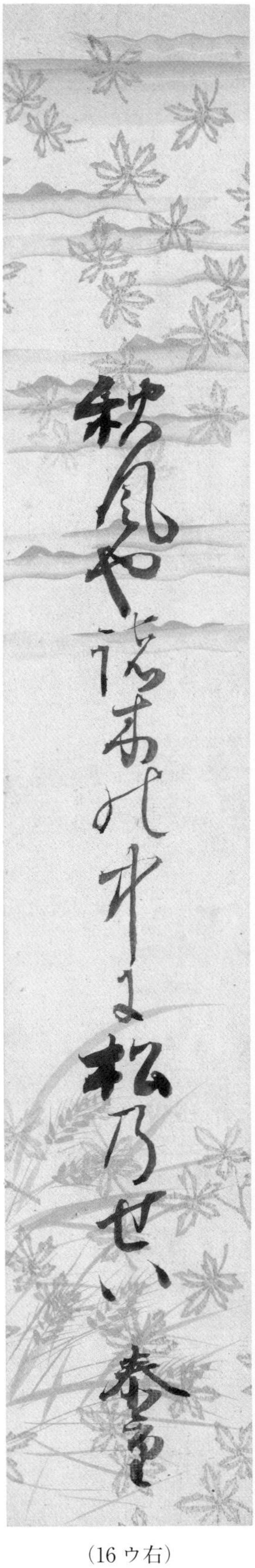

秋風や諸木の中に松のせい　泰重

（16 ウ右）
362 × 57

738　春興

我は酒に酔りやこよひ月ひとり　春興

（16 ウ左）
361 × 57

739　曲肱

月見れは我身二つや影法師　曲肱

（17 オ右）
364 × 57

740　幽歩

匂ひあれは則いる也はなの穴　幽歩

（17 オ左）
362 × 58

741　孤吟

目のついた泥に声あり田うへ歌　孤吟

（17ウ右）
364 × 59

742　一嘯

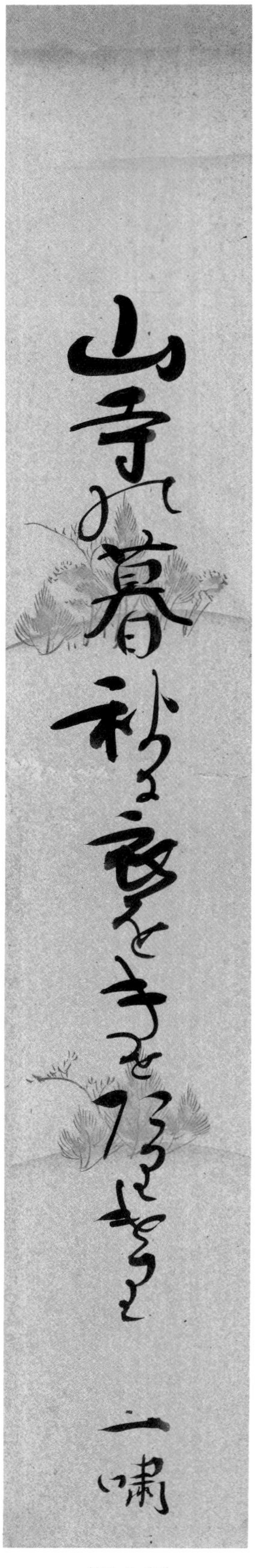

山寺の暮秋に衣をきせたりけり　一嘯

（17ウ左）
364 × 57

743　次末

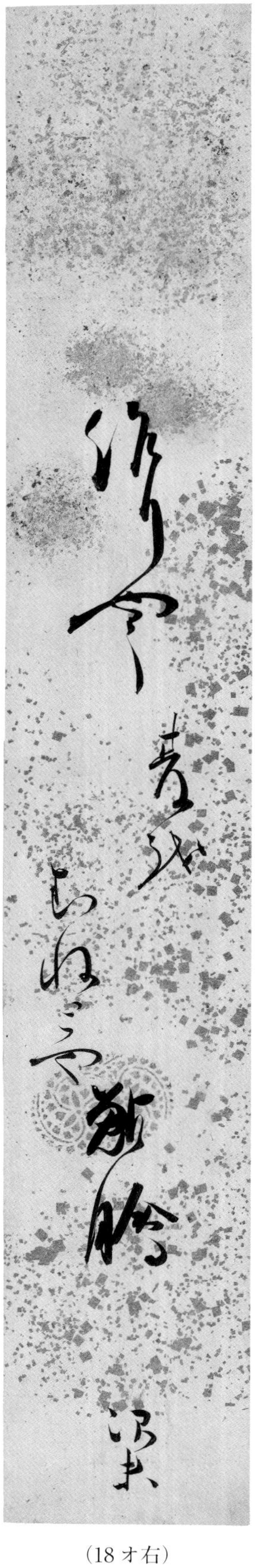

作りやう夏をむねとや鮎鱠　次末

（18オ右）
361 × 58

744　四友

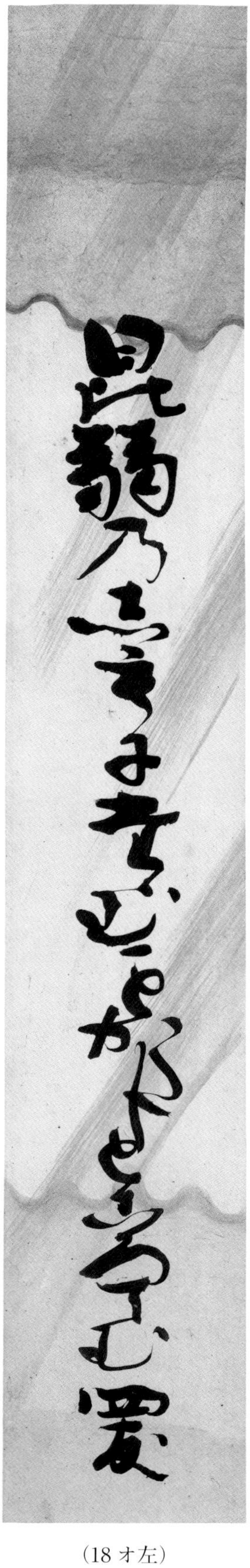

昆蒻のしもにたゝむことかたしところてむ　四友

（18オ左）
365 × 56

745　一時軒

高鞠はいま目前の秋暮にあり　一時軒

（18ウ右）
363 × 59

746　久忠

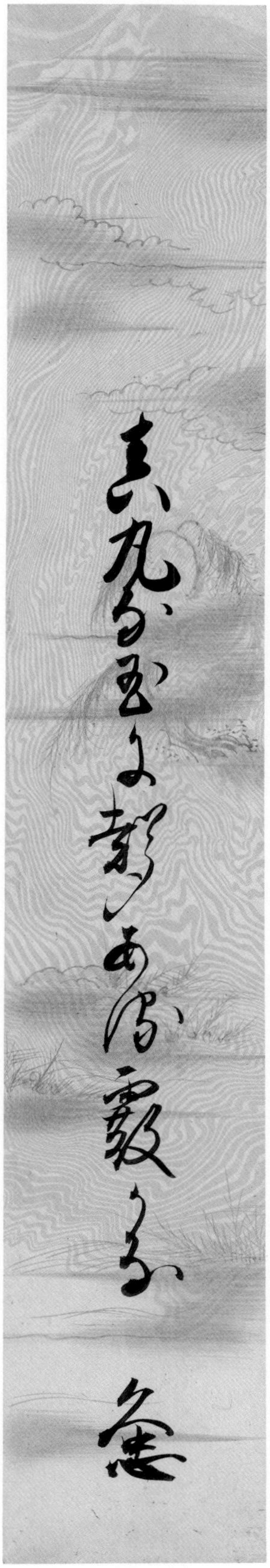

真丸な玉に声ある霰かな　久忠

（18ウ左）
362 × 59

747　元随

鶯や声にひゝはるゝ雪の山　元随

（19オ右）
362 × 58

748　宗雅

雨露や木〻のいろはの硯水　宗雅

（19オ左）
363 × 58

749　重次

すいからや桜にしらむ吉野山　重次

（19 ウ右）
362 × 57

750　漁友

端午
けふや競馬香車ならねと端の午　漁友

（19 ウ左）
364 × 56

751　素友

天の河今宵水揚也けり哉　素友

（20 オ右）
359 × 59

752　古閑

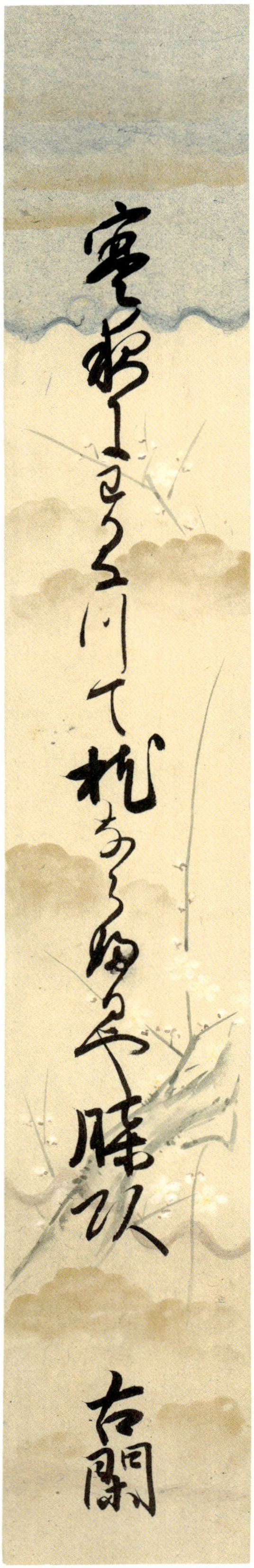

寒夜にわりなつて枕ならふるや膝頭　古閑

（20 オ左）
365 × 56

753　可笑

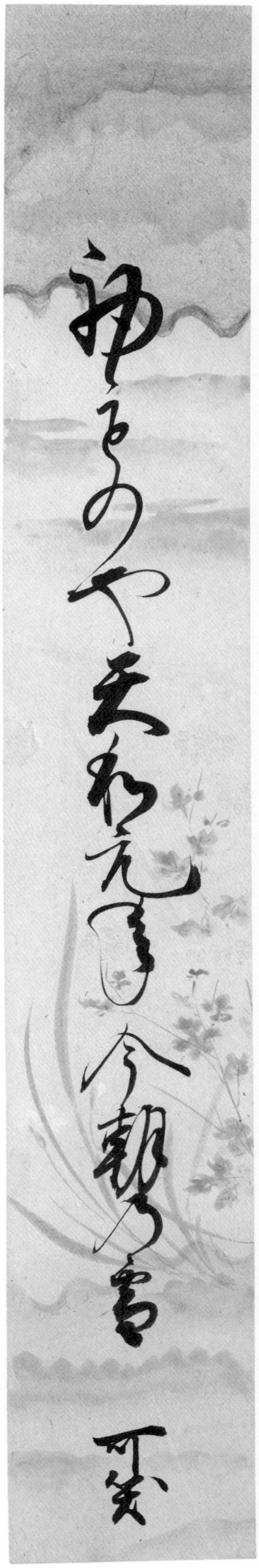

初ものや天和元年今朝の雪　可笑

（20 ウ右）
364 × 56

754　三近

蛍をとらんとて追ありきて　追ぬれはいよ〳〵見まくほたる哉　三近

（20 ウ左）
363 × 60

755　耳海

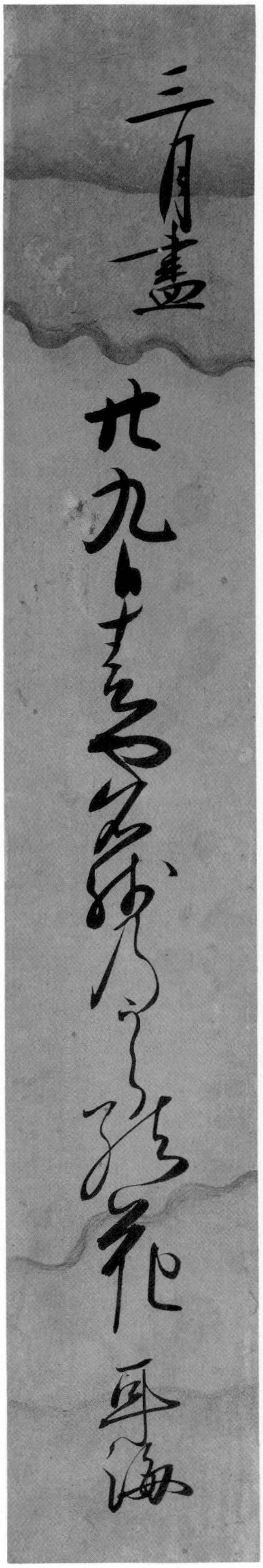

三月尽　廿九日春や名残のうらの花　耳海

（21 オ右）
363 × 68

756　宜陳

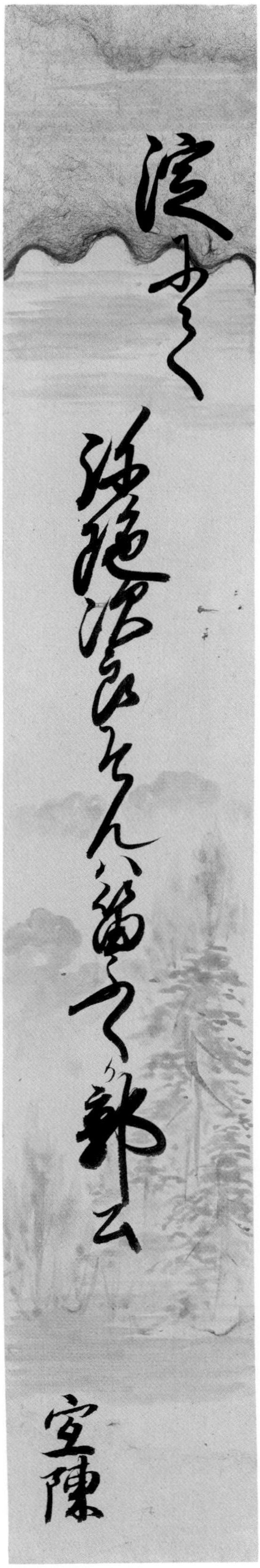

淀にて　弥陀次郎そんは笛ふくか郭公　宜陳

（21 オ左）
359 × 57

757　吟松

歳暮　光陰や通箭三百六十筋　野水軒　吟松

（21 ウ右）
360 × 58

758　残松子

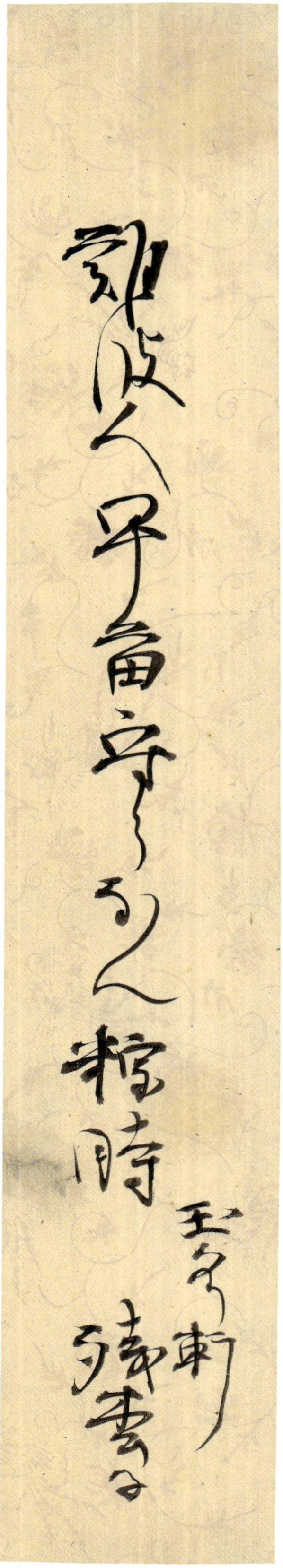

難波人早苗守らなん粽時　玉水軒　残松子

（21 ウ左）
358 × 60

759　一三

離騒経の心を　屈原か吾独さく冬の梅　一三

（22 オ右）
364 × 59

760　宗臣

諏訪の海や例年豊年氷様　宗臣

（22 オ左）
360 × 57

761　不及

時鳥　聞番の耳にもうとし子規　不及

（22 ウ右）
363 × 56

762　李斎

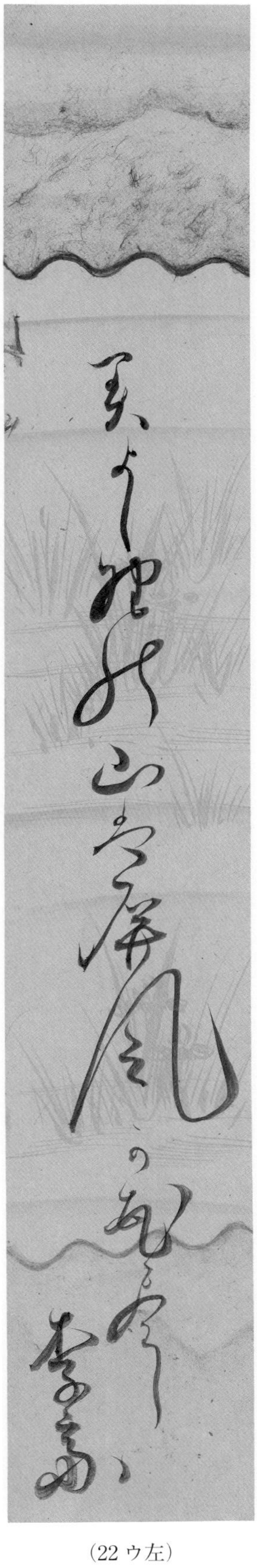

みよし野の山は屏風か花尽し　李斎

（22 ウ左）
365 × 58

763　西海

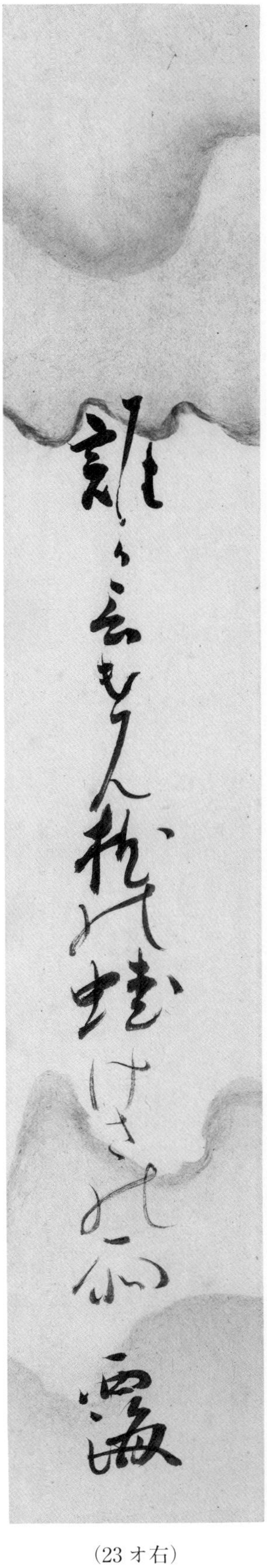

誰か言けん枕の蛙けさの雨　西海

（23 オ右）
365 × 61

764　如閑

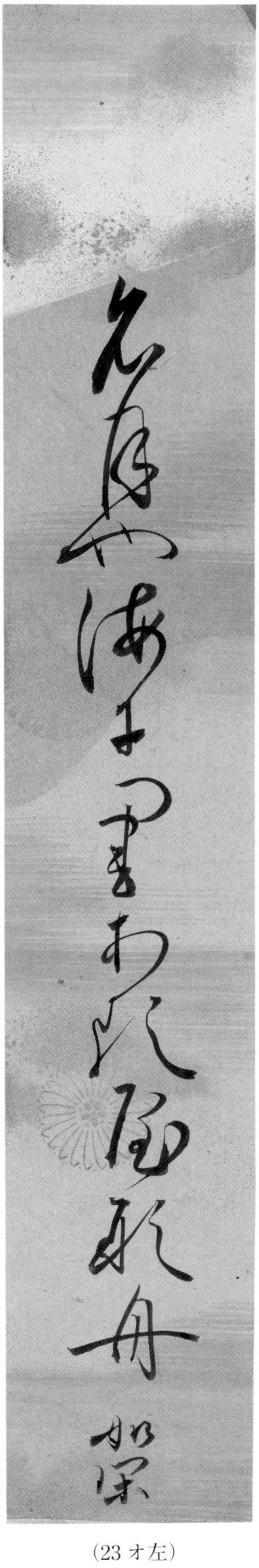

名月や海に閨ある屋形舟　如閑

（23 オ左）
362 × 60

765　任地

面白の海道くたりや雪こかし　任地

（23 ウ右）
362 × 57

766　保之

花に詩や洛陽の儒者残なく　保之

（23 ウ左）
363 × 58

767　吉立

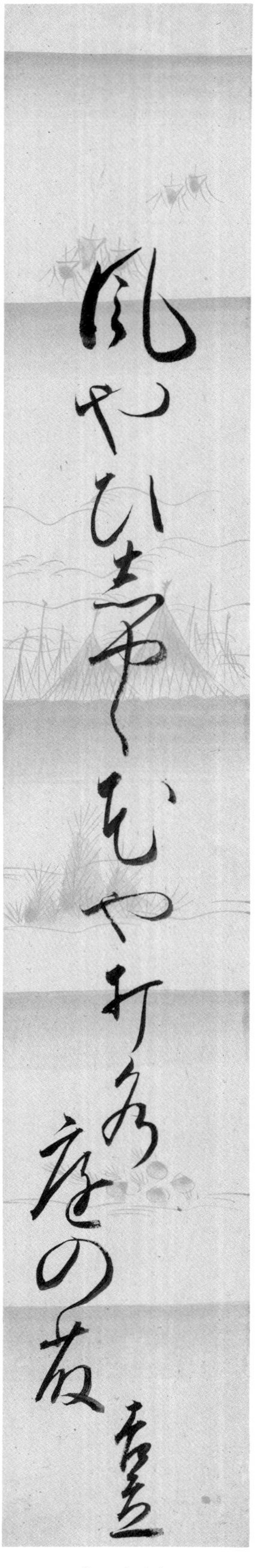

颪やひしやく花や打水庭の藤　吉立

（24 オ右）
363 × 57

768　一直

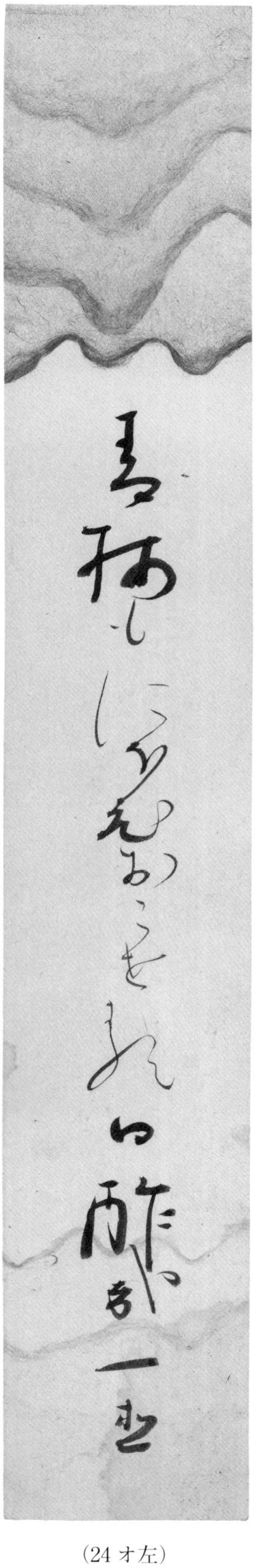

青梅もにほひおこせる口酢哉　一直

（24 オ左）
361 × 57

769　守昌

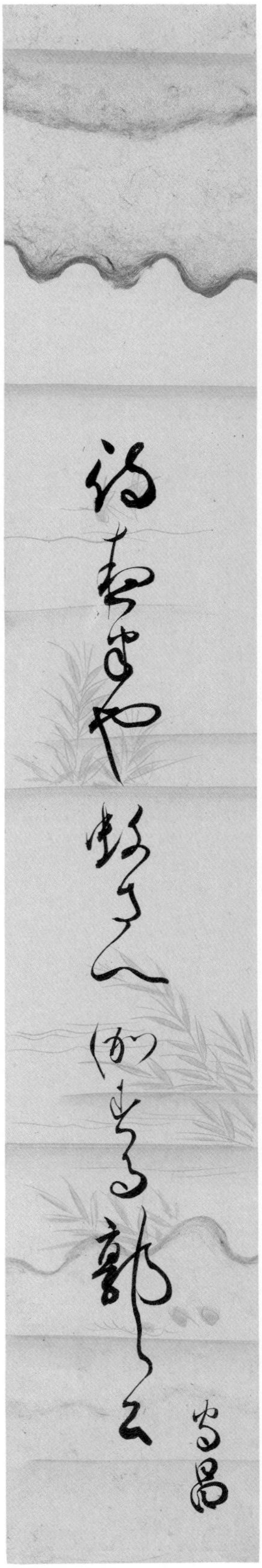

待夜半や蚊さへ伽する郭公　守昌

（24 ウ右）
363 × 57

770　一見

嬉しさを紙につゝめる蛍哉　一見

（24 ウ左）
363 × 58

771　金門

蛍見は月をやみちのかへさ哉　肥後住　金門

（25 オ右）
362 × 57

772　真昭

波の枕独り鴨ねつ沖津哉　真昭

（25 オ左）
361 × 58

773　親宣

いにしへの匂ひはいつら梅法師　親宣

（25 ウ右）
361 × 57

774　菅宇

書始はあらたのもしの御影也　菅宇

（25 ウ左）
362 × 57

775　正春

廻文　詠しはのひる春日のはしめ哉　正春

（26 オ右）
363 × 58

776　直右

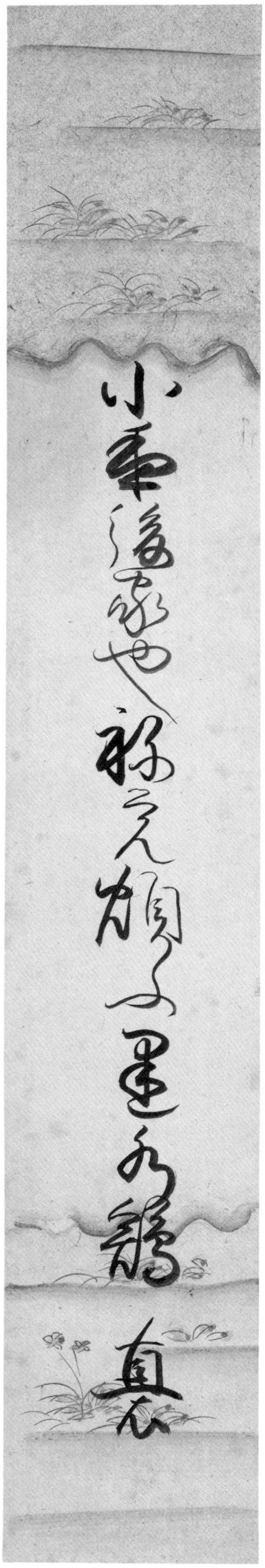

小夜後家やね覚煩ふ里水鶏　直右

（26 オ左）
362 × 58

777　幽僻

竹覚て雪を木魂の知る夜哉　幽僻

（26 ウ右）
364 × 57

778　友西

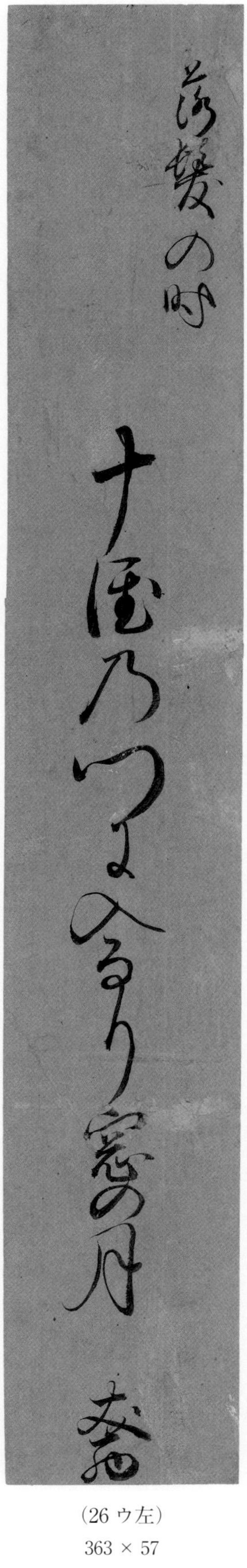

落髪の時　十徳の門に入なり窓の月　友西

（26 ウ左）
363 × 57

779　如見

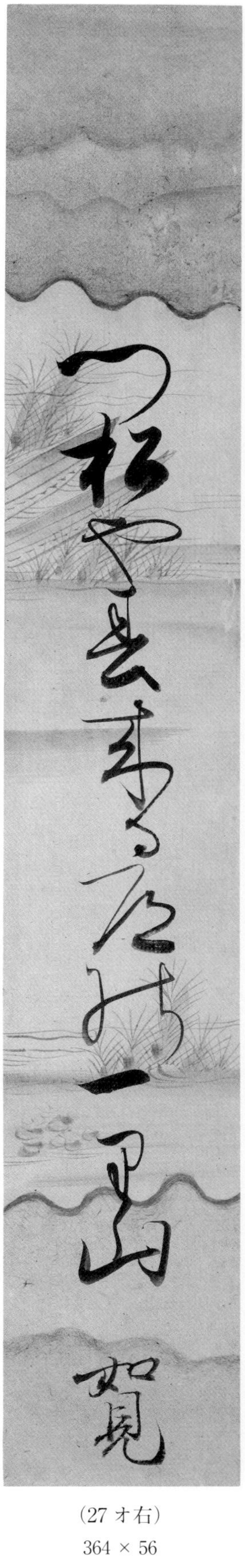

門松や春来る道の一里山　如見

（27 オ右）
364 × 56

780　一風

河狩や身にも及はぬ鯉押さへ　一風

（27 オ左）
363 × 57

781　貞徳

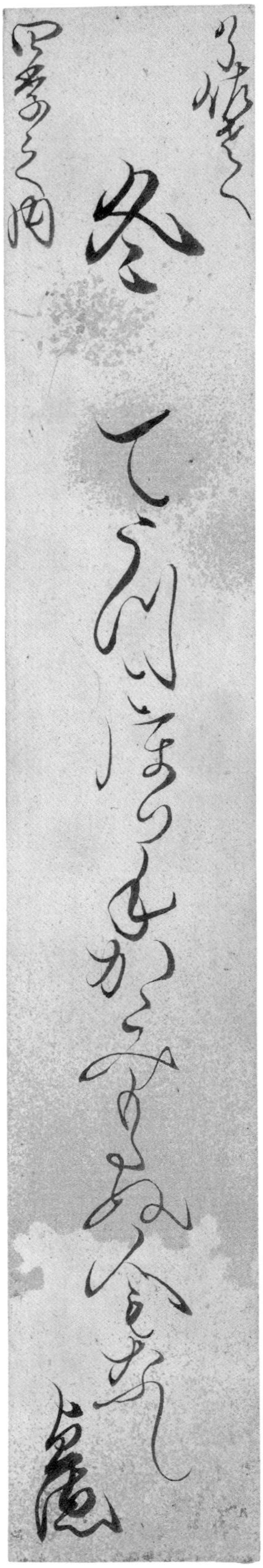

了佐老へ四季之内　冬　てうつこほり手か丶みもたぬ人もなし　貞徳

（27ウ右）
356×57

782　貞徳

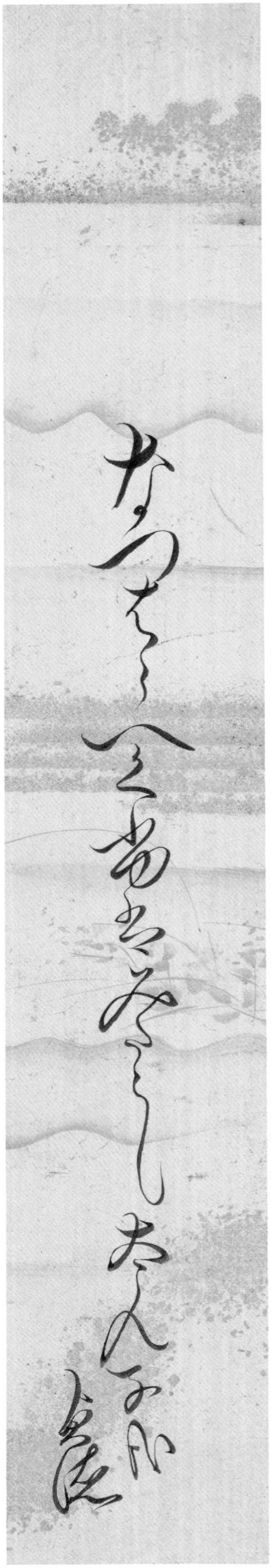

なつはらへくふはみたらしたん子哉　貞徳

（27ウ左）
364×59

783　徳元

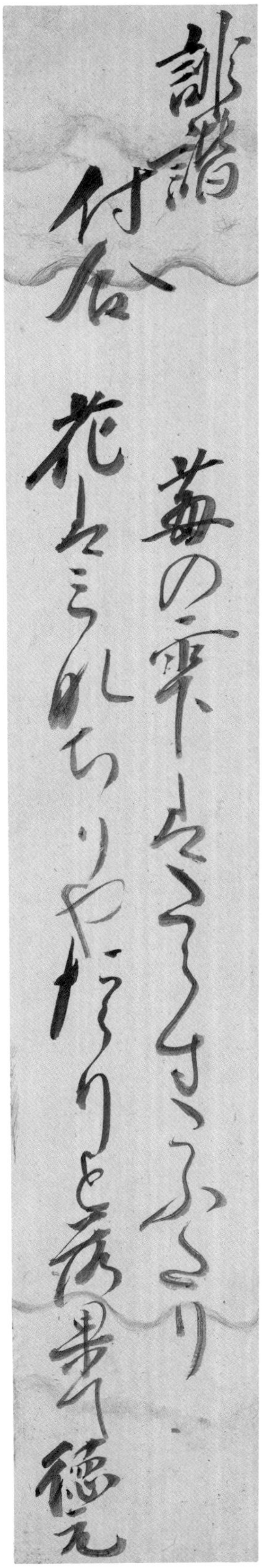

誹諧付合　苺の雫はたえすたふたり　花はみなちりやたらりと落果て　徳元

（28オ右）
362×58

784　正義

丑　歌よむ牛水文字涼しくふきそめたり　正義

（28オ左）
365×60

785　尚白

寅　筆冷し虎は座敷になかりけり　尚白

（28 ウ右）
365 × 60

786　許六

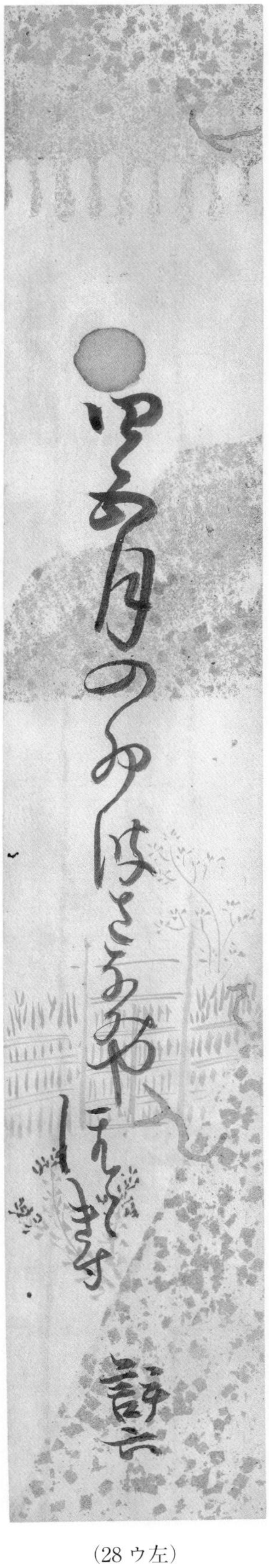

四五月の卯波さなみやほとゝきす　許六

（28 ウ左）
359 × 60

787　抄長

辰　落瀧津余寒吐出す龍頭　抄長

（29 オ右）
366 × 60

788　是保

申　木のほりや岸花紅に尻を照し　是保

（29 オ左）
365 × 59

789　良武

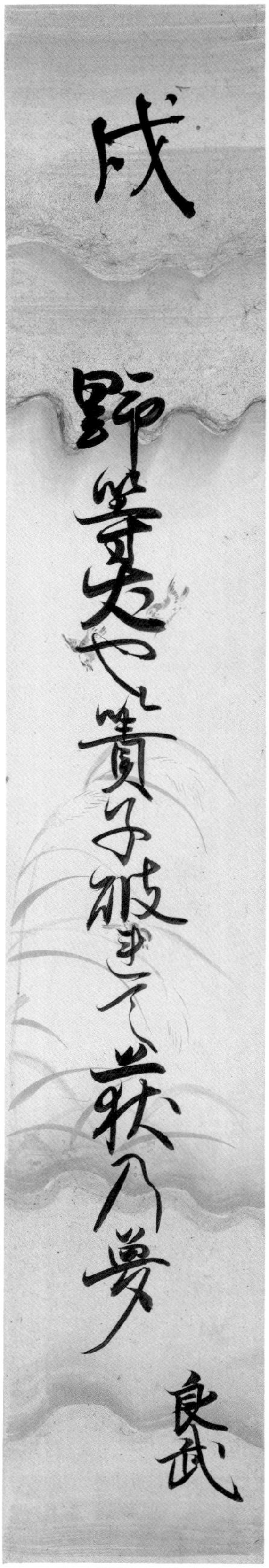

戌　野等犬や簀子破れて荻の夢　良武

（29 ウ右）
366 × 59

790　紀英

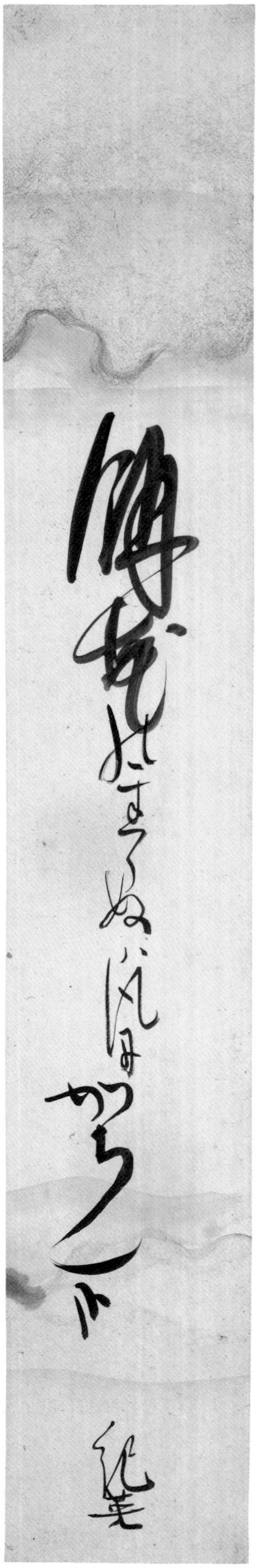

餅花のちらぬは風にかち也哉　紀英

（29 ウ左）
363 × 58

791　立圃

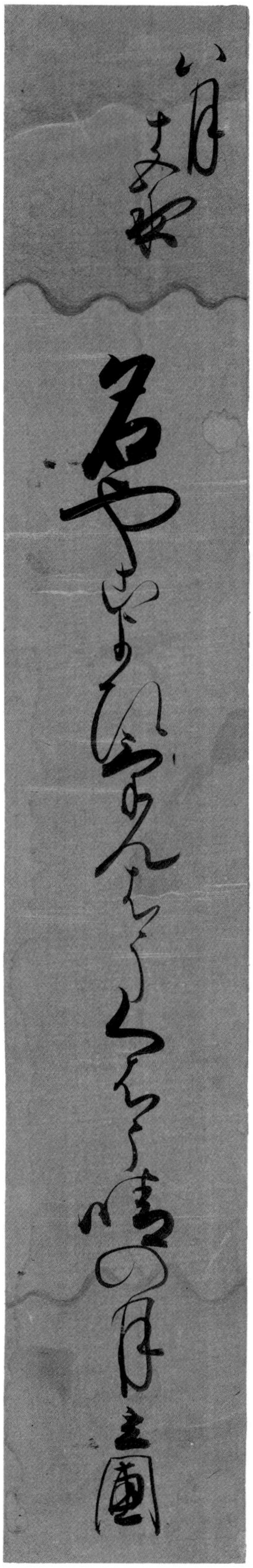

八月十五夜　名やこよひけんはうくはう晴の月　立圃

（30 オ右）
360 × 55

792　沾徳

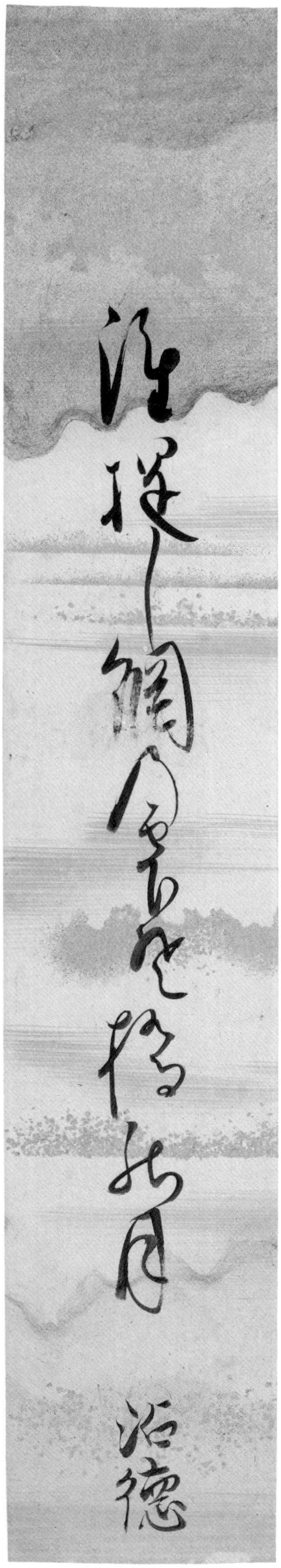

誰提し網の雫そ橋の月　沾徳

（30 オ左）
365 × 63

793　江翁

いな我はうつふく時そ猶花見　江翁

（30 ウ右）
362 × 57

794　重頼

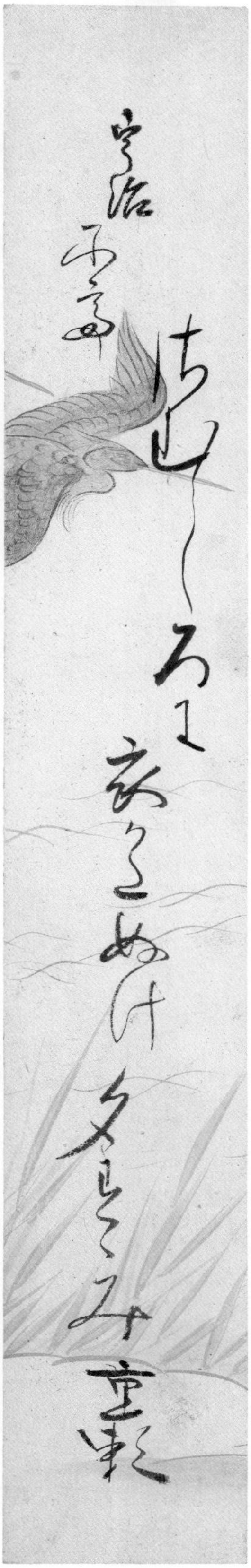

宇治にて　さむしろに衣かたぬけ夕すゝみ　重頼

（30 ウ左）
360 × 55

795　維舟

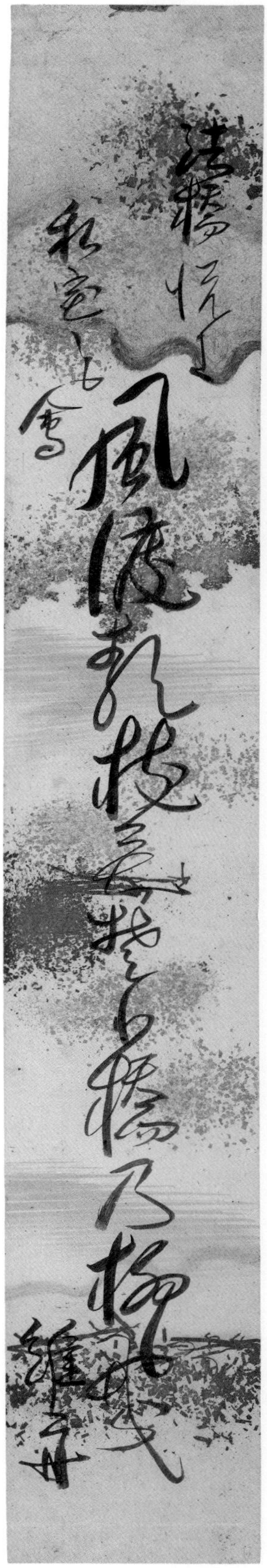

法橋祝に私宅にて会　風渡る枝もそり橋の柳哉　維舟

（31 オ右）
360 × 57

796　親重

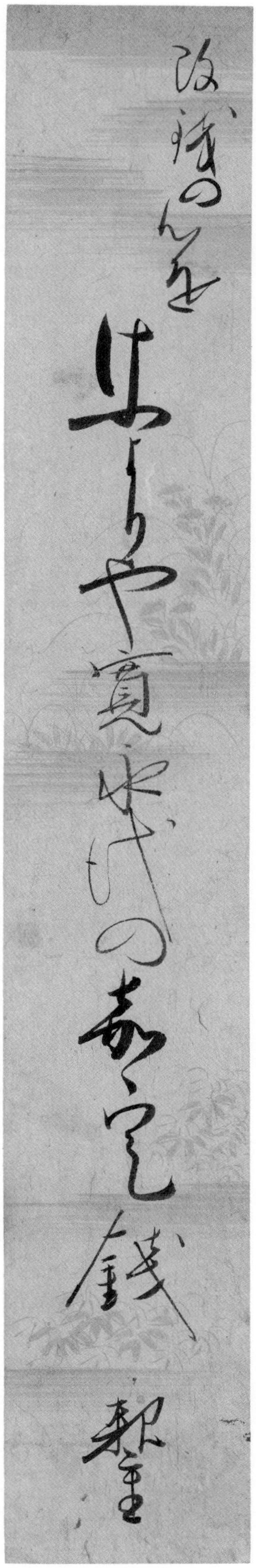

改銭の心を　けふよりや寛永代の嘉定銭　親重

（31 オ左）
363 × 56

797　春可

（31ウ右）
365×54

のへられぬかほのしはすや年の暮　春可

798　正直

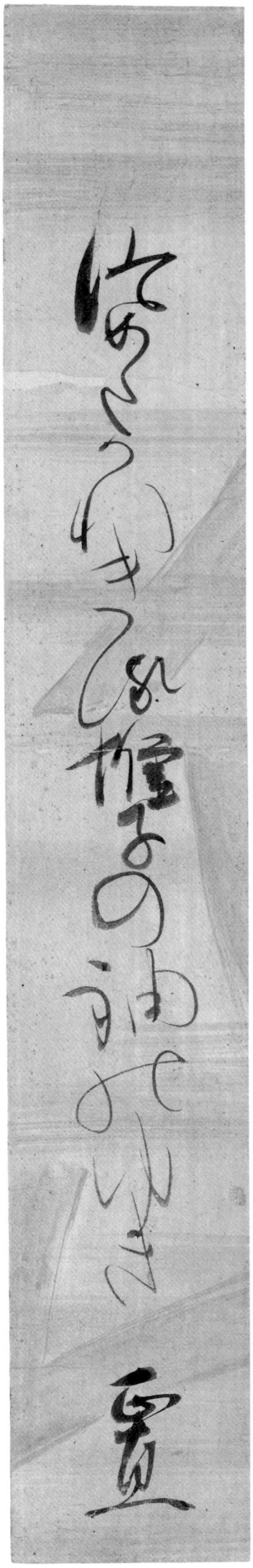

（31ウ左）
364×55

つめたかれきる帷子の袖のゆき　正直

799　正章

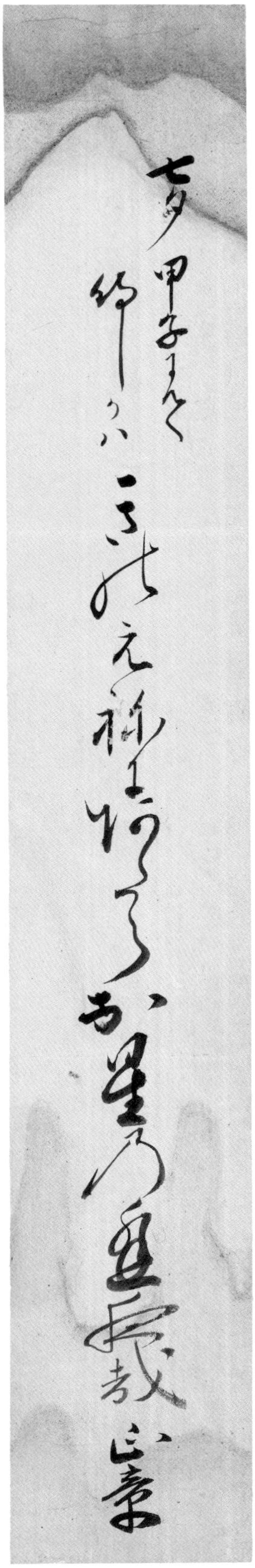

（32オ右）
362×55

七夕甲子にて侍しかは　きのえねにあたらお星の逢夜哉　正章

800　貞室

（32オ左）
360×56

氷室　老の歯はけふもとけしなや氷餅　貞室

801　良徳

嵯峨へまうて、当座　釈迦の鐺さひてかけふの御身拭　良徳

（32 ウ右）
362 × 59

802　令徳

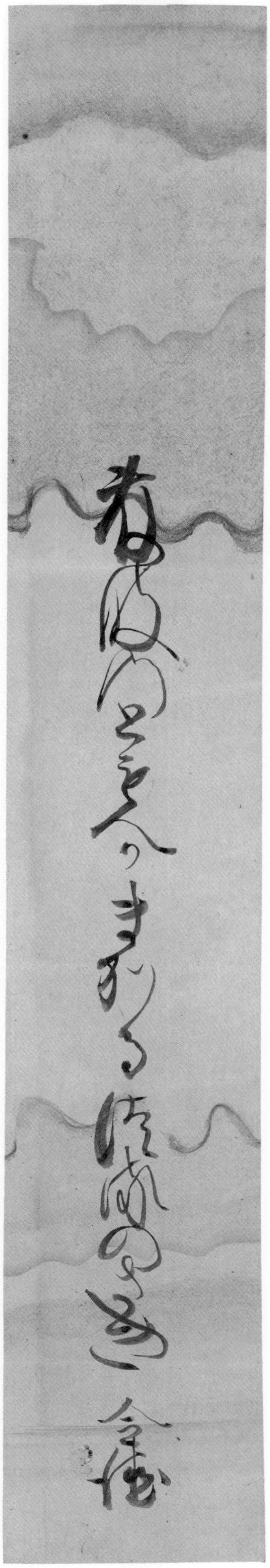

藤波のともへかまかるつるのさき　令徳

（32 ウ左）
357 × 58

803　重時

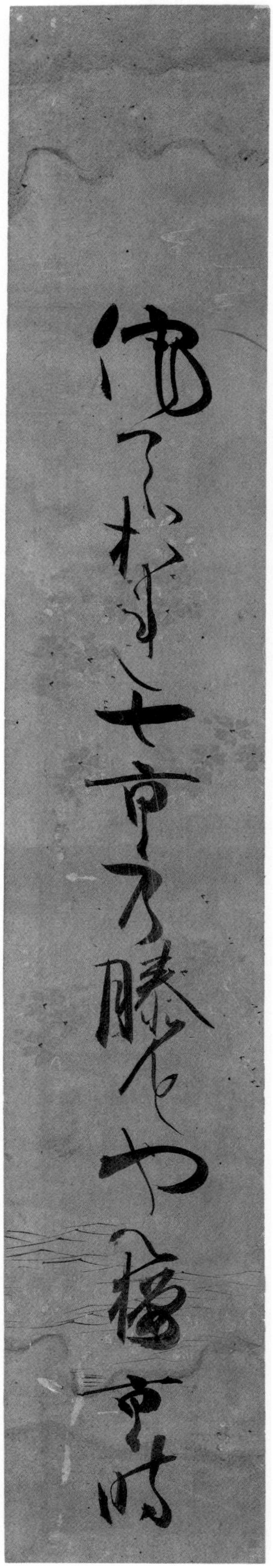

侘ておれ七重の膝をやへ桜　重時

（33 オ右）
361 × 60

804　西武

七夕　るすまもれ牽牛のあふ間　西武

（33 オ左）
363 × 57

参考図版

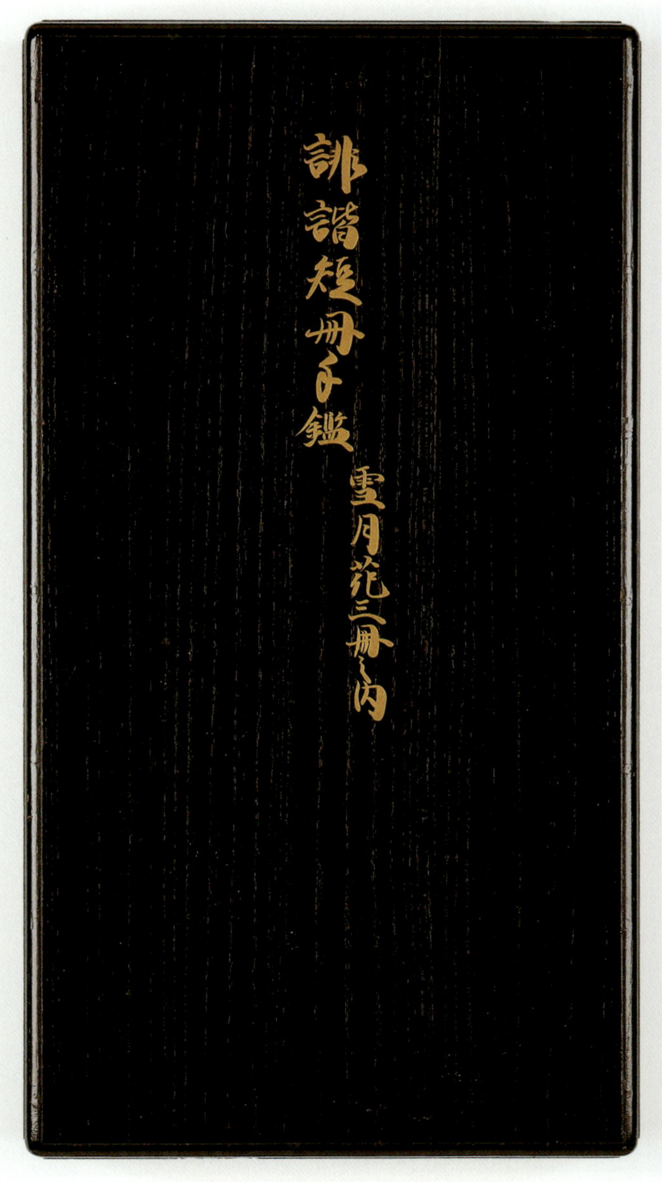

雪　内箱の蓋（上書）

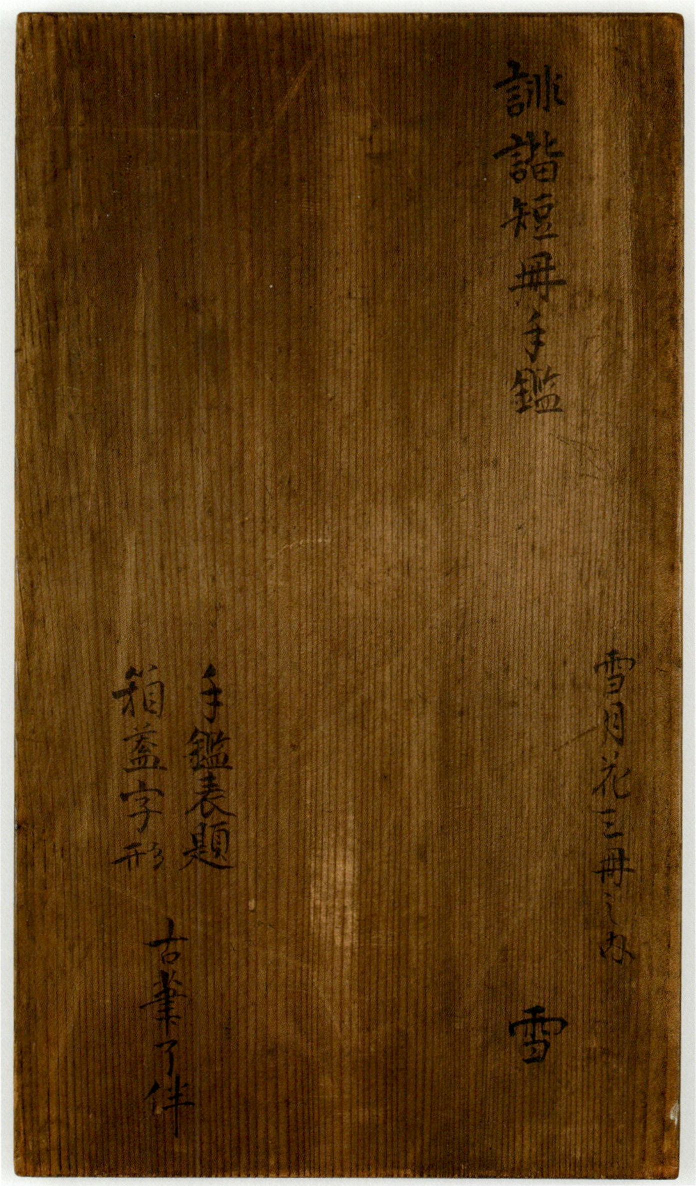

雪　外箱の蓋（上書）

雪　外箱の姿

雪　外箱の蓋と箱本体の重なりめ手前側

月　内箱の蓋（上書）

月　外箱の蓋（上書）

月　外箱の姿

月　外箱の蓋と箱本体の重なりめ手前側

花　内箱の蓋（上書）

花　外箱の蓋（上書）

花　外箱の姿

花　外箱の蓋と箱本体の重なりめ手前側

雪　表紙

月　表紙

花　表紙

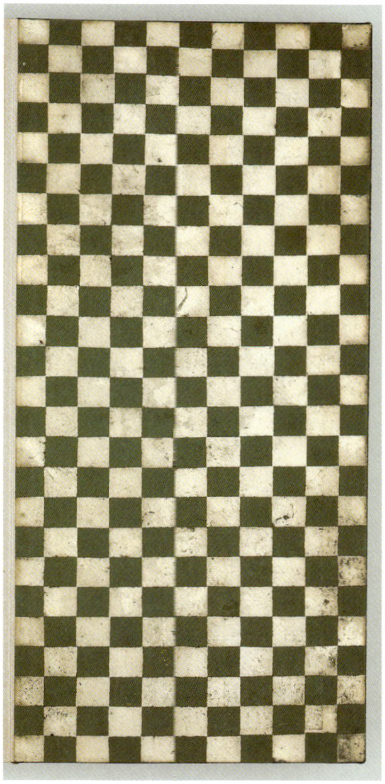

花　後表紙見返し

花　前表紙見返し

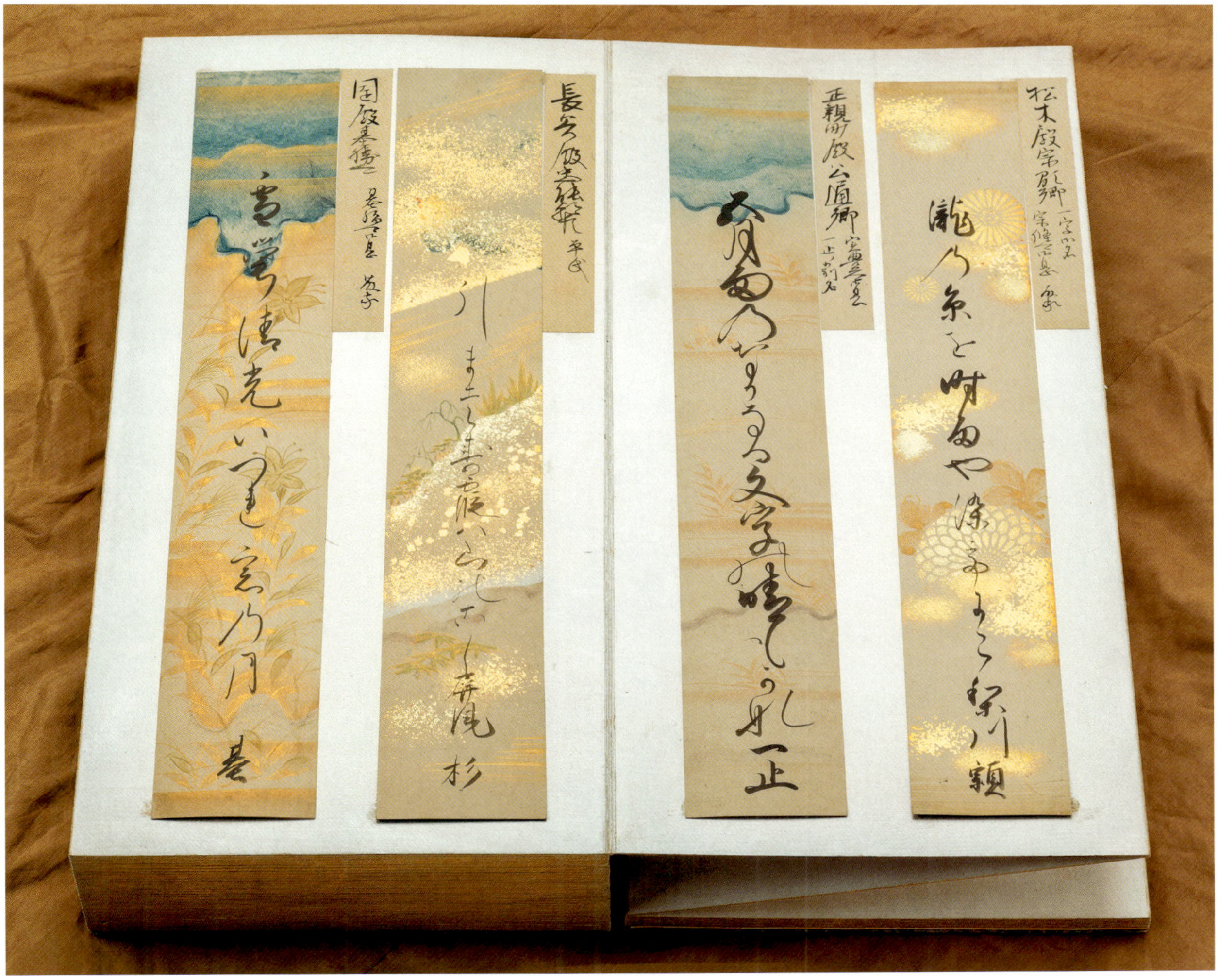

帖を開いた姿　雪（5ウ・6オ）

短冊のデザイン

① 30 表

② 30 裏

③ 118 表

④ 115 表

⑤ 115 裏

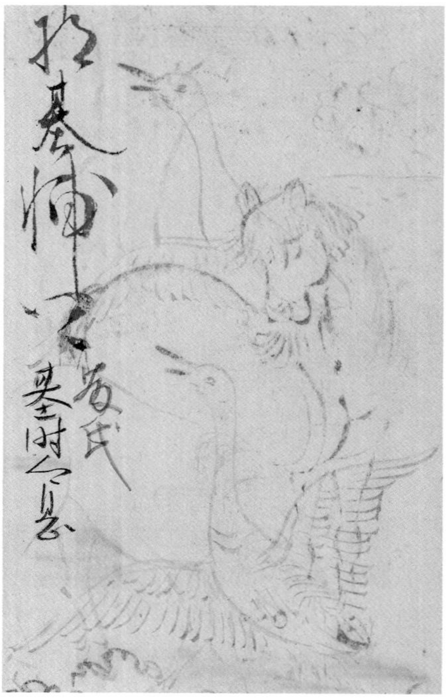
⑥ 30 裏　部分拡大（原寸）

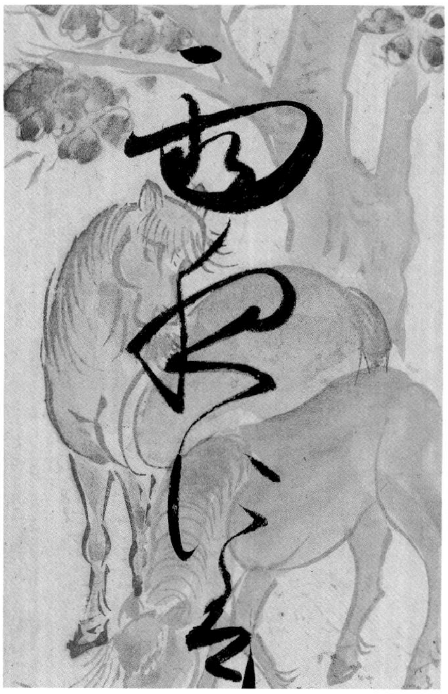
⑦ 118 表　部分拡大（原寸）

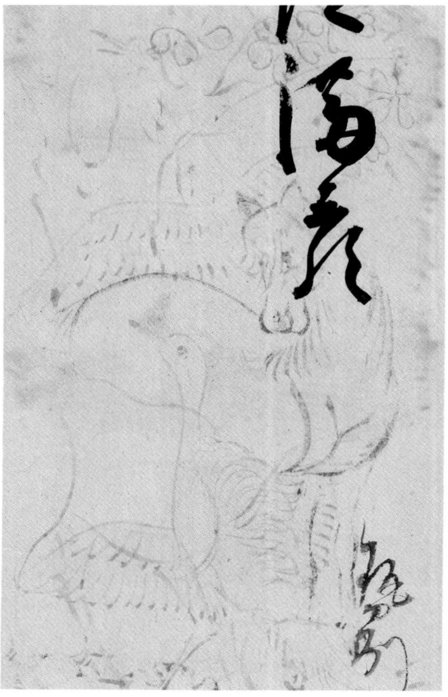
⑧ 115 裏　部分拡大（原寸）

家蔵元順短冊

⑦　⑥　⑤　④　③手鑑 416　②　①手鑑 438

【短冊のデザインについて】

本手鑑の裏書を読んでいるうちに、奇妙な図柄があることに気がついたので、参考までに図版を添えて報告しておきたい。

参考図版220頁図版②は短冊30の裏面で、ほぼ全面に図柄らしきものが認められる。そのうち、下よりの左側の黒い影は、同短冊の表図版①から明らかなように、表面の二羽の鷺が裏写りしたものである。問題は中央上部のそれで、この部分を拡大して原寸で示してみると図⑥のようになり、馬を挿んで、羽搏こうとする二羽の水鳥が写っている。因みに、馬は銀で水鳥は金。この部分が表面の裏写りではないことは図①から明らか。ルーペで見ると、切り抜きの型紙で図柄の輪郭線を摺り出したかのように見える。馬と水鳥が重なっているので、両者は別の図柄のはず。馬の図柄は短冊118にデザインされた二頭のうち銀彩色のそれに似ている。但し、左右が逆になっている。水鳥の図柄は本手鑑収録短冊の中には無い。そして、短冊30裏と同様の馬・水鳥の図柄が、図⑤⑧に示した短冊115の裏面にもある。⑥と比較してみると、こちらは水鳥の位置が少しずれる。これも裏写りでないことは、図④からお分かりいただけるかと思う。⑥と⑧の馬・水鳥、それに⑦の馬の輪郭線、いまひとつ確信は持てないのだが、それぞれ同じ型紙によるもののように見える。⑥⑧の二つの図柄は該当箇所へ意図的に「摺り出した」のではなく、たまたま「写ってしまった」ものであることは言えそうであるが、それがどのような経緯で短冊30・115の裏面に残ったのかは、いまのところ分からない。が、今後、短冊デザインの仕様ということを考えて行く際の何かの手掛かりになるかもしれないと思い、取り敢えず報告しておく次第である。

了意による札の誤読例

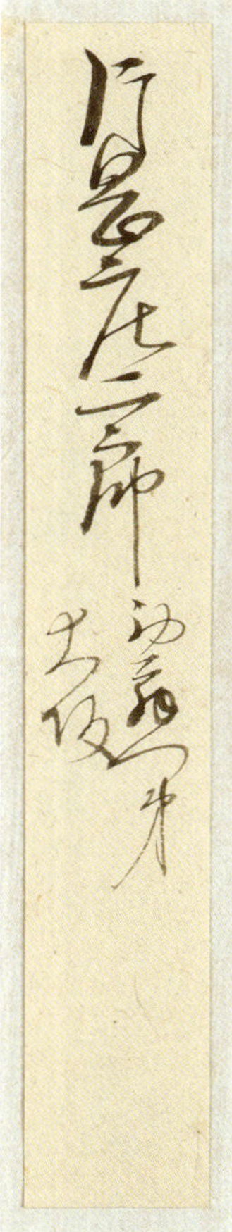

① 469旨恕　札　右下「西翁」→「初翁」と誤読

② 647雪柴　札　上部「油比」→「池村」と誤読

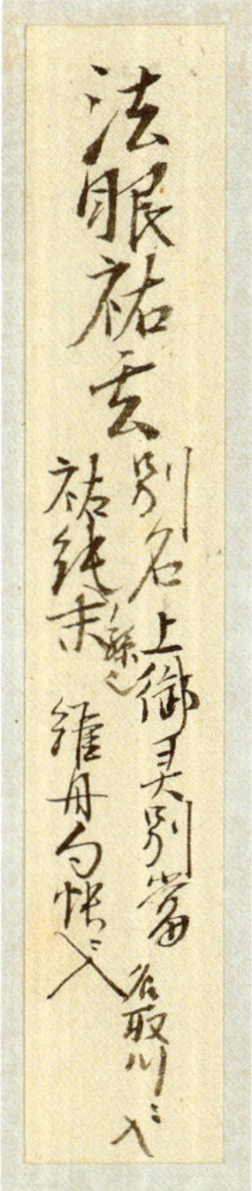

③ 340淵浅　札　左下「維舟」→「短冊」と誤読

④ 379湖春　札　左下「季吟一男」→「季吟百句」と誤読

了伴による札の補筆例

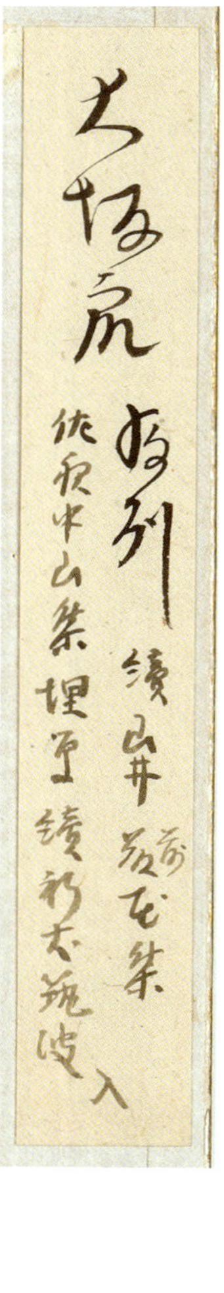

① 445重寛　札の補筆

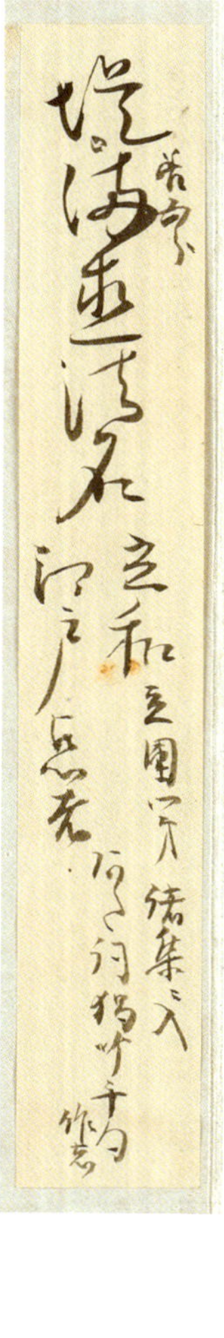

② 539立和　札の補筆

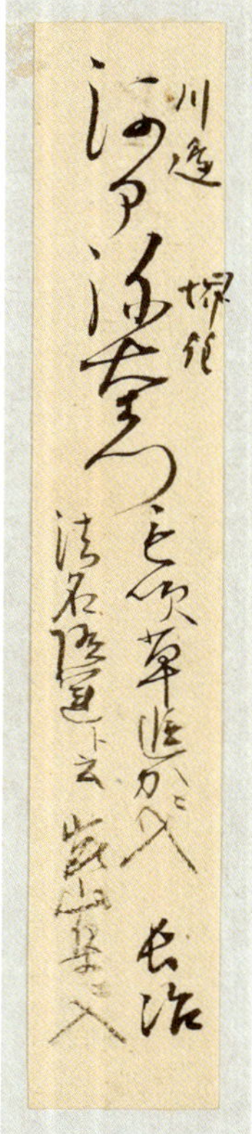

③ 226長治　札の補筆　右端「堺」が札からはみだす

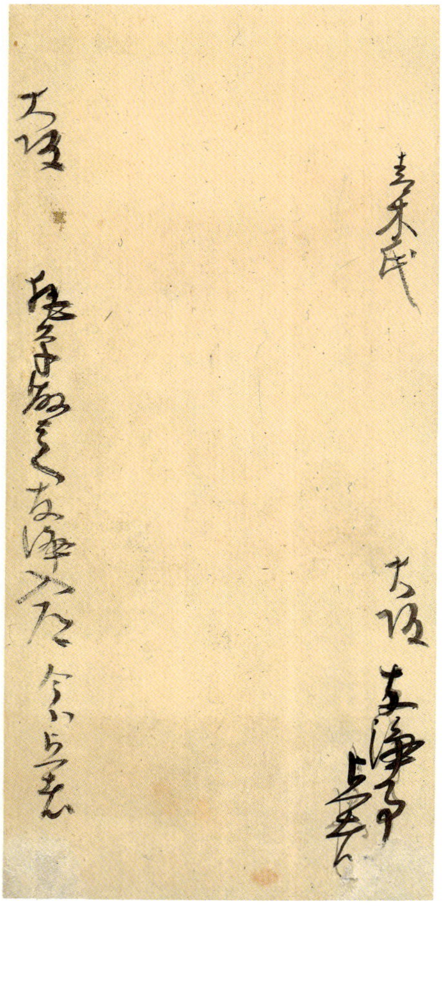

友雪短冊468　裏書

裏書・札

【裏書・札図版　凡例】

一、以下は、短冊の裏書および札の図版と翻刻である。上段に裏書を、下段に札を掲げた。
一、裏書図版の縮小率は概ね原寸の61～63％である。ただし、読みやすさを考慮し、それよりも大きめにした図版もある。
一、札の図版は約59％の縮小率で全体を示した。
一、裏書は短冊裏面から該当箇所のみをトリミングして図版化した。その際、裏書のある位置を示すため、四周の端の一部を残すように心がけた。228頁の19を例に採れば、右の図版「松木頭中将宗顕朝臣」は短冊裏面右上に、中央「松木頭中将殿藤原宗顕朝臣」は短冊裏面右下に、左の「宗條卿御息」は短冊裏面左下にあることを示したつもりである。
一、翻刻に際しては、旧字体・略字を現行の字体に改めることを基本としたが、一部は原典のままとしたものもある。
一、札・裏書には編集子の筆跡でないものが何種類かある。別筆と思われるものは網掛けとして区別したが、完璧に見分けることは困難である。一応の目安としてご覧いただき、不審箇所については図版により判断されたい。
一、裏打ちの下に見える記述も読める範囲で（裏打下）として示した。
一、短冊裏の「下絵吉岡伊兵衛寿静筆」という下絵師本人によると思われる書入れは、楷書体として区別した。
一、札には了伴による補筆と見られる箇所が多く認められるが、編集子の筆跡と区別するため**ゴシック体**で示した。
一、難読箇所は□で示した。
一、墨消し部分は右脇に傍注で（墨消し）と入れた。
一、留め書きがある場合はその部分に傍線を付し、下の文字が判読可能なものについては（下「　」）として示した。
一、短冊図版編と同様、読みは完璧ではない。誤りは図版に拠って訂正されたい。

1　杉

（極札）「近衛殿　信尹公／さはらぬや　（印）」

2　梧

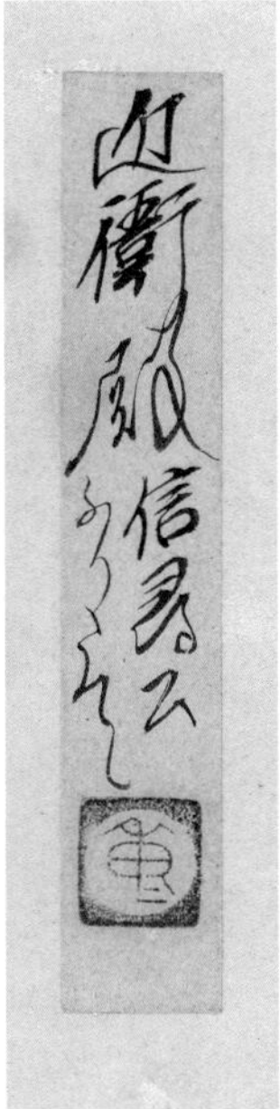

（極札）「近衛殿　信尋公／ふりたてゝ　（印）」

3　東

二條殿前関白光平公　康道公御息　藤氏長者

（裏打下）「二條殿光平公　康道公御息」

（裏打下）「前摂政関白」

4　我

久我左中将源通規朝臣　広通公御息　（印）

5　花

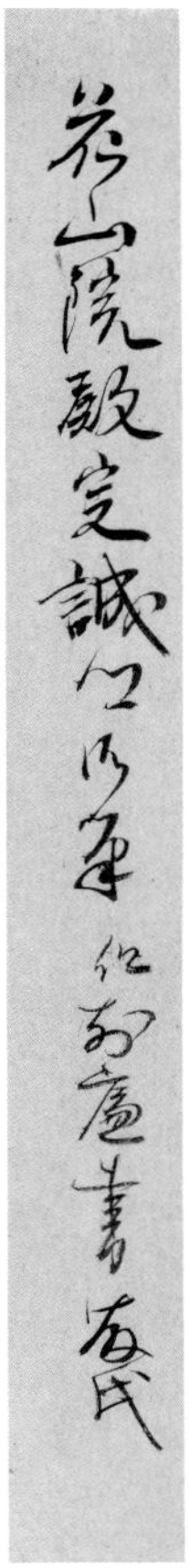

花山院殿定誠卿御筆　但前廉書　藤氏

6　倠

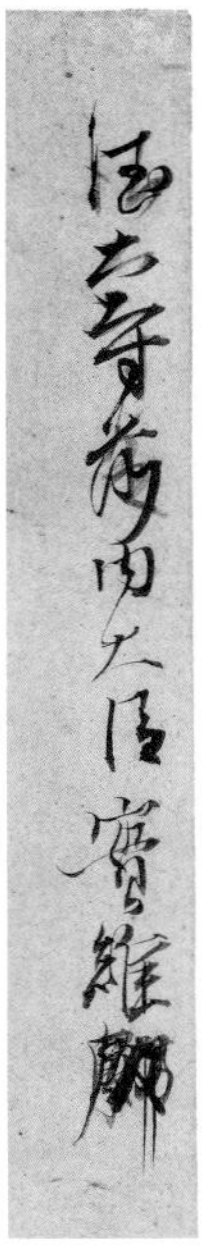

徳大寺前内大臣実維卿

近衛殿信尹公　御別名三木　五摂家　前摂関

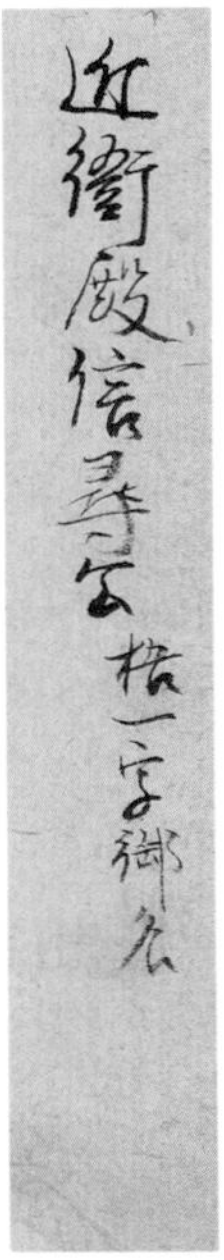

近衛殿信尋公　梧一字御名

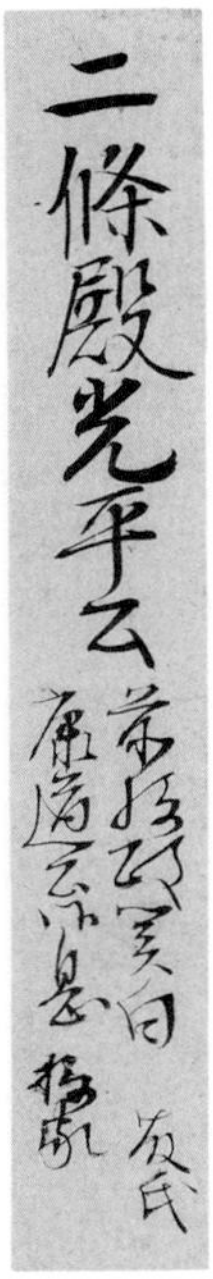

二條殿光平公　前摂政関白　藤氏　康道公御息　摂家

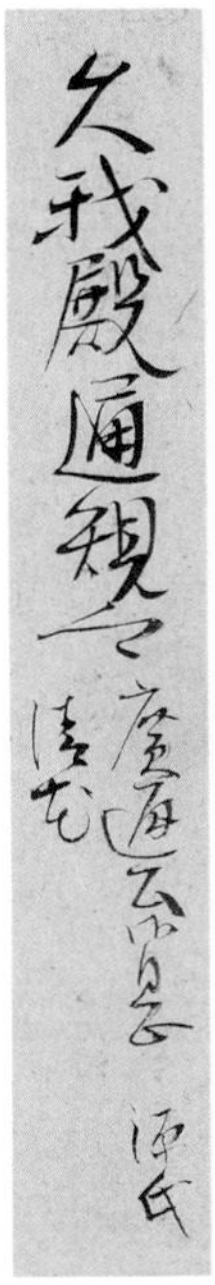

久我殿通規卿　広通公御息　源氏　清花

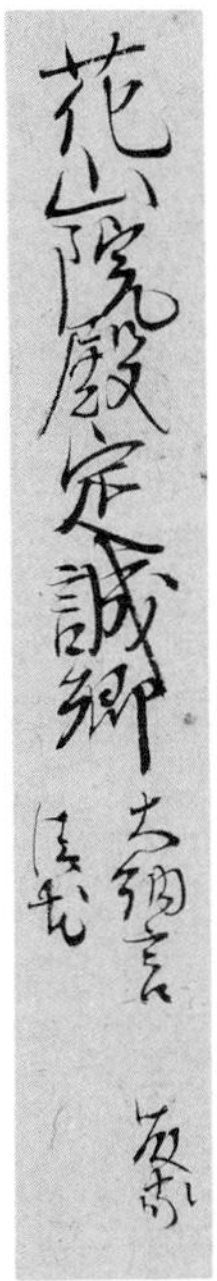

花山院殿定誠卿　大納言　藤家　清花

徳大寺殿実維公　前内大臣　藤氏　清花　公信公御息

7　人

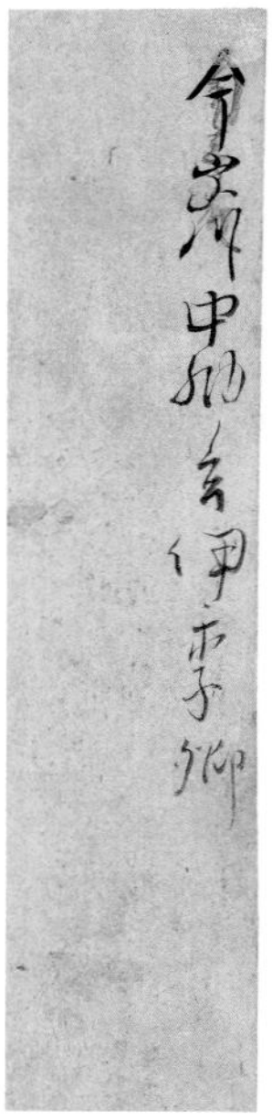

今出川中納言伊季卿

今出川殿伊季卿　中納言　菊亭殿トモ　公規卿御息　清花

8　檀誉

南家高倉殿　今ハ号レ薮ト　嗣良卿御法名崇音　又ハ檀誉トモ　今ノ嗣孝卿御父　藤原姓

薮殿嗣良卿　御法名　崇音トモ　藤家　南家高倉殿トモ

9　数

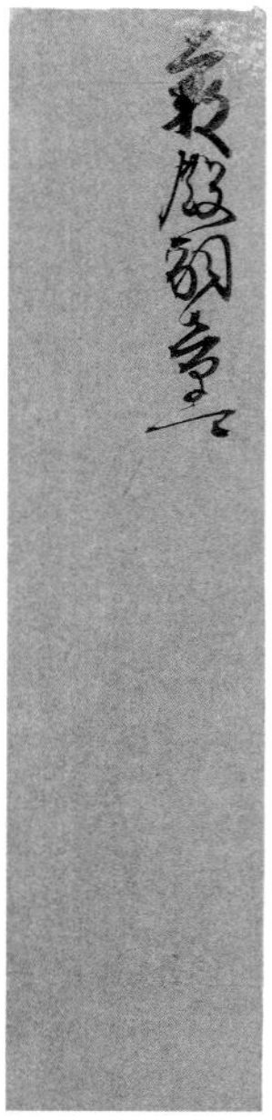

薮殿嗣章卿

薮殿嗣章朝臣　嗣孝卿御息　南家高倉殿トモ

10　熙

（裏書なし）

烏丸殿　藤氏　光広卿　日野家　判有之

11　言

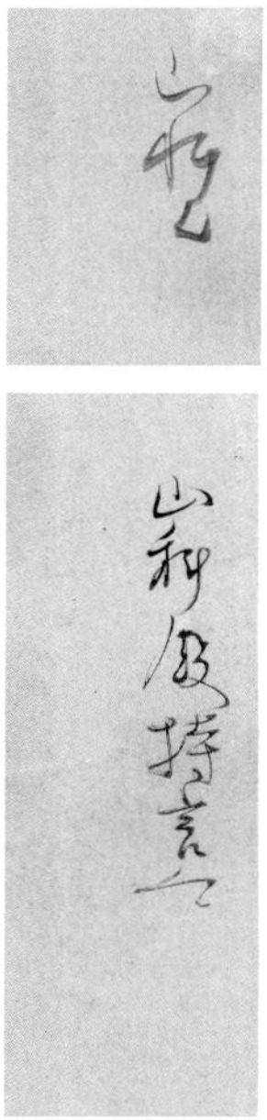

山科殿　山科殿持言卿

山科殿持言朝臣　四条家　藤氏

12　竹

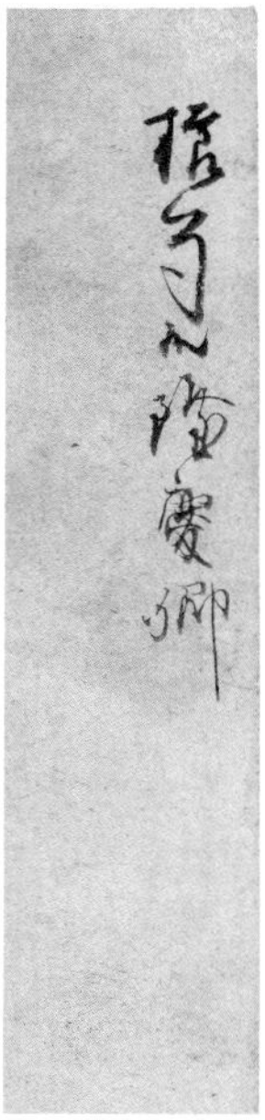

櫛笥殿隆慶卿

櫛笥殿隆慶卿　尚トモ竹トモ一字御名　藤氏　四条家

13　述

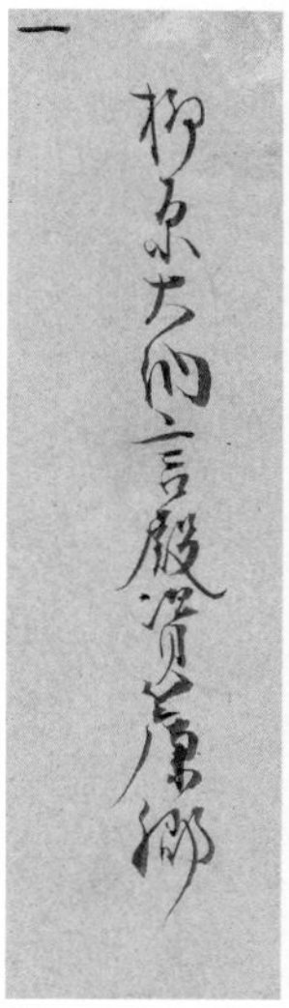

柳原大納言殿資簾（ママ）卿　（印）

柳原殿資廉卿　前大納言　藤氏

14　禾

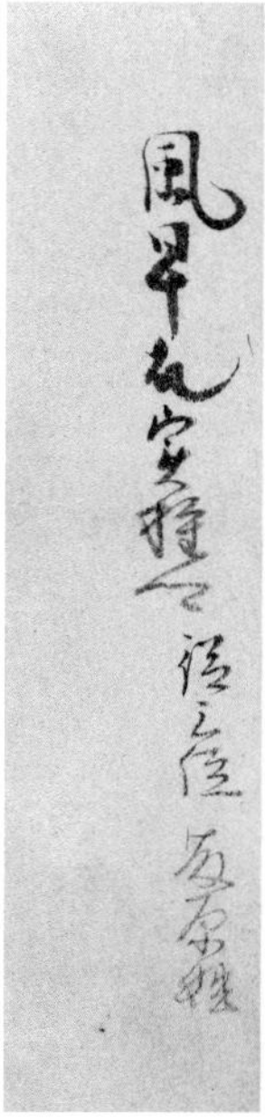

風早殿実種卿　従三位　藤原姓

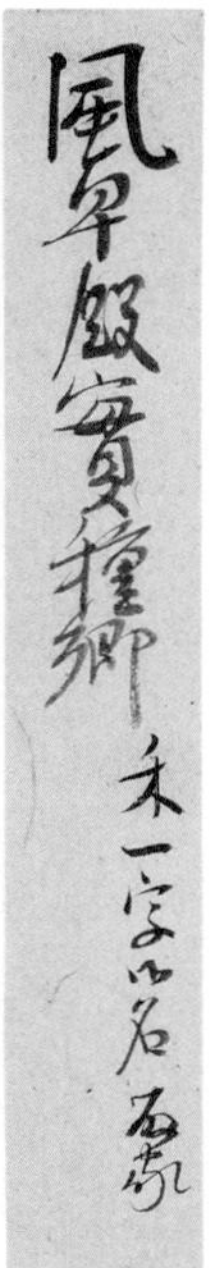

風早殿実種卿　禾一字御名　藤家

15　親

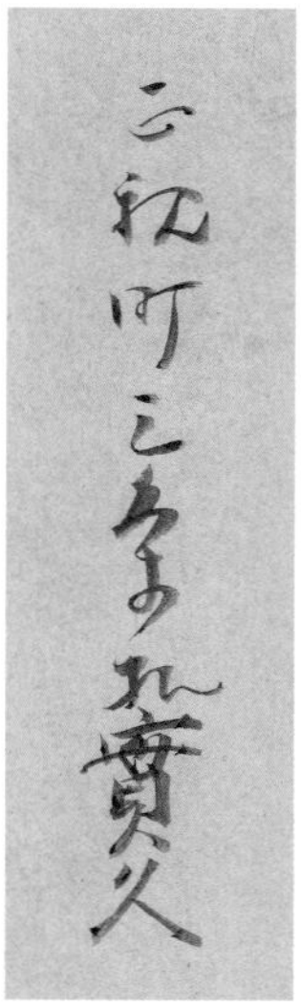

正親町三条様実久　（印）

正親町三條殿実久卿　藤氏

16　季輔

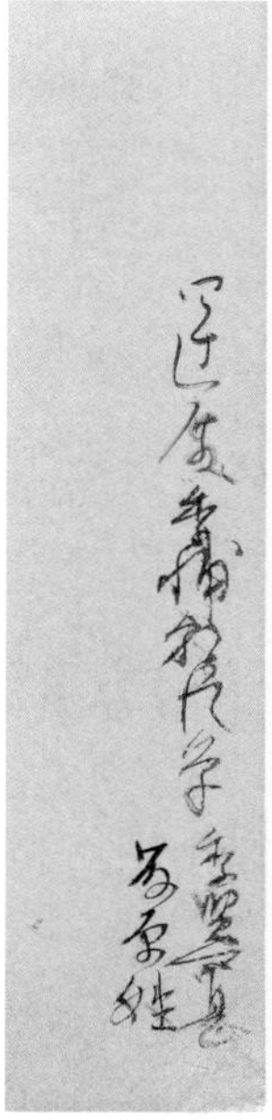

四辻殿季輔朝臣筆　季賢卿御息　藤原姓

四辻中将殿　藤氏　季輔

17　代

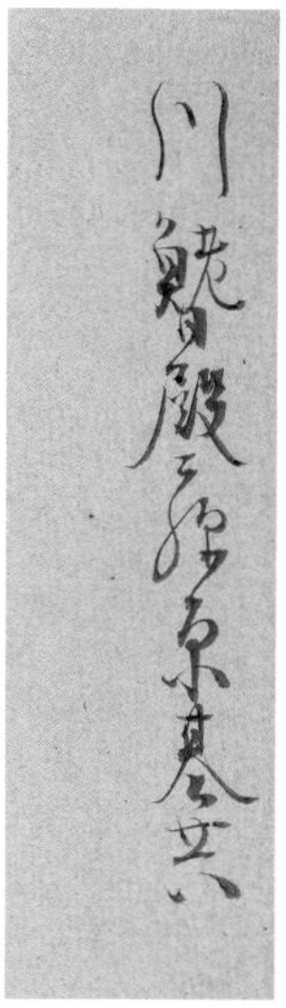

川鰭殿藤原基共　（印）

川鰭殿基共卿　藤氏　代

18　陰

武者小路蔵人実陰卿

武者小路殿実陰朝臣　三条西殿庶流　藤氏

19　嶺

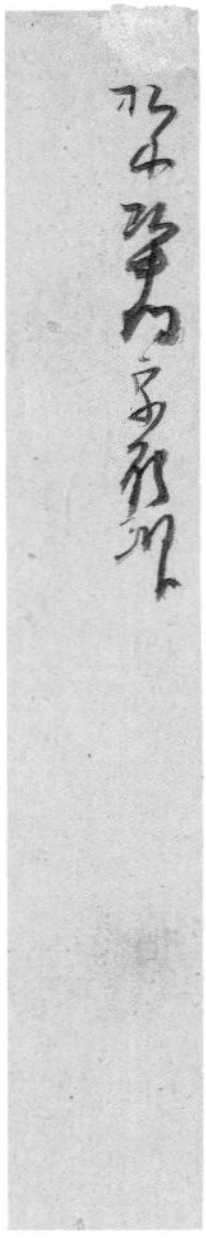

松木頭中将宗顕朝臣

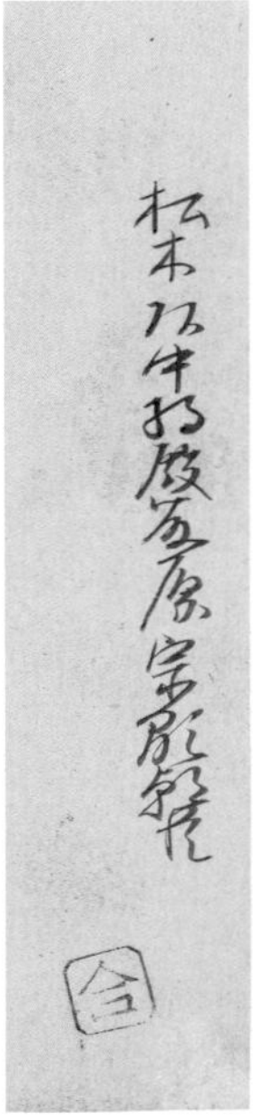

松木頭中将殿藤原宗顕朝臣　（印）

宗條卿御息

20　一止

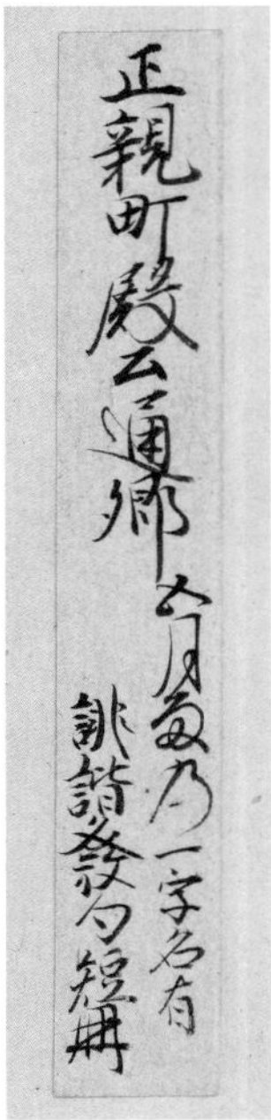

（貼札）「正親町殿公通卿　五月雨の　一字名有　誹諧発句短冊」

21　杉

長谷様忠能　（印）

22　基

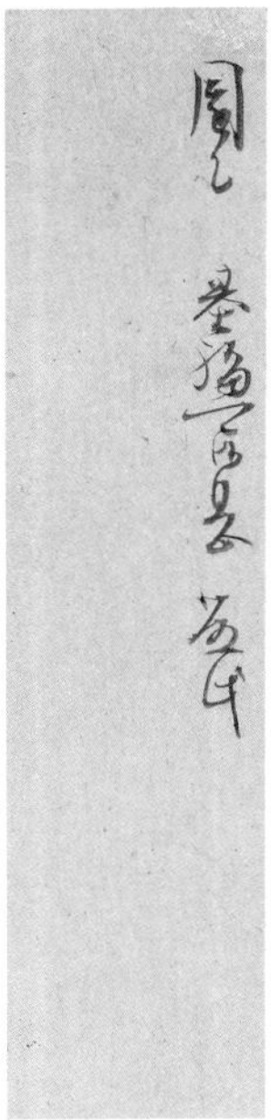

園殿　基福卿御息　藤氏

23　兼茂

広橋殿兼茂卿　藤原姓

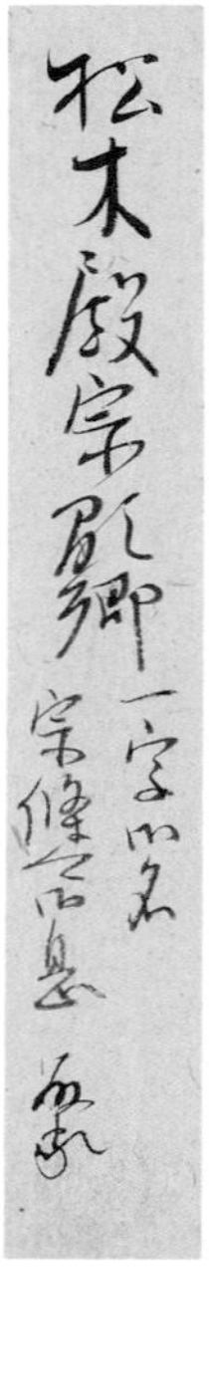

松木殿宗顕卿　一字御名　宗條卿御息　藤家

正親町殿公通卿　実豊卿御息　一止ノ御別名

長谷殿忠能朝臣　平氏

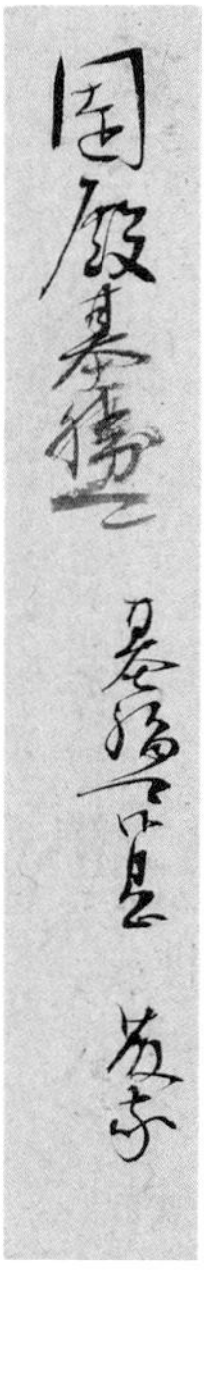

園殿基勝卿　基福卿御息　藤家

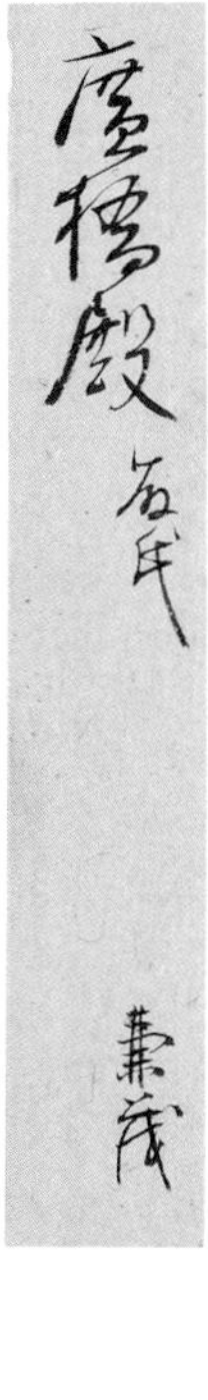

広橋殿　藤氏　兼茂

24　忠

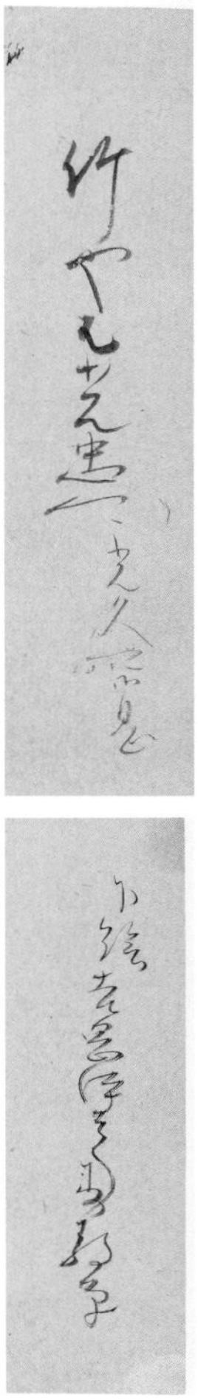

竹や殿光忠卿　光久卿御息　下絵吉岡伊兵へ寿静筆

25　山

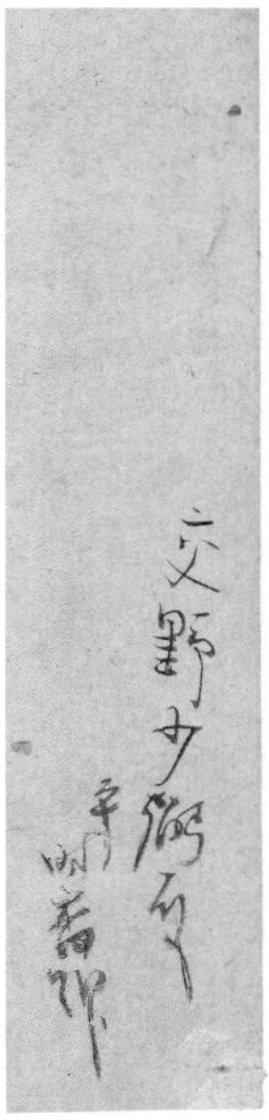

交野少弼殿　平ノ時香卿

26　政

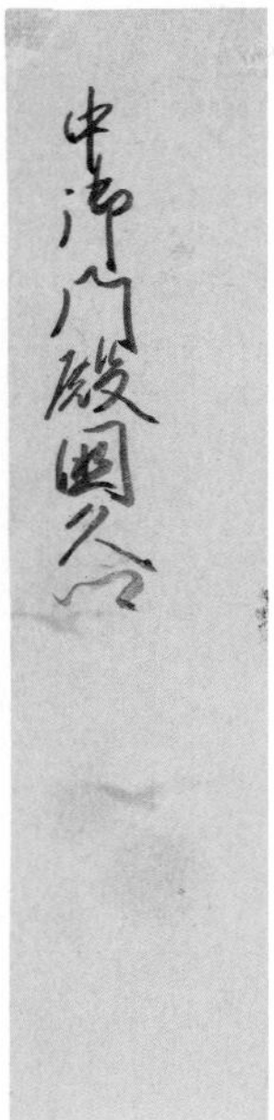

中御門殿国久卿

27　奥

田向殿資冬朝臣　田向殿資冬　（印）

28　央

（付箋）「梅浴（ママ）三従（ママ）英通朝臣」　梅渓殿英通朝臣　源氏

29　榎

清岡長時　（印）

竹屋殿光忠朝臣　忠ノ一字御名　藤氏　光久卿御息

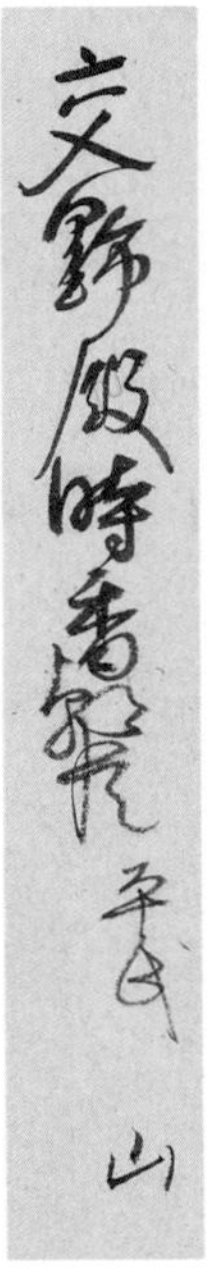

交野殿時香朝臣　平氏　山

岡崎殿　中御門殿庶流　藤氏　国久朝臣別名

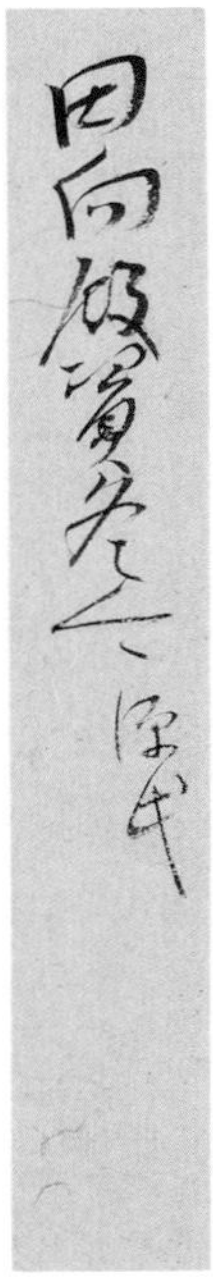

田向殿資冬卿　源氏

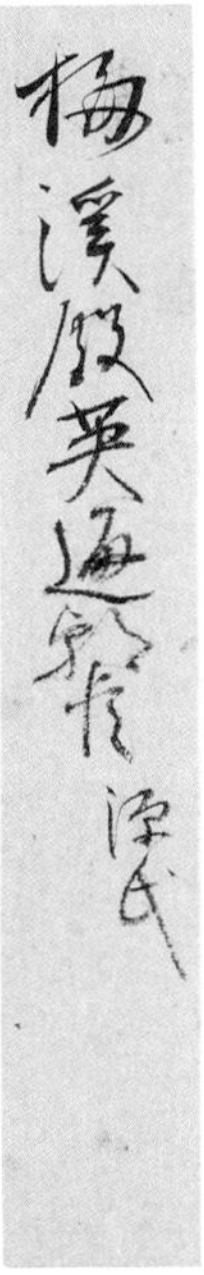

梅渓殿英通朝臣　源氏

清岡殿長時朝臣

30　有

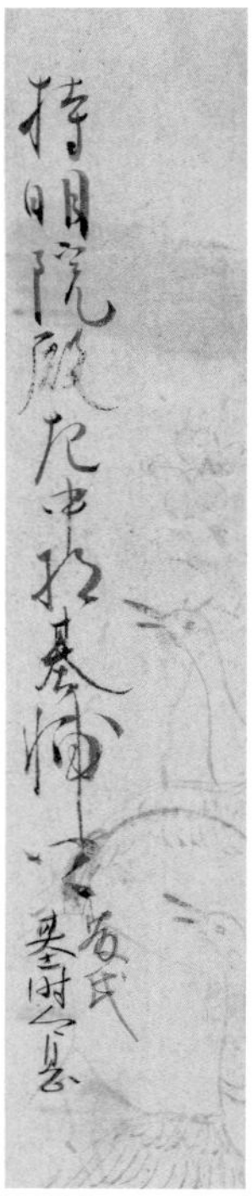

持明院殿左中将基輔卿　藤氏　基時卿息　持明院中将　（印）

持明院殿基輔卿　基時卿御息　藤氏

31　也

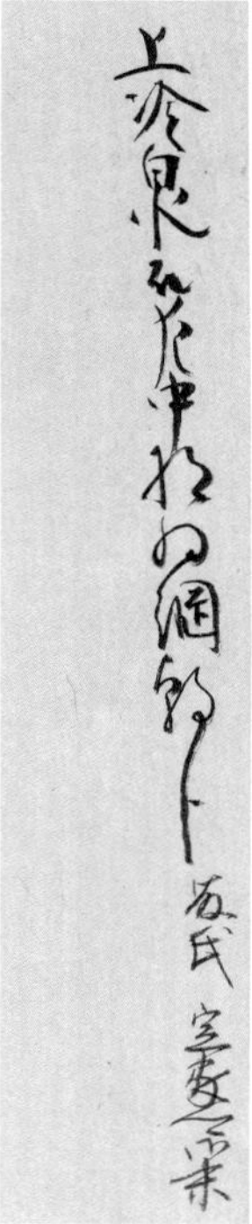
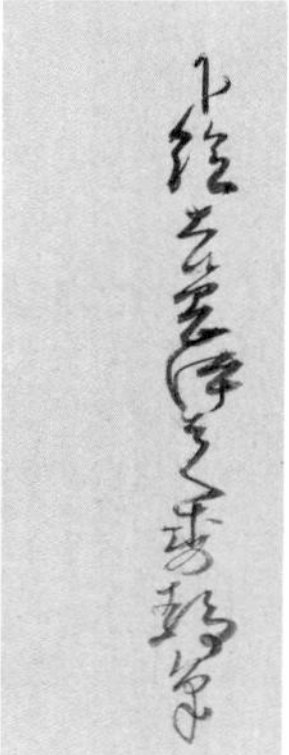
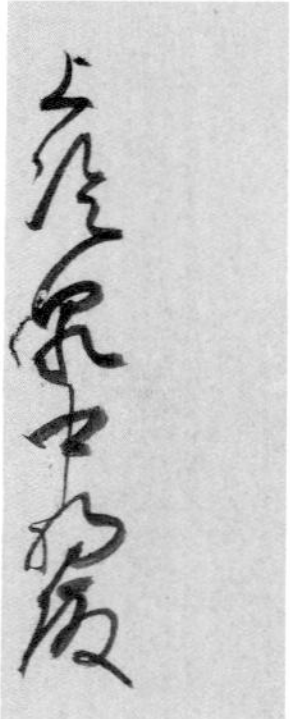

上冷泉殿左中将為綱朝臣　藤氏　定家卿御末　下絵吉岡伊兵へ寿静筆　上冷泉中将殿　（印）

上冷泉殿為綱朝臣　定家卿御末　藤氏

32　為之

下冷泉殿　（印）

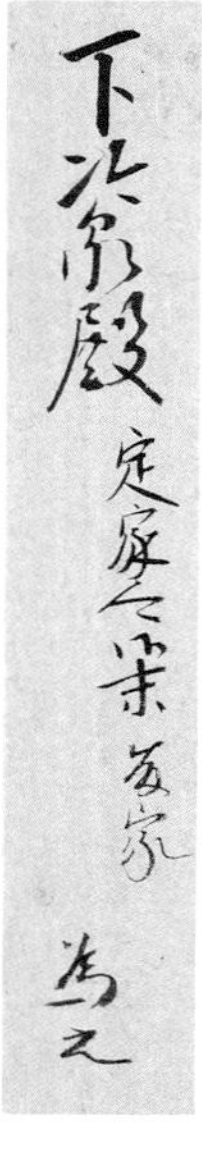

下冷泉殿　定家卿御末　藤家　為之

33　好

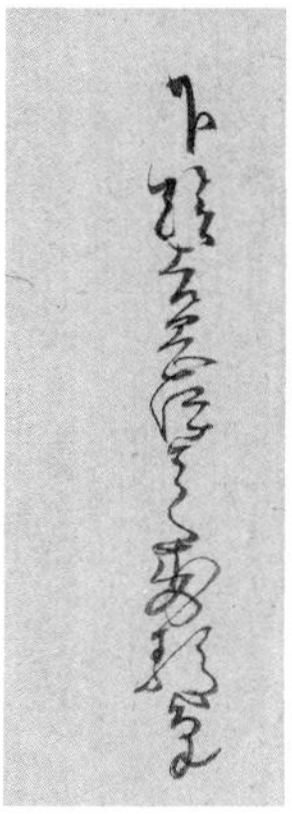

今城中納言定淳卿　定家卿御末　藤原氏　下絵吉岡伊兵へ寿静筆　（印）

今城殿定淳卿　一字御名乗　藤姓　定家卿末　中納言

34　尺水

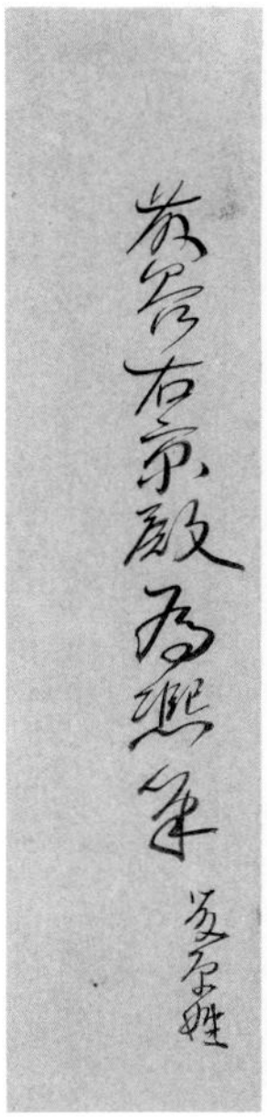

藤谷右京殿為熙筆　藤原姓

35　従

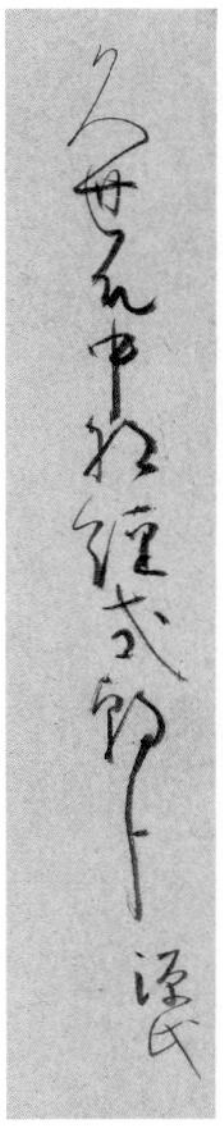

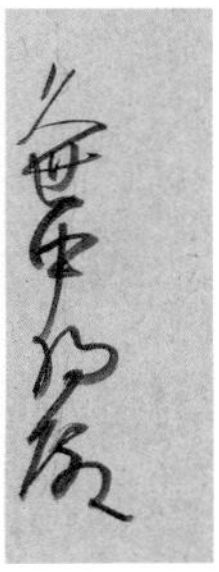

久世殿中将経式朝臣　源氏　久世中将殿　（印）

36　意

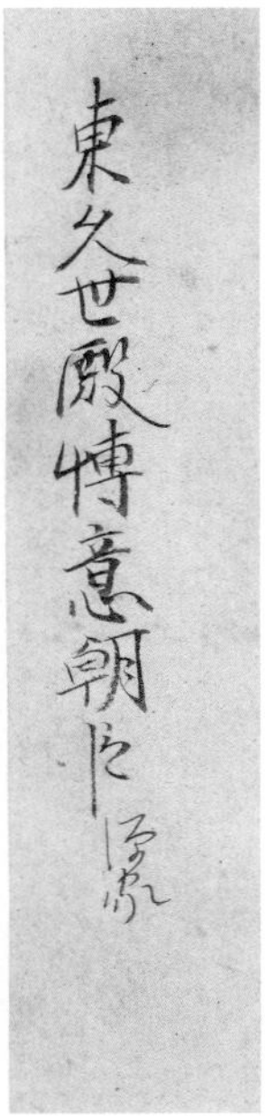

東久世殿博意朝臣　源家

37　保

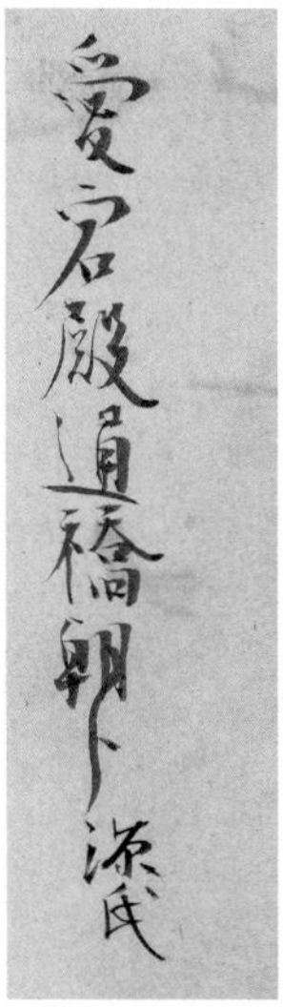

愛宕殿通禧朝臣　源氏　（印）

38　佳

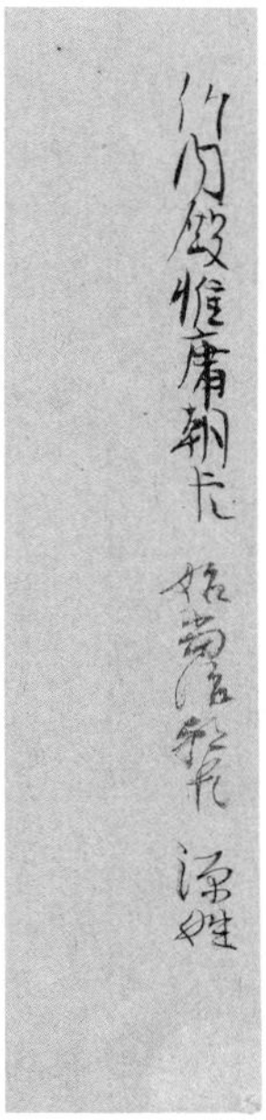

竹内殿惟庸朝臣　始当治朝臣　源姓

39　條

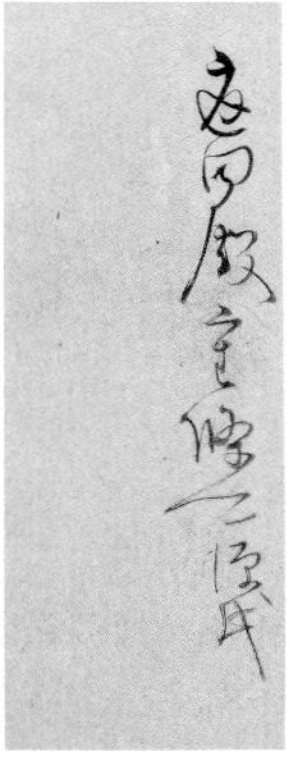

庭田殿　庭田殿重條卿　源氏

藤谷右京殿為熙　別名　為條卿御息　冷泉殿庶流　藤氏

久世殿経式朝臣　通音御息　源氏

東久世殿博意朝臣　源氏

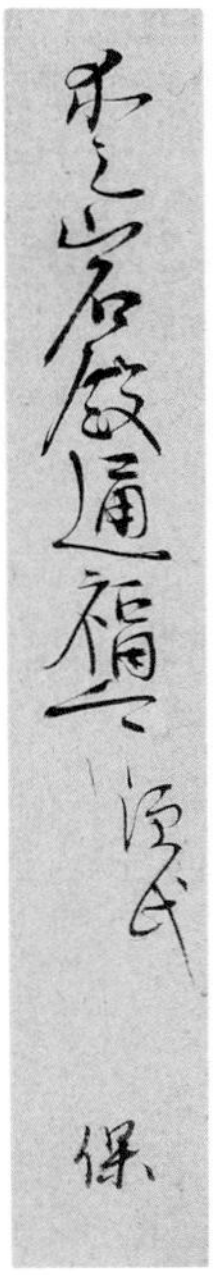

愛岩《ママ》殿通福卿　源氏　保

竹内殿惟庸朝臣　佳一字御名　久我殿庶流　源氏　始尚《ママ》治

庭田殿重條朝臣　源家

40　宣慶

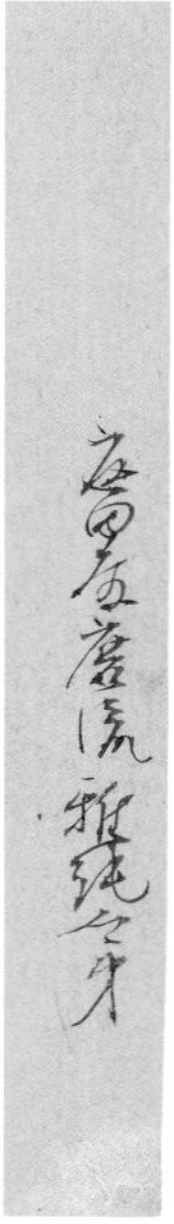
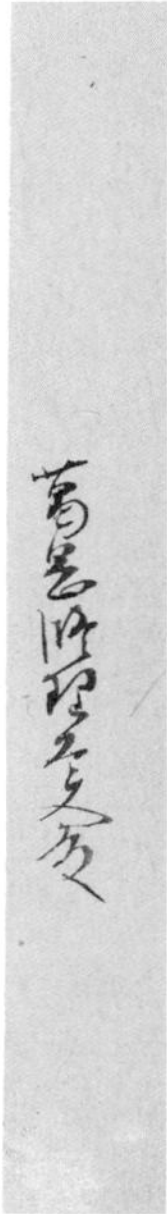

庭田殿庶流　雅純卿弟

葛岡修理太夫殿

41　花

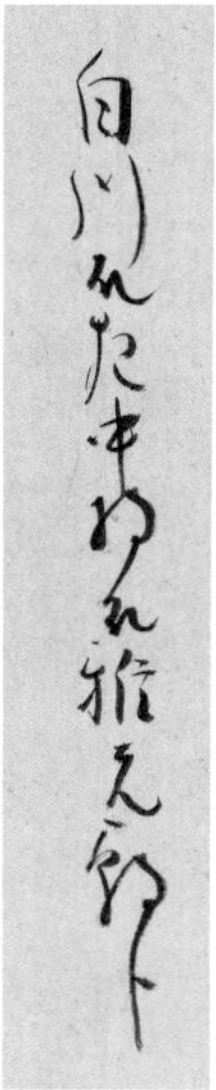
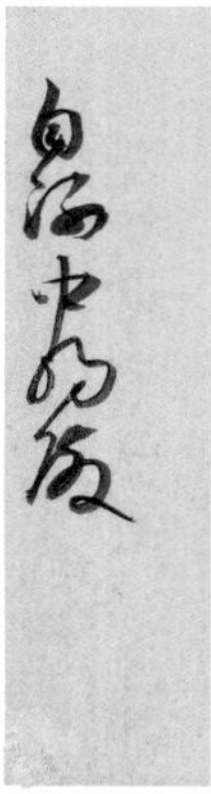

白川殿左中将殿雅元（ママ）朝臣　白河中将殿　（印）

42　誠

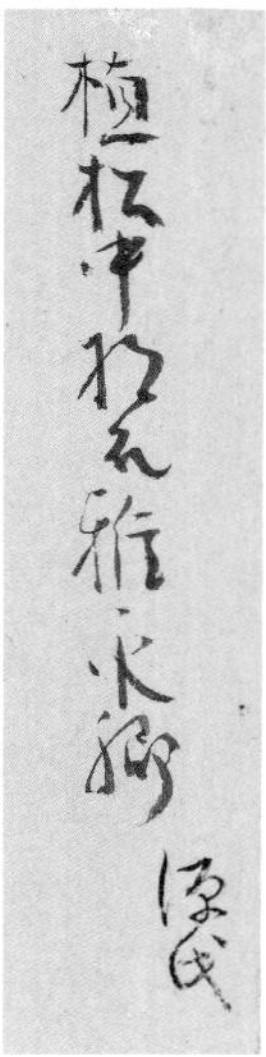
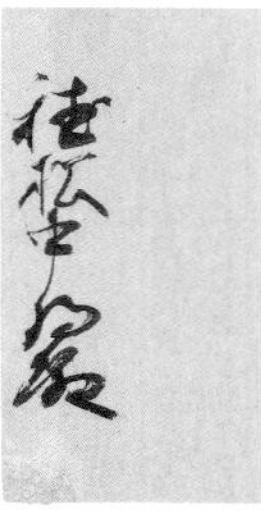

植松中将殿雅永卿　源氏　植松中将殿

43　牧

西洞院殿

44　量

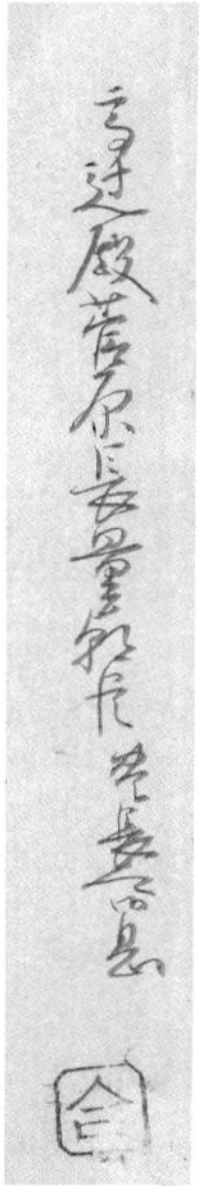

高辻長量　高辻殿菅原長量朝臣　豊長卿御息　（印）

45　為致

五條殿為致卿　為康卿御息　菅原姓　下絵吉岡伊兵へ寿静筆

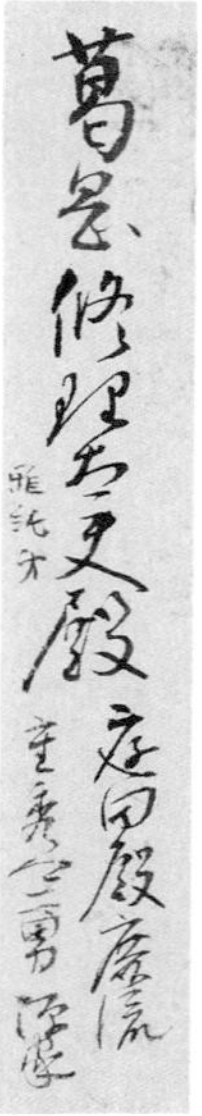

葛岡修理太夫殿　庭田殿庶流　重秀卿二男　源家　**雅純弟**

白川殿雅元（ママ）朝臣　雅喬王御息　源家

植松殿雅永朝臣　白川殿庶流　源氏

西洞院殿時成卿　一字御名乗　平姓

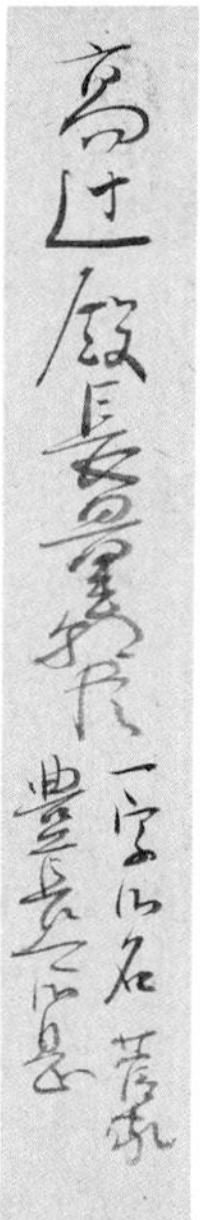

高辻殿長量朝臣　一字御名　菅家　豊長卿御息

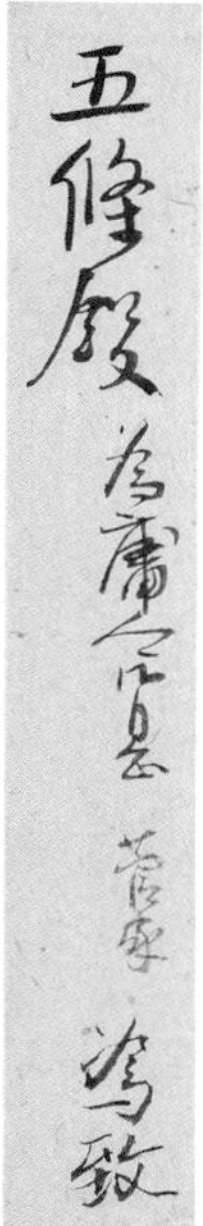

五條殿　為康卿御息　菅家　為致

46　全

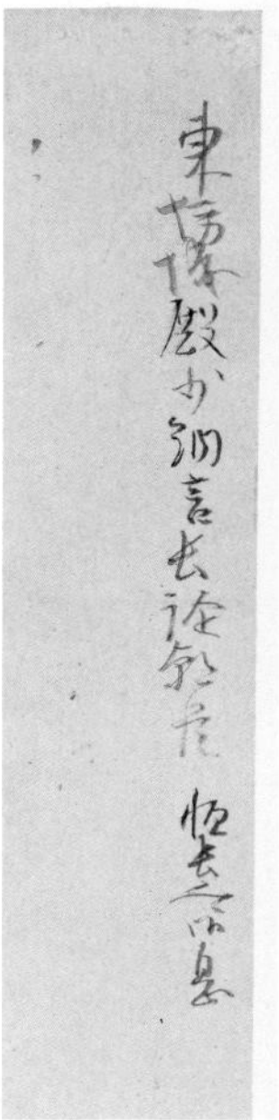

東坊城殿少納言長詮朝臣　恒長卿御息

東坊城殿長詮朝臣　菅家　恒長卿御息

47　雪

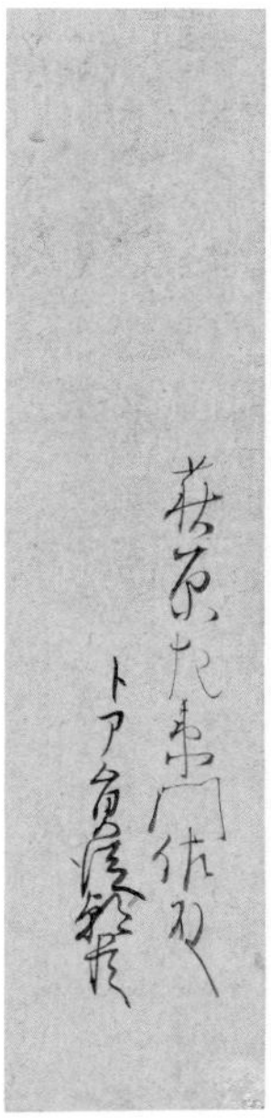

萩原左衛門佐殿　卜部員従朝臣

萩原殿員従朝臣　卜部氏

48　右

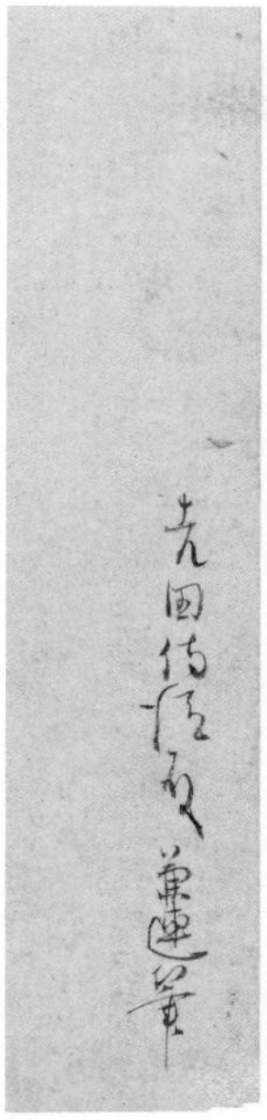

吉田侍従殿　兼連筆

吉田殿兼連朝臣　卜部姓

49　泰

土御門殿泰広卿　従二位　安倍姓

土御門殿泰広卿　泰一字御名　従二位　泰重卿御息　安倍姓

50　倉

安倍姓　倉橋殿泰純

倉橋殿泰純朝臣　安倍姓

51　戒雲

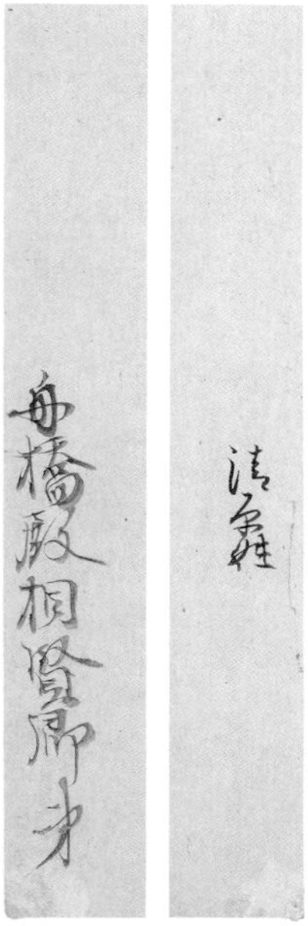

清原姓

舟橋殿相賢卿弟

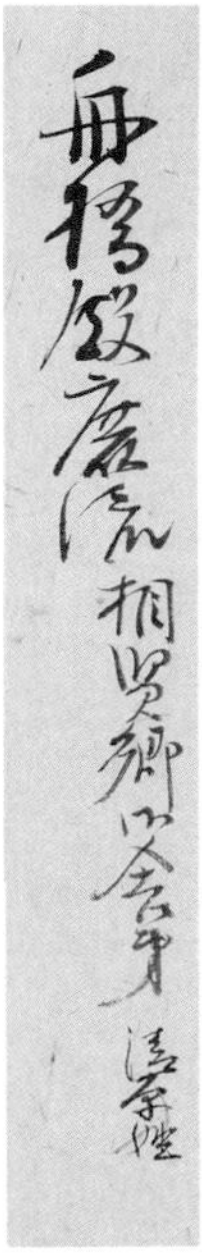

舟橋殿庶流　相賢卿御舎弟　清原姓

52　公

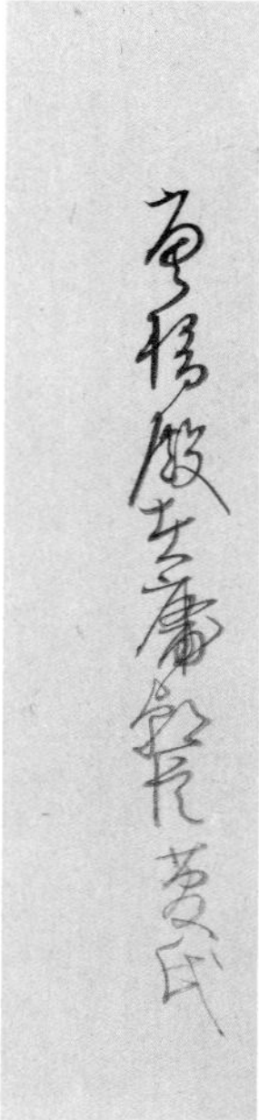

唐橋殿在康朝臣　菅氏

唐橋殿在康朝臣　菅原氏　公

53　文

滋野井殿右中将実光朝臣　藤原姓

下絵吉岡伊兵へ寿静筆

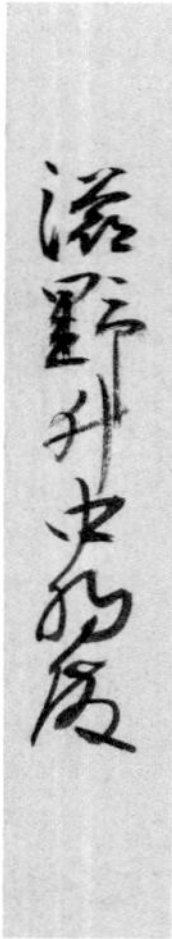

滋野井中将殿　（印）

滋野井殿実光朝臣　藤氏　文

54　保春

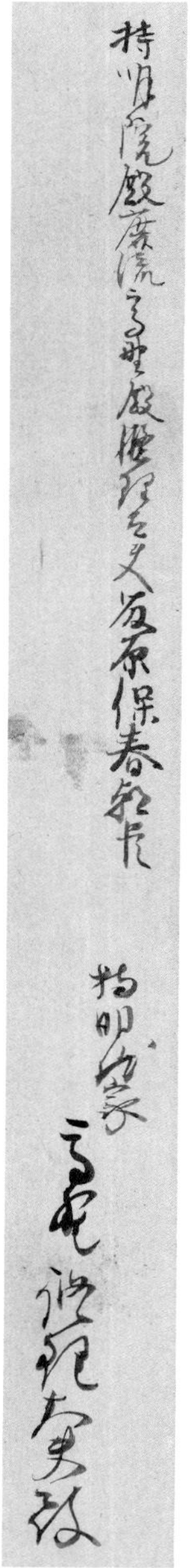

持明院殿庶流高野殿修理太夫　藤原保春朝臣

持明院家　高野修理大夫殿　（印）

高野修理太夫殿　持明院殿庶流　藤氏

55　宗関

（裏書なし）

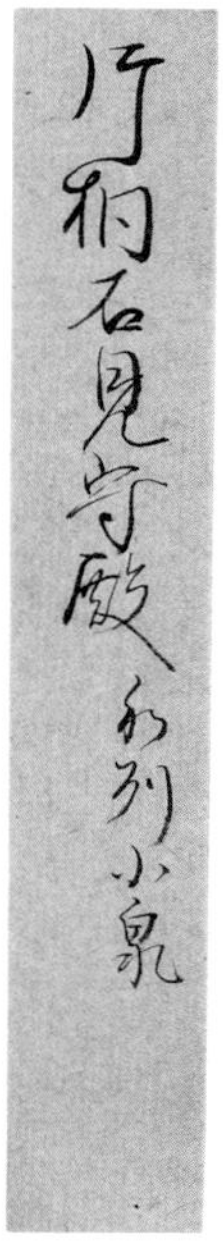

片桐石見守殿　和州小泉

56　斐

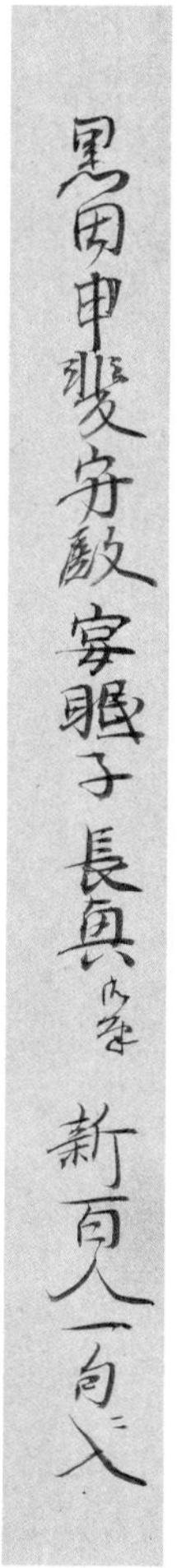

黒田甲斐守殿宴眠子長興　御筆　新百人一句ニ入

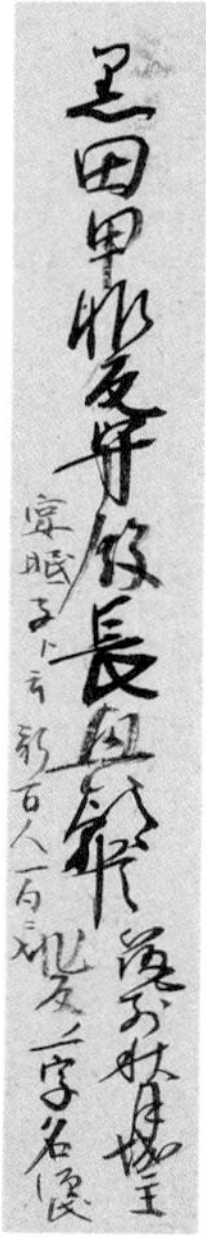

黒田甲斐守殿長興朝臣　筑前秋月城主　斐ノ一字名　源氏

宴眠子ト云　新百人一句ニ入

57　遊流

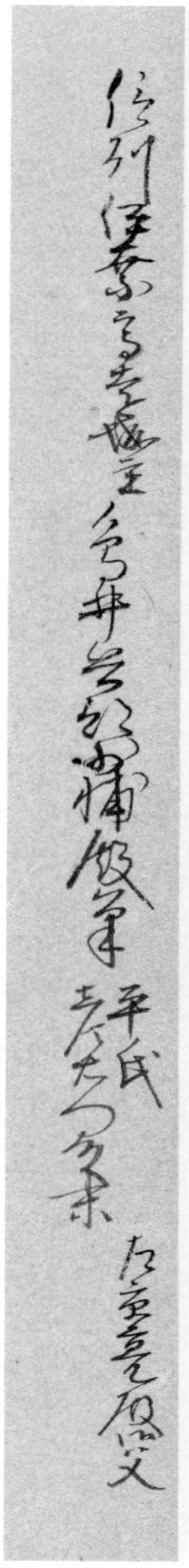

信州伊奈高遠城主　鳥井兵部少輔殿筆　平氏　彦右衛門殿末　左京亮殿御父

鳥井兵部少輔殿　信州高遠城主　平姓　彦右衛門殿末　左京亮殿御父

58　和松文

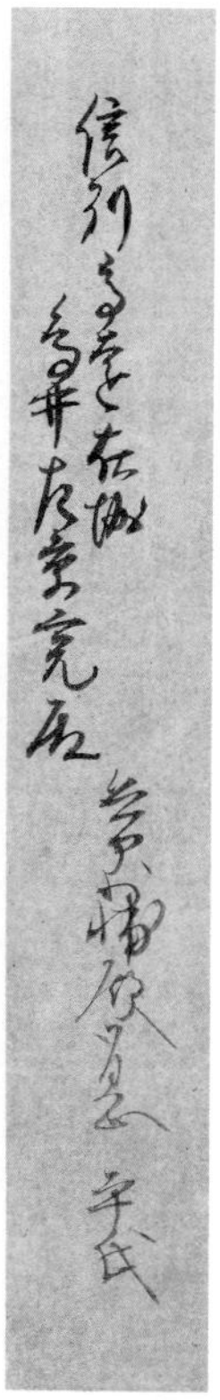

信州高遠在城　鳥井左京亮殿　兵部少輔殿御息　平氏

鳥井左京亮殿　信州高遠城主　平氏　兵部少殿御息　実弟　養子

59　露沾

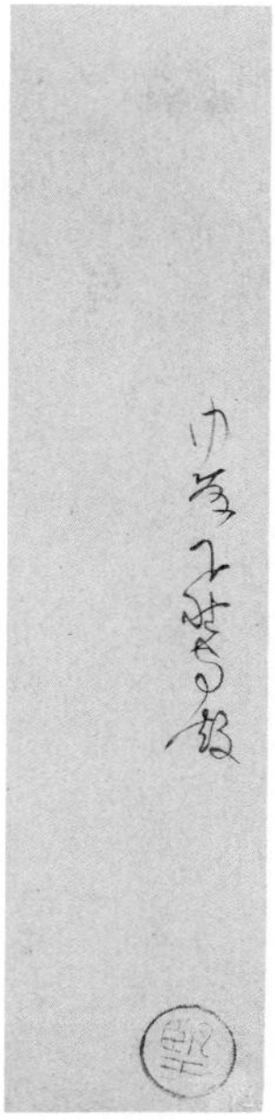

内藤下野守殿（印）

内藤下野守殿　奥州岩城々主　左京亮殿息　号露沾　藤氏

60　盲月

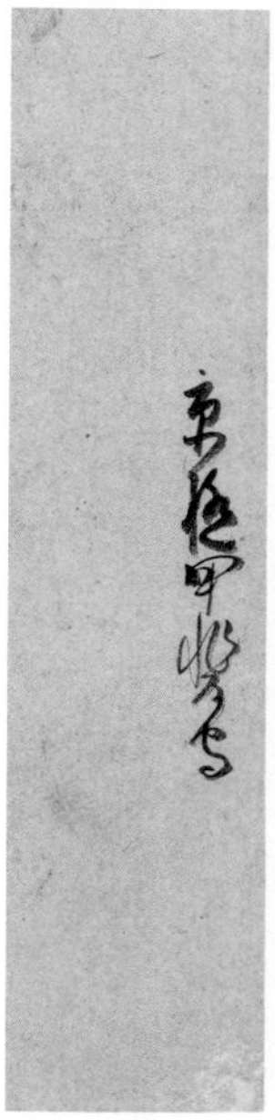

京極甲斐守

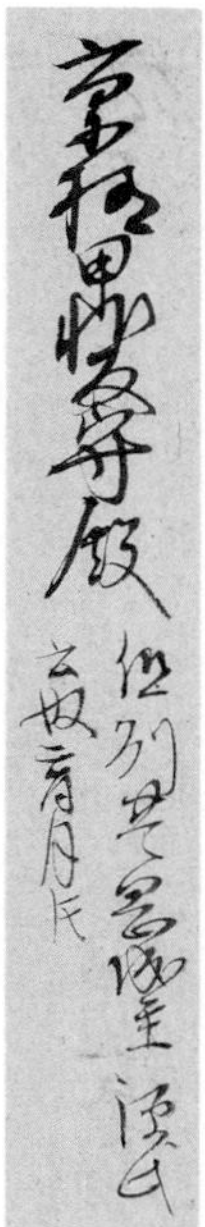

京極甲斐守殿　但州豊岡城主　源氏　云奴盲月トモ

61　文献

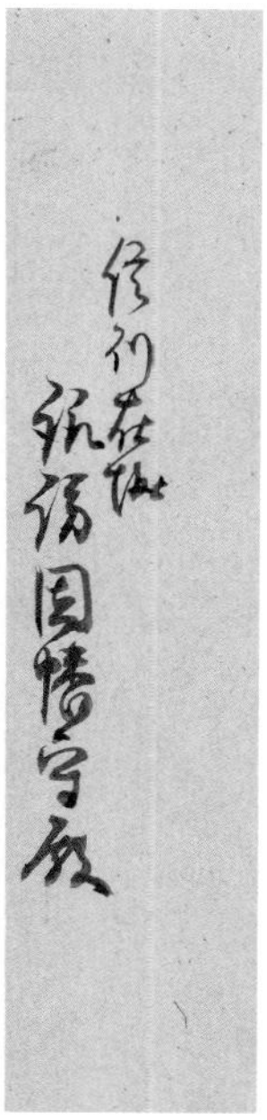

信州在城　諏訪因幡守殿

諏訪因幡守殿　信州諏訪城主

62　一風

肥前大村城主　大村因幡守殿藤原純長朝臣別名一風筆　此句今様姿秋巻頭　藤原純友朝臣末孫

大村因幡守殿純長朝臣　肥前大村城主　藤氏　此句今様姿秋巻頭

63　立端子

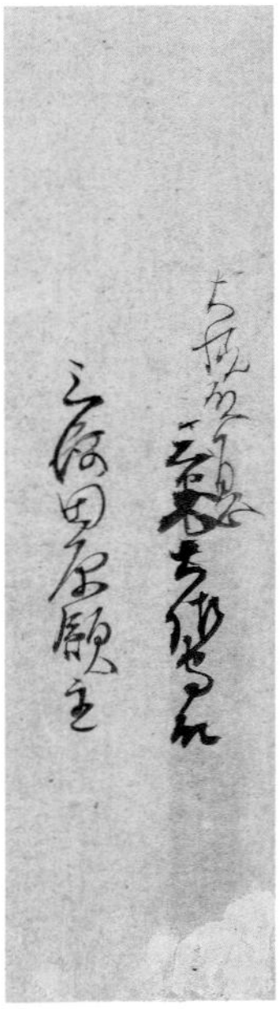

大膳殿御息　三宅土佐守殿
三河田原領主

64　宗甫

小堀遠江守殿宗甫　四十六（印）

65　正信

（裏書なし）

66　玉峯

小堀下総守殿　別名玉峯　遠州末

67　朝倣子

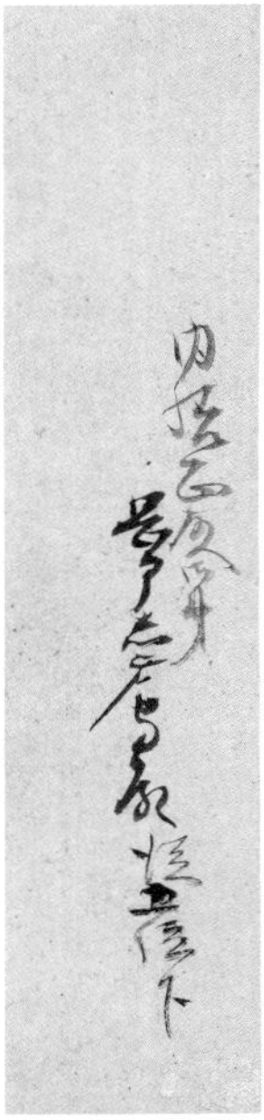

内膳正殿御弟　岡部志摩守殿　従五位下

68　孤雲

京極近江守殿筆　丹後守殿御息　安智老孫　上京衆より到来（印）

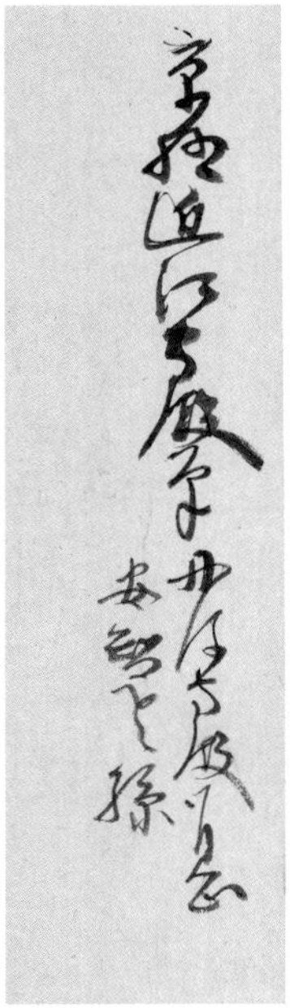

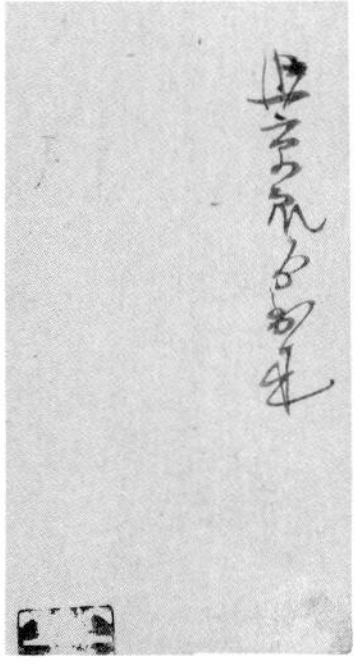

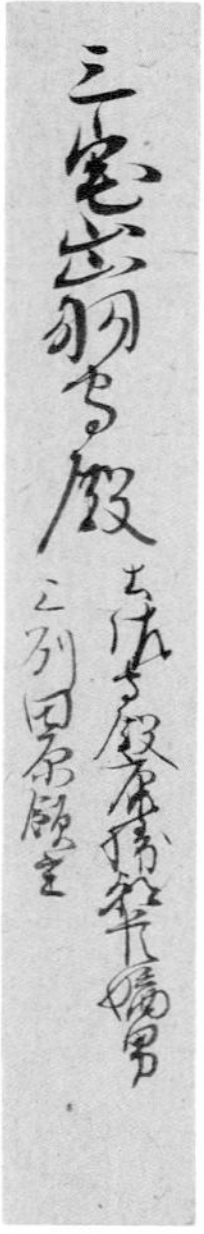

三宅出羽守殿　土佐守殿康勝朝臣嫡男　三州田原領主

小堀遠江守殿　政一字名　宗甫

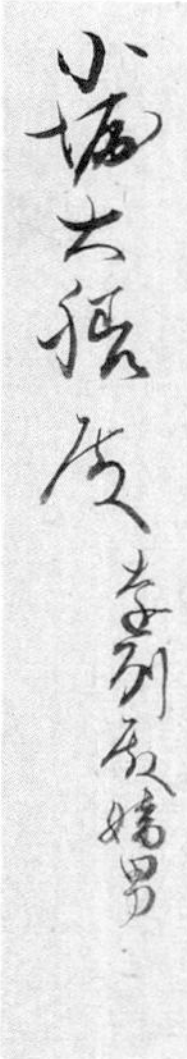

小堀大膳殿　遠州殿嫡男

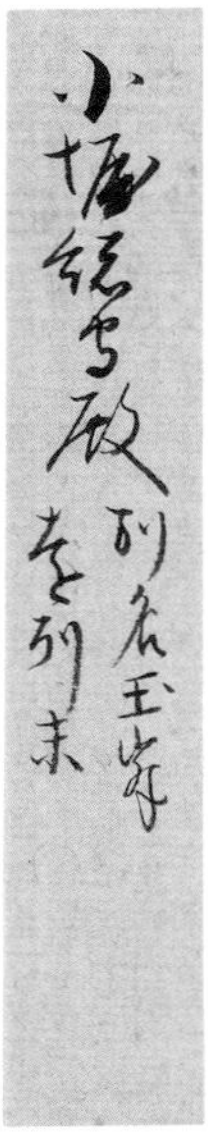

小堀総（ママ）守殿　別名玉峯　遠州末

岡部志摩守殿　美濃守殿末子　藤氏　従五位下

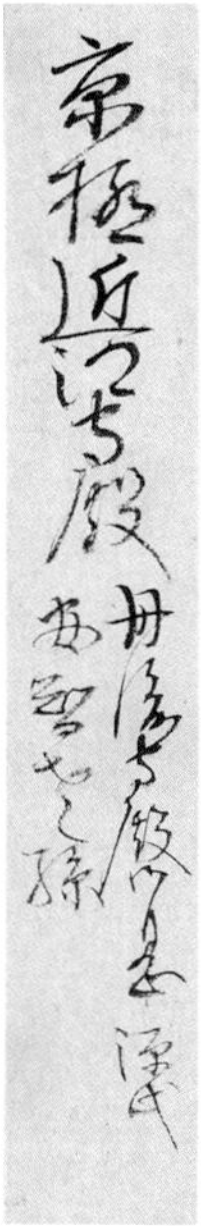

京極近江守殿　丹後守殿御息　源氏　安智老孫

69　三峯

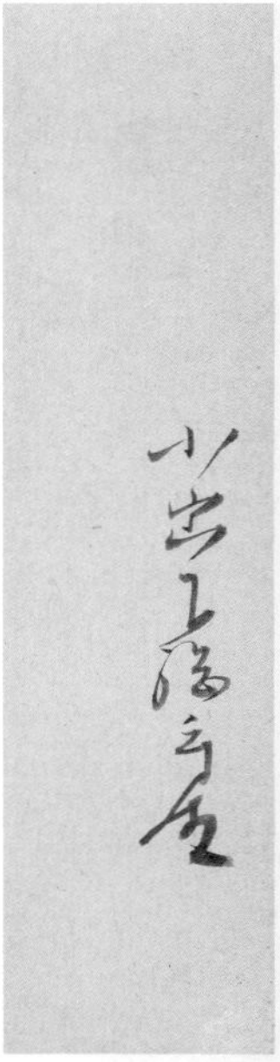

小出下総守殿

小出下総守殿　号三峯　従五位下

70　夢橋

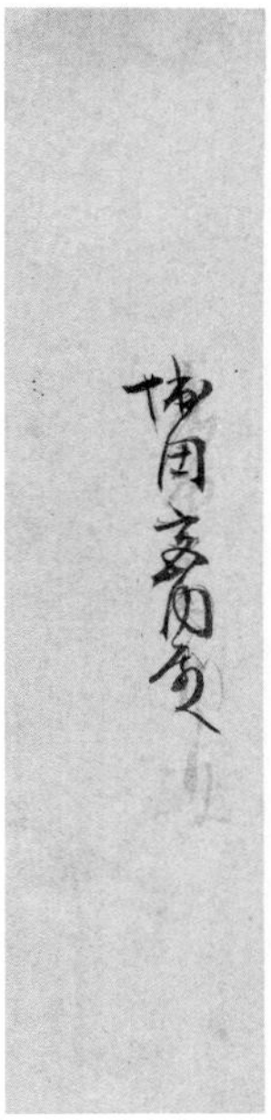

堀田宮内殿
（裏打下）「堀田宮内殿」

堀田宮内殿　筑前守殿一家

71　玄々子

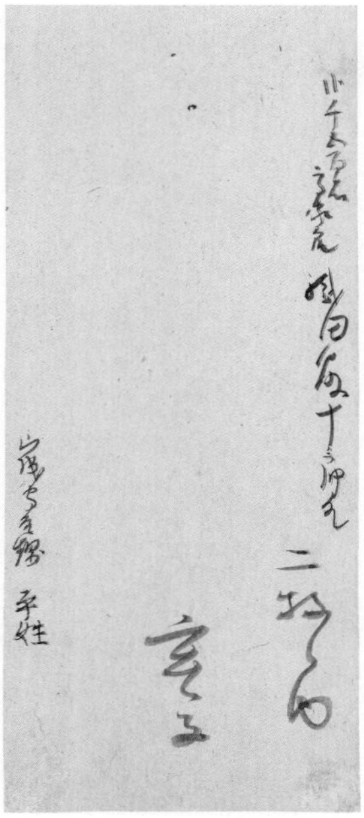

弐千五百石　高家衆　織田藤十郎殿
二枚之内
玄々子
山城守殿甥　平姓

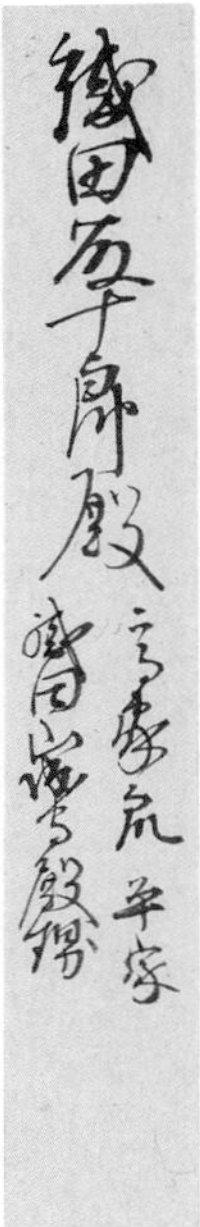

織田藤十郎殿　高家衆　平家　織田山城守殿甥

72　調管子

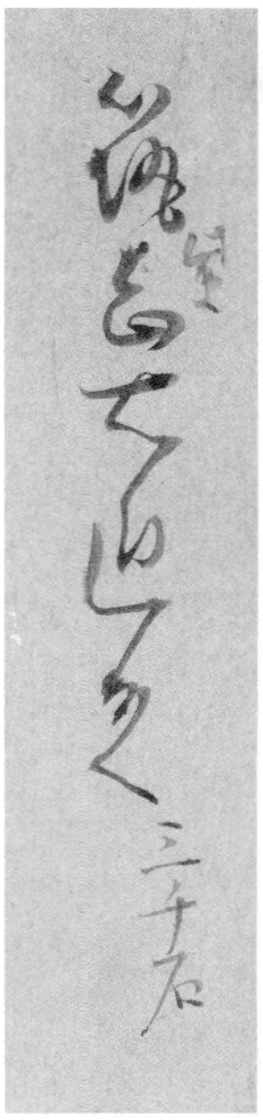

筑志《紫》右近殿　三千石

筑紫右近殿　御寄合

73　東水

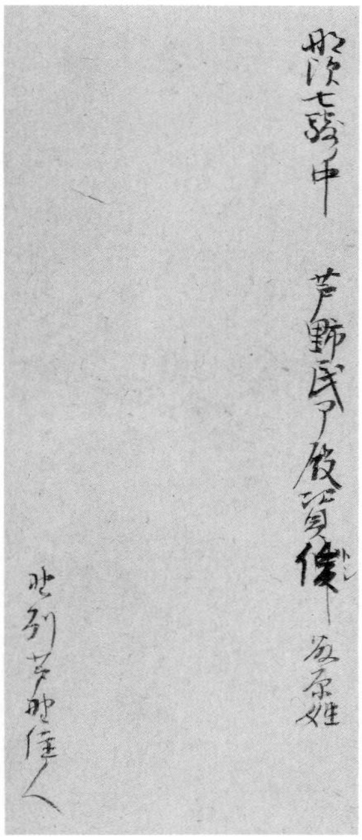

那須七騎ノ中　芦野民部殿資俊《トシ》　藤原姓
野州芦野住人

芦野民部殿資俊　別名東水　野州芦野領主　那須七騎中　藤氏

74　枕流

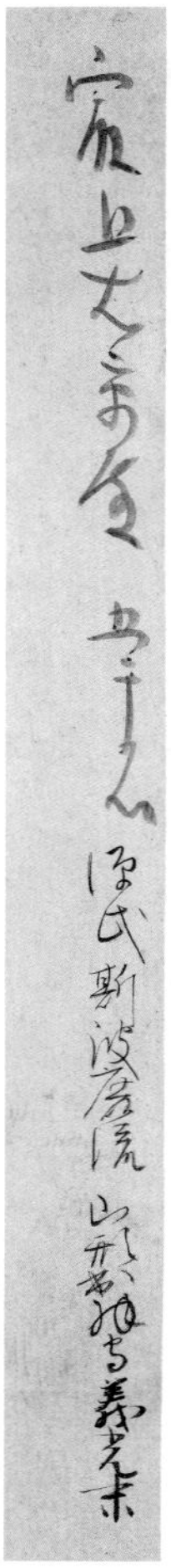

最上右京殿　五千石
源氏　斯波庶流　山形出羽守義光末

75　調丸子

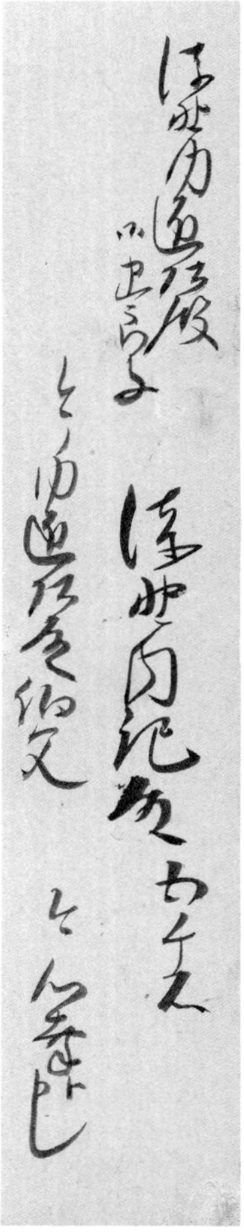

浅野内匠頭殿御養子　浅野内記殿　五千石　今ノ内匠頭殿伯父　今心幸ト申候

76　雨椿子

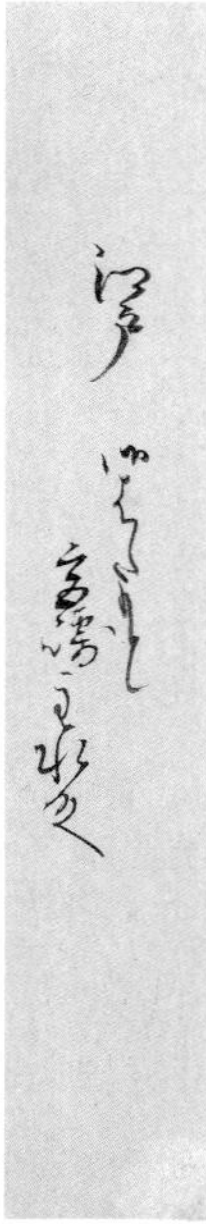

江戸御はたもと　宮崎主水殿

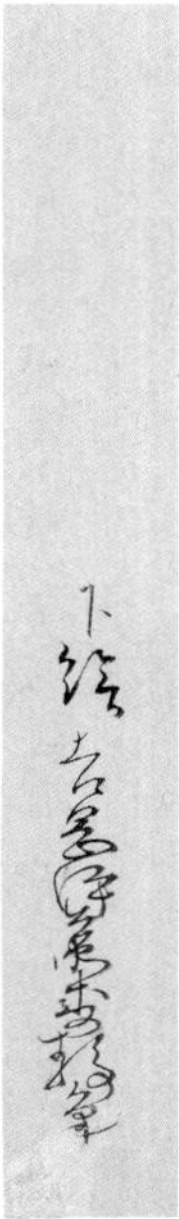

下絵吉岡伊兵衛寿静筆

77　嘉隆

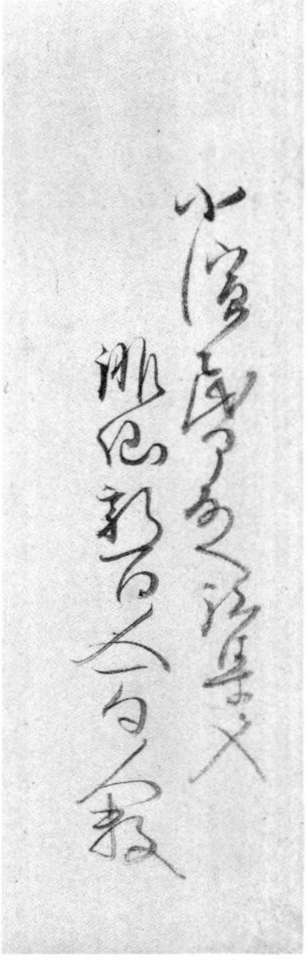

小浜民部殿　諸集ニ入
誹仙新百人一句人数

78　忠高

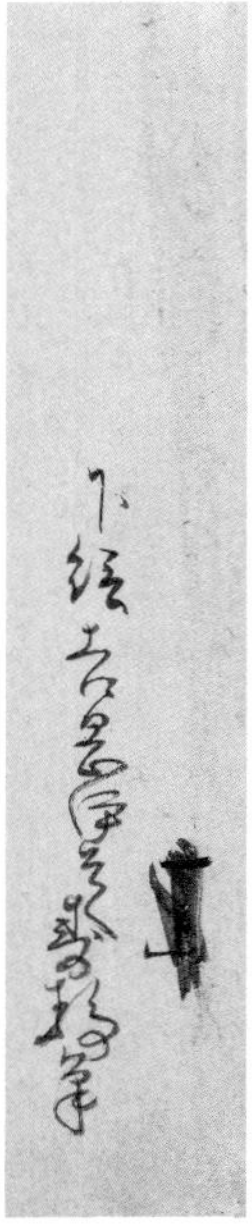

（墨消し）一山
下絵吉岡伊兵へ寿静筆

江戸御はたもと　松平長三郎殿

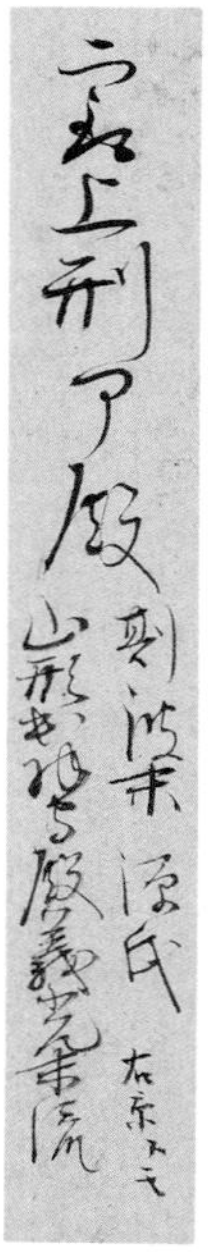

最上刑部殿　斯波末　源氏　**右京トモ**　山形出羽守殿義光末流

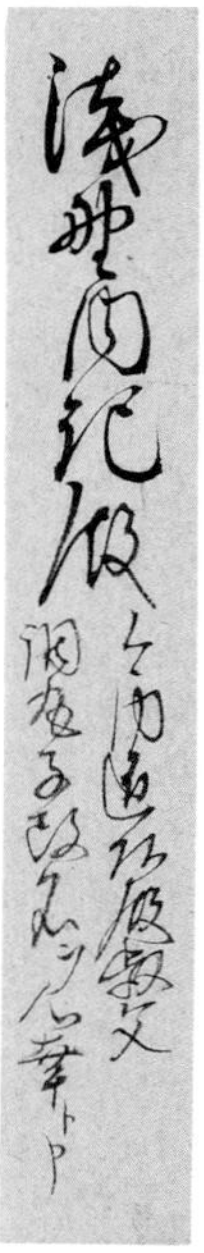

浅野内記殿　今内匠頭殿叔父　調丸子　改名ヲ心幸ト申

宮崎主水殿　江戸御はたもと

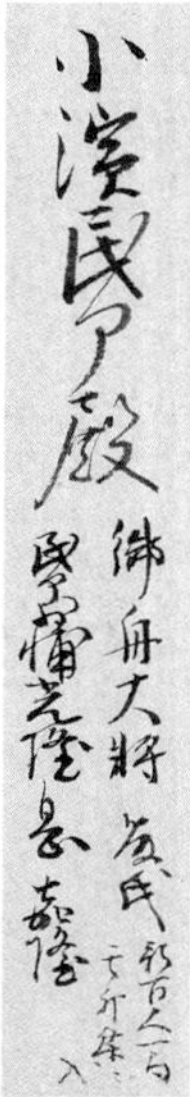

小浜民部殿　御舟大将　藤氏
民部少輔光隆息　嘉隆　**新百人一句其外集ニ入**

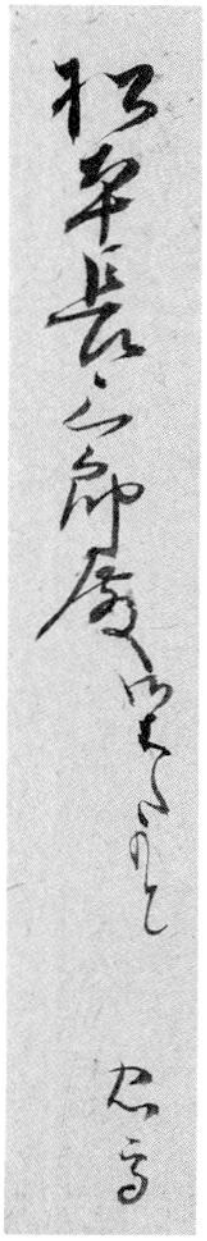

松平長三郎殿　御はたもと　**忠高**

79　紫苑

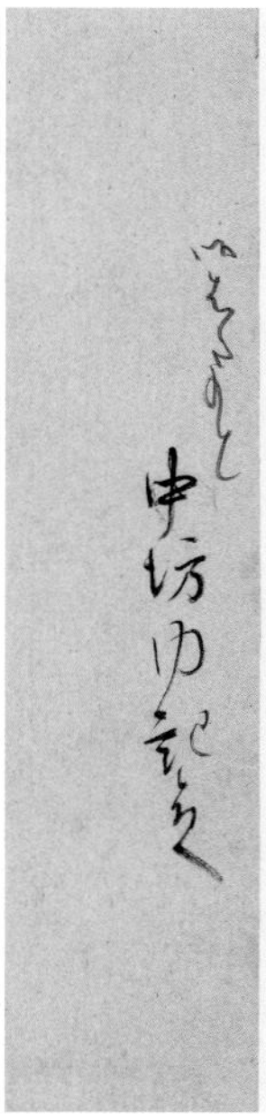

御はたもと　中坊内記殿

中坊内記殿　御はたもと　紫花

80　調梔子

榊原藤七郎殿
（裏打下）「御弟　榊原藤七郎殿」

榊原藤七郎殿　御手先衆　調梔子

81　藤匂

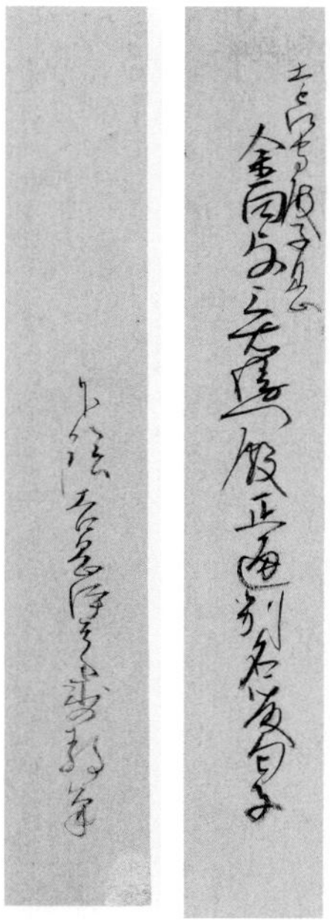

遠江守殿子息
金田与三右衛門殿正通　別名藤匂子
下絵吉岡伊兵へ寿静筆

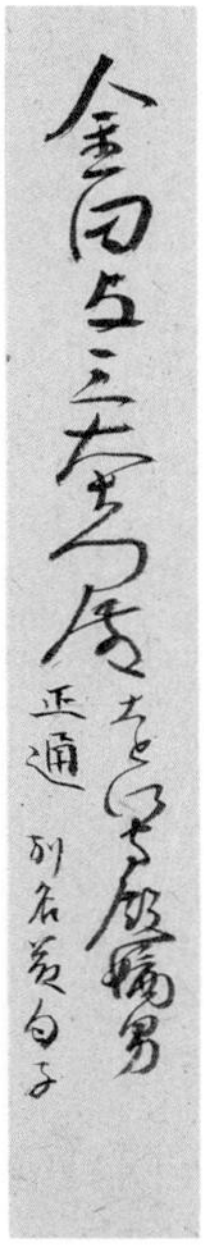

金田与三右衛門殿　遠江守殿嫡男　**正通　別名藤匂子**

82　其雀

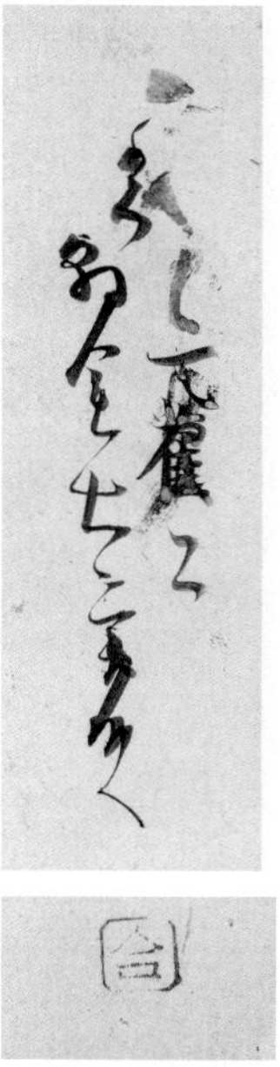

□□□兀雀公（墨消し）　朝倉右京殿

朝倉右京殿　御はたもと　**其雀**

83　調由子

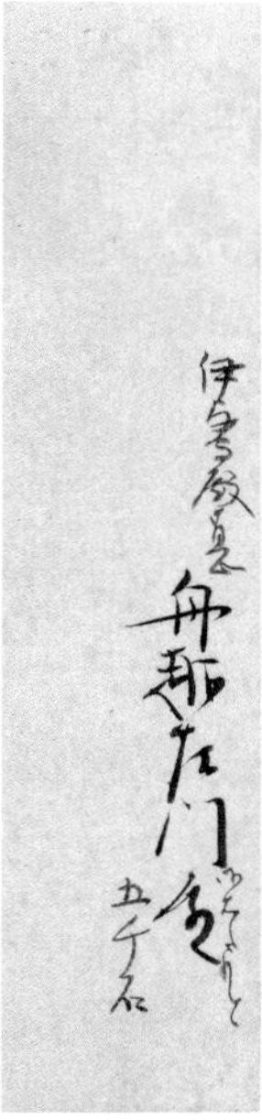

伊与守殿御息　舟越左門殿
御はたもと　五千石

舟越左門殿　伊与守殿御息

84　松翁

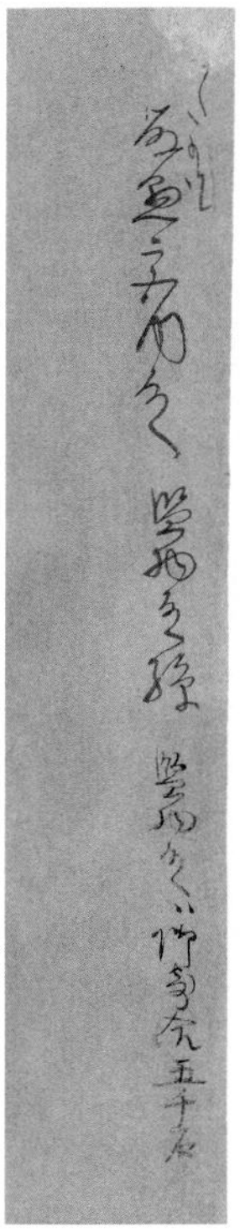

はたもと　藤懸宮内殿　監物殿孫　監物殿ハ御寄合五千石

藤掛宮内殿　監物殿猶子（下「孫」）　松翁

85　萩夕

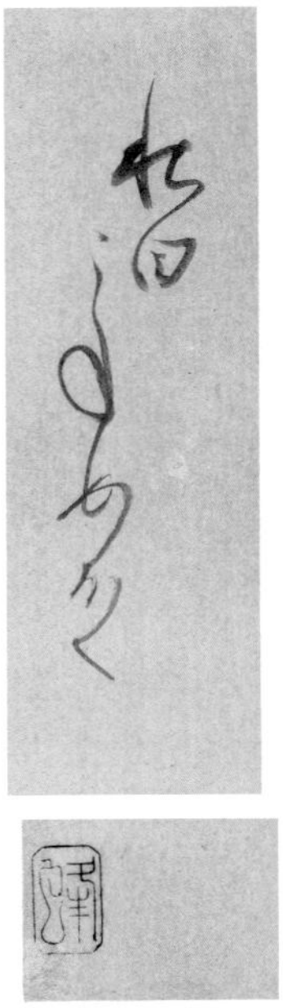

秋田うねめ殿　（印）

86　秋水

江戸御はたもと　秋田淡路殿御子息　宮内殿　藤原姓　城之介殿末

87　口慰

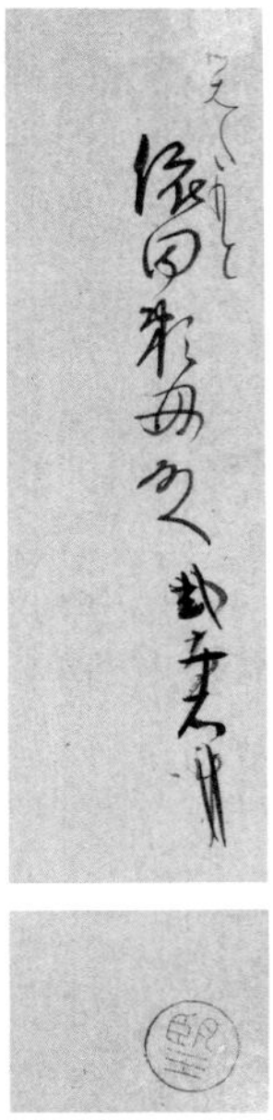

御はたもと　依田頼母殿　弐千石斗（墨消し）　（印）

88　丁我

（付箋）「周防守殿一家　松平甚九郎殿　丁我」

89　桃李

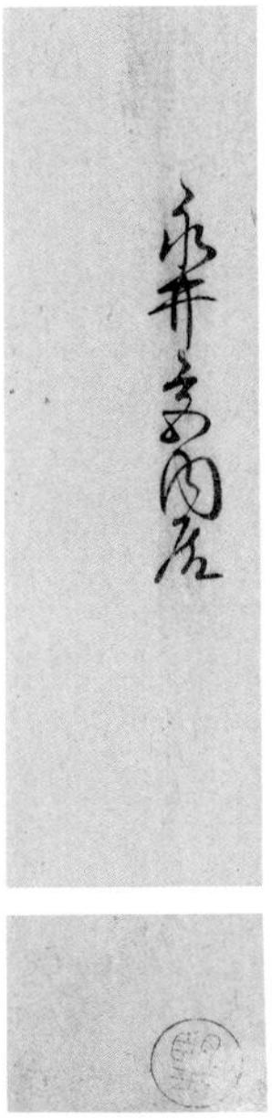

永井宮内殿　（印）

90　調賦子

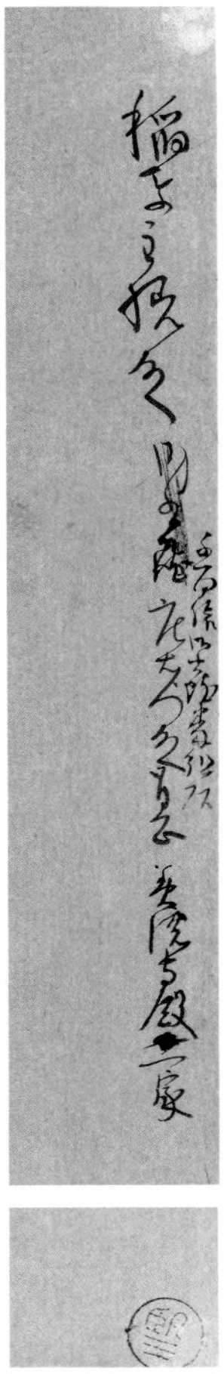

稲葉主膳殿　御書院（墨消し）　庄右衛門殿御息　美濃守殿一家　千百俵御書院番組頭　（印）

秋田采女殿　淡路守殿息　号萩夕

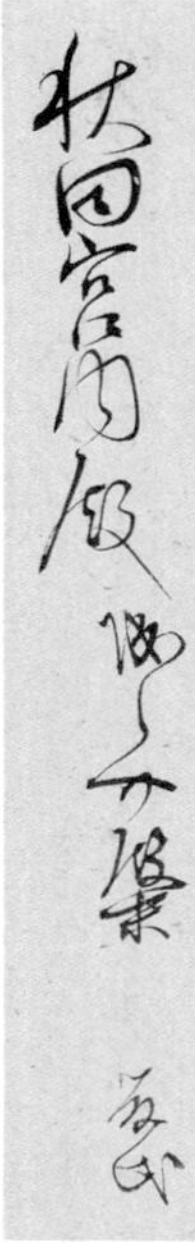

秋田宮内殿　城之介殿末　藤氏

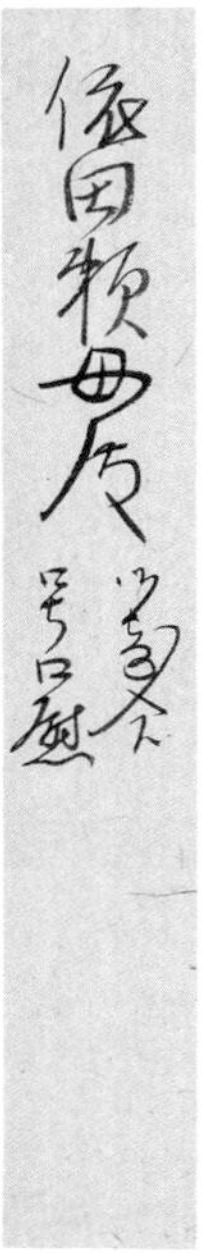

依田頼母殿　御寄合　号口慰

松平甚九郎殿　御寄合　号丁我　源氏　周防守殿御一家

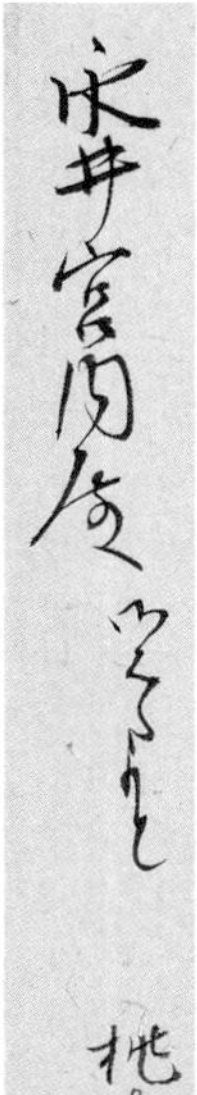

永井宮内殿　御はたもと　桃李

稲葉主膳殿　美濃守殿一家　越知姓　庄右衛門殿御息

91 残月

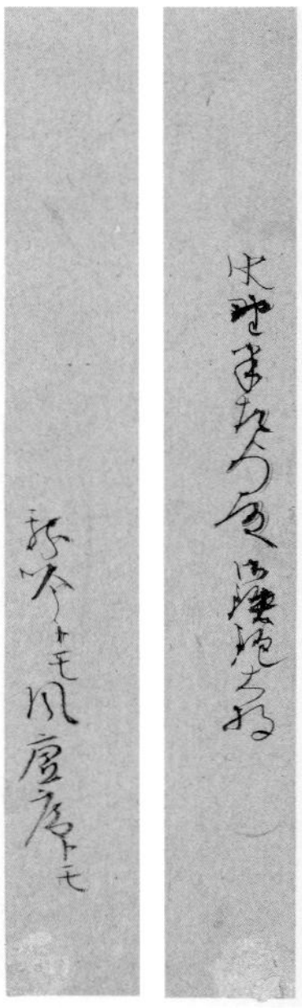

水野半左衛門殿　御鉄砲大将

龍吟トモ　風盧庵トモ

92 露鶴

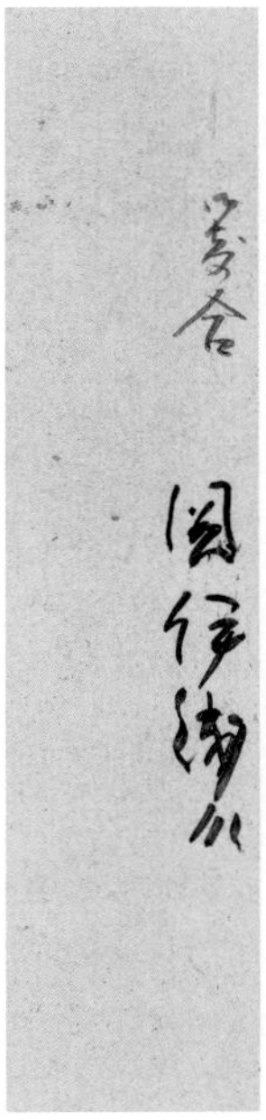

御寄合　関伊織殿

93 惟閑

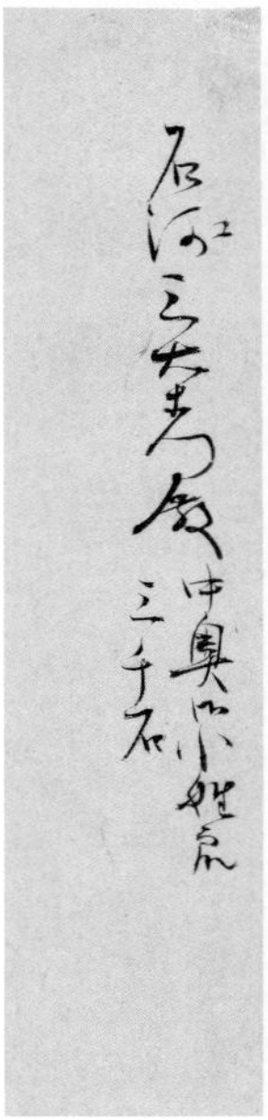

石河《コ》三右衛門殿　中奥御小姓衆　三千石

94 亀袖

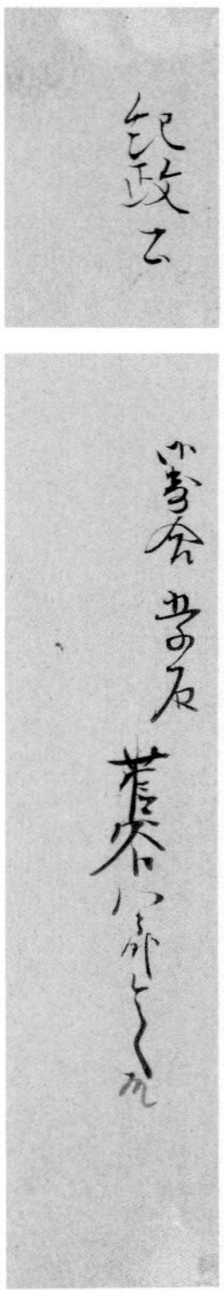

紀政公　御寄合　五千石　菅谷八郎兵へ殿

95 調盞子

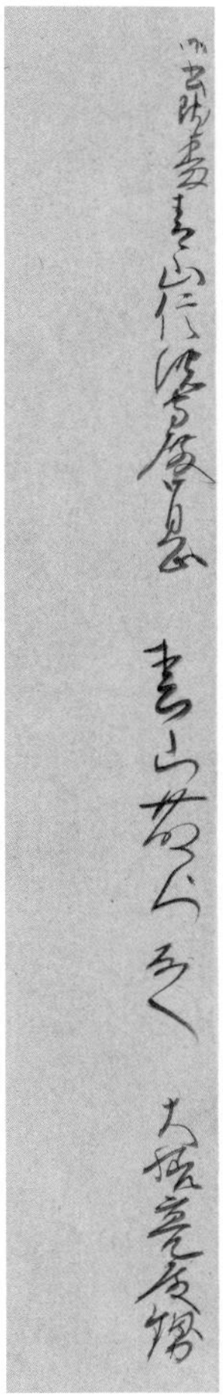

御書院番　青山信濃守殿御息　青山藤右衛門殿　大膳亮殿甥

96 言集

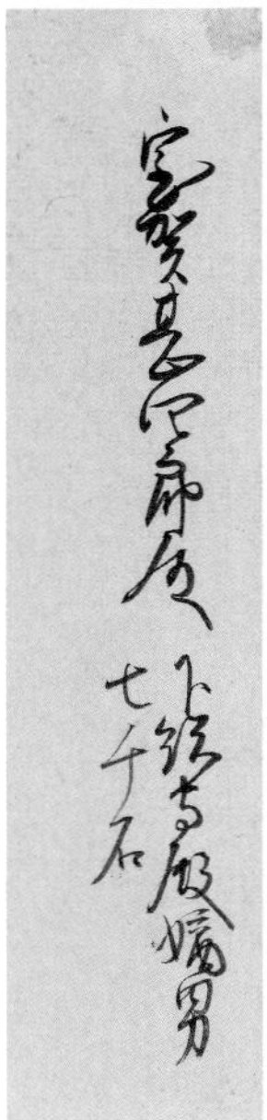

室賀甚四郎殿　下総守殿嫡男　七千石

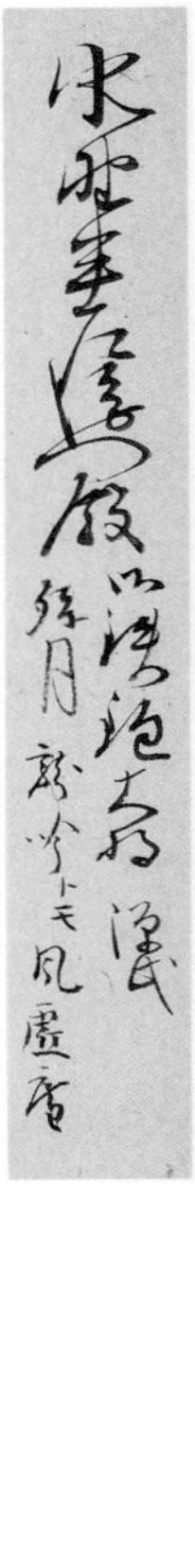

水野半左衛門殿　御鉄砲大将　源氏　残月　**龍吟トモ**　**風虚《(ママ)》庵**

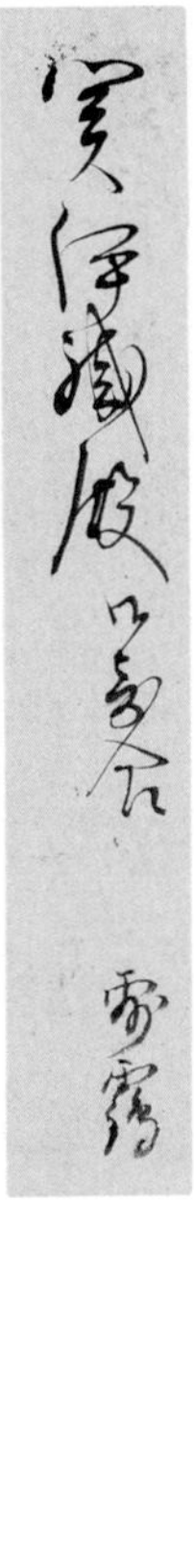

関伊織殿　御寄合　**露鶴**

石河《コ》三右衛門殿　中奥小姓衆　惟閑

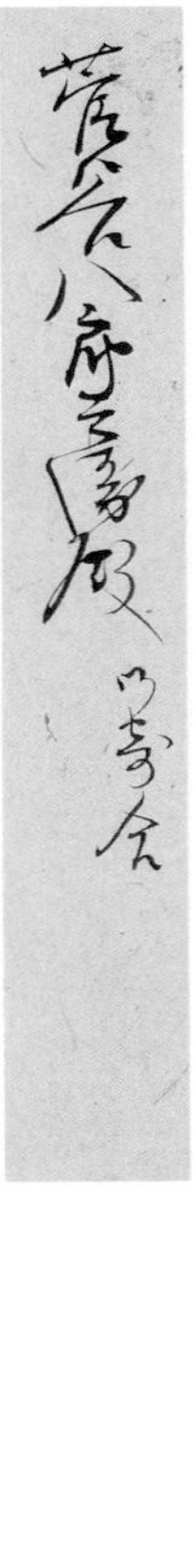

菅谷八郎兵衛殿　御寄合

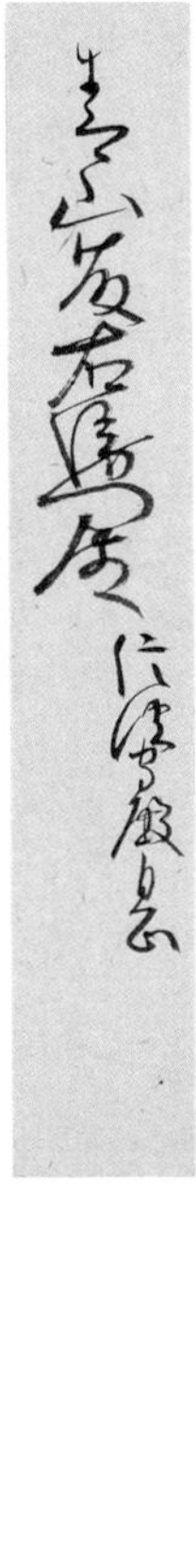

青山藤右衛門殿　信濃守殿息

室賀甚四郎殿　下総守殿息　号言集

97　巳哉

□□公　三千石　跡部宮内様

跡部宮内殿　御使番　源氏

98　濯心子

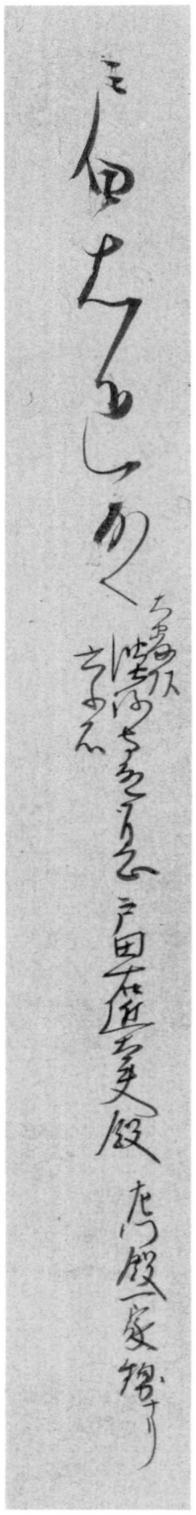

戸田右近殿

大番頭　淡路守殿御息　戸田右近太夫殿　左門殿一家　甥ナリ　六千石

戸田右近大夫殿　淡路守殿御息　五位下

99　定長

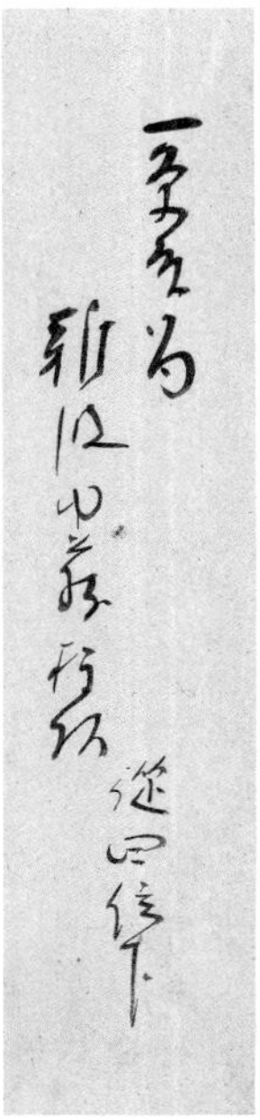

一條殿御内　難波内蔵権頭　従四位下

難波権頭　一條殿御家老　四品　内蔵権頭

100　貞弘

堀川因幡守貞弘筆　弘次男

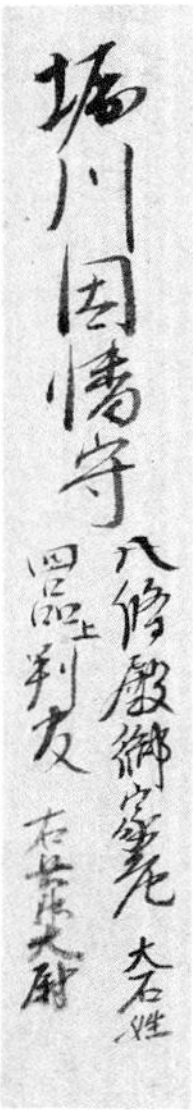

堀川因幡守　八條殿御家老　大石姓　四品上　判官　右兵部大尉

101　定清

（禁中　小外記定清朝臣筆）（墨消し）

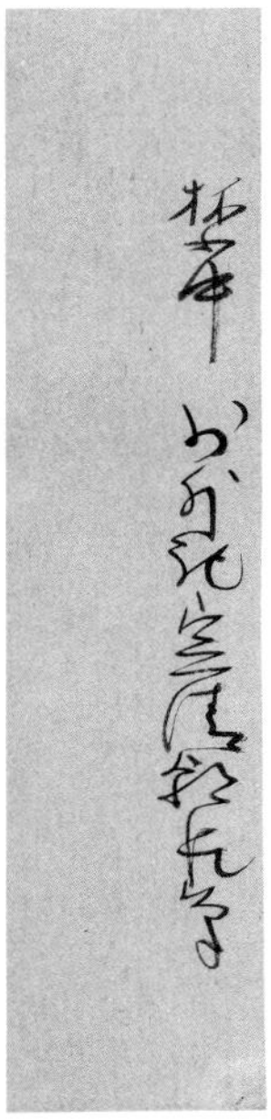

禁中　小外記定清朝臣筆

小外記定清

102　喝石

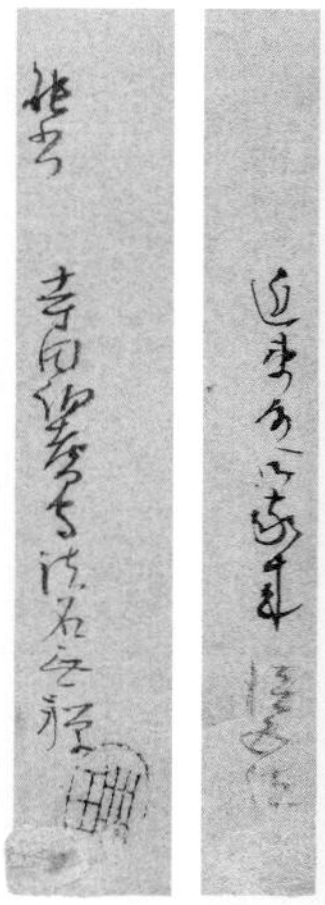

近衛殿御家来　従五位
能書　寺田伯耆守法名無禅　（印）

103　清信

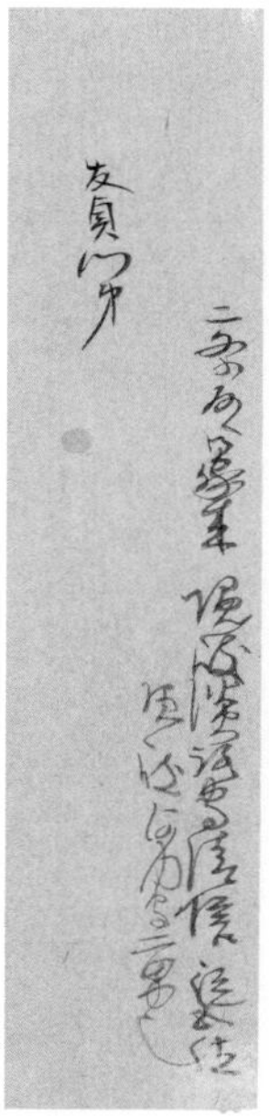

二條殿御家来　隠岐淡路守清信　従五位
隠岐河内守二男也
友貞門弟

104　清高

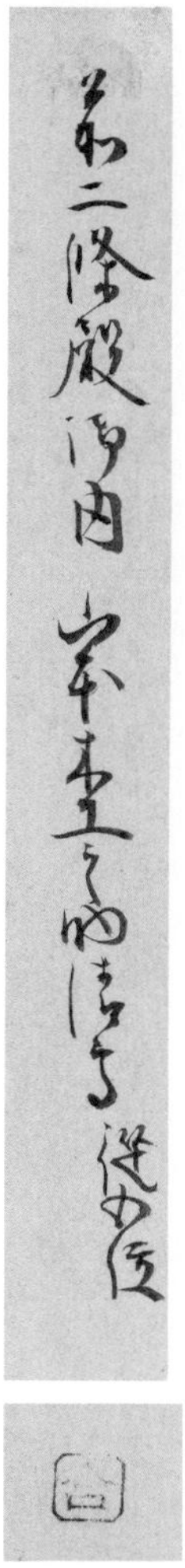

前二條殿御内　山本木工之助清高　従五位　（印）

105　家次

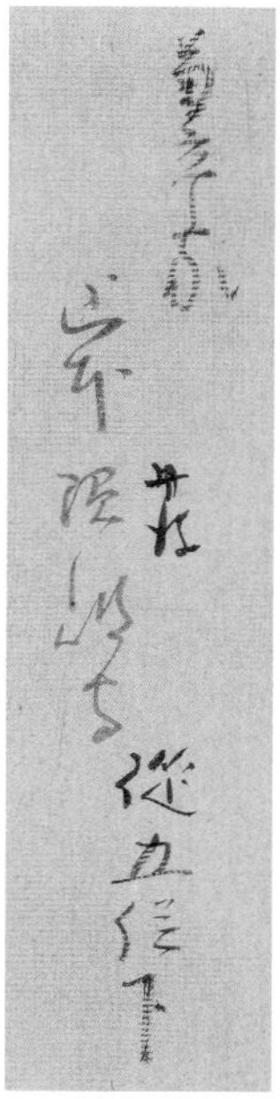

菊亭家　山本隠岐（丹後）守　従五位下

106　斯祐

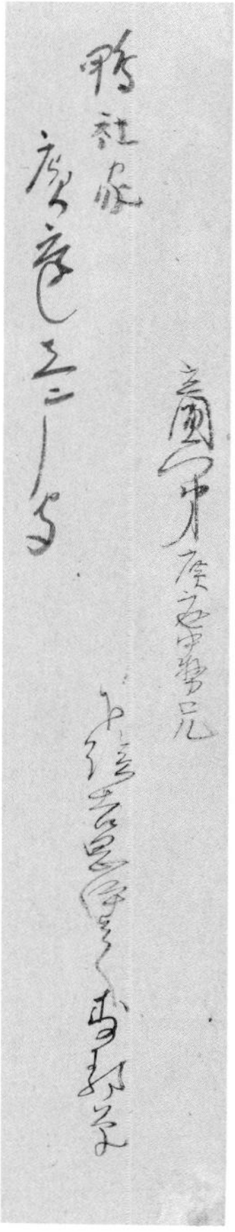

鴨社家　広庭志摩守
立圃門弟　広庭中務兄　下絵吉岡伊兵へ寿静筆

107　菊溢

下絵吉岡伊兵へ寿静筆　（印）
禁裏楽人　東儀阿波守

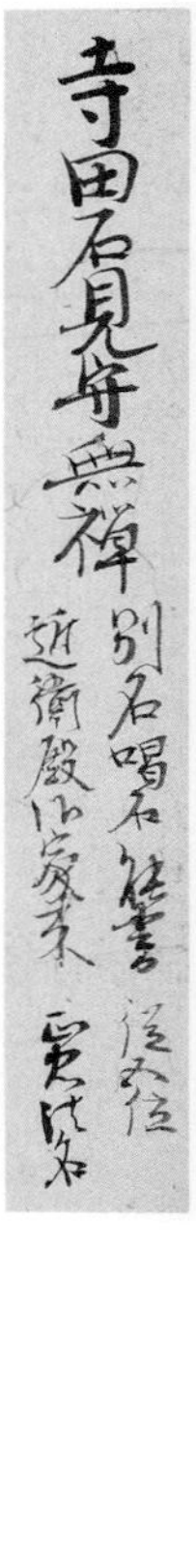

寺田石見守無禅　別名喝石　能書　従五位　近衛殿御家来　正忠法名

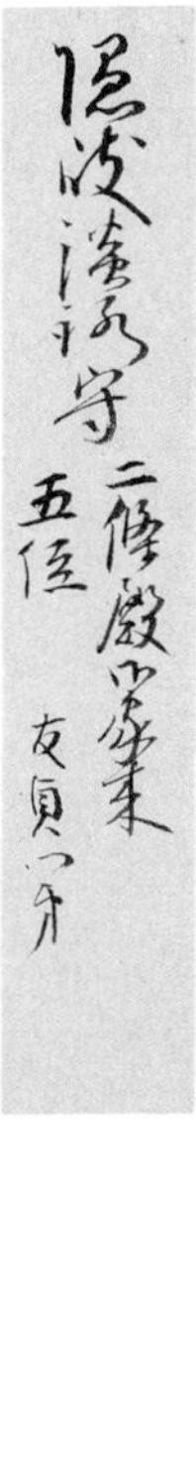

隠岐淡路守　二條殿御家来　五位　友貞門弟

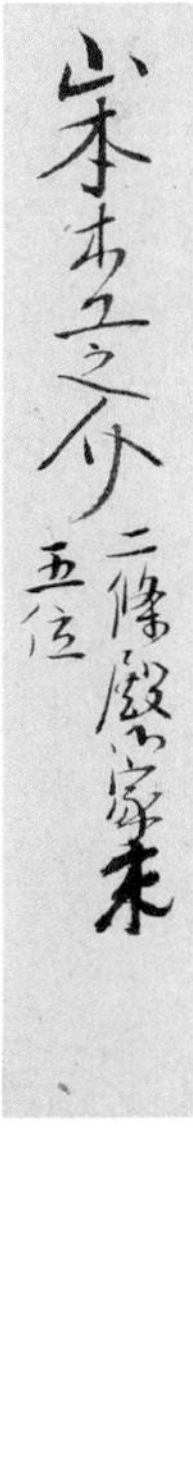

山本木工之介　二條殿御家来　五位

山本丹後守　従五位下　菊亭殿家頼

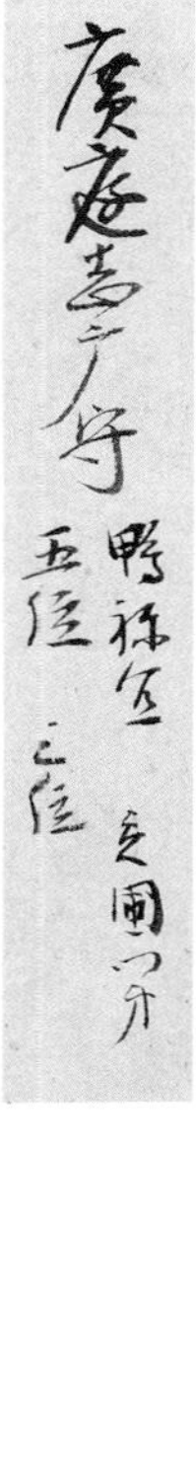

広庭志摩守　鴨祢宜　五位　三位　立圃門弟

東儀阿波守　五位　大秦姓　楽人

108　季高

禁中御楽人　安部信濃頭　（印）

109　久治

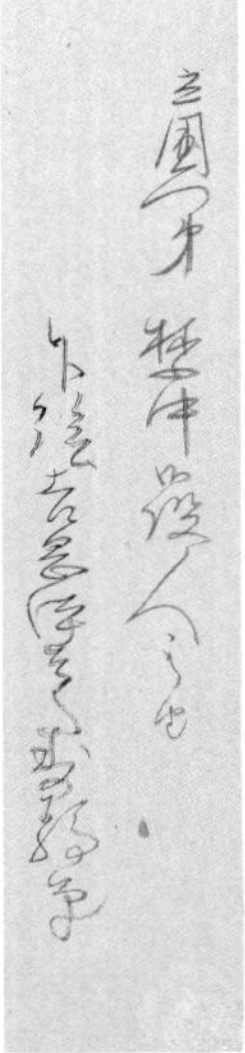

立圃門弟　禁中御役人之由
下絵吉岡伊兵へ寿静筆

宮崎土佐

110　行富

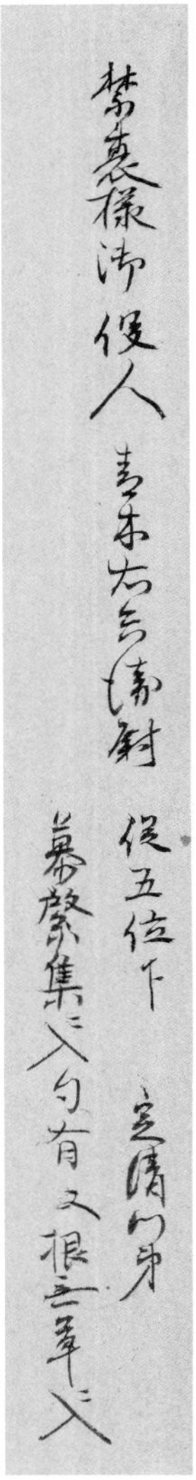

禁裏様御役人　青木右兵衛尉　従五位下　定清門弟　慕棨集ニ入句有　又根無草ニ入

111　公建

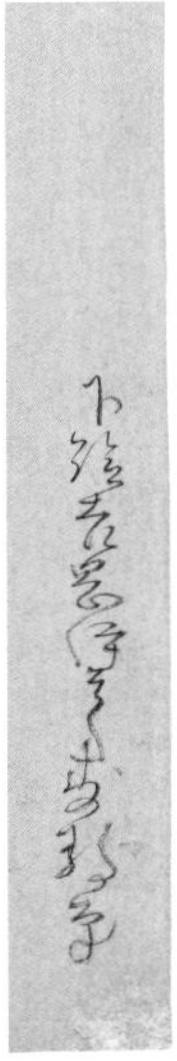

下絵吉岡伊兵へ寿静筆

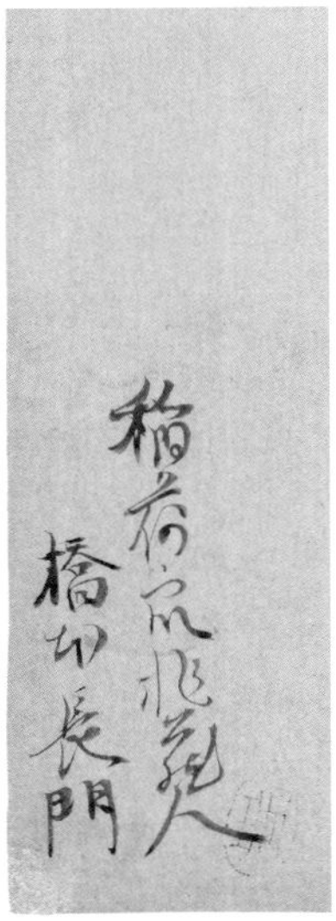

稲荷衆非蔵人　（印）
橋本長門

112　弘光

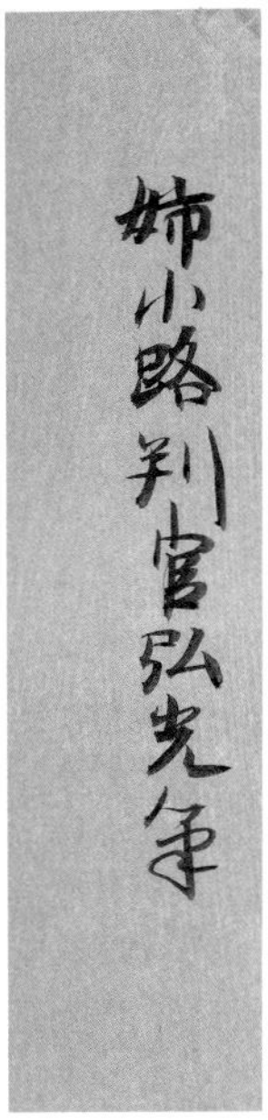

姉小路判官弘光筆

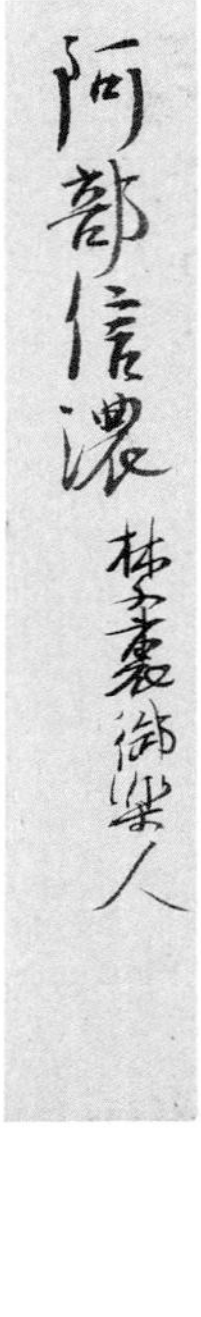

安部信濃　禁裏御楽人

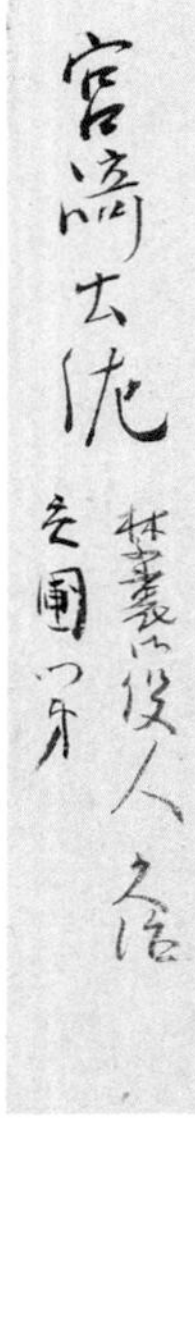

宮崎土佐　禁裏御役人　久治　立圃門弟

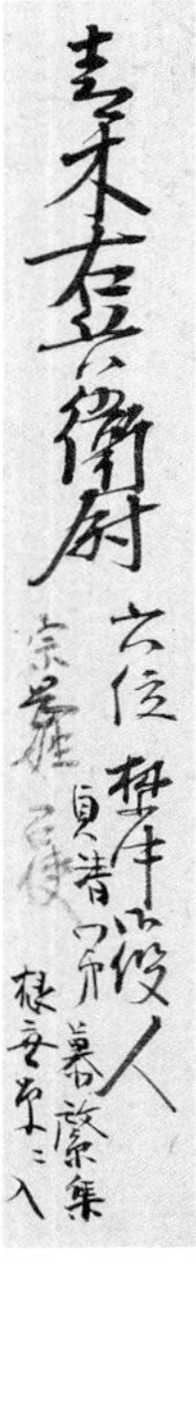

青木右兵衛尉　六位　禁裏御役人
宗岡姓　召使　**貞清門弟　慕棨集根無草ニ入**

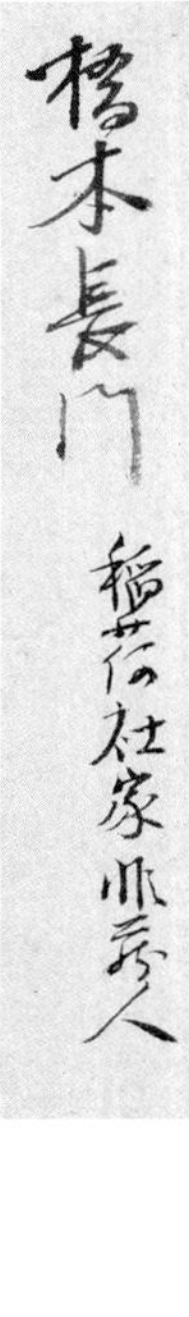

橋本長門　稲荷社家非蔵人

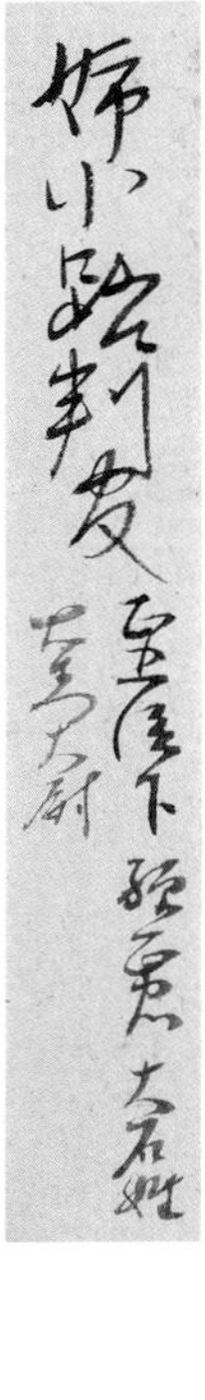

姉小路判官　正五位下　弾正忠　大石姓　右衛門大尉

113　友昌

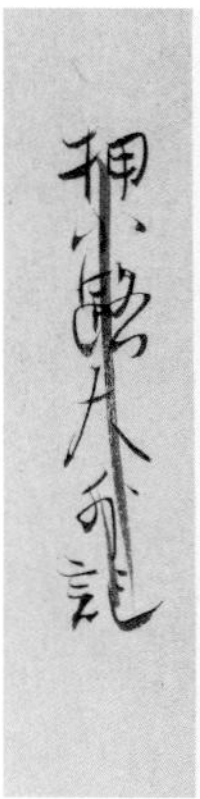

押小路大外記（墨消し）　小外記友昌筆

小外記友昌

114　永栄

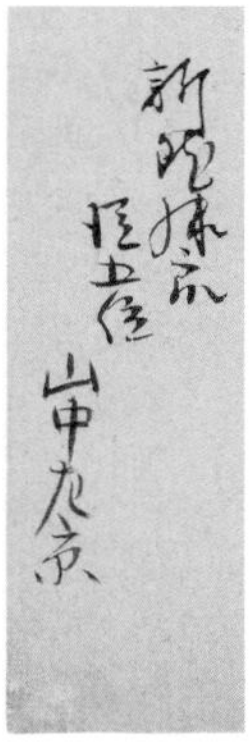

水車ニ入　新院様衆　従五位　山中左京

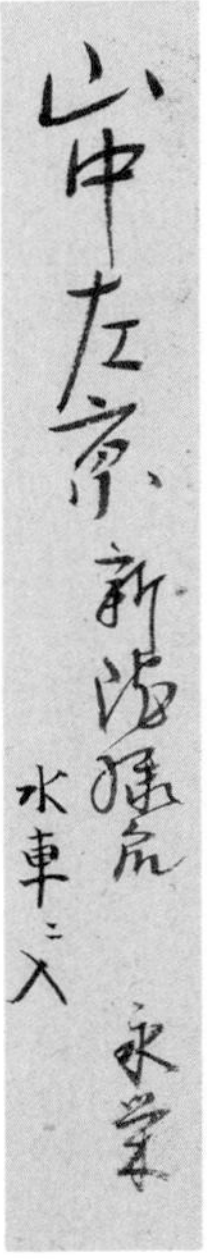

山中左京　新院様衆　永栄　水車ニ入

115　松叟

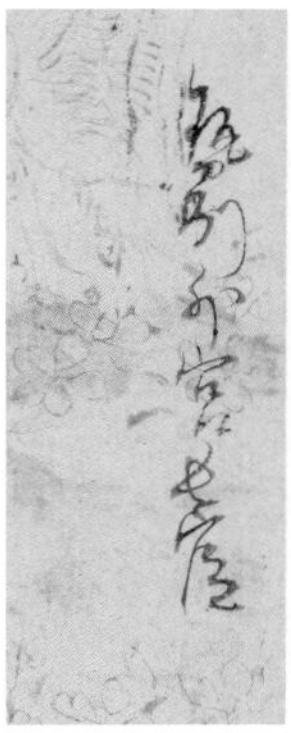

従三位満彦　勢州外宮長官

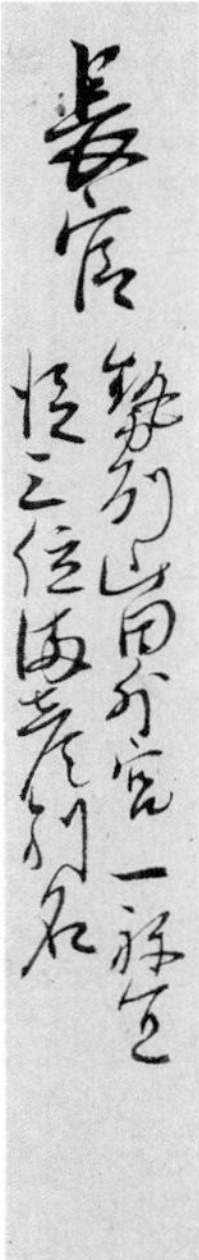

長官　勢州山田外宮一祢宜　従三位　満彦別名

116　常和

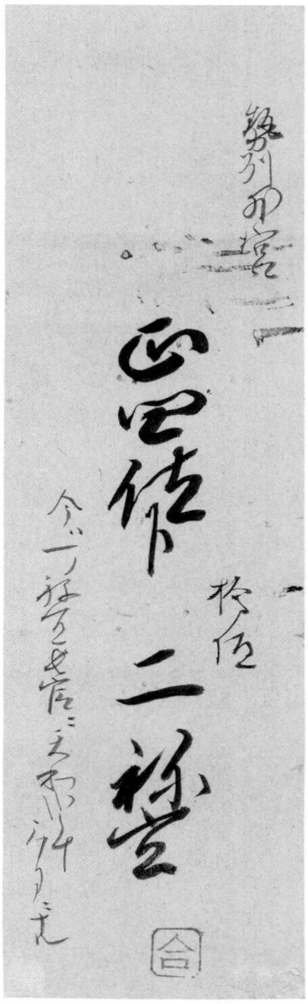

勢州外宮　桧垣　正四位下　二祢宜
今ハ一ノ祢宜長官ニ天和弐年三月ニナル（印）

二祢宜　勢州山田外宮　桧垣氏　正四位下　三位

117　因彦

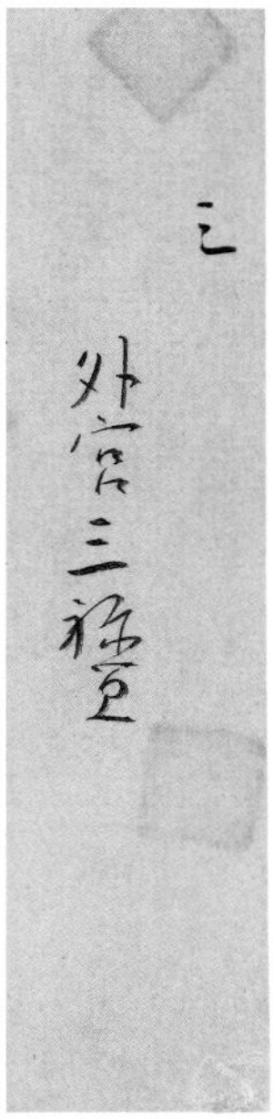

三　外宮三祢宜

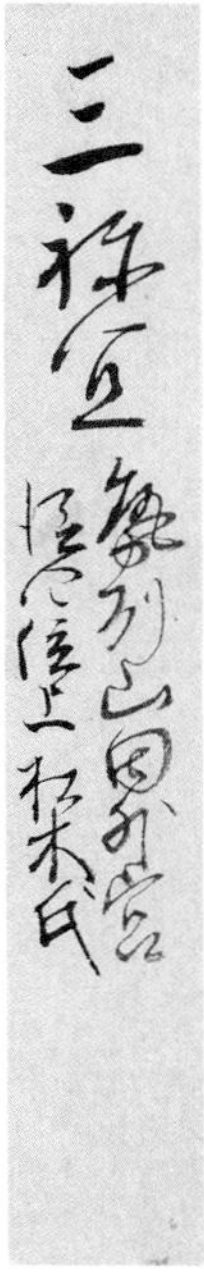

三祢宜　勢州山田外宮　従四位上　松木氏

118　常有

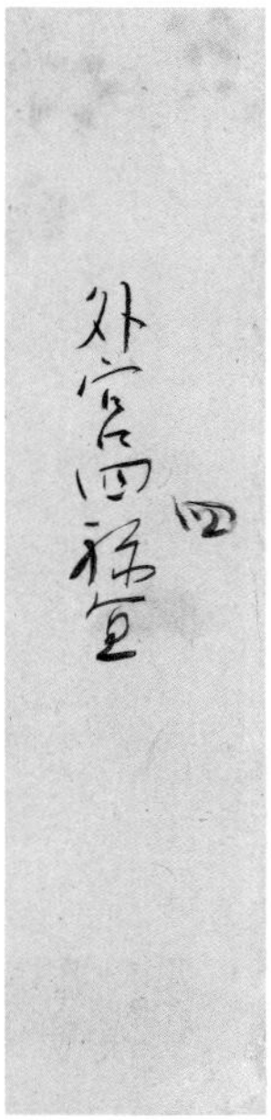

四　外宮四祢宜

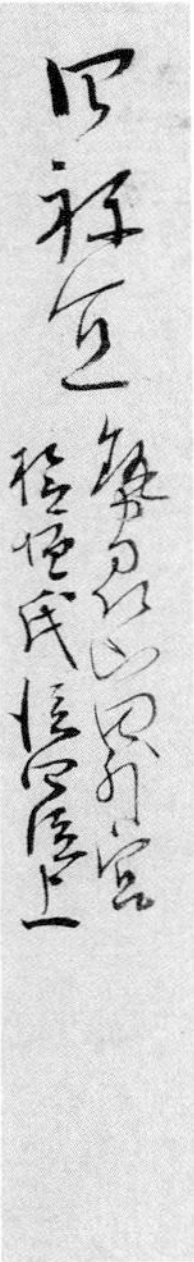

四祢宜　勢州山田外宮　桧垣氏　従四位上

119　継彦

外宮五祢宜　正四位下度会神主　（印）

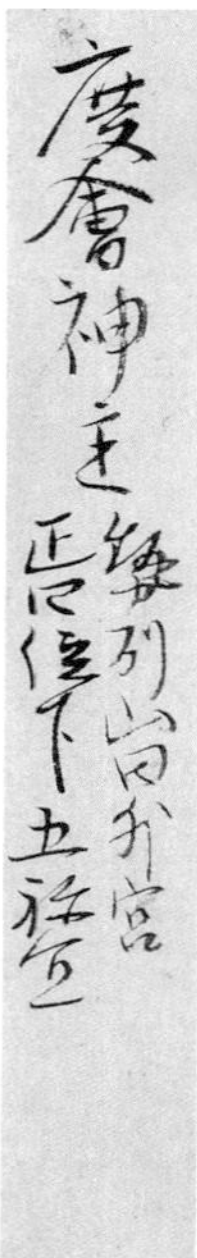

度会神主　勢州山田外宮　正四位下　五祢宜

120　常方

外宮六祢宜　正四位下度会神主　（印）

度会神主　勢州山田外宮　正四位下　六祢宜

121　末彦

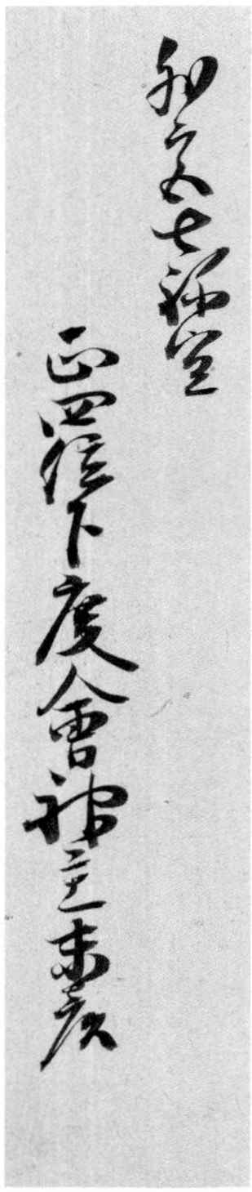

外宮七祢宜　正四位下度会神主末彦

度会神主　勢州山田外宮　正四位下　七祢宜

122　親彦

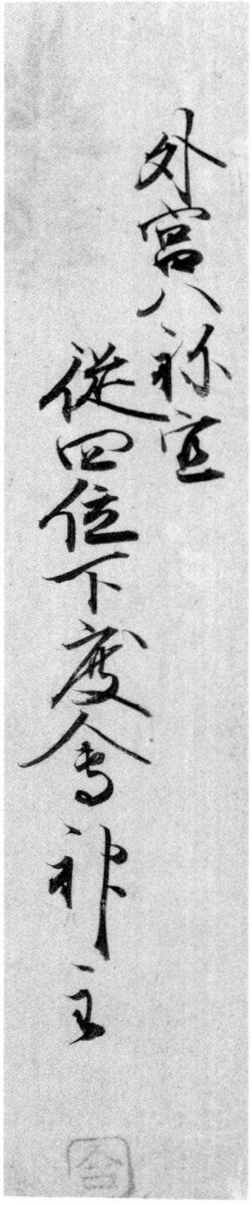

外宮八祢宜　従四位下度会神主　（印）

度会神主　勢州山田外宮　従四位下　八祢宜

123　常倶

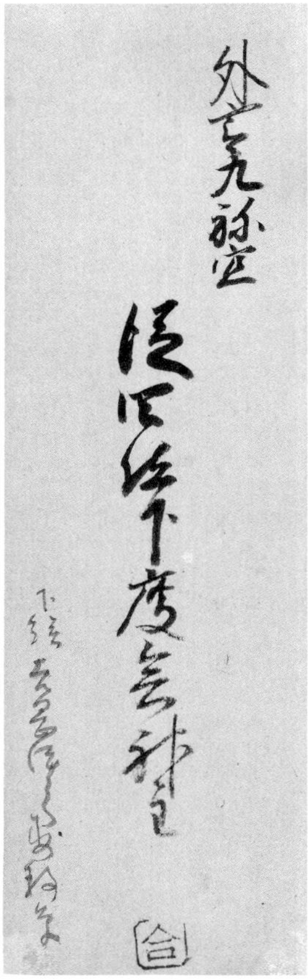

外宮九祢宜　従四位下度会神主　（印）
下絵吉岡伊兵へ寿静筆

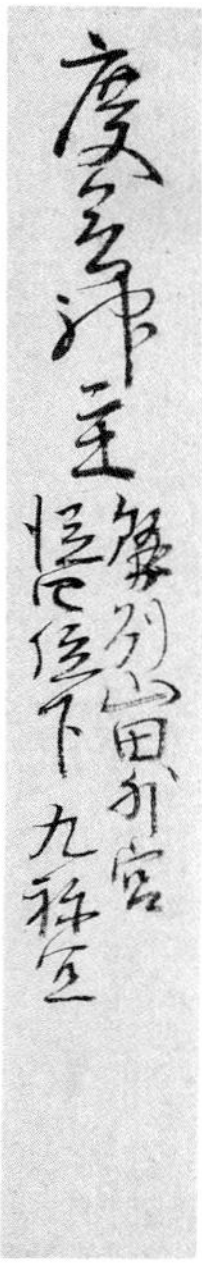

度会神主　勢州山田外宮　従四位下　九祢宜

124　貞彦

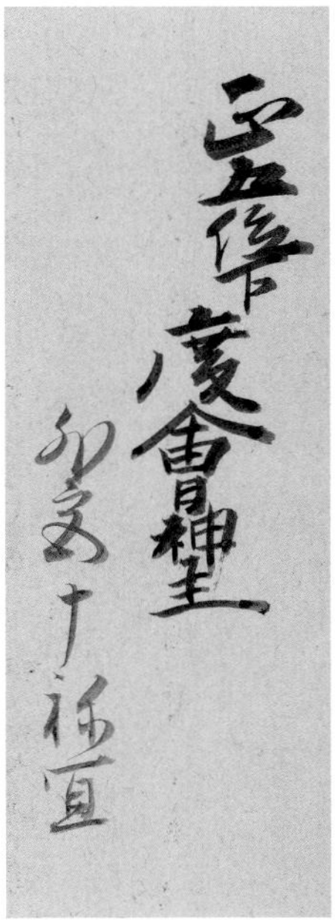

正五位下度会神主

外宮十祢宜

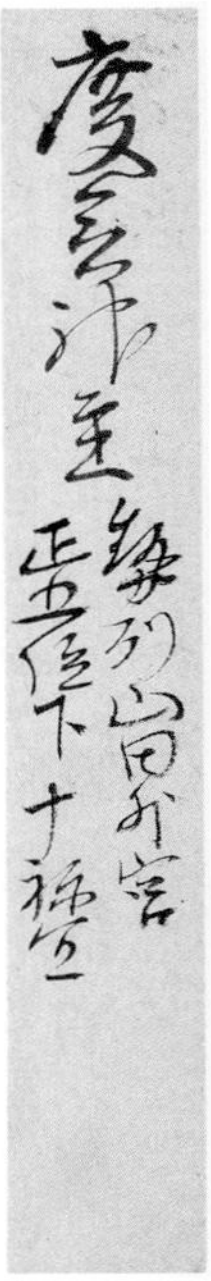

度会神主　勢州山田外宮　正五位下　十祢宜

125　武珍

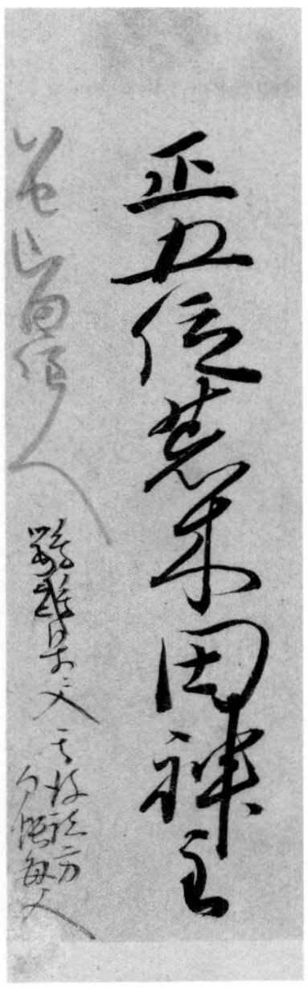

正五位荒木田神主

いせ山田住人

鸚鵡集ニ入其後諸方句帳毎入

荒木田神主　勢州山田　正五位　四位

高田新八郎　鸚鵡集其外句帳ニ入

126　武辰

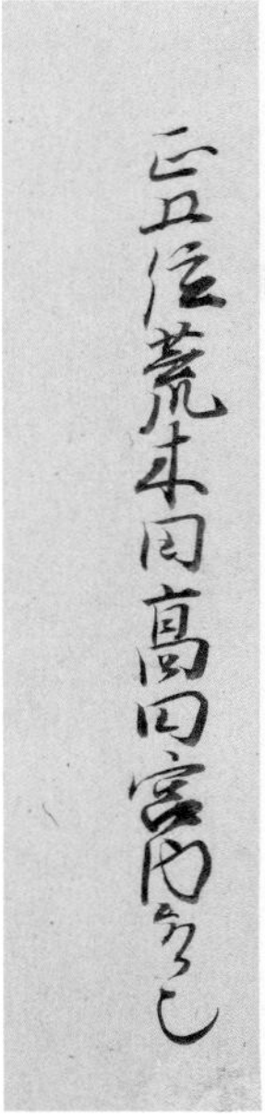

正五位荒木田高田宮内殿也

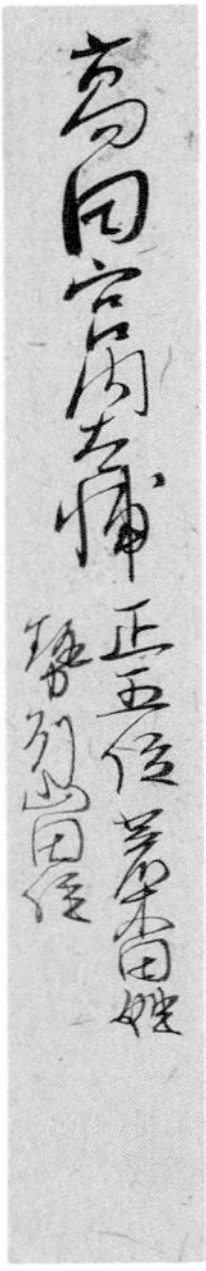

高田宮内大輔　正五位　荒木田姓　勢州山田住

127　武有

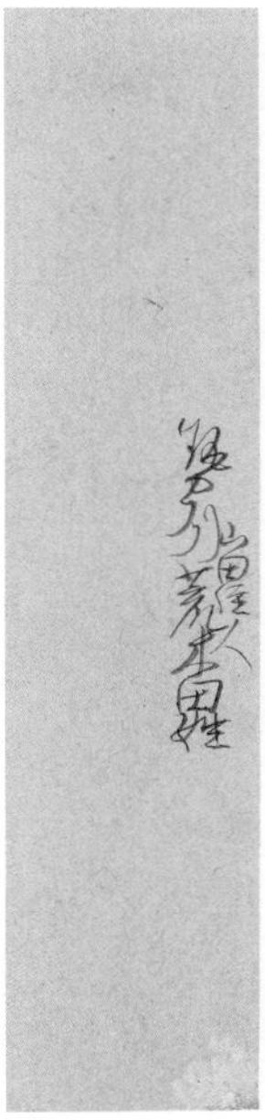

勢州山田住人荒木田姓

荒木田姓　勢州山田　高田左門武有　五位

128　武月

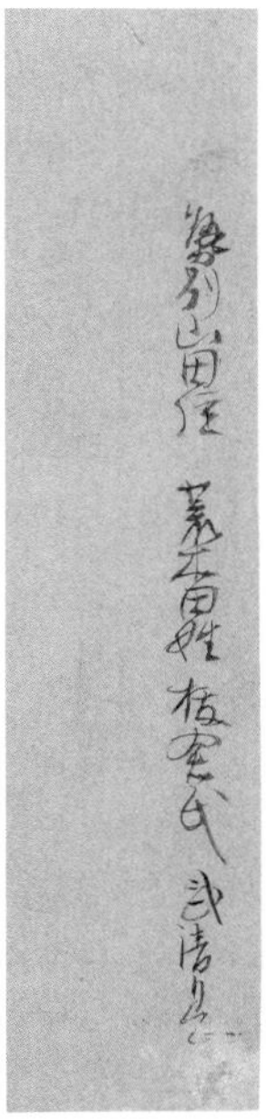

勢州山田住　荒木田姓　榎倉氏　武清息

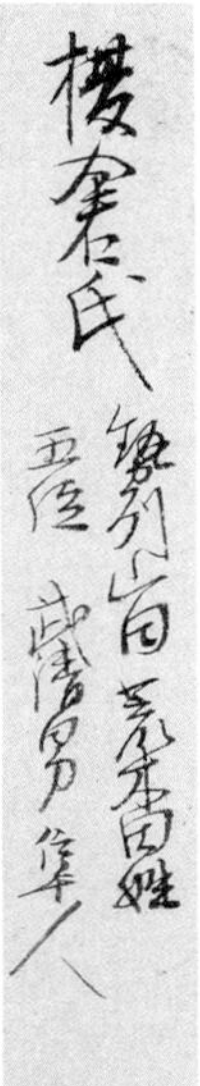

榎倉氏　勢州山田　荒木田姓　五位　武清男　隼人

129　弘氏

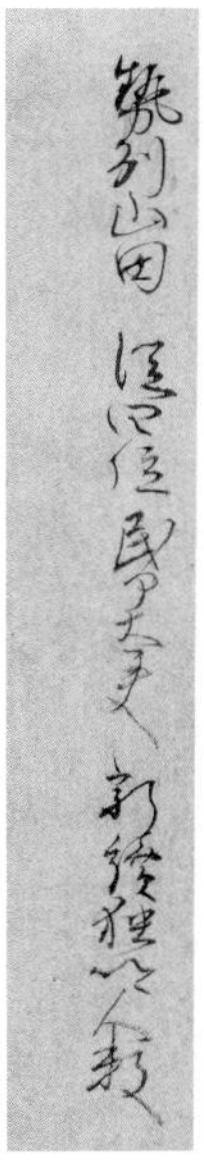

勢州山田　従四位　民部太夫　新続独吟人数

従五位下足代又左衛門

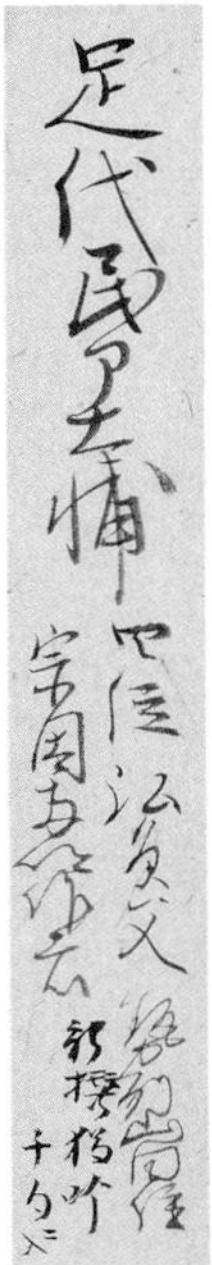

足代民部大輔　四位　弘員父　勢州山田住　宗因両吟作者

新撰独吟千句ニ入

130　弘員

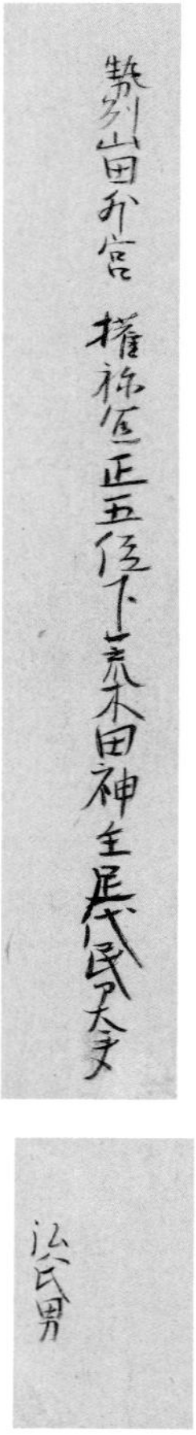

勢州山田外宮　権祢宜正五位下　荒木田神主　足代民部太夫　弘氏男

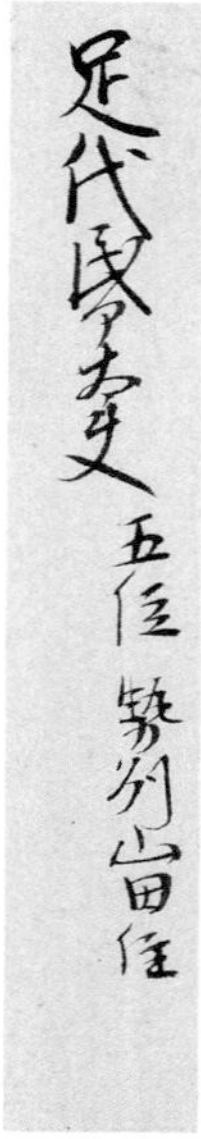

足代民部太夫　五位　勢州山田住

131　光如

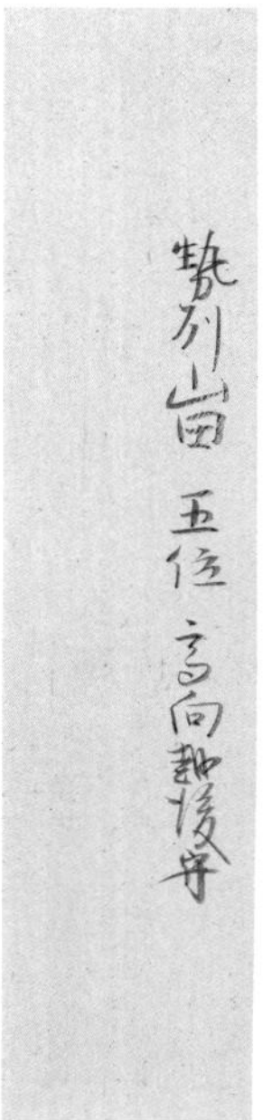

勢州山田　五位　高向越後守

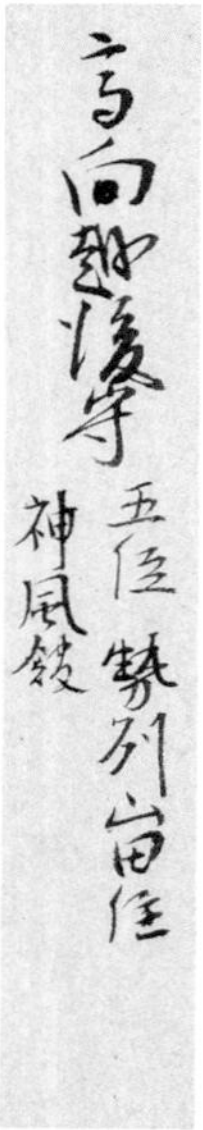

高向越後守　五位　勢州山田住　神風館

132　盛尹

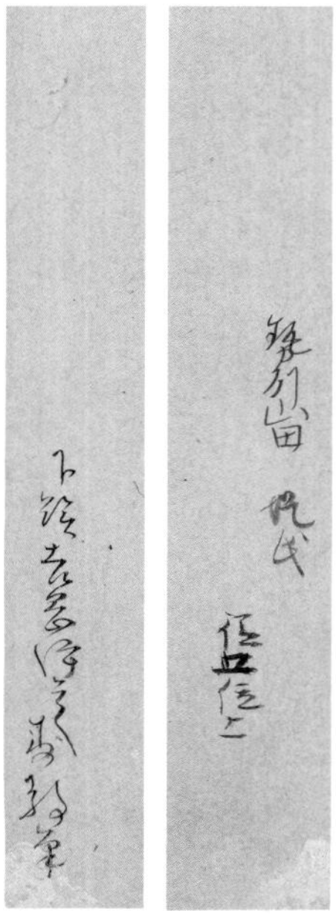

勢州山田　堤氏　従五位上

下絵吉岡伊兵へ　寿静筆

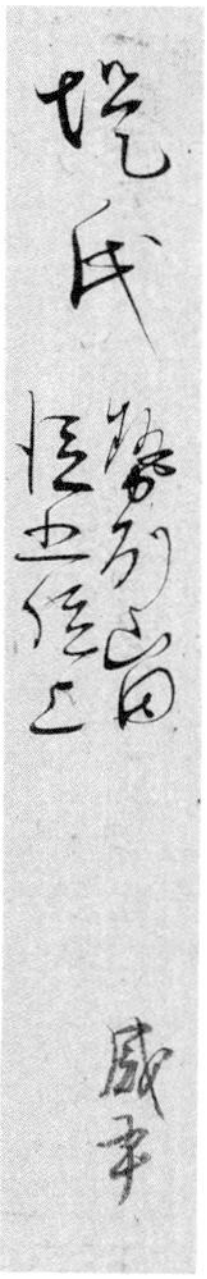

堤氏　勢州山田　従五位上　盛尹

133　貞並

勢州山田住　祢宜従五位下　度会桧垣縫殿助貞並

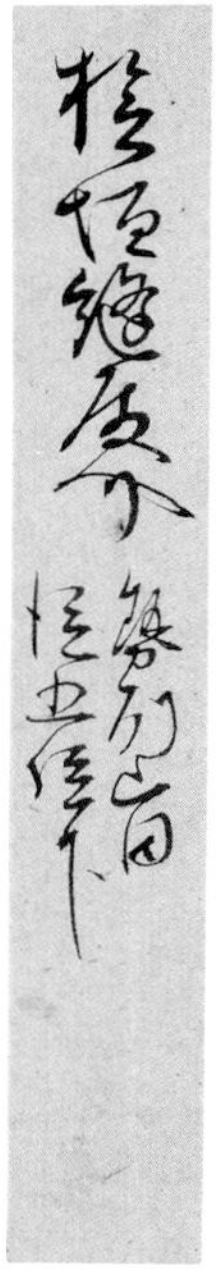

桧垣縫殿介　勢州山田　従五位下

134　文任

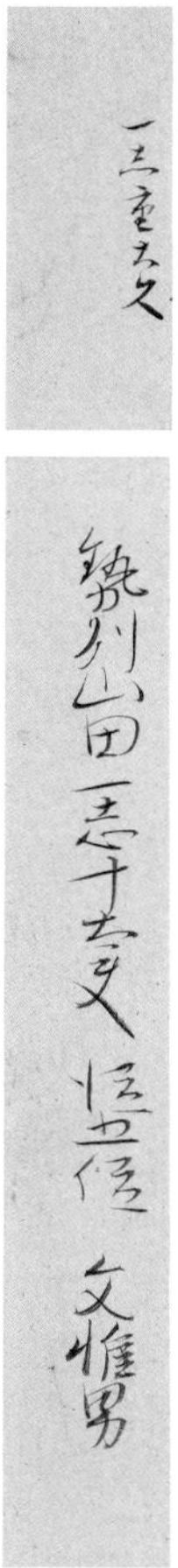

一志重大夫

勢州山田一志十太夫　従五位　文惟男

一志十太夫　勢州山田　五位　文惟男

135　貞俱

伊州山田住　谷《ヤツ》主殿　正五位下貞俱　従四位下　（印）

136　文幸

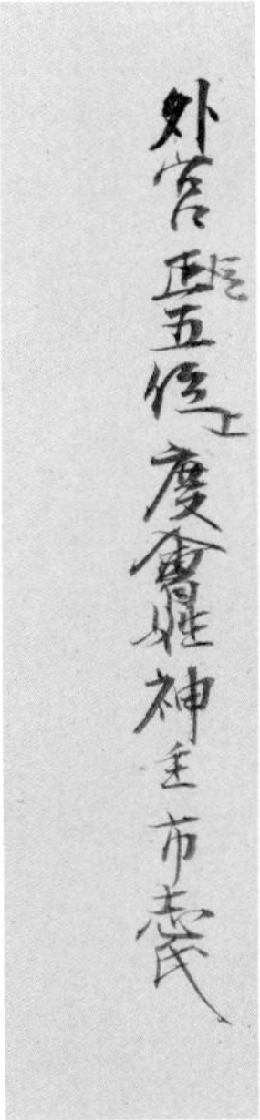

外宮　正〔従〕五位上　度会姓神主　市志氏

137　貞富

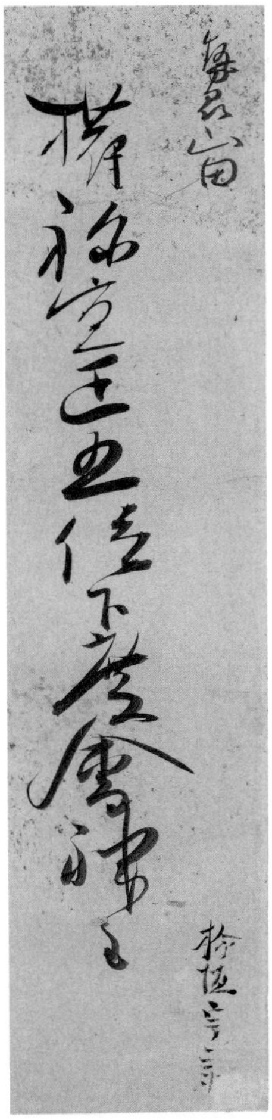

勢州山田　権祢宜正五位下度会神主　桧垣宇兵衛

138　永晴

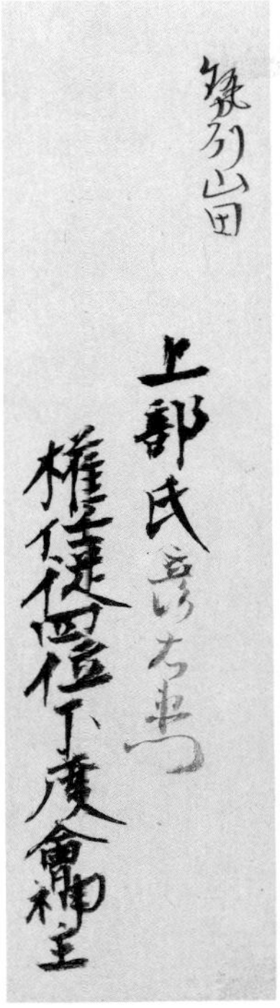

勢州山田　上部氏彦右衛門　権任従四位下度会神主

139　重清

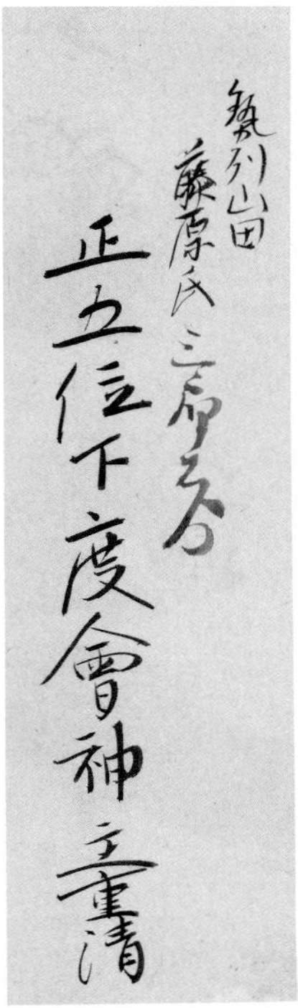

勢州山田　藤原氏三郎右衛門　正五位下度会神主重清

谷主殿　従四位下　勢州山田

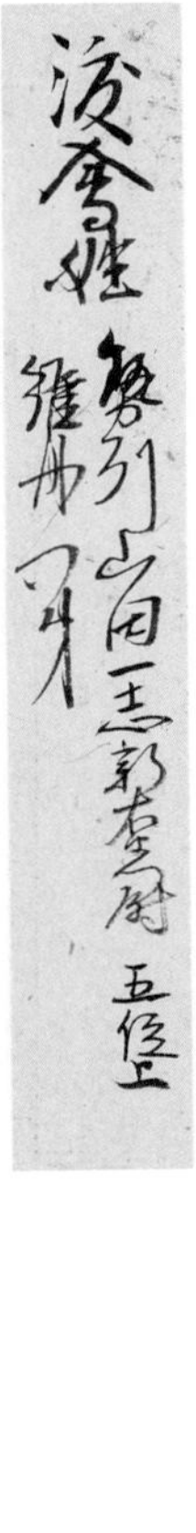

渡（ママ）会姓　勢州山田　一志新右衛門尉　五位上　維舟門弟

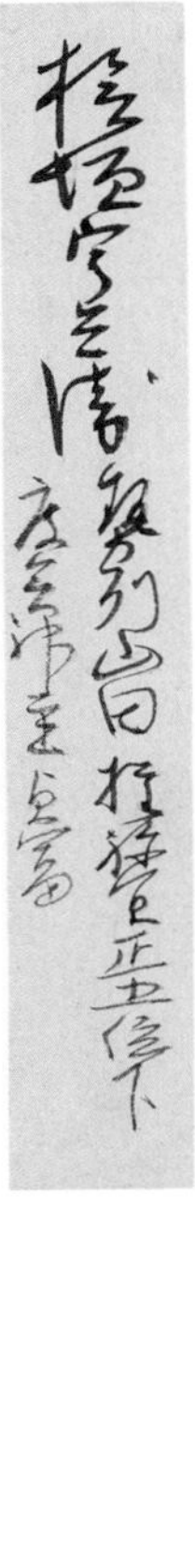

桧垣宇兵衛　勢州山田　権祢宜正五位下　度会神主　貞富

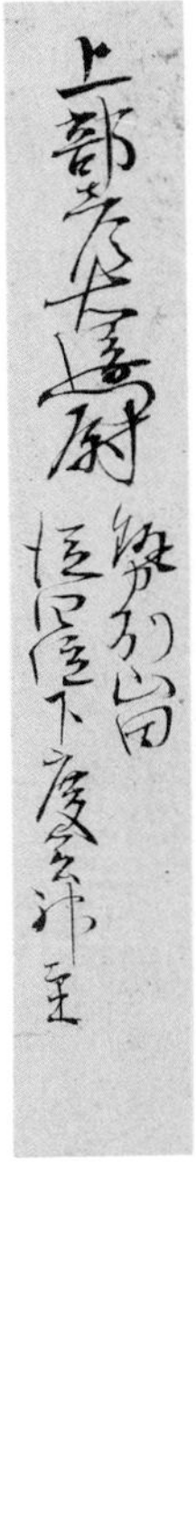

上部彦右衛門尉　勢州山田　従四位下　度会神主

藤原三郎右衛門　勢州山田　正五位下　度会神主

140　忠貞

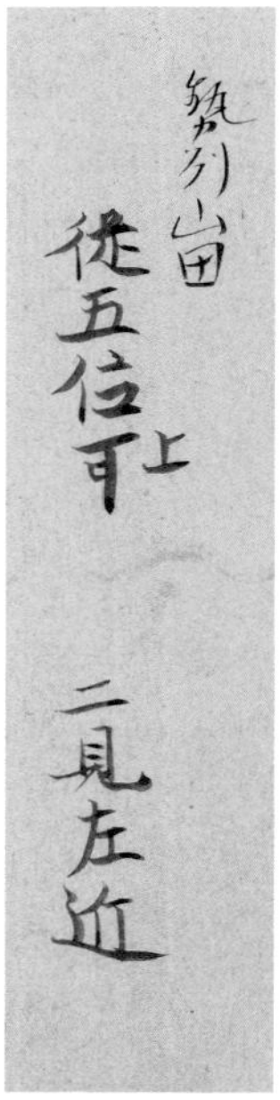

勢州山田　従五位下上　二見左近

141　弘孝

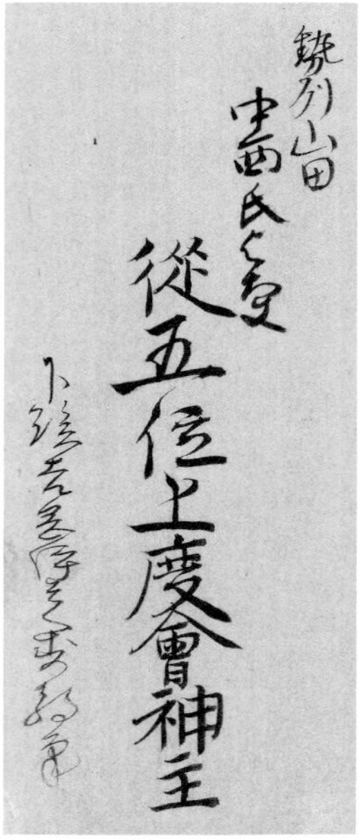

勢州山田　中西氏与太夫
従五位上度会神主
下絵吉岡伊兵へ寿静筆

142　武在

勢州山田住　荒木田氏武在　従五位上　村山掃部

143　守武

（裏書なし）

144　西順

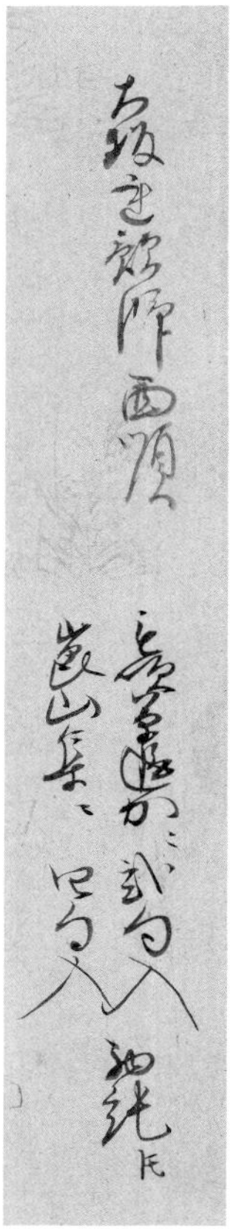

大坂連歌師西順　毛吹草追加ニ弐句入　崑山集ニ四句入　西純トモ

145　卜宥

大坂天満住　空存事

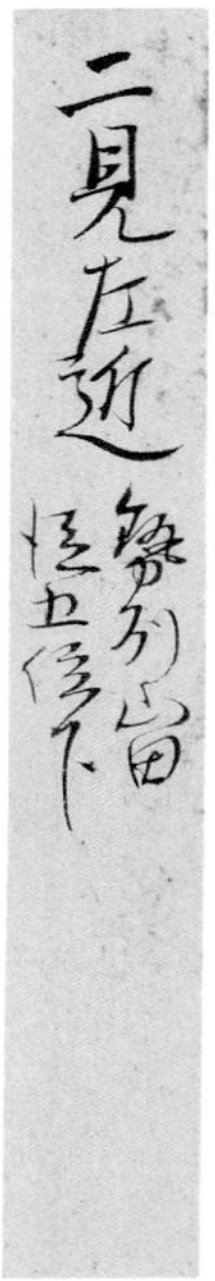

二見左近　勢州山田　従五位下

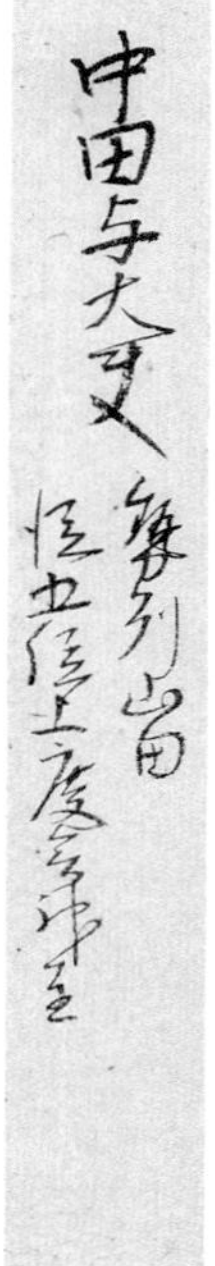

中田与大夫　勢州山田　従五位上　度会神主

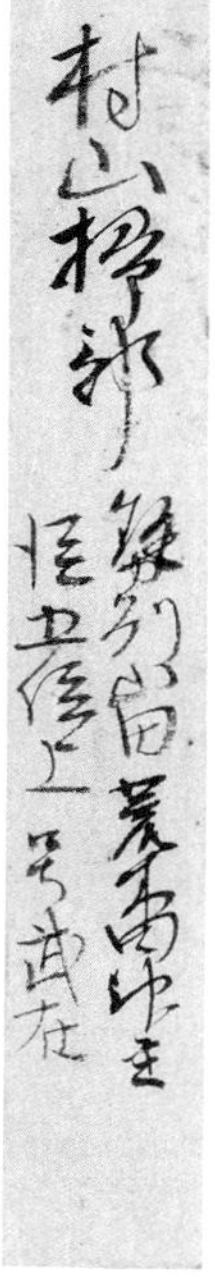

村山掃部　勢州山田　荒木田神主　従五位上　号武在

荒木田神主　勢州山田

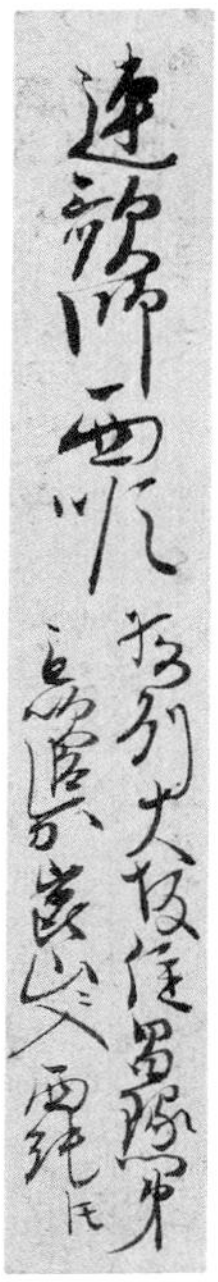

連歌師西順　摂州大坂住　昌琢門弟　毛吹追加崑山ニ入　西純トモ

天満住空存　別名　毛吹同追加ニ入　夢見草撰者　卜宥

146　為誰

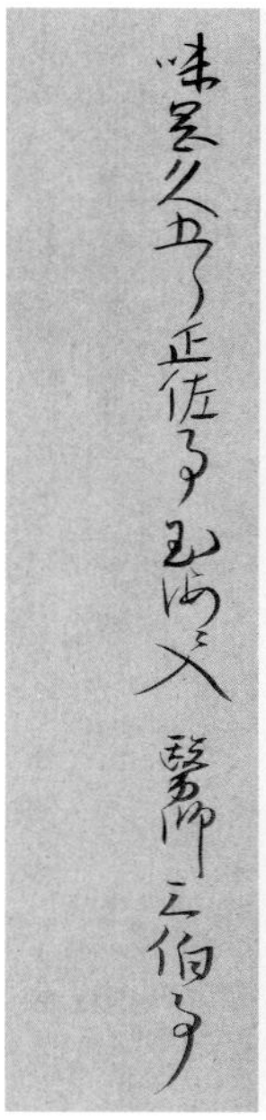

味岡久五郎正佐事　玉海二入　医師　三伯事

味岡三伯　別名　始久五郎正佐　玉海二入　**医師**　為誰

147　隈光

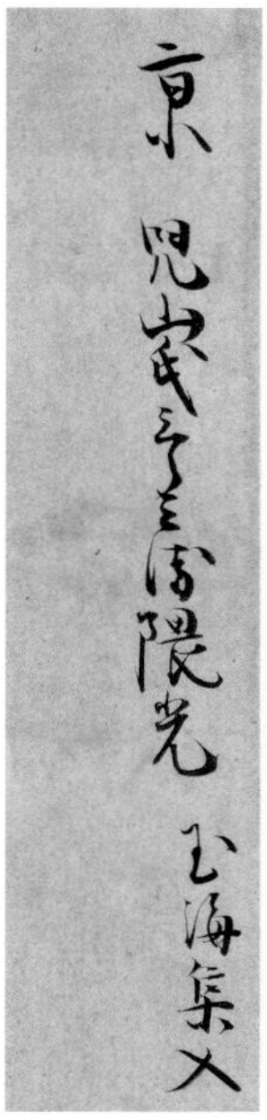

京　児山氏三郎兵衛隈光　玉海集入

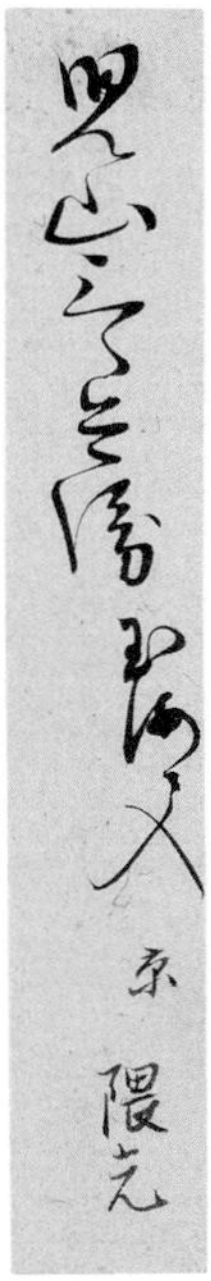

児山三郎兵衛　玉海二入　**京　隈光**

148　正伯

京　田中与兵衛正伯　玉海集入

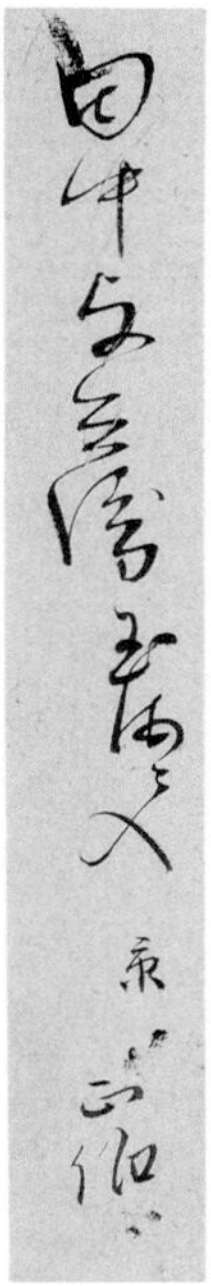

田中与兵衛　玉海二入　**京　正伯**

149　知春

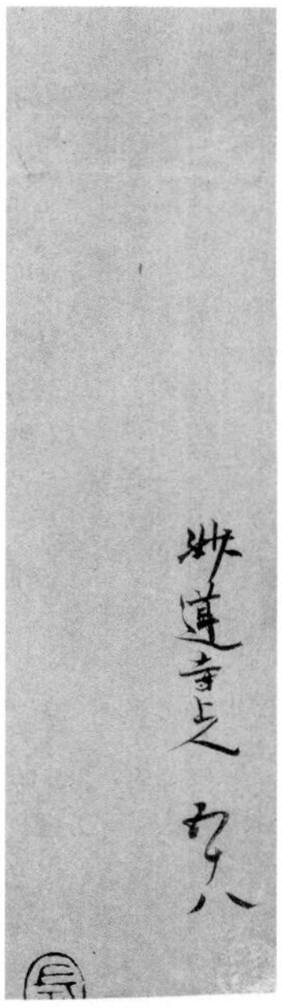

妙蓮寺上人　五十八　（印）

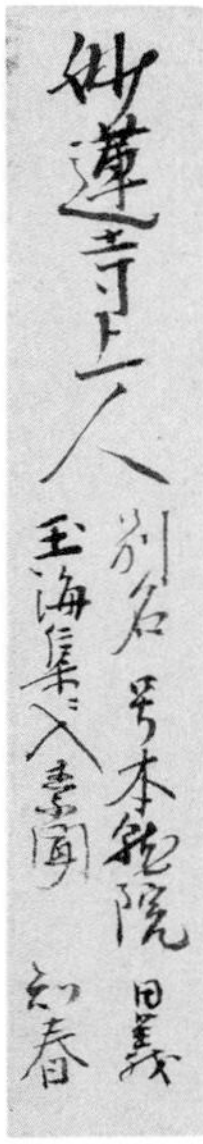

妙蓮寺上人　別名　号本就院　日義　玉海集二入　素聞　**知春**

150　光林

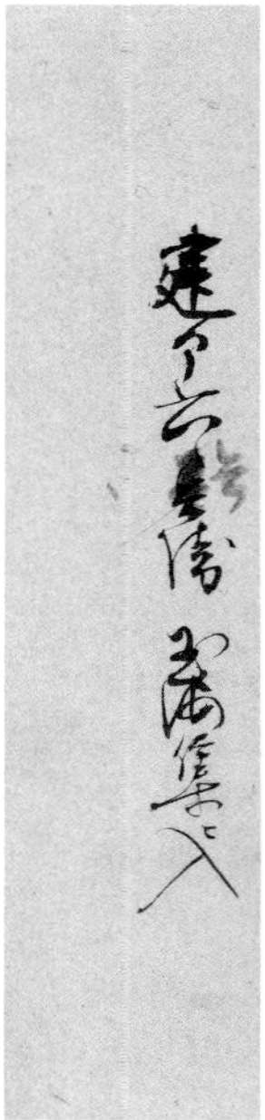

建部六兵衛　玉海集二入

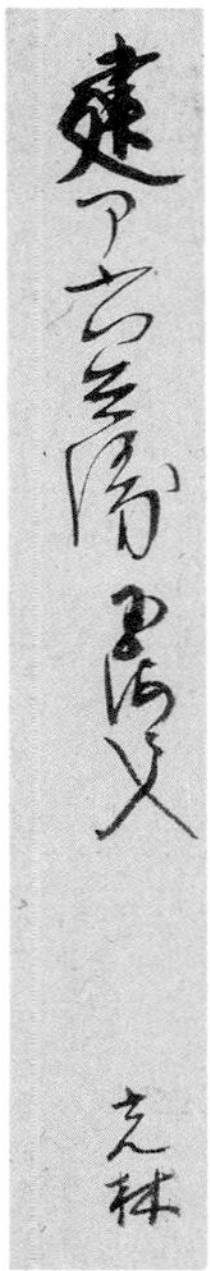

建部六兵衛　玉海二入　**光林**

151　友仙

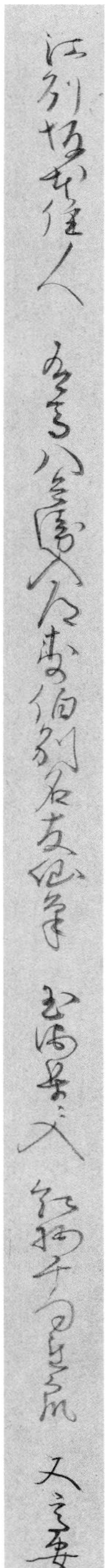

江州坂本住人　有馬八兵衛入道寿伯別名友仙筆　玉海集二入　紅梅千句連衆　又意安トモ

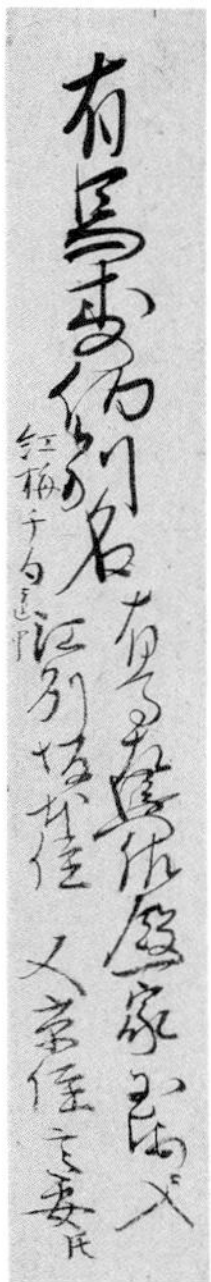

有馬寿伯別名　有馬左衛門佐殿一家　玉海二入
江州坂本住　又京住　意安トモ　**紅梅千句連中**

152　正次

京　池田氏　玉海集入

池田氏　玉海二入　喜兵衛　京　正次

153　言聴

清水四郎左衛門　もと京住　在江戸
玉海二入　清水四郎左衛門　下絵吉岡伊兵へ寿静筆

清水四郎左衛門言聴　貞室門弟　本京住　在江戸　玉海集二入

154　可頼

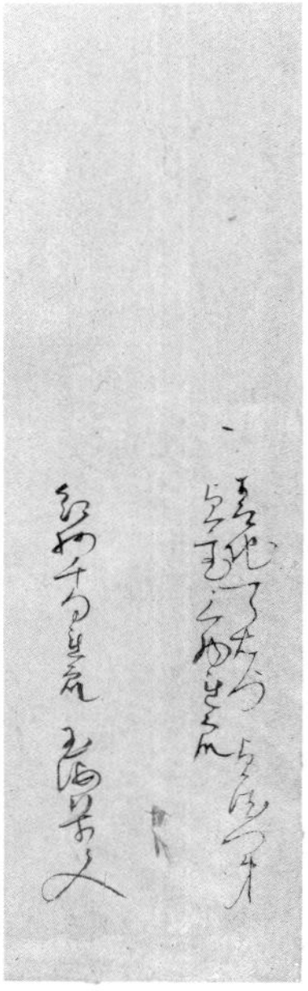

青地一郎右衛門　貞徳門弟
貞室三物連衆　廿八
紅梅千句連衆　玉海集二入

青地市郎右衛門　紅梅千句連衆　百人一句二入
玉海集二入　貞室門弟三物連衆

155　政信

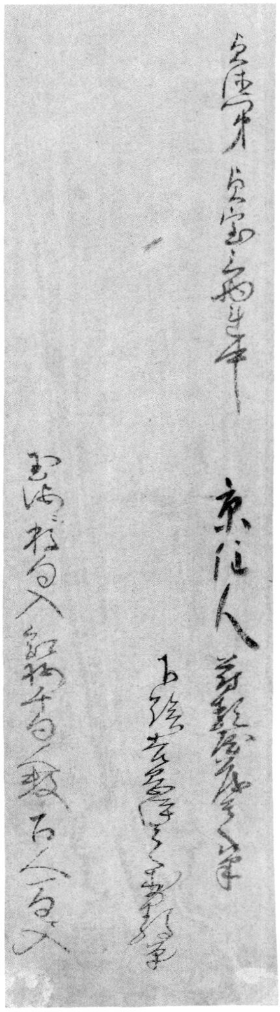

貞徳門弟　貞室三物連中　京住人荷類屋茂兵へ筆　下絵吉岡伊兵へ寿静筆
玉海二数句入　紅梅千句人数　百人一句二入

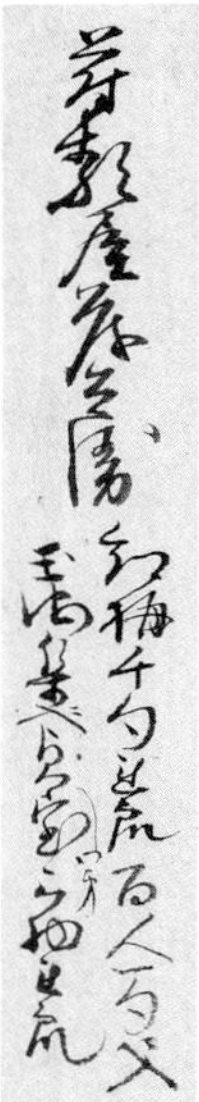

荷類屋茂兵衛　紅梅千句連衆　百人一句二入
玉海集二入　貞室門弟三物連衆

156　素行

（裏書なし）

足立（下「達」）正哲
此句玉海二入　別名　百人一句二入

157　正重

此句玉海ニ入　下村氏方角筆

158　祐上

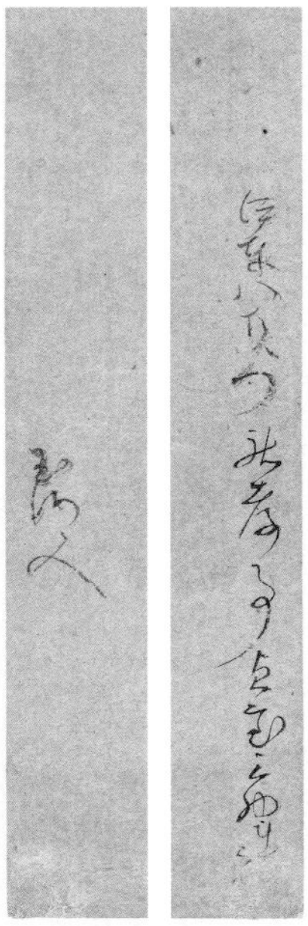

伊東八左衛門祐孝事　貞室三物連衆

玉海ニ入

159　一好

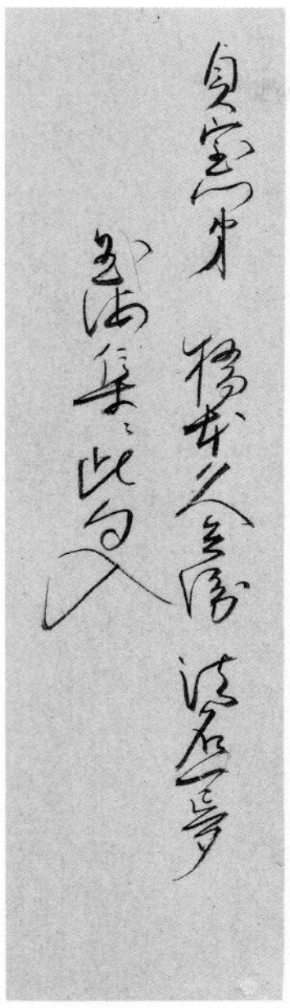

貞室門弟　橋本久兵衛　法名一夢

玉海集ニ此句入

160　善入

貞室門弟　山本善兵へ　玉海ニ入

161　可竹

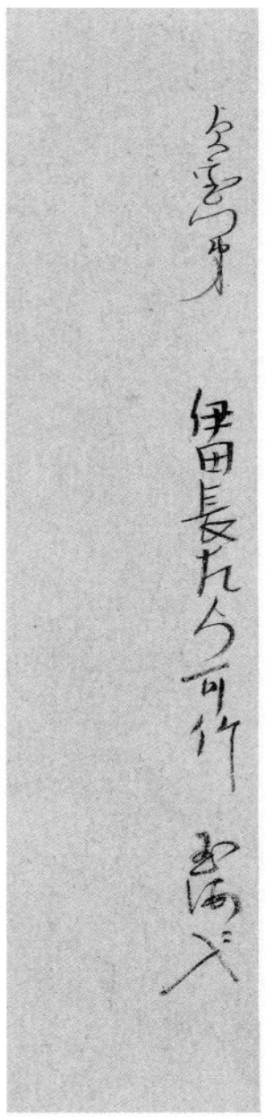

貞室門弟　伊田長左衛門可竹　玉海ニ入

162　銀竹

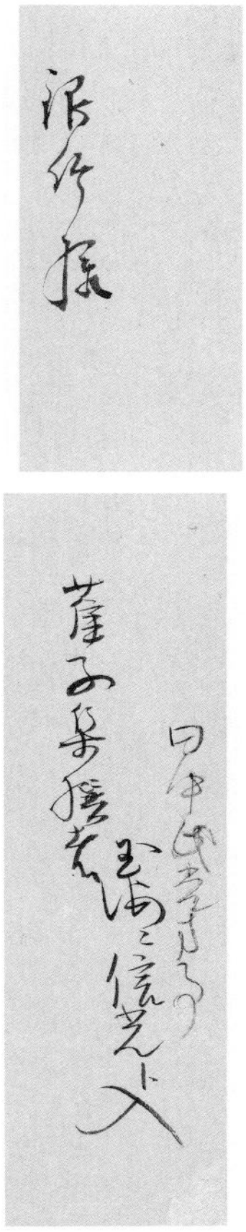

銀竹様　田中氏光方事　玉海ニ信光ト入　雀子集撰者

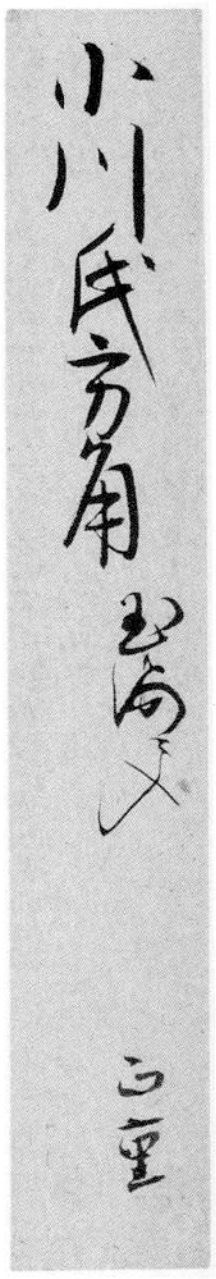

小川氏方角　玉海ニ入　**正重**

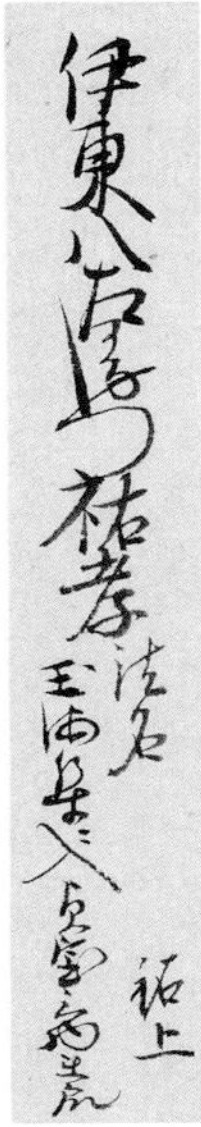

伊東八左衛門祐孝　法名　玉海集ニ入　貞室三物連衆　**祐上**

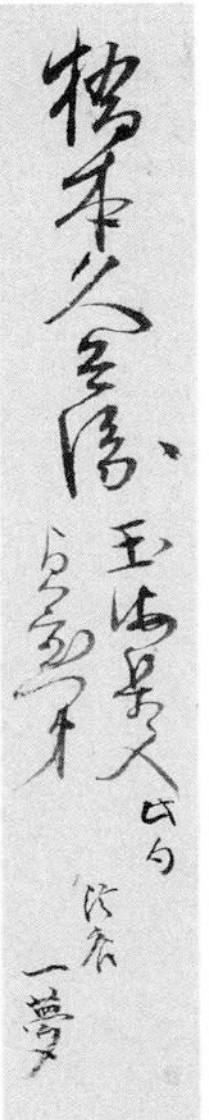

橋本久兵衛　玉海集ニ入**此句**　貞室門弟　**法名一夢**

山本善兵衛　貞室門弟　玉海集ニ入

伊田長左衛門　玉海ニ入　**貞室門弟　可竹**

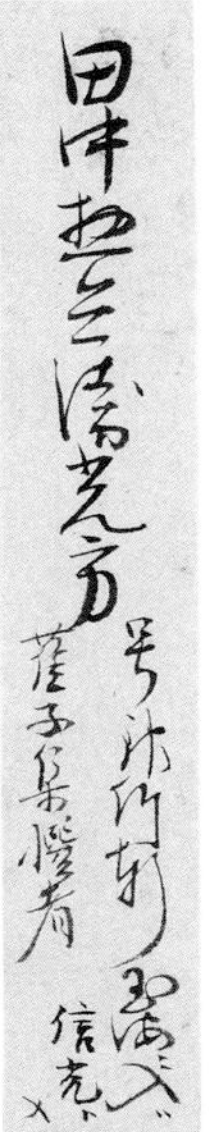

田中惣兵衛光方　号銀竹軒　雀子集撰者　玉海ニ入ル　**信光ト入**

163　正伯

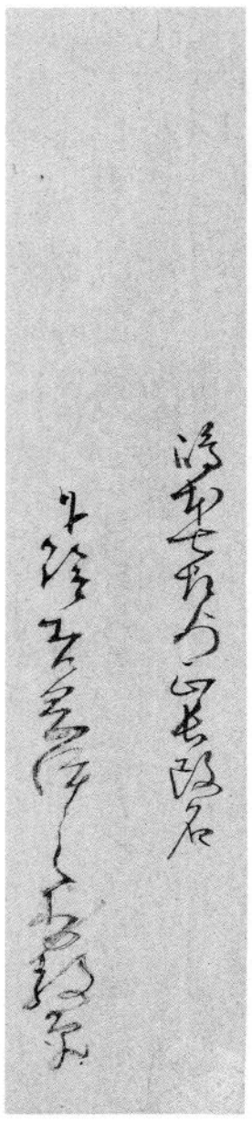

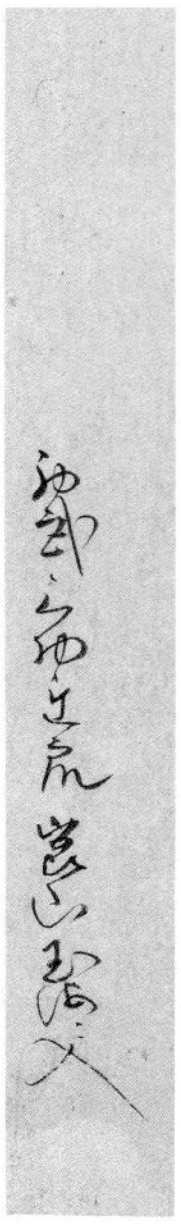

嶋本七左衛門正長改名
下絵吉岡伊兵へ寿静筆

西武三物連衆　崑山玉海二入

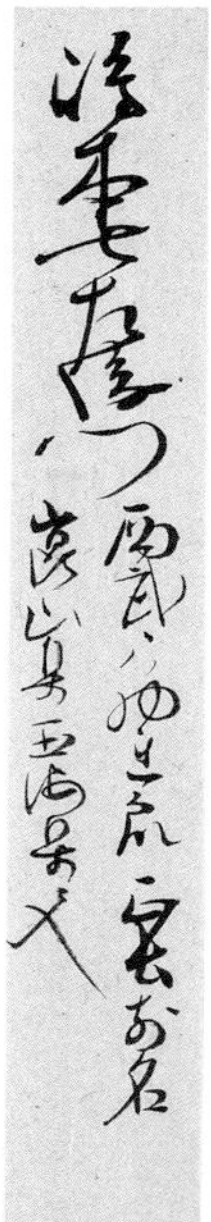

嶋本七左衛門　西武三物連衆　正長前名　崑山集玉海集二入

164　可雪

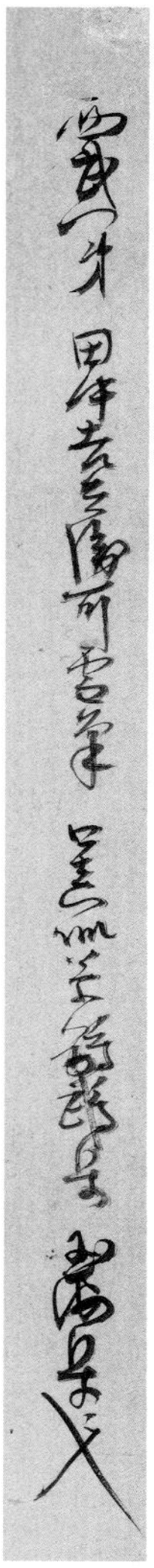

西武門弟　田中吉兵衛可雪筆　口真似草鸚鵡集玉海集二入

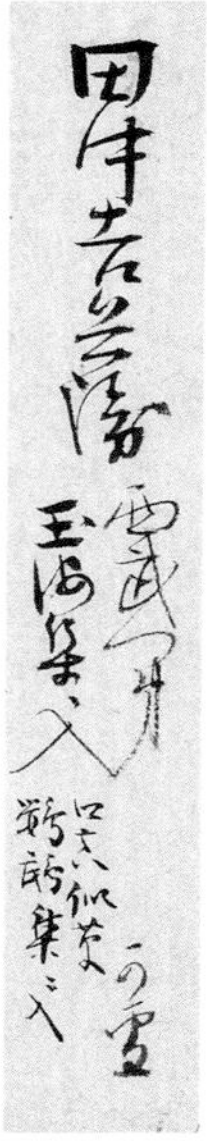

田中吉兵衛　西武門弟　玉海集二入　**口真似草鸚鵡集二入　可雪**

165　道可

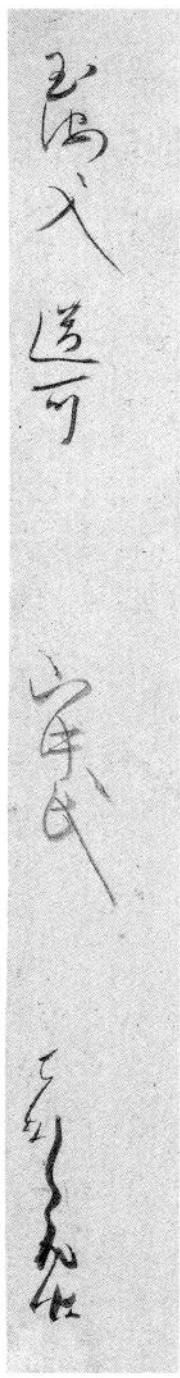

西武門弟三物連衆　下京六条坊

玉海二入　道可　山中氏　□□□□□

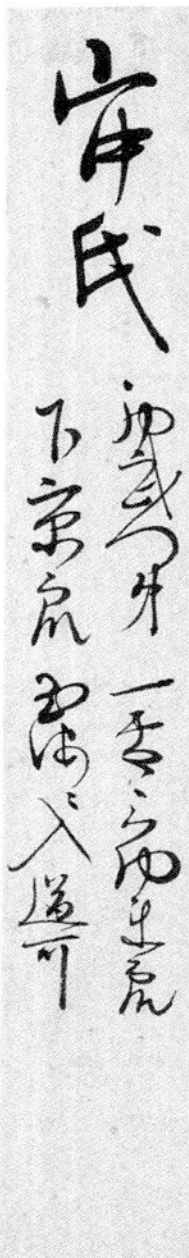

山中氏　西武門弟　一雪三物連衆　下京衆　玉海二入　道可

166　直興

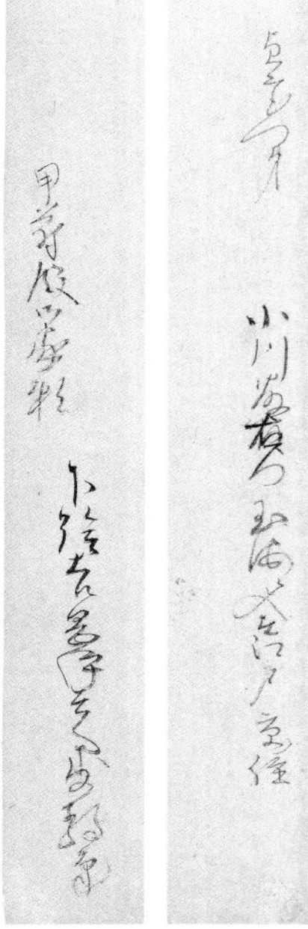

貞室門弟
小川藤右衛門　玉海二入　在江戸京ノ住

甲府殿御家頼　下絵吉岡伊兵へ寿静筆

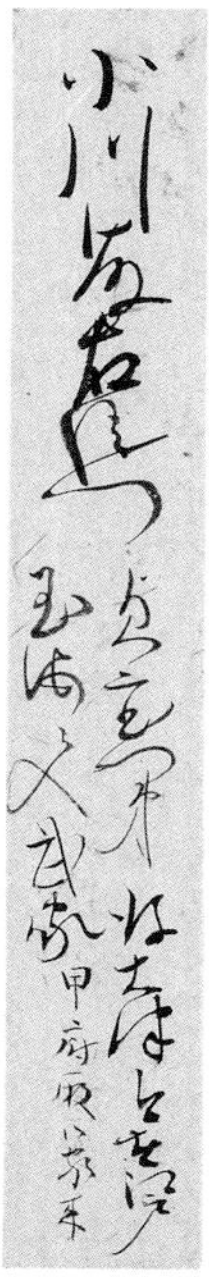

小川藤右衛門　貞室門弟　後大津今在江戸
玉海二入　武家　**甲府殿御家来**

167　元知

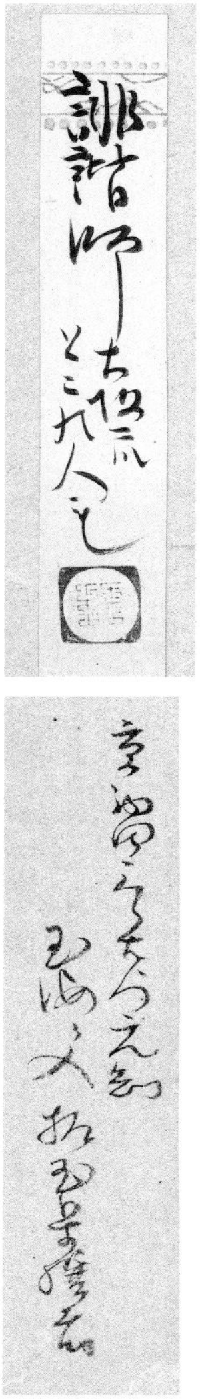

（極札）「誹諧師　大坂衆／とこの人も　（印）」　京西田三郎右衛門元知　玉海二入　拾玉集撰者

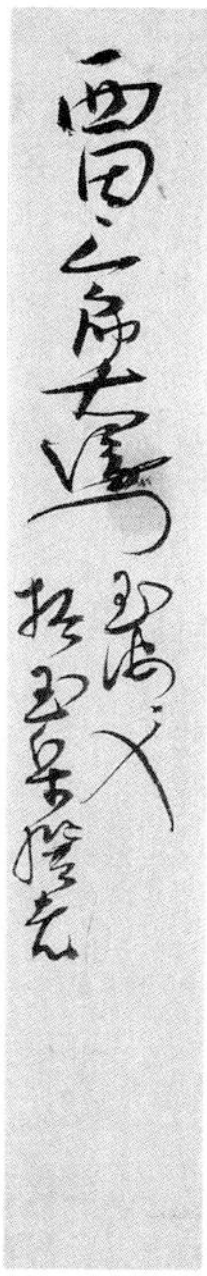

西田三郎右衛門　玉海二入　拾玉集撰者

168　正量

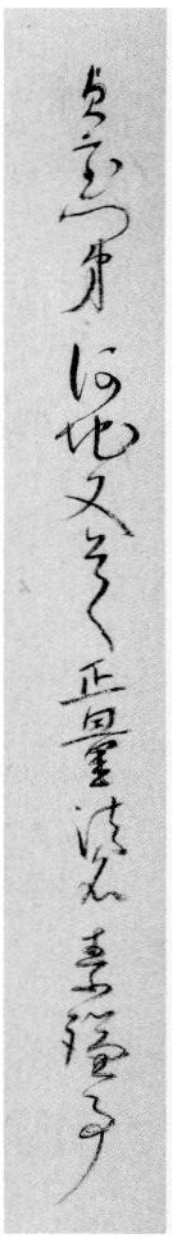

貞室門弟　河地又兵へ正量法名　素鎰事

川瀬又兵衛　（印）

169　秀朝

京衆　藤井吉左衛門　玉海集二入　（裏打下）「秀朝公」

170　元隣

季吟門弟　（印）

171　可全

（裏書なし）

172　康吉

下村理兵衛　続連珠入

季吟三物連衆

173　則常

（裏書なし）

河地又兵衛正量入道　号素鎰　又正忠　玉海集二入　貞室門弟

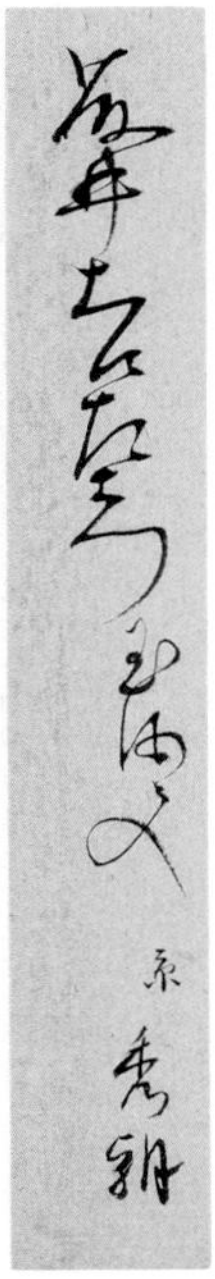

藤井吉左衛門　玉海二入　**京　秀朝**

山岡元水　身ノ楽千句作者　百人一句二入
季吟門弟三物連衆　玉海二入

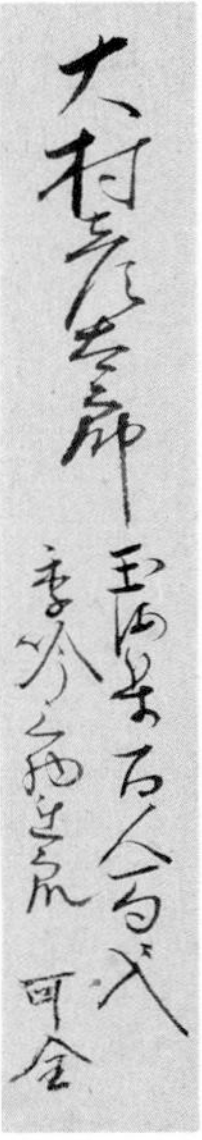

大村彦太郎　玉海集百人一句二入　季吟三物連衆　可全

下村理兵衛　季吟三物連衆　玉海二入　**続連珠二入**　康吉

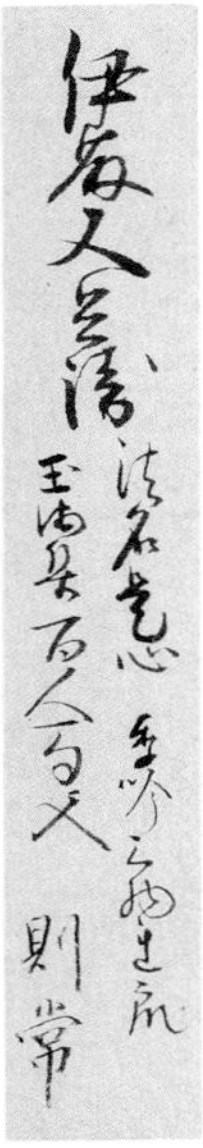

伊東又兵衛　法名是心　季吟三物連衆　玉海集百人一句二入　則常

174　永利

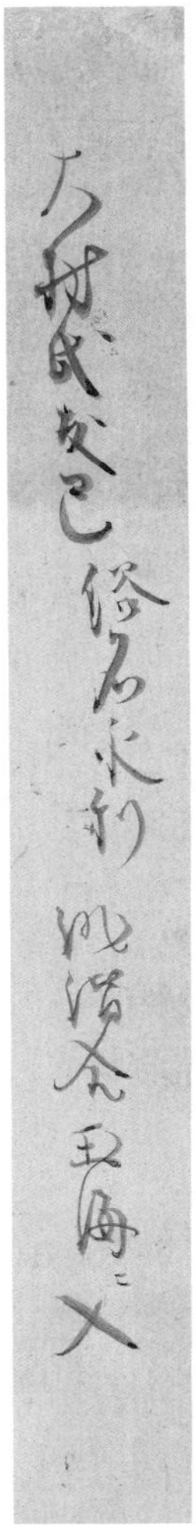

大村氏友己　俗名永利　誹諧合玉海ニ入

大村友己俗名　誹諧合　玉海ニ入　季吟門弟　**永利**

175　一敬

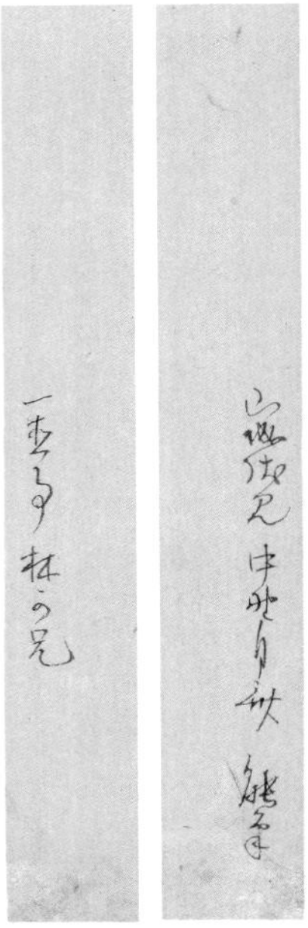

山城伏見　中野自斎　能筆

一直事　林可兄

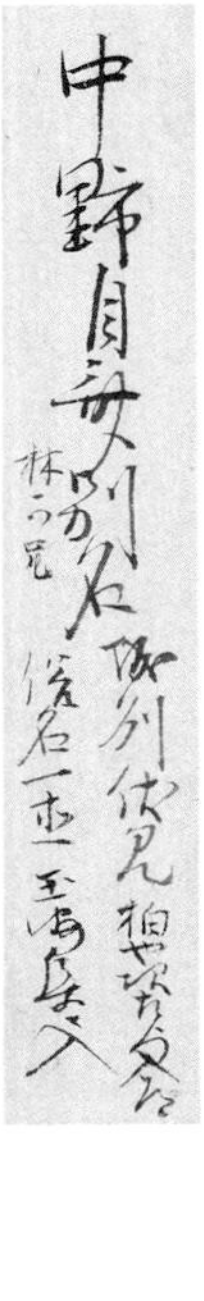

中野自斎別名　城州伏見　柏や次左衛門入道　俗名一直

玉海集ニ入　**林可兄**

176　俊之

玉海集ニ入

長谷川孫右衛門

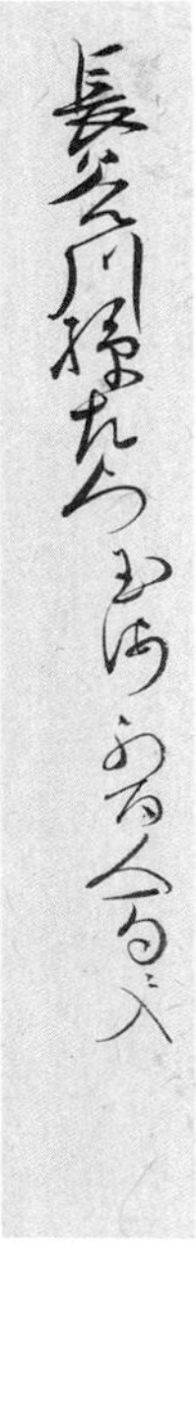

長谷川孫左衛門　玉海　新百人一句ニ入

177　雪竹

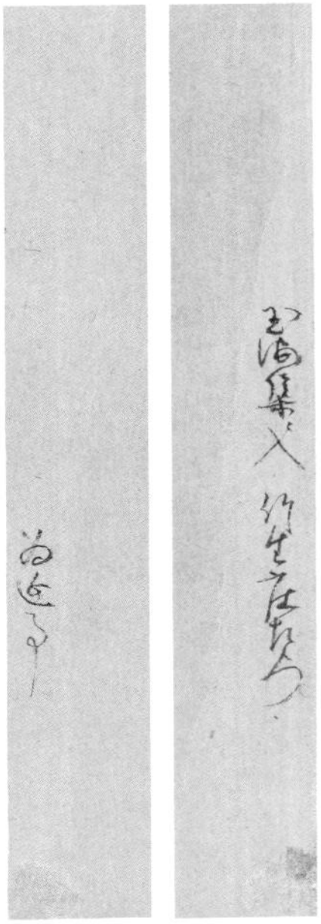

玉海集ニ入　竹生庄左衛門

為延事

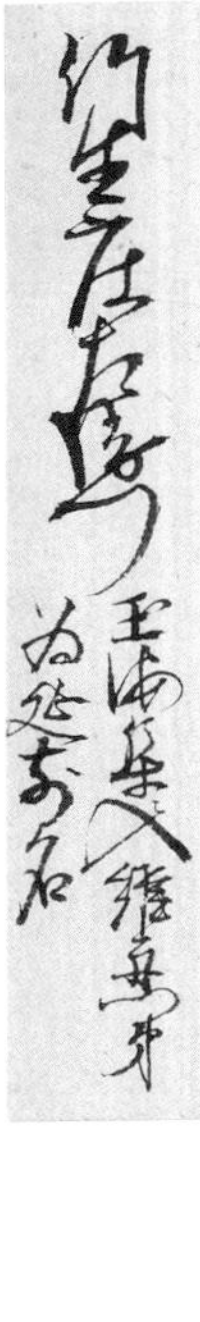

竹生庄左衛門　玉海集ニ入　維舟門弟　為延前名

178　平吉

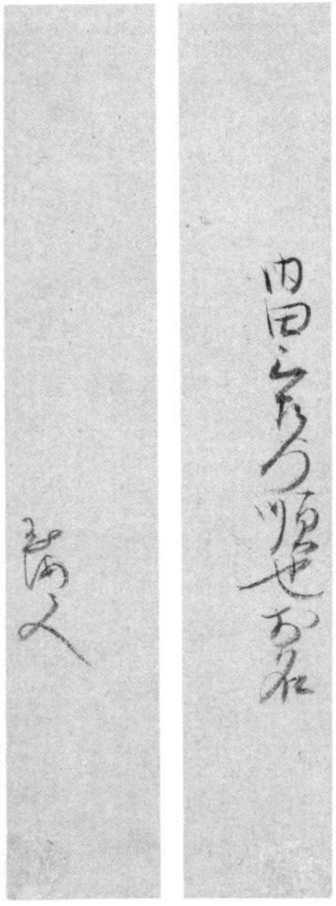

内田三左衛門順也前名

玉海ニ入

内田氏　三左衛門　俗名ヲ以名乗トス　順也事

百人一句ニ入　玉海集ニ入　梅盛三物連衆

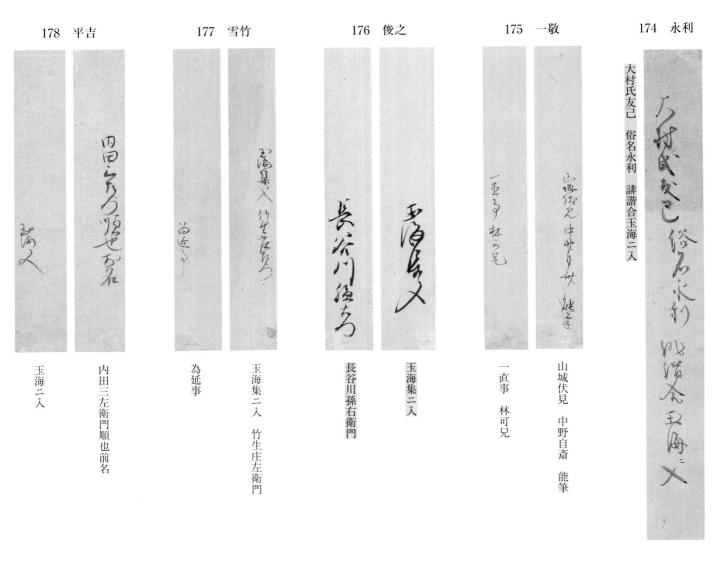

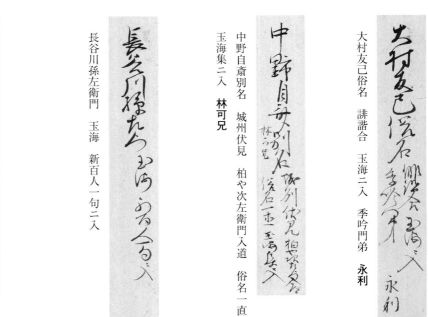

179　順也

（裏書なし）

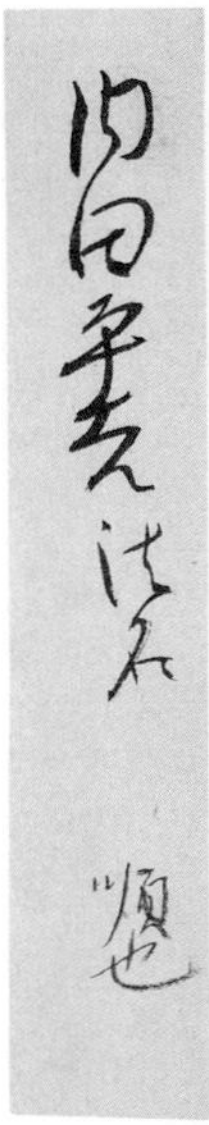

内田平吉法名　順也

180　信徳

（裏書なし）

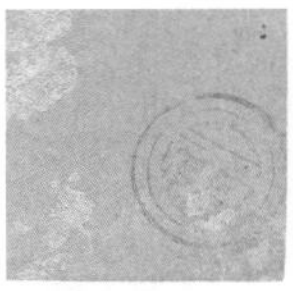

（印）

伊藤助左衛門　千句作者　玉海集ニ入　信徳

181　重隆

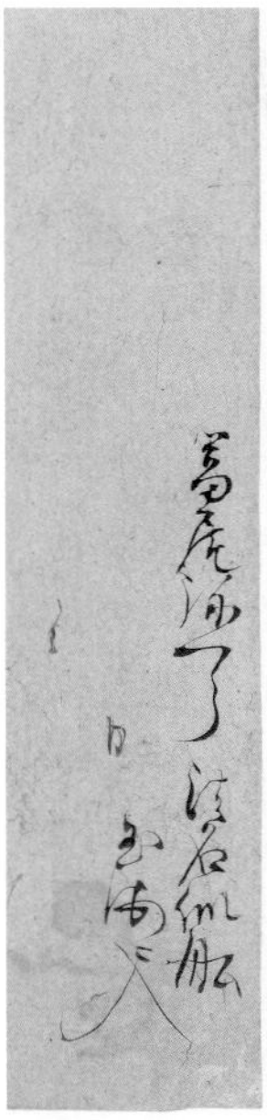

富尾弥一郎　法名似船　玉海ニ入

富尾弥一郎　似船俗名　玉海ニ入　重隆

182　似船

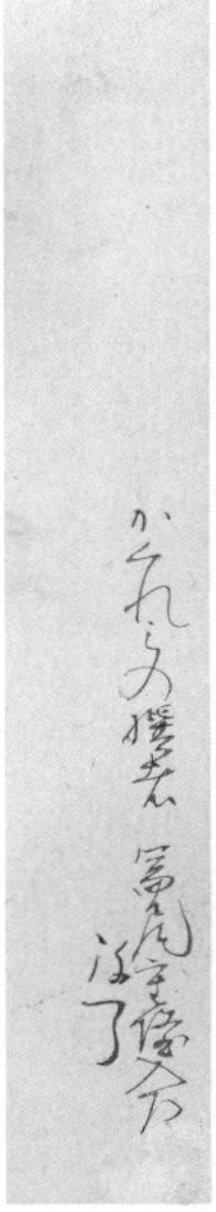

かくれみの撰者　富尾重隆入道　弥一郎

玉海集ニ入　似空弟子跡目　点者

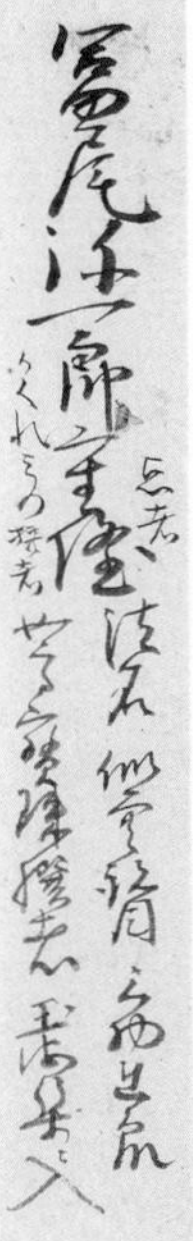

富尾弥一郎重隆法名　似空跡目三物連衆　如意宝珠撰者

玉海集ニ入　**かくれみの撰者　点者**

183　立静

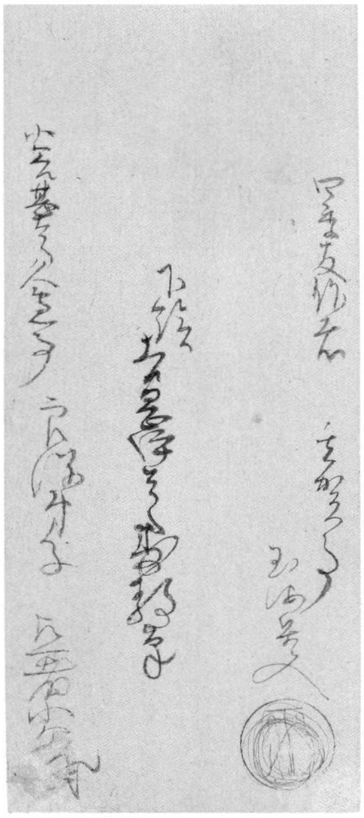

四季友作者　玄賀事　玉海集ニ入　（印）

下絵吉岡伊兵へ寿静筆

小谷甚太郎久恵事　良保弟子　点者小谷氏

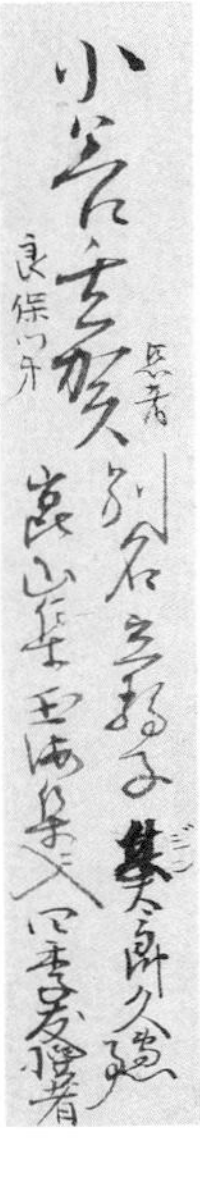

小谷玄賀　別名立静子　甚《ジ》太郎久恵事

崑山集玉海集ニ入　四季友撰者　**良保門弟　点者**

184　重晴

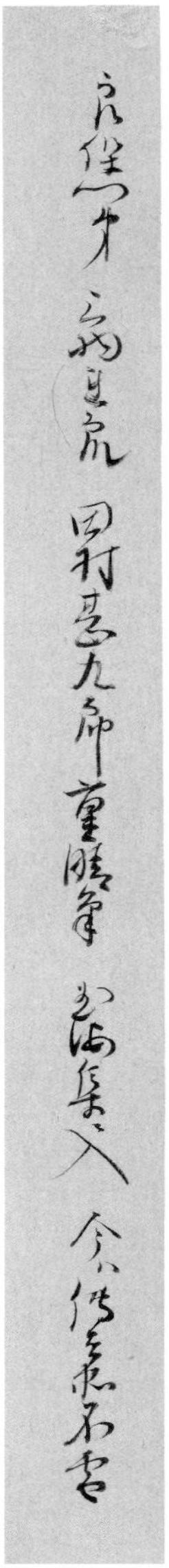

良保門弟　三物連衆　田村甚九郎重晴筆　玉海集ニ入　今ハ伝兵衛不雪

185　忠直

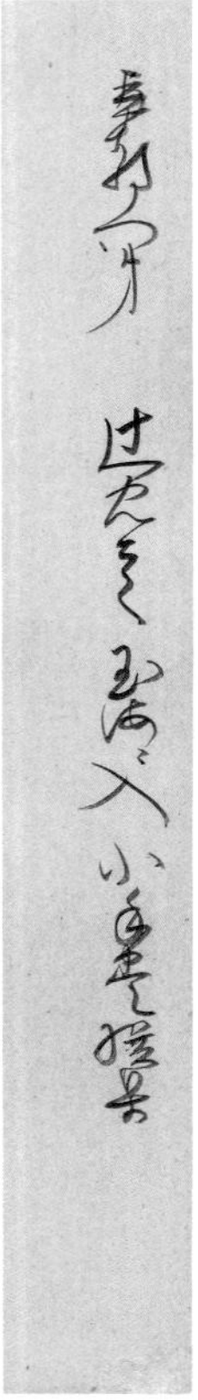

立静門弟　辻忠兵へ　玉海ニ入　小手巻撰集

186　三秋

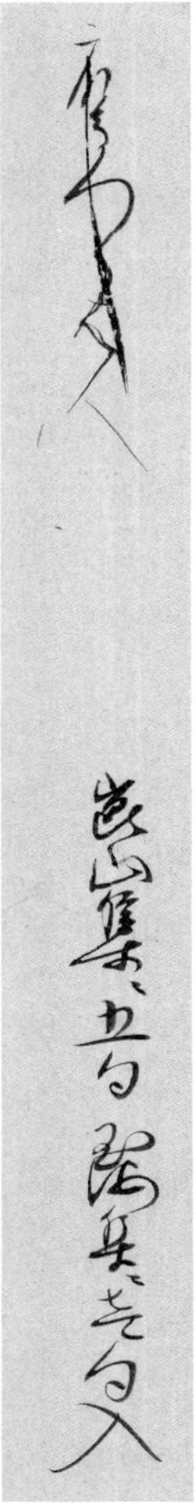

（墨消し）鷹つくは入　崑山集ニ五句　玉海集ニ壱句入　（印）

187　友吉

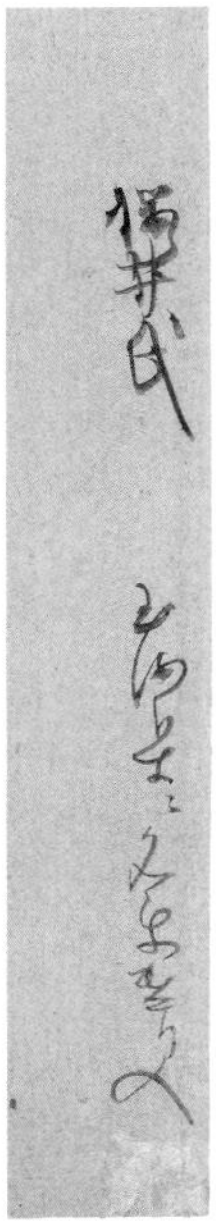

桜井氏　玉海集ニ名乗替リ入

いせや甚右衛門

188　越人

（裏書なし）

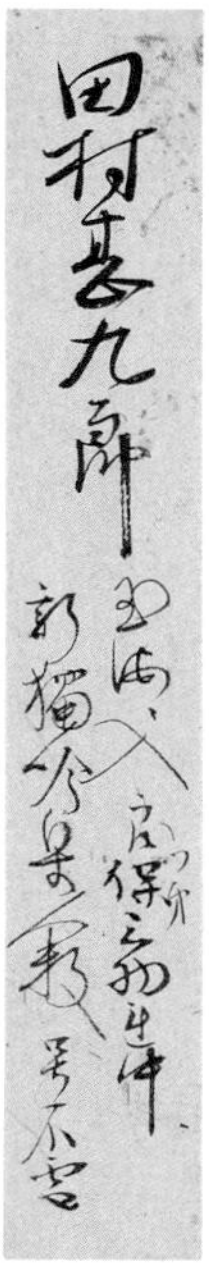

田村甚九郎　玉海ニ入　良保門弟三物連中　新独吟集人数　号不雪

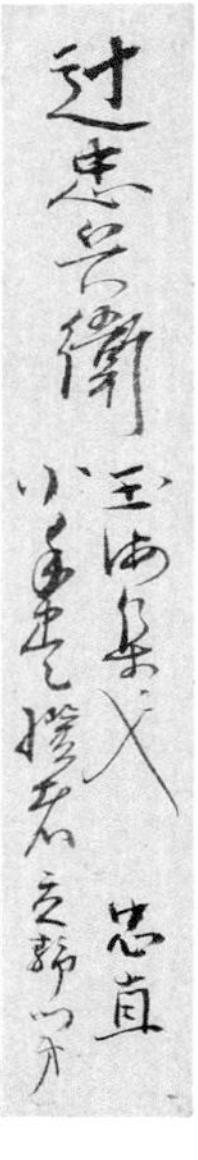

辻忠兵衛　玉海集ニ入　小手巻撰者　**立静門弟　忠直**

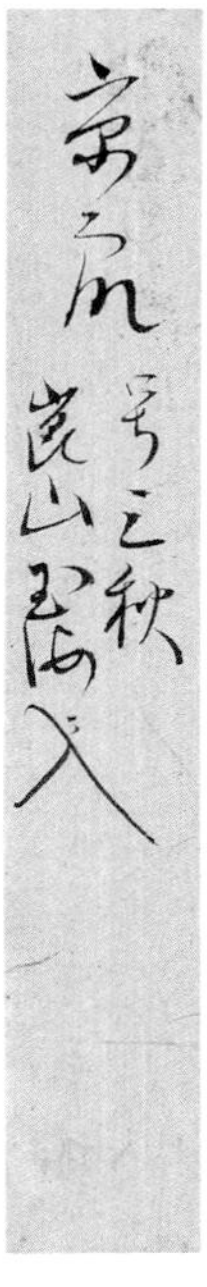

京衆　号三秋　崑山玉海ニ入

桜井**いせ屋**甚右衛門　玉海集ニ入
諸国独吟集人数　**名乗替り入　友吉**

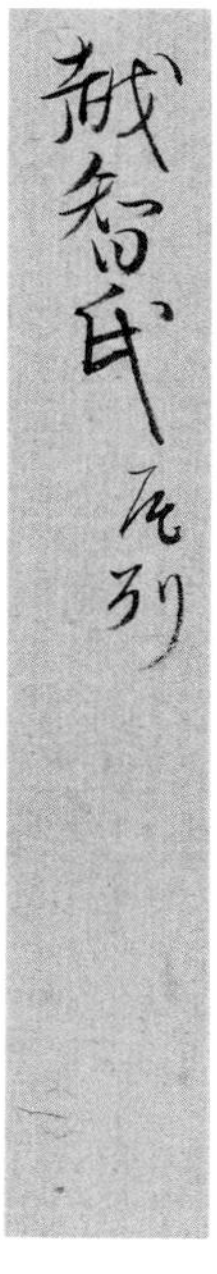

越智氏　尾州

189　忠幸

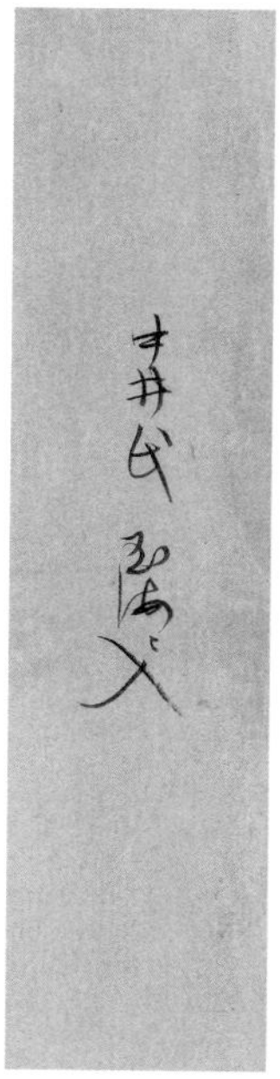

中井氏　玉海二入

中井氏　玉海二入　**忠幸**

190　任口

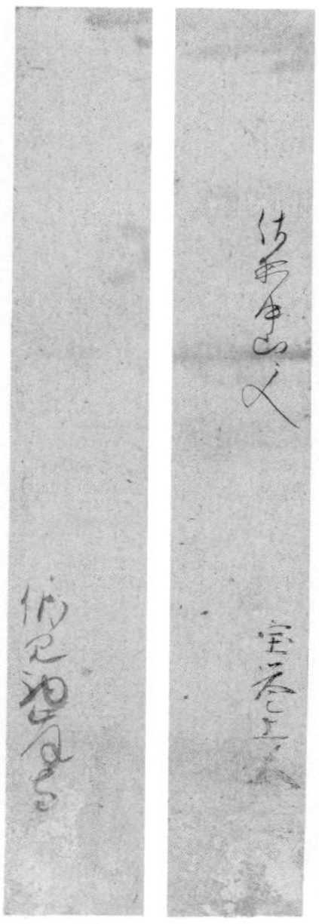

佐夜中山二入　宝誉上人

伏見西岸寺

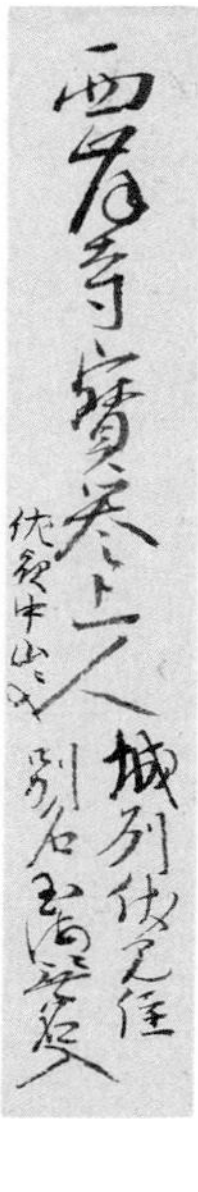

西岸寺宝誉上人別名　城州伏見住

玉海ニ無名入　**佐夜中山二入**

191　清光

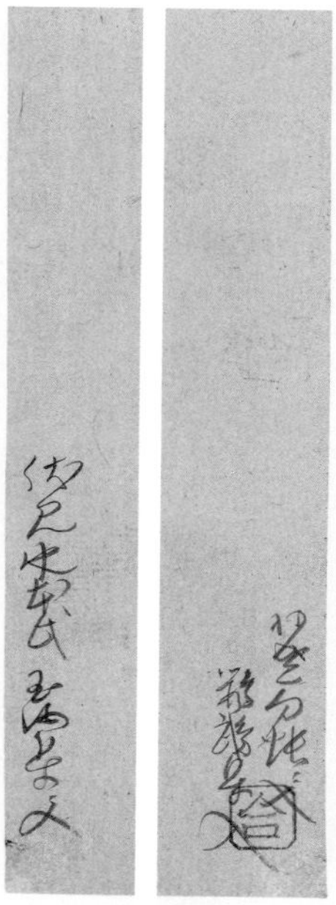

梅盛句帳二入　鸚鵡集二入（印）

伏見水本氏　玉海集二入

水本氏　玉海集二入　城州伏見　**梅盛句帳　鸚鵡集二入　清光**

192　正房

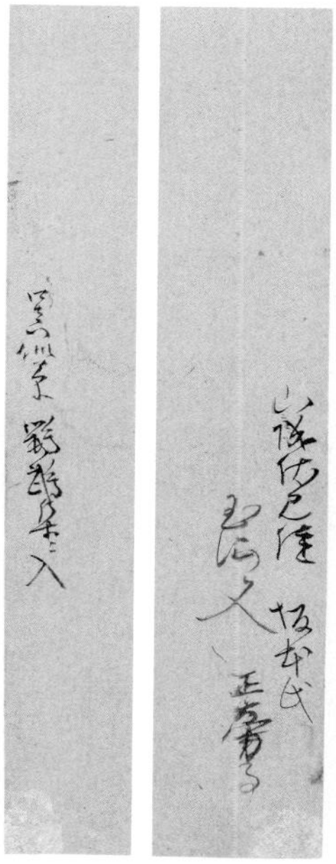

山城伏見住　坂本氏　玉海二入　正旁尋

口真似草　鸚鵡集二入

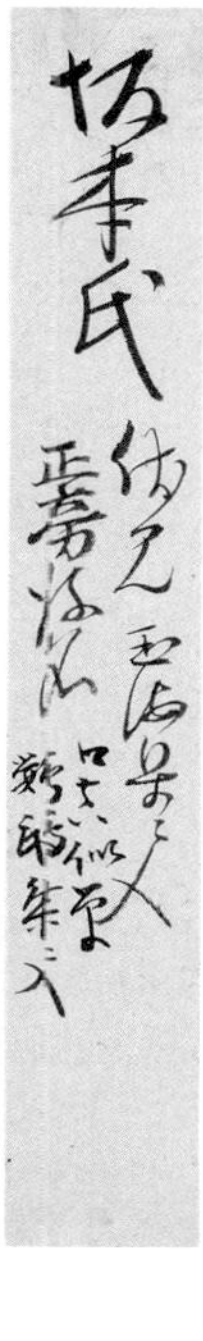

坂本氏　伏見　玉海集二入　正旁後名　**口真似草　鸚鵡集二入**

193　是友

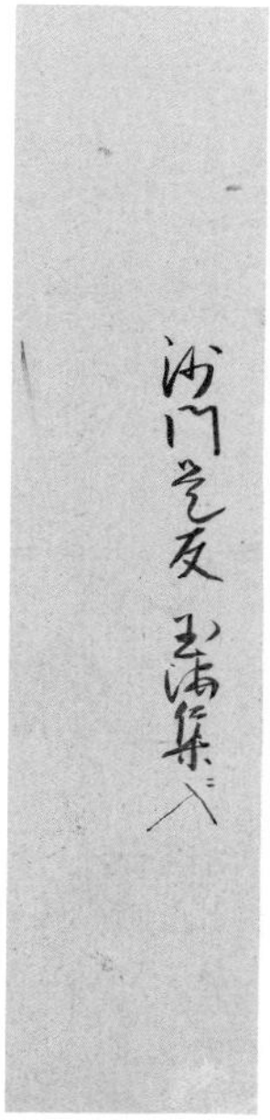

沙門是友　玉海集二入

沙門是友　玉海集二入　宇治地蔵院　愚吟トモ

194　古拙

俳諧ノ発句也　大和衆

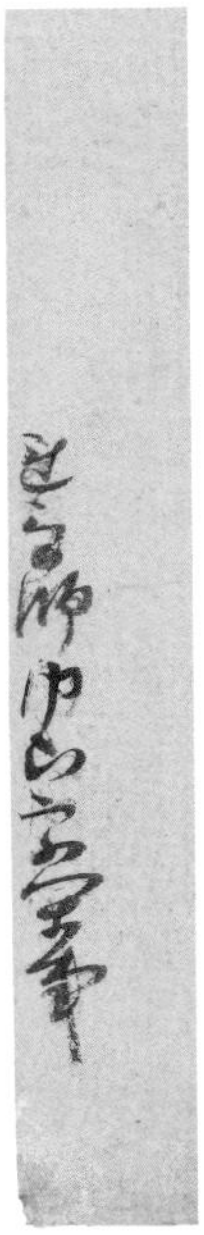

連歌師中山宗閑事

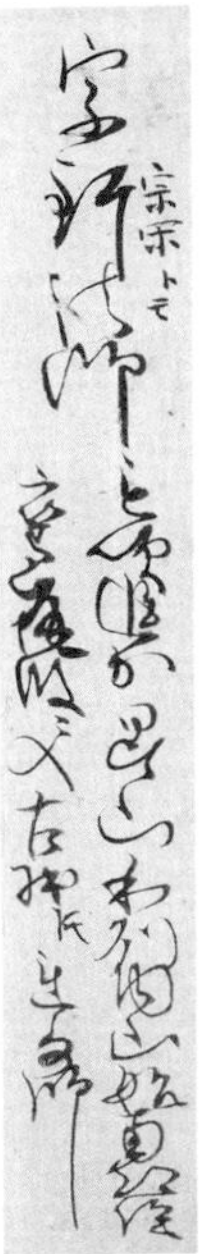

宗釬法師　**宗閑トモ**　毛吹追加昆（ママ）山鷹筑波ニ入　古拙トモ
連歌師　和州内山始南都住

195　意計

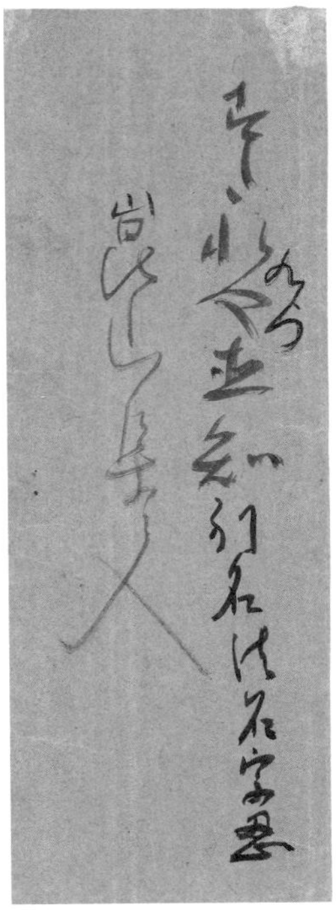

すたれや《九右衛門》直知別名　法名宗忍
崑山集ニ入

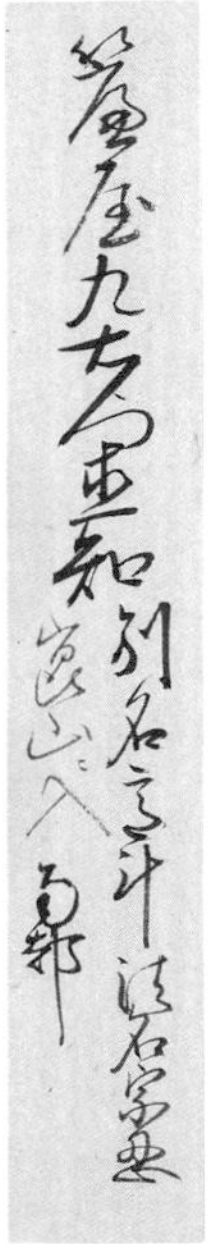

簾屋九右衛門直知　別名意計　法名宗忍　崑山ニ入　南都

196　元直

和州南都住人　秋元瀬兵ヘ元恵筆　崑山ニ入　後ニ元直改名
今ハ法体沢田柳村　陸奥岩城ニ住ス　織田山城守殿ト外戚ノ従弟　秋元瀬兵衛　秋くさ

秋元瀬兵衛元恵改名　始南都住　今奥州岩城沢田柳村事　昆（ママ）山ニ入

197　日立

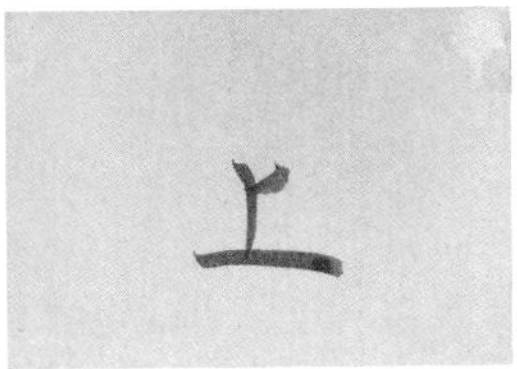

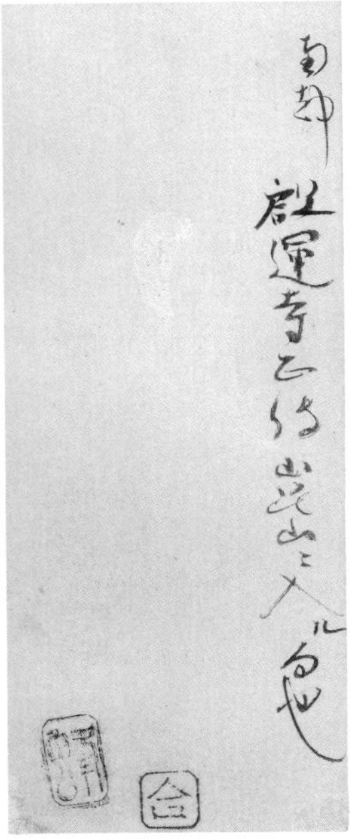

上
南都　啓運寺正伝　崑山ニ入ル句也　（印）（印）

景雲寺日立上人**啓運寺トモ**　別名正伝　此句崑山ニ入　和州南都住

198　正利

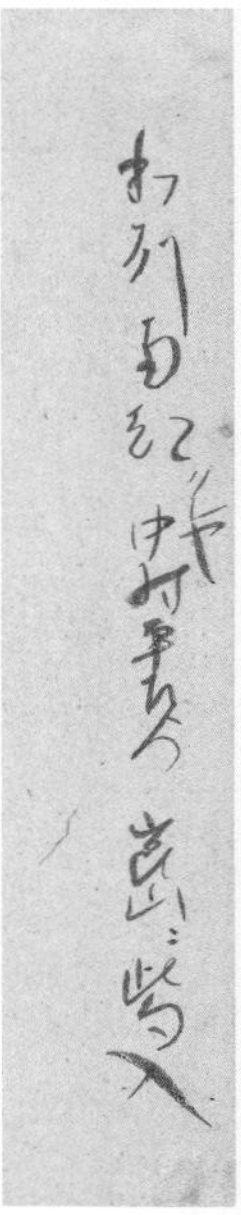

きせん　和州南都　クレヤ中村平左衛門　崑山ニ此句入ル

南都衆　和州クレ屋平左衛門正利　崑山ニ入　中村氏

199　行恵

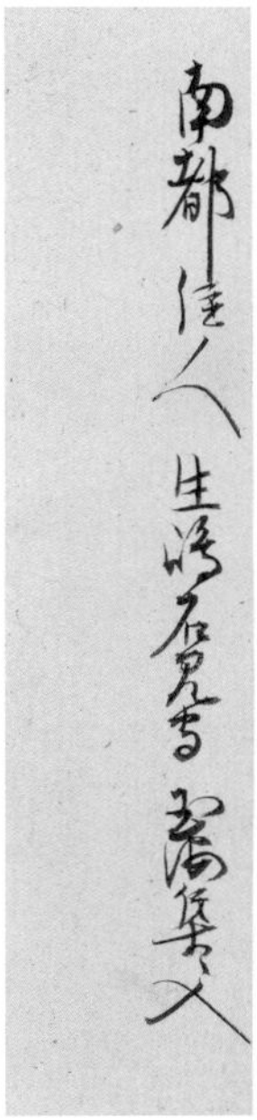

南都住人　生嶋石見守　玉海集ニ入

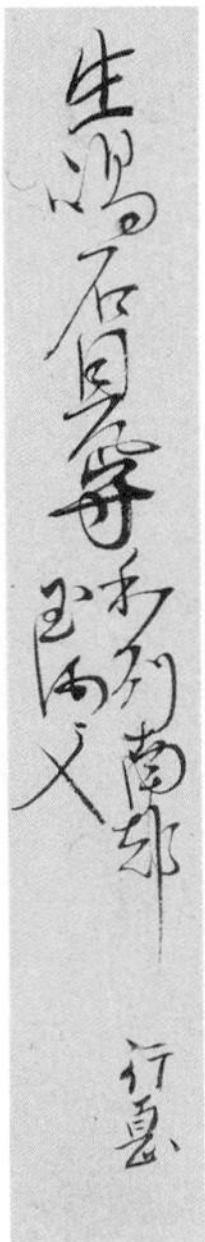

生嶋石見守　和州南都　玉海ニ入　**行恵**

200　嶺松

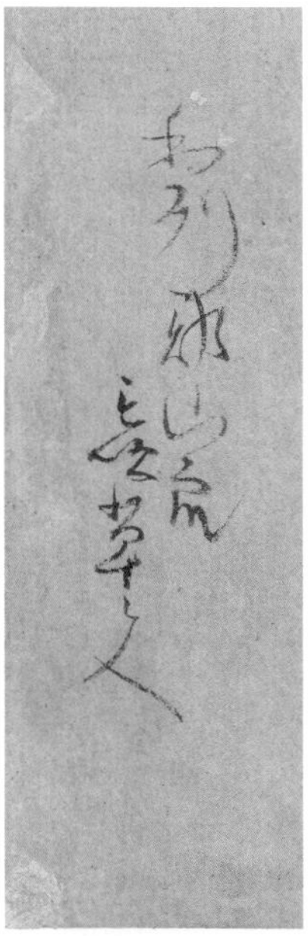

和州郡山衆　毛吹草ニ入

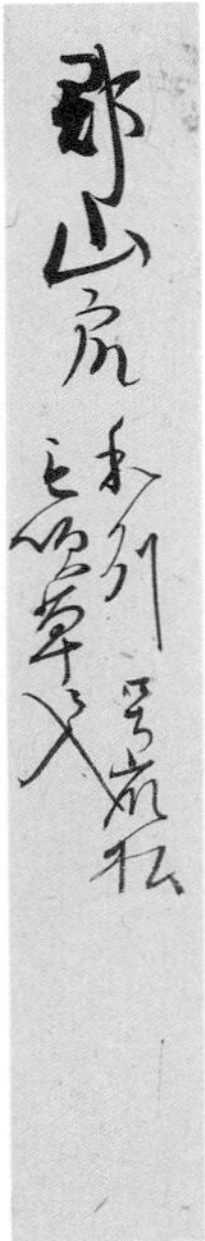

郡山衆　和州　号嶺松　毛吹草ニ入

201　正式

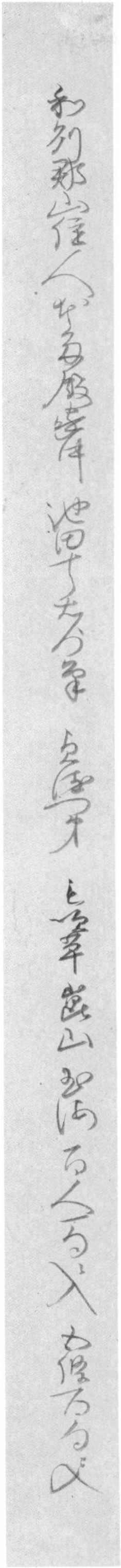

和州郡山住人　本多殿家中　池田十郎右衛門筆　貞徳門弟　毛吹草崑山玉海百人一句ニ入　五條百句ニ入

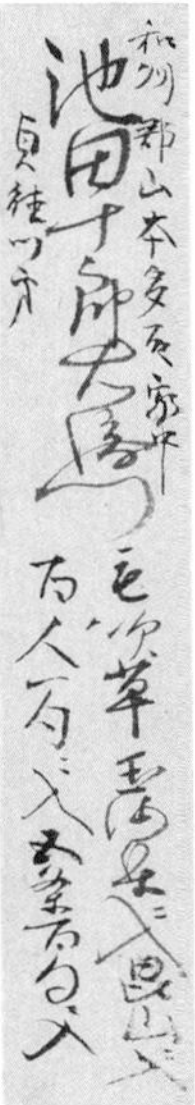

池田十郎右衛門　毛吹草玉海集ニ入　昆（ママ）山ニ入　百人一句ニ入
五条百句ニ入　**和州郡山本多殿家中　貞徳門弟**

202　宗甫

（裏書なし）

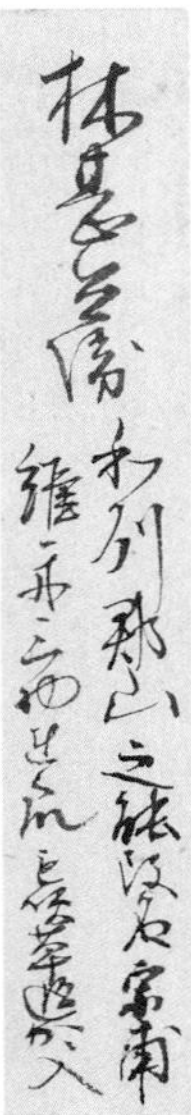

林甚兵衛　和州郡山　之能改名宗甫　維舟三物連衆　毛吹草追加ニ入

203　遠川

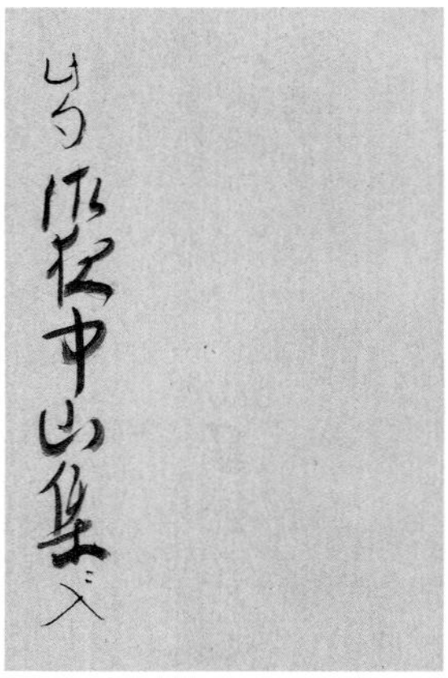

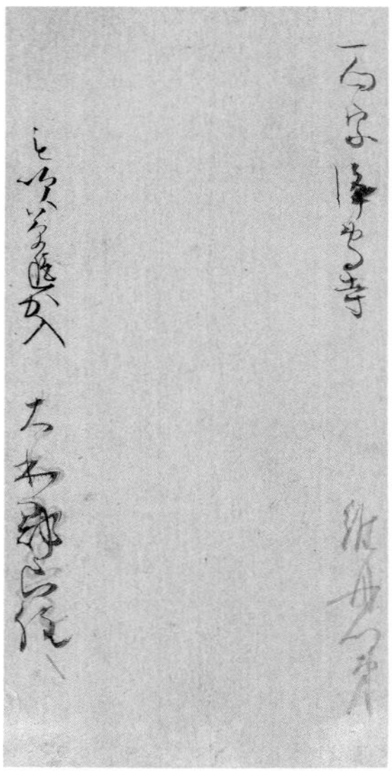

此句佐夜中山集ニ入　一向宗浄専寺　維舟門弟
毛吹草追加入　大和郡山住

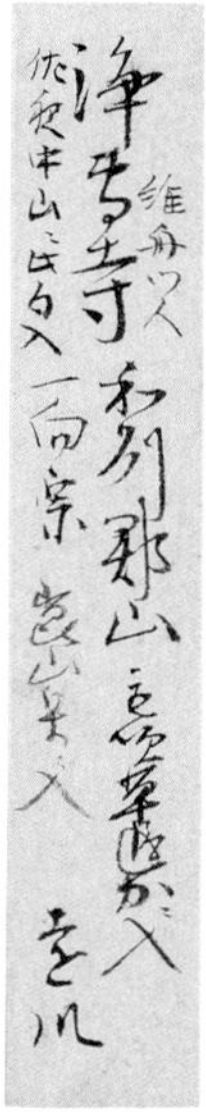

浄専寺　一向宗　和州郡山　毛吹草追加ニ入　崑山集ニ入
佐夜中山ニ此句入　維舟門人　遠川

204　成方

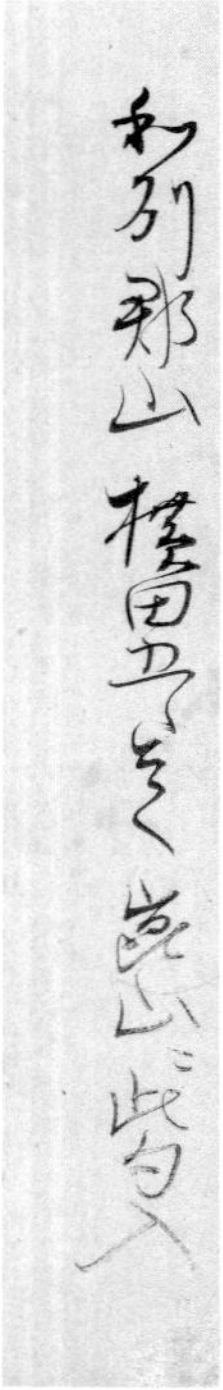

和州郡山　横田五郎兵へ　崑山ニ此句入

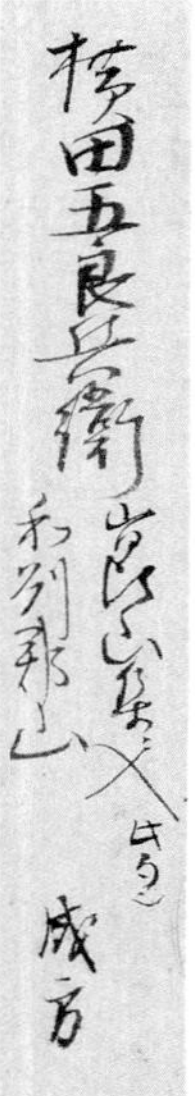

横田五良兵衛　和州郡山　崑山集ニ入**此句也　成方**

205　正盛

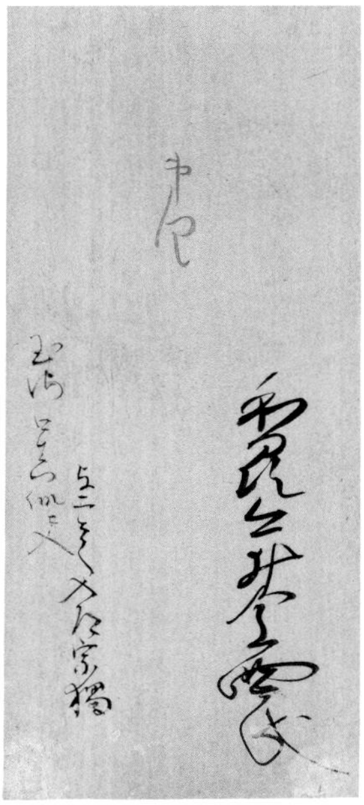

和州今井今西氏
第四
与二兵へ入道宗独
玉海口真似ニ入

今西与二兵衛入道宗独俗名　和州今井　玉海集ニ入　口真似ニ入

206　春宵

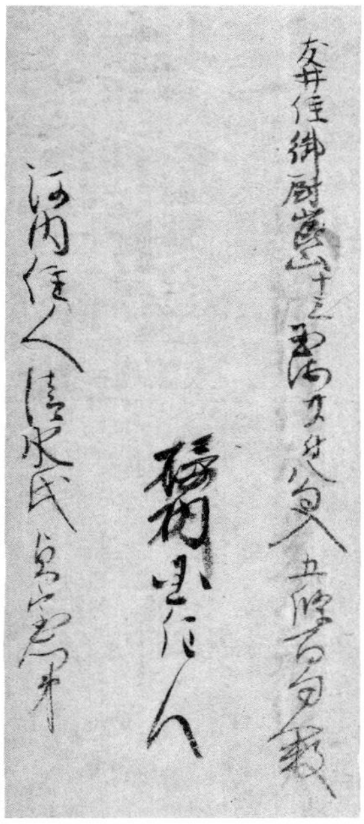

友井住御厨　崑山十三　玉海廿付八句入
五條百句人数
（裏打下）「□河内住人□□□□□□」
河内国（下「摂州」）住人
河内住人清水氏　貞室門弟

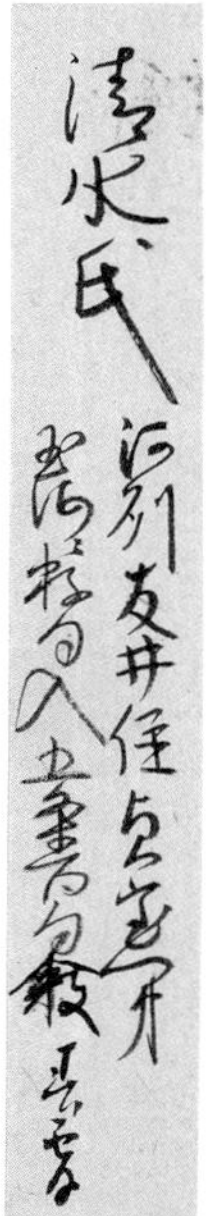

清水氏　河州友井住　貞室門弟　玉海ニ数句入五条百句人数　**春宵**

207　浄久

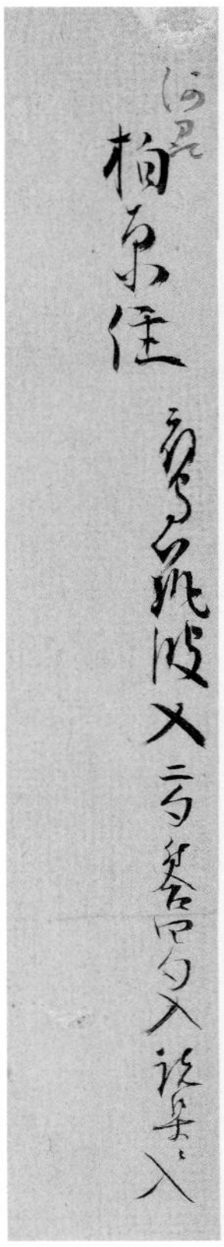

河州　柏原住　鷹筑波入二句付合四句入　諸集二入　□□（印）

三田氏　河州柏原住　鷹筑波二入　浄久

208　一之

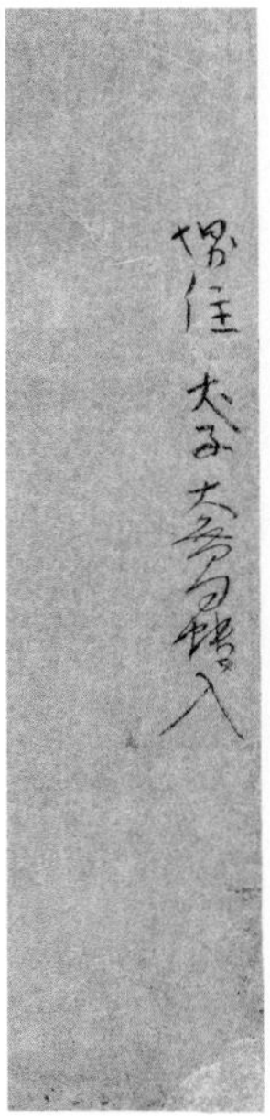

堺住　犬子　大発句帳二入

堺衆　泉州　犬子　大発句帳二入　一之

209　宗牟

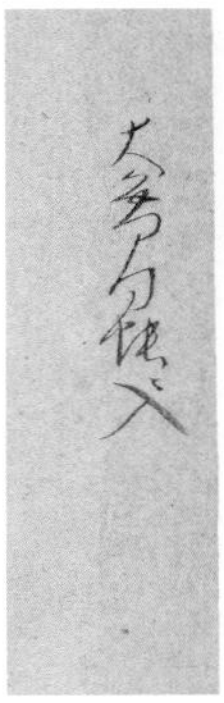

境之住　犬子集二入　大発句帳二入

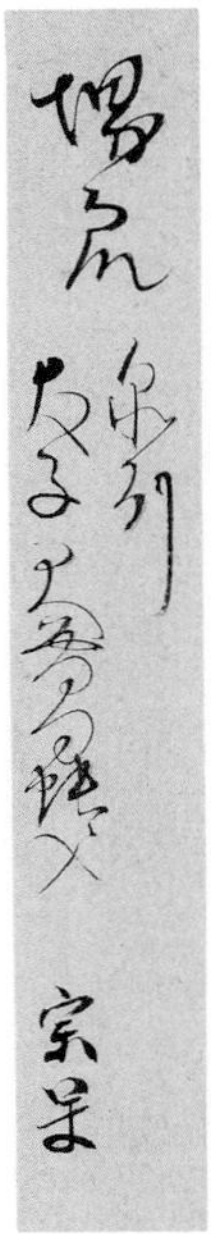

堺衆　泉州　犬子　大発句帳二入　**宗牟**

210　一正

堺奈良や庄兵衛　犬子毛吹二多入　懐子同入

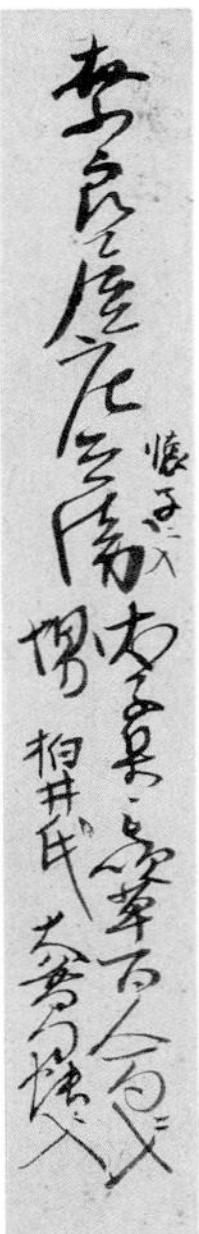

奈良屋庄兵衛　堺　柏井氏　犬子集毛吹草百人一句二入
大発句帳二入　**懐子二入**

211　慶友

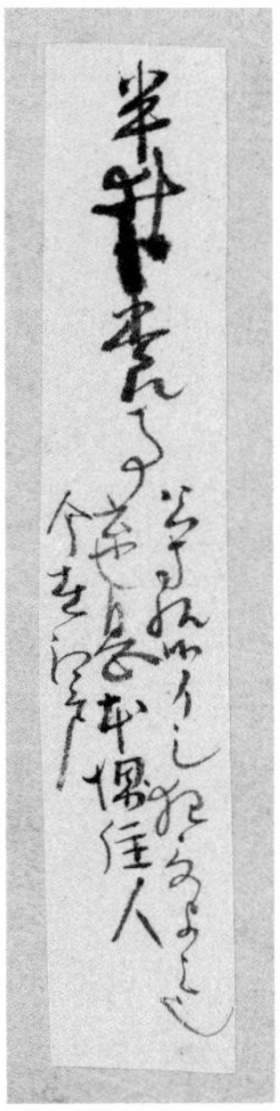

（貼札）
「半井卜養事　公方様御イシ　狂歌よミ也
云也息　本堺住人　今在江戸」

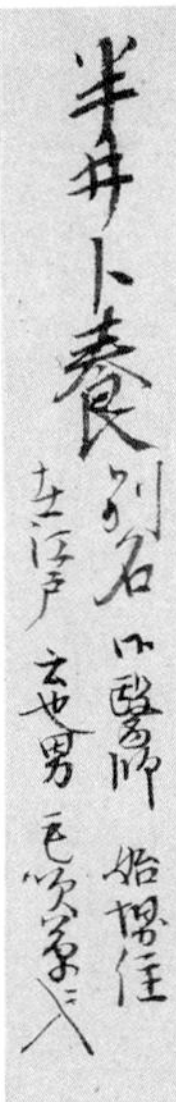

半井卜養別名　御医師　始堺住　在江戸　云也男　毛吹草二入

212　成安

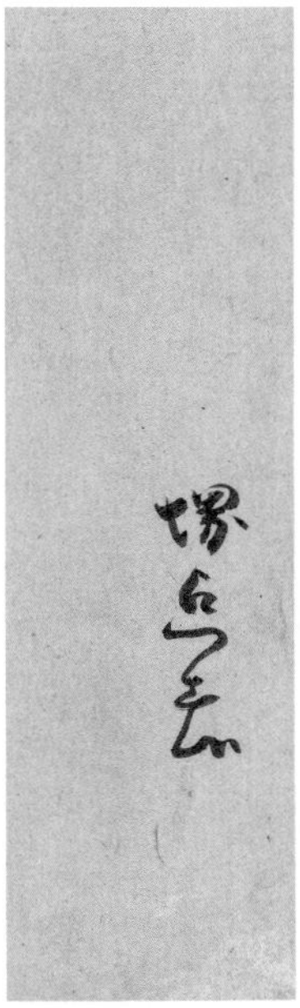

堺点者

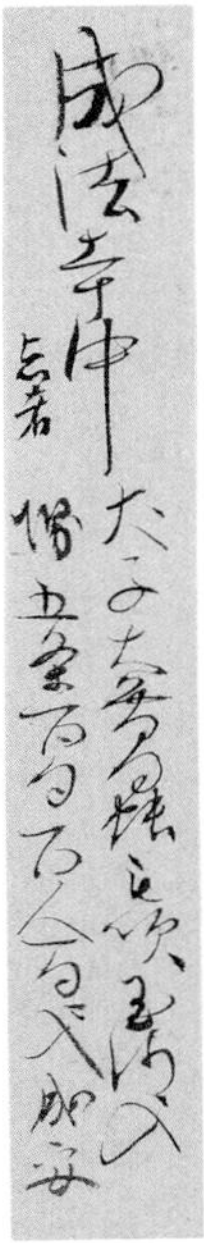

成法寺中　堺　成安　犬子大発句帳毛吹玉海二入
五条百句百人一句二入　**点者**

213　盛之

昔ノ宗匠　泉州堺住　毛吹二入　盛政事

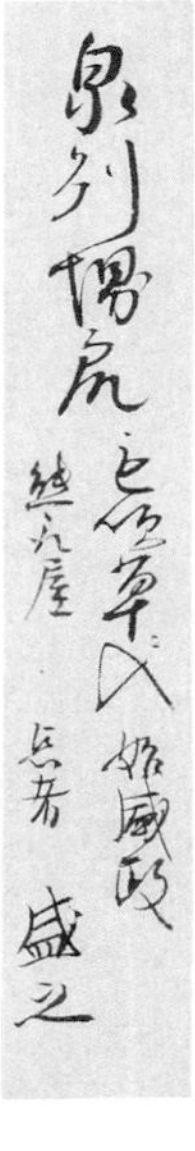

泉州堺衆　熊取屋　毛吹草二入　始盛政　点者　盛之

214　牧童

加州金沢　トキヤ源四郎　（印）

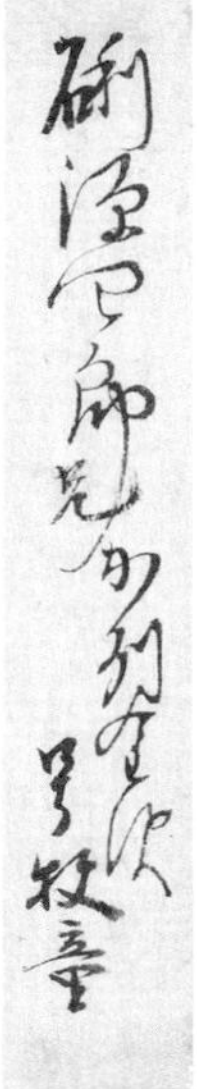

硎源四郎兄　加州金沢　号牧童

215　宗硯

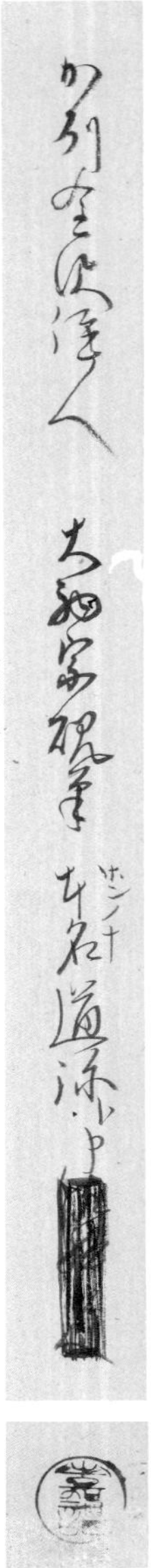

加州金沢住人　大西宗硯筆　本名《ホンノナ》道弥卜申　□□（墨消し）入　（印）

大西道弥　釜師

216　以春

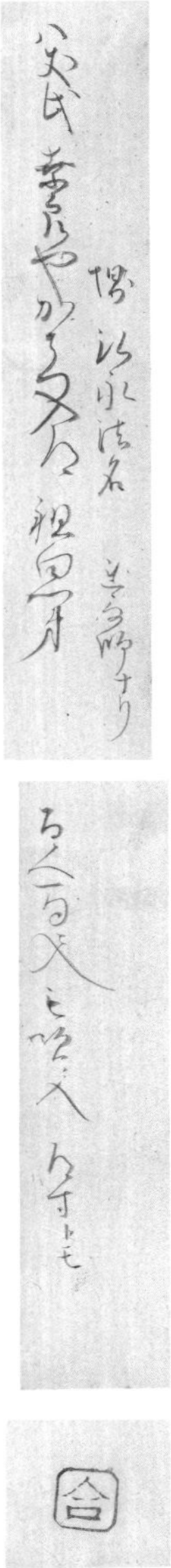

堺　弘永法名　連歌師ナリ　八丈氏　奈良や加右衛門入道　祖白門弟　百人一句二入毛吹二入　道寸トモ　（印）

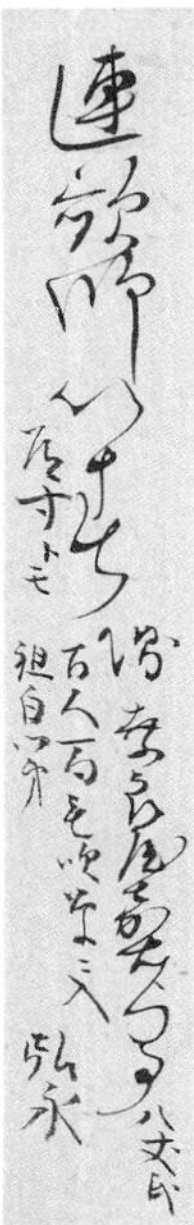

連歌師以春　堺奈良屋嘉右衛門事　八丈氏　弘永　道寸トモ　百人一句毛吹草二入　祖白門弟

217　尓云

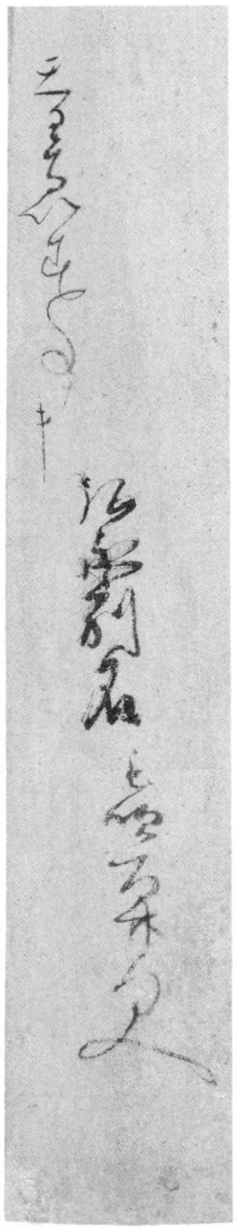

天王寺以春事　キ　弘永別名　毛吹百廿句入

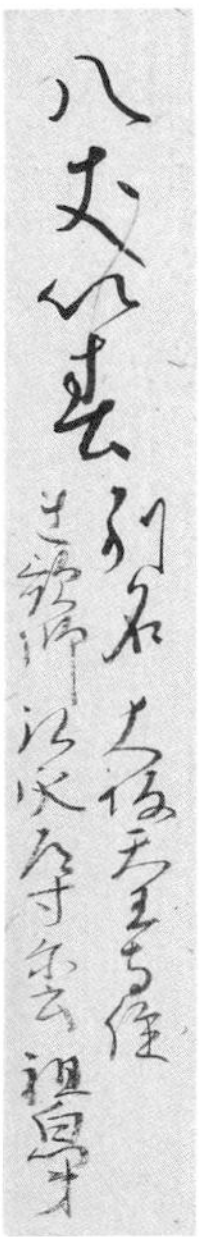

八丈以春別名　大坂天王寺住　連歌師　弘永　道寸　尓云　祖白門弟

218　貞盛

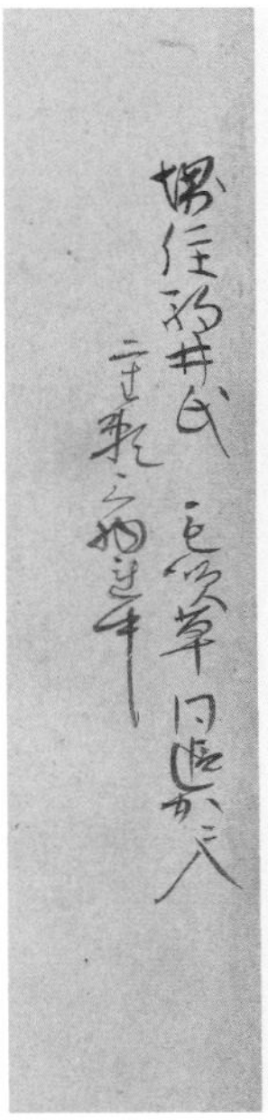

堺住駒井氏　毛吹草同追加ニ入
重頼三物連中

219　信勝

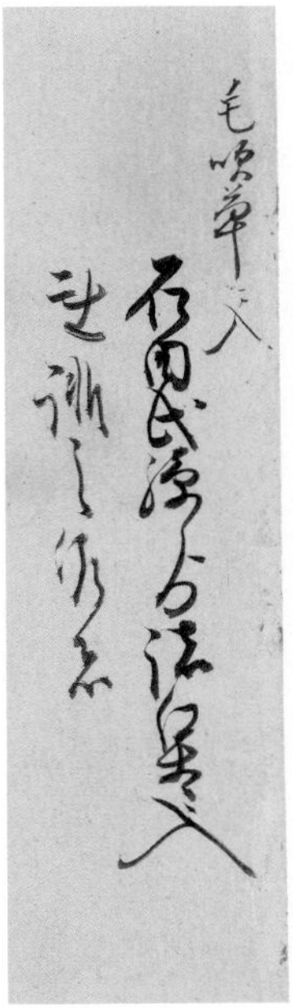

毛吹草ニ入
石田氏孫右衛門諸集ニ入　連誹之作者

220　長重

堺　谷弥右衛門長重　毛吹草入　永重事
（印）

221　乙州

（裏打下）「大津河合又七郎」
智月子

222　正甫

（裏書なし）

223　宗尓

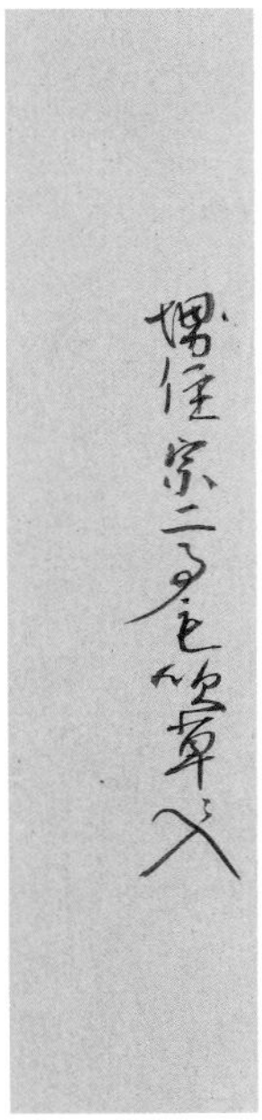

堺住　宗二事　毛吹草ニ入

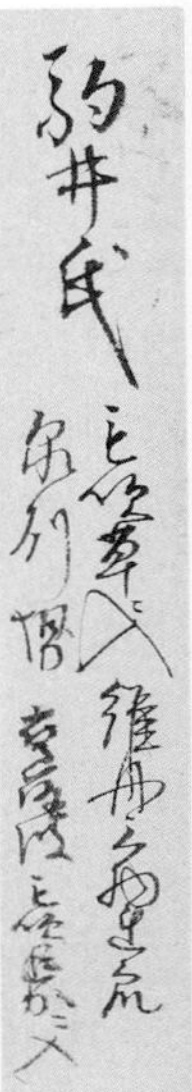

駒井氏　泉州堺　毛吹草ニ入　維舟三物連衆　鷹筑波毛吹追加ニ入

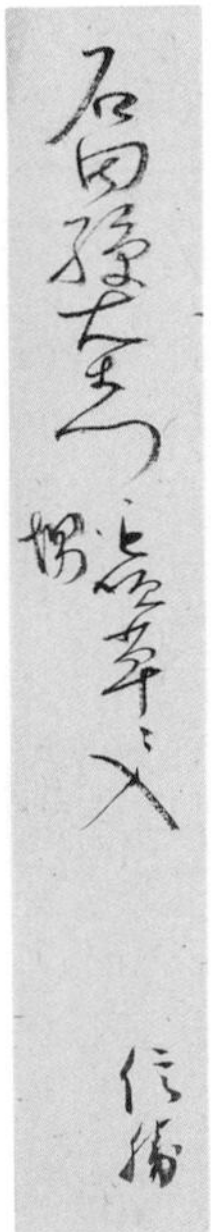

石田孫右衛門　堺　毛吹草ニ入　信勝

谷吉右衛門　毛吹ニ入　堺点者長重

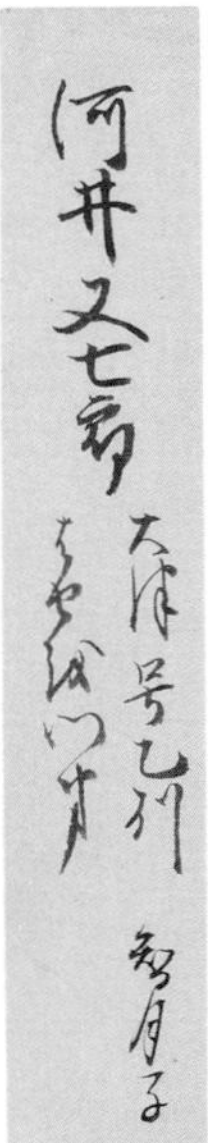

河井又七郎　大津　号乙州　はせを門弟　智月子

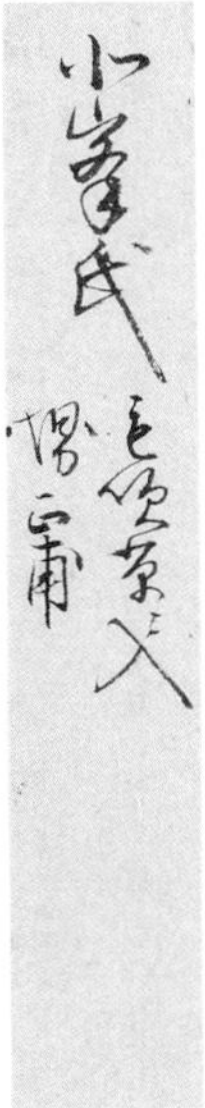

北峯氏　毛吹草ニ入　堺　正甫

堺衆　毛吹草ニ入　宗二事　藤井氏　宗尓

224　成政

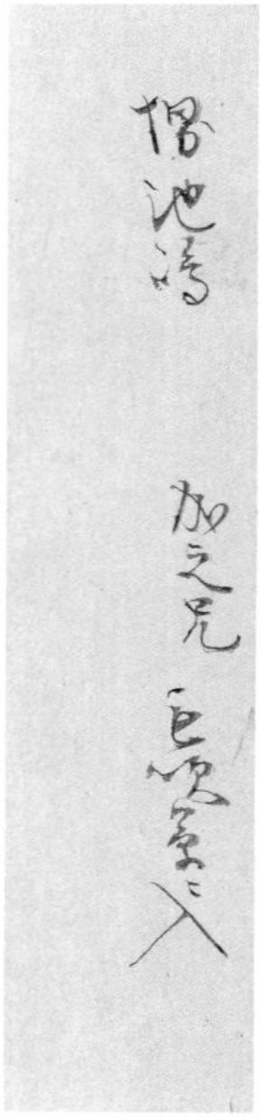

堺池嶋　成之兄　毛吹草ニ入

225　貞伸

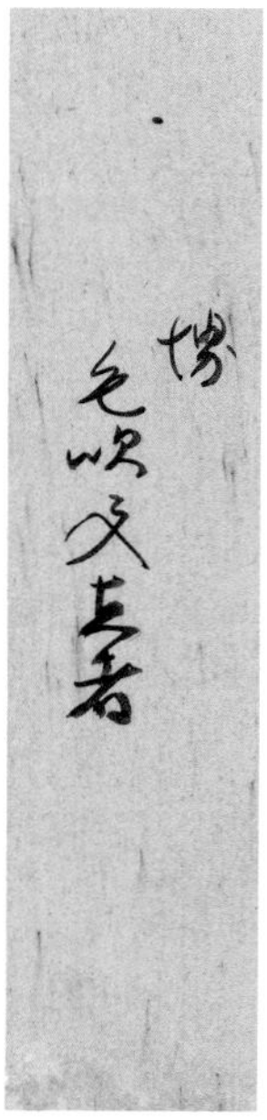

堺　毛吹ニ入　点者

226　長治

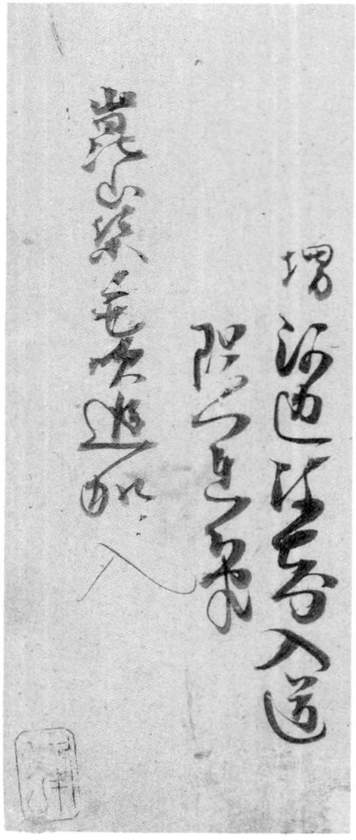

堺　河辺弥右衛門入道　随運筆
崑山集毛吹追加ニ入　（印）

227　貞成

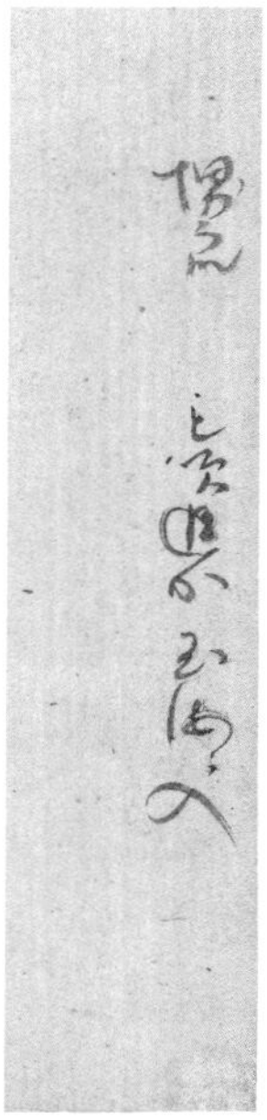

堺衆　毛吹追加玉海ニ入

228　宗珠

半井氏　さかい衆

229　広次

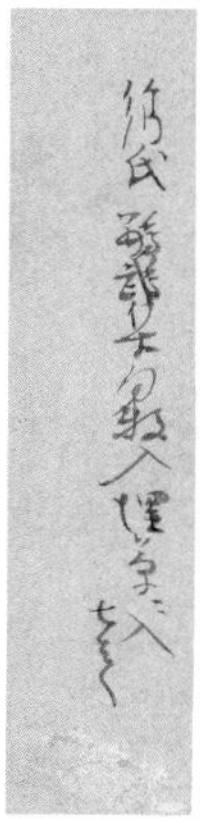

泉州堺住人　崑山集ニ入　竹内氏　鸚鵡集句数入　埋草ニ入　七兵へ

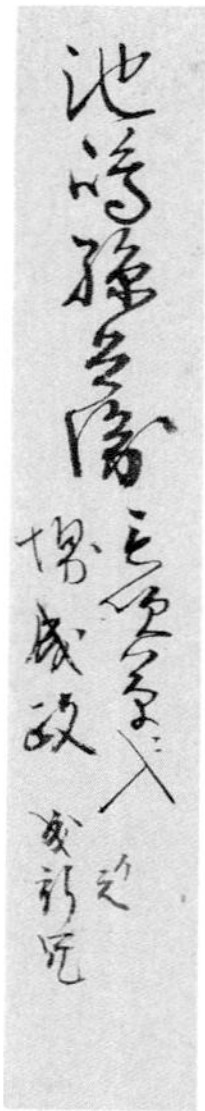

池嶋孫兵衛　毛吹草ニ入　堺**成政**　**成行《イ之》兄**

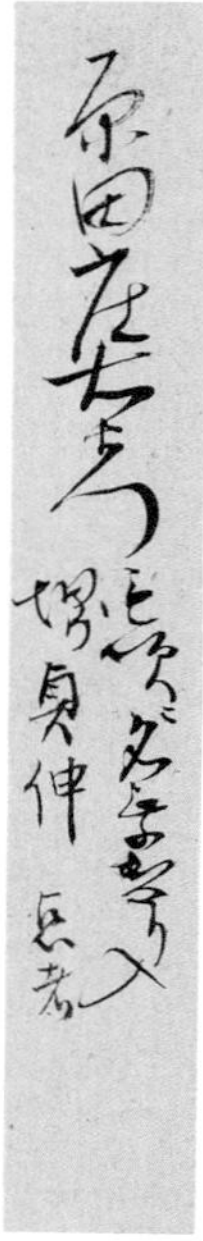

原田庄右衛門　毛吹ニ名乗替リ入　堺　**貞伸**　**点者**

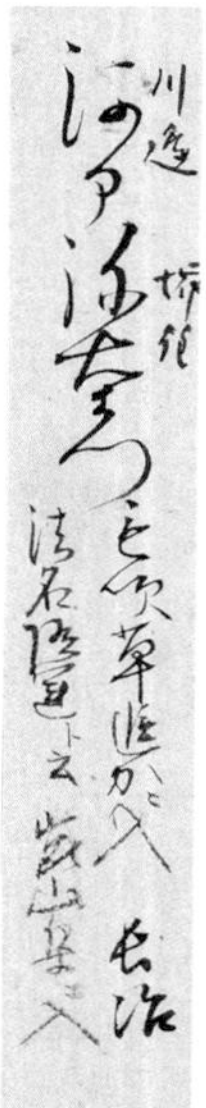

川部**川辺**弥右衛門　法名随運ト云　毛吹草追加ニ入
崑山集ニ入　**堺住**　**長治**

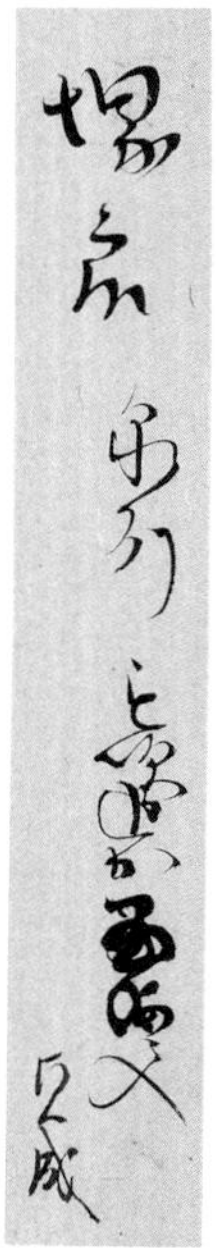

堺衆　泉州　毛吹追加玉海ニ入　**貞成**

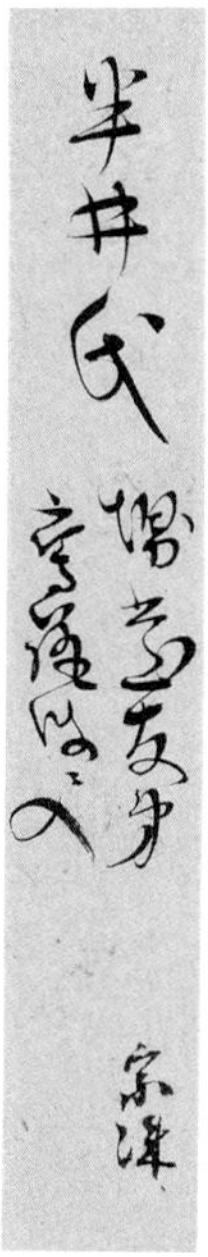

半井氏　堺　慶友弟　鷹筑波ニ入　**宗味**

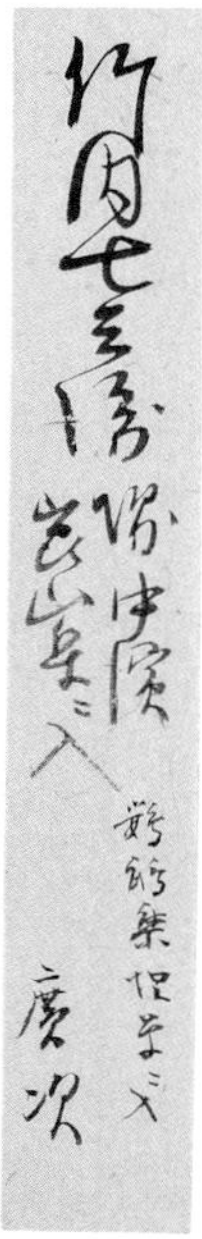

竹内七兵衛　堺中浜　崑山集ニ入　**鸚鵡集埋草ニ入**　**広次**

230　安之

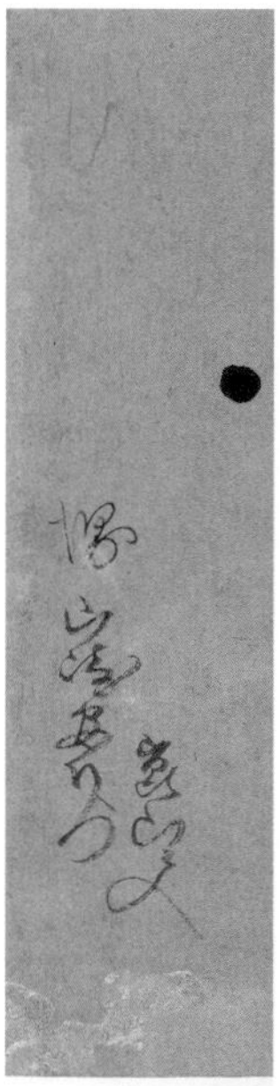

堺　山崎安左衛門　崑山二入

堺衆　泉州　山崎氏　崑山集二入　安之

231　玄擂

さかい　崑山二入　新川氏　い

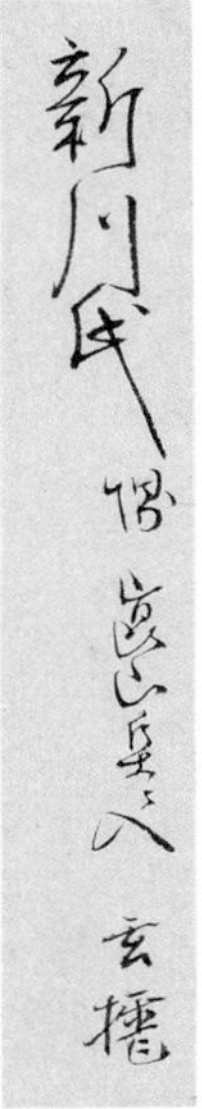

新川氏　堺　崑山集二入　玄擂

232　玄悦

堺　若尾氏玄悦　崑山集二入

若尾氏　堺　崑山集二入　玄悦

233　一円

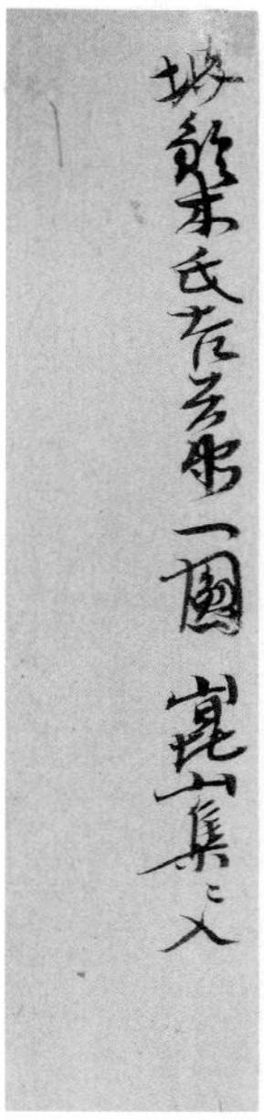

堺　鈴木氏吉兵衛一円　崑山集二入

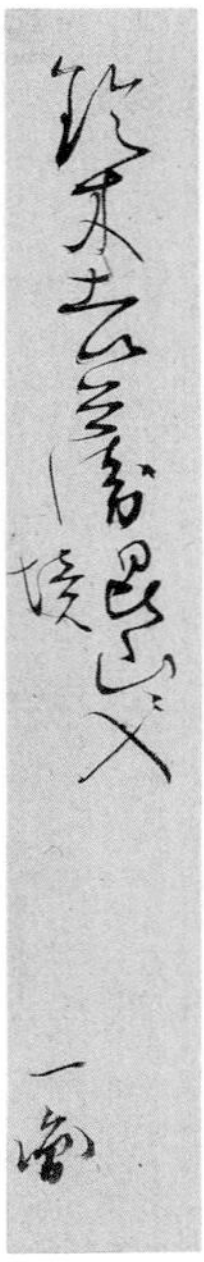

鈴木吉兵衛　境　昆《ママ》山二入　一円

234　顕成

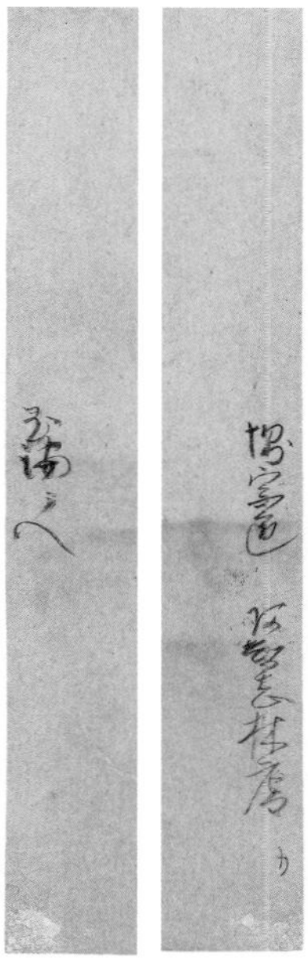

堺宗匠　阿智志林庵　カ

玉海二入

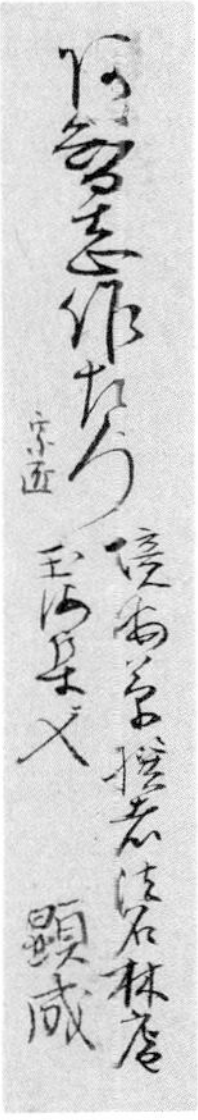

阿智志作左衛門　境海草撰者　法名林庵　玉海集二入　宗匠　顕成

235　勝明

善正　玉海集二入　さかい衆

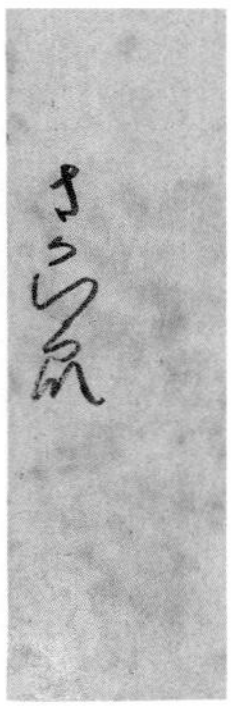

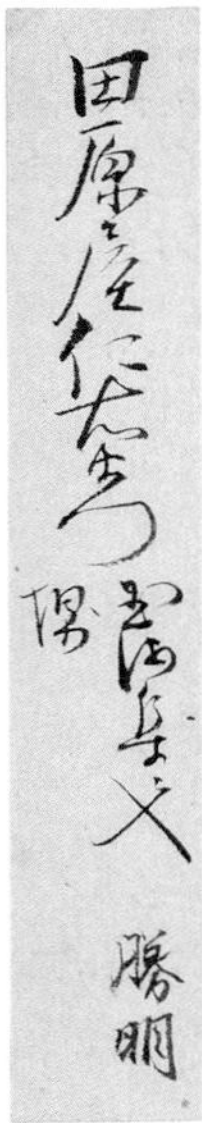

田原屋仁右衛門　堺　玉海集二入　勝明

236　頼広

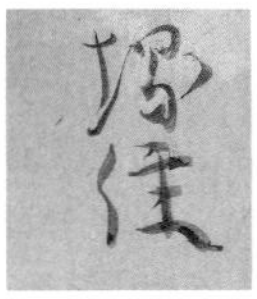

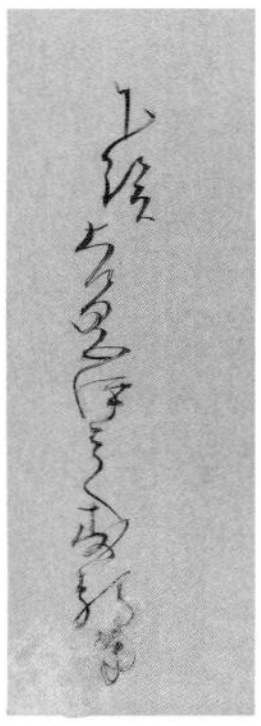

堺住　玉海集ニ入　水野又左衛門　下絵吉岡伊兵へ寿静筆

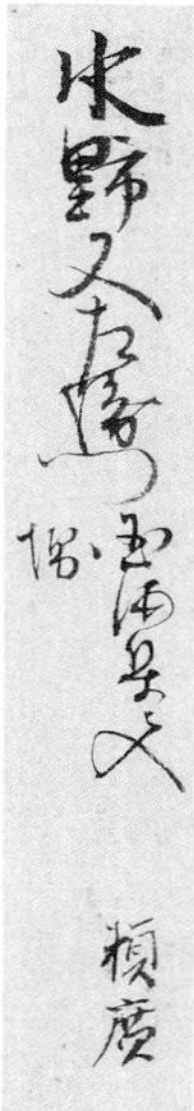

水野又左衛門　堺　玉海集ニ入　頼広

237　一武

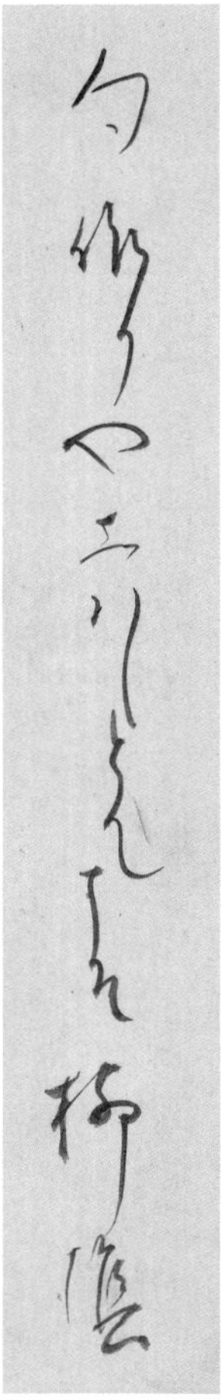
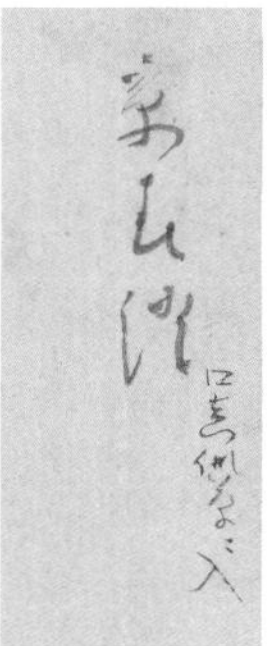
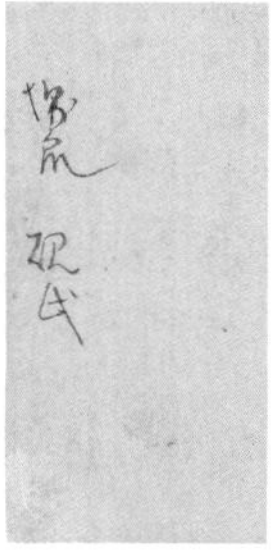

句作りやはしとてこそ柳陰　京春澄　口真似草ニ入　堺衆　硯氏

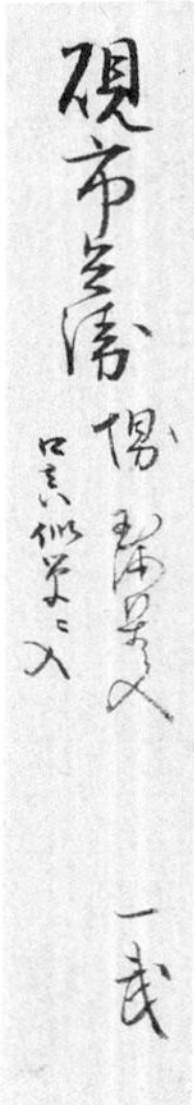

硯市兵衛　堺　玉海集ニ入　口真似草ニ入　一武

238　正村

さかい浅井長兵衛　堺絹撰者　口真似草ニ入

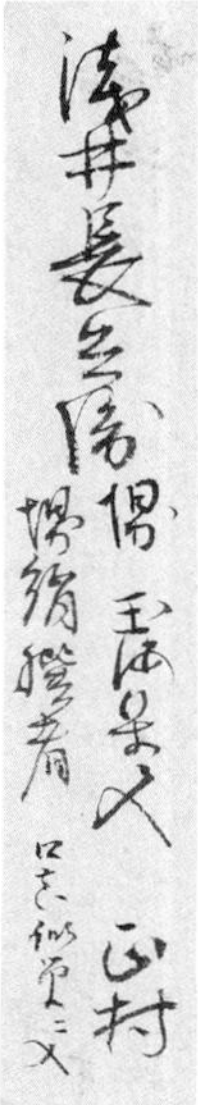

浅井長兵衛　堺　玉海集ニ入　堺絹撰者　口真似草ニ入　正村

239　勝安

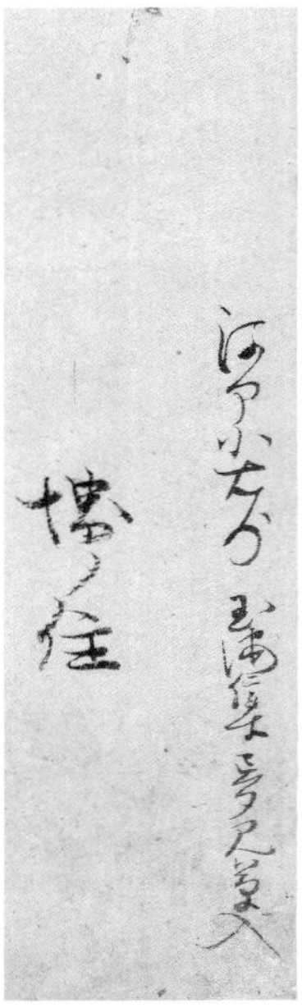

河部小右衛門　玉海集夢見草ニ入　堺ノ住

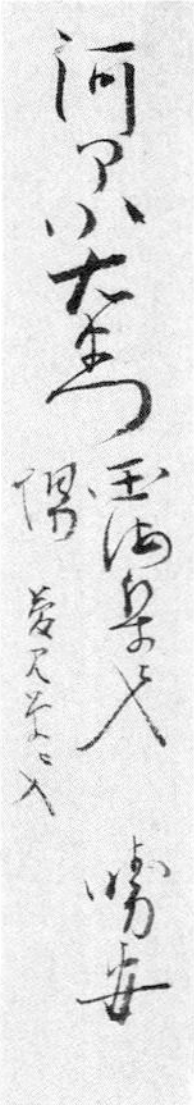

河部小右衛門　堺　玉海集ニ入　夢見草ニ入　勝安

240　一守

玉海ニ入但寺本氏トアリ　堺ノ住　カ　懐子ニ入
ならや一正男　埋草落花集　柏井氏

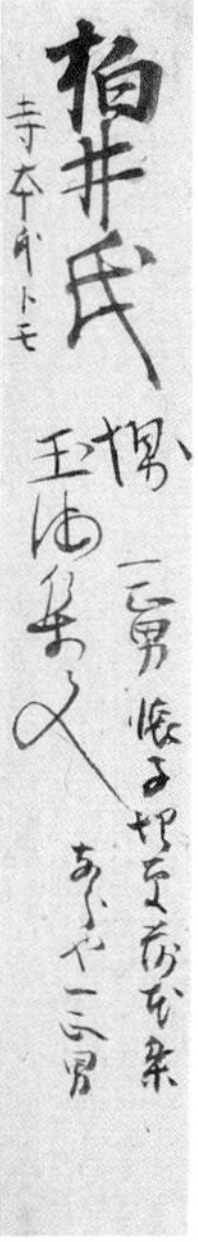

柏井氏　堺　玉海集ニ入　寺本氏トモ　一正男　懐子埋草
落花集　ならや一正男

241　嘉雅

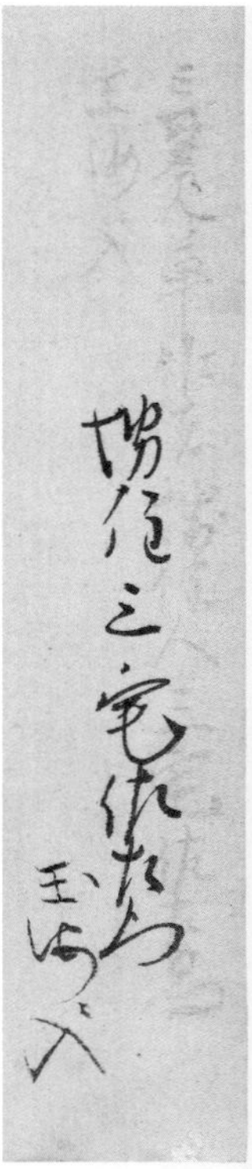

堺住　三宅佐左衛門　玉海二入
（裏打下）「夢見草作者　堺住人　三宅佐左衛門　玉海二入」

242　我黒

（裏打下）「京」　重頼法名維舟門弟　中尾李洞軒我黒　清兒《ママ》翁

243　涼菟

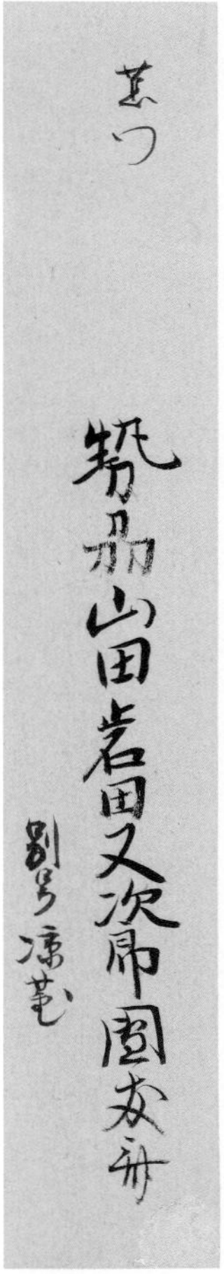

蕉門　勢州山田岩田又次郎団友斎　別号涼菟

244　休甫

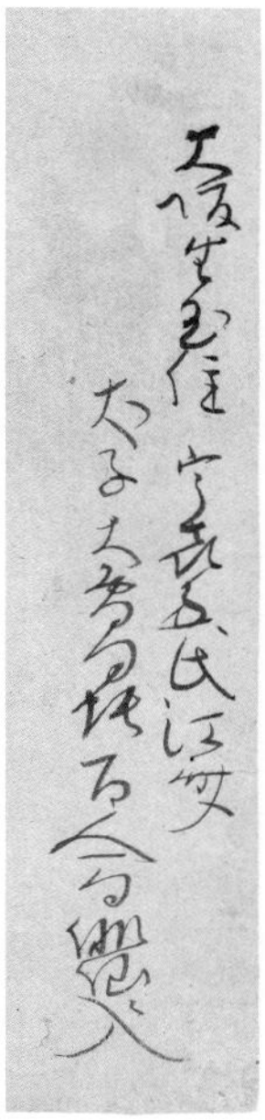

大坂生玉住　宇喜多氏江斎
犬子大発句帳百人一句俳仙二入

245　きうほ

（極札）「誹諧師大坂衆夕顔の（印）」

246　安明

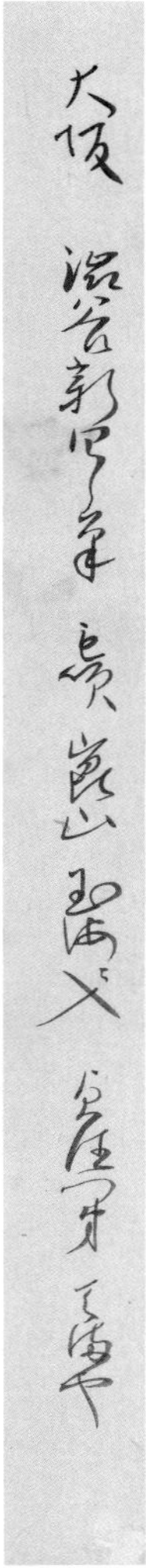

大坂　渋谷新四郎筆　毛吹崑山玉海二入　貞徳門弟　天満や

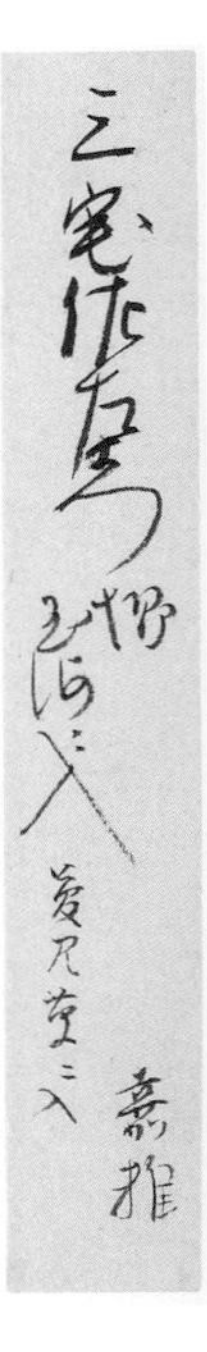

三宅佐左衛門　堺　玉海二入　**夢見草二入　嘉雅**

（極札）「中尾李洞軒　さくらさく　清兒《ママ》翁我黒　維舟門弟（印）」

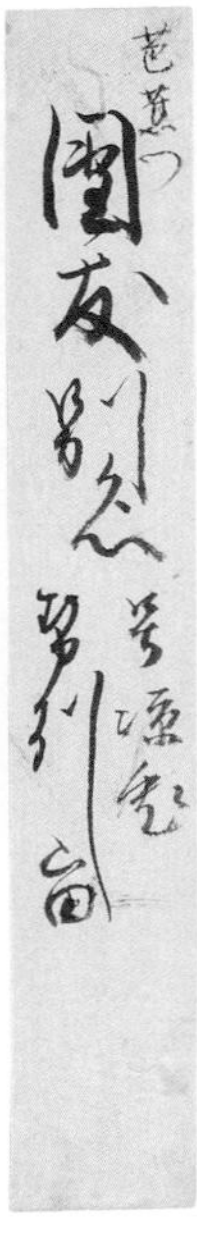

芭蕉門　団友別名　号涼菟　勢州山田

宇喜多江斎　大坂生玉　犬子集二入　宇喜多秀家卿家中　**百人一句二入**

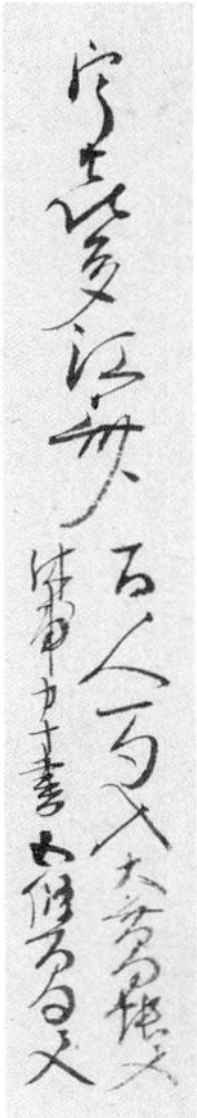

宇喜多江斎　休甫カナ書　百人一句入大発句帳二入　五條百句二入

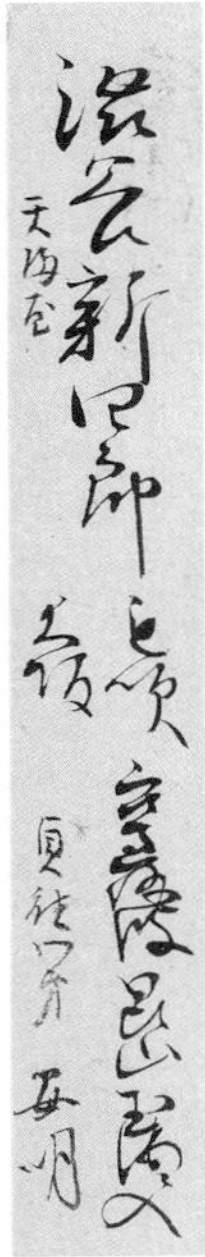

渋谷**天満屋**新四郎　大坂　毛吹鷹筑波昆《ママ》山玉海二入　**貞徳門弟　安明**

247　静寿

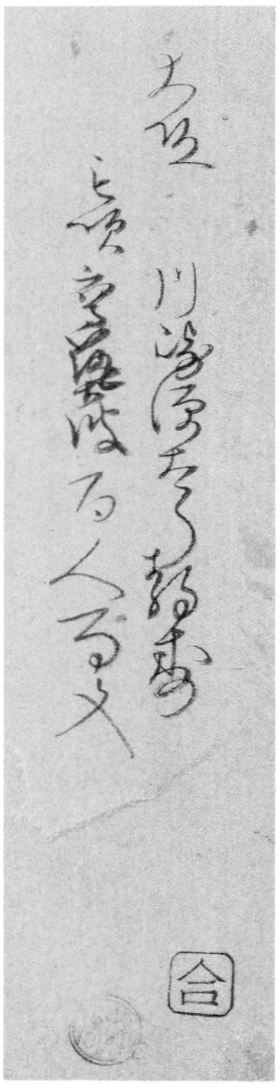

大坂　川崎源太郎静寿　毛吹鷹築（ママ）波百人一句ニ入　（印）（印）

248　玄康

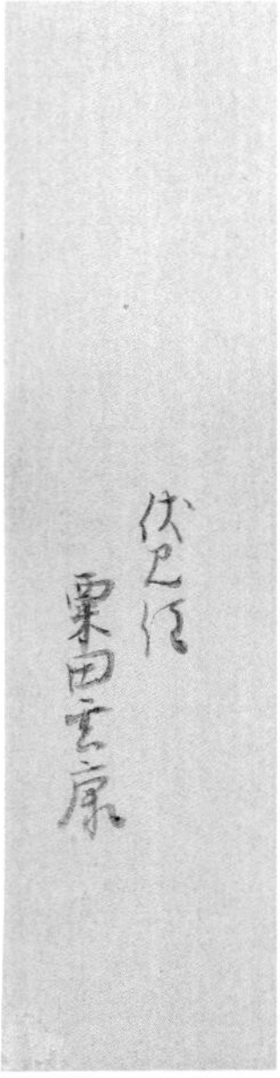

伏見住　粟（ママ）田玄康

249　空存

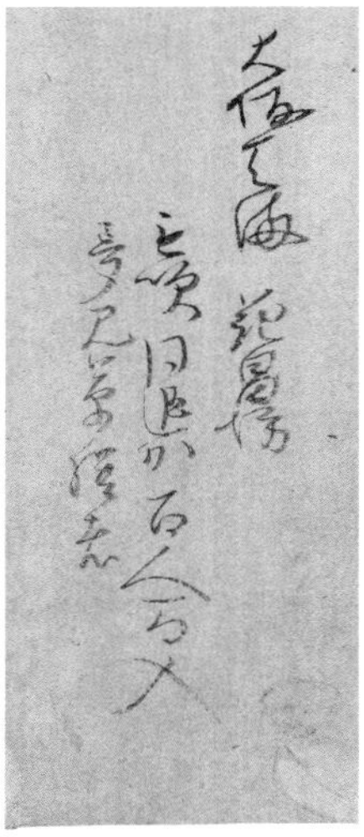

（印）
大坂天満花昌坊
毛吹同追加百人一句ニ入　夢見草撰者

250　利貞

大坂
仁　ノ□

251　正信

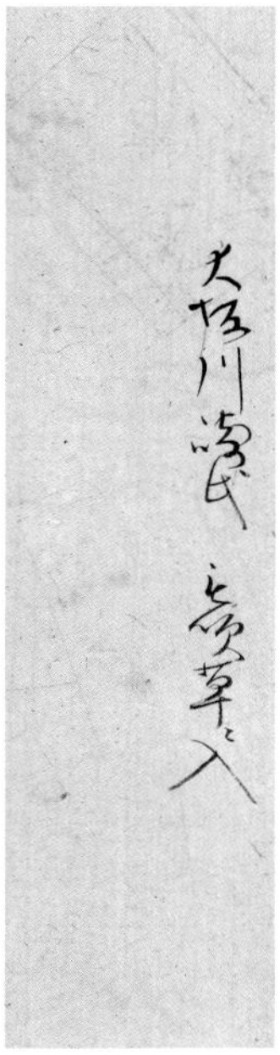

大坂川崎氏　毛吹草ニ入

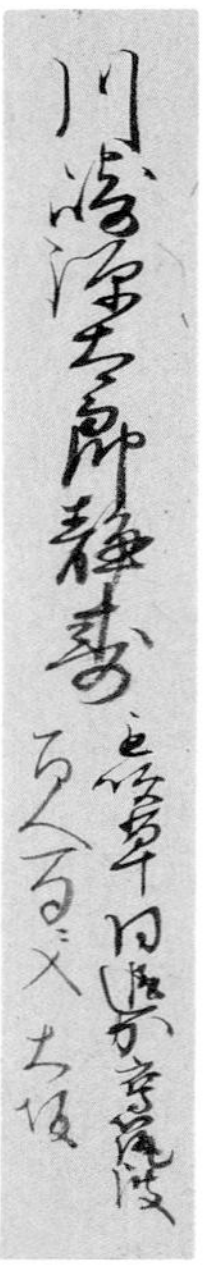

川崎源太郎静寿　大坂　毛吹草同追加　鷹筑波　百人一句ニ入

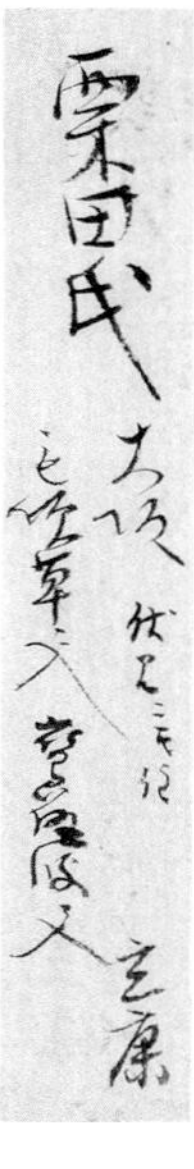

粟田氏　大坂　毛吹草ニ入　鷹筑波ニ入　伏見ニモ住　玄康

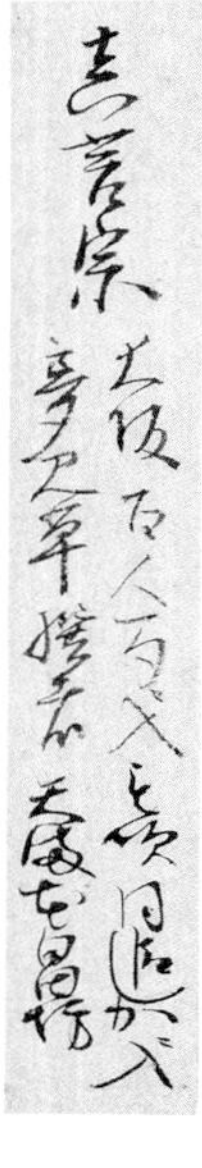

真言宗　大坂　夢見草撰者　百人一句ニ入　毛吹同追加ニ入
天満花昌坊

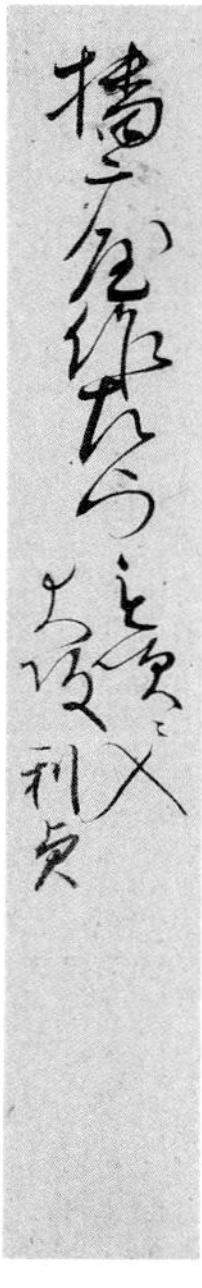

播磨屋作左衛門　大坂　毛吹ニ入　利貞

大坂衆　摂州　毛吹ニ入　川崎氏　正信

252　元風

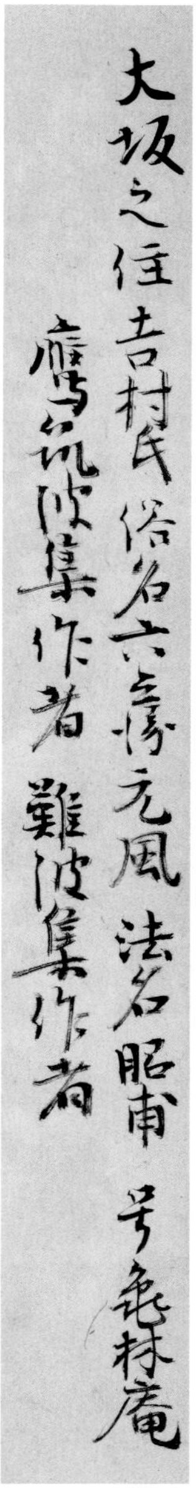

大坂之住　吉村氏俗名六兵衛　元風　法名昭甫　号亀林庵　鷹筑波集作者　難波集作者
（印）

吉村六兵衛　大坂　鷹筑波二入　法名照甫
亀林庵　難波集二入　元風

253　貞因

大坂住　榎並氏山城大掾貞因　崑山集玉海入
（印）

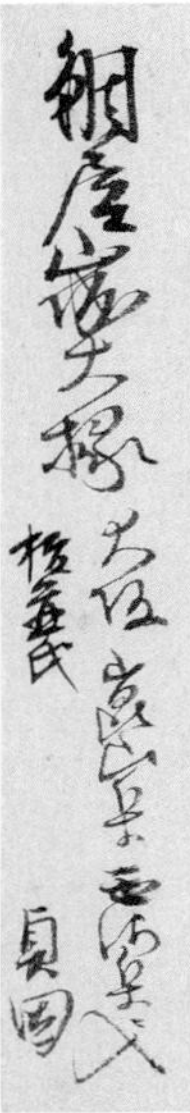

鯛屋山城大掾　大坂　榎並氏　崑山集玉海集二入　**貞因**

254　貞富

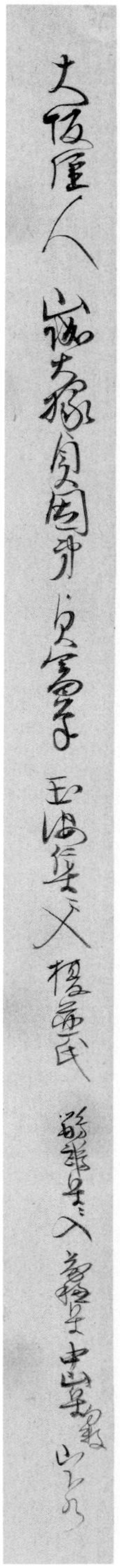

大坂住人　山城大掾貞因弟　貞富筆　玉海集二入　榎並氏　鸚鵡集二入　落穂集中山集句数　山下水

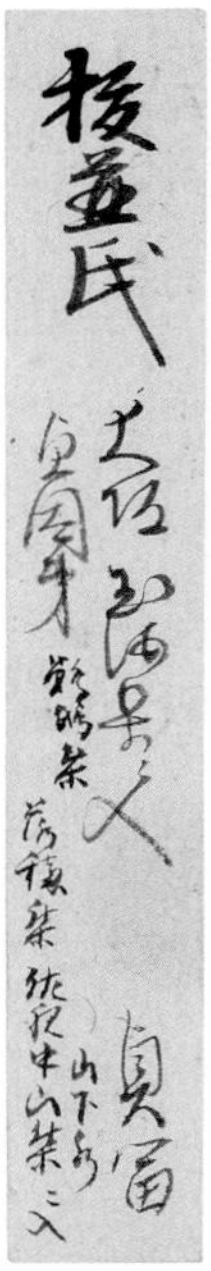

榎並氏　大坂　玉海集二入　貞因弟　**貞富**
鸚鵡集　落穂集　佐夜中山集　山下水二入

255　往房

大坂塚口屋勘兵へ往房　入道善祐　鷹筑波二入　崑山入
（印）

塚口勘兵衛　大坂　法名善祐　鷹筑波崑山二入　往房

256　友直

宗立俗名

大坂　川崎屋源左衛門

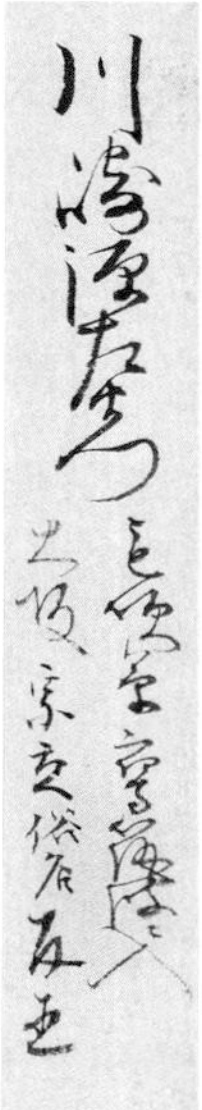

川崎源左衛門　大坂　毛吹草鷹筑波ニ入　**宗立俗名友直**

257　宗立

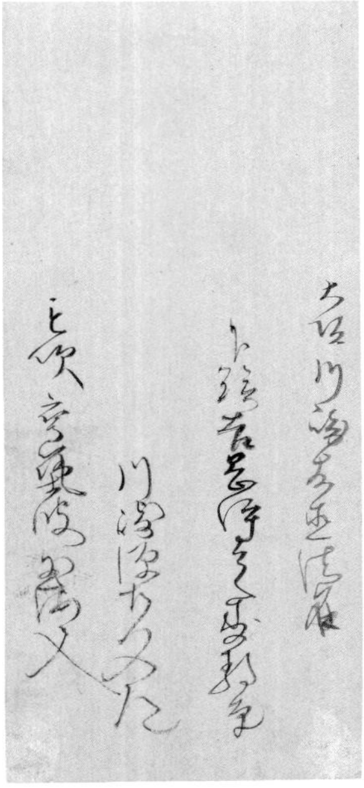

大坂川崎友直法名
下絵吉岡伊兵へ寿静筆
川崎源左衛門入道
毛吹鷹築（ママ）波玉海ニ入

川崎友直法名　大坂　玉海集ニ入　百人一句ニ入　**宗立**

258　宗清

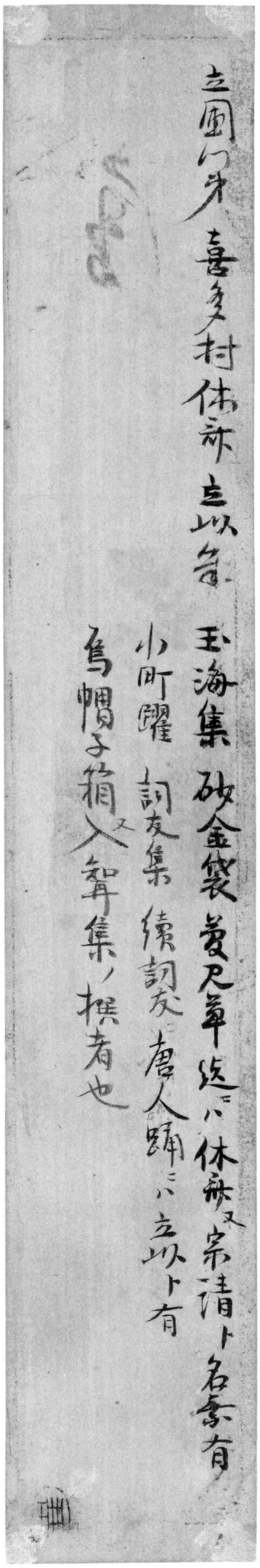

立圃門弟　喜多村休斎立以筆　玉海集砂金袋夢見草迄ニハ休斎又宗清ト名乗有
小町踊詞友集続詞友唐人踊ニハ立以ト有　烏帽子箱又入聟集ノ撰者也　（印）

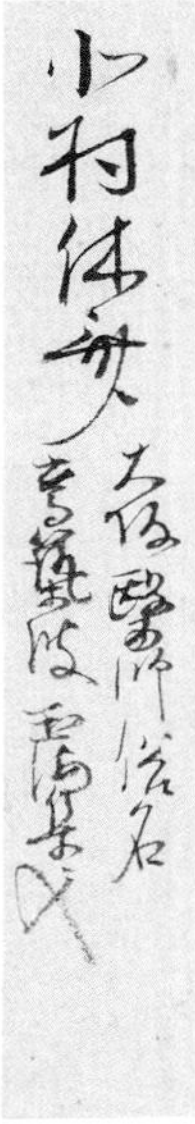

北村休斎　大坂医師　俗名　鷹築（ママ）波玉海集ニ入

259　保友

（裏書なし）

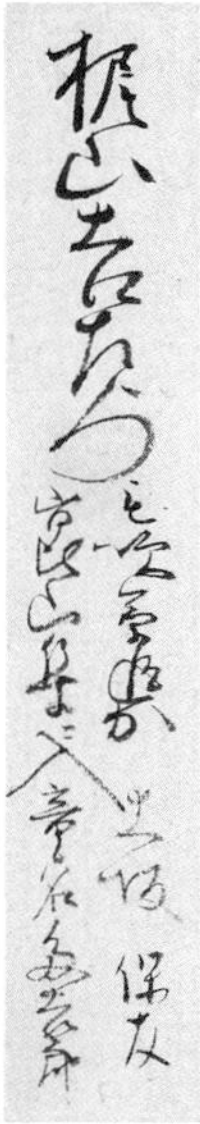

梶山吉左衛門　大坂　童名多吉郎　毛吹草追加崑山集ニ入　**保友**

260　立以

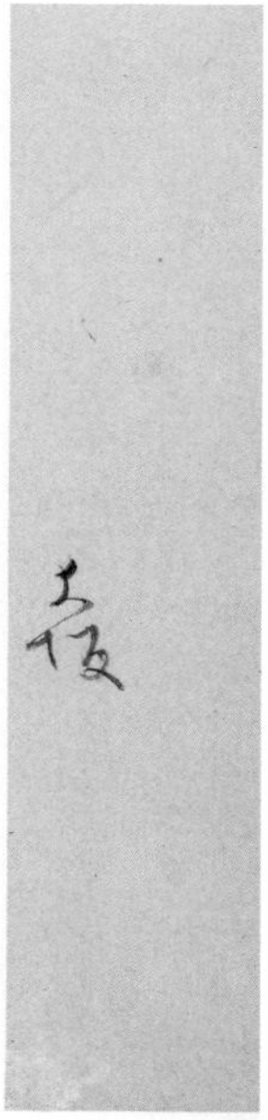

大坂

北村休斎別名　烏帽子箱撰者　立圃門弟　大坂

261　満成

摂州大坂之住　満成　崑山集十六句入　玉海集二入二句入　毛吹追加四句入　鎰屋伊兵衛

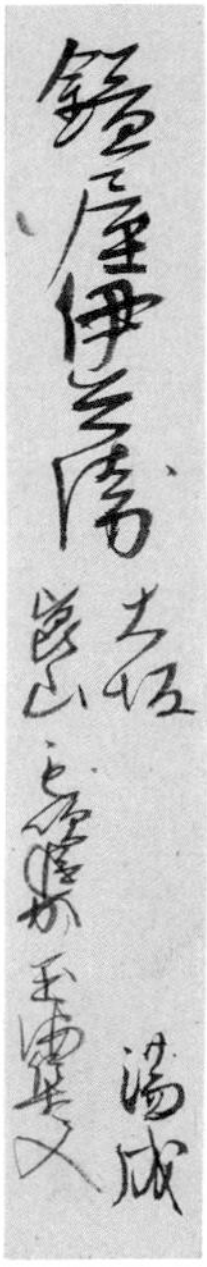

鎰屋伊兵衛　大坂　崑山毛吹追加玉海集二入　満成

262　意朔

（裏書なし）

（印）

伊勢村之次法名　大坂　百人一句二入

263　宗吾

大坂保友入道

梶山保友法名　大坂　大福帳撰者　玉海集二入

264　玖也

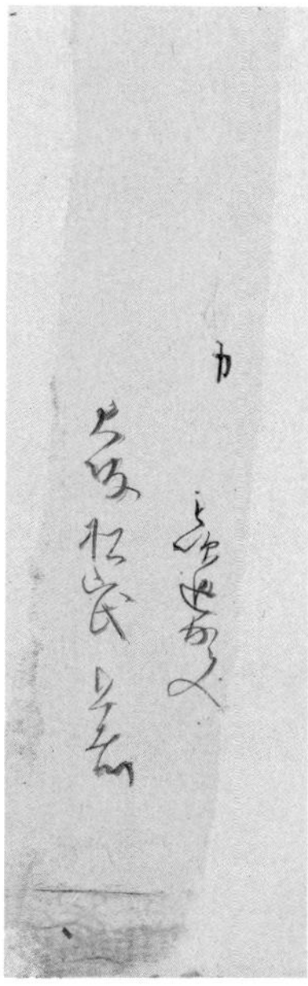

カ
大坂松山氏　点者　毛吹追加二入

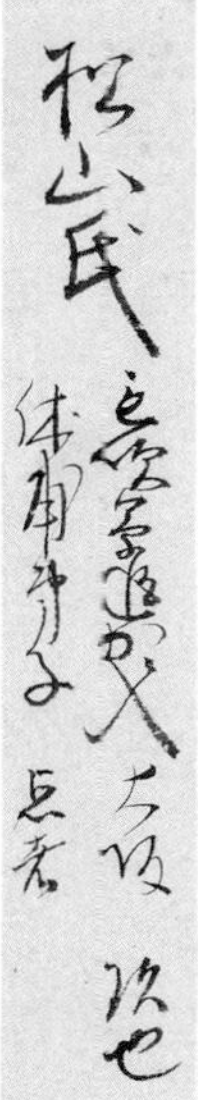

松山氏　大坂　休甫弟子　毛吹草追加二入　**点者　玖也**

265　きうや

（極札）「誹諧師　大坂衆　花ちらす　（印）」

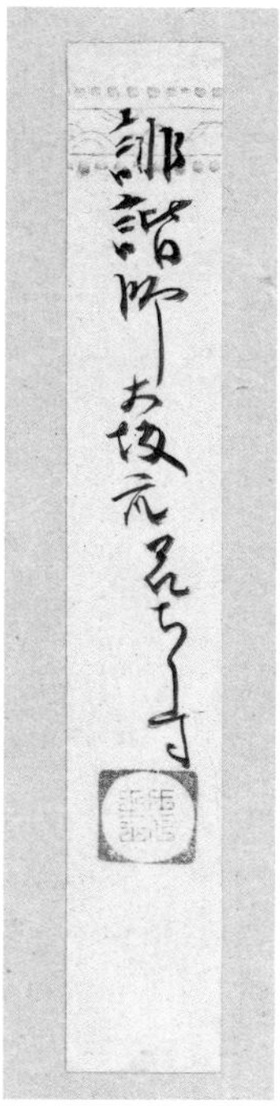

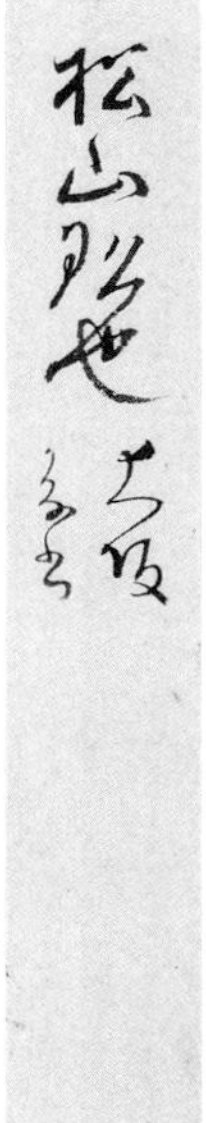

松山玖也　大坂　かな書

266　盛庸

貞徳門弟　摂州大坂住人　藤本七郎右衛門盛庸筆　崑山集毛吹草追加ニ入

藤本七郎右衛門　大坂　毛吹草追加崑山集ニ入
五条百句ニ入　**貞徳門弟**

267　元与

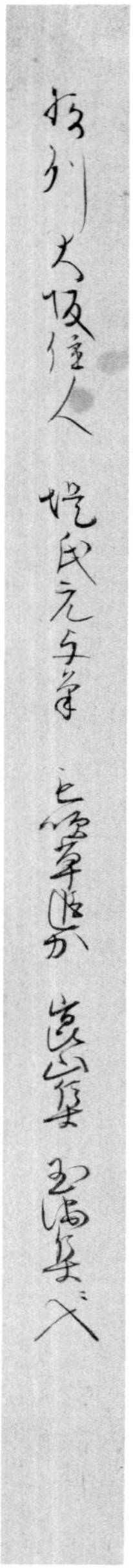

摂州大坂住人　堤氏元与筆　毛吹草追加崑山集玉海集ニ入

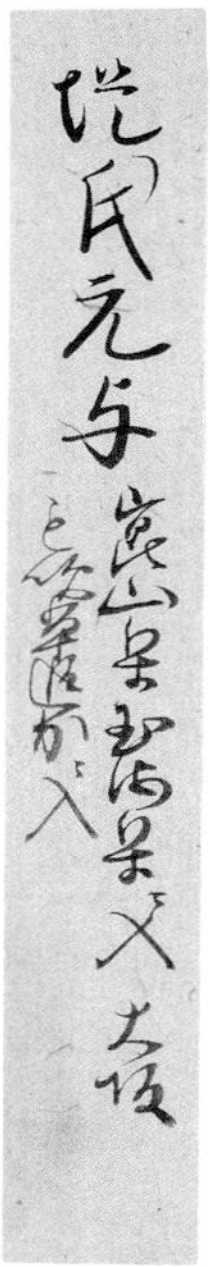

堤氏元与　大坂　崑山集玉海集ニ入　毛吹草追加ニ入

268　方孝

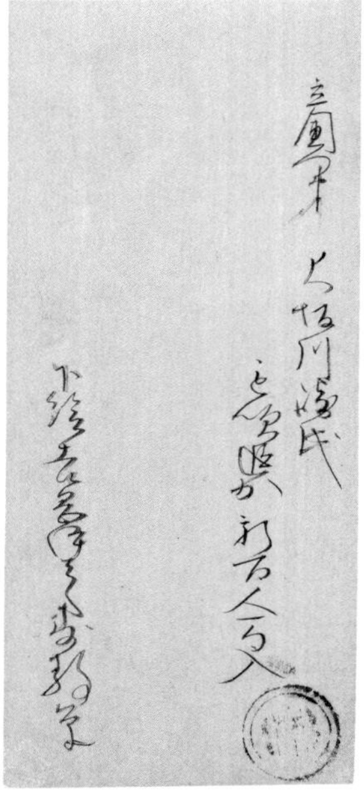

立圃門弟　大坂川崎氏
毛吹追加新百人一句入　（印）
下絵吉岡伊兵へ寿静筆

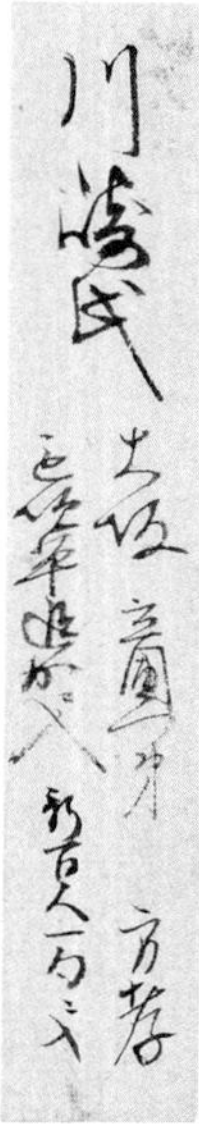

川崎氏　大坂　立圃門弟　毛吹草追加ニ入
新百人一句ニ入　方孝

269　定房

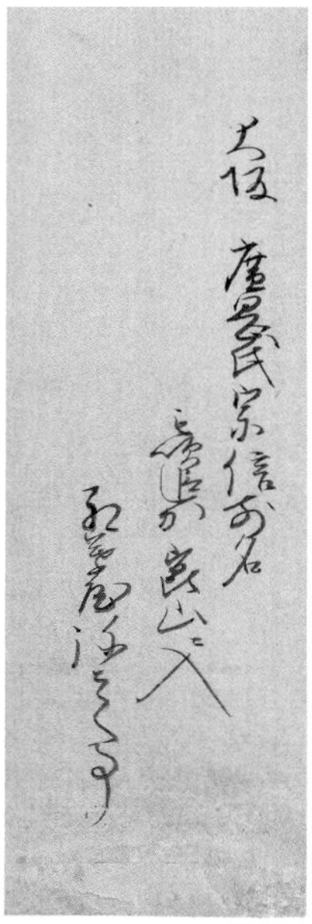

大坂広岡氏宗信前名
毛吹追加崑山ニ入
紅葉屋弥兵へ事

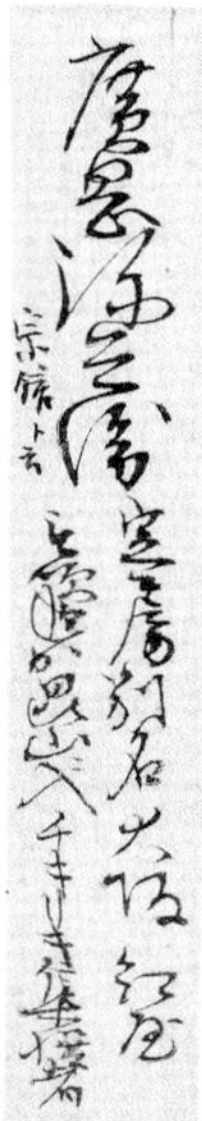

広岡弥兵衛　定房別名　大坂　紅屋
毛吹追加昆（ママ）山ニ入　チキリキ集撰者　**宗信トモ**

270　夕翁

大坂　了安寺　単信　毛吹草追加崑山集ニ入

271　悦春

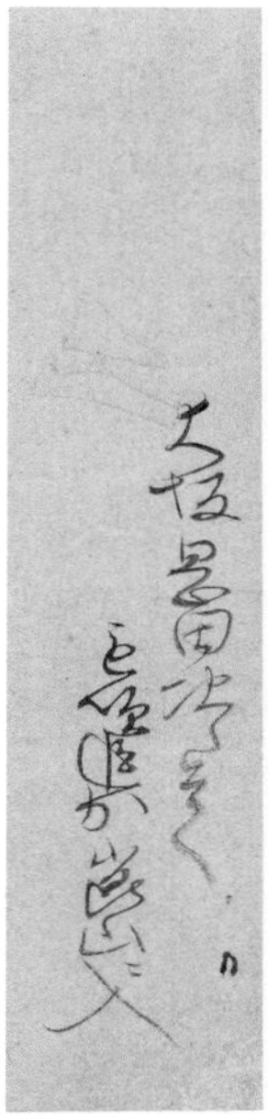

カ
大坂　岡田次郎兵へ　毛吹追加崑山ニ入

272　次良

（裏書なし）

273　宗成

大坂衆　崑山入

274　定親

大坂　林氏安左衛門　浜荻ノ撰者　昆山（ママ）ニ久勝ト入

275　如貞

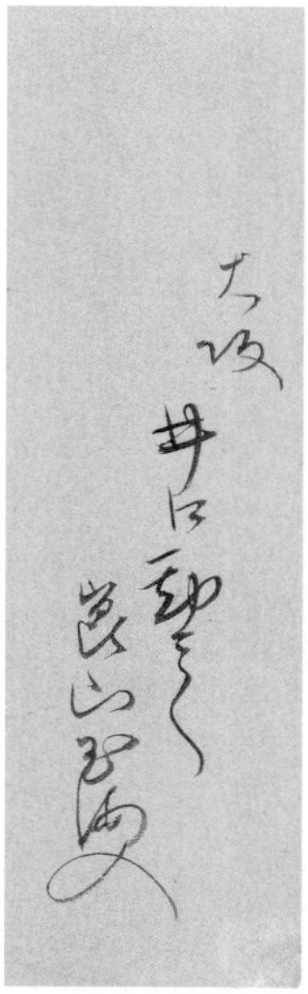

大坂　井口勘兵衛　崑山玉海入

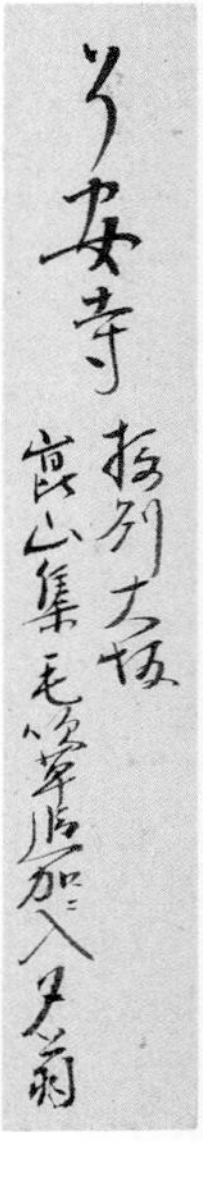

了安寺　摂州大坂　崑山集毛吹草追加ニ入　夕翁

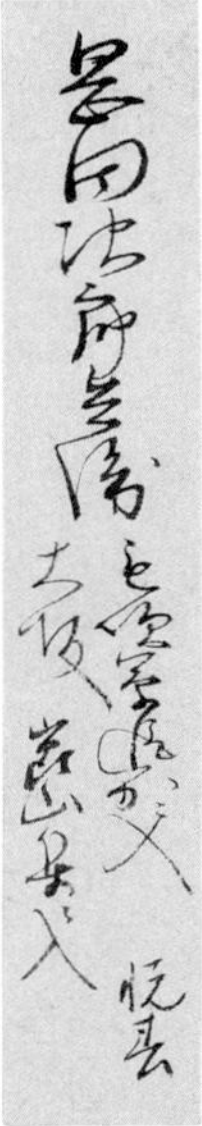

岡田次郎兵衛　大坂　毛吹草追加ニ入　崑山集ニ入　悦春

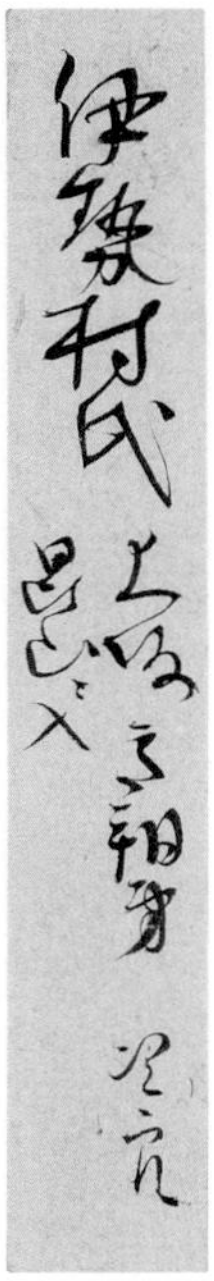

伊勢村氏　大坂　意朔弟　昆山（ママ）ニ入　次良

大坂衆　昆山（ママ）ニ入　宗成

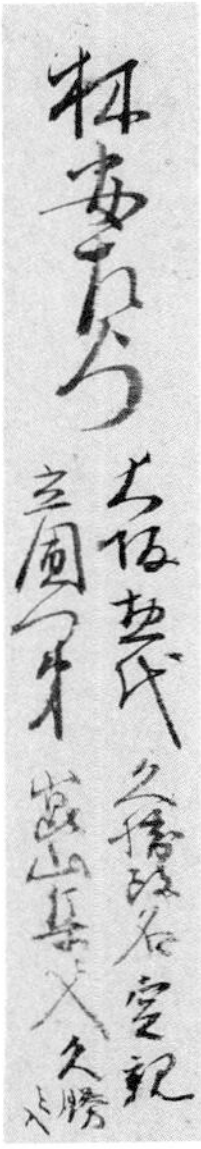

林安左衛門　大坂惣代　久勝改名**定親**　立圃門弟
崑山集ニ入　**久勝と入**

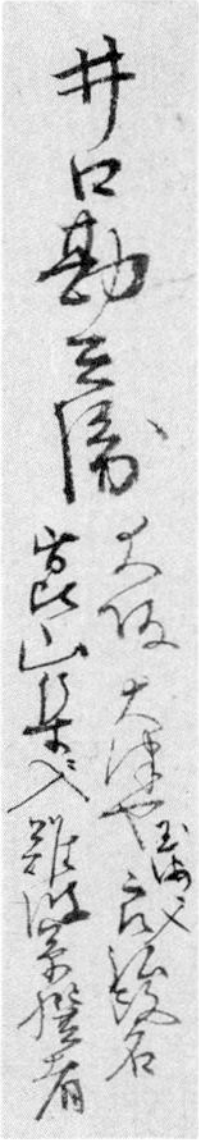

井口勘兵衛　大坂　大津や　良弘改名　玉海ニ入
崑山集ニ入　難波草撰者

276　近吉

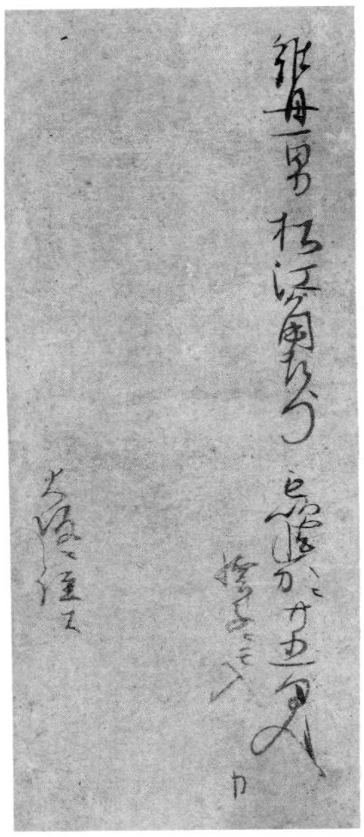

維舟一男　松江角左衛門
毛吹追加ニ廿五句入　懐子ニモ入　カ
大坂ニ住ス

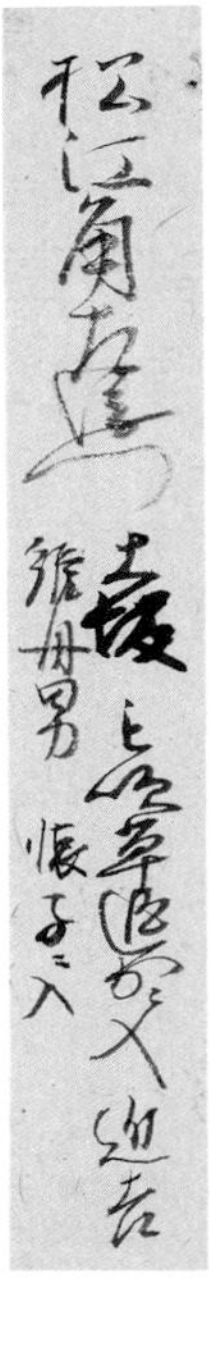

松江角左衛門　大坂　維舟男　毛吹草追加ニ入
懐子ニ入　近吉

277　久任

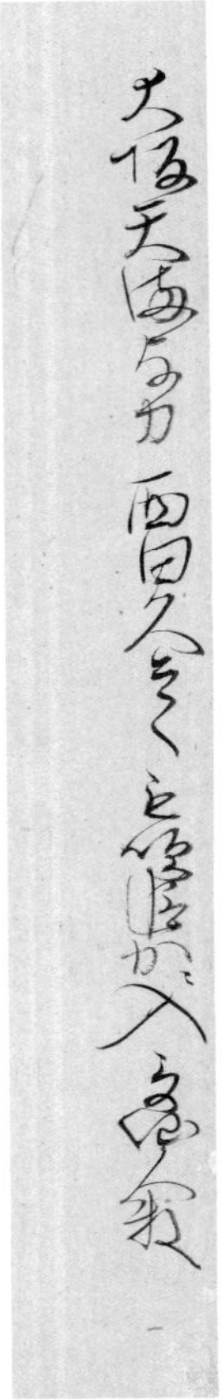

大坂天満与力　西田久兵へ　毛吹追加ニ入　歌仙人数

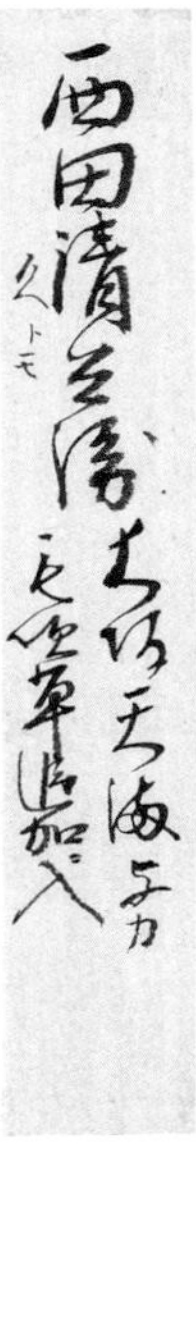

西田清**久トモ**兵衛　大坂天満**与力**　毛吹草追加ニ入

278　良知

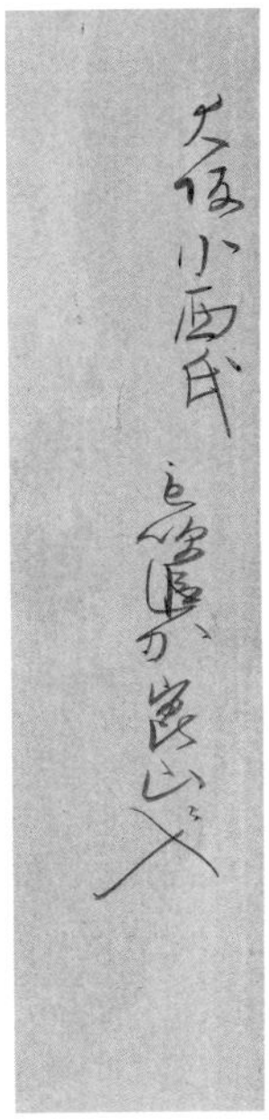

大坂小西氏　毛吹追加崑山ニ入

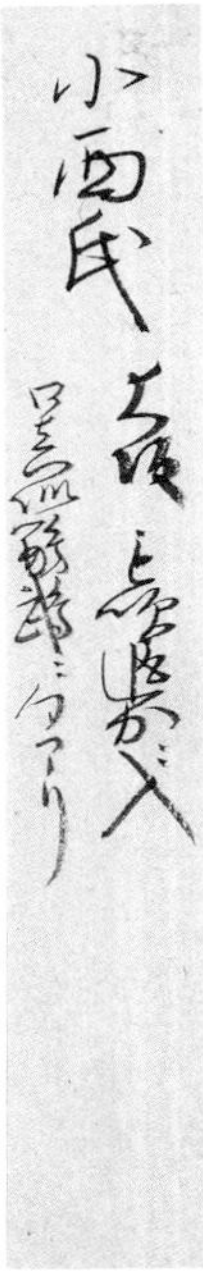

小西氏　大坂　毛吹追加ニ入　口真似鸚鵡ニ句アリ

279　方救

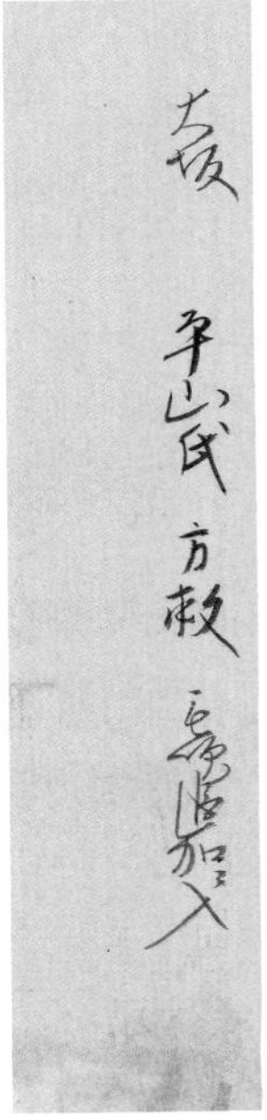

大坂　平山氏　方救　毛吹追加ニ入

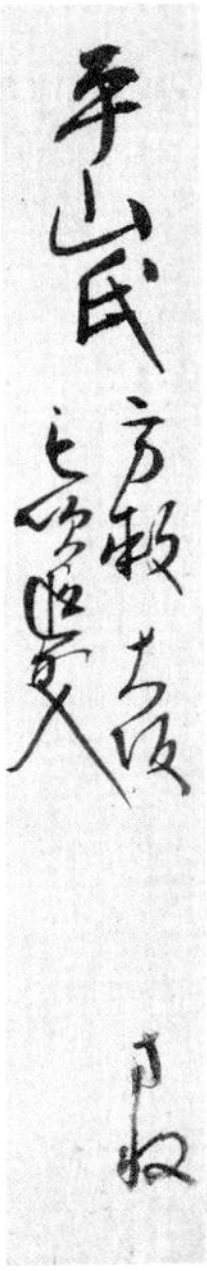

平山氏　方救　大坂　毛吹追加入　**方救**

280　好道

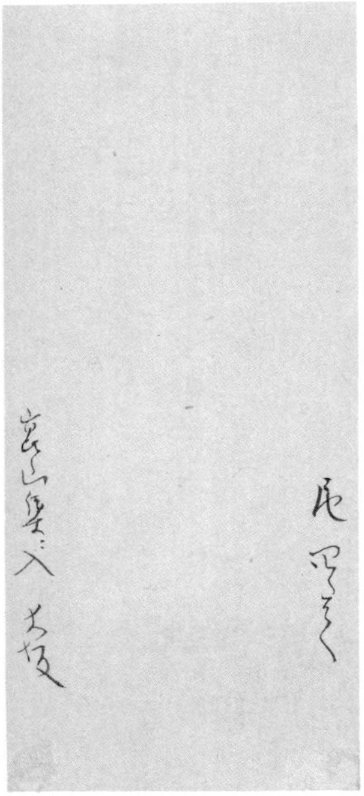

尼四郎兵へ
崑山集ニ入　大坂

尼四郎兵衛　大坂　崑山集玉海集ニ入

281　賢之

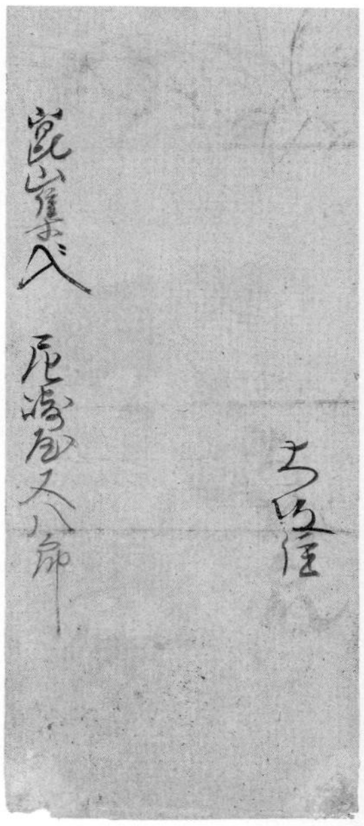

大坂住
崑山集ニ入　尼崎屋又八郎

282　利当

大坂住　秋葉氏八兵衛利当　此発句玉海集入ル
（印）

283　保俊

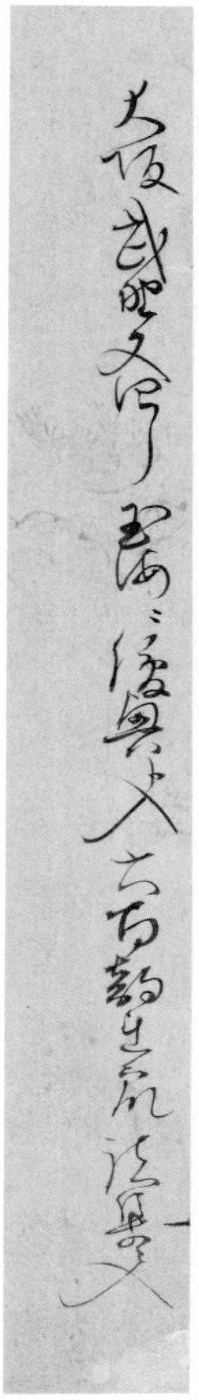

大坂武野又四郎　玉海ニ俊興ト入　六百韻連衆　諸集ニ入

284　俊佐

俊佐公　中山集落花集ニ入　武野又兵へ　玉海ニ入　大坂衆　保俊兄

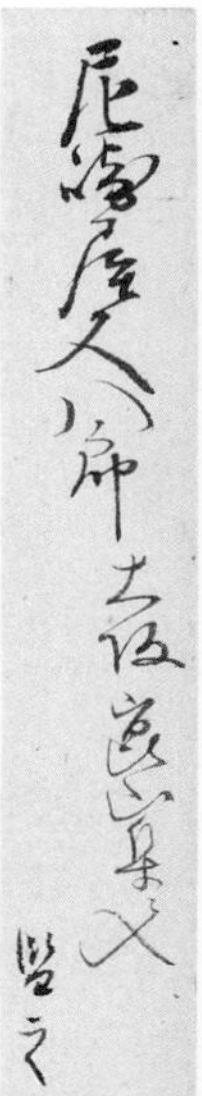

尼崎屋又八郎　大坂　崑山集ニ入　**監之**

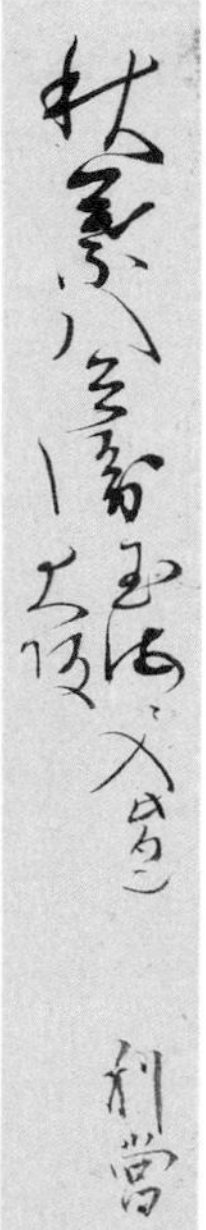

秋葉八兵衛　大坂　玉海ニ入　此句也　**利当**

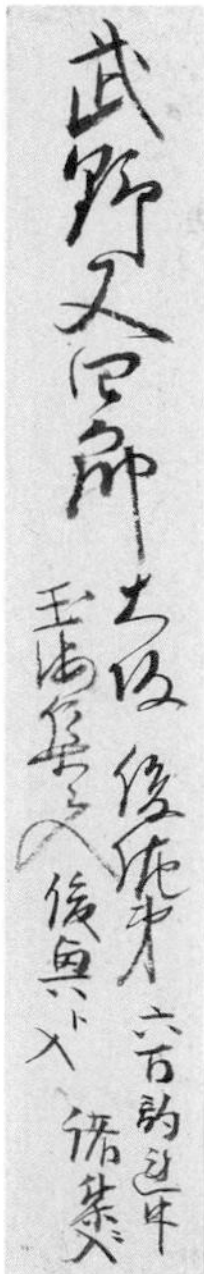

武野又四郎　大坂　俊佐弟　玉海集ニ入**俊興ト入**
六百韻連中　諸集ニ入

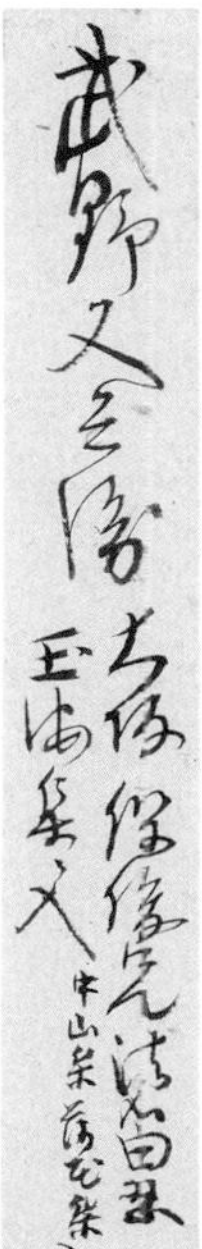

武野又兵衛　大坂保俊兄　玉海集ニ入
法名由忍　中山集落花集入

285　重雅

知恩院御門跡良純親王後御名重雅　後陽成院第八王子　後水尾院御連枝　号八宮殿　又以心庵トモ

知恩院御門跡良純親王　後御名重雅　後陽成院第八王子　以心庵

286　相有

筑紫彦山ノ座主　相有ト号ス

彦山座主　筑紫　園殿御息

287　古益

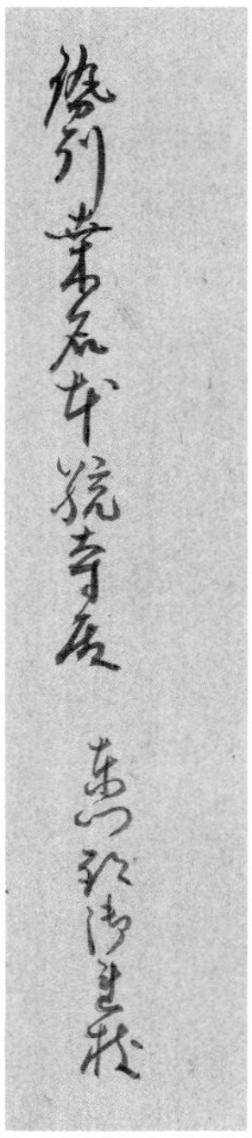

勢州桑名本統寺殿　東門跡御連枝

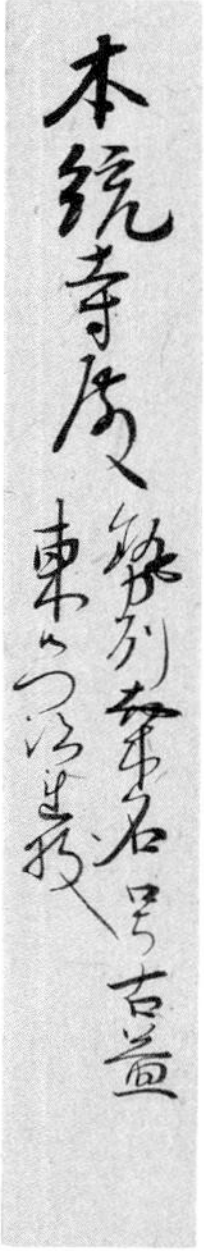

本統寺殿　勢州桑名　東御門跡連枝　号古益

288　爰枚

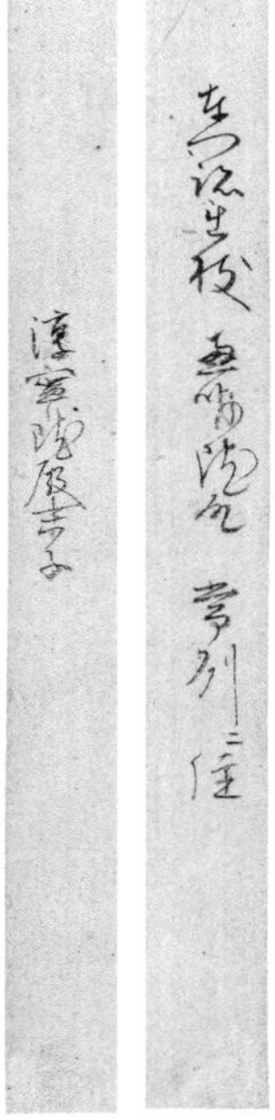

東門跡連枝　恵明院殿　常州ニ住

淳寧院殿末子

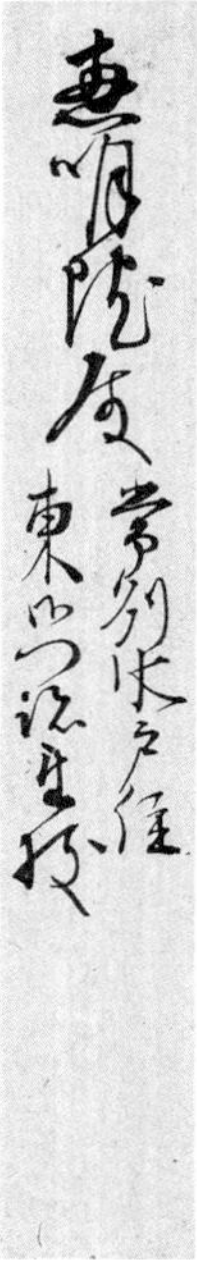

恵明院殿　常州水戸住　東御門跡連枝

289　連盛

三井寺善法院僧正

三井寺善法院僧正　江州

290　策伝

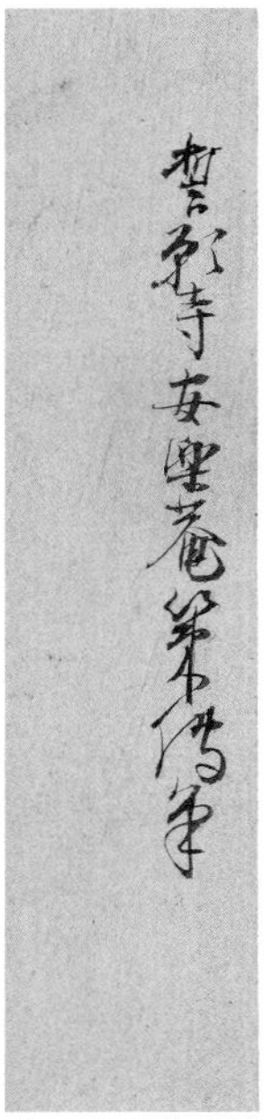

誓願寺安楽庵策伝筆

誓願寺安楽庵　策伝和尚　歌人

291　仙空

西寺町　光明寺仙空上人　貞徳翁歌ノ連衆
貞徳翁歌会所歌人　（印）

光明寺上人　仙空和尚　歌人　西寺町　**貞徳門人**

292　愚鈍

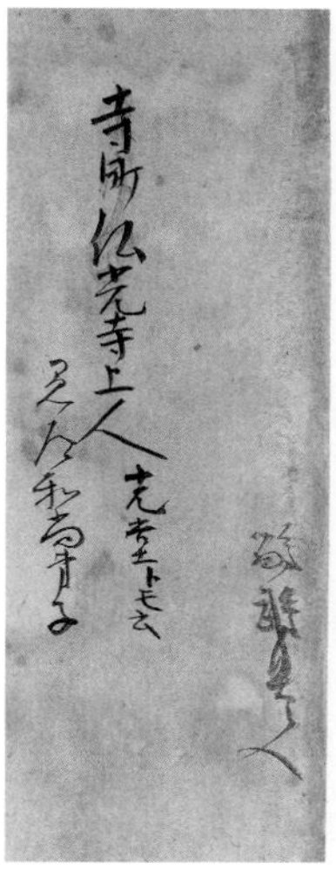

廿四　鸚鵡集ニ入
寺町仏光寺上人
光堂トモ云
愚道和尚弟子

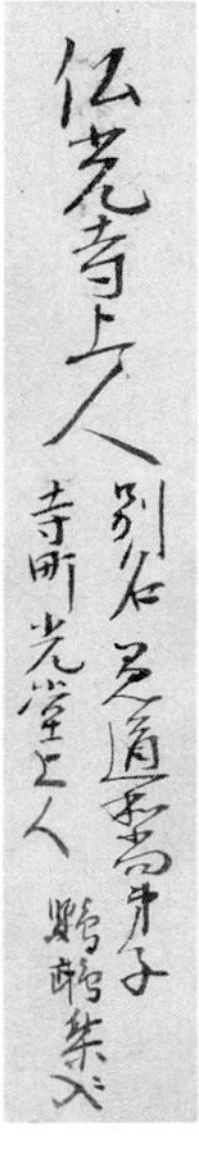

仏光寺上人別名　愚道和尚弟子　寺町光堂上人　**鸚鵡集ニ入**

293　風琴

貞恕門弟　西林寺上人　誓願寺辻子ノ中　禅林寺末寺　下絵吉岡伊兵ヘ寿静筆

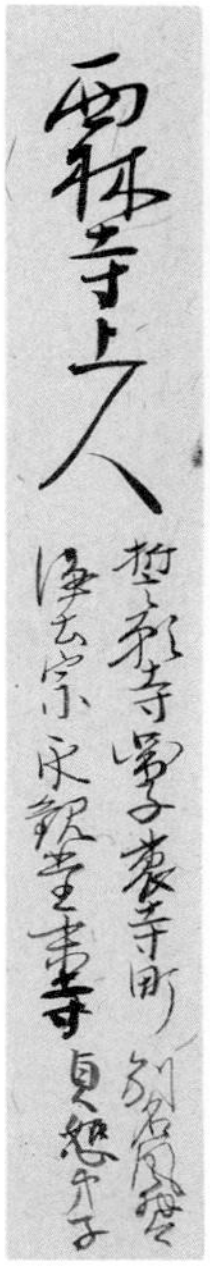

西林寺上人　誓願寺図子裏寺町　浄土宗永観堂末寺
別名風琴　**貞恕弟子**

294　慶従

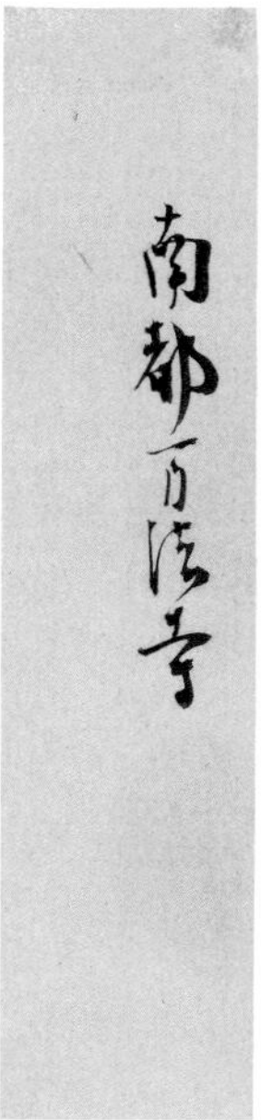

南都万法寺

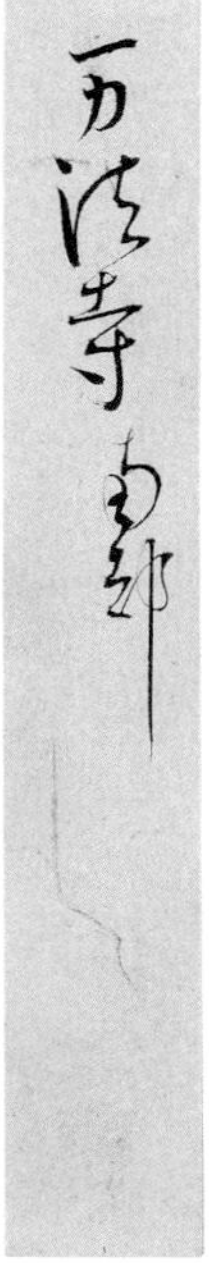

万法寺　南都

295　周盛

昌程門弟　太秦住僧福生院　（印）

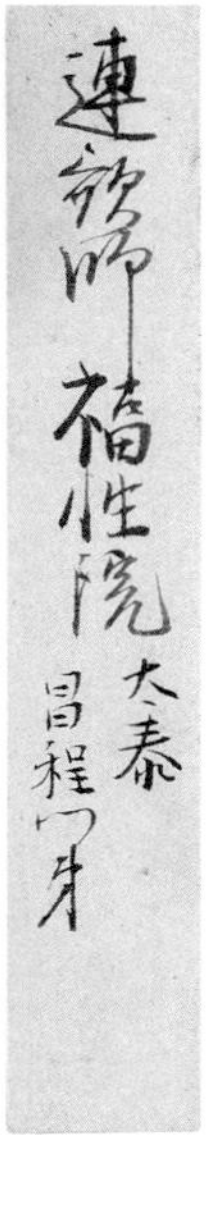

連歌師福性院　太秦　昌程門弟

296　秀海

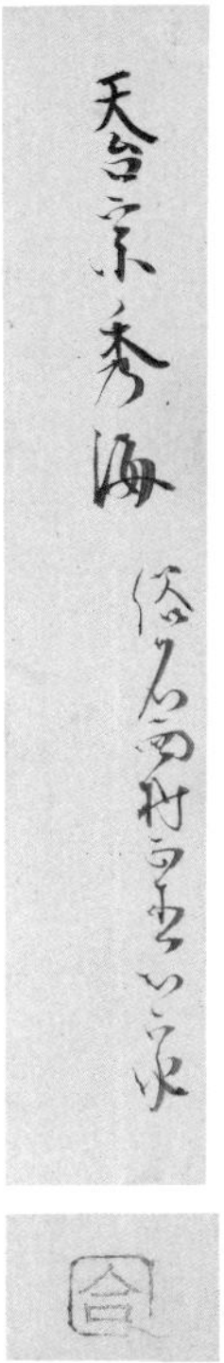

天台宗秀海　俗名西村正直出家　（印）

297　紀子

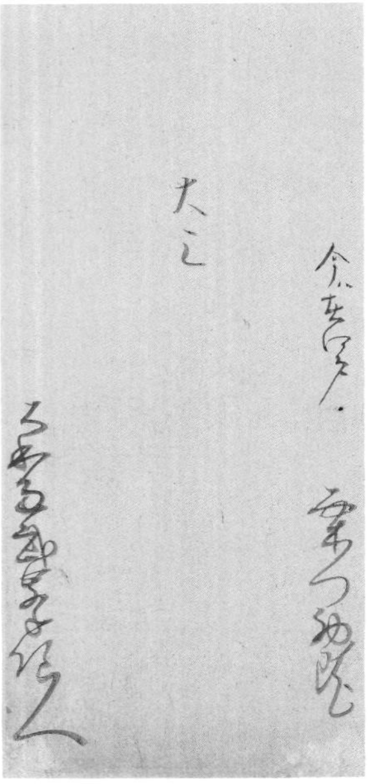

今ハ在江戸　桑門西院
大三
大和多武峰住人

298　松苔軒

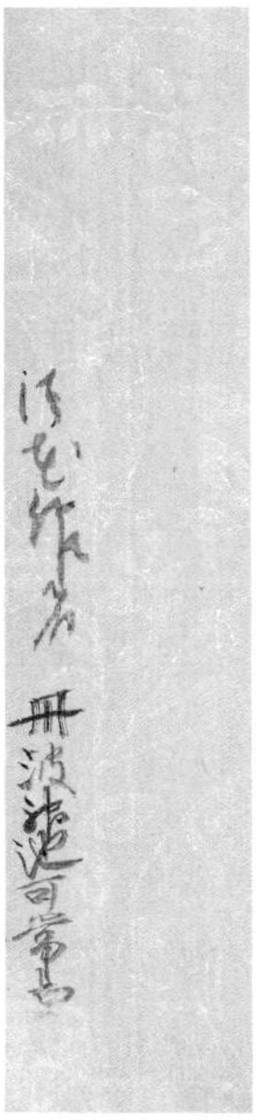

法花作者　丹波神池可常筆

299　山月

高野山　深覚　（印）

300　可竹

（墨消し）尾州名古屋　土塵集ニ入
濃州太田住　諸国修行者ニナル　セ

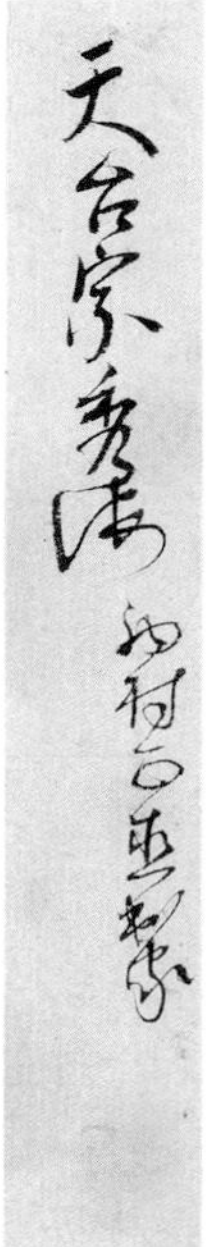

天台宗秀海　西村正直出家

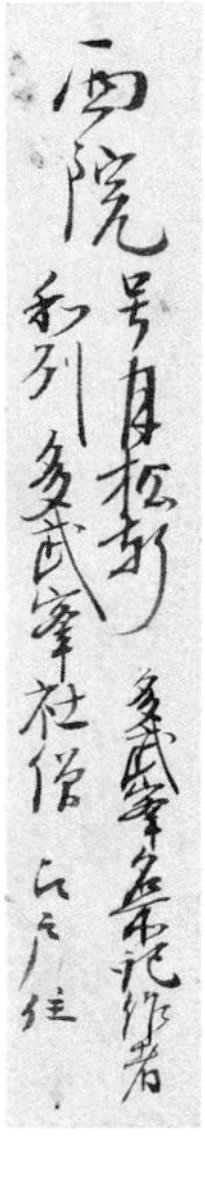

西院　号月松軒　和州多武峰社僧　多武峰名所記作者　江戸住

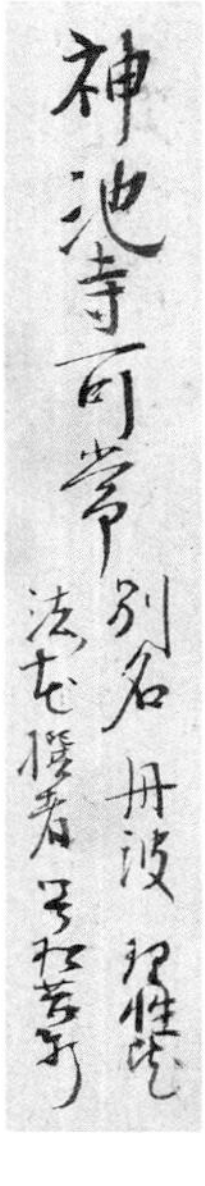

神池寺可常別名　丹波　法ノ花撰者　理性院　号松苔軒

高野衆　深覚法師　紀州　号山月

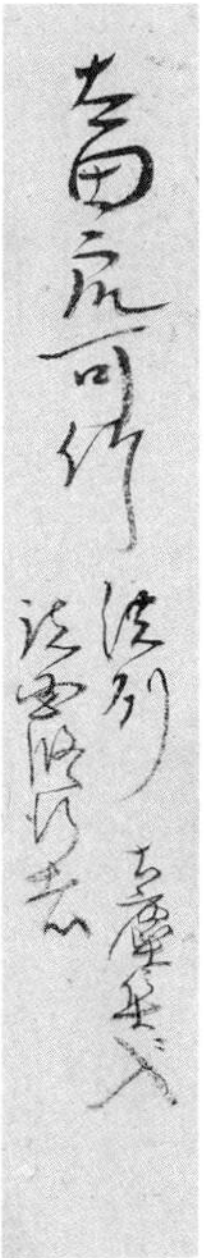

太田衆可竹　濃州　諸国修行者　土塵集ニ入

301　月山

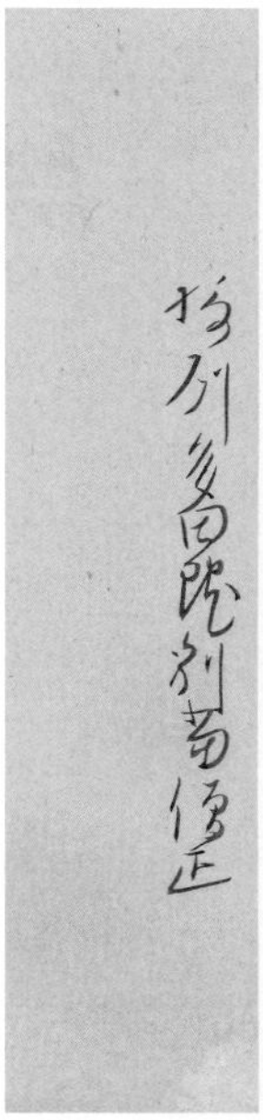

摂州多田院別当僧正

302　如水

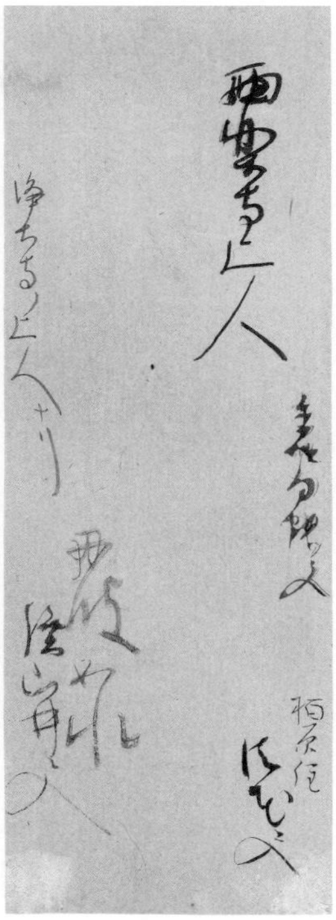

西楽寺上人　季吟句帳ニ入
栢原住　法花ニ入
浄土寺ノ上人ナリ　丹波如水
続山井ニ入

303　信海

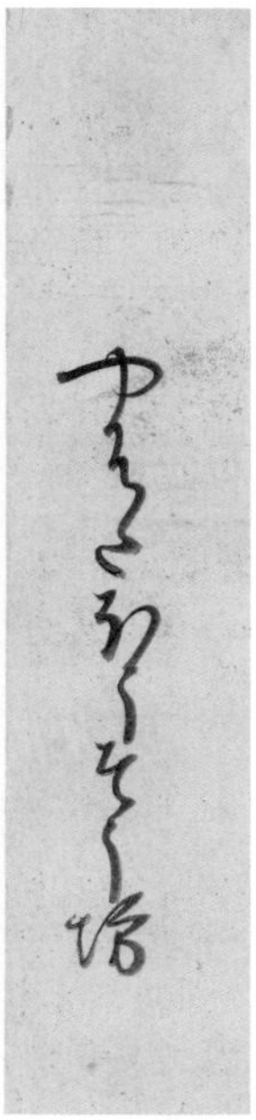

やはたほうそう坊

304　問加

（裏書なし）

305　鎮盛

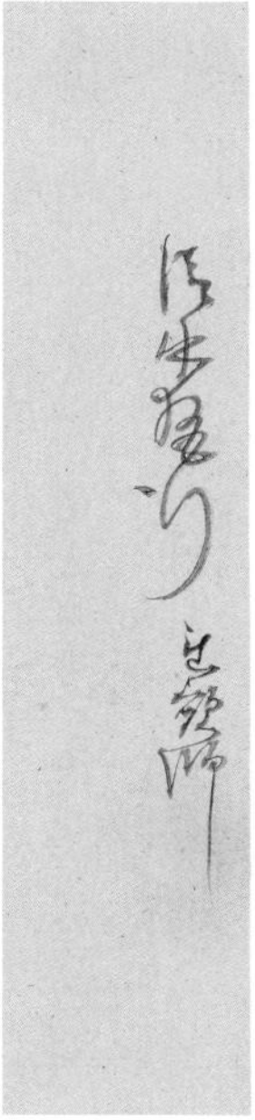

清水執行　連歌師

306　秀延

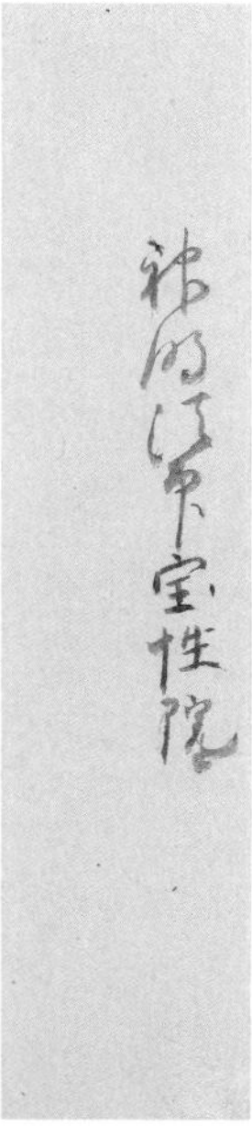

神明法印　宝性院

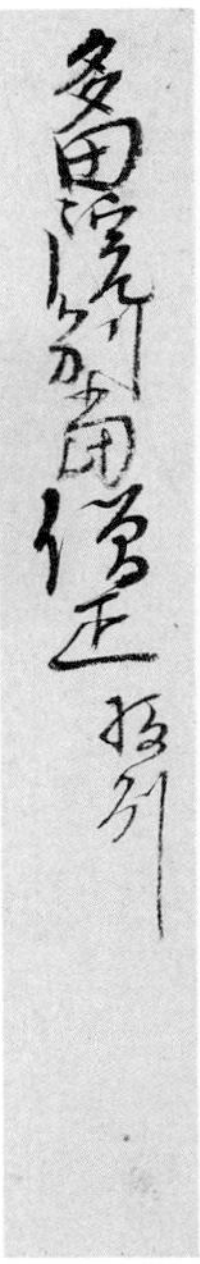

多田院別当僧正　摂州

西楽寺上人　丹波栢原　浄土宗　季吟門弟　**法ノ花ニ入　句帳ニ入**

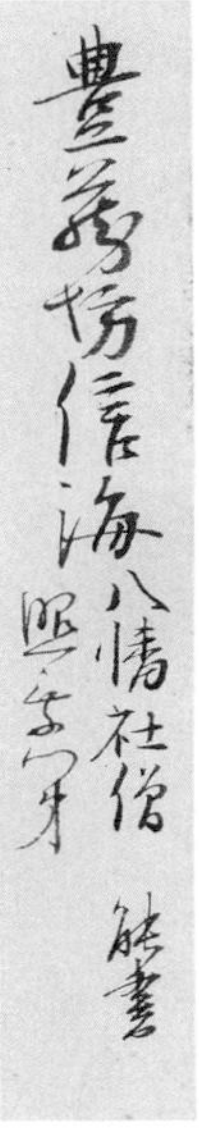

豊蔵坊信海　八幡社僧　照乗門弟　能書

多門院　城州伏見

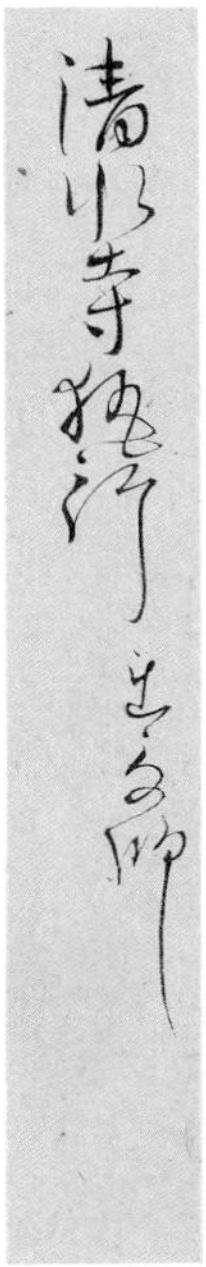

清水寺執行　連歌師

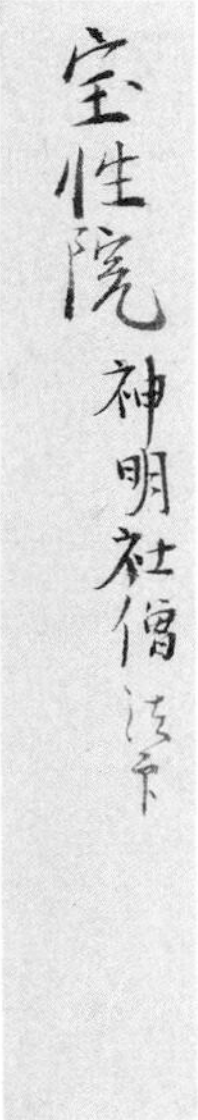

宝性院　神明社僧　法印

307　山石

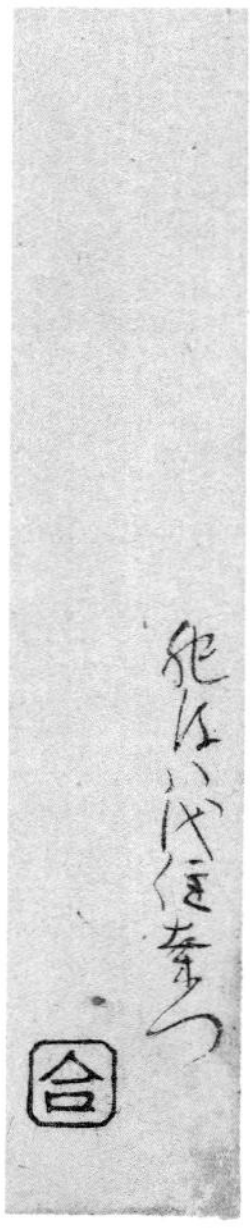

肥後八代住桑門（印）

宗雲寺瑞長老

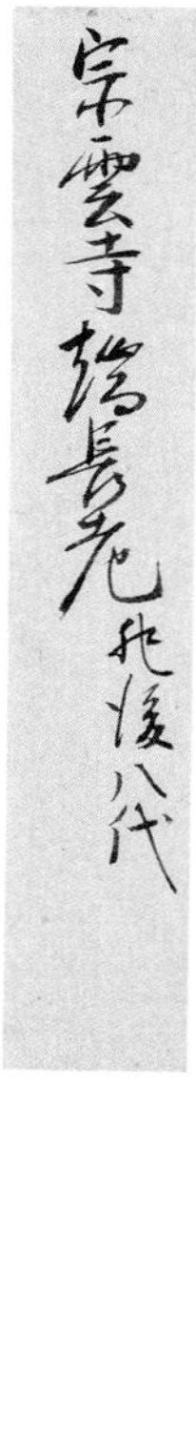

宗雲寺瑞長老　肥後八代

308　一幸

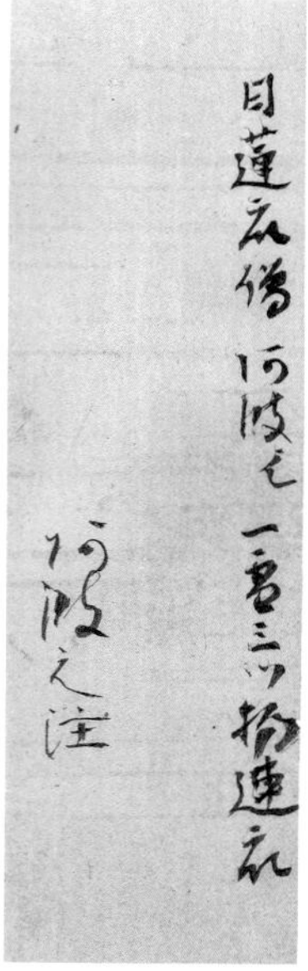

日蓮衆僧　阿波也　一雪三ツ物連衆　阿波之住　（印）

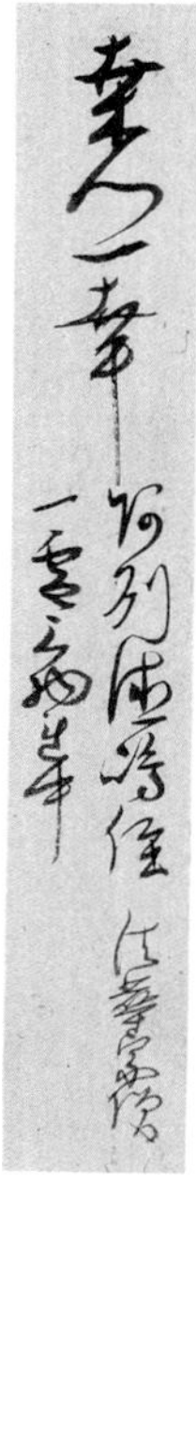

桑門一幸　阿州徳嶋住　一雪三物連中　法華宗僧

309　友閑

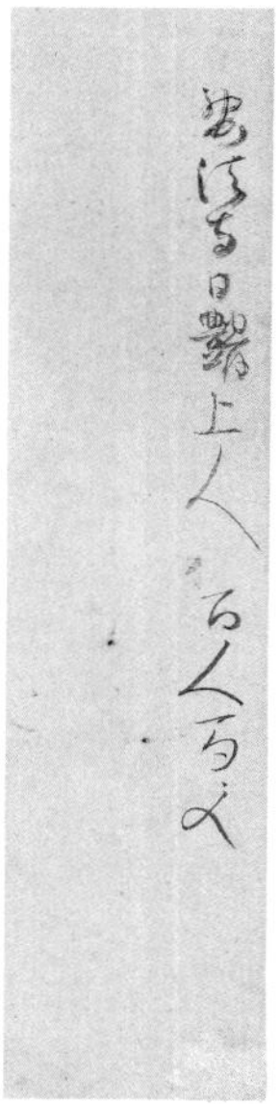

要法寺日体上人　百人一句ニ入

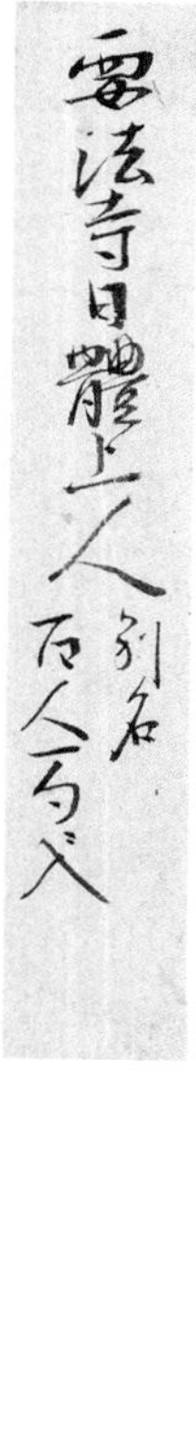

要法寺日体上人別名　百人一句ニ入

310　日梵

歌人長嘯門弟

華《ケ》光寺上人律師ニナリシ人　（印）

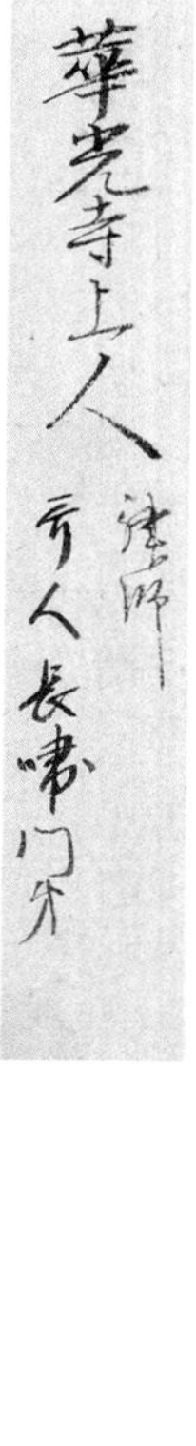

華光寺上人　律師　**歌人　長嘯門弟**

311　半月軒

深草宝塔寺日要上人　御筆作

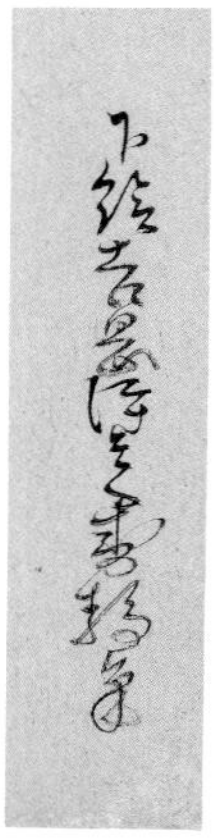

下絵吉岡伊兵ヘ　寿静筆

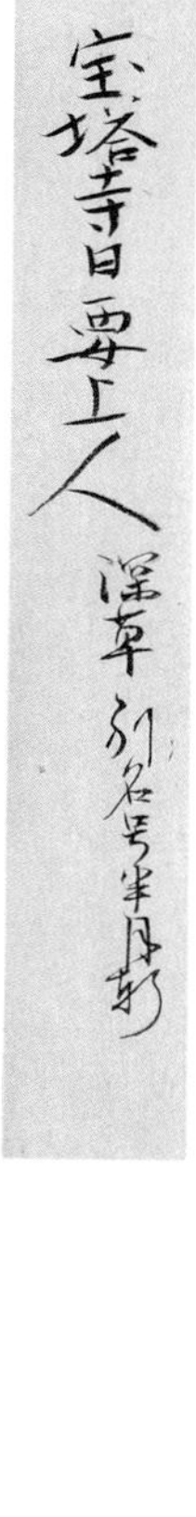

宝塔寺日要上人　深草　別名号半月軒

312　土牛

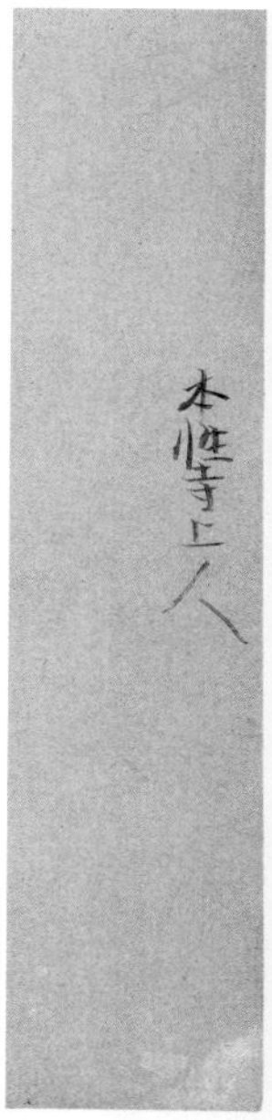

本性寺上人

313　土也

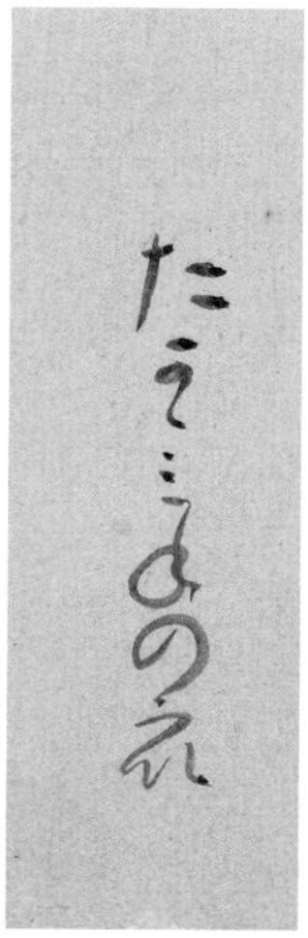

たかゝみねの衆　（印）

314　素桂

（裏書なし）

315　古元

連歌師　六条道場住人　（印）

316　半雪

延宝九年九月日　六條道場歓喜光寺廿五代上人正教

317　未及

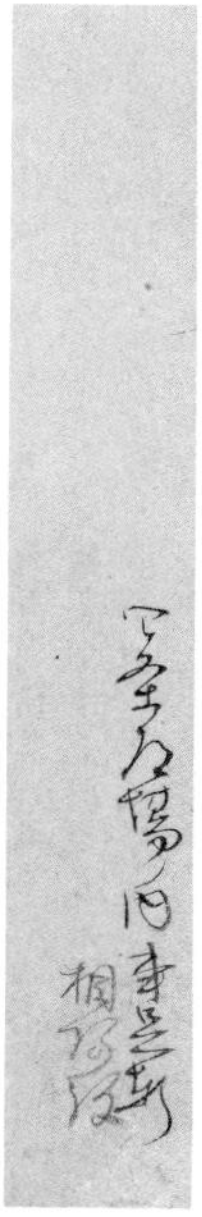

四条道場ノ内　事足軒

相阿改

良保三物連衆

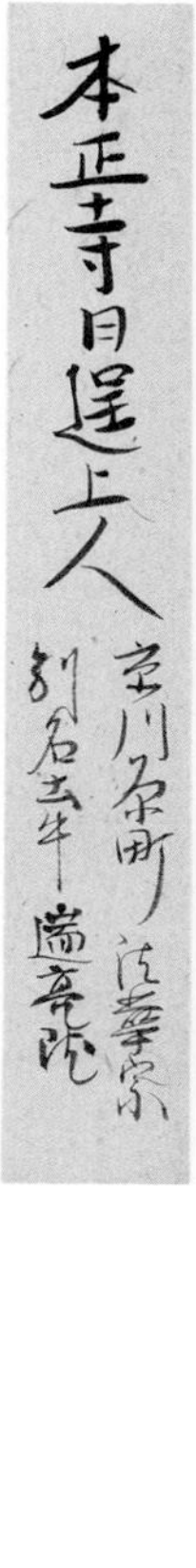

本正寺日逞上人　京川原町　法華宗　別名土牛　遄亮院

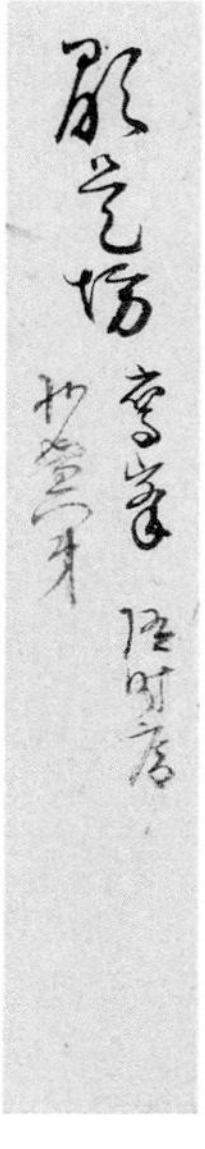

顕是坊　鷹峯　随時庵　梅盛門弟

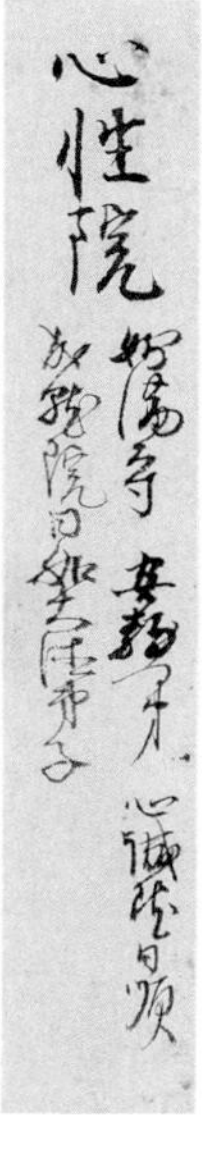

心性院　妙満寺　安静門弟　心誠院日順　成就院日如大徳弟子

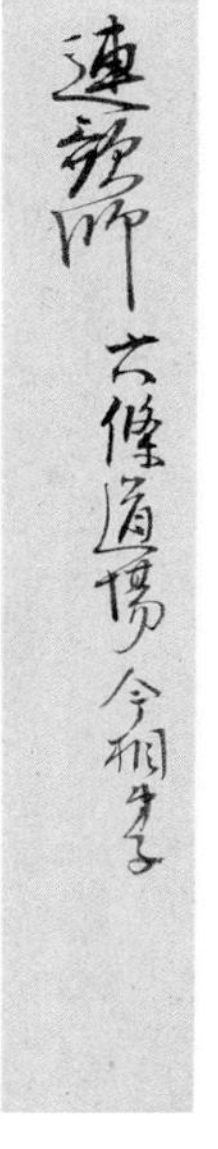

連歌師　六條道場　今相弟子

六條道場歓喜光寺廿五代上人　号半雪　正教別名　今相弟子　連歌師

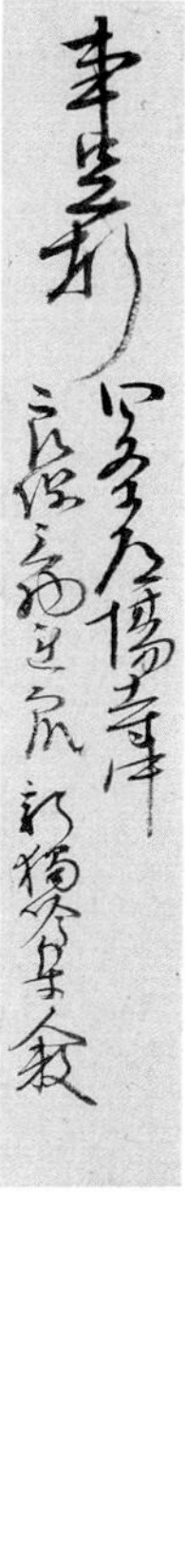

事足軒　四条道場寺中　良保三物連衆　新独吟集人数

318　素隠

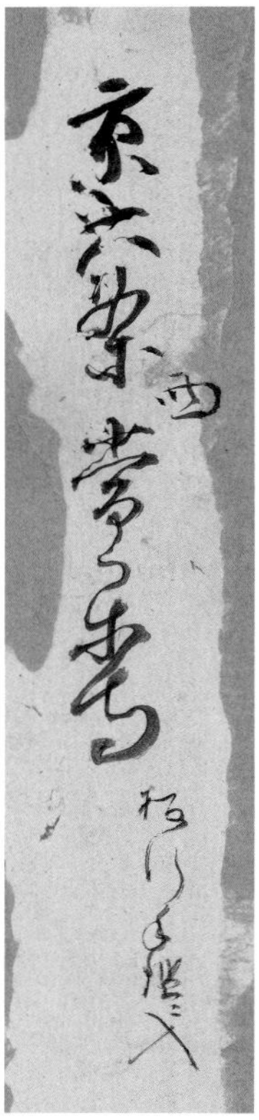

京六条西常楽寺　板行手鑑二入（印）

319　以専

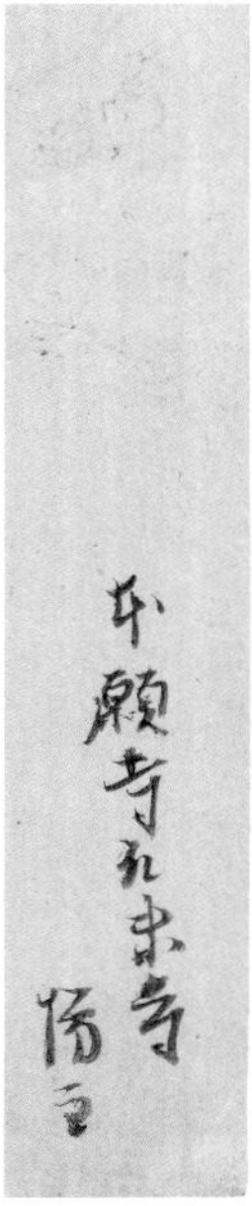
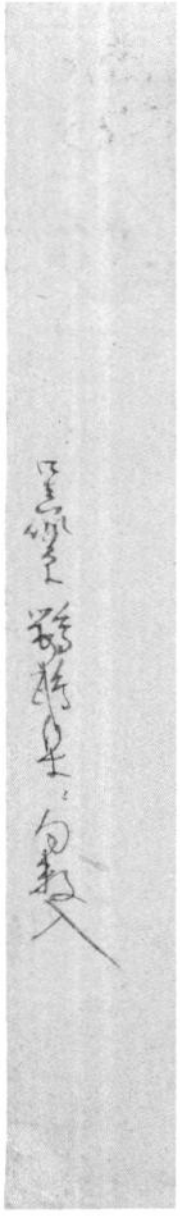

本願寺様末寺　坊主

口真似草鸚鵡集ニ句数入

320　浪化

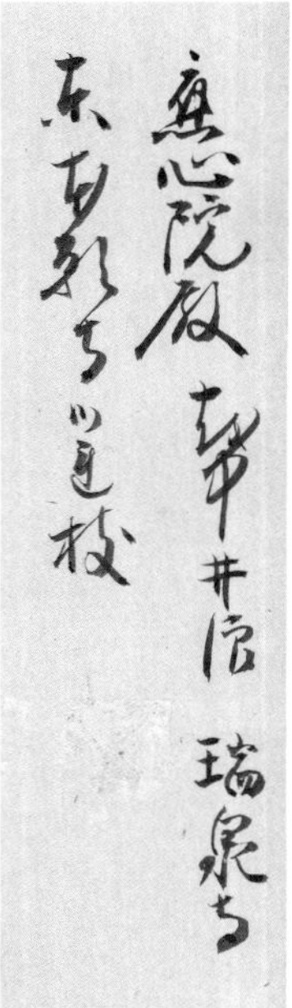

応心院殿　越中井浪　瑞泉寺

東本願寺御連枝

321　智詮

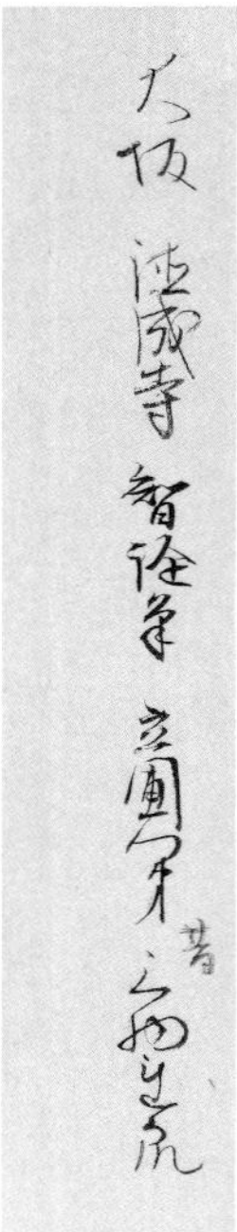
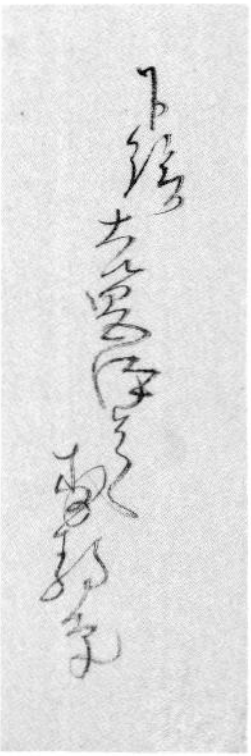

大坂　徳成寺　智詮筆　立圃門弟　昔三物連衆　下絵吉岡伊兵へ寿静筆

322　皆虚

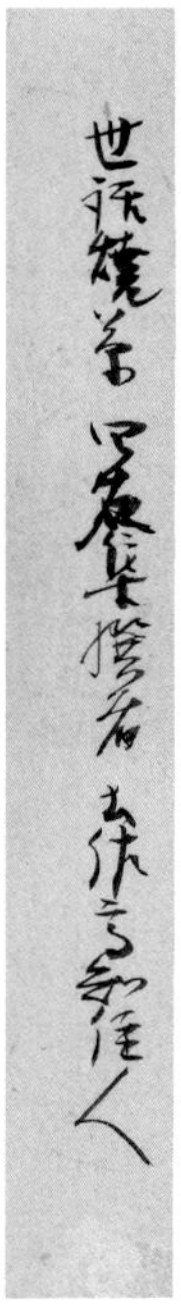
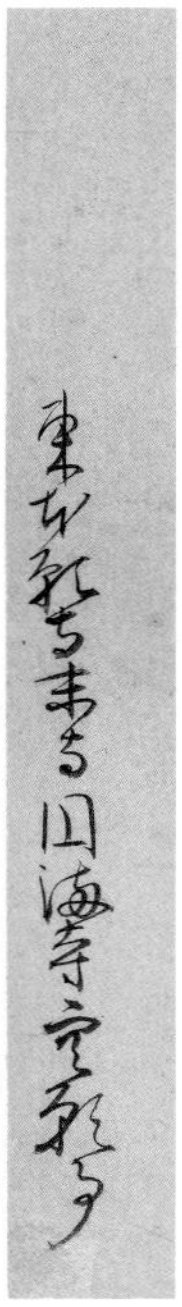

世話焼草四名集撰者　土佐高知住人

東本願寺末寺円満寺空願事

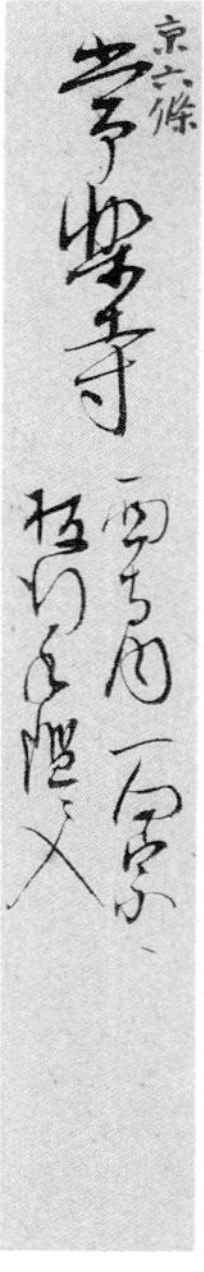

京六條　常楽寺　西寺内　一向宗　板行手鑑二入

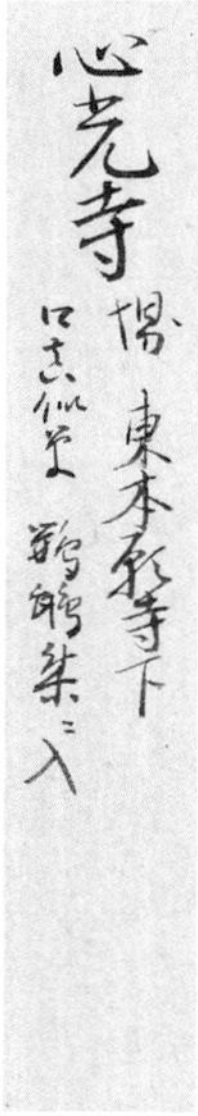

心光寺　堺　東本願寺下　口真似草　鸚鵡集二入

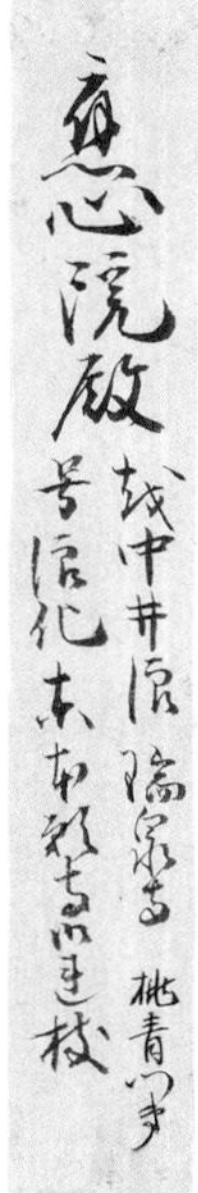

応心院殿　越中井浪瑞泉寺　号浪化　東本願寺御連枝　桃青門弟

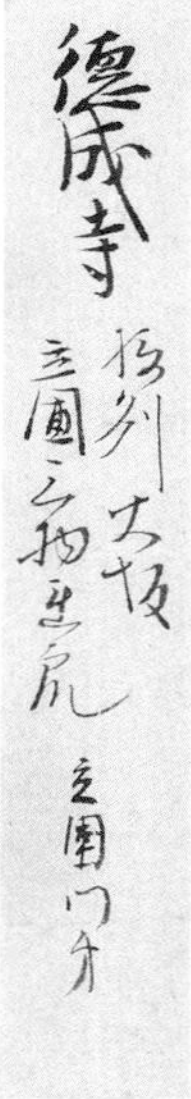

徳成寺　摂州大坂　立圃三物連衆　立圃門弟

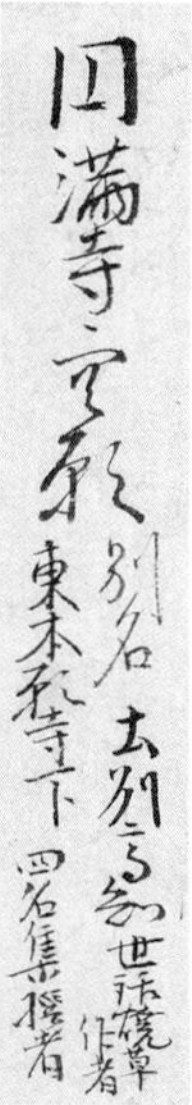

円満寺空願別名　土州高知　東本願寺下　世話焼草作者　四名集撰者

323　素白

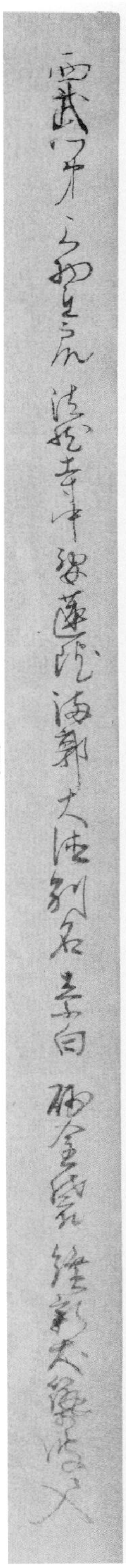

西武門弟三物連衆　法然寺中要蓮院満郭大徳別名素白　砂金袋続新犬築《ママ》波二入

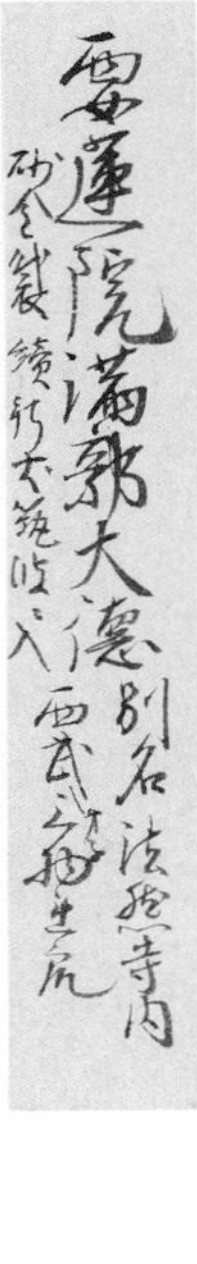

要蓮院満郭大徳別名　法然寺内　西武**弟子**三物連衆
砂金袋続新犬筑波二入

324　光正

（裏書なし）

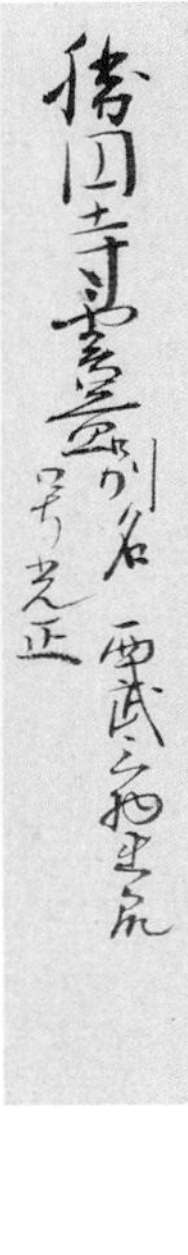

勝円寺雲益別名　西武三物連衆　**号光正**

325　一有

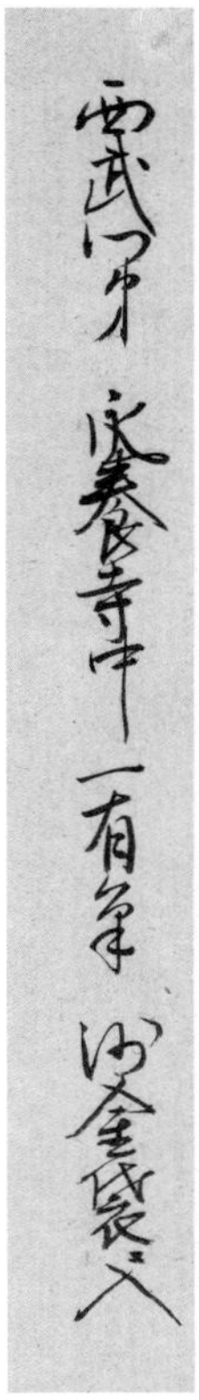

西武門弟　永養寺中一有筆　沙金袋二入

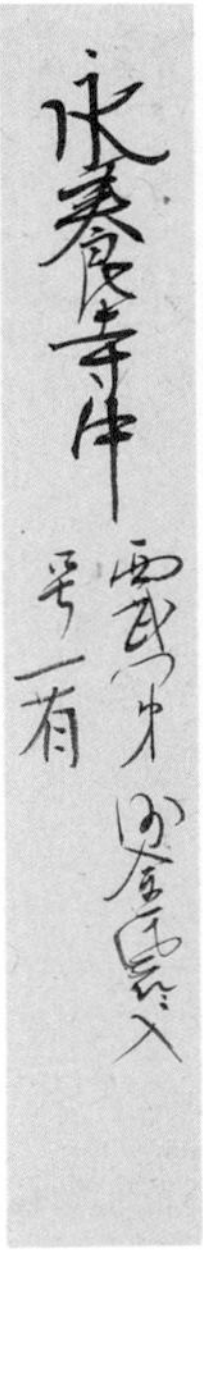

永養寺中　西武門弟　沙金袋二入　号一有

326　源阿

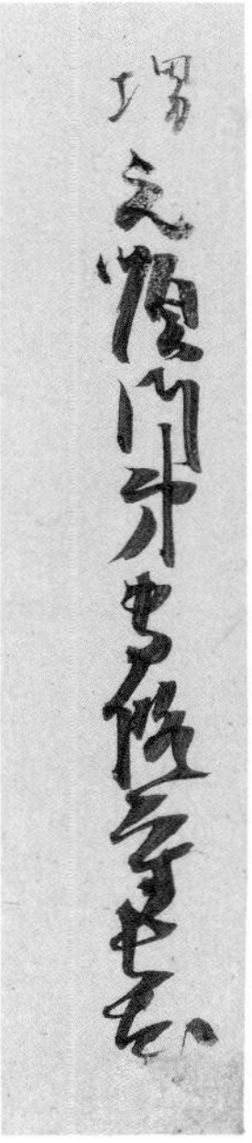

堺　元順門弟専修寺長老

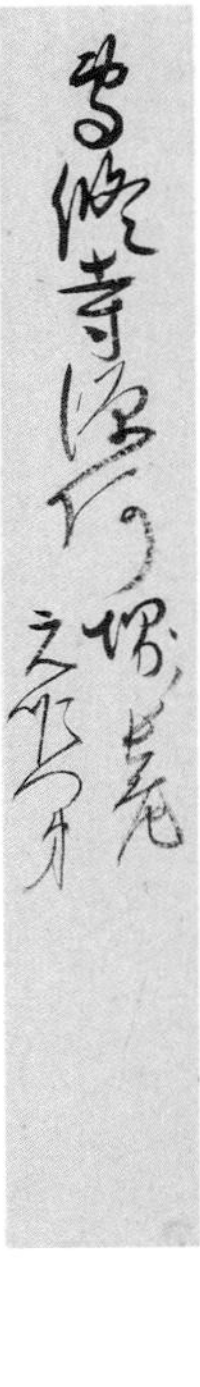

専修寺源阿　堺ノ長老　元順門弟

327　信水

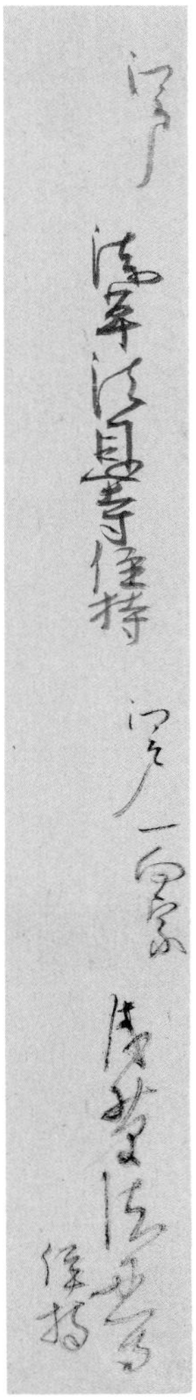

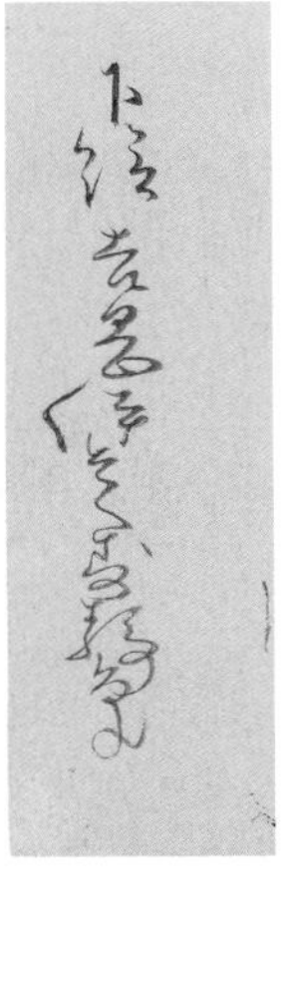

江戸　浅草法恩寺住持　江戸一向宗　浅草法恩寺住持　下絵吉岡伊兵へ寿静筆

法恩寺　江戸浅草

328　丈草

（裏書なし）

桑門丈艸　尾州

329　正察

世捨僧　浄土珠数ノ作者　大坂　乃幽卜兄ナリ（下「弟也」）

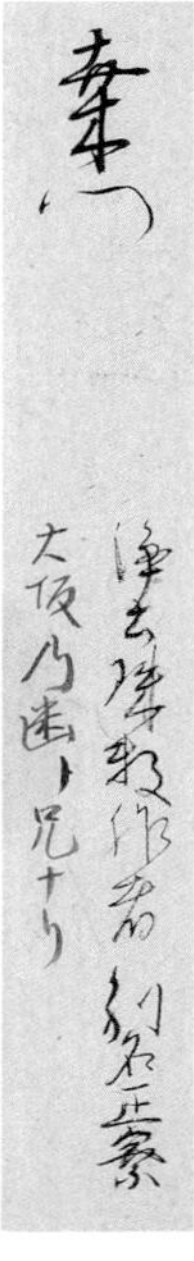

桑門　浄土珠数作者　別名正察　大坂乃幽卜兄ナリ

330　土梗法師

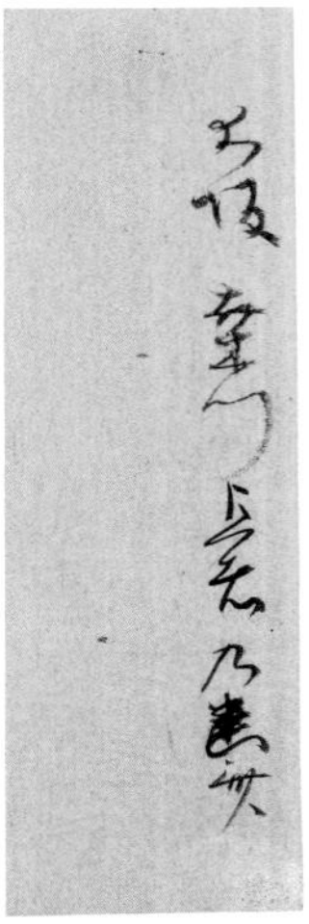

大坂　桑門　点者　乃幽斎（印）

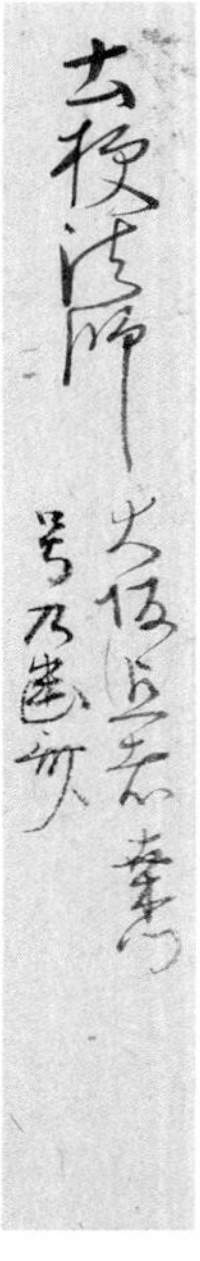

土梗法師　大坂点者　桑門　号乃幽斎

331　宗鑑

（裏書なし）

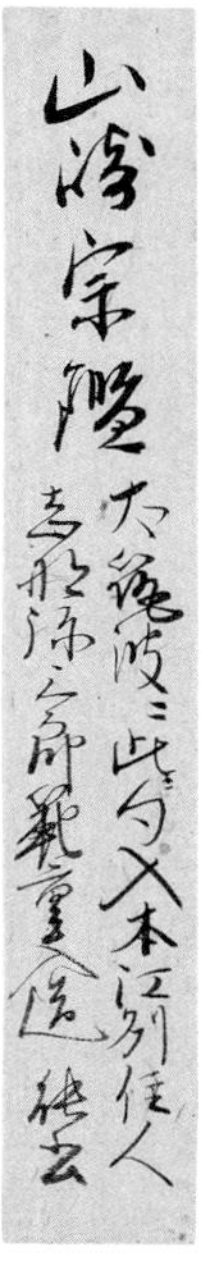

山崎宗鑑　犬筑波ニ此句入　本江州住人　志那弥三郎範重入道　能書

332　梵益

山崎宗鑑跡　桑門　下絵吉岡伊兵へ寿静筆

（裏打下）「□し　ありともしるへし□く　□□□　□十」

宗鑑室跡桑門　城州山崎

333　慈敬

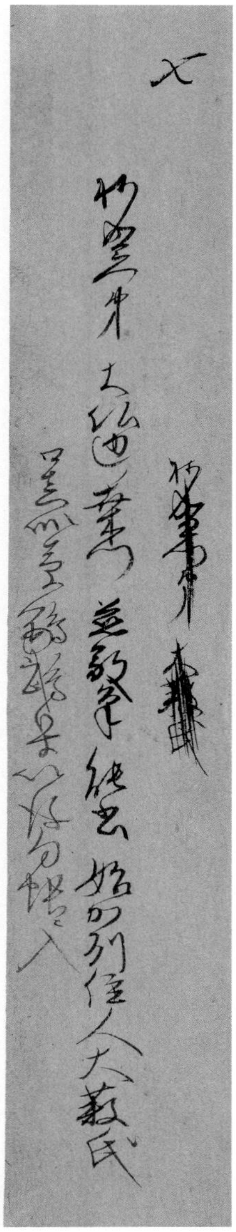

七（墨消し）梅盛門弟大薮氏　梅盛門弟　大仏辺ノ桑門　慈敬筆　能書　始加州住人大薮氏
口真似草鸚鵡集以後句帳ニ入

334　離雲

梅盛門弟　清水住　桑門

335　一滴子

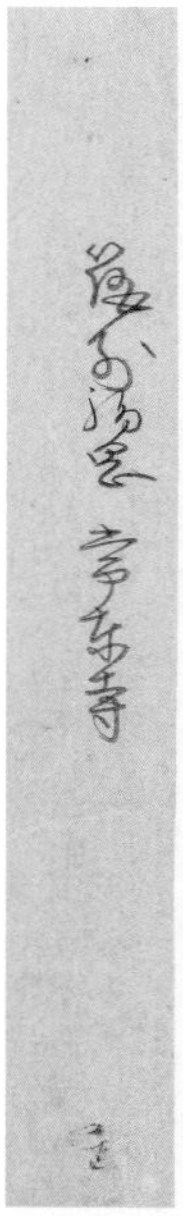

筑前福岡　常東寺

下絵吉岡伊兵へ寿静筆

336　素安

（裏書なし）

337　芳心

カヘ

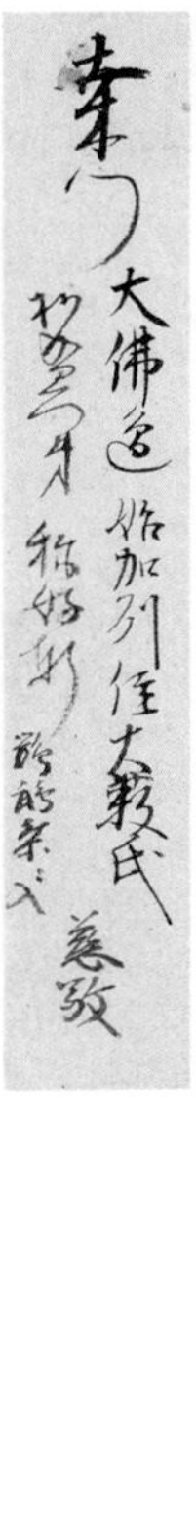

桑門　大仏辺　始加州住　大薮氏
梅盛門弟　称好軒　**慈敬**　**鸚鵡集ニ入**

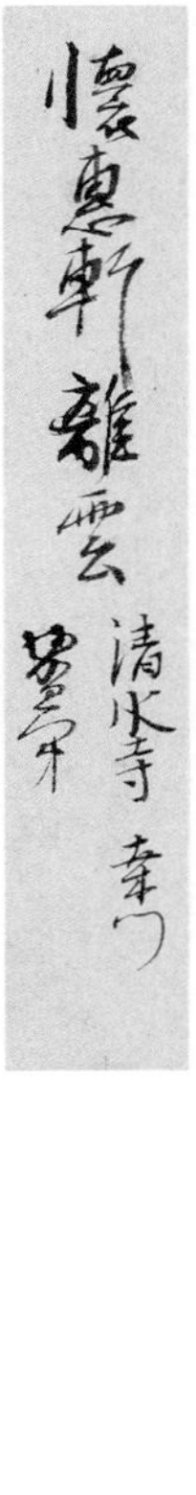

懐恵軒離雲　清水寺　桑門　梅盛門弟

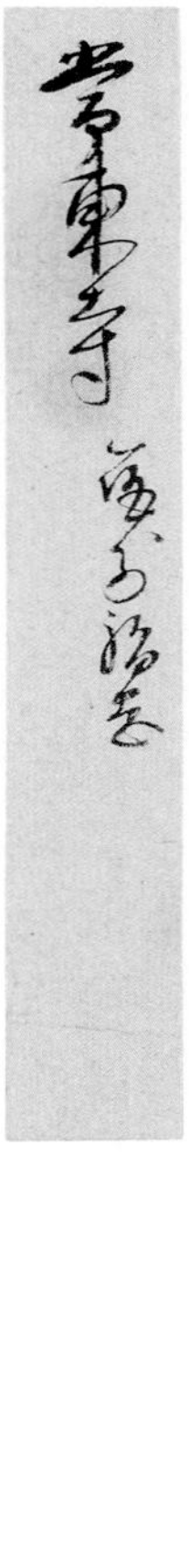

常東寺　筑前福岡

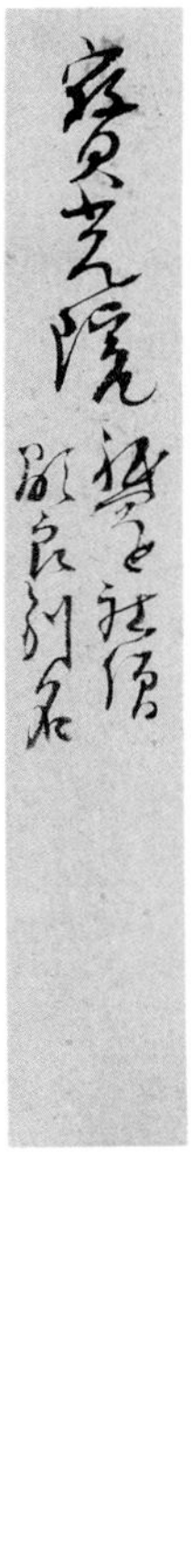

宝光院　祇園社僧　顕良別名

連歌師前坊　堺住人　**芳心**

338　支考

（裏書なし）

339　木王

（裏書なし）

（印）

340　淵浅

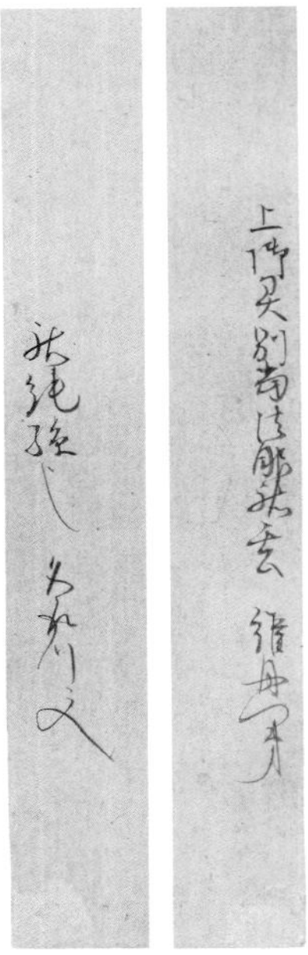

上御霊別当法眼祐玄　維舟門弟

祐純孫也　名取川ニ入

341　宗岷

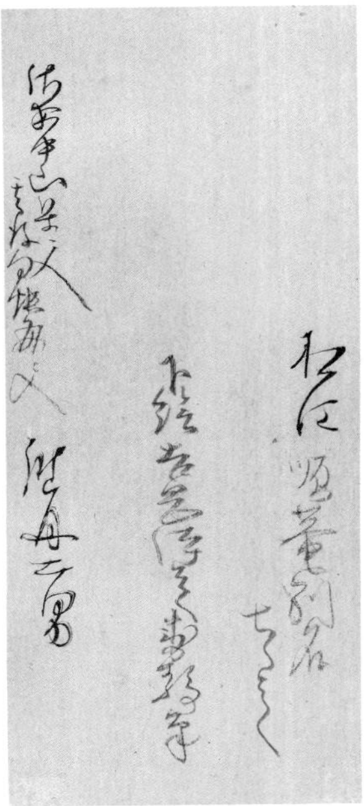

松江順菴別名　七郎兵へ
佐夜中山集ニ入　其後句帳毎ニ入
維舟二男　下絵吉岡伊兵へ寿静筆

342　元好

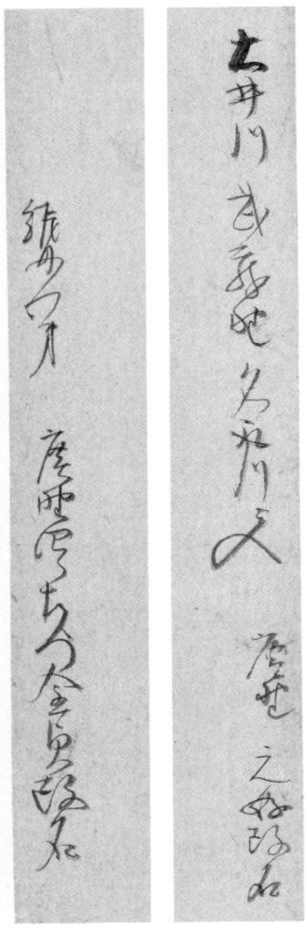

大井川　武蔵野　名取川ニ入　広野元好改名

維舟門弟　広野四郎左衛門金貞改名

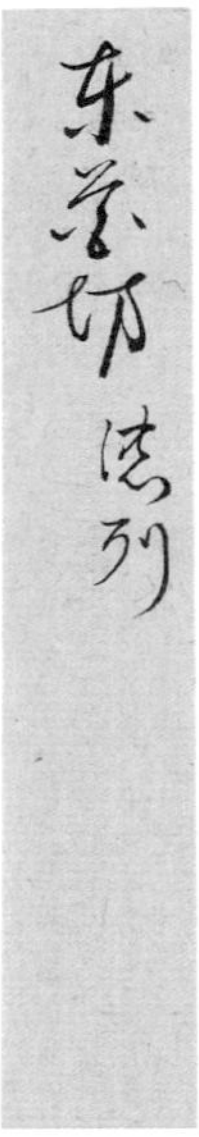

東花坊　濃州

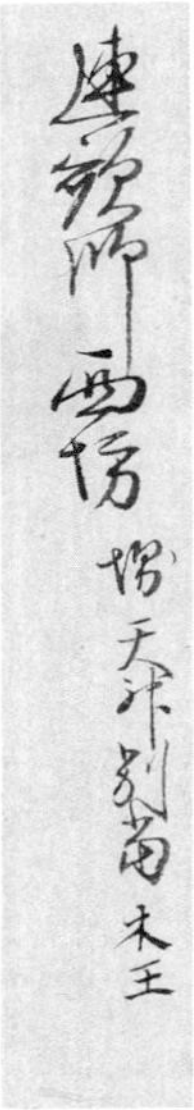

連歌師西坊　堺天神別当　**木王**

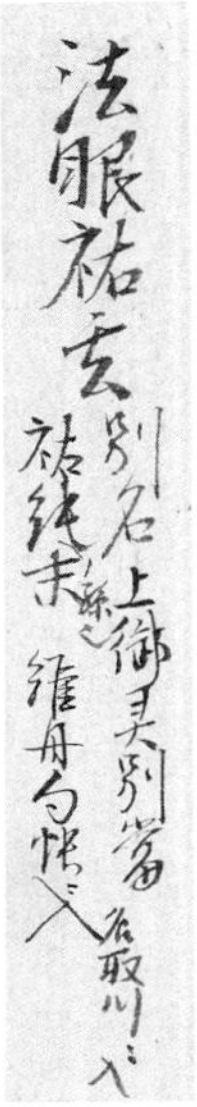

法眼祐玄別名　上御霊別当　祐純**ノ孫也**末　維舟句帳ニ入　**名取川ニ入**

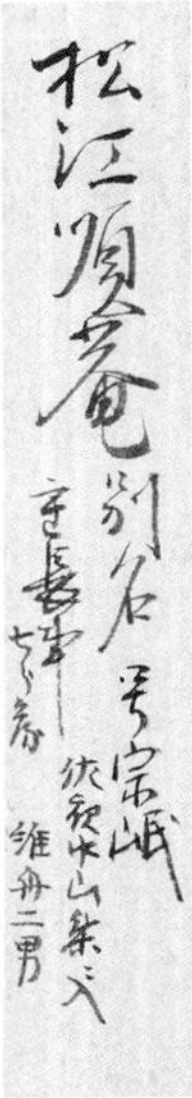

松江順菴別名　号宗岷
重長事　**七郎兵衛　維舟二男　佐夜中山集ニ入**

広野《ヒロ》四郎左衛門　維舟三物連衆　金貞後名

343　朝雲

カへ

池田忠伯別名　宗旦父　維舟門弟

344　宗旦

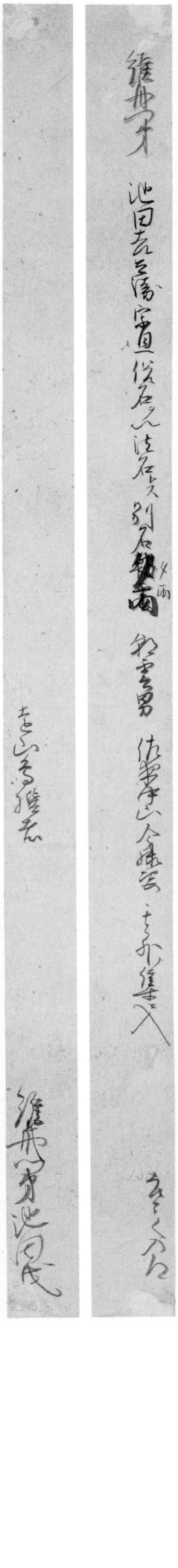

維舟門弟　池田吉兵衛宗旦　俗名ヲ以法名トス　別名夕雨（下「朝雲」）朝雲男
佐夜中山今様姿其外ノ集ニ入　吉兵へ入道　遠山鳥撰者　維舟門弟池田氏

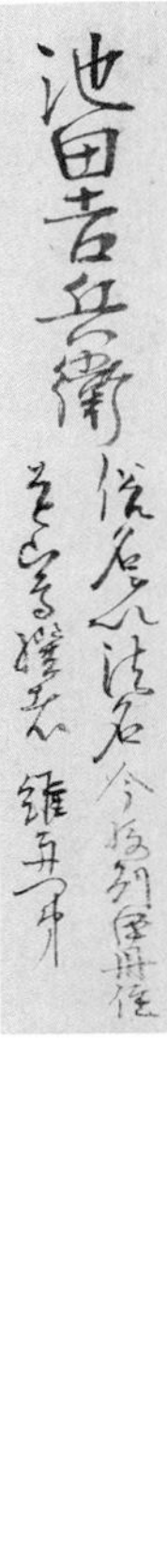

池田吉兵衛　俗名ヲ以法名　今摂州伊丹住　遠山鳥撰者　維舟門弟

345　春澄

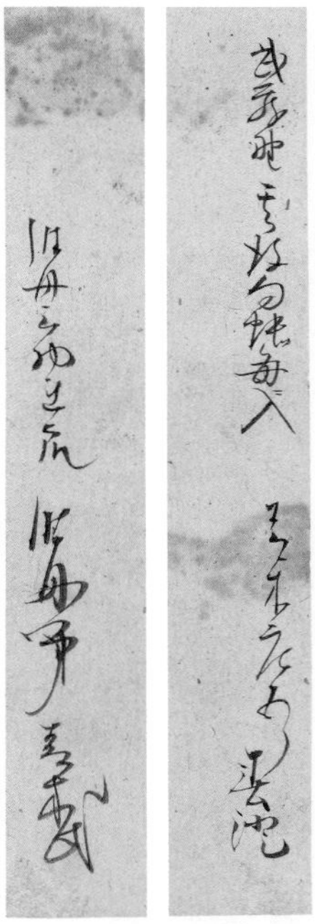

武蔵野其後句帳毎ニ入
青木庄五郎　春澄
維舟三物連衆　維舟門弟青木氏

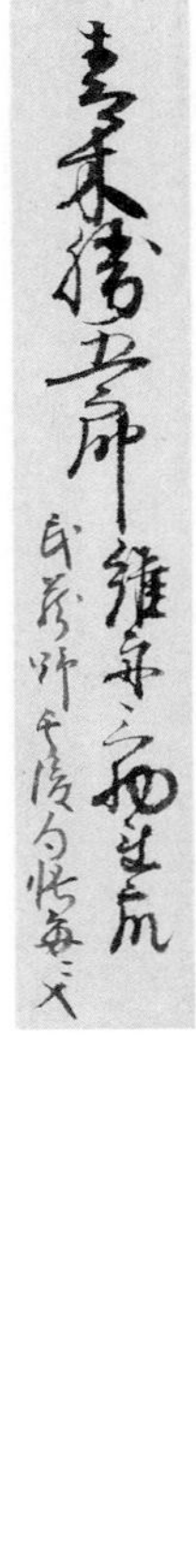

青木勝五郎　維舟三物連衆　**武蔵野其後句帳毎ニ入**

346　重知

（裏書なし）

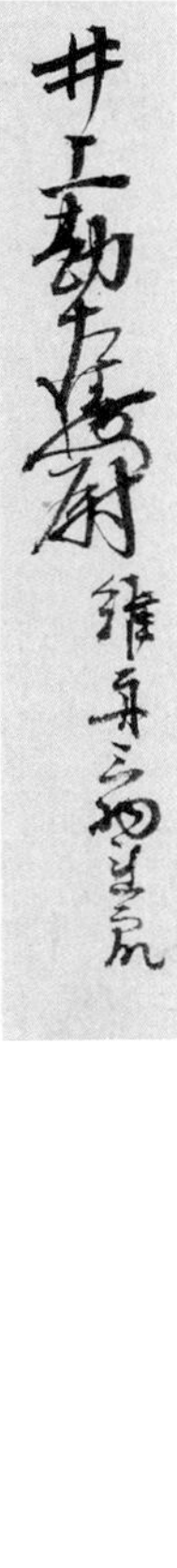

井上勘左衛門尉　維舟三物連衆

347　常辰

（裏書なし）

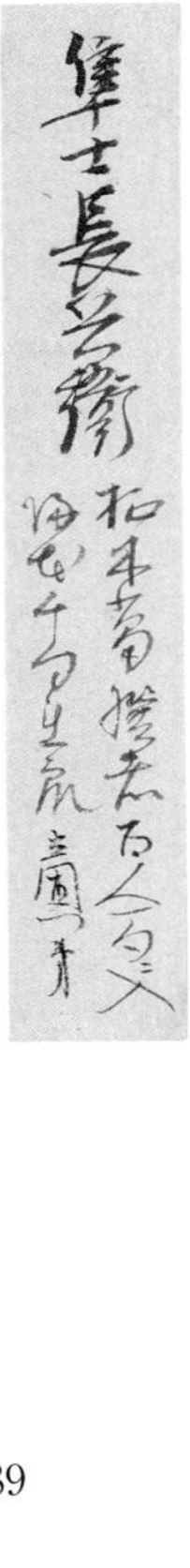

隼士長兵衛　柾木葛撰者　帰花千句連衆　百人一句ニ入　立圃門弟

348　友貞

井上氏十右衛門　唐人踊撰者

井上十右衛門　唐人踊撰者　百人一句二入　立圃門弟

349　資方

（裏書なし）

広瀬彦兵衛　立圃門弟

350　好直

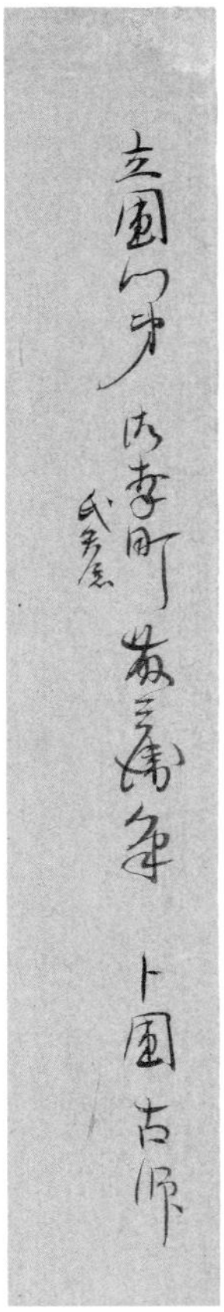

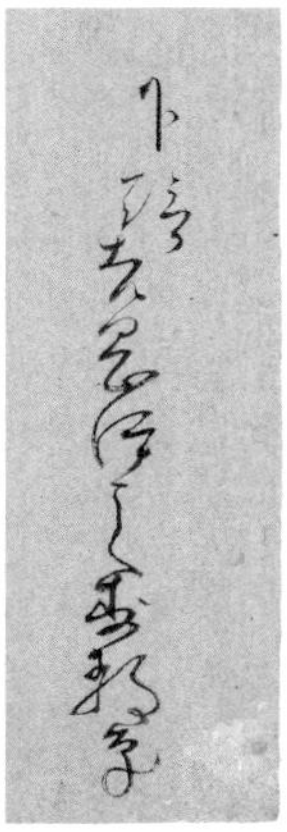

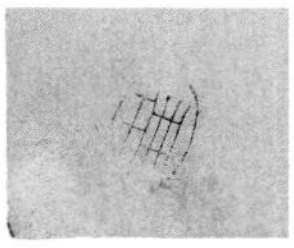

立圃門弟　御幸町　氏失念　藤兵衛筆　卜圃古師　下絵吉岡伊兵へ寿静筆　（印）

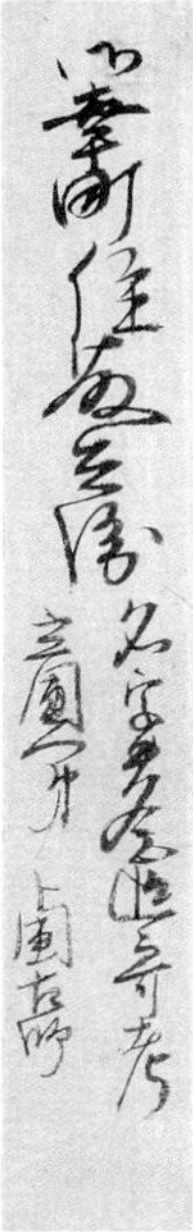

御幸町住藤兵衛　名字失念追而可考　立圃門弟　卜圃古師

351　昌房

関卜圃俗名

下絵吉岡伊兵へ寿静筆

関理右衛門　立圃門弟　帰花千句連衆

352　卜圃

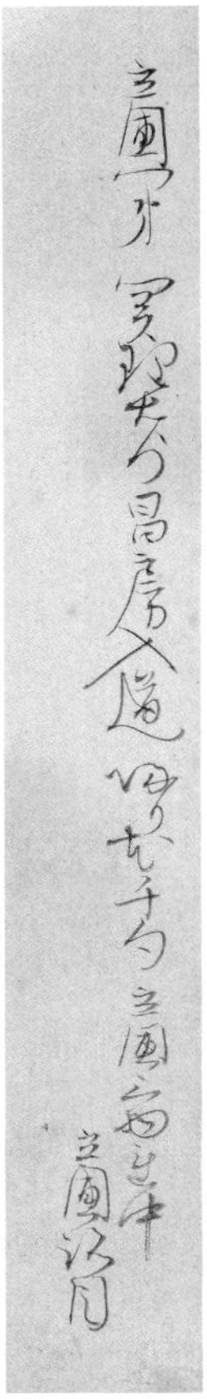

立圃門弟　関理右衛門昌房入道　帰リ花千句　立圃三物連中　立圃跡目

関昌房法名　立圃三物連衆　立圃跡目

353　好与

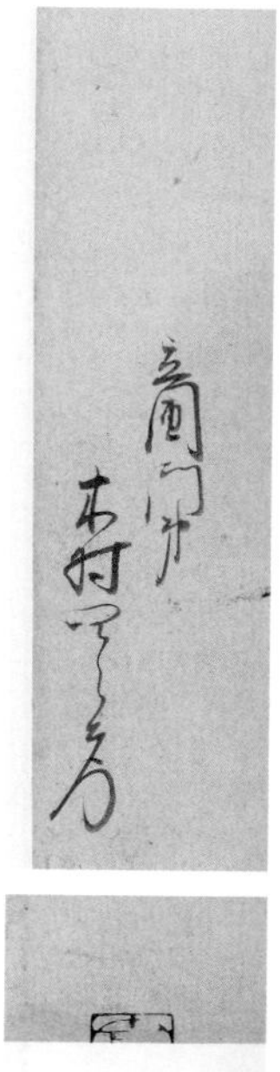

立圃門弟　木村四郎右衛門　（印）

354　来安

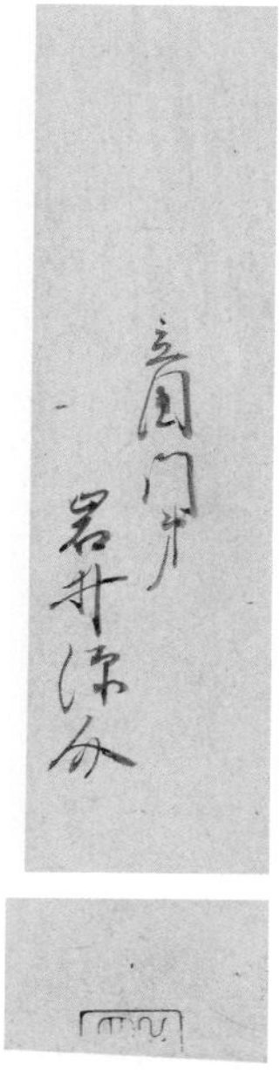

立圃門弟　岩井源介　（印）

355　流味

（裏書なし）

356　賀近

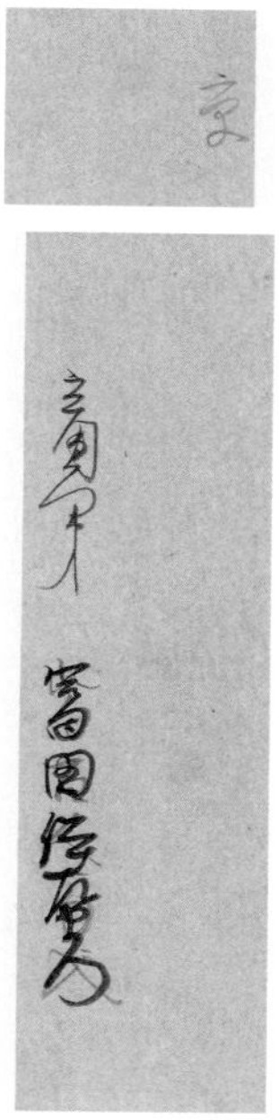

京
立圃門弟　富田伊左衛門
（下「此句百人一句ニ入」）

357　和年

（裏書なし）

358　政之

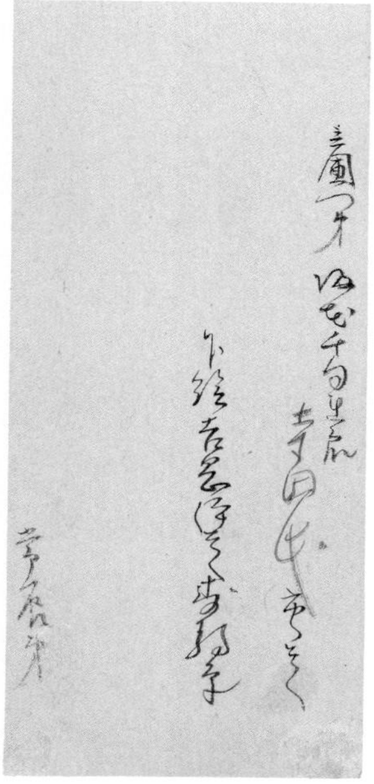

立圃門弟　帰花千句連衆
寺田氏市郎兵へ　常辰弟
下絵吉岡伊兵へ寿静筆

木村四郎右衛門　立圃門弟　帰花千句連衆

岩井源介　立圃門弟　帰花千句連衆

井口氏　立圃門弟　新左衛門入道　帰花千句連衆

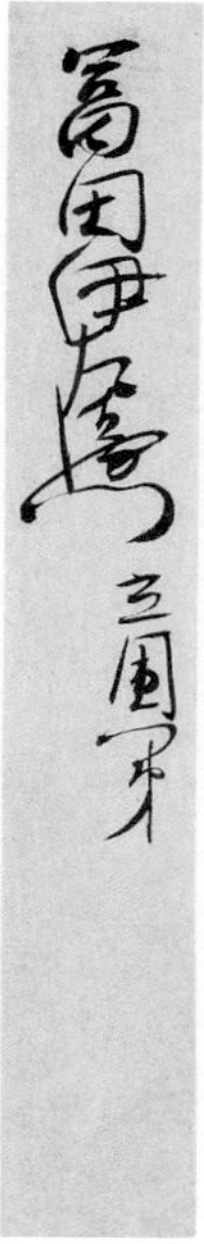

富田伊左衛門　立圃門弟

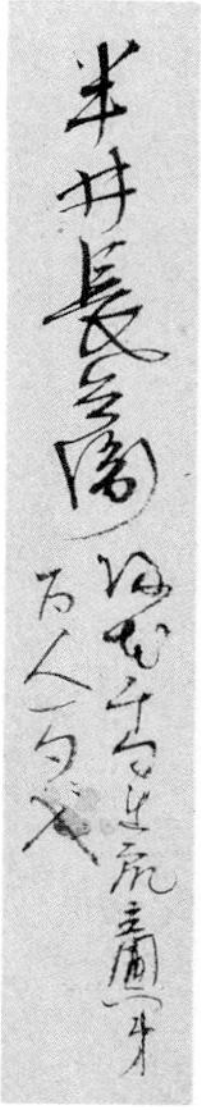

半井長兵衛　帰花千句連衆　百人一句ニ入　立圃門弟

寺田市郎兵衛　帰花千句連衆　立圃門弟　常辰弟

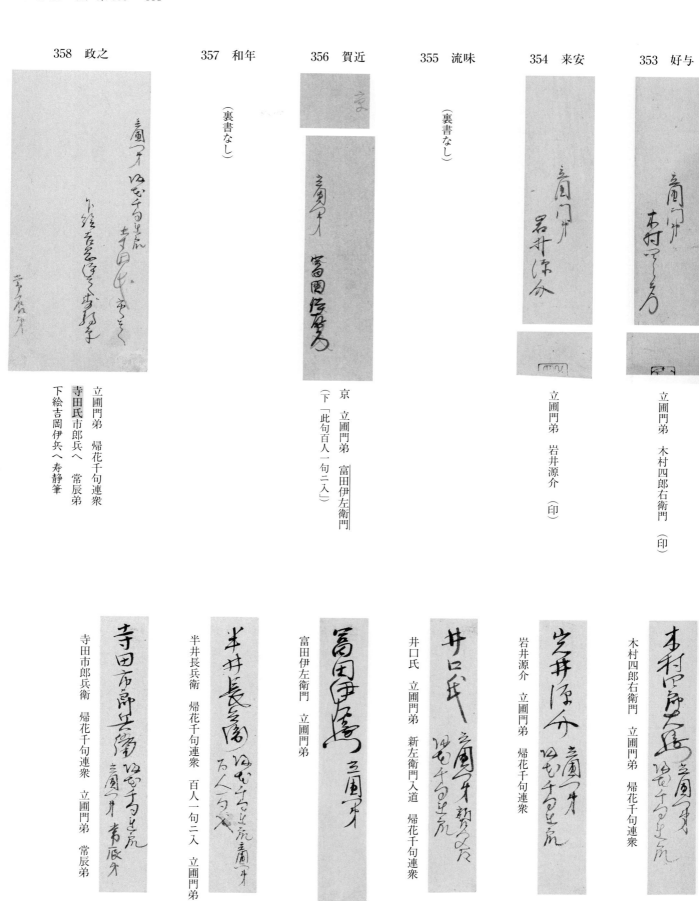

359　常元

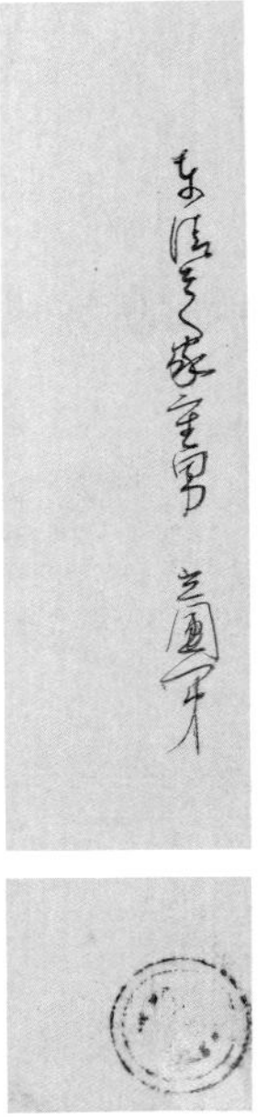

東清兵へ家重男　立圃門弟　（印）

360　可玖

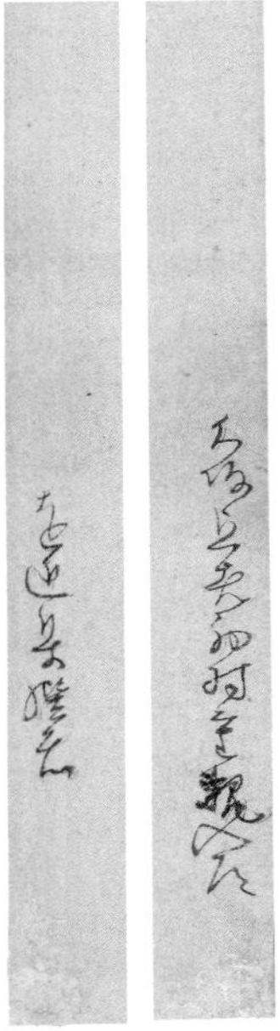

大坂点者西村重親入道

遠近集撰者

361　竜之

立圃門弟　伊藤五郎右衛門　唐人踊ニ入　筆跡ハ八木利斎弟子

362　憑富

京伊藤氏小右衛門

363　玄隆

カヘ

364　種寛

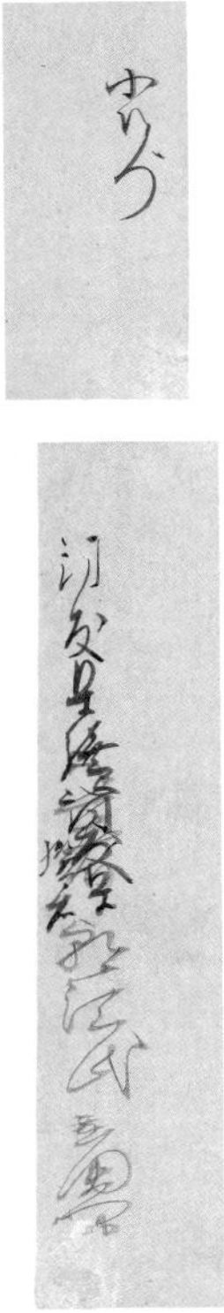

小左衛門　詞友集続詞友集（下「点者」）撰者　朝江氏　立圃門弟

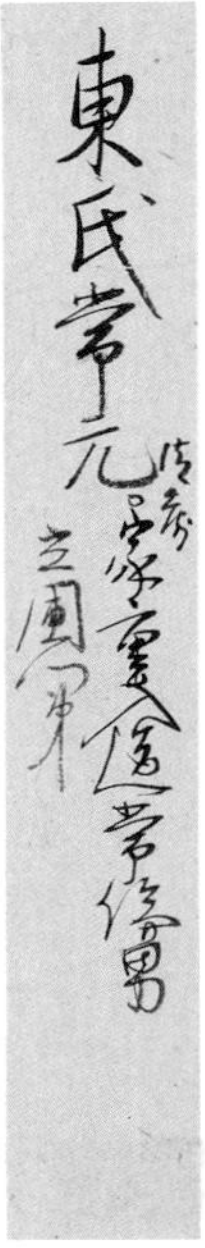

東氏常元　**清兵衛**　家重入道常倫男　立圃門弟

西村吉武**重親トモ**法名　大坂大手筋　始吉竹　遠近集撰者

伊藤五郎右衛門　立圃門弟　頼富兄

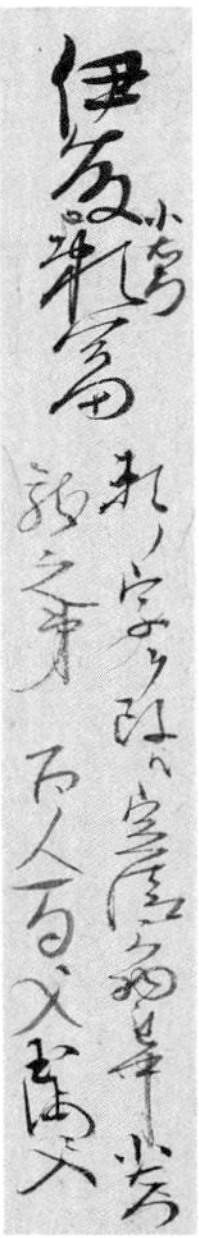

伊藤**小右衛門**頼富　頼ノ字ヲ改ル　定清三物連中

龍之弟　百人一句ニ入　玉海ニ入　小右衛門

後藤法橋　立圃門弟　友貞三物連衆

朝江小左衛門　立圃門弟　詞友集　続詞友集撰者

365　友昔

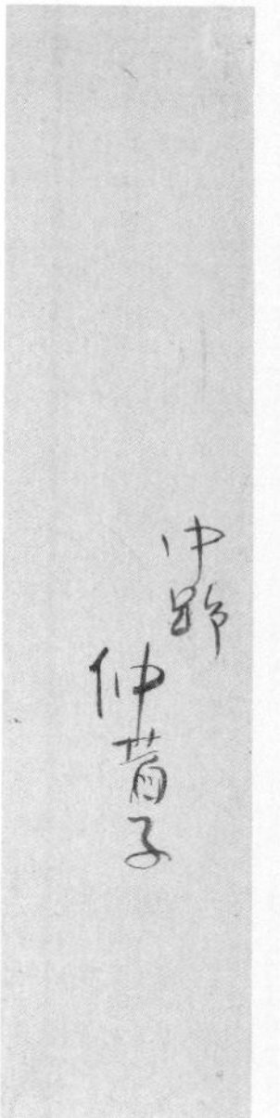

中野仲昔子

366　長式

友貞門弟　池田氏筆　郡山正式甥　小町踊　詞友集ニ入句有

367　可申

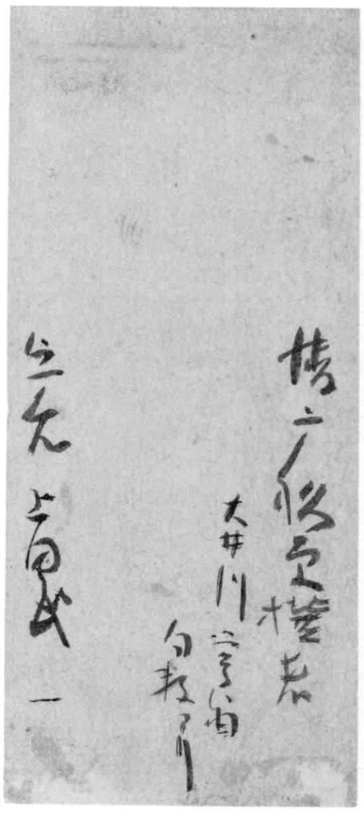

播磨杉原撰者　大井川鶯笛句数アリ
点者　上田氏

368　宗賢

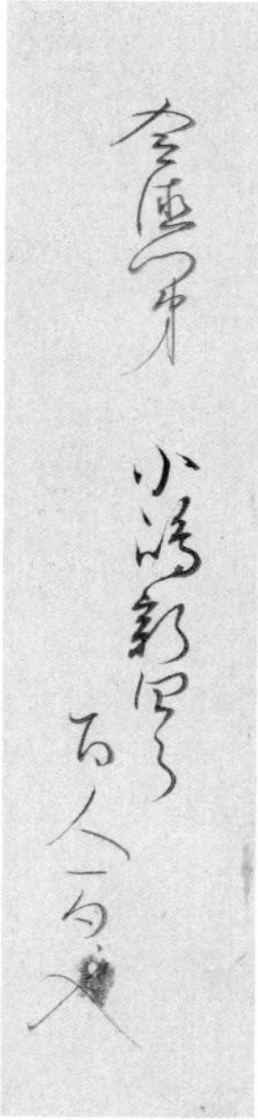

令徳門弟　小嶋新四郎　百人一句ニ入

369　瑞竿

京　石河氏瑞竿　崑山土塵集句数入

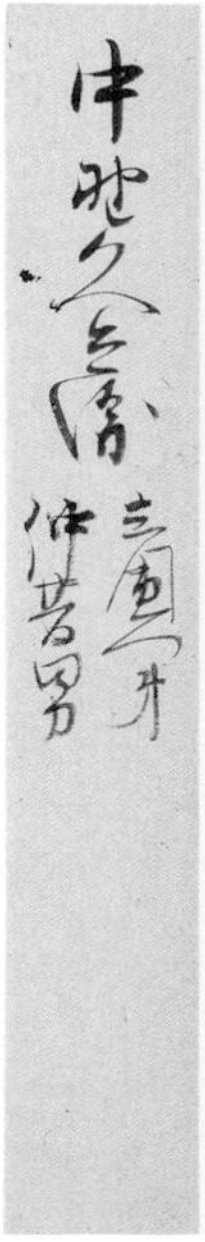

中野久兵衛　立圃門弟　仲昔男

池田清右衛門　立圃門弟
郡山池田正式甥　友貞門弟　小町踊　詞友集ニ入

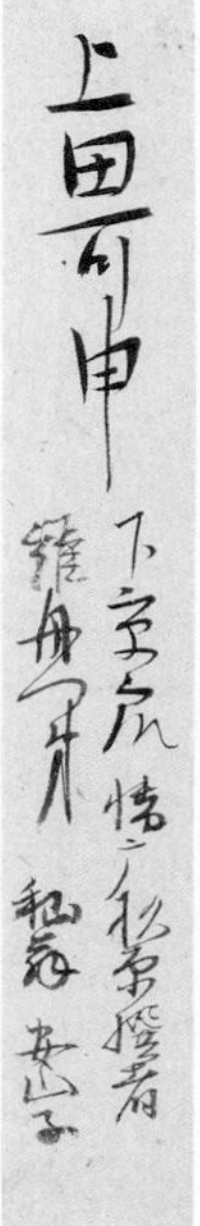

上田可申　下京衆　播磨杉原撰者　維舟門弟　釉翁　安山子

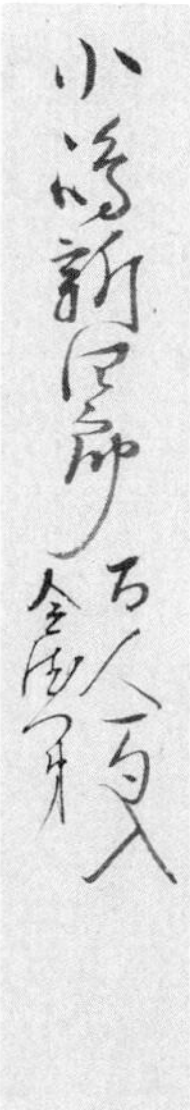

小嶋新四郎　百人一句入　令徳門弟

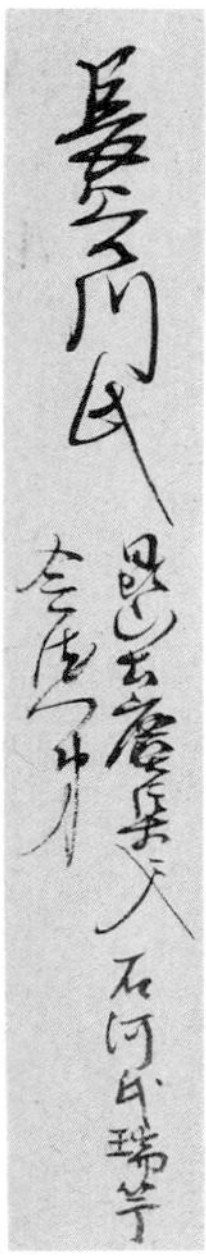

長谷川氏　昆《（ママ）》山土塵集ニ入　令徳門弟　**石河氏瑞竿**

370　谷風

令徳門弟　中村氏　新百人一句ニ入

中村氏　新百人一句ニ入　令徳門弟

371　令風

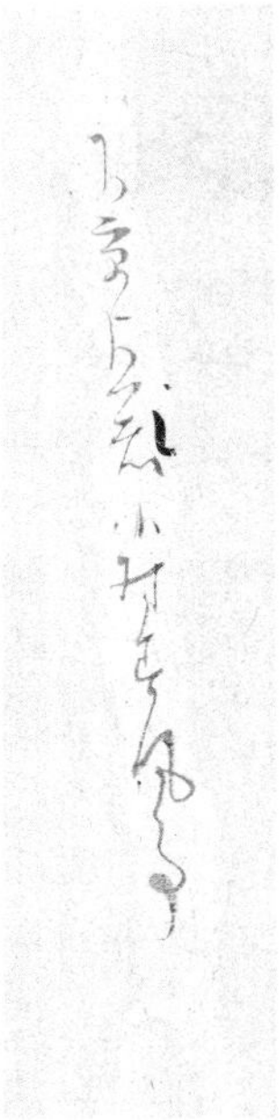

下京点者小村春風事

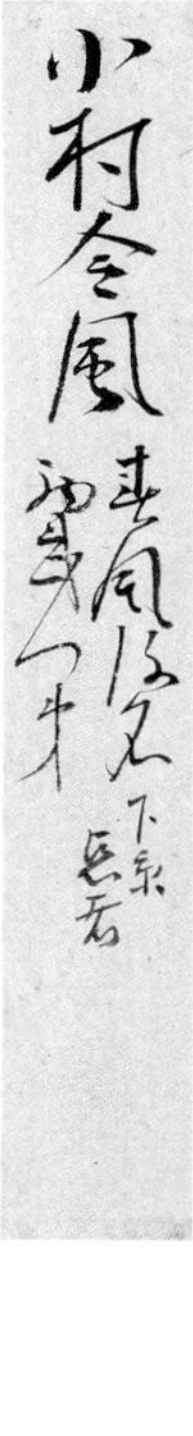

小村令風　春風後名　西武門弟　**下京点者**

372　光永

京　木村氏惣左衛門　西武門弟　砂金袋ニ入

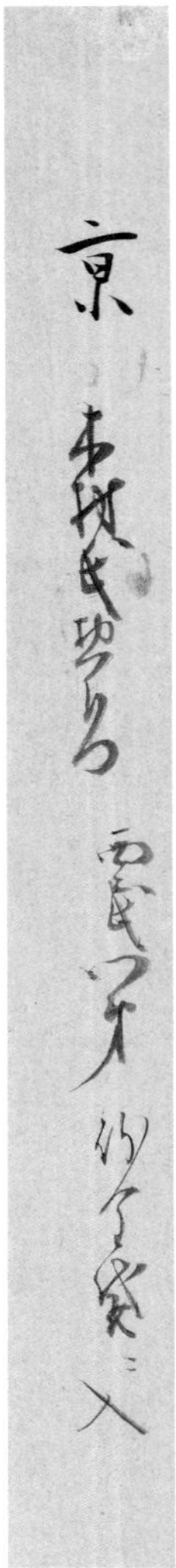

木村惣左衛門　西武門弟　**京　砂金袋ニ入**

373　随流

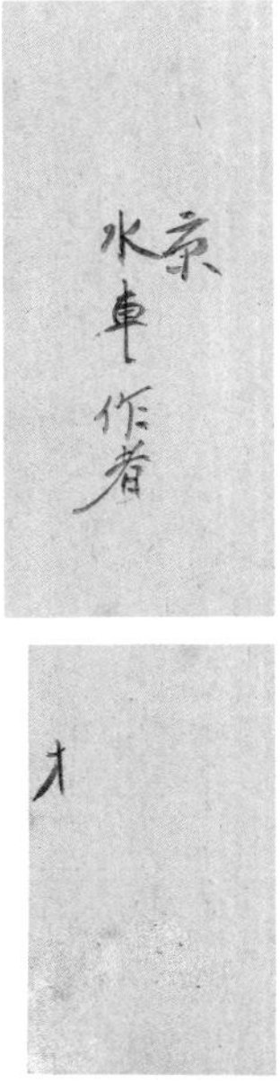

京　水車作者

オ

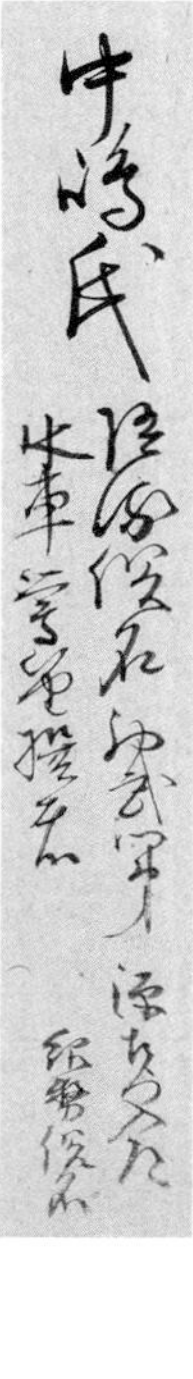

中嶋氏　随流俗名　西武門弟　水車鴬笛撰者　源左衛門入道紹務俗名

374　一雪

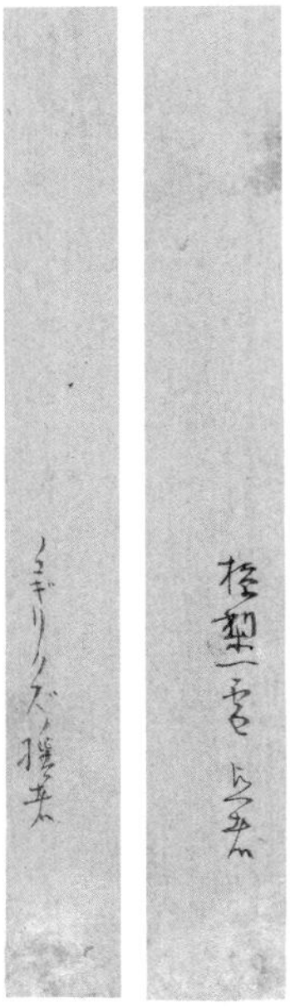

椋梨一雪　点者

ノコギリクズノ撰者

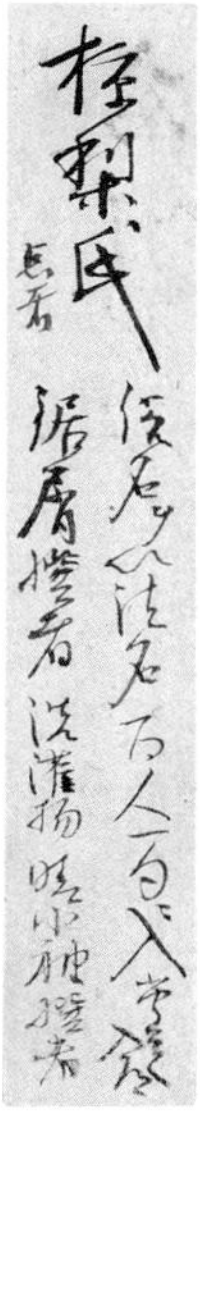

椋梨氏　俗名ヲ以法名　常是入道　百人一句ニ入　鋸屑撰者

洗濯物晴小袖撰者　**点者**

375　正由

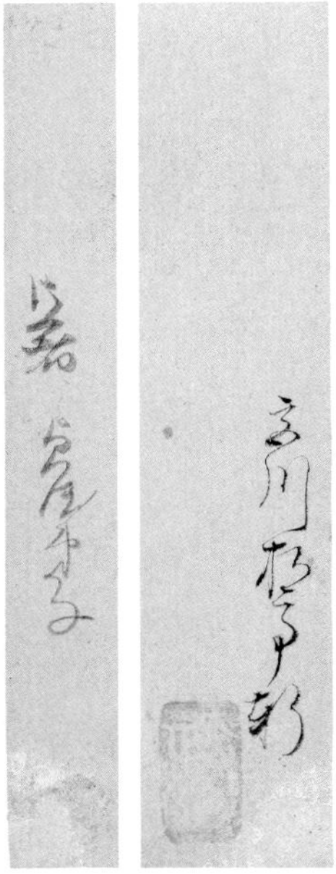

宮川松亭軒　（印）

点者　貞徳弟子

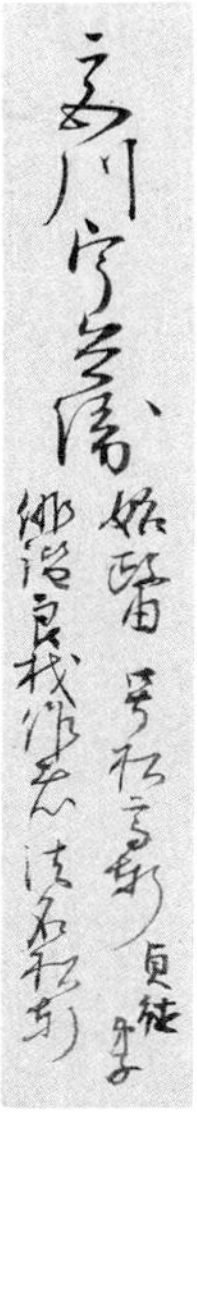

宮川宇兵衛　始政由　号松亭軒　俳諧良材作者　法名松軒　**貞徳弟子**

376　梅盛

（裏書なし）

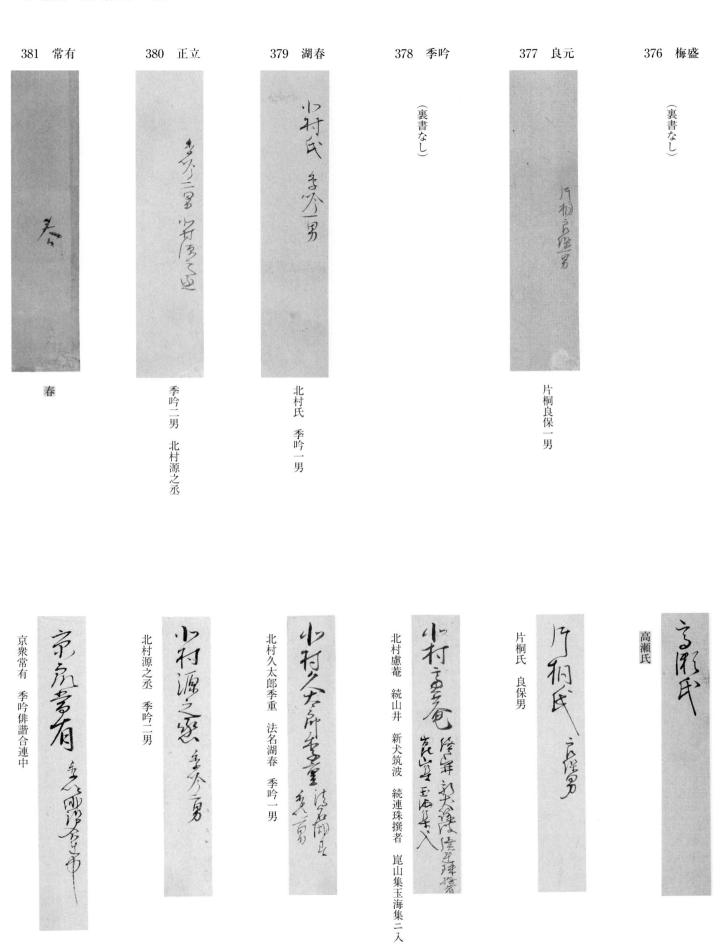

高瀬氏

377　良元

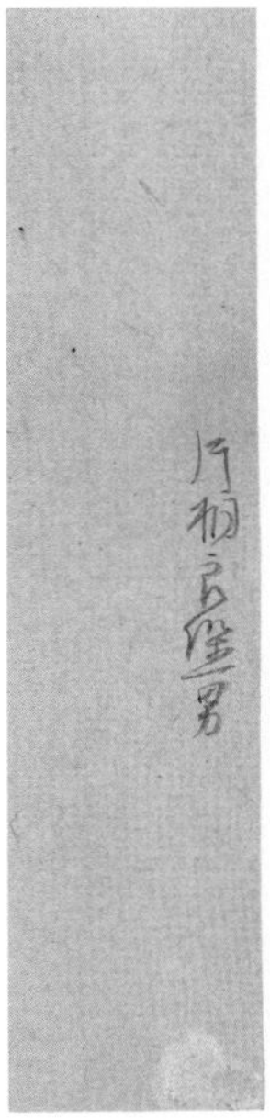

片桐良保一男

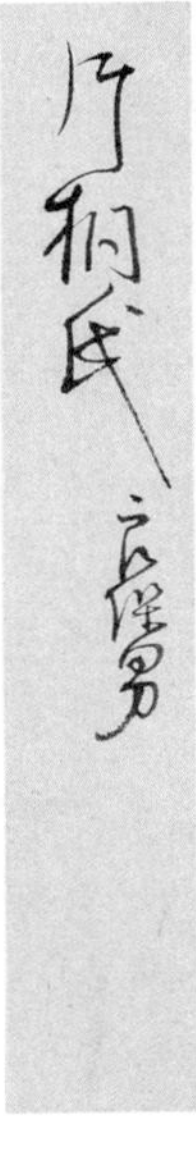

片桐氏　良保男

378　季吟

（裏書なし）

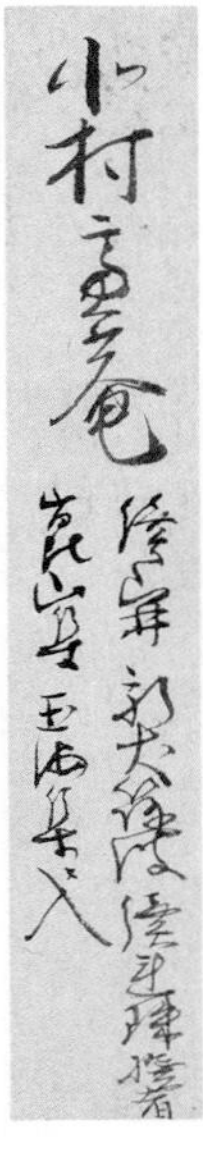

北村慮菴　続山井　新犬筑波　続連珠撰者　崑山集玉海集ニ入

379　湖春

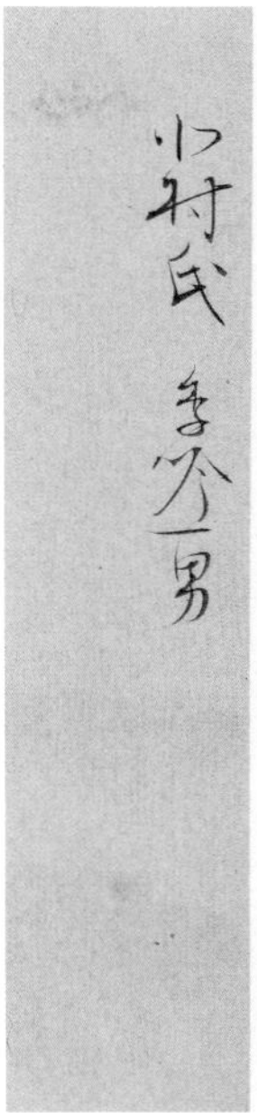

北村氏　季吟一男

北村久太郎季重　法名湖春　季吟一男

380　正立

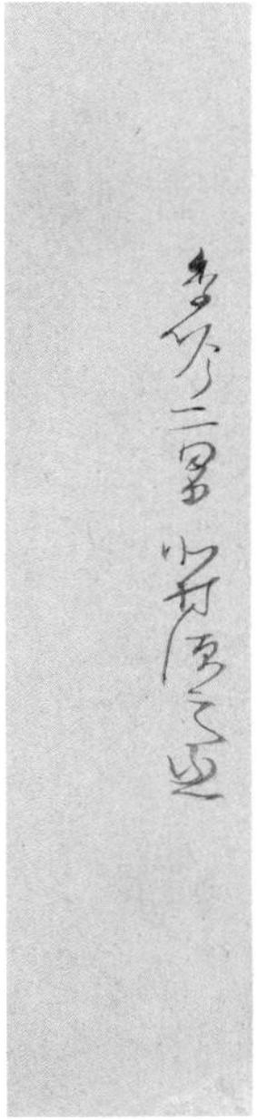

季吟二男　北村源之丞

北村源之丞　季吟二男

381　常有

春

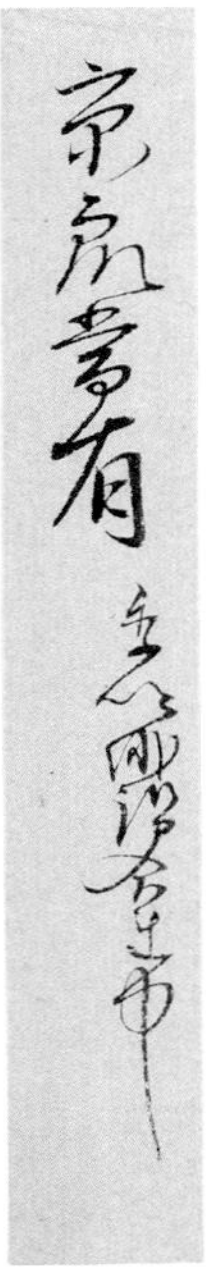

京衆常有　季吟俳諧合連中

382　春丸

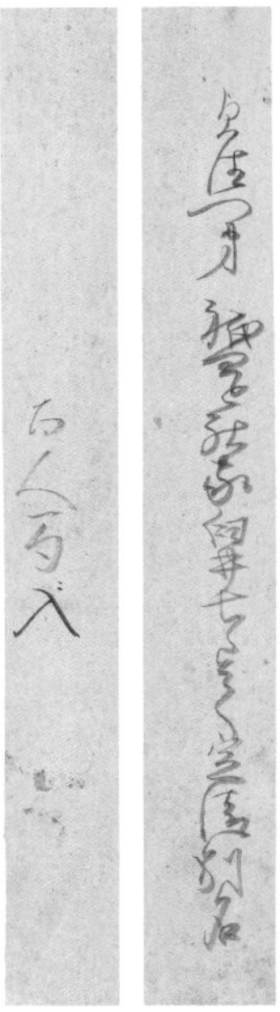

貞徳門弟　祇園社家　臼井七郎兵へ定清別名

百人一句ニ入

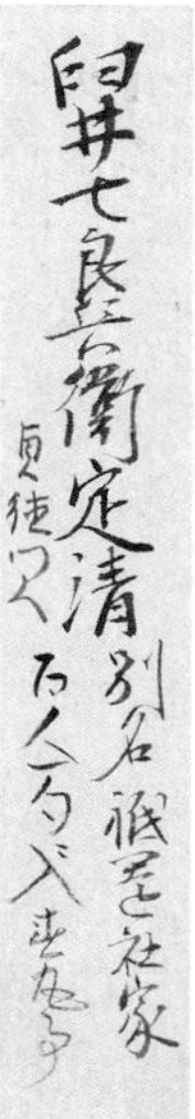

臼井七郎兵衛定清別名　祇園社家　百人一句ニ入　春丸事　**貞徳門人**

383　友静

（裏書なし）

井狩常与俗名　季吟三物連衆　七十二物諍作者

384　常侚

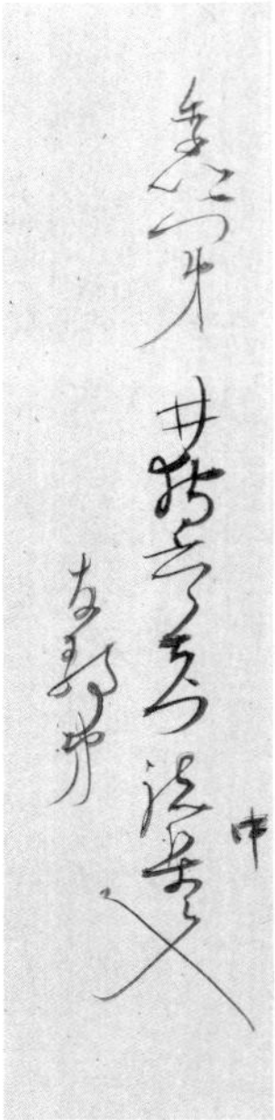

季吟門弟　井狩六郎右衛門　諸集ニ入　中

友静弟

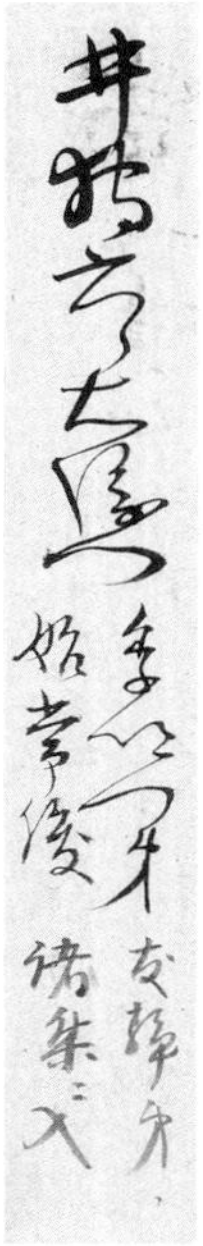

井狩六郎右衛門　季吟門弟　始常俊　**友静弟**　**諸集ニ入**

385　元恕

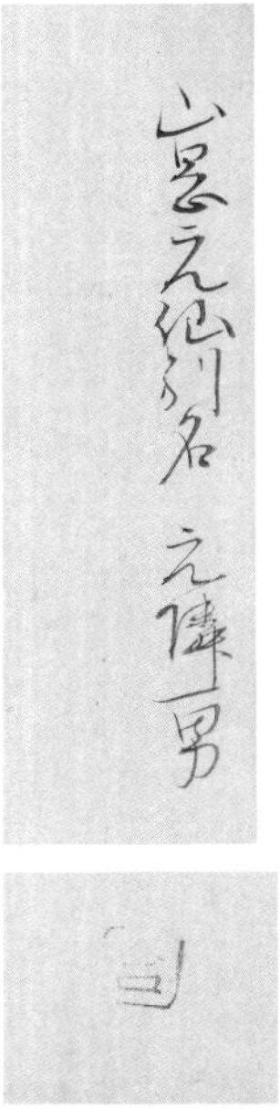

山岡元仙別名　元隣一男　（印）

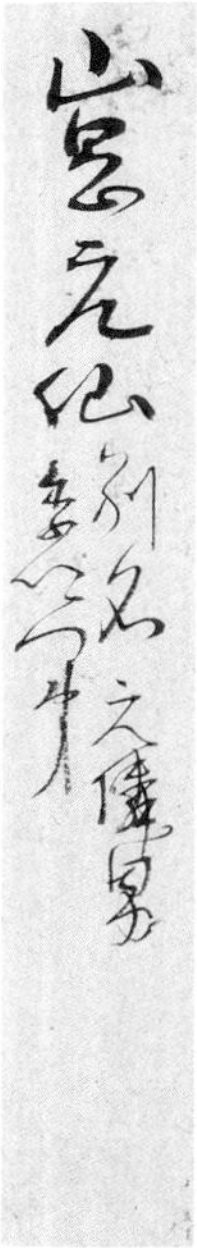

山岡元仙別名　元隣男　季吟門弟

386　永従

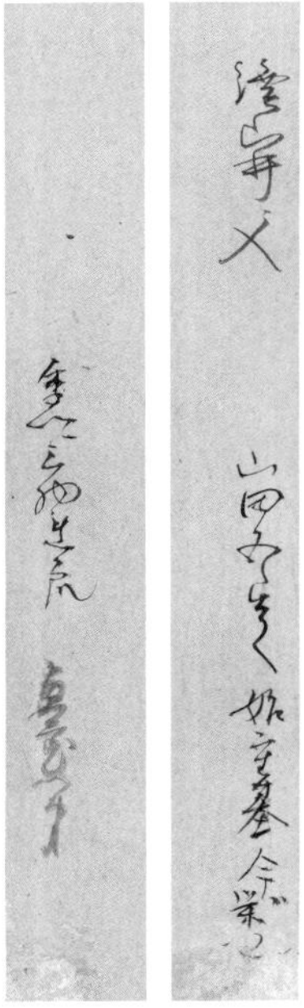

続山井ニ入　山田五郎兵へ　始重基今ハ栄也

季吟三物連衆　貞室門弟

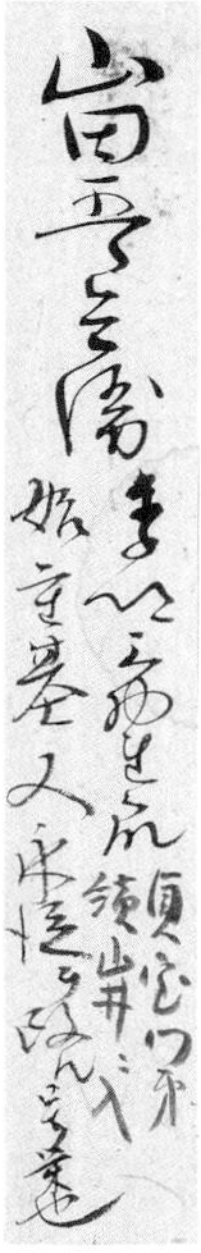

山田五郎兵衛　季吟三物連衆　始重基又永従ヲ改ル　号栄也

貞徳門弟　続山井ニ入

387　朝三

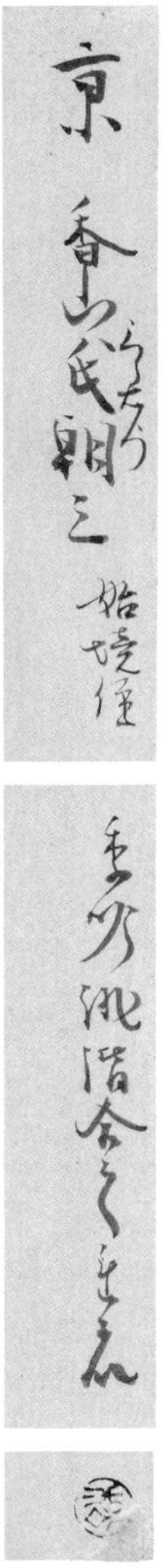

京　香山氏三郎右衛門朝三　始境住　季吟誹諧合之連衆　（印）

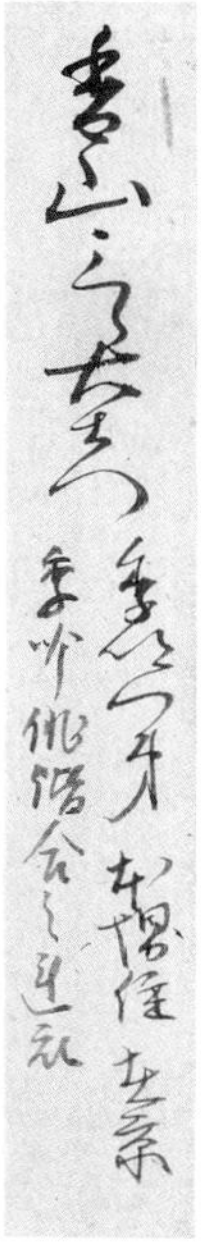

香山三郎右衛門　季吟門弟　本堺住　在京　**季吟俳諧合之連衆**

388　素雲

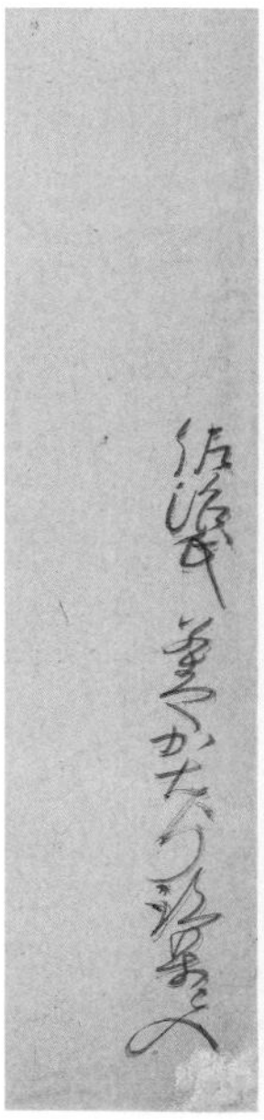

佐治氏　茶や加右衛門　諸集ニ入

佐治加右衛門　季吟門弟　諸国独吟集人数　**茶屋ト云　諸集ニ入**

389　愚情

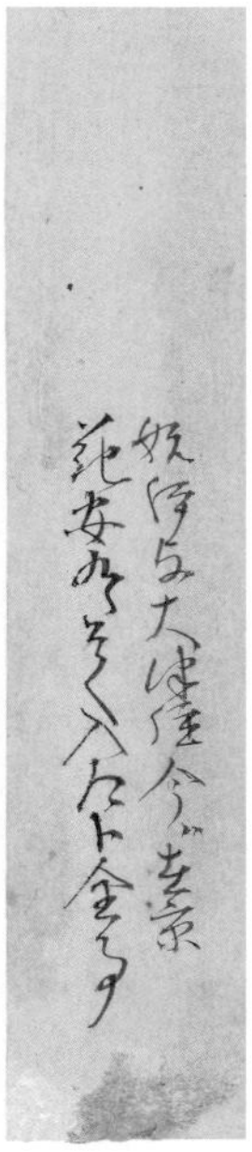

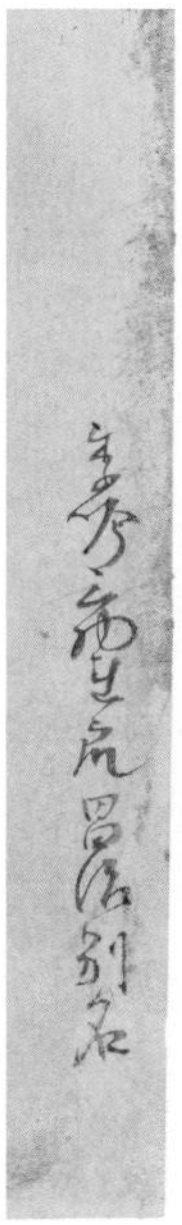

季吟三物連衆　昌治別名

始伊予大津住今ハ在京
花安九郎兵へ入道ト全事

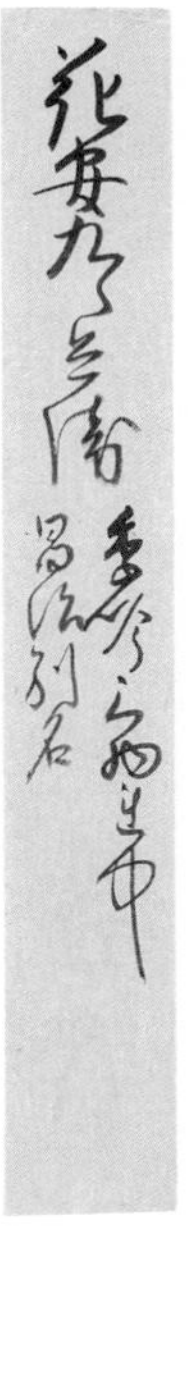

花安九郎兵衛　季吟三物連中　昌治別名

390　卜全

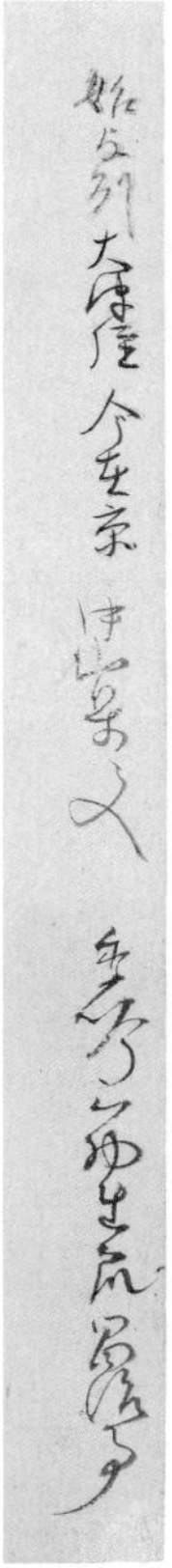

始予州大津住今在京　中山集ニ入　季吟三物連衆昌治事　別名愚情トモ　花安九郎兵へ入道

花安昌治法名　季吟三物連衆　卜全

391　雅次

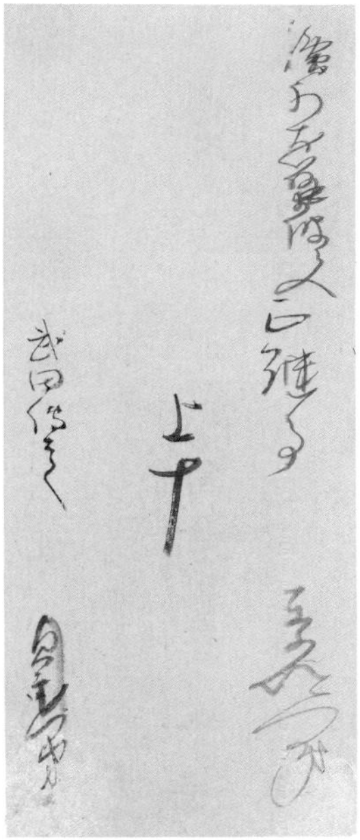

続新犬築（ママ）波ニ入　正継事　武田伝兵へ
上十　季吟門弟　貞室門弟（墨消し）

武田伝兵衛　季吟門弟　絵合連衆　正継ト改ル　**続新犬筑波ニ入**

392　則重

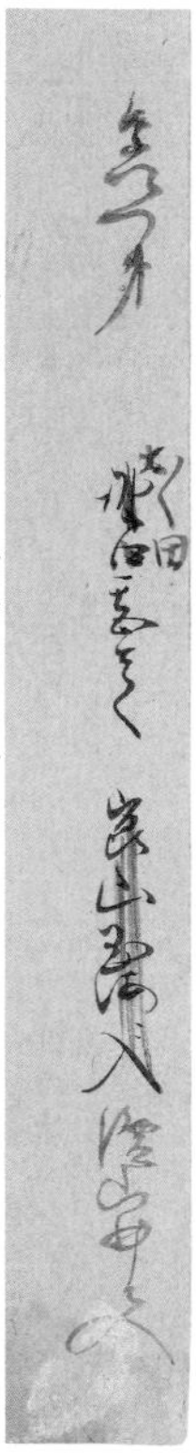

季吟門弟　野口《おく田》甚兵衛　崑山玉海ニ入（墨消し）　続山井ニ入

奥田甚兵衛　季吟門弟　**続山井ニ入**

393　林可

中野半左衛門

一敬弟　季吟門弟

394　尚光

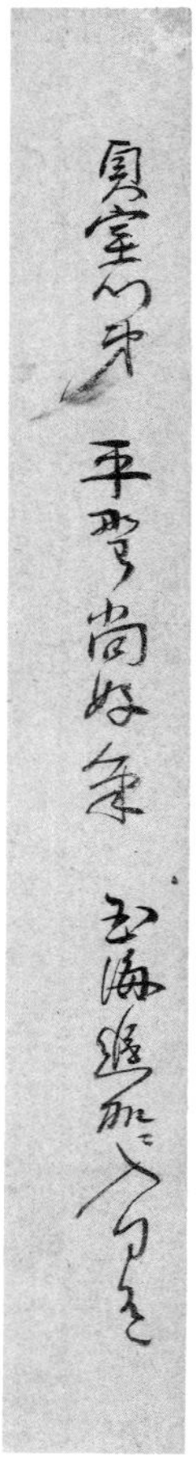

貞室門弟　平野尚好筆　玉海追加ニ入句有

395　甘万

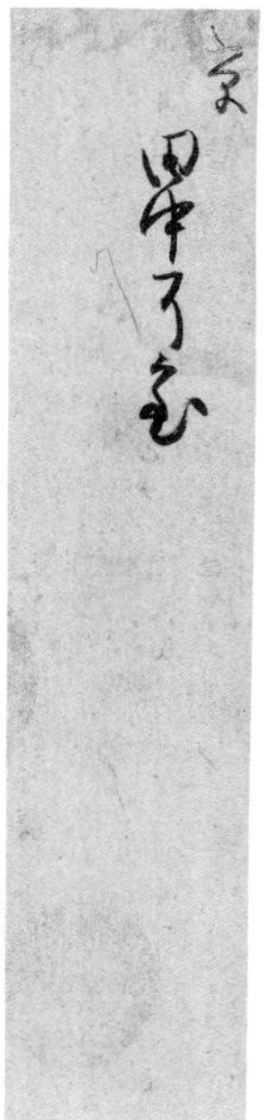

京　田中了室

396　倫員

（裏書なし）

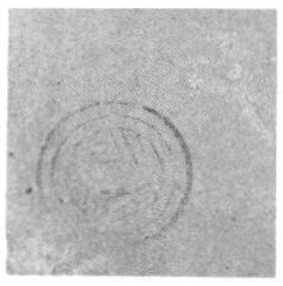

（印）

397　仲之

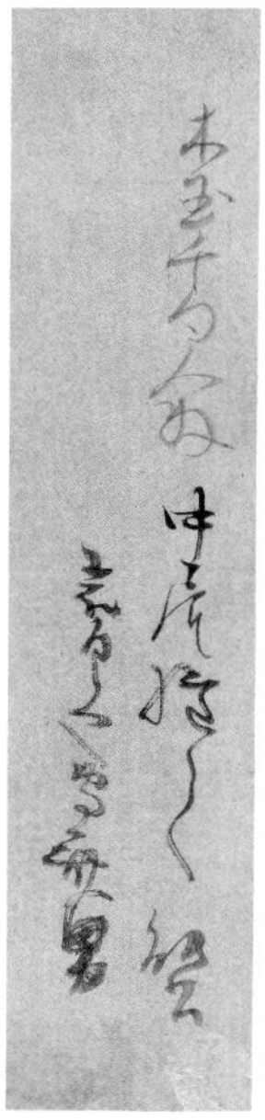

木玉千句人数　中尾権兵へ　能書

表具や専斎男

398　道繁

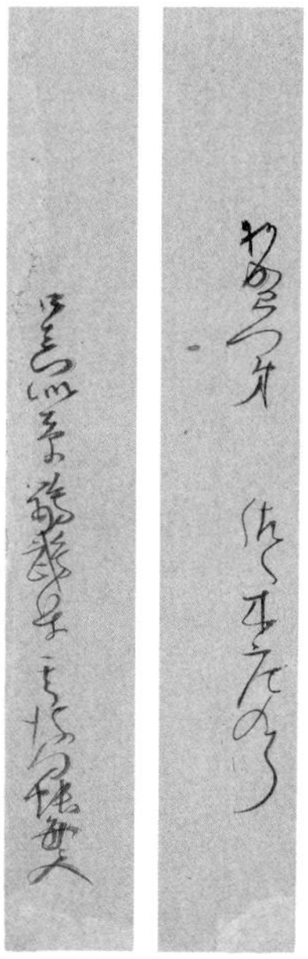

梅盛門弟　佐々木庄九郎

口真似草鸚鵡集其後句帳毎ニ入

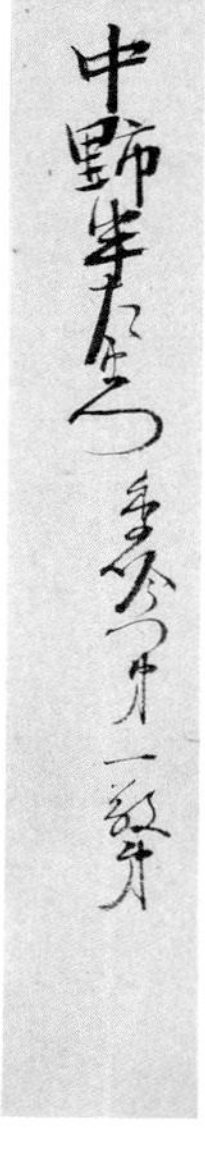

中野半左衛門　季吟門弟　一敬弟

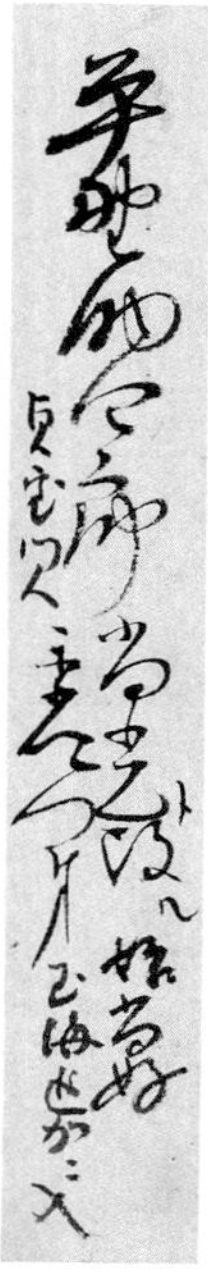

平野助四郎　尚光ト改ル　季吟門弟　**始尚好**

玉海追加ニ入　貞室門人

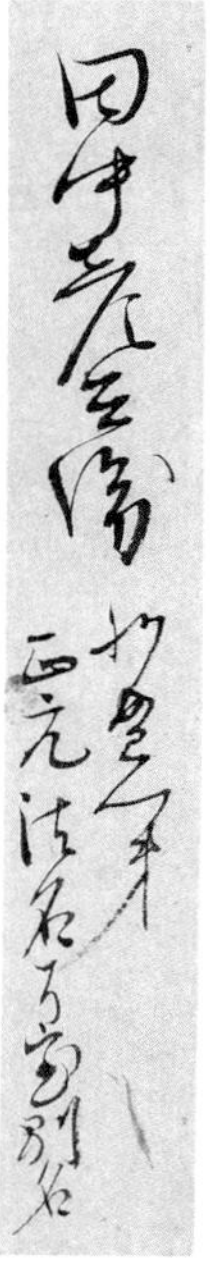

田中彦兵衛　梅盛門弟　正元法名了室別名

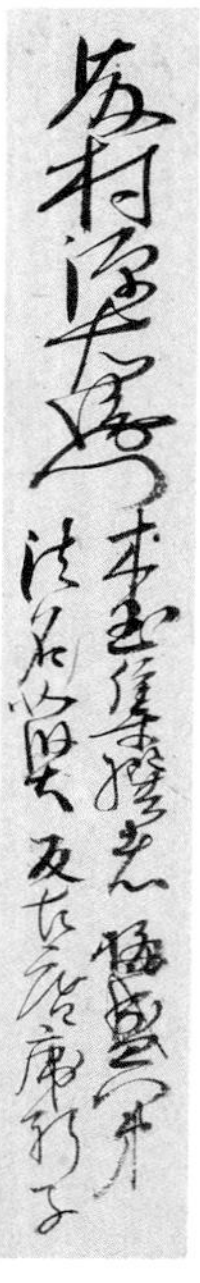

藤村源右衛門　木玉集撰者　梅盛門弟　法名如堅　反古庵庸軒子

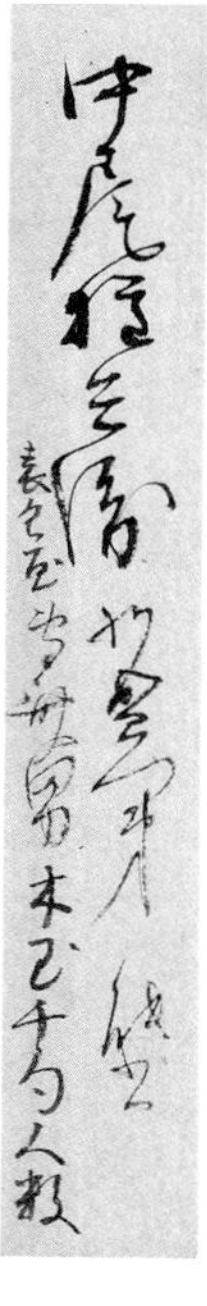

中尾権兵衛　梅盛門弟　能書　専斎男　**表具屋　木玉千句人数**

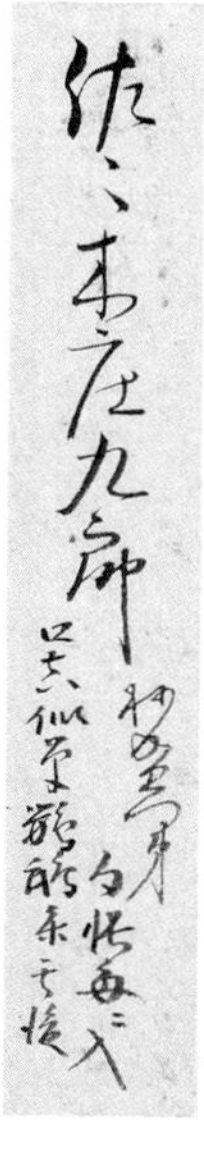

佐々木庄九郎　梅盛門弟　**口真似草鸚鵡集其後句帳毎ニ入**

399　政時

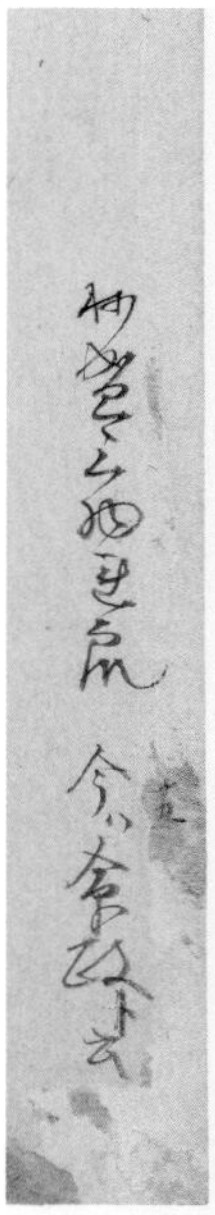

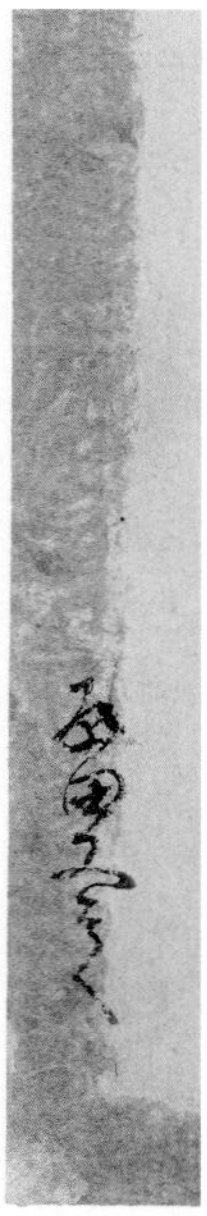

十九　梅盛三物連衆　今ハ命政ト云

原田又兵へ

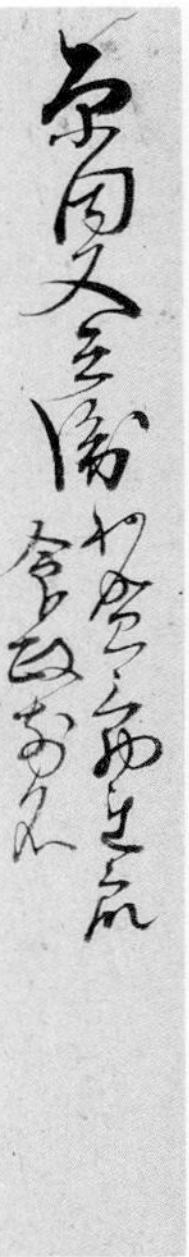

原田又兵衛　梅盛三物連衆　命政前名

400　重尚

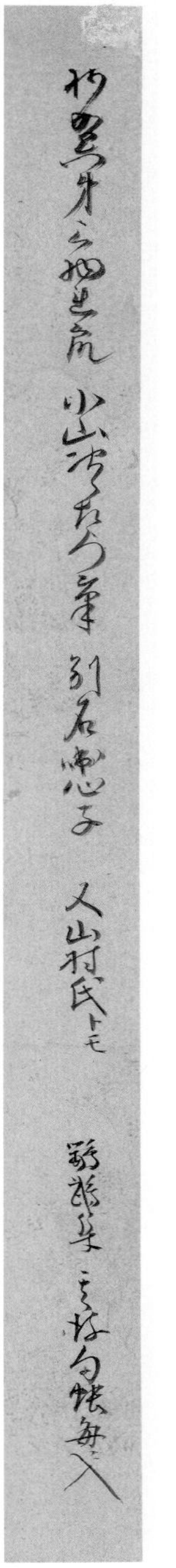

梅盛門弟三物連衆　小山次郎左衛門筆　別名咄心子　又山村氏トモ　鸚鵡集其後句帳毎ニ入

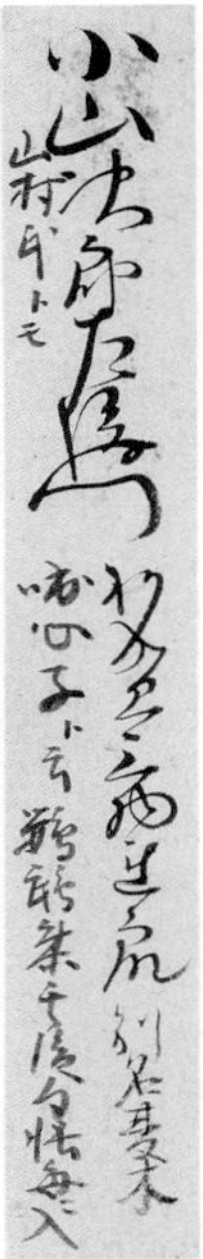

小山次郎左衛門　梅盛三物連衆　別名夏木

山村氏トモ　咄心子ト云　鸚鵡集其後句帳毎ニ入

401　重徳

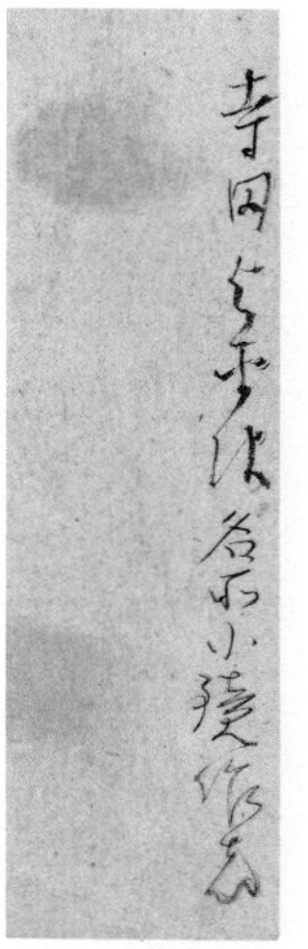

寺田与平次　名所小鏡作者　（印）

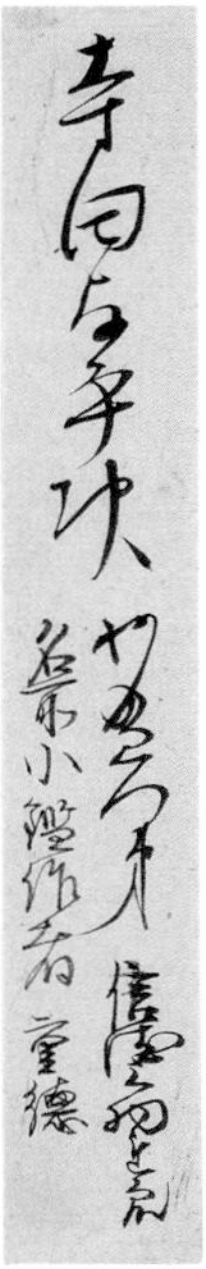

寺田与平次　梅盛門弟　信徳三物連衆　名所小鑑作者　重徳

402　仙菴

ケ

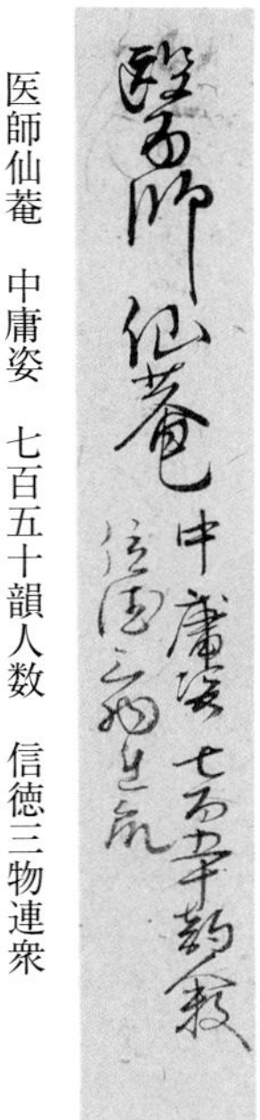

医師仙菴　中庸姿　七百五十韻人数　信徳三物連衆

403　常矩

捨舟破箒ノ撰者　田中甚兵衛常矩　始忠俊

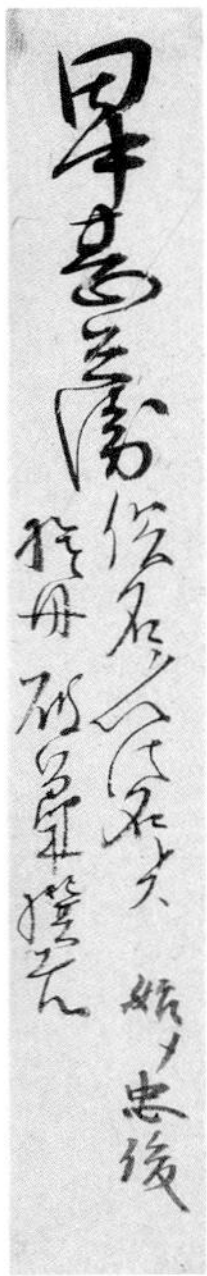

田中甚兵衛　俗名ヲ以法名トス　捨舟破箒撰者

始メ忠俊

404　常牧

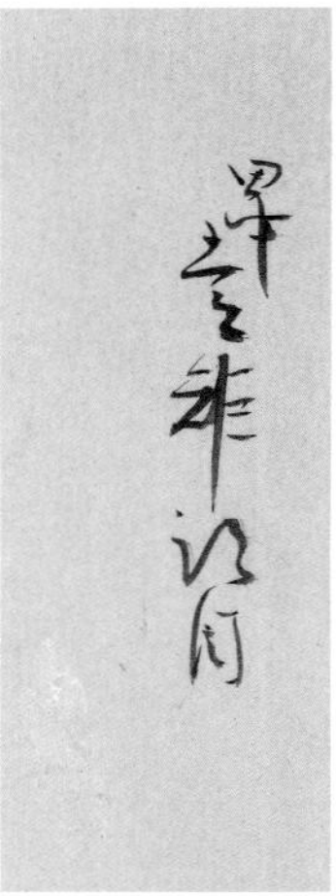

田中常矩跡目　オ

405　如雲

（裏書なし）

406　如川

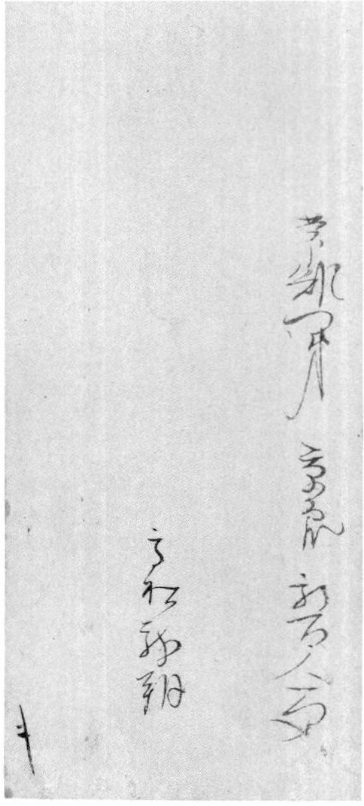

常矩門弟　京衆　新百人一句ニ入
高松龍朔
キ

407　吉氏

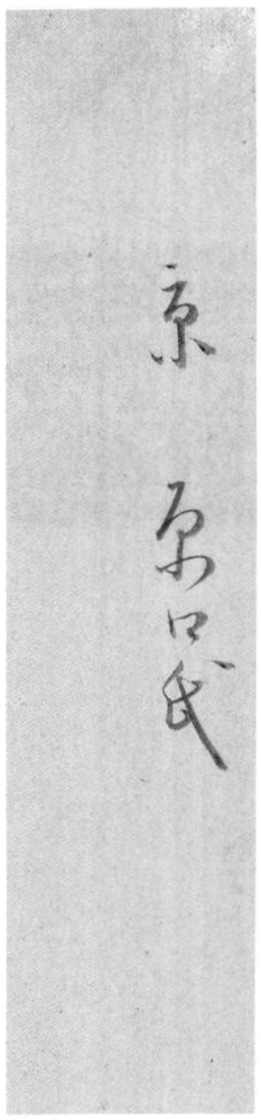

京　原口氏

408　正春

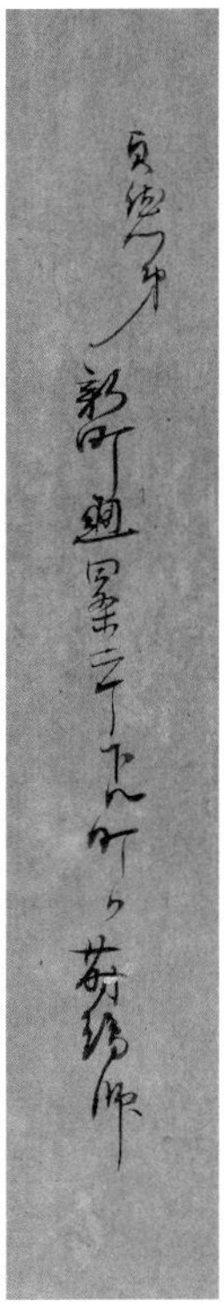

貞徳門弟　新町通四条二丁下ル町カ　蒔絵師

409　直昌

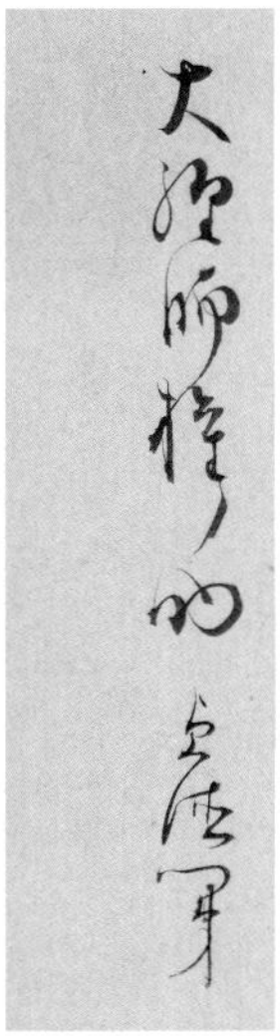

大経師権ノ助　貞徳門弟　（印）

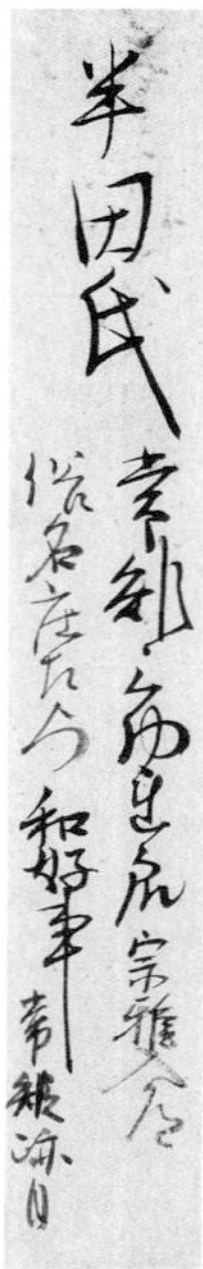

常矩跡目
半田氏　常矩三物連衆　宗雅入道　俗名庄左衛門　和好事

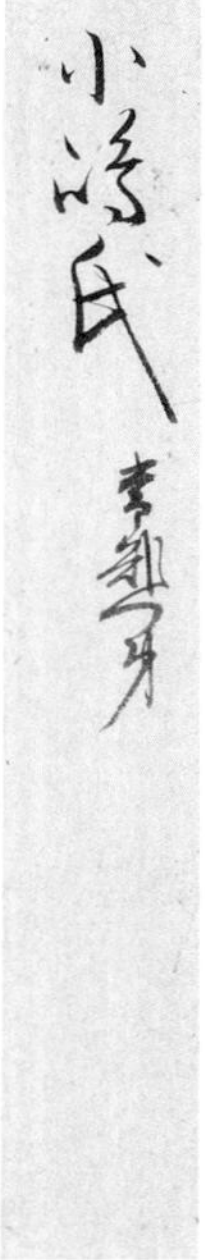

小嶋氏　常矩門弟

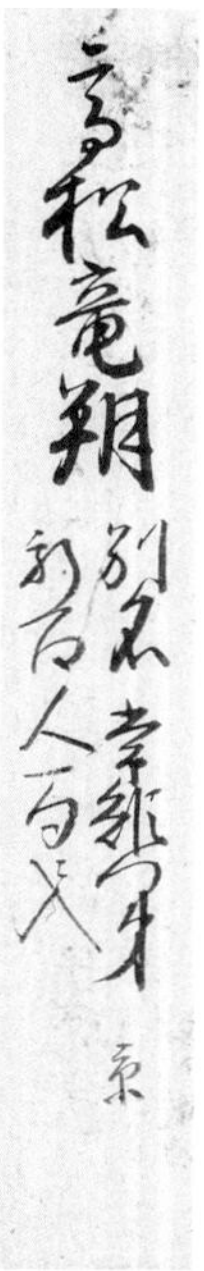

高松竜朔別名　常矩門弟　新百人一句ニ入　**京**

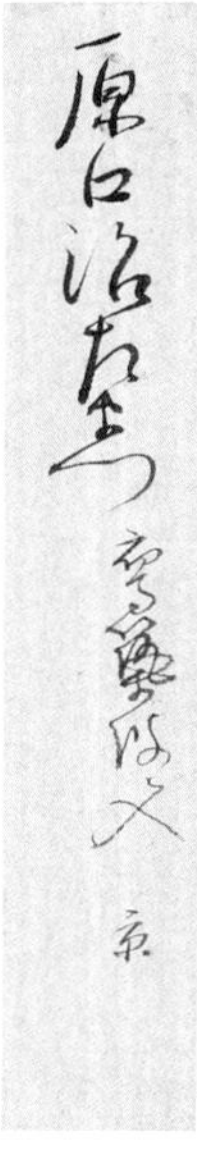

原口治左衛門　鷹築《ママ》波ニ入　**京**

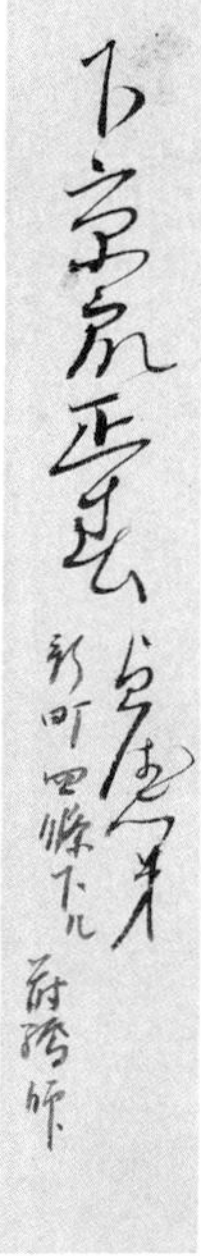

下京衆正春　貞徳門弟　**新町四條下ル　蒔絵師**

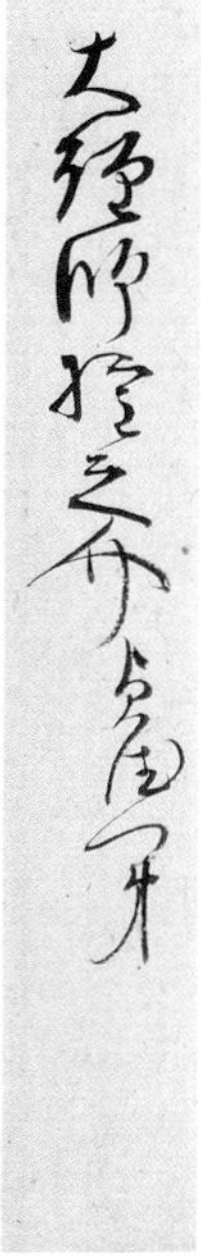

大経師権之介　貞徳門弟

410　友作

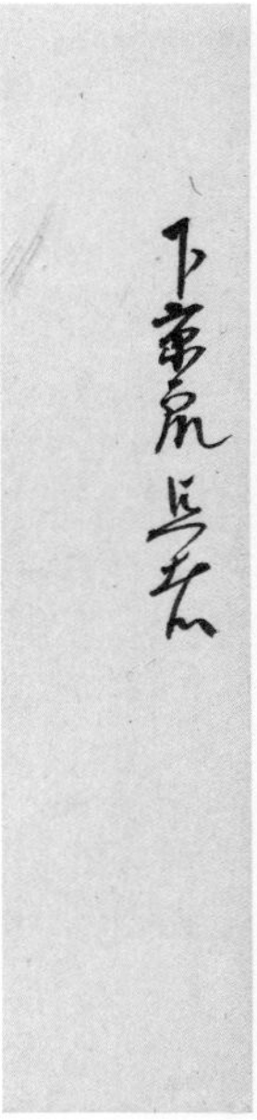

下京衆　点者

411　夏半

貞徳門弟　原田玄叔別名　諸集ニ入

412　宗英

三つ物之内

似空門弟

413　柳燕

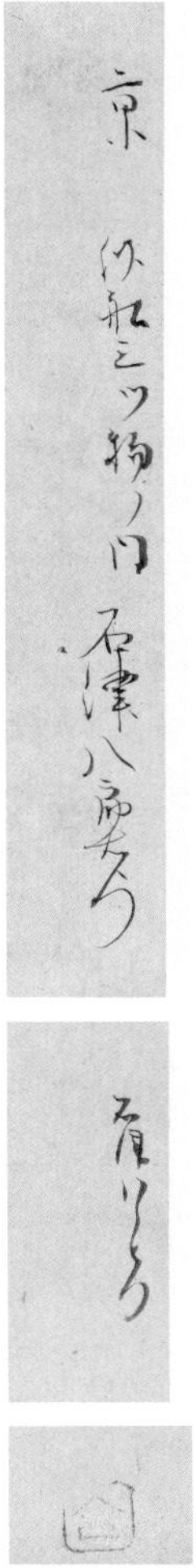

京　似船三ツ物ノ内　石津八郎右衛門　石津八郎右衛門　（印）

414　一晶

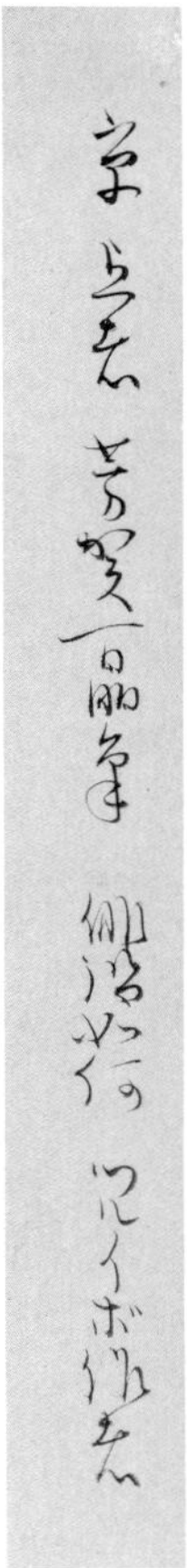

京　点者　芳賀一晶筆　俳諧如何　ツルイボ作者

415　一幽

天満宗因　（印）

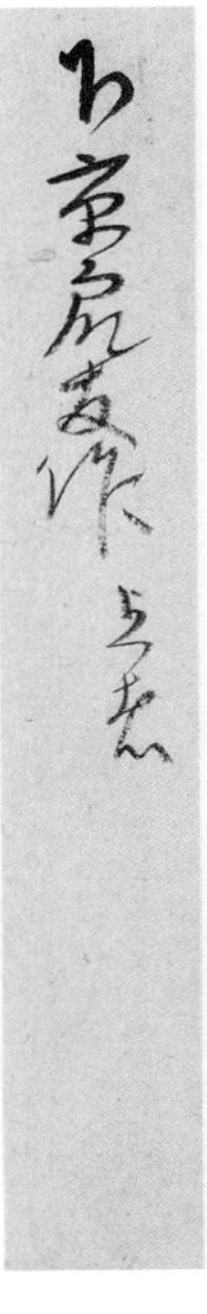

下京衆友作　点者

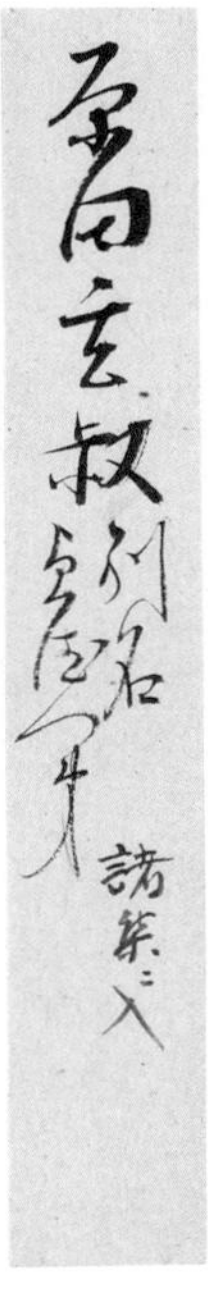

原田玄叔別名　貞徳門弟　**諸集ニ入**

内本次郎左衛門入道　俗名以法名　似空三物連衆　**似空門人**

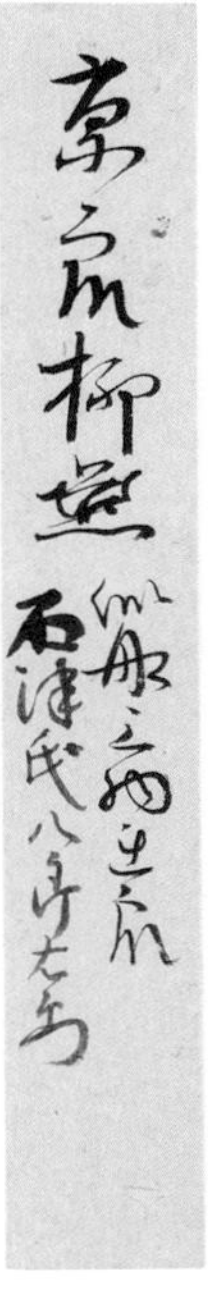

京衆柳燕　似船三物連衆　石津氏**八郎右衛門**

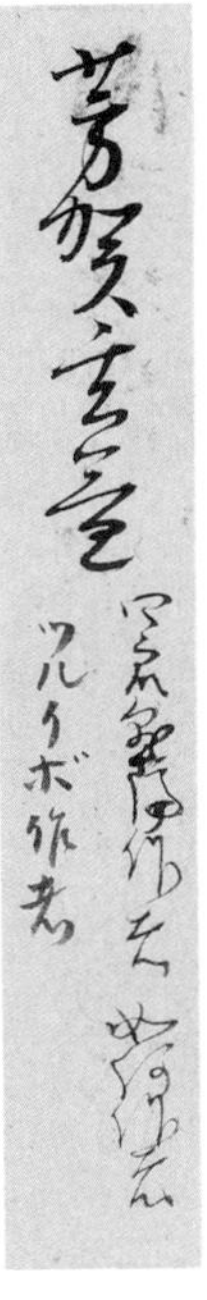

芳賀玄益　四衆懸隔作者　如何作者　**ツルイボ作者**

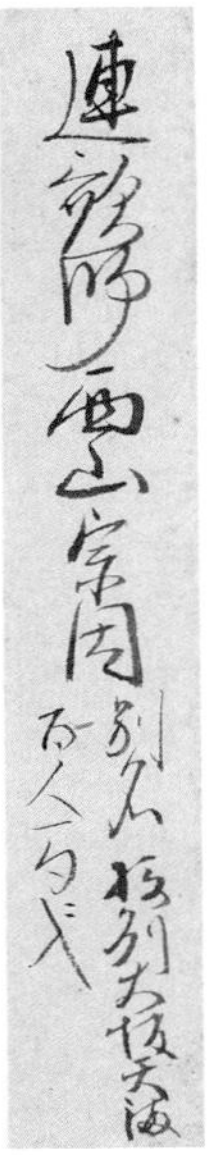

連歌師西山宗因別名　摂州大坂天満　百人一句ニ入

416　元順

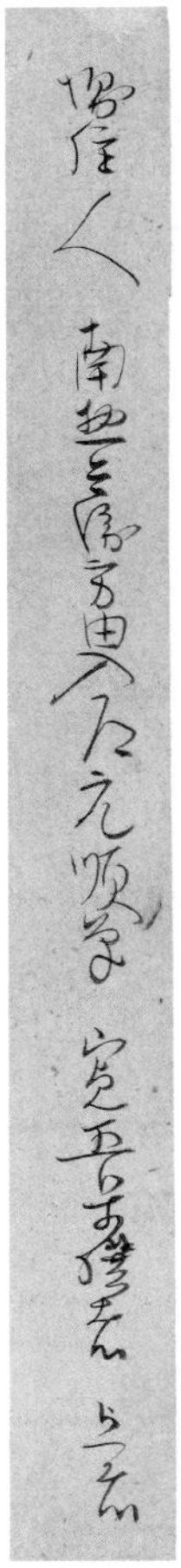

堺住人　南惣兵衛方由入道元順筆　寛五集撰者　点者
さかい　寛五集撰者　中風気故左ノ手ニて書　南惣兵衛方由入道

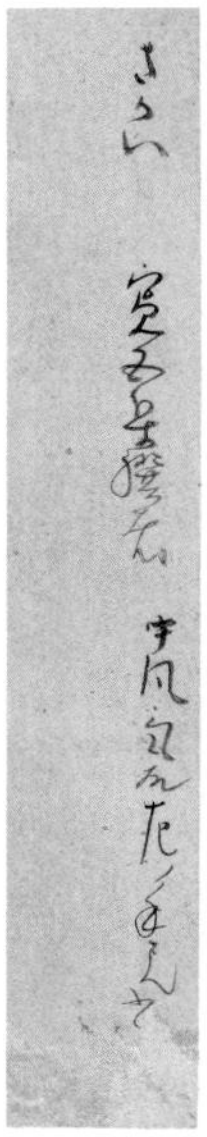

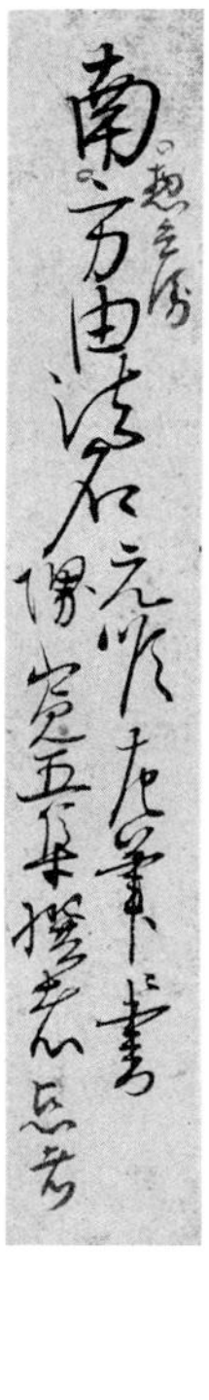

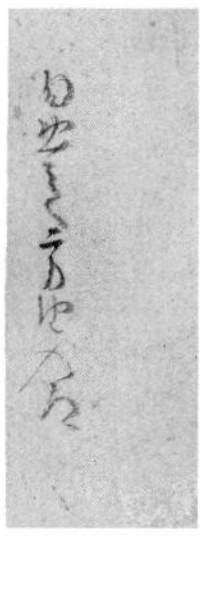

南**惣兵衛**方由法名　元順　左筆ニ書　堺　寛五集撰者　**点者**

417　道宇

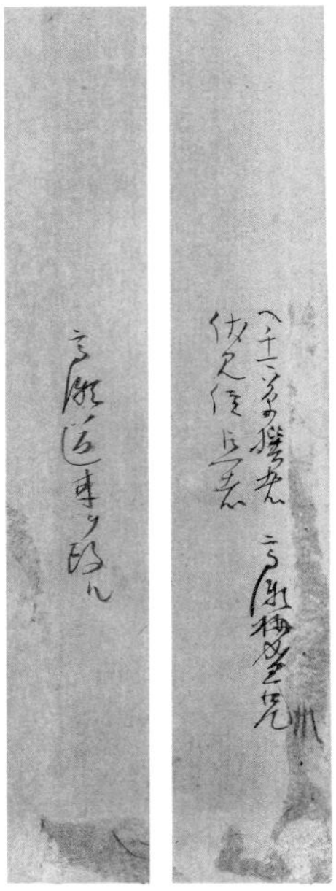

ヘチマ草撰者　伏水住点者　高瀬梅盛兄　卅
高瀬道甘ヲ改ル

高瀬道鑑**甘トモ**本名　梅盛兄　人真似　花ノ露　ヘチマ草
撰者　**道宇トモ**　**伏見住**　**点者**

418　武宗

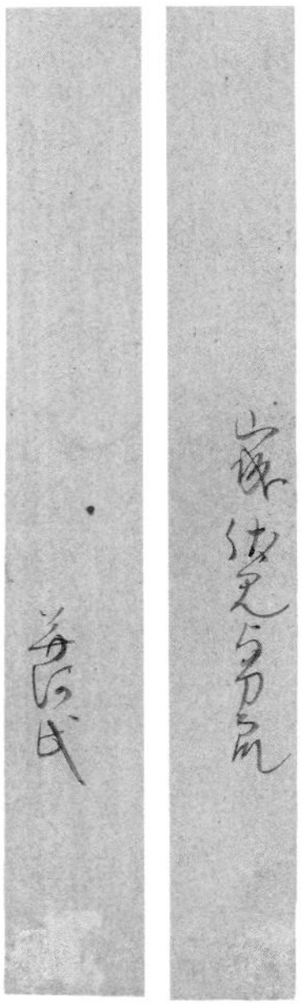

山城伏見与力衆
並河氏

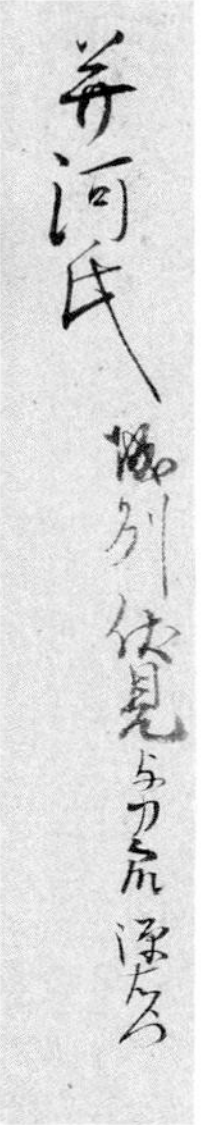

並河氏　城州伏見　与力衆　源右衛門

419　友世

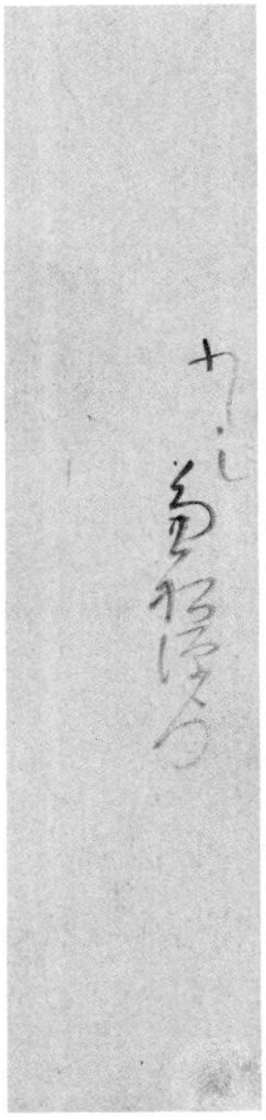

ふしみ　兼松源左衛門

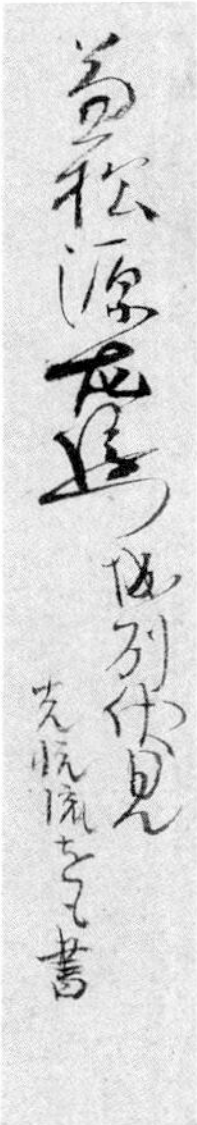

兼松源左衛門　城州伏見　**光悦流をも書**

420　包兀

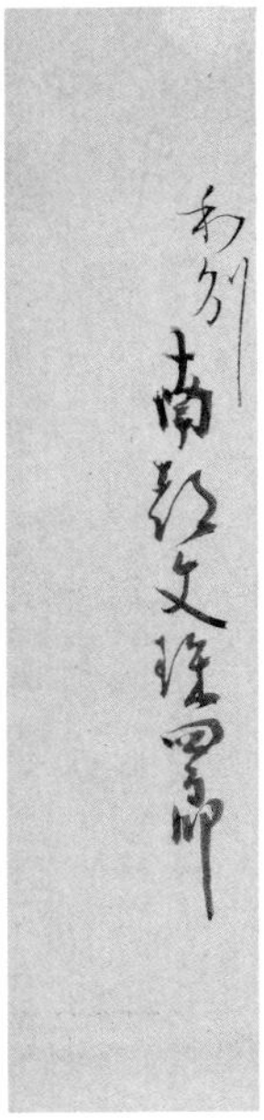

和州　南都文珠四郎

文珠四郎　南都

421　雪岩

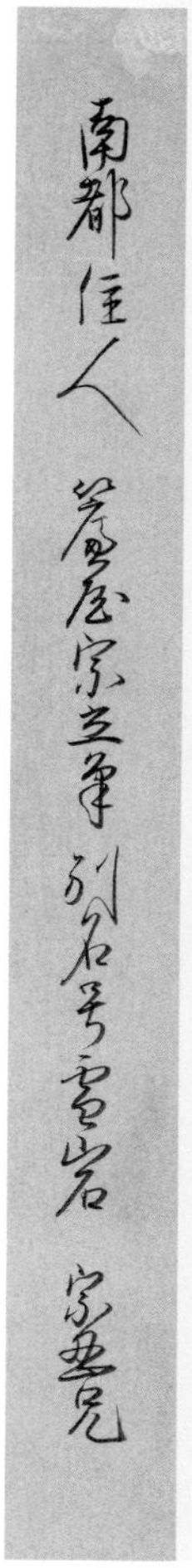

南都住人　簾屋宗立筆別名　号雪岩　宗忍兄

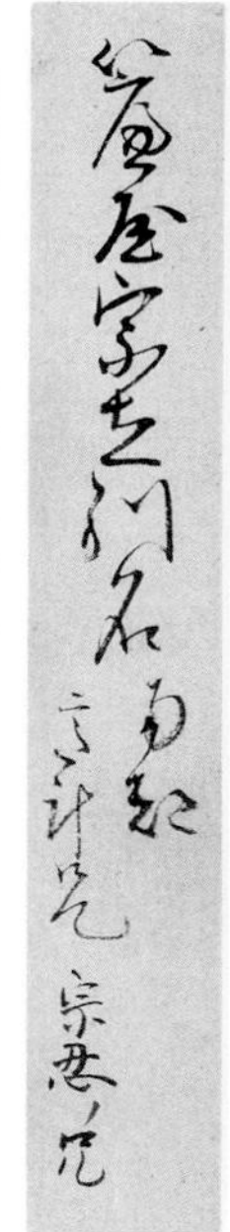

簾屋宗立別名　南都　意計兄　**宗忍ノ兄**

422　祐忍

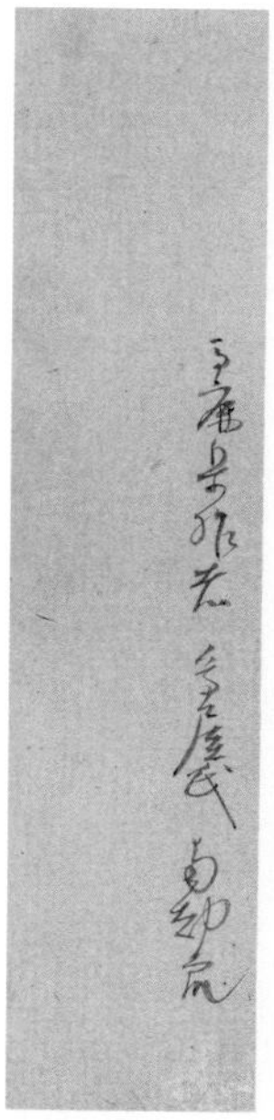

馬鹿集作者　鳥屋氏　南都衆

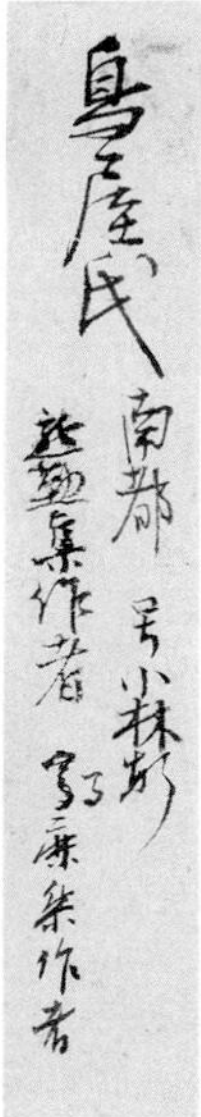

鳥屋氏　南都　号小林軒　慇懃集作者　**馬鹿集作者**

423　宜水

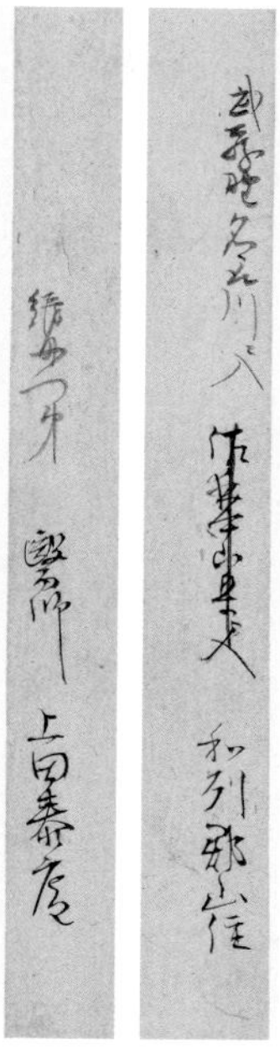

武蔵野名取川ニ入　佐夜中山集ニ入（墨消し）
和州郡山住
維舟門弟　医師　上田泰菴

上田泰菴別名　維舟門弟　和州郡山　**医師**　**武蔵野**　**名取川ニ入**

424　恒行

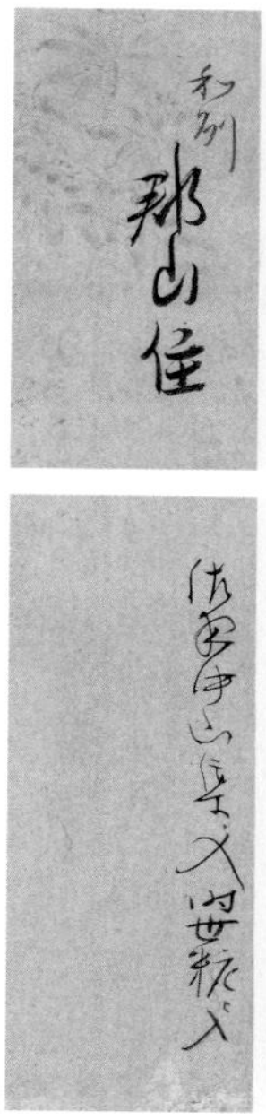

和州　郡山住　佐夜中山集ニ入　時世粧ニ入

郡山衆　和州　維舟門弟　佐夜中山集　時勢粧ニ入

425　無端

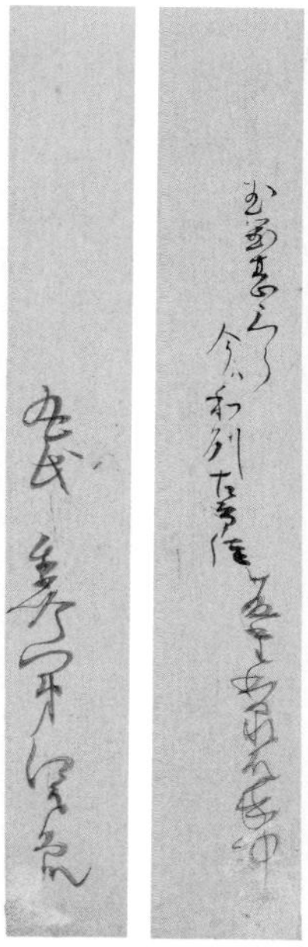

玉置甚三郎　今ハ和州古市住
藤堂和泉殿家中
丸氏　季吟門弟　江戸衆

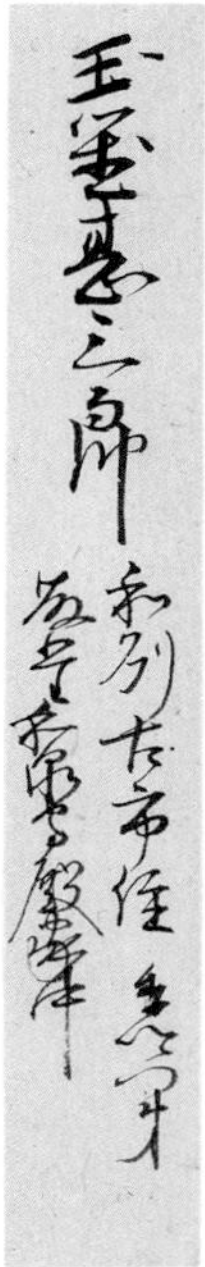

玉置甚三郎　和州古市住　藤堂和泉守殿家中　季吟門弟

426　蛙枕

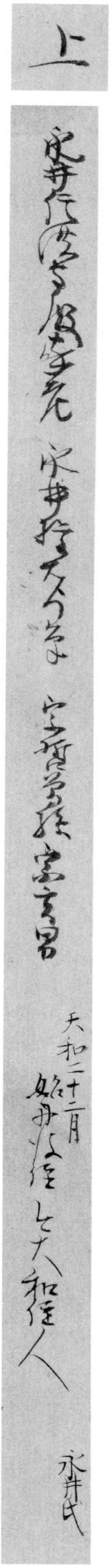

上　永井信濃守殿家老　永井権右衛門筆　宗哲曽孫宗玄男
天和二十二月　始丹後住　今大和住人　永井氏

永井権右衛門
始丹後和州　永井**信濃守**市之丞殿家老　**宗哲曽孫宗玄子**

427　松笑

高政門弟　和州郡山近所住人　川部四郎左衛門松笑筆　やまと　川部四郎左衛門

川部四郎左衛門　和州　高政門弟　**郡山ノ辺住**

428　閑節

十二

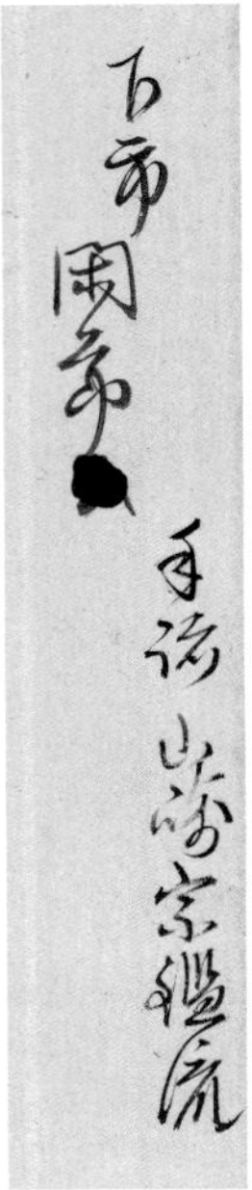
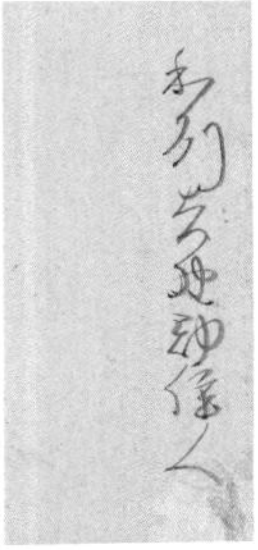

下市　閑節　手跡山崎宗鑑流　和州吉野郡住人

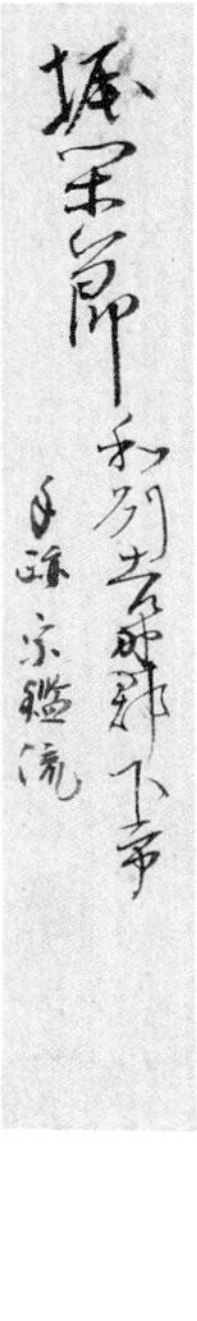

堀閑節　和州吉野郡下市　手跡宗鑑流

429　仙化

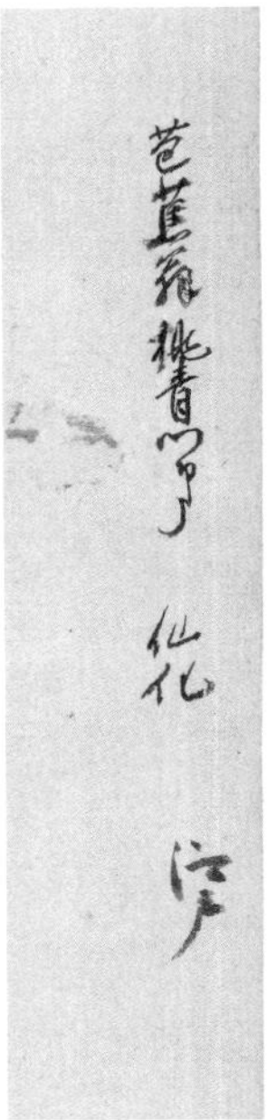

芭蕉翁桃青門弟　仙化　江戸

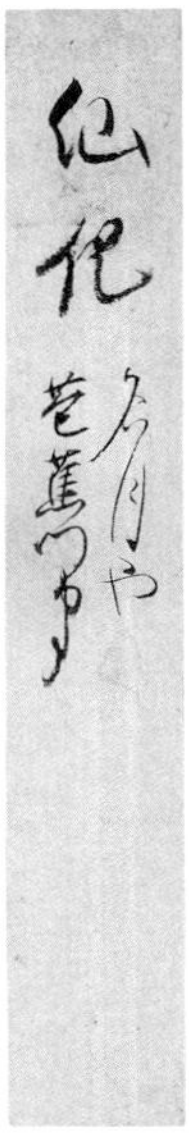

仙化　名月や　芭蕉門弟

430　挙白

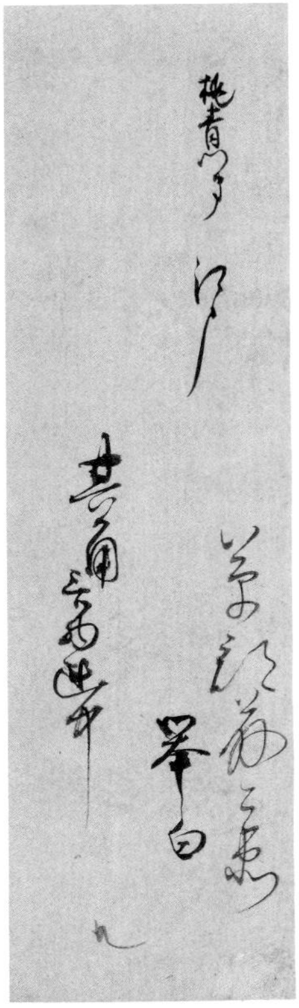

桃青門弟　江戸　草部藤兵衛　挙白　其角三ツ物連中

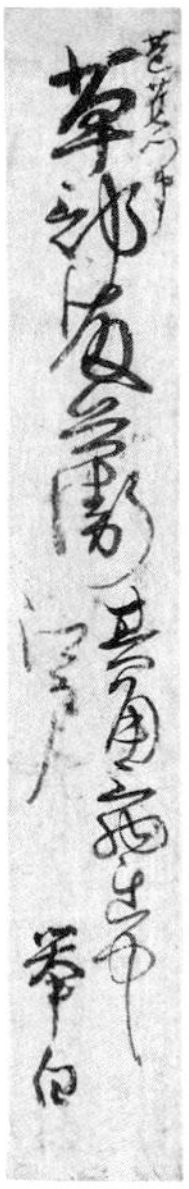

草部藤兵衛　其角三物連中　江戸　挙白　芭蕉門弟

431　琴風

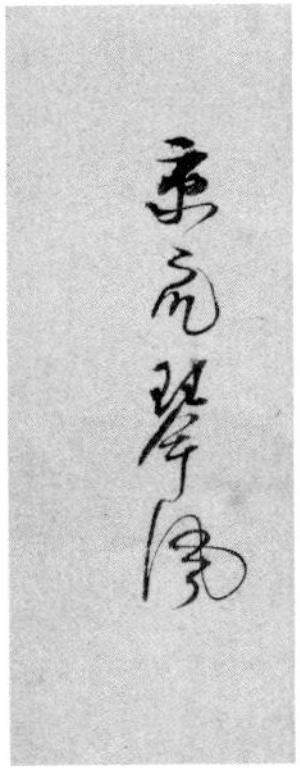

京衆琴風　（裏打下）「九十六」

京衆琴風

432　嵐蘭

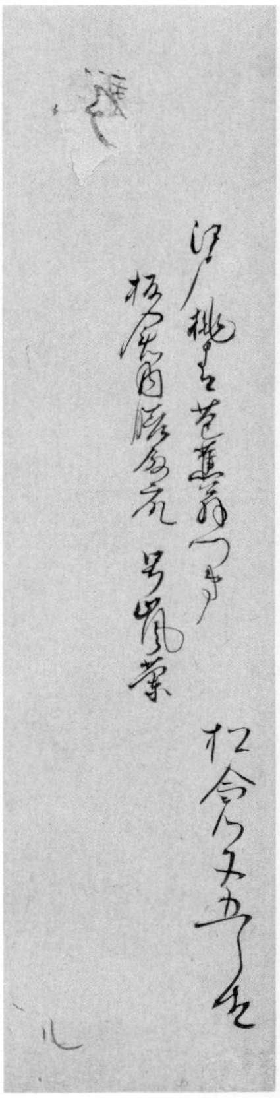

江戸桃青芭蕉翁門弟　板倉内膳殿衆　号嵐蘭　松倉又五郎殿　ル

433　百堂

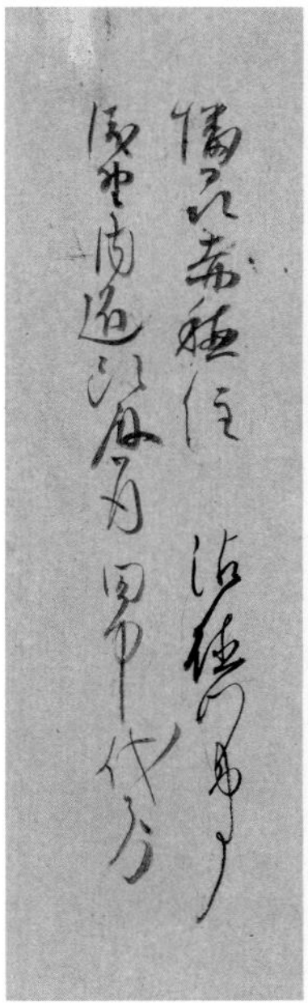

播州赤穂住　沾徳門弟
浅野内匠頭殿御内　田中代右衛門

434　重興

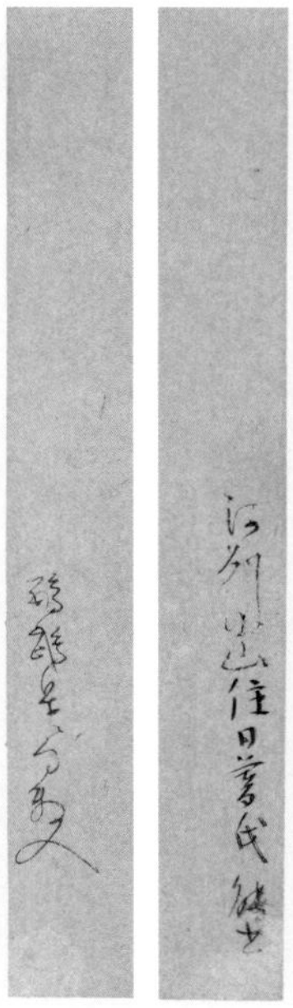

河州小山住日暮氏　能書
鸚鵡集ニ句数入

435　成元

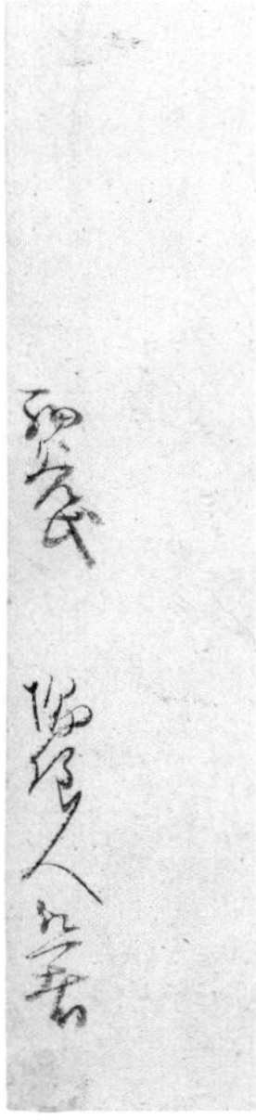

細谷氏　堺住人　点者

436　松安

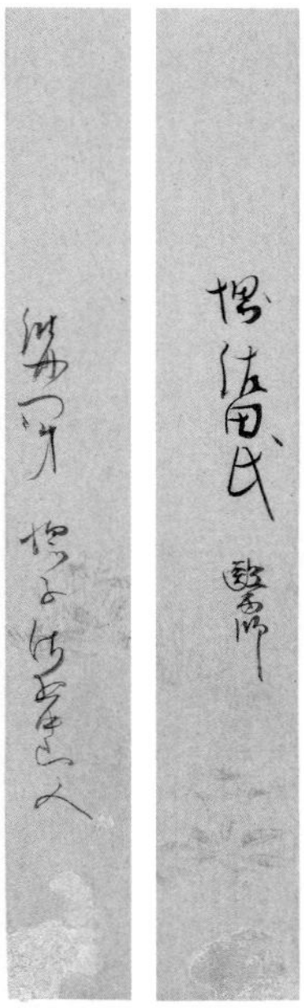

堺　佐田氏　医師
維舟門弟　懐子　佐夜中山ニ入

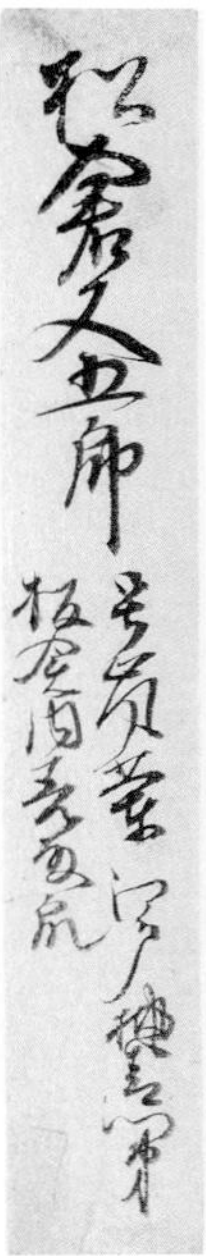

松倉又五郎　号嵐蘭　江戸桃青門弟　板倉内善《（ママ）》殿衆

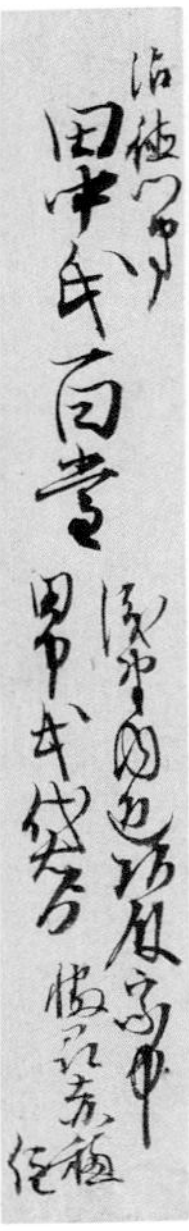

田中氏百堂　浅野内匠頭殿家中　田中氏代右衛門
播州赤穂住　沾徳門弟

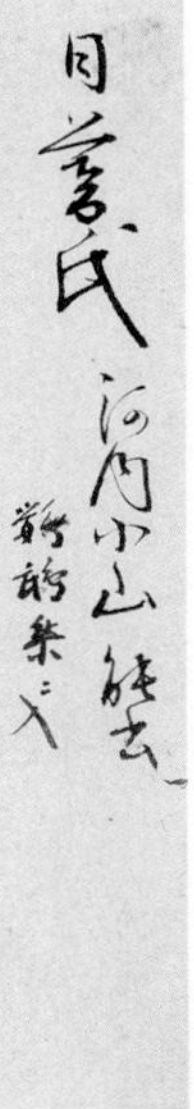

日暮氏　河内小山　能書　**鸚鵡集ニ入**

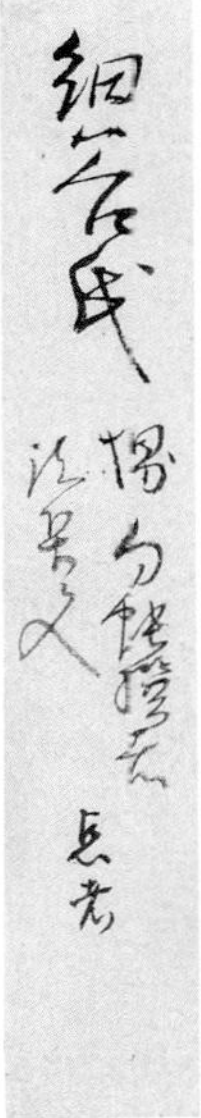

細谷氏　堺　句帳撰者　諸集ニ入　**点者**

医師佐田氏　堺　維舟門弟　**懐子　佐夜中山ニ入**

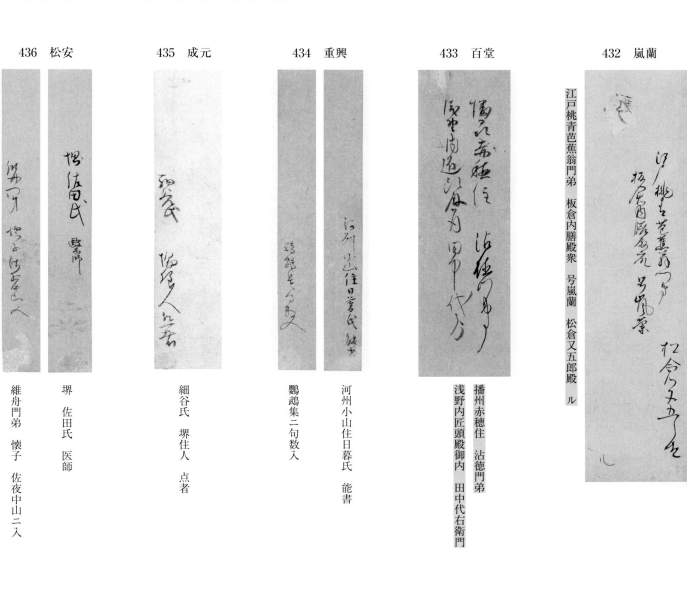

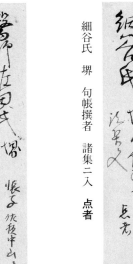

437　成之

堺住人　池嶋庄左衛門成之　入道宗吟　成政弟　下壱

438　元順

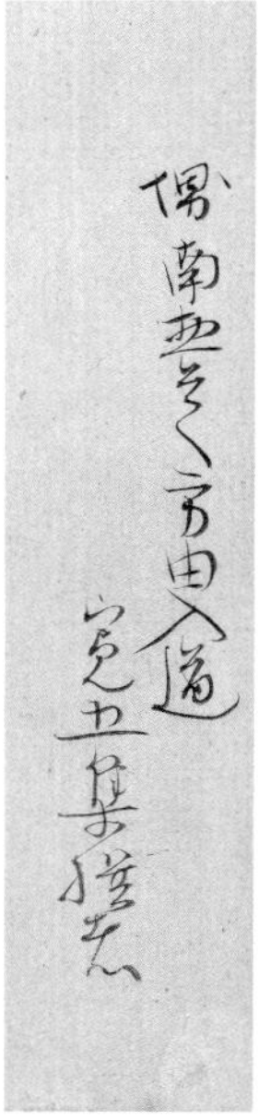

堺　南惣兵へ方由入道　寛五集撰者

439　可広

堺　元順門弟大和や徳兵衛

440　成方

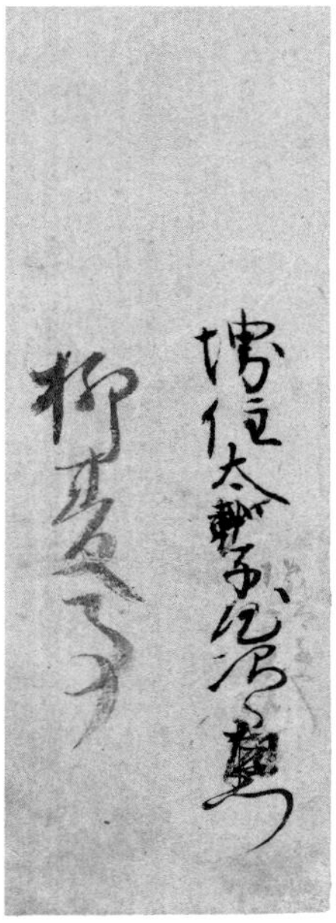

堺住太子屋次郎左衛門　柳夏事
（裏打下）「堺　太子や□□□□」

441　行風

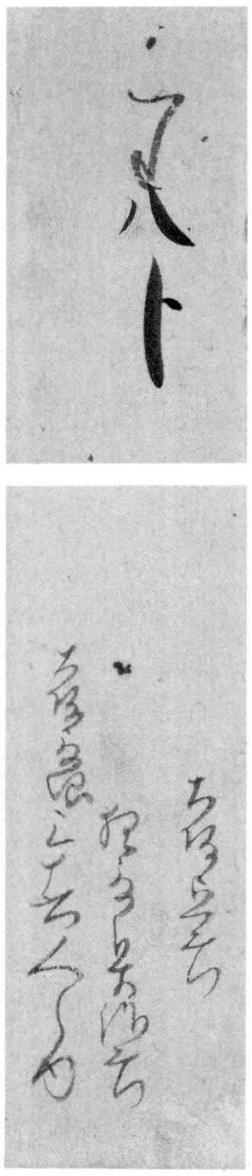

二匁八分　大坂点者　狂歌集作者　大坂歌仙三十六人之内

442　藤昌

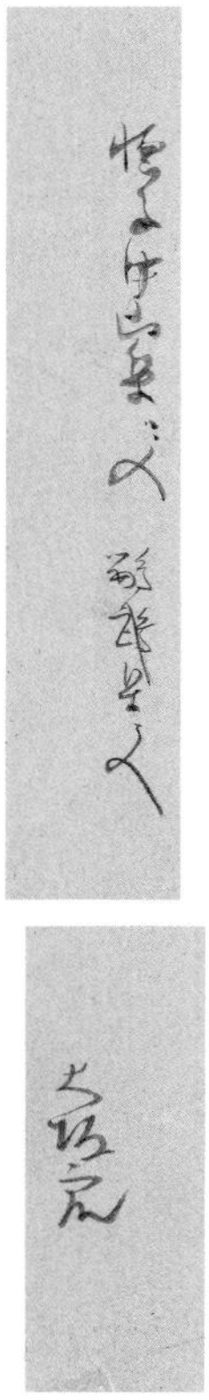

懐子中山集ニ入　鸚鵡集ニ入　大坂衆

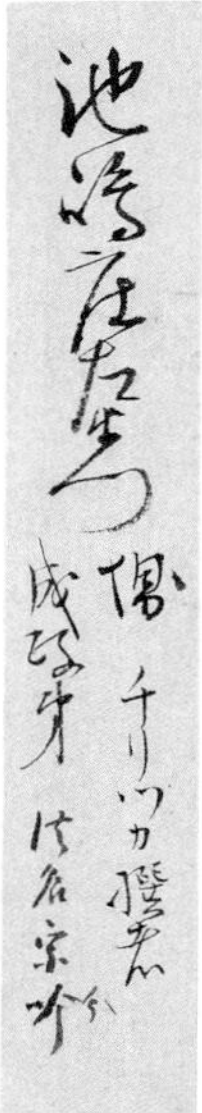

池嶋庄左衛門　堺　チリツカ撰者　成政弟　**法名宗吟**

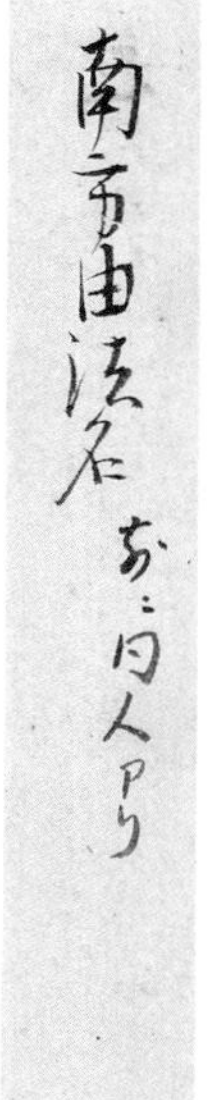

南方由法名　**前ニ同人アリ**

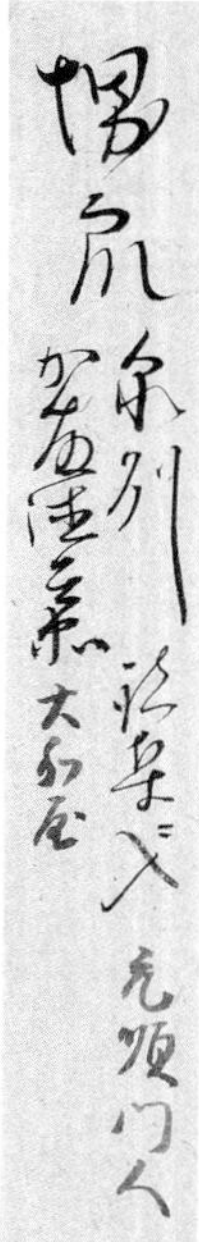

堺衆　泉州　加藤徳兵衛　諸集ニ入　**大和屋　元順門人**

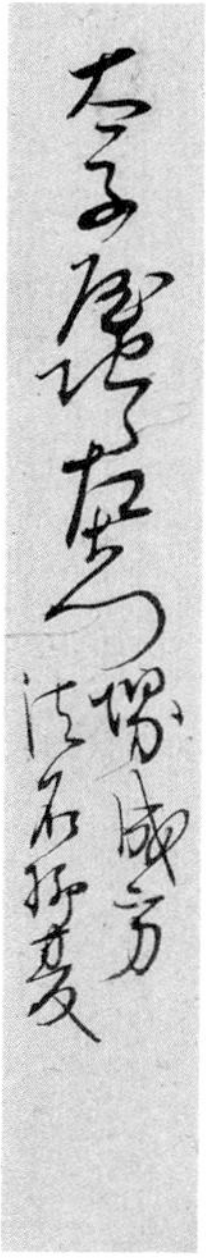

太子屋次郎左衛門　堺　成方　法名柳夏

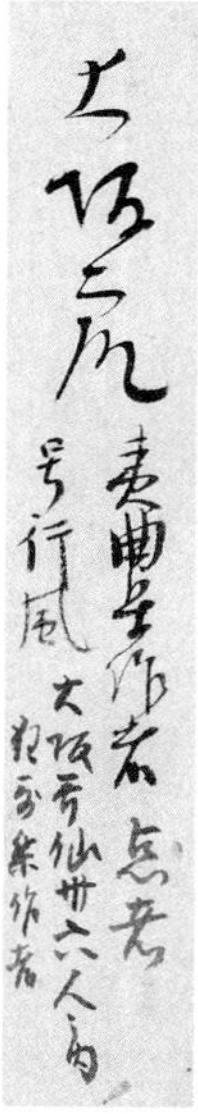

大坂衆　夷曲集作者　号行風
点者　大坂歌仙卌六人之内　狂歌集作者

大坂衆　摂州　懐子ニ入　**佐夜中山集　鸚鵡集ニ入**

443　所知

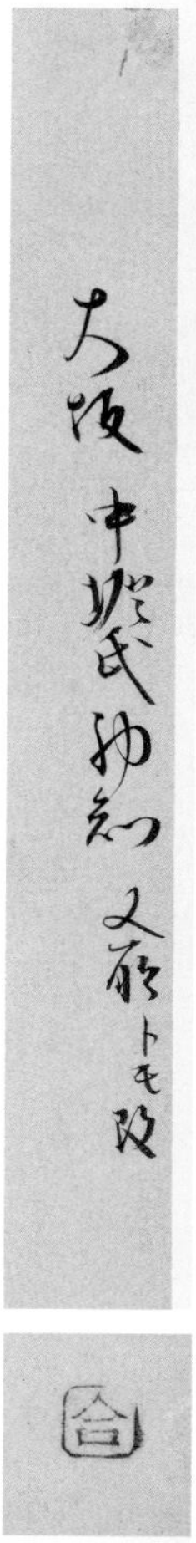

大坂　中堀氏初知　又所トモ改　（印）

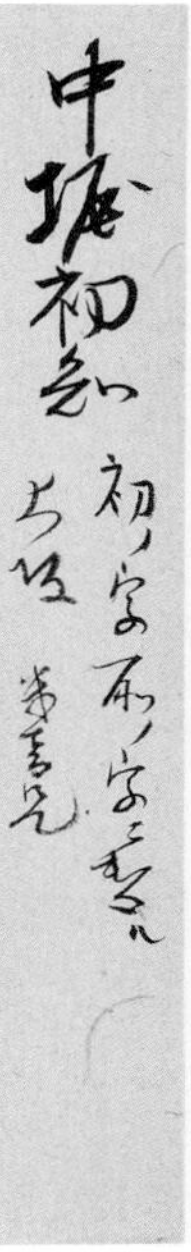

中堀初知　初ノ字所ノ字ニ替ル　大坂　幾音兄

444　幾音

句帳撰者　中堀氏　初知弟

宗因門弟　大坂衆　点者

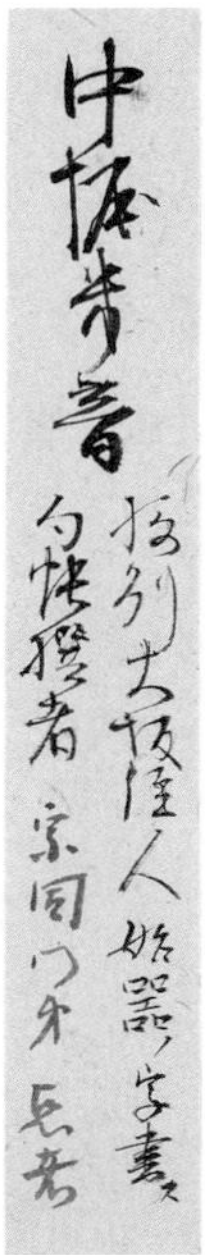

中堀幾音　摂州大坂住人　句帳撰者　始器ノ字書ス　**宗因門弟　点者**

445　重寛

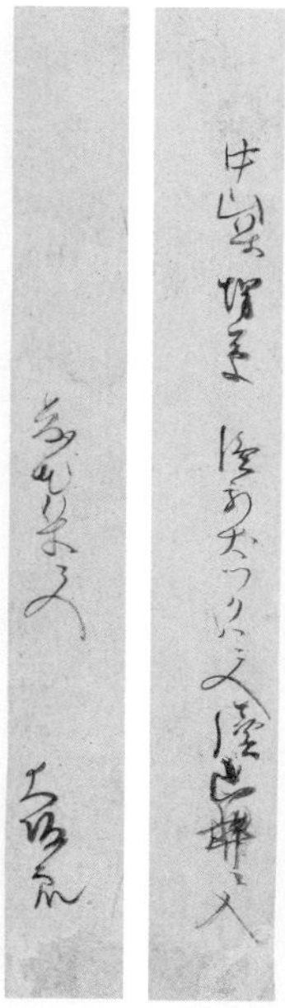

中山集　埋草

続新犬ツクハニ入　続山井ニ入

落花集ニ入　大坂衆

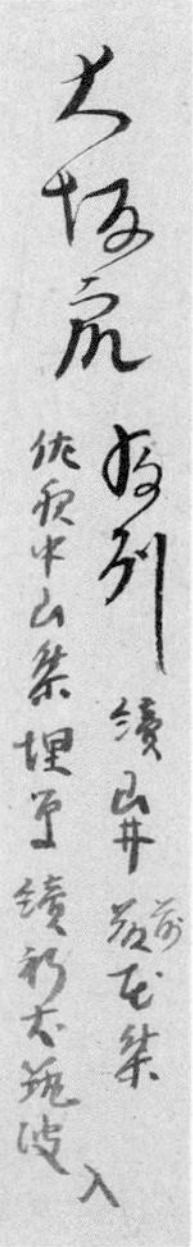

大坂衆　摂州　**続山井　散《落》花集　佐夜中山集　埋草　続新犬筑波入**

446　智徳

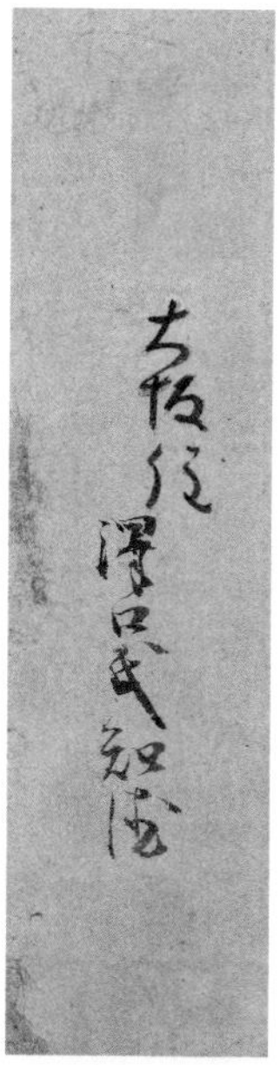

大坂住

沢口氏知徳

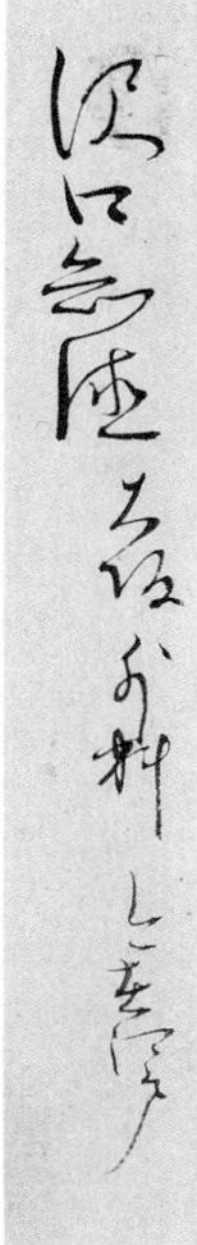

沢口知徳　大坂　外科　今在江戸

447　春倫

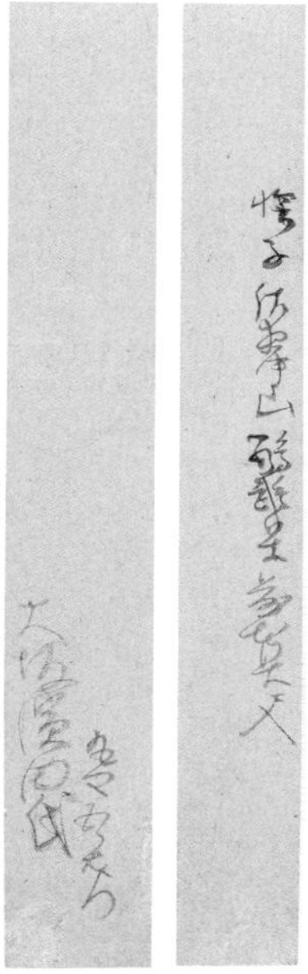

懐子　佐夜中山　鸚鵡集　落花集ニ入

大坂浜田氏　丸や五郎右衛門

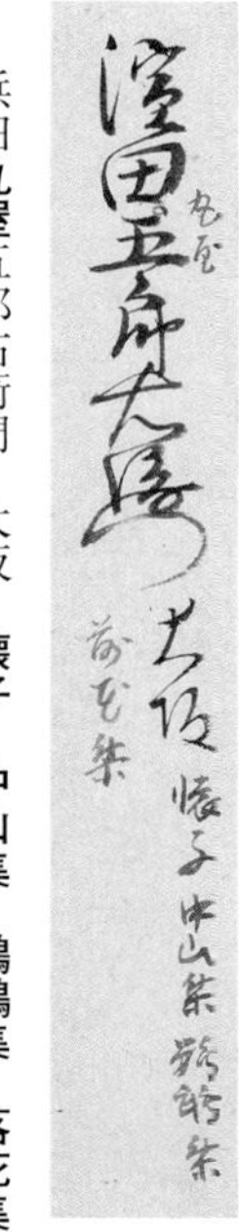

浜田**丸屋**五郎右衛門　大坂　**懐子　中山集　鸚鵡集　落花集**

448　春良

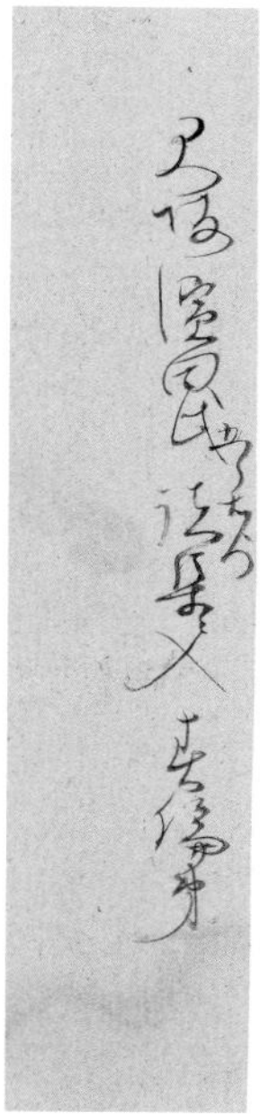

大坂　浜田氏五郎右衛門　諸集ニ入　春倫弟

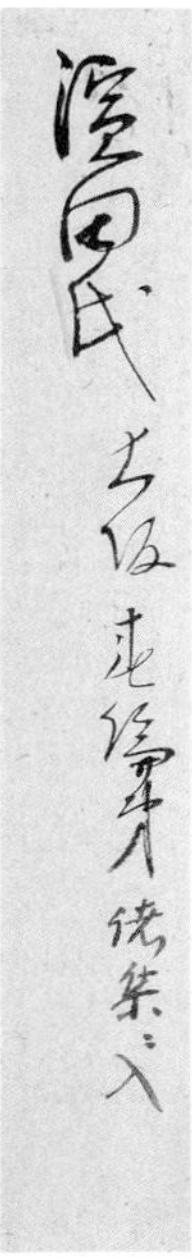

浜田氏　大坂　春倫弟　**諸集ニ入**

449　無睦

尼崎や玄旦事

大坂衆

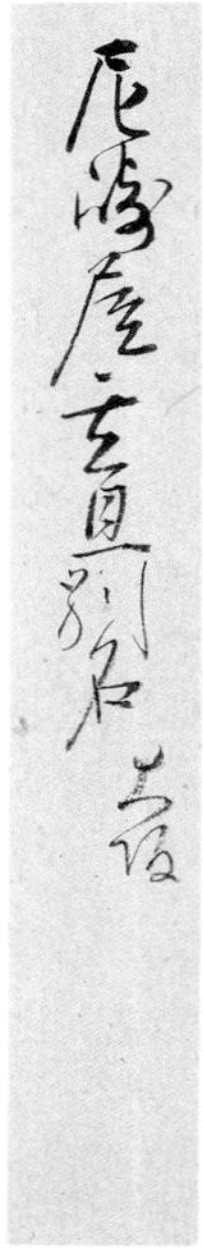

尼崎屋玄旦別名　大坂

450　由平

（裏書なし）

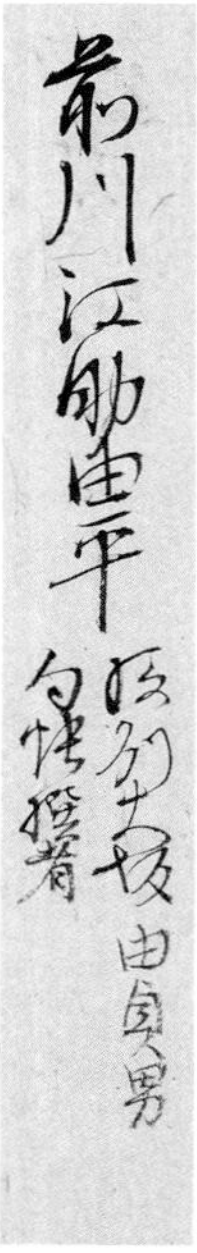

前川江助由平　摂州大坂　句帳撰者　由貞男

451　董信

懐子　鸚鵡集ニ入　須賀氏

大坂衆

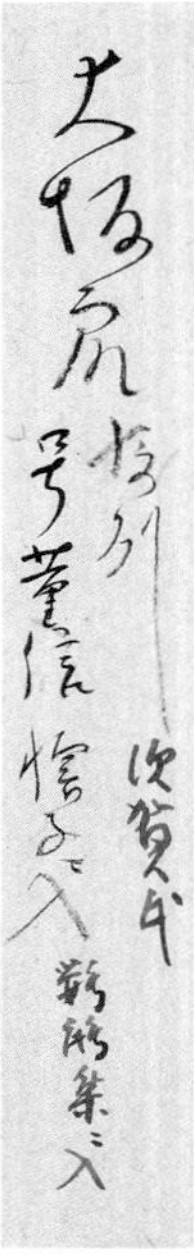

大坂衆　摂州　号董信　懐子ニ入　**須賀氏　鸚鵡集ニ入**

452　柳翠

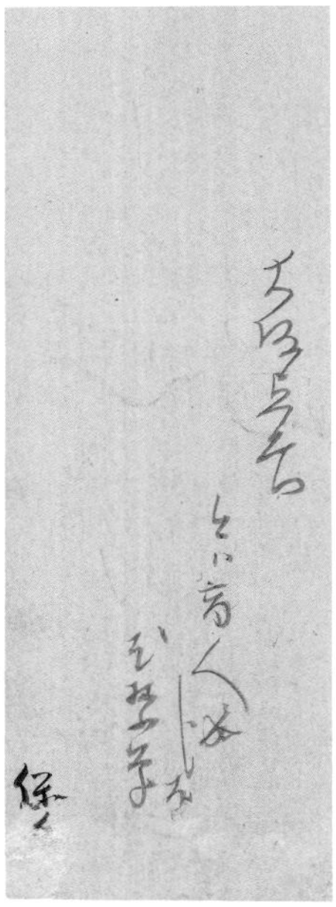

大坂点者　今ハ盲人ニ成申候故花翠筆　保□

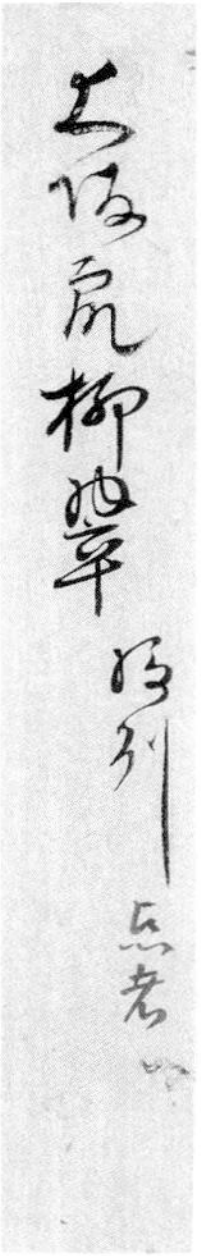

大坂衆　柳翠　摂州　**点者**

453　羅人

（裏書なし）

山口氏　蛭牙斎

454　酔鴬

白江氏元東公　落花集ニ入　大坂衆　いつみや清右衛門（墨消し）

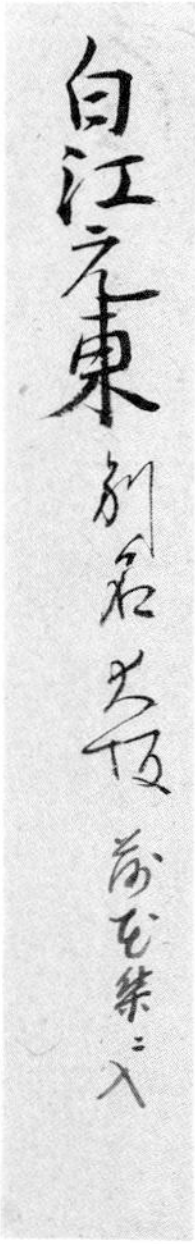

白江元東別名　大坂　**落花集ニ入**

455　猶白

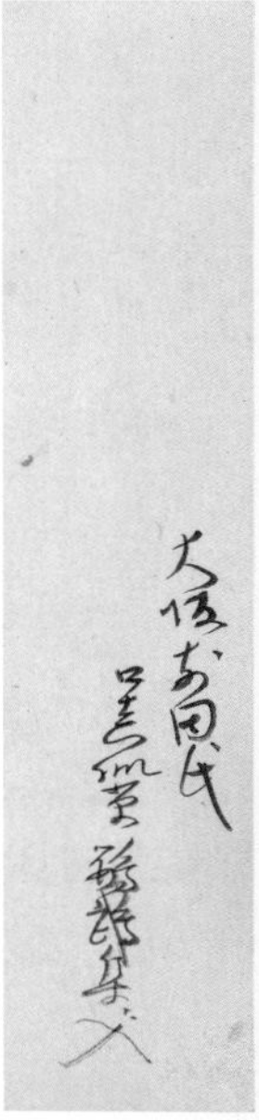

大坂　前田氏　口真似草　（墨消し）鸚鵡集ニ入

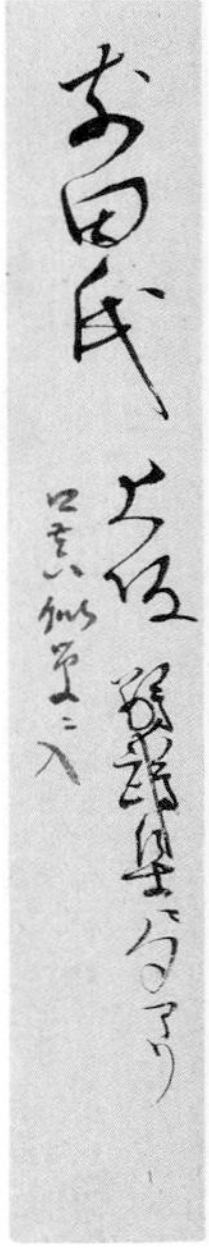

前田氏　大坂　（墨消し）鸚鵡集ニ句アリ　**口真似草ニ入**

456　休安

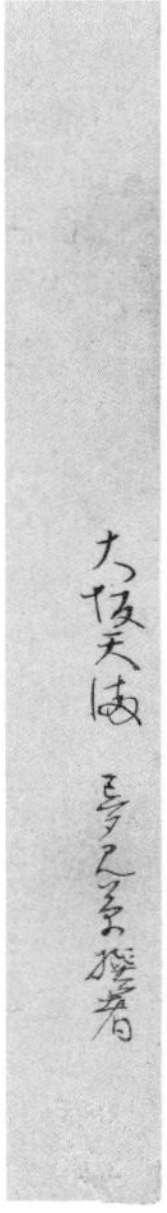

大坂天満　夢見草撰者

空存跡目　蔭山氏

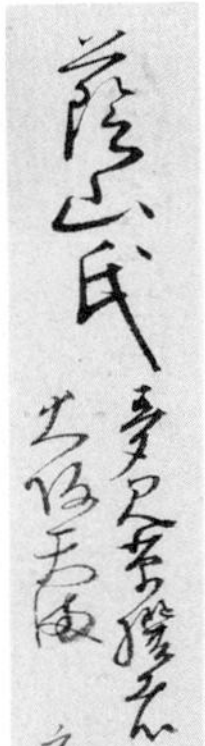

蔭山氏　夢見草撰者　大坂天満　**重次跡目**

457　一礼

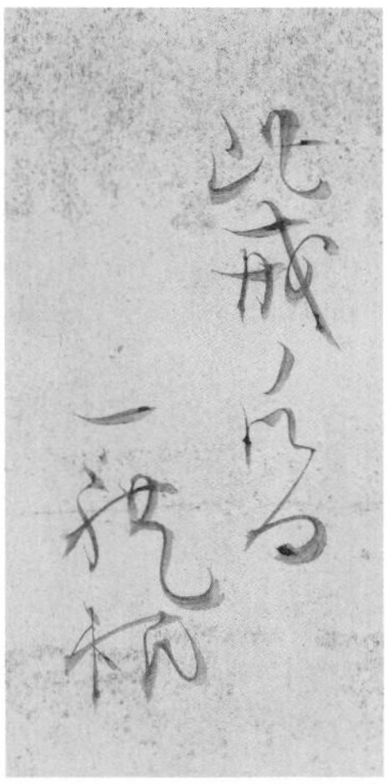

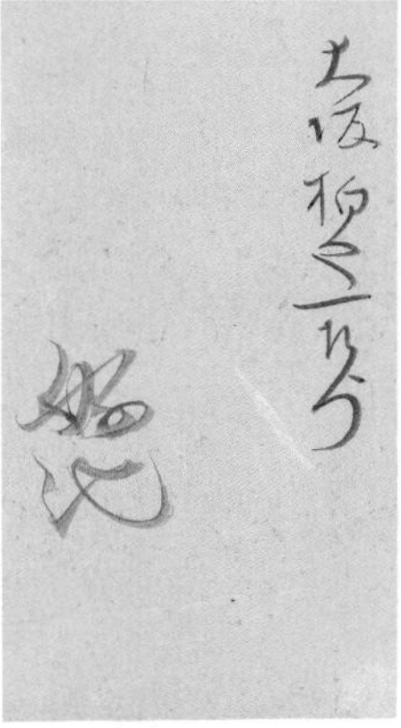

此戒ノ御句一礼様　大坂　柏や一左衛門　好池

柏屋市左衛門　益翁三物連中　大坂　ヌレ鷺両吟作者

458　禾刀

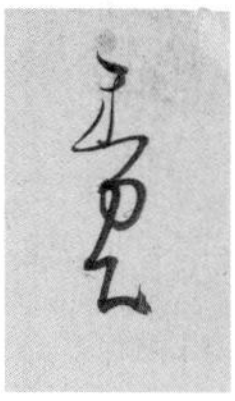

禾刀公　口真似鸚鵡集ニ入　カキノ　クハトウ　大坂衆

斉藤玄心別名　号禾刀　賀子ノ父　大坂　斉藤徳元末　**鸚鵡集ニ入**

459　重安

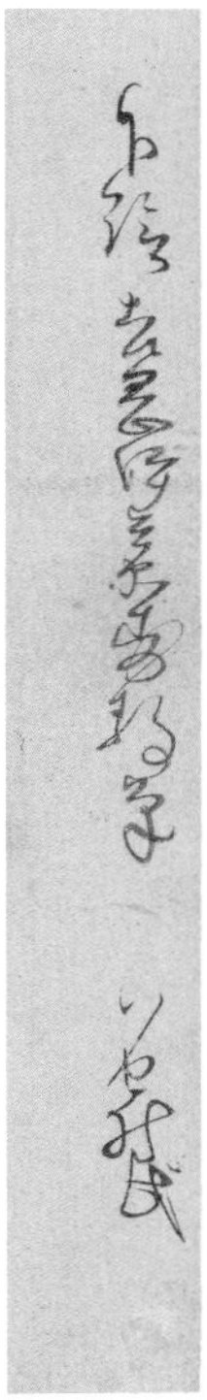

下絵吉岡伊兵衛寿静筆　いせ村氏　大坂衆点者

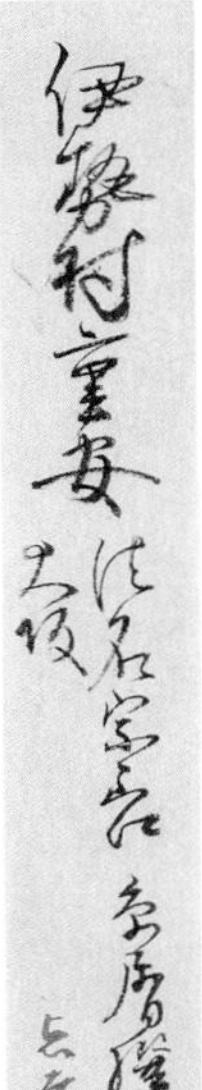

伊勢村重安　法名宗善　糸屑撰者　大坂　**点者**

460　宗貞

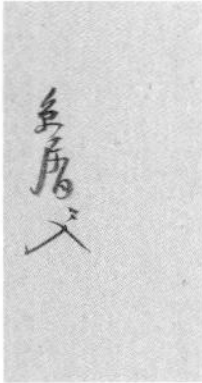

大坂点者　朝沼宗貞　又ハ賛也トモ　糸屑ニ入

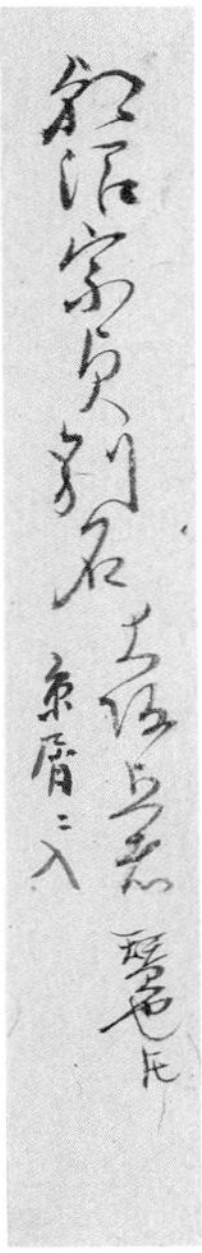

朝沼宗貞別名　大坂　点者　賛也トモ　**糸屑ニ入**

461　立歟

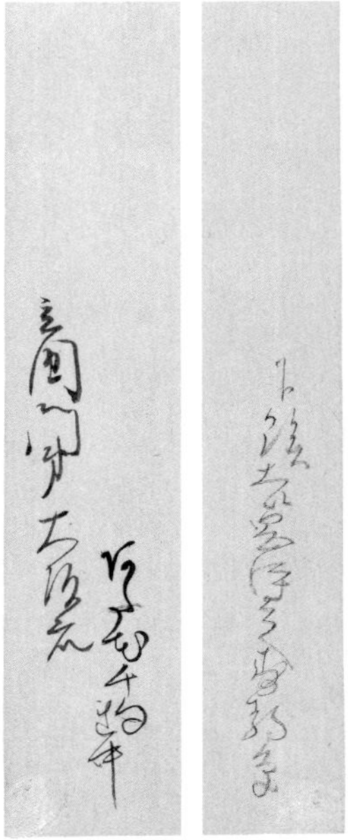

下絵吉岡伊兵へ寿静筆

立圃門弟　大坂衆　あた花千句連中

大坂衆　大坂　立圃門弟　吉田氏　大坂帰リ花千句連衆　**あた花千句**

462　由貞

和気仁兵衛　大坂　能書

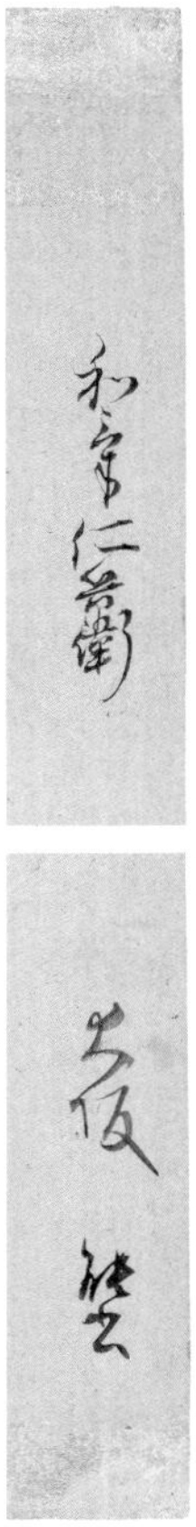

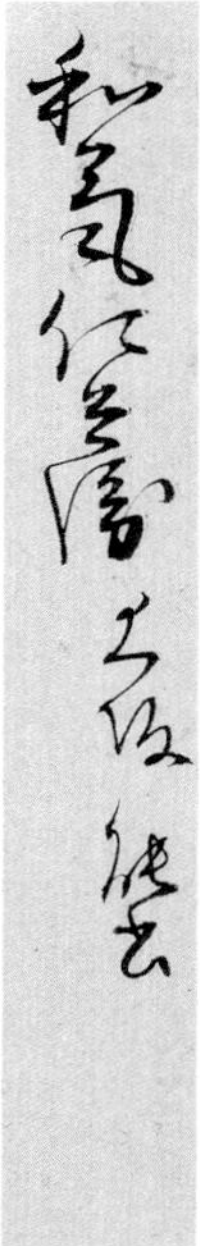

和気仁兵衛　大坂　能書

463　親十

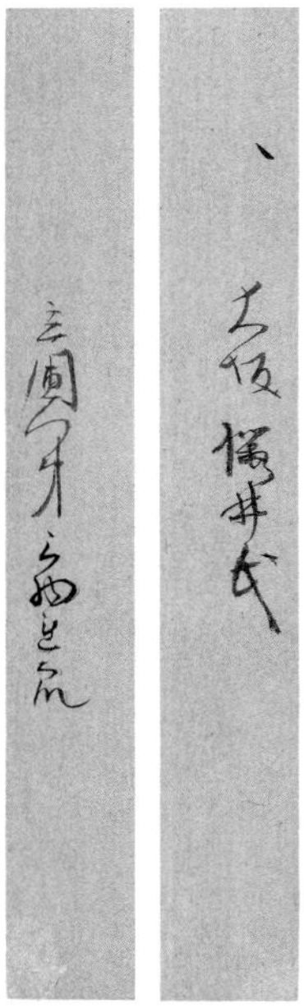

大坂　桜井氏

立圃門弟三物連中

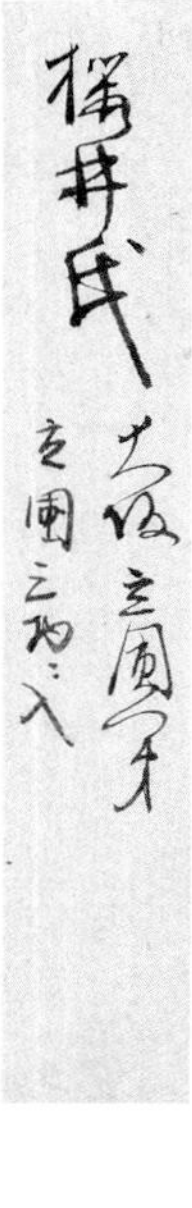

桜井氏　大坂　立圃門弟　**立圃三物二入**

464　親太

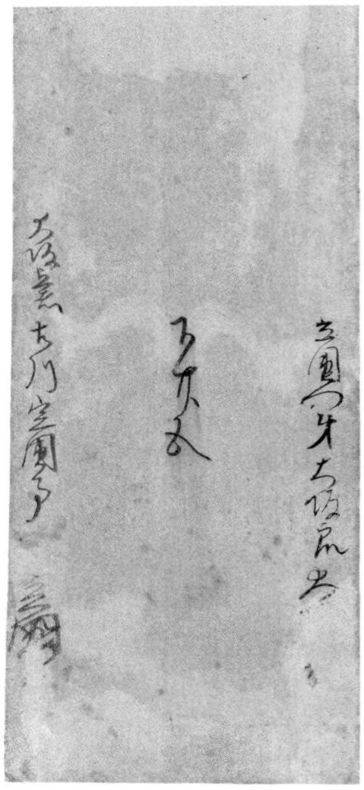

立圃門弟　大坂衆　大□□

下廿五

大坂点者　古川定圃事　定圃

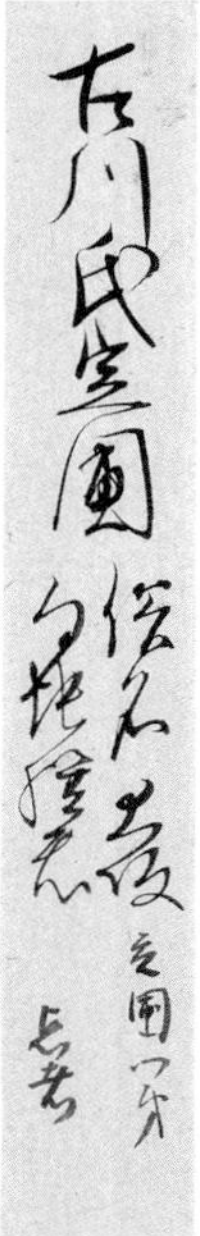

古川氏定圃俗名　大坂　句帳撰者　**立圃門弟　点者**

465　一六

大坂半井氏立卜

半井立卜　大坂

466　三政

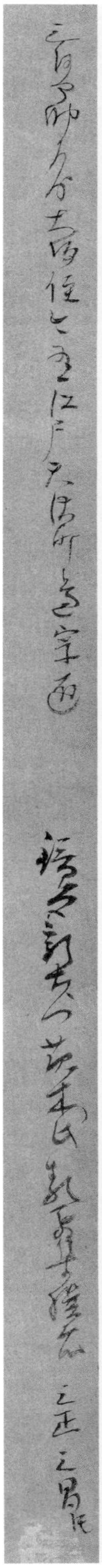

三河や助左衛門　大坂住　今有江戸天馬町辺宗匠
鎰や新右衛門　茨木氏　類葉集撰者　三正　三昌トモ　十五　シ

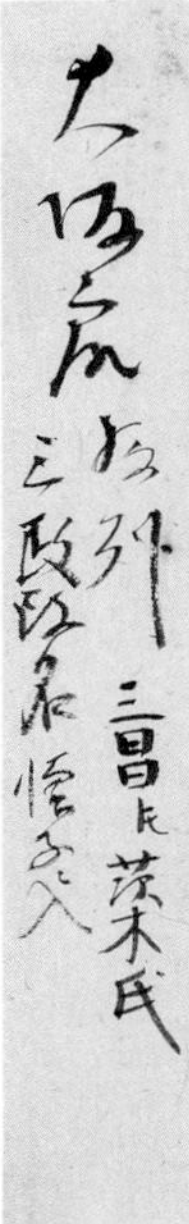

大坂衆　摂州　三政改名　懐子ニ入　三昌トモ　茨木氏

467　但重

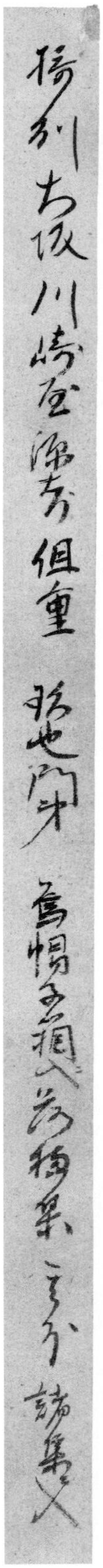

摂州大坂川崎屋源右衛門但重　玖也門弟　烏帽子箱ニ入　落穂集其外諸集ニ入

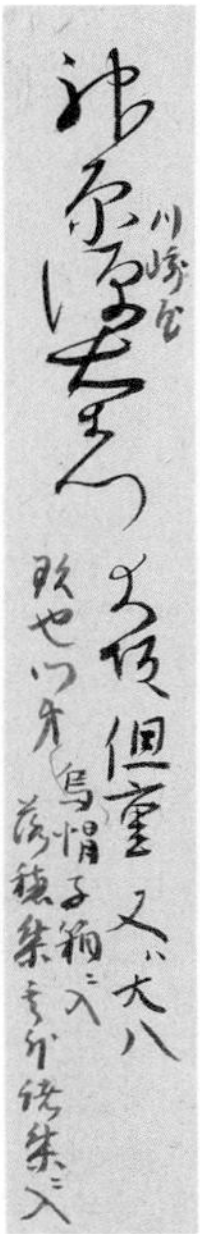

神原**川崎屋**源右衛門　大坂　但重　又ハ大八
玖也門弟　烏帽子箱ニ入　落穂集其外諸集ニ入

468　友雪

青木氏　大坂友浄事点者
（下「友浄事たるへし」）
大坂　執筆藤兵へ友浄入道　今ハ点者

執筆藤兵衛友浄法名　大坂　青木氏　**点者**

469　旨恕

（裏書なし）

（印）

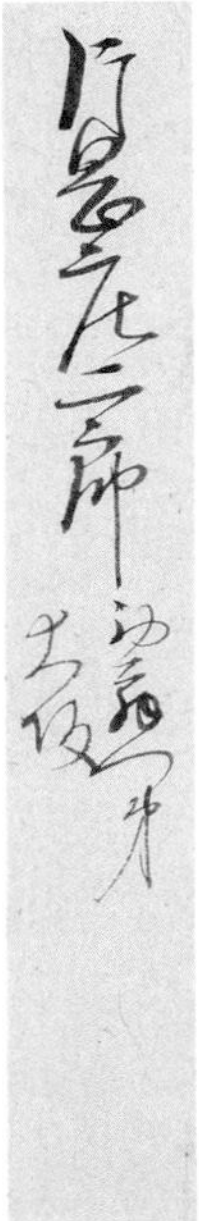

片岡庄二郎　西翁門弟　大坂

470　素玄

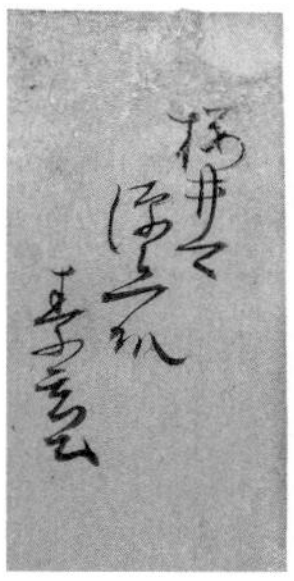
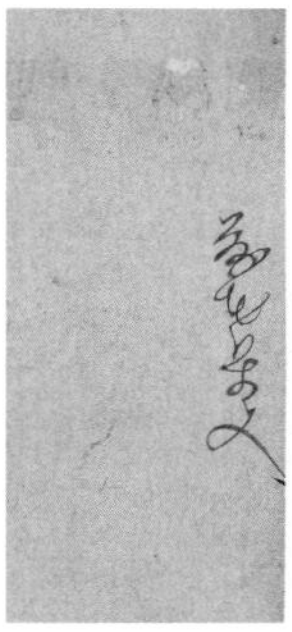

桜井や源兵へ様　素玄書　落花集ニ入　大坂衆

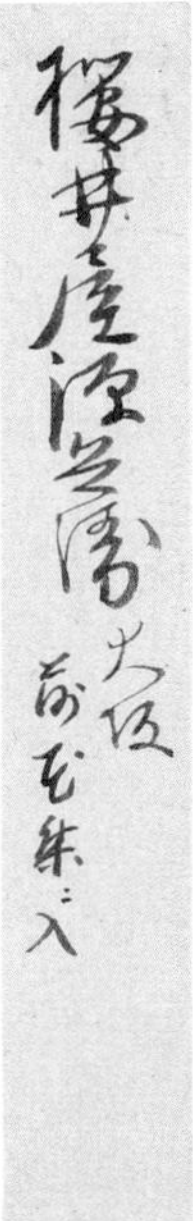

桜井屋源兵衛　大坂　**落花集ニ入**

471　ケ庵

（裏書なし）

淀屋ケ庵俗名　大坂　岡本氏　言当男

472　重当

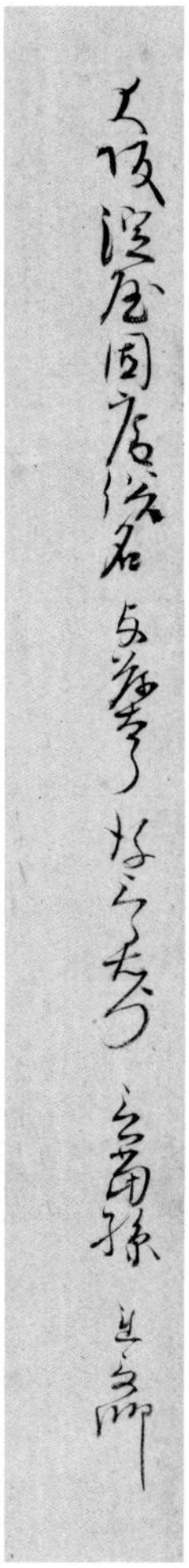

大坂淀屋固庵俗名　与茂太郎　後三郎右衛門　言当孫　連歌師

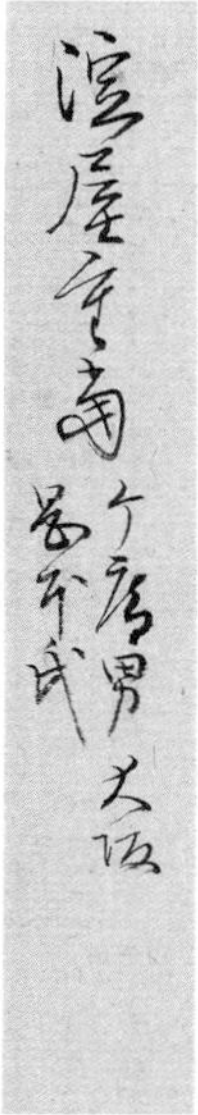

淀屋重当　ケ庵男　大坂　岡本氏

473　不琢

（裏書なし）

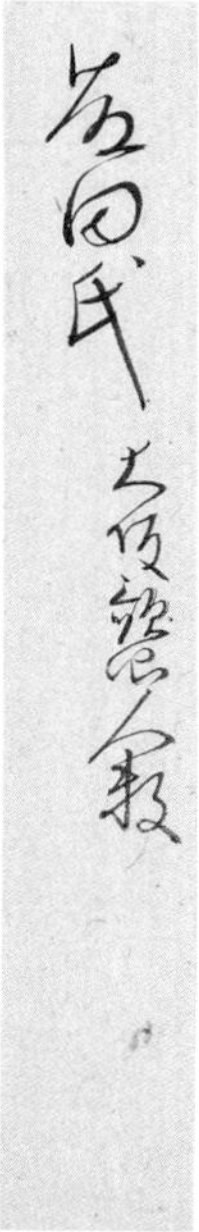

藤田氏　大坂歌仙人数

474　西鬼

（裏書なし）

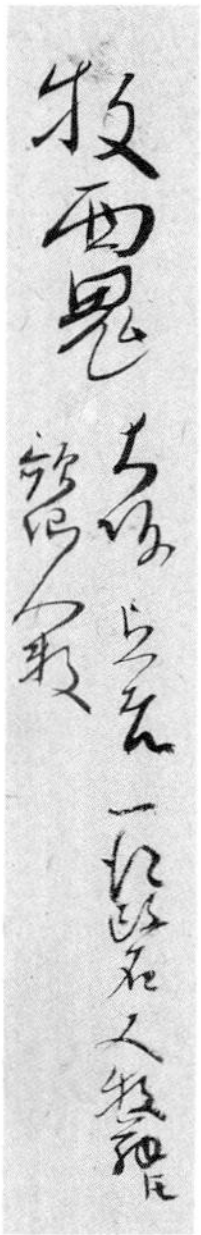

牧西鬼　大坂　点者　一得改名　又牧翁トモ　歌仙人数

475　西鶴

（裏書なし）

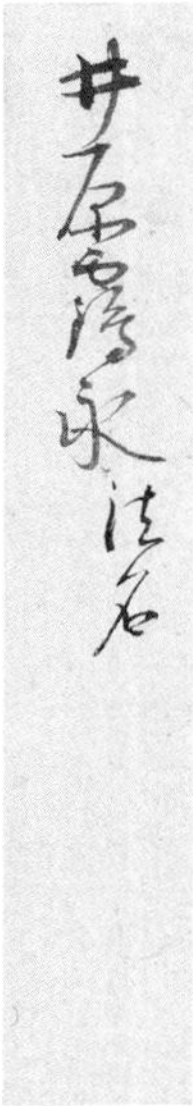

井原鶴永　法名

476　宜休

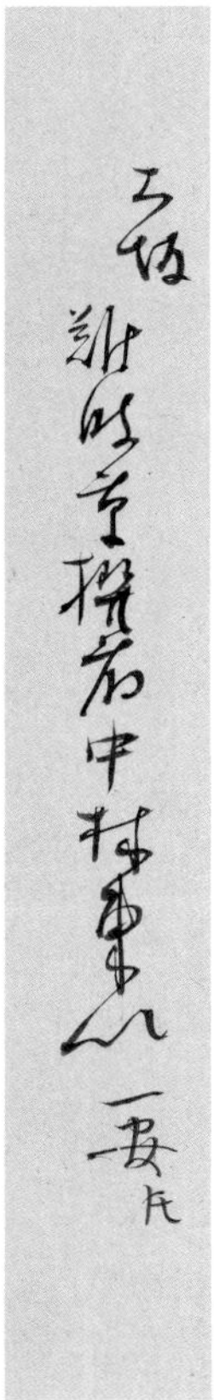

大坂　難波草撰者　中林東以　一安トモ

中林権兵衛一安改名　大坂　如貞門弟　**難波草撰者**

477　清勝

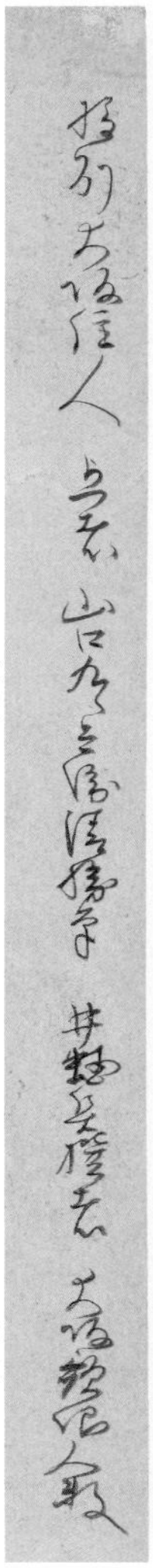

摂州大坂住人　点者　山口九郎兵衛清勝筆　井蛙（ママ）集撰者　大坂歌仙人数　大坂百人一句　井蛙（ママ）集作者

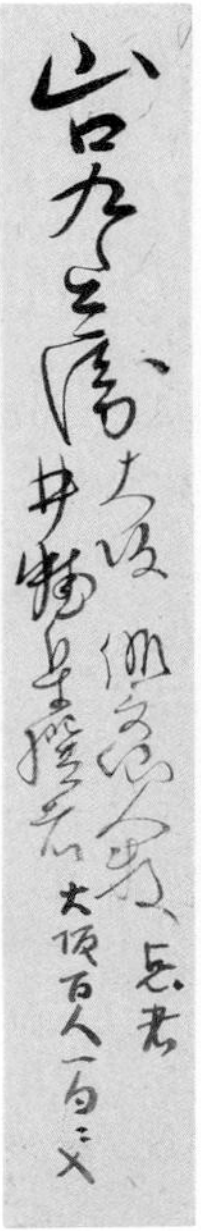

山口九郎兵衛　大坂　俳歌仙人数　井蛙（ママ）集撰者

点者　大坂百人一句二入

478　忠由

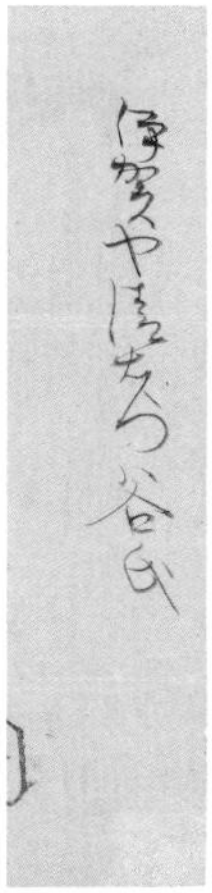

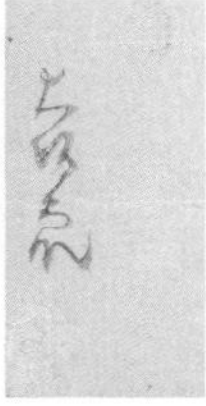

伊賀や清右衛門　谷氏　大坂衆（印）

谷清右衛門　大坂伊賀屋　懐子二句アリ

479　松意

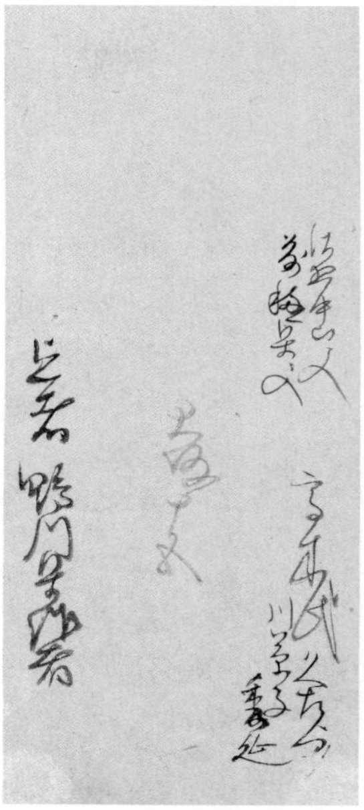

大坂十五　佐夜中山二入落穂集二入

高木氏久左衛門　川草子秀延

点者　鴨川集作者

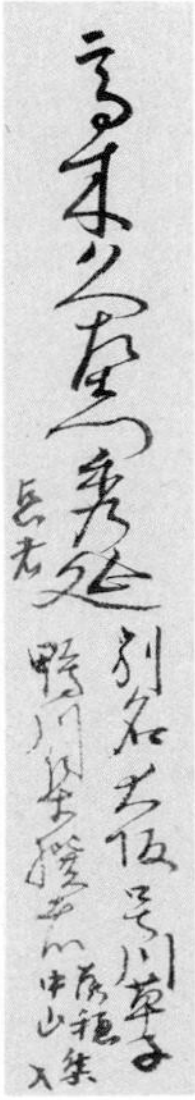

高木久左衛門秀延別名　大坂　号川草子　鴨川集撰者

点者　落穂中山集入

480　来山

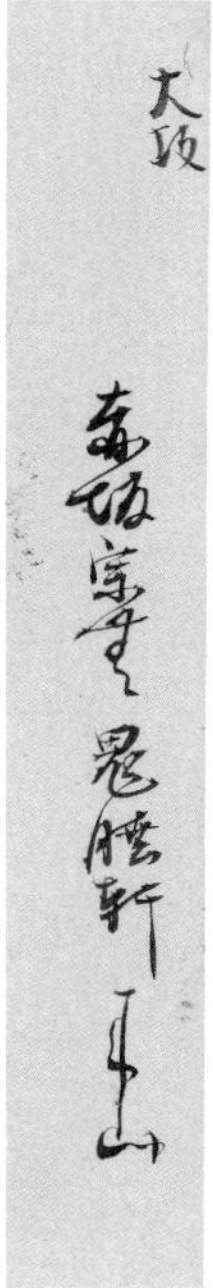

梅した（印）大坂　赤坂宗無　鬼睡軒　来山

大坂衆来山　摂州　号十万堂

赤坂宗無　鬼睡《スイ》軒号

481　益翁

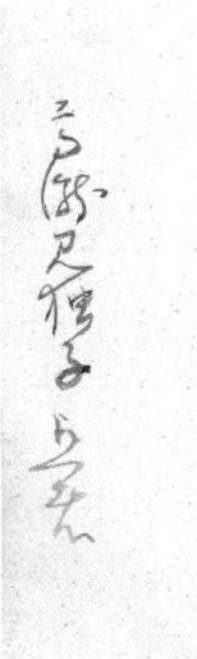

落花集犬桜撰者　大坂　以仙改名　高瀧見独子　点者

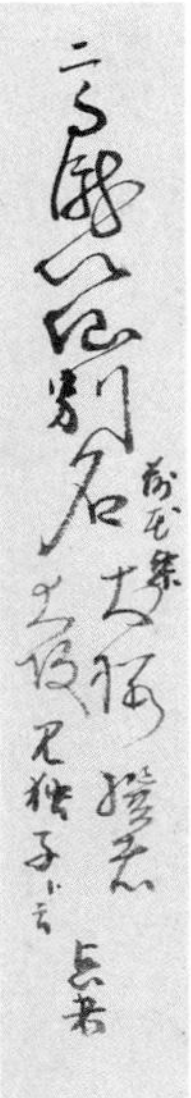

高瀧以仙別名　**落花集**犬桜撰者　大坂　**見独子ト云　点者**

482　益友

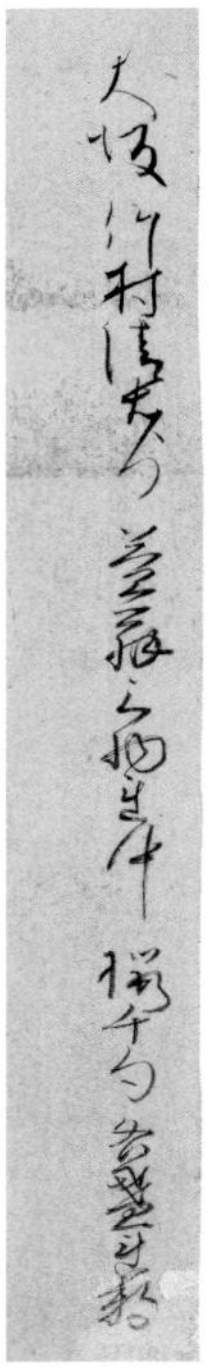

大坂　竹村清右衛門　益翁三物連中　桜千句各盞連数

竹村清右衛門　大坂　益翁三物連中　桜千句各盞連中

483　均朋

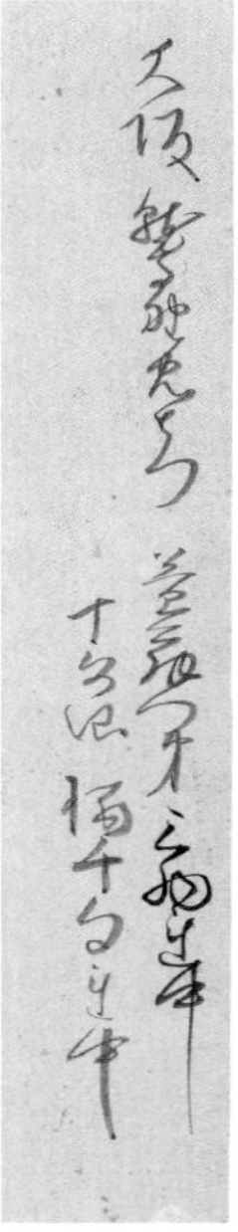

大坂鷲野忠右衛門　益翁門弟三物連中
十歌仙桜千句連中

此句世上ニ名アル句也

鷲野忠右衛門（墨消し）亀屋源右衛門　大坂　益翁三物連中
桜千句　十歌仙　此句名句

484　夕烏

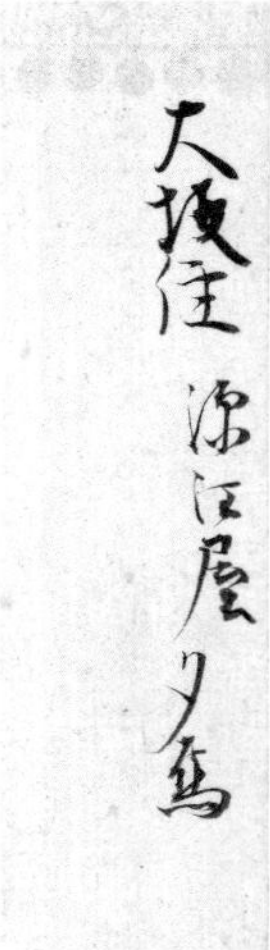

大坂住　深江屋　夕烏（印）

大坂衆夕烏　点者
深江屋

485　東枝

大坂　淀屋甚左衛門　宗匠

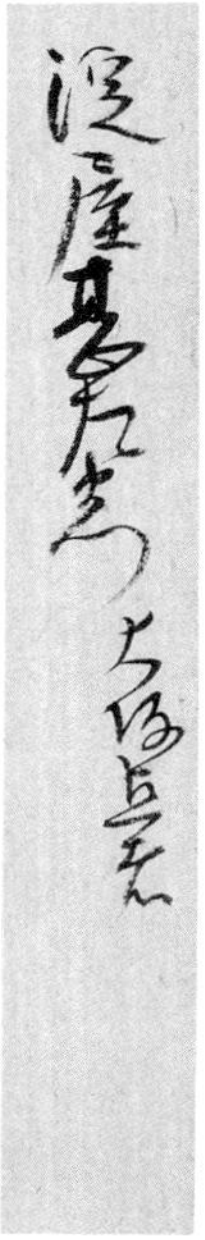

淀屋甚左衛門　大坂点者

486　鬼貫

（裏書なし）

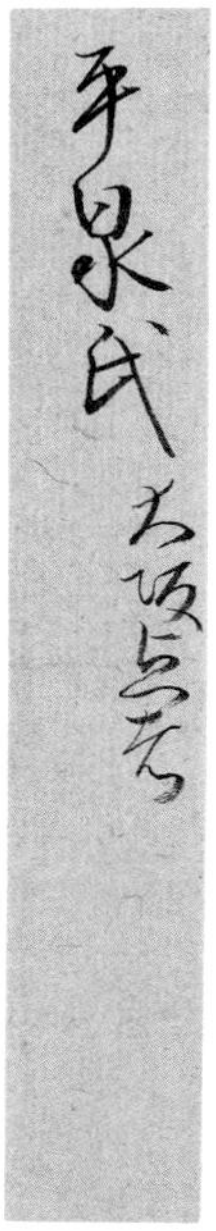

平泉氏　大坂点者

487　野坡

（裏書なし）

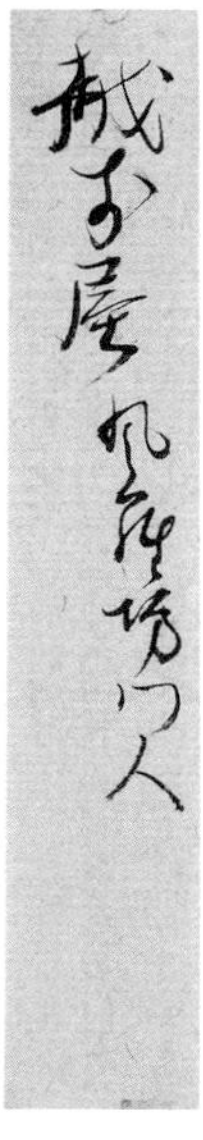

越前屋　風羅坊門人

488　丸鏡

大坂住　北村氏丸鏡　俗名油屋太郎左衛門

喜多村太郎右衛門　大坂　**油屋**

489　宗静

懐子二入

摂津平野衆土橋氏

土橋氏　摂州平野　懐子二入

490　重定

河内平野住　懐子　新続犬筑波入

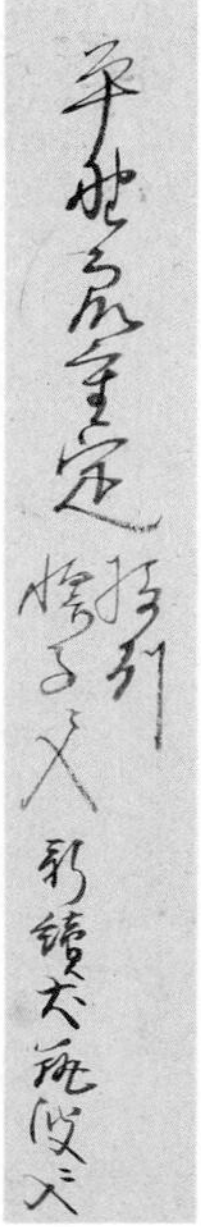

平野衆重定　摂州　懐子二入　**新続犬筑波二入**

491　厚成

河内平野住　懐子　新続犬筑波入

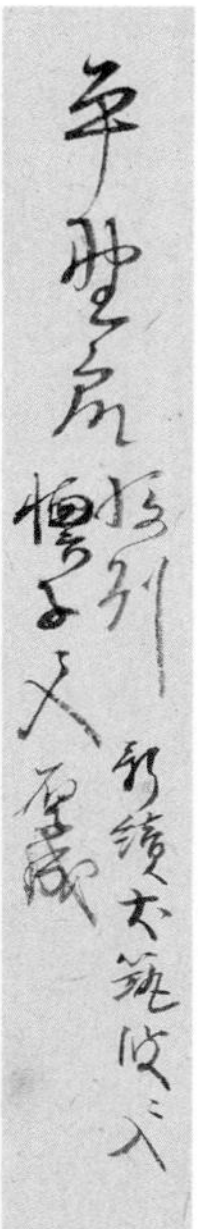

平野衆　摂州　懐子二入　**新続犬筑波二入**　厚成

492　西吟

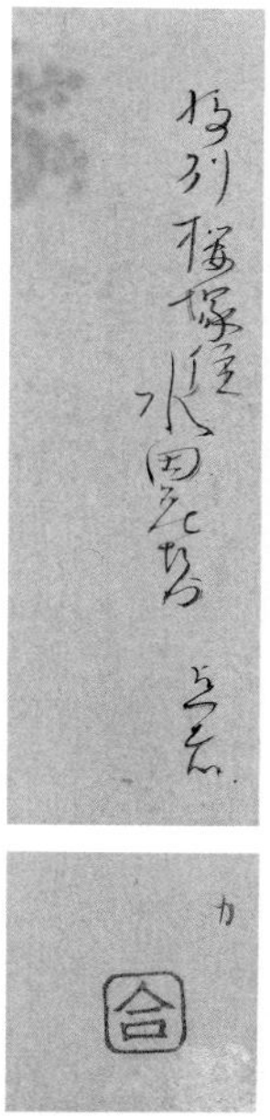

摂州桜塚住　水田庄左衛門　点者　カ　（印）

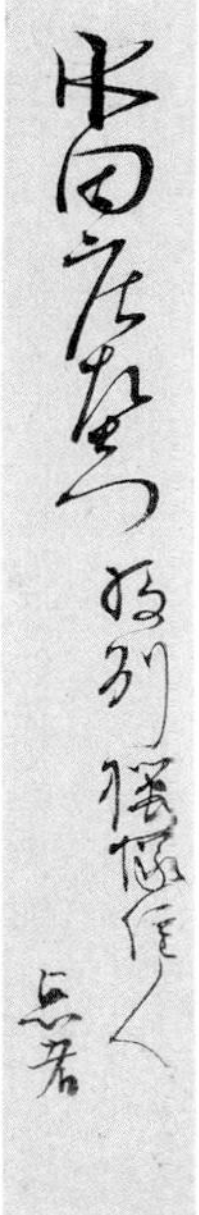

水田庄左衛門　摂州桜塚住人　点者

493　雅伸

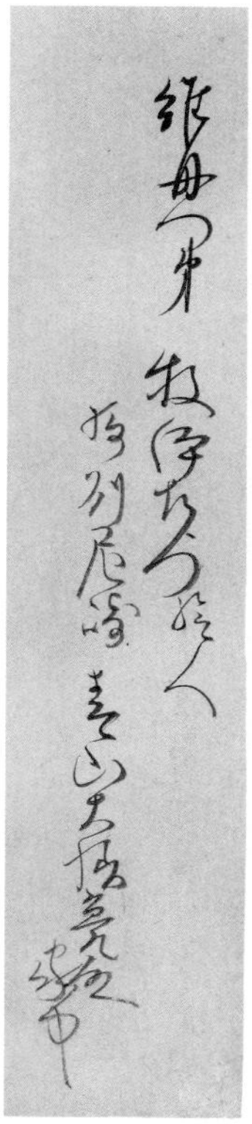

維舟門弟　牧伊左衛門　給人　摂州尼崎　青山大膳亮殿家中

牧野伊左衛門　摂州尼崎　青山大膳亮殿家中　諸集二入

維舟門弟

494　不必

札「壱匁五分」

続山井　早梅集ニ入　摂州今津住　慈明堂

495　重山

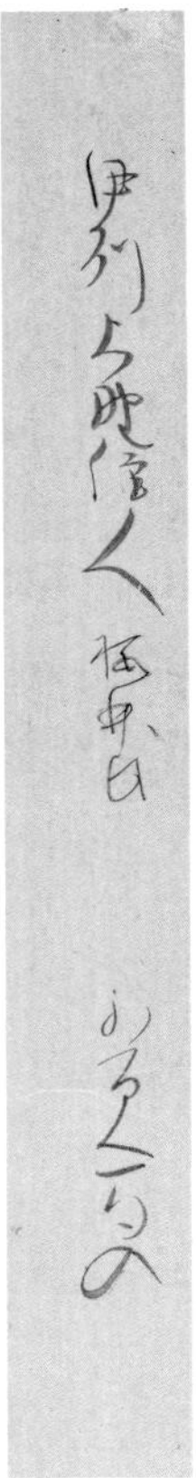

伊州上野住人　桜井氏　新百人一句入

496　野也

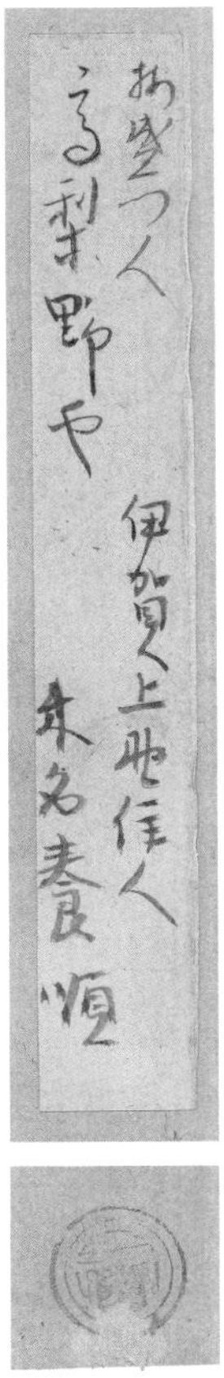

張札「梅盛門人　高梨野也　伊賀上野住人　本名養順」（印）

497　及加

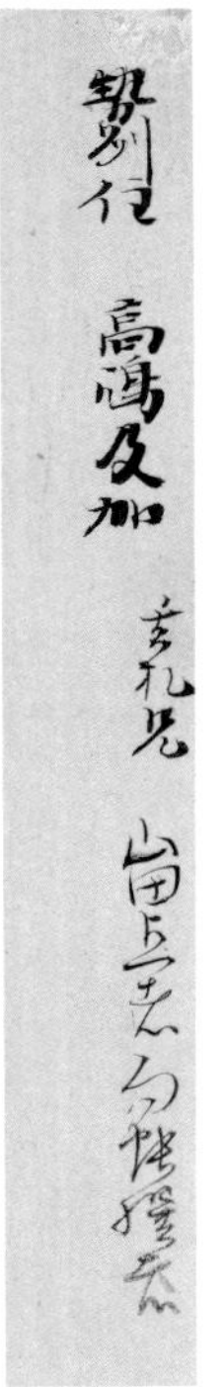

勢州住　高嶋及加　玄札兄　山田点者　句帳撰者

498　玄札

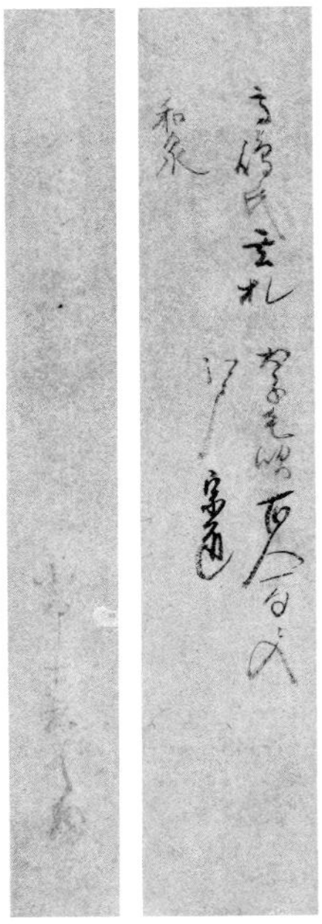

高嶋氏玄札　犬子毛吹百人一句ニ入
江戸宗匠　和泉

（裏打下）「小□十六之内」

499　乙由

（裏書なし）

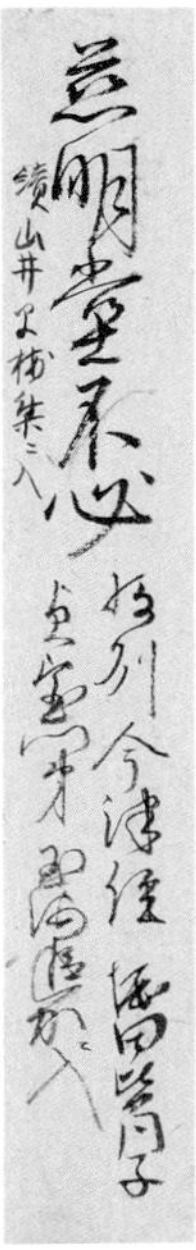

慈明堂不必　摂州今津住　堀田皆同子　貞室門弟　玉海追加ニ入
続山井　早梅集ニ入

桜井氏重山　伊州上野　新百人一句　中山集ニ入

高梨養順別名　又丈庵　梅盛門弟　**伊賀上野之人**

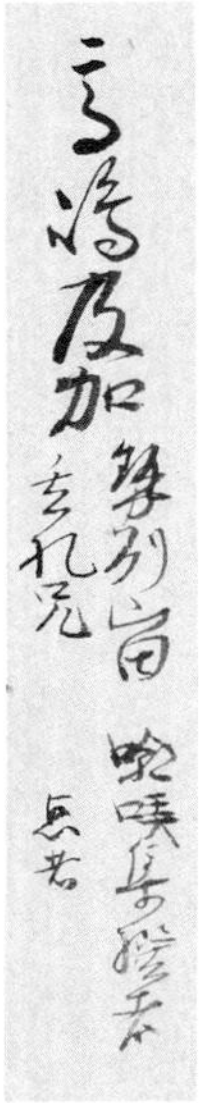

高嶋及加　勢州山田　玄札兄　嘲哢集撰者　**点者**

高嶋氏玄札　犬子　毛吹　百人一句ニ入　江戸宗匠　泉州

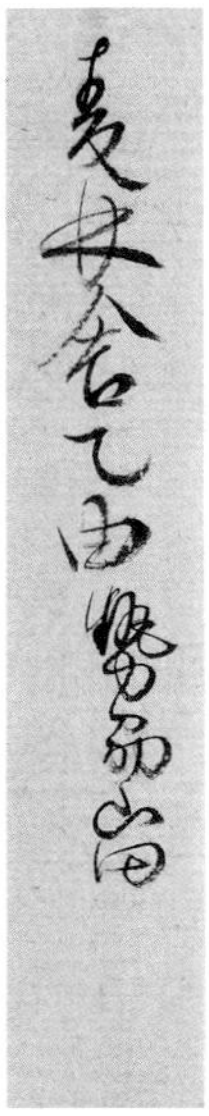

麦林舎乙由　勢州山田

500　茅心

足代石斎　勢州山田　下絵吉岡伊兵へ　寿静筆

501　光敬

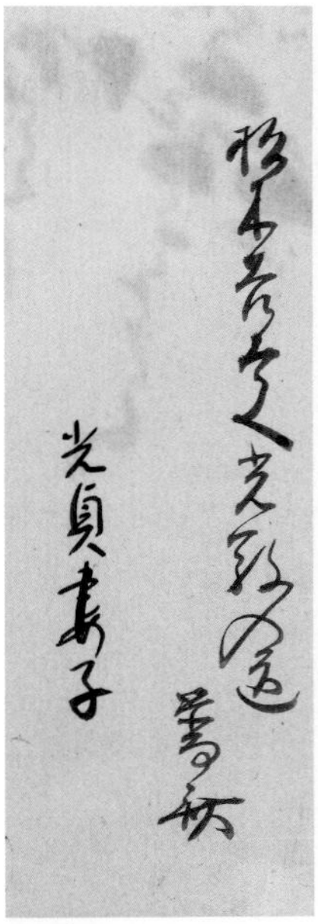

杉木吉大夫光敬入道　普斎　光貞妻子（墨消し）

502　二休

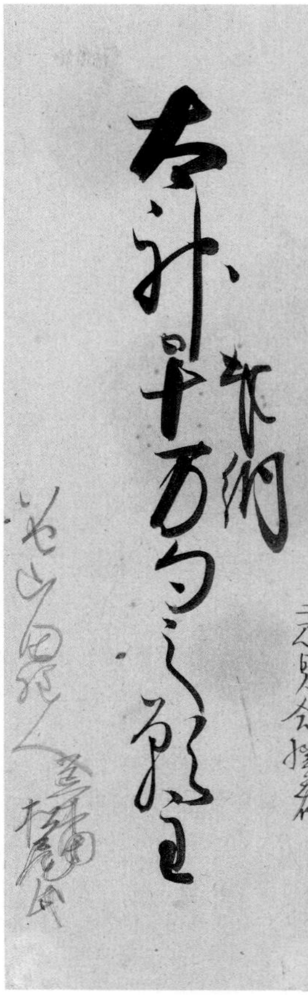

太神奉納十万句之願主　二見貝合撰者　いせ山田住人　荒木田　松尾氏

503　口今

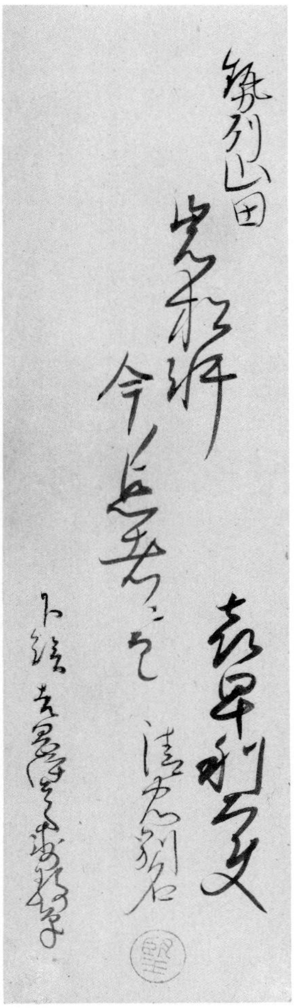

勢州山田　岩松軒　今ノ点者ニ而候　喜早利太夫　清忠別名　下絵吉岡伊兵へ　寿静筆　（印）

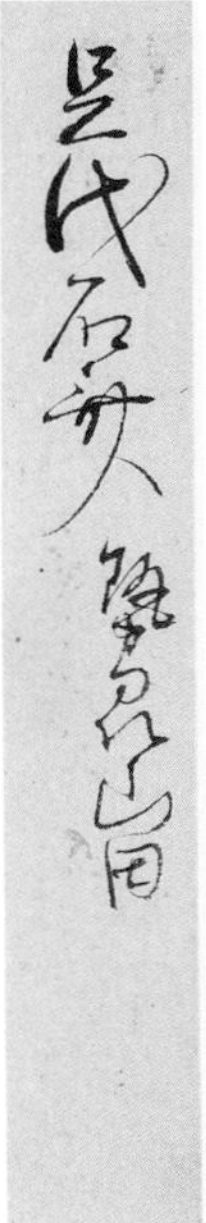

足代石斎　勢州山田

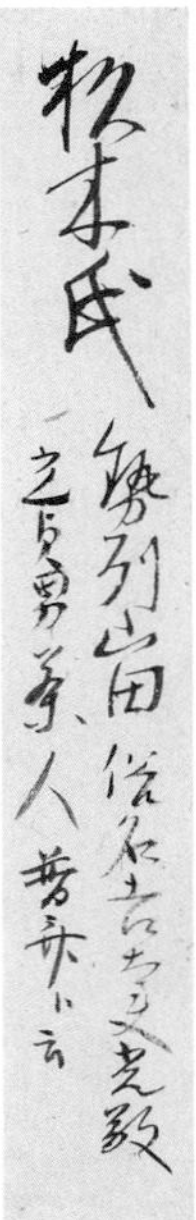

杉木氏　勢州山田　俗名吉大夫光敬　**光貞男　茶人　普斎ト云**

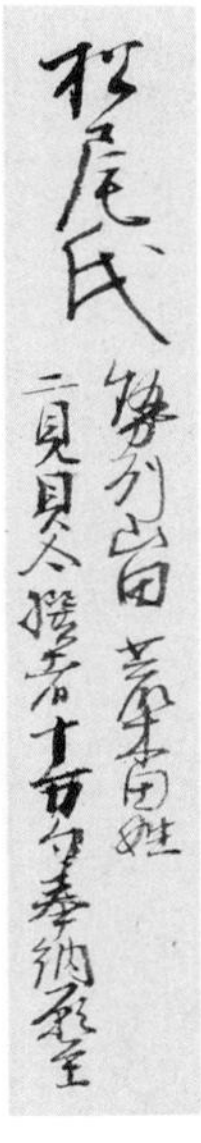

松尾氏　勢州山田　荒木田姓　二見貝合撰者　十万句奉納願主

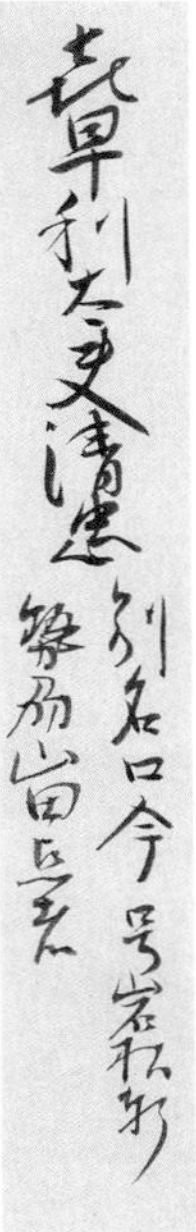

喜早利太夫清忠　別名口今　号岩松軒　勢州山田　点者

504　竹犬

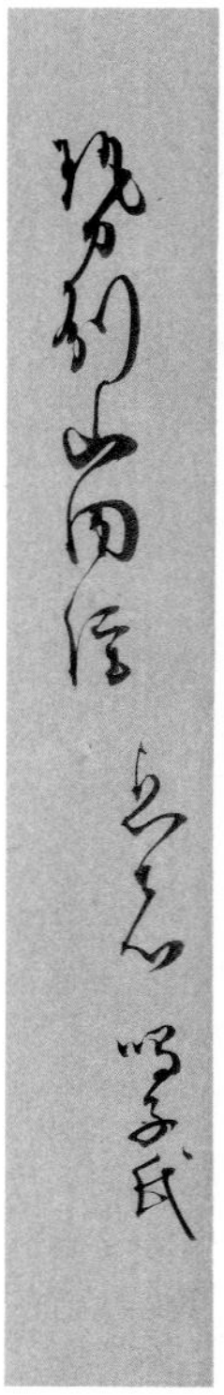

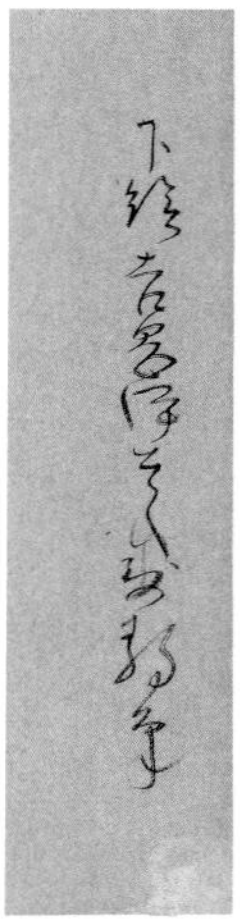

勢州山田住　点者　鳴子氏　下絵吉岡伊兵へ寿静筆

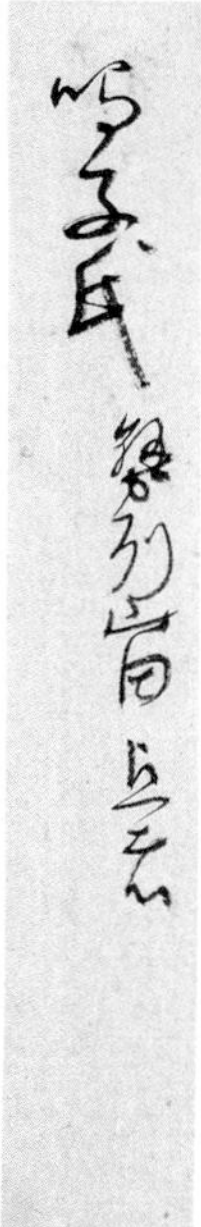

鳴子氏　勢州山田　点者

505　熙近

山田住　龍氏　前伝左衛門　道旦事

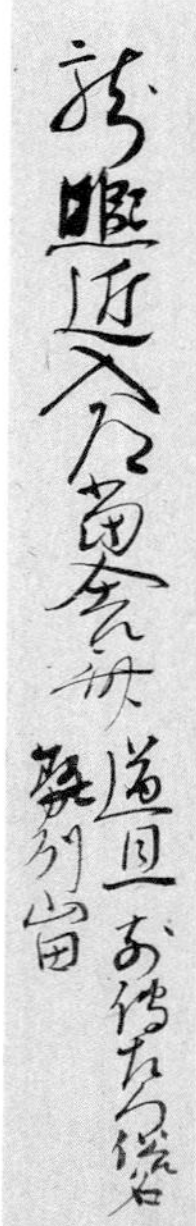

龍熙近入道当舎斎　道旦　前伝左衛門俗名　勢州山田

506　道旦

勢州山田住人　当舎　いせ

龍氏　勢州山田　伝左衛門法名道旦

507　熙快

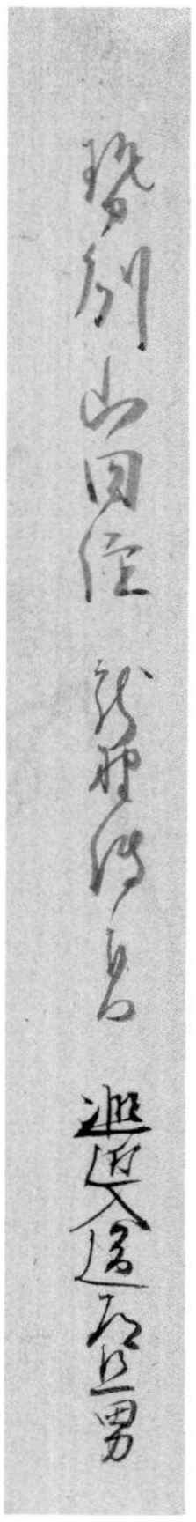

勢州山田住　龍野伝左衛門　熙近入道道旦男

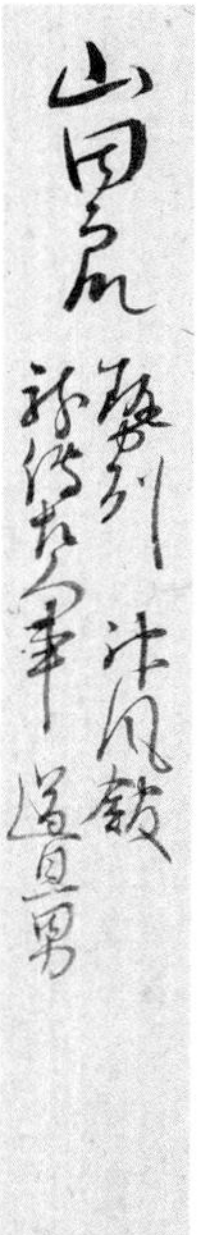

山田衆　勢州　神風館　龍伝左衛門事　道旦男

508　一笑

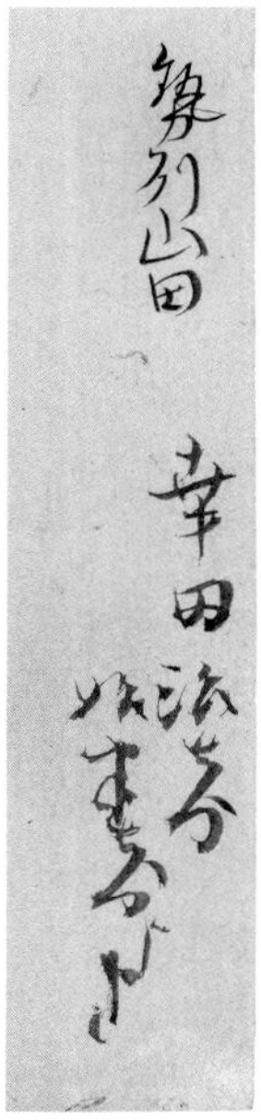

勢州山田　幸田治左衛門　始半左衛門ト申候

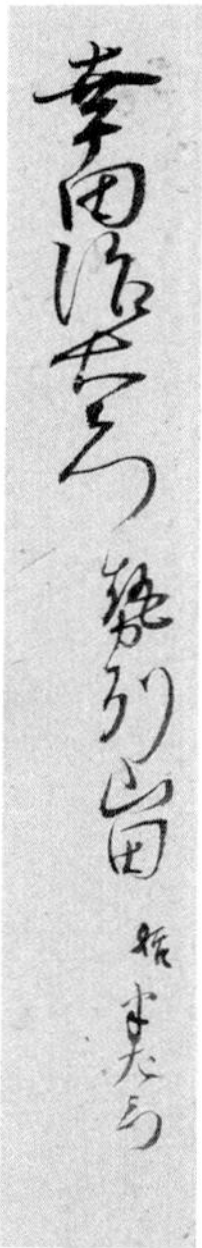

幸田治右衛門　勢州山田　**始半左衛門**

509　元茂

伊勢山田住人　増山氏　いせ躍ニ入　□□（墨消し）氏　いせ

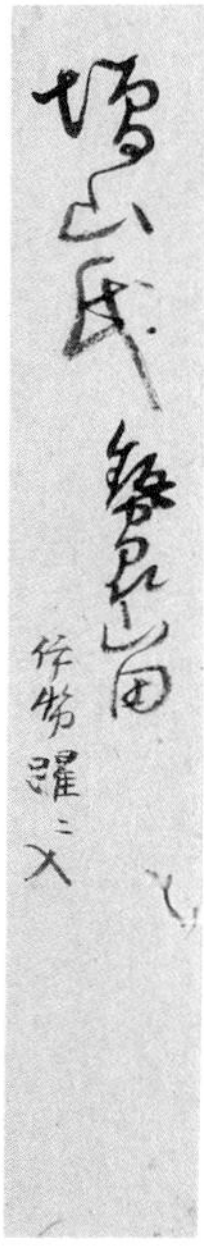

増山氏　勢州山田　**伊勢躍ニ入**

510　久好

勢州山田　石原志計

石原志計　勢州山田

511　弘里

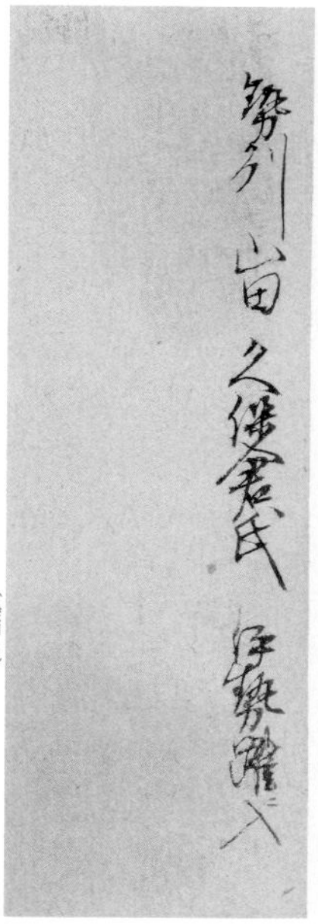

勢州山田　久保倉氏　伊勢踊二入　□□（墨消し）氏　いせ

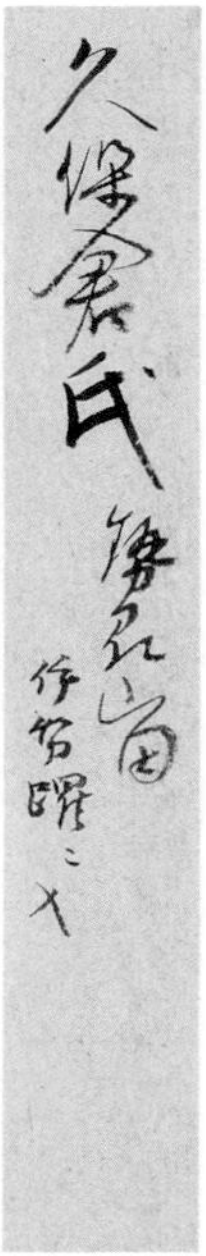

久保倉氏　勢州山田　**伊勢躍二入**

512　伊直

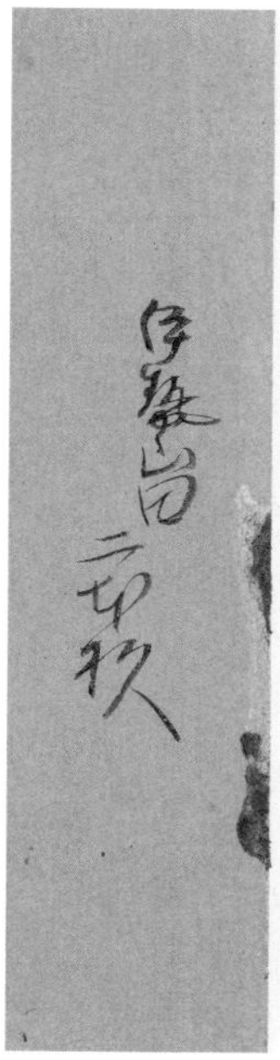

伊勢山田　二本杉

二本杉氏　勢州山田

513　末守

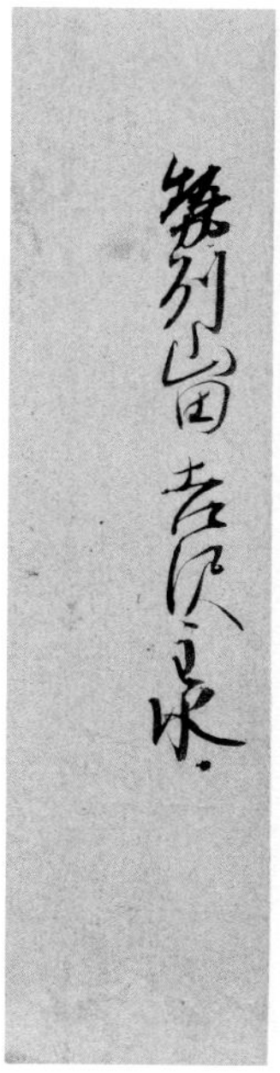

勢州山田　吉沢主水

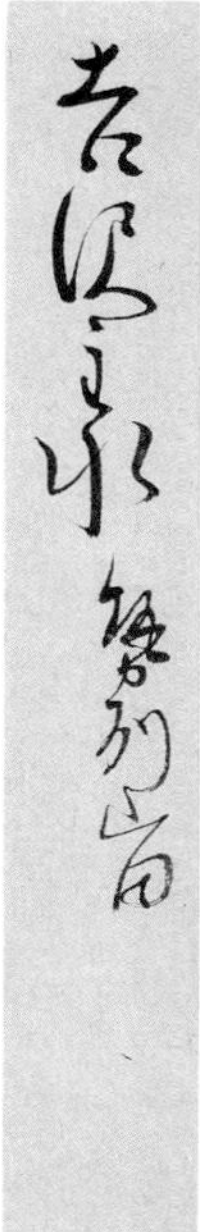

吉沢主水　勢州山田

514　心友

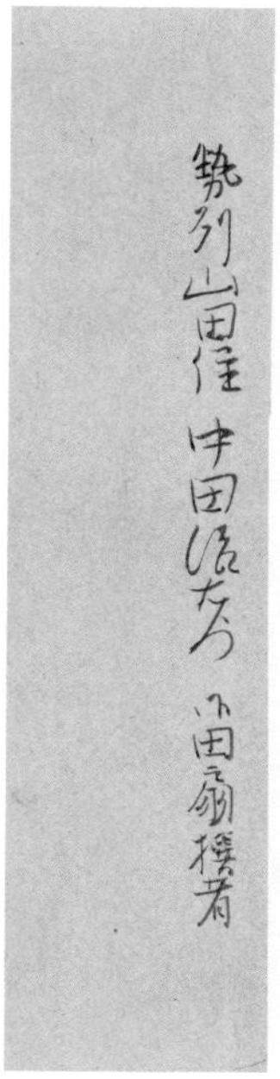

勢州山田住　中田治右衛門　御田扇撰者

中田次右衛門　勢州山田　御田扇撰者

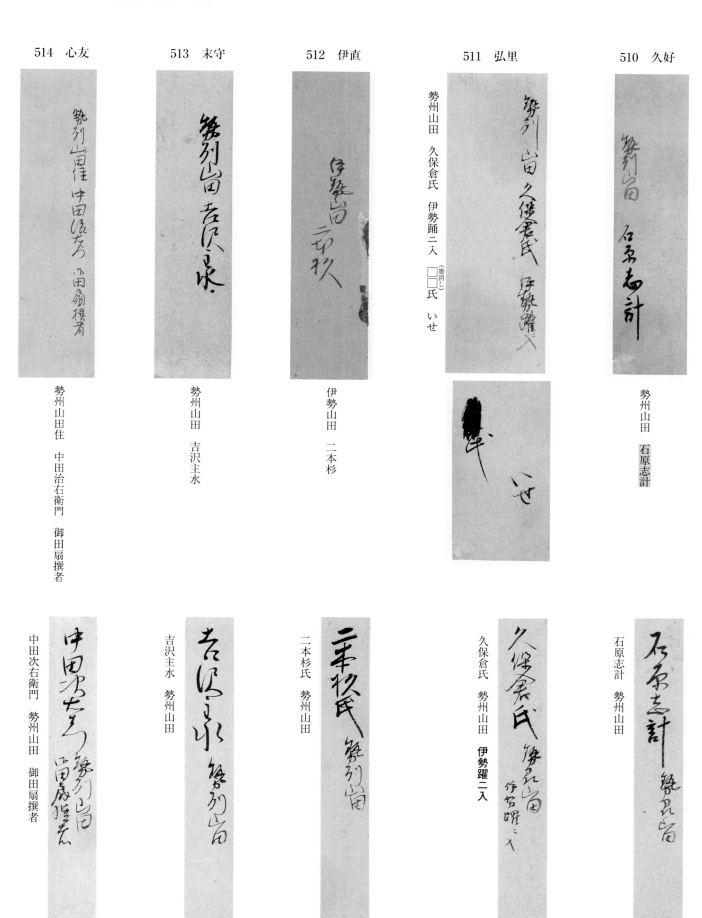

515　友古

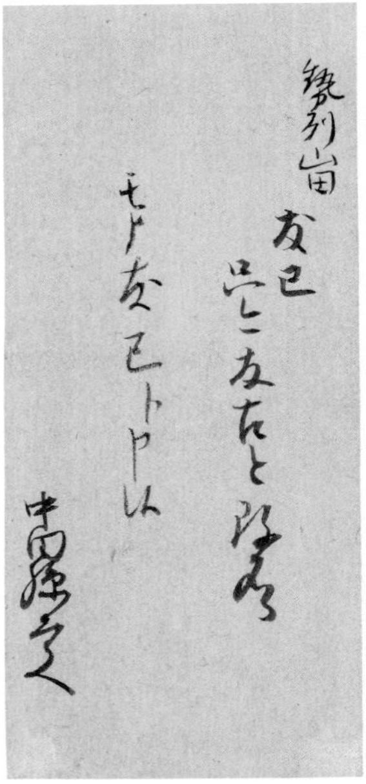

勢州山田
友己　只今友古ト改名
モト友己ト申候　中田孫太夫

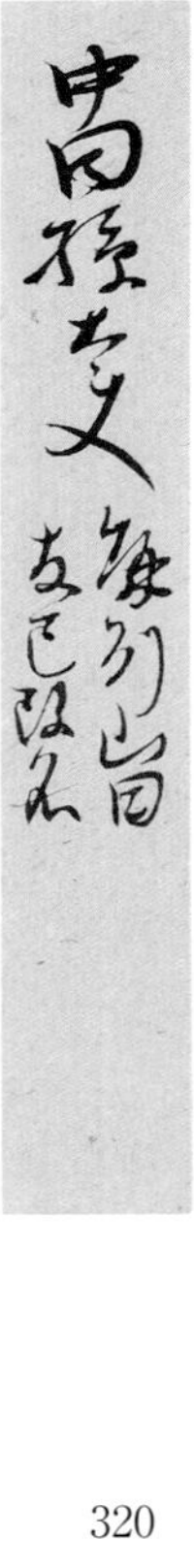

中田孫太夫　勢州山田　友己改名

516　不口

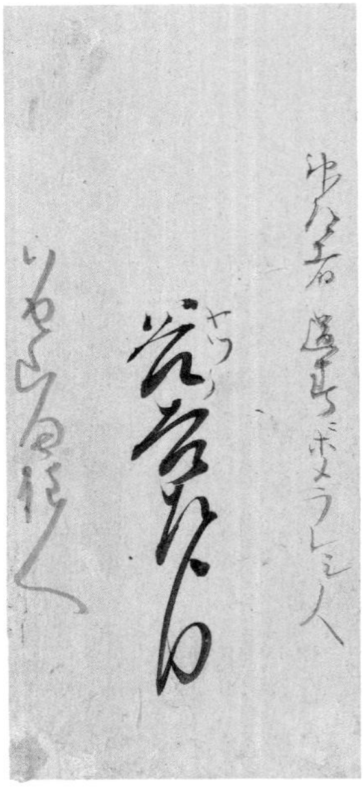

神道者　道春ニホメラレシ人也
谷《ヤツ》ノ吉左衛門
いせ山田住人

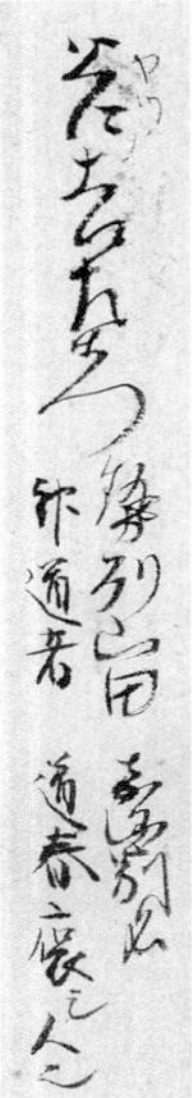

谷《ヤツ》ノ吉左衛門　勢州山田　嘉国別名　神道者　道春褒シ人也

517　雷枝

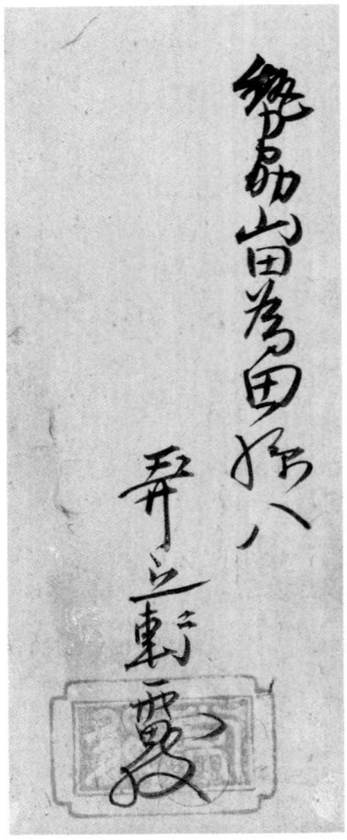

勢州山田　為田孫八　弄之軒雷枝　(印)

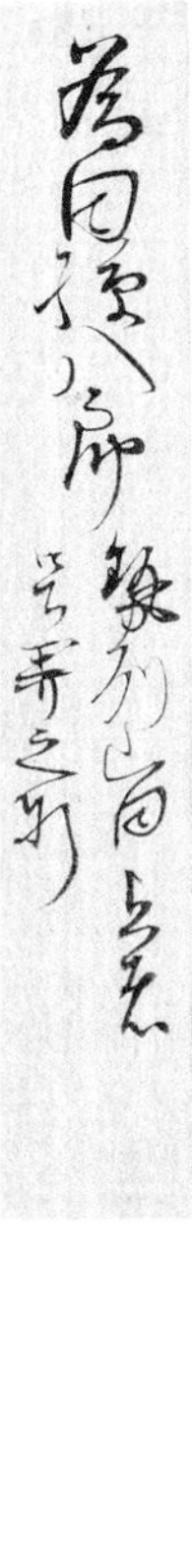

為田孫八郎　勢州山田　点者　号弄之軒

518　良以

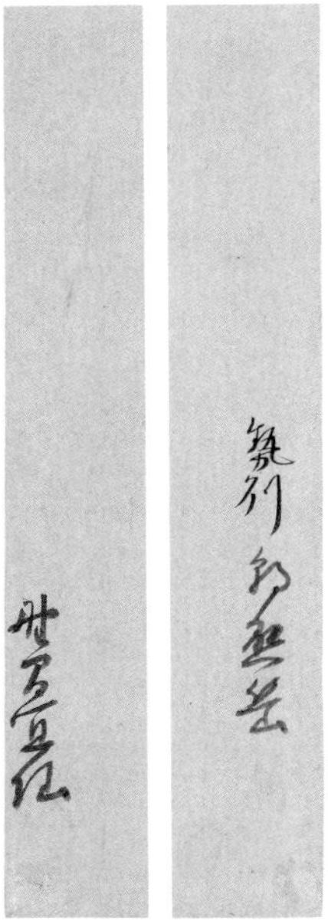

勢州朝熊岳
野間宜仙

野間宜仙別名　勢州朝熊

519　政安

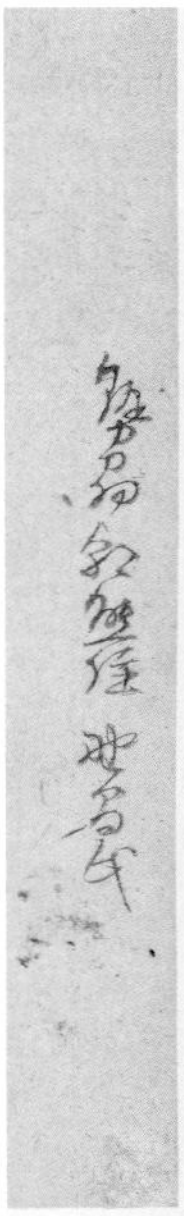
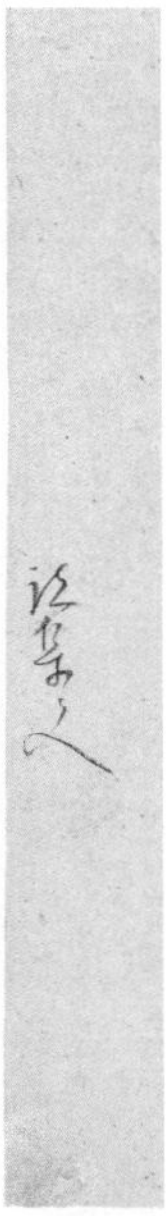

勢州朝熊住　野間氏

諸集二入

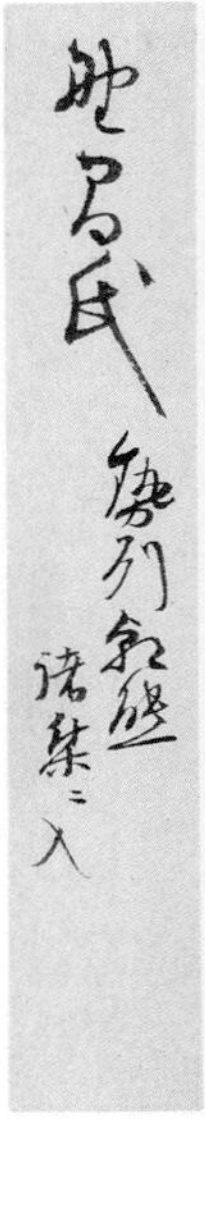

野間氏　勢州朝熊　**諸集二入**

520　忠江

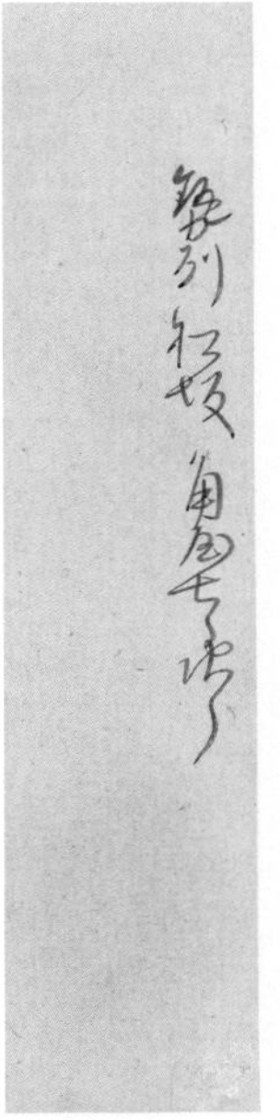

勢州松坂　角屋七郎次郎

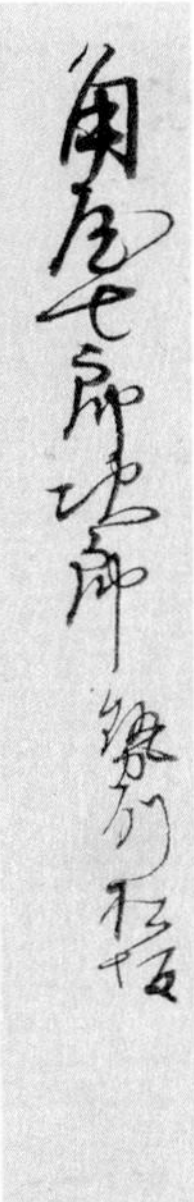

角屋七郎次郎　勢州松坂

521　正利

勢州松坂住人　小林氏正利筆　八束穂　諸集二入

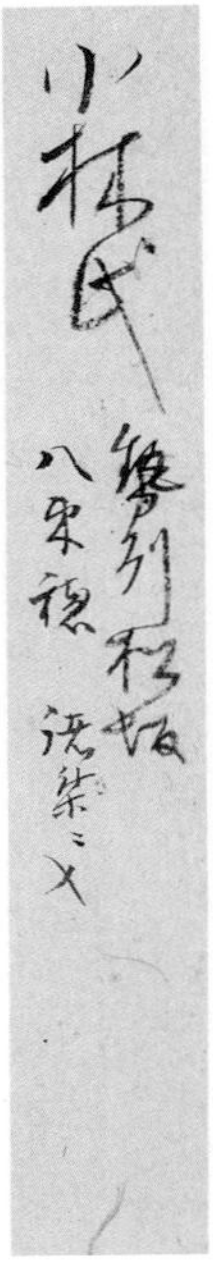

小林氏　勢州松坂　**八束穂**　**諸集二入**

522　一信

（裏書なし）

（印）

三輪太左衛門　諸国独吟作者　勢州桑名　号一信

523　皆酔

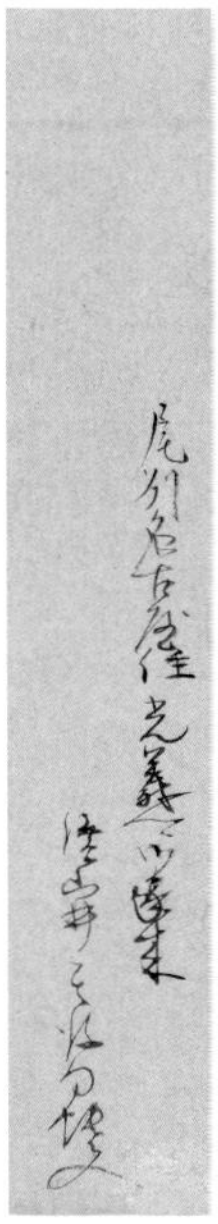

尾州名古屋住　光義卿御家来

続山井其後句帳二入

季吟門弟　高木　二

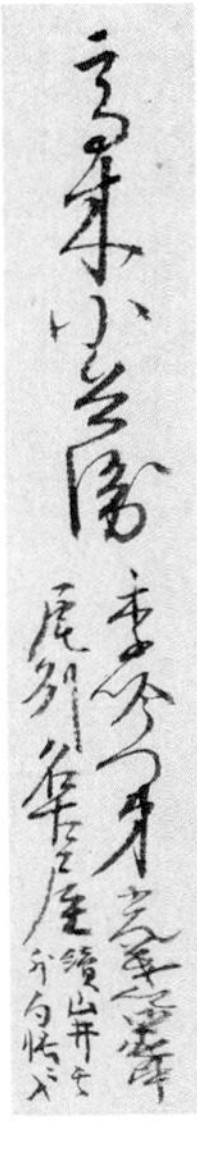

高木小兵衛　季吟門弟　尾州名古屋　光義卿御家中

続山井其外句帳二入

524　虎竹

（裏書なし）

（印）

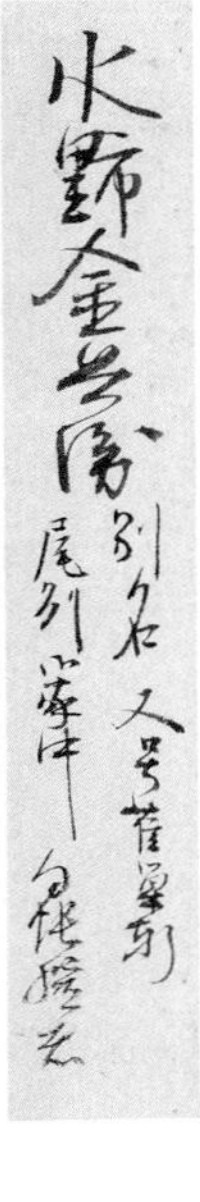

水野金兵衛別名　又号雀巣軒　尾州御家中　句帳撰者

525　立心

尾州熱田住人　小出氏　諸集ニ入

526　友意

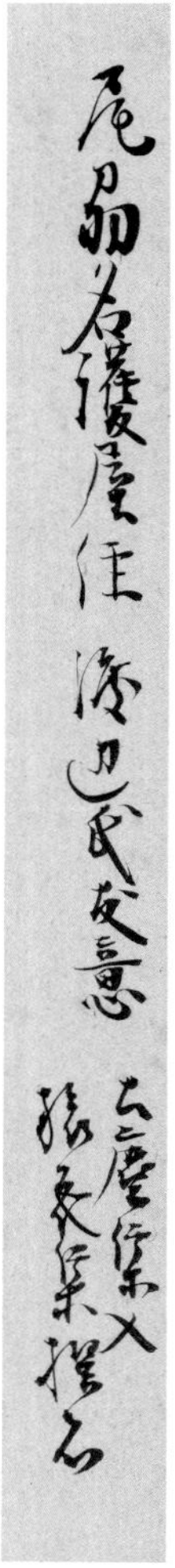

尾州名護屋住　渡辺氏友意　土塵集入　旅衣集撰者　（印）

527　龍子

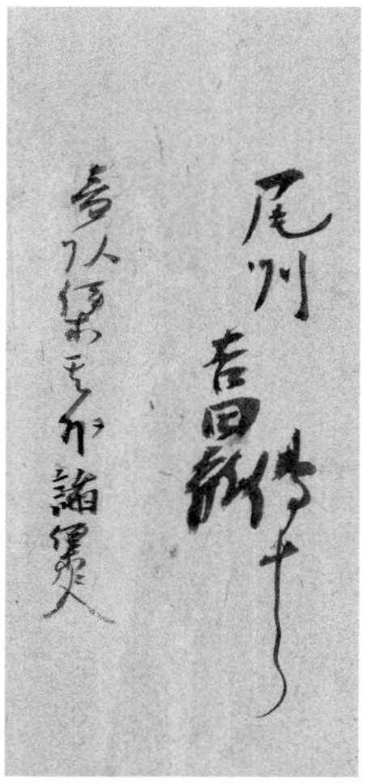

尾州吉田□伝十郎
音頭集其外諸集ニ入　（印）

528　蘭秀

尾州名古や　点者

吉田氏

529　惟然

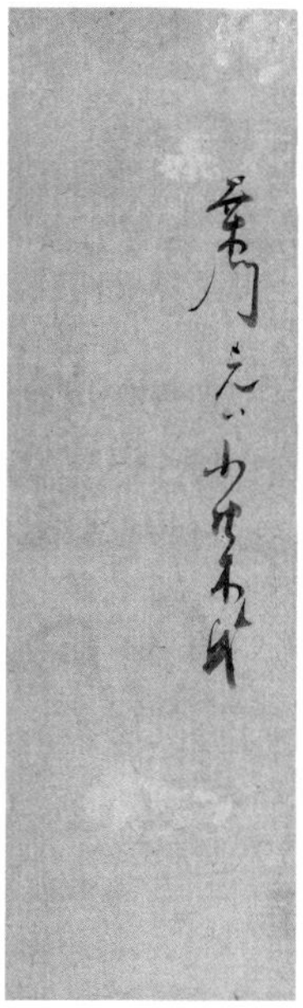

桑門　元ハ小野木氏

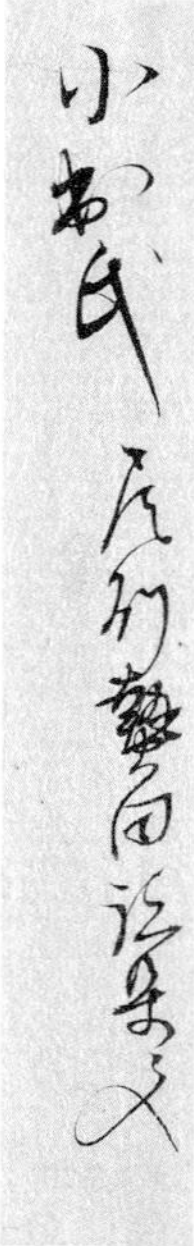

小出氏　尾州熱田　諸集ニ入

渡部氏　尾州名古屋　旅衣集撰者　土塵集ニ入　**友意**

吉田伝十郎　尾州　光義卿御家頼　**諸集ニ入**

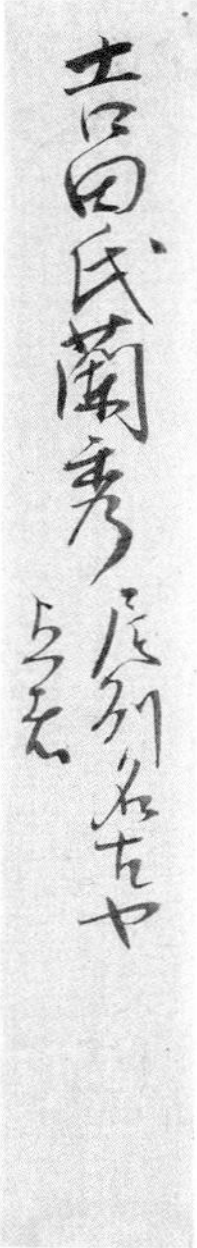

吉田氏蘭秀　尾州名古ヤ　点者

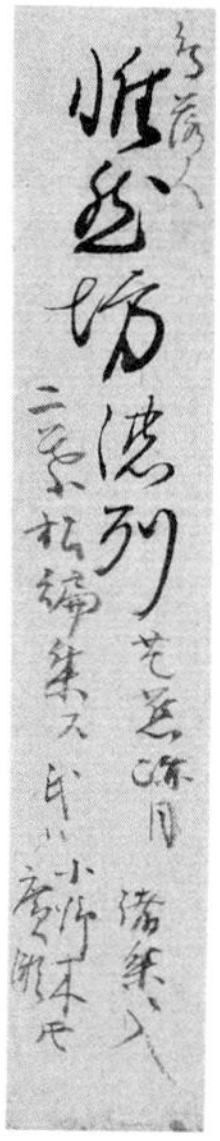

惟然坊　濃州　**鳥落人　二葉松編集ス　氏ハ小野木広瀬トモ**
芭蕉跡目　諸集ニ入

530　愚侍

（裏書なし）

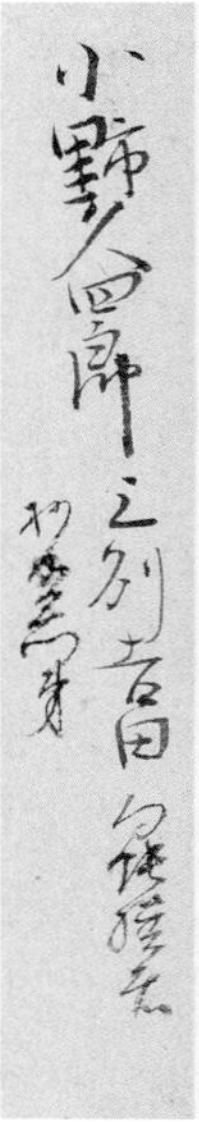

小野人四郎　三州吉田　句帳撰者　梅盛門弟

531　重正

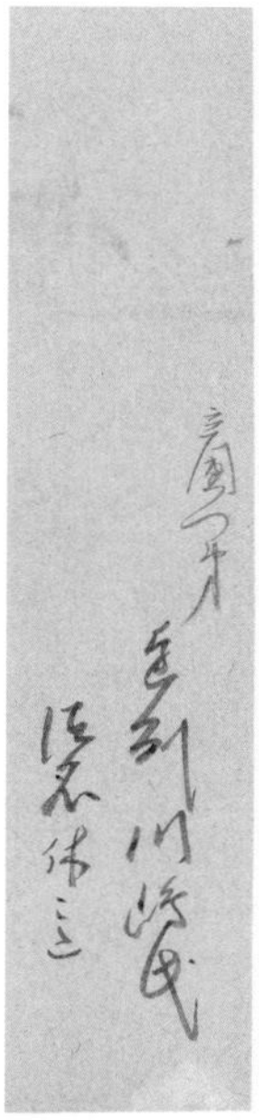

立圃門弟　遠州　川嶋氏　法名休意

川嶋氏　遠州二俣　法名休意　立圃門弟

532　麋塒翁

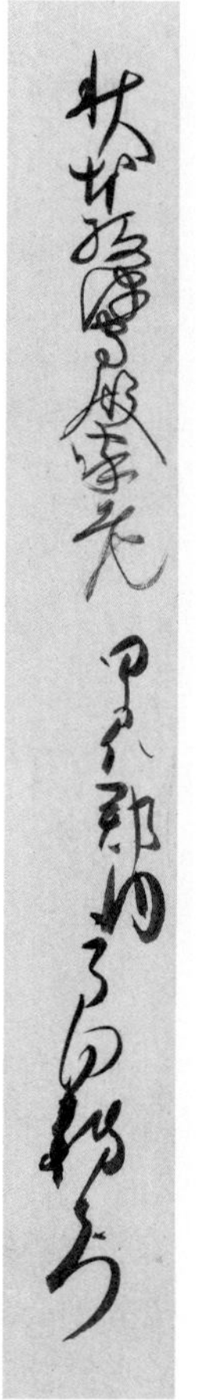

秋本摂津守殿家老　甲州郡内　高山伝右衛門

下絵吉岡伊兵へ寿静筆　オ（印）

高山伝右衛門　甲州谷村住　秋本摂津守殿家老

533　友正

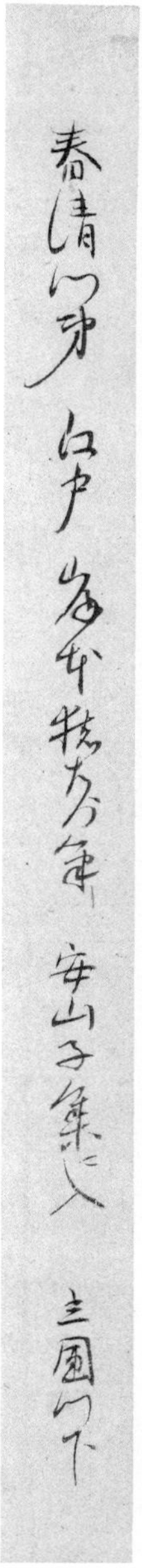

春清門弟　江戸　岸本猪右衛門筆　案山子集二入　立圃門下（印）キ

岸本猪右衛門　江戸　立圃門弟　**案山子集二入**

534　宗利

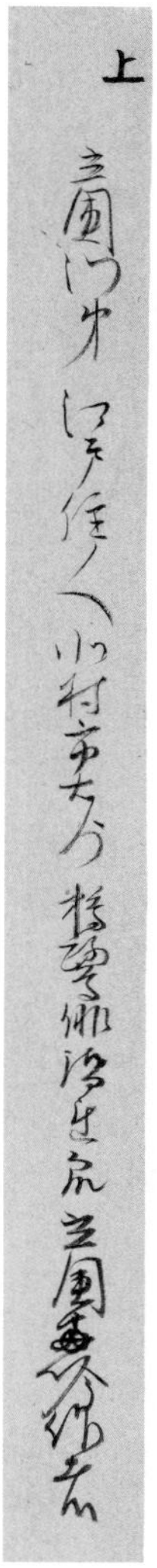

上　立圃門弟　江戸住人　北村市右衛門　鵜鷺俳諧連衆　立圃両吟作者

北村市右衛門　江戸衆　立圃門弟

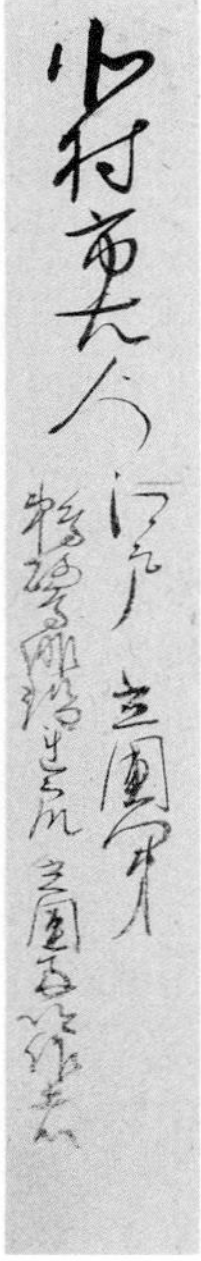

北村市右衛門　江戸　立圃門弟　鵜鷺俳諧連衆　立圃両吟作者

535　嶺利

江戸　竹井勘右衛門

き□そ

竹井氏　江戸立圃門弟　勘右衛門

536　親信

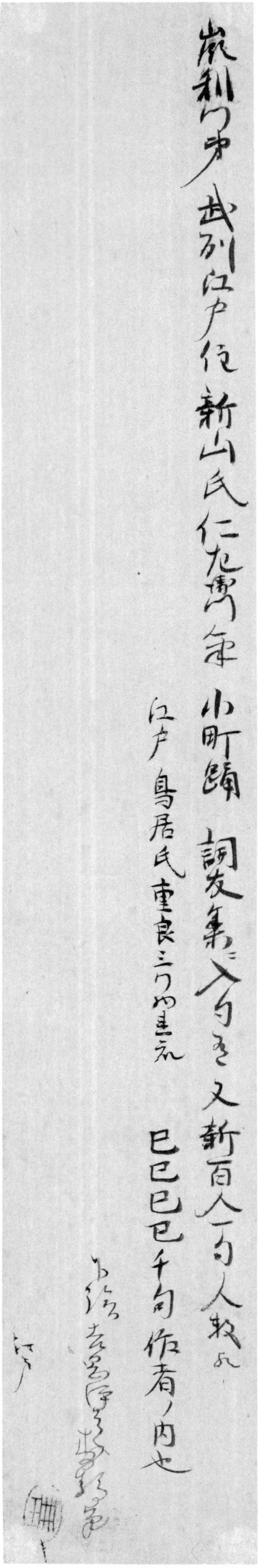

嶺利門弟　武州江戸住　新山氏仁左衛門筆　小町踊　詞友集ニ入句有　又新百人一句人数歟
巳己巳己千句作者ノ内也　江戸鳥居氏重良三ツ物連衆
江戸　下絵吉岡伊兵へ寿静筆　（印）

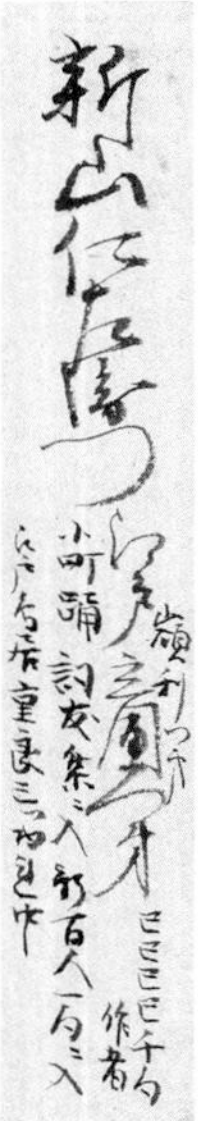

新山仁左衛門　江戸立圃門弟　**嶺利門弟　巳己巳己千句作者**
小町踊　詞友集ニ入　新百人一句ニ入　江戸鳥居重良三ッ物連中

537　重因

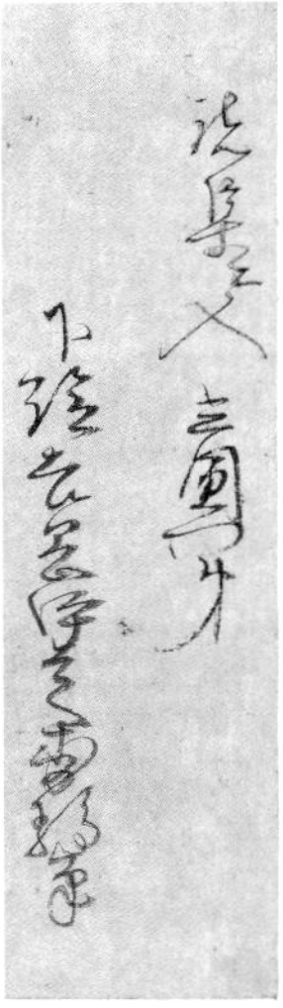

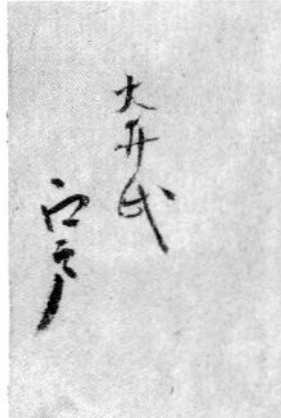

諸集ニ入　立圃門弟　下絵吉岡伊兵へ寿静筆　大井氏　江戸

大井氏　江戸　立圃門弟　**諸集ニ入**

538　信世

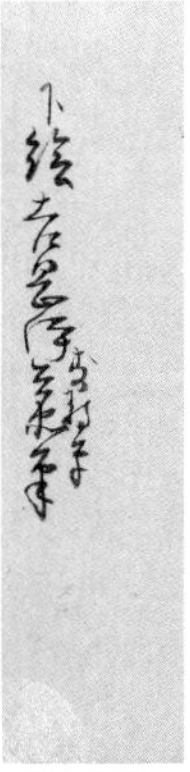

江戸　小野氏信世　立圃門弟　鵜鷺俳諧立圃両吟連中
立圃弟子信世丈　下絵吉岡伊兵衛筆　寿静筆

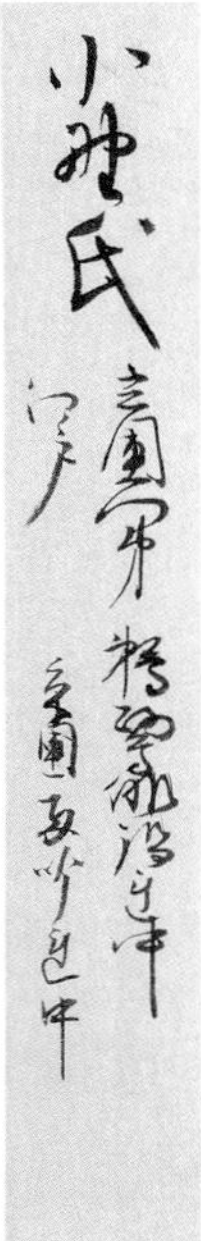

小野氏　立圃門弟　江戸　鵜鷺俳諧連中　**立圃両吟連中**

539　立和

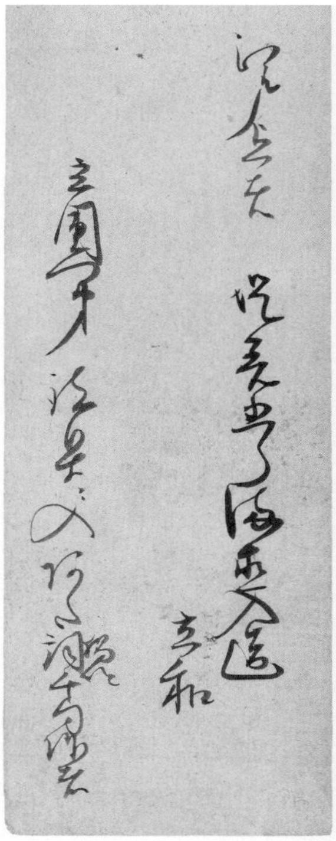

江戸点者　堤善五郎満直入道立和　立圃門弟　諸集ニ入　あた詞独吟千句作者

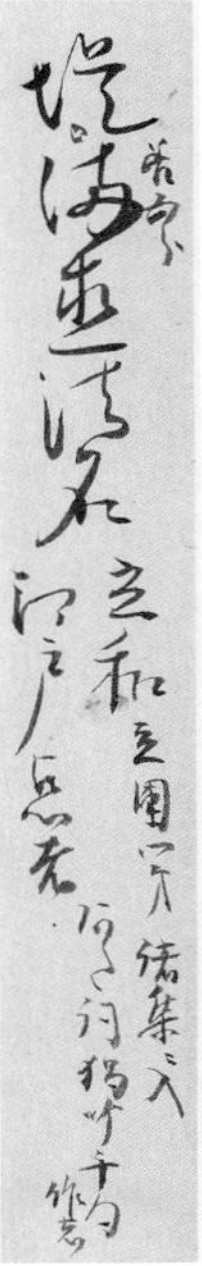

堤善五郎満直法名　立和　江戸点者　**立圃門弟　諸集ニ入**
あた詞独吟千句作者

540　有次

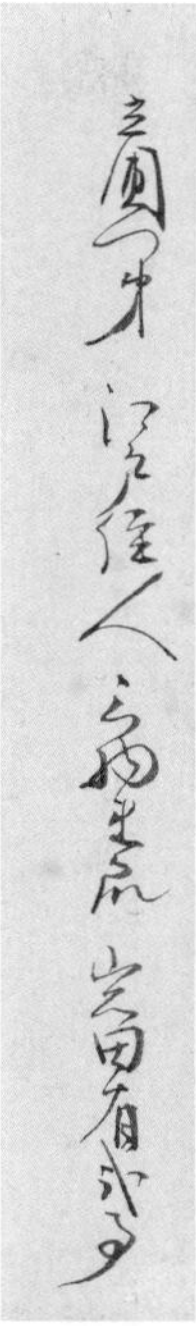

立圃門弟　江戸住人　三物連衆　岩田有哉事

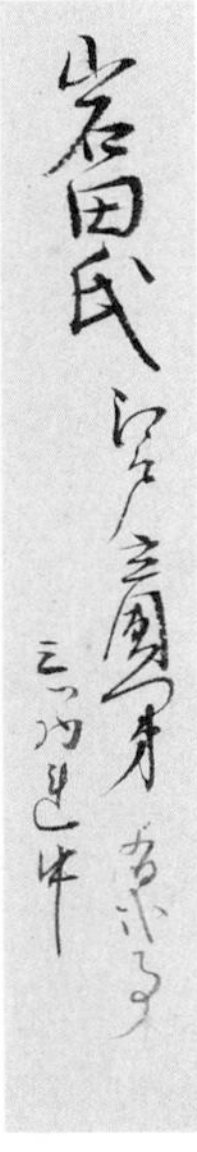

岩田氏　江戸　立圃門弟　三ッ物連中　有哉事

541　誉文

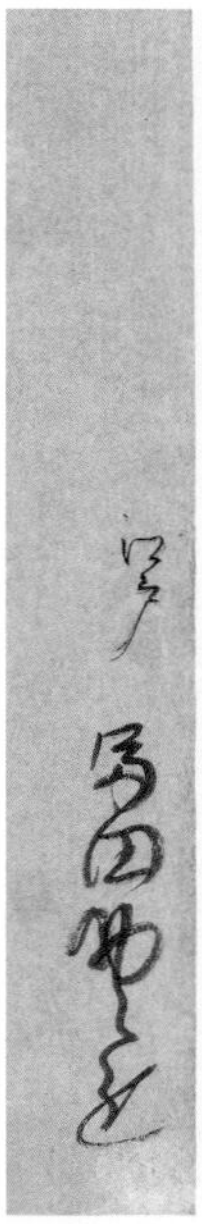

江戸　富田助之進

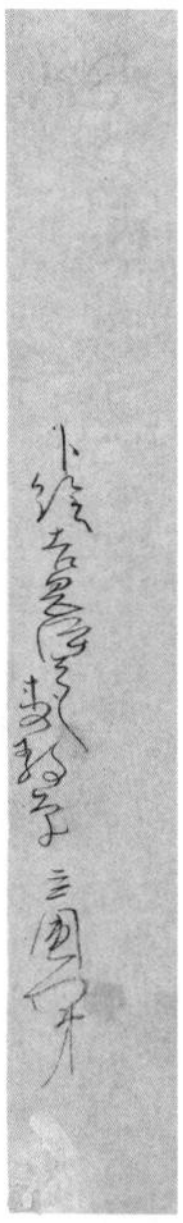

下絵吉岡伊兵へ寿静筆　立圃門弟

富田介之進　江戸　立圃門弟

542　乗言

（裏書なし）

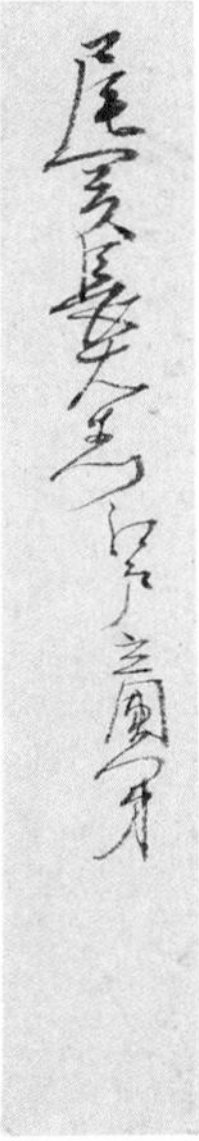

尾関長右衛門　江戸　立圃門弟

543　立志

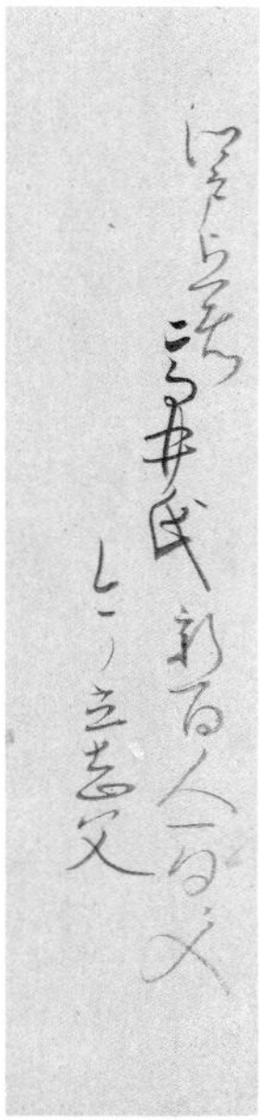

江戸点者　高井氏　新百人一句ニ入
今ノ立志父

高井氏　江戸　立圃門弟　**今ノ立志ノ父　点者　新百人一句ニ入**

544　紅圃

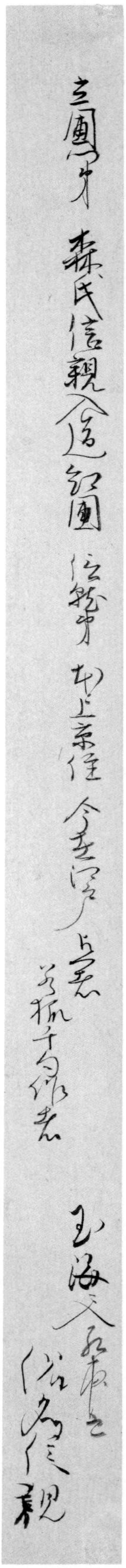

立圃門弟　森氏信親入道紅圃　信就弟　本上京住今在江戸　点者　若狐千句作者
玉海二入　紅甫書　俗名信親

森氏信親法名　紅圃　本京住在江戸　立圃門弟　独吟千句作者
点者　玉海二入　若狐千句　信就弟

545　昌隠

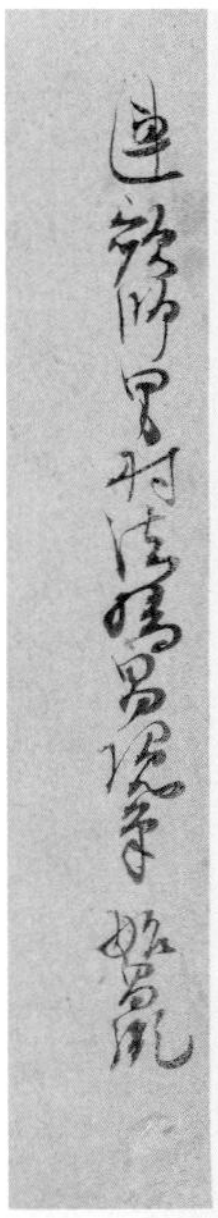

連歌師里村法橋昌隠筆　始昌胤

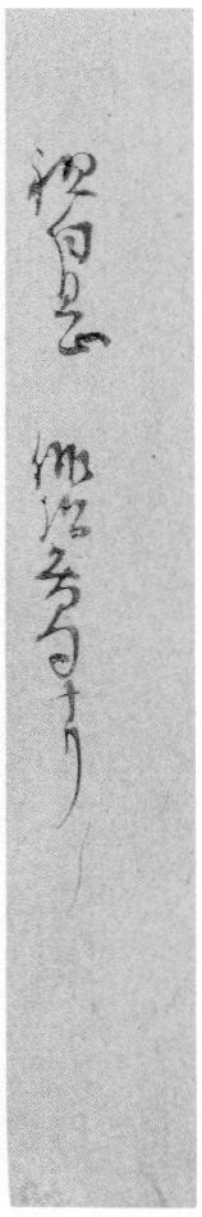

祖白息　俳諧発句ナリ

連歌師里村法橋昌隠　始昌胤　昌琢孫　祖白男　俳諧発句

546　玉純

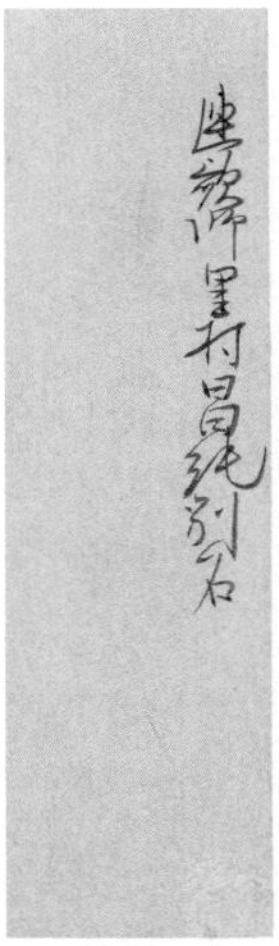

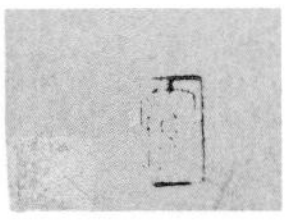

連歌師里村昌純別名　（印）

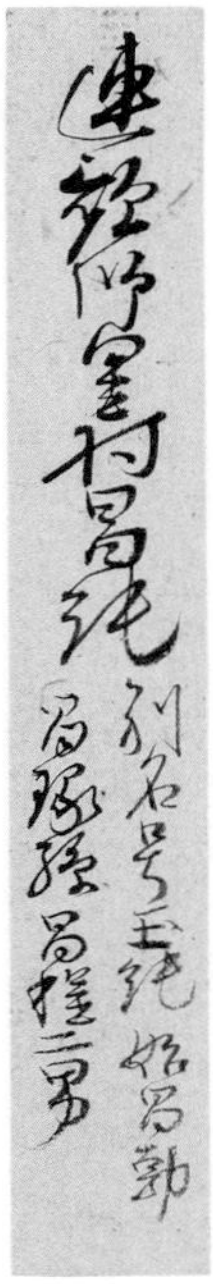

連歌師里村昌純別名　号玉純　始昌勃　昌琢孫　昌程二男

547　玄陳

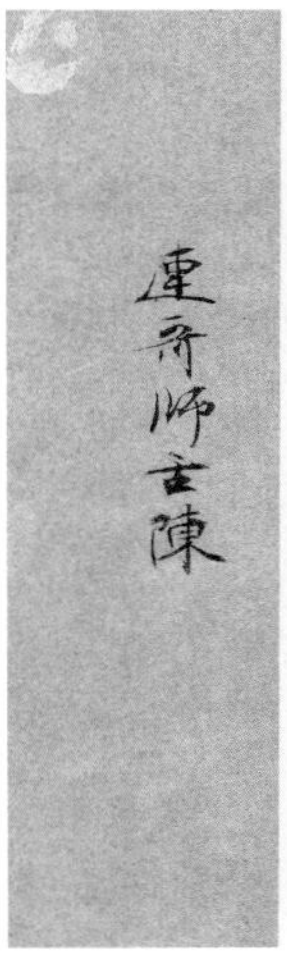

連歌師玄陳　（印）

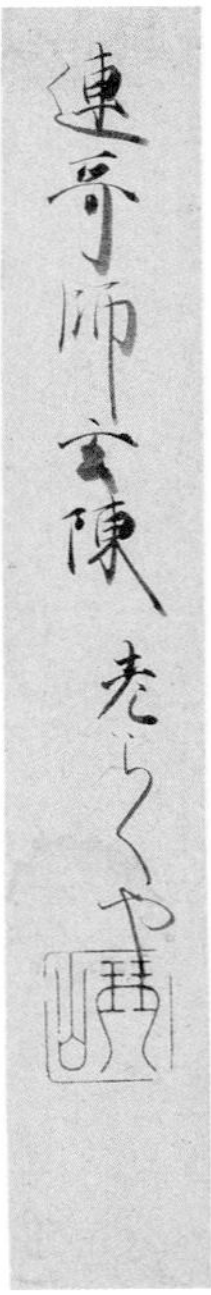

極め札「連歌師玄陳　老らくや」（印）

548　二道

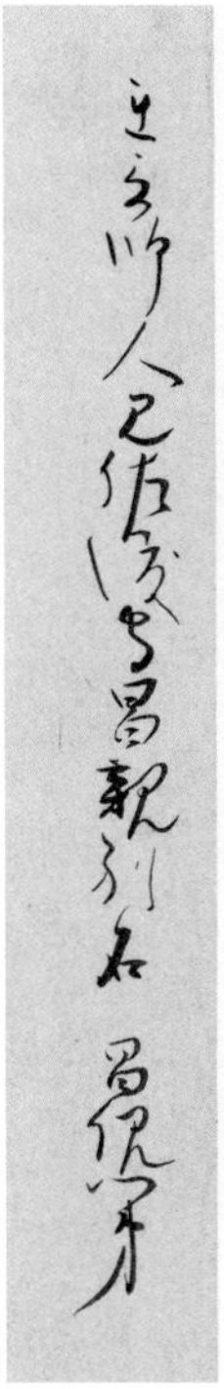

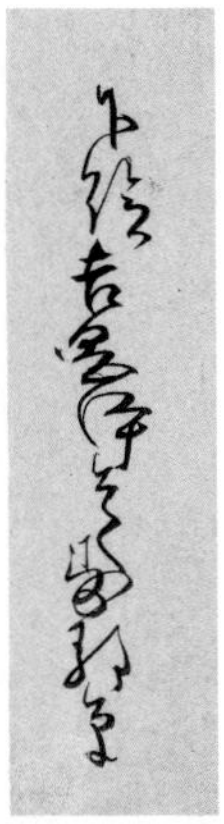

連歌師人見佐渡守昌親別名　昌俔門弟　下絵吉岡伊兵へ寿静筆

連歌師人見佐渡守昌親別名　**昌俔弟子**

549　江雲

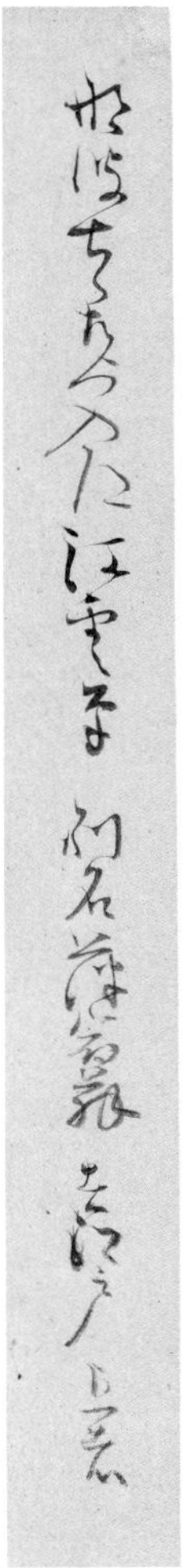

那波七郎左衛門入道江雲筆　別名葎宿翁　在江戸　点者ユ

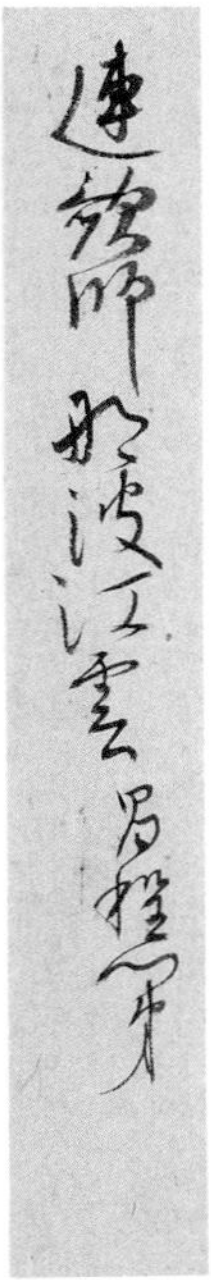

連歌師那波江雲　昌程門弟

550　方寸

堺　松井宗啓

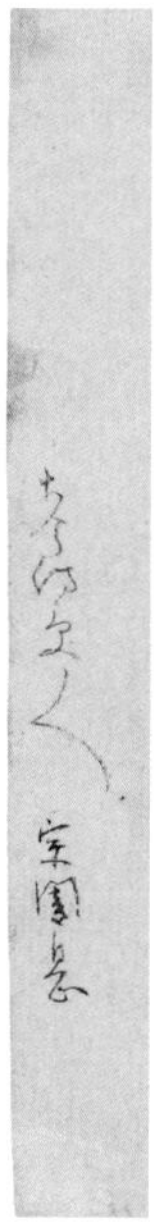

古今伝受人　宗響息

551　自楽

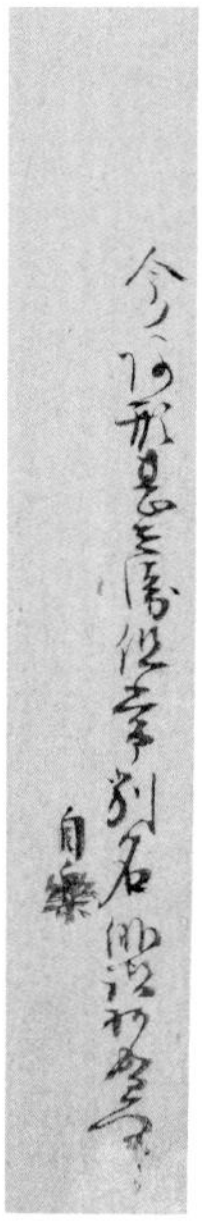

今ノ阿形甚兵衛但常別名
自楽　俳諧梅盛門弟

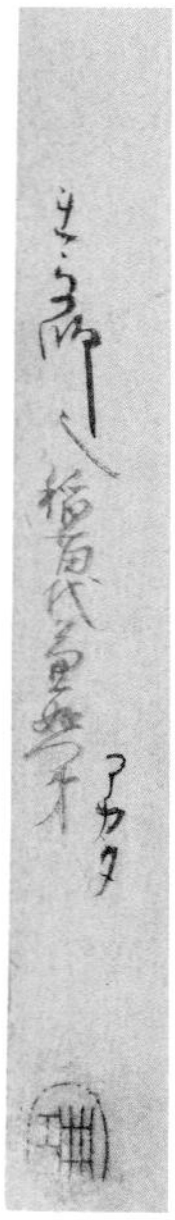

連歌師也　稲苗代兼如門弟　アカタ　（印）

552　了閑

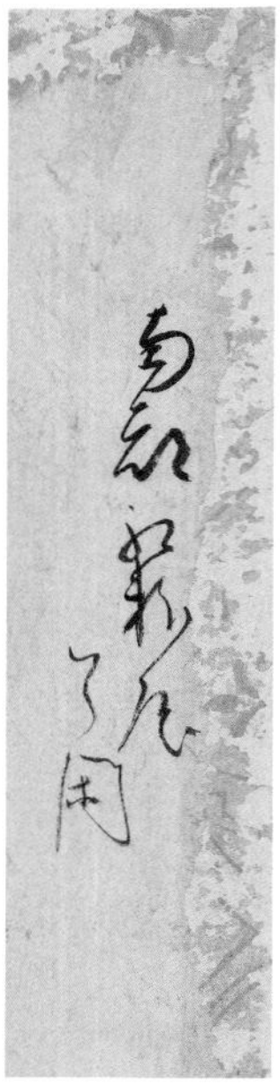

南都　紅粉屋了閑

553　利長

南都蔵屋茂兵衛利長　法名宗林　連歌師

554　野水

（裏書なし）

555　西翁

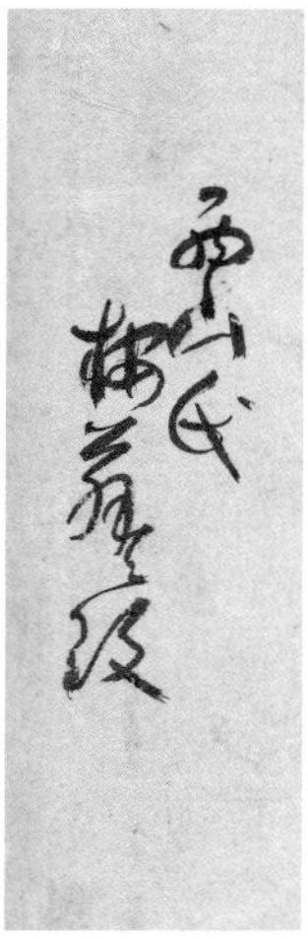

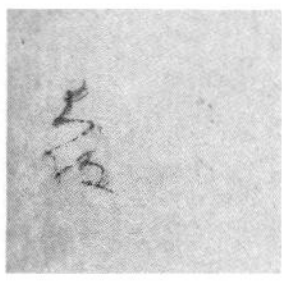

西山氏　梅翁ニ改　大坂

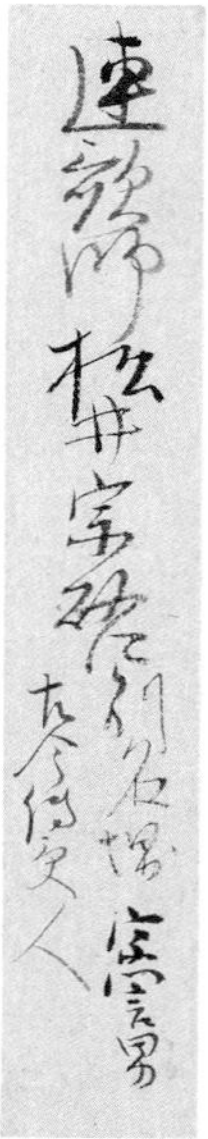

連歌師松井宗啓別名　堺　古今伝受人　宗響男

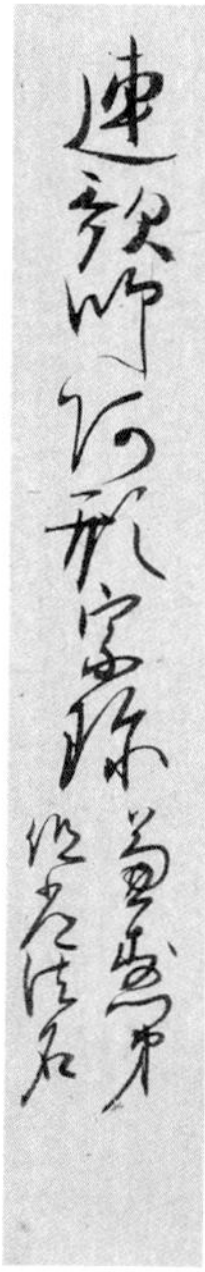

連歌師阿形宗珍　兼寿門弟　但常法名

紅粉屋了閑　南都　連歌師

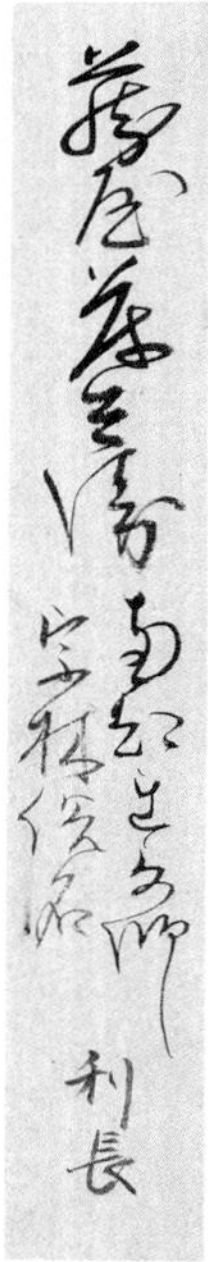

蔵屋茂兵衛　南都連歌師　宗林俗名　利長

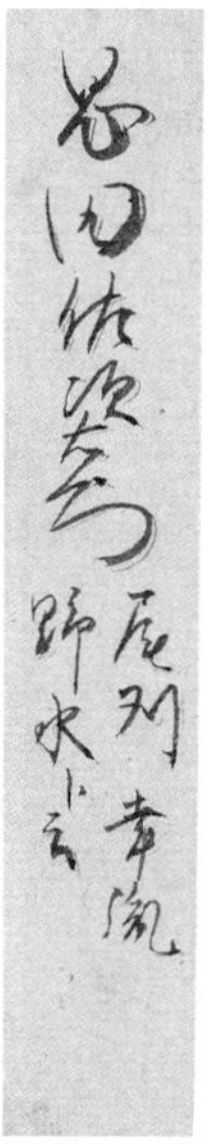

岡田佐次衛門　尾州　幸胤　野水ト云

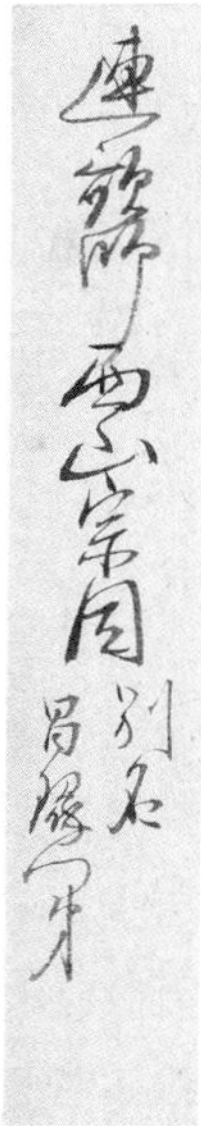

連歌師西山宗因別名　昌琢門弟

556　梅翁

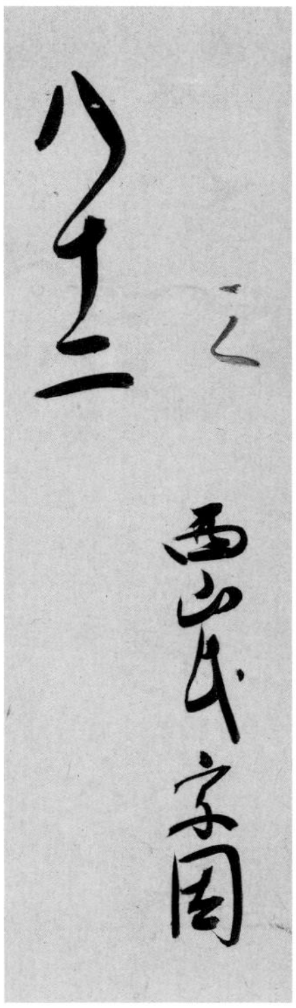

八十二　三　西山氏宗因

557　宗斎

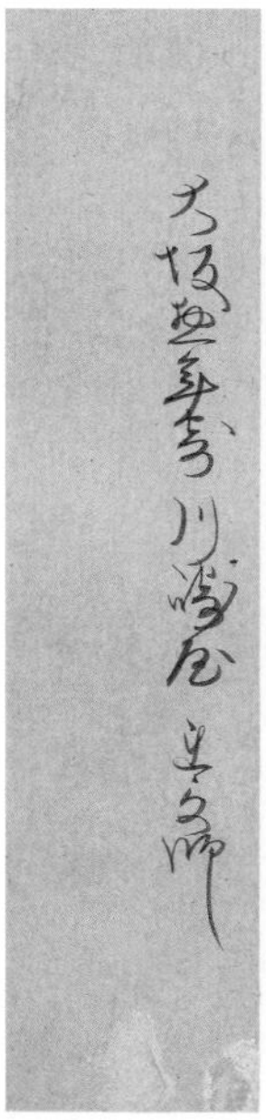

大坂惣年寄　川崎屋　連歌師

558　寸計

摂州平野住人　連歌師　末吉八兵衛入道宗久別名

559　貞直

堺住　玉手丸郎左衛門貞宝直　烏丸殿光広卿門弟　歌人（印）

560　以円

（裏書なし）

561　惟白

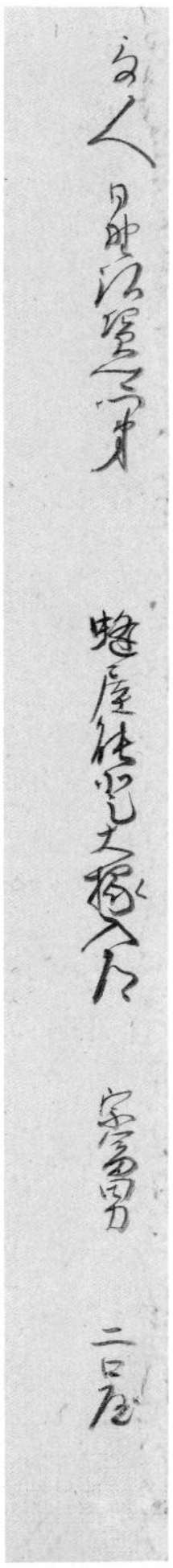

歌人　日野弘資卿門弟　蜂屋能登大掾入道　宗富男　二口屋

西山宗因別名　連歌師　大坂天満住　昌琢門弟　百人一句二入

連歌師川崎屋宗斎　大坂　**惣年寄**

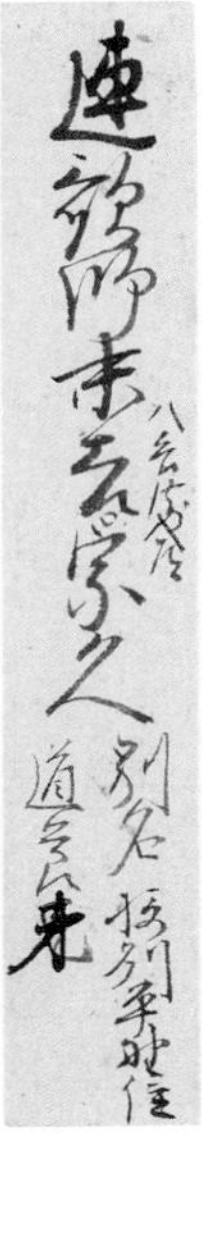

連歌師末吉**八兵衛入道**宗久別名　道節弟|（下「兄」）　摂州平野住

玉手九郎左衛門　境　歌人　光広卿御門弟　**貞直**

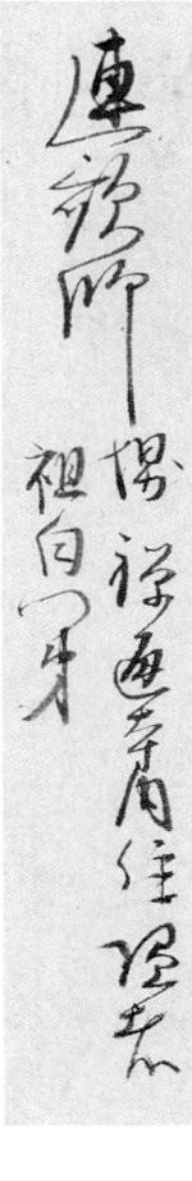

連歌師　堺　禅通寺内住　祖白門弟　隠者

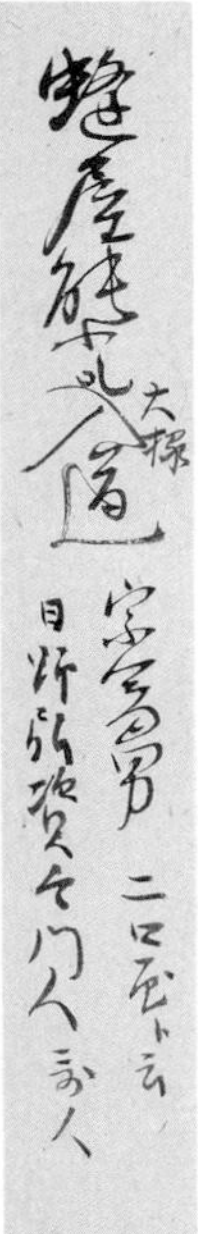

蜂屋能登**大掾**入道　宗富男　**二口屋ト云**　**日野弘資卿門人**　**歌人**

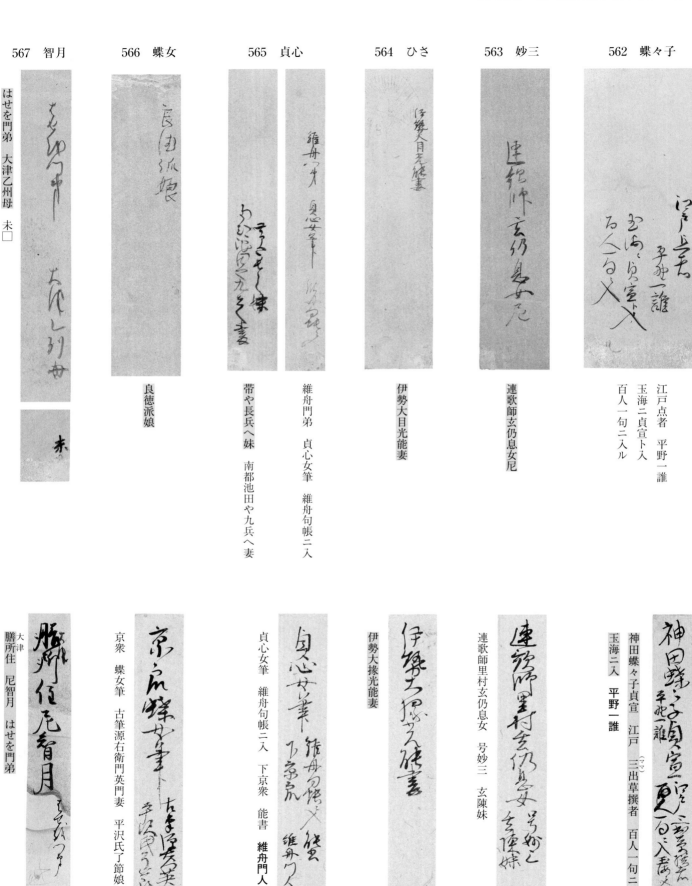

562　蝶々子

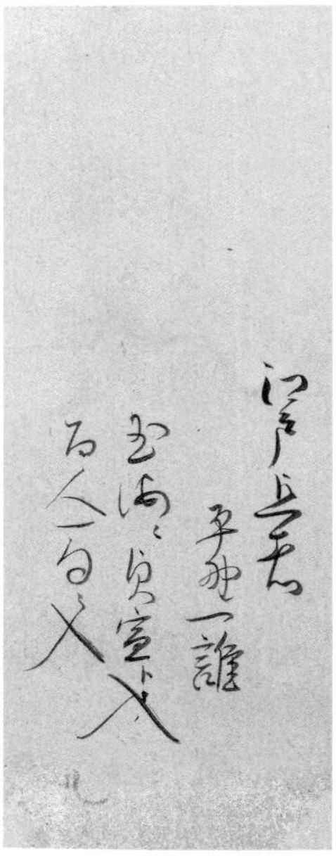

江戸点者　平野一誰
玉海ニ貞宣ト入
百人一句ニ入ル

563　妙三

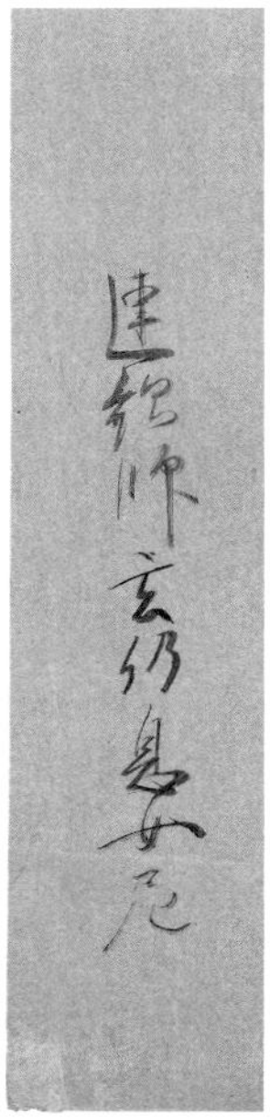

連歌師玄仍息女尼

564　ひさ

伊勢大目光能妻

565　貞心

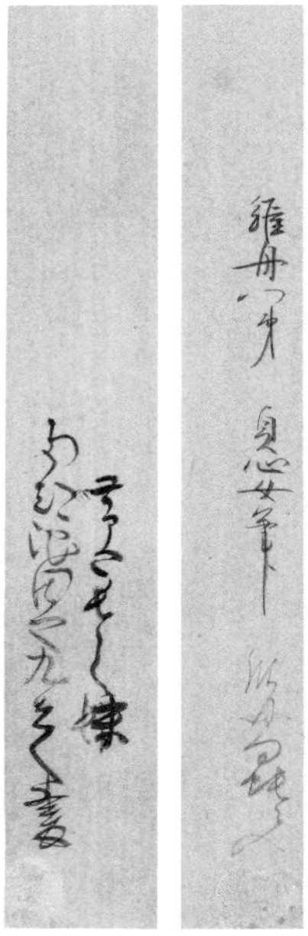

維舟門弟　貞心女筆　維舟句帳ニ入
帯や長兵へ妹　南都池田や九兵へ妻

566　蝶女

良徳派娘

567　智月

はせを門弟　大津乙州母　未□

神田蝶々子貞宣　江戸　三出（ママ）草撰者　百人一句ニ入
玉海ニ入　**平野一誰**

連歌師里村玄仍息女　号妙三　玄陳妹

伊勢大掾光能妻

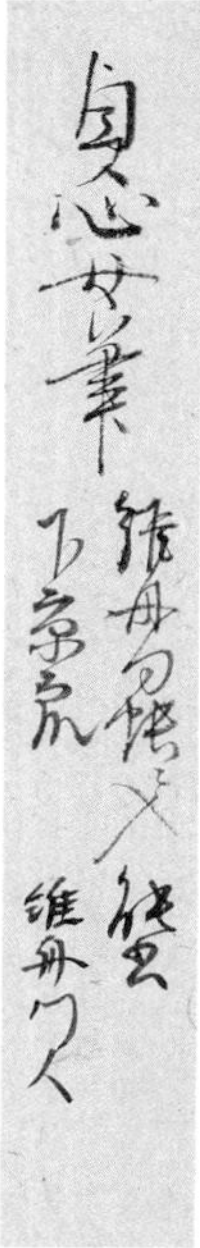

貞心女筆　維舟句帳ニ入　下京衆　能書　**維舟門人**

京衆　蝶女筆　古筆源右衛門英門妻　平沢氏了節娘

膳所《大津》住　尼智月　はせを門弟

568　山人

たはねしば

蝶々子妻　号山人　続新犬筑波ニ入　二葉子母

569　やちよ

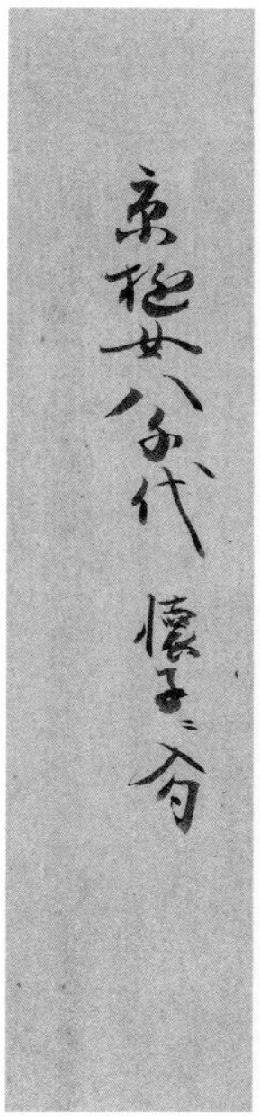

京遊女八千代　懐子ニ入句

京遊女やちよ　かつらおとこ　懐子ニ入　（印）

570　よし野

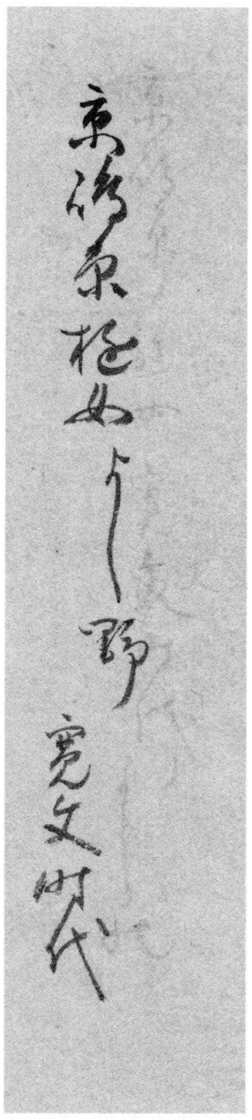

京嶋原遊女　よし野　寛文時代　（裏打下）「京嶋原ノ遊女寛永《文》時代ノ吉野」

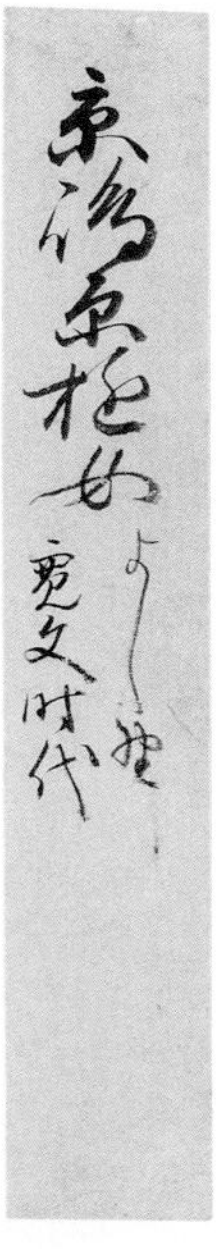

京嶋原遊女　よし野　寛文時代

571　唐

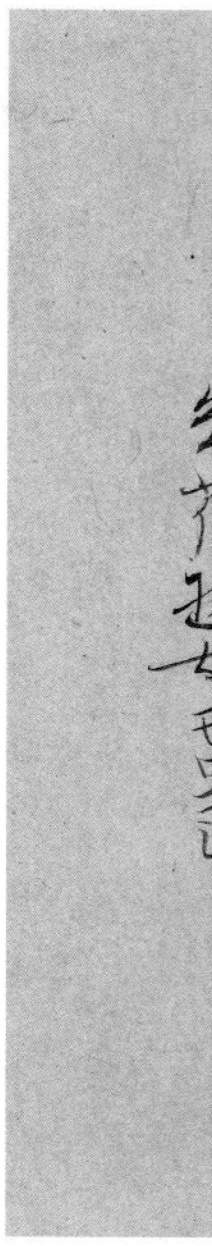

朱雀遊女モロコシ

遊女筆　朱雀

572　小紫

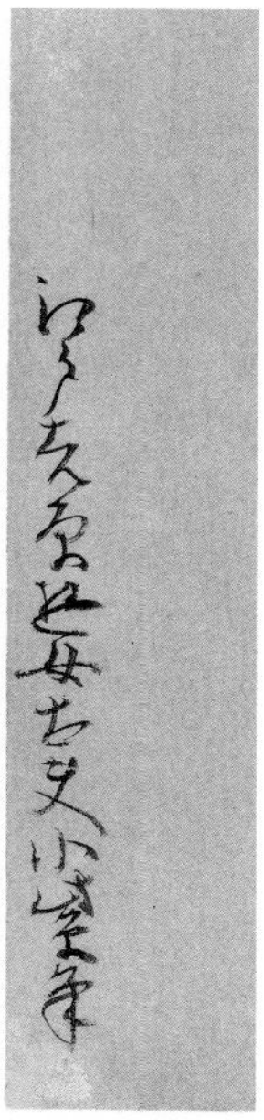

江戸吉原遊女太夫小紫筆

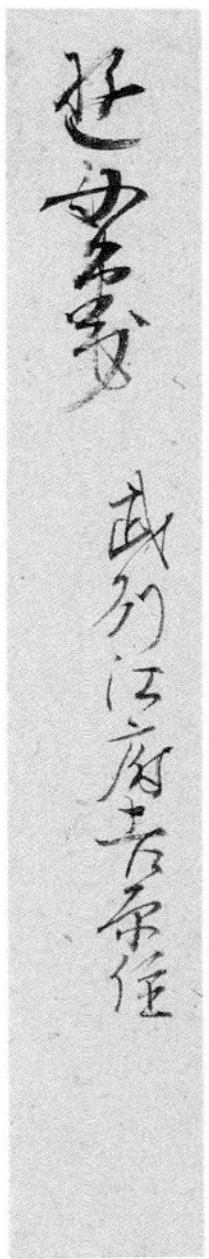

遊女筆　武州江府吉原住

573　花紫

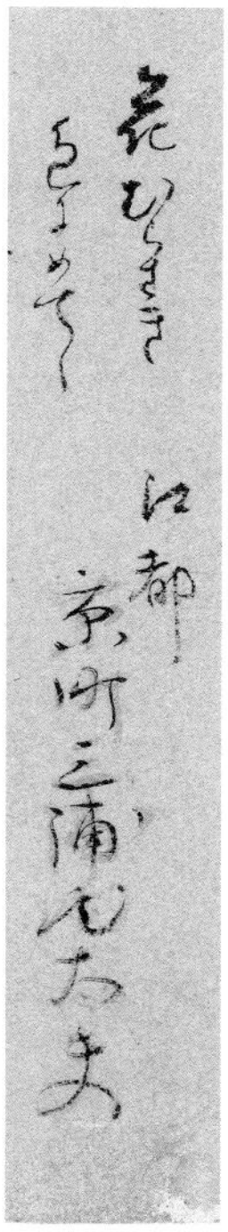

花むらさき　色にめて丶　江都京町三浦屋太夫　（裏打下）「貞享四□中□に□□□」

遊女花むらさき　色にめて丶　江戸

574　好女

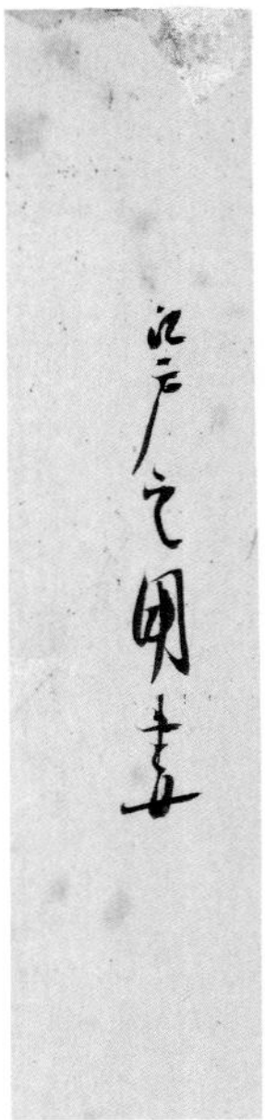

江戸定用妻

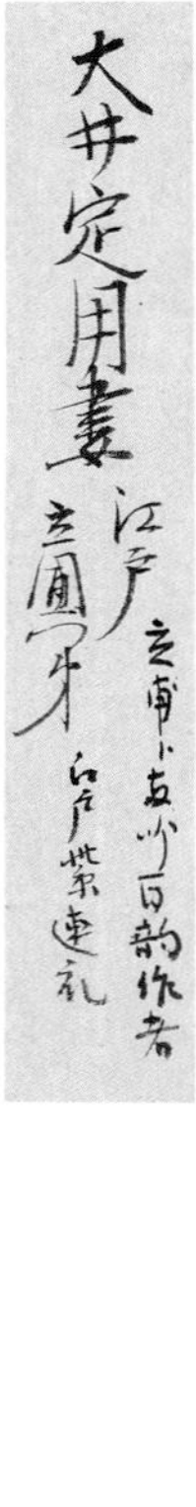

大井定用妻　江戸　立圃門弟　**立甫ト両吟百韻作者　江戸紫連衆**

575　秋色

（裏書なし）

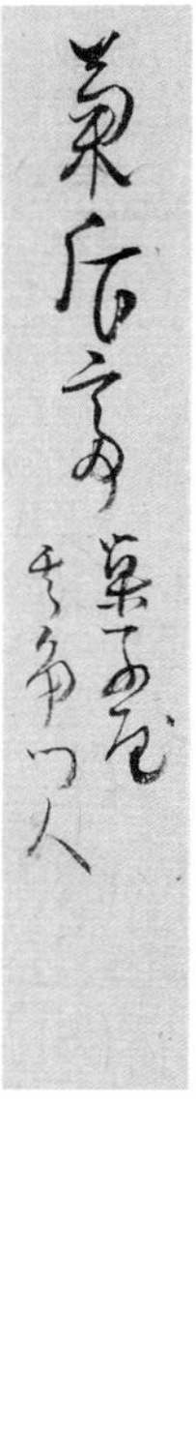

菊后亭　菓子屋　其角門人

576　長女

備中之住

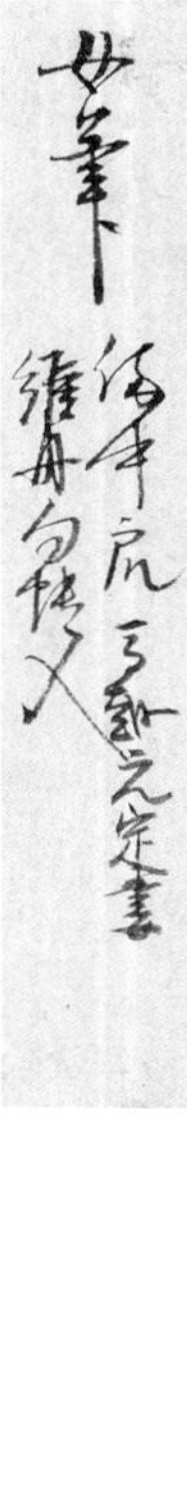

女筆　備中衆　馬越元定妻　維舟句帳ニ入

577　貫

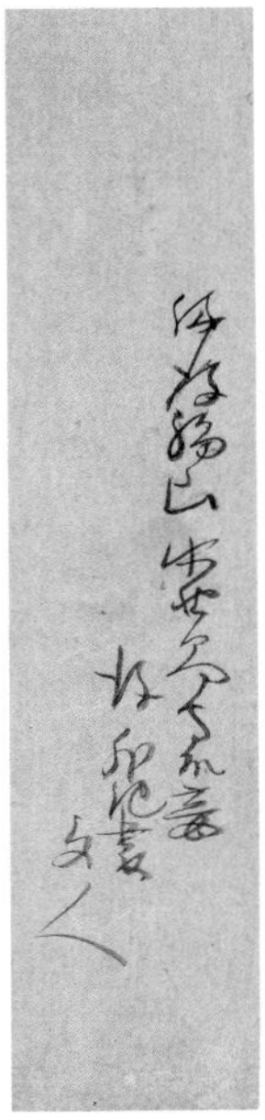

備後福山水野日向守様妾　後外記妻　歌人

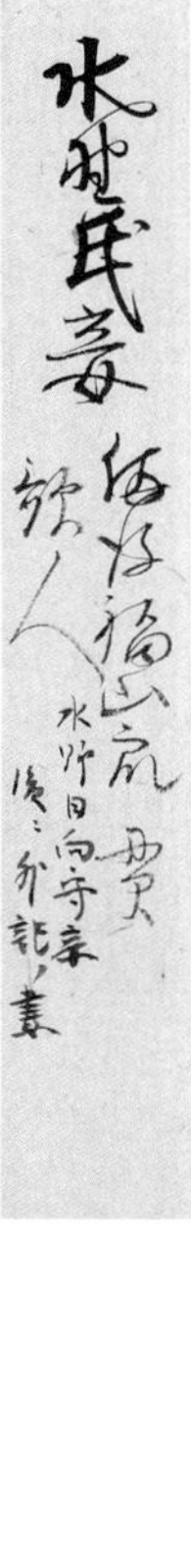

水野氏妾　備後福山衆　貫　歌人　**水野日向守妾　後ニ外記ノ妻**

578　ステ

季吟句帳ニ入　栢《ママ》原住人

丹波ステ女

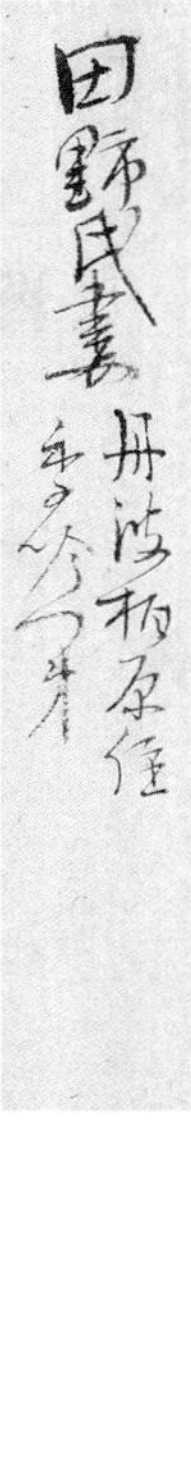

田野氏妻　丹波柏原住　季吟門弟

579　孝女

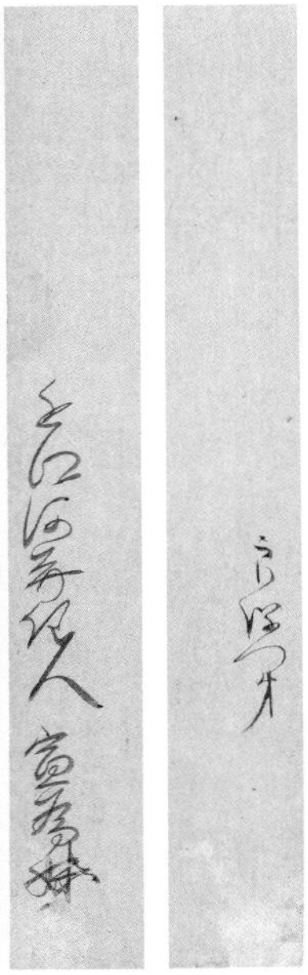

良保門弟

近江河並住人　宜為妹

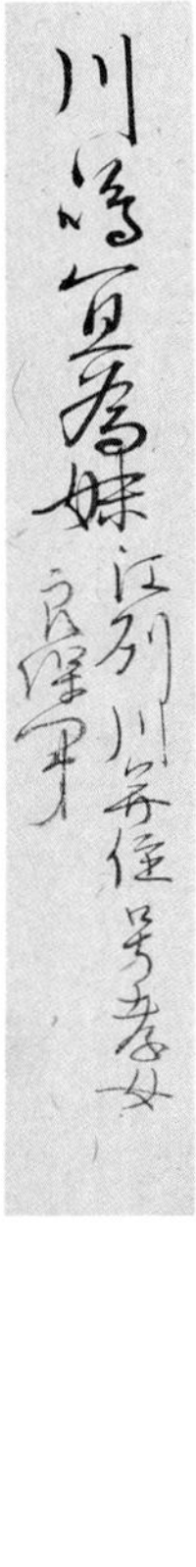

川嶋宜為妹　江州川並住　号孝女　良保門弟

580　富女

不及息女　懐子ニ入（印）

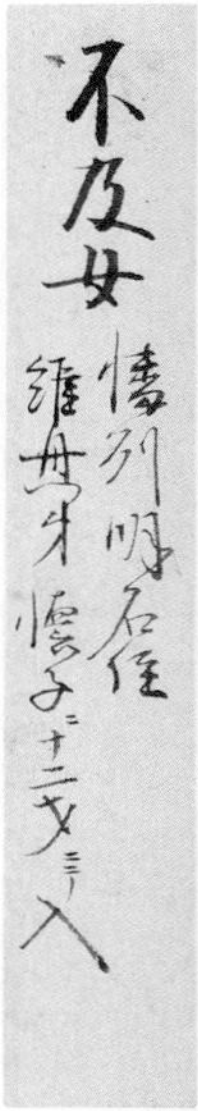

不及女　播州明石住　維舟門弟　懐子ニ十二才ニテ入

581　ちよ

（裏書なし）

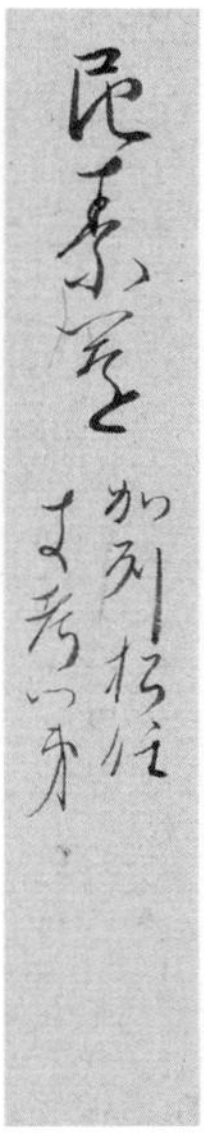

尼素園　加州松任　支考門弟

582　そのめ

宝永二　乙酉書（印）

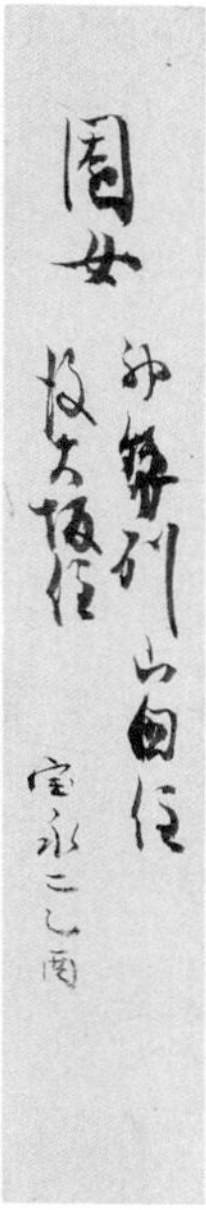

園女　初勢州山田住　後大坂住　宝永二乙酉

583　義永

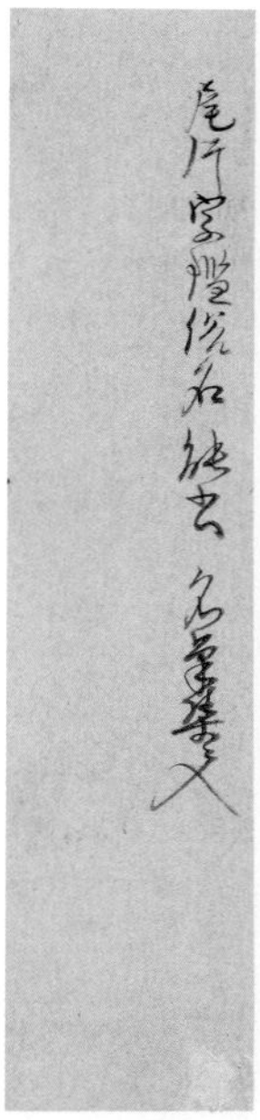

尾片宗鑑俗名　能書　名筆集ニ入

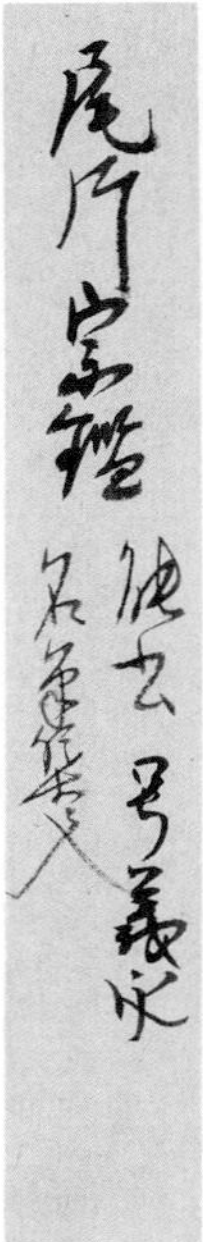

尾片宗鑑　能書　号義永　名筆集ニ入

584　昭乗

（極札）「八幡松花堂法印（印）」（印）

松花堂　八幡滝本坊

585　彩雲

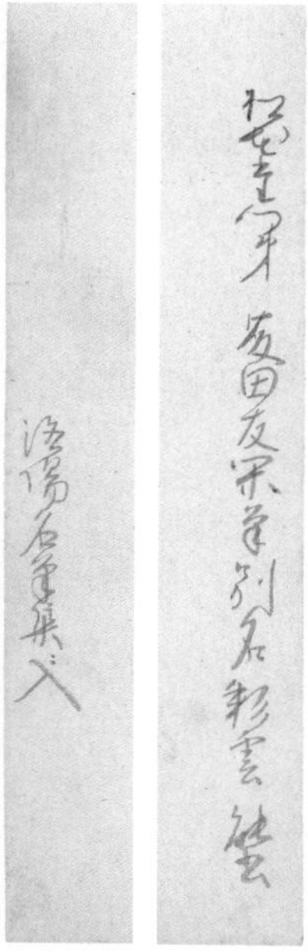

松花堂門弟　藤田友閑筆　別名彩雲　能書

洛陽名筆集ニ入

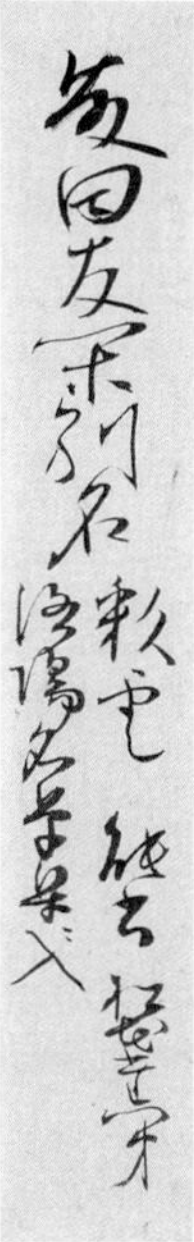

藤田友閑別名　彩雲　能書　松花堂門弟　洛陽名筆集ニ入

586　仲安

（裏打下）「能書　平野仲庵」

平野仲安　能書　名筆集二入（印）

587　円常

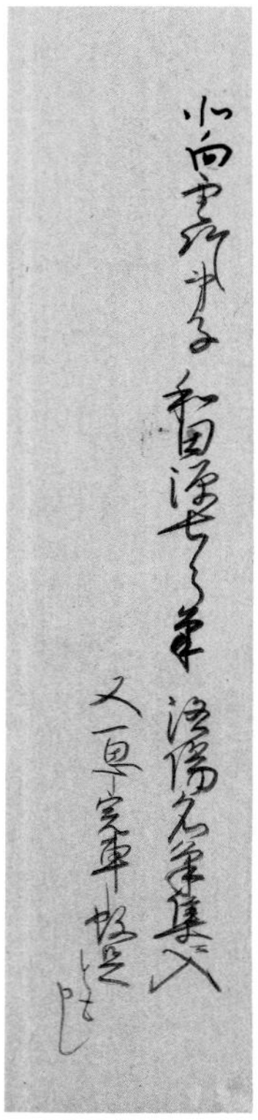

北向雲竹弟子　和田源七郎筆　洛陽名筆集二入　又一恩・完車・蚊足とも申候

588　道頼

寺井理兵衛道頼入道養残

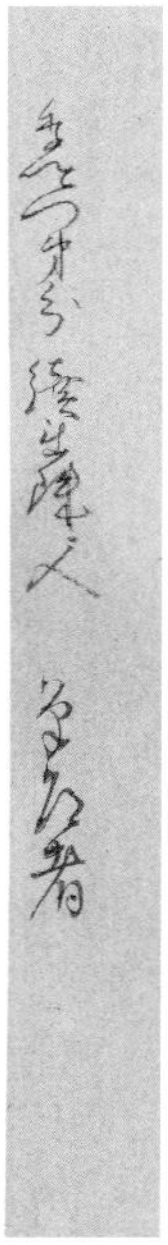

季吟門弟分　続連珠二入　筆道者

589　光悦

（貼り付けのため、裏書不明）

590　木屑

神風記作者　疋田小右衛門
（下「神風記作者疋田氏」）

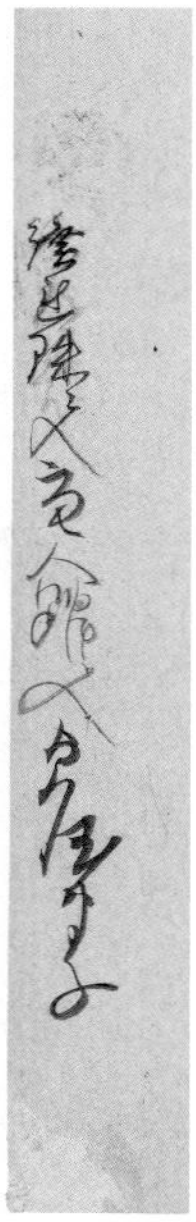

続連珠（下「□道者」）二入
唐人踊二入　貞徳弟子

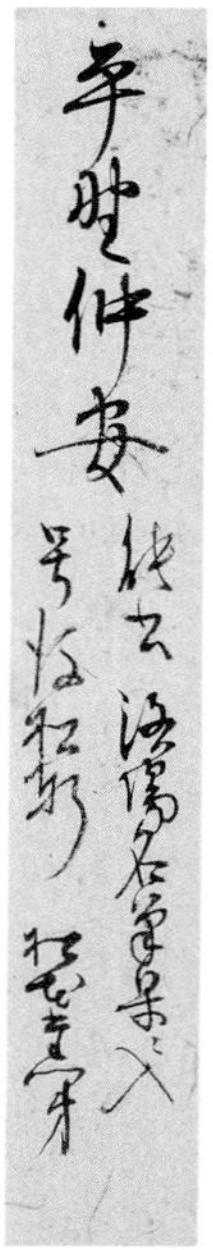

平野仲安　能書　洛陽名筆集二入　号後松軒　松花堂門弟

和田源七郎　洛陽名筆集二入　能書

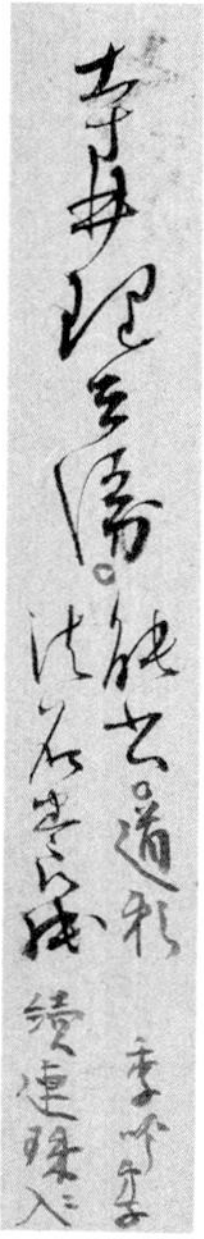

寺井理兵衛　能書　法名養残　**道頼　季吟弟子　続連珠二入**

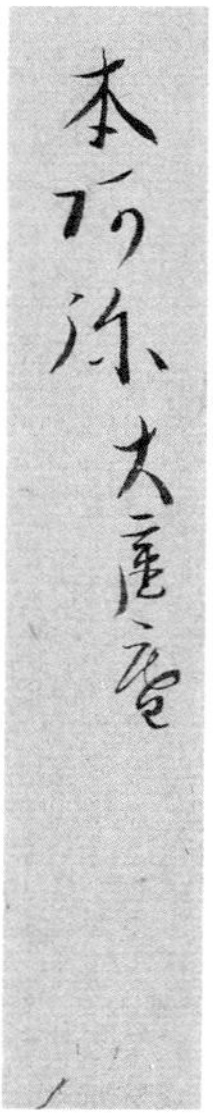

本阿弥　大虚庵

疋田小右衛門　貞徳門弟　神風記作者　立圃漢和両吟作者

591　元隅

季吟門弟　大遠息

東門跡家老　粟津右近

592　行尚

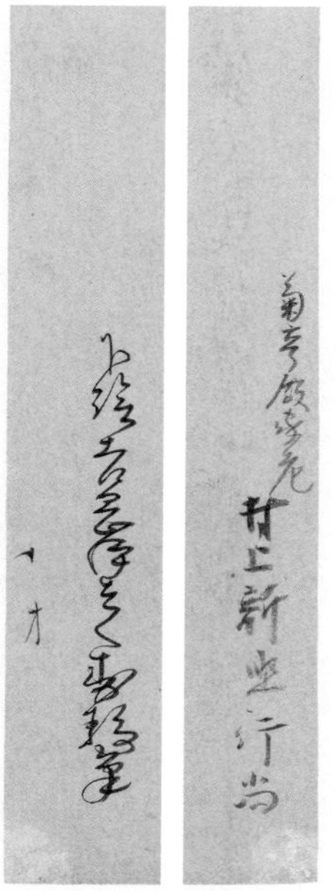

菊亭殿家老　村上新丞行尚

下絵吉岡伊兵へ寿静筆

□オ

593　言己

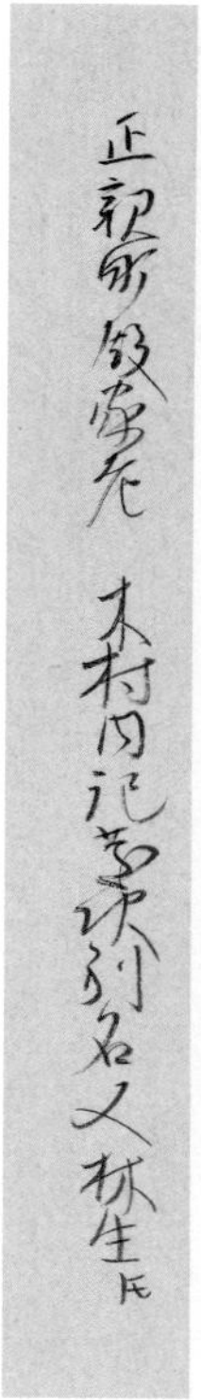

正親町殿家老　木村内記慶次別名　又林生トモ

594　国信

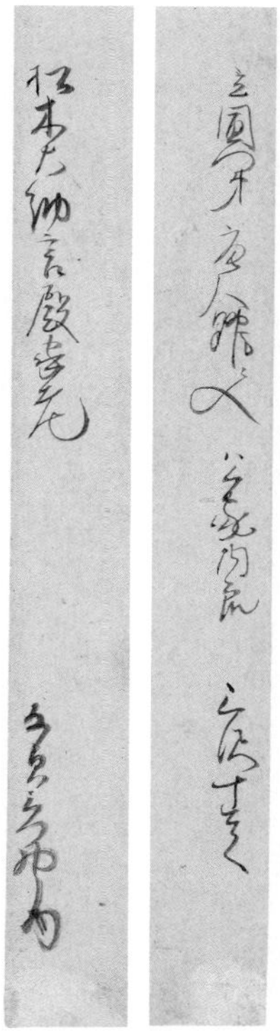

立圃門弟　唐人躍ニ入

公家内衆　三沢十兵へ

松木大納言殿家老

友貞三つ物之内

595　橘泉

医師　桂宗因（下「桂宗因」）

下絵吉岡伊兵へ寿静筆

季吟門弟分　京衆

粟津右近　東門跡家老　**大遠ノ子　季吟門人**

村上新之丞　立圃門弟　今出川殿御家老

木村内記慶次別名　号林生　又言己　正親町殿家老

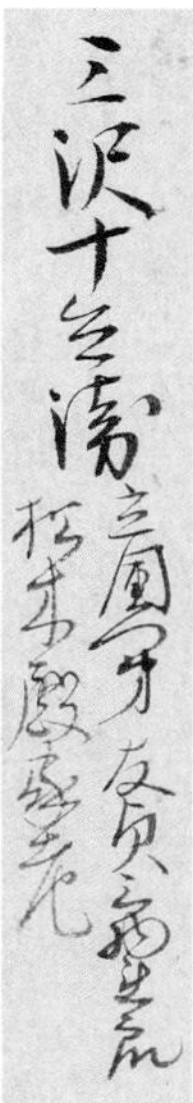

三沢十兵衛　立圃門弟　友貞三物連衆　松木殿家老

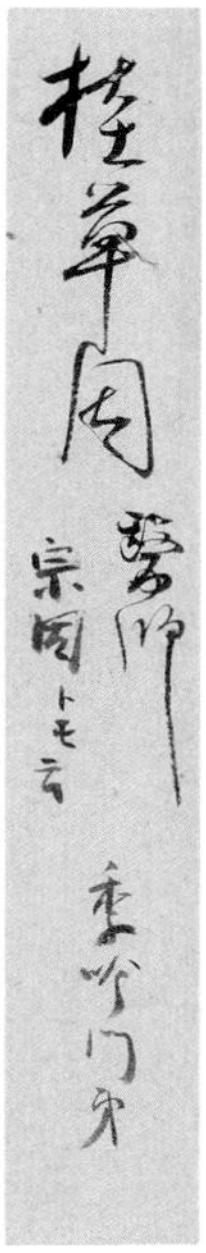

桂草因　医師　**宗因トモ云　季吟門弟**

596　方円

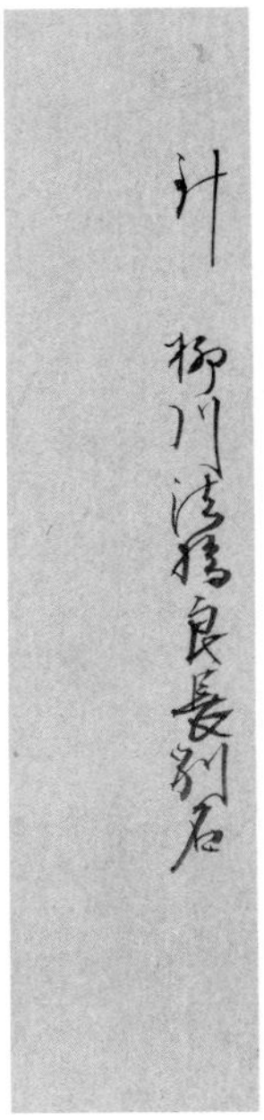

針　柳川法橋良長別名

針柳川良長　法橋　別名方円

597　北枝

（裏書なし）

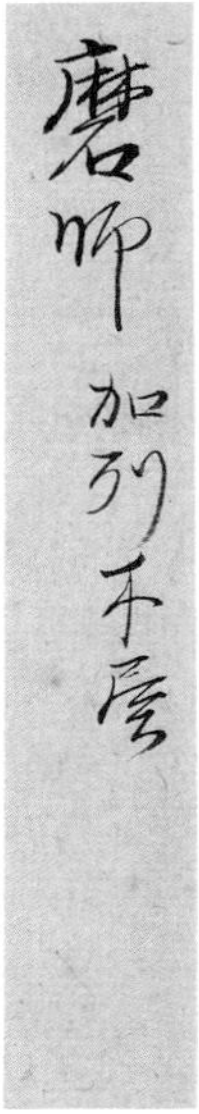

磨師　加州木屋

598　自斎

京　狩野氏自斎　新犬筑波入　諸集二入

狩野氏自斎　諸集二入　**新犬筑波二入**

599　谷遊

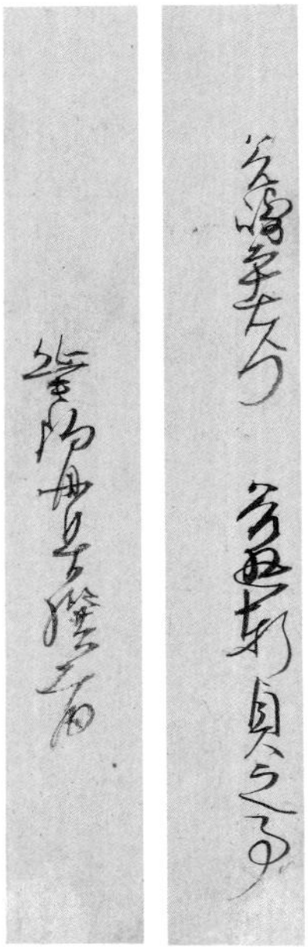

谷崎平右衛門　谷遊軒貞之事

蜑釣舟集撰者

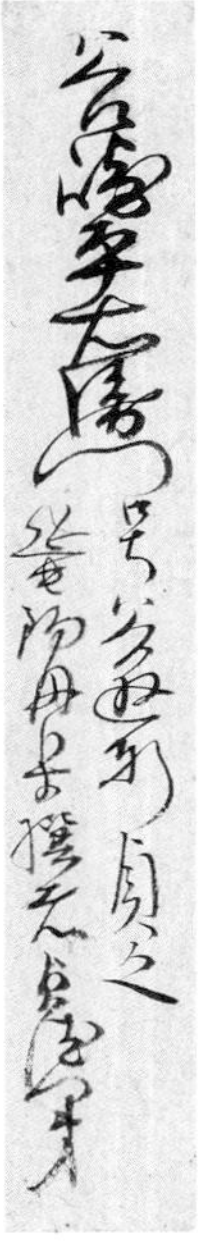

谷崎平右衛門　号谷遊軒貞之　蜑釣舟集撰者　貞徳門弟

600　高政

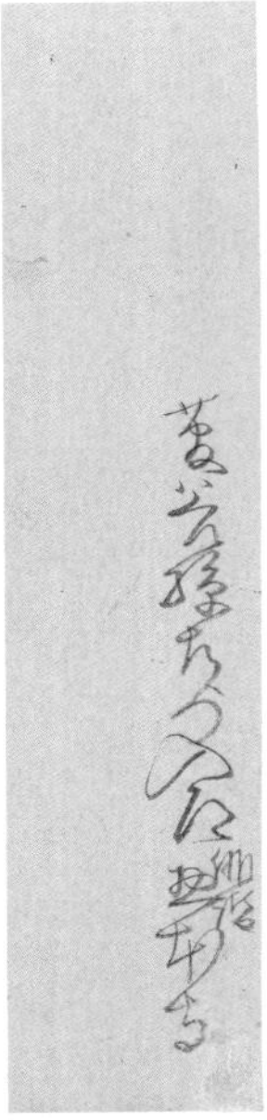

菅谷孫左（ママ）衛門入道　俳諧惣本寺

菅谷孫右衛門　絵合作者

601　元長

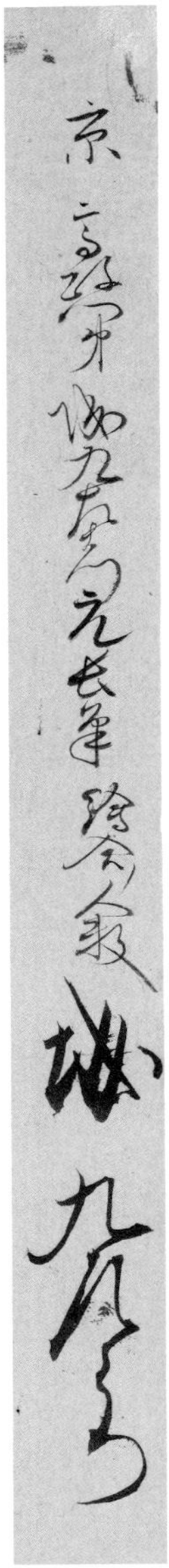

京　高政門弟　城九左衛門元長筆　絵合ノ人数　城九左衛門（印）

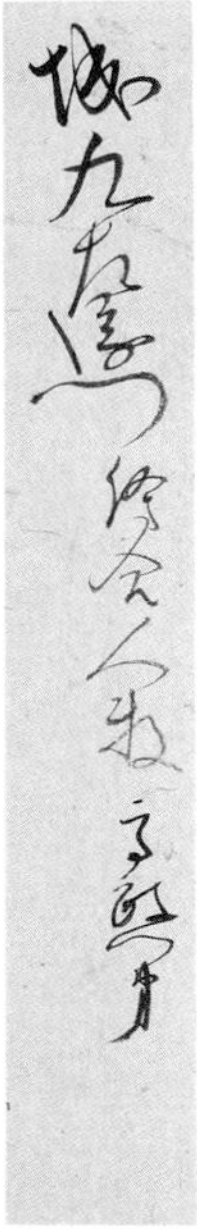

城九左衛門　絵合人数　高政門弟

602　道章

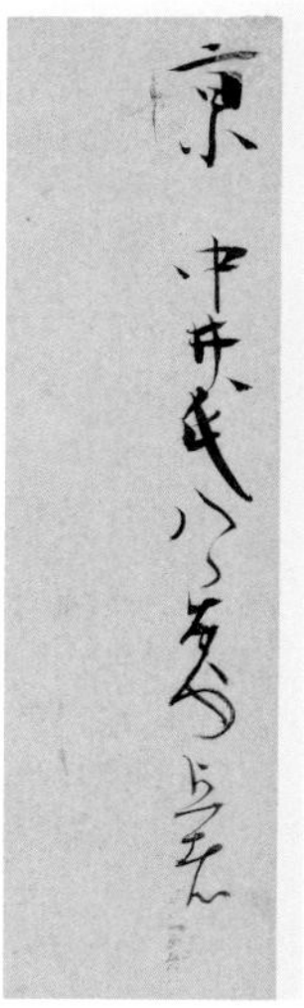

京　中井氏八郎左衛門　点者　（印）

603　如泉

（裏書なし）

604　雅克

維舟門弟　前田氏

京衆

605　自悦

（裏書なし）

606　諺世

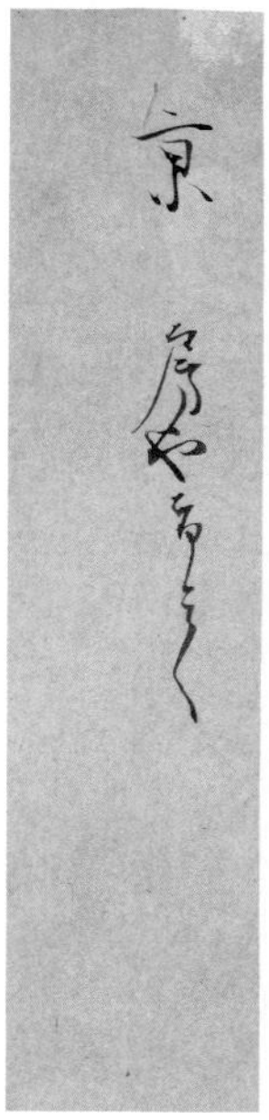

京　房屋市兵衛

607　伊安

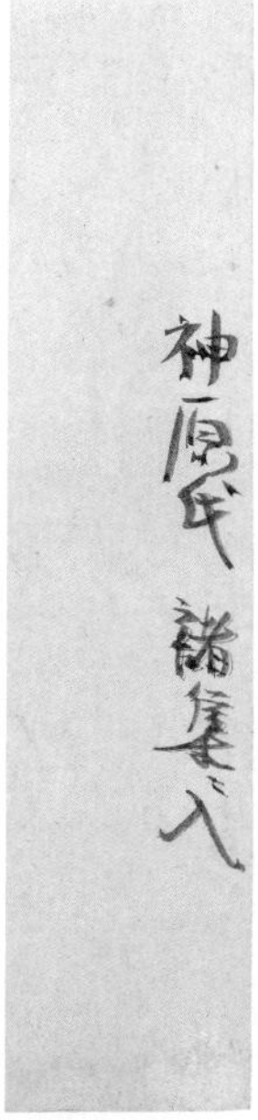

神原氏　諸集ニ入

中井氏道章　四季詞作者　**八郎左衛門　点者**

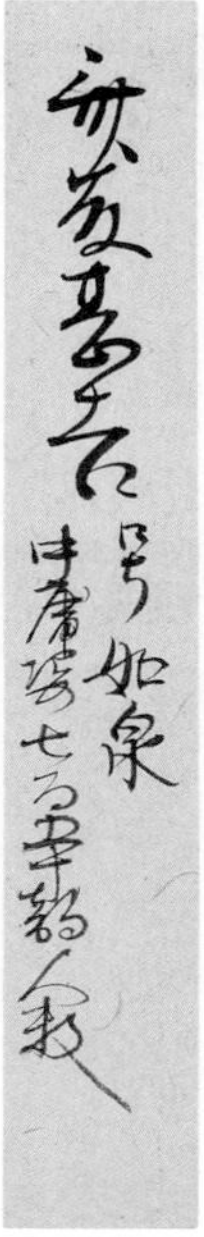

斉藤甚吉　号如泉　中庸姿　七百五十韻人数

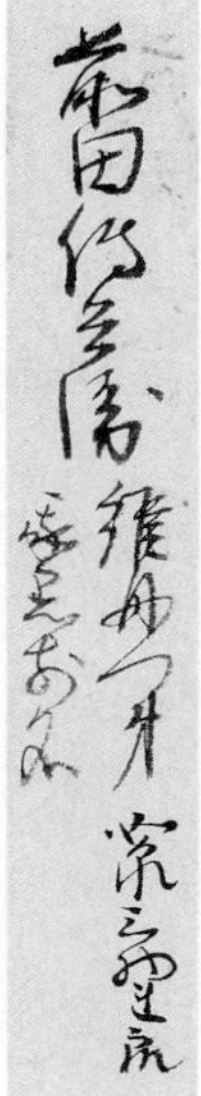

前田伝兵衛　維舟門弟　如泉三物連衆　我黒前名

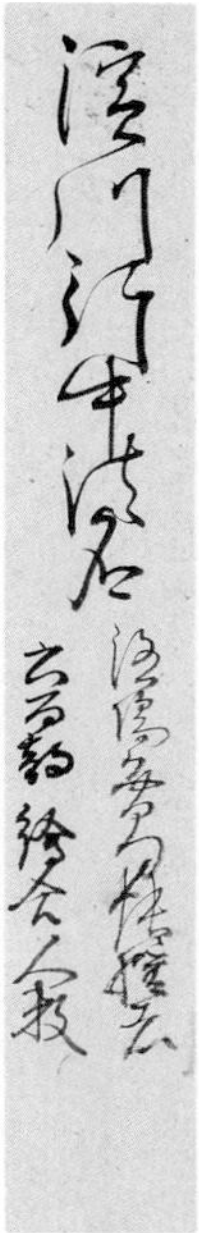

浜川行中法名　洛陽発句帳撰者　六百韻　絵合人数

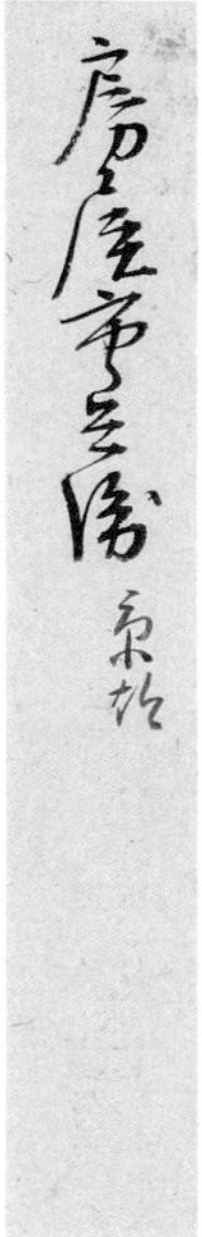

房屋市兵衛　**京都**

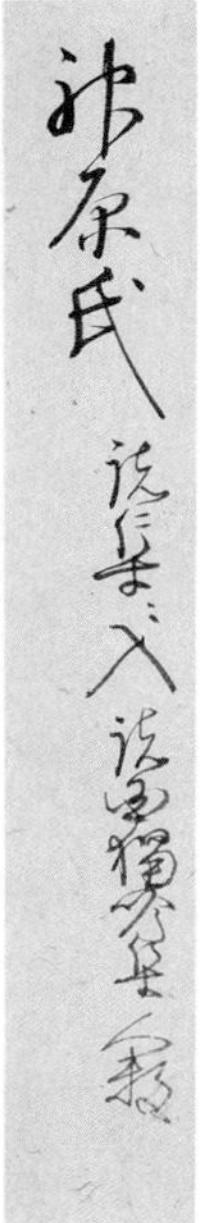

神原氏　諸集ニ入　諸国独吟集人数

608　去来

（裏書なし）

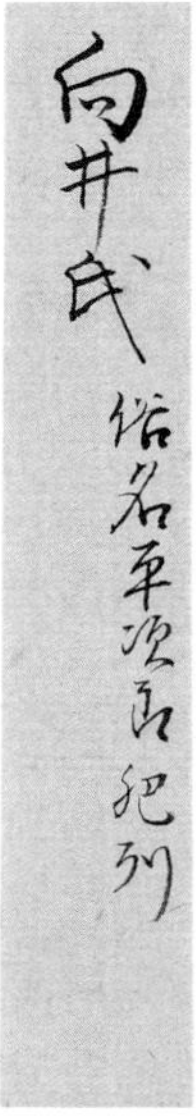

向井氏　俗名平次郎　肥州

609　昌知

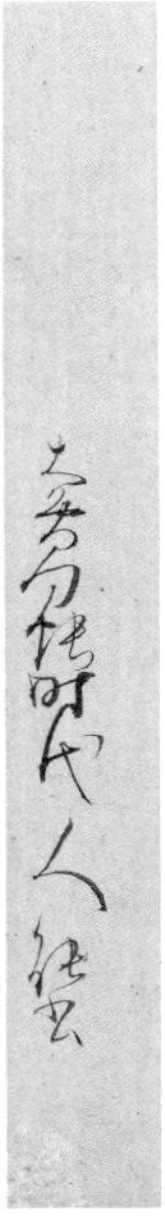

立圃門弟　鶴屋三右衛門
一条ノ宅ノ時立圃同丁
大発句帳時代人　能書

鶴屋三右衛門　立圃門弟　大発句帳時代人　能書

610　了佐

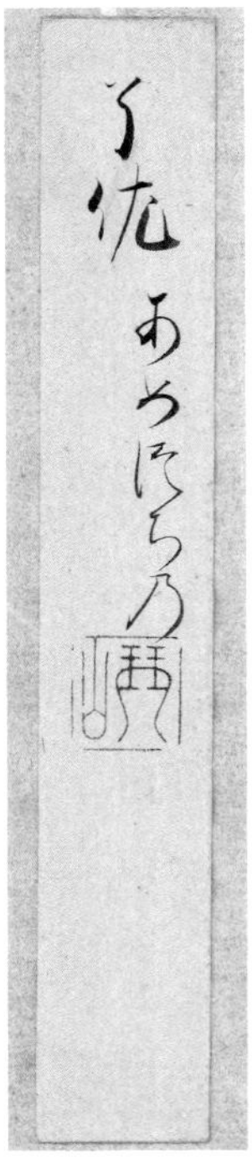

（極札表）「了佐　あめつちの　（印）」

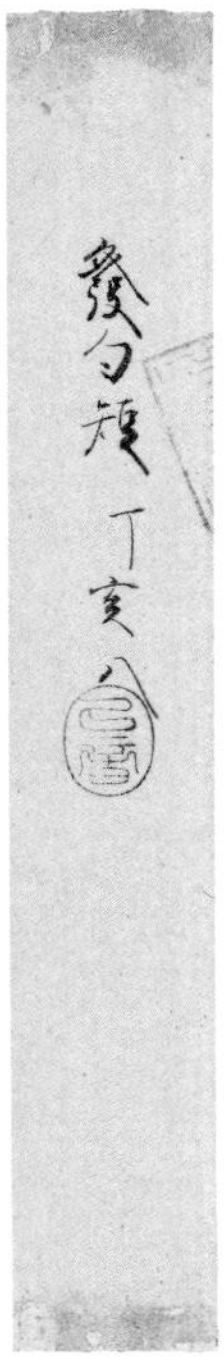

（極札裏）「発句短　丁亥八」　（印）（印）

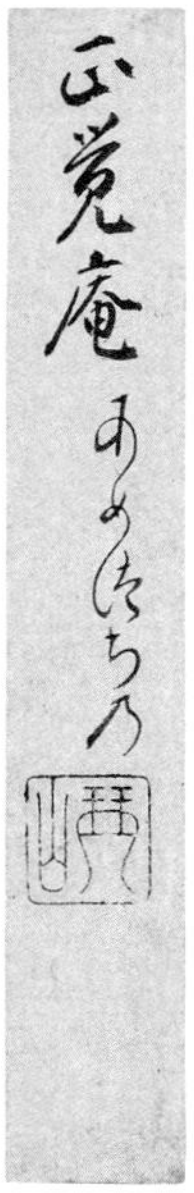

（極札表）「正覚庵　あめつちの　（印）」

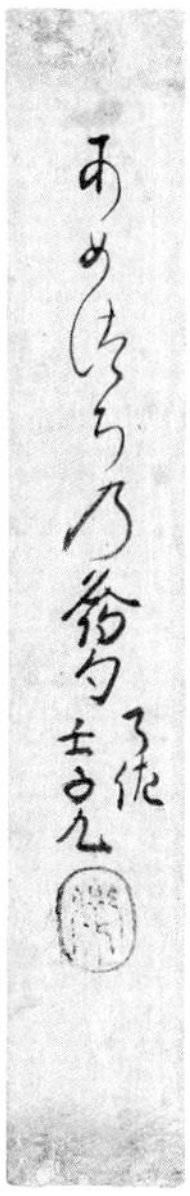

（極札裏）「あめつちの発句　了佐／壬子九　（印）」

611　英門

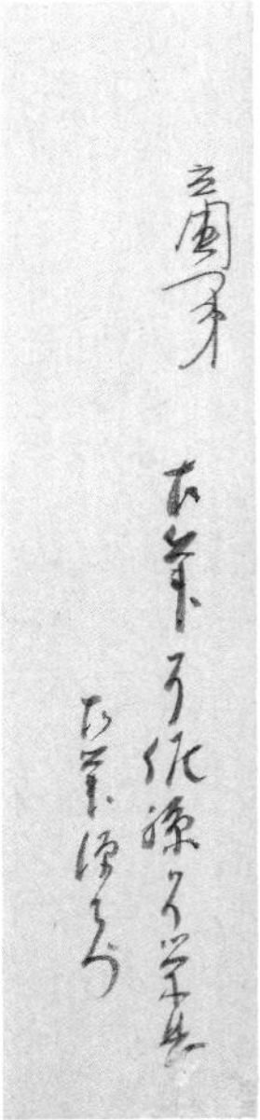

立圃門弟　古筆了佐孫了栄息　古筆源右衛門

古筆平沢源右衛門　了佐孫　了祐兄　**了栄男　立圃門人**

612　了祐

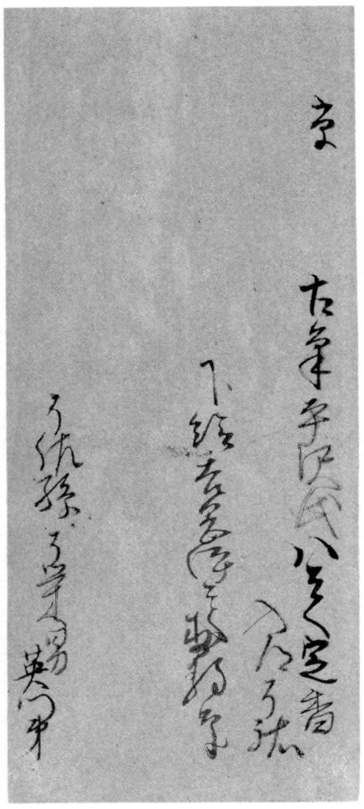

京　古筆平沢氏八兵へ定香　入道了祐
下絵吉岡伊兵へ寿静筆
了佐孫　了栄男　英門弟

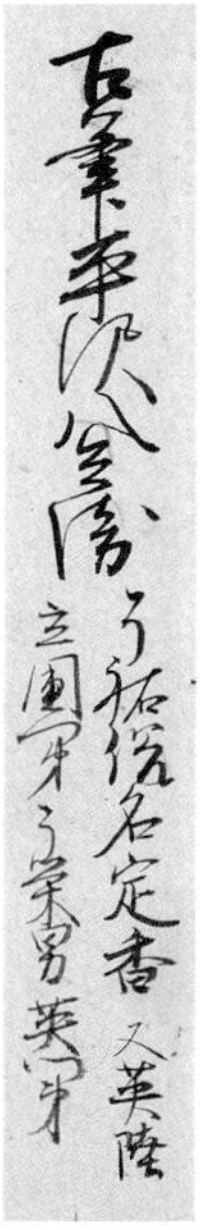

古筆平沢八兵衛　了祐　俗名定香又英陸　立圃門弟　了栄男　英門弟

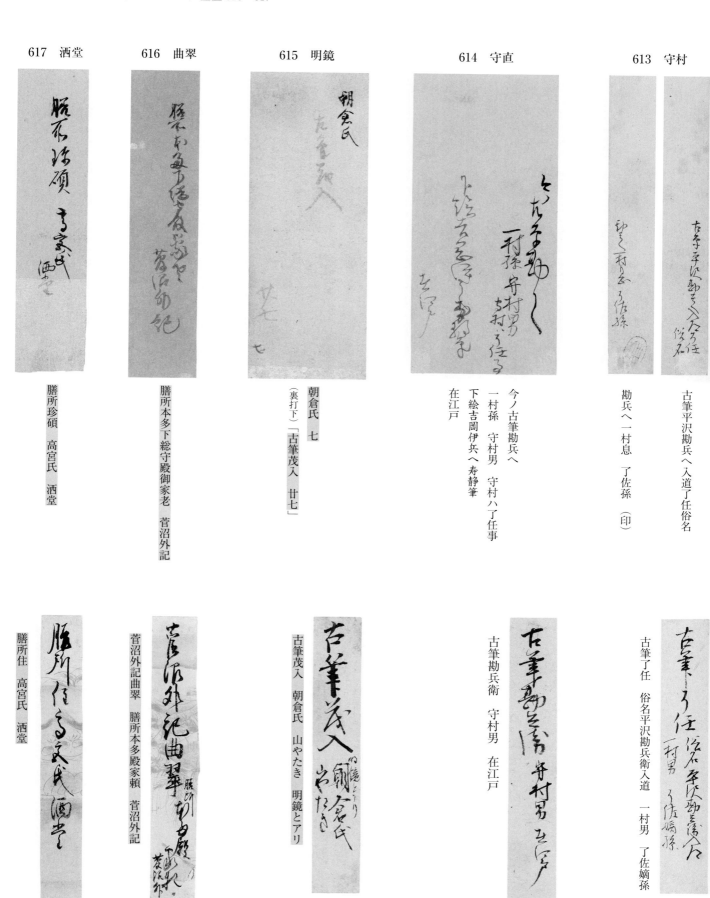

613　守村

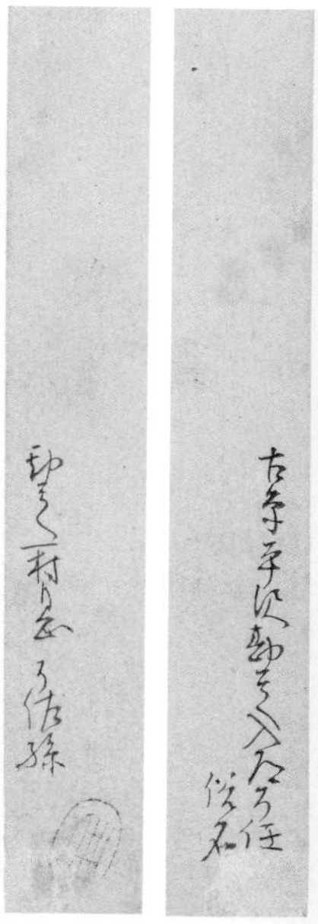

古筆平沢勘兵へ入道了任俗名
勘兵へ一村息　了佐孫　（印）

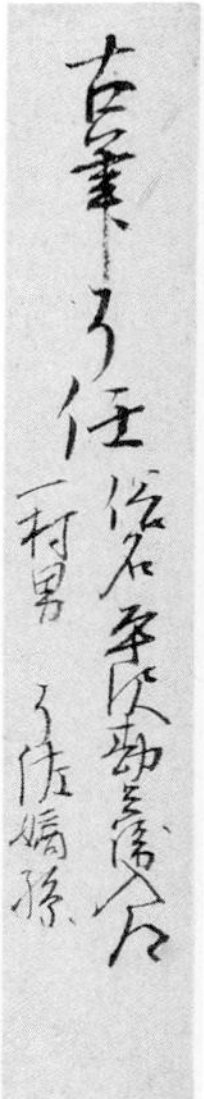

古筆了任　俗名平沢勘兵衛入道　一村男　了佐嫡孫

614　守直

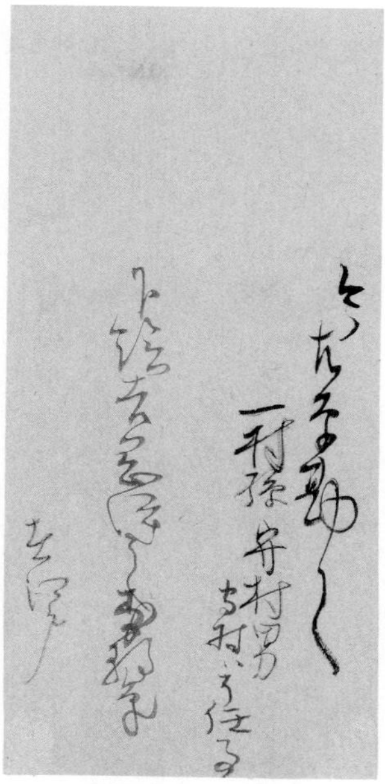

今ノ古筆勘兵へ
一村孫　守村男　守村ハ了任事
下絵吉岡伊兵へ寿静筆
在江戸

古筆勘兵衛　守村男　在江戸

615　明鏡

朝倉氏　七
（裏打下）「古筆茂入　廿七」

古筆茂入　朝倉氏　山やたき　明鏡とアリ

616　曲翠

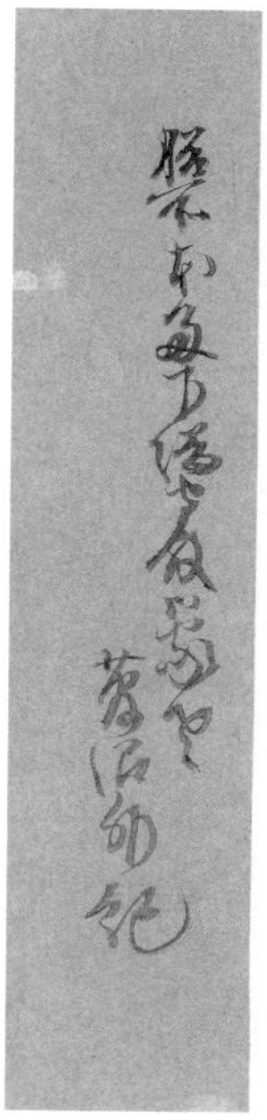

膳所本多下総守殿御家老　菅沼外記

菅沼外記曲翠　膳所本多殿家頼　菅沼外記

617　洒堂

膳所珍碩　高宮氏　洒堂

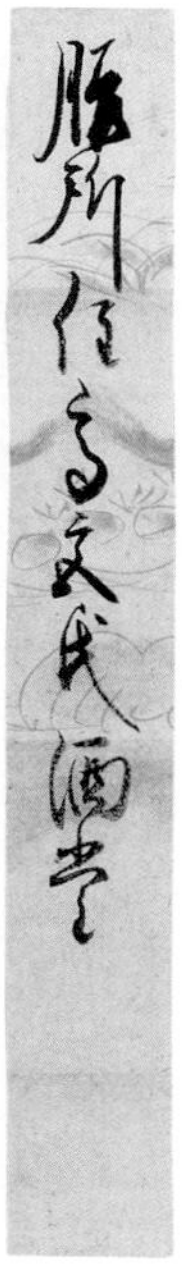

膳所住　高宮氏　洒堂

618　忠知

五

江戸　神野氏

619　卜入

江戸宗匠　梅原氏筆　本濃州牢人　諸集ニ入

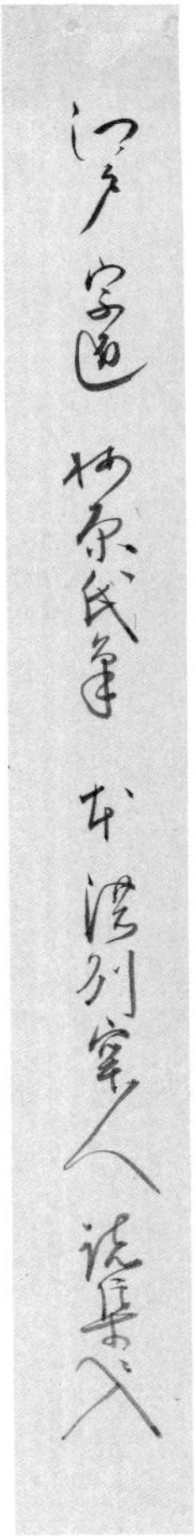

620　調和

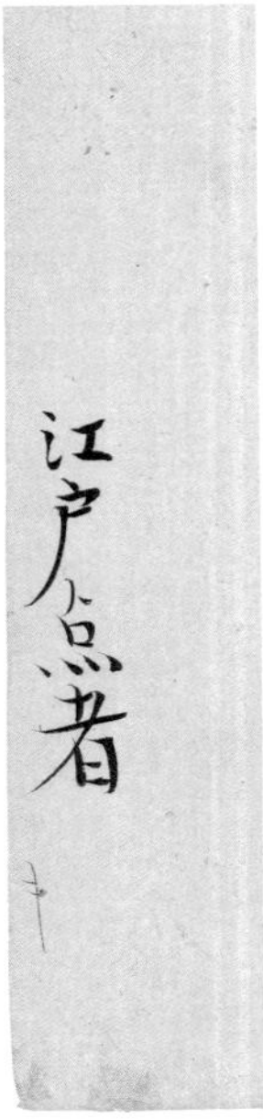

江戸点者　キ

621　兼豊

（裏書なし）

622　子葉

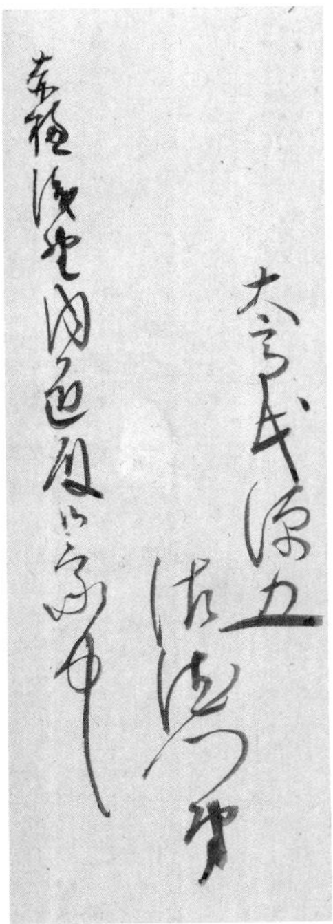

大高氏源五　沾徳門弟
赤穂浅野内匠殿御家中

623　幽山

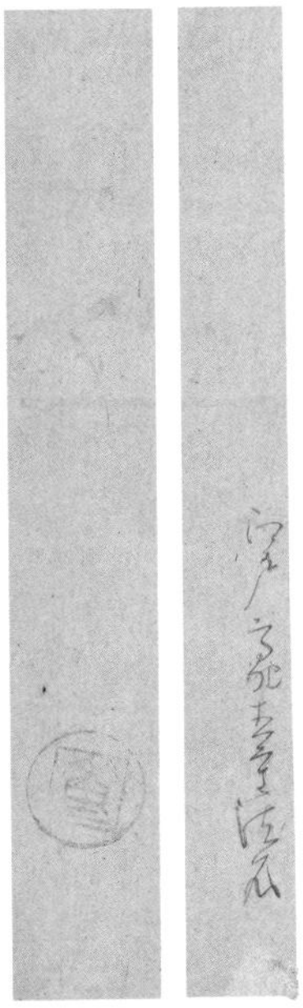

江戸　高野直重法名（印）

神野長左衛門　江戸

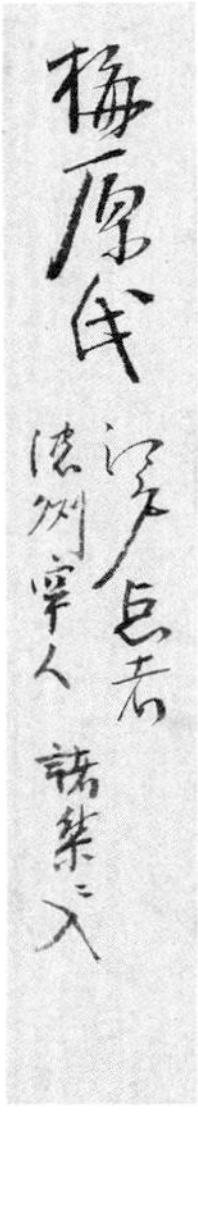

梅原氏　江戸点者　濃州牢人　諸集ニ入

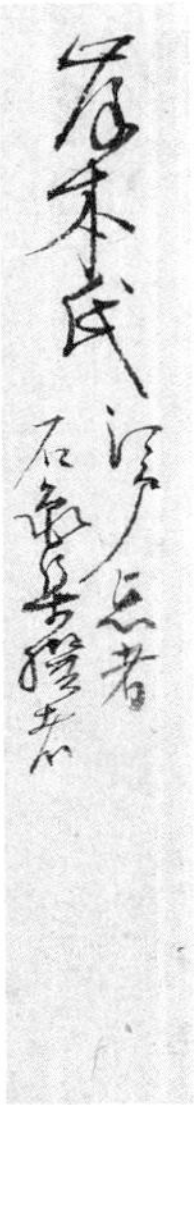

岸本氏　江戸　石亀集撰者　点者

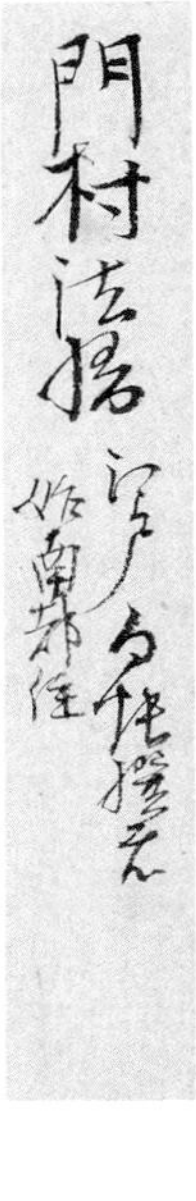

門村法橋　江戸　句帳撰者　始南都住

子葉　大高氏源五　赤穂浅野内匠殿衆　沾徳門弟

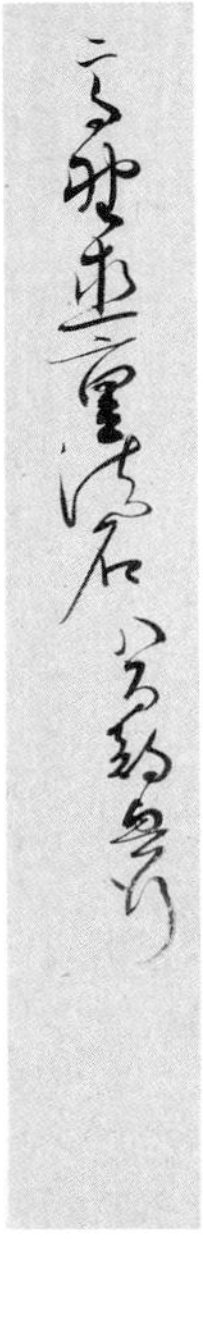

高野直重法名　八百韻興行

624　素堂

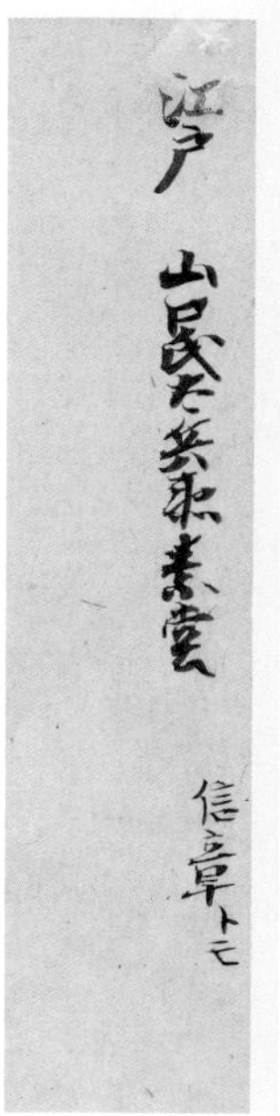

江戸　山口氏太兵衛素堂　信章トモ

山口太兵衛　来雪又素堂　江戸　幽山三物連衆　**信章トモ**

625　言水

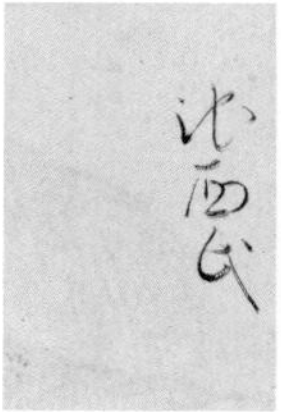

いり酒や　一□（墨消し）公　池西氏

池西八郎兵衛入道　在江戸　蛇鮓撰者　江戸八百韻連衆

626　才麿

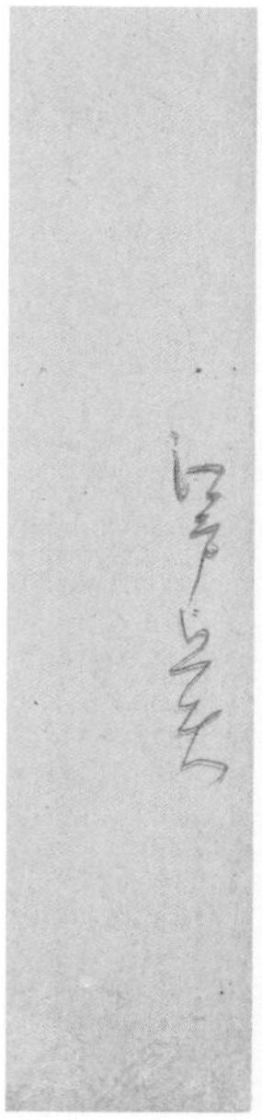

江戸点者

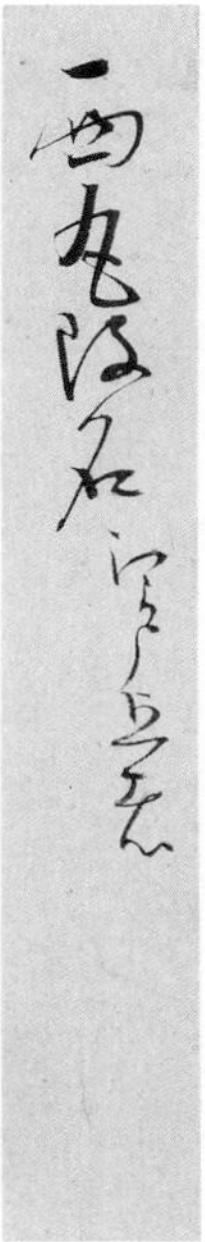

西丸改名　江戸点者

627　未得

（裏書なし）

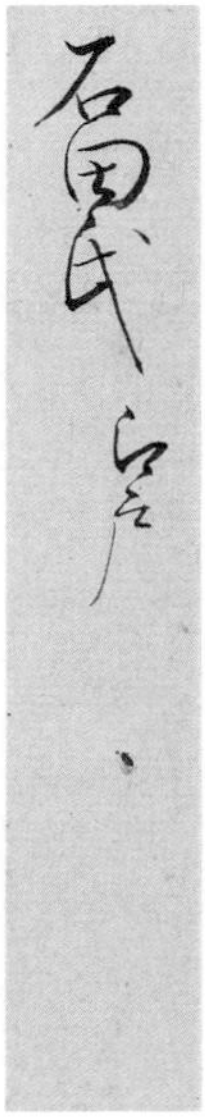

石田氏　江戸

628　未琢

（裏書なし）

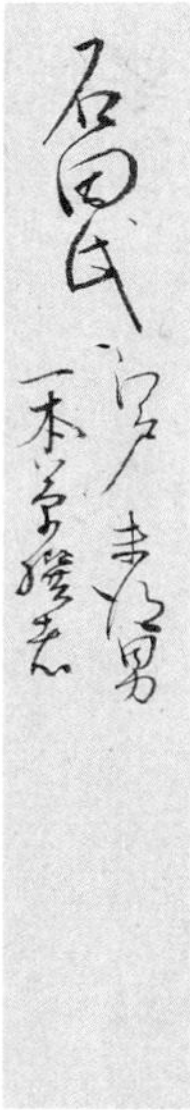

石田氏　江戸　未得男　一本草撰者

629　素朴

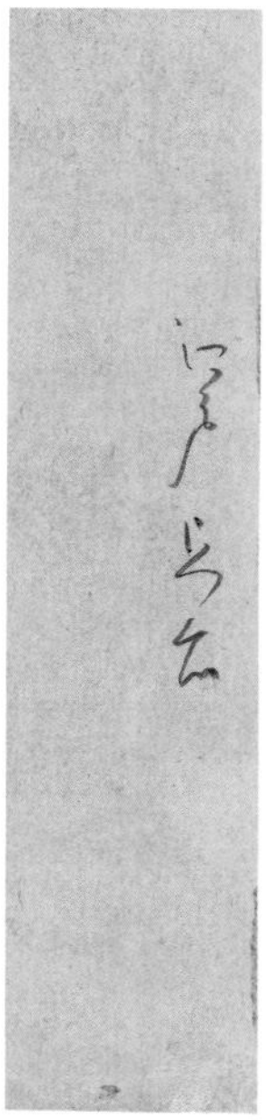

江戸点者

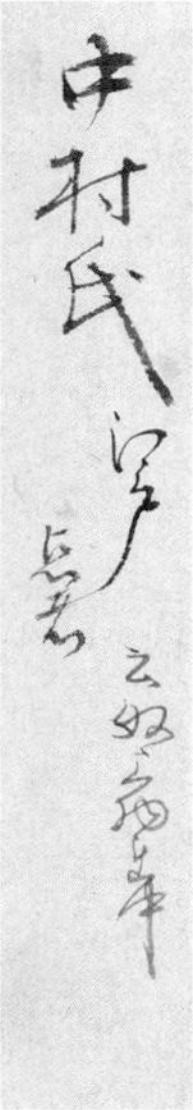

中村氏　江戸　云奴三物連中　**点者**

630　不卜

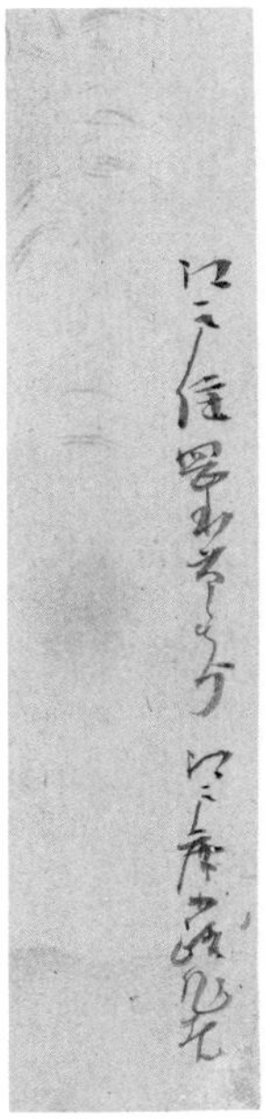

江戸住　岡村市郎右衛門　江戸広小路作者

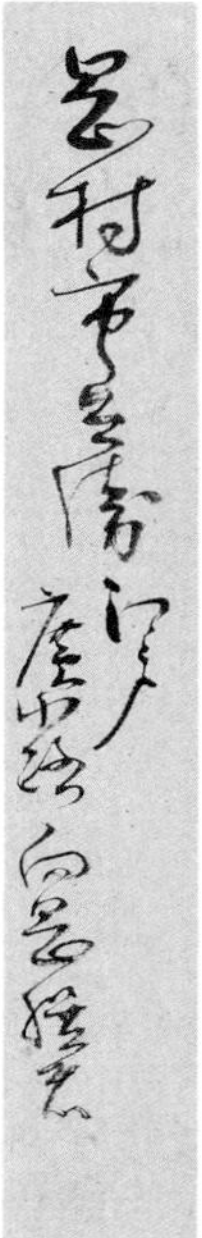

岡村市兵衛　江戸　広小路向岡撰者

631　一口

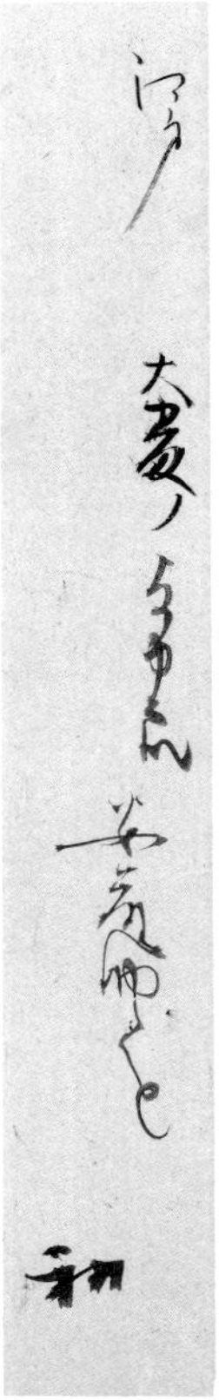

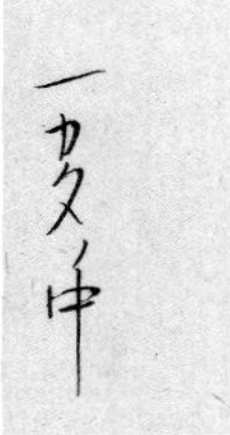

江戸　大番ノ与力衆　安藤助之進　和　一カタノ中

安藤介之進　江戸　大番衆与力　諸集ニ入

632　似春

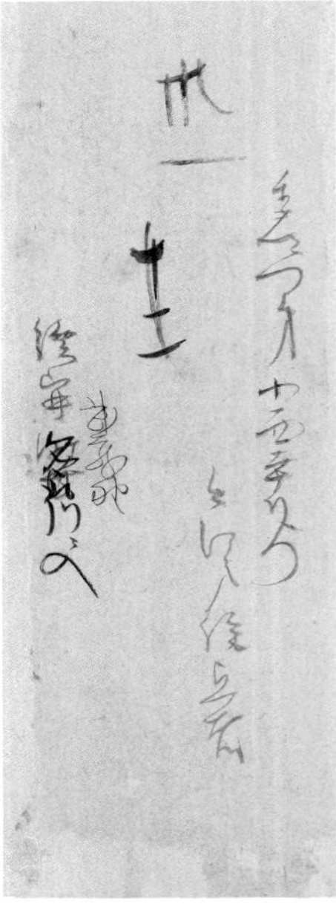

季吟門弟　小西平左衛門　今江戸住　点者
世一（墨消し）十二
続山井　武蔵野　名取川（下「時世」）ニ入

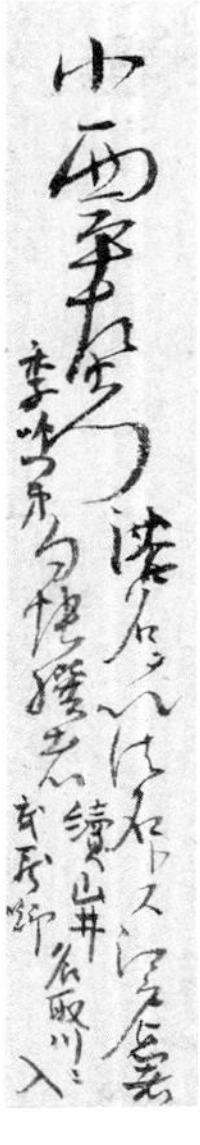

小西平左衛門　俗名ヲ以法名トス　句帳撰者　江戸**点者**
季吟門弟　続山井　武蔵野　名取川ニ入

633　山夕

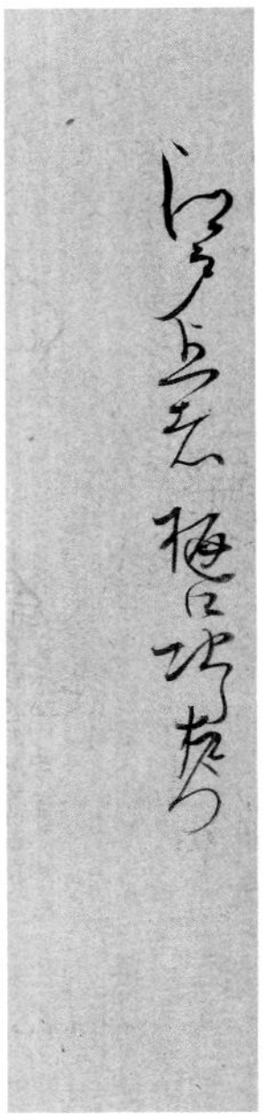

江戸点者　樋口次郎左衛門

樋口次郎左衛門　江戸　点者

634　泰徳

佐夜中山集　続新犬ツクハニ入

江戸西岡氏五兵へ泰次事　諸集ニアリ

西岡五兵衛泰次改名　江戸　**佐夜中山集　続新犬筑波ニ入**

635　輿之

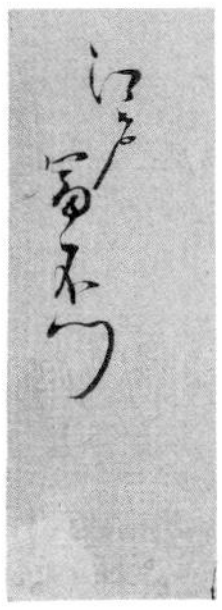

四十三　江戸　富不門（印）

富不門　江戸

636　洗口

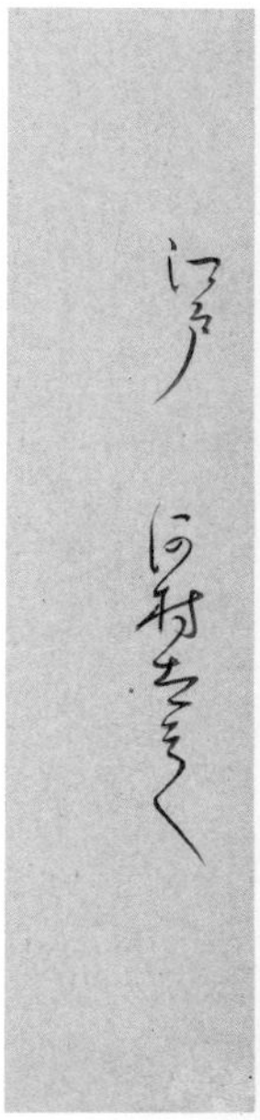

江戸　河村太兵へ

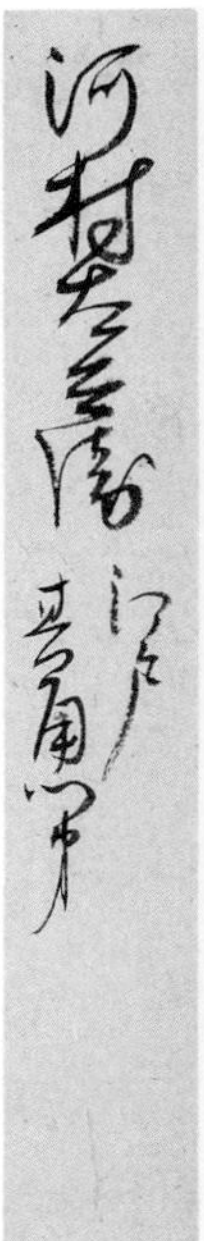

河村太兵衛　江戸　其角門弟

637　寿信

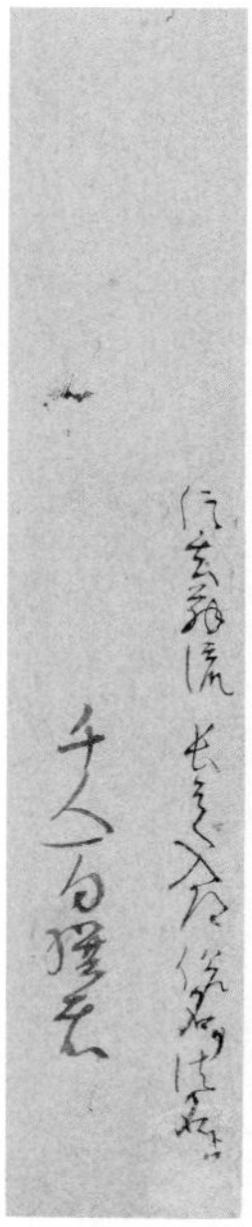

信玄翁流　長兵へ入道　俗名ヲ法名トス
千人一句撰者

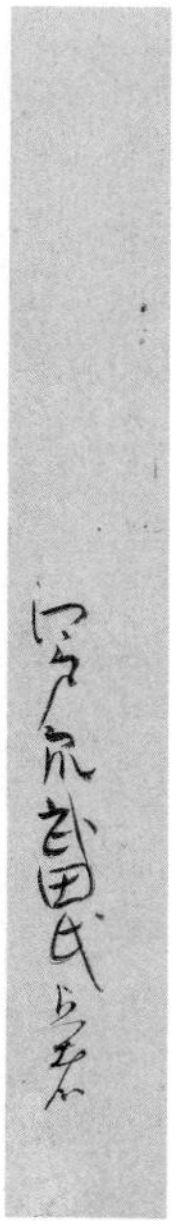

江戸衆　武田氏　点者

武田長兵衛　俗名ヲ以法名トス　千人一句撰者　江戸点者

638　加友

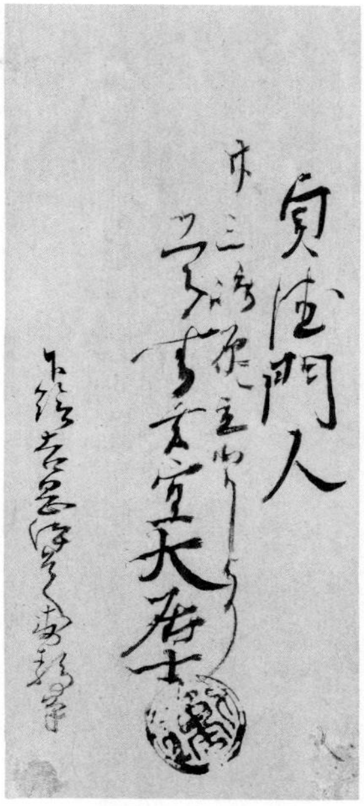

貞徳門人
廿　三嶋原在としより
鶯雪玄宜大居士　（印）
下絵吉岡伊兵へ寿静筆

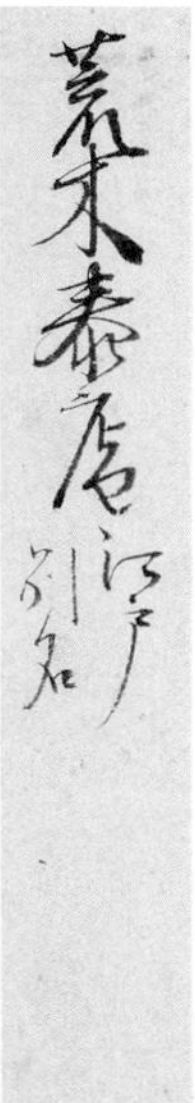

荒木泰庵　江戸　別名

639　一松

江戸衆　点者

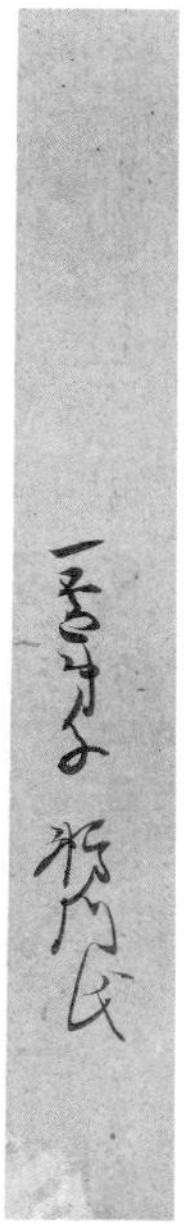

一雪弟子　鵜川氏

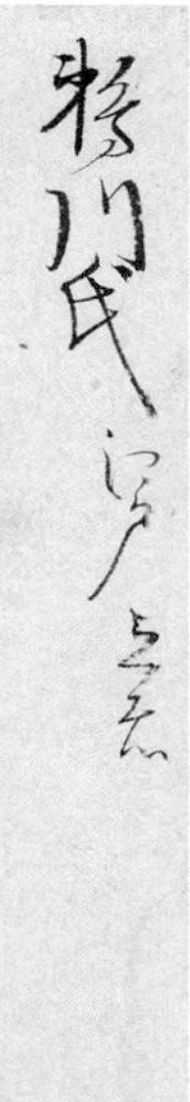

鵜川氏　江戸　点者

640　良斎

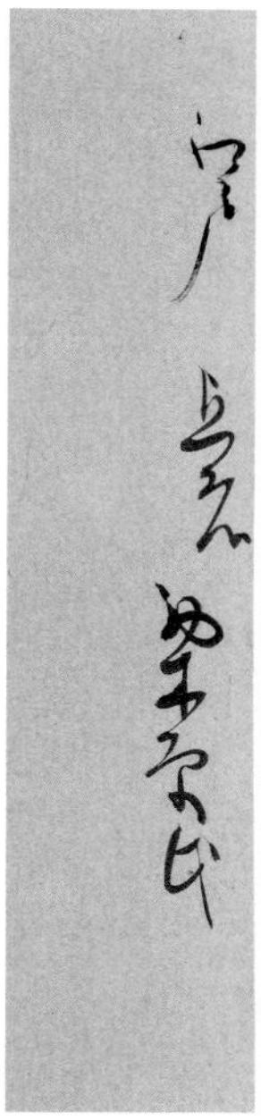

江戸　点者　栗原氏

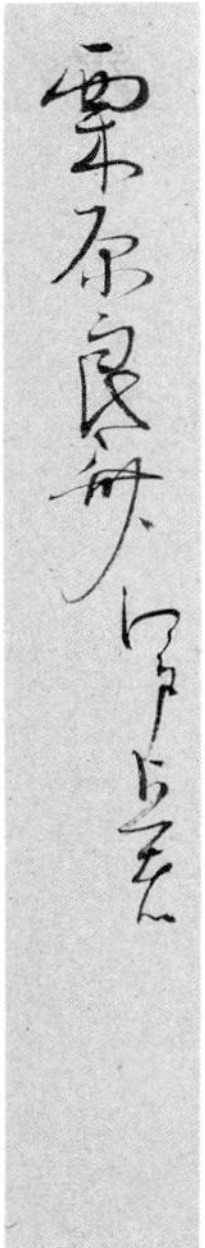

栗原良斎　江戸　点者

641　幸入

（裏書なし）

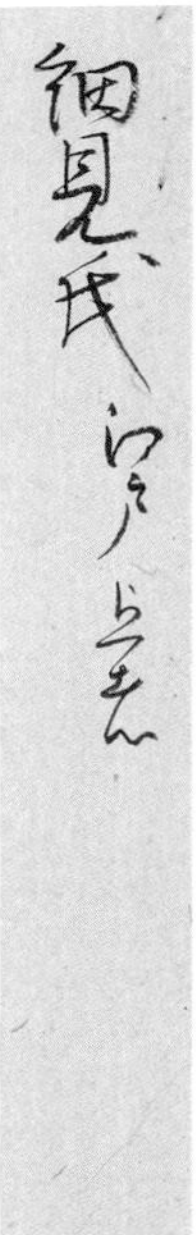

細見氏　江戸　点者

642　俊継

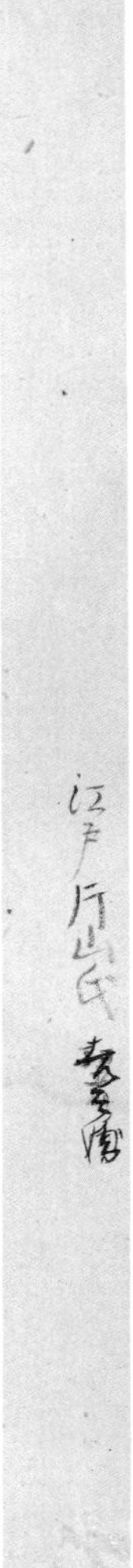

江戸　片山氏吉兵衛（下「□者」）片山吉兵衛様より（墨消し）短尺五枚之内（墨消し）小嶋氏勝行（墨消し）

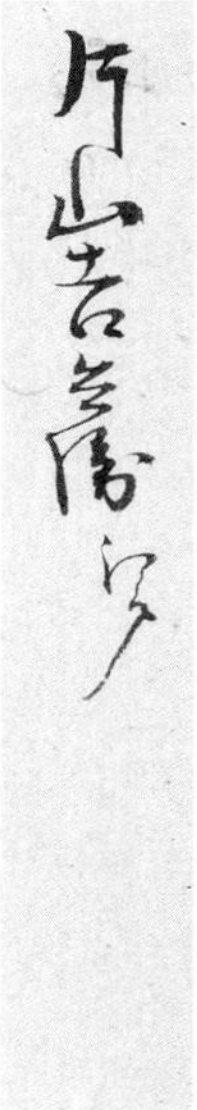

片山吉兵衛　江戸

643　露言

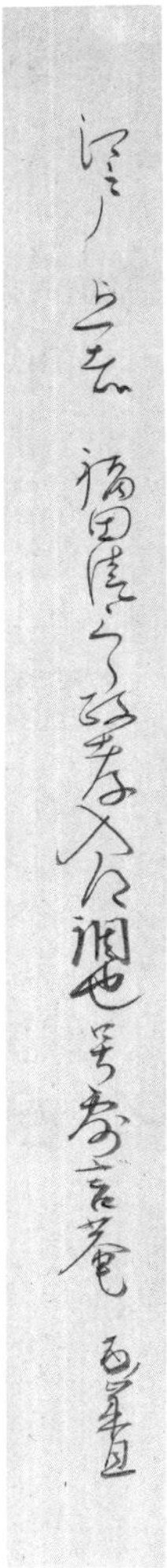

江戸　点者　福田清三郎政孝入道調也　号露言菴　西ノ歳旦

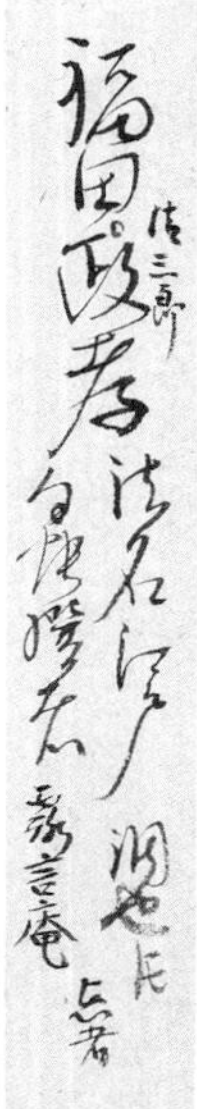

福田清三郎政孝法名　江戸　句帳撰者　調也トモ　露言庵　点者

644　安昌

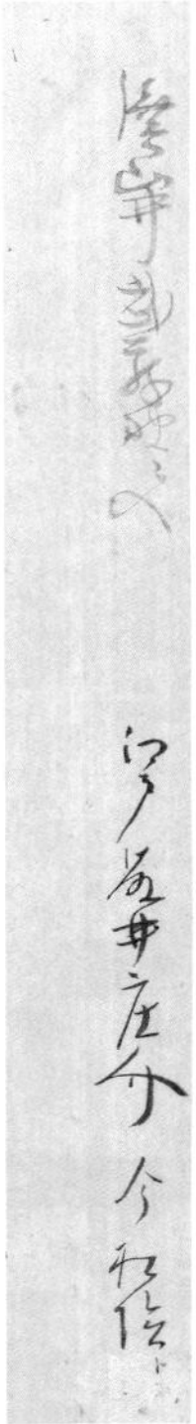

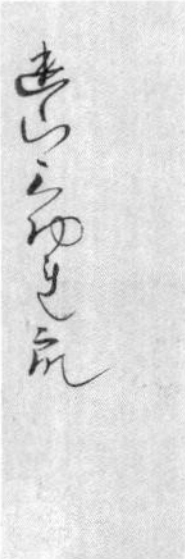

続山井　武蔵野ニ入　江戸藤井庄介　今松陰トモ　幽山三物連衆

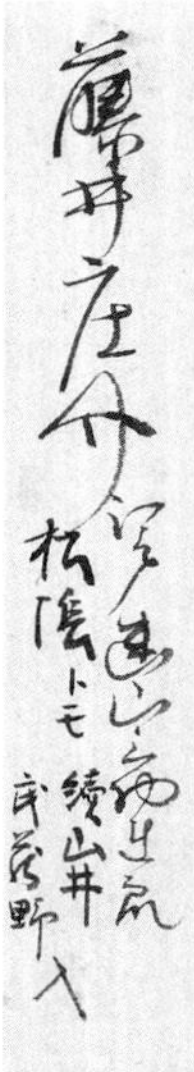

藤井庄介　江戸　幽山三物連衆　松陰トモ　続山井　武蔵野入

645　青雲

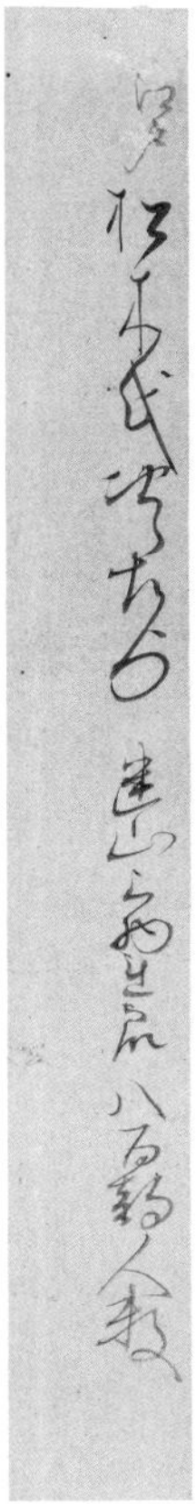

江戸　松木氏次郎左衛門　幽山三物連衆　八百韻人数

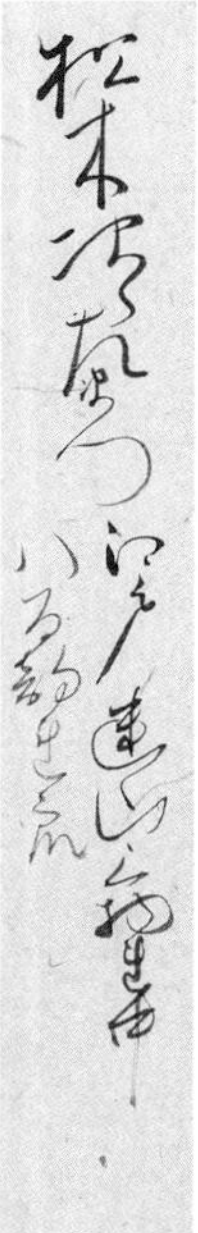

松木次郎左衛門　江戸　幽山三物連中　八百韻連衆

646　鳥跡

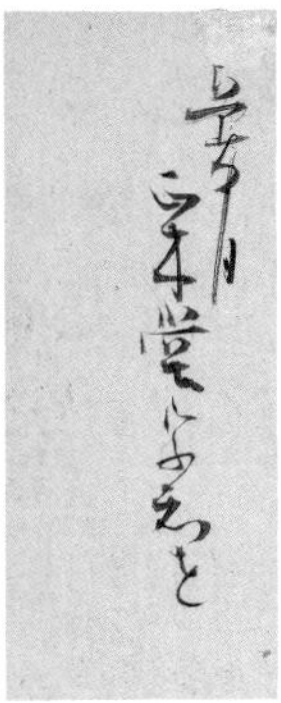

点者□正木堂宗知老　江戸

正木堂宗知別名　江戸　点者

647　雪柴

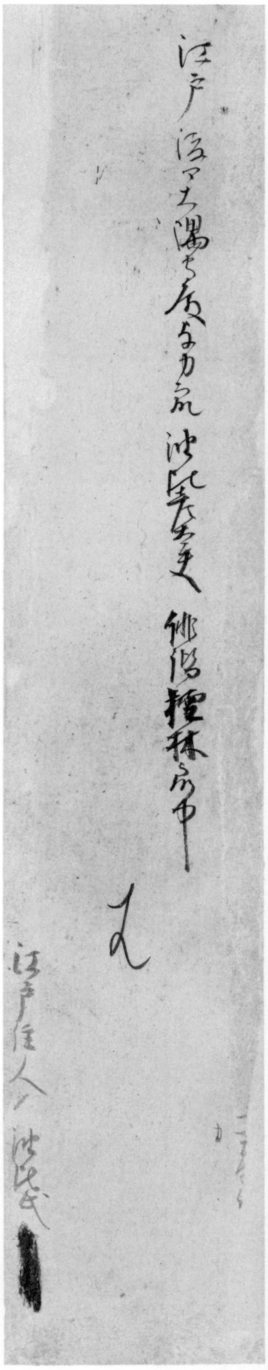

江戸渡部大隈守殿与力衆　油比彦太夫　俳諧檀林衆中　は　江戸住人油比氏
□□□□カ

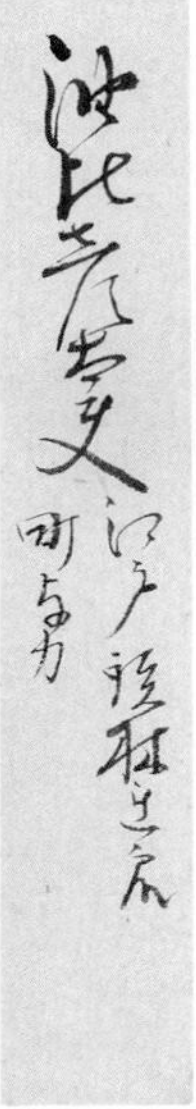

油比彦太夫　江戸　談林連衆　町与力

648　在色子

（裏書なし）

野口氏　江戸　談林連中

649　正友

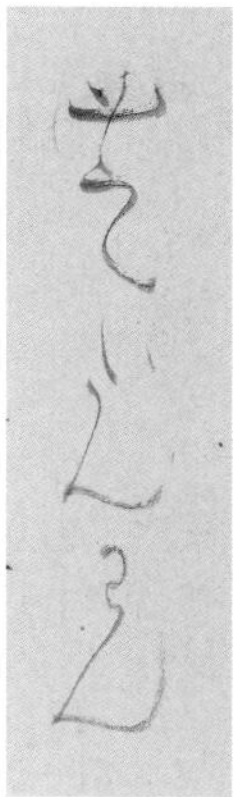

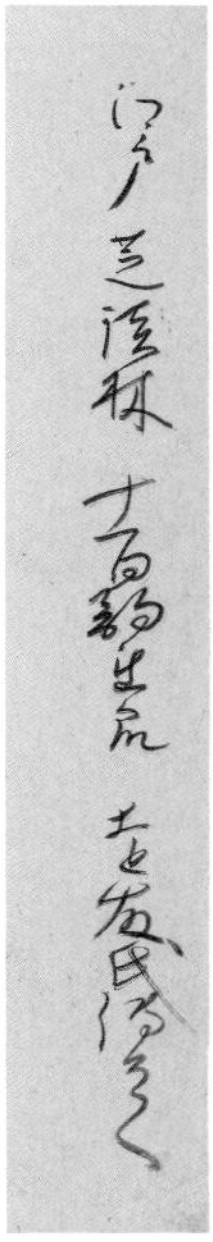

芝たんりん　江戸芝談林　十百韻連衆　遠藤氏伝兵へ　点者

江戸衆　談林之中　遠藤氏伝兵衛　**点者**

650　一鉄

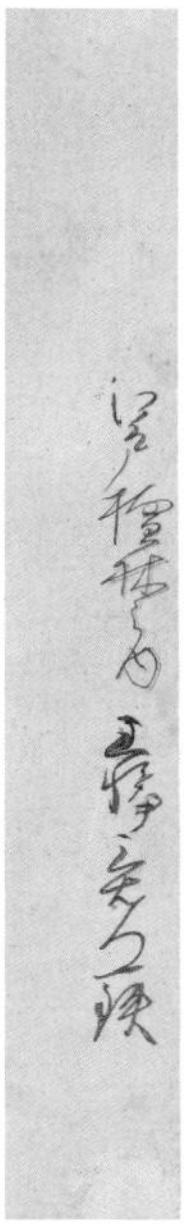

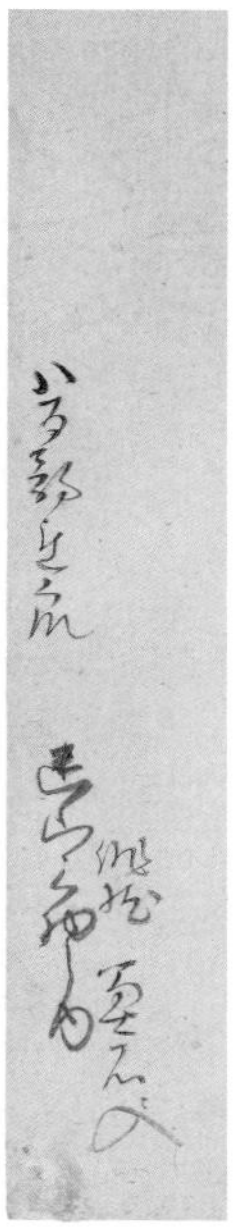

江戸檀林之内　三輪三右衛門一鉄
八百韻連衆　幽山三物之内
俳諧富士石ニ入

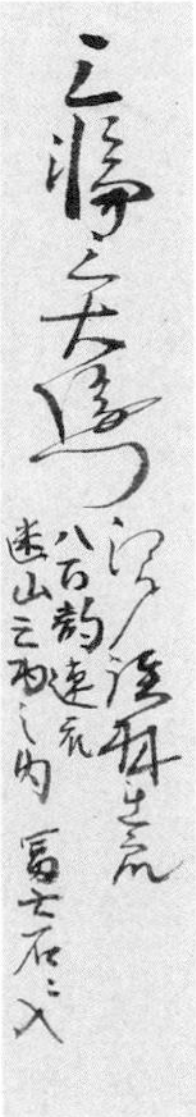

三輪三右衛門　江戸談林連衆　**八百韻連衆**
幽山三物之内　富士石ニ入

651　松意

（裏書なし）

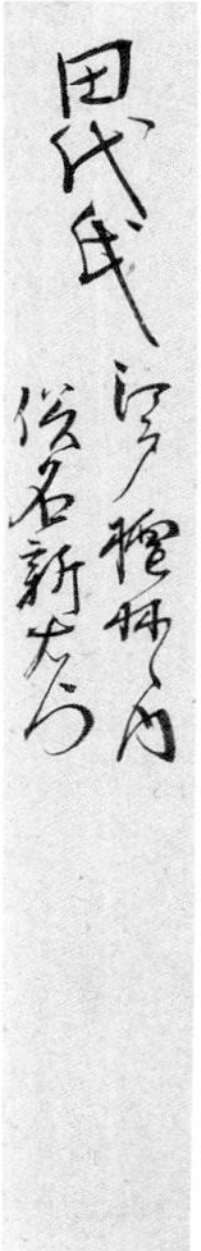

田代氏　江戸檀林之内　俗名新右衛門

652　志計

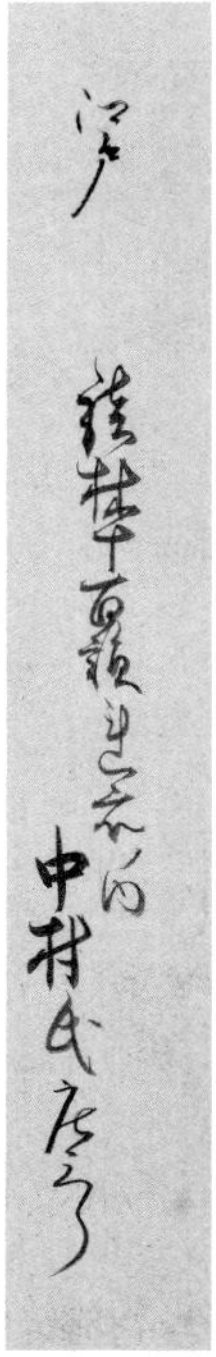

江戸　談林十百韻連衆ノ内　中村氏庄三郎（印）

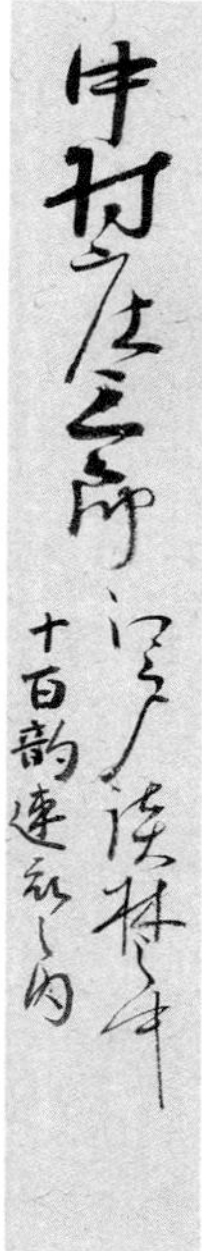

中村庄三郎　江戸談林之中　**十百韻連衆之内**

653　卜尺

江戸　小沢氏太郎兵へ卜尺　談林之内

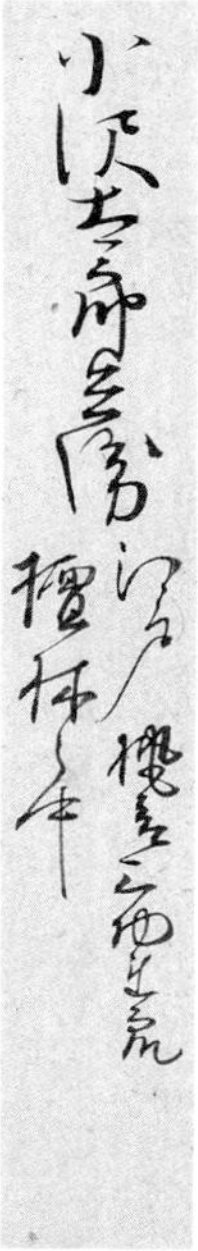

小沢太郎兵衛　江戸　檀林之中　桃青三物連衆

654　言求

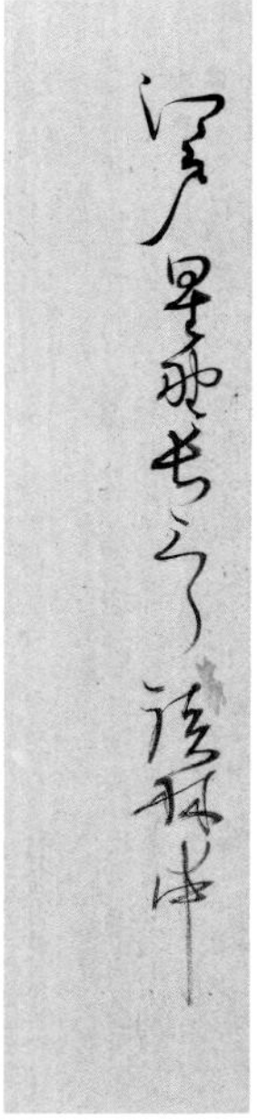

江戸　星野長三郎　談林ノ中

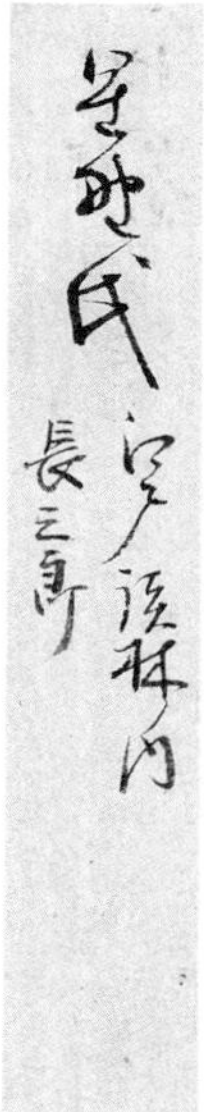

星野氏　江戸　談林ノ内　**長三郎**

655　芭蕉

（裏書なし）

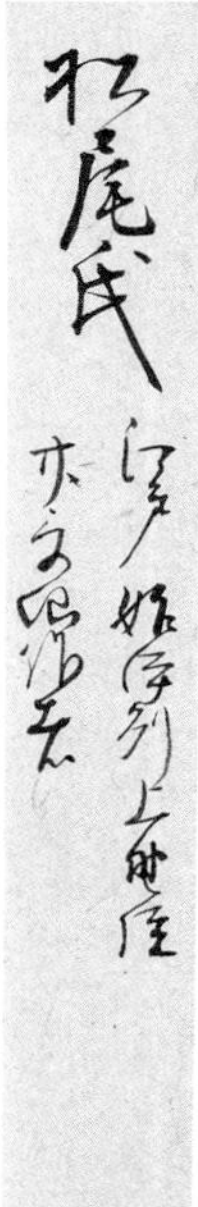

松尾氏　江戸　始伊州上野住　廿歌仙作者

656　桃青

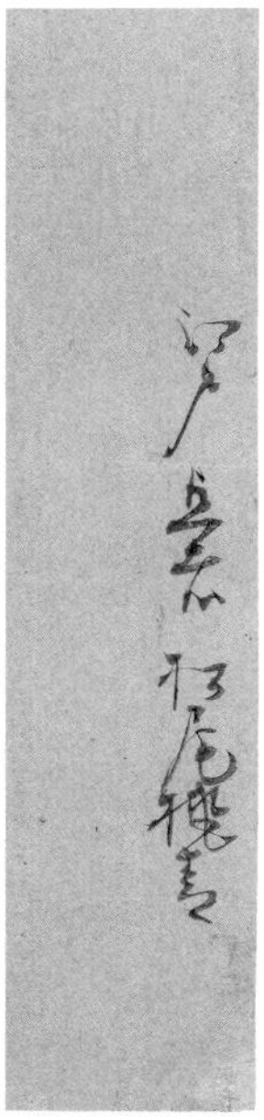

江戸点者　松尾桃青

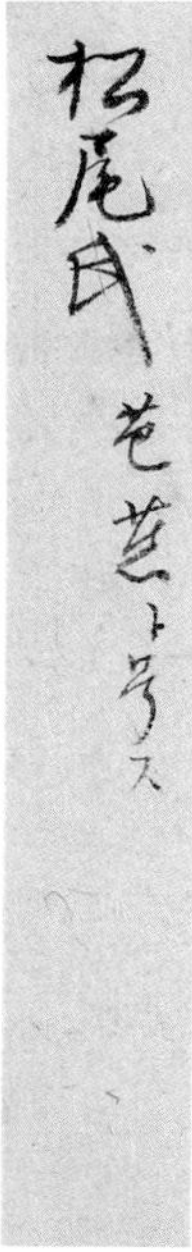

松尾氏　芭蕉卜号ス

657　暁雲

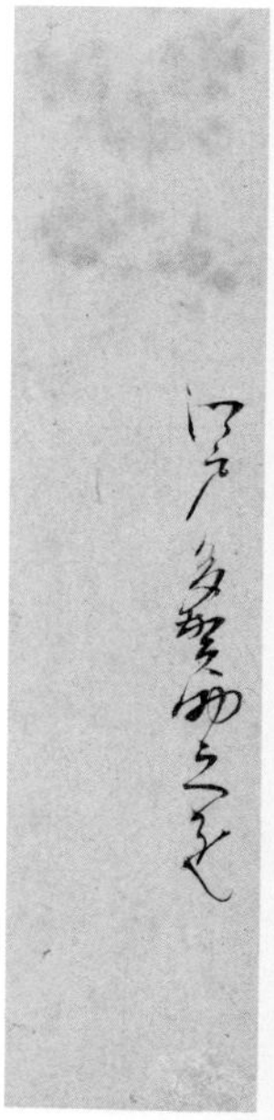

江戸　多賀助之丞

多賀助之丞　江戸　号暁雲　英一蝶

658　嵐雪

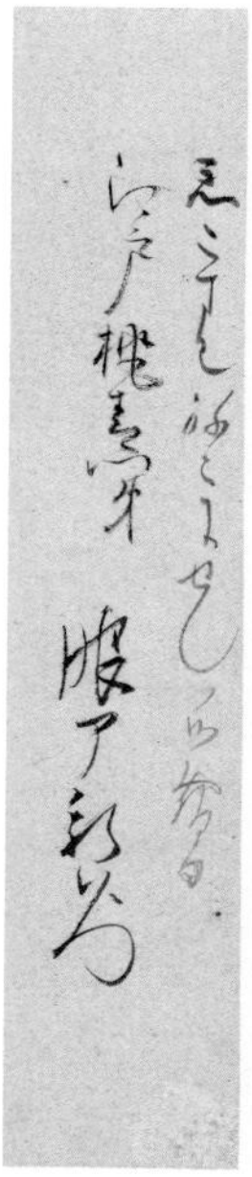

君こすはねこにせんノ御発句

江戸桃青門弟　服部新左衛門

此句武蔵曲ニ入　嵐雪書

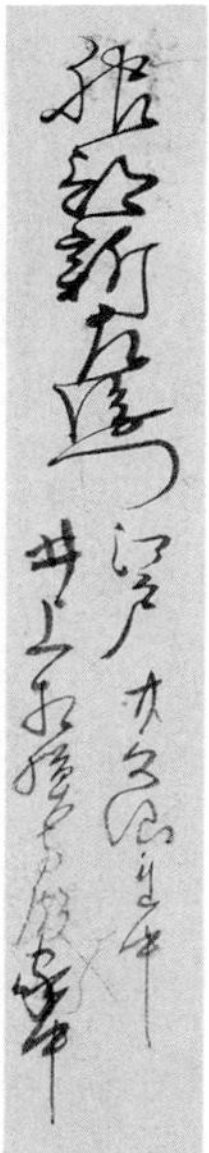

服部新左衛門　江戸　廿歌仙連中　井上相模守殿家中

659　巌翁

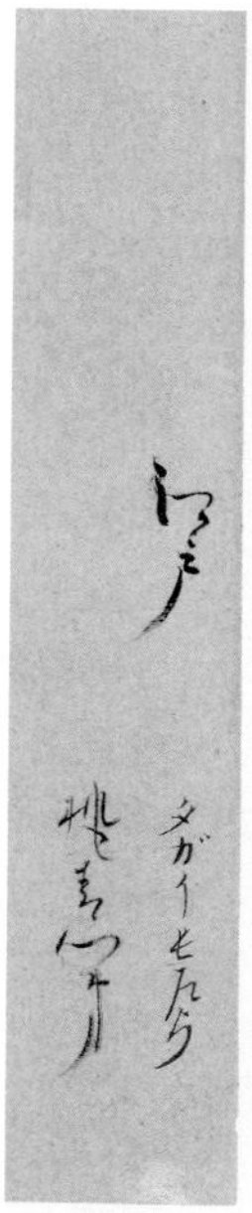

江戸　タガイ長左衛門　桃青門弟

廿歌仙ノ中　多賀井氏

多賀井長左衛門　江戸　廿歌仙ノ中　**芭蕉門人**

660　嵐竹

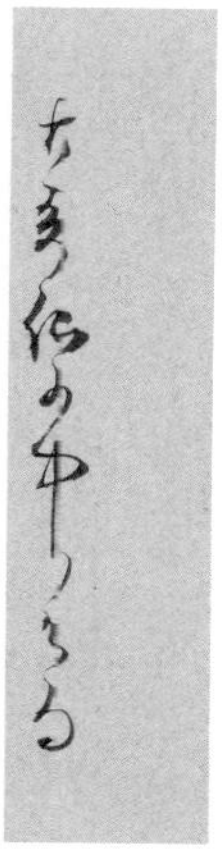

廿歌仙の中ノ御句　江戸　桃青門弟

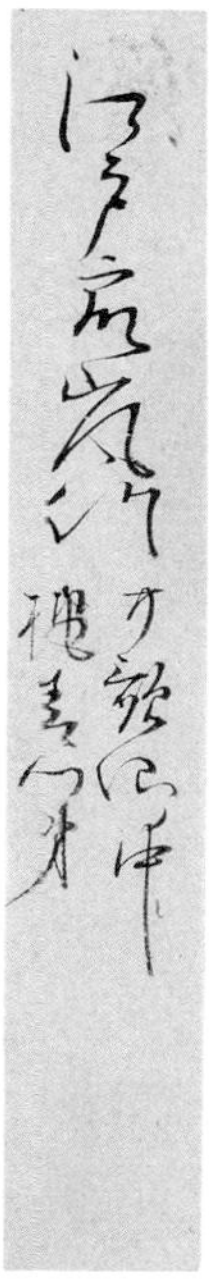

江戸衆嵐竹　廿歌仙ノ中　桃青門弟

661　其角

江戸　松尾桃青門弟　螺舎翁　榎下順哲別名其角《キ》　廿歌仙ノ連衆

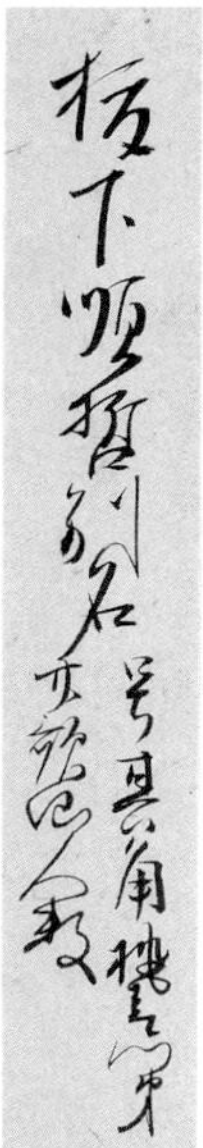

榎下順哲別名　号其角　桃青門弟　廿歌仙人数

662　キ角

（裏書なし）

663　一山

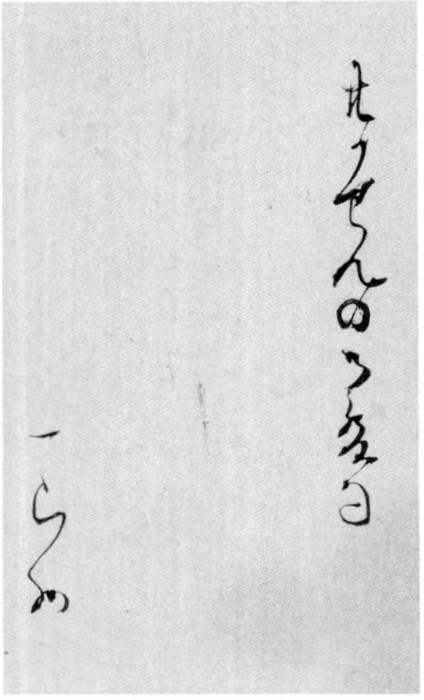

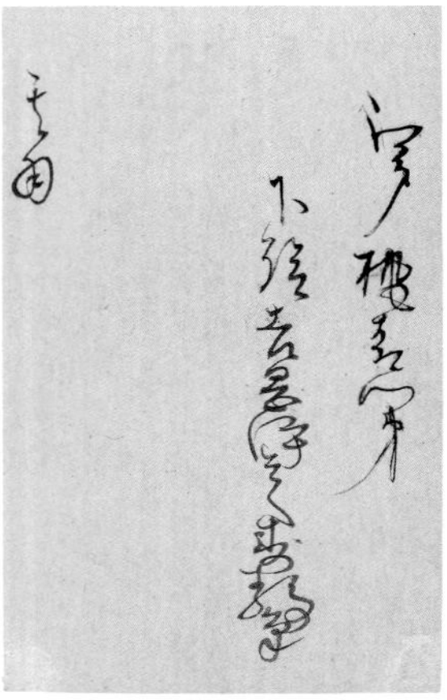

廿かせんの御発句　一山様　其□

江戸桃青門弟　下絵吉岡伊兵へ寿静筆

664　揚水之

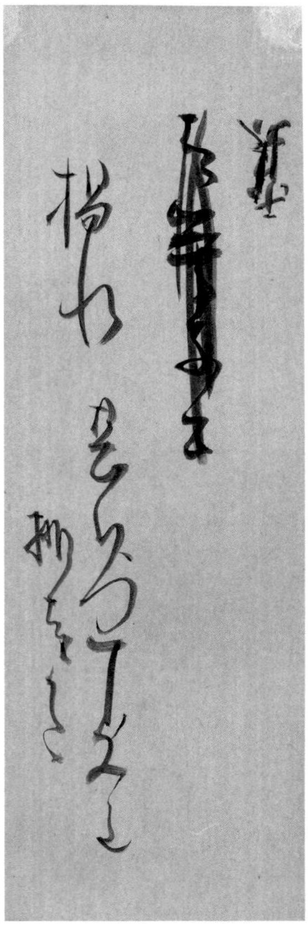

（墨消し）青竿子書　揚水　甚左衛門丁ノ又道　桃青かた

（墨消し）□□

665　立詠

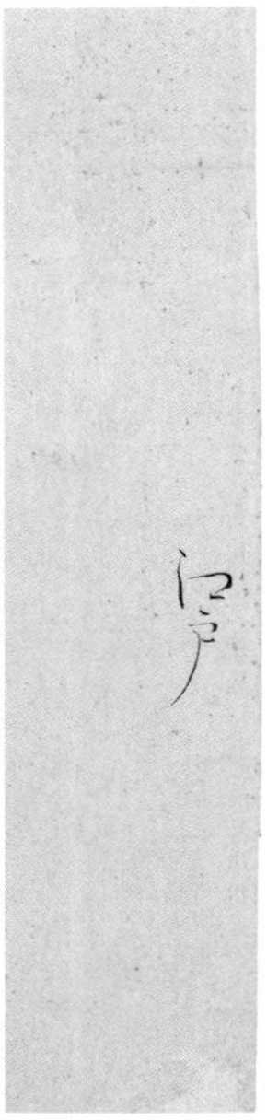

江戸

666　二葉子

江戸　神田氏蝶々子息　松花軒

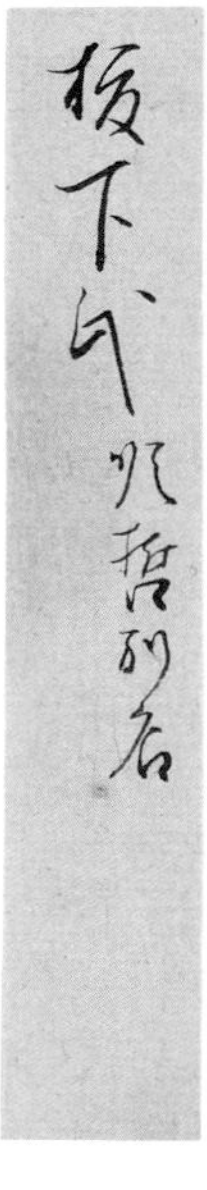

榎下氏　順哲別名

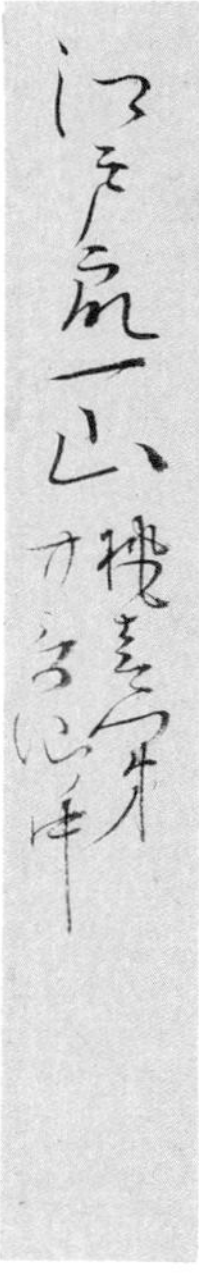

江戸衆一山　桃青門弟　廿歌仙ノ中

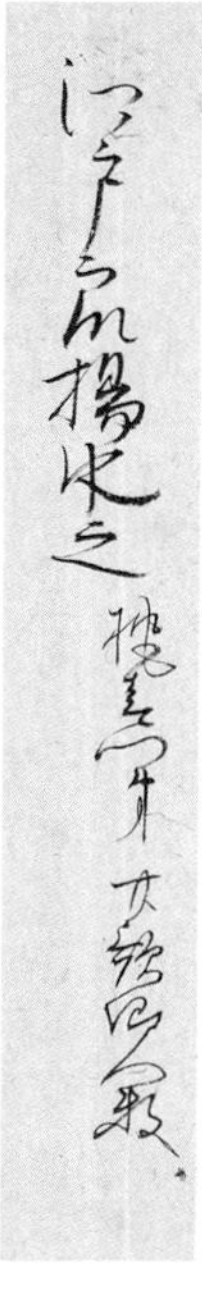

江戸衆揚水之　桃青門弟　廿歌仙人数

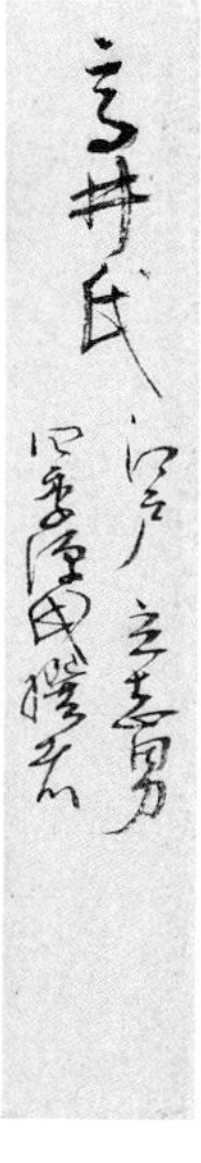

高井氏　江戸　立志男　四季源氏撰者

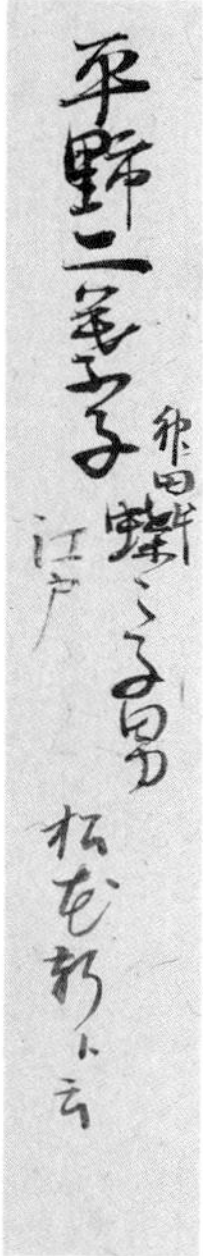

平野二葉子　蝶々子男　江戸　**神田トモ**　**松花軒ト云**

667　利重

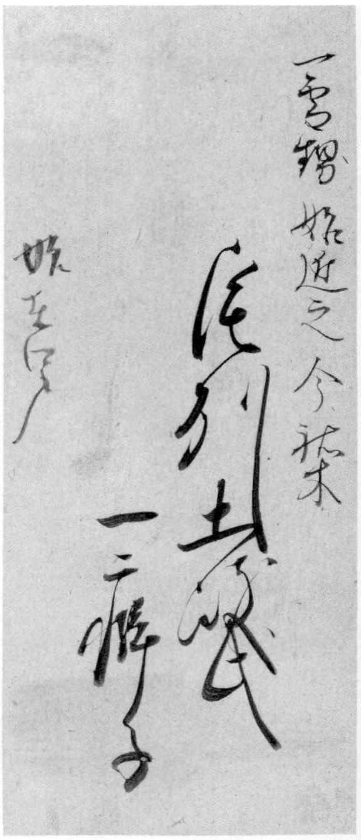

一雪甥　始近之今祐木
尾州土岐氏　一癖子
始在江戸

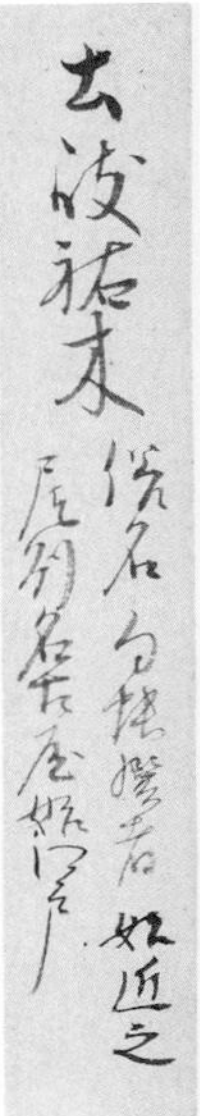

土岐祐木俗名　句帳撰者　始近之　尾州名古屋　始江戸

668　政義

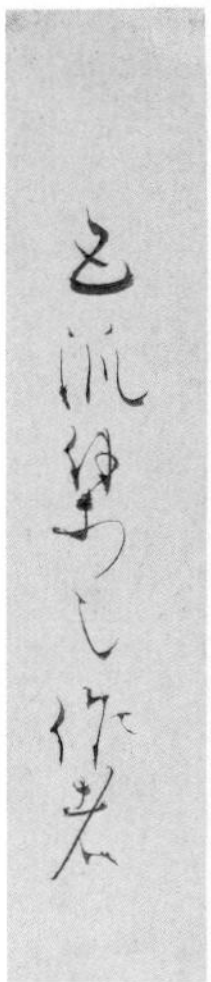

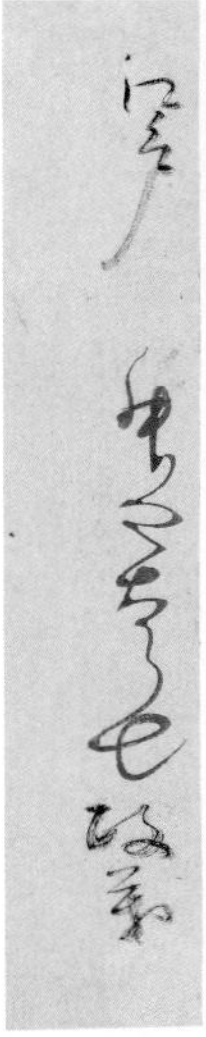

五派集之作者　江戸　升や太郎七政義

升屋太郎七　五派集作者　江戸　**政義**

669　昨今非

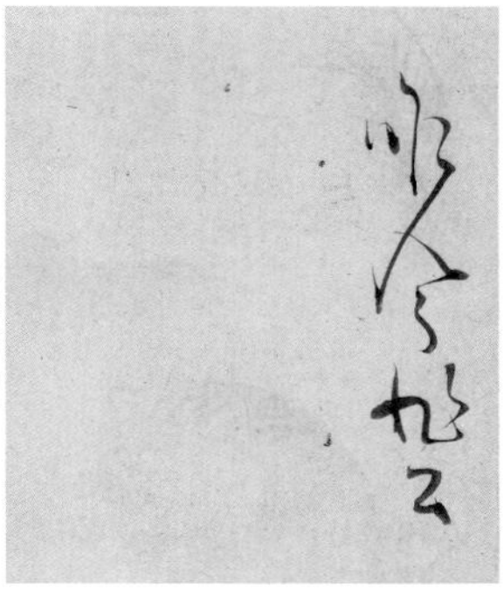

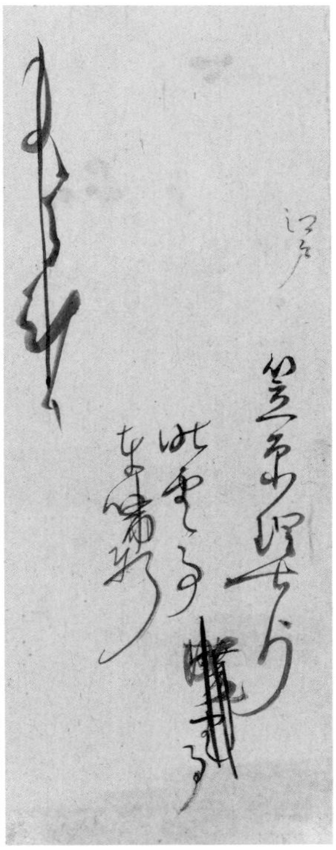

昨今非公　（墨消し）□□□□
江戸　笠原理右衛門　（墨消し）暁雲事　昨雲事　東嘯軒

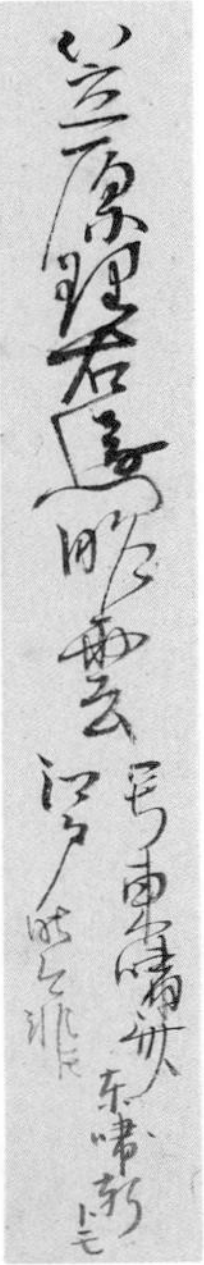

笠原理右衛門昨雲　号東嘯斎　江戸　**昨今非トモ**　**東嘯軒トモ**

670　杉風

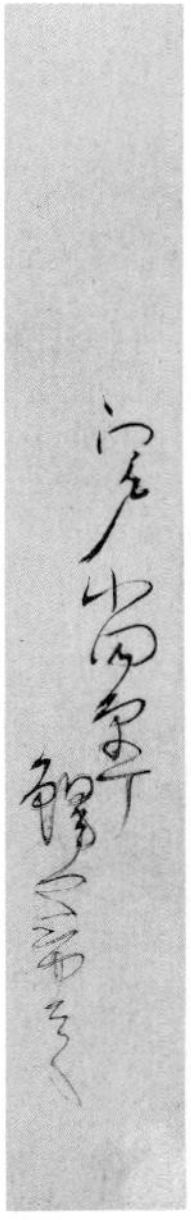

江戸小田原丁　鯉や市兵へ
桃青門弟

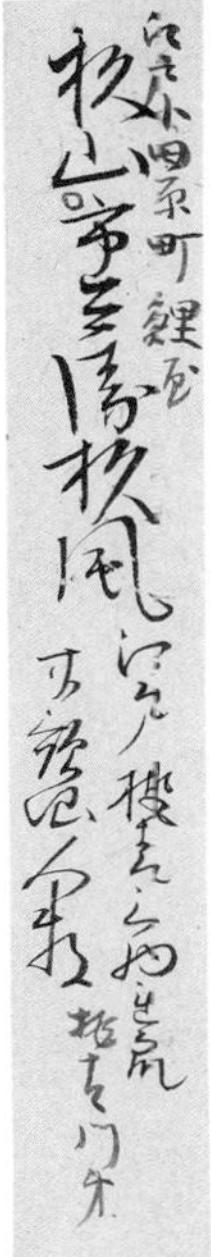

杉山市兵衛杉風　江戸　桃青三物連衆　廿歌仙人数
江戸小田原町　鯉屋　桃青門弟

671　樵花

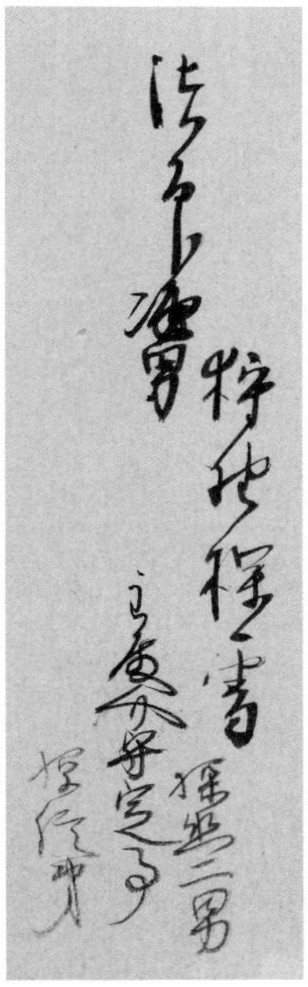

法印次男　狩野探雪
主殿介守定事　探幽二男　探信弟

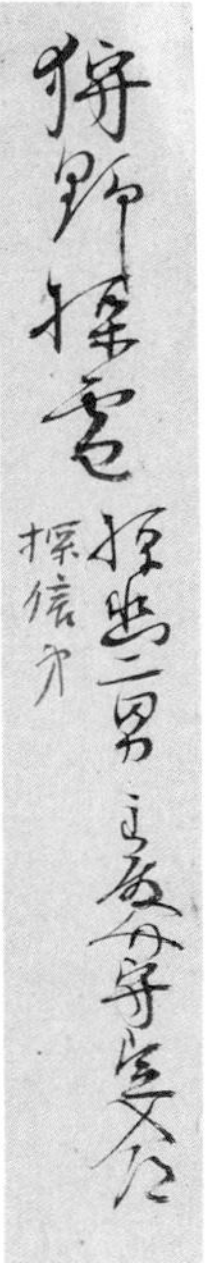

狩野探雪　探幽二男　主殿介守定入道　**探信弟**

672　常信

（裏書なし）

（印）

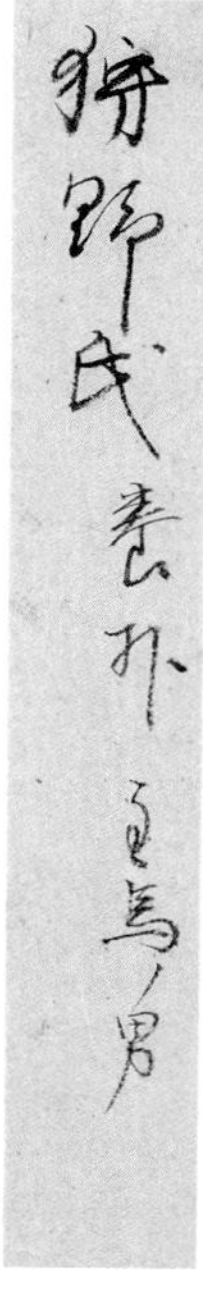

狩野氏　養朴　主馬ノ男

673　資仲

山下水句数　続山井ニ入　諸集ニ入
今ハ田山

江戸　赤塚氏善右衛門（下、不明）

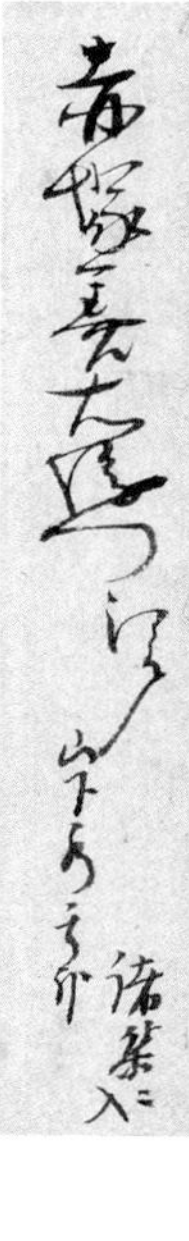

赤塚善右衛門　江戸　**山下水其外諸集ニ入**

674　葎宿子

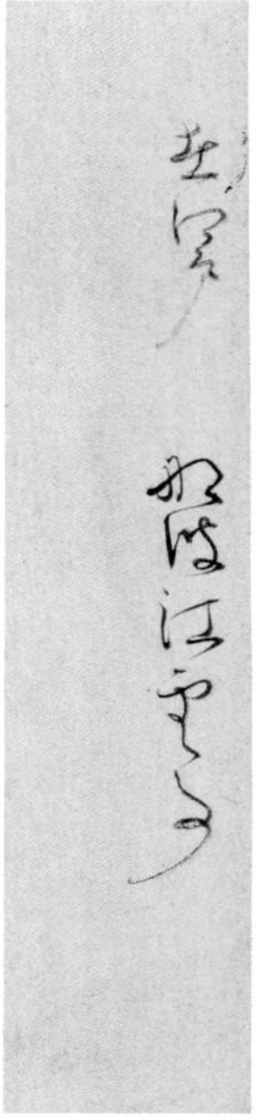

在江戸　那波江雲事

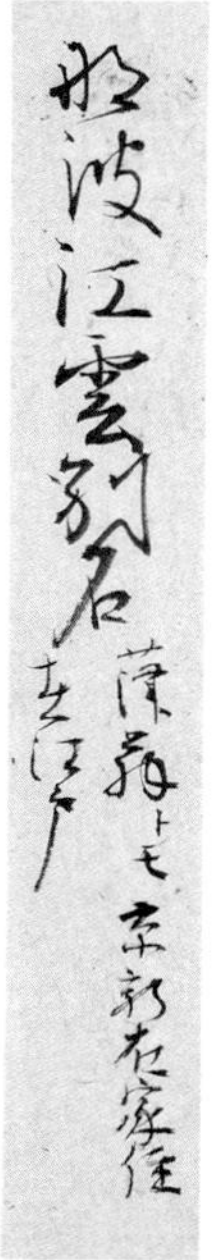

那波江雲別名　葎翁トモ　在江戸　京新在家住

675　崇音

薮殿嗣良卿御法名崇音御筆　号南家高倉殿　今ノ嗣孝卿御父　重口朝臣祖父

薮殿嗣良卿御法名　崇音　嗣孝卿御父（下「御息」）

676　盛政

佐久間玄番頭盛政　信長記入　柴田勝家養子

佐久間玄番頭盛政　柴田勝家養子　信長記ニ入

677　不言

曽我又左衛門殿　（見せ消ち）曽我又

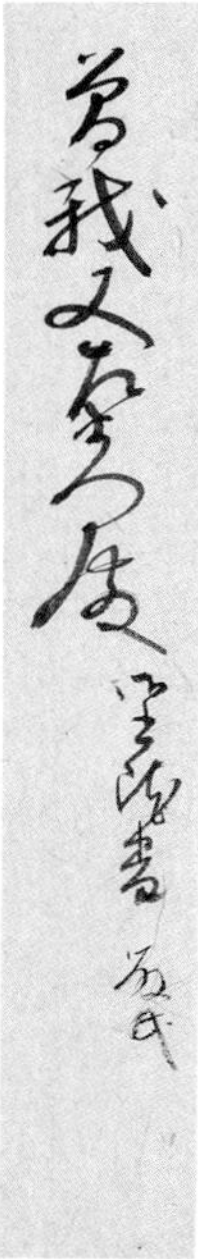

曽我又左衛門殿　御書院番　藤氏

678　調恵

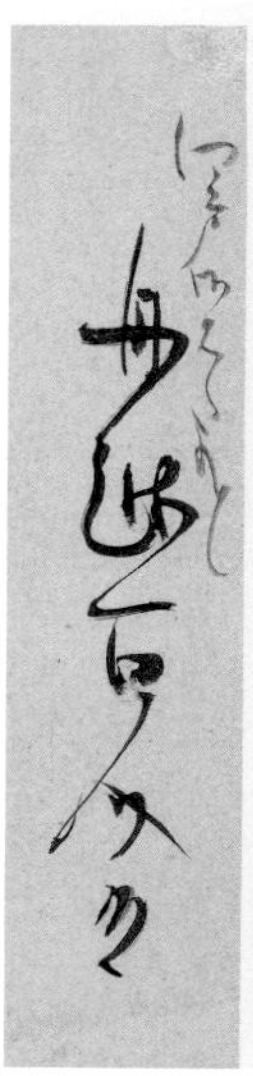
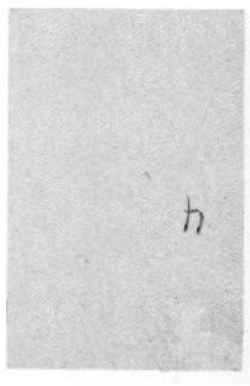

江戸御はたもと　舟越百介殿　カ　（印）

舟越百介殿

679　調皷子

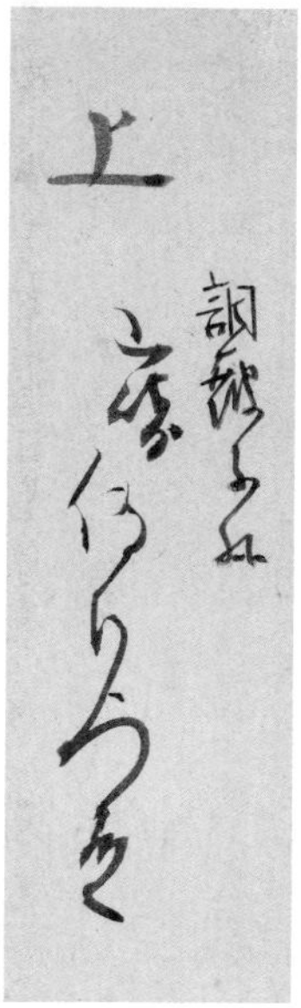
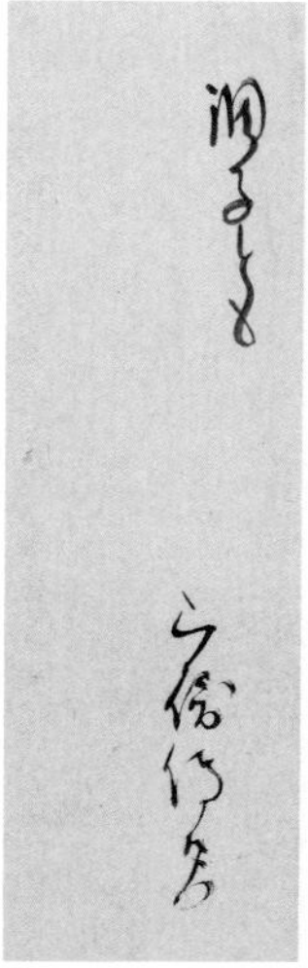

上　調皷子様　山崎伝左衛門殿　調子とも　山崎伝左衛門　（印）

山崎伝左衛門殿　調子トモ

680　出思

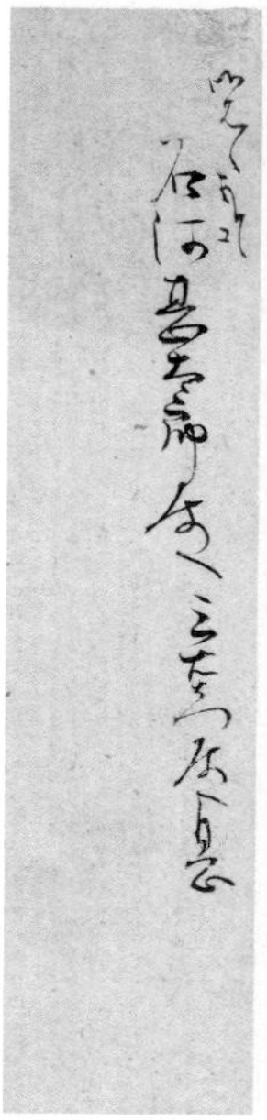

御はたもと　石河《コ》甚太郎殿　三右衛門殿息

石河《コ》甚太郎殿　三右衛門殿息

681　花散子

江戸御はたもと　長《永イ》井金兵衛殿

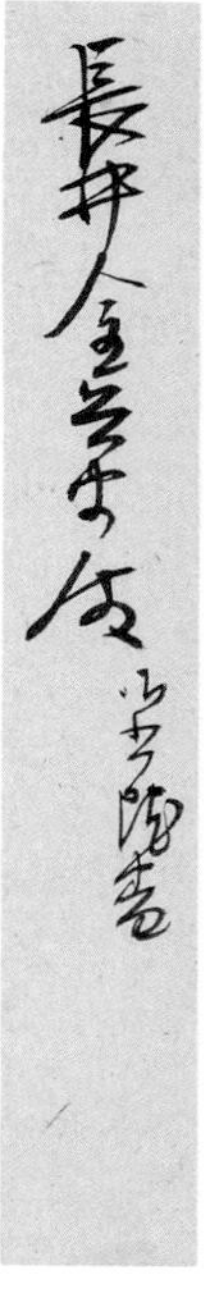

長井金兵衛殿　御書院番

682　豊広

五味氏外記殿　藤九郎殿息　備前守殿孫　山内氏一家

五味外記殿　藤九郎殿息　山内一家

683　未及

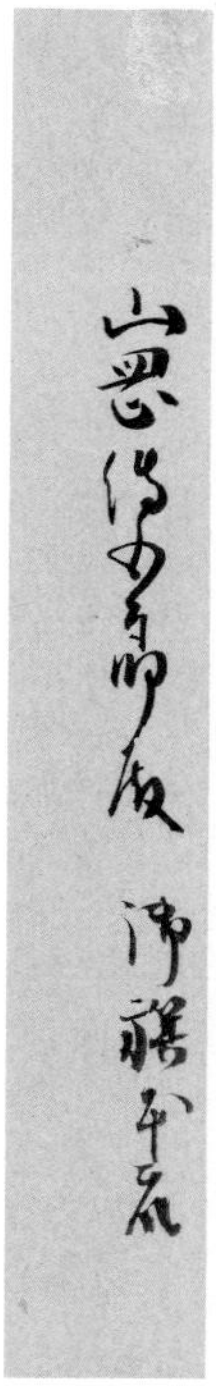

山岡伝五郎殿　御旗本衆　（印）

山岡伝五郎殿

684　泊船子

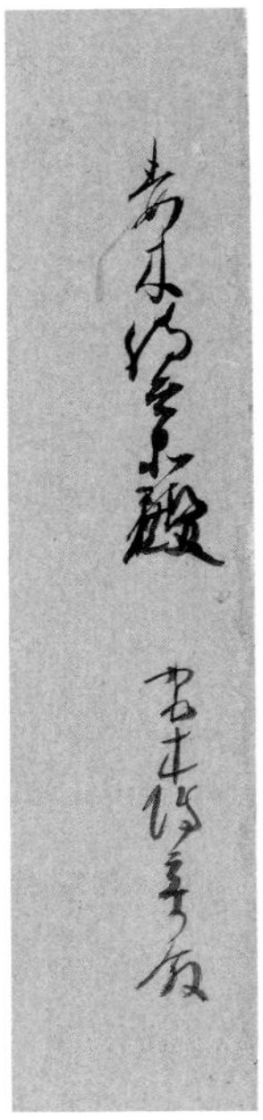

妻木伝兵衛殿　妻木伝兵衛殿

妻木伝兵衛殿　御はたもと　号泊船子

685　自笑

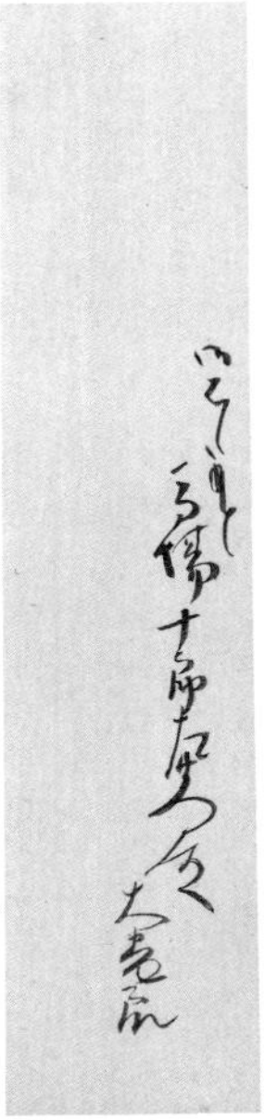

御はたもと　馬場十郎左衛門殿　大番衆

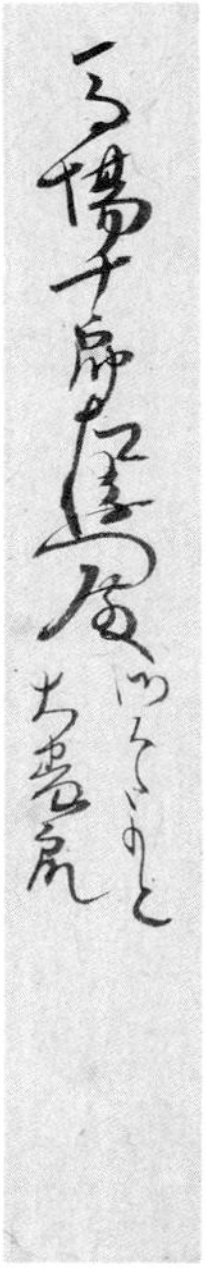

馬場十郎左衛門殿　御はたもと　大番衆

686　申笑

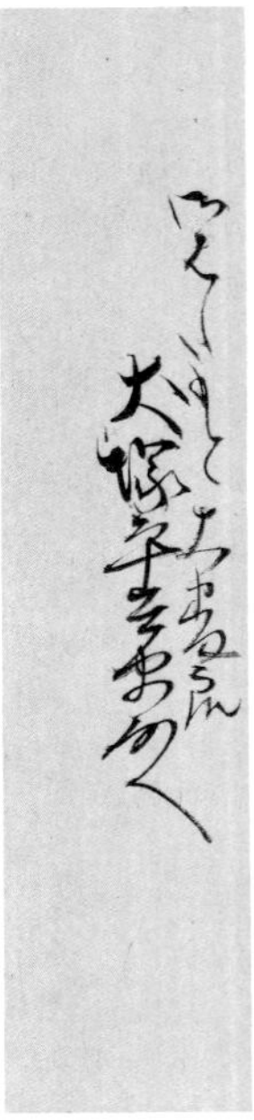

御はたもと　大番衆　犬塚平兵衛殿

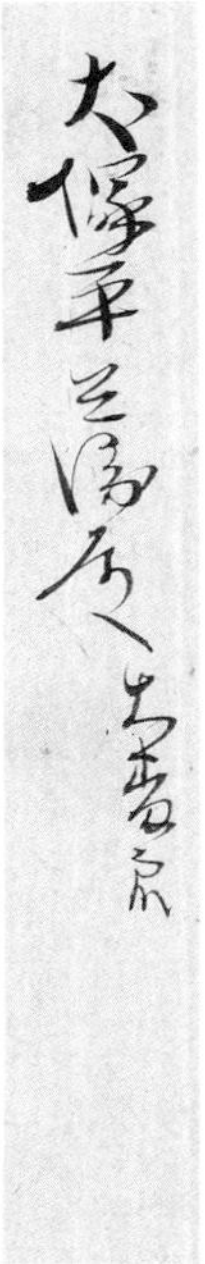

犬塚平兵衛殿　大番衆

687　捻少

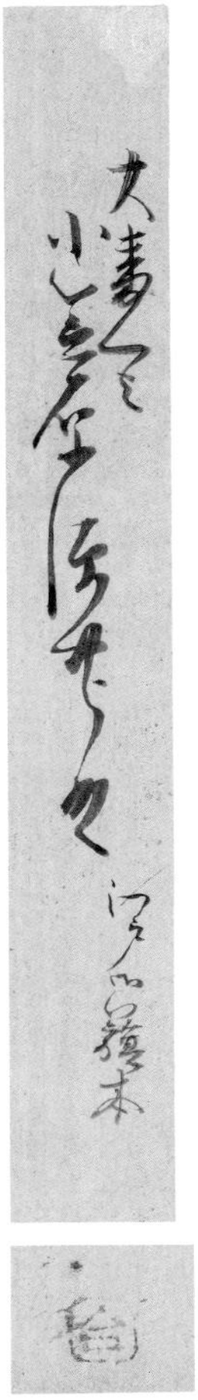

大番くみ　小笠原源四郎殿　江戸御旗本　（印）

小笠原源四郎殿　大番衆

688　言菅子

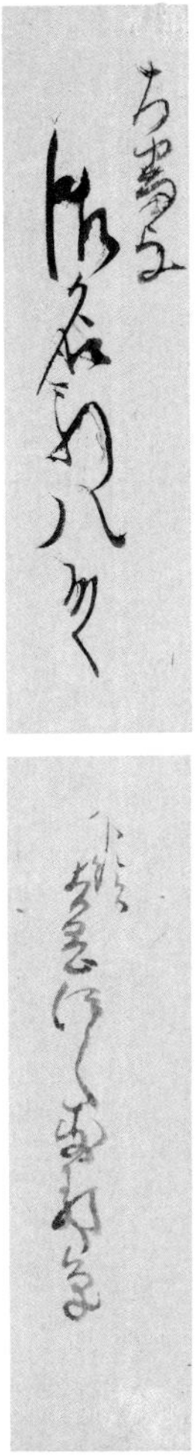

大番与　瀬名新八殿　下絵吉岡伊兵へ寿静筆

瀬名新八郎殿　大番衆

689　忠栄

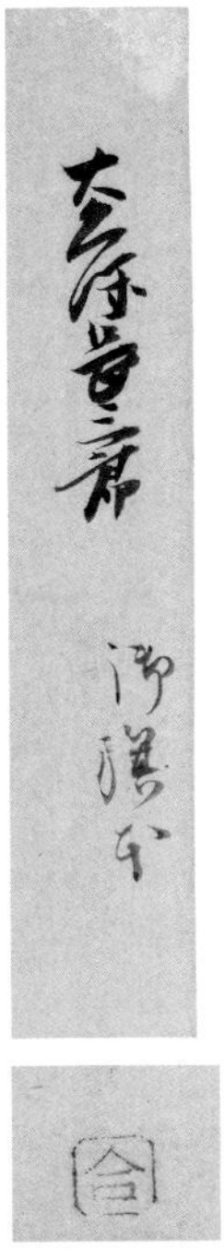

大久保長三郎　御旗本　（印）

大久保長三郎殿　御旗本衆　大番衆

690　青葉子

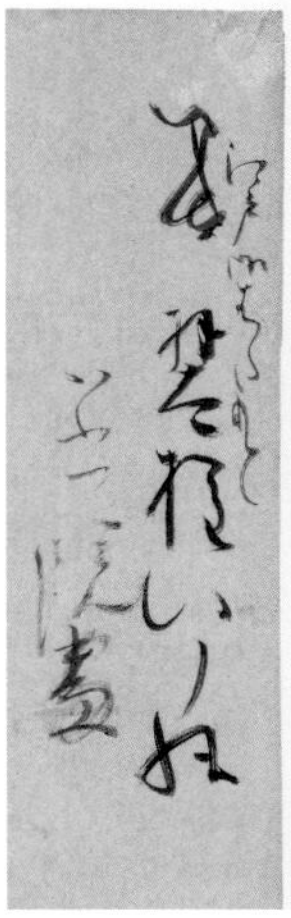

□□（墨消し）　江戸御はたもと
羽太権八郎様　御書院番　（印）

691　露関子

御書院番　榊原十郎兵衛殿　弐千石

692　翠紅

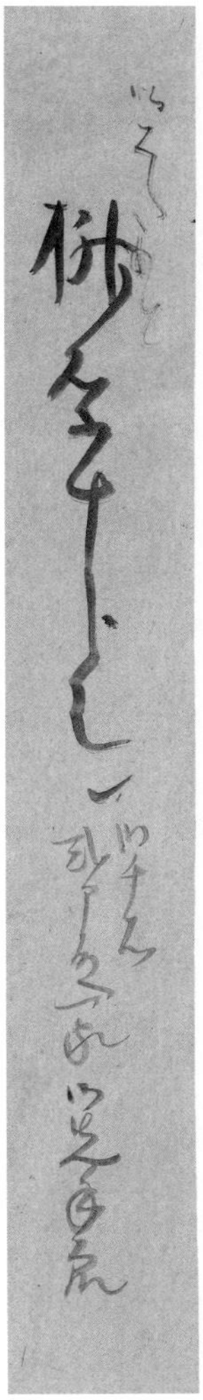

御はたもと　榊原十郎兵へ殿　弐千石　式部殿一家　御先手衆

693　松友

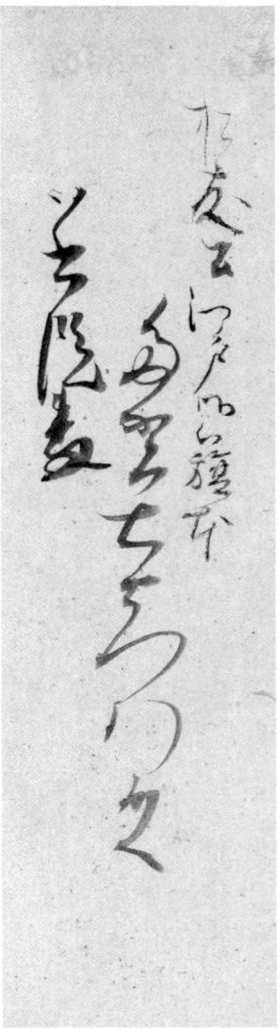

松友公　多賀右衛門八殿
御書院番　江戸御旗本　（印）（印）

694　青河子

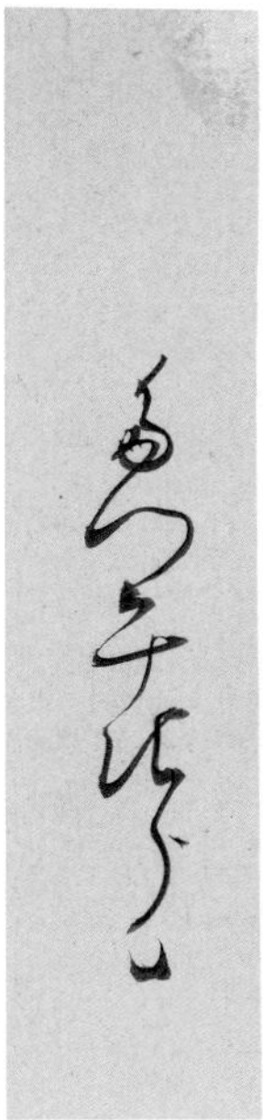

多門平次郎殿

695　笑水

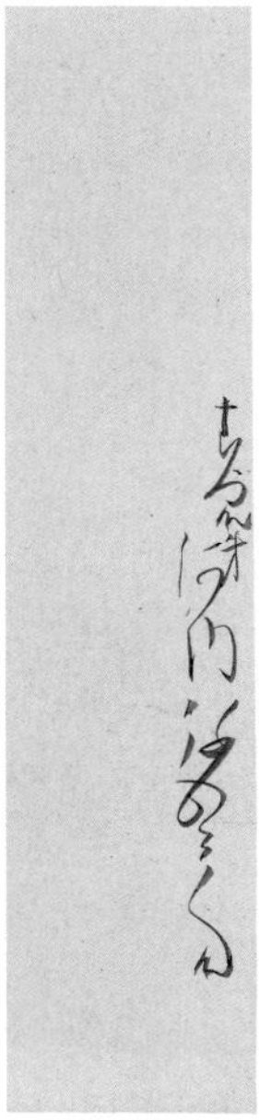

十左衛門殿弟　河内弥五兵へ殿

羽太権八郎殿　御書院番

榊原十郎兵衛殿　御書院番　源家　八兵衛殿息

榊原十郎兵衛殿　御書院番　露関子改名

多賀右衛門八殿　御はたもと

多門平次郎殿　御はたもと

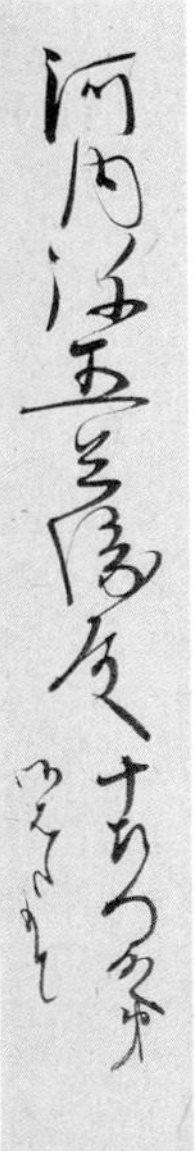

河内弥五兵衛殿　十左衛門殿弟　御はたもと

696　露管子

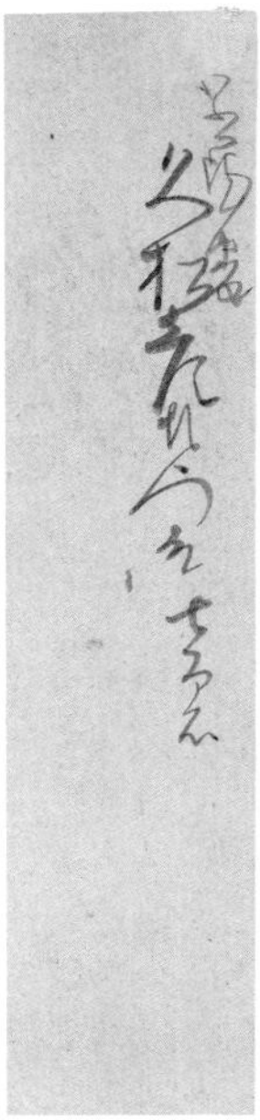

御書院番　久松彦左衛門殿　七百石

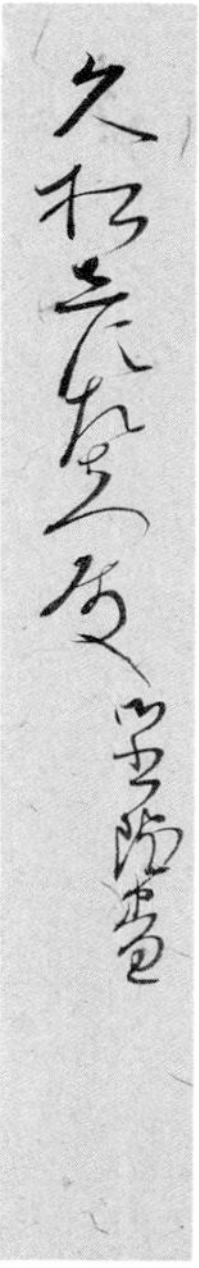

久松彦左衛門殿　御書院番

697　露章

御書院番　大河内又兵衛殿　源姓

大河内又兵衛殿　御はたもと　御書院番　源氏

698　忠勝

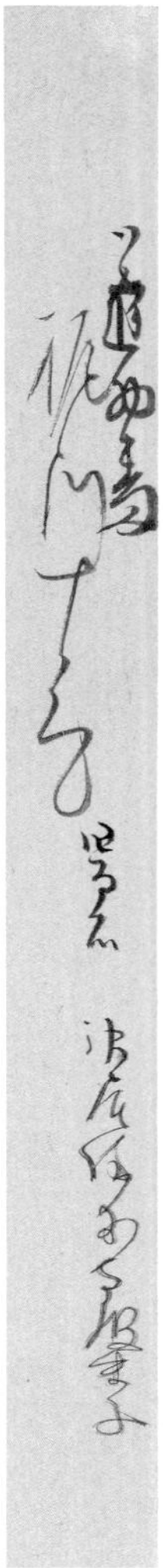

御進物番　梶川十兵へ殿　四百石　神尾備前守殿末子

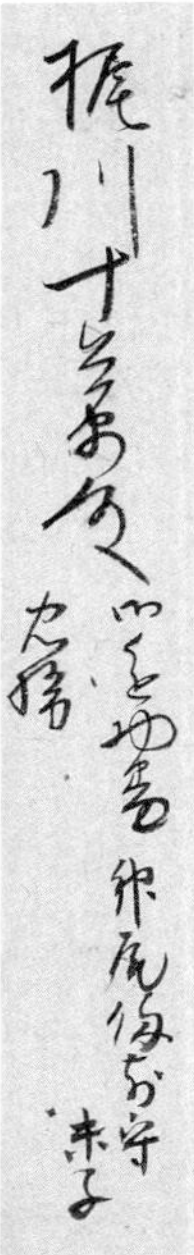

梶川十兵衛殿　御進物番　**忠勝**　**神尾備前守末子**

699　愚候

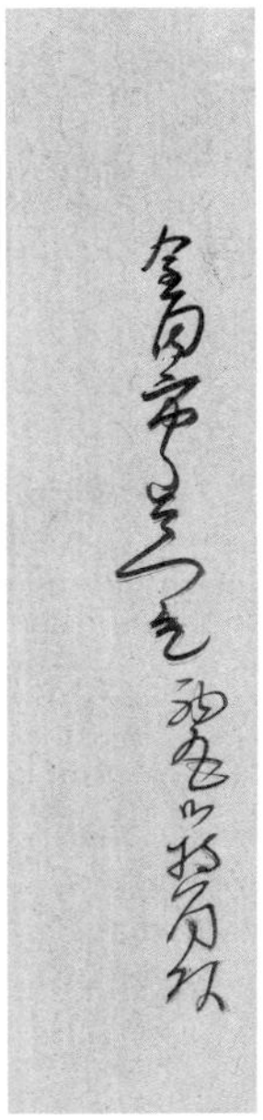

金田市郎兵へ殿　西丸御持筒頭

金田市郎兵衛殿　御はたもと　遠江守殿一家

700　露柳

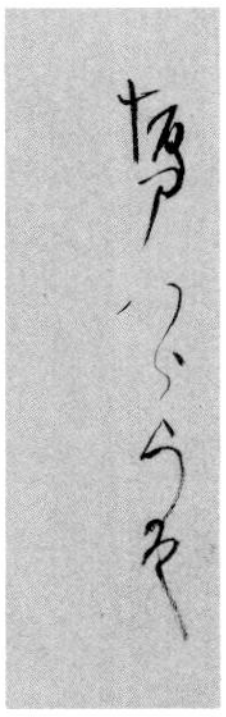

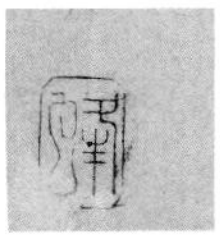

御はたもと　坂部八郎右衛門殿　三十郎殿一家　坂部八郎右衛門殿（印）

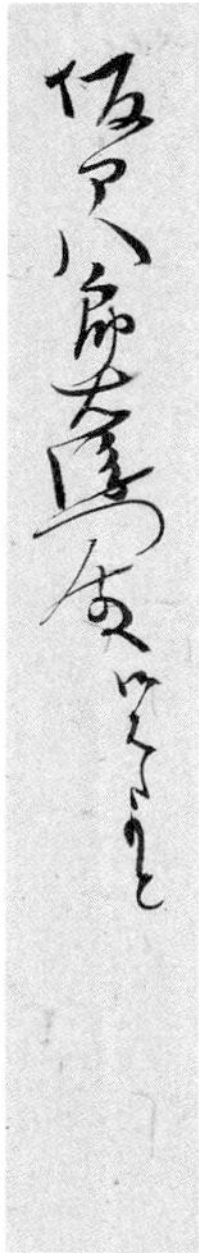

坂部八郎右衛門殿　御はたもと

701　調百

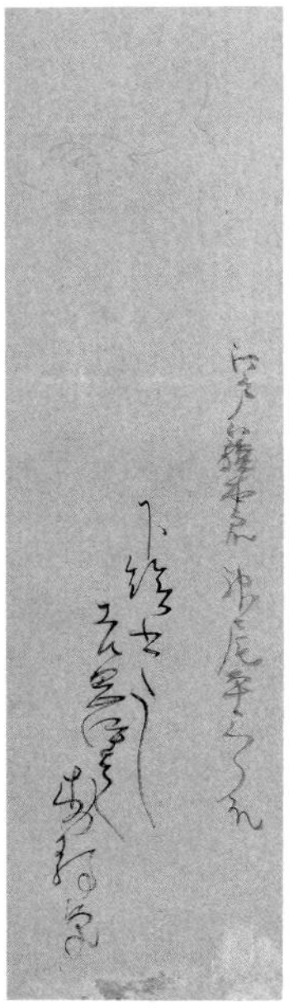

江戸旗本衆　神尾平三郎殿
下絵書たし吉岡伊兵へ寿静筆

神尾平三郎殿　御旗本衆

702　言世

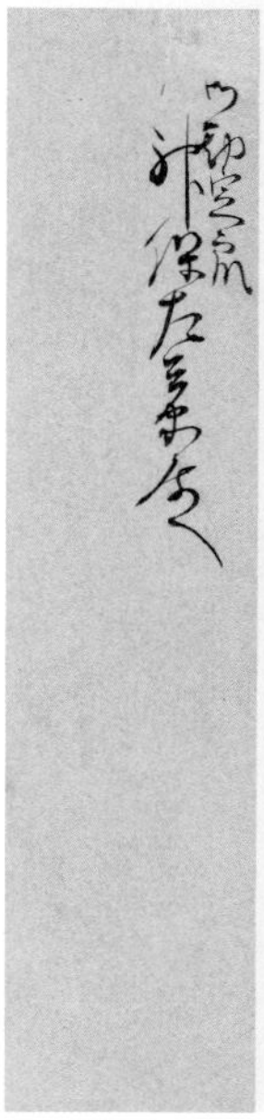

御勘定衆　神保左兵衛殿

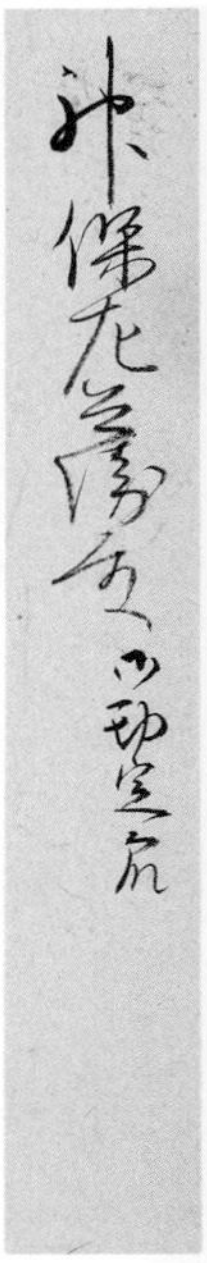

神保左兵衛殿　御勘定衆

703　親時

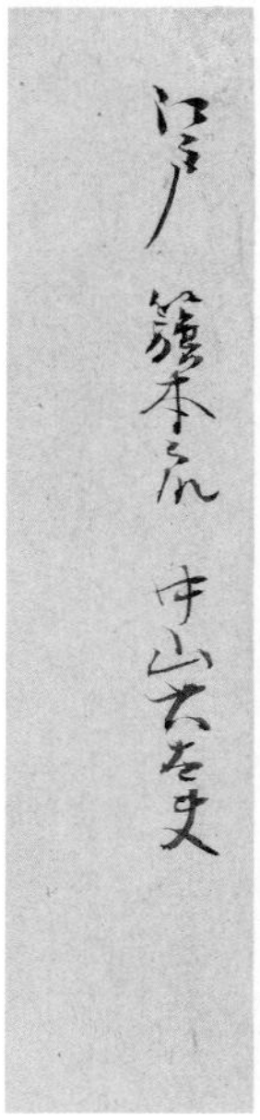

江戸旗本衆　中山六太夫

中山六太夫殿　江戸御旗本衆　丹治姓

704　調川子

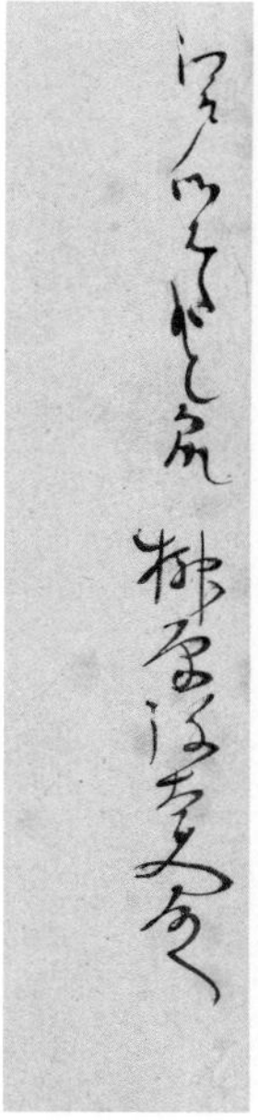

江戸御はたもと衆　榊原弥太夫殿

榊原弥太夫殿　御はたもと

705　露深

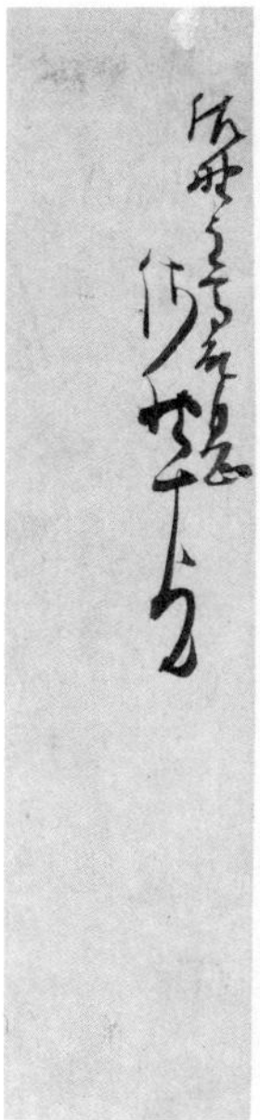

佐野主馬殿息　佐野十右衛門殿

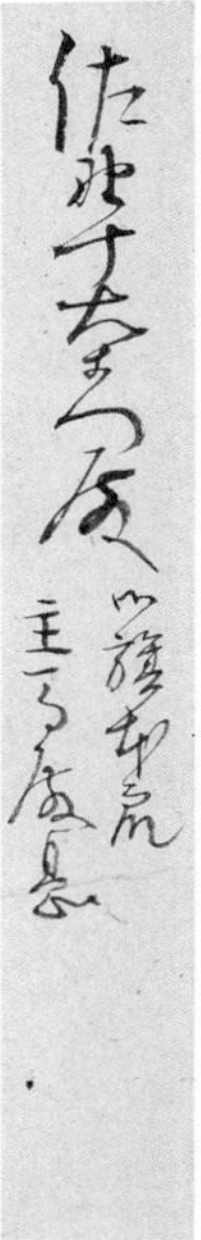

佐野十右衛門殿　御旗本衆　主馬殿息

706　松春

江戸御旗本　水野権平殿

水野権平殿　御はたもと

707　正立子

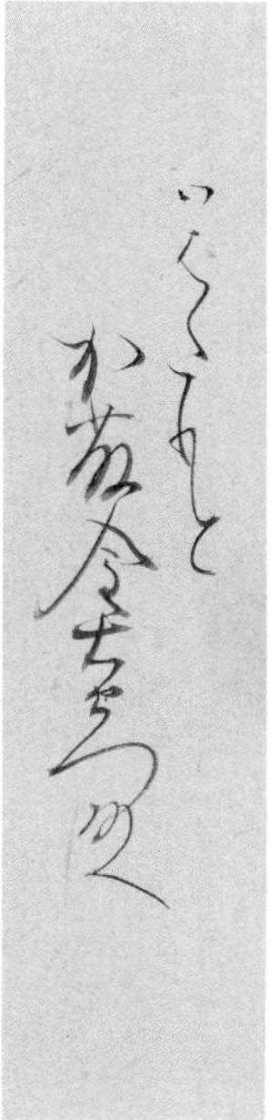

御はたもと　加藤金右衛門殿

加藤金右衛門殿　号正立子

708　松滴

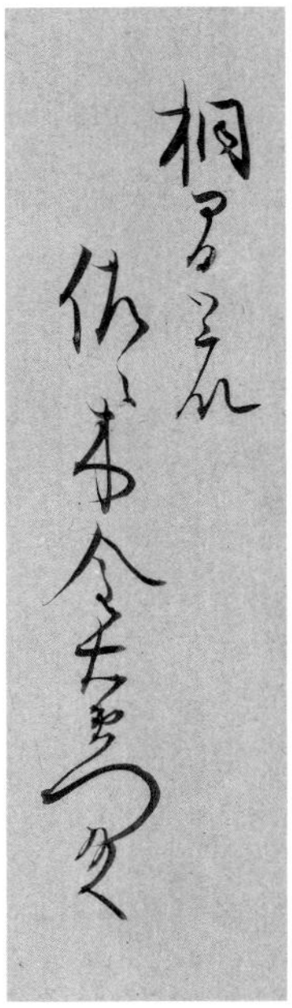

桐間御衆　佐々木金右衛門殿

佐々木金右衛門殿　桐間御衆　号松滴

709　順忠

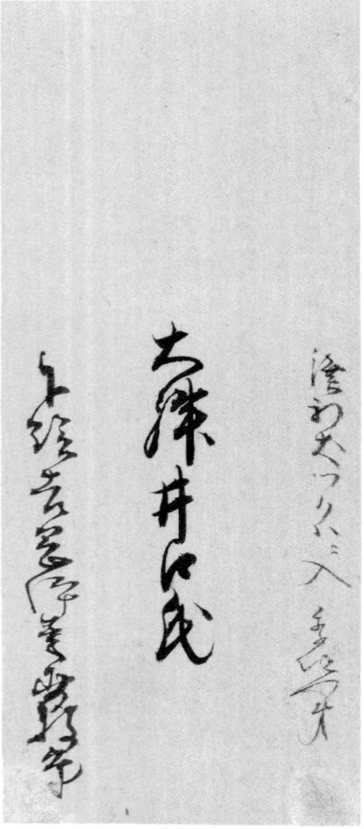

続新犬ツクハニ入　季吟門弟
大津井口氏
下絵吉岡伊兵へ寿静筆

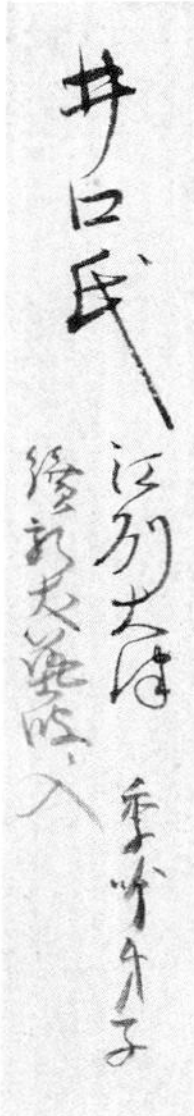

井口氏　江州大津　続新犬築波（ママ）ニ入　季吟弟子

710　重軌

立圃門弟　山本氏
大坂津　国友屋次左衛門（印）

山本国友治左衛門　江州大津　立圃門弟　独吟千句作者　百人一句入

711　不卜

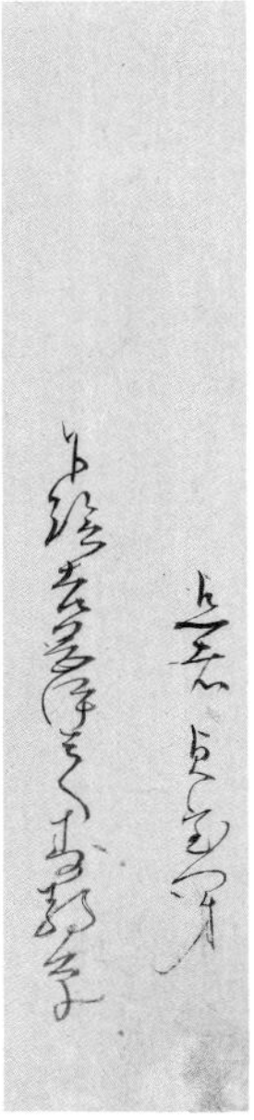

点者　貞室門弟
下絵吉岡伊兵へ寿静筆
大津　原氏是三

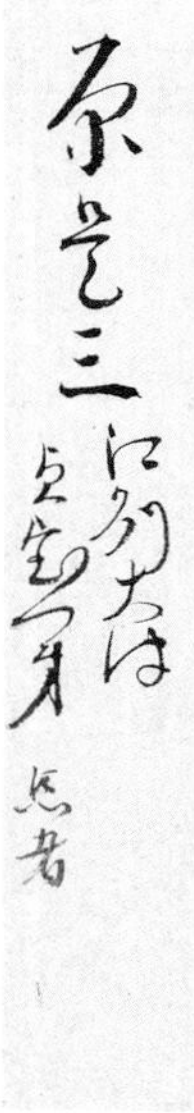

原是三　江州大津　貞室門弟　点者

712　昌俊

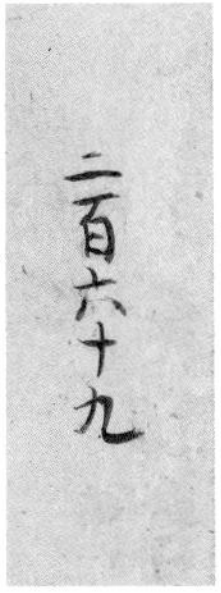

二百六十九　ヨラ（朱）　手鑑ノ内

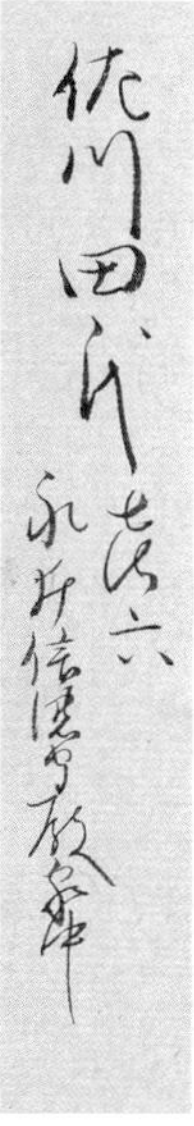

佐川田氏　喜六　永井信濃守殿家中

713　定共

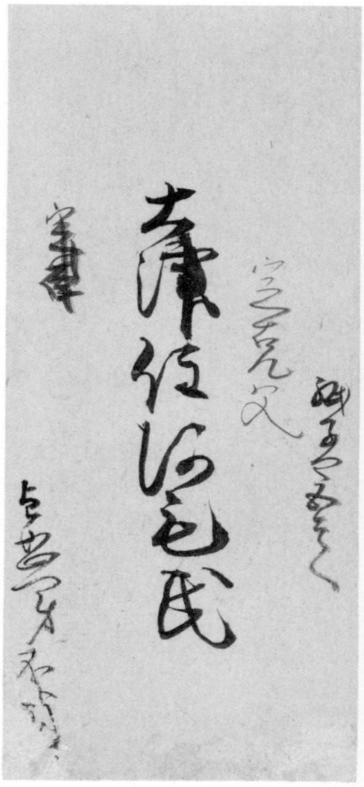

紙子や五兵へ　定克父
大津住河毛氏
（墨消し）定□　貞恕門弟
不卜引□

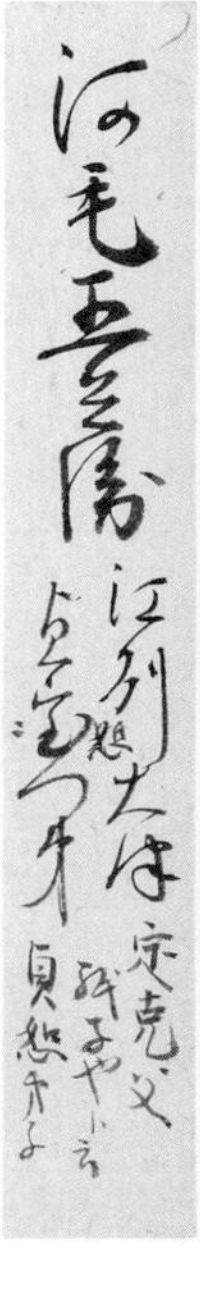

河毛五兵衛　江州大津　貞室恕門弟　**定克父　紙子や卜云　貞恕弟子**

714　宜親

良保門弟　江州川並住人　川嶋氏

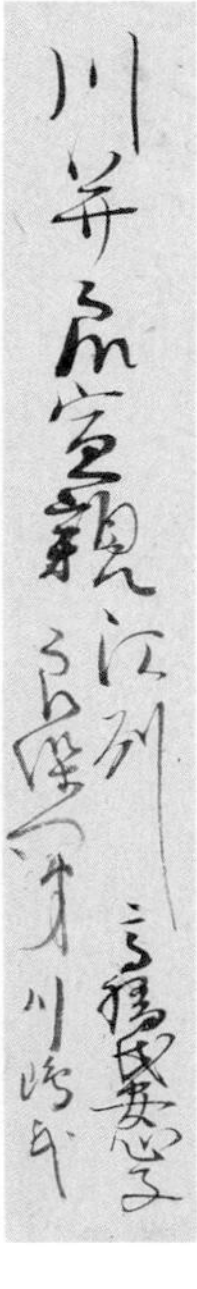

川並衆宜親　江州　良保門弟　高橋氏安心子　**川嶋氏**

715　宜為

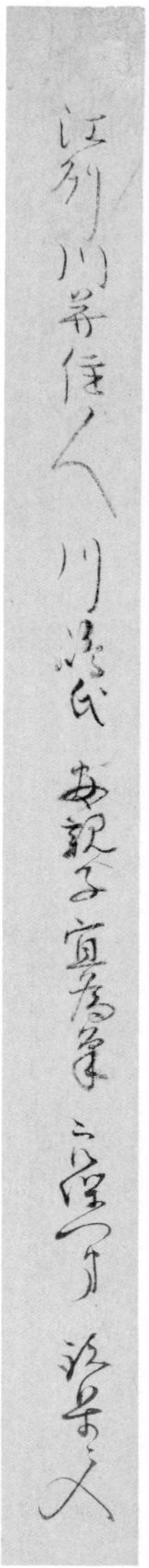

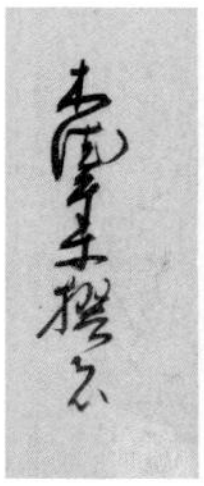

江州川並住人　川嶋氏　安親子宜為筆　良保門弟　諸集ニ入
木徳集撰者　下絵吉岡伊兵へ寿静筆

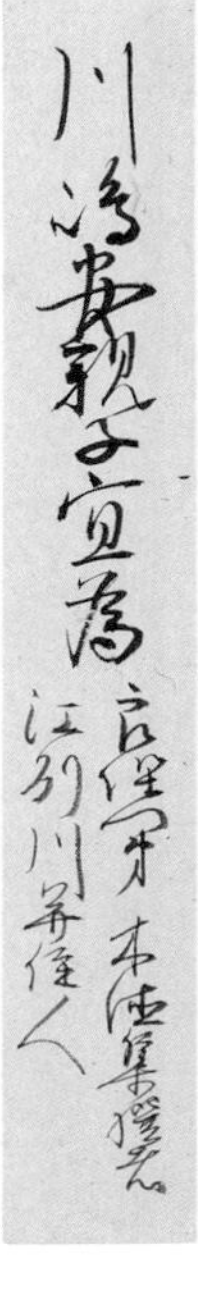

川嶋安親子宜為　良保門弟　木徳集撰者　江州川並住人

716　長尚

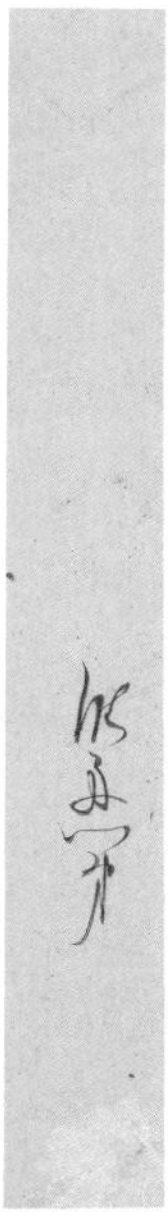

維舟門弟

近江沢山住人　外村氏

外村氏　江州彦根　維舟門弟

717　木因

（裏書なし）

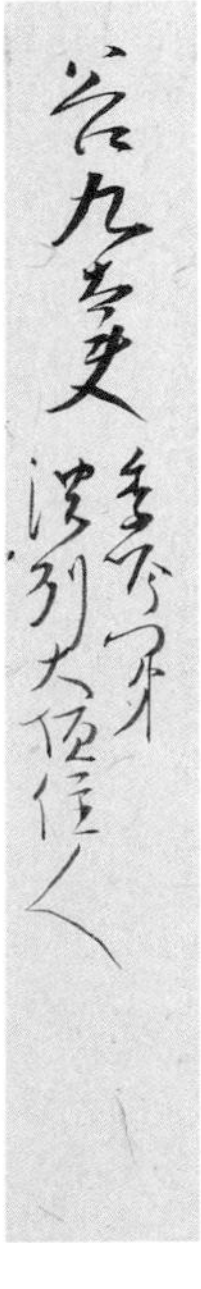

谷九太夫　季吟門弟　濃州大垣住人

718　松滴子

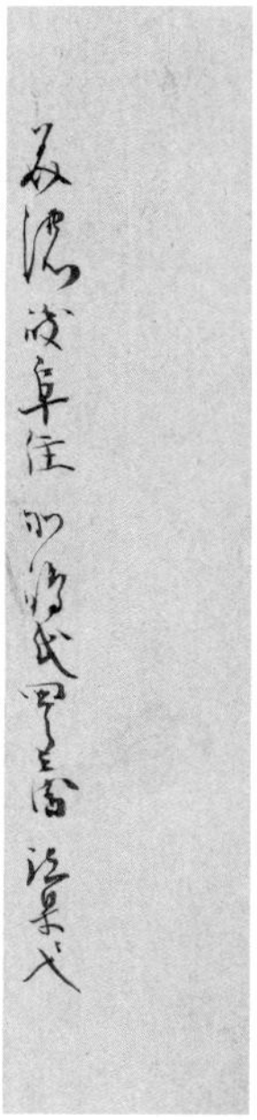

美濃岐阜住　加嶋氏四郎兵衛　諸集ニ入

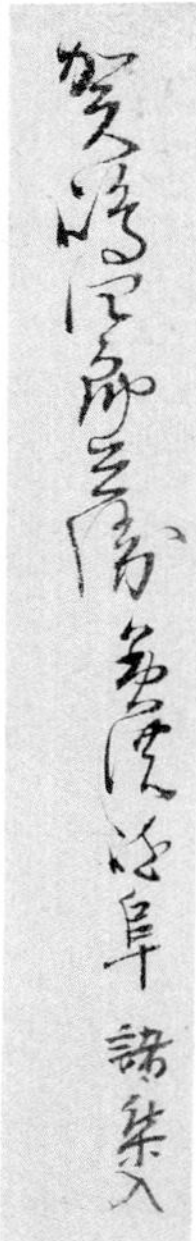

賀嶋四郎兵衛　美濃岐阜　**諸集入**

719　塵言

（裏書なし）

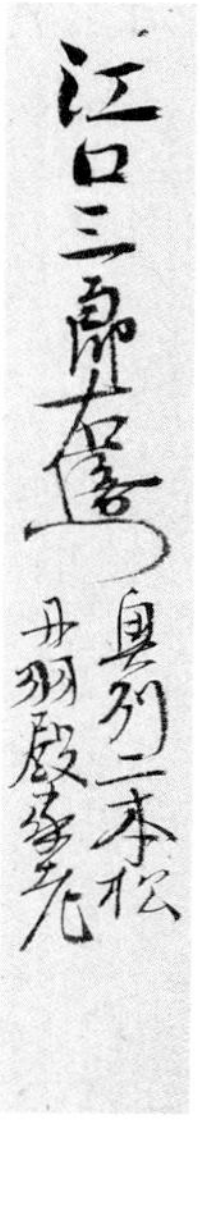

江口三郎右衛門　奥州二本松　丹羽殿家老

720　衆下

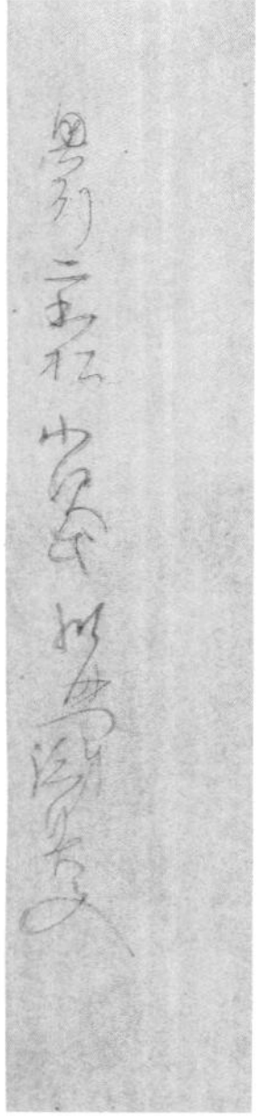

奥州二本松　小沢氏　維舟門弟　諸集ニ入

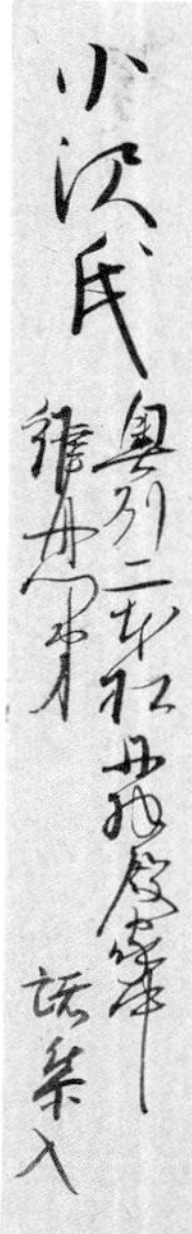

小沢氏　奥州二本松丹羽殿家中　維舟門弟　**諸集入**

721　道高

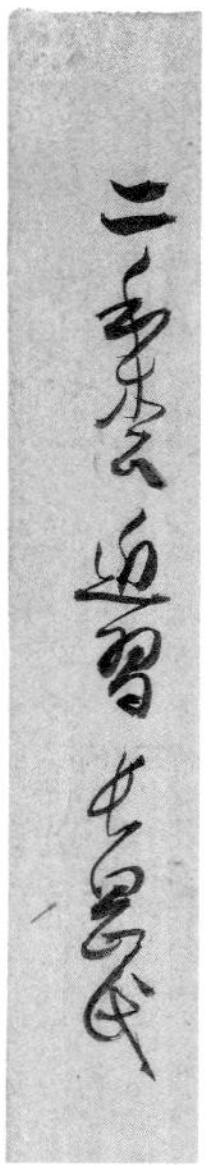

二本松近習　長岡氏　丹羽左京亮家中　維舟門弟　諸集入（印）

長岡氏　奥州二本松　維舟門弟　丹羽若狭守殿家中　**諸集入**

722　好元

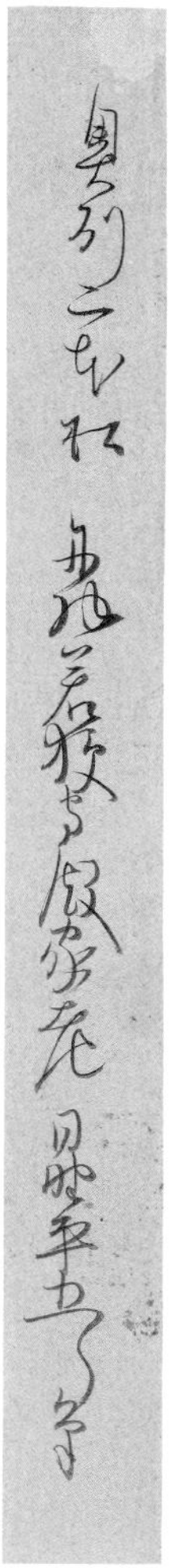

奥州二本松　丹羽若狭守殿家老　日野平五郎筆

日野平五郎　奥州二本松　維舟門弟　丹羽若狭守殿家老

723　相興

奥州二本松　丹羽若狭守殿家中　佐野氏　時世粧ニ入

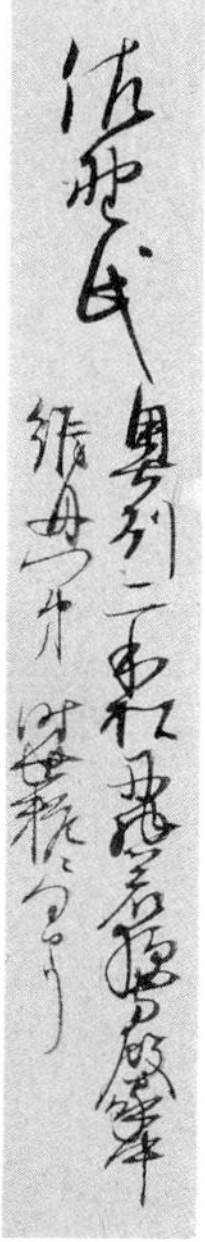

佐野氏　奥州二本松　丹羽若狭守殿家中　維舟門弟　時世粧ニ句アリ

724　林元

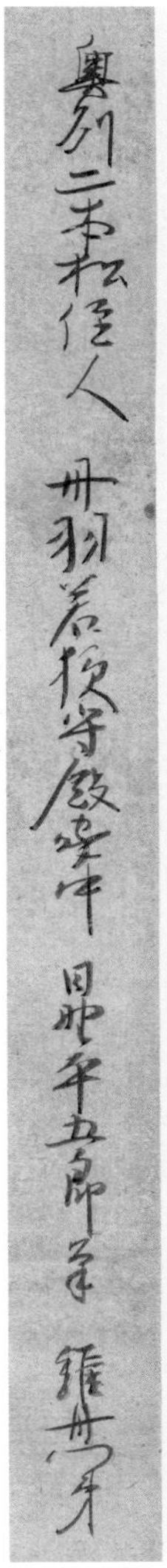

奥州二本松住人　丹羽若狭守殿家中　日野平五（ママ）郎筆　維舟門弟

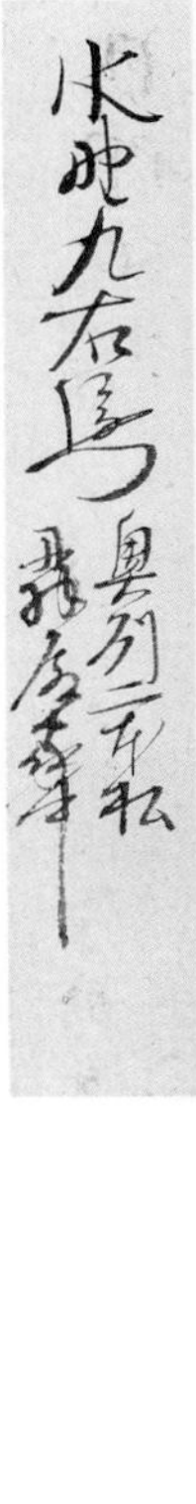

水野九右衛門　奥州二本松　丹羽殿家中

725　守常

しな山　立越房　長坂氏奥右衛門　（印）

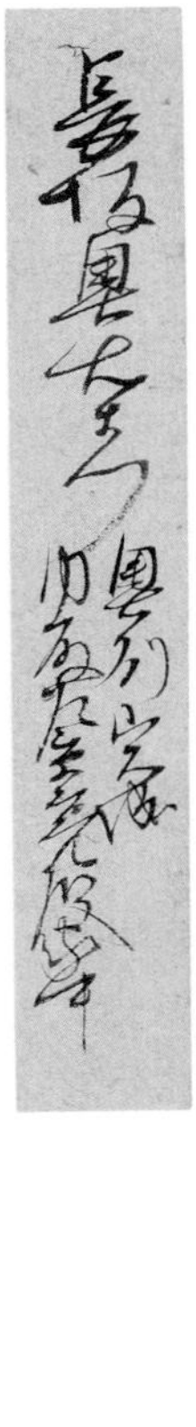

長坂奥右衛門　奥州岩城　内藤左京亮殿家中

726　三千風

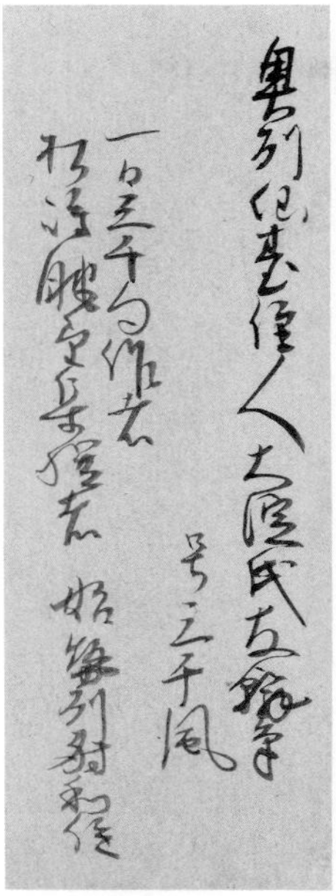

奥州仙台住人　大淀氏友翰筆　号三千風
一日三千句作者　松嶋眺望集撰者
始勢州射和住

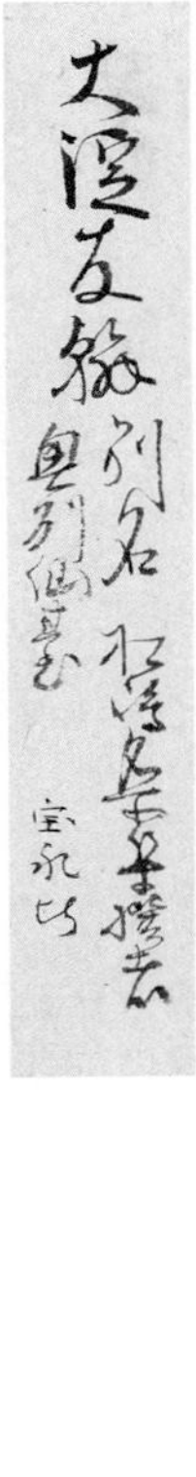

大淀友翰別名　奥州仙台　松嶋名所集撰者　宝永頃

727　清風

羽州最上尾花沢住鈴木氏権九郎清風　ヲクレ双六撰者

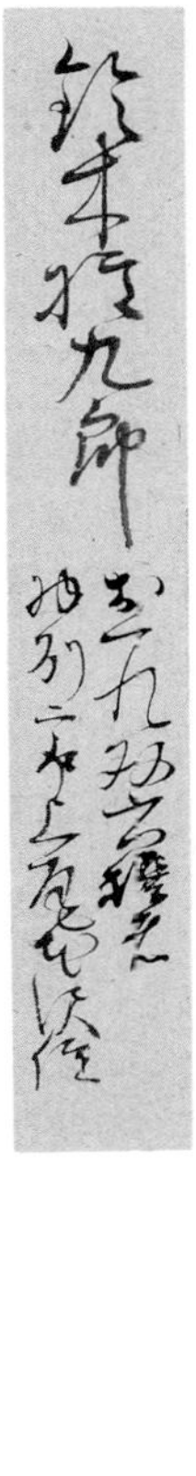

鈴木権九郎　おくれ双六撰者　羽州最上　尾花沢住

728　少蝶

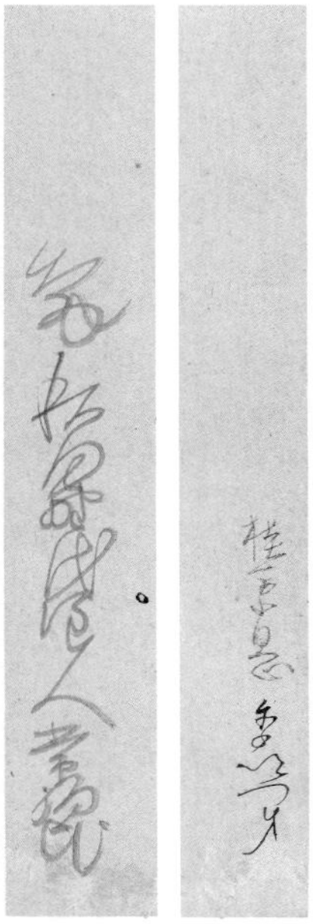

桂葉息　季吟門弟
出羽秋田野代住人常福院

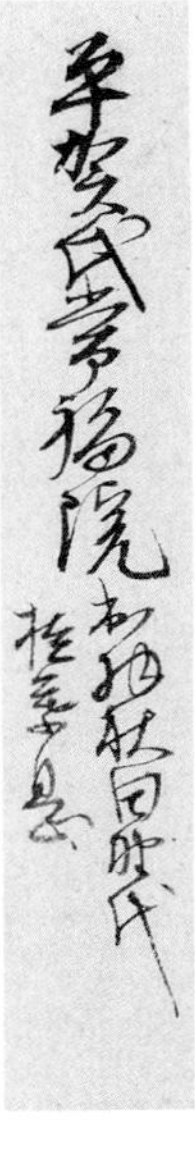

平賀氏常福院　出羽秋田野代　桂葉息

729　卜琴

城州山崎住人　柴垣氏　山崎ノ詞（ママ）官藤原一下入道卜琴筆　今越前住　点者　季吟門弟分　句帳撰者カ

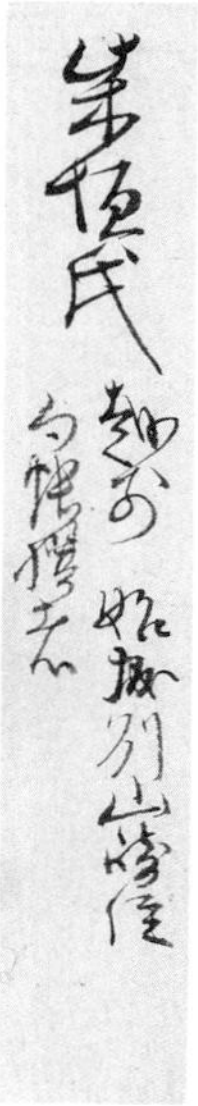

柴垣氏　越前　始城州山崎住　句帳撰者

730　是等

鸚鵡集二入　続山井二入　越前
秋葉氏是等　又大坂住

時世粧　中山集二入

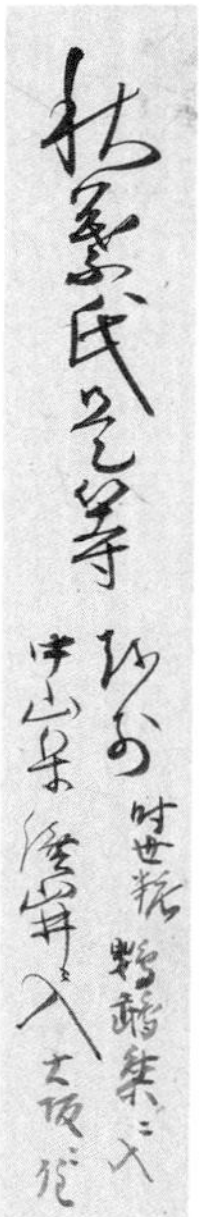

秋葉氏是等　越前　中山集続山井二入　**時世粧鸚鵡集二入　大坂ニ住**

731　古玄

越前福井住人　諸集二入

福井衆　越前　諸国独吟人数

732　友琴

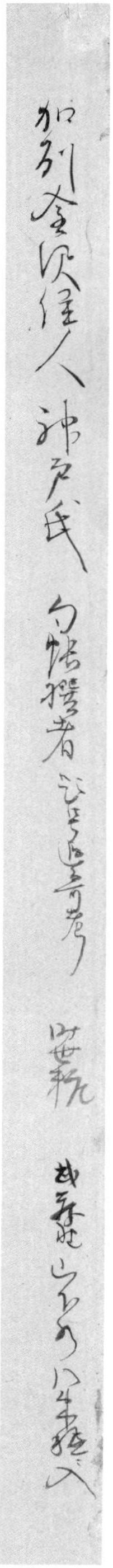

加州金沢住人　神戸氏　句帳撰者　題号追而可考　時世粧　武蔵野　山下水　八束穂二入

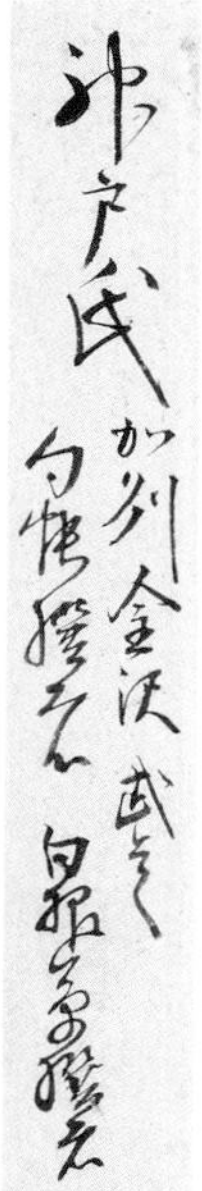

神戸氏　加州金沢　武兵へ　句帳撰者　白根草撰者

733　頼元

加州金沢住人　成田氏頼元筆　中山集二入

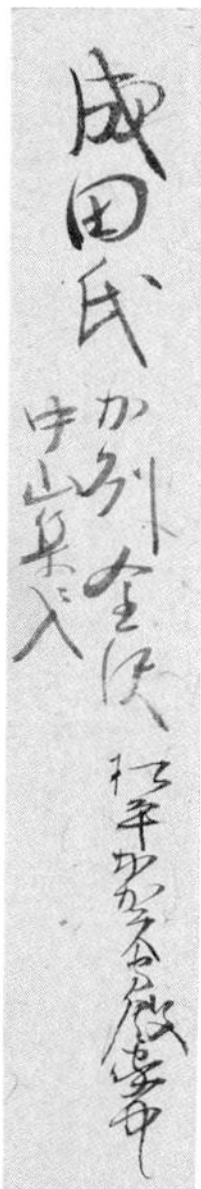

成田氏　加州金沢　松平加賀守殿家中　中山集二入

734　一烟

（裏書なし）

宇野平右衛門　加州金沢　白山法楽集撰者

735　野水

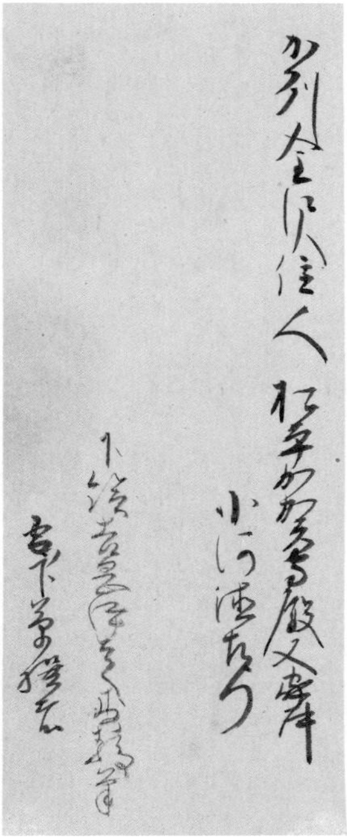

加州金沢住人　松平加賀守殿又家中
小川徳左衛門
下絵吉岡伊兵へ寿静筆
雪ノ下草撰者

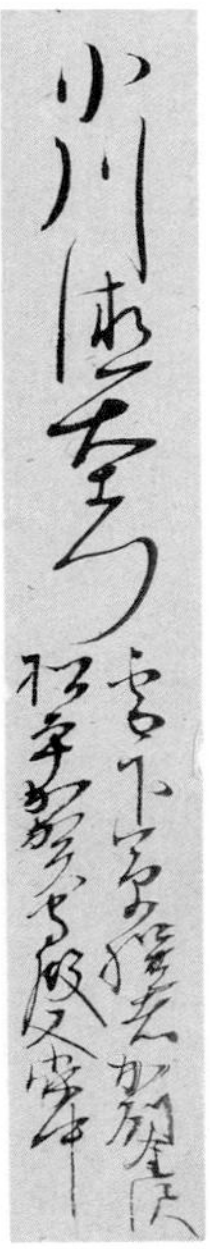

小川徳右衛門　雪下草撰者　加州金沢　松平加賀守殿又家中

736　一夢

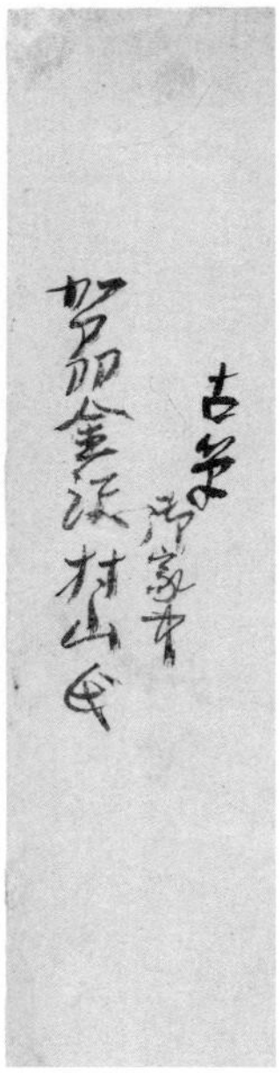

古筆　加州金沢　御家中　村山氏

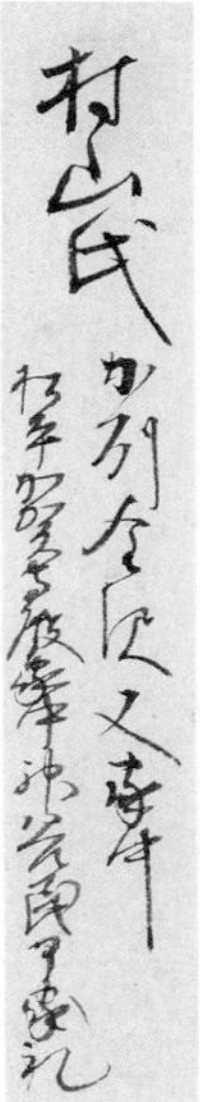

村山氏　加州金沢又家中　松平加賀守殿家中神谷民部家礼

737　泰重

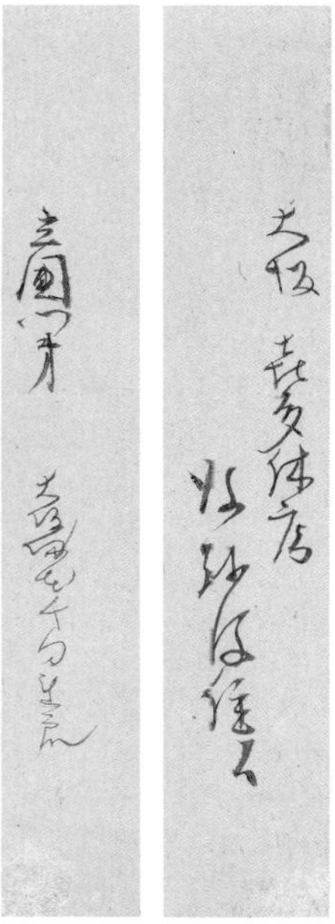

大坂　喜多休庵　後越後住ス
立圃門弟　大坂帰花千句連衆

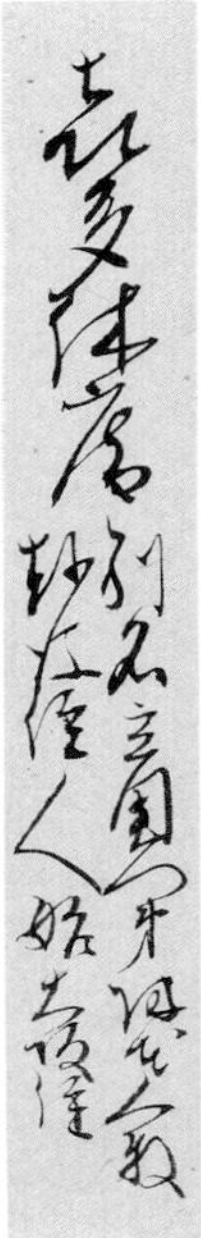

喜多休庵別名　立圃門弟　帰花人数　越後住人　始大坂住

738　春興

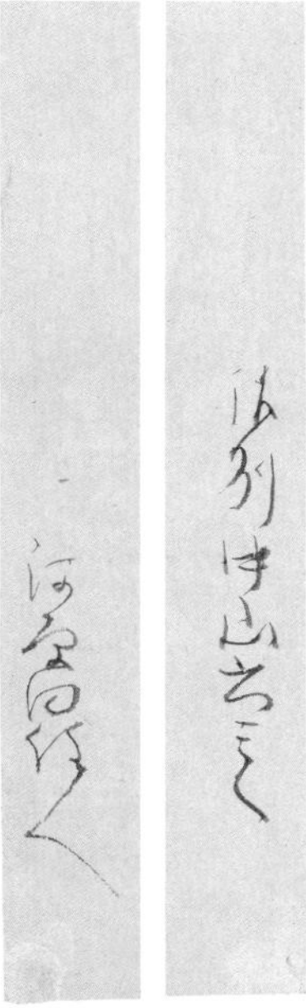

佐州　中山六兵へ
河原田住人

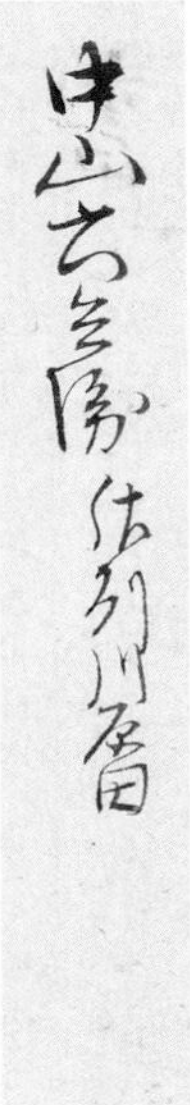

中山六兵衛　佐州川原田

739　曲肱

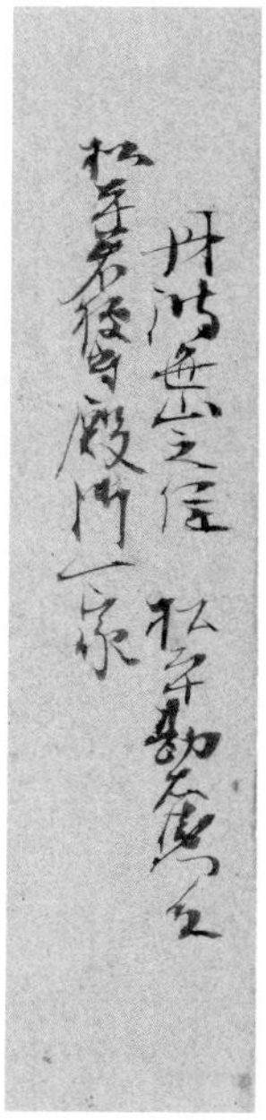

丹波笹山之住　松平勘右衛門殿
松平若狭守殿御一家

740　幽歩

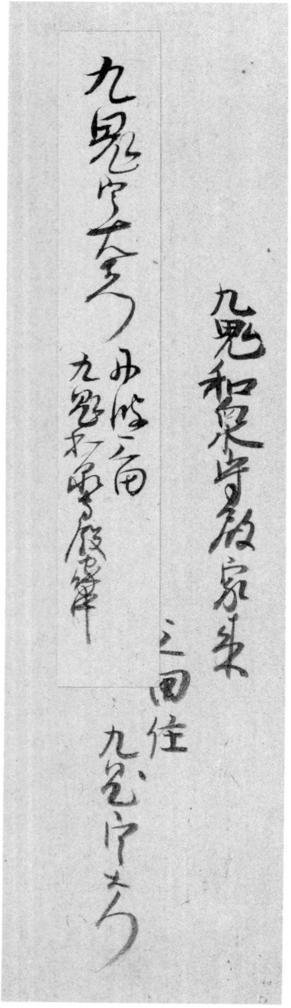

九鬼和泉守殿家来　三田住　九鬼宇右衛門
（札）「九鬼宇右衛門　丹波三田　九鬼和泉守殿家中」

741　孤吟

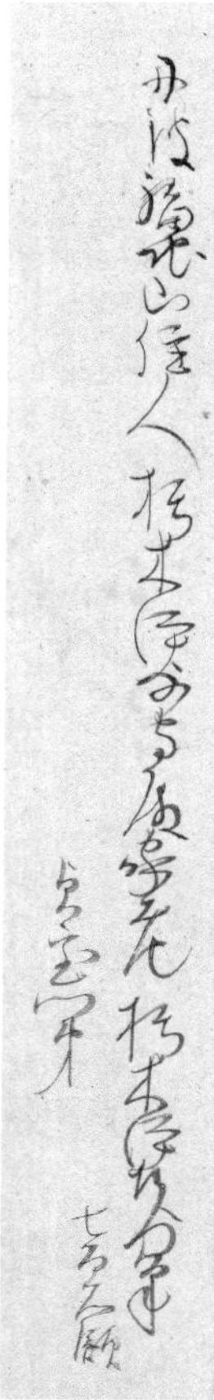

丹波福地山住人　朽木伊予守殿家老　朽木伊左衛門筆　七百石領　貞室門弟

742　一嘯

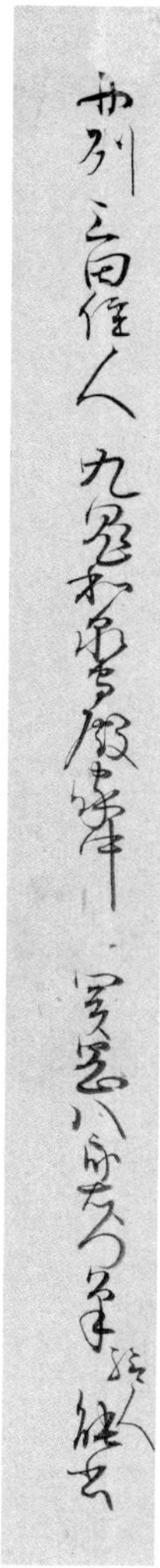

丹州三田住人　九鬼和泉守殿家中　関岡八郎右衛門筆　給人　能書

743　次末

維舟門弟　粉川氏

松平勘右衛門　丹州笹山住　松平若狭守入道殿一家　笹山千句連衆

九鬼宇右衛門　丹波三田　九鬼和泉守殿一家中

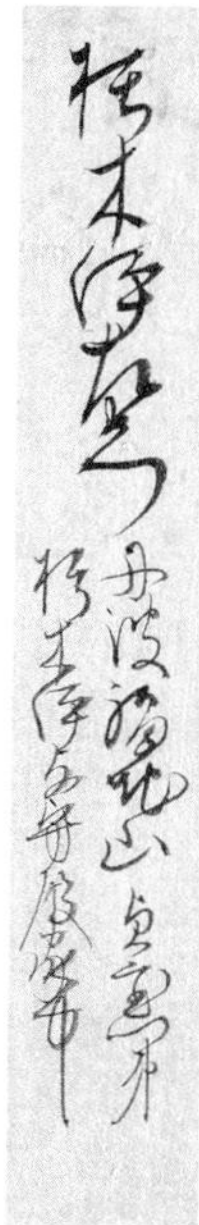

朽木伊左衛門　丹波福地山　貞室門弟　朽木伊予守殿家中

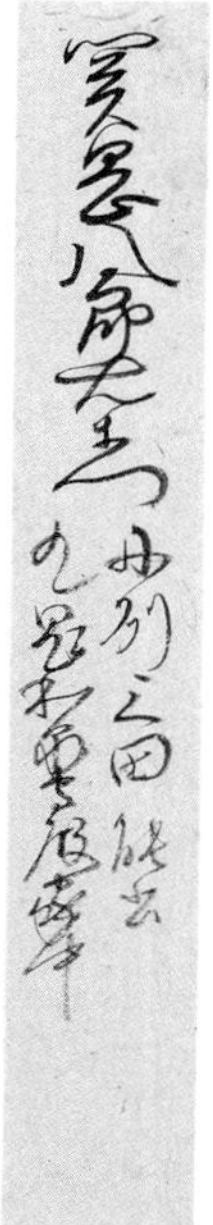

関岡八郎右衛門　丹州三田　九鬼和泉守殿家中　能書

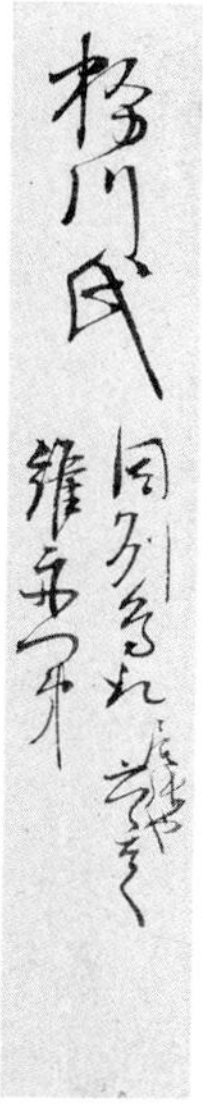

粉川氏　因州鳥取　維舟門弟　尾張や六郎兵へ

744　四友

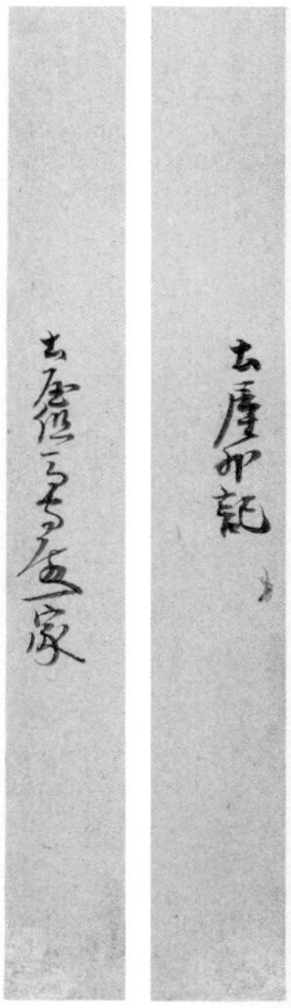

土屋外記　カ

土屋但馬守殿一家

745　一時軒

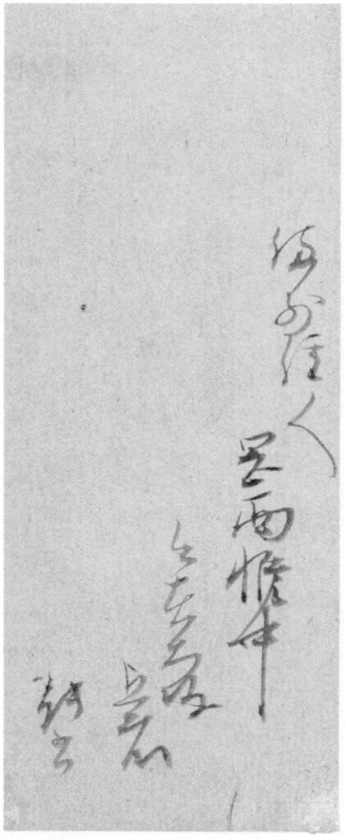

備前住人　岡西惟中

今在大坂　点者　能書

746　久忠

十一　備後家中　藤村左平次　福山住　水野殿家中　（印）

747　元随

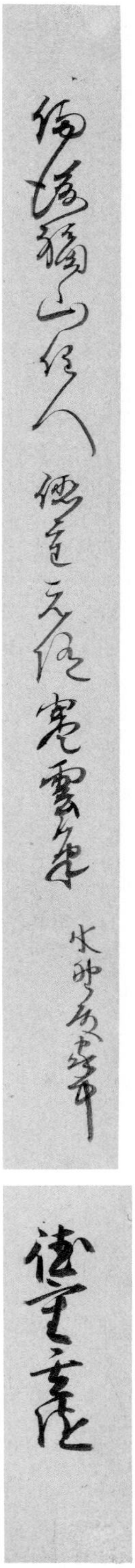

備後福山住人　徳重元随寒雲筆　水野殿家中　徳重玄随

748　宗雅

立圃門弟　備後福山住　伊藤三左衛門

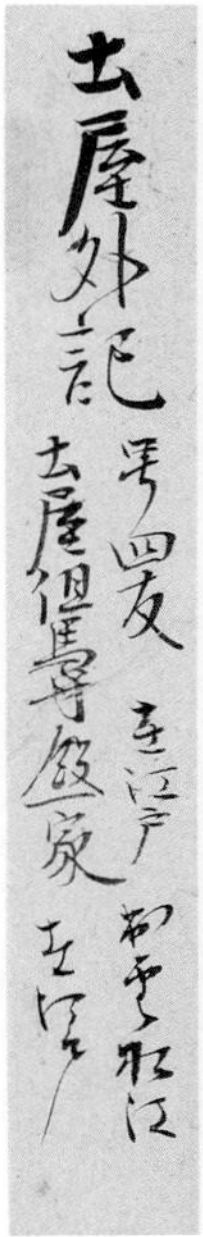

土屋外記　号四友　在江戸　土屋但馬守殿一家　出雲松江　在江戸

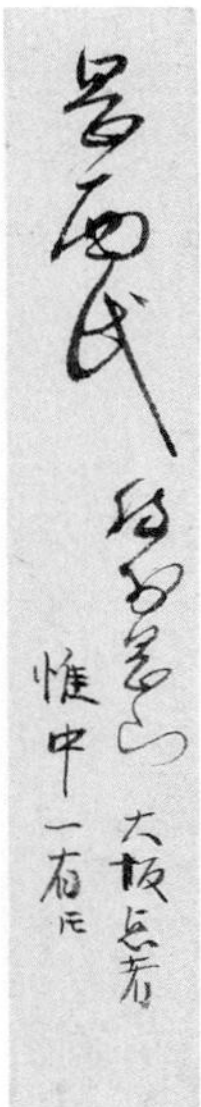

岡西氏　備前岡山　惟中　一有トモ　大坂点者

藤村左平次　備後福山　水野美作守殿家中

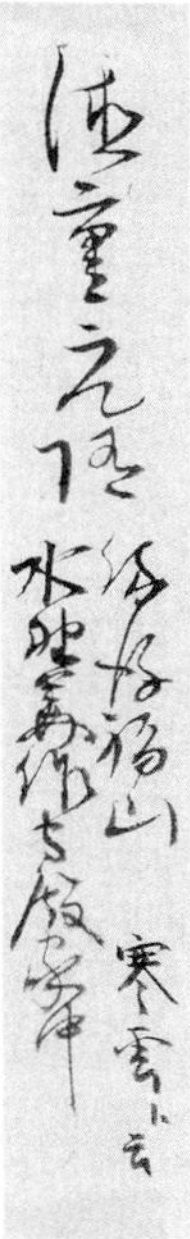

徳重元随　備後福山　水野美作守殿家中　**寒雲ト云**

伊藤七郎右衛門　備後福山　立圃門弟

749　重次

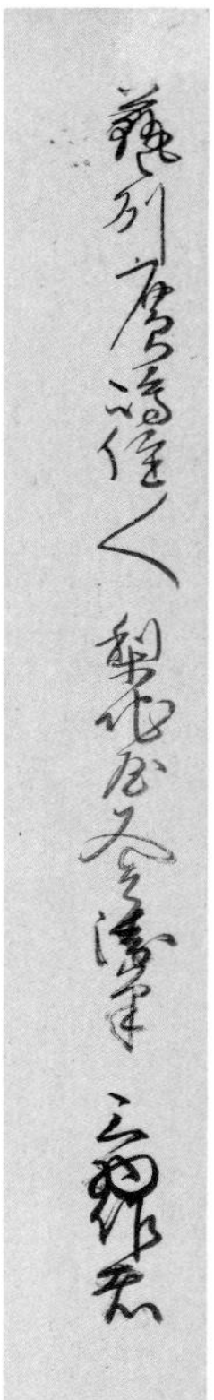

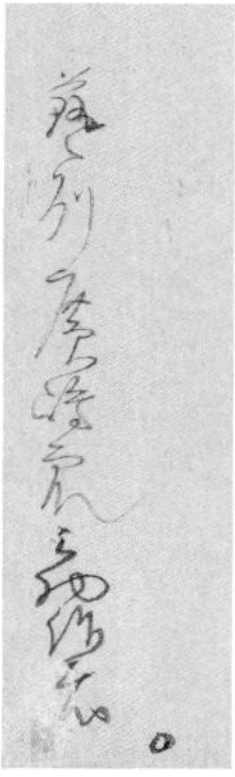

芸州広嶋住人　梨地屋又兵衛筆　三物作者　カへ　下絵吉岡伊兵へ寿静筆　芸州広嶋衆　三物作者

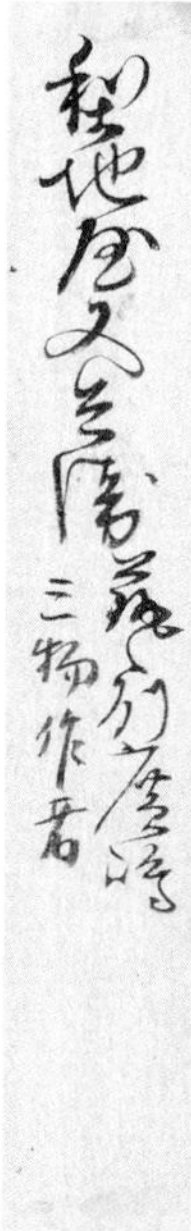

梨地屋又兵衛　芸州広嶋　**三物作者**

750　漁友

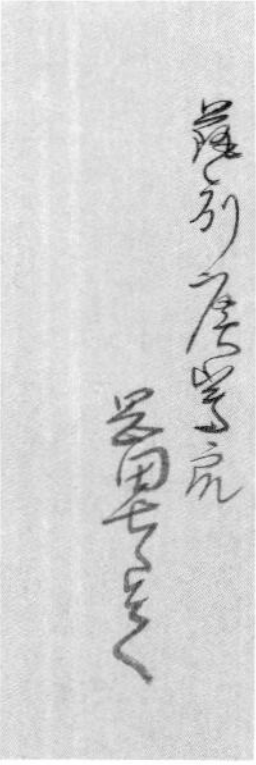
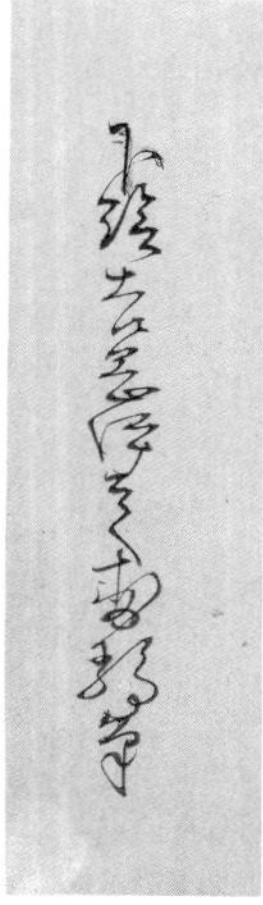

松平安芸守殿家中　岡田七郎兵へ　芸州広嶋衆　岡田七郎兵へ　下絵吉岡伊兵へ寿静筆

岡田七郎兵衛　芸州広嶋衆　松平安芸守殿家中

751　素友

あきのひろしま衆　即

広嶋衆　安芸

752　古閑

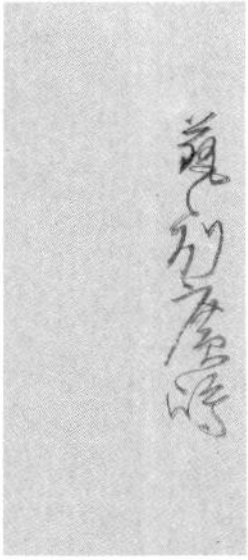
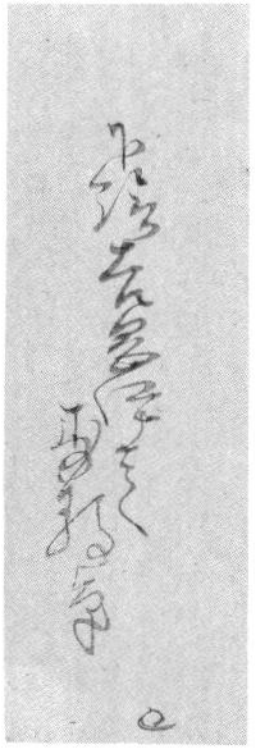

松平安芸守殿家中　古谷勘右衛門　芸州広嶋　下絵吉岡伊兵へ寿静筆

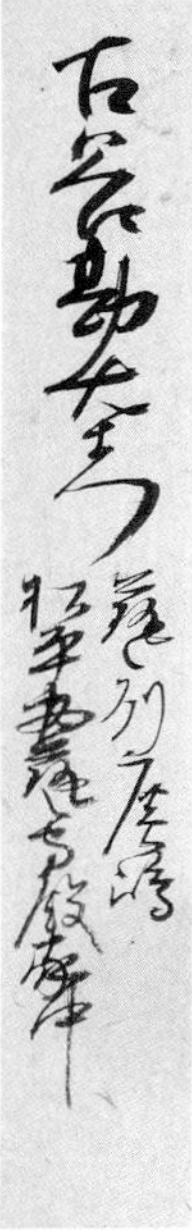

古谷勘右衛門　芸州広嶋　松平安芸守殿家中

753　可笑

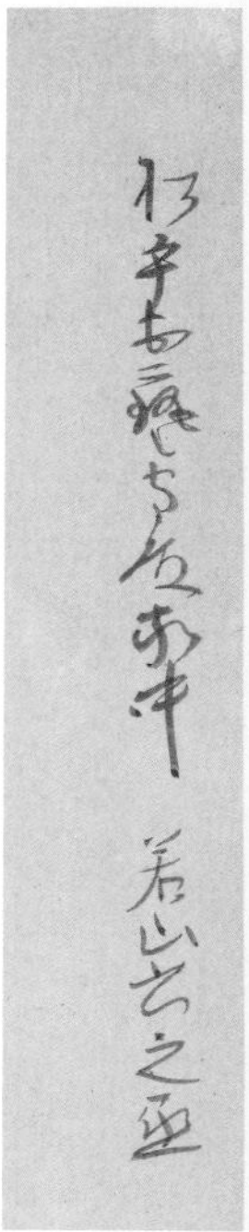
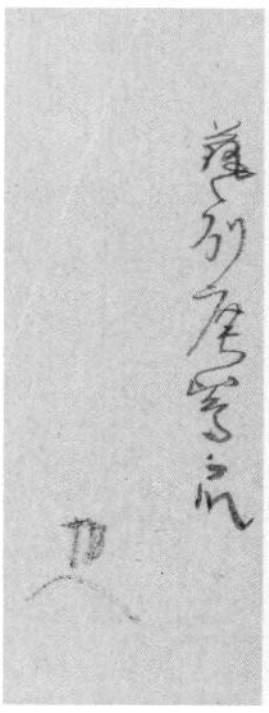

松平安芸守殿家中　若山六之丞　芸州広嶋衆　カヘ　下絵吉岡伊兵衛寿静筆

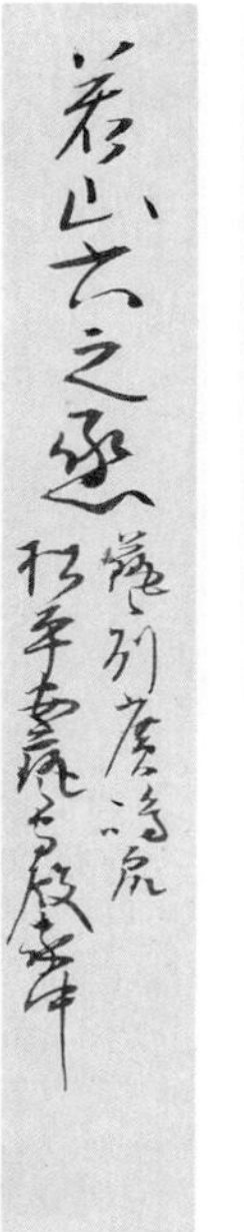

若山六之丞　芸州広嶋衆　松平安芸守殿家中

754　三近

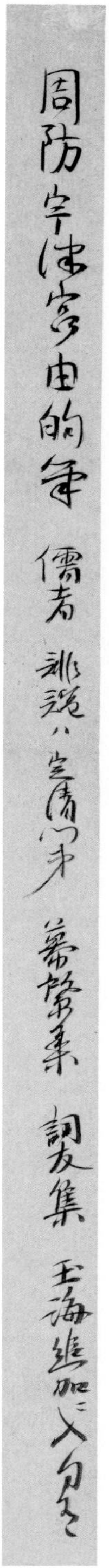
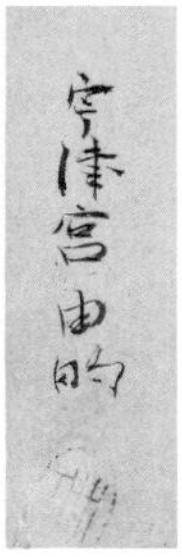

周防宇津宮由的筆　儒者　誹諧ハ定清門弟　幕綮《ママ》集　詞友集　玉海追加ニ入句有　宇津宮由的　（印）

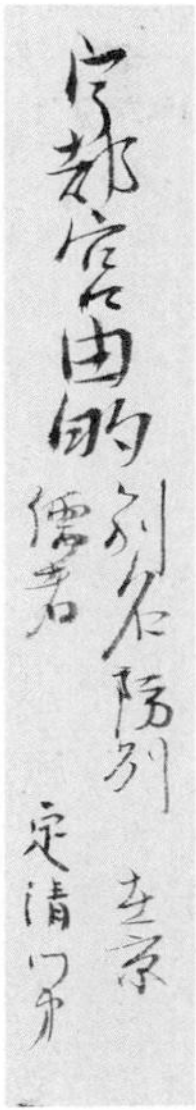

宇都宮由的別名　防州　儒者　在京　定清門弟

755　耳海

長州下関住人　伊藤良固別名

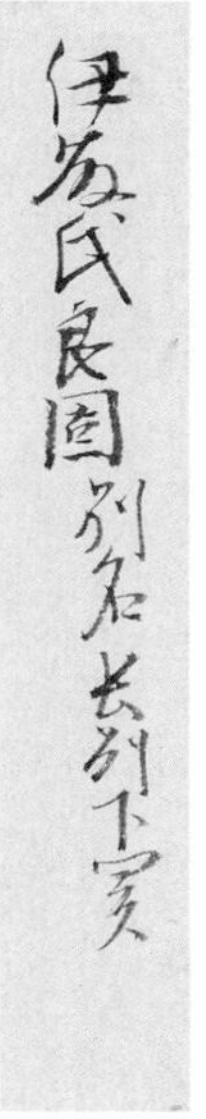

伊藤氏良固別名　長州下関

756　宜陳

阿波渭津住人　安崎氏宜陳筆　大井川　武蔵野　名取川ニ入　続連珠ニ入　下絵吉岡伊兵ヘ寿静筆

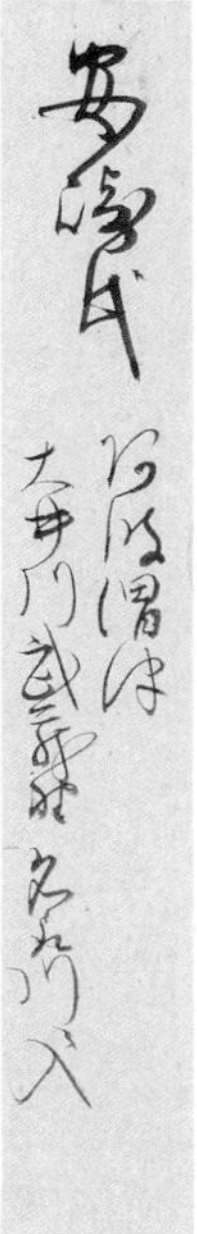

安崎氏　阿波渭津　大井川　武蔵野　名取川ニ入

757　吟松

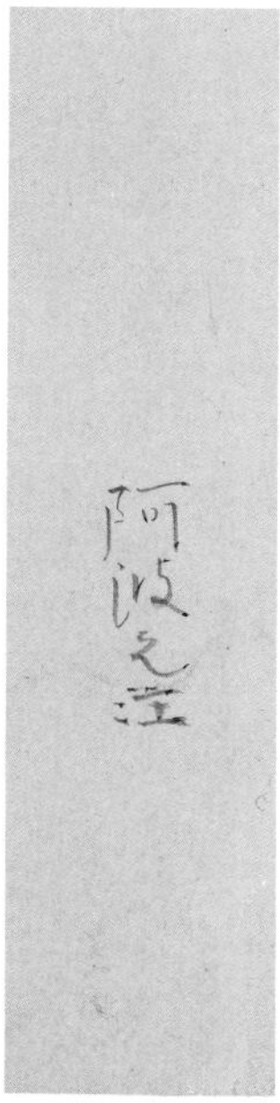

阿波之住

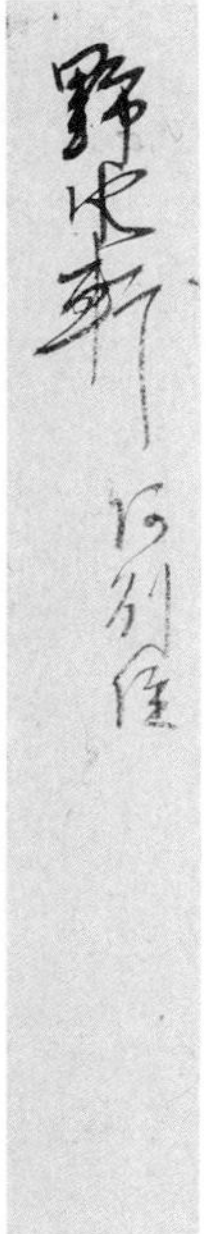

野水軒　阿州住

758　残松子

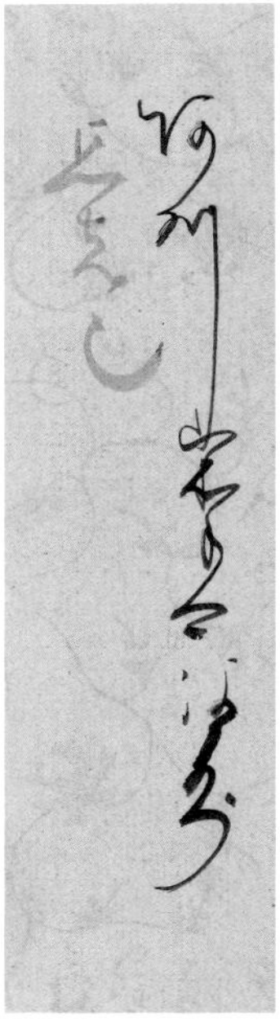

阿州　岩手や弥左衛門　点者也

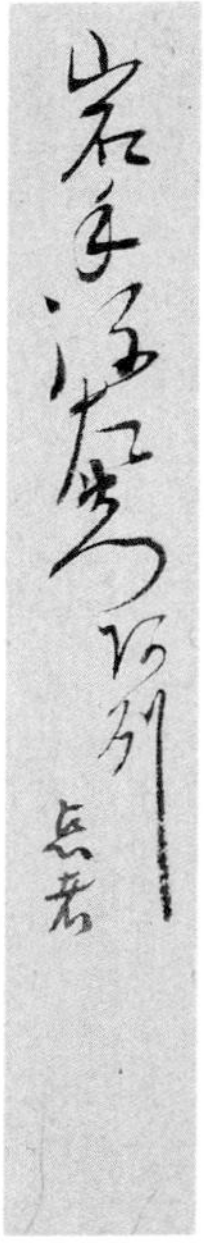

岩手弥左衛門　阿州　**点者**

759　一三

讃州住　中野氏（印）

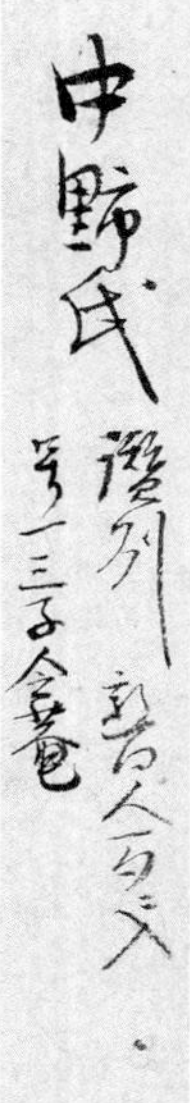

中野氏　讃州　新百人一句ニ入　号一三子今菴

760　宗臣

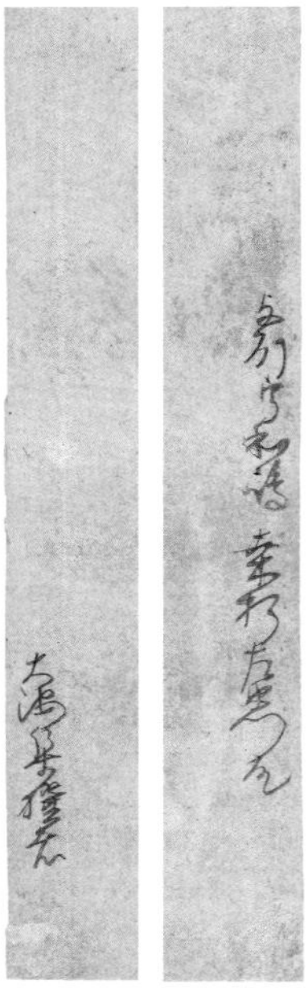

与州宇和嶋　桑折左衛門殿

大海集撰者

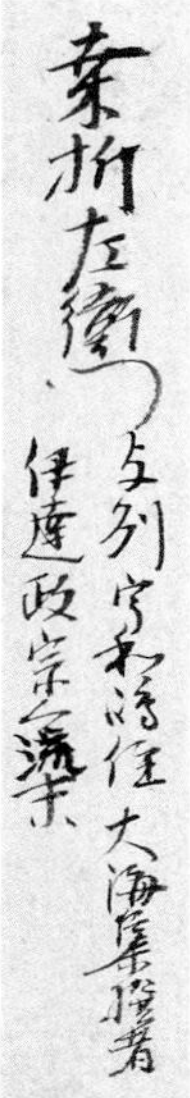

桑折左衛門　与州宇和嶋住　伊達政宗卿流末　大海集撰者

761　不及

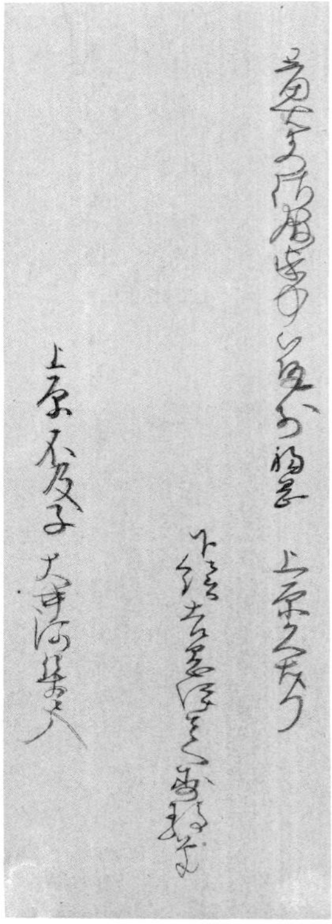

黒田右衛門佐殿家中

筑前福岡　上原久右衛門　上原不及子　大井河集ニ入　下絵吉岡伊兵へ寿静筆

上原久右衛門　筑前福岡　大井川集ニ入

黒田右衛門佐殿家中　号不及子

762　李斎

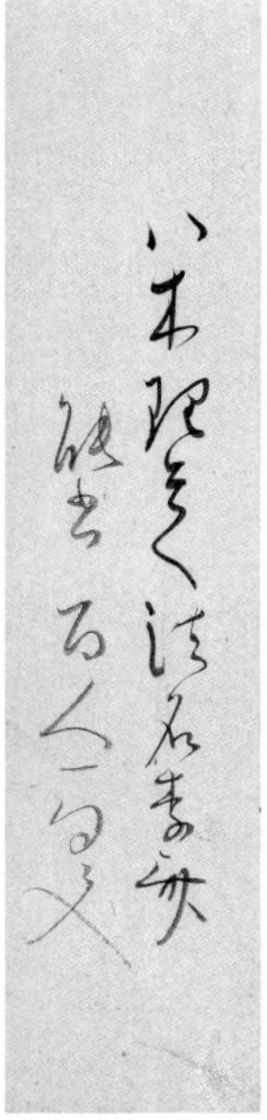

八木理兵衛　法名李斎　能書　百人一句ニ入

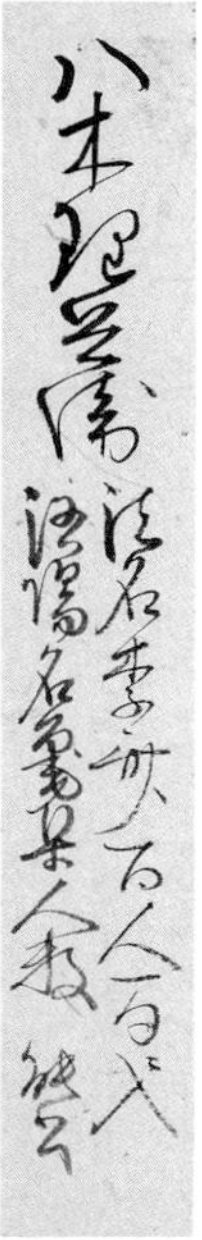

八木理兵衛　法名李斎　百人一句ニ入　洛陽名筆集人数　能書

763　西海

大硯撰者　筑前

西海　筑前　大硯作者　中村氏

764　如閑

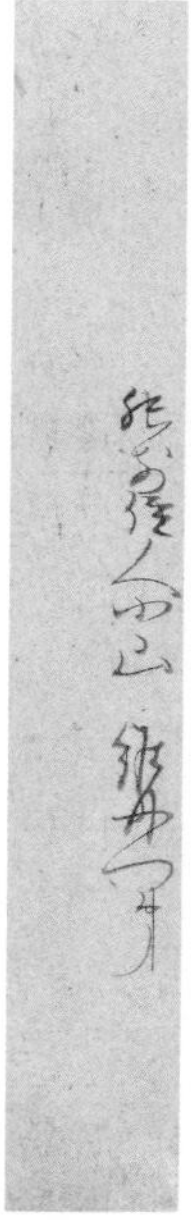

肥前住人小山　維舟門弟

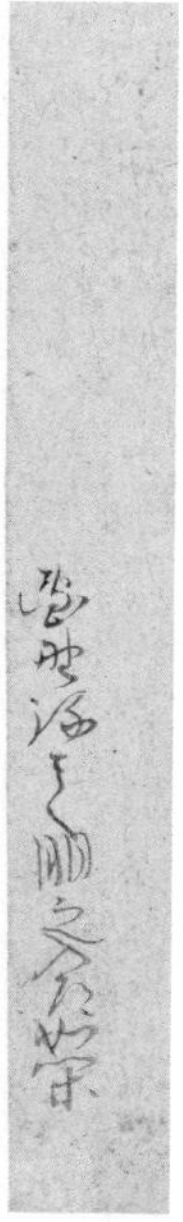

団野弥兵へ朋之入道如閑

団朋之法名　中山集其外集ニ入　肥前小山住

765　任地

肥前佐賀之住　松平丹後守殿家来　枝吉三郎右衛門　宗因弟子　泰量第一

枝吉三郎右衛門　肥前佐賀　鍋嶋殿家中　**宗因門人**

766　保之

維舟門弟

肥前平戸衆　貞方氏

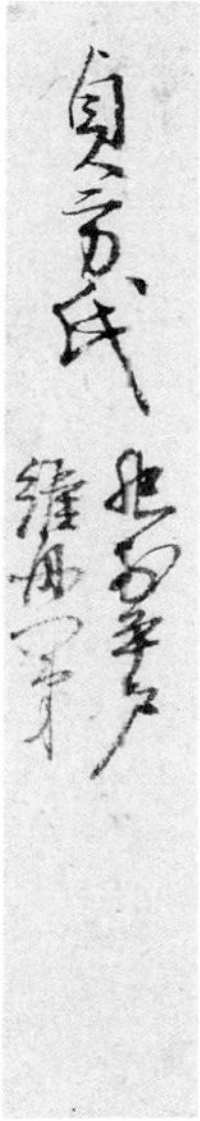

貞方氏　肥前平戸　維舟門弟

767　吉立

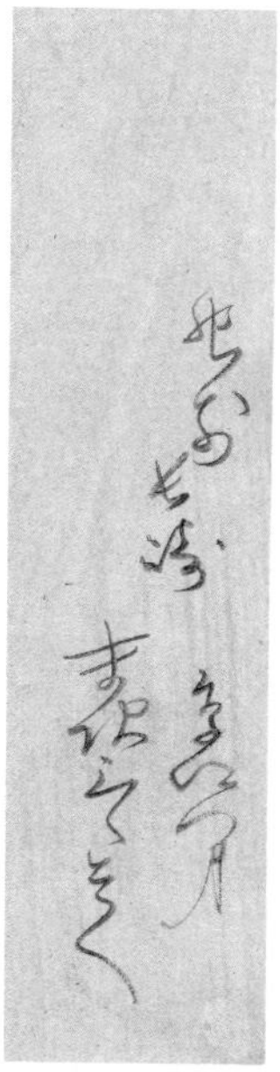

肥前長崎　季吟門弟　末次三郎兵へ

末次三郎兵衛　肥前長崎住　季吟門弟

768　一直

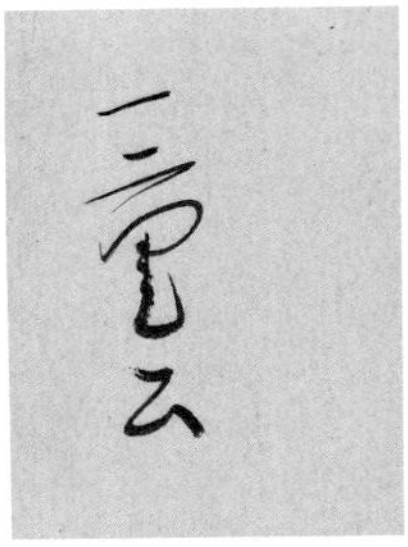
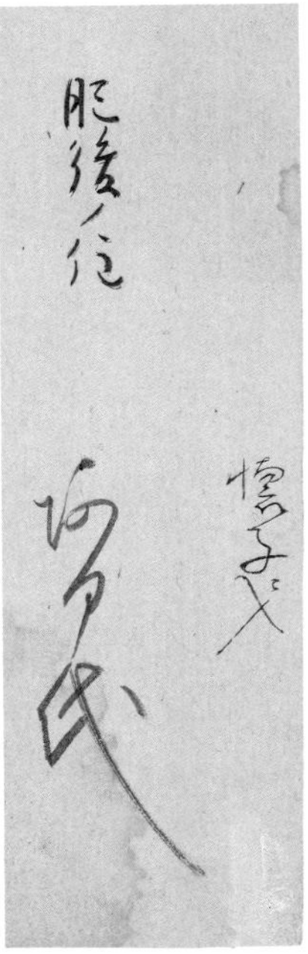

一重公　肥後ノ住　安部氏　懐子ニ入

769　守昌

肥後熊本　寺田氏

維舟門弟

770　一見

肥後熊本住　長崎氏一見　懐子入　点者

771　金門

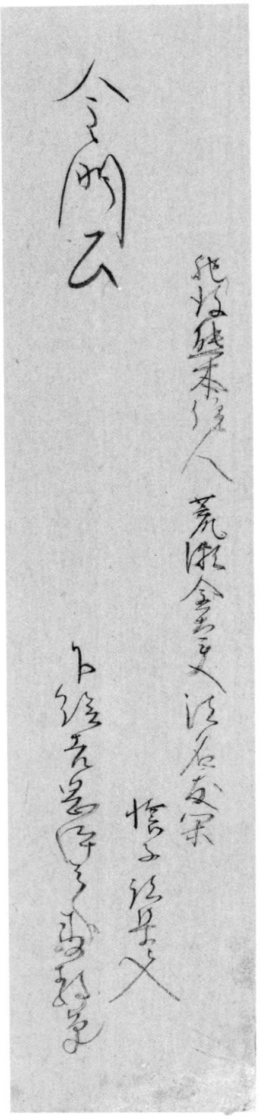

金門公　肥後熊本住人　荒瀬金太夫　法名友閑　懐子諸集ニ入　下絵吉岡伊兵へ寿静筆

772　真昭

肥後熊本住吉田氏　玉海追加入

安部氏　肥後熊本　維舟門弟　新百人一句ニ入　**懐子ニ入**

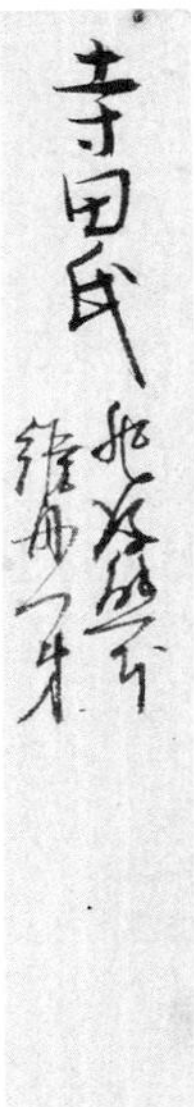

寺田氏　肥後熊本　維舟門弟

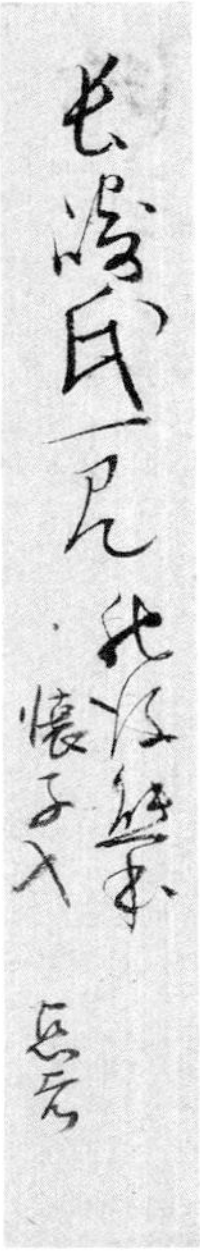

長崎氏一見　肥後熊本　**懐子入　点者**

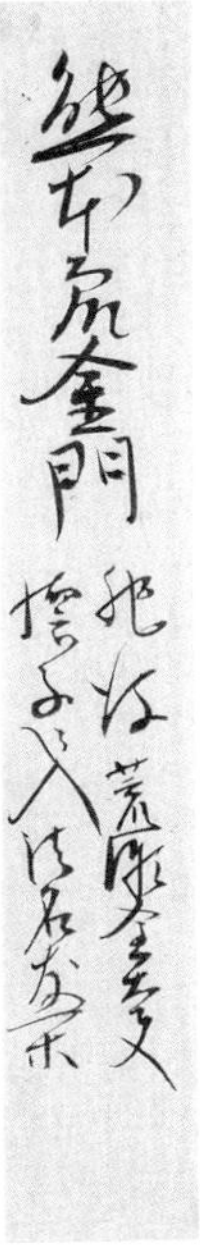

熊本衆金門　肥後　荒瀬金太夫　懐子ニ入　法名友閑

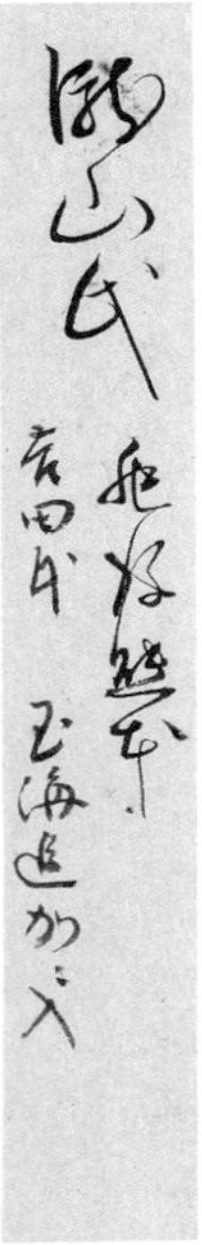

瀧山氏　肥後熊本　**吉田氏　玉海追加ニ入**

773　親宣

肥後熊本住

中嶋氏　肥後熊本　中山集二入

774　菅宇

立圃門弟　肥後八代住　菅野宇兵衛政信　能筆

菅野宇兵衛政信別名　肥後八代　立圃弟子

775　正春

豊後臼杵之住　種田氏正春　佐夜中山入　稲葉右京亮殿家中　（印）

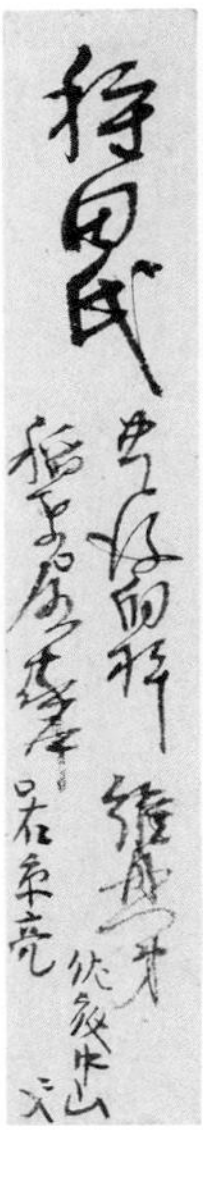

種田氏　豊後臼杵　稲葉右京亮殿家中　維舟門弟　佐夜中山二入

776　直右

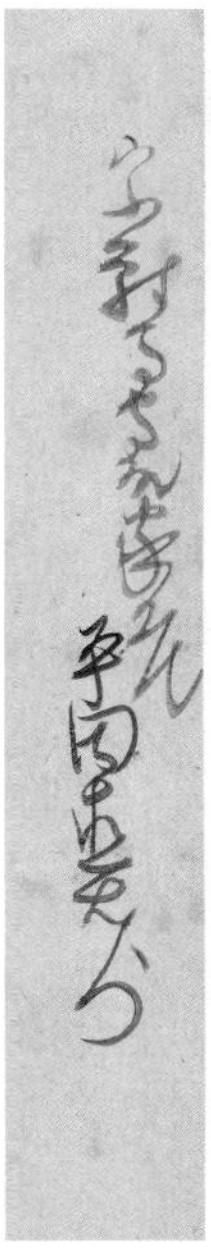

宋対馬守殿家老　平田直右衛門

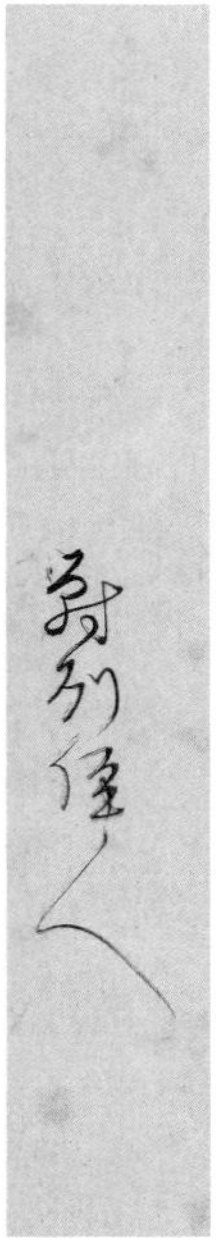

対州住人

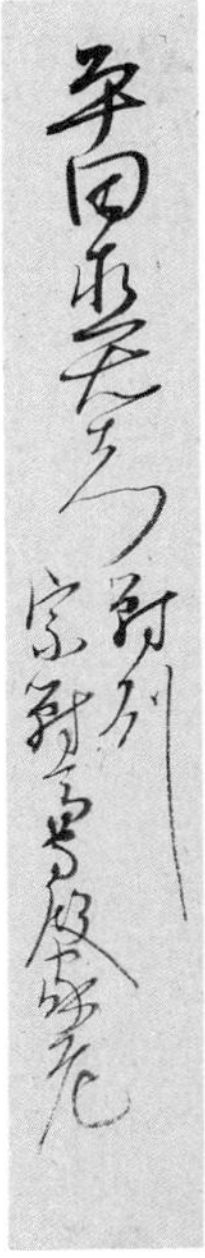

平田直右衛門　対州　宋対馬守殿家老

777　幽僻

対州　法橋河野松波老

河野松波　対州　法橋

778　友西

一雪丈子息　（印）

779　如見

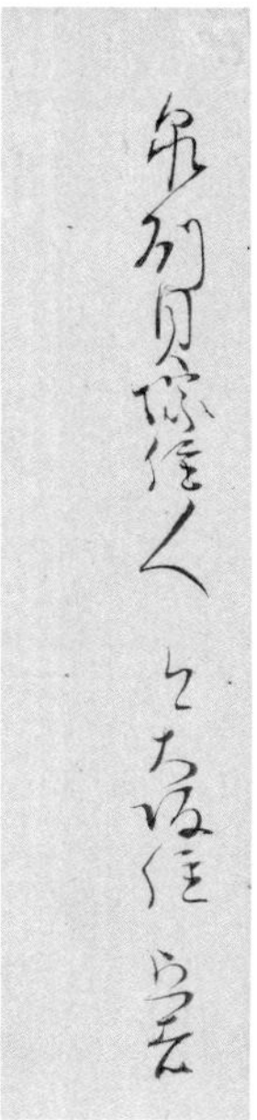

泉州貝塚住人　今大坂住　点者

780　一風

（墨消し）道　兵庫　村尾氏金十郎　（印）

781　貞徳

（裏書なし）

（印）

782　貞徳

（裏書なし）

783　徳元

（裏書なし）

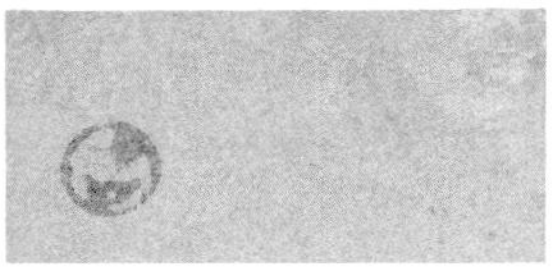

□

（印）（印）

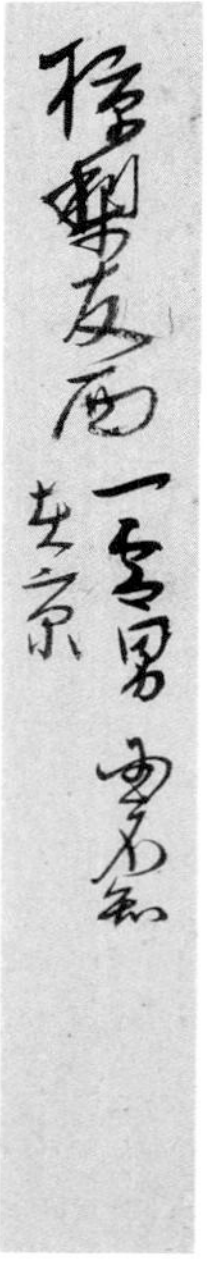

椋梨友西　一雪男　国不知　在京

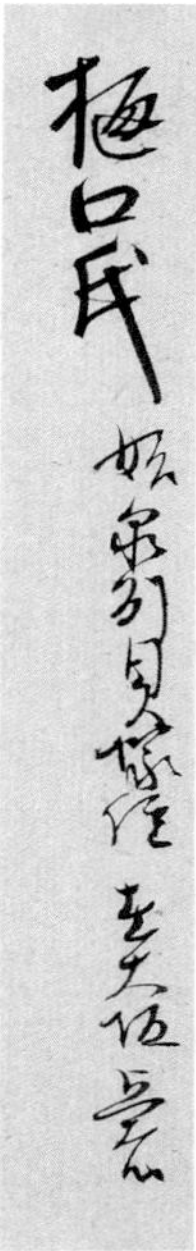

樋口氏　始泉州貝塚住　在大坂　点者

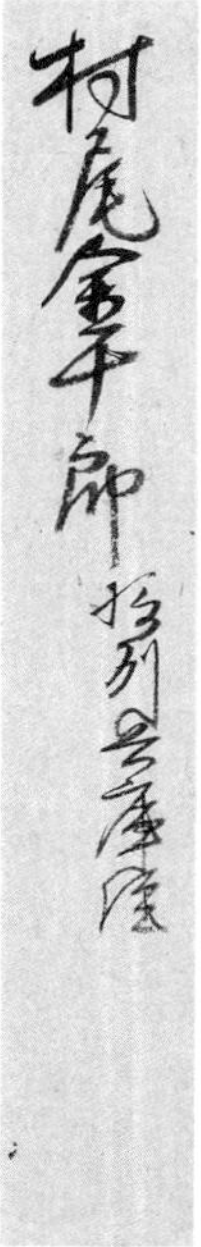

村尾金十郎　摂州兵庫住

松永逍遊軒貞徳　俳諧宗匠　御傘作者　淀川油糟作者　永種息

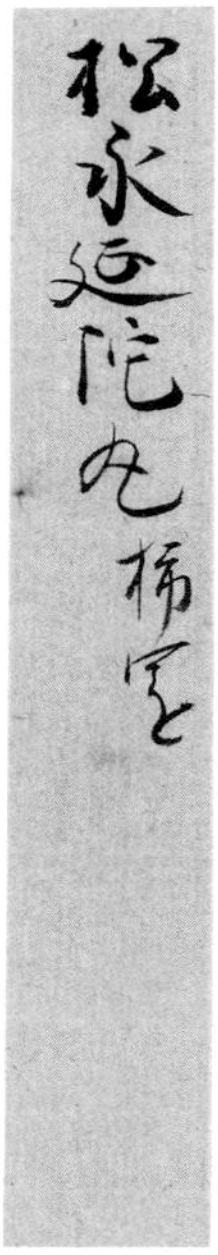

松永延陀丸　柿園

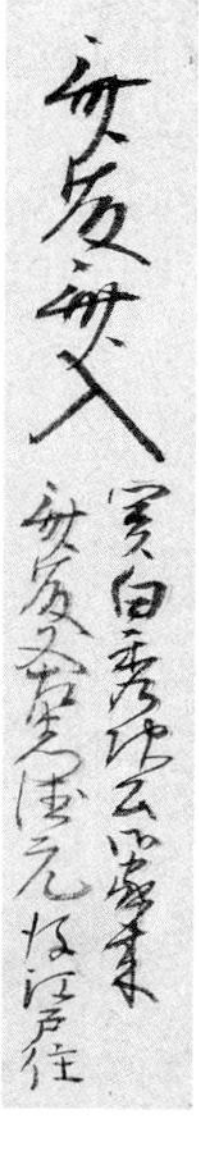

斉藤斎入　関白秀次公御家来　斉藤又左衛門徳元　後江戸住

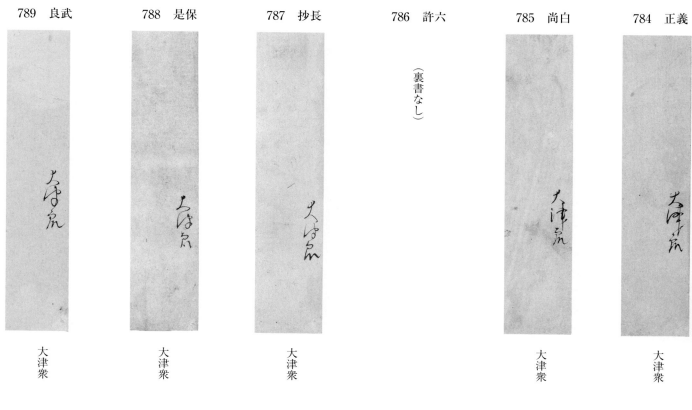

784　正義

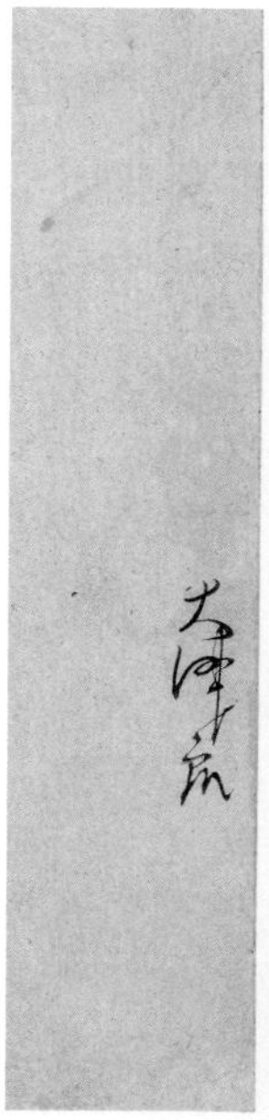

大津衆

大津衆　江州　正義　長谷平次

785　尚白

大津衆

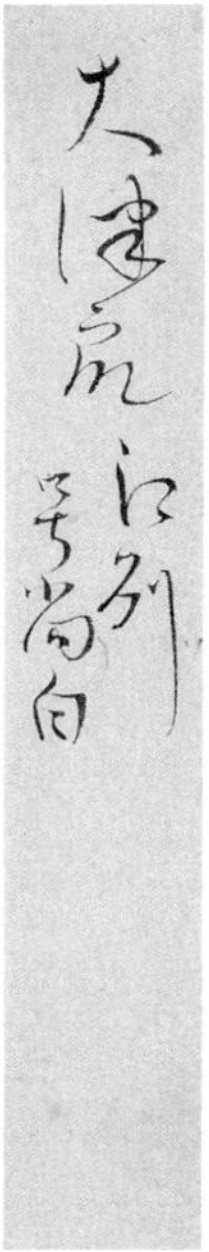

大津衆　江州　号尚白

786　許六

（裏書なし）

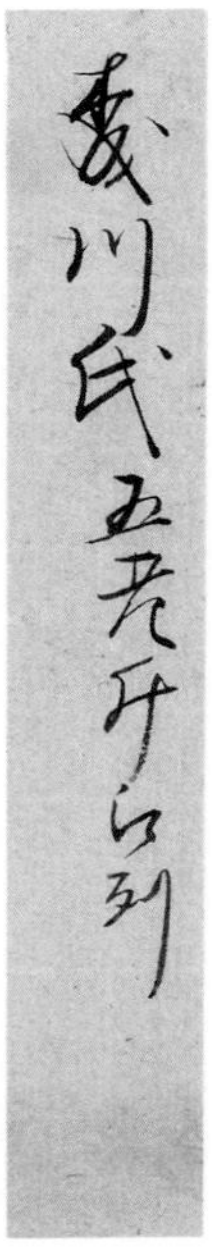

森川氏　五老井　江州

787　抄長

大津衆

大津衆　江州　号抄長

788　是保

大津衆

大津衆　江州　号是保

789　良武

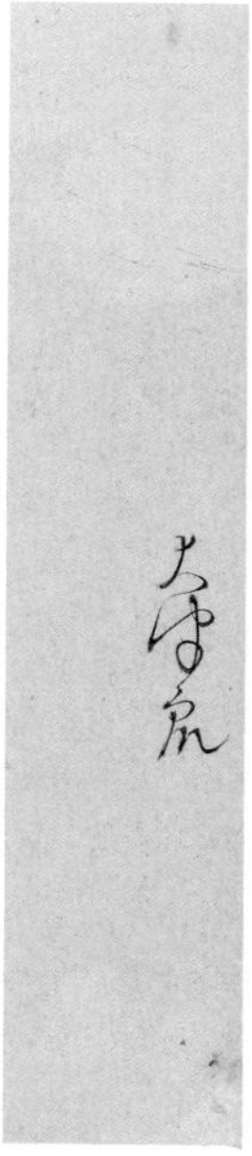

大津衆

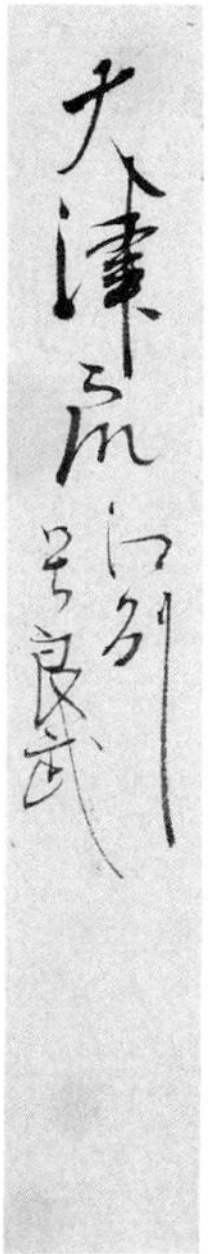

大津衆　江州　号良武

790　紀英

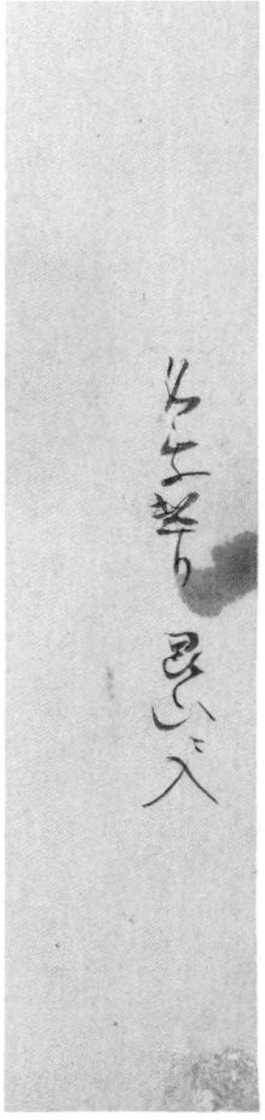

名乗替リ　昆（ママ）山ニ入

791　立圃

（裏書なし）

（印）

792　沽徳

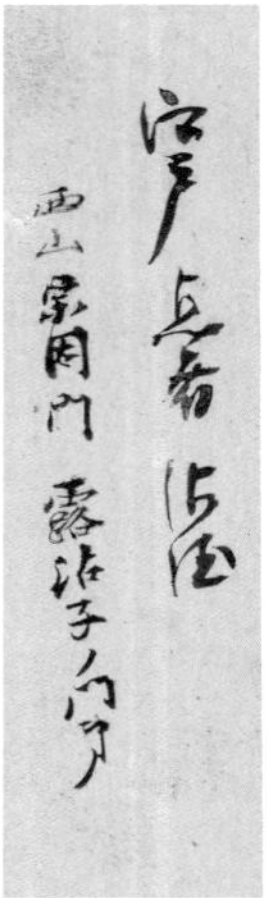

江戸点者　沽徳　西山宗因門　露沾子ノ門弟　沽徳

793　江翁

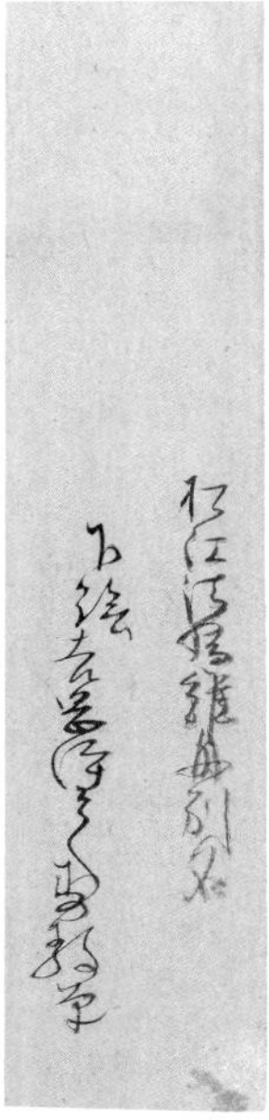

松江法橋維舟別名　下絵吉岡伊兵へ寿静筆

維舟事

794　重頼

（裏書なし）

795　維舟

（裏書なし）

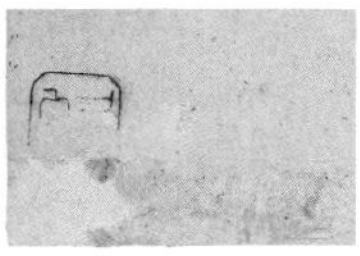

（印）

京衆　本国不知　昆（ママ）山名乗替リ入　貞室門弟　紀英

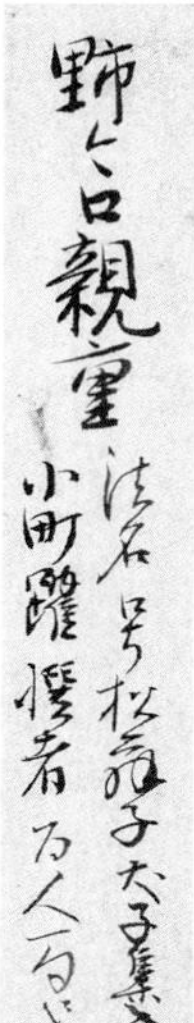

野々口親重法名　号松翁子　小町踊選者　犬子集入　百人一句ニ入

沽徳　江戸点者　宗因門弟　露沾子ノ門下

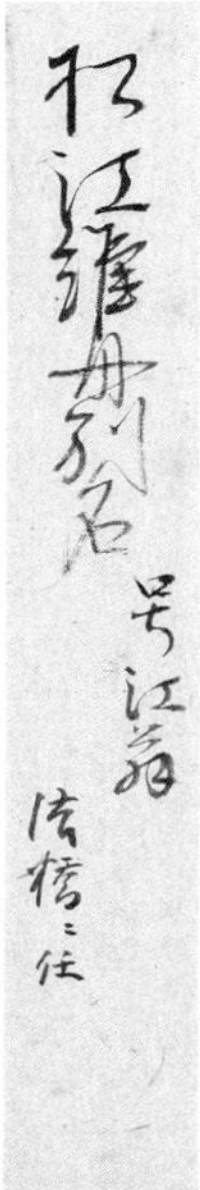

松江維舟別名　号江翁　**法橋ニ任**

松江治右衛門　犬子草（ママ）　毛吹草　同追加　懐子撰者　百人一句ニ入

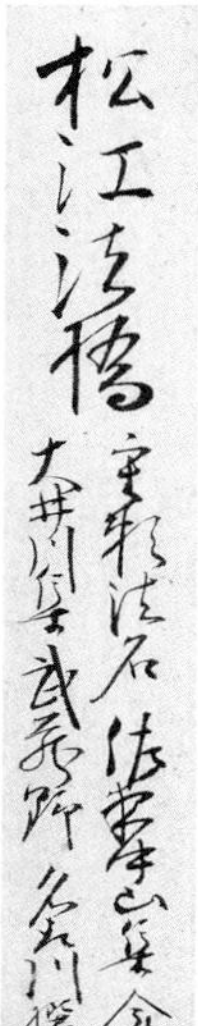

松江法橋　重頼法名　佐夜中山集　今様姿　大井川集　武蔵野　名取川撰者

796　親重

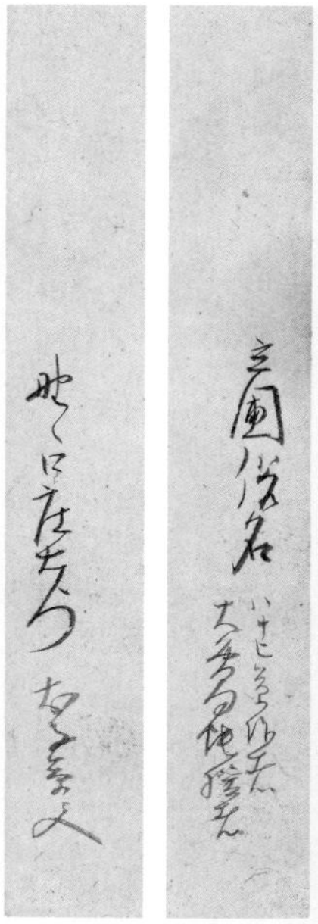

立圃俗名　ハナヒ草作者　大発句帳撰者

野々口庄右衛門　犬子草（ママ）二入

野々口庄右衛門　鼻ヒ草作者　大発句帳撰者　親重

797　春可

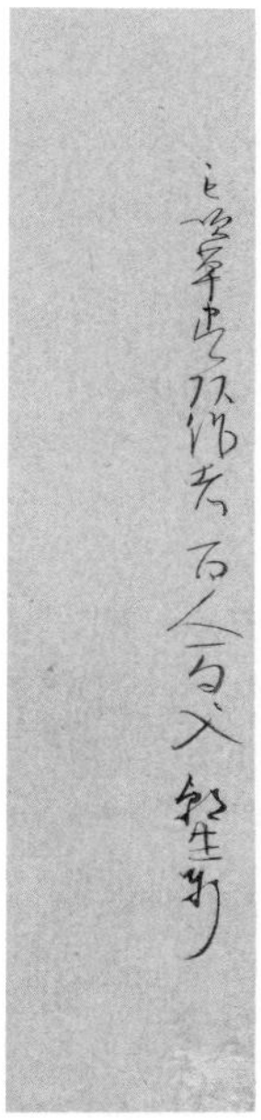

毛吹草巻頭作者　百人一句二入　朝生軒

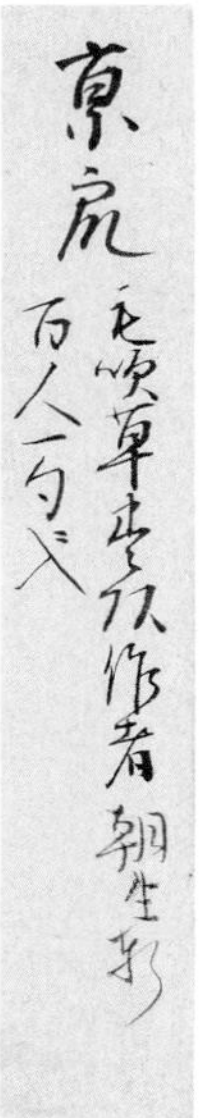

京衆　毛吹草巻頭作者　百人一句二入　朝生軒

798　正直

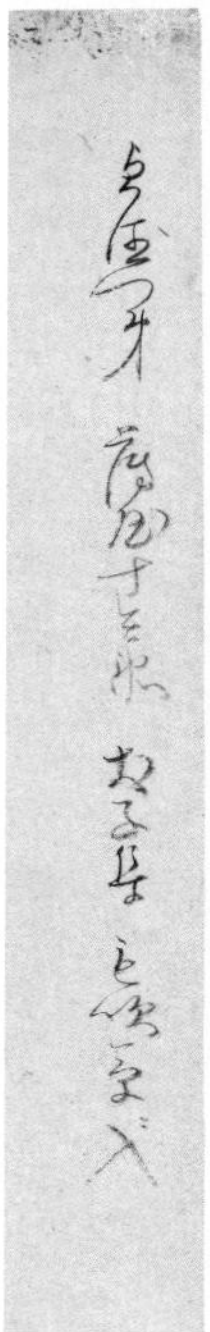

貞徳門弟　薄屋十兵衛　犬子集　毛吹草二入（印）

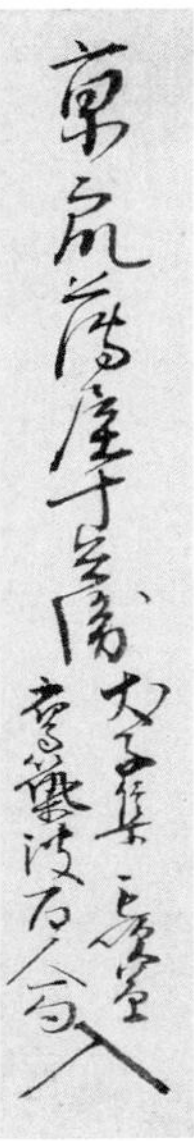

京衆　薄屋十兵衛　犬子集　毛吹草　鷹築波（ママ）　百人一句入

799　正章

（裏書なし）

安原彦左衛門　玉海集撰者　犬子集　毛吹草　鷹築波（ママ）二入　貞徳弟子

800　貞室

（裏書なし）

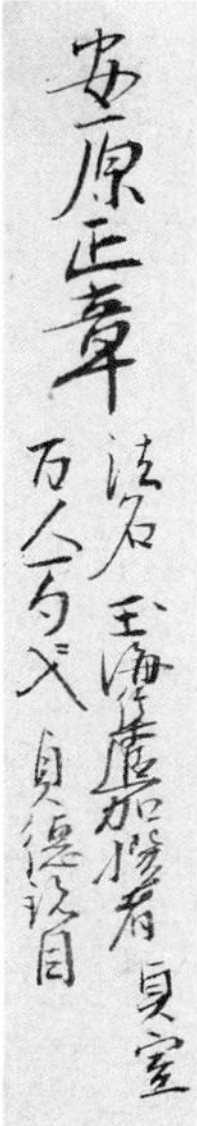

安原正章法名　玉海集追加撰者　百人一句二入　貞徳跡目　貞室

801　良徳

土塵集撰者　貞徳一門弟

犬子崑山二入　寺ノ内かいて令徳事

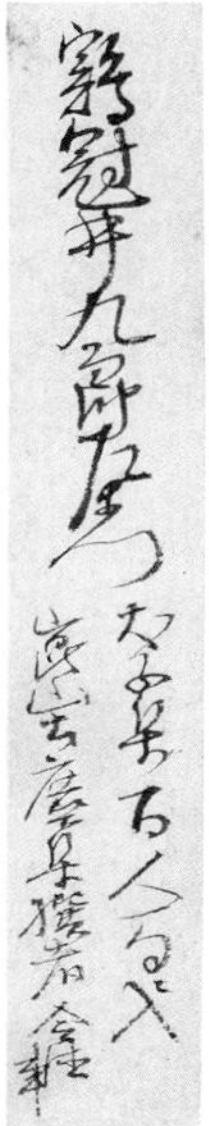

鶏冠井九郎左衛門　犬子集　百人一句二入　崑山土塵集撰者　令徳事

802　令徳

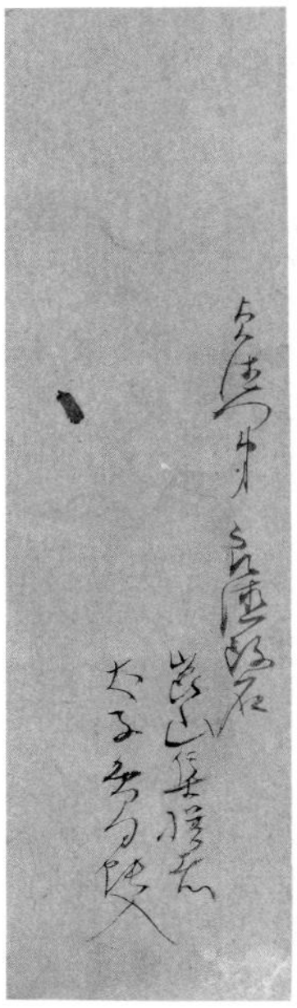

貞徳門弟　良徳改名
崑山集撰者　犬子発句帳入

803　重時

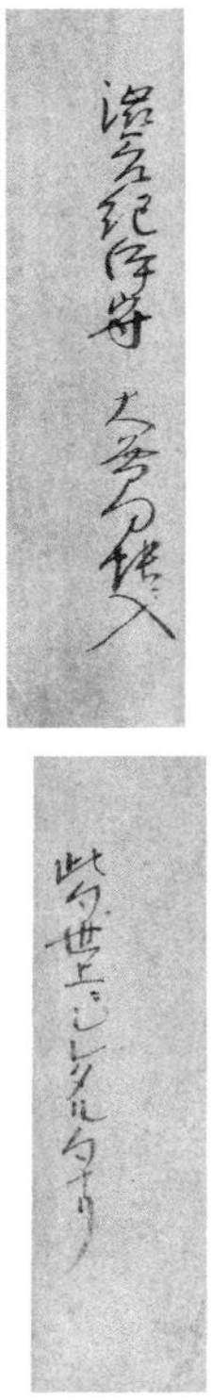

渋谷紀伊守　大発句帳ニ入　此句世上ニシレタル句ナリ

804　西武

（裏書なし）

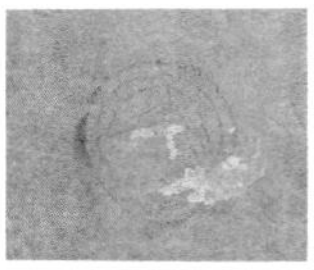

（印）

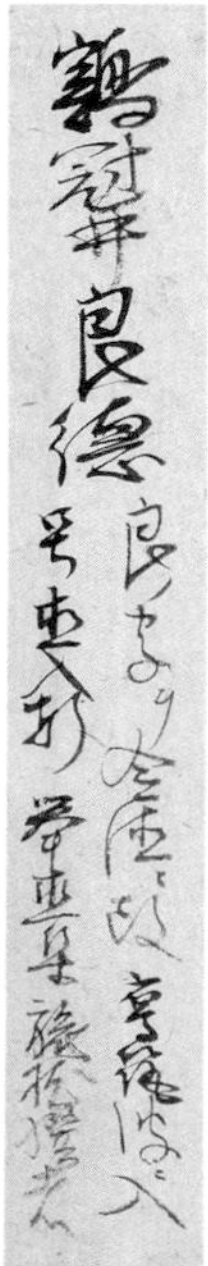

鶏冠井良徳　良ノ字ヲ令徳ニ改　鷹筑波ニ入
号直入軒　挙直集　旅枕撰者

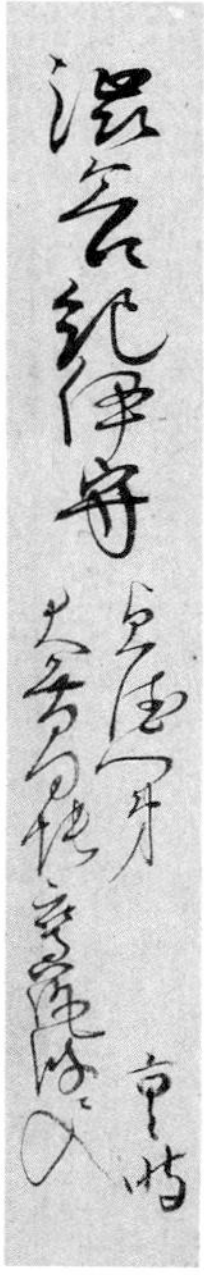

渋谷紀伊守　貞徳門弟　大発句帳　鷹筑波ニ入　重時

山本九郎左衛門　犬子集崑山集ニ入　鷹築《（ママ）》波撰者

解説

永井一彰

第一章　『誹諧短冊手鑑』雪・月・花　解題

一　概略と資料的意義

このたび刊行するのは、筆者が平成二十二年に入手した『誹諧短冊手鑑』と題する雪・月・花三帖の短冊帖である。先ずはその概略について説明する。参考図版213〜219頁、及び各帖の扉図版1・75・143頁を併せて参照されたい。

短冊帖はそれぞれ二重箱入。外箱は杉材。二方桟蓋とし、蓋の表には「誹諧短冊手鑑　雪月花三冊之内　雪（月・花）　手鑑表題／箱蓋字形　古筆了伴」と墨書き（参考図版213・214・215頁各右上）。蓋と箱本体の重なりめ手前側に一箇所、上下にかけて墨でそれぞれ「雪・月・花」と入れる（参考図版213・214・215頁各右下）。箱の底四方から真田紐を通し蓋の上で十字形に結ぶ四方掛け結びとする。紐は黒白の横縞に茶色の縦線意匠（参考図版213・214・215頁各左下）。内箱は桐材。漆の掻合塗りで、薬籠蓋の表中央に「誹諧短冊手鑑　雪月花三冊之内」と金蒔絵による字形《じぎょう》を施し（参考図版213・214・215頁各左上）、蓋と箱本体の重なりめ手前側に一箇所、やはり上下にかけて金でそれぞれ「雪・月・花」と入れる。こちらは軸箱にもよく見られる×字形に結ぶつづら掛け結びとし、深緑色の真田紐を使用する（1・75・143頁扉図版）。

帖は手鑑類によく見られる折本仕立。表紙は裂地表装。深緑色地に金で瓢箪と蔓葉の模様をあしらう。題簽は縹色地、金の横刷毛目を入れた打ち曇り料紙に「誹諧短冊手鑑　雪（月・花）」と墨書き（参考図版216・217・218頁）。各帖の前表紙見返しは金地、後表紙見返しは銀地で、市松模様を施す（参考図版219頁上段）。帖は内箱に収納し、それをさらに辛子色の布に包んで外箱に納める形になっている（1・75・143頁扉図版）。箱・帖・題簽の寸法については上掲の表を御覧いただきたい。なお各帖の厚さは短冊を外した状態で採寸してある。

誹諧短冊手鑑　寸法　丈×幅×高さ（厚さ）　単位粍

	雪	月	花
外箱	465×259×170	464×250×147	464×250×203
内箱	441×231×126	442×222×115	442×223×160
帖	403×198×75	405×190×68	404×190×66
題簽	182×39	184×38	183×38

外箱の箱書き・内箱の題字・蓋と箱本体の重なりめの書付け・帖の題簽、すべて一筆。その筆跡は、京都国立博物館蔵国宝手鑑『藻塩草』に添えられた了伴筆「付属目録」（昭和六十年角川書店刊、古筆手鑑大成四『藻塩草』収録の写真版に拠る）のそれと一致し、了伴の筆である。この短冊帖は、嘉永六年に六十九歳で没した古筆十代了伴によって現姿に調えられたものであることが分かる。

雪の冊は三十六折仕立、月・花の冊は各三十三折仕立。各折の表裏にそれぞれ短冊二枚を押し（参考図版219頁下段）、雪の冊は二百八十四枚、月・花の冊には各二百六十枚、三帖で計八百四枚を収録する。帖に押された各短冊の右肩には作者の素性などを記した札（所謂「極め札」ではない。以下、論中「札」と言う）が張ってある（参考図版219頁下段・222頁）。全体の編成については後に詳述するが、公家・大名・旗本・地下・神官祢宜・門跡・釈氏・連歌師・女筆・能書・古筆・俳諧宗匠・家中衆・町人などに分類されるが、重複収録者もあって、人数としては七百七十六名となる。貞門・談林の著名俳人はほぼ網羅しているといっても過言ではなく、芭蕉とその門人も江戸談林の並びに出る。汚損・虫損のものも一部混じるが、全体に状態は極めて良く、大げさな言い方をすれば昨日染筆したかのように美しい。それはこの手鑑が多くの人々の手に触れることなく篋底深く秘されて来たことを物語るものであろう。

短冊は、光悦の一枚を除き、後に外す可能性もあることを前提にした四隅のみを糊付けする方法を採用している。入手・一覧後、短冊に裏書があるに違いないことを確信し、糊付けのきつい光悦を除く八百三枚の短冊を帖から外してみると、その多くにやはり何筆かによる裏書が認められ、札は裏書を整理し、場合によっては新しい情報も増補して記述してあることが判明した。了伴によって現姿に調製されていることからすると、この三帖の手鑑は古筆鑑定の家に伝わったものと考えるのが自然である。成立・編集についてはこれも後に詳述するが、裏書・札の記述内容などから見て、誰であるかは特定出来ないものの、古筆鑑定に関わる人物が寛文・延宝・天和期に蒐集し、元禄に入る前に整理して、現存手鑑の元姿が出来、その後些かの貼り替えはあったものの、筆跡鑑定また短冊料紙の文字通り「手鑑」として古筆の家に伝わったと判断される。

俳諧の世界へ一般庶民が大挙して押し寄せて来た元禄より前、言い換えれば貞門・談林の時代に、どのような人々が俳諧に関わっていたのかは、まだ十分に明らかにされていない。その意味では、筆跡・料紙の資料としての意義は言うまでもなく、不明なことがらの多い貞門・談林時代に俳諧に関わっていた人々の情報としても極めて貴重である。この手鑑の情報から何がどのように判って来るのかについては、拙稿「『虚栗』の藤匂子」（東京大学国語国文学会編『國語と國文学』平成二十六年一月号）で『虚栗』を例にとってその資料的意義の一斑を示したが、その稿でも記した如く影印本を出して情報を広く共有していただくのが所蔵者の責務であろうと考え、このたびの刊行に至った次第である。

二　『誹諧短冊手鑑』と『寛文比名誉人』

さて、この手鑑入手後、照合すべき文献を探索していて行き当ったのが、貞門・談林俳人を中心に七百余名を取り上げて師系・氏名・俳歴・編著・没年などについて詳説する『誹家大系図』（生川春明著、天保九年自序）と、野間光辰氏が『連歌俳諧研究』十七号（昭和三十三年）に紹介された古筆鑑定家九代了意が文政十一年に門人の集古斎秀之に書き与えたという「寛文比誹諧宗匠并素人名誉人」（後に『談林叢談』に収録。いまそれにより、以下『寛文比名誉人』と略称する）である。『誹家大系図』とこの手鑑とのとりわけ強い関連はいまのところ把握出来ない。が、『寛文比名誉人』は収録の人名・記述内容・並びの一致から、了意が拠ったものが実はこの手鑑の月・花の二帖の札であったことが判明する。『寛文比名誉人』について、野間氏稿には「小笹燕斎氏の写本によって知り、後に羽田竹僊堂所蔵の了意自筆本を借覧することが出来た」とあり、翻刻底本は了意自筆本であったらしい。氏の稿に拠り書誌的事項の要点を抜萃してみる。

・表紙（この書を譲られた秀之集古斎の筆）

「古筆了意先生筆蹟／寛文比／誹諧宗匠并素人／名誉集」

・表紙見返し（了意自筆書状）

「昨日ハ御留主中江□差上候誹諧名前一冊、急手前下留差上候ニ付、夜陰取替差上候、御面働奉入恐候、差上一冊、寛々御止置可被下候　以上　五日」

・中扉（了意自筆）

「寛永〔文〕比誹諧宗匠并素人名誉人」

・奥（了意自筆）

「文政十一戊子八月廿五日吟味来発句誹諧短冊／名前トウキ人後覧／タメ書付儘扣筆走早／浪花於旅宿　了意（花押）七十八歳」

・裏表紙見返し（秀之集古斎の筆）

「右者　古筆了意先生為真蹟　被致譲与所也／于時文政十一戊子年　九月上浣
古筆門葉　集古斎秀之（花押）」

読みの下らないところ、文意不通も何箇所かあるが、要約してみるとおよそ次のようになる。

文政十一年八月廿五日、了意が難波の旅宿に於いて「発句誹諧短冊」の名前を「後覧」のため書付ける。この書に了意自ら「寛文比誹諧宗匠并素人名誉人」と命名。時に了意七十八歳。五日（九月か）付けで了意から集古斎秀之へ書状あり。内容は、御留守中に「誹諧名前一冊」を届けたが、急いだため「手前下留」（自分用の下書きの意か）を間違って差し上げてしまった。そこで夜に取り替えてお届けしておいた。差し上げた一冊はお手元にとどめゆっくり御覧下さい、というもの。その後、秀之は前表紙・裏表紙を添えて見返しに了意の書状を入れ、外題・奥書を書き入れたのである。

野間氏は「本書の特色は、恐らく、了意が多年家業に従事中、実際に手がけた真蹟短冊の裏書を集めたところにある」「従来の諸書の誤を訂し、新事実を補うに足るものを持っている」とその資料的価値について触れるのと同時に、「記事が簡に過ぎ、しばしば誤を伝えているところもある」と「欠点」についても言及しておられるのだが、いま短冊帖の札と照合してみると、『寛文比名誉人』には夥しい誤脱・誤読があることに驚かされる。これは野間氏の誤りとは思われず、責めはおそらく了意にある。

『誹諧短冊手鑑』の全貌を紹介する前に、先ずはそのあたりのことを押さえねばならない。何となれば了意筆写後に五十枚ほどの短冊の貼り替えがあったからで、手鑑の元姿を知るために『誹諧短冊手鑑』と『寛文比名誉人』の照合を欠くことが出来ないからである。そこで、対照表を作成してみることにしよう。**表1**「『誹諧短冊手鑑』と『寛文比名誉人』対照表」（19頁）を参照されたい。

表の見かたは次の通り。No.Aは『誹諧短冊手鑑』の、No.Bは『寛文比名誉人』のそれぞれの仮の通し番号。No.A285～414は手鑑月の冊の表面に、415～544は月の冊の裏面に、675～804は花の冊裏面に、545～674は花の冊表面に該当する。なお、No.B417①②は『寛文比名誉人』の翻刻通りに示せば「一　蝶々子妻　号山人

一貞三尼　下京住　貞三」とあるのだが、これは「一　蝶々子妻　号山人」「一貞三尼　下京住　貞三」と二行に書くべきところを了意がうっかり一行に記してしまったものと思われ、表では山人と貞三の二名に分けて分類しておいた。各欄の上段が『誹諧短冊手鑑』の札の、下段の網掛けが『寛文比名誉人』の記述内容である。手鑑の札には後で触れるように了意筆写後の了伴による補筆があるが、この表では省略してある。ゴシック体で示したのが『寛文比名誉人』の異同箇所。□□は記述が省略されている箇所。俳号欄に「脱」としたのは、俳号を書き漏らしていることを意味する。（　）で括ったのは『寛文比名誉人』で素性欄に名前・俳号があるため表記を省略したと見られる例で、底本翻刻は空白であるが、対照の便宜上仮に補った。「落」は該当項目全体の見落とし。なお、了意筆写後に『誹諧短冊手鑑』で短冊が貼り替えられている箇所については、No.も含め『誹諧短冊手鑑』『寛文比名誉人』ともに明朝体太字で示した。例えば、現手鑑のNo.A320には浪化が入っているが、もとはNo.B36の昨夢があったということである。また短冊の位置が手鑑の中で動いている例も幾つかあるが、それらについては素性欄の右端に「↑B367」「↓A331」などと示した。「↑B367」はその短冊がもともとは『寛文比名誉人』では367にあったことを、「↓A331」はその短冊が『誹諧短冊手鑑』の331へ動いていることを意味する。なお、『誹諧短冊手鑑』の札には無くて『寛文比名誉人』における了意補筆と見られる新たな書き込みはゴシック斜字体として区別した。

先ず確認しておかねばならないのは、『寛文比名誉人』の記述が手鑑の札の内容を出ていない、つまり短冊の裏書の情報は『寛文比名誉人』には全く書き留められていないということである。それは了意が短冊の裏書きを見ていないことを、すなわち了意が筆写した時には短冊帖が既に現姿に近い形で貼り込みになっていたことを意味する。雪の冊該当分がなぜ無いのかは分からないが、文政十一年以降に雪の冊が新たに調製されたとは考えにくく、公家・大名・旗本といった謂わば貴顕が含まれる帖であるため、了意が筆写を憚ったのかも知れない。

内容を検証してみよう。『寛文比名誉人』に記録されるのはB417①②を含めて五百十八項目である。あとで触れるように、了意が月・花の帖を筆写した後、貼り替えられた短冊は四十四枚。従って照合可能は四百七十四項目。このうち、ほぼ正確に短冊帖の札を写したと見られるものは凡そ半数に留まる。

では、『寛文比名誉人』の誤りを具体的に見てみることにしよう。先ず、No.A457・551の二項目を見落としている。また、No.B16・29・91・313・376・377・379・383・400・402・421・447・459・511の十四名は署名を書き漏らしてしまっているために、それが誰のことであるのか分からない。さらに、次の四十四名は署名を読み誤る。

No.B4「爰枚↓爰救」8「愚鈍↓愚純」46「土梗↓土授」49「慈敬↓蕉敬」78「憑富↓湧富」111「甘万↓甘方」142「柘植軒↓拓植軒」164「春良↓春空」165「無睦↓無陸」167「董信↓薫信」195「来山↓来門」200「東枝↓東技」212「及加↓及和」232「雷枝↓雷技」240「立心↓立止」258「立志↓玄志」260「崇音↓崇高」271「中笑↓由笑」277「翠紅↓翠我」281「露管子↓露菅子」284「愚候↓黒以」288「親時↓視時」299「宜親↓宣親」300「宜為↓宣為」303「松滴子↓松停子」306「道高↓道尊」308「相興↓相貞」323「春興↓春貞」341「宜陳↓宣陳」361「直右↓直尤」375「紀英↓記英」393「二道↓二通」397「利長↓和長」415「愚伝（愚侍）妻」416「小紫↓紫」434「元隅↓西瑞」436「言己↓言巴」446「如泉↓如水」455「了祐↓英惟」470「未琢↓未□」478「興之↓輿之」495「志計↓忠計」497「言求↓三述」516「資仲↓昇仲」

以上、署名の書き漏らしと誤読が計五十八例で、照合可能な四百七十四項目のうち一割以上が正確ではないということになる。

そして素性欄に目を転じてみると、誤読例はさらに増える。これを項目別に列挙してみよう。

○人名の誤読　三十九例

No.B2「園殿↓園部」8「愚道↓過道」49「大藪氏↓大数氏」56「祐玄↓祐去」71「井口氏↓井上氏」81「仲昔↓仲共」90「常是↓道次」101「元隣↓元憐」118「信徳↓立徳」128「似空↓似雲」137「意計兄↓意斗是」142「市之丞↓万之丞」143「高政↓常牧」184「西翁↓初翁」209「貞室↓貞徳」224「増山氏↓増田氏」260「嗣良↓□良」275「羽太↓内太」289「榊原↓梶原」298「河毛↓河□」303「賀嶋↓木嶋」306「長岡↓長園」310「奥右衛門↓貞右衛門」319「平右衛門↓□右衛門」337「古谷↓古屋」340「良固↓良因」344

「今菴→令菴」352「末次→末沢」391「玉純→王純」「昌程→昌詮」395「宗響→宗理」405「蜂屋→蝉屋」431「養残→養拙」434「粟津右近→粟津左近」444「高政→高好」447「如泉→京」448「浜川→淀川」473「市兵衛→重兵衛」490「油比→池村」

これ以外にもA353「四郎右衛門」→B69「四郎左衛門」というように「右」を「左」と読み誤ったものがB69・78・104・163・182・193・197・198・203・223・229・250・257・292・327・361・493・494の十八例ある。逆に「左」を「右」としたものが、B135・326の二例。

○身分の誤読　十一例

No.B3「東御門跡連枝→東御門主連子」4「東御門跡連枝→東御門主連子」306「丹羽若狭守殿家中→丹羽若狭守□□□」310「左京亮→左兵衛亮」320野水「松平加賀守殿又家中→松平加、守□□家中」321一夢「加州金沢又家中　松平加賀守殿家中神谷民部家礼→加州金沢又家中　□□□□□□神谷民部家礼」324曲肱「松平若狭守入道殿一家→□□若狭守□□殿□□」408「伊勢大掾→伊勢大塚」420「水野氏妾→水野氏妻」514樵花「狩野探雪　探幽二男→狩野探雪　□□二男」「主殿介→主殿人」

野間氏が「記事が簡に過ぎ」ると指摘しておられた通り、短冊帖の札を写した了意には省筆意識が強く、その結果記述内容が変わってしまったものも幾つか認められる。例えば320の野水について一部省筆したため「松平加賀守殿」の「又家中」であったはずが「家中」になってしまっている。321の一夢についても同様。が、このあたりはまだましなほうで、324の曲肱などは「松平若狭守入道殿一家」のはずが「若狭守殿」と略され、曲肱本人が若狭守ということになり、全く意味が変わってしまう。306についても同じことが言える。514の樵花も「狩野探雪」のことで「探幽二男」であるべきところ、これも省筆により「狩野探雪　二男」となってしまっている。

○地名の誤読　六例

No.B2「筑紫→筑波」310「岩城→山城」312「最上→京上」341「涓津→湯津」349「肥前→肥後」350「肥前→肥後」

○寺名の誤読　二例

No.B14「理性院→捉性院」39「要蓮院→要運院」

○書名の誤読　七例

No.B80「詞友集→詞友具」119「破箒→破箒木」138「慇懃集→□□集」381「鼻ヒ草→鼻火草」468「蛇鮓→虵酢」508「四季源氏→四条源氏」511「五派集→五詠集」

○その他の誤読　五例

No.B56「維舟句帳→短冊句帳」95「季吟一男→秀吟百句」319「白山法楽集撰者→白山法楽集入」364「始泉州→如泉州」375「名乗替リ入→名乗出入」

なお、右の誤読のうち「間違いかた」が良く分かるのは署名195「来山→来門」(短冊図版125頁)、人名の項の184「西翁→初翁」(裏書・札図版312頁)・490「油比→池村」(裏書・札図版347頁)、その他の項の56「維舟句帳→短冊句帳」(裏書・札図版289頁)・95「季吟一男→秀吟百句」(裏書・札図版296頁)である。念のため、このうち札の誤読例四点については参考図版222頁上段にも①〜④として挙げておいたが、それら図版によって確認していただければお分かりのように、「この書体をこのように読んだのだ」ということが明白で、それはまた『寛文比名誉人』の典拠がこの手鑑の札であったことを証することがらでもある。ついでに触れておけば、46は「土梗」を「土授」と読み誤っているのだが、「土授法師ト短冊アリ」という了意の補筆がある。短冊には「土梗法師」と署名があり、了意はそのことを言う。343の「玉水軒」、500の暁雲(英一蝶)についての「一峰閑人暁雲アリ」という補筆も短冊の署名をさしているわけで、これらもまた了意がこの手鑑を見ていた証拠となろう。

『寛文比名誉人』は、了意が秀之に宛てた書簡中で「誹諧名前一冊」と称しているように、その俳号を名乗る人物が何処の誰かを記した謂わば人名録である。その人名録に、しかも古筆鑑定を業とした人の手になるものに、署名・人名を中心にこれだけの誤読が認められるのは驚くべきことで、了意が『寛文比名誉人』を写した当時七十八才の高齢であったことを割り引くにしても、大きな疑問を投げかけることがらである。いずれにせよ、半世紀以上拠るべき資料として扱われて来た『寛文比名誉人』はこの短冊帖によって正されねばならない。

では、『寛文比名誉人』は取るに足りない資料なのかというと決してそうではない。かような手鑑類は「貼り替え」という問題が付きまとうのが普通だが、この手鑑にも札の料紙・筆跡が明らかに異なり、時代的にも後世の俳人の短冊が混じり、貼り替えと見られるものが少なからずある。手鑑と『寛文比名誉人』を照合することによって、了意が見た文政十一年当時の月・花二帖の手鑑の様子、つまりより元姿に近い手鑑の姿が浮かび上がって来る。そしてそれは、了意が何故か書き留めることの無かった雪の冊の元姿を考える手掛りともなるに違いない。以下、表に沿ってそのあたりを見てみよう。

了意が筆写したのち、月・花の冊で貼りかえられた短冊は四十四枚である。その貼り替えに伴い、次の四十四名の短冊は失われた。

B36昨夢・44祖寛・47巽松・54空声・76常清・92放牛・94直親・145勝政・146勝喜・147照勝・148季潭・149一斎・169末正・201正信・202定祐・213弘嘉・214弘信・244可入・297這雪・347信興・366家歩・371何求・392乗昌・398宗林・406九畔・412永覚・413方孝妹・414慶教妻・415愚伝〔愚侍〕妻・417②貞三・421（水野外記息女）・423周女・432剛刖・440宗琻・451可笑・453三定・458定好・459（浅井又八郎）・460一賀・465正隆・471信定・476吟松・479信斎・505木鶏

短冊が残らぬことは残念であるが、誤読・省筆を含む可能性もあるとは言え、これらの人々の素性を伝える記述は資料として貴重である。また、手鑑のもともとの編集意識を探る場合、これらの情報を欠かすことは出来ない。なお、202定祐は例外的に短冊句「道鏡か出たら勝へきくらへ馬」を記録している。

次に貼り替えに伴い増補された短冊は次の四十四枚である。

A320浪化・328丈艸・338支考・376梅盛・429仙化・430挙白・431琴風・432嵐蘭・433百堂・453羅人・471ケ庵・486鬼貫・487野坡・498玄札・499乙由・529惟然・712昌俊・781貞徳・782貞徳・786許六・792沾徳・547玄陳・554野水・562蝶々子・567智月・569やちよ・570よし野・573花紫・575秋色・581ちよ・582そのめ・584昭乗・589光悦・597北枝・608去来・610了佐・615明鏡・616曲翠・617洒堂・622子葉・627未得・656桃青・662キ角・672常信

網掛けで示した二十名はいわゆる蕉門で、増補短冊の約半数を占める。貼り替えがどのような経緯によって行われたのか、増補短冊を入れたいがために削除したのか、あるいは削除したために増補する必要があったのか、またその両方の事情が絡んでいるのかは分からない。また貼り替えのあった時期も不明とするしかないが、結果的に蕉門色が濃くなっているということは言えそうである。

短冊の位置が動いたのは次の十枚である。

可玖B186→A360・宗鑑B367→A331・季吟B377→A378・唐B411→A571・山人B417①→A568・ステB425→A578・李斎B427→A762・山夕B513→A633・洗口B515→A636・杉風B499→A670

最後に『誹諧短冊手鑑』の札には無くて『寛文比名誉人』に見られる新たな了意の補筆を見ておこう。B65「手跡立圃之通能似候」68「手跡も似寄」73「手跡立圃能似寄」74「手跡立圃流」79「宗真流能」101「宗真流」188「定家流」193「宗真流」208「近衛流」215「風早実種流」279「近衛流」・281「定家流」286「定家流」426「宗真流見事」431道頼「洛陽名筆集入」といったあたりは筆跡についてのそれで、古筆鑑定家らしいこだわりが見られる。また90一雪に「三郎兵衛」と俗称を書き入れ、313「立圃門人」481「法橋」とするなどの例は、了意があながち機械的に写したのではなくそれなりの見識を以て筆写に臨んだことを表していよう。436「正親町殿家老→正親町殿雑掌」437「松木殿家老→松木殿雑掌」の二例も「家老」を「雑掌」と読み誤ったのではなく、それが意味的に正しいかどうかは別として、了意なりの言い換えなのであった。

三　『誹諧短冊手鑑』の編成

以上の検証結果を踏まえた上で手鑑の全貌を紹介すると共に、その編成意図を探って見ることにしよう。手鑑収録の八百四枚の短冊作者を一覧表にしてみる。**表2**「『誹諧短冊手鑑』作者一覧」（35頁）を参照されたい。表では、短冊は雪・月・花の順に通し番号を付し、短冊の署名を示した。「姓名」「地域・身分・素性・編著」「師系ほか」欄は、編集子の意図が分かるように、短冊裏書及び札の要点のみを挙げてある。短冊裏書・札の詳細については図版編を御覧いただきたい。地域欄の（　）で括ったものは、裏書・札に記載がなく、他の資料から筆者が判断したことを意味する。「入集状況」は裏書・札に「玉海集ニ入」などとあるものを全て拾った。（玉海集×）などと表記したものは、裏書・札に入集を言うが、実際には該当撰集に出てこないケースである。

では、貼り替え・移動が明白で、より元姿に近い月・花の冊から見ていくことにしよう。なお、月・花の冊の塗りつぶしは貼り替え・移動によってのちにその位置へ入ったことを意味する。例えば320の位置にはもとは昨夢の短冊があったのだが、後に浪化のそれに張り替えられているというように、である。つまり、月・花の冊に関しては塗りつぶしをとばして見ていけば元姿に近い並びとなるということである。貼り替えによって失われ、現手鑑に存在しない短冊は太字で表示してある。また、例えば471姓名欄の右端の➡360という表示は、元姿ではもとも可玖の短冊があったのだが貼り替えによりここにケ庵短冊が入って、その結果可玖が360へ動いたことを表わす。雪の冊についても、後の貼り替えと見られるものは網掛けで示した。

月の冊の表面は、285〜288が門跡、289〜340が釈氏、以下341〜414は表から明らかなように京の作者を概ね師系別に並べる。なお、285〜414のあたり、表の地域欄に（京）という表示が多く入る。雪の冊149から189にもこの（　）表示が集中する。これは先述したように、裏書・札に地域の記載がなく他の資料から判断したのであるが、それはつまり、京作者の場合、わざわざそのことを断らないという意識が編集子にあったことを示すもので、編集子が京の人であることを意味する。

月の冊の裏面は、師系に拘りはなく、大坂天満の一幽415、堺の元順416を冒頭に置いて、以下城州伏見417〜419、南都・和州420〜432、河内433・434、堺435〜440、大坂441〜488、摂州各地489〜494、伊賀上野495・496、勢州山田497〜517、勢州各地518〜522、尾州名古屋523〜528、三州・遠州529〜531、甲州532、江戸533〜544と地域別の配列である。

花の冊の表面は、連歌師545〜560、歌人561・562、女筆563〜582、能書583〜589に続いて、京衆590〜609、古筆610〜614、江戸衆615〜674となっている。

花の冊裏面冒頭の675宗音・676盛政はやや浮いた印象があるが、677〜708は旗本を並べる。続けて、江州709〜716、美濃717・718、奥羽719〜728、加越729〜737、佐州738、丹州739〜742、因州743、出雲744、備前・備後745〜748、芸州749〜753、防州754、長州755、阿州756〜758、讃州759、与州760、筑前761〜763、肥前764〜767、肥後768〜774、豊後775、対州776・777と、ここまではほぼ諸国別に配列。この部分には諸国の家中衆（藩士）が多く含まれる。以下778〜783は混然とした感じで、784〜789に大津衆、790〜804は京衆である。

雪の冊表面は、近衛信尹・信尋を筆頭に1〜54が公家（10は後の貼り替えか）、55〜65が大名（55・64・65・66は後の貼り替えか）、66〜98が旗本、99〜114は地下、115〜142が勢州の神官・祢宜と比較的すっきりしている。

雪の冊裏面の冒頭143守武は勢州神官の続きというつもりであろう。以下は、玉海集を中心に犬子集・鷹筑波・毛吹草・毛吹草追加・崑山集・口真似草・鸚鵡集・百人一句など概ね寛文以前の貞門俳書入集者を、山城・京147〜193、南都・和州194〜205、河州・堺206〜241、大坂244〜284というように地域別に分類して収める。師系欄に「貞室門弟」153〜154、「季吟門弟」「季吟三物連衆」170〜174とたまたま連続する箇所もあるが、この並びには特に師系別に並べる意図は読み取れない。なおこの中で、京の並びに尾州の越人188が、また堺の並びに加州金沢の牧童214と宗硯215が、さらに大津の乙州221が入るのは不自然であるし、年代的にも合致しないが、これらは何れも後の貼り替えと見られる。堺と大坂の並びの間に入る242我黒（京）・243涼菟（勢州山田）も同様。

雪の冊表裏を通じて貼り替えと見られるのが10熙・55宗関・64宗甫・65正信・66玉峯・188越人・214牧童・215宗硯・221乙州・242我黒・243涼菟の十一名。これが、月・花の冊と同様に了意一覧後のことであるのかどうかははっきりしないが、雪の冊裏面の貼り替え六名のうち四名がやはり蕉門である。

なお、八百四枚の中には同一作者の重複がある。表2末尾（48頁）の「重複者一覧」の通り二十六名、塗りつぶしは後補短冊である。うち14宗因・24重頼が各三枚、他は各二枚。従って、手鑑収録作者は人数としては七百七十六名ということになる。並びを見てみると1・2・6・9・10・15・17・18・23は位置が跳んでいるが、他は筆跡比較がしやすいように並べて貼る。また、15元順と後補の22貞徳以外は全て別号を採り、それが編集方針であったことが判る。因みに、533友正と620調和を編集子は別人と見ていたふしがある。

第二章　誹諧短冊手鑑の成立

一　成立年代

では、『誹諧短冊手鑑』の成立について考えてみよう。先ずは短冊の裏書・札から得られる年代の情報を拾ってみる。

①　公家

雪の冊冒頭の公家短冊五十四枚の裏書・札には、官位を記すものが十七点ある。**表3**の通し番号1～17がそれ。いくつか例をあげて説明してみよう。1の近衛信尹の短冊は裏には了雪（了佐五男、延宝三年没）の筆と思われる極め札「近衛殿　信尹公／さはらぬや」が貼ってあるが、官位についての記述はない。が、札に「前関白」とある。『公家辞典』（橋本政宣編、平成二十二年、吉川弘文館刊）によれば、信尹は慶長十年に関白となり、同十一年に辞退している。従って、札の書入れは慶長十一年以降と判断される。2の二條光平は裏書に「前関白」と、札に「前摂政関白」とある。光平は承応二年に関白、寛文三年に摂政となり、同四年辞摂政。札の書入れは寛文四年以降であるはず。3の花山院定誠は札に「大納言」とある。定誠は延宝三年に辞権大納言、天和二年に大納言に還任。従って、札の書入れは延宝三年以降となる。以下は表に沿って参照されたい。

改名を手掛かりに整理したのが通し番号の18～23である。これも例を挙げてみると、19の川鰭基共は延宝七年に基共から実陳に改名。従って書入れは延宝七年以前。20の清岡長時は延宝五年二十一歳で叙爵、元服し昇殿を許され、清岡と号している。ゆえに書入れは延宝五年以降となる。

かように、裏書・札の欄と補任・辞任・改名（全て『公家辞典』による）の欄を照合すると、裏書・札の書入れの時期がほぼ定まってくる。1の近衛信尹が慶長十一年以降、18櫛笥隆慶が宝永四年以前、21東久世博意が元禄三年以前、23吉田兼連が寛文二年以降元禄十年以前と幅を持たせて考えねばならないものもあるが、明暦（16）寛文（2・4・7・17）延宝（5・8～10・12～15・19・20・22）天和（3・11）貞享（6）というように、概ね寛文・延宝・天和期に集中する。

②　大名

雪の冊の公家に続いて並ぶ55～65の大名の短冊には裏書・札に受領名が記されている。該当人物を『新訂寛政重修諸家譜』（昭和三十九～四十二年、続群書類従完成会。以下『諸家譜』と略称）によって照合し、後の貼り替えと見られる55・64・65を除く八名を一覧表にしてみると、**表4**のようになる。例示してみると、56の筑前秋月城主黒田甲斐守長興は寛永三年に従五位下甲斐守に任ぜられてい

表3　公家

通し No.	短冊 No.	姓　名	裏　書	札	補　任・辞　任・改　名	裏書・札の書入れ
			×は記載なし			
1	1	近衛信尹	×	前摂関	慶長10関白、同11辞退	慶長11以降
2	3	二條光平	前関白	前摂政関白	承応２関白、寛文３摂政、同４辞摂政	寛文４以降
3	5	花山院定誠	×	大納言	寛文５権大納言、延宝３辞、天和２還任大納言	天和２以降
4	6	徳大寺実維	×	前内大臣	寛文11内大臣、同12辞	寛文12以降
5	7	今出川伊季	中納言	中納言	延宝６権中納言、貞享１権大納言	延宝６以降
6	13	柳原資廉	大納言	前大納言	天和１権大納言、貞享４辞	貞享４以降
7	14	風早実種	従三位	×	寛文６従三位、寛文12正三位	寛文６以降
8	19	松木宗顕	頭中将	頭中将	延宝３左中将、同７蔵人頭	延宝７以降
9	25	交野時香	少弼	×	延宝６弾正少弼	延宝６以降
10	30	持明院基輔	左中将	×	延宝５左中将	延宝５以降
11	31	上冷泉為綱	左中将	×	天和２左中将、元禄７治部卿	天和２以降
12	33	今城定淳	中納言	中納言	延宝２権中納言、延宝６辞権中納言	延宝２以降
13	41	白川雅光王	左中将	×	延宝８左中将	延宝８以降
14	42	植松雅永	中将	×	延宝６右中将	延宝６以降
15	46	東坊城長詮	少納言	×	延宝２少納言	延宝２以降
16	47	萩原員従	左衛門佐	×	明暦３、信康から員従と改名、左衛門佐	明暦３以降
17	54	高野保春	修理太夫	修理太夫	寛文１修理権大夫	寛文１以降
18	12	櫛笥隆慶	同左	同左	宝永４、隆慶から隆賀に改名	宝永４以前
19	17	川鰭基共	同左	同左	延宝７、基共から実陳に改名	延宝７以前
20	29	清岡長時	同左	同左	延宝５、21歳で叙爵、清岡と号する	延宝５以降
21	36	東久世博意	同左	同左	元禄３、博意から博高に改名	元禄３以前
22	38	竹内惟庸	同左	同左	延宝２、当治から惟庸に改名	延宝２以降
23	48	吉田兼連	侍従	×	寛文２侍従、元禄10兼連から兼敬に改名	寛文２～元禄10

表4　大名

短冊No.	署名	短冊裏書・札		諸　家　譜		
		肩　書	地　域	該当人物	叙　任	没年
56	斐	黒田甲斐守長興	筑前秋月城主	黒田長興	寛永3従五位下甲斐守	寛文1
57	遊流	鳥井兵部少輔	信州高遠城主	鳥居忠春	寛永16従五位下主膳正	寛文3
58	和松文	鳥井左京亮	信州高遠城主	鳥居忠則	寛文2従五位下兵部少輔のち左京亮	元禄2
59	露沾	内藤下野守	奥州岩城々主	内藤義英	寛文10従五位下下野守	享保18
60	盲月	京極甲斐守	但州豊岡城主	京極高住	延宝4従五位下甲斐守	享保15
61	文献	諏訪因幡守	信州諏訪城主	諏訪中晴	明暦3従五位下因幡守	元禄8
62	一風	大村因幡守純長	肥前大村城主	大村純長	承応3従五位下因幡守	宝永3
63	立端子	三宅出羽守	三州田原領主	三宅康雄	延宝2従五位下出羽守	享保11

表5　旗本

短冊No.	署名	短冊裏書・札		諸　家　譜	
		称呼・受領名	位階・役職	該当人物	位階・役職
67	朝倣子	岡部志摩守	従五位下	岡部直好	万治1従五位下志摩守
68	孤雲	京極近江守	×	京極高規	明暦3従四位下近江守
69	三峯	小出下総守	従五位下	小出守里	寛文12従五位下若狭守
73	東水	芦野民部資俊	野州芦野領主	芦野資俊	正保3野州芦野領主
77	嘉隆	小浜民部	御舟大将	小浜嘉隆	寛永19大坂御船手
88	丁我	松平甚九郎	寄合	松平康寛	寛永17寄合
91	残月	水野半左衛門	御鉄砲大将	水野守政	延宝1御持筒頭
93	惟閑	石河三右衛門	中奥小姓	石河尚政	寛文6中奥御小姓
97	巳哉	跡部宮内	御使番	跡部良隆	天和1御使番　同3小普請
98	濯心子	戸田右近大夫	五位下	戸田氏利	万治1従五位右近大夫
677	不言	曽我又左衛門	御書院番	曽我仲祐	寛文7御書院番
685	自笑	馬場十郎左衛門	大番衆	馬場信祥	明暦3大番
687	捻少	小笠原源四郎	大番衆	小笠原貞晃	天和1大番
688	言菅子	瀬名新八郎	大番衆	瀬名弌明	延宝4大番
692	翠紅	榊原十郎兵衛	御書院番	榊原忠知	延宝6御書院番
696	露管子	久松彦左衛門	御書院番	久松定元	延宝4御書院番　貞享2閉門
697	露章	大河内又兵衛	御書院番	大河内信久	寛文7御書院番
698	忠勝	梶川十兵衛	御進物番	梶川忠勝	寛文11進物役
699	愚候	金田市郎兵衛	西丸御持筒頭	金田房輝	寛文1鉄砲頭のち持筒頭　延宝8西城
708	松滴	佐々木金右衛門	桐間御衆	佐々木貞利	貞享2御廊下番桐間番

る。短冊の裏書・札にその受領名が記されているのであるから、札の記述は寛永三年以降である。因みに没年は寛文元年。以下準じて叙任欄を見ていただければ分かるように、寛永（56）承応（62）明暦（61）寛文（58・59）延宝（60・63）という内訳となり、元禄に及ぶ例はない。なお、57遊流（鳥井忠春）は裏書・札に「兵部少輔」とするが、『諸家譜』には「主膳正」とあって一致しない。「兵部少輔」としたのは58和松文（鳥井忠則）との混乱の結果だと思われ、表には取り上げたが集計からは省いてある。

③　旗本

本手鑑には後補の66を除き、六十五名の旗本の短冊六十六枚を収める。すなわち雪の冊の67〜98・151、花の冊の631・677〜708（但し691露関子と692翠紅は同一人物）がそれで、その殆どは解説末尾に取り上げるように『諸家譜』との照合により素性が明らかになるのだが、裏書・札に記された位階・役職が『諸家譜』のそれと一致するものが二十例ある。これを一覧とした**表5**を参照されたい。

67・98は受領名と位階が、68は受領名が一致。69の三峯は位階は一致するものの、受領名は異なる。が、これはおそらく札の筆者の勘違いで、小出守里と見るべきこと旧稿（「『虚栗』の藤匂子」）に述べた。他は役職が概ね一致する。例示してみると、67の朝倣子は『諸家譜』によれば万治元年に従五位下志摩守に叙任。同内容の裏書・札は万治元年以降の執筆ということになる。73の東水が芦野領主となったのは正保三年のこと。従って札の「芦野領主」という記述はそれ以降。以下、同様に表5の「諸家譜」欄の年代を整理してみると、寛永（77・88）正保（73）明暦（68・685）万治（67・98）寛文（69・93・677・697・698）延宝（91・688・692・696・699）天和（97・687）貞享（708）というように分類され、これまた元禄に及んでいない。

④　家中衆

帖に収まる位置はばらばらであるが、後補であることが明らかな432嵐蘭・433百堂・616曲翠・622子葉・712昌俊を除き、家中衆（藩士）の短冊が三十七枚ある。それらの裏書・札には、425無端を例にとれば「藤堂和泉守家中」というように藩主の名が記され、先の大名の例と同じく、その受領名により裏書・札の記述年代を絞ることが可能となる。三十七枚のうち「甲府殿御家来」とあって主君が特定出来ない166直興、それに受領名が手掛かりとならない196元直、また受領名が記されない201正式・523皆酔・524虎竹・527龍子を除く三十一名と、家中衆ではないが「水野日向守殿妾」とあって同様の情報を得られる577貫、それに貼り替えで短冊は失われたものの『寛文比名誉人』に記録されるB421□女・B459（俳号脱）・B460一賀（以上三名、表で網掛け）を加えた三十五名を一覧表にしてみると**表6**のようになる。なお、151友仙「有馬左衛門佐殿一家」739曲肱「松平若狭守入道殿一家」740幽歩「九鬼和泉守殿一家中」744四友「土屋但馬守殿一家」の四名は家中衆ではなく藩主の一門・縁類である。表6の『諸家譜』叙任欄の年代を通し番号によって整理してみると、慶長（21）寛永（1・4・11・12・13・17）正保（32）慶安（10・25・33）承応（2・18・19・20・34）明暦（6・24・35）万治（8・14・15・16）寛文（5・7・9・22・23）延宝（3・26・27・28・29・30・31）となり、やはり元禄に及んでいない。参考までに主君の没年も挙げておいたが、二十四名のうち八名が元禄に入るまでに没している。

⑤　地下

数として多くはないが、地下の短冊が八枚ある。短冊の情報と『地下家伝』（国文学研究資料館データベースによる）の情報を照合して**表7**として示してみる。99難波定長は正保四年に任内蔵助、明暦二年に転権頭。これは短冊の札の内蔵権頭に該当するかと思われる。また、裏書に従四位下とあるのは寛文六年の叙任をさす。札の四品という記述がややあいまいであるが、これが延宝八年の叙正四位下を指すのであれば、札が書かれたのは延宝八年以降ということになる。裏書きと同じ意味であれば、寛文六年以降。100堀川貞弘は札に四品上とあるが、『地下家伝』によれば寛文十二年叙従四位上、従って札の記述はそれ以降。101清水定清は延宝五年任権小外記、札はそれ以降。105山本家次は貞享三年叙従五位下、札はそれ以降。108安倍季高は楽人であることは確認出来るが、年代に関する情報は得られない。110青木行富は貞享二年叙従六位上、札はそれ以降。112姉小路弘光は寛文三年転大尉、札に右衛門大尉とあるのはこれを指すか。すると、札はそれ以降。113山口友昌の札に小外記とあるのは延宝七年任権小外記を踏まえたものであろう。札はそれ以降ということになる。108を除く七例、年代は寛文・延宝・貞享に集中する。

以上、公家・大名・旗本・家中衆・地下短冊の裏書及び札から得られる年代の情報を整理して見たのであるが、確実に元禄に及ぶ例は認められなかった。

表6　家中衆　※網掛けのNo.Bは貼り替え前

通し No.	短冊の情報					諸家譜の情報		
	No.	署名	姓　名	地　域	所属家中・役職	主　君	叙任・受領名等	没年
1	151	友仙	有馬八兵衛入道	江州坂本・京	有馬左衛門佐殿一家（康純弟）	有馬康純	寛永18以降　左衛門佐	元禄5
2	425	無端	玉置甚三郎	和州古市	藤堂和泉守家中	藤堂高久	承応3従四位下和泉守	元禄15
3	426	蛙枕	永井権右衛門	始丹後今大和	永井信濃守殿家老	永井尚長	延宝3従五位下信濃守	延宝8
4	493	雅伸	牧野伊左衛門	摂州尼崎	青山大膳亮殿家中	青山幸利	寛永10従五位下大膳亮	貞享1
5	532	麋塒翁	高山伝右衛門	甲州谷村	秋本摂津守殿家老	秋元喬知	寛文5摂津守	正徳4
6	577	貫		備後福山	水野日向守殿妾	水野勝貞	明暦1日向守	寛文2
7	B459	(脱)	浅井又八郎	江戸（上野前橋）	酒井河内守	酒井忠挙	寛文1従五位下河内守	享保5
8	B460	一賀	武田又右衛門	江戸（熊本新田）	細川若狭守	細川利重	万治3従五位下若狭守	貞享4
9	647	雪柴	由比彦太夫	江戸	渡部大隈守殿与力衆	渡辺綱貞	寛文1従五位下大隈守	？
10	658	嵐雪	服部新左衛門	江戸	井上相模守殿家中	井上正任	慶安4従五位下相模守	元禄13
11	719	塵言	江口三郎右衛門	奥州二本松	丹羽殿家老	丹羽光重	寛永11従五位下左京亮	元禄14
12	720	衆下	小沢氏	奥州二本松	丹羽殿家中			
13	721	道高	長岡氏	二本松	丹羽左京亮家中　近習			
14	722	好元	日野平五郎	奥州二本松	丹羽若狭守殿家老	丹羽長次	万治1従五位下若狭守	元禄11
15	723	相興	佐野氏	奥州二本松	丹羽若狭守殿家中			
16	724	林元	水野九右衛門	奥州二本松	丹羽若狭守殿家中			
17	725	守常	長坂奥右衛門	奥州岩城	内藤左京亮殿家中	内藤頼長	寛永13従五位下左京亮	貞享2
18	733	頼元	成田頼元	加州金沢	松平加賀守殿家中	前田綱紀	承応3正四位下少将加賀守	享保9
19	735	野水	小川徳右衛門	加州金沢	松平加賀守殿又家中			
20	736	一夢	村山氏	加州金沢	松平加賀守殿家中 神谷民部家礼			
21	739	曲肱	松平勘右衛門	丹州篠山住	松平若狭守入道殿一家	松平康信	慶長17従五位下若狭守	天和2
22	740	幽歩	九鬼宇右衛門	丹波三田	九鬼和泉守殿一家中	九鬼隆律	寛文11従五位下和泉守	天和1
23	742	一嘯	関岡八郎右衛門	丹州三田	九鬼和泉守殿家中			
24	741	孤吟	朽木伊左衛門	丹波福地山	朽木伊予守殿家中	朽木稙昌	明暦3従五位下伊予守	正徳4
25	744	四友	土屋外記	出雲松江在江戸	土屋但馬守殿一家	土屋数直	慶安1但馬守	延宝3
26	746	久忠	藤村佐平次	備後福山	水野美作守殿家中	水野勝種	延宝3従五位下美作守	元禄10
27	747	元随	徳重元随	備後福山				
28	B421	□女	水野外記息女	備後福山				
29	750	漁友	岡田七郎兵衛	芸州広嶋	松平安芸守殿家中	浅野綱長	延宝1安芸守	宝永5
30	752	古閑	古谷勘右衛門	芸州広嶋				
31	753	可笑	若山六之丞	芸州広嶋				
32	761	不及	上原久右衛門	筑前福岡	黒田右衛門佐殿家中	黒田光之	正保4右衛門佐	宝永4
33	765	任地	枝吉三郎右衛門	肥前佐賀	松平丹後守殿家来	鍋嶋光茂	慶安1従四位下丹後守	元禄13
34	775	正春	種田氏	豊後臼杵	稲葉右京亮殿家中	稲葉景通	承応3従五位右京亮	元禄7
35	776	直右	平田直右衛門	対州	宋対馬守殿家老	宗義真	明暦3対馬守	元禄15

それはこれらの短冊の染筆・収集・整理・編集が元禄に入るまでに行われていたことを示すものに他ならない。

⑥　手鑑短冊句諸集入集状況

右の推測をさらに裏付けるために、この手鑑の短冊句の入集状況を調べてみたのが**表8**（49頁）である。なお、表の作成に際し、貼り替えに伴う増補の短冊は省いてある。また、表では短冊句・俳書収録句とも濁点を補い、前書・所書は省略した。振仮名も特に必要なもの以外は省いてある。照合俳書の底本は、『百五十番誹諧発句合』（表では『百五十番』と略称）『大井川集』『江戸八百韻』『桃青門弟独吟二十歌仙』は俳書集成に、『続連珠』は竹冷文庫マイクロフィッシュに、『桜川』は勉誠社刊の複製本に、『新続犬筑波集』『懐子』『五条百句』『佐夜中山集』は近世文学資料類従に、『誹諧金剛砂』は柿衛文庫マイクロフィッシュに、『七百五十韻』は俳書大系に、『御田扇』は『江戸書物の世界』に、『正立歳旦』は『北村季吟論考』（榎坂浩尚著）に、他はすべて古典俳文学大系に拠る。各欄の上段が短冊句、下段が俳書収録句である。網掛けとした『犬子集』803、『崑山集』247・250は該当俳書に無名で出るもの。この手鑑にも

21　引まはす霞は山のこし屏風　杉
52　引まけすかすみは山のこし屏風　公
200　波のうねや是水草の花畠　嶺松
289　浪のうねやけに水草の華はたけ　連盛

という例があるように、貞門・談林の俳書では殆ど同じ句が別作者で出ることが少なくはないので、同じ句であるから同一作者ということは一概に言えないが、それぞれの短冊作者の句である可能性は捨て切れないので表に収めた。なお、『犬子集』803の無名句は、『崑山集』『山之井』にも同句形で無名で出る。また、『犬子集』収録の210一正の句は『懐子』に、『毛吹草』収録の145卜宥の句は『崑山集』に、『山之井』収録の201正式の句は『玉海集』に、309の友閑の句は『源氏鬢鏡』に、『佐夜中山集』収録の177雪竹の句は『続山井』に、それぞれ同句形で出ている。『五条百句』収録の249空存の句は、『崑山集』には無名で出ている。なお、『犬子集』209、『鷹筑波集』801、『山之井』201、『崑山集』148・269・270・272、『ゆめみ草』456、『懐子』569、『佐夜中山集』177、『時勢粧』62、『桜川』190、『続連珠』378・588、『正立歳旦』409、『江戸広小路』653、『阿蘭陀丸二番船』

表7　地下

短冊No.	短冊の情報　（　）は裏書					『地下家伝』の情報		
	署名	氏　名	所　属	身　分	位　階	姓　名	所　属	叙任・加階
99	定長	難波権頭	一條殿御家老（御内）	内蔵権頭	四品（従四位下）	難波定愛（別名定長）	一条家諸大夫	正保4任内蔵助 明暦2転権頭 寛文6叙従四位下 延宝8叙正四位下
100	貞弘	堀川因幡守	八條殿御家老	判官 右兵部大尉	四品上	堀川貞弘	八条殿家司	明暦1転右衛門大尉 寛文12叙従四位上 延宝8叙正四位下
101	定清	小外記定清	禁中	小外記	×	清水定清	×	延宝5任権小外記
105	家次	山本丹後守	菊亭殿家頼	丹後守	従五位下	山本家次	今出川家諸大夫	延宝3転丹波〔後〕守 貞享3叙従五位下
108	季高	安部信濃	禁裏御楽人	×	×	安倍季高	楽人（京都方）	×
110	行富	青木右兵衛尉	禁裏御役人	召使	六位（従五位下）	青木行富	×	寛文2〔3〕任右兵衛少尉 貞享2叙従六位上
112	弘光	姉小路判官	×	右衛門大尉	正五位下	姉小路弘光	×	明暦4叙従五位下 寛文3転大尉
113	友昌	小外記友昌	×	小外記	×	山口友昌	×	延宝7任権小外記 元禄14転小外記

468・475、『誹諧金剛砂』95、『虚栗』81・187・671は俳書収録句とは句形に小異がある。『桜川』760も小異があるが、この句は『大井川集』には短冊と同句形で収録される。

さて、網掛けにした三例を除くとしても、表から明らかなように、短冊句収録俳書は寛永十年の『犬子集』から天和三年の『虚栗』まで三十五点、俳書収録句は合計百二句に及ぶ。つまり、貼り替えの五十五句を除く手鑑収録の七百四十九句のうち14％近くが天和三年以前の俳書に収録されているということである。すべての句について俳書収録状況を調べたわけではないので断定は憚られるものの、この範囲ではやはり元禄俳書に及んでいない。これもまた短冊帖の元姿が調えられた時期を暗示する事実と言えよう。

⑦ 手鑑記載俳書

手鑑収録短冊の裏書・札に「毛吹同追加二入」「夢見草撰者」（145卜宥）というように、入集俳書名・編集俳書名を記す例が多くある。それらの俳書名・編著・成立刊年を年代順に**表9**（53頁）として一覧にしてみよう。煩瑣になるので、どの短冊の裏書・札に記載があるかについては表2でご覧いただくことにして、この表では省略した。後補短冊のそれはここでも除外してある。書名欄の呼称は裏書・札のそれに拠り、略称・異称が使用されている場合は（ ）で正しい書名を補った。成立刊年欄の数字は例えば「寛永10」とあるのは寛永十年を、「寛永10・11」は寛永十年十一月を意味する。なお、54『洛陽名筆集』・55『神風記』（神祇書）・101『名所小鏡』（歌書）は俳書ではない。この三点も含め、裏書・札に出る書は百五十一点。うち1～130は成立・刊年を確定出来るもの。22『人真似』59『帰花千句』83『蜑釣舟集』91『笹山（篠山）千句』94『江戸紫』121『四衆懸隔』127『四名集』は逸書であるが、書籍目録などによって刊年は知られる。なお、1～130の編者は、29『百人一句』60『（俳仙）新百人一句』の重以、36『旅枕』の令敬、81『音頭集』の素閑、115『八束穂』の桂葉、128『武蔵曲』の千春の五名以外は、この手鑑にすべて短冊が収められている。131～134は書籍目録などに出る逸書で、135～151も逸書と思われ年代は不明とするしかない。が、1～130に元禄俳書が一点も含まれていないことを思うと、131～151も元禄以前の俳書と考えてよいのではないか。

そのあたりの手掛かりをもう少し探ってみよう。次の**表10**は131～151の俳書が記録される短冊の記載を一覧にしたものである。このうち俳書No.134は「根無草二入」と、150は「案山子集二入」と記載があるので、この二例は該書への入集を言うものと見て間違いない。記載欄で他に作者・撰者とするのは編集者を意味するものと思われるが、143はNo.252の元風短冊に「鷹筑波集作者、難波集作者」としてある。『鷹筑波集』は西武の編であるから、この場合の作者は編者ではなく入集者の意であろう。なお、148の「十万句奉納」では二休は願主である。

さて、年代の手掛かりのない友正（調和）入集の150『案山子集』はさておき、他のものについて見てみると、短冊329の正察は『貞門談林俳人大観』（今栄蔵氏著、昭和六十四年、中央大学出版部刊）によれば、入集の下限は天和二年五月刊『誹諧発句家土産』で、『元禄時代俳人大観』（雲英末雄氏監修、平成二十三・四年、八木書店刊）にはその名は見えない。つまり、正察は天和二年ごろに俳諧活動を終えていると考えられるわけで、従ってその著『浄土珠数』はそのころまでに出たものと見てよいということになる。同じ根拠で考えられるものに、道章の135『四季詞』（延宝九年以前）、寿信の136『千人一句』（延宝四年以前）、立和の151『あだ詞独吟千句』（天和二年以前）がある。元風入集の143『難波集』は、表9俳書No.65の寛文十一年刊『難波草』に元風がその法名昭甫で七十七句入集していることからすると、この『難波集』は『難波草』の誤記である可能性が高い。138『五派集』作者の政義は同名人が多く判断が難しいが、調和系ということを念頭に押さえてみると、入集の下限は天和三年五月刊『誹諧題林一句』である。146『類葉集』撰者の三政は茨木氏、三正また三昌とも称し、これも同名人が多く判断が難しいが、延宝六年刊『道づれ草』に「摂州　茨木氏三正」と出るあたりが下限と見られる。140『挙直集』撰者の令徳は延宝七年没。147『鴨川集』撰者の高木松意は、俳文学大辞典に活動の終焉を「延宝頃」とする。132『播磨杉原』撰者の可申は入集の下限が貞享五年九月刊の『四季題林後集』である。以上、131～151から150『案山子集』を除く二十点のうち、貞享以前と見られるものが半数の十点。一方、元禄期まで活動が及んだ撰者としては133『犬桜』の益翁、行富入集の134『根無草』及び144『大福帳』の保友（宗吾）、137『四季源氏』の立詠、139『木徳集』の宜為、141『四季友』の立静、142『小手巻』の忠直がいる。なお、その根拠を明らかにし得ないが、『柿衞文庫目録』短冊篇によれば、同文庫蔵の忠直短冊（分類番号五〇一五六）に「小手巻四冊延宝六戊午忠直作」

表10　年代不明俳書一覧

俳書No.	短冊No.	署名	裏書・札の記載	編・入集	年代の手掛かり
131	329	正察	浄土珠数作者	編	入集下限「誹諧発句家土産」（天和2年5月）。元禄大観に出ない。
132	367	可申	播磨杉原撰者	編	入集下限「四季題林後集」（貞享5年9月）。
133	481	益翁	犬桜撰者	編	没年未詳。元禄10年「国華万葉記」に住所「江戸堀竹や町」。
134	110	行富	根無草ニ入	入集	「没年詳ならず案に元禄の末か」〔誹家大系図〕。元禄大観に出る。
135	602	道章	四季詞作者	編	入集下限「おくれ双六」（延宝9年7月）。元禄大観に出ない。
136	637	寿信	千人一句撰者	編	入集下限「誹諧当世男」（延宝4年7月）。元禄大観に出ない。
137	665	立詠	四季源氏撰者	編	宝永2年没。
138	668	政義	五派集作者	編	入集下限「誹諧題林一句」（天和3年5月）。
139	715	宜為	木徳集撰者	編	入集下限「いつも正月」（元禄3年5月奥）。
140	802	令徳	挙直集撰者	編	延宝7年没。
141	183	立静	四季友撰者	編	「新花鳥」（元禄4年8月）に入集。
142	185	忠直	小手巻撰者	編	「京羽二重」（元禄4年9月奥）に入集。
143	252	元風	難波集作者	入集	入集下限「糸屑集」（延宝3年11月）。元禄大観に出ない。
144	263	宗吾	大福帳撰者	編	「没年詳ならず案に元禄の末か」〔誹家大系図〕。元禄大観に出る。
145	297	紀子	多武峰名所記作者	編	延宝頃〔大辞典〕。「稲莚」（貞享2年1月序）、「誹林一字幽蘭集」（元禄5年9月）に入集。
146	466	三政	類葉集撰者	編	入集下限「道づれ草」（延宝6年）。
147	479	松意	鴨川集撰者	編	延宝頃〔大辞典〕。
148	502	二休	十万句奉納願主	願主	「あけ鴉」（貞享2年）、「皮籠摺」（元禄12年3月奥）に入集。
149	502	二休	二見貝合撰者	編	「あけ鴉」（貞享2年）、「皮籠摺」（元禄12年3月奥）に入集。
150	533	友正	案山子集ニ入	入集	
151	539	立和	あだ詞独吟千句作者	編	入集下限「松嶋眺望集」（天和2年5月）。元禄大観に出ない。

とする柿衞翁の裏書がある。145『多武峰名所記』作者の紀子は、俳文学大辞典に活動の終焉を「延宝頃」とするが、貞享二年一月序『稲莚』及び元禄五年九月刊『誹林一字幽蘭集』にその名が出る。148「十万句奉納」願主149『二見貝合』撰者の二休も貞享二年刊『あけ鴉』あたりが入集の下限のように思われるが、元禄十二年三月奥『皮籠摺』に出ていて、両者とも活動が元禄に及んでいる可能性も否定出来ない。以上、元禄期にわたる可能性が無いわけではないものがやはり半数の十点ということになる。後者の十点については留保せざるを得ないが、表10の百五十一点のうち、百四十点余りが概ね天和以前の書物であるという事実はいかにも重い。それは、手鑑の編集子が元禄俳書を見ていないこと、つまり元姿手鑑は元禄に入るまでに編集されたということを意味している。

了意が『誹諧短冊手鑑』月・花二冊の札を写したものを「寛文比誹諧宗匠并素人名誉人」と命名したのは実に適切だったということになろう。

二　編集子

ではこの短冊帖を編集したのは誰であったのか。それを考えるためには、札の筆跡を押さえる必要がある。図版編の札・裏書の翻刻で網掛け・ゴシック体・楷書体等で区別を示していない部分は、管見によれば一筆と見られる。札について言えば、短冊貼り替えの事実が確認できる月・花の冊のうち、320浪化・328丈艸・338支考・376梅盛・429仙化・430挙白・431琴風・432嵐蘭・433百堂・453羅人・486鬼貫・487野坡・498玄札・499乙由・529惟然・547玄陳・554野水・562蝶々子・567智月・569やちよ・570よし野・573花紫・575秋色・581ちよ・582そのめ・589光悦・597北枝・608去来・610了佐・615明鏡・616曲翠・617洒堂・622子葉・627未得・656桃青・662キ角・712昌俊・786許六・792沾徳の三十九枚、それに雪の冊の貼り替えと見られる10熙（光広）・55宗関・64宗甫・65正信・66玉峯・188越人・214牧童・221乙州・242我黒・243涼菟の十枚、合計四十九枚を除く他の七百五十五枚の札の筆跡が一筆と見てよいかと思われる。この筆跡はその七百五十五枚の裏書きの多くに見られ、この人が短冊帖元姿の編集子と見て間違いあるまい。なお、雪の冊215宗硯は、この前後は元姿では堺衆の並びであったはずで、214牧童とともに後の貼り替えと見られるが、裏書・札とも筆跡は編集子のもの。また、花の冊656桃青も後の貼り替えで、札「松尾氏　芭蕉卜号ス」は別筆であるが、裏書き「江戸点者　松尾桃青」は編集子のそれ。781・782の貞徳二枚も後の貼り替えであるが、札の筆跡は編集子のものである。656・781・782は文政十一年八月の了意筆写後の貼り替えで、そこに元禄以前の編集子の筆跡が入って来るのは違和感があるかもしれぬが、古筆の家に蔵する俳諧短冊が雪・月・花三帖の手鑑収録分だけであった筈はなく、他の帖などからの貼り替えと見れば特に問題はない。215は編集子本人による貼り替えと見れば納得が行く。

なお、編集子とは別筆と見られる四十九枚の札の筆跡について、分類を試みると、うち二十一枚は次のようになる。

筆跡A　64宗甫・65正信・66玉峯

筆跡B　55宗関・188越人・328丈艸・453羅人・486鬼貫・487野坡・529惟然・597北枝・608去来・656桃青・786許六

筆跡C　567智月・616曲翠・617洒堂

筆跡D　242我黒・429仙化

筆跡E　569やちよ・573花紫

残りの二十八枚の筆跡については混然として見分けがたい。

また裏書きについて言えば、これも何筆も入り乱れて混然としているのだが、比較的目立つものに次の二種がある。

筆跡F　4「久我左中将源通規朝臣」と同筆の裏書があるもの。13・17・27・31・35・37・41・42・53

筆跡G　104「前二條殿御内　山本木工之助清高　従五位」と同筆の裏書があるもの。133・135・142・147・148・152・174・207・220・236・274・282・369・372・387・413・443・465・480・485・488・490・491・504・507・526・598・602・606・718・725・727・770・772・775

筆跡FとG、同筆のようにも思われるのだが、確信が持てず二種に分けた。Fは53までの公家の部に集中し、Gは104に出た後133以下ほぼ全体に亘って登場し、階層・地域も多岐に亘る。編集子は裏書をもとに札を作成し、短冊と並べて帖に押して整理を進めた筈であるから、編集子の筆ではない裏書の記述は全て札に先行する。三十六例と比較的纏まって残る筆跡Gは、編集子に先立って蒐集・編集を試みた人物の存在を想定させるものであろう。

では、その編集子とは誰であったのか。短冊帖現姿が了伴によって調製されていることから考えて、古筆鑑定に関わる人物であったことは先ず動かない。そして短冊蒐集が寛文・延宝・天和期の約二十年間、編集は元禄に入る前とほぼ確定出来るのであるから、候補者をある程度絞ることは不可能ではない。いま、鉄心斎文庫短冊総覧『むかしをいまに』（平成二十四年、八木書店刊）下巻収録の高梨素子・中村健太郎両氏作成の「古筆鑑定家一覧」によって年代的に候補となりそうな人物を挙げてみると、本家五代了珉（元禄十四年没、享年五十七）、別家では三代了仲（元文元年没、享年八十一）、門人系神田家の三代道僖（正徳元年没、享年七十九）、別系畠山家の二代牛庵（元禄六年没、享年六十八）などがいるが、困ったことにはこれら古筆鑑定家の筆跡は照合が可能なほど纏まっては残らず、確定のしようがない。また、本手鑑266に「盛庸」の署名で短冊が一枚収録されている『色道大鏡』を著した藤本箕山（宝永元年没、享年七十九）も了佐について古筆鑑定を学んで了因を名乗り、鑑定資料として『明翰鈔』『顕伝明名録』を残しており、彼もまた十分に候補者の一人たり得るが、影印本『色道大鏡』（昭和四十九年、八木書店刊）の底本となった京都大学文学部国文学研究室蔵本は、解題者の野間光辰氏によれば筆跡が二種に分かれ、全十四冊のうち巻二・巻三・巻四・巻五・巻九之十・巻十二・巻十三の七冊は「箕山自筆」とのことであるが、本手鑑の裏書・札はそれとは明らかに筆跡が異なる。また、野間氏が「参考のため」として示された三点の「国字・漢字両様の箕山自筆の書影」とも一致しない。

古筆鑑定家については分からないことのほうが多い。次項で取り上げる『古今誹諧手鑑』の編集に際し西鶴に短冊資料を提供した古筆治平なども『誹家大系図』に「治平　城越氏、或堀越氏。通称詳ナラズ。摂陽平野邑ノ人、後大坂備後町八町目ニ住シテ、古筆賞鑑ヲ以テ業トス。家書古今俳諧師手鑑アリ」と紹介されはするものの、所謂古筆鑑定家の本家・別家とどのように関係しているのかは不明である。そのような存在も視野に入れて、この手鑑編集子の正体については、新しい筆跡資料の出現を俟たねばならない。

三　編集意図

それでは編集子はどういうつもりでこの手鑑を編集したのであろうか。それについては西鶴編『古今誹諧手鑑』（以下、天理図書館綿屋文庫俳書集成36の複製に拠る）が一つの手掛かりを与えてくれる。延宝四年十月二十五日の西鶴自序を備える同書は守武以下宗因までの短冊二百四十六枚を模刻するが、序文によれば、「誹諧に目をふれ心を悦しむる輩古今多しといへども、筆跡いづれと知がたし」ゆえに、古筆治平が鑑定蒐集していたものを望み写し、なお諸国に尋ね求め、「なき跡のかたみにもやと梓にちりばめた」のだという。西鶴の意図は当代俳人の筆跡を残すところにあった。そしてそのきっかけになったのは、「聖徳太子から小野於通に至る古筆切一三六、短冊六一枚を収めた『御手鑑』（称硯子編、慶安四年刊）が、延宝三年五月に再版され、これに刺激されたため」（日本古典文学大辞典、乾裕幸氏解説）とされる。『御手鑑』再刊の延宝三年、『古今誹諧手鑑』序の延宝四年は、本手鑑収録短冊の蒐集時期と重なる。全国規模で様々な階層に急速な拡がりを見せつつあった俳諧という文芸のやがて来るべき黄金時代を予見し、古筆治平がそうしたように、俳諧短冊を蒐集しておこうという動きが古筆の家にあっても何ら不思議ではない。本手鑑318素隠短冊の裏書・札に編集子の筆跡で「板行手鑑ニ入」（素隠は『古今誹諧手鑑』四十丁ウラに収録）と記すのも、編集子に同書が意識されていたことを物語る。そしてその蒐集・整理は本手鑑短冊の裏書に何筆かが認められることでも分かるように、おそらく一人の手によって行われたものではなかろう。本手鑑781の貞徳短冊の前書きは、寛文二年に没した了佐も短冊蒐集に関与していたことを仄めかすかの如くである。『崑山集』にも

了佐老へ四季之内

冬　てうづこほり手かゞみもたぬ人もなし　貞徳

古筆了佐所望のうち

雲と花いづれをにせとめき、哉　長頭丸

古筆了佐所望

ほり出しな月見所やいもばたけ　長頭丸

というように、了佐所望により貞徳が句を認めたという記述がある。なお、『古今誹諧手鑑』収録二百四十六名のうち、本手鑑と重複する人物は百五十六名（含、貼り替え増補分）で、筆跡を照合してみると良く判るのだが、西鶴の思いとは裏腹に筆跡資料としては彫りの出来栄えが全体的に芳しくない。ついでに記せば、『古今誹諧手鑑』との重複を避け、やはり二百四十六名の短冊を模刻する『続古今誹諧手鑑』（佐倉笑種編、元禄十三年十月自序）は、本手鑑との重複者（含、貼り替え増補分）は百十四名で、本手鑑収録の242我黒・569やちよの短冊は『続古今誹諧手鑑』収録の原紙と見られる。何れにせよ、『古今誹諧手鑑』『続古今誹諧手鑑』両書収録四百九十二名のうち二百七十名はその筆跡実物を本手鑑で見ることが可能になったわけで、その意義は大きい。

では、これだけ広い範囲に亘って、しかも様々な階層を縦断して、どのように短冊の蒐集は行われたのであろうか。先にも触れたが、表2から明らかなように、裏書の書き留め、札の作成に際して京衆についてはそのことをわざわざ断らない例が多いという事実から、編集子が在京都であったことは間違いない。その編集子が、あるいは了佐なども関わって、つてを頼って揮毫を依頼したのであろうが、短冊料紙は依頼者が用意したのではないかと思われるふしがある。本手鑑収録の短冊の裏書に「下絵吉岡伊兵衛寿静筆」と記すものが六十四枚ある。筆跡は全て一筆で、編集子のそれとは別筆。おそらく寿静本人のものであろう。いまその六十四枚を、短冊筆者を地域別に分けて一覧にしてみると、**表11**（56頁）のようになる。このうちの一枚701には「下絵書たし吉岡伊兵へ寿静筆」とある。具体的には短冊図版を参照していただければ分かるように、「下絵書たし」とは短冊の基本的な装飾の上に更に淡彩で絵を書き足したものを言う。吉岡伊兵衛寿静については調査が及んでいないが、同じ裏書を持つものが陶玄亭コレクションの如井短冊（岐阜市歴史博物館編、平成二十二年刊「短冊の美」図録）などに認められる。表11から明らかなように、この裏書を持つ短冊の筆者は京・山城・大坂・堺・勢州・江州・江戸・甲州・加州・芸州・阿波・筑前・肥後と広範囲に及んでいる。それぞれの筆者がそれぞれに短冊を用意し、たまたまそれらが全て寿静下絵書足しのものであったとは考えにくく、京都の編集子のもとで用意され届けられたと見るのが自然であろう。それは、下絵書足しの裏書のない多くの短冊も同様に整えられたであろうことを暗示する。

なお、何筆かが存在する裏書きの中で、555の「西山氏」、736の「加州金沢御家中村山氏」、721の「二本松近習長岡氏」は松江重頼の筆跡と認められる。他にも「らしい」筆跡は幾つかあるものの確定に至らず、八百四枚のうち僅か三例で軽々に論ずることは出来ないが、短冊蒐集に重頼が関わっていた可能性は否定出来ない。『犬子集』『毛吹草』『毛吹草追加』『懐子』『佐夜中山集』『時勢粧』

『武蔵野』『名取川』などを編集し延宝八年まで生きた重頼は、諸国諸階層へのつてを持っていた筈で、本手鑑の短冊蒐集及び編集協力者としてはもっとも相応しい。本手鑑で重複収録三点が宗因・重頼（793・794・795）だけというのも曰くありげではあるが、この点については今のところ可能性に留めておきたい。

ここでもう一つ、編集意図に関わる問題として、本手鑑の大きな特徴について触れておくことにしよう。本手鑑は『誹諧短冊手鑑』と題されている。それはつまり、「誹諧之発句」の短冊を集成したものだという意味である。その特徴は、例えばＭＯＡ美術館蔵の『いはほ』以下二十四帖の短冊手鑑と比較してみると、はっきりと浮かび上がって来る。同短冊手鑑については次項でも触れるが、平成十四年にＭＯＡ美術館で開催された企画展「珠玉の書―短冊手鑑の世界―」の目録解題に詳しい。それによれば、同短冊手鑑は二十四帖に浦井有国旧蔵とされる短冊二千二百三十七枚を収録。その内訳は和歌千六百八枚、漢詩二百二十一枚、発句四百七枚、その他一枚。同目録には全ての短冊の翻刻が添えられていて、いま四百七枚の発句短冊から比較の対象として公家・武門・釈氏・連歌師のものを拾い出してその中に占める俳諧発句の割合を示してみると、公家9／21、武門3／14、釈氏11／21、連歌師0／52となる。分子の数字以外は全て連歌の発句である。『いはほ』以下の手鑑は後世の長期に亘る蒐集に成るもので内容にばらつきが生じるのは当然のことであるが、『誹諧短冊手鑑』との色合いの違いは歴然である。本手鑑収録の公家・武門・釈氏・連歌師のものは殆どが俳諧の発句で、それは染筆依頼の際に「誹諧の発句で」という注文が添えられたことを意味する。20一止（正親町公通）の短冊裏の札に「誹諧発句短冊」と、また194古拙（札「連歌師　和州内山始南都住」）・545昌隠短冊裏書に編集子とは別筆でそれぞれ「俳諧ノ発句也」「俳諧発句ナリ」とあるのは、染筆者が公家・連歌師であるゆえにわざわざそれを断ったものであろう。かように本手鑑編集子には筆跡資料として短冊を蒐集するという意図と共に、俳諧の発句に拘る姿勢も見られる。それは古筆鑑定家の興味からは少し逸れるような気がする。そのことと重頼が関与している可能性があることが繋がるのかどうか、これもまた今後の課題としておきたい。

第三章　現姿調製

以上見て来たように、誰であるかは特定出来ないものの、古筆鑑定に関わる人物が寛文・延宝・天和期に蒐集し元禄に入るまでに整理して、現存短冊帖の原型が出来たと思われる。雪月花の帖の題簽は了伴によって調えられたものであるが、帖そのものはおそらく元姿編集時のままと判断してよかろう。その後、文字通り俳諧短冊鑑定の手鑑として古筆の家に伝わり、文政十一年八月に了意が「月」「花」の二帖をもとに『寛文比名誉人』を作成し、門人の集古斎秀之に与えることになる。ではその後、了伴が帖の題簽を新たにし内箱と外箱を調え題字を入れたのは何時のことであったか。了伴は嘉永六年に六十四才で没しているのでそれ以前であることは確かであるが、本手鑑調製と関連する了伴の動きを押さえておく必要がある。

一　有国旧蔵短冊手鑑と了伴

本手鑑と関連して見るべきものに、短冊手鑑『振古仙雅』『古今吹萬』（短冊二百三十九枚、浦井有国旧蔵、現東京国立博物館蔵）と、先に触れた『いはほ』以下二十四帖の短冊手鑑（浦井有国旧蔵、現ＭＯＡ美術館蔵）の二組がある。これらの手鑑については前引「珠玉の書―短冊手鑑の世界―」の目録解題（古谷稔氏・田中之博氏稿）に詳しく、以下の記述もそれに拠る。

『振古仙雅』『古今吹萬』の二帖は文化十三年に光格天皇の叡覧に供されたもので、了意編集による目録一冊を付属し、文化十三年仲秋の了意奥書を備えるが、これに文政八年仲春、了伴が新たに奥書を追加している。古谷氏の解題によれば、編成は第一帖が天皇・公卿（五摂家ほか）・親王・高僧・公卿（歌人）・歌僧・武家歌人など、第二帖は将軍・武家・儒者・禅僧・社僧・連歌師・絵師・茶人・俳人・鑑定家などの順で、古筆手鑑の配列順を参考にしたものである由。この二帖は文化十四年に縮刷版として刊行されているが、その了意跋文によれば有国蒐集の三千枚ほどの短冊から厳選したものであると言う。なお、二帖収録の二百三十九枚のうちには、後に有国によって刊行された文政八年刊『眺望集』及び弘化四年刊『続眺望集』に模刻の原紙百三枚が含まれている。

現ＭＯＡ美術館蔵の『いはほ』以下二十四帖の短冊手鑑は、三条実起以下二十四名の公卿に執筆を依頼した題簽を備える豪華な装幀で、こちらも「短冊は、ほぼ大系的に整理されており、天皇・院・親王・公卿・武家・社家・連歌師・俳諧師・学者といった類別がなされ、二十四帖をもって一つの配列をなすように構成され、各類別は歴代順（系譜・子弟関係等）に配列されている」（田中氏解題）由。また、「各短冊の右肩には、伝承筆写名を記した題簽（極め札）が貼られて」いて「畠山牛庵、朝倉茂入のものが若干と、本手鑑の最後の『みやひ草』には集中して小林了可（了意の弟子）の題簽が二十一枚含まれている」ほかは「その多くが古筆了意、了伴である」とのこと。収録短冊枚数は二千二百三十七枚で、『眺望集』に模刻された六枚の原紙、及び『続眺望集』に模刻の原紙五十七枚を含んでいる。なお、『いはほ』以下二十四帖の短冊手鑑の編集時期については、「各帖の題簽筆者二十四人の生没年と任官・位階の時期から」「概ね、寛政から文化・文政頃を最盛期として年月を費しながら順次調製されたと考えるのが妥当」とされる。

さて、光格天皇叡覧の『振古仙雅』『古今吹萬』の二帖、それに『いはほ』以下二十四帖は浦井有国の旧蔵と見做されている。それは、有国が出した刊本にこれら手鑑の短冊が使用されていること、及び『振古仙雅』『古今吹萬』縮刷版の了意跋文「うらゐぬしは、はやくよりいにしへびとのふでのあとをこのみてなにくれとつどへたるが、ことにたんざくをになうおもひて、あまたものせられしほどに、今はそのかずみちひらあまりになんみてりける（略）いにしへよりこのことにふれるともがらおほかめれど、かくまであつめえたる人はありともきこえず」、それに『眺望集』の了意序文「浦井有国の主は方々のよませ給ふたんざくことに多も玉ふ」などが根拠になっていると思われるが、現存短冊帖の姿に調製することが有国に可能だったのだろうかという疑問は拭えない。有国の資力をもってすれば、三千枚の短冊を蒐集することは難しくなかったかも知れない。が、三条実起以下二十四名の公卿に題簽執筆を依頼すべくわたりをつけること、また手鑑の形式で系譜・子弟関係までを整理して全体を編成することが有国に出来たとは考えにくい。前者はともかく、後者はむしろ了意・了伴二人の古筆鑑定家にこそ相応しい仕事であろう。『いはほ』以下二十四帖編集が長期に亘っていることも有国蔵と考えるとむしろ分からなくなる。『振古仙雅』『古今吹萬』と『いはほ』以下二十四帖収録の短冊は本来古筆の家に伝わってきたもので、それらを了意・了伴が整理・編集し最終的に有国に譲ったか、あるいは整理・編集に関わる諸費用を有国が負担し、所有権を有国が留保していたと見るのが自然ではないかと思われる。

二　『藻塩草』と了伴

了伴は、弘化四年六月に国宝手鑑『藻塩草』（京都国立博物館蔵）の目録を作成している。この手鑑の伝来については前引『藻塩草』（昭和六十年、角川書店刊）の橋本不美男氏の解説によれば「伝称によると、古筆家には『新筆手鑑』という帖を備え、古筆切を実見させて、何筆何切ということを教え、また同筆の別種、同類切等を鑑定する訓練に用いたという。この事実を証する文献はないが、『藻塩草』のように手鑑本体には極め札はなく、別添の『付属目録』によって筆者名・切名を知る形態は、この手鑑が伝称どおりの古筆家の『新筆手鑑』であり、古筆家の練習また鑑定用手鑑であった」との由。また伝来については「国有となったのは終戦後であり、京都国立博物館には昭和三六年八月に移管されたという。すなわち戦後、古河家より文化財保護委員会が購入したものであり、古河家には大正一四年一月に井上侯爵家から入り、また井上馨侯爵には明治二九年二月八日古筆本家一三代了信から譲渡されたことがわかる。」とあり、了伴は鑑定訓練に用いられた手鑑に目録を添えて、形態を整えたということになる。そしてこの手鑑は十三代了信の時代まで古筆の家に伝えられたのである。

『誹諧短冊手鑑』の札には一部を除き基本的に短冊の染筆者名が記されない。文政十一年八月に了意が月・花の二帖を筆写した折に読み患って多くの誤読を生じたのはそこに一つの理由があったのだが、筆者名を記さないというところは、手鑑本体に「筆者名・切名」を敢えて記さず「鑑定する訓練」に用いたという伝称を伴う『藻塩草』のありようと似通うものがある。

以上のように見てくると、天保五年に八十四才で没することになる了意を助け、古筆鑑定資料類を整理して行く了伴の姿が浮かんで来る。『誹諧短冊手鑑』の現姿調製は、文政十一年以降嘉永六年までの間としか定めようがないが、了伴は右の整理事業の一環として『誹諧短冊手鑑』を整えて行ったものであろう。

三　『誹諧短冊手鑑』の札の補筆

了伴が行ったのは、題簽を新たにし内箱・外箱を調え題字・箱書きを添えるということに留まるものではなかった。ここで『誹諧短冊手鑑』の札の補筆について触れておこう。例として裏書・札図版308頁、445重寛短冊の裏書・札を御覧いただきたい。裏書には「中山集　埋草　続新犬ツクハニ入　続山井ニ入　落花集ニ入　大坂衆」とあって、大坂人であることに加えて諸集入集状況を記す。これは編集子の筆であるが、それを札に転記する際に編集子は入集状況を省いてしまっている。札は短冊裏面ほどの余白がないため、生じがちな現象であるが、札の「大坂衆　摂州」の下部に小さめの字で「続山井　散《落》花集　佐夜中山集　埋草　続新犬筑波入」と補筆がある。分かり易いように参考図版222頁下段にも①として示した。もう一つ539立和の例を見よう（裏書・札図版326頁、参考図版222頁下段②）。裏には編集子の筆で「江戸点者　堤善五郎満直入道立和　立圃門弟　諸集ニ入　あた詞独吟千句作者」とある。札では省かれた「善五郎」を「堤」と「満直」の右わきに書き入れて、さらに下部に「立圃門弟　諸集ニ入　あた詞独吟千句作者　点者」を補う。この補筆筆跡、先の445に同じで、編集子の筆跡とは別筆。何れも、編集子が札の余白の都合で省いてしまった裏書きの情報を拾いなおそうという意図が読み取れる。なお、この補筆は札が貼られたあとのものであることは、226長治短冊の札の右肩「堺住」の「堺」の一部が札からはみ出してしまっていることから明らか（参考図版222頁下段③）。また、『寛文比名誉人』にこの補筆箇所が全く記録されていないことから、これは了意筆写後のそれである。この筆跡の補筆がある札が多く見られ、後補短冊529などにもそれが認められるのだが、私見によれば『藻塩草』「付属目録」のそれに一致、すなわち了伴の筆跡であるように思われる。図版編の札の翻刻部では、これをゴシック体で示して区別しておいた。つまり了伴は、『誹諧短冊手鑑』調製に際し、題簽を新たにし内箱・外箱を調え題字・箱書きを添えただけではなく、短冊の裏書きの情報も拾いなおそうとしたということになる。しかも、了意筆写時には短冊は帖に押してあったはずであるから、今回私がそうしたように、短冊をすべて帖から外して札と照合しながら裏書をチェックするという作業をしているのである。ここにはいかにも古筆鑑定家らしい拘りが見られる。

第四章　考察

それでは、本手鑑により何がどのように判ってくるのかを調査の及んだ範囲で例示しておこう。

以下、短冊No.と署名、裏書・札の記述内容を「裏」「札」として示し、項目別に解説を添える。なお、解説に関係のない事項、それに了伴による札の補筆は省略してある。裏書の筆跡が札と異なる場合は網掛けで示した。また、必要な場合は句も取り上げた。図版編と併せて参照されたい。諸集入集状況について、特に断らないものは『貞門談林俳人大観』及び『元禄時代俳人大観』により、前者は『大観』と、後者は『元禄大観』と略称することもある。また、『新訂寛政重修諸家譜』は『諸家譜』と略称する。

一　裏書と札

先ずは編集子が短冊の裏書に拠って札を作成する際に、形式的・機械的に写しているのではなく、誤りを正しまた新しい情報なども加えて整理していることをいくつか例をあげて見ておこう。

56　斐

裏　黒田甲斐守殿宴眠子長興　御筆　新百人一句ニ入

札　黒田甲斐守殿長興朝臣　筑前秋月城主　斐ノ一字名　源氏

裏に「新百人一句ニ入」とあるが、該書に見えない。札ではそれを削除して修正。

63　立端子

裏　大膳殿御息　三宅土佐守殿　三河田原領主

札　三宅出羽守殿　土佐守殿康勝朝臣嫡男　三州田原領主

裏の「三河田原領主」「三宅土佐守」は『諸家譜』によれば三宅康勝のこと。札では全面的に改め、その嫡男三宅康雄の筆跡とする。康雄は延宝二年従五位下出羽守に叙任、貞享四年の康勝没を受けて遺領を継いでいる。手鑑編集と代替わりが時期的に重なったための誤記と見られ、新情報により修正したと考えられる。

73　東水

裏　那須七騎ノ中　芦野民部殿資俊《トシ》　藤原姓　野州芦野住人

札　芦野民部殿資俊　別名東水　野州芦野領主　那須七騎中　藤氏

『おくのほそ道』「清水ながる丶」の条に「蘆野の里」「此所の郡主戸部某《こほうなにがし》」と出る芦野資俊その人である。裏に「野州芦野住人」とするが、札で「野州芦野領主」と訂正。芦野家は、采地に居住を許され譜代大名並の扱いを受け参勤交代の義務を負う交代寄合（交代旗本）の家柄。

84　松翁

裏　はたもと　藤懸宮内殿　監物殿孫　監物殿ハ御寄合五千石

札　藤掛宮内殿　監物殿猶子〔下書き「孫」〕

裏に「監物殿孫」とし、札でもそれを踏襲するが「孫」の上に「猶子」と留め書きして修正する。『諸家譜』によれば、該当しそうな人物は藤懸永次である。父永俊が監物を名乗り、その祖父永継は五千石知行。永俊は天和二年致仕、永次が家を継ぎ四千五百石を知行。但し、この人には宮内の称はない。誤解の因は永次の子に永英がいてこの人に宮内の称があったことによるか。裏書の情報伝達の過程で永英と永次の混乱があって「監物殿孫」とし、その誤りに気付いて札で「監物殿猶子」と改めたのであろう。が、「宮内」の称はそのまま。

159　一好

裏　貞室門弟　橋本久兵衛　法名一夢　玉海集ニ此句入

札　橋本久兵衛　玉海集ニ入　貞室門弟

裏には「玉海集ニ此句入」とあるが、札で「此句」を除く。『玉海集』には「京　橋本久兵衛　一好」として「たらいほどな月こそ出羽のゆどのさん」「切わらの駒もいさむや月の秋」の二句を収録し、短冊染筆句「明ぬるや天の戸こよの鳥のとし」は見えない。『玉海集』入集作者であることは動かないが、「此句」ではないという修正である。

392　則重

裏　季吟門弟　野口《おく田》甚兵衛　崑山（墨消し）玉海ニ入　続山井ニ入

札　奥田甚兵衛　季吟門弟

『大観』で則重を検索すると、野口氏と奥田氏の両名が出て来る。何れも山城の人で、『崑山集』『玉海集』は「野口甚兵衛則重」として、『蘆花集』は「野口氏則重」で、『新続犬筑波集』（季吟）『歌林鋸屑集』『鄙諺集』『続山井』（湖春）には「奥田氏則重」としてその名が見える。裏書では「崑山玉海ニ入」「続山井ニ入」として前項を墨消しし、「野口」に「おく田」と脇書きする。奥田氏則重も甚兵衛と名乗っていたかどうかは分からず、両者が同一人物である可能性もあるが、編集子はこの両名を別人と判断して修正したのである。

483　均朋

裏　大坂鷲野忠右衛門　益翁門弟三物連中　十歌仙桜千句連中

札　鷲野（墨消し）忠右衛門　亀屋源右衛門　大坂　益翁三物連中

裏に「鷲野忠右衛門」とあった記述を札でも踏襲するが、墨消しして「亀屋源右衛門」と全面修正。『大観』によれば、均朋は『物種集』『二葉集』『俳諧百人一句難波色紙』に「亀屋均朋」として出る。また『誹家大系図』には「通称亀屋徳右衛門」とする。人名の誤りを修正したのである。但し、この「亀屋源右衛門」は編集子の筆では無く、後の補筆のように見える。裏の「十歌仙桜千句連中」が札では省略されているが、均朋は『桜千句』に一座し『大坂十歌仙各盞』にも「均朋」（但し長倉氏とする）として出るので、これは修正意識による抹消ではなく札での省略と見るべきであろう。なお、裏・札とも「益翁三物連中」とあるが、延宝八年益翁歳旦に益翁らとの三物が見える。

544　紅圃

裏　立圃門弟　森氏信親入道紅圃　信就弟　本上京住今在江戸　点者　若狐千句作者　玉海ニ入　紅甫書　俗名信親

札　森氏信親法名　紅圃　本京住在江戸　立圃門弟　独吟千句作者

裏に「若狐千句作者」「玉海ニ入」とあるが、『若狐』『玉海集』には信親・紅圃は出ない。その誤りを札で修正し、さらに「独吟千句作者」を増補する。「独吟千句」は立圃判『信親千句』（明暦元年十二月刊）を指す。因みに信親については『御点取俳諧百類集』（万治二年以前成）に「信親　蒔絵師・森七郎兵衛　日本橋四丁目芝の方へ」とある。

724　林元

裏　奥州二本松住人　丹羽若狭守殿家中　日野平五郎筆　維舟門弟

札　水野九右衛門　奥州二本松　丹羽殿家中

裏に「日野平五郎」としたのを、札で「水野九右衛門」と修正。日野平五郎は722の好元のことで、719～724と奥州二本松衆の短冊が集中したことによる誤りを修正。

以上、483はさておくとしても、短冊の裏書をもとに札を作成するに際して、誤記を正しまた新情報なども加えて、正確を期さんとする編集子の姿勢がよく窺われる。

が、誤解が全く無いわけではない。その数少ない例を一つ挙げてみよう。

579　孝女

裏　良保門弟　近江河並住人　宜為妹

札　川嶋宜為妹　江州川並住　号孝女　良保門弟

裏・札とも孝女を「宜為妹」とする。『誹家大系図』にも「孝女　宣《(ママ)》為妹」とある。諸集入集状況は次の通り。なお、句数は省略する。

寛文5　都草　「近江国川並住　宜為姉孝女」
寛文7　たはぶれ草「孝女」
寛文7　続山井　「近江国　宜為姉孝女」
寛文8　細少石　「近江　孝女」
寛文9　狂遊集　「江州川並住　孝女」
寛文12　時勢粧　「河並之住　河嶋孝女」
延宝2　如意宝珠　「近江国川並住　宜為姉孝女」
延宝4　続連珠　「近江国川並住　孝女」

『都草』『続山井』『如意宝珠』にいずれも「宜為姉孝女」とし、「妹」とする例はない。『如意宝珠』には孝女に並んで「宜為妹夏女」も出ており、孝女を宜為妹としたのは編集子の勘違いであろう。

二　改号・別号

俳諧研究で厄介なことがらの一つに改号・別号という問題がある。改号後は前号を使わない場合はまだましなほうで、三つほどの号をもち、それを気侭に使用されるともうお手上げである。が、別人と考えられていた人物が同一人と判明し、縺れた糸がほぐれるケースも少なくはなく、改号・別号の情報は極めて貴重である。この手鑑は改号・別号についてのかなり豊富な情報を提供してくれているので、そのあたりに少し触れておこう。

94　亀袖

裏　紀政公　御寄合　五千石　菅谷八郎兵へ殿

札　菅谷八郎兵衛殿　御寄合

『諸家譜』によれば該当しそうなのは菅谷政照である。八郎兵衛の称があり、承応元年十四才で家綱に拝謁し、遺跡を継ぎ四千五百石を知行、小普請となる。後、盗賊追捕。元禄五年に五十四歳で没。短冊署名の亀袖では出てこないが、「紀政」で『談林軒端の独活』『向之岡』『誹諧金剛砂』に、また「菅谷紀政」として『江戸弁慶』に出る。この人は亀袖とも名乗ったのである。

102　喝石

裏　近衛殿御家来　従五位　能書　寺田伯耆守法名無禅

札　寺田石見守無禅　別名喝石　能書　従五位　近衛殿御家来　正忠法名

芳賀矢一『日本人名辞典』(国文学研究資料館データベースによる)には「寺田無禅　元禄4没　京都　書家」とある。素性に関する情報は手鑑のほうが格段に詳しい。『新百人一句』に「無禅」、『古今誹諧手鑑』に「京　寺田無禅」と出る。後者、本手鑑収録短冊と筆跡一致。なお、喝石では出てこない。「正忠」名は多くあるが、寺田姓見当たらず。

115　松叟

裏　従三位満彦　勢州外宮長官

札　長官　勢州山田外宮一祢宜　従三位満彦別名

『伊勢俳諧大発句帳抜書』に「満彦」と、『伊勢正直集』に「外宮三祢宜度会氏満彦」と出るが、松叟では出てこない。

146　為誰

裏　味岡久五郎正佐事　玉海ニ入　医師三伯事

札　味岡三伯　別名　始久五郎正佐　玉海ニ入

『玉海集』に「国不知」として「味岡久五郎正佐」が出る。また『洛陽集』に「為誰」が入集。為誰・医師三伯・正佐はこの手鑑の情報がなければ結びつかない。

158　祐上

裏　伊東八左衛門祐孝事　貞室三物連衆　玉海ニ入
札　伊東八左衛門祐孝法名　玉海集ニ入　貞室三物連衆

『玉海集』に「山城国　伊東八左衛門祐孝」として見え、『玉海集追加』には「山城　伊東氏祐上」とある。また、寛文九・十年の「貞室・祐上・了味」の三物も残る。手鑑の情報がなければ両者を結び付けることは難しい。

384　常侚

裏　季吟門弟　井狩六郎右衛門　諸集ニ入　友静弟
札　井狩六郎右衛門　季吟門弟　始常俊
句　一葉の舟は岡やる嵐哉　常侚

短冊染筆句は『続山井』に「一葉の舟は岡やるあらしかな　常信」と入る。同書収録の他の句に常信の姓を「井狩」とするものがあるので、常侚は同一人と考えられる。『大観』で確認しておこう。なお常信・常俊は同名者が多数存在し、確定出来ないものは除く。常信として出るのは寛文四年『小夜中山集』「京之住　井狩氏常信」、寛文五年『蘆花集』「山城国　井狩氏常信」、寛文八年『細少石』「山城国　井狩氏常信」などである。『季吟宗匠誹諧』④十吟百韻（常信参加）に「寛文五年十二月八日井狩常信興行　今改常侚」と、また寛文十年以前と見られる『季吟誹諧集』①三吟百韻（季吟・常侚・湖春）に「井狩元常信　常侚」と、さらに寛文七年『続山井に』「山城国　号常俊常信」とあるので、初号は常信であったが、早い時期に常侚・常俊とも名乗り、三者を併用していたものらしい。寛文七年『玉海集追加』で「井狩常俊」と「井狩氏常信」を別人扱いしているのは、その併用が生んだ誤解であろう。いずれにせよ、短冊裏書・札の記述は事実を正確に伝えている。

386　永従

裏　続山井ニ入　山田五郎兵へ　始重基今ハ栄也　季吟三物連衆　貞室門弟
札　山田五郎兵衛　季吟三物連衆　始重基又永従ヲ改ル　号栄也

裏・札によれば、「始重基」「永従ヲ改」め「今ハ栄也」と名乗っているということになる。入集状況によって確認してみよう。

寛文7　玉海集追加　「京　山田氏重基」
寛文8　伊勢踊　「京　山田氏重基」
寛文12　季吟十会集　「永従」
延宝4　季吟歳旦　「永従」
延宝4　続山井　「山城国　山田氏永従」
延宝6　季吟三ツ物　「永従」
延宝8　季吟歳旦　「栄也」
延宝8　八束穂集　「山城国　栄也」
延宝8　洛陽集　「栄也」
天和3　空林風葉　「栄也」

短冊裏書・札に言う通りである。「季吟三物連衆」というのも事実で、編集子の情報が如何に正確であるかよく判る。重基・永従・栄也も、この情報がなければ結びつくことはない。

468　友雪

裏　青木氏　大坂友浄事　点者　大坂　執筆藤兵へ友浄入道　今ハ点者
札　執筆藤兵衛友浄法名　大坂　青木氏

裏書については、裏書・札図版312頁及び参考図版222頁下段を御覧いただきたい。短冊裏の右下「友浄事点者」は留め書きで、その下は「友浄事たるべし」と読める。記述の順番としては、右寄りの「青木氏　大坂　友浄事たるべし」がおそらくは先行する。その段階では編集子に短冊染筆者友雪と友浄が同一人物であるという確信が持てなかったが故の「べし」であった。そしてその後の確認を経て、「友浄事点者」と留め書きし、さらに左寄りに「大坂　執筆藤兵へ友浄入道　今ハ点者」という清書転記に及んだと見られる。友雪については『俳文学大辞典』に「生没年未詳。延宝ごろ。青木氏。延宝六年「大坂檀林」を名乗って『桜千句』を興行してから頭角を現し、諸書に入集。『西鶴大矢数』では脇座に招待された。」（乾裕幸氏稿）とあって、別号友浄のことは見えない。『大観』で、友浄・友雪を拾い出して並べてみると次のようになる。刊年・書名の下「　」内の数字は入数発句数、「付」は付句数で、連句集は書名を網掛けとし、句数は記していない。なお、友雪名は各地に多くいて見分けにくいが、確定できるものを取り上げてある。

寛文11　蛙井集　「友浄6」
寛文11　落花集　「摂津大坂　友浄13」
寛文11　難波草　「大坂住　青木氏友浄2」

寛文11　塵塚　「大坂　友浄1」
寛文12　時勢粧　「大坂　友浄1」
寛文12　手繰舟　「大坂　友浄3」
寛文13　生玉万句　「執筆　青木藤兵衛友浄」
延宝3　誹諧独吟一日千句　「青木友浄1」
延宝4〜5　誹諧昼網　「友浄4」
延宝5　西鶴俳諧大句数　「執筆　青木藤兵衛友浄」
延宝5　難波千句　「友浄」
延宝6　大坂檀林桜千句　「青木友雪」
延宝7　二葉集　「青木友雪　付28」
延宝7　道頓堀花みち　「友雪2、付2」
延宝7　近来俳諧風体抄　「摂州大坂　青木友雪2」
延宝7　俳諧四吟六日飛脚　「友雪」
延宝7　両吟一日千句　「友雪」
延宝7　飛梅千句　「青木友雪」
延宝8　点滴集　「大坂　友浄3」
延宝8　太夫桜　「青木友雪1」
延宝8　白根草　「大坂　友雪1」
延宝8　阿蘭陀丸二番船　「大坂友雪4、付3」
延宝8　江戸大坂通し馬　「青木友雪」
延宝9　山海集　「友雪1」
延宝9　西鶴大矢数　「青木友雪」
天和1　熱田宮雀　「大坂　友雪3」
天和2　俳諧百人一句難波色紙　「青木友雪1」
天和2　俳諧犬の尾　「友雪1」

青木友浄は寛文十一年『蛙井集』以下延宝五年『難波千句』までにその名が見え、それと入れ替わるように延宝六年以降友雪がやはり青木姓で登場する。短冊の札に友雪を「友浄法名」とする記述と完全に一致する。因みに、延宝八年の『点滴集』には友浄名で出るが、これは編者が改名の事実を掴み切れていなかったためであろう。

友雪には西鶴との両吟『両吟一日千句』があり、『西鶴大矢数』では脇座をつとめ、またその著『大坂檀林桜千句』以下『俳諧四吟六日飛脚』『飛梅千句』『江戸大坂通し馬』などの西鶴関連書にも出て、また『俳諧百人一句難波色紙』に採録されるなど、西鶴との関係が深い。が、その関係は延宝に入ってからのものではなく、友浄を名乗っていた寛文以来のものであった。すなわち、寛文十三年の『生玉万句』では伊藤長右衛門道清と、また延宝五年の『西鶴俳諧大句数』では西吟と共に執筆をつとめ、延宝三年『誹諧独吟一日千句』にも句を寄せていたのである。

なお、裏書に「執筆藤兵衛友浄入道」に続けて「今ハ点者」とあることにも注目してみよう。これは、今は執筆をやめて点者になっている、という意味である。それを裏付けるごとく、友雪を名乗ってからの延宝六年以降、執筆の肩書では出て来ない。関連して見るべきものが延宝六年『俳諧物種集』で、友雪は同書に入集はしないが、綿屋文庫蔵本表紙見返しに「大坂中俳諧月次日当番俳諧師」として記録される二十八名の宗匠のなかに、住所を「下町」とし、月次日を「四日夜・十四日昼・二十四日夜」として友雪の名前が出る。それはちょうど改号の時期と一致する。すると、友浄から友雪への改号は執筆から点者への鞍替えに際してのそれであった、ということになるのではないだろうか。

三　無名・名乗替り

190　任口

裏　佐夜中山ニ入　宝誉上人　伏見西岸寺

札　西岸寺宝誉上人別名　城州伏見住　玉海ニ無名入

札に「玉海ニ無名入」とある。『玉海集』句引には「作者不知九、付四」とあるが、その中に任口の句が入っているということになる。因みに、『俳文学大辞典』では任口の発句初見は万治三年『懐子』とする。

187　友吉

裏　桜井氏　玉海集ニ名乗替リ入　いせや甚右衛門

札　桜井甚右衛門　玉海集ニ入　諸国独吟集人数

裏に「玉海集ニ名乗替リ入」、札に「玉海集ニ入」とするが、『玉海集』には友吉・いせや甚右衛門・桜井甚右衛門、何れも見えない。「名乗替リ入」とは別号で入集していることを言うのであろうが、その号が示されていないために判らない。

225　貞伸

裏　堺　毛吹ニ入　点者

札　原田庄右衛門　毛吹ニ名乗替リ入　堺

裏に「毛吹ニ入」と、札に「毛吹ニ名乗替リ入」とする。前と同様、『毛吹草』に「貞伸」は出てこない。堺を手掛かりにすれば貞継・貞盛あたりかとも思われるが、確定は困難である。

以上三例、収録確定には至らないが、編集子の情報は染筆者本人かあるいはその身辺から得られたものとしか思われない。

四　左筆

416　元順（方由）

裏　堺住人　南惣兵衛方由入道元順筆　寛五集撰者　点者　中風気故左ノ手ニて書

札　南方由法名　元順　左筆ニ書　堺　寛五集撰者

裏書・札とも編集子の筆跡である。短冊には、「左筆」と頭書して「俊成のお小袖もてこい鶉なく　元順」の句を記す。札にも「左筆ニ書」とするが、何のことか判らない。が、裏書に「中風気故左ノ手ニて書」とあるのによって疑問は氷解する。中風の気味があって利き手の右が不自由なため、左手で書いたというのである。元順は生没年がはっきりしないが、この裏書・札に寛文十年刊『寛伍集』のことが出て来るので、その頃には彼は「中風気」であったことが知られる。本手鑑には438に元順の短冊をもう一枚収めるが、こちらは「中風気」前の筆跡である。並べてみると署名は似ているが筆跡はやはりかなり異なった感じがする。元順短冊を見る場合、この二種の筆跡を意識する必要があるということになろう。なお、参考図版221頁上段に家蔵の元順（方由）短冊を七枚並べておいた。①③が本手鑑収録短冊である。④⑤が③と同様、左筆によるものと見られる。

五　代筆

452　柳翠

裏　大坂点者　今ハ盲人ニ成中候故花翠筆

札　大坂衆　柳翠　摂州

札には「大坂衆　柳翠　摂州」とするが、裏書きを見ると「大坂点者　今ハ盲人ニ成中候故花翠筆」とある。この裏書・札ともやはり編集子の筆跡。言うところ、現在は目が見えなくなってしまったので花翠が書いたのだという。するとこの短冊は柳翠本人の自筆ではなく、花翠の代筆である。短冊染筆句「から笠や名護屋鈍のすゝはらひ　柳翠」もあるいは代句なのかも知れない。『大観』で検索するに、柳翠は延宝六年『俳諧物種集』に二句入集する田中柳翠かと思われる。同書綿屋文庫蔵本表紙見返しに「大坂中俳諧月次日当番俳諧師」として記録される二十八名の宗匠の内の一人で、住所は中町、月次日は「三日夜・八日夜・十三日夜・十八日夜・二十三日夜・二十八日夜」とあり、二十八名の中で最も忙しい。以下、延宝七年『二葉集』に「田中柳翠」、延宝八年『八束穂集』に「摂津国　柳翠」と見え、同年歳旦集にも三つ物が収録され、延宝九年『西鶴大矢数』には「田中柳翠」として脇座十二人のうちに加わる。注目すべきは西鶴筆の当代俳諧作者九十八名の肖像画を掲げる天和二年『俳諧百人一句難波色紙』で、同書には田中柳翠は剃髪して目を眠る表情で描かれている。これは盲人となった彼の姿に相違あるまい。その時期が何時であったのかは俄かには確定出来ないが、月次当番を月に六日も担当していた頃とは思われず、『西鶴大矢数』以降ではなかったか。『難波色紙』と同じ天和二年『犬の尾』以後の集に彼の名が見えなくなるのは盲目となったためであったかも知れない。

六　正伯と正伯

手鑑に正伯短冊が二枚（148・163）あるが、同名別人である。その裏書・札・句を次に挙げる。

148　裏　京　田中与兵衛正伯　玉海集入

札　田中与兵衛　玉海ニ入

句　大原の月や三五の甑の輪　正伯

163 裏　嶋本七左衛門正長改名　西武三物連衆　崑山玉海ニ入
札　嶋本七左衛門　西武三物連衆　崑山集玉海集ニ入　正長前名
句　もし一日若二日も十夜かな　正伯

両者別人であるから、短冊の筆跡は当然異なる。148の正伯は『玉海集』を見ると「田中与兵衛正伯」として八句収録され、姓名・入集とも裏・札に矛盾しない。「京　田中氏正伯」は『玉海集追加』にも二句が入る。ところが、148の田中正伯の句は『崑山集』に「大はらや三五の月は甑の輪　嶋本正伯」として出て来る。手鑑編集子による148と163の取り違えかと思われるのだが、『古今誹諧手鑑』に「京　嶋本正伯」の短冊が出ており、筆跡をみるとこれは163に一致する。するとこれは手鑑編集子の取り違えではない。いま『大観』で検索してみると正伯を名乗る人は多く、加賀・備中・堺にも居るし、また山城にも「伏見住　外村氏正伯」（鸚鵡集）「京西六条　高橋正伯」（安楽音）の二人が居る。従って所書きなしで「正伯」と出てきた場合はどの正伯なのか見分けがつきにくいが、163の正伯と確定出来るのは「嶋本七左衛門　正伯」（崑山集）「嶋本氏正伯」（沙金袋）「嶋本氏正伯」（源氏鬢鏡）「嶋本正伯」（寛文六年西武三物）「山城京嶋本氏正伯」（伊勢踊）「京住　嶋本正伯」（桜川）「山城　嶋本氏正伯」（誹諧玉手箱）というあたりである。148の田中正伯よりも活動がはるかに目立ち、しかも『崑山集』には田中正伯は入集せず、嶋本正伯は十六句の入集を見る。同書編集者の良徳が「正伯」の句を目にした場合、それを嶋本正伯と思い込んでしまうことは十分に有り得る。先にも触れたように貞門・談林の俳諧では殆ど同じ句が別作者で出ることが少なくはなく、その一例と考えられなくもないが、これは『崑山集』編集者の間違いと判断しておきたい。

七　友仙の素性

151 **友仙**
裏　江州坂本住人　有馬八兵衛入道寿伯別名友仙筆　玉海集ニ入　紅梅千句連衆　又意安トモ
札　有馬寿伯別名　有馬左衛門佐殿一家　玉海ニ入　江州坂本住　又京住　意安トモ

友仙については『誹家大系図』に「友仙　有馬氏、通称意安、号寿白。江州坂本ノ人ナリ。医ヲ以テ業トス。紅梅千句発起ノ人。没年詳ナラズ」とある。『俳文学大辞典』にも榎坂浩尚氏稿で立項されているが「有馬涼及の一族か」という一行が加わっているぐらいで、説明は『誹家大系図』の域を出ていない。

札に言う「有馬左衛門佐」は、『諸家譜』によれば日向延岡藩有馬家二代藩主有馬康純で、左衛門佐の称がある。寛永十八年に父直純の遺領を継ぎ、その折に弟八兵衛純政に日向本庄郷三千石を分かっている。康純は延宝七年致仕、元禄五年に八十歳で没。三千石を分かたれ交代旗本となった有馬純政には『諸家譜』によれば意安の号がある。その任は短く、正保元年疾により退身。采地は収められ、京師に住し、明暦元年に没したとある。裏書・札に言う「有馬八兵衛」「有馬左衛門佐殿一家」「意安」全て一致し、友仙はこの人のことに間違いあるまい。

貞徳の風流を慕う「なにがし友仙先生」のため季吟が協力して催した『紅梅千句』は明暦元年五月の刊記を持つが、季吟跋文に「承応何のとしみなづきその日」とあり、「何のとし」は改元・貞徳の没年から承応二年と見るべきこと、小高敏郎氏の考察がある。疾により退身していた友仙にとって、さぞ楽しい催しであったに違いない。なお、この年の『承応弐癸巳季歳旦』に「意安」が出るが、貞徳・季吟・正章といった顔ぶれから見て、これは友仙と見て良いであろう。そして『諸家譜』によれば、その二年後の明暦元年に友仙は世を去った筈であるが、以後も諸集にその名が見える。

明暦2　玉海集　「国不知　有馬意安寿白7」
万治3　新続犬筑波集　「近江坂本　有馬氏号寿伯友仙5」
万治3　百人一句　「有馬氏友仙1」
延宝2　如意宝珠　「近江国坂本住　有馬友仙1」
延宝2　後撰犬筑波集　「有馬友仙　付1」

榎坂氏によれば『百人一句』収録句は『紅梅千句』の追加発句である由、これは没後収録としてもおかしくはない。が、『玉海集』の七句、『新続犬筑波集』の五句は没後の収録にしては句数が多いし、入集が『如意宝珠』『後撰犬筑波集』のように延宝期にまで及んでいるのは腑に落ちない。今後の調査を俟たねばならぬが、明暦元年没とする『諸家譜』の記述が誤りで、友仙は延宝まで世に在った可能性もあるのではないだろうか。

表12　奥州二本松衆　諸集入集状況一覧

数字は入集発句数、「付」は付句、時勢粧の発句数は小鏡も含む、「百３」は百韻３巻の意。

№.	撰　集　名	年次	編集者	好元	林元	塵言	衆下	道高	相興
1	新続犬筑波集	万治３	季吟		5				
2	小夜中山集	寛文４	重頼	14、付１	24、付30		11	13、付23	
3	維舟筆歳旦発句集	寛文５	維舟		1	1			
4	小町踊	寛文５	立圃	1	4	3			
5	続山井	寛文７	湖春	7	6		1		
6	百五拾番誹諧発句合	寛文９	季吟	1	1	1			
7	新百人一句	寛文11	重以	1	1	1			
8	時勢粧	寛文12	維舟	41	40、百３	42、百３	16	10、百２	1
9	大海集	寛文12	宗臣	1		1			
10	続境海草	寛文12	顕成	4	1			3	
11	手繰舟	寛文12	顕成	3	4	2		1	
12	山下水	寛文12	梅盛	3					
13	生玉万句	寛文13	鶴永		1				
14	後撰犬筑波集	延宝２	蘭秀			1		1	
15	大井川集	延宝２	維舟	14	5	19	5		
16	桜川	延宝２	風虎	185	201	108	118	8	5
17	糸屑集	延宝３	重安		2			3	
18	武蔵野集	延宝４	維舟	13	12	15、付４	7		
19	続連珠	延宝４	季吟	5	1	1	7		
20	六百番誹諧発句合	延宝５	維舟判	20	20	20	20		
21	江戸新道	延宝６	言水			1			
22	道づれ草	延宝６	梅盛	4					
23	名取川	延宝８	重頼	19	10	29	1		
24	誹枕	延宝８	幽山	13		4	2		
25	松嶋眺望集	天和２	三千風	2	1				
		発句総計		351	340	249	188	39	6
		重頼俳書入集句計		121	111	126	60	23	1
		割　合		約41%	約32%	約51%	約32%	約59%	

表13　重頼関係俳書　二本松衆入集一覧

	小夜中山集	寛文５歳旦	時勢粧	大井川集	武蔵野集	六百番	名取川	発句計
好元	14、付１		41	14	13	20	19	121
林元	24、付30	1	40、百３	5	12	20	10	112
塵言		1	42、百３	19	15、付４	20	29	126
衆下	11		16	5	7	20	1	60
道高	13、付23		10、百２					23
相興			1					1
正成	10、付３		11	4	7	20		52
方格	４、付１		1			20		25
正信	2							2
寒松	２、付４							2
可著	8			1				9
人似	2		2					4
古硯	2							2
一予	2							2
幸益	2							2
元知	１、付３							1
知蔵主	1							1
吉元	1							1
陳旧	1							1
親盛	2		5					7
友我	７、付２	1	5					13
一興	付２		4					4
捨拾			1					1
似言			1					1
以由			1					1
林昌			1					1
惣庵			1					1
又笑			6					6
晒肴			3		2			5
人任			3					3
未及			2	1				3
有房			2					2
好久			3					3
之也			8	10	11			29
如酔			15	1				16
随言			5					5
永雲			1					1
随古					2			2

なお、『大辞典』で榎坂氏が触れておられる「有馬涼及」については元禄十五年『白馬』に一句入集し、宝永四年『類柑子』に涼及・其角・湖春の三吟六句が見えること以外、調査が及ばなかった。

八　二本松衆

先にも触れたように、本手鑑には後補であることが明らかな432嵐蘭・433百堂・616曲翠・622子葉・712昌俊を除き、家中衆の短冊が三十七枚ある。そのうちの六枚を占める奥州二本松衆を取り上げてみよう。

719　塵言
裏　なし
札　江口三郎右衛門　奥州二本松　丹羽殿家老

720　衆下
裏　奥州二本松　小沢氏　維舟門弟　諸集ニ入
札　小沢氏　奥州二本松丹羽殿家中　維舟門弟

721　道高
裏　二本松近習　長岡氏　丹羽左京亮家中　維舟門弟　諸集入
札　長岡氏　奥州二本松　維舟門弟　丹羽若狭守殿家中

722　好元
裏　奥州二本松　丹羽若狭守殿家老　日野平五郎筆
札　日野平五郎　奥州二本松　維舟門弟　丹羽若狭守殿家老

723　相興
裏　奥州二本松　丹羽若狭守殿家中　佐野氏　時世粧ニ入
札　佐野氏　奥州二本松　丹羽若狭守殿家中　維舟門弟　時世粧ニ句アリ

724　林元
裏　奥州二本松住人　丹羽若狭守殿家中　日野平五郎筆（ママ）　維舟門弟
札　水野九右衛門　奥州二本松　丹羽殿家中

721札、724裏、722・723裏及び札に見える丹羽若狭守は陸奥二本松藩二代藩主丹羽長次のこと。万治元年従五位下若狭守に叙任、延宝七年に封を襲い、元禄十一年に五十六歳で没している。721裏の丹羽左京亮はその父丹羽光重で、寛永十一年従五位下左京亮に任ぜられ、同十四年白河藩主となるが、同二十年陸奥二本松藩へ移封され初代藩主となった。元禄十四年、八十一歳没。721裏に「丹羽左京亮家中」と、札には「丹羽若狭守殿家中」と記述が分かれるのはその間に代替わりを挟んだからであろう。719の「丹羽殿家老」、720「丹羽殿家中」の「丹羽殿」は何れをさすのか判然としないが、722好元の札に「丹羽若狭守殿家老」とあるので、719塵言は初代光重の家老であったのかも知れない。なお、721道高は光重の「近習」であった。いずれにせよ、この六名の家中衆は二代に亘る御奉公であったと思われる。

さて、この二本松衆、相興はそれほどでもないが、他の五名の俳諧活動は顕著なものがある。いま『大観』によって、諸集入集状況を**表12**として一覧にしてみよう。

六人衆の名前が出る俳書は、万治三年から天和二年までの二十三年間、『新続犬筑波集』以下『松嶋眺望集』に至る二十五点である。そのうち、表で網掛けとした2『小夜中山集』3『維舟筆歳旦発句集』8『時勢粧』15『大井川集』18『武蔵野集』20『六百番誹諧発句合』23『名取川』は重頼関係の俳書で、その七点への入集が目立つ。表の下部に集計したようにその割合は高く、二本松衆と重頼の関わりの深さが窺われる。ついでに七点の重頼関係俳書に出る二本松衆の入集状況も**表13**として一覧表にしてみよう。総人数は三十八名。七点への入集発句数が多い順に並べてみると、塵言百二十六句、好元百二十一句、林元百十二句、衆下六十句、正成五十二句となる。林元は七点全てに、塵言は『小夜中山集』を除く六点に、好元と衆下は寛文五年『維舟筆歳旦発句集』を除く六点に入り、この四名が二本松衆の中心的存在であったことが判る。なお、念のために確認しておくと、衆下の小沢氏、道高の長岡氏、好元の日野氏、相興の佐野氏、林元の水野氏、諸集の伝える姓と一致する。

なお、『元禄大観』によれば、貞享以降、六名の活動は急に目立たなくなり、『誹林一字幽蘭集』（元禄五年）に林元と塵言が各一句、『誹諧花蒋』（元禄八年）に林元三句・塵言二句・衆下一句の入集を見るにとどまる。

九　参考資料　旗本衆

本手鑑には後補の66玉峯も含めると、六十六名分六十七枚の旗本の短冊が収録されていて、『新訂寛政重修諸家譜』との照合によりその殆どの素性が明らかになる。その一斑は前掲拙稿「『虚栗』の藤匂子」に述べたが、そこで取り上げた人物も含めて、照合の結果を参考資料として報告しておく。以下、短冊番号と署名・裏書・札を並べ、該当人物を『諸家譜』からの抄出で示す。既述の151友仙などについても取り上げておいた。人名の上の◎は確定、○はほぼ確定、△は年代的に該当しそうな人物で要検討を意味する。短冊の裏書・札が係累に及んでいる場合は、その人物についても触れるようにした。『諸家譜』抄出末尾に（十四・139）などとしたのは、『諸家譜』の巻数・頁数である。不分明な点についてはそちらを参照されたい。なお、裏書・札の編集子の筆か否かという筆跡の区別、それに素性判断に関わらない記述は省略する。

66　玉峯

裏　小堀下総守殿　別名玉峯　遠州末

札　小堀総《ママ》守殿　別名玉峯　遠州末

○小堀政貞

小堀遠江守政一が五男。慶安四年家綱に拝謁。この年中奥の御小性となり、廩米三百俵をたまふ。明暦二年、従五位下下総守に叙任。元禄一〇年、武蔵・下総・伊豆で六百石をたまふ。宝永四年没、六七歳。（十六・114）

67　朝倣子

裏　内膳正殿御弟　岡部志摩守殿　従五位下

札　岡部志摩守殿　美濃守殿末子　藤氏　従五位下

◎岡部直好

岡部美濃守宣勝が四男。承応三年、家綱に拝謁。明暦二年、中奥の御小性。万治元年、御小性。廩米千俵。従五位下志摩守に叙任。寛文一〇年、務を辞し寄合となる。元禄一〇年、相模・下野に采地千石をたまふ。宝永二年没。（十四・139）

父の岡部宣勝は、慶長一四年、従五位下美濃守に叙任。寛永九年、遺領（大垣）を継ぐ。同一〇年、播磨龍野へうつさる。同一三年、領地を転じて高槻城を賜ふ。同一七年、封地を和泉岸和田にうつされ、六万石を領す。寛文八年没、七二歳。（十四・133）

68　孤雲

裏　京極近江守殿筆　丹後守殿御息　安智老孫

札　京極近江守殿　丹後守殿御息　源氏　安智老孫

◎京極高規

明暦一年、家綱に拝謁。同三年、従四位下近江守に叙任。寛文六年、父が事に坐して藤堂大学頭高次にめしあづけられ、扶助の料三千俵を賜ふ。延宝八年、赦免。元禄三年、めされて廩米二千俵をたまひ、寄合に列す。同八年、奥高家。侍従。同一〇年、安房に采地二千石。宝永五年没、六六歳。（七・177）

父高国（延宝三年没、六〇歳）は承応三年に丹後守。（七・177）

祖父高広（延宝五年没、七九歳）は承応三年致仕後、安智軒道愚と号す。（七・176）

69　三峯

裏　小出下総守殿

札　小出下総守殿　号三峯　従五位下

○小出守里　若狭守　下野守　淡路守　従五位下

明暦二年、家綱に拝謁。寛文七年、御小性組番士。同九年、廩米三百俵。同一〇年、中奥番士、百俵加増。同一二年、御小性、二百俵加増。従五位下若狭守に叙任。延宝八年、寄合。天和一年、御徒頭。同二年、五百石加恩。同三年、御書院組頭。元禄三年、京都町奉行。同七年、五百石加増。同九年、兼伏見奉行、職を辞し寄合に列す。同一〇年、上野・下野・武蔵・下総・伊豆に千六百石を知行。同一一年、御作事奉行。同一二年没、五一歳。（十七・386）

70　夢橋

裏　堀田宮内殿

札　堀田宮内殿　筑前守殿一家

○堀田一之　千徳　宮内

寛文七年、家綱に拝謁。天和三年、御書院番士。貞享一年、進物役。元禄一〇年、家を継ぐ（祖父一純は常陸・大和・近江に四千二百石）。同一一年、常陸

の采地を近江にうつさる（七百石か）。同一二年、御徒頭。同一四年没、四七歳。（十一・18）

筑前守は堀田正俊のことか。正俊は、天和一年、下総国古河城を賜ひ五万石を加えられ、仰により筑前守に改む。大老。同二年、一三万石。貞享一年没、五一歳。（十一・1）

71　玄々子

裏　弐千五百石　高家衆　織田藤十郎殿　山城守殿甥　平姓

札　織田藤十郎殿　高家衆　平家　織田山城守殿甥

◎織田一之　佐助　藤十郎　致仕後淡水

承応一年、家綱に拝謁。寛文一年、遺跡を継（父高重は近江神崎郡に二千十石余を知行、寛文一年没）。寄合に列す。貞享四年、致仕。元禄八年没、六〇歳。（八・180）

山城守は織田長頼（大和宇陀松山藩三代藩主）か。長頼は万治二年、封を襲。山城守、従四位下。元禄二年没、七〇歳。その父高長（二代藩主）は、三万二千石を領す。（八・175）

72　調管子

裏　筑志《紫》右近殿　三千石

札　筑紫右近殿　御寄合

◎筑紫信門　松市郎　右近　主水

寛永八年、家光に拝謁。同九年、御書院番。同一〇年、武蔵に采地二百石をたまふ。同二〇年、家綱に附属せられ御守衆支配となり三丸に候す。正保三年、遺跡を継ぐ（父広門は備後に采地三千石）。慶安三年、西城御書院番に復す。のち小普請。延宝一年、致仕。同六年没、七五歳。（十二・152）

73　東水

裏　那須七騎ノ中　芦野民部殿資俊《トシ》　藤原姓　野州芦野住人

札　芦野民部殿資俊　別名東水　野州芦野領主　那須七騎中　藤氏

◎蘆野資俊　左近　民部

正保三年、遺跡を継。下野那須に三千十石余を知行。四年、家光に拝謁。元禄五年没、五六歳。（十二・136）

74　枕流

裏　最上右京殿　五千石　源氏斯波庶流　山形出羽守義光末

札　最上刑部殿　斯波末　源氏　山形出羽守殿義光末流

◎最上義智　仙徳　源五郎　刑部

寛永九年、父義俊卒。その遺領一万石のうち近江国蒲生郡において五千石をたまはり、蒲生郡大森に住す。寄合に列す。同十三年、家光に拝謁。元禄八年高家、従五位下侍従、駿河守。同一〇年没。六七歳。（二・134）

75　調丸子

札　浅野内記殿　今内匠頭殿叔父　調丸子改名ヲ心幸ト申

裏　浅野内匠頭殿御養子　浅野内記殿　五千石　今ノ内匠頭殿伯父　今心幸ト申候

◎浅野長賢　初長澄　兵部　内記

長規の祖父浅野内匠頭長直が養子。承応一年、家綱に拝謁。寛文一一年、長直が所領播磨国河東郡のうちにおいて三千五百石をわかちたまはり、寄合に列す。貞享三年、致仕。同四年没、五四歳。（五・350）

76　雨椿子

札　宮崎主水殿　江戸御はたもと

裏　江戸御はたもと　宮崎主水殿

◎宮崎重広　大吉　主水　甚左衛門

寛永一八年、家光に拝謁。正保三年、御小姓組。慶安一年、廩米三百俵。延宝五年、二丸御留守居。天和二年、上野国に采地三百石。元禄一年、二丸張番支配。同八年、御先鉄砲頭。同一〇年、武蔵・伊豆に六百石を知行。宝永二年没。（十六・268）

77　嘉隆

裏　小浜民部殿

札　小浜民部殿　御舟大将　藤氏　民部少輔光隆息　嘉隆

◎小浜嘉隆　辰千代　久太郎　民部之丞

慶長一九年、父民部少輔光隆（大坂船手番、摂津・伊勢に五千石を知行）とともに大坂の陣に従ひ、秀忠に拝謁。元和一年の再陣にも供奉。寛永九年、御船手となる。同一九年、父の遺跡をたまひ大坂御船手となる。寛文四年没、六五歳。（十六・399）

78　忠高

裏　江戸御はたもと　松平長三郎殿
札　松平長三郎殿　御はたもと
◎松平忠良　主膳　長三郎　致仕後自休　今の呈譜に忠高に作る
　元和六年、遺跡（父忠貞は三河に千石を知行）を継ぐ。寛永八年、御書院番。同九年、御小性組。同一〇年、采地二百石を加増。慶安二年、御目付を承りて豊後府内に赴く。寛文一二年、御先鉄砲頭。天和二年、上野下野に五百石加増。同三年、務を辞し寄合となる。貞享二年致仕。元禄五年没、七七歳。（一・164）

79　紫苑

裏　御はたもと　中坊内記殿
札　中坊内記殿　御はたもと
◎中坊秀久　内記
　天和一年、綱吉に拝謁。元禄九年、父に先立ちて死す。四五歳。父秀時は四千石を領し、御普請奉行に進む。元禄一二年没、七二歳。（十六・204）

80　調梔子

裏　榊原藤七郎殿
札　榊原藤七郎殿　御手先衆
○榊原忠賢　初め政矩　小兵太　藤七郎
　延宝四年、家綱に拝謁。天和三年、桐間番。廩米三百俵。御小性組。元禄三年、復桐間番。同四年、上野下野に父の采地から三百石をわかたる。同五年、御書院番。同一一年、番を辞す。享保七年没、六一歳。（十六・369）

81　藤匂

裏　遠江守殿子息　金田与三右衛門殿正通　別名藤匂子
札　金田与三右衛門殿　遠江守殿嫡男
◎金田正通　猪之助　与三右衛門
　寛文八年、家綱に拝謁。元禄一〇年、家を継ぎ四千石を知行。元禄一一年、采地を三河にうつさる。宝永三年没、五四歳。
　父正勝は、明暦三年、家綱に拝謁。万治二年、御小性組。寛文一年、綱吉に附属せられ神田の館で奏者番を勤める。のち父が遺跡を継ぎ、美濃・上野に三千石を知行。同五年舘林城代、従五位下遠江守。天和一年、御側。上野に新恩二千石。のち采地を転じ美濃・上野に五千石を知行。貞享三年、務めを辞し寄合。元禄一〇年、致仕。元禄一一年没、七六歳。（九・137）

82　其雀

裏　□□□（墨消し）兀雀公　朝倉右京殿
札　朝倉右京殿　御はたもと
△朝倉豊明　堅次郎　織部正　従五位下
　慶長一八年、家光に拝謁。のち家光につかえ、寛永一年、御小性組、御手水番。武蔵に采地千石。同六年、御徒頭。御近習。同一五年、務を辞し小普請。元禄一〇年没、八九歳。（十一・134）

83　調由子

裏　舟越左門殿　伊与守殿御息　御はたもと　五千石
札　舟越左門殿　伊与守殿御息
◎船越為景　左太郎　左門
　明暦二年、家綱に拝謁。寛文一〇年、祖父（景直）が遺跡を継ぎ五千五百七十石余を知行。うち七百石を叔父百助景通にわかちあたふ。延宝八年、両国橋普請を奉行。天和一年、そのことで落度あり閉門。貞享一年、定火消。元禄一〇年、御弓持頭。同一五年没、六三歳。なお、父永景は従五位下伊与守。（十四・219）
　叔父百助景通は678に調恵として出る。

84　松翁

裏　はたもと　藤懸宮内殿　監物殿孫　監物殿ハ御寄合五千石
札　藤掛宮内殿　監物殿猶子
○藤懸永次　釆女
　承応一年、家綱に拝謁。天和二年、家を継ぐ。四千五百石を知行し、寄合に列す。同三年、御使番。元禄八年、御筒持頭。同一二年、西城御留守居。従五位下信濃守に叙任。宝永三年没、六三歳。なお、父永俊（元禄一〇年没、八三歳）に監物の称あり。曽祖父永勝は五千石を知行。（八・213）
　永次の子に永英あり。宮内・釆女の称あり。貞享一年綱吉に拝謁し、のち家に死す。（八・214）

85　萩夕

裏　秋田うねめ殿
札　秋田采女殿　淡路守殿息
◎秋田季品　初季豊　万太郎　采女
延宝三年、家綱に拝謁。宝永四年、遺跡を継ぐ。正徳一年没、五〇歳。父の季久は、慶安二年、父の遺領陸奥国のうち五千石を継ぐ。家綱の御小性を勤め、のち中奥に候す。万治一年、従五位下淡路守に叙任。元禄六年、御小性組番頭。宝永四年没、六九歳。（十・339）

86　秋水

裏　秋田淡路殿御子息　宮内殿　江戸御はたもと　藤原姓　城之介殿末
札　秋田宮内殿　城之介殿末　藤氏
○秋田輝季　万吉　大蔵
万治一年、家綱に拝謁。寛文二年、従五位下信濃守に叙任。延宝四年、遺領を継ぐ。貞享一年、譜第の列に准ぜられ、のち代々帝鑑間に候す。正徳五年、致仕。享保五年没、七二歳。父盛季は、従五位下安房守。五万石を領す。延宝四年没、五七歳。（十・335）
「城之介殿末」の城之介は、盛季の二代前実季か。実季は秋田城介とも。家康に従い、常陸に五万石を領す。（十・334）

87　口慰

裏　御はたもと　依田頼母殿　弐千石斗（墨消し）
札　依田頼母殿　御寄合
△依田某　与兵衛　助之進　頼母
万治一年、家綱に拝謁。寛文七年、大番に列す。貞享一年、父に先立ちて死す。父貞清は、寛永一九年めされて家光につかへ、甲斐に采地四百石。大番となる。延宝一年、采地を下総下野にうつさる。天和二年、務を辞し小普請。元禄二年没、七八歳。（六・229）

88　丁我

裏　付箋「周防守殿一家　松平甚九郎殿　丁我」
札　松平甚九郎殿　御寄合　号丁我　源氏　周防守殿御一家
◎松平康寛　甚九郎
慶安二年、二歳で遺跡を継ぐ。承応三年、家綱に拝謁。享保一四年、致仕。同年没、八二歳。父康朗は、寛永一七年、祖父周防守康重が遺領のうち五千石をわかちたまはり寄合に列す。慶安二年没、二五歳。（六・329）

89　桃李

札　永井宮内殿　御はたもと
裏　永井宮内殿
◎永井直澄　一学　宮内
万治二年、家綱に拝謁。延宝三年、遺跡を継ぎ三千八百石を知行（祖父直貞は武蔵・上総に四千三百石を領す）。元禄二年、御書院組頭。同九年、御小性組番頭、従五位下美濃守。宝永五年、御書院番頭。同七年、大番頭。正徳三年没、六八歳。（十・291）

90　調賦子

裏　稲葉主膳殿　御書院（墨消し）　庄右衛門殿御息　美濃守殿一家　千百俵　御書院番組頭
札　稲葉主膳殿　美濃守殿一家　越知姓　庄右衛門殿御息
◎稲葉通久　越智氏　午之助　主膳
寛文一一年、家綱に拝謁。元禄四年、御小組、進物役。同八年、家を継ぐ。同一〇年、武蔵・下総・伊豆に六百石をたまひ、すべて千百石を知行。同一五年没、四四歳。父通任（宝永七年没、八五歳）に庄右衛門の称あり。（十・180）
美濃守は稲葉正則（元禄九年没、七四歳）。（十・189）

91　残月

裏　水野半左衛門殿　御鉄砲大将　龍吟トモ　風盧庵トモ
札　水野半左衛門殿　御鉄砲大将　源氏　残月
◎水野守政　初め守行　左京　半左衛門
寛永八年、秀忠に拝謁。同一四年、遺跡を継ぐ。万治二年、定火消。延宝一年、御持筒頭。同四年、百人組の頭。天和二年、大和・河内・近江に五千七百石を知行。貞享二年大目付、従五位下伊豆守に叙任。同四年、御留守居。正徳五年没、九三歳。（六・108）

92　露鶴

裏　御寄合　関伊織殿
札　関伊織殿　御寄合

○関久盛　金十郎　伊織　実は大河内又兵衛重綱が二男。長盛が養子となりて其女を妻とす。
延宝二年、家綱に拝謁。元禄四年、遺跡を継ぐ（祖父氏盛は近江に采地五千石）。同八年、定火消。宝永三年没。（八・240）
697露章（大河内又兵衛信久）の実弟。

93　**惟閑**
裏　石河《コ》三右衛門殿　中奥御小姓衆　三千石
札　石河《コ》三右衛門殿　中奥小姓衆
◎石河尚政　吉之助　三右衛門
某年めされて家綱に附属せられ、御小性をつとめる。承応一年、廩米五百俵。寛文一年、中奥御小性。同六年、遺跡を継ぐ（父利政は六百石を知行）。貞享一年没、四四歳。（五・426）
680出思（石河甚太郎政郷）の父。

94　**亀袖**
裏　紀政公　御寄合　五千石　菅谷八郎兵へ殿
札　菅谷八郎兵衛殿　御寄合
○菅谷政照　初範明　八郎兵衛
承応一年、家綱に拝謁。遺跡を継ぎ、四千五百石を知行し、五百石を弟三八郎政朝にわかちあたふ。小普請となる。後、盗賊追捕。元禄五年没、五四歳。（十一・35）

95　**調蓋子**
裏　御書院番　青山信濃守殿御息　青山藤右衛門殿　大膳亮殿甥
札　青山藤右衛門殿　信濃守殿息
◎青山幸豊　百助　藤右衛門
寛文七年、家綱に拝謁。貞享三年、遺跡を継ぐ（父幸正は三千五百石、従五位下信濃守）。同四年、御書院組頭。元禄二年、御小性組番頭、従五位下信濃守に叙任。同七年、伏見奉行。三河に千石加増。同九年、駿府城代となる。同一〇年、都て五千石知行。享保五年没、六五歳。（十二・99）

96　**言集**
裏　室賀甚四郎殿　下総守殿嫡男　七千石
札　室賀甚四郎殿　下総守殿息
◎室賀正勝　甚四郎
寛文五年、家綱に拝謁。のち神田の舘で綱吉の小性をつとめ、家を継ぐ（父正俊は従五位下下総守、七千二百石を知行）。同八年、綱吉子徳松に従い西城に候し、貞享一年寄合となる。享保九年没、七三歳。（四・272）

97　**巳哉**
裏　□□（墨消し）公　三千石　跡部宮内様
札　跡部宮内殿　御使番　源氏
◎跡部良隆　建之助　宮内　民部
寛永一七年、家光に拝謁。同一九年、遺跡を継ぐ。慶安一年、御小性組。天和一年、御使番。同二年、上野・下野に五百石加増。すべて二千五百石を知行。同三年、務を辞し小普請。貞享二年没、五五歳。（四・152）

98　**濯心子**
裏　戸田右近殿　大番頭　六千石　淡路守殿御息　戸田右近大夫殿　左門殿一家甥ナリ
札　戸田右近大夫殿　淡路守殿御息　五位下
◎戸田氏利　三吉　木工之助　右近大夫
明暦二年、家綱に拝謁。万治一年、従五位下に叙し、右近大夫と称す。寛文一二年、家を継ぐ。元禄一年致仕。同一一年没、六二歳。父氏経は、従五位下淡路守。三河美濃に六千二百石余を知行。万治一年、大番頭。天和一年没、七九歳。（十四・382）

151　**友仙**
裏　江州坂本住人　有馬八兵衛入道寿伯別名友仙筆
玉海集ニ入　紅梅千句連衆　又意安トモ
札　有馬寿伯別名　有馬左衛門佐殿一家　玉海ニ入
江州坂本住　又京住　意安トモ　紅梅千句連中
◎有馬純政　初元純　八兵衛　号意安
寛永一八年、父直純の封地のうち日向本庄郷において三千石をわかち賜ひ、家光に拝謁。正保一年、疾により退身。采地は収められ、京師に住し、明暦一年没。

兄康純は、寛永一八年日向（延岡城）に遺領五万石を継ぎ、弟八兵衛純政に三千石をわかちあたふ。のち左衛門佐にあらたむ。元禄五年没、八〇歳。（十二・192）

631　一口

裏　江戸　大番ノ与力衆　安藤助之進

札　安藤介之進　江戸　大番衆与力

○安藤定知　助之進　志摩守　従五位下

桜田の館において表小性を勤め、小性組の組頭を経て目付に転ず。宝永一年、西城桐間番番士。同二年、西城御広敷番頭。正徳二年、武蔵に采地五百石。同三年、従五位下志摩守。同五年、百石加増。すべて六百石を知行。享保九年没、六九歳。（十七・203）

677　不言

裏　曽我又左衛門殿

札　曽我又左衛門殿　御書院番　藤氏

◎曽我仲祐　又兵衛　又左衛門

明暦一年、綱吉に拝謁。寛文一年、遺跡を継ぎ二千五百石を知行し、五百石は弟又十郎利助にわかち与ふ。同七年、御書院番に列す。元禄一一年、火事場目付。宝永五年没、六一歳。（九・151）

なお、父近祐（寛文一年没、五七歳）も御書院番を務め又左衛門を称す。（九・150）

678　調恵

裏　江戸御はたもと　舟越百介殿

札　舟越百介殿

◎船越景通　百助　左衛門　三郎四郎

寛文四年、家綱に拝謁。同一〇年、中奥御小性に列し、中奥番士にうつる。父の遺跡摂津のうちにして七百石をわかちたまふ。のち小普請。天和二年、中奥番士に復す。正徳一年没、五七歳。（十四・221）

83調由子（舟越左門為景）の叔父。

679　調鼓子

裏　調鼓子様　山崎伝左衛門殿　調子とも　山崎伝左衛門

札　山崎伝左衛門殿　調子トモ

△山崎正周　熊之助　十左衛門　権八郎　四郎左衛門

寛文七年、家綱に拝謁。延宝六年、御書院番。貞享二年、遺跡を継ぐ（父重政は五百石）。元禄七年、御使番。同九年、務めを辞し寄合。同一五年、復御使番。御目付。宝永三年、御先弓頭。正徳四年務めを辞し、享保三年没。六四歳。（十六・2）

680　出思

裏　御はたもと　石河《コ》甚太郎殿　三右衛門殿息

札　石河《コ》甚太郎殿　三右衛門殿息

◎石河政郷　甚太郎　甚右衛門　左京　三右衛門

延宝二年、家綱に拝謁。天和三年、御書院番。貞享一年、遺跡を継ぐ（六百石か）。同二年、桐間番。ゆへありて番をゆるされ、小普請となる。元禄三年、復御書院番。同五年、桐間番。同一〇年、御小納戸にすすむ。正徳五年、長崎奉行。従五位土佐守に叙任。寛保三年没、八四歳。（五・426）

93惟閑（石河三右衛門尚政）の息。

681　花散子

裏　江戸御はたもと　長《永イ》井金兵衛殿

札　長井金兵衛殿　御書院番

△永井直増　初尚音　五郎八　外記

寛文九年、遺跡を継ぎ小普請。二千七百八十石余を知行し、五百石は弟尚芳にわかつ。天和一年、御書院番。同二年、御小性に転じ、従五位下肥前守に叙任。貞享一年、つとめをろそかのゆえをもってめし預け。同二年、ゆるされ復御小性。のち小普請。同四年、御書院番。元禄一年、御小性。元禄三年没、三〇歳。父尚春も御書院番組頭。寛文九年没、三七歳。（十・283）

682　豊広

裏　五味氏外記殿　藤九郎殿息　備前守殿孫　山内氏一家

札　五味外記殿　藤九郎殿息　山内一家

◎五味豊広　外記　金右衛門

延宝六年、家綱に拝謁。同八年、遺跡を継ぐ。八百七十石余を知行。小普請となり、二百石を弟頼母豊成にわかちあたふ。貞享一年、御書院番。宝永二年

没、四一歳。(十三・315)

父豊旨は藤九郎と称す。延宝八年没。祖父豊直は従五位下備前守。万治三年没、七八歳。(十三・313、314)

683 未及

裏　山岡伝五郎殿　御旗本衆

札　山岡伝五郎殿

○山岡景忠　伝五郎

正保三年、家光に拝謁。承応三年、大番。寛文一年、遺跡を継ぎ五百石を知行。二百石を弟景元に分つ。延宝六年、組頭。天和一年、三崎奉行。元禄七年、御先鉄砲頭。同一一年没、六一歳。(十七・365)

684 泊船子

裏　妻木伝兵衛殿

札　妻木伝兵衛殿　御はたもと　号泊船子

○妻木頼保　兵四郎　藤兵衛　伝兵衛

慶安一年、家光に拝謁。万治二年、御小性組。寛文一二年、家を継ぐ。元禄二年、御使番。同九年、奈良奉行。宝永四年没、六八歳。父重直は知行三千石。伝兵衛の称あり。ただし天和三年没、八〇歳。(五・283)

685 自笑

裏　御はたもと　馬場十郎左衛門殿　大番衆

札　馬場十郎左衛門殿　御はたもと　大番衆

○馬場信祥　初房仲　右馬助　三郎右衛門　十郎右衛門

正保四年、家光に拝謁。明暦二年、遺跡を継ぐ(父房清は四百石を知行)。同三年、大番に列す。寛文八年、摂津多田院造営を奉行。元禄一六年没、六四歳。(三・366)

短冊前書き「津の国難波のさとにすみけるとし」は「摂津多田院造営を奉行」した折のことを言うか。

686 申笑

裏　はたもと　大番衆　犬塚平兵衛殿

札　犬塚平兵衛殿　大番衆

△犬塚忠世　小善次　平右衛門　致仕号遊斎

寛永一六年、家光に拝謁。同一七年、御小性組。明暦一年、遺跡を継ぐ(父重世は七百石を知行)。のち番を辞し小普請。延宝五年、致仕。元禄九年没、八〇歳。

△犬塚良重　太郎兵衛　平右衛門　平兵衛　致仕号良入

延宝五年、家を継ぐ。天和一年、御小性組。元禄五年、番を辞す。正徳三年、致仕。享保一二年没、七三歳。(十六・389)

687 捻少

裏　大番くみ　小笠原源四郎殿　江戸御旗本

札　小笠原源四郎殿　大番衆

◎小笠原貞晃　初貞清　数馬　源四郎　十郎兵衛

延宝一年、家綱に拝謁。同三年、家を継ぐ(祖父貞信は知行五百石、源四郎の称あり、ただし寛文一二年没)。天和一年、大番。元禄六年、組頭。同一三年務めを辞し、宝永三年没。四五歳。(四・19)

688 言菅子

裏　大番与　瀬名新八殿

札　瀬名新八郎殿　大番衆

◎瀬名弌明　初貞陳　貞盈　新八郎　左兵衛　源五郎　致仕号一円

寛文八年、家綱に拝謁。延宝二年、遺跡を継ぐ(父清貞は二百石)。小普請。同四年、大番。元禄四年、番を辞す。同八年、復大番。同一三年、大坂御鉄砲奉行。享保一七年、致仕。寛保三年没、八五歳。(二・233)

689 忠栄

裏　大久保長三郎　御旗本

札　大久保長三郎殿　御旗本衆　大番衆

◎大久保忠栄　甚左衛門　甚五左衛門　長三郎

正保四年、家光に拝謁。慶安一年、遺跡を継ぐ(父忠景は知行三五〇石)。小普請。明暦三年、大番。元禄二年没、五〇歳。(十一・365)

690 青葉子

裏　江戸御はたもと　羽太権八郎様　御書院番

札　羽太権八郎殿　御書院番

△羽太正忠　勘十郎　権兵衛

寛永一三年、家光につかへ大番に列す。慶安三年、遺跡を継ぐ（父正成は百五十石）。寛文二年、組頭。貞享二年、御先弓頭。元禄二年、務を辞し寄合。同八年、致仕。宝永二年没、八四歳。この人物に御書院番の経歴なし。また権八郎の称なし。弟に正豊あり。権八郎と称す。経歴不明。（十七・13）

△羽太正員　内記　十大夫　権兵衛

寛文九年、家綱に拝謁。延宝六年、御小性組。元禄八年、家を継ぐ。同十年、常陸に采地四百五十石をたまひ、すべて六百石を知行。同一一年、火事場目付。享保一三年没、六九歳。弟に某あり。権八郎と称す。経歴不明。（十七・14）

691 **露関子**

裏　御書院番　榊原十郎兵衛殿　弐千石

札　榊原十郎兵衛殿　御書院番　源家　八兵衛殿息

692 **翠紅**

裏　御はたもと　榊原十郎兵衛殿　弐千石　式部殿一家　御先手衆

札　榊原十郎兵衛殿　御書院番　露関子改名

◎榊原忠知　初政純　八十郎　十郎兵衛　八兵衛

寛文一一年、家綱に拝謁。延宝六年、御書院番。貞享二年、閉門。元禄四年、家を継ぐ。千二百石を知行し、弟忠賢に三百石をわかつ。同一一年、火事場目付。同一五年、御使番。同一六年、御目付。宝永三年、御廊下番頭。従五位下安芸守に叙任。享保二年、御先鉄砲頭。同一〇年、新番頭。同一四年没、七〇歳。父政盛に八兵衛の称あり。（十六・368）

693 **松友**

裏　松友公　多賀右衛門八殿　御書院番　江戸御旗本

札　多賀右衛門八殿　御はたもと

△多賀某　源六郎　藤次郎

延宝一年、家綱に拝謁　同六年、大番に列す。天和三年、遺跡を継ぐ（祖父常次は七百石知行）。元禄一〇年、桐間番。新番。のち番を辞し小普請。同一六年、致仕。（十一・179）

694 **青河子**

裏　多門平次郎殿

札　多門平次郎殿　御はたもと

◎多門信利　初信勝　平次郎　伝八郎

寛永一年、家光に拝謁。のち大番に列し廩米二百俵。同一〇年、二百石加増。廩米を改め相模に四百石の采地。のち番を辞す。同一三年、大番に復す。同一四年、小普請奉行。同一九年、御徒頭。万治三年、務めを辞し寄合に列す。延宝四年没、七〇歳。（八・151）

695 **笑水**

裏　十左衛門殿弟　河内弥五兵衛殿

札　河内弥五兵衛殿　十左衛門殿弟　御はたもと

○河内正道　弥五右衛門

桜田の館に仕え、のち御家人となり、蓮浄院（家宣妾櫛笥氏）の広敷添番をつとむ。子孫御家人たり。その兄河内正長（御書院番士。天和三年没、五二歳）に重左衛門の称あり。（十・35）

696 **露管子**

裏　御書院番　久松彦左衛門殿　七百石

札　久松彦左衛門殿　御書院番

◎久松定元　惣太郎　彦左衛門　致仕号雪操

寛文九年、家綱に拝謁。延宝三年、遺跡を継ぎ小普請。同四年、御書院番。貞享二年、閉門。元禄一〇年、常陸に二百石を賜ひ、すべて七百石を知行。享保八年、致仕。元文一年没、七九歳。（十七・316）

697 **露章**

裏　御書院番　大河内又兵衛殿　源姓

札　大河内又兵衛殿　御はたもと　御書院番　源氏

◎大河内信久　孫太郎　又兵衛

寛文七年、御書院の番士となり遺跡を継ぐ（曽祖父秀綱は七百十石）。貞享一年、越後高田におもむき、目付代をつとむ。元禄八年、小十人番頭。同九年没、五〇歳。（四・393）

父は重綱。92露鶴（関久盛）の兄。

698 **忠勝**

裏　御進物番　梶川十兵衛殿　四百石　神尾備前守殿末子

札　梶川十兵衛殿　御進物番　忠勝

◎梶川忠勝　十郎兵衛　十兵衛
実は神尾備前守元勝が三男。忠久が養子となりて、其女を妻とす。寛文六年遺跡を継ぐ（父忠久は四百石）。御書院番。同一一年、進物役。元禄一年没、三八歳。（八・222）

699 **愚候**
裏　金田市郎兵衛殿　西丸御持筒頭
札　金田市郎兵衛殿　御はたもと　遠江守殿一家
◎金田房輝　市郎兵衛
寛文一年綱吉に附属せられ、神田の館において鉄砲頭をつとめ、のち持筒の頭となる。延宝八年、綱吉の子徳松に従い、廩米八百俵を賜りて西城に勤仕。天和三年、逝去ののち小普請。元禄三年没、五六歳。（九・154）
「遠江守殿一家」の「遠江守」は81藤匂こと金田与三右衛門正通の父正勝（従五位下、遠江守）を言うか。

700 **露柳**
裏　御はたもと　坂部八郎右衛門殿　三十郎殿一家
札　坂部八郎右衛門殿　御はたもと
◎坂部正片　主殿　主水　八郎右衛門　致仕号静求
慶安二年、遺跡を継ぎ（父正重は二百石）、小普請となる。万治二年、大番に列す。天和三年、組頭。貞享一年、廩米二百俵を加増。元禄一〇年、務を辞す。下総に采地をたまひ、すべて五百石を知行。享保一年、致仕。同四年没、七九歳。（九・400）
「三十郎」は坂部広利か。寛永二年、采地五千十石余。元禄四年没、八一歳。（九・397）

701 **調百**
裏　江戸旗本衆　神尾平三郎殿
札　神尾平三郎殿　御旗本衆
○神尾元定　平三郎　市左衛門
万治一年、家綱に拝謁。寛文三年、御書院の番士。同五年、廩米三百俵をたまはる。同一一年、進物役。元禄四年、元清の嫡男元継没により嗣となる。同一三年、小十人組番頭。武蔵に五百石の采地をたまふ。同一四年、家を継ぐ。同一六年没、五七歳。（十六・222）

702 **言世**
裏　御勘定衆　神保左兵衛殿
札　神保左兵衛殿　御勘定衆
△神保定之　惣五郎　左兵衛
実は宍倉藤兵衛某が男。定好が養子となる。承応一年、遺跡を継ぐ。（十八・126）
△神保清勝　甚五左衛門
神田の館において綱吉に仕へ書院番をつとめ、のち使番に転ず。延宝八年、綱吉子徳松殿の御供に侯し、御家人に加えられ、廩米三百俵を賜りて西城に侯す。天和三年、逝去により小普請となる。貞享一年、桐間番。同二年没、五三歳。（二十・85）

703 **親時**
裏　江戸旗本衆　中山六太夫
札　中山六太夫殿　江戸御旗本衆　丹治姓
○中山時忠　初豊忠　六大夫
寛永一二年、召されて家光に仕へ大番を勤む。同一五年、廩米を賜ふ。寛文二年、綱重に附属せられ鉄砲頭となる。元禄一年没。（十二・243）

704 **調川子**
裏　江戸御はたもと衆　榊原弥太夫殿
札　榊原弥太夫殿　御はたもと
○榊原忠朝　弥太夫　隼之助
延宝一年、家綱に拝謁。同六年、御書院番。貞享二年、遺跡を継ぐ（父忠重は四百石）。同四年、桐間番。元禄一〇年、下総に采地を賜ひ、すべて七百石を知行。正徳四年、屋敷改。享保五年、城御裏門番頭。同一〇年、務を辞し寄合となる。同一二年没、七二歳。（十六・362）

705 **露深**
裏　佐野主馬殿息　佐野十右衛門殿
札　佐野十右衛門殿　御旗本衆　主馬殿息
◎佐野正将　十右衛門

明暦三年、家綱に拝謁。寛文三年、御勘定方。同一二年、御書院番。元禄二年三月、父に先だちて死す。四九歳。父正周に主馬の称あり。千九百石を知行。元禄二年一二月没、七二歳。（十四・35）

706　**松春**

裏　江戸御旗本　水野権平殿

札　水野権平殿　御はたもと

○水野忠増　長吉　権兵衛

寛永一八年、家綱に附属せられ御小性となる。慶安三年、西城御徒頭。廩米五百俵。同四年、三百俵加増。明暦三年、御小性組番頭となり、従五位下周防守に叙任。万治一年、廩米千俵加増。同二年、兄忠職の領地信濃のうちで五千石をわかたる。寛文一年、御書院番頭。同四年、大番頭。同一一年、閉門。一二年、許されて寄合。延宝六年、復大番頭。天和二年、丹波に二千石加増。すべて七千石を知行。元禄五年奥詰。同七年没、七〇歳。（六・60）

707　**正立子**

裏　御はたもと　加藤金右衛門殿

札　加藤金右衛門殿　号正立子

○加藤茂雅　金右衛門　善大夫　小左衛門　致仕号可小

寛文八年、遺跡を継ぎ（祖父重正は九百石を知行）小普請となる。元禄一年、行跡よろしからざるにより実父甲斐庄飛騨守正親のもとに蟄居。同九年、めされて御書院番となり廩米三百俵。同一四年、小普請に貶せらる。享保一五年、致仕。元文三年没、七四歳。（十三・26）

708　**松滴**

裏　桐間御衆　佐々木金右衛門殿

札　佐々木金右衛門殿　桐間御衆

◎佐々木貞利　金右衛門

天和二年、二丸張番にめし加へらる。貞享二年、御廊下番となり、加恩ありて廩米二百俵をたまひ、桐間番にうつり、百俵を加へらる。同三年没、七九歳。（十九・195）

【編者略歴】

永井 一彰（ながい かずあき）

1949年、岐阜県生まれ。
滋賀大学教育学部卒。
大谷大学大学院文学研究科博士後期課程満期退学。
奈良大学名誉教授。博士（文学）。

〔著書〕
『蕪村全集 第2巻 連句』（2001年、講談社、分担執筆）
『藤井文政堂板木売買文書』（日本書誌学大系、2009年、青裳堂書店）
『月並発句合の研究』（2013年、笠間書院、平成26年度文部科学大臣賞受賞）
『板木は語る』（2014年、笠間書院、平成26年度日本出版学会賞受賞） など

誹諧短冊手鑑《はいかいたんざくてかがみ》

2015年8月20日 初版発行　　定価（本体35,000円＋税）

編者 永井一彰

発行所 株式会社 八木書店 古書出版部
代表 八木乾二
〒101-0052 東京都千代田区神田小川町3-8
電話 03-3291-2969(編集) -6300(FAX)

発売元 株式会社 八木書店
〒101-0052 東京都千代田区神田小川町3-8
電話 03-3291-2961(営業) -6300(FAX)
http://www.books-yagi.co.jp/pub/
E-mail pub@books-yagi.co.jp

印刷 天理時報社
製本 博勝堂

ISBN978-4-8406-9695-1

俳号・署名・別号索引

・この索引は短冊の俳号・署名の索引である。
・配列は発音による五十音順とした。
・数字は手鑑収録の短冊番号である。
・併せて、札・裏書きに記された別号・別名も拾い出して掲出した。
例えば「安山子→可申」とあれば、「可申」に「安山子」の別号があることを意味する。詳しくは該当人物の札または裏書きを参照されたい。
・いずれも原則として音読による配列としたが、顕成・乙州・鬼貫・重頼・高政・常矩・春澄・三千風・守武・憑富など、それに女流の小紫・好女・孝女・貫・花紫・富女・唐・好女は訓読とした。

【あ】

顕成　234
蛙枕　426
安山子　→　可申
安之　230
安昌　644
安明　246

【い】

意　36
伊安　607
意安　→　友仙
以円　560
為延　→　雪竹
惟閑　93
意計　195
意朔　262
為之　32
維舟　795
以春　216
以心庵　→　重雅
為誰　146
以専　319
惟然　529
為致　45
一安　→　宜休
一円　233
一烟　734
一恩　→　円常
一三　759
一山　663
一時軒　745
一武　237
一夢　736
一夢　→　一好
一有　325
一幽　415
伊直　512
一礼　457
一六　465
一敬　175
一見　770
一口　631
一好　159
一幸　308
一之　208
一止　20
一守　240
一松　639
一笑　508
一晶　414
一嘯　742
一信　522
一誰　→　蝶々子
一正　210
一雪　374
一蝶　→　暁雲
一直　768
一直　→　一敬
一滴子　335
一鉄　650
一得　→　西鬼
一風　780
一癖子　→　利重
一峰閑人　→　暁雲
惟白　561
陰　18
因彦　117

【う】

雨椿子　76
云奴　→　盲月

【え】

永栄　114
永従　386
永晴　138
英門　611
栄也　→　永従
永利　174
英陸　→　了祐
益翁　481
益友　482
悦春　271
越人　188
円常　587
遠川　203
淵浅　340
爰枚　288
宴眠子　→　斐

【お】

奥　27
央　28
往房　255
乙由　499
乙州　221
鬼貫　486

【か】

禾　14
花　5
花　41
榎　29
我　4
戒雲　51
皆虚　322
懐恵軒　→　離雲
皆酔　523
皆同子　→　不必
嘉雅　241
可玖　360
賀近　356
鶴永　→　西鶴
可広　439
嘉国　→　不口
我黒　242
我黒　→　雅克
雅克　604
花散子　681
家次　105
雅次　391
可笑　753
花昌坊　→　空存
可常　→　松苔軒
可申　367
雅伸　493
可雪　164
可全　171
可竹　161
可竹　300
月山　301
喝石　102
禾刀　458
夏半　411
夏木　→　重尚
加友　638
可頼　154
嘉隆　77
菅宇　774
巌翁　659
丸鏡　488
完車　→　円常
岩松軒　→　口今
閑節　428
甘万　395

【き】

基　22
熈　10
宜為　715
紀英　790
義永　583
幾音　444
器音　→　幾音
熈快　507
キ角　662
其角　661
宜休　476
熈近　505
季吟　378
菊溢　107
菊后亭　→　秋色
季高　108
紀子　297
其雀　82
亀袖　94
宜親　714
宜水　423
紀政　→　亀袖
吉氏　407
宜陳　756
橘泉　595
吉竹　→　可玖
吉立　767
季輔　16
休安　456
休意　→　重正
及加　497
久好　510
久治　109
久勝　→　定親
久忠　746

久任 277
きうほ 245
休甫 244
きうや 265
玖也 264
暁雲 657
玉純 546
曲翠 616
玉峯 66
曲肱 739
玉純 → 昌純
玉水軒 → 残松子
挙白 430
漁友 750
去来 608
許六 786
亀林庵 → 元風
近吉 276
近之 → 利重
吟松 757
銀竹 162
金貞 → 元好
琴風 431
均朋 483
金門 771

【く】

空願 → 皆虚
空存 249
空存 → 卜宥
愚候 699
愚侍 530
愚情 389
愚情 → 卜全
愚鈍 292

【け】

継彦 119
慶従 294
慶友 211
言 11
源阿 326
元恵 → 元直
玄悦 232
玄賀 → 立静
言菅子 688
言己 593
言求 654
元隅 591
玄々子 71
元好 342
玄康 248
玄札 498
賢之 281
言集 96
元順 416
元順 438
元恕 385
元随 747
言世 702
諺世 606
顕是坊 → 土也
元知 167
元長 601
言聴 153
元直 196
玄陳 547
見独子 → 益翁
玄擂 231
元風 252
兼豊 621
兼茂 23
元茂 509
元与 267
玄隆 363
顕良 → 素安
元隣 170

【こ】

梧 2
ケ庵 471
公 52
好 33
口慰 87
弘員 130
幸胤 → 野水(554)
江雲 549
光永 372
弘永 → 尓云
弘永 → 以春
光悦 589
江翁 793
康吉 172
口今 503
光敬 501
行恵 199
公建 111
好元 722
弘光 112
弘孝 141
恒行 424
弘氏 129
広次 229
光如 131
行尚 592
光正 324
厚成 491
好直 350
好道 280
幸入 641
行富 110
行風 441
紅圃 544
光方 → 銀竹
好与 353
弘里 511
光林 150
孤雲 68
古益 287
古閑 752
孤吟 741
国信 594
谷風 370
谷遊 599
古元 315
古玄 731
後松軒 → 仲安
湖春 379
古拙 194
虎竹 524
小紫 572
五老井 → 許六
今菴 → 一三
言水 625

【さ】

彩雲 585
西翁 555
西海 763
西鶴 475
西鬼 474
西吟 492
在色子 648
西順 144
西純 → 西順
斎入 → 徳元
西丸 → 才麿
才麿 626
西武 804
昨雲 → 昨今非
策伝 290
昨今非 669
山 25
杉 1
杉 21
三近 754
山月 299
残月 91
三秋 186
三昌 → 三政
残松子 758
山人 568
三政 466
山夕 633
山石 307
三伯 → 為誰
杉風 670
三峯 69
三木 → 杉
賛也 → 宗貞

【し】

尓云 217
自悦 605
紫苑 79
耳海 755
志計 652
慈敬 333
重頼 794
支考 338
巳哉 97
自斎 598
自斎 → 一敬
似春 632
旨恕 469
自笑 685
似船 182
似船 → 重隆
事足軒 → 未及
資仲 673
之能 → 宗甫(202)
資方 349
次末 743
慈明堂 → 不必
柘植軒 → 蛙枕
洒堂 617
四友 744
斯祐 106
従 35
重安 459
重因 537
秀延 306
衆下 720
秀海 296
重寛 445
重基 → 永従
重軌 710
重興 434
重山 495
重次 749
重時 803
秋色 575
重親 → 可玖
重尚 400
秋水 86
周盛 295
重正 531
重清 139
重晴 184
萩夕 85
重知 346
秀朝 169
重長 → 宗岷
重定 490
重当 472
重徳 401
十万堂 → 来山
重隆 181
重隆 → 似船
種寛 364
守昌 769
守常 725
寿信 637
守村 613
守直 614
述 13
出思 680
寿伯 → 友仙
春可 797
春丸 382
春興 738
俊継 642
俊佐 284
俊之 176
春宵 206

春風 → 令風
順忠 709
順也 179
順也 → 平吉
春良 448
春倫 447
子葉 622
尚 → 竹
條 39
松安 436
勝安 239
丈庵 → 野也
松意 479
松意 651
昌隠 545
昌胤 → 昌隠
松陰 → 安昌
松翁 84
松翁子 → 立圃
樵花 671
正覚庵 → 了佐
松花軒 → 二葉子
松花堂 → 昭乗
浄久 207
常倶 123
松軒 → 正由
常元 359
乗言 542
尚光 394
称好軒 → 慈敬
二葉子 666
昌治 → 愚情
昌治 → 卜全
昌俊 712
松春 706
常侚 384
常俊 → 常侚
松笑 427
昭乗 584
昌親 → 二道
常辰 347
常信 672
笑水 695
松叟 115
丈草 328
常是 → 一雪
松苔軒 298
昌知 609
少蝶 728
抄長 787
松亭軒 → 正由
松滴 708
松滴子 718
尚白 785
照甫 → 元風
昌房 351
昌房 → 卜圃
常牧 404
昌勃 → 昌純
松友 693
常方 120
紹務 → 随流
勝明 235
常有 118
常有 381
小林軒 → 祐忍
常和 116
如雲 405
如閑 764
如見 779
如堅 → 倫員
如水 302
如川 406
如泉 603
所知 443
如貞 275
自楽 551
次良 272
親 15
人 7
信海 303
深覚 → 山月
親彦 122
塵言 719
信光 → 銀竹
親時 703
親十 463
親重 796
申笑 686
信勝 219
真昭 772
親信 536
信水 327
信世 538
親宣 773
親太 464
信徳 180
神風館 → 光如
心友 514

【す】

随運 → 長治
酔鴬 454
瑞竿 369
翠紅 692
瑞長老 → 山石
随流 373
隹 6
隹 38
数 9
崇音 675
崇音 → 檀誉
ステ 578
寸計 558

【せ】

政 26
政 → 宗甫(64)
誠 42
成安 212
政安 519
盛尹 132
青雲 645
青河子 694
正義 784
政義 668
正教 → 半雪
正継 → 雅次
正元 → 廿万
成元 435
清光 191
清高 104
政孝 → 露言
正察 329
成之 437
政之 358
盛之 213
正次 152
政時 399
正式 201
静寿 247
正重 157
正春 408
正春 775
正章 799
清勝 477
正信 65
正信 251
政信 155
清信 103
正盛 205
成政 224
盛政 676
盛政 → 盛之
正村 238
正忠 → 喝石
正忠 → 正量
正長 → 正伯(163)
正直 798
正伝 → 日立
正伯 148
正伯 163
清風 727
正甫 222
成方 204
成方 440
正房 192
正旁 → 正房
正友 649
正由 375
政由 → 正由
盛庸 266
青葉子 690
正利 198
正利 521
正立 380
正立子 707
正量 168
夕烏 484
夕雨 → 宗旦
夕翁 270
尺水 34
是信 → 則常
雪 47
雪岩 421
雪柴 647
雪竹 177
是等 730
是保 788
是友 193
是楽軒 → 自笑
全 46
仙菴 402
秈翁 → 可申
仙化 429
仙空 291
宣慶 40
洗口 636
善正 → 勝明
川草子 → 松意
沾徳 792
善入 160
善祐 → 往房
遄亮院 → 土牛

【そ】

素安 336
素鎰 → 正量
素隠 318
素園 → ちよ
倉 50
相阿 → 未及
宗英 412
宗雅 748
宗雅 → 常牧
宗閑 → 古拙
宗釬 → 古拙
宗関 55
宗鑑 331
宗久 → 寸計
宗吟 → 成之
宗硯 215
宗賢 368
宗顕 19
相興 723
宗吾 263
宗斎 557
宗尓 223
宗珠 228
宗臣 760
宗信 → 定房
宗成 273
宗静 489
宗清 258
宗善 → 重安
宗旦 344
宗珍 → 自楽
宗貞 460
宗独 → 正盛
宗忍 → 意計
宗甫 64
宗甫 202
宗牟 209
宗岷 341
相有 286

宗利 534
宗立 257
宗立 → 友直
宗林 → 利長
素雲 388
則重 392
則常 173
素桂 314
素玄 470
素行 156
素堂 624
そのめ 582
素白 323
素朴 629
素聞 → 知春
素友 751

【た】

泰 49
代 17
泰次 → 泰徳
泰重 737
泰徳 634
大八 → 但重
乃幽斎 → 土梗
孝女 579
高政 600
多吉郎 → 保友
濯心子 98
但重 467
但常 → 自楽
団友 → 涼菟
檀誉 8
単信 → 夕翁

【ち】

竹 12
智月 567
知春 149
智詮 321
竹犬 504
智徳 446
忠 24
仲安 586
忠栄 689
忠江 520
忠幸 189
忠高 78
仲之 397
忠俊 → 常矩
忠勝 698
忠知 618
忠直 185
忠貞 140
忠由 478
ちよ 581
朝雲 343
調管子 72
調丸子 75
調恵 678
調皷子 679
朝三 387
調盞子 95
調子 → 調皷子
長治 226
長式 366
朝生軒 → 春可
調梔子 80
長重 220
長女 576
蝶女 566
長尚 716
鳥跡 646
調川子 704
蝶々子 562
調百 701
調賦子 90
朝倣子 67
調也 → 露言
調由子 83
長量 44
調和 620
鳥落人 → 惟然
直昌 409
直知 → 意計
直入軒 → 令徳
直右 776
直興 166
鎮盛 305
枕流 74

【つ】

常矩 403

【て】

貞因 253
丁我 88
定共 713
貞倶 135
貞彦 124
定香 → 了祐
貞之 → 谷遊
貞室 800
貞心 565
貞伸 225
定親 274
定清 101
貞成 227
貞盛 218
定長 99
貞直 559
貞徳 781
貞徳 782
貞富 137
貞富 254
貞並 133
定房 269
田山 → 資仲

【と】

東 3
藤匂 81
道宇 417
道可 165
東花坊 → 支考
道鑑 → 道宇
道高 721
東枝 485
当舎斎 → 熙近
藤昌 442
東嘯斎 → 昨今非
道章 602
董信 451
東水 73
道寸 → 尓云
桃青 656
道旦 506
道旦 → 熙近
道繁 398
道頼 588
桃李 89
土牛 312
土梗 330
徳元 783
咄心子 → 重尚
富女 580
土也 313

【に】

二休 502
日義 → 知春
日順 → 素桂
日梵 310
日立 197
日要 → 半月軒
日体 → 友閑
日湜 → 土牛
二道 548
任地 765
任口 190

【ぬ】

貫 577

【ね】

捻少 687

【は】

梅翁 556
梅翁 → 西翁
梅盛 376
泊船子 684
麦林舎 → 乙由
芭蕉 655
芭蕉 → 桃青
花紫 573
春澄 345
半月軒 311
半雪 316

【ひ】

斐 56
ひさ 564
麋塒翁 532
百堂 433

【ふ】

風琴 293
不及 761
武月 128
不言 677
不口 516
普斎 → 光敬
武在 142
武宗 418
武辰 126
不雪 → 重晴
不琢 473
武珍 125
不必 494
不卜 630
不卜 711
武有 127
文 53
文献 61
文幸 136
蚊足 → 円常
文任 134

【へ】

平吉 178

【ほ】

保 37
方円 596
方救 279
包元 420
豊広 682
方孝 268
朋之 → 如閑
芳心 337
茅心 500
方寸 550
方由 → 元順
宝誉 → 任口
牧 43
木因 717
木王 339
牧翁 → 西鬼
北枝 597
卜尺 653
木屑 590
卜全 390
卜全 → 愚情
牧童 214
卜入 619
卜圃 352
卜圃 → 昌房
卜宥 145
卜養 → 慶友
保之 766
保俊 283
保春 54
卜琴 729
保友 259

保友 → 宗吾
梵益 332

【ま】

末彦 121
満郭 → 素白
満成 261

【み】

未及 317
未及 683
未守 513
未琢 628
三千風 726
未得 627
妙三 563

【む】

夢橋 70
無端 425
無睦 449

【め】

明鏡 615
命政 → 政時

【も】

盲月 60
守武 143
唐 571
問加 304

【や】

也 31
野水 554
野水 735
野水軒 → 吟松
やちよ 569
野坡 487
野也 496

【ゆ】

右 48
有 30
友意 526
友閑 309
友閑 → 金門
友吉 187
友琴 732
祐玄 → 淵浅
友已 → 永利
友已 → 友古
友古 515
祐孝 → 祐上
有哉 → 有次
友作 410
幽山 623
有次 540
友昌 113
友浄 → 友雪
祐上 158
友正 533
友世 419
友西 778
友静 383
友昔 365
友雪 468
友仙 151
友直 256
友貞 348
由貞 462
祐忍 422
猶白 455
由平 450
幽僻 777
幽歩 740
遊流 57

【よ】

養残 → 道頼
揚水之 664
輿之 635
好女 574
よし野 570
誉文 541
憑富 362
頼富 → 憑富

【ら】

来安 354
頼元 733
頼広 236
来山 480
雷枝 517
来雪 → 素堂
羅人 453
螺舎翁 → 其角
蘭秀 528
嵐雪 658
嵐竹 660
嵐蘭 432

【り】

離雲 334
李斎 762
利重 667
利長 553
葎翁 → 葎宿子
葎宿翁 → 江雲
葎宿子 674
立端子 63
利貞 250
利当 282
李洞軒 → 我黒
立以 260
立以 → 宗清
立詠 665
柳燕 413
立敷 461
柳夏 → 成方
立志 543
龍子 527
竜之 361
立心 525
柳翠 452
立静 183
柳村 → 元直
立圃 791
立圃 → 親重
流味 355
立和 539
良以 518
了閑 552
良元 377
良弘 → 如貞
了佐 610
良斎 640
了室 → 甘万
良知 278
涼菟 243
良徳 801
令徳 802
良武 789
了祐 612
林庵 → 顕成
倫員 396
林可 393
林元 724
林生 → 言已

【れ】

嶺松 200
令風 371
嶺利 535
連盛 289

【ろ】

浪化 320
弄之軒 → 雷枝
露鶴 92
露関子 691
露関子 → 翠紅
露菅子 696
露言 643
露章 697
露深 705
露沾 59
露柳 700

【わ】

隈光 147
和好 → 常牧
和松文 58
和年 357

姓名索引

・この索引は、札・裏書から短冊染筆者の姓名を拾い出したものである。
・配列は発音による五十音順とした。
・姓名の右に、短冊の番号と署名を挙げてある。
・姓が二つある場合は、両方で立項し、別姓を〔　〕内に示した。
・姓と屋号が出る場合は姓を優先し、屋号を《　》内に示した。
・姓のみ判明する場合は、「○○氏」として示した。
・姓また名前が不明の場合は「舟橋相賢弟」(51)「帯や長兵衛妹」(565) などと係累・縁戚で表示した。
・札・裏書に、姓・名とも記述がないものについては索引から省いた。
・姓名の記述のない釈氏は寺号・院号で、神官は社名で示した。
・名前の記されない武門などは官途・受領名等で示した。

【あ】

青木勝五郎　345・春澄
青木氏　110・行富
青木藤兵衛　468・友雪
青地市郎右衛門　154・可頼
青山藤右衛門　95・調蓋子
赤坂宗無　480・来山
阿形甚兵衛　551・自楽
赤塚善右衛門　673・資仲
秋田采女　85・萩夕
秋田宮内　86・秋水
秋葉氏　730・是等
秋葉八兵衛　282・利当
秋元瀬兵衛　196・元直
浅井長兵衛　238・正村
朝江小左衛門　364・種寛
朝倉右京　82・其雀
朝倉茂入　615・明鏡
朝沼氏　460・宗貞
浅野内記　75・調丸子
味岡久五郎正佐　146・為誰
芦野資俊　73・東水
足代氏　129・弘氏
足代氏　130・弘員
足代石斎　500・茅心
愛宕通福　37・保
足立正哲　156・素行
阿智志作左衛門　234・顕成
跡部宮内　97・巳哉
安部氏　768・一直
安部氏　108・季高
姉小路〔大石〕氏　112・弘光
尼崎屋玄旦　449・無睦
尼崎屋又八郎　281・賢之
尼四郎兵衛　280・好道
荒木泰庵　638・加友
荒木田〔村山〕掃部　142・武在
荒木田〔高田〕宮内大輔　126・武辰
荒木田〔高田〕左門　127・武有
荒木田氏　143・守武
荒木田〔松尾〕氏　502・二休
荒木田〔高田〕新八郎　125・武珍
荒木田〔榎倉〕隼人　128・武月
荒瀬金太夫　771・金門
有馬八兵衛　151・友仙
粟津右近　591・元隅
安藤介之進　631・一口

【い】

井狩常与　383・友静
井狩六郎右衛門　384・常徇
生嶋石見守　199・行恵
井口《大津屋》勘兵衛　275・如貞
井口氏　709・順忠
井口新左衛門　355・流味
池嶋庄左衛門　437・成之
池嶋孫兵衛　224・成政
池田吉兵衛　344・宗旦
池田喜兵衛　152・正次
池田十郎右衛門　201・正式
池田清右衛門　366・長式
池田忠伯　343・朝雲
池田屋九兵衛妻　565・貞心
池西八郎兵衛　625・言水
石河〔長谷川〕氏　369・瑞竿
石河（イシコ）三右衛門　93・惟閑
石河（イシコ）甚太郎　680・出思
石田氏　627・未得
石田氏　628・未琢
石田孫右衛門　219・信勝
石津八郎右衛門　413・柳燕
石原志計　510・久好
伊勢大掾光能妻　564・ひさ
伊勢村氏　272・次良
伊勢村氏　459・重安
伊勢村之次　262・意朔
伊田長左衛門　161・可竹
一志十太夫　134・文任
一志新右衛門尉　136・文幸
伊藤五郎右衛門　361・竜之
伊藤七郎右衛門　748・宗雅
伊藤小右衛門　362・憑富
伊藤助左衛門　180・信徳
伊東八左衛門　158・祐上
伊東又兵衛　173・則常
伊藤良固　755・耳海
稲葉主膳　90・調賦子
犬塚平兵衛　686・申笑
井上勘左衛門尉　346・重知
井上十右衛門　348・友貞
井原氏　475・西鶴
茨木氏　466・三政
今城定淳　33・好
今出川伊季　7・人
今西与二兵衛　205・正盛
岩井源介　354・来安
岩田氏　540・有次
岩田又次郎　243・涼菟
岩手弥左衛門　758・残松子

【う】

上田氏　367・可申
上田泰菴　423・宜水
上原久右衛門　761・不及
植松雅永　42・誠
鵜川氏　639・一松
宇喜多江斎　244・休甫

宇喜多江斎 245・きうほ
臼井七郎兵衛定清 382・春丸
内田三左衛門 178・平吉
内田平吉 179・順也
内本次郎左衛門 412・宗英
宇都宮由的 754・三近
宇野平右衛門 734・一烟
梅渓英通 28・央
梅原氏 619・卜入

【え】

永養寺 325・一有
江口三郎右衛門 719・塵言
枝吉三郎右衛門 765・任地
越前屋 487・野坡
榎並氏 254・貞富
榎並氏《鯉屋》 253・貞因
榎倉〔荒木田〕隼人 128・武月
榎下順哲 661・其角
榎下順哲 662・其角
遠藤伝兵衛 649・正友
円満寺空願 322・皆虚

【お】

大井氏 537・重因
大石〔姉小路〕氏 112・弘光
大井定用妻 574・好女
正親町公通 20・一止
正親町実久 15・親
大久保長三郎 689・忠栄
大河内又兵衛 697・露章
大高源五 622・子葉
大西道弥 215・宗硯
大秦氏 107・菊溢
大村因幡守純長 62・一風
大村氏 174・永利
大村彦太郎 171・可全
大藪氏 333・慈敬
大淀友翰 726・三千風
岡崎国久 26・政
小笠原源四郎 687・捻少
岡田佐次衛門 554・野水
岡田七郎兵衛 750・漁友
岡田次郎兵衛 271・悦春
尾片宗鑑 583・義永
岡西惟中 745・一時軒
岡部志摩守 67・朝倣子
岡村市兵衛（市郎右衛門） 630・不卜
岡本氏《淀屋》 471・ケ庵
岡本《淀屋》三郎右衛門 472・重当
小川藤右衛門 166・直興
小川徳右衛門 735・野水
小川方角 157・正重
隠岐淡路守 103・清信
奥田甚兵衛 392・則重
小沢氏 720・衆下
小沢太郎兵衛 653・卜尺
尾関長右衛門 542・乗言
織田藤十郎 71・玄々子
越智氏 188・越人
小野木〔広瀬〕氏 529・惟然
小野氏 538・信世
小野人四郎 530・愚侍
小浜民部 77・嘉隆
帯屋長兵衛妹 565・貞心

【か】

鶏冠井九郎左衛門 801・良徳
鶏冠井良徳 802・令徳
鎰屋伊兵衛 261・満成
蔭山氏 456・休安
風早実種 14・禾
笠原理右衛門 669・昨今非
花山院定誠 5・花
梶川十兵衛 698・忠勝
賀嶋四郎兵衛 718・松滴子
柏井〔寺本〕氏 240・一守
柏井《奈良屋》庄兵衛 210・一正
梶山氏 263・宗吾
梶山吉左衛門 259・保友
柏屋市左衛門 457・一礼
片岡庄二郎 469・旨恕
片桐石見守 55・宗関
片桐氏 377・良元
交野時香 25・山
片山吉兵衛 642・俊継
桂草因 595・橘泉
加藤金右衛門 707・正立子
加藤《大和屋》徳兵衛 439・可広
門村氏 621・兼豊
金田市郎兵衛 699・愚候
金田与三右衛門 81・藤匂
兼松源左衛門 419・友世
狩野氏 598・自斎
狩野探雪主殿介守定 671・樵花
狩野養扑 672・常信
神尾平三郎 701・調百
上御霊別当 340・淵浅
上部〔度会〕彦右衛門尉 138・永晴
上冷泉為綱 31・也
亀屋源右衛門 483・均朋
香山三郎右衛門 387・朝三
烏丸光広 10・熙
唐橋在康 52・公
河合又七郎 221・乙州
河毛《紙子屋》五兵衛 713・定共
川崎源左衛門 256・友直
川崎源太郎 247・静寿
川崎氏 251・正信
川崎氏 268・方孝
川崎屋 557・宗斎
川嶋氏 531・重正
川嶋氏 714・宜親
川嶋氏 715・宜為
川嶋宜為妹 579・孝女
河内弥五兵衛 695・笑水
河地又兵衛 168・正量
川鰭基共 17・代
河部小右衛門 239・勝安
川部四郎左衛門 427・松笑
川部弥右衛門 226・長治
河野松波 777・幽僻
河村太兵衛 636・洗口
神田〔平野〕貞宣 562・蝶々子
神田〔平野〕氏 666・二葉子
菅野宇兵衛正信 774・菅宇
神原《川崎屋》源右衛門 467・但重
神原氏 607・伊安
勘兵衛 614・守直
神戸武兵衛 732・友琴

【き】

岸本猪右衛門 533・友正
岸本氏 620・調和
喜多休庵 737・泰重
北峯氏 222・正甫
北村市右衛門 534・宗利
北村休斎 258・宗清
北村休斎 260・立以
北村久太郎季重 379・湖春
北村源之丞 380・正立
喜多村《油屋》太郎右衛門 488・丸鏡
北村慮菴 378・季吟
喜早利太夫清忠 503・口今
木村四郎右衛門 353・好与
木村惣左衛門 372・光永
木村内記慶次 593・言己
木屋 597・北枝

京極近江守　68・孤雲
京極甲斐守　60・盲月
清岡長時　29・榎
清水寺執行　305・鎮盛
清水寺桑門　334・離雲

【く】

九鬼宇右衛門　740・幽歩
草部藤兵衛　430・挙白
櫛笥隆慶　12・竹
葛岡氏　40・宣慶
久我通規　4・我
久世経式　35・従
朽木伊左衛門　741・孤吟
久保倉氏　511・弘里
椋梨氏　374・一雪
椋梨氏　778・友西
蔵屋茂兵衛　553・利長
栗田氏　248・玄康
栗原氏　640・良斎
黒田長興　56・斐

【け】

景雲寺正伝　197・ヨ立
恵明院　288・爰枚
華光寺上人　310・日梵
源右衛門英門妻　566・蝶女

【こ】

小出氏　525・立心
小出下総守　69・三峯
幸田治右衛門　508・一笑
光明寺上人　291・仙空
高野山深覚　299・山月
桑折左衛門　760・宗臣
粉川《尾張や》六郎兵衛　743・次末
小嶋氏　405・如雲
小嶋新四郎　368・宗賢
五條為致　45・為致
小谷甚太郎久恵　183・立静
後藤法橋　363・玄隆
小西氏　278・良知
小西平左衛門　632・似春
近衛信尹　1・杉
近衛信尋　2・梧
小林氏　521・正利
小堀下総守　66・玉峯
小堀大膳　65・正信
小堀遠江守　64・宗甫
駒井氏　218・貞盛
五味外記　682・豊広
小村氏　371・令風
児山三郎兵衛　147・隈光
小山次郎左衛門　400・重尚

【さ】

西岸寺宝誉　190・任口
斉藤玄心　458・禾刀
斉藤甚吉　603・如泉
斉藤又左衛門　783・徳元
西楽寺上人　302・如水
西林寺上人　293・風琴
堺天神西坊　339・木王
榊原十郎兵衛　691・露関子
榊原十郎兵衛　692・翠紅
榊原藤七郎　80・調栃子
榊原弥太夫　704・調川子
坂部八郎右衛門　700・露柳
坂本氏　192・正房
佐川田氏　712・昌俊
佐久間玄番頭　676・盛政
桜井氏　463・親十
桜井氏　495・重山
桜井《伊勢屋》甚右衛門　187・友吉
桜井屋源兵衛　470・素玄
佐々木金右衛門　708・松滴
佐々木庄九郎　398・道繁
佐治《茶屋》加右衛門　388・素雲
佐田氏　436・松安
貞方氏　766・保之
里村玄仍息女　563・妙三
里村氏　545・昌隠
里村氏　546・昌純
佐野氏　723・相興
佐野十右衛門　705・露深
沢口氏　446・智徳

【し】

滋野井実光　53・文
四條道場相阿　317・未及
地蔵院沙門　193・是友
志那弥〔山崎〕三郎範重　331・宗鑑
柴垣氏　729・卜琴
渋谷紀伊守　803・重時
渋谷《天満屋》新四郎　246・安明
嶋本七左衛門　163・正伯
清水氏　206・春宵
清水四郎左衛門　153・言聴
持明院基輔　30・有
下村理兵衛　172・康吉
下冷泉為之　32・為之
勝円寺雲益　324・光正
城九左衛門　601・元長
二葉氏母　568・山人
浄専寺　203・遠川
常東寺　335・一滴子
常福院　728・少蝶
成法寺　212・成安
常楽寺　318・素隠
白川雅元（光）　41・花
新川氏　231・玄撝
心光寺　319・以専
神池寺可常　298・松苔軒
神野長左衛門　618・忠知
神保左兵衛　702・言世

【す】

瑞泉寺応心院　320・浪化
末次三郎兵衛　767・吉立
末吉八兵衛　558・寸計
須賀氏　451・董信
菅沼外記　616・曲翠
菅谷八郎兵衛　94・亀袖
菅谷孫右衛門　600・高政
杉木吉大夫　501・光敬
杉山《鯉屋》市兵衛　670・杉風
薄屋十兵衛　798・正直
鈴木権九郎　727・清風
鈴木吉兵衛　233・一円
硯市兵衛　237・一武
簾屋九右衛門　195・意計
簾屋宗立　421・雪岩
角屋七郎次郎　520・忠江
諏訪因幡守　61・文献

【せ】

誓願寺　290・策伝
関伊織　92・露鶴
関理右衛門　351・昌房
関理右衛門　352・卜圃
関岡八郎右衛門　742・一嘯
瀬名新八郎　688・言菅子
専修寺長老　326・源阿
禅通寺　560・以円
前坊　337・芳心

【そ】

宗雲寺瑞長老　307・山石
曽我又左衛門　677・不言
園基勝　22・基

【た】

大経師権之介　409・直昌
太子屋次郎左衛門　440・成方
高井氏　543・立志
高井氏　665・立詠
鷹峯随時庵顕是坊　313・土也
多賀右衛門八　693・松友
多賀助之丞　657・暁雲
多賀井長左衛門　659・巌翁
高木久左衛門秀延　479・松意
高木小兵衛　523・皆酔
高嶋氏　497・及加
高嶋氏　498・玄札
高瀬氏　376・梅盛
高瀬道鑑（甘）　417・道宇
高田〔荒木田〕宮内　126・武辰
高田〔荒木田〕左門　127・武有
高瀧以仙　481・益翁
高辻長量　44・𨹑
高梨養順　496・野也
高野直重　623・幽山
高野保春　54・保春
高松竜朔　406・如川
高宮氏　617・洒堂
高向越後守　131・光如
高山伝右衛門　532・麋塒翁
滝本坊　584・昭乗
瀧山〔吉田〕氏　772・真昭
竹井勘右衛門　535・嶺利
竹内惟庸　38・隹
竹内七兵衛　229・広次
武田長兵衛　637・寿信
武田伝兵衛　391・雅次
武野又四郎　283・保俊
武野又兵衛　284・俊佐
竹生庄左衛門　177・雪竹
建部六兵衛　150・光林
竹村清右衛門　482・益友
竹屋光忠　24・忠
田代新右衛門　651・松意
多田院別当　301・月山
龍伝左衛門　507・熈快
龍伝左衛門　505・熈近
龍伝左衛門　506・道旦
田中吉兵衛　164・可雪
田中甚兵衛　403・常矩
田中代右衛門　433・百堂
田中惣兵衛　162・銀竹
田中彦兵衛　395・甘万
田中与兵衛　148・正伯
谷吉右衛門　220・長重
谷九太夫　717・木因
谷《伊賀屋》清右衛門　478・忠由
谷崎平右衛門　599・谷遊
種田氏　775・正春
玉置〔丸〕甚三郎　425・無端
玉手九郎左衛門　559・貞直
田向資冬　27・奥
田村甚九郎　184・重晴
為田孫八郎　517・雷枝
多門院　304・問加
多門平次郎　694・青河子
田原屋仁右衛門　235・勝明
団野弥兵衛　764・如閑

【ち】

知恩院門跡良純親王　285・重雅
蝶々子妻　568・山人

【つ】

塚口勘兵衛　255・往房
筑紫右近　72・調管子
辻忠兵衛　185・忠直
土橋氏　489・宗静
土御門泰広　49・泰
土屋外記　744・四友
堤氏　132・盛尹
堤氏　267・元与
堤善五郎満直　539・立和
妻木伝兵衛　684・泊船子
鶴屋三右衛門　609・昌知

【て】

寺井理兵衛　588・道頼
寺田市郎兵衛　358・政之
寺田氏　769・守昌
寺田無禅　102・喝石
寺田与平次　401・重徳
寺本〔柏井〕氏　240・一守
田野氏妻　578・ステ

【と】

東儀阿波守　107・菊溢
多武峰西院　297・紀子
藤兵衛　350・好直
土岐祐木　667・利重
トギヤ源四郎　214・牧童
徳重寒雲　747・元随
徳成寺　321・智詮
徳大寺実維　6・隹
戸田右近大夫　98・濯心子
外村氏　716・長尚
富不門　635・輿之
富尾弥一郎　181・重隆
富尾弥一郎　182・似船
富田伊左衛門　356・賀近
富田介之進　541・誉文
鳥井左京亮　58・和松文
鳥井兵部少輔　57・遊流
鳥屋氏　422・祐忍

【な】

内藤下野守　59・露沾
中井氏　189・忠幸
中井八郎左衛門　602・道章
長井金兵衛　681・花散子
永井宮内　89・桃李
永井権右衛門　426・蛙枕
中尾権兵衛　397・仲之
中尾氏　242・我黒
長岡氏　721・道高
長坂奥右衛門　725・守常
長崎氏　770・一見
中嶋氏　773・親宣
中嶋源左衛門　373・随流
中田次（治）右衛門　514・心友
中田孫太夫　515・友古
中田〔中西〕与太夫　141・弘孝
中西〔中田〕与太夫　141・弘孝
中野久兵衛　365・友昔
中野氏　759・一三
中野《柏屋》次左衛門　175・一敬
中野半左衛門　393・林可
中林権兵衛　476・宜休
中坊内記　79・紫苑
中堀氏　443・所知
中堀氏　444・幾音
中村氏　370・谷風
中村氏　629・素朴
中村氏　763・西海
中村庄三郎　652・志計
中村《クレ屋》平左衛門　198・正利
中山氏　194・古拙
中山六太夫　703・親時
中山六兵衛　738・春興
半井氏　211・慶友
半井氏　228・宗珠
半井長兵衛　357・和年
半井立卜　465・一六

梨地屋又兵衛 749・重次
並河源右衛門 418・武宗
那波七郎左衛門 549・江雲
那波江雲 674・葎宿子
成田氏 733・頼元
鳴子氏 504・竹犬
難波氏 99・定長

【に】

新山仁左衛門 536・親信
西岡五兵衛 634・泰徳
西田三郎右衛門 167・元知
西田清（久）兵衛 277・久任
西洞院時成 43・攵
西村正直 296・秀海
西村吉武 360・可玖
西山宗因 415・一幽
西山宗因 555・西翁
西山宗因 556・梅翁
二條光平 3・東
二本杉氏 512・尹直
庭田重條 39・條

【の】

野口氏 648・在色子
野々口庄右衛門 796・親重
野々口親重 791・立圃
野間宜仙 518・良以
野間氏 519・玫安

【は】

芳賀玄益 414・一晶
萩原員従 47・雪
白江元東 454・酔鶯
橋本久兵衛 159・一好
橋本長門 111・公建
長谷忠能 21・杉
長谷平次 784・正義
長谷川〔石河〕氏 369・瑞竿
長谷川孫左（右）衛門 176・俊之
羽太権八郎 690・青葉子
八丈《奈良屋》嘉右衛門 216・以春
八丈氏 217・尓云
蜂屋《二口屋》能登大掾 561・惟白
服部新左衛門 658・嵐雪
英一蝶 657・暁雲
花安九郎兵衛 389・愚情
花安九郎兵衛 390・卜全
馬場十郎左衛門 685・自笑
浜川行中 605・自悦
浜田《丸屋》五郎右衛門 447・春倫
浜田氏 448・春良
林甚兵衛 202・宗甫
林安左衛門 274・定親
隼士長兵衛 347・常辰
原是三 711・不卜
原口治左衛門 407・吉氏
原田玄叔 411・夏半
原田庄右衛門 225・貞伸
原田又兵衛 399・政時
播磨屋作左衛門 250・利貞
半田庄左衛門 404・常牧

【ひ】

桧垣宇兵衛 137・貞富
桧垣氏 118・常有
桧垣氏 116・常和
桧垣縫殿介 133・貞並
東久世博意 36・意
東氏 359・常元
東坊城長詮 46・全
疋田小右衛門 590・木屑
樋口氏 779・如見
樋口次郎左衛門 633・山夕
日暮氏 434・重興
彦山座主 286・相有
久松彦左衛門 696・露管子
人見佐渡守 548・二道
日野平五郎 722・好元
平泉氏 486・鬼貫
平賀氏 728・少蝶
平沢勘兵衛 613・守村
平沢源右衛門 611・英門
平沢八兵衛 612・了祐
平沢了節娘 566・蝶女
平田直右衛門 776・直右
平野〔神田〕貞宣 562・蝶々子
平野氏 586・仲安
平野〔神田〕氏 666・二葉子
平野助四郎 394・尚光
平山氏 279・方救
広岡《紅屋》弥兵衛 269・定房
広瀬〔小野木〕氏 529・惟然
広瀬彦兵衛 349・資方
広庭志摩守 106・斯祐
広野四郎左衛門 342・元好
広橋氏 23・兼茂

【ふ】

深江屋 484・夕烏
不及息女 580・富女
福性院 295・周盛
福田清三郎 643・露言
房屋市兵衛 606・諺世
藤井吉左衛門 169・秀朝
藤井氏 223・宗尓
藤井庄介 644・安昌
藤掛宮内 84・松翁
藤田氏 473・不琢
藤田友閑 585・彩雲
藤谷為熙 34・尺水
藤村源右衛門 396・倫員
藤村左平次 746・久忠
藤本七郎右衛門 266・盛庸
藤原三郎右衛門 139・重清
二見左近 140・忠貞
仏光寺（光堂）上人 292・愚鈍
舟越左門 83・調由子
舟越百介 678・調恵
舟橋相賢弟 51・戒雲
荷類屋茂兵衛 155・政信
古川定圃 464・親太
古谷勘右衛門 752・古閑

【へ】

紅粉屋 552・了閑

【ほ】

法恩寺住持 327・信水
宝光院 336・素安
宝性院神明社 306・秀延
宝塔寺上人 311・半月軒
法然寺要蓮院満郭 323・素白
星野長三郎 654・言求
細谷氏 435・成元
細見氏 641・幸入
堀田宮内 70・夢橋
堀田氏 494・不必
堀氏 428・閑節
堀川貞弘 100・貞弘
本阿弥 589・光悦
本正寺遍亮院日湜 312・土牛
本統寺 287・古益

【ま】

前川江助 450・由平
前田氏 455・猶白
前田伝兵衛 604・雅克
牧氏 474・西鬼
牧野伊左衛門 493・雅伸

馬越元定妻 576・長女
正木堂宗知 646・鳥跡
升屋太郎七 668・政義
増山氏 509・元茂
松井宗啓 550・方寸
松江維舟 793・江翁
松江角左衛門 276・近吉
松江治右衛門 794・重頼
松江七郎兵衛 341・宗岷
松江法橋 795・維舟
松尾氏 655・芭蕉
松尾氏 656・桃青
松尾〔荒木田〕氏 502・二休
松木氏 117・因彦
松木次郎左衛門 645・青雲
松木宗顕 19・頴
松倉又五郎 432・嵐蘭
松平勘右衛門 739・曲肱
松平甚九郎 88・丁我
松平長三郎 78・忠高
松永延陀丸 782・貞徳
松永逍遊軒 781・貞徳
松山氏 265・きうや
松山氏 264・玖也
丸〔玉置〕甚三郎 425・無端
万法寺 294・慶従

【み】

三井寺善法院僧正 289・連盛
三沢十兵衛 594・国信
水田庄左衛門 492・西吟
水野金兵衛 524・虎竹
水野九右衛門 724・林元
水野外記妻 577・貫
水野権平 706・松春
水野半左衛門 91・残月
水野日向守妾 577・貫
水野又左衛門 236・頼広
水本氏 191・清光
三田氏 207・浄久
満彦 115・松叟
南惣兵衛 416・元順
南惣兵衛 438・元順
宮川宇兵衛 375・正由
三宅佐左衛門 241・嘉雅
三宅出羽守 63・立端子
宮崎土佐 109・久治
宮崎主水 76・雨椿子
妙満寺心性院日順 314・素桂
妙蓮寺本就院日義 149・知春
三輪三右衛門 650・一鉄
三輪太左衛門 522・一信

【む】

向井平次郎 608・去来
武者小路実陰 18・陰
村尾金十郎 780・一風
村上新之丞 592・行尚
村山〔荒木田〕掃部 142・武在
村山氏 736・一夢
室賀甚四郎 96・言集

【も】

最上刑部 74・枕流
森信親 544・紅圃
森川氏 786・許六
文珠四郎 420・包元

【や】

八木理兵衛 762・李斎
安崎氏 756・宜陳
安原彦左衛門 799・正章
安原正章 800・貞室
谷（ヤツ）主 135・貞倶
谷（ヤツノ）吉左衛門 516・不口
柳川良長 596・方円
柳原資廉 13・述
八幡豊蔵坊 303・信海
薮嗣良 8・檀誉
薮嗣良 675・崇音
数嗣章 9・数
山岡元水 170・元隣
山岡元仙 385・元恕
山岡伝五郎 683・未及
山口九郎兵衛 477・清勝
山口氏 453・羅人
山口太兵衛 624・素堂
山崎〔志那弥〕三郎範重 331・宗鑑
山崎伝左衛門 679・調皷子
山崎安左衛門 230・安之
山科持言 11・言
山田五郎兵衛 386・永従
山中左京 114・永栄
山中氏 165・道可
山本丹後守 105・家次
山本九郎左衛門 804・西武
山本《国友屋》治左衛門 710・重軌
山本善兵衛 160・善入
山本木工之介 104・清高

【ゆ】

油比彦太夫 647・雪柴

【よ】

要法寺日体 309・友閑
吉沢主水 513・末守
吉田氏 461・立歟
吉田氏 528・蘭秀
吉田〔瀧山〕氏 772・真昭
吉田兼連 48・右
吉田伝十郎 527・龍子
吉村六兵衛 252・元風
横田五良兵衛 204・成方
依田頼母 87・口慰
四辻氏 16・季輔
淀屋甚左衛門 485・東枝

【り】

了安寺 270・夕翁

【ろ】

六條道場 315・古元
六條道場歓喜光寺 316・半雪

【わ】

若尾氏 232・玄悦
若山六之丞 753・可笑
和気仁兵衛 462・由貞
和田源七郎 587・円常
渡部氏 526・友意
度会神主 119・継彦
度会神主 120・常方
度会神主 121・末彦
度会神主 122・親彦
度会神主 123・常倶
度会神主 124・貞彦
度会〔藤原〕三郎右衛門 139・重清
度会〔上部〕彦右衛門尉 138・永晴

初句索引

・配列は、発音による五十音順とした。
・濁点が必要と思われるものは補って示した。
・初句が同一表現の場合は中七の一部を示して区別した。
・数字は手鑑の短冊番号である。
・短冊番号の次に染筆者名を挙げた。
・459の「焙」は「焙烙」の省筆表記とみて「ほうろく」と読んだ。

【あ】

あひぼれの　545・昌隠
相宿リ　645・青雲
青海や　618・忠知
青梅も　768・一直
あかい色　631・一口
あがいろと　314・素桂
あかがりや　666・二葉子
秋風で　161・可竹
秋風に　246・安明
秋風や　737・泰重
あき寺や　507・熈快
秋ね覚たり　485・東枝
秋の野や　316・半雪
明て春　10・熈
曙や　414・一晶
明ぬるや　159・一好
朝顔の　178・平吉
朝がほは　669・昨今非
あさ露に　366・長式
朝日桜　120・常方
明日はあす　474・西鬼
東路や　64・宗甫
汗しむや　665・立詠
あせたらたら　16・季輔
汗水に　323・素白
あたたかに　487・野坡
あつき氷は　721・道高
あな紙子や　135・貞倶
穴蔵やげに　287・古益
穴蔵や佐野の　630・不卜
兄といふ　499・乙由
あの笠で　443・听知
天河や　183・立静
天の河　751・素友
あまの戸に　524・虎竹
天のはらの　676・盛政
蜑人が　411・夏半
雨夜には　118・常有
あめつちの　610・了佐
雨露や　748・宗雅
雨にいざ　541・誉文
あめの足も　158・祐上
鮎なます　264・玖也
あらたまる　584・昭乗
霰こそ　311・半月軒
淡路嶋の　364・種寛

【い】

いへはえに　53・文
いかないかな　555・西翁
池涼し　12・竹
池田もや　146・為誰
池のはたの　374・一雪
いざ富士へ　659・巌翁
いざ桜　388・素雲
石つきの　326・源阿
伊勢の海　717・木因
苺の雫は　783・徳元
一八の　147・隈光
一葉の　384・常徊
一里山　735・野水
いつ寐ると　119・継彦
いつのまに　236・頼広
糸とれる　76・雨椿子
いな我は　793・江翁
いにしへの　773・親宣
いぬる神の　306・秀延
井の中の　177・雪竹
今の翁　344・宗旦
今春が　49・泰
煎ざけや　625・言水
入とても　480・来山
色なしと　234・顕成
色ならぬ　217・尓云
色にめでて　573・花紫
色葉ちるや　392・則重
色も香も　213・盛之
色はしろし　102・喝石
祝とかや　207・浄久
いはへ桃の　172・康吉

【う】

植て今年　552・了閑
鶯が　332・梵益
鶯に　567・智月
鶯の　317・未及
鶯や声に　747・元随
鶯や春統院　413・柳燕
鶯やとをりな　185・忠直
鶯や花の　437・成之
うけもせで　729・卜琴
うしの角の　551・自楽
うす雪に　168・正量
謡初や　238・正村
歌ならへ　501・光敬
歌なるを　385・元恕
歌の題　550・方寸
歌人や　106・斯祐
歌よむ牛　784・正義
打かけや　427・松笑
打見るに　196・元直
うつはりと　30・有
優曇華や　252・元風
姥門辺　88・丁我
馬けたて　473・不琢
梅桜　715・宜為
梅のさくも　634・泰徳
梅の花　599・谷遊
梅は星　201・正式
梅柳　655・芭蕉
うら白や　623・幽山
嬉しかなし　408・正春
嬉しさを　770・一見

【え】

絵扇は　439・可広
枝すりや　277・久任
江戸山王　643・露言

絵の事は 506・道旦

【お】

追ぬれば 754・三近
老の歯は 800・貞室
老らくや 547・玄陳
扇さへ 77・嘉隆
大竹や 124・貞彦
大津どまり 503・口今
大原の 148・正伯
大雪も 585・彩雲
置所 129・弘氏
沖鱠 470・素玄
おくゆかし 391・雅次
小車の 256・友直
遅てなかず 668・政義
落瀧津 787・抄長
落行くは 540・有次
おとがひに 134・文任
男山へ 292・愚鈍
をとさゆる 698・忠勝
音づれよ 642・俊継
おにすると 449・無睦
朧げ神 514・心友
面白の 765・任地
おもひ出や 96・言集
おもへかし 572・小紫
親めきて 412・宗英
お湯立の 496・野也
をりたさや 170・元隣
折ばかり 225・貞伸

【か】

かゐ出し 578・ステ
かい敷も 222・正甫
階は何 109・久治
顔の皮 267・元与
皃みせや 724・林元
皃よ花 422・祐忍
加賀富士や 726・三千風
鏡餅に 319・以専
かかれども 258・宗清
かき初の 445・重寛
書始は 774・菅宇
書初や今は 435・成元
書初やつくとも 525・立心
書初やしん有 57・遊流
書初や年の 441・行風
杜若 29・榎
柿の本に 546・玉純
かき分て 553・利長
かけ置は 732・友琴
籠花も 393・林可
風見草に 171・可全
かざり竹 677・不言
春日野に 181・重隆
春日野の 670・杉風
春日野や 632・似春
霞敷や 728・少蝶
風と申 93・惟閑
風に散 420・包元
風に波 712・昌俊
風にみの 456・休安
風の神の 104・清高
かぜのちから 723・相興
風の手に 303・信海
かぜは腰に吹 44・蹕
風禦 8・檀誉
風やひしやく 767・吉立
風渡る 795・維舟
風をおぢて 508・一笑
帷子や 500・茅心
かつらおとこ 569・やちよ
桂男に 386・永従
葛城に 440・成方
葛城や 397・仲之
門明て 575・秋色
かどまつも 71・玄々子
門松や立た 409・直昌
門松や春来る 779・如見
かねまきか 454・酔鴬
甲山 275・如貞
蚊ほどにも 300・可竹
髪置に 518・良以
神風や 121・末彦
神その中に 139・重清
雹の 662・キ角
神の七代 191・清光
亀山に 387・朝三
蚊やつりて 47・雪
から笠や 452・柳翠
から風や 381・常有
鳫がねに 549・江雲
雁がねも 352・卜圃
かりまたや 250・利貞
川風に 360・可玖
川風の 447・春倫
河狩や 780・一風
蛙なら 251・正信
革足袋の 650・一鉄
川よけの 478・忠由
寒夜にわりなつて 752・古閑

【き】

消て水も 112・弘光
祇園会や 280・好道
木々の色も 55・宗関
聞番の 761・不及
きくたびに 539・立和
菊に経て 661・其角
北山の 349・資方
雉子の生れ 681・花散子
気にかかる 477・清勝
きのえねに 799・正章
木のぼりや 788・是保
木仏は 428・閑節
木枕に 13・述
君こずば 658・嵐雪
君は船 313・土也
加羅ならぬ 609・昌知
今日ぞ酔 679・調皷子
けふたつや 497・及加
けふ出るは 639・一松
けふの沖 702・言世
京のぼり 734・一烟
けふの宿 680・出思
今日は餅や 394・尚光
けふや競馬 750・漁友
けふよりや 796・親重
きりしまも 565・貞心
切炭や 194・古拙
霧の明石 706・松春
きれぬやうに 628・未琢

【く】

喰てんげり 89・桃李
くくり枕 725・守常
枸杞莚 81・藤匂
口きりや 395・甘万
句作りや 237・一武
屈原か 759・一三
くめかすみ 114・永栄
雲井まで 350・好直
曇る空や 398・道繁
栗売め 648・在色子
栗さかり 68・孤雲
暮行年 87・口慰
くるとしや 368・宗賢
紅に 580・富女
くれなゐの 595・橘泉

愚老も又　596・方円
くろ雲や　421・雪岩

【け】

蹴こかすは　241・嘉雅
今朝ひらき　45・為致
今朝や世に　218・貞盛
牽牛を　262・意朔
源氏酒　560・以円
献上や　649・正友

【こ】

恋に身を　455・猶白
光陰の　82・其雀
光陰や　757・吟松
小歌酒　481・益翁
かうの瀧の　731・古玄
紅梅や　288・爰枚
光明や　24・忠
紅葉の　703・親時
声なふて　382・春丸
氷りしは　684・泊船子
氷霜の　307・山石
古歌に曰ク　28・央
木枯も　107・菊溢
こきたれて　516・不口
こきまぜそ　337・芳心
爰のひえや　189・忠幸
腰帯や　686・申笑
こしばりや　646・鳥跡
梢よりしぶ地　400・重尚
梢より人を　629・素朴
去年の雪　199・行恵
こと草は　627・未得
今年より　219・信勝
ことの葉に　56・斐
言の葉の　558・寸計
此戒　457・一礼
五百生　98・濯心子
呉服やが　330・土梗
小松内大臣　84・松翁
拱や　284・俊佐
是春の　27・奥
蒟蒻のしもに　744・四友

【さ】

幸は　325・一有
盃に　214・牧童
さかづきの　570・よし野
盃前　91・残月
嵯峨で消る　186・三秋
嵯峨本や　379・湖春
さかゆべき　3・東
咲かねて　359・常元
咲かはる　113・友昌
咲まぜて　407・吉氏
咲花に　463・親十
咲花の　279・方救
桜貝は　195・意計
桜がり　432・嵐蘭
さくらさく　242・我黒
桜花　489・宗静
酒に定あり　92・露鶴
さざ浪を　636・洗口
座敷にも　512・伊直
さしよりて　295・周盛
さすりめの　476・宜休
里の名や　685・自笑
里土産や　430・挙白
さとりてや　150・光林
さび壁や　286・相有
五月雨に　711・不卜
五月雨の　20・一止
五月雨は　345・春澄
五月雨や紀の海　239・勝安
さみだれや庭の　83・調由子
五月雨や猫の手　707・正立子
さむしろに　794・重頼
小夜後家や　776・直右
更科の月　187・友吉
さはらぬや　1・杉
三界を　197・日立
残菊の　479・松意
山水か　464・親太
三助に　128・武月

【し】

しほ田子に　536・親信
塩の目と　299・山月
しぐれ哉　329・正察
茂る葉や　255・往房
鴫かたかよ　315・古元
鹿をさして　444・幾音
時雨きぬ　453・羅人
四五月の　786・許六
十徳の　778・友西
しどろの里　657・暁雲
しなさだめ　215・宗硯
品玉や　26・政
渋粕や　622・子葉
嶋台や　224・成政
霜雪は　301・月山
釈迦の鑓　801・良徳
尺八が　285・重雅
十月の　604・雅克
十八の　273・宗成
十種香か　40・宣慶
しゆしゆさつた　369・瑞竿
珠数房や　694・青河子
俊成の　416・元順
上声の　465・一六
小船に　11・言
所望あれば　254・貞富
白壁や　249・空存
白々し　511・弘里
白妙や　72・調管子
白馬や　488・丸鏡
白むくや　253・貞因
皺よらん　436・松安
塵劫記　605・自悦

【す】

すいがらや　749・重次
水晶は　521・正利
すがりてや　446・智徳
椙なりの　502・二休
冷しからず　587・円常
すな水や　327・信水
すね木にも　736・一夢
すみだ川　644・安昌
すみの江や　355・流味
炭の火を　522・一信
住よしの　271・悦春
摺鉢に　515・友古
すり鉢や　510・久好
諏訪の海や　760・宗臣

【せ】

清二郎が　704・調川子
雪信が　90・調賦子
せみせみの　48・右
せめてさは　362・憑富
撰集は　611・英門

【そ】

掃除せよ　145・卜宥
双方に　718・松滴子
袖かへて　31・也
袖縫や　598・自斎
袖ゆかし　633・山夕

其比は　346・重知
其後は　309・友閑
染付や　133・貞並
空色か　372・光永
空になくや　709・順忠
空の海　607・伊安
空見には　108・季高

【た】

大事の華　131・光如
鯛は花　475・西鶴
誰が言けん　763・西海
誰が御入　17・代
誰提し　792・沾徳
高土手に　617・洒堂
高根より　559・貞直
鷹の爪や　41・花
誰筆を　65・正信
高鞠は　745・一時軒
薪の夜　654・言求
炷絶る　9・数
瀧とんで　296・秀海
滝の糸を　19・嶺
滝柳　517・雷枝
焼や霧　527・龍子
竹馬や　78・忠高
竹覚て　777・幽僻
竹のさきに　458・禾刀
尋行　342・元好
畳をくや　637・寿信
立よりて　117・因彦
たつあとや　556・梅翁
立浪を　730・是等
棚経や　373・随流
七夕は　270・夕翁
谷水や　486・鬼貫
たのしみや　469・旨恕
たのしむで　356・賀近
田の中に　425・無端
玉川に　370・谷風
玉だすき　590・木屑
たまにきて　520・忠江
玉の笠　123・常俱
玉程な　164・可雪
玉みそや　652・志計
民のため　641・幸入
誰にかもの　209・宗牟
たんざくは　491・厚成
たんざくや　700・露柳

【ち】

力をも　230・安之
ちぎるをや　67・朝倣子
ちぎれては　467・但重
児は花　149・知春
千々の秋　276・近吉
千々をひとつ　324・光正
地やあふぎ　32・為之
茶入ならで　498・玄札
茶巾ほど　127・武有
ちょいちょいや　466・三政
てうづこほり　781・貞徳
散あとや　538・信世
散花も　720・衆下
散花を　647・雪柴

【つ】

つゐに行　263・宗吾
月かげは　51・戒雲
月影や一輪　333・慈敬
月影や山川　340・淵浅
月暮雪　383・友静
月と花と　137・貞富
月になけ　523・皆酔
月の夜や　530・愚侍
月花は　614・守直
月花や　143・守武
継飛脚　86・秋水
月までは　132・盛尹
月見れば　739・曲肱
月や雲に　378・季吟
月よ花よ　591・元隅
擣をとや　406・如川
つくばねの　548・二道
作りやう　743・次末
付かへたり　701・調百
つぼみ茸　6・隹
妻乞や　283・保俊
妻琴か　577・貫
つめたかれ　798・正直
つめたさを　365・友昔
露時雨　462・由貞
露の玉　240・一守
露の玉や　535・嶺利
露紐や　35・従
露や掃ふ　293・風琴
露を玉と　472・重当
貫之も　66・玉峯
つれだつや　174・永利

【て】

出替は　719・塵言
出がはりや　651・松意
手にもてる　151・友仙
寺寺や　23・兼茂

【と】

堂たてて　434・重興
洞庭も　274・定親
問ていはく　667・利重
唐もいさ　380・正立
時しらぬ　130・弘員
徳風に　232・玄悦
どこの人も　167・元知
所がら　269・定房
ところてんや　7・人
年毎に　601・元長
年玉や　588・道頼
とし徳や　682・豊広
年に明て　557・宗斎
年のをは　116・常和
とその酒　144・西順
屠蘇の波　122・親彦
隣から　593・言己
飛鳥の　338・支考
富はこれ　492・西吟
友也けり　341・宗岷
鳥の音の　302・信徳
鳥をとる　544・如水
とるは暑し　180・紅圃

【な】

直勝も　70・夢橋
長茄子　80・調梔子
詠しは　775・正春
ながめには　461・立歟
流さへ　212・成安
流行　322・皆虚
泣上戸　688・言菅子
菜種殻　328・丈草
夏菊や　351・昌房
夏来ぬる　592・行尚
夏の夜は　211・慶友
夏は蛍　126・武辰
なつばらへ　782・貞徳
夏はわれら　157・正重
なつ痩や　687・捻少
夏山や　357・和年
何かくるし　375・正由

何よけん 115・松叟
難波人 758・残松子
名乗せば 347・常辰
名は勿論 612・了祐
波のうねや是 200・嶺松
浪のうねやげに 289・連盛
波の枕 772・真昭
名やこよひ 791・立圃
ならべしや 638・加友
鳴神も 710・重軌
名をとへば 534・宗利
南天に 423・宜水

【に】

匂ひあれば 740・幽歩
にし木々や 79・紫苑
西に在 216・以春
廿九日 755・耳海
二千里の 672・常信
庭ずきや 226・長治
人間の 561・惟白

【ぬ】

盗人も 166・直興
布引の 399・政時
ぬるるとも 361・竜之

【ね】

寝起声 37・保
願べし 426・蛙枕
ねぢふくさ 403・常矩

【の】

軒をなす 74・沈流
野は菜たね 563・玅三
のびかがむ 272・次良
のべられぬ 797・春可
野良犬や 789・㒵武
野らとなるや 468・友雪

【は】

誹諧や 294・慶従
吐出す 73・東水
瀑の糸を 5・花
はげあたま 504・竹犬
蓮の実も 18・陰
鉢たたき 221・乙州
初しほや 261・満成
初ものや 753・可笑
初雪は 334・離雲
華菖蒲 433・百堂
花外郎 690・青葉子
花うき世 671・樵花
花売や 621・兼豊
花笠を 583・義永
花咲や 259・保友
花桜戸 60・盲月
花ちらす 265・きうや
花と酒 708・松滴
花と花や 733・頼元
花にあかぬ 424・恒行
花に風の 233・一円
花に下戸 205・正盛
花に詩や 766・保之
花にもがな 562・蝶々子
花の色は 513・未守
花のゑん 579・孝女
花のかほの 568・山人
花の香の 336・素安
花の香を 182・似船
花の盛 495・重山
鼻の先 727・清風
花の咲や 235・勝明
花の下屋 25・山
花のなみ 297・紀子
花の浪に 231・玄摠
花の花や 600・高政
花の山 101・定清
花は陰を 410・友作
花はみな 783・徳元
花々に 348・友貞
花まつや 69・三峯
花見衆 716・長尚
花見ずば 310・日梵
花見にと 220・長重
花見には 268・方孝
花蘘荷 404・常牧
花もりの 635・輿之
華はよしの 160・善入
花をみに 173・則常
はは木々か 176・俊之
浜びさし 697・露章
はやくさけ 531・重正
はやきへた 190・任口
春雨や 85・萩夕
春たたぬ 291・仙空
春つなかず 620・調和
春の雪や 298・松苔軒
春の夜も 576・長女
春は茶を 490・重定
春やむねと 714・宜親
はれ出ん 290・策伝
半弓か 377・良元

【ひ】

引まけす 52・公
引まはす 21・杉
ひぢちかに 103・清信
一かたまり 46・全
人消て 532・糜塒翁
一こゑは 312・土牛
人のあたま 198・正利
一ふしに 619・卜入
ひともとに 278・良知
独下女 33・好
人をめは 331・宗鑑
日もくれぬ 722・好元
瓢箪の駒より 367・可申
瓢箪のつるや 243・涼菟
昼ねして 389・愚情
日をもつて 371・令風

【ふ】

風蘭や 402・仙菴
笛古し 482・益友
吹風に 683・未及
ふけよ風の 396・倫員
藤波の 802・令徳
ふしの有 257・宗立
富士やあれ 493・雅伸
二つ有を 165・道可
筆かくに 281・賢之
筆冷し 785・尚白
ふでとりて 564・ひさ
ふと股に 484・夕烏
雪吹もおなじ 626・才麿
文月や御けん 571・唐
ふみ月やすなはち 36・意
冬籠り 75・調丸子
ふりたてて 2・梧

【へ】

平砂ふむ 586・仲安

【ほ】

蓬莱の 179・順也
焙や 459・重安
ほこ杉の 136・文幸
星合の 162・銀竹
ほたる火の 138・永晴

蛍見は　771・金門
郭公　154・可頼
ほのぼのと　42・誠
ほほ蛍　483・均朋
本金や　448・春良
ぼんさまの　692・翠紅
梵天の　566・蝶女
盆の燈籠　110・行富

【ま】

参りの袖　94・亀袖
罷出るは　247・静寿
枕にて　339・木王
又新橋　390・卜全
又候や　640・良斎
町なみや　95・調盞子
松梅や　105・家次
松かぜに　99・定長
松と竹の　15・親
待夜半や　769・守昌
鞠ならて　50・倉
万灯の　321・智詮
真丸な　746・久忠

【み】

三笠山　111・公建
三ヶ月や　34・尺水
みじか夜も　266・盛庸
見し花の　695・笑水
水あけて　43・牧
湖の　608・去来
水落て　606・諺世
水さつと　529・惟然
水鳥の　204・成方
水に影　451・董信
水のあや　169・秀朝
水のおもに　419・友世
みずは夜にも　206・春宵
水も木に　353・好与
みそぎ川　616・曲翠
見たい物を　673・資仲
見たがるや　505・熈近
弥陀次郎　756・宜陳
道伴や　528・蘭秀
道をみちに　192・正房
見とれてや　613・守村
水上や　594・国信
身に添し　188・越人
峯桜　603・如泉
岑に生る　248・玄康
みのむしの　705・露深
耳よりや　62・一風
みやま木の　442・藤昌
みよし野の　762・李斎
見るやのしめ　335・一滴子

【む】

昔昔　210・一正
麦喰ひし　554・野水
むく起や　418・武宗
むさし野は　202・宗甫
むしの音に　260・立以
結ぶ手の　141・弘孝
むら紅葉　431・琴風

【め】

明明タル今宵　63・立端子
名月は　358・政之
名月も　376・梅盛
名月や海に　764・如閑
名月や沖も　429・仙化
名月やつき中　155・政信
冥途より　156・素行
明暦や　415・一幽
恵の春　678・調恵
目出度事　675・崇音
目に入て　228・宗珠
目のついた　741・孤吟

【も】

もし杖を　699・愚候
もし一日　163・正伯
餅つきの　450・由平
餅花の　790・紀英
尤なり　664・揚水之
もみ落す　582・そのめ
百生や　581・ちよ
門礼の　4・我

【や】

やひとをや　61・文献
宿はきのふも　624・素堂
柳老ぬ　693・松友
矢になれと　543・立志
山路まで　589・光悦
山寺の暮　742・一嘯
やま鳥の尾について　343・朝雲
山鳥の尾に似て　537・重因
山は雪　208・一之
山びこや　674・葎宿子
山姫やしぐれに　54・保春
山姫や手染　39・條
山やたき　615・明鏡

【ゆ】

夕顔の　245・きうほ
夕立は　438・元順
夕立や　363・玄隆
雪の朝　656・桃青
雪は花　38・隹
雪蛍　22・基
雪や匂ふ　203・遠川
行鹿も　227・貞成
行年やふくべ　140・忠貞
行年や無事で　460・宗貞
行ばゆくや　152・正次
豊さや　533・友正
湯殿山の　229・広次
柚のはなや　97・巳哉
指さしや　304・問加
ゆりへきて　471・ケ庵

【よ】

やう気こそ　574・好女
夭地開　58・和松文
酔て鳴　320・浪化
夜着蒲団　663・一山
横雲哉　660・嵐竹
夜寒さや　526・友意
葭原雀　308・一幸
淀鯉の　244・休甫
世にいはば　223・宗尓
世中は　519・政安
世はしらうを　696・露菅子
世花さく　59・露沾
よばねども　193・是友
よまざるや　509・元茂
夜は月　713・定共
万代も　125・武珍
余をみれば　494・不必

【ら】

落鳫の　354・来安
落花えだに　142・武在

【り】

立身や　689・忠栄
龍頭の　184・重晴
霊山や　318・素隠

【る】

るすまもれ　804・西武

【ろ】

らうがはし　153・言聴
蝋燭箱　691・露関子
六条は　597・北枝

【わ】

若楓　602・道章
若衆の　305・鎮盛
若竹のそだつ　542・乗言
わかたけのながき　14・禾
我たまや　175・一敬
わか水は　282・利当
わかやぐや　417・道宇
侘ておれ　803・重時
破鍋や　653・卜尺
我は酒に　738・春興
我は野に出て　405・如雲

表１　『誹諧短冊手鑑』と『寛文比名誉人』対照表

（表の見方は解説 *4* 頁参照）

No.A	No.B	署名	素性
285		重雅	知恩院御門跡良純親王　後御名重雅　以心庵　後陽成院第八王子
	1	(重雅)	知恩院　宮　良純親王　後御名重雅　以心庵　後陽成院第八王子
286		相有	彦山座主　筑紫　園殿御息
	2	相有	彦山座主　**筑波**　**園部□**息
287		古益	本統寺殿　勢州桑名　号古益　東御門跡連枝
	3	古益	本統寺**□**　勢州桑名　号古益　東御門**主**連**子**
288		妥枚	恵明院殿　常州水戸住　東御門跡連枝
	4	妥**救**	恵明院**□**　常州水戸住　東御門**主**連**子**
289		連盛	三井寺善法院僧正　江州
	5	連盛	三井寺善法院僧正　江州
290		策伝	誓願寺安楽庵　策伝和尚　歌人
	6	(策伝)	誓願寺安楽庵　策伝**□□**　歌人
291		仙空	光明寺上人　仙空和尚　歌人　西寺町
	7	(仙空)	光明院上人　仙空**□□**　歌人　西寺町
292		愚鈍	仏光寺上人　　別名　愚道和尚弟子　寺町光堂上人
	8	(愚**純**)	仏光寺上人愚**純**別名　**過**道和尚弟子　寺町光堂**□□**
293		風琴	西林寺上人　誓願寺図子裏寺町　浄土宗永観堂末寺　別名風琴
	9	(風琴)	西林寺上人　誓願寺図子裏寺町　浄土宗永観堂末寺　別名風琴
294		慶従	万法寺　南都
	10	慶従	万法寺　南都
295		周盛	連歌師福性院　太秦　昌程門弟
	11	周盛	連歌師福性院　太秦　昌程門**人**
296		秀海	天台宗秀海　西村正直出家
	12	(秀海)	天台宗秀海　西村正直出家
297		紀子	西院　号月松軒　和州多武峰社僧　多武峰名所記作者　江戸住
	13	紀子	西院　号月松軒　**□□**多武峰社僧　多武峰名所記作者　**□□□**
298		松苔軒	神池寺可常別名　丹波理性院　法ノ花撰者　号松苔軒
	14	(松苔軒)	神池寺可常別名　丹波**捉**性院　法ノ花撰者　号松苔軒ト云
299		山月	高野衆　深覚法師　紀州　号山月
	15	山月	高野衆　深覚法師　紀州　**□□□**
300		可竹	太田衆可竹　濃州　土塵集ニ入　諸国修行者
	16	**脱**	太田衆**□□**　濃州　土塵集**□**入　諸国修行者
301		月山	多田院別当僧正　摂州
	17	月山	多田院別当僧正　摂州
302		如水	西楽寺上人　丹波栢原　浄土宗　季吟門弟
	18	如水	西楽寺上人　丹波栢原　浄土宗　季吟門**人**
303		信海	豊蔵坊信海　八幡社僧　照乗門弟　　能書
	19	(信海)	豊蔵坊信海　八幡社僧　**松花堂門人**　**□□**
304		問加	多門院　城州伏見
	20	問加	多門院　城州伏見
305		鎮盛	清水寺執行　　　連歌師
	21	(鎮盛)	清水寺執行鎮盛　連歌師
306		秀延	宝性院　神明社僧　法印
	22	秀延	宝性院　神明社僧　法印
307		山石	宗雲寺瑞長老　肥後八代
	23	山石	宗雲寺瑞長老　肥後八代
308		一幸	桑門一幸　阿州徳嶋住　一雪三物連中　法華宗僧
	24	(一幸)	桑門一幸　阿州徳嶋住　一雪三物連中　法花宗僧
309		友閑	要法寺日体上人別名　百人一句ニ入
	25	友閑	要法寺日体上人別名　百人一句**□**入
310		日梵	華光寺上人　律師
	26	日梵	華光寺上人　律師
311		半月軒	宝塔寺日要上人　深草　別名半月軒
	27	(半月軒)	宝塔寺日要上人　深草　別名半月軒ト云
312		土牛	本正寺日逞上人　京川原町　法華宗　別名土牛　遍亮院
	28	土牛	本正寺日逞上人　京川原町　法花宗　別名土牛　遍亮院
313		土也	顕是坊　鷹峯　随時庵　梅盛門弟
	29	**脱**	顕是坊　鷹峯　随時庵　梅盛門弟
314		素桂	心性院　妙満寺　安静門弟　心誠院日順　成就院日如大徳弟子
	30	素桂	心性院　妙満寺　安静門**人**　心誠院日順　成就院日如大徳弟子
315		古元	連歌師　六條道場　今相弟子
	31	古元	連歌師　六条道場　今相弟子
316		半雪	六條道場廿五代上人　号半雪　正教別名　今相弟子　連歌師
	32	半雪	六條道場廿五代上人　号半雪　正教別名　今相弟子　連歌師

317		未及	事足軒　四條道場寺中　良保三物連衆　新独吟集人数
	33	未及	事足軒　四条道場寺中　良保三物連中衆　新独吟集人数
318		素隠	常楽寺　西寺内　一向宗　板行手鑑ニ入
	34	素隠	常楽寺　西寺内　一向宗　板行手鑑ニ入
319		以専	心光寺　堺　東本願寺下
	35	以専	心光寺　堺　東本願寺下
320		**浪化**	**応心院殿　越中井浪　瑞泉寺　桃青門弟　号浪化　東本願寺御連枝**
	36	**昨夢**	**一向宗　大坂　昨夢**
321		智詮	徳成寺　摂州大坂　立圃三物連衆
	37	智詮	徳成寺　摂州大坂　立圃三物連衆
322		皆虚	円満寺空願別名　土州高知　東本願寺下　世話焼草作者　四名集撰者
	38	皆虚	円満寺空願別名　土州高知　東本願寺下　世話焼草作者　四名集撰者
323		素白	要蓮院満郭大徳別名　法然寺内　西武三物連衆
	39	素白	要運院満郭大徳別名　法然寺内　西武三物連衆
324		光正	勝円寺雲益別名　西武三物連衆
	40	光正	勝円寺雲益別名　西武三物連衆
325		一有	永養寺ロ　西武門弟　沙金袋ニ入　号一有
	41	一有	永養寺ロ　西武門弟　沙金袋ニ入　号一有
326		源阿	専修寺源阿　堺ノ長老　元順門弟
	42	源阿	専修寺源阿　堺□長老　元順門弟
327		信水	法恩寺　江戸浅草
	43	信水	法恩寺　江戸浅草
328		**丈草**	**桑門丈艸　尾州**
	44	**祖寛**	**桑門　大坂**
329		正察	桑門　浄土珠数作者　別名正察
	45	正察	桑門　浄土数珠作者　別名□□
330		土梗	土梗法師　大坂点者　桑門　号乃幽斎
	46	（土授）	土授法師　大坂点者　桑門　号乃幽斎　***土授法師ト短冊アリ***
331		**宗鑑**	**山崎宗鑑　犬筑波ニ此句入　志那弥三郎範重入道　能書**　←B367
	47	**巽松**	**友松軒月潭　城州宇治　桑門**
332		梵益	宗鑑室跡桑門　城州山崎
	48	梵益	宗鑑室跡桑門　□□□□
333		慈敬	桑門　大仏辺　始加州住　大藪氏　梅盛門弟　称好軒
	49	蕉敬	桑門　大仏辺　始加州住　大数氏　梅盛門弟　称好軒
334		離雲	懐恵軒離雲　清水寺　桑門　梅盛門弟
	50	離雲	懐恵軒離雲　清水寺　桑門　梅盛門弟
335		一滴子	常東寺　筑前福岡
	51	一滴子	常東寺　筑前福岡
336		素安	宝光院　祇園社僧　顕良別名
	52	素安	宝光院　祇園社僧　顕良別号
337		芳心	連歌師前坊　堺住人
	53	芳心	連歌師前坊　堺住人
338		**支考**	**東花坊　濃州**
	54	**空声**	**連歌師前坊　堺**
339		木王	連歌師西坊　堺天神別当
	55	木王	連歌師西坊　堺天神別当
340		淵浅	法眼祐玄別名　上御霊別当　祐純末　維舟句帳ニ入
	56	淵浅	法眼祐去別名　上御霊別当　祐純末　短冊句帳ニ入
341		宗岷	松江順庵別名号宗岷　重長事
	57	宗岷	松江順庵別名号宗岷　重長事
342		元好	広野四郎左衛門　維舟三物連衆　金貞後名
	58	元好	広野四郎左衛門　維舟三物連衆　金貞後名
343		朝雲	池田忠伯別名　宗旦父　維舟門弟
	60	（朝雲）	池田忠伯別名朝雲　宗旦父　維舟門弟
344		宗旦	池田吉兵衛　俗名ヲ以法名　今摂州伊丹住　遠山鳥撰者　維舟門弟
	59	宗旦	池田吉兵衛　俗名ヲ以法名　今摂州伊丹住　遠山鳥撰者　□□□□
345		春澄	青木勝五郎　維舟三物連衆
	61	春澄	青木勝五郎　維舟三物連衆
346		重知	井上勘左衛門尉　維舟三物連衆
	62	重知	井上勘左衛門尉　維舟三物連衆
347		常辰	隼士長兵衛　柾木葛撰者　帰花千句連衆　百人一句ニ入　立圃門弟
	63	常辰	隼士長兵衛　柾木葛撰者　帰花千句連衆　□□□□□□　立圃門人
348		友貞	井上十右衛門　唐人踊撰者　百人一句ニ入　立圃門弟
	64	友貞	井上十右衛門　唐人踊撰者　百人一句□入　立圃門人
349		資方	広瀬彦兵衛　立圃門弟
	65	資方	広瀬彦兵衛　立圃門人　***手跡立圃之通能似候***

350		好直	御幸町住藤兵衛　名字失念追而可考　立圃門弟　卜圃古師	
	66	好直	御幸町住藤兵衛　名字失念トアリ　立圃門弟　□□□□	
351		昌房	関理右衛門　立圃門弟　帰花千句連衆	
	67	昌房	関理右衛門　立圃門弟　帰花千句連衆	
352		卜圃	関昌房法名　立圃三物連衆　立圃跡目	
	68	卜圃	関昌房法名　立圃三物連衆　立圃跡目　手跡も似寄	
353		好与	木村四郎右衛門　立圃門弟　帰花千句連衆	
	69	好与	木村四郎左衛門　立圃門人　帰花千句連衆	
354		来安	岩井源介　立圃門弟　帰花千句連衆	
	70	来安	岩井源介　立圃門弟　帰花千句連衆	
355		流味	井口氏　立圃門弟　新左衛門入道　帰花千句連衆	
	71	流味	井上氏　立圃門弟　新左衛門入道　帰花千句連衆	
356		賀近	富田伊左衛門　立圃門弟	
	72	賀近	富田伊左衛門　立圃門人	
357		和年	半井長兵衛　帰花千句連衆　百人一句ニ入　立圃門弟	
	73	和年	半井長兵衛　帰花千句連衆　百人一句ニ入　□□□□　手跡立圃能似寄	
358		政之	寺田市郎兵衛　帰花千句連衆　立圃門弟　常辰弟	
	74	政之	寺田市郎兵衛　帰花千句連衆　立圃門弟　□□□　手跡立圃流	
359		常元	東氏常元　家重入道常倫男　立圃門弟	
	75	常元	東氏常元　家重入道常倫男　立圃門弟	
360		可玖	西村吉武法名　大坂大手筋　始吉竹　遠近集撰者	←B186
	76	常清	池田氏　常知男　立圃門人	
361		竜之	伊藤五郎右衛門　立圃門弟　頼富兄	
	77	竜之	伊藤五郎右衛門　立圃門人　頼富兄	
362		憑富	伊藤頼富　頼ノ字ヲ改ル　定清三物連衆　小右衛門　龍之弟　百人一句ニ入　玉海ニ入	
	78	憑富	伊藤頼富　頼字改候　定清三物連衆　小左衛門　竜之弟　百人一句ニ入　玉海ニ入	
363		玄隆	後藤法橋　立圃門弟　友貞三物連衆	
	79	玄隆	後藤法橋　立圃門人　友貞三物連衆　宗真流能	
364		種寛	朝江小左衛門　立圃門弟　詞友集　続詞友集撰者	
	80	種寛	朝江小左衛門　立圃門弟　詞友具　続詞友集撰者	
365		友昔	中野久兵衛　立圃門弟　仲昔男	
	81	友昔	中野久兵衛　立圃門人　仲共男	
366		長式	池田清右衛門　立圃門弟　池田正式甥	
	82	長式	池田清右衛門　立圃門人　池田正式甥	
367		可申	上田可申　下京衆　播磨杉原撰者　維舟門弟　秈翁　安山子	
	83	可申	上田可申　下京衆　播磨杉原撰者　維舟門人　秈翁　安山子	
368		宗賢	小嶋新四郎　百人一句入　令徳門弟	
	84	宗賢	小嶋新四郎　百人一句入　令徳門弟	
369		瑞竿	長谷川氏　昆山土塵集ニ入　令徳門弟	
	85	瑞竿	長谷川□　昆山土塵集□入　令徳門人	
370		谷風	中村氏　新百人一句ニ入　令徳門弟	
	86	谷風	中村□　新百人一句□入　令徳門□	
371		令風	小村令風　春風後名　西武門弟	
	87	令風	小村令風　春風改名　西武門人	
372		光永	木村惣左衛門　西武門弟	
	88	光永	木村惣左衛門　西武門弟	
373		随流	中嶋氏随流俗名　西武門弟　水車鶯笛撰者　源左衛門入道紹務俗名	
	89	随流	中嶋□随流俗名　西武門人　水車鶯笛撰者　源左衛門入道紹務俗名	
374		一雪	椋梨氏俗名ヲ以法名　百人一句ニ入　鋸屑撰者　洗濯物晴小袖撰者　常是入道	
	90	一雪	椋梨□俗名ヲ以法名　百人一句ニ入　鋸屑撰者　洗濯物晴小袖撰者　道次三郎兵衛	
375		正由	宮川宇兵衛　始政由　号松高軒　俳諧良材作者　法名松軒	
	91	脱	宮川宇兵衛　始政由　号松高軒　俳諧良材作者　法名松軒	
376		梅盛	高瀬氏	
	92	放牛	山本玄了　別号	
377		良元	片桐氏　良保男	
	93	良元	片桐氏　良保男	
378		季吟	北村慮菴　続山井　新犬筑波　俗連珠撰者　崑山集玉海集ニ入	←B377
	94	直親	佐竹市郎兵衛　立静門弟　水織作者	
379		湖春	北村久太郎季重　法名湖春　季吟一男	
	95	湖春	北村久太郎季重　法名湖春　秀吟百句	
380		正立	北村源之丞　季吟二男	
	96	正立	北村源之丞　季吟二男	
381		常有	京衆常有　季吟俳諧合連中	
	97	常有	京衆　季吟誹諧合連中	
382		春丸	臼井七郎兵衛定清別名　祇園社家　百人一句ニ入　春丸事	
	98	春丸	臼井七郎兵衛定清別名　祇園社家　百人一句ニ入　春丸事	

表1—4

383		友静	井狩常与俗名　季吟三物連衆　七十二物諍作者
	99	友静	井狩常与俗名　季吟三物連衆　七十二物諍作者
384		常侚	井狩六郎右衛門　季吟門弟　始常俊
	100	常侚	井狩六郎右衛門　季吟門弟　始常俊
385		元恕	山岡元仙別名　元隣男　季吟門弟
	101	元恕	山岡元仙別名　元憐男　季吟門弟　宗真流
386		永従	山田五郎兵衛　季吟三物連衆　始重基又永従改ル　号栄也
	102	永従	山田五郎兵衛　季吟三物連衆　始重基又永従ヲ□　号栄也
387		朝三	香山三郎右衛門　季吟門弟　本堺住在京
	103	朝三	香山三郎右ヱ門　季吟門弟　本堺住在京
388		素雲	佐治加右衛門　季吟門弟　諸国独吟集人数
	104	素雲	佐治加左ヱ門　季吟門弟　諸国独吟集人数
389		愚情	花安九郎兵衛　季吟三物連中　　昌治別名
	105	愚情	花安九郎兵衛　季吟門弟三物連中　昌治別名
390		卜全	花安昌治法名　季吟三物連衆　卜全
	106	卜全	花安昌治法名　季吟三物連衆　卜全
391		雅次	武田伝兵衛　季吟門弟　絵合連衆　正継ト改ル
	107	雅次	武田伝兵衛　季吟門弟　絵合連衆　正継ト改
392		則重	奥田甚兵衛　季吟門弟
	108	則重	奥田甚兵衛　季吟門弟
393		林可	中野半左衛門　季吟門弟　一敬弟
	109	林可	中野半左衛門　季吟門弟　□□□
394		尚光	平野助四郎　尚光ト改ル　季吟門弟
	110	尚光	平野助四郎　改始尚光　　季吟門人
395		甘万	田中彦兵衛　梅盛門弟　正元法名了室別名
	111	甘方	田中彦兵衛　梅盛門人　正元法名了室別名
396		倫員	藤村源右衛門　木玉集撰者　梅盛門弟　法名如堅　反古庵庸軒子
	112	倫員	藤村源右衛門　木玉集撰者　梅盛門弟　法名如堅　□□□□□□
397		仲之	中尾権兵衛　梅盛門弟　能書　専斎男
	113	仲之	中尾権兵衛　梅盛門弟　能書　専斎男
398		道繁	佐々木庄九郎　梅盛門弟
	114	道繁	佐々木庄九郎　梅盛門人
399		政時	原田又兵衛　梅盛三物連衆　命政前名
	115	政時	原田又兵衛　梅盛三物連衆　命政前名
400		重尚	小山次郎左衛門　梅盛三物連衆　別名夏木
	116	重尚	小山次郎左ヱ門　梅盛三物連衆　別名夏木
401		重徳	寺田与平次　梅盛門弟　信徳三物連衆　名所小鑑作者　重徳
	117	重徳	寺田与平次　梅盛門弟　□□□□□□　名所小鑑作者　□□
402		仙菴	医師仙菴　中庸姿七百五十韻人数　信徳三物連衆
	118	仙菴	医師仙庵　中庸姿七百五十韻人数　立徳三物連衆
403		常矩	田中甚兵衛　俗名ヲ以法名トス　捨舟破箒撰者
	119	常矩	田中甚兵衛　俗名ヲ以法名トス　捨舟破箒木撰者
404		常牧	半田氏　常矩三物連衆　宗雅入道　俗名庄左衛門　和好事
	120	常牧	半田氏　常矩三物連衆　宗雅入道　俗□庄左ヱ門　和好事
405		如雲	小嶋氏　常矩門弟
	121	如雲	小嶋氏　常矩門弟
406		如川	高松竜朔別名　常矩門弟　新百人一句ニ入
	122	如川	高松竜朔別名　常矩門弟　新百人一句□入
407		吉氏	原口治左衛門　鷹筑波ニ入
	123	吉氏	原口治左ヱ門　鷹筑波ニ入
408		正春	下京衆正春　貞徳門弟
	124	正春	下京衆正春　貞徳門弟
409		直昌	大経師権之介　貞徳門弟
	125	直昌	大経師権之介　貞徳門弟
410		友作	下京衆友作　点者
	126	(友作)	下京衆友作　点者
411		夏半	原田玄叔別名　貞徳門弟
	127	夏半	原田玄叔別名　貞徳門弟
412		宗英	内本次郎左衛門入道　俗名以法名　似空三物連衆
	128	宗英	内本次郎左衛門入道　俗名以法名　似雲□□□□
413		柳燕	京衆柳燕　似船三物連衆　石津氏
	129	柳燕	京衆柳燕　似船三物連衆　石津氏
414		一晶	芳賀玄益　四衆懸隔　如何作者
	130	一晶	芳賀玄益　四衆懸隔　如何作者
415		一幽	連歌師西山宗因別名　摂州大坂天満　百人一句ニ入
	131	一幽	連歌師西山宗因別名　摂州大坂天満　百人一句ニ入

416		元順	南方由法名　元順　左筆ニ書　堺　寛五集撰者
	132	（元順）	南方由法名　元順　左筆ニ書　堺　寛五集撰者
417		道宇	高瀬道鑑本名　梅盛兄　人真似　花ノ露　ヘチマ草撰者
	133	道宇	高瀬道鑑本名　梅盛□　人真似　花□露　ヘチマ草撰者
418		武宗	並河氏　城州伏見　与力衆　源右衛門
	134	武宗	並河□　城州伏見　与力衆　源右衛門
419		友世	兼松源左衛門　城州伏見
	135	友世	兼松源**右**衛門　城州伏見
420		包元	文珠四郎　南都
	136	包元	文珠四郎　南都
421		雪岩	簾屋宗立別名　南都　意計兄
	137	雪岩	簾屋宗立別名　南都　**意斗是**
422		祐忍	鳥屋氏　南都　号小林軒　慇懃集作者
	138	祐忍	鳥屋氏　南都　号小林軒　□□集作者
423		宜水	上田泰菴別名　維舟門弟　和州郡山
	139	宜水	上田泰庵別名　維舟門弟　和州郡山
424		恒行	郡山衆　和州　維舟門弟　佐夜中山集　時勢粧ニ入
	140	恒行	郡山衆　和州　維舟門**人**　□□中山集　時勢粧□入
425		無端	玉置甚三郎　和州古市住　藤堂和泉守殿家中　季吟門弟
	141	無端	玉置甚三郎　和州古市住　藤堂和泉守□家中　季吟門**人**
426		柘植軒蛙枕	永井権右衛門　和州　永井市之丞殿家老
	142	**拓**植軒蛙枕	永井権右衛門　和州　永井**万**之丞殿家老
427		松笑	川部四郎左衛門　和州　高政門弟
	143	松笑	川部四良左衛門　和州　**常牧**門弟
428		閑節	堀閑節　和州吉野郡下市　手跡宗鑑流
	144	閑節	堀閑節　和州吉野郡下市　**山崎**宗鑑流
429		**仙化**	**仙化　芭蕉門弟　名月や**
	145	**勝政**	**山田市良左衛門　和州宇田**
430		**挙白**	**草部藤兵衛　其角三物連中　江戸　挙白　芭蕉門弟**
	146	**勝喜**	**近江屋金七郎　和州宇田**
431		**琴風**	**京衆琴風**
	147	**照勝**	**佐々与左ヱ門　和州宇田**
432		**嵐蘭**	**松倉又五郎　号嵐蘭　江戸桃青門弟　板倉内善殿衆**
	148	**季潭**	**玉井道伯　和州宇田医師　別名**
433		**百堂**	**田中氏百堂　浅野内匠頭殿家中　田中氏代右衛門　播州赤穂住**
	149	**一斎**	**東氏　河内　後ニ筑前住　口真似草　集ニ入句アリ**
434		重興	日暮氏　河内小山　能書
	150	重興	日暮□　河内小山　能書
435		成元	細谷氏　堺　句帳撰者　諸集ニ入
	151	成元	細谷□　堺　句帳撰者　諸集□入
436		松安	医師　佐田氏　堺　維舟門弟
	152	松安	医師　佐田□　堺　維舟門**人**
437		成之	池嶋庄左衛門　堺　チリツカ撰者　成政弟
	153	成之	池嶋庄左衛門　堺　チリツカ撰者　成政弟
438		元順	南方由法名
	154	元順	南方由法名
439		可広	堺衆　泉州　加藤徳兵衛　諸集ニ入
	155	可広	堺衆　泉州　□□□□□　諸集ニ入
440		成方	太子屋次郎左衛門　堺　成方　法名柳夏
	156	成方	太子屋次良左衛門　堺　成方　法名柳夏
441		行風	大坂衆　夷曲集作者　号行風
	157	行風	大坂衆　夷曲集作者　号行風
442		藤昌	大坂衆　摂州　懐子ニ入
	158	藤昌	大坂衆　摂州　懐子ニ入
443		所知	中堀初知　初ノ字所ノ字ニ替ル　大坂　幾音兄
	159	所知	中堀初知　初ノ字所ニ替ル　□□　□□□
444		幾音	中堀幾音　摂州大坂住人　始器ノ字書ス　句帳撰者
	160	（幾音）	中堀幾音　摂州大坂住人　始器字書　句帳撰者
445		重寛	大坂衆　摂州
	161	重寛	大坂衆　摂州　**集入**
446		智徳	沢口知徳　大坂　外科　今在江戸
	162	（知徳）	沢口知徳　大坂　外科　今江戸
447		春倫	浜田五郎右衛門　大坂
	163	春倫	浜田五郎**左**衛門　大坂
448		春良	浜田氏　大坂　春倫弟
	164	春**空**	浜田□　大坂　春倫弟

449		無睦	尼崎屋玄旦別名　大坂
	165	無陸	尼崎屋玄旦別名　大坂
450		由平	前川江助由平　摂州大坂　句帳撰者　由貞男
	166	由平	前川江助由平　摂州大坂　句帳撰者　由貞男
451		董信	大坂衆　摂州　号董信　懐子ニ入
	167	薫信	大坂衆　摂州　号□□　□□□□
452		柳翠	大坂衆　柳翠　摂州
	168	柳翠	大坂衆　□□　□□
453		**羅人**	**山口氏　蛭牙斎**
	169	**未正**	**大坂衆　立圃弟子**
454		酔鴬	白江元東別名　大坂
	170	酔鴬	白江元東別名　□□
455		猶白	前田氏　大坂
	171	猶白	前田氏　大坂衆
456		休安	薗山氏　夢見草撰者　大坂天満
	172	休安	薗山□　夢見草撰者　大坂天満
457		一礼	柏屋市左衛門　益翁三物連中　大坂　ヌレ鷺両吟作者
		落	
458		禾刀	斉藤玄心別名　号禾刀　賀子ノ父　大坂　斉藤徳元末
	173	禾刀	斉藤玄心別名　号禾刀　賀子□父　□□　□□□□□
459		重安	伊勢村重安　法名宗善　糸屑撰者　大坂
	174	（重安）	伊勢村重安　法名宗善　糸屑撰者　□□
460		宗貞	朝沼宗貞別名　大坂　点者　賛也トモ
	175	（宗貞）	朝沼宗貞別**号**　大坂　点者　賛也トモ
461		立歟	大坂衆　大坂　立圃門弟　吉田氏　大坂帰り花千句連衆
	176	立歟	大坂衆　□□　立圃門**人**　吉田□　□□帰り花千句入
462		由貞	和気仁兵衛　大坂　能書
	177	由貞	和気仁兵衛　大坂　能書
463		親十	桜井氏　大坂　立圃門弟
	178	親十	桜井□　大坂　立圃門弟
464		親太	古川氏定圃俗名　大坂　句帳撰者
	179	親太	古川□定圃俗名　大坂　句帳撰□
465		一六	半井立卜　大坂
	180	一六	半井□□　大坂
466		三政	大坂衆　摂州　三政改名　懐子ニ入　三昌トモ　茨木氏
	181	（三政）	大坂衆　摂州　三政改名　懐子ニ入　三昌トモ　茨木□
467		但重	神原源右衛門　大坂　但重　又ハ大八
	182	但重	神原源**左**衛門　大坂　□□　又ハ大八
468		友雪	執筆藤兵衛友浄法名　大坂　青木氏
	183	友雪	執筆藤兵衛友浄法名　□□　青木氏
469		旨恕	片岡庄二郎　西翁門弟　大坂
	184	旨恕	片岡庄二郎　**初**翁門弟　大坂
470		素玄	桜井屋源兵衛　大坂
	185	素玄	桜井屋源兵衛　大坂
471		**ケ庵**	**淀屋ケ庵俗名　大坂　岡本氏　言当男**
	186	**可玖**	**西村吉武法名　大坂□□□　始吉竹　遠近集撰者　→A360**
472		重当	淀屋重当　ケ庵男　大坂　岡本氏
	187	重当	淀屋□□　ケ庵**法名**　大坂　岡本氏　**言当男**　＊471と472の記述混在
473		不琢	藤田氏　大坂歌仙人数
	188	不琢	藤田□　大坂歌仙人数　*定家流*
474		西鬼	牧西鬼　大坂　点者　一得改名　又牧翁トモ　歌仙人数
	189	（西鬼）	牧西鬼　大坂　点者　一得改名　又牧翁トモ　歌仙人数
475		西鶴	井原鶴永　法名
	190	西鶴	井原鶴永　法名
476		宜休	中林権兵衛一安改名　大坂如貞門弟
	191	（宜休）	中林権兵衛一安□□　大坂如貞門**人**　**宜休改名**
477		清勝	山口九郎兵衛　大坂　俳歌仙人数　井蛙集撰者
	192	清勝	山口九良兵衛　大坂　俳歌仙人数　井蛙集撰者
478		忠由	谷清右衛門　大坂　伊賀屋　懐子ニ句アリ
	193	忠由	谷清**左**衛門　大坂　伊賀屋　□□□□□□　***宗真流***
479		松意	高木久左衛門秀延別名　大坂　号川草子　鴨川集撰者
	194	松意	高木久左衛門秀延別名　大坂　号川草子　鴨川集撰者
480		来山	大坂衆来山　摂州　号十万堂
	195	来**門**	大坂衆来山　摂州　号十万堂
481		益翁	高瀧以仙別名　犬桜撰者　大坂
	196	益翁	高瀧以仙別名　犬桜撰者　大坂

482		益友	竹村清右衛門　大坂　益翁三物連中　桜千句　各盞連中
	197	益友	竹村清左衛門　大坂　益翁三物連中　□□□　□□□□
483		均朋	亀屋源右衛門　大坂　益翁三物連中
	198	均朋	亀屋源左衛門　大坂　益翁三物連中
484		夕烏	大坂衆夕烏　点者
	199	夕烏	大坂衆□□　点者
485		東枝	淀屋甚左衛門　大坂点者
	200	東技	淀屋甚左衛門　大坂点者
486		**鬼貫**	**平泉氏　大坂点者**
	201	**正信**	**川崎屋庄左衛門　大坂　夫木　定家流遠州似　書作者**
487		**野坡**	**越前屋　風羅坊門人**
	202	**定祐**	**光吉　大坂　季吟門人**
488		丸鏡	喜多村太郎右衛門　大坂
	203	丸鏡	喜多村太郎左衛門　大坂
489		宗静	土橋氏　摂州平野　懐子ニ入
	204	宗静	土橋氏　摂州平野　懐子ニ入
490		重定	平野衆重定　摂州　懐子ニ入
	205	重定	平野衆重定　摂州　□□□□
491		厚成	平野衆　摂州　懐子ニ入
	207	厚成	平野衆　摂州　懐子ニ入
492		西吟	水田庄左衛門　摂州　桜塚住人　点者
	206	西吟	水田庄左ヱ門　摂州　桜塚住人　点者
493		雅伸	牧野伊左衛門　摂州尼崎　青山大膳亮殿家中　諸集ニ入
	208	雅伸	牧野伊左衛門　摂州尼崎　青山大膳亮殿家中　諸集入　*近衛流*
494		不必	慈明堂不必　摂州今津住　貞室門弟　玉海追加ニ入　堀田皆同子
	209	不必	慈明堂不必　摂州今津住　貞徳門弟　玉海追加□入　堀田皆同子
495		重山	桜井氏重山　伊州上野　新百人一句　中山集ニ入
	210	重山	桜井□重山　伊州上野　□□□□□　中山集□入
496		野也	高梨養順別名　又丈庵　梅盛門弟
	211	野也	高梨養順別名　□丈庵　梅盛門弟
497		及加	高嶋及加　勢州山田　嘲哢集撰者　玄札兄
	212	(及和)	高嶋及和　□□□□　嘲哢集撰者　玄札兄
498		**玄札**	**高嶋氏玄札　犬子　毛吹　百人一句ニ入　江戸宗匠　泉州**
	213	**弘嘉**	**倶休別名　勢州山田**
499		**乙由**	**麦林舎乙由　勢州山田**
	214	**弘信**	**足代次良左ヱ門　勢州山田**
500		茅心	足代石斎　勢州山田
	215	茅心	足代石斎　勢州山田　*風早実種流*
501		光敬	杉木氏　勢州山田　俗名吉大夫光敬
	216	光敬	杉木□　勢州山田　俗名吉大夫□□
502		二休	松尾氏　勢州山田　荒木田姓　二見貝合撰者　十万句奉納願主
	217	二休	松尾□　勢州山田　荒木田姓　二見貝合撰者　十万句奉納願主
503		口今	喜早利太夫清忠　別名口今　号岩松軒　勢州山田　点者
	218	口今	喜早利太夫清忠　別号□□　号岩松軒　勢州山田　点者
504		竹犬	鳴子氏　勢州山田　点者
	219	竹犬	鳴子□　勢州山田　点者
505		熈近	龍熈近入道当舎斎　道旦　前伝左衛門俗名　勢州山田
	220	(凞近)	龍凞近入道当舎斎　道旦　前伝左衛門俗名　勢州山田
506		道旦	龍氏　勢州山田　伝左衛門法名道旦
	221	道旦	竜氏　勢州山田　伝左衛門法名□□
507		熈快	山田衆　勢州　神風館　龍伝左衛門事　道旦男
	222	凞快	山田衆　勢州　神風館　龍伝左衛門事　道旦男
508		一笑	幸田治右衛門　勢州山田
	223	一笑	幸田治左ヱ門　勢州山田
509		元茂	増山氏　勢州山田
	224	元茂	増田氏　勢州山田
510		久好	石原志計　勢州山田
	225	久好	石原志計　勢州山田
511		弘里	久保倉氏　勢州山田
	226	弘里	久保倉氏　勢州山田
512		伊直	二本杉氏　勢州山田
	227	伊直	二本杉氏　勢州山田
513		末守	吉沢主水　勢州山田
	228	末守	吉沢主水　勢州山田
514		心友	中田次右衛門　勢州山田　御田扇撰者
	229	心友	中田次左ヱ門　勢州山田　御田扇撰者

表1—8

515		友古	中田孫太夫　勢州山田　友己改名
	230	友古	中田孫大夫　勢州山田　友己改名
516		不口	谷吉左衛門　勢州山田　嘉国別名
	231	不口	谷吉左衛門　勢州山田　嘉国別号
517		雷枝	為田孫八郎　勢州山田　点者　号弄之軒
	232	雷技	為田孫八郎　勢州山田　点者　号弄之軒
518		良以	野間宜仙別名　勢州朝熊
	233	良以	野間宜仙別号　勢州朝熊
519		政安	野間氏　勢州朝熊
	234	政安	野間氏　勢州朝熊
520		忠江	角屋七郎次郎　勢州松坂
	235	忠江	角屋七郎次郎　勢州松坂
521		正利	小林氏　勢州松坂
	236	正利	小林氏　勢州松坂
522		一信	三輪太左衛門　諸国独吟作者　勢州桑名　号一信
	237	一信	三輪太左衛門　諸国独吟作者　勢州桑名　号□□
523		皆酔	高木小兵衛　季吟門弟　尾州名古屋　光義卿御家中
	238	皆酔	高木小兵衛　季吟門弟　尾州名古屋　光義卿御家中
524		虎竹	水野金兵衛別名　尾州家中　又号雀巣軒　句帳撰者
	239	虎竹	水野金兵衛別名　尾州御家中　又号雀巣軒　句帳撰者
525		立心	小出氏　尾州熱田　諸集ニ入
	240	立止	小出□　尾州熱田　諸集ニ入
526		友意	渡部氏　尾州名古屋　旅衣集撰者　土塵集ニ入
	241	友意	渡部□　尾州名古屋　旅衣集撰者　土塵集ニ入
527		龍子	吉田伝十郎　尾州　光義卿御家頼
	242	竜子	吉田伝十郎　尾州　光義卿御家頼
528		薗秀	吉田氏薗秀　尾州名古ヤ　点者
	243	(薗秀)	吉田□薗秀　尾州名古や　点者
529		**惟然**	**惟然坊　濃州**
	244	**可入**	**神部少五郎　三州吉田**
530		愚侍	小野人四郎　三州吉田　句帳撰者　梅盛門弟
	245	愚侍	小野人四郎　三州吉田　句帳撰者　□□□□
531		重正	川嶋氏　遠州二俣　法名休意　立圃門弟
	246	重正	川嶋氏　遠州二股　法名休意　立圃門人
532		糜塒翁	高山伝右衛門　甲州谷村住　秋本摂津守殿家老
	247	糜塒翁	高山伝右衛門　甲州谷村住　秋本摂津守殿家老
533		友正	岸本猪右衛門　江戸　立圃門弟
	248	友正	岸本猪右ヱ門　江戸　立圃門人
534		宗利	北村市右衛門　江戸　立圃門弟　鵜鷺俳諧連衆　立圃両吟作者
	249	宗利	北村市右ヱ門　江戸　立圃門人　□□□□□□　□□□□□□
535		嶺利	竹井氏　江戸　立圃門弟　勘右衛門
	250	嶺利	竹井□　江戸　立圃門人　勘左衛門
536		親信	新山仁左衛門　江戸　立圃門弟
	251	親信	新山仁左ヱ門　江戸　立圃門人
537		重因	大井氏　江戸　立圃門弟
	252	重因	大井氏　江戸　立圃門弟
538		信世	小野氏　立圃門弟　江戸　鵜鷺俳諧連中
	253	信世	小野氏　立圃門弟　江戸　鵜鷺誹諧連中
539		立和	堤満直法名　立和　江戸
	254	立和	堤満直法名　立和　江戸
540		有次	岩田氏　江戸　立圃門弟　三ッ物連中　有哉事
	255	有次	岩田氏　江戸　立圃門人　□□□□□　有哉事
541		誉文	富田介之進　江戸　立圃門弟
	256	誉文	富田介之進　江戸　立圃門人
542		乗言	尾関長右衛門　江戸　立圃門弟
	257	乗言	尾関長左衛門　江戸　立圃門人
543		立志	高井氏　江戸　立圃門弟
	258	玄志	高井□　江戸　立圃門人
544		紅圃	森氏信親法名　紅圃　本京住在江戸　立圃門弟　独吟千句作者
	259	紅圃	森氏信親法名　紅圃　本京住在江戸　立圃門人　独吟千句作者
675		崇音	薮殿嗣良卿御法名　崇音　嗣孝卿御父
	260	崇高	薮殿□良卿御法名　□□　□□□□□
676		盛政	佐久間玄番頭盛政　柴田勝家養子　信長記ニ入
	261	(盛政)	佐久間玄番頭盛政　柴田勝家養子　信長記ニ入
677		不言	曽我又左衛門殿　御書院番　藤氏
	262	不言	曽我又左衛門□　御書院番　□□

678		調恵	舟越百介殿
	263	調恵	舟越百介□
679		調皷子	山崎伝左衛門殿　調子トモ
	264	調皷子	山崎伝左衛門□　調子トモ
680		出思	石河甚太郎殿　三右衛門殿息
	265	出思	石河甚太郎□　三右ヱ門殿息
681		花散子	長井金兵衛殿　御書院番
	266	花散子	長井金兵衛□　御書院番
682		豊広	五味外記殿　藤九郎殿息　山内一家
	267	豊広	五味外記□　藤九郎殿息　山内一家
683		未及	山岡伝五郎殿
	268	未及	山岡伝五郎□
684		泊船子	妻木伝兵衛殿　御はたもと　号泊船子
	269	泊船子	妻木伝兵衛□　御はた本　号□□□
685		是楽軒自笑	馬場十郎左衛門殿　御はたもと　大番衆
	270	自笑	馬場十郎左衛門□　御はた本　大番衆
686		申笑	犬塚平兵衛殿　大番衆
	271	由笑	犬塚平兵衛□　大番衆
687		捻少	小笠原源四郎殿　大番衆
	272	捻少	小笠原源四郎□　大番衆
688		言菅子	瀬名新八郎殿　大番衆
	273	言菅子	瀬名新八郎□　大番衆
689		忠栄	大久保長三郎殿　御旗本衆　大番衆
	274	忠栄	大久保長三郎□　御旗本衆　□□□
690		青葉子	羽太権八郎殿　御書院番
	275	青葉子	内太権八郎□　御書院番
691		露関子	榊原十郎兵衛殿　御書院番　源家　八兵衛殿息
	276	露関子	榊原十郎兵衛□　御書院番　□□　□□□□□
692		翠紅	榊原十郎兵衛殿　御書院番　露関子改名
	277	翠我	榊原十郎兵衛□　□□□□　露関子改名
693		松友	多賀右衛門八殿　御はたもと
	278	松友	多賀右衛門□□　御はた本
694		青河子	多門平次郎殿　御はたもと
	279	青河子	多門平次郎□　御はた本　*近衛流*
695		笑水	河内弥五兵衛殿　十左衛門殿弟　御はたもと
	280	笑水	河内弥五兵衛□　□□□□□□　御はた本
696		露管子	久松彦左衛門殿　御書院番
	281	露菅子	久松彦左衛門□　御書院番　*定家流*
697		露章	大河内又兵衛殿　御はたもと　御書院番　源氏
	282	露章	大河内又兵衛□　御はた本　□□□□　□□
698		忠勝	梶川十兵衛殿　御進物番
	283	忠勝	梶川十兵衛□　御進物番
699		愚候	金田市郎兵衛殿　御はたもと　遠江守殿一家
	284	黒以	金田市郎兵衛□　御はた本　□□□□□□
700		露柳	坂部八郎右衛門殿　御はたもと
	285	露柳	坂部八郎右ヱ門□　御はた本
701		調百	神尾平三郎殿　御旗本衆
	286	調百	神尾□□□□　御旗本衆　*定家流*
702		言世	神保左兵衛殿　御勘定衆
	287	言世	神保左兵衛□　御勘定衆
703		親時	中山六太夫殿　江戸御旗本衆　丹治姓
	288	視時	中山六大夫殿　□□御旗本□　□□□
704		調川子	榊原弥太夫殿　御はたもと
	289	調川子	梶原弥大夫□　御はた本
705		露深	佐野十右衛門殿　御旗本衆　主馬殿息
	290	露深	佐野十右衛門□　御はた本　□□□□
706		松春	水野権平殿　御はたもと
	291	松春	水野権平□　御はた本
707		正立子	加藤金右衛門殿　号正立子
	292	正立子	加藤金左ヱ門□　号□□□
708		松滴	佐々木金右衛門殿　桐間御衆　号松滴
	293	松滴	佐々木金右ヱ門□　桐間□衆　号□□
709		順忠	井口氏　江州大津　続新犬筑波ニ入
	294	順忠	井口□　江州大津　続□犬筑波ニ入
710		重軌	山本治左衛門　江州大津　立圃門弟　独吟千句作者　百人一句入
	295	重軏	山本治左ヱ門　江州大津　立圃門人　独吟千句作者　□□□□□

表１―10

711		不卜	原是三　江州大津　貞室門弟
	296	不卜	原是三　江州大津　貞室門弟
712		**昌俊**	**佐川田氏　喜六　永井信濃守殿家中**
	297	**逗雪**	**清水喜介　江州大津　立圃門弟**
713		定共	河毛五兵衛　江州大津　貞室門弟
	298	定共	河□五兵衛　江州大津　貞室門弟
714		宜親	川並衆宜親　江州　良保門弟　高橋氏安心子
	299	**宣**親	川並衆**宣**親　江州　良保門弟　□□□□□□□
715		宜為	川嶋安親子宜為　良保門弟　木徳集撰者　江州川並住人
	300	（**宣**為）	川嶋安親子**宣**為　良保門弟　□□□□□　江州川並住人
716		長尚	外村氏　江州彦根　維舟門弟
	301	長尚	外村□　江州彦根　維舟門弟
717		木因	谷九太夫　季吟門弟　濃州大垣住人
	302	木因	谷九大夫　季吟門弟　濃州大垣住人
718		松滴子	賀嶋四郎兵衛　美濃岐阜
	303	松**停**子	**木**嶋四郎兵衛　美濃岐阜
719		塵言	江口三郎右衛門　奥州二本松　丹羽殿家老
	304	塵言	江口三郎右衛門　奥州二本松　丹羽□家老
720		衆下	小沢氏　奥州二本松丹羽殿家中　維舟門弟
	305	衆下	小沢□　奥州二本松丹羽□家中　□□□□
721		道高	長岡氏　奥州二本松　維舟門弟　丹羽若狭守殿家中
	306	道**尊**	長**園**□　奥州二本松　維舟門**人**　丹羽若狭守□□□
722		好元	日野平五郎　奥州二本松　維舟門弟　丹羽若狭守殿家老
	307	好元	日野平五郎　奥州二本松　維舟門弟　丹羽若狭守殿家老
723		相興	佐野氏　奥州二本松　丹羽若狭守殿家中　維舟門弟　時世粧ニ句アリ
	308	相**貞**	佐野**相貞**　奥州二本松　丹羽若狭守殿家中　□□□□　□□□□□□□□
724		林元	水野九右衛門　奥州二本松　丹羽殿家中
	309	林元	水野九右衛門　奥州二本松　丹羽□家中
725		守常	長坂奥右衛門　奥州岩城　内藤左京亮殿家中
	310	守常	長坂**貞**右衛門　奥州**山**城　内藤左**兵衛**亮殿家中
726		三千風	大淀友翰別名　奥州仙台　松嶋名所集撰者
	311	三千風	大淀友翰別**号**　奥州仙台　松嶋名所集撰者
727		清風	鈴木権九郎　おくれ双六撰者　羽州最上　尾花沢住
	312	清風	鈴木権九郎　おくれ双六撰者　羽州**京**上　尾花沢住
728		少蝶	平賀氏常福院　出羽秋田野代　桂葉息
	313	**脱**	平賀氏常福院　出羽秋田野代住人　桂葉息　***立圃門人***
729		卜琴	柴垣氏　越前　始城州山崎住　旬帳撰者
	314	卜琴	柴垣氏　越前　始城州山崎住　旬帳撰者　**小琴**
730		是等	秋葉氏是等　越前　中山集続山井ニ入
	315	是等	秋葉氏是等　越前　中山集続山井ニ入
731		古玄	福井衆　越前　諸国独吟人数
	316	古玄	福井衆　越前　諸国独吟人数
732		友琴	神戸氏　加州金沢　旬帳撰者　白根草撰者　武兵衛
	317	友琴	神戸友琴　加州金沢　旬帳撰者　白根草撰者　武兵衛
733		頼元	成田氏　加州金沢　中山集ニ入　松平加賀守殿家中
	318	頼元	成田氏　加州金沢　中山集ニ入　松平加、守殿家中　加州金沢
734		一烟	宇野平右衛門　加州金沢　白山法楽集撰者
	319	一烟	宇野□右衛門　加州金沢　白山法楽集**入**
735		野水	小川徳右衛門　雪下草撰者　加州金沢　松平加賀守殿又家中
	320	野水	小川徳右衛門　雪下草撰者　加州金沢　松平加、守□□家中
736		一夢	村山氏　加州金沢又家中　松平加賀守殿家中神谷民部家礼
	321	一夢	村山□　加州金沢又家中　□□□□□□□□□神谷民部家礼
737		泰重	喜多休庵別名　立圃門弟　帰花人数　越後住人　始大坂住
	322	泰重	喜多休庵別**号**　立圃門弟　帰花人数　越後住人　始大坂住
738		春興	中山六兵衛　佐州川原田
	323	春**貞**	中山六兵衛**春貞**　佐州川原田
739		曲肱	松平勘右衛門　丹州笹山住　松平若狭守入道殿一家　笹山千句連衆
	324	曲肱	松平勘右衛門　丹州笹山住　□□若狭守□□殿□□　笹山千句連衆
740		幽歩	九鬼宇右衛門　丹波三田　九鬼和泉守殿一家中
	325	幽歩	九鬼宇右衛門　丹波三田　九鬼和泉守□一家□
741		孤吟	朽木伊左衛門　丹波福地山　貞室門弟　朽木伊予守殿家中
	326	孤吟	朽木伊**右**衛門　丹波福地山　貞室門弟　朽木伊予守殿家中
742		一嘯	関岡八郎右衛門　丹州三田　九鬼和泉守殿家中　能書
	327	一嘯	関岡八郎**左**衛門　丹**波**三田　九鬼和泉守□家中　□□
743		次末	粉川氏　因州鳥取　維舟門弟　尾張や六郎兵衛
	328	次末	粉川氏　因州鳥取　維舟門人　尾張屋六郎兵衛

744		四友	土屋外記　号四友　在江戸　土屋但馬守殿一家　出雲松江　在江戸
	329	（四友）	土屋外記　号四友　在江戸　□□□□□□□□　出雲松江　□□□
745		一時軒	岡西氏　備前岡山
	330	一時軒	岡西氏　備前岡山
746		久忠	藤村左平次　備後福山　水野美作守殿家中
	331	久忠	藤村左平次　備後福山　水野美作守□家中
747		元随	徳重元随　備後福山　水野美作守殿家中
	332	元随	徳重元随　備後福山　水野美作守□家中
748		宗雅	伊藤七郎右衛門　備後福山　立圃門弟
	333	宗雅	伊藤七郎右ヱ門　備後福山　立圃門弟
749		重次	梨地屋又兵衛　芸州広嶋
	334	重次	梨地屋又兵衛　芸州広嶋
750		漁友	岡田七郎兵衛　芸州広嶋衆　松平安芸守殿家中
	335	漁友	岡田七郎兵衛　芸州広嶋□　松平安芸守□家中
751		素友	広嶋衆　安芸
	336	素友	広島衆　安芸
752		古閑	古谷勘右衛門　芸州広嶋　松平安芸守殿家中
	337	古閑	古屋勘右衛門　芸州広島　松平安芸守□家中
753		可笑	若山六之丞　芸州広嶋衆　松平安芸守殿家中
	338	可笑	若山六之丞　芸州広嶋□　松平安芸守□家中
754		三近	宇都宮由的別名　儒者　防州　在京
	339	三近	宇都宮由的別号　儒者　防州　在京
755		耳海	伊藤良固別名　長州下関
	340	耳海	伊藤良因別号　長州下関
756		宜陳	安崎氏　阿波涓津　大井川　武蔵野　名取川ニ入
	341	宣陳	安崎氏　阿波湯津　大井川　武蔵野　名取川□入
757		吟松	野水軒　阿州住
	342	吟松	野水軒　阿州住
758		玉水軒残松子	岩手弥左衛門　阿州
	343	残松子	岩手弥左ヱ門　阿州　玉水軒
759		一三	中野氏　讃州　新百人一句ニ入　号一三子今菴
	344	一三	中野氏　讃州　新百人一句ニ入　号一三子令菴
760		宗臣	桑折左衛門　与州宇和嶋住　伊達政宗卿流末　大海集撰者
	345	宗臣	桑折左衛門　与州宇和嶋住　伊達政宗□流末　大海集撰者
761		不及	上原久右衛門　筑前福岡　大井川集ニ入　黒田右衛門佐殿家中　号不及子
	346	不及	上原久右衛門　筑前福岡　大井□集ニ入　黒田右衛門佐□家中　号□□□
762		**李斎**	**八木理兵衛　法名李斎　百人一句ニ入　洛陽名筆集人数　能書**　←B427
	347	**信興**	**京屋太良右ヱ門　筑前博多**
763		西海	西海　筑前　大硯作者　中村氏
	348	西海	西海　筑前　大硯作者　中村氏
764		如閑	団朋之法名　中山集其外集ニ入　肥前小山住
	349	如閑	団朋之法名　中山集之外集ニ入　肥後小山住
765		任地	枝吉三郎右衛門　肥前佐賀　鍋嶋殿家中
	350	任地	枝吉三郎右ヱ門　肥後佐賀　鍋嶋殿家中
766		保之	貞方氏　肥前平戸　維舟門弟
	351	保之	貞方氏　肥前平戸　維舟門弟
767		吉立	末次三郎兵衛　肥前長崎住　季吟門弟
	352	吉立	末沢三郎兵衛　肥前長崎□　季吟門弟
768		一直	安部氏　肥後熊本　維舟門弟　新百人一句ニ入
	353	一直	安部氏　肥後熊本　維舟門弟　新百人一句ニ入
769		守昌	寺田氏　肥後熊本　維舟門弟
	354	守昌	寺田□　肥後熊本　維舟門弟
770		一見	長崎氏一見　肥後熊本
	355	一見	長崎氏一見　□□□□
771		金門	熊本衆金門　肥後　荒瀬金太夫　懐子ニ入　法名友閑
	356	金門	熊本衆□□　肥後　荒瀬金大夫　懐子ニ入　法名友閑
772		真昭	瀧山氏　肥後熊本
	357	真昭	瀧山□　肥後熊本
773		親宣	中嶋氏　肥後熊本　中山集ニ入
	358	親宣	中嶋□　肥後熊本　□□□□□
774		菅宇	菅野宇兵衛政信　別名　肥後八代
	359	菅宇	菅野宇兵衛政信　別号　肥後八代
775		正春	種田氏　豊後臼杵　稲葉殿家中　維舟門弟
	360	正春	種田□　豊後臼杵　稲葉殿家中　維舟門人
776		直右	平田直右衛門　対州　宋対馬守殿家老
	361	直尤	平田直左衛門　対州　宋対馬守□家老

777		幽僻	河野松波　対州	
	362	幽僻	河野松波　対州	
778		友西	椋梨友西　一雪男　国不知　在京	
	363	（友西）	椋梨友西　一雪男　国不知　在京	
779		如見	樋口氏　始泉州貝塚住　在大坂　点者	
	364	如見	樋口□　如泉州貝塚住　在大坂　点者	
780		一風	村尾金十郎　摂州兵庫住	
	365	一風	村尾金十郎　摂州兵庫住	
781		**貞徳**	**松永逍遊軒貞徳　俳諧宗匠　御傘作者　淀川油糟作者　永種息**	
	366	**家歩**	**国名所不知考**	
782		**貞徳**	**松永延陀丸　柿園**	
	367	**宗鑑**	**山崎宗鑑　犬筑波ニ此句入　本江州住人　志那弥三郎範重入道　□□**	**→A331**
783		徳元	斉藤斎入　　関白秀次公御家来　斉藤又左衛門徳元　後江戸住	
	368	（徳元）	斉藤徳元斎入　関白秀次公御家来　斉藤又左衛門徳元　後江戸住	
784		正義	大津衆　江州　正義　長谷平次	
	369	正義	大津衆　江州　□□　長谷平次	
785		尚白	大津衆　江州　号尚白	
	370	尚白	大津衆　江州　号□□	
786		**許六**	**森川氏　五老井　江州**	
	371	**何求**	**大津衆　江州　号**	
787		抄長	大津衆　江州　号抄長	
	372	抄長	大津衆　江州　号□□	
788		是保	大津衆　江州　号是保	
	373	是保	大津衆　江州　□□□	
789		良武	大津衆　江州　号良武	
	374	良武	大津衆　江州　□□□	
790		紀英	京衆　本国不知　昆山名乗替リ入　貞室門弟　紀英	
	375	**記**英	京衆　本国不知　昆山名乗**出**入　　貞室門**人**　□□	
791		立圃	野々口親重　法名　号松翁子　小町踊撰者　犬子集入　百人一句ニ入	
	376	**脱**	野々口親重　法名　号松翁子　小町踊撰者　犬子集入　□□□□□□□	
792		**沾徳**	**沾徳　江戸点者　宗因門弟　露沾子ノ門下**	
	377	**脱**	**北村麿菴　続山井　新犬筑波　続連珠撰者　□□□□□□□□**	**→A378**
793		江翁	松江維舟別名　　　　号江翁	
	378	（江翁）	松江維舟別号維舟　又江翁トモ	
794		重頼	松江治右衛門　犬子草　毛吹草　同追加　懐子撰者　百人一句ニ入	
	379	**脱**	松江治右衛門　犬子草　毛吹草　同追加　懐子撰者　百人一句ニ入	
795		維舟	松江法橋　　　重頼法名　佐夜中山集　今様姿　大井川集　武蔵野　名取川撰者	
	380	維舟	松江法橋維舟　重頼法名　佐夜中山集　今様姿　大井川集　武蔵野　名取川撰者	
796		親重	野々口庄右衛門　鼻ヒ草作者　大発句帳撰者　親重	
	381	親重	野々口庄右衛門　鼻**火**草作者　大発句帳撰者　□□	
797		春可	京衆　毛吹草巻頭作者　百人一句ニ入　朝生軒	
	382	春可	京衆　毛吹草巻頭作者　百人一句□入　朝生軒	
798		正直	京衆　薄屋十兵衛　犬子集　毛吹草　鷹筑波　百人一句入	
	383	**脱**	京衆　薄屋十兵衛　犬子集　毛吹草　鷹筑波　百人一句□	
799		正章	安原彦左衛門　玉海集撰者　犬子集　毛吹草　鷹筑波ニ入　貞徳弟子	
	384	正章	安原彦左衛門　玉海集撰者　犬子集　毛吹草　鷹筑波ニ入　貞徳弟子　***貞室事***	
800		貞室	安原正章　法名　玉海集追加撰者　百人一句ニ入　貞徳跡目　貞室	
	385	貞室	安原正章　法名　玉海**並**追加撰者　百人一句ニ入　貞徳跡目　□□	
801		良徳	鶏冠井九郎左衛門　犬子集　百人一句ニ入　崑山土塵集撰者　令徳事	
	386	良徳	鶏冠井九郎左ヱ門　犬子集　百人一句ニ入　崑山土塵集撰者　□□□	
802		令徳	鶏冠井良徳　良ノ字ヲ令徳ニ改　鷹筑波ニ入　号直入軒　挙直集　旅枕撰者	
	387	（令徳）	鶏冠井良徳　良ノ字□令徳ニ改　鷹筑波ニ入　号直入軒　挙直集　旅枕撰者	
803		重時	渋谷紀伊守　　　貞徳門弟　大発句帳　鷹筑波ニ入	
	388	重時	渋谷紀伊守重時　貞徳門**人**　大発句帳　鷹筑波ニ入	
804		西武	山本九郎左衛門　　　犬子集　崑山集ニ入　鷹筑波撰者	
	389	（西武）	山本九郎左衛門西武　犬子集　崑山集ニ入　鷹筑波撰者	
545		昌隠	連歌師里村法橋昌隠　始昌胤　昌琢孫　祖白男　俳諧発句	
	390	（昌隠）	連歌師里村法橋昌隠　始昌胤　昌琢孫　祖白男　俳諧発句	
546		昌純	連歌師里村昌純別名　号玉純　始昌勃　昌琢孫　昌程二男	
	391	（昌純）	連歌師里村昌純別名　□**王**純　始昌勃　昌琢孫　昌**詮**二男	
547		**玄陳**	**極め札「連歌師玄陳　老らくや」**	
	392	**（乗昌）**	**連歌師沼津乗昌　紹己門弟　京衆**	
548		二道	連歌師人見佐渡昌親別名	
	393	**二通**	連歌師人見佐渡昌親別名	
549		江雲	連歌師那波江雲　昌程門弟	
	394	（江雲）	連歌師那波江雲　昌程門弟	

550		方寸	連歌師松井宗啓別名　堺　古今伝受人　宗響男	
	395	方寸	連歌師松井宗啓別名　堺　古今伝受人　宗理男	
551		自楽	連歌師阿形宗珍　兼寿門弟　但常法名	
		落		
552		了閑	紅粉屋了閑　南都　連歌師	
	396	了閑	紅粉屋了閑　南都　連歌師	
553		利長	蔵屋茂兵衛　南都連歌師　宗林俗名　利長	
	397	（和長）	蔵屋茂兵衛　南都□□□　宗林俗名　和長	
554		野水	岡田佐次衛門　尾州　幸胤　野水ト云	
	398	宗林	南都衆宗林　和州　連哥師　蔵屋茂兵衛入道	
555		西翁	連歌師西山宗因　別名　昌琢門弟	
	399	西翁	連歌師西山宗因　別名　昌琢門弟	
556		梅翁	西山宗因　別名　連歌師　大坂天満住　昌琢門弟　百人一句ニ入	
	400	脱	西山宗因　別号　□□□　大坂天満住　昌琢門弟　百人一句ニ入	
557		宗斎	連歌師川崎屋宗斎　大坂	
	401	（宗斎）	連歌師川崎屋宗斎　大坂	
558		寸計	連歌師末吉宗久　別名　道節兄　摂州平野住	
	402	脱	連歌師末吉宗久　別号　道節兄　摂州平野住	
559		貞直	玉手九郎左衛門　境　歌人　光広卿御門弟	
	403	貞直	玉手九郎左衛門　堺　歌人　光広卿御門弟	
560		以円	連歌師　堺　禅通寺内住　祖白門弟　隠者	
	404	以円	連哥師　堺　禅通寺内住　祖白門弟　隠者也	
561		惟白	蜂屋能登入道　宗富男	
	405	惟白	蝉屋能登入道　□□□	
562		蝶々子	神田蝶々子貞宣　江戸　三〔思〕出草撰者　百人一句ニ入　玉海ニ入	
	406	九畔	勝円寺々中雲益　光正事　哥人	
563		妙三	連歌師里村玄仍息女　号妙三　玄陳妹	
	407	（妙三）	連歌し里村玄仍息女　号妙三　玄陳妹	
564		ひさ	伊勢大掾光能妻　　　能書	
	408	（ひさ）	伊勢大塚光能妻ひさ　　□□	
565		貞心	貞心女筆　維舟句帳ニ入　下京衆　能書	
	409	貞心	貞心女□　維舟句帳□□　下京衆　□□	
566		蝶女	京衆　蝶女筆　古筆源右衛門英門妻　平沢氏了節娘	
	410	（蝶女）	京衆　蝶女□　古筆源右衛門英門妻　平沢氏了節女	
567		智月	大津〔膳所〕住尼智月　はせを門弟	
	411	唐	遊女□　朱雀　芝原事	→A571
568		山人	蝶々子妻　号山人　続新犬筑波ニ入　二葉氏母	←B417①
	412	永覚	三宅氏尼永覚　河州住人　諸集入	
569		やちよ	京遊女やちよ　かつらおとこ　懐子ニ入	
	413	（方孝妹）	川崎方孝妹　大坂　立圃門弟	
570		よし野	京嶋原遊女　よし野　寛文時代	
	414	（慶教妻）	中会慶教妻　勢州山田	
571		唐	遊女筆　朱雀	←B411
	415	（愚伝妻）	小野愚伝妻	
572		小紫	遊女筆　武州江府吉原住	
	416	紫	遊女□　武州江府吉原住	
573		花紫	遊女花むらさき　色にめてゝ　江戸	
	417①	（山人）	蝶々子妻　号山人	→A568
574		好女	大井定用妻　江戸　立圃門弟	
	418	好女	大井定用妻　□□　立圃門弟	
575		秋色	菊后亭　菓子屋　其角門人	
	417②	貞三	貞三尼　下京住	
576		長女	女筆　備中衆　馬越元定妻　維舟句帳ニ入	
	419	長女	□□　□□□　馬越元定妻　維舟句帳□入	
577		貫	水野氏妾　備後福山衆　貫　歌人	
	420	貫	水野氏妻　備後福山衆　□　哥人	
578		ステ	田野氏妻　丹波柏原住　季吟門弟	←B425
	421	脱	水野外記息女　備後福山□女　水野美作守家中	
579		孝女	川嶋宜為妹　江州川並住　号孝女　良保門弟	
	422	孝女	川嶋宜為妹　江州川並住　号□□　良保門弟	
580		富女	不及女　播州明石住　維舟門弟　懐子ニ十二才ニテ入	
	424	富女	不及女　播州明石住　維舟門弟　十二才□□懐子ニ入	
581		ちよ	尼素園　加州松任　支考門弟	
	423	周女	常仲妻　備前岡山　千葉氏常仲妻	
582		そのめ	園女　初勢州山田住　後大坂住　宝永二乙酉	
	425	ステ	田野氏妻　丹波柏原住　季吟門弟	→A578

583		義永	尾片宗鑑　能書　号義永　名筆集ニ入
	426	(義永)	尾片宗鑑　□□　号義永　□□□□□　*宗真流見事*
584		**昭乗**	**松花堂　八幡滝本坊**
	427	**李斎**	**八木理兵衛　法名李斎　百人一句ニ入　□□□□□□□　□□**　→A762
585		彩雲	藤田友閑別名　　彩雲　能書　松花堂門弟　洛陽名筆集ニ入
	428	(彩雲)	藤田友閑別名　別号彩雲　□□　松花堂門弟　洛陽名筆集ニ入
586		仲安	平野仲安　能書　洛陽名筆集ニ入　号後松軒　松花堂門弟
	429	(仲安)	平野仲安　□□　洛陽名筆集ニ入　号後松軒　□□□□□
587		円常	和田源七郎　　洛陽名筆集ニ入　能書
	430	(円常)	和田源七郎円常　□□□□□□□　能書人
588		道頼	寺井理兵衛　能書　法名養残
	431	道頼	寺井理兵衛　□□　法名養拙　*洛陽名筆集入*
589		**光悦**	**本阿弥　大虚庵**
	432	**剛㓊**	**吉岡道益別号　貞徳門弟**
590		木屑	疋田小右衛門　貞徳門弟　神風記作者　立圃漢和両吟作者
	433	木屑	疋田小右衛門　貞徳門弟　神風記作者　立圃和漢両吟作者
591		元隅	粟津右近　東門跡家老
	434	**西瑞**	粟津**左**近　東門跡家老
592		行尚	村上新之丞　立圃門弟　今出川殿家老
	435	行尚	村上新之丞　立圃門弟　今出川殿家老
593		言己	木村内記慶次別名　号林生　又言己　　正親町殿家老
	436	(言**巴**)	木村内記慶次□□　号林生　又言**巴**トモ云　正親町殿**雑掌**
594		国信	三沢十兵衛　立圃門弟　友貞三物連衆　松木殿家老
	437	国信	三沢十兵衛　立圃門弟　友貞三物連**中**　松木殿**雑掌**
595		橘泉	桂草因　医師
	438	橘泉	桂草因　医師
596		方円	針　柳川良長　法橋　別名方円
	439	方円	針　柳川良長　法橋　別名□□
597		**北枝**	**磨師　加州木屋**
	440	**(宗琌)**	**下村宗琌　法名浄賀　又浄栄トモ　重頼門弟　中山集ニ入**
598		自斎	狩野氏自斎　諸集ニ入
	441	(自斎)	狩野氏自斎　諸集ニ入
599		谷遊	谷崎平右衛門　号谷遊軒貞之　蟄釣舟集撰者　貞徳門弟
	442	谷遊	谷崎平右衛門　号谷遊軒貞之　蟄釣舟集撰者　貞徳門弟
600		高政	菅谷孫右衛門　絵合作者
	443	高政	菅谷孫右ヱ門　絵合作者
601		元長	城九左衛門　絵合人数　高政門弟
	444	元長	城九左ヱ門　絵合人数　高**好**門弟
602		道章	中井氏道章　四季詞作者
	445	道章	中井氏道章　四季詞作者
603		如泉	斉藤䐜吉　号如泉　中庸姿　七百五十韻人数
	446	如**水**	斉藤䐜吉　号如泉　中庸姿　七百五十韻人数
604		雅克	前田伝兵衛　維舟門弟　如泉三物連衆　我黒前名
	447	**脱**	前田伝兵衛　維舟門弟　**京**　三物連衆　□□□□
605		自悦	浜川行中法名　洛陽発句帳撰者　六百韻　絵合人数
	448	自悦	**淀**川行中法名　洛陽発句帳撰者　六百韻　絵合人数
606		諺世	房屋市兵衛
	449	諺世	房屋市兵衛
607		伊安	神原氏　　諸集ニ入　諸国独吟集人数
	450	(伊安)	神原□伊安　諸集□入　諸国独吟□人数
608		**去来**	**向井氏　俗名平次郎　肥州**
	451	**可笑**	**京衆**
609		昌知	鶴屋三右衛門　立圃門弟　大発句帳時代人　能書
	452	昌知	鶴屋三右衛門　立圃門弟　大発句帳時代人　□□
610		**了佐**	**極め札「正覚庵　あめつちの　印」**
	453	**三定**	**古井川　令徳門弟　集入**
611		英門	古筆ニ沢源右衛門　了佐孫　了祐兄
	454	英門	古筆ニ沢源右衛門　了佐孫　了祐兄
612		了祐	古筆平沢八兵衛了祐　俗名定香又英陸　立圃門弟　了栄男　英門弟
	455	**英惟**	古筆平沢八兵衛了祐　俗名定香又□□　立圃門弟　了栄男　英門弟
613		守村	古筆了任俗名　平沢勘兵衛入道　一村男　　了佐嫡孫
	456	守村	古筆了任**法**名　平沢勘兵衛入道　一村男カ　了佐嫡孫
614		守直	古筆勘兵衛　守村男　在江戸
	457	守直	古筆勘兵衛　守村男　在江戸
615		**明鏡**	**古筆茂入　朝倉氏　山やたき**
	458	**定好**	**熊井清左衛門　江戸**

616		曲翠	菅沼外記曲翠　膳所本多殿家頼　菅沼外記	
	459	脱	浅井又八郎　江戸　調和門弟　酒井河内守家中	
617		洒堂	膳所住　高宮氏　洒堂	
	460	一賀	武田又右衛門　在江戸　細川若狭守家中	
618		忠知	神野長左衛門　江戸	
	461	忠知	神野長左衛門　江戸	
619		ト入	梅原氏　江戸	
	462	ト入	梅原□　江戸	
620		調和	岸本氏　江戸　石亀集撰者	
	463	調和	岸本□　江戸　石亀集撰者	
621		兼豊	門村法橋　江戸　句帳撰者　始南都住	
	464	兼豊	門村法橋　□□　句帳撰者　始南都住	
622		子葉	子葉　大高氏源五　赤穂浅野内匠殿衆　沾徳門弟	
	465	(正隆)	礒田助五郎正隆　江戸	
623		幽山	高野直重法名　八百韻興行	
	466	幽山	高野直重法名　八百韻興行	
624		素堂	山口太兵衛　来雪又素堂　　江戸　幽山三物連衆	
	467	(素堂)	山口太兵衛　来雪又素堂　　江戸　幽山三物連衆	
625		言水	池西八郎兵衛入道　在江戸　蛇鮓撰者　江戸八百韻連衆	
	468	言水	池西八郎兵衛入道　在江戸　蚍酢撰者　江戸八百韻連中	
626		才麿	西丸改名　江戸点者	
	469	才麿	西丸改名　江戸点者	
627		未得	石田氏　江戸	
	471	信定	竹尾　江戸	
628		未琢	石田氏　江戸　未得男　一本草撰者	
	470	未□	石田氏　江戸　未得男　一本草撰者	
629		素朴	中村氏　江戸　云奴三物連中	
	472	素朴	中村□　江戸　□□□□□□	
630		不卜	岡村市兵衛　江戸　広小路　向岡撰者	
	473	不卜	岡村重兵衛　江戸　□□□　向岡撰者	
631		一口	安藤介之進　江戸　大番衆与力　諸集ニ入	
	474	一口	安藤介之進　江戸　大番衆与力　諸集□入	
632		似春	小西平左衛門　俗名ヲ以法名トス　句帳撰者　江戸	
	475	似春	小西平左ヱ門　□□□□法名トス　句帳撰者　□□	
633		山夕	樋口次郎左衛門　江戸　点者	←B513
	476	吟松	松村正恒　法名　江戸	
634		泰徳	西岡五兵衛泰次改名　江戸	
	477	泰徳	西岡五兵衛泰次改名　□□	
635		輿之	富不門　江戸	
	478	興之	富不門　江戸	
636		洗口	河村太兵衛　江戸　其角門弟	←B515
	479	(信斎)	臼井信斎　江戸　俗名平右衛門	
637		寿信	武田長兵衛　俗名ヲ以法名トス　千人一句撰者　江戸	
	480	寿信	武田長兵衛　俗名ヲ以法名□□　千人一句撰者　江戸	
638		加友	荒木泰庵　　江戸　別名	
	481	加友	荒木*法橋*泰庵　江戸　別号	
639		一松	鵜川氏　　江戸　点者	
	482	(一松)	鵜川氏一松　江戸　点者	
640		良斎	栗原良斎　江戸　点者	
	483	(良斎)	栗原良斎　江戸　点者	
641		幸入	細見氏　江戸　点者	
	484	幸入	細見□　江戸　点者	
642		俊継	片山吉兵衛　江戸	
	485	俊継	片山吉兵衛　江戸	
643		露言	福田政孝法名　江戸　句帳撰者　調也トモ	
	486	露言	福田政孝法名　江戸　句帳撰者　調也トモ	
644		安昌	藤井庄介　江戸　幽山三物連衆	
	487	安昌	藤井庄介　江戸　幽山三物連衆	
645		青雲	松木次郎左衛門　江戸　幽山三物連中　八百韻連衆	
	488	青雲	松木次郎左ヱ門　江戸　幽山三物連中　八百韻□□	
646		鳥跡	正木堂宗知別名　江戸　点者	
	489	鳥跡	正木堂宗知別名　江戸　点者	
647		雪柴	油比彦太夫　　江戸　談林連衆　町与力	
	490	雪柴	池村彦大夫別号　江戸　談林□□　町与力	
648		在色子	野口氏　江戸　談林連中	
	491	在色子	野口□　江戸　談林□□	

表１—16

649		正友	江戸衆　談林之中　遠藤氏伝兵衛
	492	正友	江戸衆　談林□中　遠藤□伝兵衛
650		一鉄	三輪三右衛門　江戸　談林連衆
	493	一鉄	三輪三**左**ヱ門　江戸　談林□□
651		松意	田代氏　　　江戸　檀林之内　俗名新右衛門
	494	松意	田代新**左**ヱ門　江戸　檀林中
652		志計	中村庄三郎　江戸談林之中
	495	**忠**計	中村庄三郎　江戸談林□中
653		卜尺	小沢太郎兵衛　江戸　檀林之中　桃青三物連衆
	496	卜尺	小沢太郎兵衛　江戸　檀林□中　□□□□□□□
654		言求	星野氏　　江戸　談林ノ内
	497	（**三述**）	星野氏**三述**　江戸　談林中
655		芭蕉	松尾氏　江戸　始伊州上野住　廿歌仙作者
	498	桃青	松尾□　江戸　始伊州上野住　廿歌仙作者
656		**桃青**	**松尾氏　芭蕉卜号ス**
	499	**杉風**	**杉山市兵衛杉風　江戸　撰者　三物連衆　廿歌仙人数　□□□□□□□　□□　□□□□→A670**
657		暁雲	多賀助之丞　江戸　号暁雲　英一蝶
	500	暁雲	多賀助之丞　江戸　号暁雲　□□□　***一峰閑人暁雲アリ***
658		嵐雪	服部新左衛門　江戸　廿歌仙連中　井上相模守殿家中
	501	嵐雪	服部新左衛門　江戸　廿歌仙連中　井上相模守殿家中
659		巌翁	多賀井長左衛門　江戸　廿歌仙ノ中
	502	巌翁	多賀井長左ヱ門　江戸　廿歌仙ノ中
660		嵐竹	江戸衆嵐竹　廿歌仙ノ中　桃青門弟
	503	嵐竹	江戸衆□□　廿歌仙ノ中　桃青門**人**
661		其角	榎下順哲別名　号其角　廿歌仙人数　　桃青門弟
	504	（其角）	榎下順哲□□　号其角　廿歌仙**之内**人数　桃青門**人**
662		**キ角**	**榎下氏　順哲別名**
	505	**木鶏**	**富永三右ヱ門　江戸　廿歌仙中**
663		一山	江戸衆一山　桃青門弟　廿歌仙ノ中
	506	一山	江戸衆□□　桃青門弟　廿歌仙ノ中
664		揚水之	江戸衆揚水之　桃青門弟　廿歌仙人数
	507	揚水之	江戸衆□□□　桃青門弟　廿歌仙**之中**
665		立詠	高井氏　　江戸　立志男　四季源氏撰者
	508	立詠	高井氏立詠　江戸　立志男　四**条**源氏撰者
666		二葉子	平野二葉子　蝶々子男　江戸
	509	（二葉子）	平野二葉子　蝶々子男　江戸
667		利重	土岐祐木俗名　　　句帳撰者　尾州名古屋　始江戸　始近之
	510	（利重）	土岐祐木俗名　利重　句帳撰者　尾州名**護**屋　始江戸　始近之
668		政義	升屋太郎七　五派集作者　江戸
	511	**脱**	升屋太郎七　五**詠**集作者　江戸
669		昨今非	笠原理右衛門昨雲　号東嘯斎　江戸
	512	昨今非	笠原理右衛門昨雲　号東嘯斎　江戸
670		杉風	杉山市兵衛杉風　江戸　桃青三物連衆　廿歌仙人数　江戸小田原町　鯉屋　桃青門弟**←B499**
	513	山夕	樋口次郎左ヱ門　江戸　点者　**→A633**
671		樵花	狩野深雪　探幽二男　主殿介守定入道
	514	（樵花）	狩野探雪　□□二男　主殿**人**守定入道樵花
672		**常信**	**狩野氏　養扑　主馬ノ男**
	515	**洗口**	**河村太兵衛　江戸　其角門弟　→A636**
673		資仲	赤塚善右衛門　　江戸
	516	（**契仲**）	赤塚善右衛門**契仲**　江戸
674		葎宿子	那波江雲別名　葎翁トモ　在江戸　京新在家住
	517	葎宿	那波江雲別号　葎翁□□　在江戸　京新在家住

表２　『誹諧短冊手鑑』作者一覧
（表の見方は解説７頁参照）

雪・表面

	No.	署名	姓　名	地域・身分・素性・編著	師系ほか	入集状況
公家	1	杉	近衛信尹	前摂関		
	2	梧	近衛信尋			
	3	東	二條光平	前摂政関白		
	4	我	久我通規			
	5	花	花山院定誠	大納言		
	6	隹	徳大寺実維	前内大臣		
	7	人	今出川伊季	中納言		
	8	檀誉	藪嗣良			
	9	数	藪嗣章			
	10	熈	烏丸光広			
	11	言	山科持言			
	12	竹	櫛笥隆慶			
	13	述	柳原資廉	前大納言		
	14	禾	風早実種			
	15	親	正親町三條実久			
	16	季輔	四辻季輔	中将		
	17	代	川鰭基共			
	18	陰	武者小路実陰			
	19	頝	松木宗顕	頭中将		
	20	一止	正親町公通			
	21	杉	長谷忠能			
	22	基	園基勝			
	23	兼茂	広橋兼茂			
	24	忠	竹屋光忠			
	25	山	交野時香	少弼		
	26	政	岡崎国久			
	27	奥	田向資冬			
	28	央	梅渓英通			
	29	榎	清岡長時			
	30	有	持明院基輔	左中将		
	31	也	上冷泉為綱	左中将		
	32	為之	下冷泉為之			
	33	好	今城定淳	中納言		
	34	尺水	藤谷為熈			
	35	従	久世経式	中将		
	36	意	東久世博意			
	37	保	愛宕通福			
	38	隹	竹内惟庸			
	39	條	庭田重條			
	40	宣慶	葛岡修理太夫			
	41	花	白川雅元（雅光か）	左中将		
	42	誠	植松雅永	中将		
	43	牧	西洞院時成			
	44	量	高辻長量			
	45	為致	五條為致			
	46	全	東坊城長詮	少納言		
	47	雪	萩原員従	左衛門佐		
	48	右	吉田兼連	侍従		
	49	泰	土御門泰広			
	50	倉	倉橋泰純			
	51	戒雲	舟橋相賢舎弟			
	52	公	唐橋在康			
	53	文	滋野井実光	中将		
	54	保春	藤原保春	修理太夫		
大名	55	宗関	片桐石見守	和州小泉		
	56	斐	黒田甲斐守殿長興	筑前秋月城主		（新百人一句×）
	57	遊流	鳥井兵部少輔	信州高遠城主		
	58	和松文	鳥井左京亮	信州高遠城主		
	59	露沾	内藤下野守	奥州岩城々主左京亮殿息		
	60	盲月	京極甲斐守	但州豊岡城主		
	61	文献	諏訪因幡守	信州諏訪城主		
	62	一風	大村因幡守純長	肥前大村城主		今様姿〔時勢粧〕秋巻頭

表2—2

大名	63	立端子	三宅出羽守	三州田原領主		
	64	宗甫	小堀遠江守			
	65	正信	小堀大膳	遠州殿嫡男		
旗本	66	玉峯	小堀下総守	遠州末		
	67	朝倣子	岡部志摩守	美濃守殿末子		
	68	孤雲	京極近江守	丹後守殿御息		
	69	三峯	小出下総守			
	70	夢橋	堀田宮内	筑前守殿一家		
	71	玄々子	織田藤十郎	織田山城守殿甥　高家衆	弐千五百石	
	72	調管子	筑紫右近	御寄合	三千石	
	73	東水	芦野民部資俊	野州芦野領主		
	74	枕流	最上刑部	山形出羽守義光末流	五千石	
	75	調丸子	浅野内記	内匠頭叔父	五千石	
	76	雨椿子	宮崎主水	江戸御はたもと		
	77	嘉隆	小浜民部	御舟大将　民部少輔光隆息		新百人一句
	78	忠高	松平長三郎	御はたもと		
	79	紫苑	中坊内記	御はたもと		
	80	調梔子	榊原藤七郎	御手先衆		
	81	藤匂	金田与三右衛門	遠江守殿嫡男		
	82	其雀	朝倉右京	御はたもと		
	83	調由子	舟越左門	伊与守殿御息　御はたもと	五千石	
	84	松翁	藤掛宮内	監物殿猶子 監物殿ハ御寄合五千石		
	85	萩夕	秋田釆女	淡路守殿息		
	86	秋水	秋田宮内	城之介殿末		
	87	口慰	依田頼母	御寄合　御はたもと	弐千石	
	88	丁我	松平甚九郎	御寄合　周防守殿御一家		
	89	桃李	永井宮内	御はたもと		
	90	調賦子	稲葉主膳	美濃守殿一家　庄右衛門殿御息 御書院番組頭	千百俵	
	91	残月	水野半左衛門	御鉄砲大将		
	92	露鶴	関伊織	御寄合		
	93	惟閑	石河三右衛門	中奥小姓衆	三千石	
	94	亀袖	菅谷八郎兵衛	御寄合	五千石	
	95	調盞子	青山藤右衛門	信濃守殿息　御書院番		
	96	言集	室賀甚四郎	下総守殿息	七千石	
	97	巳哉	跡部宮内	御使番	三千石	
	98	濯心子	戸田右近大夫	淡路守殿御息　大番頭	六千石	
地下	99	定長	難波権頭	一條殿御家老		
	100	貞弘	堀川因幡守	八條殿御家老		
	101	定清	小外記			
	102	喝石	寺田石見守無禅	近衛殿御家来		
	103	清信	隠岐淡路守	二條殿御家来　隠岐河内守二男	友貞門弟	
	104	清高	山本木工之介	二條殿御家来		
	105	家次	山本丹後守	菊亭殿家頼		
	106	斯祐	広庭志摩守	鴨祢宜	立圃門弟	
	107	菊溢	東儀阿波守	禁裏楽人		
	108	季高	安部信濃	禁裏御楽人		
	109	久治	宮崎土佐	禁裏御役人	立圃門弟	
	110	行富	青木右兵衛尉	禁裏御役人　召使	貞清門弟	慕綮集・根無草
	111	公建	橋本長門	稲荷社家		
	112	弘光	姉小路判官			
	113	友昌	小外記			
	114	永栄	山中左京	新院様衆		(水車〔軋〕×)
神官・祢宜	115	松叟	満彦	長官　勢州山田外宮一祢宜		
	116	常和	桧垣氏	勢州山田外宮二祢宜		
	117	因彦	松木氏	勢州山田外宮三祢宜		
	118	常有	桧垣氏	勢州山田外宮四祢宜		
	119	継彦		度会神主　勢州山田外宮五祢宜		
	120	常方		度会神主　勢州山田外宮六祢宜		
	121	末彦		度会神主　勢州山田外宮七祢宜		
	122	親彦		度会神主　勢州山田外宮八祢宜		
	123	常倶		度会神主　勢州山田外宮九祢宜		
	124	貞彦		度会神主　勢州山田外宮十祢宜		
	125	武珍	高田新八郎	勢州山田荒木田神主		鸚鵡集
	126	武辰	高田宮内　荒木田姓	勢州山田住		

神官・祢宜	127	武有	高田左門　荒木田姓	勢州山田		
	128	武月	榎倉氏　荒木田姓	勢州山田　武清男隼人		
	129	弘氏	足代民部大輔　弘員父	勢州山田住	宗因両吟作者	
	130	弘員	足代民部太夫	勢州山田住		
	131	光如	高向越後守	勢州山田住　神風館		
	132	盛尹	堤氏	勢州山田		
	133	貞並	桧垣縫殿介	勢州山田		
	134	文任	一志十太夫　文惟男	勢州山田		
	135	貞倶	谷主殿	勢州山田		
	136	文幸	度会姓　一志新右衛門尉	勢州山田	維舟門弟	
	137	貞富	桧垣宇兵衛	勢州山田度会神主		
	138	永晴	上部彦右衛門尉	勢州山田度会神主		
	139	重清	藤原三郎右衛門	勢州山田度会神主		
	140	忠貞	二見左近	勢州山田		
	141	弘孝	中田与大夫	勢州山田度会神主		
	142	武在	村山掃部	勢州山田荒木田神主		

雪・裏面

	No.	署名	姓　名	地域・身分・素性・編著	師系ほか	入集状況
	143	守武		勢州山田荒木田神主		
	144	西順		連歌師　摂州大坂住	昌琢門弟	毛吹草追加・崑山集
	145	卜宥	空存別名	天満住　夢見草撰者		毛吹草追加
	146	為誰	味岡三伯	医師		玉海集
京・山城	147	隈光	児山三郎兵衛	京		玉海集
	148	正伯	田中与兵衛	京		玉海集
	149	知春	妙蓮寺上人	（京）		玉海集
	150	光林	建部六兵衛	（山城）		玉海集
	151	友仙	有馬寿伯別名	有馬左衛門佐殿一家 江州坂本住　又京住		紅梅千句・（玉海集×）
	152	正次	池田氏喜兵衛	京		玉海集
	153	言聴	清水四郎左衛門	本京住在江戸	貞室門弟	玉海集
	154	可頼	青地市郎右衛門	（京）	貞室門弟	玉海集・紅梅千句・百人一句
	155	政信	苻類屋茂兵衛	（京）	貞室門弟	玉海集・紅梅千句・百人一句
	156	素行	足立正哲	（京）		玉海集・百人一句
	157	正重	小川氏方角	（京）		玉海集
	158	祐上	伊東八左衛門祐孝	（山城）	貞室三物連衆	玉海集
	159	一好	橋本久兵衛	（山城）	貞室門弟	玉海集
	160	善入	山本善兵衛	（京）	貞室門弟	玉海集
	161	可竹	伊田長左衛門	（山城）		玉海集
	162	銀竹	田中惣兵衛光方	（京）　雀子集撰者		玉海集
	163	正伯	嶋本七左衛門	（京）	西武三物連衆	崑山集・（玉海集×）
	164	可雪	田中吉兵衛	（京）	西武門弟	玉海集・口真似草・鸚鵡集
	165	道可	山中氏	下京六条坊	西武門弟	玉海集
	166	直興	小川藤右衛門	武家　甲府殿御家来　在江戸京ノ住 後大津今在江戸	貞室門弟	玉海集
	167	元知	西田三郎右衛門	京　拾玉集撰者		玉海集
	168	正量	河地又兵衛	（京）	貞室門弟	玉海集
	169	秀朝	藤井吉左衛門	京衆		玉海集
	170	元隣	山岡元水	（京）　身ノ楽千句作者	季吟門弟	（玉海集×）・百人一句
	171	可全	大村彦太郎	（京）	季吟三物連衆	玉海集・百人一句
	172	康吉	下村理兵衛	（京）	季吟三物連衆	玉海集・続連珠
	173	則常	伊東又兵衛法名是心	（京）	季吟三物連衆	玉海集・百人一句
	174	永利	大村友巳	（京）	季吟門弟	誹諧合・玉海集
	175	一敬	中野自斎　柏や次左衛門入道	城州伏見　林可兄		玉海集
	176	俊之	長谷川孫左衛門	（山城）		玉海集・新百人一句
	177	雪竹	竹生庄左衛門	（京）	維舟門弟	玉海集
	178	平吉	内田三左衛門　順也事	（京）	梅盛三物連衆	玉海集・百人一句
	179	順也	内田平吉	（京）		
	180	信徳	伊藤助左衛門	（京）　千句作者		玉海集
	181	重隆	富尾弥一郎　似船俗名	（京）		玉海集
	182	似船	富尾弥一郎　重隆	（京）　如意宝珠・かくれみの撰者	似空弟子跡目	玉海集
	183	立静	小谷玄賀　甚太郎久恵	（京）　四季友撰者	良保門弟	（崑山集×）・玉海集
	184	重晴	田村甚九郎	（京）	良保門弟	玉海集・新独吟集
	185	忠直	辻忠兵衛	（京）　小手巻撰者	立静門弟	玉海集
	186	三秋		京衆		崑山集・玉海集
	187	友吉	桜井甚右衛門　いせ屋	（京）		玉海集（名乗替）・諸国独吟集

表2—4

京・山城	188	越人	越智氏	尾州		
	189	忠幸	中井氏	（京）		玉海集
	190	任口	西岸寺宝誉上人	城州伏見		玉海集(無名入)・小夜中山集
	191	清光	水本氏	城州伏見		玉海集・鸚鵡集
	192	正房	坂本氏　正旁後名	伏見		玉海集・口真似草・鸚鵡集
	193	是友	沙門	宇治地蔵院		玉海集
和州・南都	194	古拙	宗釬法師　宗閑トモ	和州内山始南都住		毛吹草追加・崑山集・(鷹筑波×)
	195	意計	簾屋九右衛門直知	南都		崑山集
	196	元直	秋元瀬兵衛元恵	始南都住　今奥州岩城沢田柳村事 織田山城守殿ト外戚ノ従弟		崑山集
	197	日立	景雲寺日立上人	和州南都住		崑山集
	198	正利	クレ屋平左衛門　中村氏	和州		崑山集
	199	行恵	生嶋石見守	和州南都		玉海集
	200	嶺松		郡山衆		毛吹草
	201	正式	池田十郎右衛門	和州郡山　本多殿家中	貞徳門弟	毛吹草・崑山集・玉海集・百人一句・五条百句
	202	宗甫	林甚兵衛	和州郡山	維舟三物連衆	毛吹草追加
	203	遠川	一向宗浄専寺	和州郡山	維舟門人	毛吹草追加・崑山集
	204	成方	横田五良兵衛	和州郡山		崑山集
	205	正盛	今西与二兵衛入道宗独	和州今井		玉海集・口真似草
河州	206	春宵	清水氏	河州友井住	貞室門弟	崑山集・玉海集・五条百句
	207	浄久	三田氏	河州柏原住		鷹筑波
堺	208	一之		堺衆		犬子集・大発句帳
	209	宗牟		堺衆		犬子・大発句帳
	210	一正	奈良屋庄兵衛　柏井氏	堺		犬子・毛吹・大発句帳・百人一句・懐子
	211	慶友	半井卜養　云也男	始堺住在江戸　御医師		毛吹草
	212	成安	成法寺中	堺		犬子集・大発句帳・毛吹草・玉海集・百人一句・五条百句
	213	盛之	熊取屋　始盛政	堺衆		毛吹草
	214	牧童	硼源四郎兄	加州金沢		
	215	宗硯	大西道弥	加州金沢　釜師		
	216	以春	奈良屋嘉右衛門	堺　連歌師	祖白門弟	毛吹草・百人一句
	217	尓云	八丈以春別名	大坂天王寺住		毛吹草
	218	貞盛	駒井氏	堺	維舟三物連衆	鷹筑波・毛吹草・同追加
	219	信勝	石田孫右衛門	堺		毛吹草
	220	長重	谷吉右衛門	堺		毛吹草
	221	乙州	河井又七郎　智月子	大津		
	222	正甫	北峯氏	堺		毛吹草
	223	宗尓	藤井氏　宗二事	堺衆		毛吹草
	224	成政	池嶋孫兵衛　成之兄	堺		毛吹草
	225	貞伸	原田庄右衛門	堺		毛吹草(名乗替リ入)
	226	長治	川部弥右衛門	堺住		毛吹草追加・崑山集
	227	貞成		堺衆		毛吹草追加・玉海集
	228	宗珠	半井氏　慶友弟	堺		鷹筑波
	229	広次	竹内七兵衛	堺中浜		崑山集・鸚鵡集・埋草
	230	安之	山崎氏	堺衆		崑山集
	231	玄擔	新川氏	堺		崑山集
	232	玄悦	若尾氏	堺		崑山集
	233	一円	鈴木吉兵衛	堺		崑山集
	234	顕成	阿智志作左衛門　林庵	堺宗匠　境海草撰者		玉海集
	235	勝明	田原屋仁右衛門	堺		玉海集
	236	頼広	水野又左衛門	堺		玉海集
	237	一武	硯市兵衛	堺		玉海集・口真似草
	238	正村	浅井長兵衛	堺　堺絹撰者		玉海集・口真似草
	239	勝安	河部小右衛門	堺		夢見草・玉海集
	240	一守	柏井氏　寺本氏トモ	堺　ならや一正男		玉海集・懐子・埋草・落花集
	241	嘉雅	三宅佐左衛門	堺		夢見草・玉海集
	242	我黒	中尾	（京）	維舟門弟	
	243	涼菟	団友別名	勢州山田	芭蕉門	
大坂	244	休甫	宇喜多江斎	大坂生玉　宇喜多秀家卿家中		犬子集・大発句帳・百人一句
	245	きうほ	宇喜多江斎			五條百句
	246	安明	渋谷新四郎　天満屋	大坂	貞徳門弟	鷹筑波・毛吹・崑山・玉海
	247	静寿	川崎源太郎	大坂		鷹筑波・毛吹・追加・百人一句
	248	玄康	栗田氏	大坂　伏見ニモ住		鷹筑波・毛吹
	249	空存	天満花昌坊　真言宗	大坂　夢見草撰者		毛吹・追加・百人一句
	250	利貞	播磨屋作左衛門	大坂		毛吹草

大坂	251	正信	川崎氏	大坂衆		毛吹草
	252	元風	吉村六兵衛	大坂		鷹筑波
	253	貞因	鯛屋山城大掾　榎並氏	大坂		(崑山集×)・玉海集
	254	貞富	榎並氏　貞因弟	大坂		玉海・鸚鵡・落穂・中山・山下水
	255	往房	塚口勘兵衛	大坂		(鷹筑波×)・崑山集
	256	友直	川崎源左衛門	大坂		(毛吹草×)・鷹筑波
	257	宗立	川崎友直	大坂		鷹筑波・(毛吹×)・玉海・百人一句
	258	宗清	北村休斎	大坂　医師　烏帽子箱・入聟集編者		(鷹筑波×)・夢見草・玉海集・砂金袋・小町踊・詞友集・続詞友集・唐人踊
	259	保友	梶山吉左衛門	大坂		毛吹草追加・崑山集
	260	立以	北村休斎別名	大坂　烏帽子箱撰者	立圃門弟	
	261	満成	鎰屋伊兵衛	大坂		崑山集・毛吹草追加・玉海集
	262	意朔	伊勢村之次法名	大坂		百人一句
	263	宗吾	梶山保友法名	大坂　大福帳撰者		玉海集
	264	玖也	松山氏	大坂	休甫門弟	毛吹草追加
	265	きうや	松山玖也かな書	大坂		
	266	盛庸	藤本七郎右衛門	大坂	貞徳門弟	毛吹草追加・崑山集・五条百句
	267	元与	堤氏	大坂		毛吹草追加・崑山集・玉海集
	268	方孝	川崎氏	大坂	立圃門弟	毛吹草追加・新百人一句
	269	定房	広岡弥兵衛　紅屋	大坂　チキリキ集撰者		毛吹草追加・崑山集
	270	夕翁	了安寺　単信	大坂		毛吹草追加・崑山集
	271	悦春	岡田次郎兵衛	大坂		毛吹草追加・崑山集
	272	次良	伊勢村氏　意朔弟	大坂		崑山集
	273	宗成		大坂衆		崑山集
	274	定親	林安左衛門　久勝改名	大坂　惣代	立圃門弟	崑山集
	275	如貞	井口勘兵衛　大津や	大坂　難波草撰者		崑山集・玉海集
	276	近吉	松江角左衛門　維舟男	大坂		毛吹草追加・懐子
	277	久任	西田清兵衛	大坂　天満与力		毛吹草追加
	278	良知	小西氏	大坂		毛吹追加・崑山・口真似・鸚鵡集
	279	方救	平山氏	大坂		毛吹草追加
	280	好道	尼四郎兵衛	大坂		崑山集・玉海集
	281	賢之	尼崎屋又八郎	大坂		崑山集
	282	利当	秋葉八兵衛	大坂		玉海集
	283	保俊	武野又四郎　俊佐弟	大坂	六百韻連衆	玉海集
	284	俊佐	武野又兵衛　保俊兄	大坂		玉海集・中山集・落花集

月・表面

	No.	署名	姓　名	地域・身分・素性・編著	師系ほか	入集状況
門跡	285	重雅	知恩院御門跡良純親王	後陽成院第八王子		
	286	相有	彦山座主　園殿御息	筑紫		
	287	古益	本統寺殿　東御門跡連枝	勢州桑名		
	288	爰枚	恵明院殿　東御門跡連枝	常州水戸住		
釈氏	289	連盛	三井寺善法院僧正	江州		
	290	策伝	誓願寺安楽庵　歌人	(京)		
	291	仙空	光明寺上人　歌人	西寺町	貞徳翁歌ノ連衆	
	292	愚鈍	仏光寺上人　愚道和尚弟子	寺町光堂		鸚鵡集
	293	風琴	西林寺上人　浄土宗永観堂末寺	誓願寺図子裏寺町	貞恕門弟	
	294	慶従	万法寺	南都		
	295	周盛	福性院　　連歌師	太秦	昌程門弟	
	296	秀海	西村正直出家　天台宗	(京)		
	297	紀子	和州多武峰社僧　西院	江戸住　多武峰名所記作者		
	298	松若軒	神池寺可常	丹波　　法ノ花撰者		
	299	山月	高野衆　深覚法師	紀州		
	300	可竹	太田衆　諸国修行者	濃州		土塵集
	301	月山	多田院別当僧正	摂州		
	302	如水	西楽寺上人　浄土宗	丹波柏原	季吟門弟	続山井・法花
	303	信海	八幡社僧　豊蔵坊	(山城)	照乗門弟	
	304	問加	多門院	城州伏見		
	305	鎮盛	清水寺執行　連歌師	(京)		
	306	秀延	宝性院　神明社僧　法印	(山城)		
	307	山石	宗雲寺瑞長老	肥後八代		
	308	一幸	桑門　法華宗	阿州徳嶋住	一雪三物連中	
	309	友閑	要法寺日体上人	(京)		百人一句
	310	日梵	華光寺上人　律師	(京)　歌人	長嘯門弟	
	311	半月軒	宝塔寺日要上人	深草		

釈氏	312	土牛	本正寺日逞上人　法華宗	京川原町		
	313	土也	顕是坊	鷹峯　随時庵	梅盛門弟	
	314	素桂	妙満寺　心性院日順	（京）	安静門弟	
	315	古元	六條道場	（京）　連歌師	今相弟子	
	316	半雪	六條道場廿五代上人	（京）　連歌師	今相弟子	
	317	未及	事足軒相阿改　四條道場寺中	（京）	良保三物連衆	新独吟集人数
	318	素隠	常楽寺　西寺内　一向宗	京六條		板行手鑑ニ入
	319	以専	心光寺　東本願寺下	堺		口真似草・鸚鵡集
	320	**昨夢**	**一向宗(浄照寺)**	大坂		
		浪化	**応心院殿　瑞泉寺**	**越中井浪　東本願寺御連枝**	**桃青門弟**	
	321	智詮	徳成寺	摂州大坂	立圃門弟	
	322	皆虚	円満寺空願　東本願寺下	土州高知　世話焼草・四名集撰者		
	323	素白	法然寺中要蓮院満郭大徳	（京）	西武三物連衆	沙金袋・新続犬筑波
	324	光正	勝円寺雲益	（京）	西武三物連衆	
	325	一有	永養寺中	（伏見）	西武門弟	沙金袋
	326	源阿	専修寺　　堺ノ長老	（堺）	元順門弟	
	327	信水	法恩寺　一向宗	江戸浅草		
	328	**祖寛**	**桑門**	大坂		
		丈草	**桑門**	**尾州**		
	329	正察	桑門　乃幽ト兄	大坂　浄土珠数作者		
	330	土梗	桑門　号乃幽斎	大坂　点者		
	331	**月潭**	**桑門　友松軒　巽松**	城州宇治		
		宗鑑	**志那弥三郎範重入道**	**（山崎）**		
	332	梵益	桑門　宗鑑室跡	城州山崎		
	333	慈敬	桑門　大藪氏　称好軒	大仏辺　始加州住	梅盛門弟	口真似草・鸚鵡集
	334	離雲	懐恵軒　清水寺桑門	（京）	梅盛門弟	
	335	一滴子	常東寺	筑前福岡		
	336	素安	宝光院　祇園社僧	（京）		
	337	芳心	連歌師前坊	堺住人		
	338	**空声**	**連歌師前坊**	堺		
		支考	**東花坊**	**濃州**		
	339	木王	連歌師西坊　堺天神別当	堺		
	340	淵浅	法眼祐玄　上御霊別当	（京）	維舟門弟	（名取川×）
京	341	宗岷	松江順庵　重長事　維舟二男	（京）		佐夜中山集
	342	元好	広野四郎右衛門金貞	（京）	維舟三物連衆	大井川・武蔵野・名取川
	343	朝雲	池田忠伯　宗旦父	（京）	維舟門弟	
	344	宗旦	池田吉兵衛	摂州伊丹住　遠山鳥撰者	維舟門弟	佐夜中山集・今様姿
	345	春澄	青木勝五郎	（京）	維舟三物連衆	武蔵野
	346	重知	井上勘左衛門尉	（京）	維舟三物連衆	
	347	常辰	隼士長兵衛	（京）　柾木葛撰者	立圃門弟	帰花千句連衆・百人一句
	348	友貞	井上十右衛門	（京）　唐人踊撰者	立圃門弟	百人一句
	349	資方	広瀬彦兵衛	（京）	立圃門弟	
	350	好直	藤兵衛	御幸町住　卜圃古師	立圃門弟	
	351	昌房	関理右衛門	（京）	立圃門弟	帰花千句連衆
	352	卜圃	関昌房法名	立圃跡目	立圃三物連衆	
	353	好与	木村四郎右衛門	（京）	立圃門弟	帰花千句連衆
	354	来安	岩井源介	（京）	立圃門弟	帰花千句連衆
	355	流味	井口氏新左衛門入道	（京）	立圃門弟	帰花千句連衆
	356	賀近	富田伊左衛門	京	立圃門弟	
	357	和年	半井長兵衛	（京）	立圃門弟	帰花千句連衆・百人一句
	358	政之	寺田市郎兵衛　常辰弟	（山城）	立圃門弟	帰花千句連衆
	359	常元	東清兵衛家重男	（山城）	立圃門弟	
	360	**常清**	**池田氏　常知男**	（山城）		
		可玖	**西村吉武**	**大坂大手筋　遠近集撰者**		
	361	竜之	伊藤五郎右衛門　頼富兄	（京）	立圃門弟	唐人踊
	362	憑富	伊藤小右衛門頼富　龍之弟	（京）	定清三物連衆	百人一句・（玉海×、追加○）
	363	玄隆	後藤法橋	（京）	立圃門弟	友貞三物連衆
	364	種寛	朝江小左衛門	（京）　詞友集・続詞友集撰者	立圃門弟	
	365	友昔	中野久兵衛　仲昔男	（山城）	立圃門弟	
	366	長式	池田清右衛門　正式甥	（京）	立圃門弟	小町踊・詞友集
	367	可申	上田可申	下京衆　播磨杉原撰者	維舟門弟	大井川・鶯笛
	368	宗賢	小嶋新四郎	（京）	令徳門弟	百人一句
	369	瑞竿	長谷川氏	（京）	令徳門弟	崑山土塵集
	370	谷風	中村氏	（京）	令徳門弟	新百人一句
	371	令風	小村令風　春風後名	下京点者	西武門弟	
	372	光永	木村惣左衛門	京	西武門弟	沙金袋

京	373	随流	中嶋氏源左衛門入道	京　水車・鶯笛撰者	西武門弟	
	374	一雪	椋梨氏　常是入道	（京）　鋸屑・洗濯物・晴小袖撰者		百人一句
	375	正由	宮川宇兵衛　始政由	（京）　俳諧良材作者	貞徳弟子	
	376	**方牛**	**山本玄了**			
		梅盛	**高瀬氏**	**（京）**		
	377	良元	片桐氏　良保男	（京）		
	378	**直親**	**佐竹市郎兵衛**	（京）　水織作者	立静門弟	
		季吟	**北村慮菴**	**続山井・新犬筑波・続連珠撰者**		**崑山集・玉海集**
	379	湖春	久太郎季重　季吟一男			
	380	正立	源之丞　季吟二男			
	381	常有		京衆		（季吟俳諧合連衆×）
	382	春丸	臼井七郎兵衛定清	祇園社家	貞徳門弟	百人一句
	383	友静	井狩常与	（京）　七十二物諍作者	季吟三物連衆	
	384	常侚	井狩六郎右衛門　友静弟	（京）	季吟門弟	
	385	元恕	山岡元仙　文隣男	（京）	季吟門弟	
	386	永従	山田五郎兵衛	（京）	季吟三物連衆	続山井
	387	朝三	香山三郎右衛門	本堺住在京	季吟門弟	季吟誹諧合之連衆
	388	素雲	佐治氏　茶屋加右衛門	（京）	季吟門弟	諸国独吟集人数
	389	愚情	花安九郎兵衛昌治	伊予大津住今ハ在京	季吟三物連衆	
	390	卜全	花安昌治法名	始予州大津住今在京	季吟三物連衆	中山集
	391	雅次	武田伝兵衛　正継事	（京）	季吟門弟	絵合連衆・続新犬筑波
	392	則重	奥田甚兵衛	（山城）	季吟門弟	続山井
	393	林可	中野半左衛門　一敬弟	（京）	季吟門弟	
	394	尚光	平野助四郎　尚好	（京）	季吟門弟	玉海集追加
	395	甘万	田中彦兵衛　正元	（京）	梅盛門弟	
	396	倫員	藤村源右衛門　反古庵庸軒子	（京）　木玉集撰者	梅盛門弟	
	397	仲之	中尾権兵衛　表具屋専斎男	（京）	梅盛門弟	木玉千句人数
	398	道繁	佐々木庄九郎	（京）	梅盛門弟	口真似草・鸚鵡集
	399	政時	原田又兵衛　命政前名	（京）	梅盛三物連衆	
	400	重尚	小山次郎左衛門　別名夏木	（京）	梅盛三物連衆	鸚鵡集
	401	重徳	寺田与平次	（京）　名所小鑑作者	梅盛門弟	信徳三物連衆
	402	仙菴	医師	（京）	信徳三物連衆	中庸姿・七百五十韻人数
	403	常矩	田中甚兵衛　始忠俊	（京）　捨舟・破篭撰者		
	404	常牧	半田庄左衛門宗雅入道	（京）　常矩跡目	常矩三物連衆	
	405	如雲	小嶋氏	（京）	常矩門弟	（新百人一句×）
	406	如川	高松竜朔	京衆	常矩門弟	新百人一句
	407	吉氏	原口治左衛門	京		鷹筑波
	408	正春		下京衆　蒔絵師	貞徳門弟	
	409	直昌	大経師権之介	（山城）	貞徳門弟	
	410	友作		下京衆　点者		
	411	夏半	原田玄叔	（京）	貞徳門弟	
	412	宗英	内本次郎左衛門入道	（京）	似空三物連衆	
	413	柳燕	石津八郎右衛門	京衆	似船三物連衆	
	414	一晶	芳賀玄益	京　点者 四衆懸隔・如何・ツルイボ作者		

月・裏面

	No.	署名	姓　名	地域・身分・素性・編著	師系ほか	入集状況
	415	一幽	西山宗因	摂州大坂天満　連歌師		百人一句
	416	元順	南惣兵衛方由	堺　点者　寛五集撰者		
伏見	417	道宇	高瀬道鑑　梅盛兄	伏見住　点者 人真似・花ノ露・ヘチマ草撰者		
	418	武宗	並河源右衛門	城州伏見　与力衆		
	419	友世	兼松源左衛門	城州伏見		
南都	420	包元	文珠四郎	南都		
	421	雪岩	簾屋宗立　意計兄	南都		
	422	祐忍	鳥屋氏　号小林軒	南都　慇懃集・馬鹿集作者		
和州	423	宜水	上田泰菴	和州郡山　医師	維舟門弟	武蔵野・名取川
	424	恒行		郡山衆	維舟門弟	佐夜中山・時勢粧
	425	無端	丸氏　玉置甚三郎	和州古市住　藤堂和泉守殿家中	季吟門弟	
	426	蛙枕	永井権右衛門	始丹後住　今大和住人 永井信濃守殿家老		
	427	松笑	川部四郎左衛門	和州郡山近所住人	高政門弟	
	428	閑節	堀閑節	和州吉野郡下市		
	429	**勝政**	**山田市郎左衛門**	和州宇田		
		仙化			**芭蕉門弟**	

表2―8

和州	430	勝喜	近江屋金七郎	和州宇田		
		挙白	草部藤兵衛	江戸	桃青門弟	其角三物連中
	431	照勝	佐々与左ヱ門	和州宇田		
		琴風		京衆		
	432	季潭	玉井道伯	和州宇田　医師		
		嵐蘭	松倉又五郎　板倉内膳殿衆	江戸	桃青門弟	
河内	433	一斎	東氏	河内　後に筑前住		口真似草
		百堂	田中氏代右衛門	播州赤穂住　浅野内匠頭殿家中	沾徳門弟	
	434	重興	日暮氏	河内小山		鸚鵡集
堺	435	成元	細谷氏	堺　点者　句帳撰者		
	436	松安	佐田氏	堺　医師	維舟門弟	懐子・佐夜中山集
	437	成之	池嶋庄左衛門宗吟　成政弟	堺　チリツカ撰者		
	438	元順	南惣兵衛方由	堺　寛五集撰者		
	439	可広	加藤徳兵衛　大和屋	堺衆	元順門人	
	440	成方	太子屋次郎左衛門　柳夏事	堺		
大坂	441	行風		大坂衆　点者　夷曲集作者		大坂歌仙三十六人之内
	442	藤昌		大坂衆		鸚鵡集・懐子・佐夜中山集
	443	所知	中堀初知　幾音兄	大坂		
	444	幾音	中堀氏	大坂住人　点者　句帳撰者	宗因門弟	
	445	重寛		大坂衆		新続犬筑波・埋草・佐夜中山集・続山井・落花集
	446	智徳	沢口氏	大坂　今在江戸　外科		
	447	春倫	浜田氏　丸屋五郎右衛門	大坂		鸚鵡集・懐子・佐夜中山・落花集
	448	春良	浜田五郎右衛門　春倫弟	大坂		
	449	無睦	尼崎屋玄旦	大坂		
	450	由平	前川江助　由貞男	大坂　句帳撰者		
	451	董信	須賀氏	大坂衆		鸚鵡集・懐子
	452	柳翠		大坂衆　点者		
	453	未正		大坂	立圃弟子	
		羅人	山口氏　蛭牙斎			
	454	酔鴬	白江元東	大坂		落花集
	455	猶白	前田氏	大坂		口真似草・鸚鵡集
	456	休安	蔭山氏　空存跡目	大坂天満　　夢見草撰者		
	457	一礼	柏屋市左衛門	大坂　ヌレ鷺〔ぬれ鳥〕両吟作者	益翁三物連中	
	458	禾刀	斉藤玄心　賀子ノ父　徳元末	大坂		口真似草・鸚鵡集
	459	重安	伊勢村　法名宗善	大坂　点者　糸屑撰者		
	460	宗貞	朝沼氏　賛也トモ	大坂　点者		糸屑
	461	立歟	吉田氏	大坂衆	立圃門弟	帰り花千句・あた花千句連衆
	462	由貞	和気仁兵衛	大坂		
	463	親十	桜井氏	大坂	立圃門弟	
	464	親太	古川氏定圃	大坂　点者　句帳撰者	立圃門弟	
	465	一六	半井立卜	大坂		
	466	三政	茨木氏　三昌トモ	大坂衆　類葉集撰者		懐子
	467	但重	神原源右衛門　川崎屋	大坂	玖也門弟	烏帽子箱・落穂集
	468	友雪	青木氏　執筆藤兵衛友浄	大坂　点者		
	469	旨恕	片岡庄二郎	大坂	西翁門弟	
	470	素玄	桜井屋源兵衛	大坂		落花集
	471	可玖	西村吉武　始吉竹　→360	大坂　遠近集撰者		
		ケ庵	淀屋　岡本氏　言当男	大坂		
	472	重当	淀屋　岡本氏　ケ庵男	大坂		
	473	不琢	藤田氏	(大坂)		大坂歌仙人数
	474	西鬼	牧　一得改名　牧翁トモ	大坂　点者		歌仙人数
	475	西鶴	井原鶴永	(大坂)		
	476	宜休	中林権兵衛一安	大坂　難波草撰者	如貞門弟	
	477	清勝	山口九郎兵衛	大坂　点者　井蛙〔蛙井〕集撰者		俳歌仙人数・(百人一句×)
	478	忠由	谷清右衛門　伊賀屋	大坂		懐子
	479	松意	高木久左衛門秀延　号川草子	大坂　点者　鴨川集撰者		佐夜中山集・落穂集
	480	来山	赤坂宗無　号十万堂	大坂衆		
	481	益翁	高瀧以仙	大坂　点者　落花集・犬桜撰者		
	482	益友	竹村清右衛門	大坂	益翁三物連中	桜千句・各盞連中
	483	均朋	亀屋源右衛門	大坂	益翁三物連中	桜千句・十歌仙連中
	484	夕烏	深江屋	大坂衆　点者		
	485	東枝	淀屋甚左衛門	大坂　点者		
	486	正信	川崎屋庄左衛門	大坂　書作者		
		鬼貫	平泉氏	大坂　点者		

大坂	487	**定祐**	**光吉**	大坂	季吟門人	
		野坡	**越前屋**		風羅坊門人	
	488	丸鏡	喜多村太郎右衛門　油屋	大坂		
摂州	489	宗静	土橋氏	摂州平野		懐子
	490	重定		平野衆		新続犬筑波・懐子
	491	厚成		平野衆		新続犬筑波・懐子
	492	西吟	水田庄左衛門	摂州桜塚住人　点者		
	493	雅伸	牧野伊左衛門	摂州尼崎　青山大膳亮殿家中	維舟門弟	
	494	不必	堀田皆同子　慈明堂	摂州今津住	貞室門弟	玉海追加・続山井・(早梅集×)
伊賀	495	重山	桜井氏	伊州上野住人		中山集・新百人一句
	496	野也	高梨養順　丈庵	伊賀上野住人	梅盛門弟	
勢州山田	497	及加	高嶋氏　玄札兄	勢州山田　点者　嘲哢集撰者		
	498	**弘嘉**	**倶休別名**	勢州山田		犬子集・毛吹草・百人一句
		玄札	**高嶋氏**	**江戸宗匠**		
	499	**弘信**	**足代次良左衛門**	勢州山田		
		乙由	**麦林舎**	**勢州山田**		
	500	茅心	足代石斎	勢州山田		
	501	光敬	杉木吉大夫普斎　光貞男	勢州山田　茶人		
	502	二休	松尾氏　荒木田姓	勢州山田　二見貝合撰者 太神十万句奉納願主		
	503	口今	喜早利太夫清忠	勢州山田　点者		
	504	竹犬	鳴子氏	勢州山田　点者		
	505	熈近	龍氏　伝左衛門　道旦	勢州山田		
	506	道旦	龍氏　伝左衛門法名	勢州山田		
	507	熈快	龍伝左衛門　道旦男	山田衆　神風館		
	508	一笑	幸田治右衛門	勢州山田		
	509	元茂	増山氏	勢州山田		伊勢踊
	510	久好	石原志計	勢州山田		
	511	弘里	久保倉氏	勢州山田		伊勢踊
	512	伊直	二本杉氏	勢州山田		
	513	末守	吉沢主水	勢州山田		
	514	心友	中田次右衛門	勢州山田　御田扇撰者		
	515	友古	中田孫太夫　友己改名	勢州山田		
	516	不口	谷吉左衛門　嘉国別名	勢州山田　神道者		
	517	雷枝	為田孫八郎　号弄之軒	勢州山田　点者		
勢州	518	良以	野間宜仙	勢州朝熊		
	519	政安	野間氏	勢州朝熊		
	520	忠江	角屋七郎次郎	勢州松坂		
	521	正利	小林氏	勢州松坂		八束穂
	522	一信	三輪太左衛門	勢州桑名		諸国独吟作者
尾州	523	皆酔	高木小兵衛　光義卿御家中	尾州名古屋住	季吟門弟	続山井
	524	虎竹	水野金兵衛　号雀巣軒	尾州家中　句帳撰者		
	525	立心	小出氏	尾州熱田		
	526	友意	渡部氏	尾州名古屋　旅衣集撰者		土塵集
	527	龍子	吉田伝十郎　光義卿御家頼	尾州		(音頭集×)
	528	蘭秀	吉田氏	尾州名古ヤ　点者		
三州	529	**可入**	**神部少五郎**	三州吉田		
		惟然	**小野木　広瀬トモ　芭蕉跡目**	**濃州　二葉松編集ス**		
	530	愚侍	小野人四郎	三州吉田　句帳撰者	梅盛門弟	
遠州	531	重正	川嶋氏　法名休意	遠州二俣	立圃門弟	
甲州	532	麋塒翁	高山伝右衛門	甲州谷村住　秋本摂津守殿家老		
江戸	533	友正	岸本猪右衛門	江戸	立圃門弟	案山子集
	534	宗利	北村市右衛門	江戸	立圃門弟	鵜鷺俳諧連衆
	535	嶺利	竹井氏勘右衛門	江戸	立圃門弟	
	536	親信	新山仁左衛門	江戸	立圃門弟	小町踊・詞友集・新百人一句・巳己巳己千句
	537	重因	大井氏	江戸	立圃門弟	
	538	信世	小野氏	江戸	立圃門弟	鵜鷺俳諧連中
	539	立和	堤善五郎満直	江戸点者	立圃門弟	あた詞独吟千句作者
	540	有次	岩田氏　有哉事	江戸	立圃門弟	
	541	誉文	富田介之進	江戸	立圃門弟	
	542	秉言	尾関長右衛門	江戸	立圃門弟	
	543	立志	高井氏　今ノ立志ノ父	江戸　点者	立圃門弟	新百人一句
	544	紅圃	森氏信親　信就弟	本京住在江戸　点者 独吟〔信親〕千句作者	立圃門弟	(玉海×)(若狐千句×)

表２―10

花・表面						
	No.	署名	姓　名	地域・身分・素性・編著	師系ほか	入集状況
連歌師	545	昌隠	里村法橋　始昌胤	連歌師　昌琢孫　祖白男		
	546	玉純	里村昌純　始昌勃	連歌師　昌琢孫　昌程二男		
	547	**乗昌**	**沼津**	京衆　連歌師　紹己(巴)門弟		
		玄陳		連歌師		
	548	二道	人見佐渡守昌親	(京)　連歌師	昌俔門弟	
	549	江雲	那波七郎左衛門　葎宿翁	連歌師　在江戸　点者	昌程門弟	
	550	方寸	松井宗啓　　宗響息	連歌師　堺　　古今伝授人		
	551	自楽	阿形宗珍	(京)　連歌師	兼寿門弟	俳諧梅盛門弟
	552	了閑	紅粉屋	南都		
	553	利長	蔵屋茂兵衛　宗林	南都　連歌師		
	554	**宗林**	**蔵屋茂兵衛入道**	和州南都衆　連歌師		
		野水	岡田佐次衛門	尾州		
	555	西翁	西山宗因	大坂　連歌師	昌琢門弟	
	556	梅翁	西山宗因	大坂天満住　連歌師	昌琢門弟	百人一句
	557	宗斎	川崎屋	大坂　惣年寄　連歌師		
	558	寸計	末吉八兵衛宗久　道節弟	摂州平野住　連歌師		
	559	貞直	玉手九郎左衛門	境　歌人	光広卿御門弟	
	560	以円	隠者	堺禅通寺内住　連歌師	祖白門弟	
歌人	561	惟白	蜂屋能登大掾　宗富男	二口屋　　歌人	日野弘資卿門弟	
	562	**九畔**	**勝円寺々中雲益　光正事**	歌人(京)		
		蝶々子	神田貞宣　平野一誰	江戸　三〔思〕出草撰者		(玉海集×)・百人一句
女筆	563	妙三	連歌師里村玄仍息女　玄陳妹			
	564	ひさ	伊勢大掾光能妻			
	565	貞心		下京衆	維舟門弟	維舟句帳ニ入
	566	蝶女	古筆源右衛門英門妻 平沢氏了節	京衆		
	567	唐	遊女□　芝原事　→571			
		智月	尼　乙州母	大津住	はせを門弟	
	568	**永覚**	**三宅氏**	河州住人　諸集入		
		山人	蝶々子妻　二葉氏母			続新犬筑波
	569	**方孝妹**	**川崎**	大坂	立圃門弟	
		やちよ	遊女	京		懐子
	570	**慶教妻**	**中会**	勢州山田		
		よし野	遊女	京嶋原		
	571	**愚伝妻**	**小野**			
		唐	遊女	朱雀		
	572	小紫	遊女	武州江府吉原住		
	573	山人	蝶々子妻　→568			
		花紫	遊女	江戸		
	574	好女	大井定用妻	江戸	立圃門弟	立甫卜両吟百韻・江戸紫連衆
	575	**貞三**		下京住		
		秋色	菓子屋　菊后亭		其角門人	
	576	長女	馬越元定妻	備中衆		維舟句帳ニ入
	577	貫	水野日向守妾　後外記妻	備後福山衆　歌人		
	578	**□女**	**水野外記息女　水野美作守家中**	備後福山		
		ステ	田野氏妻	丹波柏原住	季吟門弟	季吟句帳ニ入
	579	孝女	川嶋宜為妹	江州川並住	良保門弟	
	580	富女	十二歳　　不及女	播州明石住	維舟門弟	懐子
	581	**周女**	**千葉氏常仲妻**	備前岡山		
		ちよ	尼素園	加州松任	支考門弟	
	582	ステ	田野氏妻　→578	丹波柏原住	季吟門弟	
		そのめ		勢州山田住　後大坂住		
能書	583	義永	尾片宗鑑	能書		名筆集ニ入
	584	昭乗	松花堂	八幡滝本坊		
	585	彩雲	藤田友閑	(京・茨木・八幡)　能書	松花堂門弟	洛陽名筆集ニ入
	586	仲安	平野氏　号後松軒	(大坂)　能書	松花堂門弟	洛陽名筆集ニ入
	587	円常	和田源七郎　蚊足	(京・江戸)　能書	雲竹弟子	洛陽名筆集ニ入
	588	道頼	寺井理兵衛　法名養残	(山城)　能書	季吟弟子	続連珠
	589	**剛狽**	**吉岡道益**	(山城)	貞徳門弟	
		光悦	本阿弥　大虚庵			
京	590	木屑	疋田小右衛門	(京)　神風記作者	貞徳門弟	(続連珠×)・唐人踊・立圃漢和両吟
	591	元隅	粟津右近　大遠息	(京)　東門跡家老	季吟門人	
	592	行尚	村上新之丞	(京)　今出川殿家老	立圃門弟	
	593	言己	木村内記慶次　号杯生	(京)　正親町殿家老		

京	594	国信	三沢十兵衛	（京） 松木大納言殿家老	立圃門弟	唐人躍
	595	橘泉	桂草因	京衆 医師	季吟門弟	
	596	方円	柳川良長 法橋	針		
	597	**宗瑳**	**下村 法名浄賀 浄栄**	（京）	重来門弟	中山集
		北枝	**磨師**	**加州 木屋**		
	598	自斎	狩野氏	京		新続犬筑波
	599	谷遊	谷崎平右衛門 貞之	京 鑓鈞舟撰者	貞徳門弟	
	600	高政	菅谷孫右衛門	（京） 絵合作者		
	601	元長	城九左衛門	（京）	高政門弟	絵合人数
	602	道章	中井氏八郎左衛門	京 点者 四季詞作者		
	603	如泉	斉藤甚吉	（京）		中庸姿・七百五十韻人数
	604	雅克	前田伝兵衛 我黒前名	京衆	維舟門弟	如泉三物連衆
	605	自悦	浜川行中	（京） 洛陽発句帳撰者		六百韻〔花洛六百句〕・絵合人数
	606	諺世	房屋市兵衛	京		
	607	伊安	神原氏	（京）		諸国独吟集人数
	608	**可笑**		京衆		
		去来	**向井氏 俗名平次郎**	**肥州**		
	609	昌知	鶴屋三右衛門	（京） 大発句帳時代人 能書	立圃門弟	
	610	**三定**	**古井川**	（京）	令徳門弟	
古筆		**了佐**	**正覚庵**	**（京）**		
	611	英門	古筆平沢源右衛門	（山城） 了佐孫・了栄息・了祐兄		
	612	了祐	古筆平沢八兵衛定香 又英陸	了栄男 英門弟	立圃門弟	
	613	守村	古筆了任 平沢勘兵衛	（京） 一村男 了佐嫡孫		
	614	守直	古筆勘兵衛	在江戸 一村孫 守村男		
江戸	615	**定好**	**熊井清左衛門**	江戸		
		明鏡	**古筆茂入 朝倉氏**			
	616	**(脱)**	**浅井又八郎**	江戸 酒井河内守家中	調和門弟	
		曲翠	**菅沼外記**	**膳所本多殿家頼**		
	617	**一賀**	**武田又右衛門**	在江戸 細川若狭守家中		
		洒堂	**高宮氏**	**膳所住**		
	618	忠知	神野長左衛門	江戸		
	619	卜入	梅原氏	江戸点者 本濃州牢人		
	620	調和	岸本氏	江戸点者 石亀集撰者		
	621	兼豊	門村法橋	江戸 始南都住 句帳撰者		
	622	**正隆**	**礒田助五郎**	江戸		
		子葉	**大高氏源五**	**赤穂浅野内匠殿衆**	沾徳門弟	
	623	幽山	高野直重	江戸 八百韻興行		
	624	素堂	山口太兵衛 来雪	江戸	幽山三物連衆	
	625	言水	池西八郎兵衛	在江戸 蛇鮓撰者		江戸八百韻連衆
	626	才麿	西丸改名	江戸 点者		
	627	**信定**	**竹尾**	江戸		
		未得	**石田氏**	**江戸**		
	628	未琢	石田氏 未得男	江戸 一本草撰者		
	629	素朴	中村氏	江戸 点者	云奴三物連中	
	630	不卜	岡村市郎右衛門	江戸 江戸広小路・向岡撰者		
	631	一口	安藤介之進	江戸 大番衆与力		
	632	似春	小西平左衛門	江戸 点者 句帳撰者	季吟門弟	続山井・武蔵野・名取川
	633	**吟松**	**松村正恒**	江戸		
		山夕	**樋口次郎左衛門**	**江戸 点者**		
	634	泰徳	西岡五兵衛泰次	江戸		新続犬筑波集・佐夜中山集
	635	輿之	富不門	江戸		
	636	**信斎**	**臼井平右衛門**	江戸		
		洗口	河村太兵衛	江戸	其角門弟	
	637	寿信	武田長兵衛 信玄翁流	江戸 点者 千人一句撰者		
	638	加友	荒木泰庵	江戸		
	639	一松	鵜川氏	江戸 点者	一雪弟子	
	640	良斎	栗原氏	江戸 点者		
	641	幸入	細見氏	江戸 点者		
	642	俊継	片山吉兵衛	江戸		
	643	露言	福田清三郎政孝 調也	江戸 点者 句帳撰者		
	644	安昌	藤井庄介 松陰トモ	江戸	幽山三物連衆	続山井・武蔵野
	645	青雲	松木次郎左衛門	江戸	幽山三物連衆	八百韻連衆
	646	鳥跡	正木堂宗知	江戸 点者		
	647	雪柴	油比彦太夫	江戸 談林連衆 渡部大隈守殿与力衆		
	648	在色子	野口氏	江戸 談林連中		
	649	正友	遠藤伝兵衛	江戸衆 芝談林 点者		十百韻連衆

表２—12

江戸	650	一鉄	三輪三右衛門	江戸　談林連衆	幽山三物之内	八百韻連衆・俳諧富士石
	651	松意	田代新右衛門	江戸　檀林之内		
	652	志計	中村庄三郎	江戸　談林之内		十百韻連衆
	653	卜尺	小沢太郎兵衛	江戸　檀林之中	桃青三物連衆	
	654	言求	星野長三郎	江戸　談林之内		
	655	芭蕉	松尾氏	江戸　始伊州上野住　廿歌仙作者		
	656	杉風	杉山市兵衛　→670	江戸　撰者		三物連衆　廿歌仙人数
		桃青	松尾氏　芭蕉ト号ス	江戸　点者		
	657	暁雲	多賀助之丞　英一蝶	江戸		
	658	嵐雪	服部新左衛門	江戸　井上相模守殿家中	桃青門弟	廿歌仙連中・武蔵曲
	659	厳翁	多賀井長左衛門	江戸	桃青門弟	廿歌仙ノ中
	660	嵐竹		江戸衆	桃青門弟	廿歌仙ノ中
	661	其角	榎下順哲　螺舎翁	江戸	桃青門弟	廿歌仙人数
	662	**木鶏**	**富永三右ヱ門**	江戸		廿歌仙中
		キ角	**榎下氏　順哲**			
	663	一山		江戸衆	桃青門弟	廿歌仙ノ中
	664	揚水之		江戸衆	桃青門弟	廿歌仙人数
	665	立詠	高井氏　立志男	江戸　四季源氏撰者		
	666	二葉子	平野氏　神田トモ　蝶々子男　松花軒	江戸		
	667	利重	土岐祐木　始近之　一雪甥	尾州名古屋　始江戸　句帳撰者		
	668	政義	升屋太郎七	江戸　五派集作者		
	669	昨今非	笠原理右衛門　昨雲　号東嘯斎	江戸		
	670	杉風	杉山市兵衛　鯉屋	江戸小田原町	桃青門弟	廿歌仙人数
	671	樵花	狩野探雪　探幽二男　主殿介守定			
	672	洗口	河村太兵衛　→636	江戸	其角門弟	
		常信	狩野氏　養扑　主馬ノ男	（江戸）		
	673	資仲	赤塚善右衛門　今ハ丑山	江戸		（続山井×）・山下水
	674	葎宿子	那波江雲別名　葎翁トモ	在江戸　京新在家住		

花・裏面

	No.	署名	姓　名	地域・身分・素性・編著	師系ほか	入集状況
	675	崇音	薮殿嗣良卿　嗣孝卿御父	（京）　南家高倉殿		
	676	盛政	佐久間玄番頭	柴田勝家養子		信長記ニ入
旗本	677	不言	曽我又左衛門	御書院番		
	678	調恵	舟越百介	江戸御はたもと		
	679	調鼓子	山崎伝左衛門　調子トモ			
	680	出思	石河甚太郎　三右衛門殿息	御はたもと		
	681	花散子	長井金兵衛	御はたもと　御書院番		
	682	豊広	五味外記　藤九郎殿息			
	683	未及	山岡伝五郎	御旗本衆		
	684	泊船子	妻木伝兵衛殿	御はたもと		
	685	自笑	馬場十郎左衛門　是楽軒	御はたもと　大番衆		
	686	申笑	犬塚平兵衛	御はたもと　大番衆		
	687	捻少	小笠原源四郎	江戸御旗本　大番衆		
	688	言菅子	瀬名新八郎	大番衆		
	689	忠栄	大久保長三郎	御旗本衆　大番衆		
	690	青葉子	羽太権八郎	御はたもと　御書院番		
	691	露関子	榊原十郎兵衛　八兵衛殿御息	御書院番	弐千石	
	692	翠紅	榊原十郎兵衛　露関子改名	御はたもと　御書院番		
	693	松友	多賀右衛門八	御はたもと　御書院番		
	694	青河子	多門平次郎	御はたもと		
	695	笑水	河内弥五郎　十左衛門殿弟	御はたもと		
	696	露管子	久松彦左衛門	御書院番	七百石	
	697	露章	大河内又兵衛	御はたもと　御書院番		
	698	忠勝	梶川十兵衛　神尾備前守末子	御進物番		
	699	愚候	金田市郎兵衛　遠江守殿一家	御はたもと　西丸御持筒頭		
	700	露柳	坂部八郎右衛門	御はたもと		
	701	調百	神尾平三郎	御旗本衆		
	702	言世	神保左兵衛	御勘定衆		
	703	親時	中山六太夫　丹治姓	御旗本衆		
	704	調川子	榊原弥太夫	御はたもと		
	705	露深	佐野十右衛門　主馬殿息	御旗本衆		
	706	松春	水野権平	御はたもと		
	707	正立子	加藤金右衛門	御はたもと		
	708	松滴	佐々木金右衛門	桐間御衆		
江州	709	順忠	井口氏	江州大津	季吟門弟	新続犬筑波

江州	710	重軌	山本治左衛門　国友屋	江州大津 独吟千句〔あ立た千句〕作者	立圃門弟	百人一句
	711	不卜	原是三	江州大津　点者	貞室門弟	
	712	**這雪**	**清水喜介**	江州大津	立圃門弟	
		昌俊	**佐川田氏　喜六**	**永井信濃守殿家中**		**手鑑ノ内**
	713	定共	河毛五兵衛　定克父　紙子や	江州大津	貞恕門弟	
	714	宜親	高橋氏安心子　川嶋氏	江州川並	良保門弟	
	715	宜為	川嶋安親子	江州川並住人　木徳集撰者	良保門弟	
	716	長尚	外村氏	江州彦根　沢山住人	維舟門弟	
美濃	717	木因	谷九太夫	濃州大垣住人	季吟門弟	
	718	松滴子	賀嶋四郎兵衛	美濃岐阜		
奥羽	719	鹰言	江口三郎右衛門	奥州二本松　丹羽殿家老		
	720	衆下	小沢氏	奥州二本松　丹羽殿家中	維舟門弟	
	721	道高	長岡氏	奥州二本松　丹羽若狭守殿家中	維舟門弟	
	722	好元	日野平五郎	奥州二本松　丹羽若狭守殿家老	維舟門弟	
	723	相興	佐野氏	奥州二本松　丹羽若狭守殿家中	維舟門弟	時世粧
	724	林元	水野九右衛門	奥州二本松　丹羽若狭守殿家中	維舟門弟	
	725	守常	長坂奥右衛門	奥州岩城　内藤左京亮殿家中		
	726	三千風	大淀友翰	奥州仙台 一日三千句作者・松嶋名所集撰者		
	727	清風	鈴木権九郎	羽州尾花沢住　おくれ双六撰者		
	728	少蝶	平賀氏　常福院　桂葉息	出羽秋田野代	季吟門弟	
加越	729	卜琴	柴垣氏	越前　始城州山崎住　句帳撰者	季吟門弟分	
	730	是等	秋葉氏	越前　又大坂住		鸚鵡集・続山井・中山集・時世粧
	731	古玄		越前福井衆		諸国独吟人数
	732	友琴	神戸氏武兵へ	加州金沢　白根草撰者		時世粧・山下水・武蔵野・八束穂
	733	頼元	成田氏	加州金沢　松平加賀守殿家中		中山集
	734	一烟	宇野平右衛門	加州金沢　白山法楽集撰者		
	735	野水	小川徳右衛門	加州金沢　松平加賀守殿又家中 雪下草撰者		
	736	一夢	村山氏	加州金沢 松平加賀守殿家中神谷民部家礼		
	737	泰重	喜多休庵	越後住人　始大坂住	立圃門弟	帰花千句連衆
佐州	738	春興	中山六兵衛	佐州川原田		
丹州	739	曲肱	松平勘右衛門	丹州笹山住 松平若狭守入道殿一家		笹山千句連衆
	740	幽歩	九鬼宇右衛門	丹波三田　九鬼和泉守殿一家中		
	741	孤吟	朽木伊左衛門	丹波福地山　朽木伊予守殿家中	貞室門弟	
	742	一嘯	関岡八郎右衛門	丹州三田　九鬼和泉守殿家中		
因州	743	次末	粉川氏　尾張屋六郎兵へ	因州鳥取	維舟門弟	
出雲	744	四友	土屋外記	出雲松江　在江戸 土屋但馬守殿一家		
備前	745	一時軒	岡西氏　惟中　一有トモ	備前岡山　今在大坂　点者		
備後	746	久忠	藤村左平次	備後福山　水野美作守殿家中		
	747	元随	徳重	備後福山　水野美作守殿家中		
	748	宗雅	伊藤七郎右衛門	備後福山	立圃門弟	
芸州	749	重次	梨地屋又兵衛	芸州広嶋　三物作者		
	750	漁友	岡田七郎兵衛	芸州広嶋　松平安芸守殿家中		
	751	素友		安芸　広嶋衆		
	752	古閑	古谷勘右衛門	芸州広嶋　松平安芸守殿家中		
	753	可笑	若山六之丞	芸州広嶋　松平安芸守殿家中		
防州	754	三近	宇都宮由的	防州　在京　儒者	定清門弟	慕綮集・玉海集追加・詞友集
長州	755	耳海	伊藤良固	長州下関		
阿州	756	宜陳	安崎氏	阿波渭津		大井川・武蔵野・続連珠・名取川
	757	吟松	野水軒	阿州住		
	758	残松子	岩手弥左衛門　玉泉軒	阿州　点者		
讃州	759	一三	中野氏　今菴	讃州		新百人一句
与州	760	宗臣	桑折左衛門　伊達正宗卿流末	与州宇和嶋　大海集撰者		
筑前	761	不及	上原久右衛門	筑前福岡　黒田右衛門佐殿家中		大井川集
	762	**信興**	**京屋太良右ヱ門**	筑前博多		
		李斎	**八木理兵衛**	**（京）　能書**		**百人一句・洛陽名筆集人数**
	763	西海	中村氏	筑前　大硯作者		
肥前	764	如閑	団野弥兵衛朋之	肥前小山住	維舟門弟	中山集
	765	任地	枝吉三郎右衛門	肥前佐賀 鍋島殿家中(松平丹後守殿家来)	宗因弟子	
	766	保之	貞方氏	肥前平戸	維舟門弟	

表２—14

肥前	767	吉立	末次三郎兵衛	肥前長崎住	季吟門弟	
肥後	768	一直	安部氏	肥後熊本	維舟門弟	新百人一句・(懐子×)
	769	守昌	寺田氏	肥後熊本	維舟門弟	
	770	一見	長崎氏	肥後熊本　点者		懐子
	771	金門	荒瀬金太夫　友閑	肥後熊本		懐子
	772	真昭	瀧山氏(吉田氏)	肥後熊本		玉海集追加
	773	親宣	中嶋氏	肥後熊本		佐夜中山集
	774	菅宇	菅野宇兵衛政信	肥後八代　能筆	立圃弟子	
豊後	775	正春	種田氏	豊後臼杵　稲葉右京亮殿家中	維舟門弟	佐夜中山集
対州	776	直右	平田直右衛門	対州　宋対馬守殿家老		
	777	幽僻	河野松波	対州　法橋		
混在	778	友西	椋梨友西　一雪男	国不知　在京		
	779	如見	樋口氏	始泉州貝塚住　在大坂　点者		
	780	一風	村尾金十郎	摂州兵庫住		
	781	**家歩**	**国名所不知考**			
		貞徳	松永逍遊軒　永種息	俳諧宗匠　御傘・淀川・油糟作者		
	782	宗鑑	山崎　志那弥三郎纐重入道　→331	本江州住人		
		貞徳	松永延陀丸　柿園			
	783	徳元	斉藤又左衛門　斎入	後江戸住　関白秀次公御家来		
大津	784	正義	長谷平次	大津衆		
	785	尚白		大津衆		
	786	**何求**		大津衆		
		許六	森川氏　五老井	江州		
	787	抄長		大津衆		
	788	是保		大津衆		
	789	良武		大津衆		
京	790	紀英		京衆　本国不知	貞室門弟	崑山集(名乗替り)
	791	立圃	野々口親重　号松翁子	(京)　小町踊撰者		犬子集・百人一句
	792	季吟	北村慮菴　→378	続山井　新犬筑波　続連珠撰者		
		沾徳		江戸点者　露沾子ノ門下	宗因門弟	
	793	江翁	松江法橋維舟			
	794	重頼	松江治右衛門	犬子集・毛吹草・同追加・懐子撰者		百人一句
	795	維舟	松江法橋　重頼法名	佐夜中山集・今様姿・大井川集・武蔵野・名取川撰者		
	796	親重	野々口庄右衛門　立圃俗名	鼻ヒ草作者・大発句帳撰者		犬子集
	797	春可	朝生軒	京衆　毛吹草巻頭作者		百人一句
	798	正直	薄屋十兵衛	京衆	貞徳門弟	鷹筑波・犬子集・毛吹草・百人一句
	799	正章	安原彦左衛門	玉海集撰者	貞徳弟子	犬子集・毛吹草・鷹筑波
	800	貞室	安原正章法名	玉海集追加撰者	貞徳跡目	百人一句
	801	良徳	鶏冠井九郎左衛門　今徳事	崑山土塵集撰者	貞徳一門弟	犬子集・百人一句
	802	令徳	鶏冠井良徳　直入軒	挙直集・旅枕撰者　崑山集撰者		犬子・鷹筑波・発句帳
	803	重時	渋谷紀伊守	(京)	貞徳門弟	大発句帳・鷹筑波
	804	西武	山本九郎左衛門	鷹筑波撰者		犬子集・崑山集

重複者一覧

	短冊No.	署名
1	8	檀誉
	675	崇音
2	145	卜宥
	249	空存
3	178	平吉
	179	順也
4	181	重隆
	182	似船
5	216	以春
	217	尓云
6	242	我黒
	604	雅克
7	244	休甫
	245	きうほ
8	256	友直
	257	宗立
9	258	宗清
	260	立以
10	259	保友
	263	宗吾
11	264	玖也
	265	きうや
12	351	昌房
	352	卜圃
13	389	愚情
	390	卜全
14	415	一幽
	555	西翁
	556	梅翁
15	416	元順
	438	元順
16	505	熈近
	506	道旦
17	533	友正
	620	調和
18	549	江雲
	674	葎宿子
19	655	芭蕉
	656	桃青
20	661	其角
	662	キ角
21	691	露関子
	692	翠紅
22	781	貞徳
	782	貞徳
23	791	立圃
	796	親重
24	793	江翁
	794	重頼
	795	維舟
25	799	正章
	800	貞室
26	801	良徳
	802	令徳

表８ 『誹諧短冊手鑑』収録句 諸集入集状況
（表の見方は解説13頁参照）

俳書名	短冊No.	短冊句／俳書収録句
犬子集（寛永10）	208	山は雪そりやさも候へけふの春 一之
		山は雪そりやさも候へけふの春 一之
	209	誰にかもの汁ふるまはん友もがな 宗牟
		誰をかもの汁ふるまはん友もがな 宗牟
	210	昔々時雨やそめし猿尻 一正
		むかしむかし時雨や染し猿の尻 一正
	803	侘ておれ七重の膝をやへ桜 重時
		わびておれ七重の膝を八重桜（無名）
鷹筑波集（寛永19）	252	優曇華や海中にしも桜鯛 元風
		優曇花や海中にしも桜鯛 元風
	801	釈迦の鑓さびてかけふの御身拭 良徳
		釈迦の鑓さびたかけふの御のごひ 良徳
毛吹草（正保２）	145	掃除せよ六しやくやくの花畠 卜宥
		掃地せよ六しやくやくの花畠 空存
	798	つめたかれきる帷子の袖のゆき 正直
		つめたかれきる帷の袖のゆき 正直
山之井（慶安１）	201	梅は星人はたんだくる北野かな 正式
		梅は星人もたんだ来る北野哉 正式
	309	其後はとこなつかしや花の友 友閑
		そののちはとこなつかしや花の友 友閑
崑山集（慶安４）	148	大原の月や三五の甑の輪 正伯
		大はらや三五の月は甑の輪 正伯
	195	桜貝は口のひらくをさかりかな 意計
		桜貝は口のひらくをさかり哉 直知
	197	三界を出ぬは蛍の火宅かな 日立
		三界を出ぬは蛍の火宅かな 正伝
	198	人のあたま貴賎群集の踊かな 正利
		人のあたまきせん群集の踊哉 正利
	204	水鳥のはく羽箒やをのが床 成方
		水鳥のはく羽箒やをのが床 成方
	229	湯殿山の月は行者か丸はだか 広次
		ゆどのさんの月は行者か丸裸 広次
	247	罷出るは此あたりにすむ月夜かな 静寿
		罷出るは此あたりにすむ月夜かな（無名）
	250	かりまたや見すてていぬる花うつぼ 利貞
		かりまたや見捨てていぬる花うつぼ（無名）
	266	みじか夜もあくびでまつやほととぎす 盛庸
		短夜もあくびでまつや郭公 盛庸
	267	顔の皮はげしく寒き雪吹哉 元与
		顔のかははげしく寒きふぶき哉 元与
	269	所がら霜の釼のふる野哉 定房
		空からも霜の剣のふる野哉 定房
	270	七夕は一六さいのこひ妻かな 夕翁
		七夕の一六さいのこひめかな 夕翁
	272	のひかがむえだもや膝のふし柳 次良
		延かがむ枝やおつとりのふし柳 次良
ゆめみ草（明暦２）	235	花の咲や匂ふさぶらふたち葵 勝明
		花のさくや匂ふさぶらふ立葵 勝明
	244	淀鯉のあつものくふや柳髪 休甫
		淀鯉のあつものくふや柳がみ 休甫
	456	風にみのいりしや六の花の種 休安
		風にみの入しや雪の花の種 休安

表８―２

玉海集（明暦２）	150	さとりてやのり得る牛の玉祭	光林
		さとりてやのりうるうしの玉まつり	光林
	152	行ばゆくや身にひつ月の影ぼうし	正次
		ゆけば行や身にひつ月の影ぼうし	正次
	153	らうがはし立てながるる年のくれ	言聴
		らうがはし立てながるる年のくれ	言聴
	155	名月やつき中ながら月がしら	政信
		名月や月中ながら月がしら	政信
	156	冥途よりもはや出娑婆れ郭公	素行
		冥途よりもはや出しやばれ郭公	正哲
	157	夏はわれらもずとならばや時鳥	正重
		夏は我等鵙とならばやほととぎす	方角
	184	龍頭の船は蛇柳の一葉哉	重晴
		竜頭の舟は蛇柳の一葉かな	重晴
	193	よばねども参るや囉嚌太郎月	是友
		よばねども参るや囉嚌太郎月	是友
	199	去年の雪あらたまつたることし哉	行恵
		去年の雪あらたまつたる今年哉	行恵
	282	わか水はくめどうかまぬ趣向哉	利当
		わか水はくめどうかまぬ趣向かな	利当
新続犬筑波集（万治３）	159	明ぬるや天の戸こよの鳥のとし	一好
		あけぬるやあまの戸こよの鳥のとし	一好
	174	つれだつやならびの岡の雲霞	永利
		つれだつやならびのをかの雲かすみ	永利
境海草（万治３）	415	明暦や梅の新にひらくる日	一幽
		明暦や梅のあらたに開くる日	一幽
懐子（万治３）	217	色ならぬ言のはもじや都人	尓云
		色ならぬ言のはもじや都人	弘永
	257	ふしの有中にも竹の子共哉	宗立
		ふしの有中にも竹の子共哉	宗立
	569	かつらおとこほほへはいるやねやの月	やちよ
		桂男懐(ほほ)にもいるや閨の月	八千代
	775	詠しはのびる春日のはしめ哉	正春
		ながめしは延る春日の始かな	正春
五条百句（寛文３）	249	白壁や空にしられぬ雪の宿	空存
		白壁や空にしられぬ雪の宿	空存
佐夜中山集（寛文４）	177	井の中のかいるの歌やかくし芸	雪竹
		井の中の蛙の歌やかくし芸	雪竹
	203	雪や匂ふ今こそふしん春の梅	遠川
		雪や匂ふ今こそ不審春の梅	遠川
	280	祇園会や山また山に宮めぐり	好道
		祇園会や山又山に宮めぐり	好道
	447	川風の涼しくもある蚊声もなし	春倫
		河風の涼しくも有蚊声もなし	春倫
	720	散花も公道たりし世間哉	衆下
		散花も公道たりし世間哉	衆下
続山井（寛文７）	298	春の雪や空さへかへるかへり花	松苔軒
		春の雪や空さへかへるかへり花	可常
	302	鳥の音の本尊や地獄耳だすけ	如水
		鳥の音の本尊や地獄耳だすけ	如水
	384	一葉の舟は岡やる嵐哉	常侚
		一葉の舟は岡やるあらしかな	常信
	425	田の中におりくる雁や十文字	無端
		田の中におり来る雁や十文字	無端
	731	かうの瀧のながれか匂ふ花の波	古玄
		かうの滝の流か匂ふ花の波	古玄

百五十番（寛文９）	632	春日野や菜摘水くむ二月堂	似春
		春日野や菜つみ水くむ二月堂	似春
時勢粧（寛文12）	62	耳よりや秋は来ぬらん風の音	一風
		耳よりも秋や来ぬらん風の音	一風
	225	折ばかりふかせてしがな綿の枝	貞伸
		折計ふかせてしがな綿の枝	貞伸
	346	其比は木のありのみや玉祭	重知
		其比は木のありのみや玉祭	重知
	618	青海やはじろ黒鴨赤がしら	忠知
		青海や羽白黒鴨赤がしら	忠知
	743	作りやう夏をむねとや鮎鱠	次末
		作やう夏をむねとや鮎鱠	次末
続境海草（寛文12）	444	鹿をさして山むまといふ革や哉	幾音
		鹿をさして山馬といふ皮屋哉	器音
	558	言の葉のたねや難波の梅のさね	寸計
		言のはの種や難波の梅のさね	寸計
歳旦発句集（延宝１）	599	梅の花おれもかざさん老の春	谷遊
		梅の花おれもかざさん老の春	谷遊
大井川集（延宝２）	142	落花えだに帰と見れば小蝶かな	武在
		落花枝に帰と見れば胡蝶哉	武在
	345	五月雨は木履の音を晴間哉	春澄
		五月雨は木履の音を晴間哉	春澄
	716	花見衆留守居に事かく都かな	長尚
		花見衆留主居に事かく都哉	長尚
	766	花に詩や洛陽の儒者残なく	保之
		花に詩や洛陽の儒者残なく	保之
桜川（延宝２）	190	はやきへたそれを誰とへば草の露	任口
		はやきえたそれをたがとへば草の露	任口
	345	五月雨は木履の音を晴間哉	春澄
		五月雨は木履の音を晴間かな	春澄
	728	霞敷やけさ東君の八重畳	少蝶
		霞しくやけさ東君の八重畳	少蝶
	760	諏訪の海や例年豊年氷様	宗臣
		諏訪のうみや豊年を知氷様	宗臣
談林十百韻（延宝３）	650	革足袋のむかしは紅葉ふみ分たり	一鉄
		革足袋のむかしは紅葉踏分たり	一鉄
続連珠（延宝４）	378	月や雲にふせやに生る名の兎	季吟
		雲に月やふせやに生る名の兎	季吟
	523	月になけしよくをおもはば郭公	皆酔
		月になけしよくをおもはば郭公	皆酔
	588	年玉や己にかつた礼がへし	道頼
		年玉やをのれにかちし礼がへし	道頼
正立歳旦（延宝６）	409	門松や立た木のめの春の宿	直昌
		門松やたていこのめの春の宿	直昌
江戸広小路（延宝６）	653	破鍋やまきの下葉にもるしぐれ	卜尺
		破鍋や真木の下葉をもる時雨	卜尺
	725	くくり枕茶がらも秋のね覚也	守常
		括枕茶がらも秋の寝覚哉	守常
江戸八百韻（延宝６）	645	相宿リ天狗もやさし郭公	青雲
		相宿リ天狗も婀娜(ヤサシ)郭公	青雲
阿蘭陀丸二番船（延宝８）	468	野らとなるや冬枯薄ちやちやむちやこ	友雪
		野らと成や冬枯薄ちやちやむちやや	友雪
	475	鯛は花見ぬ里もありけふの月	西鶴
		鯛は花は見ぬ里も有けふの月	西鶴
洛陽集（延宝８）	388	いざ桜我もちゐんも一遊山	素雲
		いざ桜我も知音も一遊山	素雲

表8―4

桃青門弟独吟二十歌仙（延宝8）	660	横雲哉義之がひきすて五月闇　嵐竹
		横雲や義之が引捨五月闇　嵐竹
	663	夜着蒲団猫が伏けりけふの月　一山
		夜着ふとん猫が伏けりけふの月　一山
俳諧是天道（延宝8）	600	花の花や代々の上戸が家の集　高政
		華の花や代々の上戸が家の集　高政
投杯（延宝8）	457	此戒釈迦悔まれけり花の時　一礼
		此戒釈迦悔まれけり花の時　一礼
誹諧金剛砂（延宝末頃）	95	町なみや犬のもろ声水あびせ　調盞子
		町並や犬のもろ声水あみせ　調盞子
	97	柚のはなや庭のむもれ木下戸の宿　巳哉
		柚の花や庭の埋木下戸の宿　巳哉
	695	見し花の泥袖床し更衣　笑水
		見し花の泥袖床し更衣　笑水
七百五十韻（天和1）	402	風蘭や橘の軒もふるかりき　仙菴
		風蘭や橘の軒もふるかりき　仙菴
東日記（天和1）	620	春つながず花山の牧と暮にけり　調和
		春つながず花山の牧と暮にけり　調和
	626	雪吹もおなじ越の湖鮭照也　才麿
		雪吹も同じ越の湖鮭てるや　才丸
	643	江戸山王ため池の翁春幾春　露言
		江戸山王溜池の翁春幾春　露言
	657	しどろの里蕎麦かるおのこ事とはん　暁雲
		しどろの里そば刈男こととはん　暁夕寥
	669	朝がほは花の短気なるもの也　昨今非
		蕣は花の短気なるもの也　昨今非
	687	なつ痩や三符にねころぶ菅の床　捻少
		夏痩や三符にねころぶ管(ママ)の床　捻少
	688	泣上戸さめ間の森やよぶこ鳥　言菅子
		泣上戸さめ間の森やよぶこ鳥　言菅子
武蔵曲（天和2）	655	梅柳さぞ若衆哉をんなかな　芭蕉
		梅柳さぞ若衆哉女かな　桃青
	658	君こずば寝粉にせん信濃のまそば初真蕎麦　嵐雪
		君こずば寝粉にせんしなのの真そば初真そば　嵐雪
御田扇（天和2）	503	大津どまり夏の夜長し都入　口今
		大津どまり夏の夜ながし都入　口吟
	507	あき寺や梅の花がきこぞの月　熙快
		あき寺や梅の花垣去年の月　熙快
	514	朧げ神柳妬みのかつらぎや　心友
		朧気神柳妬みのかつらぎや　心友
虚栗（天和3）	81	栒杞莚幾日干けん時鳥　藤匂
		杓杞莚幾日干らんほととぎす　藤匂
	187	更科の月四角にもなかりけり　友吉
		さらしなの月は四角にもなかりけり　友吉
	671	花うき世竹にそげたりより翁　樵花
		花と世を竹にそげたる翁かな　樵花

表9 『誹諧短冊手鑑』記載俳書一覧
（表の見方は解説*14*頁参照）

No.	書　名	編　者	成立・刊年
1	犬子集	重頼	寛永10序
2	大発句帳（誹諧発句帳）	立圃	寛永10・11刊
3	ハナヒ草	親重	寛永13・2自奥
4	鷹筑波集	西武	寛永19・7刊
5	淀川油糟（新増犬筑波集）	貞徳	寛永20・1刊
6	毛吹草	重頼	正保2・2刊
7	鶉鷺俳諧	立圃ほか	正保3刊
8	毛吹草追加	重頼	正保4
9	（俳諧）御傘	貞徳	慶安4・7刊
10	崑山集	良徳	慶安4・8刊
11	若狐（千句）	友直	承応1・12刊
12	紅梅千句	貞徳ほか	明暦1・5刊
13	独吟千句（信親千句）	信親	明暦1・12刊
14	夢見草	休庵	明暦2・1奥
15	世話焼草	皆虚	明暦2・5刊
16	誹諧合	季吟判	明暦2・7刊
17	玉海集	貞室	明暦2・8刊
18	口真似草	梅盛	明暦2・10刊
19	（崑山）土塵集	良徳	明暦2刊
20	馬鹿集・慇懃集	祐忍	明暦2刊
21	砂（沙）金袋	西武	明暦3・10刊
22	人真似	道宇（道甘）	明暦3　＊寛文十年書籍目録
23	嘲哢（弄）集	及加	明暦3刊
24	拾玉集	元知	万治1・9跋
25	続新（新続）犬筑波	季吟	万治3・1序
26	歌林鋸屑集	一雪	万治3・4刊
27	境海草	顕成	万治3・7刊
28	慕綮集	常辰	万治3・9刊か
29	百人一句	重以	万治3・9自跋
30	懐子	重頼	万治3・10後序
31	あだ花千句	立圃	万治頃刊か
32	水車	勝直（随流）	寛文1・2自序
33	三出草（思出草）	蝶々子	寛文1・5刊
34	へちま草	道宇（道甘）	寛文1・7跋
35	烏帽子箱・入聟集	立以	寛文1・11序
36	旅枕	令敬	寛文2・2自跋
37	身ノ楽千句	元隣	寛文2・4序
38	雀子集	光方	寛文2・6奥
39	花の露	道宇（道甘）	寛文2・11刊
40	五條（之）百句	貞室	寛文3・2自序
41	埋草	成安	寛文3・3刊
42	俳諧（俳集）良材	政由	寛文3・7刊
43	木玉集（附、木玉千句）	倫員	寛文3・10奥
44	早梅集	梅盛	寛文3・10刊
45	佐夜中山集	重頼	寛文4自跋
46	落穂集	梅盛	寛文4・12刊
47	小町踊	立圃	寛文5・8自奥
48	遠近集	吉竹（可玖）	寛文6・3自跋
49	玉海集追加	貞室	寛文7・9自跋

表9—2

50	続山井	湖春	寛文7・10刊
51	独吟千句（あ立た千句）	重軌	寛文8・3刊
52	伊勢踊	加友	寛文8・5刊
53	已己巳己（千句）	嶺利・親信他	寛文8頃刊
54	洛陽名筆集		寛文8刊（延宝2版あり）
55	神風記〔神祇書〕	匹田以正	寛文8刊
56	（誹諧）詞友集	種寛	寛文10・1跋
57	（俳諧）洗濯物	一雪	寛文10頃刊
58	寛五集	元順（方由）	寛文10刊
59	帰花千句	立圃	＊寛文十年書籍目録等
60	（俳仙）新百人一句	重以	寛文11・1刊
61	井蛙集（蛙井集）	清勝	寛文11・1刊
62	落花集	以仙	寛文11・3自序
63	一本草	未琢	寛文11・春頃刊
64	新独吟集	重徳	寛文11・6刊
65	難波草	宜休・如貞	寛文11・7奥
66	時勢粧	維舟	寛文12・3自奥
67	大海集	宗臣	寛文12・7刊
68	（誹諧）浜荻	定親	寛文12・7刊
69	立圃漢和両吟（俳諧塵塚）	重徳	寛文12・8刊
70	続詞友（誹諧集）	種寛	寛文12・8刊
71	晴小袖	一雪	寛文12・秋序、自跋
72	諸国独吟集	元隣・元恕	寛文12序
73	山下水	梅盛	寛文12刊
74	塵塚	成之	寛文12刊
75	鴬笛	随流	寛文13・2刊
76	法ノ花（誹諧法の華）	可常	寛文13・3刊
77	（誹諧）捨舟	常矩	寛文13・初冬跋
78	歌仙（大坂俳諧師）	西鶴	延宝1・10序
79	如意宝珠	安静	延宝2・5刊
80	大井川	維舟	延宝2・5自奥
81	音頭集	素閑	延宝2・11刊
82	遠山鳥	宗旦	延宝2・11刊
83	蠶釣舟集	谷遊	延宝2刊　＊俳諧書籍目録等
84	（俳諧）絵合	高政	延宝3・7刊
85	新続独吟（集）	重徳	延宝3・8刊
86	千宜理記	定房（宗信）	延宝3・9跋
87	千句（信徳十百韻か）	信徳	延宝3・11刊
88	糸屑	重安	延宝3・11跋
89	（談林）十百韻	松意	延宝3・11自跋
90	旅衣集	友意	延宝3刊
91	笹山（篠山）千句	曲肱・好貞	延宝3　＊俳諧渡奉公
92	武蔵野	維舟	延宝4・3奥
93	柾木葛	常辰	延宝4・3自序
94	江戸紫	立圃	延宝4・3以前　＊渡奉公
95	板行手鑑（古今俳諧手鑑）	西鶴	延宝4・10序
96	続連珠	季吟	延宝4刊
97	破箒	常矩	延宝5・2奥
98	かくれみの	似船	延宝5・9自序
99	唐人踊	立圃	延宝5・11跋
100	宗因両吟（宗因三百韻か）	宗因ほか	延宝4、5刊

101	名所小鏡〔歌書〕	重徳	延宝６・春刊
102	江戸八百韻	幽山	延宝６・３奥
103	桜千句	友雪	延宝６・５刊
104	（俳諧）江戸広小路	不卜	延宝６自序
105	大硯	西海	延宝６刊
106	白山法楽集（菊酒付句）	一烟	延宝６刊か
107	（俳諧）富士石・石亀集	調和	延宝７・４序
108	（江戸）蛇之鮓	言水	延宝７・５奥
109	一日三千句（仙台大矢数）	三千風	延宝７・８刊
110	ヌレ鷺（ぬれ鳥）	一礼・益友	延宝７・11刊
111	（誹諧）中庸姿	高政	延宝７刊
112	雪の下草（歌仙）	野水	延宝７頃刊
113	（桃青門弟独吟）廿歌仙	芭蕉	延宝８・４刊
114	白根草	友琴	延宝８・５刊
115	八束穂	桂葉	延宝８・５刊
116	（大坂十歌仙）各盞	益友	延宝８・閏８刊
117	洛陽発句帳（洛陽集）	自悦	延宝８・９自序
118	六百韻（花洛六百句）	自悦ら	延宝８・11刊
119	（俳諧）向岡	不卜	延宝８刊
120	名取川	維舟	延宝８刊
121	四衆懸隔	一晶	延宝８刊　＊俳諧書籍目録等
122	七百五十韻	信徳ほか	延宝９・１刊
123	おくれ双六	清風	延宝９・７自序
124	堺絹	正村	延宝９頃刊
125	俳諧蔓付贅	一晶	延宝９刊
126	俳諧如何	一晶	延宝末頃刊
127	四名集	皆虚	＊天和元年書籍目録等
128	武蔵曲	千春	天和２・３刊
129	松嶋名所集（眺望集）	三千風	天和２・５刊
130	御田扇	心友	天和２刊
131	浄土珠数	正察	＊元禄書籍目録
132	播磨杉原	可申	＊元禄書籍目録等
133	犬桜（両吟千句）	益翁	＊元禄書籍目録
134	俳諧根なし草	保友	＊大阪名家著述目録
135	四季詞	道章	
136	千人一句	寿信	
137	四季源氏	立詠	
138	五派集	政義	
139	木徳集	宣為	
140	挙直集	令徳	
141	四季友	立静	
142	小手巻	忠直	
143	難波集	？	
144	大福帳	宗吾（保友）	
145	多武峰名所記	紀子	
146	類葉集	三政	
147	鴨川集	松意	
148	太神奉納十万句	二休	
149	二見貝合	二休	
150	案山子集	？	
151	あた詞独吟千句	立和	

表11　下絵書き足し短冊　地域別一覧

（表の見方は解説17頁参照）

地域	No.	署名	姓名など	身分・地域など
京	24	忠	竹屋光忠	
	31	也	上冷泉為綱	左中将
	33	好	今城定淳	中納言
	45	為致	五條為致	
	53	文	滋野井実光	中将
	106	斯祐	広庭志摩守	鴨祢宜
	107	菊溢	東儀阿波守	禁裏楽人
	109	久治	宮崎土佐	禁裏御役人
	111	公建	橋本言門	稲荷社家
	155	政信	苻類屋茂兵衛	（京）
	163	正伯	嶋本七左衛門	（京）
	183	立静	小谷玄賀　甚太郎久恵	（京）　四季友撰者
	293	風琴	西林寺上人　浄土宗永観堂末寺	誓願寺図子裏寺町
	341	宗岷	松江順庵　重長事　維舟二男	（京）
	350	好直	藤兵衛	御幸町住　卜圃古師
	351	昌房	関理右衛門	（京）
	548	二道	人見佐渡守昌親	連歌師　（京）
	592	行尚	村上新之丞	（京）　今出川殿家老
	595	橘泉	桂草因	京衆　医師
	612	了祐	古筆平沢八兵衛定香又英陸	了栄男　英門弟
	793	江翁	松江法橋維舟	
山城	358	政之	寺田市郎兵衛　常辰弟	（山城）
	311	半月軒	宝塔寺日要上人	深草
	332	梵益	桑門　宗鑑室跡	城州山崎
大坂	257	宗立	川崎友直	大坂
	268	方孝	川崎氏	大坂
	321	智詮	徳成寺	摂州大坂
	459	重安	伊勢村　法名宗善	大坂　点者　糸屑撰者
	461	立歟	吉田氏	大坂衆
堺	236	頼広	水野又左衛門	堺
勢州	500	茅心	足代石斎	勢州山田
	503	口今	喜早利太夫清忠	勢州山田　点者
	504	竹犬	鳴子氏	勢州山田　点者
	123	常倶		度会神主　勢州山田外宮九祢宜
	132	盛尹	堤氏	勢州山田
	141	弘孝	中田与太夫	勢州山田度会神主
江州	709	順忠	井口氏	江州大津
	711	不卜	原是三	江州大津　点者
	715	宜為	川嶋安親子	江州川並住人　木徳集撰者
江戸	76	雨椿子	宮崎主水	江戸御はたもと
	78	忠高	松平長三郎	御はたもと
	81	藤匂	金田与三右衛門	遠江守殿嫡男
	153	言聴	清水四郎左衛門	本京住在江戸
	166	直興	小川藤右衛門	武甲府殿御家来　在江戸京ノ住　後大津今在江戸
	327	信水	法恩寺　一向宗	江戸浅草
	536	親信	新山仁左衛門	江戸
	537	重因	大井氏	江戸
	538	信世	小野氏	江戸
	541	誉文	富田介之進	江戸
	614	守直	古筆勘兵衛	在江戸　一村孫　守村男
	638	加友	荒木泰庵	江戸
	663	一山		江戸衆
	688	言菅子	瀬名新八郎	大番衆

表11—2

江戸	701	調百	神尾平三郎	御旗本衆
甲州	532	麋塒翁	高山伝右衛門	甲州谷村住　秋本摂津守殿家老
加州	735	野水	小川徳右衛門	加州金沢　松平加賀守殿又家中　雪下草撰者
芸州	749	重次	梨地屋又兵衛	芸州広嶋　三物作者
	750	漁友	岡田七郎兵衛	芸州広嶋　松平安芸守殿家中
	752	古閑	古谷勘右衛門	芸州広嶋　松平安芸守殿家中
	753	可笑	若山六之丞	芸州広嶋　松平安芸守殿家中
阿波	756	宜陳	安崎氏	阿波渭津
筑前	761	不及	上原久右衛門	筑前福岡　黒田右衛門佐殿家中
	335	一滴子	常東寺	筑前福岡
肥後	771	金門	荒瀬金太夫　友閑	肥後熊本